Kiran Nagarkar Krishnas Schatten

Sonderausgabe für
der andere Literaturklub

Postfach 10 01 16
D-60001 Frankfurt/Main

Erklärung von Bern
Postfach
CH-8031 Zürich

Kiran Nagarkar

Krishnas Schatten

Roman

Aus dem indischen Englisch
von Giovanni und Ditte Bandini

A1 Verlag

***Beim Schreiben** dieses Romans war ich überzeugt, dass ein natürlicher, umgangssprachlicher Stil die Anliegen, Probleme und Empfindungen des Maharaj-Kumar, des Rana Sanga und der übrigen Personen genauso real werden lässt wie alles, was uns selbst widerfahren kann – eine Geburt, eine Scheidung, ein Todesfall; politische Intrigen, eine nationale Krise oder eine militärische Konfrontation.*

Soweit die Bedeutung von Begriffen, die wir heutzutage benutzen, im sechzehnten Jahrhundert bereits bekannt war, habe ich also eine moderne Ausdrucksweise verwendet – zum Beispiel im Zusammenhang mit Zeit- und Datumsangaben, dem Erziehungssystem, der Militärwissenschaft, der Musiktheorie, der Verwaltung und so weiter. Mir war eine erlebbare Unmittelbarkeit wichtiger als ein akademisches Ideal historischer Authentizität, die ohnehin bestenfalls simuliert werden kann.

Kiran Nagarkar

Mewar	**Rajputisches Königreich – Hauptstadt: Chittor**

Maharana (Rana Sanga)	*König von Mewar*
Maharaj-Kumar (Bhoj Raj)	*hier nur Maharaj-Kumar, »Kronprinz«, genannt, ältester Sohn des Maharana und Thronfolger*
Vikramaditya	*dritter Sohn des Maharana*
Rani Karmavati	*Lieblingsgemahlin des Maharana, Vikramadityas Mutter*
Maharani	*erste Frau des Maharana, Mutter des Maharaj-Kumar*
Kausalya	*Amme des Maharaj-Kumar*
Die Prinzessin (Mirabai)	*Gemahlin des Maharaj-Kumar*
Kumkum Kanwar	*Zofe der Prinzessin*
Adinath Mehta	*Finanzminister*
Lilavati	*dessen Urenkelin*
Lakshman Simha	*Innenminister*
Rajendra	*dessen ältester Sohn*
Tej	*dessen jüngerer Sohn*
Puranmal	*Premierminister*
Mangal Simha	*Vertrauter des Maharaj-Kumar; Kausalyas Sohn*
Sunheria	*eine Wäscherin*
Brihannada	*Rani Karmavatis Obereunuch*
Rao Viramdev	*Herrscher von Merta und Onkel der Prinzessin*
Raja Puraji Kika	*Bhil-Häuptling, langjähriger Freund des Maharaj-Kumar*

Gujarat	**Muslimisches Königreich – Hauptstadt: Ahmedabad**

Muzaffar Shah II.	*Sultan von Gujarat*
Bahadur Khan (Shahzada)	*dessen zweitältester Sohn*

Malwa	**Muslimisches Königreich – Hauptstadt: Mandu**

Mahmud Khalji II.	*Sultan von Malwa*
Medini Rai	*dessen rajputischer Premierminister*
Hem Karan	*Medini Rais Sohn*
Sugandha	*Medini Rais Tochter*

Delhi	**Muslimisches Königreich – Hauptstadt: Delhi**

Ibrahim Lodi	*Sultan von Delhi*

Babur	*zentralasiatischer Eroberer, Begründer der Mogul-Dynastie*
Humayun	*Baburs ältester Sohn*

1

Das Gericht für Bagatellsachen tagt donnerstags. Wenn Vater nicht hier ist, führe ich den Vorsitz. Vierzehn Fälle lagen zur Anhörung vor. Ich verhandelte alle, auch wenn ich, als die Sonne zum Meridian aufstieg und ihn dann überschritt, allmählich die Geduld zu verlieren begann. Die siebte Klage war die interessanteste, vielleicht weil sie sich nicht um Geld oder Land drehte, sondern einen gewissen Tempowechsel und eine humoristische Note mit sich brachte.

Ein alter, gebeugter *dhobi* – ich hätte schwören können, dass es derselbe Wäscher war, der vor rund zweitausend Jahren *Sitas* Namen besudelt und *Rama* gezwungen hatte, sie in die Wildnis zu verbannen – bezichtigte seine Frau der Untreue.

»Sie hat einen Liebhaber, vielleicht mehrere.« Seine Stimme war von einer chronischen Bronchitis belegt und er musste sich etliche Male räuspern, ehe er sprechen konnte.

»Stimmt das?«, fragte ich seine Frau. Sie konnte kaum älter als siebzehn sein. Wie arglos oder heuchlerisch kann man bei Gericht eigentlich sein? Erwartete ich wirklich von ihr, dass sie sittsam lächelnd dem Gericht erklären würde, mit wem sie ins Bett ging?

Ich saß in einem kleinen Erker, der aus der schmucklosen Rückwand des Palastes herausragte, den mein Urgroßvater *Maharana* Kumbha gebaut hatte. Sie und die übrigen Kläger standen fünf Meter unter mir. Ihr Kopf war von einer eleganten grün-gelben *chunni* bedeckt, deren Zipfel im Ausschnitt ihres Leibchens steckten. Ich war mir sicher, dass ich diese Chunni schon einmal gesehen hatte. Als sie den Kopf hob, um mir zu antworten, schien ihr die Sonne in die Augen. Sie beugte sich vor und zog den Seidenstoff, der ihren Kopf bedeckte, weiter herunter, um ihre Augen zu beschatten. Ihre elfenbeinernen Armreifen, einer jeweils größer als der vorige, fielen klappernd in die Beuge ihres Ellbogens. Ihre Brüste, von der Farbe feinen *Pushkar*-Sandes, wurden für einen Augenblick entblößt. Ich konnte Mangals Augen in meinem Nacken spüren. Ich kam noch immer nicht darauf, warum mir diese Chunni so vertraut war.

»Fragt ihn«, wich sie meiner Frage aus, »ob er, seitdem mein Vater mich vor zwei Jahren mit ihm verheiratet hat, mir gegenüber auch nur ein einziges Mal seinen ehelichen Pflichten nachgekommen ist.« Ihre Freimütigkeit war ebenso verunsichernd wie unerwartet. Ihre Augen hielten meinem Blick stand. Aus ihrer Stimme klang keinerlei Verbitterung; Sachlichkeit, das war alles.

»Ist das wahr?«, fragte ich ihren Ehemann.

»Was meint Ihr? Wäre irgendein Mann, erst recht ihr legitimer Ehemann, wohl imstande, seine Hände von solch einer saftigen Frucht zu lassen?«

»Wie viele Jahre hast du auf deinem Rücken, alter Mann?«

»Was hat das mit ihrer Untreue zu tun?«

»Werde nicht unverschämt, oder ich lasse dich durchprügeln.«

»Ich habe schon Wäsche gewaschen, als Seine Majestät, Euer Vater, noch nicht geboren war, aber ich bin noch rüstig. Ich war der Dhobi des *Hatyara*. Noch nie war ein König so versessen auf Reinlichkeit. Aber das Blut konnte er sich nicht von den Händen waschen. Er war ständig auf der Flucht. Doch wohin er auch ging, ich folgte ihm.«

»Du hast ein loses Mundwerk, alter Mann. Nächstens lege ich dir eine Schlinge um den Hals.«

»Ich weiß, dass der Name des Hatyara tabu ist, aber sein Vater dachte einfach nicht daran zu sterben oder abzudanken. Fünfunddreißig Jahre sind eine lange Wartezeit. Wollt Ihr es ihm zum Vorwurf machen, dass er die Geduld verloren und Maharana Kumbha aus dem Weg geräumt hat? Würdet Ihr es nicht genauso halten, wenn sich Maharana Sanga, Euer Vater, möge er ewig leben, noch weitere dreißig, vierzig, fünfzig Jahre an seine Krone klammerte?«

»Wenn du nicht so alt wärest, würdest du wegen Hochverrats sterben. So aber wirst du zumindest zehn Peitschenhiebe erhalten, sobald das Gericht sich zurückgezogen hat.«
»Das wird meiner Manneskraft keinen Abbruch tun, Euer Hoheit.«
Allmählich begann mich seine Geschwätzigkeit zu ermüden.
»Das wird sich zeigen. Geh Montagnacht ins Bordell am Ende der Tamarindengasse und stelle deine Tüchtigkeit in Rasika*bais* Bett unter Beweis. Ich verschiebe meinen Urteilsspruch, bis sie mir Bericht erstattet hat.«
»Und sollte ich versagen – ich frage rein theoretisch –, würde dies die Untreue meiner Frau rechtfertigen?«
»Selbst wenn du deine Manneskraft bei Rasikabai unter Beweis stellst, wirst du noch immer den Beweis für die Untreue deiner Frau erbringen müssen.«

Ich schätze es, meinen Arbeitstag spätestens um halb sieben zu beginnen. Dadurch bleiben mir anderthalb Stunden Zeit, die Unterlagen zu sichten, mir über einzelne Fragen ein erstes Urteil zu bilden, Entscheidungen zu fällen, meine Bemerkungen auf den Rand der Akten zu schreiben und mich dann dringenderen Angelegenheiten zuzuwenden. Gegen neun, während ich mich mit Sahasmal vom Amt für Stadtplanung über die Möglichkeit beriet, ein paar weitere Brunnen zu graben, da die Bevölkerung der Stadt im vergangenen Jahr um über tausend Köpfe angewachsen war, traf ein Kurier meines Vaters ein. Die Konfrontation mit dem Sultan von Gujarat erwies sich als schwieriger, als Vater erwartet hatte, und jetzt benötigte er Geld, um die Truppen zu bezahlen, Proviant zu kaufen und sich der Unterstützung von fünfzig Kleinfürsten samt ihren Männern zu versichern.
Natürlich war die Staatskasse leer. Wir führten endlose Kriege, damit unsere Feinde um Frieden baten und unsere Schatulle füllten, die wir augenblicklich wieder leerten, um die Zinsen zu zahlen – das ursprüngliche Darlehen jemals tilgen zu können, hatten wir uns längst aus dem Kopf geschlagen –, die wir unseren freundlichen Geldgebern, den Mehtas, schuldeten. Dann nahmen wir von ihnen umgehend ein neues Darlehen auf, um weitere Kriege finanzieren zu

können, die unsere Schatzkammern abermals füllen und damit die Zinsbelastung verringern würden ... und so weiter und so fort, bis der Teufelskreis zum Spinnennetz geworden war, in dessen Mitte wir wie Fliegen saßen, denen langsam der Saft ausgesogen wurde.

Ich schickte dem Finanzministerium einen Brief, in dem ich Adinath Mehta, den Großen Alten, um die Gunst einer Unterredung in meinen Privatgemächern bat. Adinath*ji* hatte das Protokollspiel, in dem er die besseren Karten hatte, sich aber den Anschein eines Bittstellers gab, zu einer wahren Kunst vervollkommnet. Würde ich ihm, so ließ er anfragen, stattdessen die Ehre erweisen, heute Abend zu einem Schachspiel mit anschließendem Nachtmahl vorbeizukommen? Seine Frau habe, welch glücklicher Zufall, mein Lieblingsdessert *rabdi* zubereitet. Dies wäre doch eine angenehme Abwechslung nach den Staatsgeschäften, und seine Urenkelin Lilavati würde entzückt sein, mir vorzuführen, welche Fortschritte sie mit ihrer Arbeit an der königlichen Fahne gemacht hatte, die mich begleiten würde, wenn ich unsere Truppen in die Schlacht führte.

Die Erwähnung des Desserts war eine charmante Geste, wenn man bedachte, dass Adinathji sehr wohl wusste, wie zuwider mir Süßspeisen aus Milch schon seit einigen Jahren waren. Aber wer war ich, dass ich eine Einladung des großen Adinathji hätte ausschlagen dürfen? Außerdem würde mich die neunjährige Lilavati, wenn der Patriarch ihr erlaubte dabei zu sein, für jedes Unbehagen, das die Gesellschaft des Finanziers mit sich bringen mochte, mehr als entschädigen. Sie war eine vollendete Schauspielerin, von rascher Auffassungsgabe, extrem frühreif, hartnäckig und mit verblüffender Menschenkenntnis ausgestattet.

»Ihr müsst natürlich nicht früher als gewohnt speisen, Eure Majestät. Es ist ohnehin umstritten, ob *Mahavirji* uns *Jains* tatsächlich vorschreibt, vor Sonnenuntergang zu essen, aber wie Ihr wisst, gehe ich gern auf Nummer sicher. Ich versuche das rational zu sehen, indem ich mir sage, dass es gut für die Verdauung ist, besonders in meinem Alter. Ihr hingegen braucht natürlich darauf keinerlei Rücksicht zu nehmen.«

Was würde passieren, wenn ich erwiderte: »Genau, ich werde später essen«, und dann nachschickte, »nachdem ich mir einen Schluck genehmigt habe«?

Unnötig zu sagen, dass nichts passieren würde. Adinathjis absolut faltenloses Gesicht würde sich weder furchen noch sonstige Anzeichen von Unmut zeigen. Sollte ich nach einer Frau aus der süßsauren Tamarindengasse verlangen, so würde er mit einem »Wie unachtsam von mir, keine Vorkehrungen getroffen zu haben« antworten und dann unverzüglich einer Wache auftragen, nach Kajribai oder einer anderen, ebenso kostspieligen Dame zu schicken. Nach einer Anstandspause von, sagen wir, fünfundvierzig Minuten würde er mir mitteilen, es tue ihm unendlich Leid, aber die Kutsche habe auf dem Weg hierher einen Unfall gehabt und die bedauernswerte Dame habe sich den siebten Wirbel gebrochen oder den Schädel aufgeschlagen oder sämtliche Zähne verloren.
Das Essen war, wie gewohnt, gut, ohne extravagant zu sein. Ich staune immer wieder über eine Küche, die derartigen Einschränkungen unterliegt – kein Knoblauch, keine Zwiebeln, kein Wurzelgemüse und natürlich kein Wild oder Hammel, Fisch oder Geflügel – und es dennoch schafft, den Eindruck zu erwecken, was sie entbehre, sei nur überflüssig. Adinathjis Frau hatte bereits sechs verschiedene Gerichte aufgetischt. Ich wusste, dass das Mahl noch nicht komplett war, lieferte aber eine gute Imitation von Überraschung und Entzücken, als sie meine heißgeliebten *Sangri*-Bohnen hereinbrachte, erst gekocht und dann in Öl und Gewürzen aufgebraten. An zerlassener Butter, das ist mir klar, bemisst sich die Gastfreundschaft, aber ich wünschte, *Shrimati* Mehta ginge damit ein bisschen weniger großzügig um. Ich fühlte mich so aufgebläht wie ein toter Ochse, der ein, zwei Wochen lang in Wasser gelegen hatte, aber die Dame des Hauses kannte kein Erbarmen und ließ noch das Dessert auftragen: in Sirup schwimmende, butterschmalzgetränkte Hirseklöße.
Wir begaben uns in den Salon und setzten uns ans Spielbrett. Ich hatte das seltsame Gefühl, dass für Adinathji das ganze Leben ein Schachspiel war. Jeder Zug war gründlich durchdacht und geplant worden: die Einladung, Lilavati als Köder – ich hatte zweimal nach ihr gefragt, und jedes Mal hatte es geheißen, sie würde gleich kommen, aber sie ließ sich nicht blicken –, das Essen, das Schachspiel. Wenn mir das Ritual vertraut war, dann deswegen, weil ich es schon häufig mitgespielt hatte. Lass einen Schritt aus, und das Spiel wür-

de nie zu einem Ende kommen. Und niemand wusste so gut wie Adinathji, dass der Zweck eines jeden Spiels dessen Ausgang ist. Das war eine gute Übung für mich. Wenn du es eilig hast, nimm dir Zeit, atme tief durch, lass es langsam angehen. Ich wusste, dass ich gut spielte, aber ich wusste auch, dass er mit mir sein Spiel trieb. Vielleicht hatte es etwas mit der Gewaltlosigkeit zu tun, die seine Religion vorschrieb. Die einzigen Schlachten, die er und seine Glaubensgenossen schlugen, das einzige Blutvergießen, das sie veranstalteten, fand auf dem Schachbrett statt. Massaker und Gemetzel waren nicht nach seinem Geschmack. Er zog den langsamen, umständlichen Tod vor. Ich wusste, dass er es auf meinen *Wesir* abgesehen hatte, was der Grund dafür war, dass er ihn in Ruhe ließ.

Es war wirklich paradox, dass alle Könige in Indien – zumindest alle, die ich kannte – von Adinathjis Glaubensgenossen, den Jains, finanziert wurden. Sein Schwiegersohn Sahadevnath bürgte für den Sultan von Gujarat, gegen den mein Vater gerade Krieg führte. Ibrahim Lodi von Delhi stützte sich auf *Shri* Adinath Mehtas Bruder. Adinathjis jüngster Sohn war nach Malwa umgesiedelt und finanzierte den wichtigsten Geldgeber des dortigen Herrschers. Die Sachlage war sogar noch ein wenig paradoxer und vertrackter. Der jainistische Geist ist ein *Abakus*. Er begreift alles in numerischen Kategorien. So wie Zinsen häuft man auch religiöses Verdienst an.

Man gibt Almosen, man häuft Verdienst an. Man speist die Armen oder die *Digambaras*, man häuft noch ein bisschen mehr Verdienst an. Der Pazifismus ist eine extrem profitable Investition, eine Art hyperbreit gefächerter Investmentplan mit zugleich himmlischen und weltlichen Interessen. Führt man die Metapher noch einen Schritt weiter, hat man – habt ihr Jains - ein Standbein im Hier und Jetzt und eines im Jenseits. Sehen wir uns zunächst Letzteres an. Je mehr Verdienst ihr anhäuft, desto geringer wird die Anzahl von Inkarnationen, die ihr noch durchlaufen müsst, ehe ihr den Zustand von Erleuchtung erlangt, der euch zu *moksha* führt. Und bis es so weit ist, schau sich nur einer an, wie einträglich die Früchte der Gewaltlosigkeit in diesem Leben sind! Ihr bleibt rein, während jemand anders, jemand wie ich und mein *Rajputen*-Klan, das Sündigen und Töten besorgt. Während ihr euch gewissenhaft hütet, eure Hände mit Blut zu besudeln, verleiht ihr zur Finanzierung der mächtigsten

Armeen riesige Summen zu lächerlich niedrigen Zinssätzen, die sich jedoch nach und nach zu ungeheuren Beträgen zusammenläppern. Wie immer die Schlacht auch ausgeht – wir Krieger beschützen euch. Oft sterben wir; ihr lebt unversehrt und munter weiter, um den nächsten Krieg zu finanzieren. Und hier kommt das Beste: Dank angeheirateter Verwandtschaft, Neffen, Cousins und dem ganzen unglaublichen Komplex der Großfamilie bleiben eure Interessen auf jeden Fall gewahrt, und egal wer gewinnt, sei es Freund oder Feind, ihr geht aus jeder Schlacht noch um ein Erkleckliches reicher hervor.

Ich scheine heute Adinathji und seine Sippschaft wirklich auf dem Kieker zu haben. Warum werde ich in seiner Gegenwart nur so unvernünftig? Er ist niemals selbstgerecht und er würde sein Geld ebenso bereitwillig, vielleicht sogar noch weit lieber und erheblich besseren Gewissens in den Bau von Festungen oder Staudämmen oder in geschäftliche Unternehmungen stecken, als Kriege zu finanzieren. Vielleicht kommen meine unterschwelligen Aggressionen daher, dass ich mich als Bittsteller fühlen muss, und weil wir mehr auf ihn angewiesen sind als er auf uns.

Da, er hat seinen vorletzten Zug gemacht. Durch verschiedene Finten und Manöver und die Opferung von Bauern und Pferden hat er meinen Wesir dazu gebracht, den König ungedeckt zu lassen. Jetzt noch der rasche Todesstreich. Aber natürlich wird der elegante Gnadenstoß nie verabreicht. Nachdem er wieder einmal seinen Großmeisterstatus unter Beweis gestellt hat, wird er mich jetzt mithilfe eines absolut durchsichtigen »Fehlers« gewinnen lassen. Aber schon ist Lilavati hereingestürzt, hat meinen umzingelten und belagerten König und Adinathjis Horden umgeworfen und ist mir mit einem Satz auf den Schoß gesprungen. Ihr Knie quetscht meinen linken Hoden, während sie mit den Fäusten auf meiner Brust herumtrommelt.

»Du hast mir nicht mal gesagt, dass du kommst.« Ich versuche Luft zu holen. Das Universum verschwimmt. Ich kann nicht einmal erkennen, wo der Schmerz eigentlich sitzt: in der Leistengegend, in der Brust oder in der Kehle. »Du bist bestimmt gekommen, um von Urgroßvater Geld zu borgen. Deswegen hast du dich heimlich hergeschlichen und wirst beschämt wieder abziehen.«

Adinathjis wächsernes Gesicht mit seinem butterzarten Teint verfärbt sich leicht. Es freut mich, Spuren von Blut und von Menschlichkeit an ihm festzustellen. Seine Urenkelin hat ihn tatsächlich in Verlegenheit gebracht.

»Lass uns allein, du Göre. Ich hätte nie geglaubt, dass ich einmal den Tag erleben würde, an dem mein eigen Fleisch und Blut den Kronprinzen beleidigt. Ich werde Euch nie wieder in die Augen sehen können, Eure Hoheit.«

»Lasst sie nur.« Ich hatte endlich meine Stimme wiedergefunden. »Ich habe nach dir gefragt. Zweimal. Es hieß, du würdest gleich kommen, aber du wolltest offensichtlich den *Id*-Mond spielen.«

»Keiner hat mir was gesagt. Ich wette, *dada* wollte Geschäftliches mit dir bereden, dir erzählen, wie knapp das Geld zur Zeit sei, und den Zinssatz um ein siebtel Prozent anheben, und deswegen hat man mich im Dunkeln gelassen.«

War es möglich, dass der große Adinathji – der Geldgeber, an den sich die bedeutendsten Finanziers als letzte Rettung wandten –, nachdem er bereits der Schmach des Errötens ausgesetzt worden war, sich jetzt auch noch vor Verlegenheit wand? Lilavati, du kannst mir auch den anderen Hoden zu einer hübschen runden Münze prägen, und ich bin dir noch immer etwas schuldig.

»Was hast du mir mitgebracht?« Sie hatte mir die Arme um den Hals geschlungen.

»Und was hast du mir mitgebracht?« Ich war wiederhergestellt.

»Warte, ich hab was für dich, obwohl ich gar nicht wusste, dass du kommst.« Im Handumdrehen war sie aufgesprungen, weggeflitzt und mit einem Stück Stoff zurück. Es war ein roter Wimpel mit dem in Goldbrokat gearbeiteten Bildnis meines Ahnen, des Sonnengottes Surya. Die Augen, der Schnurrbart, die hochmütig aufgeworfenen Lippen, die sechsunddreißig Strahlen, alles hatte sie tadellos hinbekommen. »Mist.« Sie riss mir die Fahne aus den Händen. »Erst wollte ich doch sehen, was du mir mitgebracht hast.«

»Was es auch sei, es kann dem Vergleich mit deinem Geschenk unmöglich standhalten.«

»Lass das nur mich beurteilen«, unterbrach sie mich. »Zeig her.«

Ich gab ihr das Geschenk, das ich ihr mitgebracht hatte. Sie wickelte es aus dem Seidenschal, in den es eingeschlagen war, und starrte

es ungläubig an. »Es ist eine Sonnenuhr. Hast du sie mit deinen eigenen Händen gemacht?«
»Ich habe sie mit meinen eigenen Händen eingepackt.« Ich versuchte es ins Scherzhafte zu drehen, aber mir war wohl bewusst, wie kalt und langweilig mein Geschenk war, wenn man die Mühe und die Zuneigung bedachte, die sie in ihres investiert hatte.
»Große Geister denken gleich. Siehst du, wir hatten beide dasselbe Motiv im Sinn. Sind das echte Rubine, die die Stunden markieren?«
»Du machst wohl Witze. Ganz gewöhnliche Glasscherben, die ich im Garten aufgelesen habe.«
Sie sah mich verunsichert an, bis ich lächelte.
»Sind sie doch, sind sie doch, du Lügner.« Sie umarmte mich fest.
Wegen des Darlehens kamen Adinathji und ich rasch zu einer Einigung. Ein achtel Prozent weniger Zinsen als das vorige Mal.

Als ich heimkam, war es bereits spät. Ich überließ es Mangal, die Pferde in den Stall zu bringen, und stieg langsam die Treppe hinauf. Königin Karmavati erwartete mich. Ein wenig ungewöhnlich, sie um diese Uhrzeit zu sehen, und dazu noch in meinen Privatgemächern. Normalerweise hätte sie mich in ihren Trakt bestellt. War Vater etwas zugestoßen? Dann sah ich den zinnoberroten *sindur* auf ihrer Stirn und die Armreifen an ihrem Handgelenk und entspannte mich. Verwitwet war sie noch nicht.
»Warum hinkst du?«
Tat ich gar nicht. Es war eher ein behutsames Schlurfen, der Versuch, die weichen geschwollenen Murmeln zwischen meinen Beinen nicht zu erschüttern. »Bin wohl etwas müde. Etwas Ruhe täte mir gut.« Ich fand die Bemerkung ziemlich geschickt. Ein zarter Hinweis darauf, dass es besser wäre, das Gespräch auf eine menschlichere Uhrzeit zu verschieben. Sie ließ sich von diesem jämmerlichen Schachzug nicht weiter beeindrucken.
»Wie ist das Treffen mit Adinathji gelaufen? Und auf welchen Zinssatz habt ihr euch geeinigt? Ich wette, er hat dich über den Tisch gezogen, und jetzt können wir alle dafür bluten.«
Überflüssig, meine zweite Mutter zu fragen, woher sie wusste, dass ich Adinathji aufgesucht und was ich mit ihm beredet hatte. Sie

setzte ihren ganzen Ehrgeiz daran, absolut alles zu wissen, was in Chittor oder außerhalb geschah, wenn sie auch nur die leiseste Chance witterte, dass es irgendeinen Einfluss auf ihre Zukunft haben könnte. Informationen waren nach ihrer Überzeugung nicht nur wichtig, sie waren das Einzige, was zählte. Traurig war nur, dass sie häufig vergaß, dass eine Information immer nur ein Mittel und kein Selbstzweck ist. Eine Information zu besitzen – und mochte sie auch völlig nutzlos sein –, gab ihr das Gefühl von Macht. Es hatte keinen Sinn, sich über sie aufzuregen. Ich habe bis zum heutigen Tag nicht begriffen, warum Vater seine Lieblingskönigin nicht zur Chefin des Geheimdienstes ernannt hat.
Königin Karmavati verfügte über ein kompliziertes Spionagenetz sowie eine umständliche, aber bombensichere Methode zu überprüfen, ob die Infomationen auch wirklich zuverlässig waren. Hinzu kam ihr erstaunliches Arsenal von Ausquetschtechniken. Sie war unbeirrbar und effizient. Sie schreckte vor nichts zurück: Schmeichelei, Überredung, Drohung, Erpressung, Bestechung, Tauschhandel – was immer gerade erforderlich war, um dem jeweiligen Informanten ein schmutziges oder brisantes Detail zu entlocken.
Sie würde schwerlich gehen, ehe sie mir nicht jedes einzelne Ereignis des Tages aus der Nase gezogen haben würde. Ich war zu müde, um widerspenstig zu sein und ihren Fragen auszuweichen. Ich hielt mit nichts hinterm Berg. Doch nichts von dem, was ich sagte, konnte ihre unersättliche Gier nach Klatsch, Gerüchten, Unterstellungen, dunklen Andeutungen und üblen Nachreden besänftigen.
»Ihr seid bestimmt nicht zu dieser nachtschlafenden Zeit hergekommen, um Euch diesen belanglosen Tratsch anzuhören.«
»Lass das nur mich beurteilen. Du magst der Thronanwärter sein, aber wenn es nach mir geht, das möchte ich dir versichern, kannst du lange warten.«
Die Ströme der Mutterliebe führten in dieser Nacht mal wieder Hochwasser. Ich war der Erstgeborene und Königin Karmavati konnte mir das einfach nicht verzeihen. Es ist ihr Sohn Vikramaditya, den sie auf dem Thron sehen möchte.
»Hergekommen bin ich wegen dieser *Bajadere* in deinem Harem. Bist du Manns genug, sie im Zaum zu halten? Oder soll ich das für dich erledigen?«

Die »Bajadere«, von der sie sprach, hatte gerade, verletzt, leise den Atem eingezogen. Selbst nach jahrelangen Misshandlungen hatte sich meine Frau noch immer nicht an die liebenswürdigen Titulierungen gewöhnt, mit denen die Königin sie bedachte. Mittlerweile stand sie seit wenigstens einer halben Stunde, einen silbernen *lota* voll Wasser in der Hand, geduldig hinter dem Glasperlenvorhang. Aus einem gewissen Abstand konnte man darauf einen Pfau mit gerecktem Hals und sehr langem, prachtvollem Schwanzgefieder erkennen. Mit seinem linken Auge stimmte etwas nicht. Sie hatte an der Stelle eine Glasperle vom falschen Farbton aufgefädelt; jetzt sah der Vogel aus, als ob er schielte.
Ich habe ihr gesagt, sie brauche meinetwegen nicht aufzubleiben. Weder heute noch gestern noch sonstwann. Aber sie tut, was sie will. Meine Frau hat einen eigenen Kopf. Sobald Mutter Karmavati gegangen ist, wird sie herauskommen, das Wasser in den kunstvoll ziselierten, goldenen Becher gießen, der auch als Deckel des Lota dient, und mir dann die Schuhe ausziehen.
In ihren Augen kann ich nichts Unrechtes tun. Das ist nicht ganz richtig. Sie hat ein hoch entwickeltes moralisches Empfinden, aber mir ist alles erlaubt, na ja, so gut wie. Auf jeden Fall wird mir alles verziehen. Wutanfälle, üble Laune, Brutalität, das rüdeste Verhalten, Höflichkeit, Verwunderung, Verzweiflung, heftige, krasseste Stimmungsschwankungen, alles. Was immer ich sie tun heiße, tut sie klaglos – eine Sache ausgenommen. Sie behandelt mich wie ein Kind. Was ich tue, sage oder denke, tangiert sie nicht.
»Allein in den letzten sechs Monaten habe ich dir nicht weniger als siebzehn Anträge überbracht.« Meine zweite Mutter reißt mich aus meinen zwecklosen Grübeleien. »Selbst die am glücklichsten verheirateten Fürsten nehmen sich weitere Ehefrauen. Sieh dir deinen Vater an. Er liebt mich innig, aber er kennt seine Pflicht. Ehen sind Bündnisse, politische Verbindungen. Und sie sind eine Absicherung. Sie garantieren eine lange Erblinie und sie verhindern, dass eine bestimmte Königin größenwahnsinnig wird und ein zu großes Mundwerk riskiert.«
Das musste gerade Königin Karmavati sagen. Ihr Mundwerk ist größer als Chittor, größer als Rajasthan, größer als der Thron von Delhi, und sie ist ein unerschöpflicher Quell von Unverschämtheiten.

Worauf wollte sie mit dieser Lobeshymne auf die Polygamie eigentlich hinaus? Ich habe ein Mal geheiratet und ich bin mehr als bedient. Liebt die Königin meinen Vater wirklich? Ich achte ihn, wie ich keinen anderen Mann achte, aber schließlich brauche ich nicht mit ihm ins Bett zu steigen. Wie kann eine Frau es ertragen, ihn anzusehen, geschweige denn mit ihm zu schlafen? Als sie ihn zum ersten Mal sah, fiel meine Frau in Ohnmacht. Vater tat so, als glaubte er, das liege an der Hitze oder sei vielleicht die Folge des langen, strengen Fastens, dem sich junge Frauen vor der Hochzeit unterziehen. Aber er ist zu gescheit, um nicht zu wissen, dass Albträume und die Bewohner von *Pataldesh* nicht so Furcht erregend aussehen wie er. Ein Auge hat er durch seinen Bruder verloren, einen Arm durch den Lodi von Delhi, dass er den rechten Fuß nachzieht, verdankt er Muzaffar von Gujarat, und was die Schnitte und Schmisse und Kerben und Narben an seinem Oberkörper anbelangt – nun, die Strohpuppen, die wir für unsere Schießübungen verwenden, sehen weniger mitgenommen aus als er. Es gibt wenige Männer, die tapferer oder besessener wären als Vater. Vielleicht ist Tapferkeit die höchste Form von Sucht.
»Hörst du mir überhaupt zu, du Dummkopf? Ich sehe wohl, dass dir schon die Augen zufallen, aber wir haben ein Problem, das unsere sofortige Aufmerksamkeit verlangt. Die Bajadere.«
Ich fragte mich schon, wann du wieder mit meiner Frau anfangen würdest, denn dieser nächtliche Besuch konnte ja nur durch deine Schwiegertochter inspiriert sein. »Sie hat unsere Ehre verletzt. Unser ruhmreicher Name ist besudelt. Während Chittor brennt, tanzt deine Bajadere unbeirrt weiter.«
Es geht doch nichts über eine anschauliche bildliche Wendung, Mutter. Flammen gibt's hier allerdings keine; die letzten wurden vor über zweihundert Jahren gelöscht, als Rani Padmini und ihre Frauen an dem Tag, als Alauddin Khilji Chittor einnahm, die Scheiterhaufen bestiegen und jauhar begingen. Aber die Wendung, die der Gast aus Übersee gebrauchte, lautete, glaube ich: »Kaiser Nero sang und fiedelte, während Rom brannte.«
Der Eunuch Brihannada, der stumm unserem Gespräch beiwohnte, hatte ein blasses, süffisantes Lächeln auf den Lippen. Ich hätte es vorgezogen, wenn Königin Karmavati diese Dinge nicht vor ihm

besprochen hätte; oder aber der Eunuch hätte den Anstand besessen, sich, solange wir Staatsgeschäfte oder die Probleme mit meiner Frau erörterten, diskret zurückzuziehen. Aber darauf zu hoffen, wäre reine Selbsttäuschung gewesen. Es passiert so gut wie nichts im Palast und in Chittor, in das der Eunuch der Königin nicht eingeweiht wäre. Er ist klug und verschlagen, und bisweilen habe ich den Verdacht, dass er der böse Geist der Königin ist. Seine Manieren sind untadelig und er achtet immer peinlich darauf, vor mir das genaue Quantum an Verbeugungen und Kratzfüßen zu verrichten, die dem *Maharaj-Kumar* laut Protokoll gebühren. Ich lasse mich Brihannada gegenüber nie zu der leisesten Unhöflichkeit hinreißen, aber in meinem Herzen ist eine Kälte, die es vorzöge, ihm aus dem Weg zu gehen und seinen Namen nicht aussprechen zu müssen.

»Tanzt? Sprecht Ihr von ihren Badezimmergesängen?« Ich hatte mir gelobt, stumm zu bleiben, aber die Königin schafft es immer, meine guten Vorsätze zu vereiteln.

»Die Hure ist von der bloßen Sängerin zur Tänzerin avanciert. Sie wirbelte im ersten Stock des Dreigötter-Tempels herum, während die Menge – Eunuchen, Prinzen, Diener, Zofen, Prinzessinnen und Königinnen – ihr von unten zuschaute. Ein reizender Anblick, als sich hinter der durchbrochenen Balustrade ihre Röcke bauschten und blähten. Ein fesselndes Schauspiel, selbst für so müde Augen wie die meinen.«

Der Dreigötter-Tempel. Mein Großvater Raimul baute ihn für die Familie, nachdem er die Streitkräfte des Hatyara Udai geschlagen und den Thron bestiegen hatte. Einer meiner Lieblingstempel. Nichts besonders Aufwendiges. Fein skulptiert ohne jede Überladenheit. Ruhig. Intim. Er ist in Terrassen angelegt: im Erdgeschoss *Eklingji Shiva*, *Krishna* im ersten und Surya, der Sonnengott, im zweiten Stock.

»Ich wette, mein Bruder Vikramaditya saß in der ersten Reihe.«

»Lass ihn aus dem Spiel. Es geht hier nicht um ihn. Es geht um die Hure. Abgesehen davon, wenn seine Frau getanzt hätte, hättest du auch da gestanden und gegafft.«

»Die ist doch nicht mal vierzehn.«

»Was hat ihr Alter damit zu tun? Je älter ihr Männer werdet, desto jünger wollt ihr euer Spielzeug haben. Schau dir doch deine Onkel

an. Sie wollen Mädchen, die noch nicht einmal die Pubertät erreicht haben.«
War das wirklich wahr? Würde auch ich so enden wie sie?
»Schaff sie dir vom Hals, bevor sie unsere Familie zum Gespött von ganz Rajasthan macht.«

Sie setzte sich meinen Fuß auf das Knie, um mir den Schuh auszuziehen. Ich zog ihn zurück und hob ihr Gesicht an. Sie wich meinem Blick nicht aus.
»Stimmt es? Hast du wirklich getanzt?«
»Ich erinnere mich nicht.«
Mein Fuß traf ihr Gesicht. Es war kein besonders fester Tritt, aber er warf sie zu Boden. Der Krug überkugelte sich mehrmals, bevor er scheppernd zum Stillstand kam. Ihre Unterlippe war aufgeplatzt, das Blut hatte ihr Leibchen befleckt, das Wasser aus dem Lota hatte die Rückseite ihres Rocks durchnässt. Sie nahm meinen Fuß wieder in die Hände, streifte den Schuh ab und führte meine große Zehe erst an ihr linkes, dann an ihr rechtes Auge. Ich war ihr Herr und Gebieter, und sie würde es mir gegenüber nicht an Gesten des Gehorsams fehlen lassen. Sie fragte nicht wieso oder weshalb, verzog keine Miene und wischte sich auch nicht das Blut von der Lippe. Es war ihr gleichgültig, ob ich sie noch einmal treten würde.
Ich muss gestöhnt haben.
»Habt Ihr Schmerzen?«, fragte sie und trocknete mir die Stirn. Ich zuckte unter ihrer Hand zusammen. War je eine menschliche Hand so lindernd gewesen? Am liebsten hätte ich ihr den Arm ausgerissen und weggeschleudert. Sie hob den Lota auf, ging hinaus, füllte ihn von neuem und kam zurück. Sie begann, meine Jacke aufzuknöpfen. Ich marschierte empört aus dem Zimmer, aber ich war mir sicher, dass sie meinen theatralischen Abgang überhaupt nicht bemerkt hatte.
Ich ging zu den Stallungen und befahl dem Reitknecht, Befikir zu satteln. Mangal kam mir eilig nachgelaufen. Er sah ratlos und verunsichert aus. Vielleicht begannen meine plötzlichen Ausbrüche und Stimmungsschwankungen auch an seinen Nerven zu zehren. Aber es war etwas anderes, was ihm zu schaffen machte.

»Was soll ich mit ihr machen?«, fragte er leise.
Seine Anmaßung verschlug mir die Sprache. Ich mochte wütend auf sie sein, aber sie war noch immer meine Frau. Wie konnte er es wagen, sich um sie zu kümmern! »Von wem redest du?«, fragte ich schroff.
»Von der Frau, die Ihr neulich bei Gericht gesehen habt.«
»Welche Frau? Ist ihr Fall so dringend, dass sie nicht bis Donnerstag warten kann?«
»Es ist die Frau, deren Mann behauptete, sie sei ihm untreu gewesen.« Er sprach noch immer in verschwörerischem Ton.
»Ich habe nicht nach ihr verlangt.«
»Ich weiß, aber ich dachte, dass ein neues Gesicht Eurer Hoheit vielleicht Freude machen würde.«
»Wollte sie kommen?« Das war das Problem bei vertrauten Leibdienern. Sie bilden sich ein, sie wüssten besser als man selbst, wonach einem der Sinn steht.
»Und ob!«
»Und was ist mit ihrem Mann? Was, wenn er mich als mitbeklagten Ehebrecher vor Gericht zitiert?«
»Er wird die ganze Nacht außer Haus sein. Er wird von Rasikabai geprüft.«
»Du bist ein schlauer Fuchs, Mangal, aber ich hoffe, nicht zu schlau. Was, wenn sie ein Flittchen ist und irgendeine Krankheit hat?«
»Vertraut mir, Hoheit.«
»Was soll das heißen? Hast du etwa, wie *Shabari*, vor deinem Herrn von dieser Frucht gekostet?«
»Gelobt sei der Herr. Ich dachte schon, Ihr hättet Euch von Witz und Frohsinn endgültig verabschiedet.«
»Du hast meine Frage nicht beantwortet.«
»Sie ist Jungfrau.«
»Oh nein, bitte keine Jungfrau!« Er sah meine entsetzte Miene und deutete sie als Ausdruck moralischer Bedenken.
»Und kann's nicht erwarten, ihre Unschuld zu verlieren. Ich habe sie im *Chandra Mahal* zurückgelassen.«
»Lass sie in den Palast bringen.« Mangal sah mich an, als hätte ich ihn mit einer glühenden Eisenstange verbrannt.
»Mein Prinz, mit Verlaub, aber geht das nicht zu weit?«

»Du hast mich gehört.« Wenigstens war diese Frau kein Tanzmädchen wie das, was mich zu Hause erwartete. »Wie heißt sie?«
»Sunheria.«
Der Reitknecht war wieder eingeschlafen. Ich verpasste ihm einen nicht allzu festen Tritt. Er wachte auf und sah sich verwirrt um. Die Glocke des Türmers läutete zur Mitternacht. Der Wachposten rief düster aus: »Seid wachsam!«
»Hast du die Stute nun gesattelt oder nicht?«
»Ja, mein Herr.«
»Worauf wartest du dann noch? Halt mir den Steigbügel.«
Mangal holte mich in einer Minute ein und gemeinsam ritten wir aus dem Fort. Der Wachposten am Suraj-Tor wollte uns nicht durchlassen, bevor ich ihm nicht das Passwort sagte. Letztes Jahr hatten wir als neue Sicherheitsvorkehrung das System eingeführt, dass für jedes Tor ein anderes Passwort gelten sollte. Zur Zeit treiben sich einfach zu viele Söldner und Spione herum. Ich muss die Wächter der anderen drei Tore, die wir passiert haben, bei Gelegenheit zusammenstauchen. Das unverschämte Grinsen, das sie sich herausgenommen haben! Sie bilden sich bestimmt ein, wir reiten in die nächste Stadt, um uns eine vergnügte Nacht zu machen.

Die *Ganga* mag ein heiligerer Fluss sein, sie ist ohne Zweifel gewaltiger, aber sie ist nicht mein Fluss. Die *Gambhiri* ist meine Mutter und mein Gedächtnis. Genauso wie sie Chittors Mutter und Gedächtnis ist. Als ich geboren wurde, hat man mich in ihrem Wasser gebadet, und so Gott will, wird man mich mit ihr waschen, ehe man mich auf den Scheiterhaufen legt. Sie weiß alles, was ich tue, kennt meine geheimsten Gedanken und weiß um den Zwiespalt, der meine Seele zerreißt. Sie richtet nicht und sie hat keine Antworten zu bieten. Ihre Aufgabe ist, alles mit anzusehen, aber einzugreifen ist ihr nicht gestattet. Vielleicht hat sie eine eigene Meinung, vielleicht sogar sehr feste Ansichten, aber sie hält auf ewig den Mund. Wohin gehen Lieder, wenn man sie nicht mehr vernimmt? Wohin verschwindet die Verwirrung der Luft, nachdem Tausende von Vögeln zur Abendzeit heimwärts geflogen sind? Wo sind die Schreie der Rajputenfrauen, die ihre rotgefärbten Handteller auf die Wand drücken und dann in die Jauhar-Flammen springen? Wo sind meine

Kindheit, meine Schleuder, meine zerbrochene Schiefertafel, mein erster Papagei, meine Jugend, die erste Sünde und all diejenigen, die folgten, wo sind meine Jahre und das erste Mal, da ich die Frau aus Merta sah? Frag die Gambhiri. Sie weiß das alles. Uns droht keinerlei Gefahr, weil die Gambhiri ihre Geheimnisse für sich behalten wird. Sie ist, wie ihr Name andeutet, tief und düster und versonnen.

Nebel liegt auf dem Fluss. Die Luft ist unerträglich schwül, der Mond treibt haltlos zwischen dunklen, finsteren Wolken. Ich ziehe mich aus, spreche mein Gebet und lasse mich in die Gambhiri gleiten. Ihr Wasser ist schwarz und kalt. Ich versinke darin wie ein Stein. Ich lasse mich fallen. Ich treibe wieder nach oben. Rings um mich her gurgelt das Wasser. Meine Muskeln entkrampfen und meine Gedanken entwirren sich. Schwarzes Vergessen strömt durch meine Adern. Hüte dich vor dem Fluss heute Nacht. Die langen ebenholzfarbenen Gräser wiegen sich geschmeidig und umschlingen meine Füße. Sie rufen mich zu sich hinab, heißen mich die Oberwelt vergessen. *Yama* schweift heute Nacht auf seinem Büffel umher. Der Fluss ist seine Schwester *Yami*. Sie ist der Tod als Versucherin. Wer kann schon nein zu Yami sagen? Sogar ihr Bruder teilt mit ihr das Lager.

Flüchtige Phantome steigen zu mir auf. Die wässrigen Gesichter meiner Ahnen schreien mir lautlos zu, ihre flüssigen krakigen Hände packen und umschlingen mich. Bappa Rawal, *Rana* Hamir, Rani Padmini, Hatyara, sie alle wollen unbedingt etwas von mir, aber ich schaffe es nicht mehr, ihnen die Kakophonie von Forderungen von den Lippen abzulesen. Vielleicht kann ich ihnen helfen, wenn ich tiefer in die Unterwelt hinabsinke.

Jemand ist dabei, mich gegen meinen Willen nach oben zu ziehen. Die Sanftheit der Unterströmung ist trügerisch. Sie wird mich lautlos töten, mich in einen spiraligen Strudel hinabsaugen. Jetzt kann ich Mangal hören, der meinen Namen ruft. Ich gebe keine Antwort. Der Fluss ist mein seliges Ende und ich habe nicht die Absicht, wieder aufzutauchen. Mangals Rufe werden inständiger und verzweifelter. Ich wünschte, er würde mich in Frieden lassen. Er hat mich gefunden und zerrt mich nach oben. Es regnet stark. Die Regentropfen zwicken die Haut des Flusses an Millionen Stellen. Meine

Haut brennt, wo die Tropfen in sie einschlagen und sie glatt durchbohren. Ich bin wach. Mangal ruft klagend meinen Namen, als sei ich gestorben. Das Wasser schwappt sanft über meinen Körper. Meine Dämonen sind mir ausgetrieben worden. Der Mond ist herausgekommen und die Gambhiri ist eine träge silberne Zauberin.

Als Mangal und ich zurückreiten, habe ich keinerlei Erinnerung daran, im Fluss geschwommen zu sein. Mein Körper ist das Ebben und Fluten schwarzen Wassers.

Als ich zurückkomme, brennen die Lichter in meinem Palast. Es ist wie *Divali*. Sie ist wach. Sie trägt einen schreiend gelben gefältelten Rock mit einer pinkfarbenen Chunni. Ihr Leibchen ist so grün wie junges Gras. Sie hat Sunheria, die Frau des steinalten Wäschers, in neue rote Brokatgewänder gekleidet und sie wie eine Braut zurechtgemacht.

2

Es ist eine so elementare Regel, dass ich mich frage, warum fast niemand sie beherzigt. Willst du herausfinden, wie eine bestimmte Dienststelle arbeitet oder welche Fortschritte ein bestimmtes Projekt macht, komm unangemeldet. Nicht etwa in der Hoffnung, die Leute mit heruntergelassener Hose oder mit der Hand in der Kasse zu erwischen, sondern einfach nur deswegen, weil es keine andere Möglichkeit gibt, sie so zu erleben, wie sie wirklich sind – als normale Menschen: normal tüchtig oder normal faul. Warne sie vor, und sie rollen den roten Teppich aus und veranstalten ein großes Theater. Wenn es dir allerdings nur darum geht, dich wichtig zu fühlen, dann bestell sie gleich zu dir. Es macht weniger Umstände, deine Direktoren oder Minister werden glücklich sein, sich den Tag frei zu nehmen und die Fakten für dich zu frisieren, und du musst dich nie wieder mit unerfreulichen oder unlösbaren Problemen auseinander setzen. Hofschranzen bilden die erste Verteidigungslinie eines Königs. Sie beschützen ihn vor der Wahrheit und umspinnen ihn mit einem feinen Netz, das sämtliche eingehenden Informationen filtert. Das bedeutet nicht nur, dass die schlechten Nachrichten draußen bleiben, oft wird auch guten Nachrichten und guten Menschen der Zutritt verweigert. Denn was du siehst und hörst, ist das, was sie dich sehen und hören lassen wollen. Wenn dann das Ende kommt und der Stuhl unter dir weggezogen wird, sei mutig: dein Sturz wird rasch und endgültig sein.

Das Problem ist natürlich, alle Informationskanäle offen zu halten, ohne sich von den eingehenden Daten erschlagen zu lassen. Gibt es eine Möglichkeit, Sprachrohre der Kritik zu institutionalisieren? Aber selbst wenn es eine gäbe, würde sie nicht viel nützen, geschickt wie wir Menschen sind, jede Ansicht oder Meinung, die uns nicht in den Kram passt, zu ignorieren. Habe ich sonst noch etwas zu dem Thema zu sagen? Nichts weiter – mit Ausnahme eines kleinen, nutzlosen Hinweises: Niemand kann dir dabei helfen, dich mit anderen zu verständigen. Du musst dich schon selbst darum bemühen, nach außen gehen und, vor allen Dingen, zuhören.

Als ich die Akademie für taktische und strategische Studien betrat, war die Sonne noch nicht aufgegangen. Der Leiter der Akademie ist einer der ältesten und loyalsten Gefolgsmänner meines Vaters. Jai Simha Balech kannte meinen Vater schon, als dieser inkognito in der Verbannung leben musste, lange bevor er König wurde. Nach seiner Thronbesteigung belehnte er Jai Simha mit zwanzig Dörfern und verlieh ihm den Titel eines *Rawat*.

»Eure Hoheit, welch eine Überraschung.« Dem Rawat schien nicht ganz wohl in seiner Haut zu sein. Ich hatte keinen Anlass, an Jai Simhas Integrität oder Loyalität zu zweifeln. Das war ein Routinebesuch und er hatte keinen Grund zu Besorgnis oder Befangenheit.

»Ich dachte, ich komme mal vorbei und schau mir an, wie sich unsere künftigen Heerführer und Strategen so machen.«

Ich war nicht ganz aufrichtig. Die Herangehensweise des Rawat an taktische Problemstellungen war für meinen Geschmack zu konservativ. Außerdem wollte ich den Lehrplan der Akademie unbedingt um die Vermittlung der modernsten Techniken erweitern. Mir waren vage Gerüchte über Fortschritte zu Ohren gekommen, die Araber, Türken und Portugiesen auf waffentechnischem Gebiet gemacht haben sollten, und ehe ich das Thema Vater unterbreitete, wollte ich mich der Unterstützung des Rawat versichern.

Zuerst sahen wir uns die Geländeübungen an und dann hospitierten wir in einer Vorlesung Shafi Khans über klassische Angriffsformationen. Es war ein klarer Vortrag mit zahlreichen Schaubildern und Fallstudien. Als wir schon gehen wollten, fragte ich Shafi Khan, ob er auch schon Kurse über die technischen und logistischen Aspekte des Rückzugs veranstaltet habe. Die Studenten fanden meine Frage

ungeheuer komisch und brachen in schallendes Gelächter aus, während der Dozent in der Annahme, meine Bemerkung sei eine Spitze gegen seine Lehrmethoden, sichtlich einschnappte.
»Ich habe diese Frage nicht zu eurer Erheiterung gestellt. Es wird die Herren vielleicht überraschen, aber im Kriegsgeschäft ist es üblich, dass die eine Seite gewinnt und die andere verliert. Das wissenschaftliche Studium der Kunst des Rückzugs ermöglicht nicht nur eine drastische Senkung der Verluste an Menschenleben, es bedingt unter Umständen auch, dass man selbst überlebt und so die Möglichkeit hat, einen weiteren Krieg zu führen.«
Der Dozent war besänftigt und die Studenten rissen sich wieder zusammen. Die Aussicht mochte sie nicht eben begeistern, aber immerhin war eine Diskussion über Formen des geordneten taktischen Rückzugs ein interessanter neuer Gedanke – für den Dozenten ebenso sehr wie für seine Studenten.
Ich konnte mir Jai Simhas hartnäckige Verschlossenheit nicht erklären. In der Akademie war alles in bester Ordnung. Ich hielt es für klüger, seine Wortkargheit zu ignorieren und auf dem Weg zu seinem Arbeitszimmer die Themen anzuschneiden, die mich beschäftigten. Aber noch ehe ich dazu kam, brachen die Dämme. Es kam zwar nur ein Rinnsal heraus und die Stimme des Mannes war ein bloßes Flüstern, aber ich begriff sofort, dass etwas nicht stimmte.
»Eure Hoheit, ich hatte vorgehabt, Euch im Laufe des Vormittags aufzusuchen.«
»Ich hoffe, du hast deine Absicht nicht geändert und wirst mir Gelegenheit geben, deine Gastfreundschaft zu erwidern. Darf ich dich zum Essen erwarten?«
»Es ist gütig, sehr gütig von Euch, aber ich kann nicht.«
Er zitterte am ganzen Leib, und als ich ihm die Hand auf den Rücken legte, schüttelte er den Kopf. Ich konnte die Intensität seines Kummers spüren, aber in Vaters Abwesenheit bin ich der Oberste Berufungsrichter. Und ich werde keinen Finger rühren, keine Erkundigungen einziehen und keine Hilfe anbieten, ehe die geschädigte Partei mich nicht aus freien Stücken darum bittet, vermittelnd tätig zu werden.
»Ich werde mein Vorzimmer instruieren, dich jederzeit zu mir vorzulassen, selbst wenn ich beschäftigt sein sollte.«

Es war wieder Donnerstag. Pyarelal, der Dhobi, war heute als Erster an der Reihe. Er hatte dicke Tränensäcke, aber seine Augen glänzten triumphierend. Seine Frau Sunheria stand ein Stückchen hinter ihm. Sie vermied es, zu mir aufzuschauen. Hasste sie mich? Würde sie es über sich bringen, mir zu verzeihen? Und dennoch war es eher diese weißhaarige, zahnlose, turbantragende Ruine eines Ehemannes, die mein Herz rührte. Er hatte sechs Frauen gehabt und fünf von ihnen hatten ihm Söhne und Töchter geboren, die ihm wiederum zahllose Enkel geschenkt hatten. Einige der Frauen waren gestorben, andere hatten ihn verlassen. Er hatte sich eine Siebte zugelegt und wurde jetzt von Argwohn und Versagensängsten zerfressen. Wer konnte besser über eine treulose Ehefrau Bescheid wissen als ich?

»Herr, Eure Hoheit, ich bin ein Mann.« Er sprach mit einer hohen Stimme, die von einem dünnen Pfeifen begleitet wurde. Es war offensichtlich, dass er seine Bronchitis nie wieder loswerden würde. »Ich habe getan, wie Ihr befohlen hattet, und habe meine Männlichkeit unter Beweis gestellt.«

»Ja, es ist wahr, dass du ein Mann bist, Pyarelal. Rasikabai verbürgt sich dafür. Was willst du jetzt noch?«

»Damit ist schlagend bewiesen, dass meine Frau schuldig ist, oder etwa nicht?«

»Wessen schuldig?«

»Der Untreue, was denn sonst?«

»Wer ist der Mitbeklagte?«

»Woher soll denn ich das wissen? Fragt doch sie!«

»Ist es denn möglich, dass sie einen Liebhaber hat und trotzdem noch Jungfrau ist?«

»Wofür haltet Ihr mich, für einen Idioten? Sie ist keine Jungfrau, so viel ist sicher.«

»Woher weißt du das?«

»Da hört sich doch wohl alles auf! Bin ich nicht ihr Ehemann?«

»Warum ziehst du deine Klage nicht zurück, Pyarelal? Deine Frau ist dir treu, und genau deshalb ist sie noch Jungfrau.«

»Was wollt Ihr damit unterstellen, Hoheit? Dass ich impotent bin? Habe ich meine Männlichkeit bei Rasikabai nicht unter Beweis gestellt?«

»Hast du. Ganz ohne Zweifel. Aber es hat ein Weilchen gedauert, die ganze Nacht, um genau zu sein, und hat meines Wissens viel gutes Zureden erfordert. Rasikabai hat jeden Trick aus dem Lehrbuch an dir ausprobiert – und nach allem, was man hört, könnte sie die Verfasserin eines Lehrbuchs sein. Ich will dir zugestehen, dass eine gewisse, wenn auch noch so schwache Flamme in dir brennt, aber deine Frau ist einfach zu unerfahren, um sie zu schüren.«

Pyarelal war sichtlich geknickt, aber er gab noch nicht auf.

»Ich sage Euch, sie hat einen Liebhaber. In der Nacht, die ich bei Rasikabai verbracht habe, war sie die ganze Nacht nicht zu Hause.«

»Wo immer sie letzten Montag auch gewesen sein mag – Rasikabai hat sie gestern untersucht und sie für eine Jungfrau erklärt.«

»Sie hat einen Liebhaber. Ich spüre es in den Knochen.«

»Finde ihn«, sagte ich zu ihm, »und wir werden die strengste Strafe über ihn verhängen, die das Gesetz vorsieht.«

Endlich gab sich Pyarelal geschlagen. Jungfrau oder nicht, er wusste, dass seine Frau ihn betrog.

Den Nachmittag hatte ich mir für Sahasmal freigehalten, den Leiter des Amtes für Stadtplanung. Ich hatte gehört, dass man im Königreich *Vijayanagar* Aquädukte mit Keramikleitungen baute, und wollte ihn fragen, warum wir das System nicht übernehmen konnten. Das zweite Problem war die Kanalisation. Die Straßen von Chittor waren im Sommer und Winter gut, aber sobald der Monsunregen einsetzte, hätte man schon ein Wasserbüffel sein müssen, um sich auf ihnen wohl zu fühlen. Die Stadt verwandelte sich in einen einzigen Sumpf. Über den Köpfen der Menschen hingen Schwärme von Mücken wie summende Turbane aus schwarzem Musselin. Aber die Straßen waren wenigstens ein nur saisonales Problem, die Abwässerkanäle dagegen das ganze Jahr über ein Ärgernis. Wobei Ärgernis die Sache nur äußerst ungenau trifft. Sie waren eine Katastrophe.

Aus unerfindlichen Gründen waren alle meine großen wie kleinen Vorfahren, wenn sie sich mit dem Bevölkerungsschwund in unserem Königreich auseinander setzen mussten, außerstande, vernünftig zu denken. Sie machten immer nur die Kriege, die wir ständig

führten, dafür verantwortlich. Zweifellos fügt uns der Krieg empfindliche Verluste zu, obwohl die Toten nichts sind im Vergleich zu den Verstümmelten, Verkrüppelten und Entstellten, die jede Kriegerfamilie vorzuweisen hat, ganz zu schweigen von den Hunderten, die auf jeder Straße, Gasse und Nebengasse betteln, aber es sind die endemischen und epidemischen Krankheiten, die alle paar Jahre ein Viertel bis die Hälfte unserer Bevölkerung dahinraffen.
Vielleicht will sich deswegen niemand mit dem Thema Kanalisation befassen, weil es ein unreiner Gegenstand ist. Aber wenn wir der Sache nicht jetzt unsere Aufmerksamkeit widmen und dem Problem mit den vereinten Kräften von moderner Technik und königlicher Autorität zu Leibe rücken, werden wir bald allesamt in unseren eigenen flüssigen und festen Ausscheidungen untergehen.
Auch der Stadtplaner Sahasmal schaute etwas verschämt drein, produzierte in einem fort respektvoll-angewiderte Geräusche und konnte nicht so recht begreifen, warum wir nicht stattdessen Baupläne für einen neuen Komplex von Marmortempeln in der Art wie die von Ranakpur besprachen – oder für einen neuen Siegesturm, der doppelt so hoch werden würde wie derjenige, den der große Rana Kumbha errichtet hatte. Schließlich waren Vaters Siege nicht minder bedeutend als die meines Urgroßvaters. Ich entgegnete, das seien ganz hervorragende Ideen und ich sei sicher, dass er die dafür nötigen Mittel von den großzügigen Bürgern unserer Stadt sowie bei den wohlhabenden Einwohnern von ganz Mewar finden würde. Was aber die Staatskasse betraf, so würde sie sich an prosaischere Projekte wie Kloaken und Abwasserkanäle halten.
Ich glaube, er verstand, worauf ich hinauswollte, und erklärte gerade, er würde die Pläne der städtischen Kanalisation heraussuchen, als Jai Simha Balech angemeldet wurde. Ich erlaubte dem Stadtplaner, sich zurückzuziehen, und fragte ihn, ob ihm sechs Uhr abends desselben Tages eine genehme Zeit sein würde, um gemeinsam mit mir die Pläne zu studieren. Die Kinnlade klappte ihm herunter und er fing an zu stottern, wie schwierig es sei, solche alten Dokumente ausfindig zu machen. Außerdem sei er sich nicht einmal sicher, dass derartige Pläne überhaupt existierten.
»Gut, wir sind uns also einig. Punkt sechs.« Ich wünschte ihm einen guten Tag.

Jai Simha Balech hatte seine Emotionen besser unter Kontrolle. Ich dagegen hatte gewisse Schwierigkeiten, eine undurchdringliche Miene zu bewahren. Während ich seinen Ausführungen aufmerksam Gehör schenkte – wie hätte es auch anders sein können, ich hörte ja das ferne Grollen einer sich zusammenbrauenden Krise –, beschloss ich, mich künftig jeden Tag vor den Spiegel zu setzen und zu üben, ungerührt wie eine Leiche zu bleiben, während ich mir im Kopf eine Litanei der peinlichsten Skandale, Katastrophen, Misserfolge und Demütigungen aufsagte, die ich mir nur ausdenken konnte oder mir vielleicht auch nur aus meinem reichen und mannigfaltigen Fundus an einschlägigen Erfahrungen zu vergegenwärtigen brauchte.

»Eure Hoheit wird sich erinnern, dass Prinz Vikramaditya vor fünf Wochen meiner Familie einen Besuch abstattete. Es war uns eine große Ehre, und auch wenn es mir wegen meiner Verpflichtungen in der Akademie nicht möglich war, mich persönlich um ihn zu kümmern, so hat meine Familie, vom Bewusstsein dieser hohen Auszeichnung durchdrungen, doch keine Mühe gescheut, um ihm den Aufenthalt so angenehm wie irgend möglich zu machen. Vor ungefähr einer Woche ist er nach Chittor zurückgekehrt.«

Ja, das war mir bekannt. Seitdem hatte er nicht nur das Vergnügen gehabt, meiner Frau unter den ekstatischen Rock zu linsen, er hatte auch Spottliedchen von solch obszöner Vergnüglichkeit verfasst, dass schon die ganze Stadt danach tanzte.

»Er kam persönlich in der Akademie vorbei und dankte mir auf das Herzlichste. Er fühle sich von der Landluft und den Ausritten und Jagden, auf die ihn meine vier Söhne mitgenommen hätten, wunderbar gestärkt. ›Ihr müsst wiederkommen. Bald‹, sagte ich zu ihm. ›Das habe ich vor, Onkel, das habe ich vor‹, erwiderte er und ging. Fast auf seinen Fersen – ihre Wege müssen sich gekreuzt haben – kamen meine zwei ältesten Söhne nach Chittor geritten.«

Er verstummte. Ich schloss die Augen für die Pointe. Sie blieb aus.

»Hoheit, ich weiß nicht, wie ich fortfahren soll.«

Ich hielt die Augen weiterhin geschlossen. Das ist ein gutes Training für einen künftigen König. Ich zwang mich, keinerlei Vermutungen anzustellen. Lass dich mit dem Strom treiben, hüte deine Zunge, entspanne jeden Muskel in jedem einzelnen Teil deines Kör-

pers. Stirb ab, stirb ab. Verrate niemals Überraschung oder sonstige Regungen.
»Ich bitte um Vergebung, wenn das, was ich Euch jetzt sage, Eure Ohren beleidigt. Aber sagen muss ich es. Ihr wisst, dass wir auf den Besitzungen, mit denen der Rana, Euer Vater, mich vor vielen Jahren zum Lohn für meine Treue belehnte, ein Gestüt betreiben. Durch Eklingjis Gnade hat sich das Gestüt gut entwickelt. Wir beliefern die Armee und den gesamten Landadel mit Pferden. Eure Stute Befikir entstammt einer unserer wertvollsten Linien.
Vor anderthalb Jahren hatten sich die *Solankis* von Godwar ein Stutfohlen namens Kali Bijli, ›Schwarzer Blitz‹, reservieren lassen. Jetzt ist die Stute ausgewachsen und wir wollten sie gerade den Solankis schicken, als Prinz Vikramaditya sie erspähte. Sie ist eine schöne Stute, eine der schönsten, die unsere Zucht je hervorgebracht hat. Der Prinz wollte sie unbedingt haben. Meine Söhne boten ihm jedes andere Pferd des Gestüts zur freien Auswahl an, weil dieses eine bereits an jemand anderen verkauft sei. Der Prinz schlug das Angebot huldvoll aus.
Nach seiner Abreise stellten meine Söhne fest, dass Kali Bijli verschwunden war, und mit ihr neun weitere Pferde.«

Ich hatte meinen Bruder mit seinem neuen Pferd schon gesehen. Ein bisschen zu auffällig und nervös für meinen Geschmack, aber eine Schönheit, wie ich sie noch nie gesehen hatte.
Er spielte gerade ein Spiel, das er erst kürzlich gelernt hatte, bei dem man im Reiten mit einem Stock nach einem kleinen Ball schlägt, als ich die Stute zum ersten Mal sah.
»Wo hast du sie her?«
»Auf einem Pferdemarkt in Ajmer einem *Pathanen* abgekauft. Gefällt sie dir?«
»Sie muss dich ein halbes Vermögen gekostet haben. Besser gesagt, ein ganzes.«
»Es ist nicht das Geld, was zählt, es ist das Vergnügen, solch ein schönes, reinblütiges, edles Geschöpf zu reiten, Bruder. Aber was verstehst du schon von Vergnügen?«
Da hatte er zwar nicht ganz unrecht, aber ich fragte mich doch, wo er das Geld aufgetrieben haben mochte, um sie zu kaufen. Er lebte

ohnehin schon weit über seine Verhältnisse und hatte Schulden bei fast jedem in der Familie, mich selbst, man höre und staune, eingeschlossen. Nun ja, es gab ja noch seine Mutter, Königin Karmavati. Sie hatte ihre Einkommensquellen, ganz zu schweigen von ihrer Privatschatulle, die sie Gott weiß wo versteckt hielt.

»Das ist noch nicht alles. In der Nacht vor seiner Abreise bestach er meinen Zureiter, der als einer der besten im Lande gilt; sogar besser als derjenige, der dem Herrscher von Delhi dient. Ich kann ihn nirgendwo finden, aber ich habe den Verdacht, dass er sich mit seiner Familie unter den Schutz des Prinzen gestellt hat.«

Ich musste mich nicht erst zu eisiger Fassung zwingen, ich war wie erstarrt. Vater und ich sowie fast alle, die je mit ihm zu tun gehabt haben, wissen, dass Vikramaditya kein Mann ist, der tatenlos darauf wartet, dass es Ärger gibt. Er macht ihn selber. Wir wissen alle, was wir zu erwarten haben, und dennoch schafft es keiner von uns, mit dem Erfindungsreichtum meines Bruders Schritt zu halten.

»Ich will die Stute zurückhaben. Was den Zureiter und dessen Frau angeht, bin ich sicher, dass Ihr das Richtige tun werdet.«

Das Richtige, das Richtige. So richtig das, was mir gerade noch gefehlt hat. Weiß ich denn, was das Richtige ist? Für mich oder gar für andere? Und selbst wenn ich's wüsste – wie fange ich es an, dass das Richtige auch geschieht?

»Jai Simhaji, warum hast du fast eine Woche gewartet, ehe du mir die Angelegenheit vorgetragen hast?«

Er zögerte. »Wenn es nach mir gegangen wäre, wäre ich heute auch nicht hier. Ich bin erst zu Adinathji gegangen und habe dann die Angelegenheit dem Premierminister unterbreitet. Sie haben mir beide ihr Mitgefühl ausgesprochen, mir aber zu verstehen gegeben, dass ich gut daran täte, die ganze Sache zu vergessen.«

Ich fragte mich, ob Jai Simha Balech sich mit dem Problem auch an Vater gewandt hätte, wenn er statt meiner da gewesen wäre.

Ich suchte Vikramaditya auf. Es hatte keinen Wert, ihn zu mir zu bestellen. Er hätte sich möglicherweise geweigert zu kommen. Wenigstens diese Demütigung konnte ich mir ersparen.

»Ich ersuche dich, Kali Bijli unverzüglich Jai Simha Balech zurückzugeben.«
»Wer ist Kali Bijli?«
»Das Pferd, das du aus Jai Simha Balechs Gestüt gestohlen hast.«
»Mein Pferd heißt Kajal und ich habe es von einem Pathanen in der Nähe von Ajmer erworben.«
»Hast du Dokumente, die den Kauf des Tieres belegen?«
»Klar. Aber ich hab sie weggeworfen.«
»Irgendwelche Zeugen?«
»Ich hab mir keine Frau gekauft, bloß ein Pferd!«
»Wirst du Rawat Balech die Stute zurückgeben?«
»Nein, das werde ich nicht.«
»Bist du dir eigentlich über die Konsequenzen im Klaren? Der Rawat ist ein Freund von Vater und einer seiner getreuesten Gefolgsmänner. Willst du ihn und seinen Klan wegen eines bloßen Pferdes vor den Kopf stoßen? Die Stute war an den Solanki von Godwar verkauft worden, der an unserer Seite gegen den Sultan von Gujarat kämpft. Hast du auch nur die leiseste Ahnung von den politischen Auswirkungen, die deine Handlungsweise haben kann?«
Meine Zunge schmeckte wie trockene Asche. Was war ich doch für ein Esel, zu hoffen, mein Bruder könnte für Vernunftgründe empfänglich sein!
»Das Pferd gehört mir. Und selbst wenn es nicht so wäre, gibt es keinen *Rao*, Rawat oder *Raja*, der es mir wegnehmen könnte. Du bist die personifizierte Feigheit, Bruder, aber ich bin der Sohn des Königs. Was ich will, das nehme ich mir.« Er lächelte. Nein, dazu ist er gar nicht fähig; er grinste dreckig. »Einschließlich des Throns.«

Ich ging zurück ins Arbeitszimmer und rief nach Mangal.
»Kannst du feststellen, wo Prinz Vikramadityas neue Stute ist? Wenn du es schaffst, sie ausfindig zu machen, sag mir, wie viele Männer sie bewachen. Kannst du das bewerkstelligen, ohne Verdacht zu erregen?«
Ich wusste, dass es sinnlos war, aber ich erinnerte mich an die Empfehlung des alten Meisters der Staatskunst *Kautilya*: »Verwirf niemals das Naheliegende, nur weil es nahe liegt. Schreibe alle Möglichkeiten auf und durchdenke sie gewissenhaft Punkt für Punkt.«

Ich setzte mich ruhig hin und schrieb die drei denkbaren Szenarien auf: 1. Wir finden Kali Bijli nicht. 2. Wir finden und beschlagnahmen sie. 3. Wir finden sie, können sie aber nicht in unseren Besitz bringen. Unter jede Alternative listete ich eine Reihe von Maßnahmen auf, die jeweils ergriffen werden konnten. Ich verbrachte fast eine Stunde mit Korrekturen, Ergänzungen und Umstellungen mancher Unterpunkte. Ans Ende der Liste schrieb ich in kräftigen Zügen: »Der Zeitfaktor ist entscheidend. Ich werde alles durchdenken. Handle rasch! Aber im Rahmen des Gesetzes.«

Etwas niederzuschreiben bewirkt noch nicht, dass es geschieht, aber zumindest weiß man dann, was man von sich erwartet.

»Sie ist nicht da, und Reitknecht, Stallmeister und wer sonst noch mit der Stute zu tun haben könnte, wollen nicht reden.«

»Stell zwei deiner Leute für Prinz Vikramadityas Beobachtung ab. Ich will wissen, wer ihn besucht und wie lange er jeweils bleibt. Wenn der Prinz das Haus verlässt, will ich unverzüglich davon Meldung erhalten. Informiere den Premierminister, den Schatzmeister und den Innenminister, dass heute Abend, neun Uhr, in meinen Räumen eine Sitzung des Sicherheitsrates stattfindet. Bitte den Hauptmann der Garde, sich um dieselbe Uhrzeit hier zu melden und meine Instruktionen abzuwarten. Richte Rawat Jai Simha Balech aus, dass um zehn nach neun seine Anwesenheit erforderlich sein wird. Geh. Eine Krise ist nicht die Zeit, in Selbstgefälligkeit zu schwelgen. Damit gibst du das Spiel aus der Hand.«

Ich studierte gemeinsam mit dem Stadtplaner das Kanalisationsnetz von Chittor. Mein Interesse an Abwässern musste ihn irgendwie angesteckt haben. Statt sanitärer Anlagen, Kot und Schmutzwasser begann er allmählich ein technisches Problem zu sehen. Jetzt würde er keine Schwierigkeiten mehr machen. Er suchte bereits nach dem anderen Teil des Problems: der Lösung.

Ich wurde zwei Mal unterbrochen, beide Male von Mangal, der mich ins Vorzimmer rief. Mein Bruder Vikramaditya konferierte mit seinen drei vertrautesten Spießgesellen, Fateh Simha, Sajjad Hussein und Mahesh Gaur. Die zweite Meldung lautete, dass Sajjad Hussein, sichtlich in Eile, Vikramadityas Residenz verlassen habe.

»Wenn Sajjad Hussein die Festung verlässt, soll er erst abgefangen werden, nachdem er die Gambhiri durchquert hat, nicht vorher. Ich wiederhole, auf keinen Fall vorher. Deine Männer sollen sich vergewissern, dass keine Hochzeitsgesellschaft oder Schauspielwandertruppe in der Nähe ist, wenn der Zugriff erfolgt. Sajjad könnte eine Eskorte haben. Sorge dafür, dass unsere Männer nicht in der Minderzahl sind. Zieht Sajjad aus und nehmt ihm alle Briefe und Barschaften ab. Sperrt ihn und seine Männer in der Festung Kumbhalgarh ein. Du, Mangal, bleibst in Chittor und hältst dich aus allen Aktionen heraus. Du sollst meine Anweisungen koordinieren und dafür sorgen, dass sie genauestens befolgt werden.«

Der Stadtplaner war in Hochstimmung. Ich beauftragte ihn, Pläne für die Instandsetzung, Erweiterung oder den stufenweisen Austausch des alten Kanalisationssystems auszuarbeiten und mir einen Bericht über voraussichtliche Kosten und mögliche Finanzierung des Projekts, etwa durch eine neue Wassersteuer oder was immer ihm sonst als die beste Möglichkeit erscheinen würde, vorzulegen.

Ich badete rasch, zog mich um und ordnete meine Gedanken.

Als Erster traf Adinathji ein. Falls er eine Ahnung hatte, was der Anlass der Krisensitzung war, hatte er jedenfalls nicht vor, es mich wissen zu lassen oder mich auszuhorchen. Alles zu seiner Zeit. Es war seltsam, wie viel ich von diesem Mann gelernt hatte, der mir, ohne mir irgendeinen Grund zur Abneigung zu geben, dennoch nicht gerade ans Herz gewachsen war. Sein größter Vorzug war nicht so sehr, dass er schweigen, sondern dass er zuhören konnte. Es war kein passives Zuhören. Ein solches vermutete ich eher bei unserem Premierminister Puranmalji. Auch er ließ die Leute ausreden, aber er tat es nicht unvoreingenommen. Adinathji dagegen wägte mit seiner Miene, die an einen toten Fisch erinnerte, das Für und Wider sehr umständlich und gewissenhaft ab. Und wenn er das Gehörte überzeugend fand, fasste er es nicht als Ehrensache auf, lediglich deswegen auf seiner Meinung zu beharren, weil es eben seine war oder weil sie die herkömmliche Ansicht über den fraglichen Gegenstand widerspiegelte.

»Was ... was soll die ganze Aufregung? Was es auch sei, hätte es nicht auf morgen Früh verschoben werden können?« Mein Onkel Lakshman Simhaji konnte nicht einmal warten, bis die Tür geschlossen war, um mich ins Verhör zu nehmen. »Eure Hoheit«, fügte Lakshman Simhaji wie bei nachträglicher Überlegung hinzu.

Der Innenminister war ein hochgewachsener Mann, der in die Breite gegangen war. Ich kenne ihn seit meiner Kindheit. Damals war er schlank und ständig in Eile. Er war einer unserer besten Heerführer und hatte es als schmähliche Beleidigung aufgefasst, als Vater ihn an die Spitze des Ministeriums des Inneren gesetzt hatte.

»Soll ich vielleicht unsere Frauen beauftragen, die Truppen anzuführen, wenn Chittor – was Gott verhüten möge – einmal angegriffen werden sollte, während wir anderswo Krieg führen?«, hatte Vater ihn gefragt. »Und außerdem brauche ich, auch wenn ich in der Stadt bin, einen zuverlässigen Mann, der sich um die innere Sicherheit kümmert.«

Lakshman Simhaji hatte gegrunzt und seine Nüstern hatten sich gebläht. Er hatte geschnauft und geprustet, so wie er es auch jetzt tat, wenngleich aus ganz anderen Gründen. Seitdem er gezwungen worden war, das entbehrungsreiche Leben eines Kriegers aufzugeben, war er so fett geworden, dass er sich ohne Hilfe weder setzen noch von seinem Sitz erheben konnte. Er sprach schnell, und das, gepaart mit seiner Kurzatmigkeit, machte es schwer, ihm zu folgen.

»Erwartest du etwa von mir, dass ich meinen Hintern auf einen Sitz platziere, der höher ist als deiner?« Ich hatte Mangal angewiesen, vier Matratzen aufeinander zu stapeln, um meinem Onkel die Sache zu erleichtern. »Ich mag alt und fett sein und ständig furzen, aber so weit bin ich noch nicht verblödet, dass ich den Maharaj-Kumar beleidigen würde.«

Mein einziges Motiv jedoch war Eigennutz. Das letzte Mal, als wir ihn von seinem Sitz hatten hochwuchten müssen, waren Mangal und ich beinahe vornüber gekippt.

»Ihr seid für mich wie ein Vater, Onkel. Da schadet es auch nicht, wenn ich Euch zu Füßen sitze.«

»Wohl nicht, aber weiter solltest du nicht gehen. Halte an deinem Sitz und deiner Würde fest, Maharaj-Kumar, denn nur dann können die Sterne und die Sonne ihren Platz am Firmament behalten.«

»Wie ich feststelle, hält der Innenminister bereits eine Rede.«

Premierminister Puranmalji war hereingeschlichen, ohnc dass einer von uns etwas bemerkt hätte. Ein wahres Rätsel, dieser Mensch.

Nicht unheimlich, aber ungreifbar. Gewandt, aalglatt und absolut frei von Emotionen. Mit einem sehr hoch entwickelten Instinkt fürs Überleben. Nicht nur für sein eigenes, sondern auch für das Mewars. Ich glaube, er bemüht sich bewusst, den Eindruck zu erwecken, dass ihm nicht zu trauen sei. Dies erlaubt ihm, Abstand zu wahren und sich alle Möglichkeiten offen zu halten.

»Möget Ihr lange leben, Eure Hoheit, und möge meine Lebensspanne der Euren hinzugefügt werden.« Ich nahm den Segen des Premierministers mit einer leicht angedeuteten Verneigung entgegen. Wir *Suryavanshis* oder Nachkommen des Sonnengottes haben immer zwei Premiers. Vater ist der *diwan* oder Premierminister Eklingjis, des fünfköpfigen *Shiva*, der unsere Familiengottheit und der eigentliche, wirkliche König von Mewar ist. Der gerade eingetretene Puranmalji wiederum ist der Premier des Rana, meines Vaters.

»Ich werde mich nicht mit Floskeln aufhalten und gleich zur Sache kommen. Möglicherweise habe ich mit der Einberufung des Sicherheitsrates vorschnell gehandelt. Sollte sich dies bestätigen, bitte ich die Herren schon jetzt um Vergebung. Aber ich hielt Eile und Geheimhaltung für geboten. Im ersten Teil unserer Sitzung tagen wir in unserer Eigenschaft als Oberstes Berufungsgericht von Mewar. Ich selbst werde das Protokoll führen.«

»Wer ... wer ist der Kläger?«, warf Lakshman Simhaji ein. »Und was ... was ist das Vergehen?«

»Ruf Jai Simha Balech auf.«

Weder Adinathji noch der Premierminister ließen sich im Mindesten anmerken, dass sie mit dem Fall Balech bereits vertraut waren. Ich fragte mich, wie sie wohl reagieren würden, wenn die Sache jetzt offiziell zur Sprache kam. Mangal führte Jai Simha Balech herein. Der Rawat sah eingeschüchtert aus. Er hatte offensichtlich nicht mit einem so Ehrfurcht gebietenden Empfang gerechnet.

»Rawat Jai Simha Balech«, sagte Onkel Lakshman Simha, zur Abwechslung einmal ohne hängen zu bleiben, »du stehst vor dem obersten Gericht des Landes. Sprich jetzt oder schweige hinfort. Entschließt du dich zu sprechen, sprich die Wahrheit. Widrigenfalls könntest du nämlich nicht nur dein Leben verlieren, der Staat wird darüber hinaus dir und deinen Kinder alle Güter, Ländereien, bewegliche Habe und Titel absprechen.«

Der Rawat hatte den Blick eines in die Falle gegangenen Tieres. Er hatte das Unglück nicht herausgefordert. Das Unglück hatte ihn aus heiterem Himmel ereilt. Ihm war klar: Wie auch immer die Sache ausging, er würde der Verlierer sein. Wenn er jetzt sprach, würden wir ihm übel nehmen, dass er uns damit in Zugzwang brachte. Der Rana, der einst sein Waffengefährte gewesen war, würde sich von ihm abwenden. Schwieg er aber, so würde er sich die Feindschaft des Solanki von Godwar einhandeln. Schlimmer noch, er würde Schande über seinen Klan bringen und seinen Kindern nie wieder in die Augen sehen können. Wenn man der nackten Staatsgewalt von einer niedrigeren Stellung aus entgegentritt, verzerrt sich die Perspektive. Er war die geschädigte Partei und dennoch fühlte er sich schuldig – und würde es sein Leben lang tun.
Er sprach mit ruhiger Stimme. Er ließ nichts aus. Als er fertig war, sagte er, ohne jemanden Bestimmten anzusehen: »Ich verlange, dass Gerechtigkeit geschieht, ohne Ansicht des Ranges und der Stellung des Beklagten.«
Ich wusste, dass wir damit den heikelsten Teil der Verhandlung erreicht hatten. Ich hatte diesen Augenblick erwartet. Wenn ich jetzt nicht die Initiative ergriff, würden Adinathji und Premier Puranmal mich mit dem Schwarzen Peter sitzen lassen. Lakshman Simha war ein anständiger Kerl, aber naiv und ohne ein Gespür für feine Nuancen und die Schleichwege der Staatsraison, und wohl oder übel würde er dem Beispiel der anderen folgen.
»Danke, Jai Simhaji. Würdest du bitte im Vorzimmer warten, während wir uns beraten?« Als er den Raum verlassen hatte, setzte ich das Gericht von meinem Gespräch mit Vikramaditya in Kenntnis.
»Seid Ihr sicher, dass es sich bei der Stute, die Ihr gesehen habt, tatsächlich um Kali Bijli handelte?« Wie ich erwartet hatte, bestand die Strategie des Premiers darin, das Beweismaterial so lange zu durchlöchern, bis es für eine strafrechtliche Verfolgung des Prinzen nicht mehr ausreichen würde.
»Nein, das bin ich nicht. Andererseits gab er zu, das Pferd, das er Kajal nannte, nicht in Chittor gekauft zu haben. Außerdem hätte das Pferd, das er vorgab gekauft zu haben, ein Vermögen gekostet.«
»Ich bin sicher, dass das für den Sohn des Rana kein Problem darstellen würde, meint Ihr nicht auch?«, sagte Puranmalji an den Fi-

nanzminister gewandt. Adinathji lächelte blass, enthielt sich aber einer Antwort auf diese rhetorische Frage.
»Adinathji, trifft es zu, dass mein Bruder seit mehreren Monaten bei Eurem Haus hoch verschuldet ist?« Es war jetzt an mir, ihm eine konkrete Aussage zu entlocken.
»Hoch würde ich nicht sagen. Verschuldet, ja.«
»Hat er Euch in letzter Zeit um ein Darlehen ersucht?«
»Nein.«
»Wenn er es getan hätte, wäret Ihr seinem Wunsch nachgekommen?«
»Ich kann mich unmöglich zu einem hypothetischen Fall äußern.«
»Trifft es nicht zu, dass bei Fälligwerden seiner Wechsel Ihr es nicht nur abgelehnt habt, sie zu prolongieren, sondern ihm auch jede Stundung der Zinszahlungen verweigert habt?«
Adinathji veränderte seine Haltung minimal und überlegte sich die Antwort sehr lang. »Ja, das trifft zu.«
»Was ... was hat das alles mit dem anstehenden Fall zu tun?«, fragte Lakshman Simha ungeduldig.
»Fast gar nichts. Ich versuche nur alle Nebenwege zu versperren, auf denen wir sonst den Rest der Nacht verbringen könnten, nur um uns nicht mit dem anstehenden Problem auseinander setzen zu müssen.« Ich bewegte mich auf gefährlichem Terrain. Sowohl der Premierminister als auch Adinathji behielten mich scharf im Auge, um festzustellen, wann ich meine Kompetenzen überschreiten und von der entschlossenen Verfolgung einer Straftat in die Befriedigung persönlicher Ressentiments abgleiten würde. »Und trifft es zu, dass Prinz Vikramaditya nicht einmal die Mittel aufbringen konnte, um Eure Zinsforderungen zu begleichen?«
»Er hat sie noch nicht beglichen. Ob er das Geld nicht aufbringen konnte, ist mir nicht bekannt.«
»Ich weiß nicht, ob es noch einen Monat, zwei Monate oder ein Jahr dauern wird, bis seine Majestät Rana Sanga zurückkehrt. Für die Dauer seiner Abwesenheit sind wir, Ihr ebenso wie ich, mit den erforderlichen Befugnissen ausgestattet worden, um den Fortgang der Staatsgeschäfte zu gewährleisten. Auf die Schwere der vom Rawat erhobenen Beschuldigungen brauche ich nicht weiter hinzuweisen. Wohl möchte ich indes zu bedenken geben, dass – sollte der vorliegende Fall Implikationen aufweisen, die über diejenigen eines

ordinären, wenn auch noch so eklatanten Diebstahls hinausgehen – die Schwere der Straftat ebenso wohl wie die uns auferlegte Verantwortung weit substanzieller sein könnten, als wir uns auf den ersten Blick einzugestehen bereit sind.«

Ich hatte mir ganz bewusst diesen Wortwust abgerungen, um bei größtmöglicher Verschwommenheit doch auf etwaige Komplikationen hinzuweisen, deren genaue Natur mir ebenso schleierhaft war wie ihnen. Aber auch wenn es ein Schuss ins Dunkel gewesen war, hatte mein Pfeil zweifellos ins Schwarze getroffen.

»Puranmalji, zu welcher Vorgehensweise würdet Ihr und die anderen Ältesten raten?«, platzte Lakshman Simhaji mit dem heraus, was die zwei eingefleischtesten Befürworter der Vorsicht von ganz Chittor nicht einmal zu flüstern wagten. »Bleibt uns überhaupt eine andere Möglichkeit, als Prinz Vikramaditya vorzuladen?«

Puranmalji ließ eine gewisse Zeit verstreichen, ehe er antwortete. »Ich hatte eigentlich eher in die Richtung gedacht, das Problem zu überschlafen und uns dann morgen wieder zusammenzusetzen.«

»Dies würde den beabsichtigten Zweck der nächtlichen Einberufung dieses Gerichts, nämlich jedes unerwünschte Aufsehen zu vermeiden, erfolgreich unterlaufen. Womit übrigens auch unser bisheriger Zeitvorteil verwirkt wäre.« Ich schlug mich recht wacker, aber ich wusste, dass ich kein Gegner für Puranmalji war.

»Und was«, gab Puranmalji mit einem weltmännischen Lächeln zu bedenken, »wenn es für alles, was so voll sinistrer Bedeutung erscheint, eine ganz einfache Erklärung gäbe?«

Der Innenminister schnappte zwar nach dem Köder, aber sein kerngesunder Menschenverstand verfing sich nicht im Haken. »Das, mein Herr, wäre doch wohl eine Lösung des Problems, wie wir sie uns sehnlicher nicht wünschen könnten.«

»Ich denke, wir sind uns alle einig, dass der Hauptmann der königlichen Garde nebst einer ausgewählten Schar von Leutnants Prinz Vikramaditya holen sollte.« Das war der große Adinathji in Bestform. Denk nach. Dann denk noch einmal nach. Und wenn du dich zum Handeln entschließt, keine halbherzigen Maßnahmen. Handle mit der ganzen dir zu Gebote stehenden Kraft.

Ich hatte gehofft, Mangal würde uns mit irgendwelchen Neuigkeiten über Sajjad Hussein unterbrechen. Als er jetzt eintrat, sah ich ihm ins Gesicht und begriff, dass ich mich entweder auf die Jagd nach einem Phantom gemacht hatte oder aber dass Vikramaditya verschlagener war, als ich mir vorgestellt hatte.

»Führe den Hauptmann der Garde herein.«

»Müsste man ihn nicht erst holen lassen?«, fragte Lakshman Simhaji leicht verwundert.

»Seine Hoheit, der Maharaj-Kumar, war wohl so weitblickend anzuordnen, dass der Hauptmann sich für genau solche Eventualitäten zur Verfügung zu halten hätte.« Die kleine Spitze konnte sich Puranmalji denn doch nicht verkneifen.

»Geh leise und unauffällig vor. Nimm genügend Männer mit, um gegebenenfalls den Widerstand Seiner Hoheit Prinz Vikramaditya oder seiner Leibgarde zu überwinden. Dein Auftrag ist, ihn uns vorzuführen. Wende keine Gewalt an, außer du bist dazu gezwungen. Händige ihm diese Vorladung aus und bringe ihn her.« Der Hauptmann der Garde zuckte nicht mit der Wimper, als ich Vikramadityas Namen nannte. Ich fragte mich, mit welchem moralischen Dilemma er jetzt wohl ringen mochte, während er eine unerschütterliche, ausdruckslose Miene beibehielt. Er war der Befehlshaber einer Elitetruppe, die für eine einzige Aufgabe ausgebildet war: die Verteidigung Seiner Majestät und dessen Familie. Was, wenn Königin Karmavati ihm erklärte, dass er vor das Kriegsgericht gestellt werden würde, weil er den Sohn Seiner Majestät, der ohne weiteres der nächste Rana sein konnte, anstatt ihn zu verteidigen, in Gefahr brachte? »Nimm den Prinzen«, konnte ich sie bereits mit Furcht erregend gebieterischer Stimme sagen hören, »ja, nimm ihn mit. Aber sei gewarnt: nur zum Preis deines Lebens.«

Die alten Männer gähnten mittlerweile herzhaft. Ich musste sie irgendwie beschäftigen, bis sie ihren toten Punkt überwunden hatten. Mangal hatte für leichte Erfrischungen und Getränke gesorgt. Das entscheidende Wort war »leicht«. Ich wollte nicht, dass das Essen ihnen wie ein Stein im Bauch liegen und sie schläfrig machen würde. Mir war nicht bewusst gewesen, wie angespannt ich war, bis das Essen kam. Der bloße Anblick drehte mir den Magen um. »Der Geist muss das letzte Wort und die Macht über den Körper haben und nicht umgekehrt«, konnte ich meinen Yogalehrer leise zu mir sagen hören. »Lass niemals, bei wem auch immer, Zweifel darüber aufkommen, wer der Herr und wer der Diener ist.« Ich zwang mich zu essen. Ich beneidete meinen Onkel Lakshman Simhaji – nicht weil er kräftig zulangte und mal die rechte, mal die linke Gesäßbacke anhob, um für freien Durchzug zu sorgen, wenn er einen Wind streichen ließ, sondern weil er der Einzige von uns vieren war, dem die Implikationen dessen, was wir taten, keinerlei Kopfzerbrechen bereiteten. Natürlich würde es Konsequenzen haben, vielleicht sogar sehr schlimme Konsequenzen, aber das lag nun einmal in der Natur des Handelns, der Autorität und der Verantwortung. Wirf einen Stein in den Teich, und er zieht zwangsläufig Kreise.

Vikramaditya kam hereinstolziert. Als ich die Handschellen sah, setzte mein Herz für einen Augenblick aus.

»Wir hatten keine andere Wahl, Eure Hoheit. Seine Hoheit Prinz Vikramaditya widersetzte sich allen Bitten, uns zu begleiten.«

Noch bevor der Hauptmann ausgeredet hatte, war Vikramaditya zum Thema gekommen.

»Ihr aufgeblasenen alten Köter, wie wagt ihr es, mich mit Gewalt hierher führen zu lassen? Ihr werdet dafür zahlen, das verspreche ich euch, jeder Einzelne von euch wird einen so hohen Preis dafür zahlen, dass ihr den Tag verfluchen werdet, an dem ihr geboren wurdet. Und was dich anbelangt, Prinz Möchtegern, der du so versessen auf die Buchstaben des Gesetzes bist, da Geist und Kühnheit Fremdwörter für dich sind – dir werde ich einen besonderen Platz in meinem Herzen reservieren. In jeder wachen Minute werde ich eine neue und tödlichere Folter für dich ersinnen. Betrachte dein Leben und deine Laufbahn als abgeschlossen. Die Folterbank wird dir wie ein Ruhebett erscheinen im Vergleich zu dem, was ich mir für dich ausdenken werde.«

»Wenn du uns versicherst, dass du dich anständig benehmen und die Würde dieses Gerichts wahren willst, werde ich dem Hauptmann befehlen, dir die Handfesseln abzunehmen.« Ich hatte nicht vor, auf seine wortreiche Drohung einzugehen. »Wenn du aber auch nur ein weiteres Mal ausfällig wirst oder dich auf sonstige Weise ungebührlich benimmst, sind wir gezwungen, dich wieder in Ketten legen zu lassen. Wofür entscheidest du dich?«

»Von welchem Gericht redest du eigentlich? Von diesem jämmerlichen Zirkus mit drei altersschwachen Clowns und einem rückgratlosen Prinzen mit einem gewöhnlichen Tanzmädchen als Frau? Kümmer dich um deine eigenen Angelegenheiten, Möchtegern-Kronprinz, anstatt vorzugeben, dich um Staatsgeschäfte zu kümmern. Ich hätte einen Vorschlag für dich: Wie die ganze Stadt weiß, tanzt dein Frauenzimmer umsonst. Warum wirst du nicht ihr Zuhälter? Auf die Weise könntest du etwas Lohnenderes mit deiner Zeit anfangen und dir sogar ein kleines Zubrot verdienen.«

Ich hatte gedacht, ich hätte den untersten Bodensatz erreicht, als ich im Bad versucht hatte, mir das volle Spektrum des meinem Bruder zu Gebote stehenden Repertoirs an Schmähungen, Beleidigungen und Sticheleien vorzustellen. Natürlich hatte ich das Naheliegendste übersehen. Er konnte eine harmlose Bemerkung, einen peinlichen Moment aus der Kindheit zu einer lebenslang sprudelnden Quelle des Hohns und der Häme verdrehen. Er war ein Meister des Wortspiels, der Andeutung und der Zweideutigkeit und er nahm jeden aufs Korn, Freund wie Feind, sobald dieser sich die kleinste Blöße gab. Es spielte keine Rolle, dass sein Humor von der primitivsten Sorte war und mit der Parodierung und Verächtlichmachung körperlicher Ticks, Gebrechen und Behinderungen arbeitete. Hatte er jemanden zur Zielscheibe auserkoren, peinigte er ihn bis aufs Blut und zu Tränen und rieb anschließend Salz und Chili in die Wunden, indem er erklärte, man sei völlig humorlos und ein elender Spaßverderber. Ich sah ihn an. Was für einen schönen Kopf mein Bruder doch hatte! Er hatte durchdringende Augen und glattes Haar, das tadellos saß, bis er in Wut geriet oder lachte und den Kopf in den Nacken warf. Dann flog es wie ein schwarzes Fischernetz nach vorn und hing ihm ins Gesicht, bis er es mit einer Hand zurückstrich und wieder in Ordnung brachte. Er ist groß, gut fünf Zentimeter größer als ich – und mit einszweiundachtzig bin ich auch nicht gerade ein Zwerg –, und selbst die schäbigste und verwahrloseste Kleidung unterstreicht nur seinen lässigen, ungezwungenen Charme. Als wir Kinder waren, war er mein Lieblingsbruder, und noch heute bedauere ich den Verlust unserer Freundschaft.

Er hatte seine Augen auf Puranmalji gerichtet und legte eine effektvolle Pause ein. Ich kannte sämtliche Tricks und Maschen meines

Bruders. Jetzt schickte er sich an, Zweifel und Verwirrung in die Gemüter des Gerichts zu säen.
»Wisset, ihr alle, die ihr euch zu Richtern aufwerft« – er hatte aus seinem großen Sortiment an Stimmen ein tiefes, samtweiches, dunkles Timbre ausgewählt – »wisst, dass ich dieses Gericht nicht anerkenne, da es kein Gericht in diesem Königreich noch anderswo auf der Welt gibt, das über mich richten dürfte. Ich bin ein Prinz, des Ranas Sohn. Nehmt mir die Handschellen ab und lasst mich unbehelligt ziehen. Andernfalls werdet ihr die Verantwortung tragen für Chaos und Anarchie, die über unser Land hereinbrechen werden.«
Mehr als eine Minute herrschte brenzlige Stille. Dann sagte der Premier: »Nimm ihm die Fesseln ab.« Als Mangal ihm die Handschellen aufschloss, warf Vikramaditya einen triumphierenden Blick in die Runde und machte Anstalten zu gehen. »Setzt Euch, Prinz. Und kein weiteres Wort, bis Ihr darum ersucht werdet. Hol Rawat Jai Simha Balech herein.«
Lakshman Simhaji las die Anklagepunkte vor.
»Bekennt Ihr Euch schuldig, Prinz Vikramaditya, oder seid Ihr nicht schuldig?«
»Ich weigere mich, auf diese Frage zu antworten, außer mit der Feststellung, dass man in seinem eigenen Haus nicht stehlen kann. Alle Raos und Rawats und Rajas in unserem Königreich sind, was sie sind, nur kraft unserer Verfügung und Gnade. Wir schulden nur einem Rechenschaft: Shri Eklingji, dessen Regenten und Stellvertreter auf Erden wir sind. Einzig ihm sind wir verantwortlich.«
Ich stand in der direkten Linie der Herrscher und würde eines Tages, so Gott wollte, absoluter Monarch sein, weil mein Vater der Diwan des Gottes Eklingji war. Aber das ist die Krux und das Paradox von Eklingjis Vermächtnis: Sollte er morgen in eigener Person erscheinen und das Königreich einfordern, müssten wir es ihm übergeben, da wir es für ihn nur zu treuen Händen verwalten. Die Ländereien hingegen, die wir Adligen und loyalen Bürgerlichen zuteilen, sind Geschenke. Zurückfordern können wir sie nur dann, wenn sich die Belehnten ungebührlich benehmen oder es an Treue zum Herrscher oder Loyalität gegenüber Mewar fehlen lassen. Ausschließlich dann erlaubt uns das Gesetz die gewaltsame Annexion ihrer Güter. So zumindest verstehe ich das Gesetz.

»Habt Ihr die Pferde gestohlen, Eure Hoheit?«, fragte Puranmalji.
»Ich habe keinen Diebstahl begangen.«
»Befinden sich die zehn Pferde, die von Jai Simha Balechs Gestüt verschwunden sind, in Eurer Verwahrung?«
Wie geschickt und wohlklingend der Premierminister diese Frage formuliert hatte! Sollte ich je mit dem Gesetz in Konflikt geraten, würde ich mir Puranmalji als Verteidiger wünschen. Man konnte förmlich sehen, wie Vikram sich in den engen Grenzen seines Geistes wand, denn es ist ein äußerst begrenzter Geist, der im Laufe eines ganzen Lebens bestenfalls drei oder vier Ideen fassen kann, und selbst diese nicht zur gleichen Zeit. Es schien eine so freundliche, gut gemeinte, harmlose Frage zu sein. Sollte er, sollte er nicht antworten? Versteckte sich irgendwo ein Haken? Das konnte eigentlich nicht anders sein, kam die Frage doch von Puranmalji, dessen Wasser tief und dessen Unterströmungen stets unsichtbar waren.
»Ich lehne es ab, diese Frage zu beantworten.«
»Könntet Ihr kraft Eures Einflusses bewirken, dass sie entweder diesem Gericht oder direkt an den Rawat überstellt werden?«
»Dafür ist es schon zu spät.« Vikramaditya hatte sich verraten, aber ich wusste, dass das keine Konsequenzen haben würde. Es war verblüffend, wie wir ohne jede vorherige Absprache dem fähigsten und erfahrensten Juristen unter uns gestattet hatten, die Führung der Verhandlung zu übernehmen.
»Wäre es Euch möglich gewesen, wenn das Gericht statt heute gestern getagt hätte?«
»Ich weiß nicht, wovon Ihr redet.«
»Von den Pferden, Hoheit, derentwegen sich jetzt offenbar nichts mehr tun lässt. Habt Ihr sie verloren? Veräußert? Verschenkt?«
»Spart Euch Eure Tricks, Premier, ich falle nicht auf sie herein. Wie könnte ich etwas verlieren, veräußern oder verschenken, was ich nie besessen habe?«
»Was ist dann mit dem Zureiter Pathak? Kann er zu seinem gesetzmäßigen Arbeitgeber zurückgeschickt werden?«
»Nein, das kann er nicht.«
»Wo hält er sich zur Zeit auf?«
»Darüber darf ich keine Auskunft geben.«
»Steht er in Euren Diensten?«

»Nein.«
»Habt Ihr ihn jemand anderem übergeben?«
»Er ist ein freier Mann. Er bestimmt selbst, für wen er arbeitet.«
Es klopfte leise an der Tür. Es war Mangal.
»Maharaj-Kumar«, sagte Puranmalji zu mir gewandt, »so kommen wir nicht weiter. Sollen wir die Sitzung unterbrechen und uns über unseren nächsten Schritt beraten?«
»Das erscheint mir vernünftig.«
»Führe den Angeklagten in das Vorzimmer. Wenn er aufsässig wird, leg ihm Handschellen an. Wache, der Rawat soll es sich in einem der angrenzenden Räume bequem machen.«
Ich ging hinaus zu Mangal. Er händigte mir einen Brief mit Vikramadityas Siegel aus.
»Sajjad Hussein und sieben seiner Männer befinden sich in der Obhut der königlichen Garde.«
»Warum hat es so lang gedauert? Wenn er das Fort verlassen hat, und das muss er, da deine Männer ihn abgefangen haben, muss das vor wenigstens vier Stunden geschehen sein.«
»Ich hatte meinen Männern befohlen, ihn erst festzunehmen, wenn er Bagoli verlassen haben würde.«
»Wie kamst du dazu?« Ich hätte Mangal wegen seines eigenmächtigen Vorgehens erwürgen können. Der Kerl wurde langsam größenwahnsinnig. Es wurde Zeit, dass ich ihn zurückstutzte, den verdammten Esel ... mich so auf glühenden Kohlen sitzen zu lassen, während Vikramaditya mit uns Katz und Maus spielte! »Ich könnte dich wegen Insubordination gleich dazusperren lassen.«
»Sajjad Hussein hat in Bagoli ein Gut.«
»Und was geht mich das an? Soll ich vielleicht hin und Weizen säen? Oh mein Gott, wie blind, wie unverzeihlich dumm von mir! Hast du Kali Bijli gefunden?«
»Und auch die anderen neun Pferde und den Zureiter.«
»Du solltest bei der Kriminalpolizei sein, du hast ein instinktives Gespür dafür, wie Verbrecher denken und vorgehen. Ich werde dich dem Rana für die diesjährigen Auszeichnungen empfehlen.«
Mangal hörte gar nicht zu. Oder falls doch, fühlte er sich nicht geschmeichelt. Er war mit dem Kopf ganz woanders. »Seid Ihr nicht neugierig, was in dem Brief steht?«

Ich ging mit dem Brief wieder in den Gerichtsraum.
»Was schlagt Ihr vor, wie wir jetzt mit Prinz Vikramaditya verfahren sollen? Alle Indizien sprechen dafür, dass er der Drahtzieher des Diebstahls ist, aber wir haben keine Beweise.«
Ich unterbrach den Premier. »Doch, Puranmalji. Wir haben die Pferde, alle zehn, nebst dem Zureiter wiedergefunden und einen Brief des Prinzen an Prinz Bahadur Khan von Gujarat sichergestellt. Mit Eurem Einverständnis werde ich ihn jetzt öffnen.« Ich überlegte es mir noch einmal und ließ den Brief zunächst herumgehen, damit alle das Siegel sehen konnten.
»An Seine Hoheit, Prinz Bahadur Khan«, las ich jetzt vor. »Ich hoffe, dass dieses Schreiben Euch in guter Gesundheit antrifft. Ihr habt Recht, wir sind keine Erstgeborenen, und so werden wir die Initiative ergreifen und uns den Thron nehmen müssen. Ich glaube, dass jetzt der richtige Augenblick dafür gekommen ist. Unsere Väter bekriegen sich gerade wegen des Königreichs Idar. In Chittor führt mein Bruder als derzeitiger Maharaj-Kumar das Regiment. Er ist schwach und unsicher, seine Frau ist das Gespött des ganzen Reiches, und während sie ihm etwas vorsingt und vortanzt, grübelt und zaudert er, und in all den Jahren ist seine Ehe kinderlos geblieben. Wie auch immer. Wenn Ihr auf dem schnellsten Wege mit einer Streitmacht von zweitausend Mann nach Chittor reitet, werden meine Männer Euch, dessen bin ich überzeugt, die Stadttore öffnen, und es wird uns, denke ich, gelingen, die Verlustzahlen im zweistelligen Bereich zu halten. Die Bevölkerung von Chittor steht geschlossen hinter mir. Die Leute haben vom einäugigen, einarmigen und einbeinigen König genug und werden sich, vor die Wahl gestellt, jederzeit für einen forschen, munteren und kühnen Prinzen entscheiden, der von Herzen lachen kann und einen herzhaften Appetit auf Spaß, Sport und Spiele hat.
Unmittelbar nach meiner Inthronisation werden wir nach Idar marschieren. Euer Vater hat sich in Champaner verschanzt, während meiner gegen Eures Vaters General Malik Ayaz kämpft. Könnt Ihr Euch die Überraschung und Verwirrung beider Armeen vorstellen, wenn sie uns zusammen sehen? Wir werden sie im Handumdrehen in die Flucht schlagen und meinen Vater gefangen nehmen. Von dort aus werden wir in raschen Etappen nach Champaner weiterziehen,

Euren Vater gefangen setzen und schließlich Euch zum König von Gujarat krönen.
Ich habe hier das Räderwerk der Unzufriedenheit und Rebellion bereits in Gang gesetzt. Ich beschwöre Euch, Euch nach Erhalt dieses Briefes unverzüglich auf den Weg zu machen. Mein getreuer Leutnant, Sajjad Hussein, wird Euch auf sicheren Wegen hierher führen. Als Unterpfand unserer ewigen Freundschaft schicke ich Euch zehn der besten Pferde Mewars, darunter, als deren Krone und Kronjuwel, eine Stute mit Namen Kali Bijli. Sie ist, wie ich Euch versichere, das beste Pferd, das dieses Land hervorgebracht hat. Ich wollte mich um nichts in der Welt von ihr trennen. Nehmt es als Maß der Hochachtung und Zuneigung, die ich Euch entgegenbringe, dass ich Euch diesen Schwarzen Blitz zum Geschenk mache.
Begleitet werden die Pferde von dem Mann, der sie züchtete und zuritt. Er ist der beste Zureiter im Lande. Auch er gehört Euch.
Lebt wohl. Ich freue mich schon darauf, in wenigen Wochen den König von Gujarat begrüßen zu können.
Ich verbleibe Euer treuer Freund
Vikramaditya Sisodia.«

Das Gericht erstattete Pferde und Zureiter Rawat Jai Simha zurück und konfrontierte dann Prinz Vikramaditya mit dem Beweis seines Hochverrats. Von Rechts wegen hätte er hingerichtet werden müssen. Aber er war ein Prinz und mein Bruder, und solange Vater lebte und herrschte, war es nur richtig, wenn wir ihm die Entscheidung überließen, was mit seinem Sohn geschehen sollte. Vielleicht war es ein schwerwiegender Fehler, kein Exempel an ihm statuiert zu haben. Vielleicht hätte sich der Lauf der Geschichte anders entwickelt, wenn das Gericht einmütig und entschlossen gehandelt hätte. Vielleicht. Stattdessen unterzeichneten wir alle vier die Anordnung zu Vikramadityas Inhaftierung und schickten den Prinzen unter schwerer Bewachung zur Festung Kumbhalgarh, wo er bis zu Vaters Rückkehr gefangen gehalten werden sollte.
Sollte jemand fragen, wo Vikramaditya sei, würden wir die Wahrheit sagen. Die halbe Wahrheit. Er sei in Kumbhalgarh, wo er eine schlimme Verletzung auskuriere, die er sich bei Ausübung seines Lieblingssports, der Jagd, zugezogen habe.

Mir war nicht danach, heimzugehen. Ich war erschöpft. Ich versuchte, bis zehn zu zählen, aber ich konnte mich nicht mehr erinnern, was nach der Drei kam. Ich hatte keine Lust, ihr Gesicht zu sehen oder ihre dienstbeflissene Fürsorglichkeit über mich ergehen zu lassen. Ich war nicht darauf angewiesen, dass sie mir die Schuhe, dann den Turban und den *angarkha* abnahm. Es gab schließlich Diener, die mir beim Auskleiden zur Hand gehen konnten. Und wer wollte sich überhaupt entkleiden? Ich wollte nur eins: ins Bett gehen und die nächsten zweihundert Jahre nicht wieder aufstehen.

Deshalb begab ich mich zum Chandra Mahal. Mein Kopf musste wirklich übel mitgenommen sein. Ich hatte Halluzinationen. Die Frau dieses Dhobi, ich konnte mich an ihren Namen nicht erinnern, stand neben dem Bett in meinem Zimmer. Ich ignorierte sie.

Mangal sprach mit ihr. »Nicht heute. Ein anderes Mal. Er ist erschöpft.«

»Mit wem redest du da?«, fragte ich Mangal gereizt.

»Ich kümmere mich um ihn«, sagte sie.

»Ich habe gefragt, mit wem du redest! Kannst du nicht antworten?«

»Sunheria, Maharaj-Kumar.«

»Was zum ...« Ich bremste mich. »Was tut sie hier?«

»Sie kommt jede Nacht hierher.«

Jetzt war ich wieder halb wach. »Wozu?«

»Sie sagt, Ihr hättet sie dazu aufgefordert.«

Das ging über meine Kräfte. Die Geister der Gambhiri riefen mich zu sich. »Raus hier. Beide.« Ich fiel auf die Matratze und war augenblicklich eingeschlafen.

Um fünf wachte ich auf. Der *gurukul* und dessen militärischer Drill hatten meine Schlafgewohnheiten ein für allemal ruiniert. Gleichgültig, wann ich schlafen ging, um fünf war ich wach. Sunheria saß in der Ecke.

»Faltest du immer auch schmutzige Kleider zusammen?«

»Habe ich etwas falsch gemacht?«

»Was machst du denn mit deinen eigenen schmutzigen Sachen?«

»Ich hab nur zwei Garnituren Kleider. Die eine trag ich und wasch die andere.«

»Wessen Chunni war das dann, die du an diesem ersten Tag vor Gericht getragen hast?«

Sie errötete. »Die Ihrer Hoheit, Eurer Frau.«
»Du musst mehr Kleider als jede andere Frau am Hof haben, sogar mehr als Königin Karmavati, da doch der ganze Haushalt seine Kleider dir zu schicken scheint.«
»Ich dachte, wenn ich zu Gericht gehe, sollte ich gut angezogen sein. Das war das einzige Mal, dass ich mir fremde Sachen ausgeliehen habe.«
»Klingt ja sehr glaubwürdig.«
Sie lächelte. »Na ja, manchmal borge ich mir Sachen für eine Weile. Aber ich geb sie immer wieder zurück.«
Fast unmerklich bewegte sich der Vorhang. Ich legte mir den Finger an die Lippen und sah Sunheria an. Ich stand leise auf und war mit drei Sätzen im Nebenzimmer.
Ich bekam gerade noch ihren Rücken zu sehen. Sie lief schnell und ihr langer dicker Zopf schlug heftig gegen ihren nackten Rücken. Kausalya.
Ich ging ins Schlafzimmer zurück.
»Ist dir eigentlich klar, dass du mich einem großen Risiko aussetzt?«
Sie sah verwirrt drein. »Wie das?«
»Was, wenn dein Mann mich als Mitbeklagten angäbe?«
»Oh, diese Gesetze gelten nur für normale Sterbliche wie ihn und mich. Ihr steht doch über alledem.«
Vikramaditya hätte ihr darin sicherlich Recht gegeben.
»Warst du neulich Nacht nicht wütend auf mich? Hier im Palast?«
»Warum sollte ich wohl?«
»Weil Mangal dich gezwungen hatte mitzukommen.«
»Niemand hat mich gezwungen. Ich bin hergekommen, weil ich es wollte.«
»Dann musst du doch um so wütender gewesen sein, als ich dir den Rücken gekehrt habe.«
»Wie hätte ich wütend sein können, da Eure Frau so gütig war?«
»Willst du die ganze Nacht in dieser Ecke sitzen bleiben?«
Sie stand schüchtern auf und kam auf mich zu. Ich löste die Bänder, die ihr Leibchen zusammenhielten, und versuchte, es ihr abzustreifen, aber die vielen Armreifen geboten mir Einhalt.
»Willst du mir erzählen, dass du, um dein Leibchen auszuziehen, jedes Mal erst all diese Elfenbeinreifen ablegen musst?«

Sie lachte. Ich griff nach dem Reif, der ihrem Handgelenk am nächsten war, und zog. Er war der engste von allen und hinderte die übrigen, die nach oben hin zunehmend größer wurden, daran herunterzufallen. Es hatte keinen Zweck, so würde ich ihr nur das Handgelenk und ein paar Finger brechen. Sie presste mit Daumen und Zeigefinger der Linken die Knöchel der rechten Hand zusammen und streifte den ersten Elfenbeinreif ab. Der zweite erforderte die gleiche Prozedur. Der Rest fiel schnell, sie brauchte dazu nur Hand und Unterarm nach unten zu halten. Als sie mit dem linken Arm genauso verfahren war, streifte ich ihr sanft die *choli* ab. Wieder musste ich an Pushkar denken und an die Sandhügel, die der Wind jede Nacht formt. Ich strich mit der Hand leicht über sie hinweg, fast als befürchtete ich, die Konturen der Dünen zu verändern. Aber die kaum spürbare Brise, die die liebkosende Hand erzeugte, war genug. Der Sand regte sich, feine Kräuselungen zogen über ihn hinweg, und die violetten Nelken, die matt und träge dagelegen hatten, erhoben sich langsam, bis sich kleine zitternde Köpfchen gebildet hatten.
Ich löste den Knoten des Rocks und ließ ihn zu ihren Füßen fallen. Ich nahm sie in die Arme und legte sie auf die Matratze. Ihre Augen waren weit geöffnet. Es lag keinerlei Bangigkeit in ihnen. Sie waren aufmerksam, sie wollten wissen, was ich als Nächstes tun würde. Ich ließ meine Zunge zwischen ihren Brüsten spielen. Sie erschauderte. Ich zog mich aus und legte mich auf sie, so, dass das Gewicht meines Körpers auf meinen Ellbogen lastete. Ihr Körper duftete nach frisch gebügelter Wäsche. Mein Kopf senkte sich und die Zunge glitt über ihre rechte Brustwarze. Ein weiteres Zittern.
Ich stemmte meinen Körper bis hinunter zu den Schienbeinen hoch, ehe ich zustieß. Und erstarrte.
»Bist du Jungfrau?«

Lasst euch nichts einreden: Die meisten Paare werden auf Erden verheiratet. Mit den unglücklichen Ehen ist es allerdings eine andere Geschichte. Die werden im Himmel geschlossen.

3

Er war der begehrteste Junggeselle dieses Teils der Welt gewesen. Sie brauchten lange, um eine geeignete Braut für ihn zu finden. Täglich kamen zwei bis drei Anträge mitsamt den Horoskopen herein. Sie mussten einen Priester ausschließlich dafür abstellen, diese zu analysieren und zu entscheiden, welches davon zu seinem passte. Es hatte keinen Zweck, sich zuerst die Anträge anzusehen und wegen des einen oder anderen ganz aus dem Häuschen zu geraten, nur um dann erfahren zu müssen, dass bei der einen Prinzessin Saturn im falschen Haus stand und die andere von einem böswilligen Mars umgetrieben wurde.

Die Eheanbahnung ist eine Zweibahnstraße. Die Familie des Mädchens macht den ersten Schritt. Aber die Verwandten des Jungen sitzen nicht einfach auf ihren Hintern und warten darauf, dass eine *peri* oder eine *apsara* vom Himmel fällt. Sie unternehmen ihrerseits auch geeignete Schritte, erstellen eine Liste der Häuser, mit denen eine Allianz wünschenswert wäre, und ziehen dann Erkundigungen ein, ob sich da ein passendes unverheiratetes Mädchen ohne Buckel, Wolfsrachen oder Krüppelbeinen findet. Erinnern wir uns an die Zeit, als der Vater des Maharaj-Kumar, der Rana, verheiratet wurde. Der König von Mandasaur hatte eine hübsche, lebhafte Tochter mit einem Teint, der den Morgentau beschämt hätte. Sie war da, für alle sichtbar, und doch bemerkte sie niemand. Kein böser Wille, keine Frage von ›Lass uns Mandasaur eine Lektion erteilen, wir wollen ihm so richtig eins auswischen‹, oder ›Sparen wir sie uns lieber für den zweiten Sohn auf‹. Nichts dergleichen. Man vergaß sie ganz einfach. Als der Rana sie nicht heiratete, dachten sich die anderen ihren Teil. Sie schlossen, dass der schöne Schein trügen musste, dass mit ihr irgendetwas nicht stimmen konnte, denn warum sonst wäre eine so glänzende Partie übergangen worden? Bald machten alle einen Bogen um sie. Sie wurde nie abgelehnt, weil sie nie in Betracht gezogen wurde. Die ersten vier, fünf Jahre lang machte sich das Mädchen keine Gedanken. Dann wurde ihr klar, dass niemand je um ihre Hand anhalten oder sie auch nur ansehen würde. Sie nahm es sich sehr zu Herzen. Sie wusste, dass etwas mit ihr nicht stimmte, auch wenn sie nicht hätte sagen können, was es war. Und bald stimmte tatsächlich etwas nicht mit ihr, ja es stieß ihr etwas wirklich Schlimmes zu. Sie bekam ein nervöses Zucken im Gesicht, das dann auf ihre Hand und schließlich auf ihr Knie übergriff. Sie konnte nicht still sitzen, ihr Ellbogen zog in die eine Richtung und ihr Bein in die andere, und ohne sich dessen bewusst zu sein, schnitt sie unentwegt Grimassen. Sie traute sich nicht mehr aus dem Haus. Nach einer Weile verließ sie nicht einmal mehr ihr Zimmer. Schließlich band sie einen Strick um einen Deckenbalken und trat den Hocker unter sich weg.

Es war seine Großmutter, die Königinmutter in Person, die das Mädchen für den Maharaj-Kumar ausfindig machte. Sie war aus Merta, einem Fürstentum unter der Oberherrschaft Rao Gangas von Jodhpur. Sie stammte aus einem Dorf namens Kurki und war die einzige Tochter Rattan Simhas, des zweiten Sohnes des Rao Duda von Merta. Da sie bereits als Kind ihre Mutter verloren hatte, wuchs sie im Haus ihres Großvaters Duda auf. Ihre Haut hatte die Farbe hellgoldenen Honigs. Sie hatte grüne Augen und ein ruhiges Wesen. Ihr Vater war ständig unterwegs, entweder auf Reisen oder auf Feldzügen. Als sie kein Mädchen mehr war, aber noch kaum eine Frau genannt werden konnte, machte sich ihr Großvater, dessen erklärter Liebling sie war, auf die Suche nach einem passenden Jungen für sie. Ihr Großvater, ihre Onkel und Tanten, selbst ihr Vater Rattan Simha hörten sich um, zogen vier Prinzen in die engere Wahl und wandten sich schließlich, da ihrer beider Horoskope im Himmel aufeinander abgestimmt worden waren und da er der Kronprinz des berühmtesten Rajputenreiches der damaligen Zeit war, an seine Großmutter. Maharana Sangram Simha – oder Sanga, wie er von seinem Volk genannt wurde – befand, sie sei eine würdige Partie für seinen ältesten Sohn. Selbst die unparteiischsten und kritischsten Beobachter äußerten sich über das Mädchen nur in den höchsten Tönen. Sie war schön, fromm und gehorsam. Sie würde eine gute Ehefrau und, so Gott wollte, zu gegebener Zeit eine gute Königin für Chittor abgeben.

Zur Bestätigung der Ehevereinbarung wurde der Onkel des Mädchens, Rao Viramdev, mit den Verlobungsgeschenken nach Chittor entsandt. Ein Gefolge von Edelleuten und Dienern auf Pferden und Kamelen begleitete die kostbare Fracht: drei Kokosnüsse und elf Betelnüsse, jeweils dick mit Blattgold überzogen; zweihundert Kokosnüsse, zehn Pfund brauner Zucker, zehn Pfund Betelnüsse, zehn Pfund Datteln, zehn Pfund weißer Zucker, zehn Pfund Pistazien, fünfzehn Pfund Mandeln, sieben Pfund Lackharz und sieben Pfund Betelblätter. Weiterhin einundzwanzig kleine Perlen, die dem Jungen über dem Zinnober-*tilak* auf die Stirn geklebt werden würden. Für den Bräutigam und dessen Verwandtschaft gab es hundertundeins Gewänder aus Goldbrokat, Turbane, *dhotis*, *balabandis* und unterschiedlich gemusterte, mit Edelsteinen bestickte Stoffe. Das letzte Geschenk waren fünfzehn Pferde mit juwelenbesetzten samtenen Schabracken und einhunderttausend *tankas*.

Der Maharaj-Kumar saß auf einem Podest. Er war nervös, der Brokatkragen seiner Jacke scheuerte ihn im Nacken. Am Ende einer langen, umständlichen Zeremonie brachte der Hofpriester einen Tilak an seiner Stirn an. Die goldenen Kokos- und Betelnüsse wurden ihm überreicht und die übrigen Geschenke öffentlich ausgestellt. Als letzter nahm der Rana die Geschenke in Augenschein. Das Hochzeitsdatum wurde festgelegt, und Rao Viramdev machte sich mit hundert Tankas und mehreren Körben Süßigkeiten auf die Heimreise.

Es schien, als ob ganz Chittor zur Hochzeit nach Merta reisen würde. Anderer Leute Hochzeiten, die Hochzeiten von Geschwistern oder Freunden, sind ein Vergnügen. Die eigene nicht.

Vor der Hochzeit thronte *Ganapati*, der Gott des glücklichen Anfangs, sieben Tage lang im Palast. Jeden Tag wurde der Bräutigam mit so nahrhaften Speisen gefüttert, dass er, wenn es so weitergegangen wäre, bald einen richtigen Wanst bekommen hätte und zum Ebenbild des elefantenköpfigen Gottes geworden wäre. Jeden Abend tanzten und sangen die Frauen der Familie, ihre Männer sahen von der Terrasse aus zu, und wenn eine der professionellen Sängerinnen oder ein Musiker sich besonders hervorgetan hatte, stiegen sie hinab und überreichten ihr oder ihm eine Münze.
Es wurde viel getrunken, gelacht und geplänkelt. Die Zielscheibe sämtlicher Scherze war der Bräutigam. Er lächelte, er lachte, er nahm alles stoisch hin.
Die Anreise nach Merta dauerte Wochen. Rao Dudaji, Rattan Simha, Viramdev, alle kamen, um den Maharaj-Kumar und sein Gefolge an der Grenze des Fürstentums willkommen zu heißen. Die Hochzeitsgesellschaft zog mit großem Gepränge durch das Dorf und hielt zuletzt vor dem Arjun-Simha-Palast. Hier und da wurden Zweifel laut, ob auch jeder ein Bett oder gar ein Zimmer im Palast finden würde. Aber die Sorge war völlig unberechtigt. Merta hatte nicht vor, sich vor Chittor zu blamieren oder als der arme Verwandte dazustehen, der reich geheiratet hatte. Der Palast, der von außen nicht viel hermachte, hörte, war man erst eingetreten, überhaupt nicht mehr auf. Man hatte neue Flügel angebaut und die Räume waren tadellos ausgestattet. Die Gäste ruhten sich bis Sonnenuntergang aus.
Warum können die Leute in diesem Teil des Landes Hochzeiten nicht zu einer anständigen Uhrzeit feiern? Der einfache Grund ist der, dass sie es nicht tun. Punkt. Ende der Diskussion. Riesige Truhen wurden geöffnet, und jeder zog brandneue Kleider an. Zwei Schneider warteten dem Maharaj-Kumar auf und nahmen noch letzte Änderungen vor. Eine knielange Dhoti und darüber eine schöne, mit Gold bestickte smaragdgrüne Jacke. Das kostbarste und auffälligste Kleidungsstück war der Turban. Er war rot und hatte eine mächtige Quaste aus Golddraht. Eine siebenreihige Kette aus rosafarbenen Perlen, die kleinsten oben und die größten, so groß wie Murmeln, zuunterst, zierte den Hals des Prinzen. Es war an der Zeit, sich zum Haus der Braut zu begeben und Hochzeit zu feiern.

Plötzlich stand er an der Schwelle. Er war vom Elefanten abgesessen. Der Priester hatte die *puja* durchgeführt und dann seines Vaters seidene Börse mit einer Schnur zugebunden, um sicherzustellen, dass der Rana, solange er Gast von Merta war, auch nicht eine Kupfermünze ausgeben würde. Die Trommeln und Trompeten lärmten unvermindert weiter. Wenn er sich umgedreht hätte, hätte er seinen Vater, seine näheren Verwandten und den halben Klan hinter sich sehen können. Aber er fühlte sich von ihnen abgeschnitten. Von nun an würde er es allein schaffen müssen. Es führte kein Weg zurück in seine Jugend. Seine sorglosen Tage, die gelegentlichen wilden Feste, das Fehlen jeglicher Verantwortung – all das hatte er hinter sich gelassen. Nur noch über diese Schwelle treten und er würde zum voll verantwortlichen Mann werden. Er fühlte sich allein und verlassen. Zwei Schritte in die eine oder die andere Richtung konnten unmöglich solch einen unumkehrbaren Unterschied ausmachen. Es war absurd, aber dennoch wahr. Er dachte an seine Braut, die er noch nie gesehen hatte. Tat sie erst diese zwei Schritte aus dem Haus, würde sie sich von den Menschen und dem Haus und den Bäumen und den Vögeln und den Tempeln und der Stadt, wo sie aufgewachsen war, praktisch auf Nimmerwiedersehen verabschieden. Mit einem Schlag würde ihre Vergangenheit von ihr abgeschnitten und in die Asche der Erinnerung verwandelt werden.
Er würde zu ihr stehen, die Arme um sie legen und sie beschützen. Sie würden sich ein eigenes Leben aufbauen. Er berührte die Girlande, die vom Türsturz herabhing, sieben Mal mit seinem Schwert – warum sind Symbole wie die Schwelle oder die Girlande nur mit solcher Bedeutungslast befrachtet? – zum Zeichen, dass er gekämpft und seine Braut in der Schlacht errungen hatte. Dann trat er ein.
Seine Tante, seines Vaters Schwester, die mit dem Onkel der Braut verheiratet war und das Mädchen aufgezogen hatte, ließ ihn auf einer niedrigen Holzbank Platz nehmen und brachte einen Tilak auf seiner Stirn an. »Öffne den Mund«, sagte sie und fütterte ihn mit Joghurt und Süßigkeiten. Dann holte sie aus der Börse, die sie am Gürtel trug, eine Goldmünze und klebte sie auf den Tilak.
Sie führte ihn weiter ins Haus hinein und zum Hochzeits-Pavillon. Er nahm auf einem Teppich Platz. Seine Braut trat in den Raum. Die Chunni, die ihren Kopf bedeckte, fiel ihr über das Gesicht. Die

Hochzeitszeremonie dauerte eine Ewigkeit. Zuerst schlief sein linkes, dann auch sein rechtes Bein ein. Für die sieben Umwandlungen des heiligen Opferfeuers musste man ihm aufhelfen und ihn stützen. Die *orhni* des Mädchens wurde mit der Stoffbahn in seiner Hand zusammengeknotet. Sieben Mal schritten sie um das Feuer. Bei vier Umwandlungen ging er voraus, bei dreien sie. Nach fünf Stunden waren sie endlich Mann und Frau.

Es musste zwei, vielleicht halb drei Uhr nachts sein, als sie in ihrem Schlafzimmer eingeschlossen wurden. Er nahm ihre Hand. Sie zog sie zurück. Er nahm sie wieder. »Setz dich«, sagte er und deutete auf das Bett. Vom Rahmen des Betthimmels hingen aufgefädelte Jasminblüten und Ringelblumen herab. Sie schüttelte den Kopf. Er meinte, ein flüchtiges Lächeln über ihr Gesicht huschen zu sehen. Lachte sie ihn aus? Sie deutete unter das Bett. Ein Zeh schaute heraus. Einer ihrer Cousins hatte sich auf die Lauer gelegt, um sie zu überraschen, sobald sie intim werden würden. Der Cousin lachte und verfluchte sich dafür, dass er sich zu früh hatte erwischen lassen. Die zahllosen Leute draußen vor der Tür waren nicht minder enttäuscht, als sie sich um das erhoffte Vergnügen betrogen sahen. Sie ließen sich alle Zeit der Welt damit, die Tür aufzuschließen und den Eindringling wieder herauszulassen.
Sie setzte sich auf das Bett. Als er sich ihr näherte, schrumpfte sie förmlich in sich zusammen. Zu seinem Erstaunen merkte er, dass sie sich vor ihm fürchtete. Sie zitterte und ihre Zähne klapperten leise aufeinander.
»Ich werde dir nicht weh tun«, sagte er, »niemals.«
Sie sah ihn dankbar an, aber die Furcht war noch nicht geschwunden. Er streifte ihr die Chunni vom Kopf zurück. Ihr Haar war in der Mitte gescheitelt. Es war zu einem Zopf geflochten, der ihr bis unter die Taille reichte. Auf ihrer Stirn prangte ein dicker roter Punkt. Ihre Nase war lang. Sie hatte einen breiten Mund. Die Unterlippe war fleischig, aber zart. Es waren ihre grünen Augen, die ihn gebannt hielten. Sie glänzten vor Angst. Sie hatten den Blick eines gestellten Wildes, das auf den Todesstoß wartet, der seiner Qual ein Ende bereiten wird. Ihm wurde bewusst, dass ihre Angst ihn ernüchterte. Er sah die blasse Haut ihres entblößten Bauches. Er woll-

te sich vorbeugen und sie küssen, bis er sie besänftigt und ihre Atmung sich beruhigt haben würde. Er legte ihr die Hand auf den Rücken. Sie erschauderte und rückte von ihm ab.

Er wollte sie in die Arme nehmen, wie er es sich an der Schwelle des Hauses vorgenommen hatte. Wie konnte er sie davon überzeugen, dass er sie vor jedem Übel beschützen würde? Er wünschte sich, ein Löwe oder ein Tiger wäre im Raum. Es hätte ihm nichts ausgemacht, übel zugerichtet zu werden, ein Auge oder einen Arm zu verlieren, solange er das Tier nur mit seinem Schwert erlegen und ihr begreiflich machen konnte, dass er ihr Schutz und Schild war.

Die Glocke des Palastes schlug fünf. Die meisten Blumenschnüre waren mittlerweile heruntergerissen worden und lagen zerdrückt auf dem Bett. Und noch immer spielten sie Verstecken.

»Bitte lauf nicht weg. Ich bin sehr müde und du bist es sicher auch.« Sie hatte sich den Schleier wieder über Kopf und Gesicht gezogen. Niemand hatte ihm gesagt, das sei es, was Männer und ihre Ehefrauen – zumindest frisch verheiratete – taten. Kausalya, der einzige Mensch, mit dem er über solche Dinge offen reden konnte, hatte kein Wort davon gesagt. Er fühlte sich leer und verloren. Er saß mitten auf dem Bett und versank in Verzweiflung. Noch eine Minute länger und er würde die Besinnung verlieren. Er machte einen plötzlichen Ausfall. Sie entwischte ihm, aber ihr herumgeschleuderter Zopf flog in seine Hand. Er zog sie zurück. Sie leistete Widerstand, aber er zerrte sie heftig an den Haaren. Vor Schmerz wimmernd ging sie Schritt für Schritt rückwärts, bis sie mit den Kniekehlen an das Bett stieß. Sie fiel rücklings auf die Matratze, so dass ihre Beine vom Bett herunterhingen.

»Bitte«, flüsterte sie, »ich bin versprochen.«

Was meinte sie damit? Hatten sie nicht heute geheiratet? War sie nicht seine Braut und Jungfrau? Er hielt ihre Hände fest, hob ihre Beine mit einem Schwung vom Boden, zerriss das Gürtelband und zerfetzte fast ihren Rock, als er ihn herunterstreifte. »Wir sind Mann und Frau, Mann und Frau!« Er versuchte ebenso sich selbst wie sie von der Tatsache ihres Verheiratetseins zu überzeugen. Sie sagte es noch einmal: »Ich bin mit einem anderen verlobt.«

Er stieß in sie hinein. Sie war eng und unnachgiebig. Er führte sein Glied mit der Hand und rammte es in sie hinein. Wieder und wieder.

Und wieder. Sie weinte. Er hatte die Barriere durchstoßen und war sauber eingedrungen. Er zog sich zurück und stieß bis zum Anschlag hinein. Er hatte seinen Rhythmus gefunden. Eintauchen, zurückziehen und raus. Eintauchen, zurückziehen und raus. Sie lag wie leblos da, er tobte auf ihr weiter. Bei einem Abwärtsstoß verfehlte er den Eingang minimal und traf auf die Innenfläche des Oberschenkels. Er zog sich zurück und stieß erneut zu.
Als er seinen Penis sah, traute er seinen Augen nicht. Er war gebrochen. Ein Blutstrahl schoss aus ihm heraus. Es kam stoßweise. Ihre Choli, ihr Sari, ihr Unterkleid, das Bett, alles war nass und rot. Sie konnte den Blick nicht von seinem Glied wenden. Er starrte sie entsetzt an. Er wusste nicht, wie er den Blutfluss stillen konnte. Seine Stirn war schweißnass, er fühlte seine Kräfte schwinden, doch das Blut strömte immer weiter. Er wusste, dass er sterben würde. Er drückte seinen Penis nach unten, aber seine Hände waren so glitschig, dass er immer wieder ausrutschte. Sie zog ihre Chunni unter ihrem Kopf hervor, wickelte sie rasch um sein Glied und hielt es nach oben, so dass es zur Zimmerdecke wies. Nach ein paar Minuten verebbten die Blutschwälle, aber sie hielt es weiter sanft fest, bis er eingeschlafen war.

4

Wer denkt sich eigentlich Sprichwörter oder Redensarten aus? Oft genug sind sie ein Haufen Bockmist. Sie reihen die Plattitüden aneinander, die Pedanten und Salbaderer tagaus, tagein so von sich geben, und werden als die Quintessenz der Weisheit angesehen. Aber Sprichwörter sind die Klugheit, die sich im Nachhinein einstellt. Sentenzen, Gemeinplätze, Binsenweisheiten und Maxime sind das Werk der Schwätzer, der Unentschlossenen, der Zwiespältigen und derer, die das Eine tun und das Andere nicht lassen möchten. Nennt mir ein Sprichwort, und ich nenne euch den Gegenspruch. Als ich in der zweiten Klasse war, lasen wir kurz hintereinander zwei Geschichten. Der Titel der einen lautete: »Wenn genug Leute es sagen, muss etwas Wahres daran sein.« Prompt widersprach ihr die andere: »Hör alle an, aber tu, was du für richtig hältst.« Als ich meinen Lehrer – möge er in der Hölle schmoren und im Himmel selig werden – darauf aufmerksam machte, dass die eine die andere negierte, legte er mich übers Knie und verdrosch mich mit dem Rohrstock, bis mein Hintern lückenlos zuschraffiert war. »Du Hanswurst«, erklärte er mir, »sie ergänzen einander!« Wundert es euch da, dass unsere Leute die Intelligenz, die analytischen Fähigkeiten und die Charakterfestigkeit einer Wetterfahne haben? Sie vertreten und propagieren die Ansichten der Person, mit der sie sich gerade unterhalten haben. »Einheit in der Vielfalt. Vielfalt in der Einheit.« Wir nehmen keinen Widerspruch wahr, weil wir nur zu

gern glauben, Antithesen, Gegenpole und das Eine und die Vielen seien in ihrem Wesen ein und dasselbe.
Aber was spielt das letztlich schon für eine Rolle? Früher oder später sind wir ja doch alle tot. Was war der tiefere Sinn dieser Tirade? Ich schicke mich an, ein Sprichwort von mir zu geben.
Das Leben schreibt die seltsamsten Geschichten.
Mir ging es gut. Mir war danach, unser Königreich zu sehen. Fast hätte ich »mein« Königreich gesagt. Ist das Ausdruck von Liebe? Machtbewusstsein? Besitzanspruch? Oder von bloßem Wunschdenken? Ich lief den Siegesturm hinauf. Das stimmt nicht ganz; dazu ist die Treppe zu eng und zu dunkel. Ich nahm die Stufen mit flottem Schritt und bewältigte die vierzig Höhenmeter in exakt vier Minuten. Wie kann man Mewar von hier oben aus nicht lieben? Die Aussicht ist atemberaubend. Manchmal kann man bis nach Kumbhalgarh sehen. Es muss die ganze Nacht lang geregnet und erst gegen Morgen aufgehört haben. Der Himmel ist durchsichtig. Man kann die Götter hinter den Wolken sehen. Ich neige den Kopf und bitte meinen Urahn, den Sonnengott, mich zu segnen. Ich danke ihm für seine Großzügigkeit. Das Umland des Forts ist üppig grün. Die Vögel machen Radau. Siebzig Papageien drehen ihre Kreise am Himmel und fliegen dann geradewegs auf mich zu. Im allerletzten Augenblick biegen sie um eine unsichtbare Ecke und landen auf der Brustwehr von Königin Padminis Palast.

Der *pujari* des *Kalika-Mata*-Tempels läutet sanft die Glocke und stimmt dann mit einer Stimme, die ebenso kristallklar wie dieser Morgenhimmel ist, den Surya-Preisgesang an. Er singt vom Glanz des Sonnengottes. Er erzählt vom Streitwagen des Gottes, von dessen sieben Rössern und von Suryas Wagenlenker Aruna, dessen Rumpf an der Taille endet. Er äußert seine Verwunderung über die Reise, die der Gott jeden Tag quer über die Himmelskuppel vollbringt. Seine Geschwindigkeit ist das Licht und sein Medium ist das Licht und seine Botschaft ist das Licht. Ich strecke die Hände aus und drücke einen Arm voll Sonnenstrahlen an meine Brust.
In den dichten Wäldern auf den Hängen des Hügels, auf dem sich Chittor erhebt, machen die Löwen und die Tiger, die Hirsche und die Wildschweine allmählich Feierabend. Von hier aus kann ich eine

ihrer Tränken sehen. Ein Antilopenbock mit prächtigem Gehörn säuft ohne Eile und schaut dann plötzlich auf. War das ein Schritt oder nur ein herunterfallender trockener Ast? Sein muskulöser Hals ist straff gespannt. Aufmerksam blickt er sich nach etwaigen unwillkommenen Besuchern um. Alles scheint in Ordnung zu sein. Er ruft seine Gefährtin. Sie tritt scheu aus dem Dickicht, reibt ihre Flanke an seiner und säuft dann aus dem Tümpel. Eine Horde Affen schwingt sich von den Baumkronen herab und landet am entgegengesetzten Ufer. Sie sind eine lärmende, geschwätzige Bande. Bald setzen sie sich ins Gras und beginnen, sich gegenseitig zu lausen.

Ich vollführe langsam einen Schwenk von dreihundertsechzig Grad. Die Siedlung innerhalb der Festungsmauern erwacht langsam zum Leben. Als Erste kommen immer die Frauen heraus, um Wasser zu schöpfen. Wenn jemand mich fragte, was Mewar ist, würde meine Antwort lauten: Mewar ist Farbigkeit. Es gäbe auch andere Antworten, manche davon bedeutungsvoller, wie unsere blinde und bedingungslose Tapferkeit oder Kühnheit. Aber die kommt mir nicht spontan, als sofortige Reaktion. Wenn ich die Augen schließe und an Mewar denke, sehe ich Farben auf mich zustürzen. Sie hüpfen und springen und stoßen und drängen alles andere beiseite. Habt ihr schon die Rot- und die Gelb- und die Blau- und die Grüntöne Mewars gesehen? Sie haben die Glut der Sonne in sich und die Grelle einer offenen Wunde. Ich weiß, dass gedeckte Farben ein Zeichen von Kultiviertheit sind. Sie sind angenehm und schön, das will ich gar nicht bestreiten. Aber die gewagte und krasse Gewalt der Farbtöne und Farbverbindungen Mewars ist wie ein Schlag in die Magengrube. Selbst in den alltäglichsten Handlungen und Momenten des Lebens schreiben meine Untertanen die Dynamik der Farbe Tag für Tag neu. Sie sind maßlos und verschwenderisch und gleichzeitig so beherrscht, dass sie die Farbe jedes Mal neu erfinden.

Schaut euch die Frau da an, die sich mit ein wenig Opium vermengten Holzkohlenstaub in das Zahnfleisch einreibt. Ich kann ihre Gesichtszüge nicht erkennen, aber die langsame, behäbige Wollust ihrer erwachenden Bewegungen kann nur aus einer über Generationen weitervererbten Hingabe erwachsen. Zu ihrem rot-schwarzen Faltenrock trägt sie ein bananenschalengelbes Leibchen und eine Chunni, die im phosphoreszierenden Grün eines jungen Mangoblatts prangt. Ihre Gefährtinnen am Brunnen sind blitzstrahlblau, granatapfelsamenpink und aubergine. Wer braucht schon Morgentee zum Aufwachen, wenn einen solche Farben ohrfeigen? Der Herr und Gebieter der Hütte zur Linken ist aufgestanden, und Madame Aubergine trägt ihm Wasser für die Morgenwäsche zu.

Etwas bewegt sich in meinem linken Augenwinkel. In der Ferne sehe ich eine Schar Berittener von Südwesten in gestrecktem Galopp heranjagen. Noch sind sie nur verschwommene Flecke, aber ich vermute, dass es Fremde sind. Seltsam, dass sie keine Fahne führen.

Ich stieg wieder hinunter und trug dem Posten auf, die Wachen am Kontrollpunkt zu informieren, dass etwa dreißig Fremde in Anzug seien und sie mich benachrichtigen sollten, sobald sie deren Identität und Intentionen eruiert hätten. Aber etwas an diesen unbeflaggten Fremden ließ mir keine Ruhe. Ich ritt zum Kontrollpunkt, um so schnell wie möglich zu erfahren, wer die Besucher seien. Eine der Dienst habenden Wachen schlief. Ich weckte den Mann und sagte ihm, er könne sich einen anderen Job suchen. Er flehte mich an, ihm zu vergeben. Ich wandte mich ab. Die Reiter überquerten gerade die Brücke über die Gambhiri mit einer weißen Flagge.

Das war doch wohl nicht möglich, oder? Doch. Prinz Bahadur Khan von Gujarat in höchsteigener Person. Hatte Vikramaditya gar zwei Boten zu ihm geschickt für den Fall, dass einer von beiden abgefangen werden würde? Aber wie hatte es der Prinz in acht, neun Stunden von Ahmedabad hierher schaffen können? Hielt sich seine Armee irgendwo in der Nähe versteckt? Ich ließ mir meine Verwunderung nicht anmerken. Er sah fast erschrocken aus.

»Wie konntet Ihr wissen, dass ich kommen würde?«

»Ich habe meine Quellen.«

Er zermarterte sich das Hirn. »Wir haben niemandem etwas gesagt.« Er warf seinen Gefährten einen argwöhnischen Blick zu. »Und die letzten paar Wochen sind wir, abgesehen von kurzen Ruhepausen, ununterbrochen geritten.«

Ich erwiderte nichts.

»Eure Hoheit Maharaj-Kumar, in Abwesenheit Eures Vaters, Seiner Majestät Rana Sanga, möchte ich Euch um Asyl und Schutz in Chittor ersuchen. Ich lege euch hiermit mein Schwert, meinen Schild und meine Person zu Füßen. Das Gleiche tun meine Gefährten.«

»Warum begleitet Ihr mich nicht zum Gästepalast und erfrischt Euch, kleidet Euch um, frühstückt? Danach können wir uns in aller Ruhe unterhalten.«

Selbst wenn seine Streitkräfte sich irgendwo versteckt hielten – hatten wir ihn erst, würden sie es sich zweimal überlegen, bevor sie angriffen. Wie sich später herausstellte, war es purer Zufall, dass Vikramaditya Bahadur Khan geschrieben hatte, er möge mit seiner Armee kommen, um ihm beim Umsturz zu helfen, und dieser bereits am nächsten Tag als Asylsuchender bei uns aufgetaucht war.

Ich brachte Bahadur Khan in der Prinzensuite des Gästepalastes unter und ersetzte die Bediensteten durch Geheimdienstleute, die gleichzeitig als Chefköche und vorbildliche Leibdiener ausgebildet waren. Dann schloss ich mich in meinem Arbeitszimmer ein. Was ging hier eigentlich vor? Es war heller Tag, neun Uhr siebzehn. Das konnte ich mir unmöglich alles zusammenträumen. Was trieb Prinz Bahadur als Bittsteller nach Chittor? Er hatte geschworen, Chittor dem Erdboden gleichzumachen und ganz Mewar zu unterwerfen, um uns die Plünderung Ahmednagars heimzuzahlen.

Offensichtlich hatte ihn irgendetwas veranlasst, die Ausführung seines Plans vorerst zu verschieben. Später würde ich von einer Gruppe von Adligen, von Rani Karmavati und sogar von Prinz Vikramaditya den Vorwurf bekommen, ich sei willensschwach gewesen und habe eine Natter an unserem Busen genährt. Aber hatten wir wirklich eine andere Wahl? Sicher, wir hätten ihm das Stadttor vor der Nase zuschlagen oder, noch besser, ihn mitsamt Gefährten abmurksen können. Ersteres hätte den Prinzen uns noch mehr zum Feind gemacht, und Letzteres hätte seinen Vater, Muzaffar Shah, dermaßen in Rage gebracht, dass es den Ausgang des Krieges, den Vater gegen ihn führte, entscheidend hätte beeinflussen können. So dagegen war er unser Gast und unsere Geisel. Es würde für Muzaffar Shah eine Demütigung bedeuten, und sollten sich die Dinge für uns zum Schlechten wenden, würden wir ein Ass im Ärmel haben. Sollte Bahadur außerdem jemals König von Gujarat werden und, wie er geschworen hatte, Chittor erobern, würde er sich vielleicht an unsere Milde erinnern und die Bewohner der Stadt verschonen.

Er verschlief den ganzen Tag, die Nacht und den darauffolgenden Tag. Am späten Nachmittag schickte ich Mangal hinüber, damit er ihn weckte und ihm meine Bitte ausrichtete, mit mir zu Abend zu speisen. Um sieben ließ sich Bahadur in meinem Palast melden. Er hatte ein paar Geschenke mitgebracht: sechs Goldbecher aus Istanbul für mich, eine exquisit aus Gujarater grüner Jade gearbeitete Statuette des göttlichen Flötenspielers Krishna für meine Frau.

Kann man einem Menschen den Charakter vom Gesicht ablesen? Vielleicht existiert ja tatsächlich eine entsprechende Wissenschaft, und die Stärke der Augenbrauen, ihr Winkel zueinander, die Breite der Stirn, die Kurve der Nase und die Konturen der Lippen, die Farbe der Zähne, Größe und Lage der Ohren sind exakte Indikatoren des dahinter verborgenen Charakters des Menschen. Das ist gar nicht so weit hergeholt, wie es klingt. Bei uns in Chittor kann Makhanlalji die Zukunft eines Menschen vorhersagen, indem er ihm einfach ins Gesicht sieht. Und in Merta gibt es einen Kundigen, der deinen Schatten misst und dann in alten Texten nachschlägt und dir deinen Beruf und deine Vergangenheit sagen kann. Ich besitze keine solchen verborgenen Talente oder Kenntnisse. Ich kann nur Vermutungen anstellen, was selbst im günstigsten Fall höchst unsichere Ergebnisse liefert. Und dennoch geht es wohl jedem so, dass er, sobald er ein Gesicht sieht, anfängt, ein Profil der betreffenden Person zu erstellen und sie anhand mannigfaltiger bipolarer Skalen zu beurteilen: sympathisch – unsympathisch, vertrauenswürdig – suspekt, dumm – intelligent, offen – verschlagen und so weiter. Wenn ich mich oft als ein guter Menschenkenner erweise, dann deswegen, weil ich mich von meinen Instinkten leiten lasse und ihnen gleichzeitig misstraue.

Ich mag Bahadur Khan, aber ich traue ihm nicht. Nicht so sehr, weil er unzuverlässig wäre, sondern weil er impulsiv und ungestüm ist und sich nicht die Zeit nimmt, sich eine Entscheidung ein zweites oder gar drittes Mal zu überlegen. Und dennoch habe ich den Verdacht, dass er durchaus noch reifen kann. Dies könnte, wie ich meine, auf lange Sicht gefährlich werden. Er ist verzogen und sein Ehrgeiz ist das Werk einer faulen und machthungrigen Mutter. Er ist ungeduldig und wie den meisten Möchtegern-Usurpatoren fehlt ihm jedes Gespür für eine bestimmte Eigenart des Lebens: dass aus Söhnen Väter werden, die sich mit den gleichen Problemen herumschlagen müssen, die sie selbst ihren Eltern bereitet haben.

Wir sitzen uns gegenüber, auf dem dicken Perserteppich, den Vater von unserem gemeinsamen Feind, dem Sultan von Malwa, zum Geschenk erhalten hat. Der *Shahzada* lässt sich das Essen schmecken. Unser Geheimdienst ist in solchen Dingen recht brauchbar, und ich habe die Köche angewiesen, ein paar seiner Lieblingsgerichte zuzubereiten: afghanische Hühnchenkebabs aus dem Lehmofen und mild gewürzter Lammtopf sowie eine Süßspeise aus Gujarat, die Shrikhand heißt und aus Joghurt besteht, der zuerst in einem Musselinsäckchen aufgehängt wird, damit das Wasser abfließt, und dann so lange mit Zucker und Safran verrührt wird, bis eine glatte Masse entsteht. Wir treiben Konversation. Ich sehe, dass er etwas auf dem Herzen hat, seine gute Erziehung ihn aber davon abhält, sein Anliegen zu äußern, solange wir noch nicht fertig gegessen haben. Wir waren beim *pan*, als er das Thema endlich anschnitt.

»Ihr fragt Euch zweifellos, was mich zu diesem unangemeldeten Besuch veranlasst hat.«

»Es ist ein seltenes Vergnügen, einen so vornehmen Gast in unserer Mitte zu haben.«

»Ihr seid sehr gütig und ich hoffe, Eure Gastfreundschaft in nicht allzu ferner Zukunft erwidern zu können. Sogar in allernächster Zukunft, wenn es nach mir geht.«

»Ruht aus, entspannt Euch, wir möchten, dass Ihr so lange bleibt, wie es Euch beliebt. Betrachtet Chittor als Eure zweite Heimat.«

»Maharaj-Kumar«, er hatte genug von diesem höflichen Geplänkel, »vergebt mir, wenn ich auf weitere Artigkeiten verzichte und direkt zur Sache komme.«

»Ich bitte Euch, unter Freunden braucht es keine Formalitäten.«

»Die Streitkräfte meines Vaters liegen in der Nähe des Königreichs Idar mit denen von Mewar im Kampf. Wenn Ihr mir zwanzigtausend Berittene leiht, nicht mehr, werde ich mithilfe meiner Anhänger unsere Hauptstadt Ahmedabad einnehmen und meinen Vater entthronen. Ich werde auf Idar verzichten. Mit einem einzigen Handstreich wird Idar Teil des Herrschaftsgebietes Eures Vaters. Gujarat und Mewar werden Frieden schließen, und Euer Land wird in mir einen Freund fürs Leben gewinnen. Unnötig zu sagen, dass ich Euch für die Leihgabe Eurer Streitkräfte darüber hinaus mit fünfzigtausend Tankas pro Tag entschädigen werde.«

Tolle Vorstellung, Idar auf dem Präsentierteller serviert zu bekommen. Der Kampf um Idar reicht so weit zurück, wie ich mich überhaupt erinnern kann. Bahadur hat eine Reihe von Wenns außer Acht gelassen, aber es wäre kaum in seinem Sinne, sich damit aufzuhalten. Kann ich überhaupt zwanzigtausend Berittene aufstellen? Werden sie ausreichen? Verfügt er in Ahmedabad über eine nennenswerte Gefolgschaft? Wird ihm Ahmedabad tatsächlich wie ein überreifer Zimtapfel in den Schoß fallen? Und was, wenn unsere Streitkräfte besiegt werden? Was wusste ich schon von Bahadurs strategischen Fähigkeiten? Es ist beruhigend zu hören, dass er die Expedition finanzieren will, aber wo gedenkt er die dafür nötigen Mittel zu beschaffen – und gegen welche Sicherheiten? Meine eigenen Transaktionen mit Adinathji haben mich gelehrt, dass Financiers mit Luftschlössern nichts anfangen können, sondern reale Burgen, Festungen und Ländereien brauchen, wenn sie ein Darlehen auch nur in Betracht ziehen sollen. Wenn er Vikramaditya Geld geliehen hatte, dann nur aufgrund der Vermutung, dass notfalls die Mutter des Prinzen dafür und für alle Zinseszinsen geradestehen würde. Und was das Friedensabkommen und die immerwährende Freundschaft anging, so war das eine zwar verlockende, aber momentan nicht sehr realistisch erscheinende Vorstellung.
Jeder dieser Einwände, die ich im Geiste erhob, hätte für sich schon ausgereicht, um meinem etwaigen Wunsch, dem Prinzen zu helfen, einen Dämpfer aufzusetzen. Aber all diese Überlegungen waren nur Ablenkung vom eigentlichen Problem. Selbst wenn ich die Garantie hätte, dass Bahadur den Thron von Gujarat erringen würde, so änderte dies nichts an zwei wichtigen Tatsachen: Erstens ist sein Vater, der rechtmäßige Herrscher, noch am Leben, und zweitens kommt er, der Prinz, in der Thronfolge erst an zweiter Stelle.
Ich verzog keine Miene, aber ich musste all meine Selbstbeherrschung aufbieten, um ihn nicht beim Schlafittchen zu packen und ihm ein paar saftige Ohrfeigen zu verpassen, ihn anschließend gehörig durchpeitschen und dann in das Verlies werfen zu lassen, wo er verfaulen konnte, bis er sämtliche Zähne und sein Augenlicht verloren haben und auf Knien darum flehen würde, wieder in die Sonne und an die frische Luft zu dürfen, um dann feierlich zu schwören, die heiligen Gesetze des Erstgeborenenrechts zu befolgen.

5

Ich habe das Thema Erbfolgerecht bislang ebenso geflissentlich gemieden wie den anderen verbotenen Gegenstand, der meine Eingeweide zerfleischt und meinen Geist lähmt. Aber Prinz Bahadur hat eine besonders wunde Stelle berührt, und das Mindeste, was ich tun kann, ist, mir dadurch eine gewisse Linderung zu verschaffen, dass ich darüber spreche.

Ich bin ein zurückhaltender Mensch. Das sind Einzelgänger häufig. Oft, wenn auch nicht immer, weiß ich, wie mein Verstand arbeitet, und habe eine recht zutreffende Vorstellung davon, was für ein Mensch ich bin. Ich bin ehrgeizig. Hinlänglich ehrgeizig, um den Wunsch zu verspüren, schon heute König zu sein. In der Politik und in Staatsangelegenheiten habe ich wenig Skrupel. Wenn es Vorteile brächte, handfeste Vorteile, die Söhne eines unserer Erzrivalen zu unterstützen, Prinz Bahadur Khan beispielsweise, würde ich es ohne zu zögern tun – wie sehr es mich auch schmerzen mag, gegen die wenigen Prinzipien, die ich habe, zu verstoßen.

Aber ich bin der Sohn von Mewar und dazu noch ein *Guhilot Sisodia*. Wir sind die einzige Familie in Rajasthan, die sich nahtlos bis ins siebte oder achte Jahrhundert zurückverfolgen lässt, und zwar über eine ununterbrochene Folge von dreißig oder vierzig Königen. Wir sind ein Land der Barden und Bänkelsänger und Geschichtenerzähler und Troubadoure. Sie alle werden nicht müde, von den Heldentaten meiner Vorfahren zu erzählen: Bappa Rawal, Rana Hamir,

Chunda und Rana Kumbha. Ich glaube, wir atmen weniger Luft ein als wir von solchen Geschichten in uns aufsaugen. Unsere Anekdoten sind alle historisch. Die Gutenachtgeschichten, die wir unseren Kindern erzählen, handeln ausschließlich von diesen überlebensgroßen Monarchen und Kriegern der Vergangenheit. Unsere Venen und Arterien sind prall gefüllt mit ihnen. Bisweilen denke ich, dass wir gar keine Gegenwart haben, nur die Vergangenheit.

Sie zeichnen ein verklärtes Bild, diese Geschichtenerzähler, und vernünftigerweise verweilen sie nie zu lang oder zu häufig bei den Bösewichtern. Das stimmt nicht ganz. Was sie tun, ist weitaus gefährlicher. Sie verwandeln die blutigen brudermörderischen Auseinandersetzungen, die nach dem Tod eines Königs unweigerlich der Inthronisierung des Nachfolgers vorausgehen, in Hunderte oder Tausende von wohlklingenden Verspaaren über Heldenmut und Tapferkeit. Sie sind unfähig, den Totenkopf zu sehen, der über jeder Königskrone schwebt. Und niemand berechnet die Kosten, die all dieses wahnsinnige selbstzerstörerische Blutvergießen für Mewar verursacht. Wir sind die besten Freunde unserer Feinde. Denn welches größere Unheil und Chaos könnten sie Mewar wünschen als dasjenige, das wir uns selbst zufügen? Nur ein kurzsichtiger Narr würde Trost in dem Gedanken finden, dass die gleichen tödlichen Kämpfe auch in unseren Nachbarreichen wüten.

Ich bin der Erstgeborene und Thronanwärter und Maharaj-Kumar. Man könnte sagen, der Grund für mein Interesse am Erstgeborenenrecht ist der Umstand, dass mir nicht weniger als Krone, Thron und Königswürde Mewars winken. Aber das ist noch nicht alles. Ich bin mir unablässig dessen bewusst, wie ungewiss die Zukunft für Vater, mich und meine Geschwister ist. Denn ich kann nicht vergessen, wie rot und klebrig unsere Hände vom Blut unserer Väter und Brüder sind. Wir brauchen dazu gar nicht so weit in die Vergangenheit zurückzugehen. Nehmen wir zum Beispiel meinen Urgroßvater Maharana Kumbha. Manche meinen, er sei der größte König gewesen, den Mewar je gesehen hat, größer sogar noch als Bappa Rawal und Hamir. Das sind fruchtlose Spekulationen. Was zählt, ist die Tatsache, dass es, als Kumbha den Thron bestieg, nicht eine Himmelsrichtung gab, aus der keine aktuelle oder potenzielle Gefahr gedroht hätte. Unsere damaligen Feinde – Delhi, Gujarat und Malwa – schnappten unablässig nach den Flanken Mewars, um ihm riesige Batzen Fleisch herauszureißen, oder versuchten ihm gleich an die Kehle zu gehen. Aber wie immer bei uns Rajputen, waren es nicht so sehr die Fremden, die es zu fürchten galt, als vielmehr die eigenen Stammesangehörigen und Blutsverwandten. Der rajputische Herrscher von Sirohi, die *Hadas* von Bundi und Jodha von Marwar, ganz zu schweigen vom Bruder des Rana, Khem Karan, verbündeten sich häufig mit unseren Feinden und ließen Kumbha nicht zur Ruhe kommen.

Aber wie auch immer, Kumbha war der einzige Rana seit Menschengedenken, der an zwei verschiedenen Fronten, gegen Gujarat und Malwa, gleichzeitig kämpfte. Es stimmt zwar, dass er keines von beiden vernichtend schlug, wohl aber gelang es ihm, beide mächtigen Feinde in ihre Schranken zu weisen, und er erweiterte das Gebiet Mewars, wie es kein König vor ihm geschafft hatte. Er annektierte Sarangpur, Gagrone, Narana, Ajmer, Mandaur, Mandalgarh, Khatu, Chatsu, Abu, Ranthambhor und weitere Festungen und Städte, von denen viele seit seinem Tod mehrmals den Besitzer gewechselt haben. Er war ständig in Bewegung. Und er scheint mehr als alle Hände voll zu tun gehabt zu haben. So ist es fast ein Rätsel, wie er die Zeit fand, zweiunddreißig Festungen zu bauen, Festungen, die bis zum heutigen Tag Bollwerke gegen fremde Eindringlinge sind. Bauen muss seine Passion gewesen sein. Er errichtete Tempel, Paläste und den Siegesturm. Er dachte über Geographie und die zeitlose Architektur des Kosmos nach. Der einzige Weg, wie ein Mann der Zeit ein Schnippchen schlagen konnte, bestand darin, Bauwerke zu hinterlassen, die nicht untergehen würden. Er verbrachte viel Zeit mit seinen Lieblingsarchitekten Jaita und Mandan. Er rechnete damit, dass der eine oder andere Feind seinem Leben ein vorzeitiges Ende bereiten würde, aber er hoffte, dass die Arbeit seiner Stadtplaner ihm einen Platz in Chittors Zukunft sichern würde. Seine Architekten enttäuschten ihn nicht. Wenn man heute durch Chittor geht, ist man von Rana Kumbhas Vision umgeben.

Er war klug, vernünftig und er wusste, wann man etwas ruhig sich selbst überlassen konnte. Unabhängig von all seinen Leistungen und Erfolgen genügte seine bloße Präsenz, um dem Land Stabilität und Dauer zu verleihen. Es heißt, er sei so gebaut gewesen wie Chittor – hoch und breit und beinahe uneinnehmbar. Er saß bereits seit fünfunddreißig Jahren auf dem Thron und sah so aus, als könnte er spielend weitere dreißig, fünfunddreißig schaffen. Und so geschah es, dass der ehrgeizige Prinz Udai die Geduld verlor und seinen eigenen Vater ermordete.

Es war ein wackeliger Thron, den der Hatyara erwarb, und eine dornige Krone, die er sich aufsetzte. Könige mit krimineller Vergangenheit waren in Rajasthan nicht unbekannt, dennoch erhob sich eine solche Woge des Abscheus gegen Udai, dass er sich von seinen eigenen Untertanen und Vasallen bedroht fühlte. Um sich Fürsten und *Rawals* gewogen zu machen, begann er, Kumbhas Eroberungen mit einem solchen Tempo und Eifer zu verschleudern, dass Mewar auf die Größe eines drittklassigen Fürstentums zusammenschrumpfte. Er gab Abu an den Deora-Fürsten zurück und erkaufte sich mit Sambhur, Ajmer und den angrenzenden Distrikten die Freundschaft des frisch gebackenen Königs von Jodhpur. Alle Beschenkten nahmen die großzügigen Gaben dankbar an, vergalten sie aber dem immer schwächer werdenden König weder mit Loyalität noch mit Unterstützung.

Es ist unmöglich, gleichzeitig maßlos ehrgeizig und weichherzig zu sein. Udai hätte jegliche Opposition mit eiserner Hand zerschmettern müssen. Er hatte die Krone mit einer drastischen und niederträchtigen Maßnahme erobert, hatte dann aber nicht den Mumm, die Sache konsequent zu Ende zu führen. Reue ist ein starkes Halluzinogen. Überall im Reich sah er Gefahren und Revolten sich zusammenbrauen und war so unsicher, dass er sich vor dem Sultan von Delhi auf den Bauch warf und ihm sogar eine Tochter anbot, nur um seinen Taten und seiner Königswürde die kaiserliche Sanktion zu verschaffen. Udai hielt dieses würdelose Leben nicht lange durch; nach fünf Jahren segnete er das Zeitliche.

Was mich zu einem kleinen Exkurs bringt. Im Recht sein ist nicht die notwendige Bedingung für Mut oder außergewöhnlicher Tapferkeit. Die Mächte des Bösen streiten um keinen Deut weniger begeistert oder verbissen als die Heerscharen der Gerechtigkeit. Die Leute äußern sich voller Verwunderung über die unglaubliche Tapferkeit von uns Rajputen. Das geht an der Sache völlig vorbei. Ob

Vater, meine Brüder, meine Vorfahren, ich selbst oder alle meine Landsleute – wir alle sind selbstredend unübertroffen furchtlos und kühn. Dies mag bewundernswert sein, kaum aber verwunderlich. Bereits bei kleinen Kindern wird Mut bei uns als gegeben vorausgesetzt. Ich benutze die Worte ›als gegeben vorausgesetzt‹ mit Bedacht. Kein Mensch unterzieht in Mewar seine Kinder einer Gehirnwäsche oder versucht ihnen die Wichtigkeit des Mutes einzubläuen. Sie versteht sich von selbst. Ich erinnere mich, wie ich mit vierzehn eines Tages am Rand einer großen runden hölzernen Umzäunung stand. Das Tor am entgegengesetzten Ende der Palisade wurde geöffnet, und ein Tiger, dem man eine Woche lang nichts zu fressen gegeben hatte, wurde hereingelassen. Ich trug eine stählerne Rüstung, meine Arme waren dick gepolstert, und ich hatte Pfeil und Bogen, ein Schwert und einen Schild.

Habt ihr je einen ausgehungerten Tiger gesehen? Er ist hyperaktiv, wild, aber unkonzentriert. Ich war sein Frühstück oder Abendessen oder was immer Tiger nach einer Woche Fasten zu sich zu nehmen pflegen, und er ging schnurstracks auf mich los. Ich zielte, leider nicht sehr sorgfältig, und schoss einen Pfeil ab. Ich hätte sein Herz durchbohren sollen oder sein Gehirn, aber ich traf seine Flanke. Er wandte sich um, um festzustellen, was ihn da gestochen hatte und ob es sich wieder entfernen ließe. Mein Lehrmeister Rawat Jai Simha Balech war schon im Begriff, seinen Speer zu schleudern, als Vater ihn mit einer Handbewegung stoppte. Ich war erleichtert. Ich zog einen zweiten Pfeil aus dem Köcher; der Tiger war besinnungslos vor Schmerz, Wut und Hunger und raste auf mich zu. Ich stützte mein Gewicht auf ein Knie und schoss den Pfeil in einem Winkel von dreißig Grad ab. Er fuhr ihm durchs rechte Auge ins Gehirn. Der Tiger bekam einen epileptischen Anfall, schlug mit den Pranken wild um sich und bäumte sich auf. Aber sein Feuer war erloschen und sein Sehvermögen eingeschränkt. Ich zog das Schwert und ließ es auf seinen Nacken niedersausen. Vater sprang hinzu und half mir, den Kopf abzutrennen.

»Jetzt bist du ein echter Löwe, genau wie dein Name sagt.«

Es war mir bis dahin noch nie bewusst geworden, dass das ›Simha‹ oder ›Singh‹ in meinem Namen und in dem jedes anderen Rajputen bedeutete, dass wir ein Volk von Löwen waren.

Zaudern, Furcht und Rückzug sind für uns undenkbare Optionen, weil die entsprechenden Bereiche unseres Geistes hermetisch abgeriegelt sind. Tatsächlich sind sie überhaupt keine Optionen. Unsere Tapferkeit entbehrt jeder bewussten Entscheidung. Sie ist blind, zwanghaft und unbeirrbar, weil wir gar keine andere Möglichkeit kennen, in einer Konfliktsituation zu reagieren.

Wenn die Geschichte Udas eine düstere Parabel über die Folgen hemmungslosen Ehrgeizes war, so schienen die drei ältesten Söhne seines Bruders und Nachfolgers, Rana Raimul, daraus keinerlei Lehren gezogen zu haben. Ihre abscheuliche Gier, bereits zu einem Zeitpunkt, da ihr Vater noch jung und im Vollbesitz seiner Kräfte war, zu wissen, wer von ihnen einst den Thron erben würde, ist ein Fluch, der wohl alle künftigen Generationen des Hauses Mewar verfolgen wird.

Mein Großvater Rana Raimul hatte von elf Königinnen vierzehn Söhne und zwei Töchter. Der Älteste, Prithviraj, und der Dritte, Sangram Simha – oder Sanga, wie mein Vater später genannt werden sollte –, waren die Kinder der Prinzessin von Jhali, Ratan Kanwar. Der zweite Sohn war der Spross einer anderen Königin und hieß Jaimal. Vervollständigt wurde diese Ansammlung finsterer Charaktere durch den Onkel der drei jungen Prinzen, Surajmal: einen Mann von zweifelhaften Gaben, darunter der Fähigkeit, Leidenschaften zu entfachen, und einem Streben, das den Thron von Mewar keineswegs ausschloss. Wer der nächste König werden würde, war eine Frage, die jeden anderen Gegenstand zur Bedeutungslosigkeit verdammte und das Denken der Prinzen unablässig beschäftigte, dennoch hatte bislang keiner von ihnen gewagt, seinen geheimsten Gedanken zur Sprache zu bringen – bis eines Tages Surajmal sagte: »Wer wird den Preis im Bogenschießen gewinnen, wer wird der leckeren Zofe Satya Kanwar an die Brüste greifen und sie flachlegen, wessen Elefant wird beim morgigen Kampf die Hoffnungen der anderen zerschlagen – wer in Gottes Namen schert sich auch nur einen Dreck darum, wie eines dieser Dinge ausgeht? Schau nicht so schockiert, Sangram, es gibt nur eine Frage, eine einzige Frage, die dich weder im Wachen noch im Schlaf verlässt.«

Die Prinzen sahen weg, bis Prithviraj, der Ungestüme, der weder seine Zunge im Zaum noch sein Schwert in der Scheide halten

konnte, seinem Onkel einen herausfordernden Blick zuwarf und fragte: »Und welche Frage wäre das?«
»Die schlichte Frage, wer die Krone erben wird, wenn Euer Vater nicht mehr ist.«
Da, die frevelhaften, verbotenen Worte waren ausgesprochen, und die Erde hatte sich nicht aufgetan, ihr Onkel war nicht vom Blitz erschlagen worden und die Köpfe der drei Prinzen saßen noch immer auf ihren Schultern.
»Habt Ihr irgendwelche Antworten zu bieten?«, sprach Prithviraj weiter. »Denn von Rechts wegen gehört sie mir und mir allein.«
»Laut Gesetz, ja. Schließlich seid Ihr der erstgeborene Sohn. Doch wer weiß, die Pest könnte Euch töten, Euer Vater könnte Euch verbannen oder ein tödlicher Unfall könnte Euch zustoßen. Außerdem besteht immer die Möglichkeit, dass Euch einer der teuren Brüder, die Euch so abgöttisch lieben, aus dem Weg räumen lässt.«
»Ich hatte gefragt, ob Ihr Antworten zu bieten habt – nicht dieses Geschwätz über Unfälle und Krankheiten.«
»Es ist jammerschade, nicht? Kala, der Gott der Zeit, allein weiß es und er wird sein Geheimnis nicht preisgeben, solange er nicht glaubt, dass der richtige Augenblick dafür gekommen ist.«
Die Prinzen sahen ihren Onkel angewidert an. Er stiftete nur Zwietracht. Er nannte das Unnennbare, sprach das Unaussprechliche aus, und sobald er ihre Neugier geweckt hatte, ließ er sie zappeln.
»Welch unschätzbare Worte, wahrhaft die Quintessenz der Weisheit! Onkel, verschont uns mit Eurem philosophischen Gelaber«, sagte Jaimal mit vernichtendem Spott.
Alle drei wandten sich ab und wollten schon gehen.
»Es gäbe allerdings« – die Stimme ihres Onkels klang sanft und träge – »auch eine andere Möglichkeit.«
»Gut für Euch. Werdet damit selig«, sagte Prithviraj. »Ich bin an Euren kindischen Spielchen nicht interessiert.«
»Na schön. Dann werde ich eben die Priesterin der *Charani-Devi* in Nahar Magra mit Jaimal und Sangram allein aufsuchen.«

Die Tollkühnheit des Gedankens war atemberaubend. Nein, es war schon etwas mehr als das. Es war eine Entsetzen einflößende Idee, eine Vorstellung, die das Blut in den Adern gefrieren ließ, Magenkrämpfe bereitete und die Zunge so bleischwer machte, dass man kein Wort mehr herausbekam. Grauen erfüllte die Herzen der Prinzen, denn den Namen der Charani-Devi nahm man nicht leichtfertig in den Mund. Sie hatten sich auf den Weg nach Nahar Magra gemacht, aber selbst der kühne Prithviraj wäre lieber umgekehrt und nach Haus zurückgeritten. Was sie alle bei der Stange hielt, war die Angst, dass die jeweils beiden anderen der Gefahr trotzen und das Geheimnis der Zukunft ergründen könnten.

Es gab viele Sagen über die Devi. Eine davon erzählte mir Kausalya, als ich noch ein Kind war. Einst einmal begann der Zeitgott Kala, die Symptome fortgeschrittenen Größenwahns zu zeigen. Er war der Rahmen oder das Bezugssystem, innerhalb dessen alles, was geschehen sollte, geschah. Die Dämonen, die Götter, der Raum und der Kosmos waren von der Zeit umgrenzt. Nichts – nicht einmal das Nichts – existierte außerhalb der Grenzen der Zeit. Kein Wunder also, dass der Zeitgott begann, sich als Ursache und Wirkung, Schöpfer und Schöpfung, Anfang und Ende zu betrachten. Und es war nicht einmal purer Größenwahn, der ihn auf diese Idee brachte, denn wie man sehen konnte, war er genau das, was er zu sein behauptete: allmächtig, allwissend und allgegenwärtig.

Die Götter, einschließlich *Brahma*, *Vishnu* und Shiva, hatten schon viele Krisen erlebt, sie hatten oft am Rande der Niederlage oder gar der völligen Vernichtung gestanden, doch jedes Mal war es ihnen durch Phantasie, List, Geschicklicheit oder den klugen Einsatz von Gewalt noch in letzter Minute gelungen, vom Rand des Chaos zurückzuspringen und den Sieg davonzutragen. Doch bei all diesen Gelegenheiten war Kala immer auf ihrer Seite gewesen. Jetzt lag die Sache ein wenig anders. Sie entsandten Abordnungen, die bei Kala gut Wetter machen sollten, sie hielten Beratungen ab, sie intrigierten und dachten sich Listen, Hinterlisten und sogar Hinter-Hinterlisten aus. Sie waren ungeschlagene Meister des Tricks und der Schliche, der Bestechung, des Betrugs und des Verrats. Doch selbst wenn Kala gelegentlich den Köder schluckte, hatte er doch alle Zeit der Welt, um ihn unbeschadet zu verdauen. Sie mussten ihn verführen. Sie gaben ihm pornographische Träume ein, und als seine Wollust erwacht war, schickten sie ihm Apsaras und Vishnu in Gestalt der verführerischen *Mohini*.

Alles vergebens. Für die Götter, die schon die mannigfaltigsten Prüfungen und Kalamitäten überstanden hatten, war der Augenblick der Wahrheit gekommen. Kala war eben im Begriff, die drei Welten – Götter-, Menschen- und Unterwelt – zu verschlingen, als Charani-Devi vorbeieilte. Sie sammelte gerade die millionenundein Fäden der Zeit zusammen, hier, da, oben, unten, vorne, hinten und jenseits davon. Ohne nach links oder nach rechts zu blicken, sauste sie mit ausgestreckten Händen dahin, und ihre Finger lasen die losen Enden und die durchgehenden Fäden auf, endlose Strecken von Vorgeschichte, künftiger Geschichte und die gleichzeitige Gegenwart, die ein und derselbe Augenblick multipliziert mit allen Punkten im Raum ist – sie musste sich Leim auf die Fingerspitzen geschmiert haben, denn nicht ein einziger Flusen von zerfasertem Kett- oder Schussfaden des ungeheuren Gewebes der Zeit entging ihr, und alles knäulte sie wirr zusammen: kein Anfang, keine Mitte, kein Ende, keine Ordnung, nur ein ungeheuerlich riesiger Ball von der Größe des Kosmos. Dann öffnete die Devi den Mund und verschlang das Ganze mit einem Happs.
Aber gerade als die Götter aufjauchzen und diesen größten aller Siege feiern wollten, begriffen sie, dass sie eine Katastrophe abgewendet hatten, nur um einer noch schlimmeren zum Opfer zu fallen: Die Zeit hatte aufgehört. Und ebenso alles Übrige. Denn wie wir alle wissen, kann Leben sich nur entlang der Zeitachse ereignen, mit ihren drei zugleich scharf abgegrenzten und fließenden Abschnitten: der Vergangenheit, der Gegenwart und der Zukunft. Jetzt, wo der Gott der Zeit völlig verwirrt und verdattert in Charanis Bauch lag, würde alles Leben zum Stillstand kommen.
Also gingen die Götter wieder mit sich zu Rate. Sie könnten Charani-Devis Bauch – natürlich mit ihrem Einverständnis – aufschneiden und Kala wieder herauslassen. Aber damit wären sie wieder so weit wie am Anfang. Oder sogar noch übler dran, denn jetzt würde Kala wissen, dass die Götter nicht ohne ihn auskamen. Es gab auch eine andere Lösung – allerdings eine unvorstellbare, da niemand, nicht einmal Brahma, den Mut haben würde, sie Charani-Devi vorzutragen. Sie hatte gerade das Unmögliche geschafft, eine Tat vollbracht, die das Universum gerettet hatte. Und jetzt wollten sie sie bitten, etwas noch Unmöglicheres zu tun, etwas, das sie für immer

und ewig des Schlafs berauben würde; etwas, das nie und niemals enden würde; etwas, das die einsamste Tätigkeit der Welt sein würde. Wenn sich sonst niemand traut, springt immer Shiva in die Bresche. Er begab sich zum himmlischen Palast der Devi. Sie war praller, als es jede Schwangere je sein würde, denn sie hatte die Zeit in ihrem Bauch.

»Du weißt, warum ich gekommen bin, nicht wahr?«, fragte Shiva.

Sie sah ihn mit ihren großen klaren Augen an. Sie war immer eine der lebhaftesten und rastlosesten Göttinnen im Himmel gewesen. Aber das Wissen um ihr Schicksal bewirkte eine seltsame Veränderung in ihrem Gesicht. Es verlieh ihr eine Gefasstheit und Ruhe, die Shiva das Herz zerriss. Der Gott ergriff sanft ihre Hand. Sie erwiderte den Druck seiner Finger so fest, als wollte sie sie nie wieder loslassen.

»Du willst, dass ich den Bandwurm der Zeit entwirre«, sprach sie nach langem Schweigen. »Du willst die Gegenwart zurück.«

»Wirst du das tun?«, fragte er sie. Es schien, als würde sie niemals antworten.

»Es wird eine lange, einsame und liebelose Nachtwache werden«, sagte sie.

»Lang und einsam ja«, erwiderte Shiva, »aber nicht ohne Liebe. Niemand wird uns je voneinander trennen. Du brauchst nur an mich zu denken, und wo immer ich bin, werde ich zu dir zurückkehren.«

Und er umarmte sie in alle Ewigkeit. Denn genau das ist die Verbindung des *linga* und der *yoni*: ein zeitloses Miteinandersein. Und so sitzt Charani-Devi in ihrem Tempel und lässt behutsam, unvorstellbar behutsam, einen Millimeter Zeitwurm nach dem anderen aus ihrem Mund heraus. Sie darf den Mund nie schließen, denn wenn sie es täte, würden alle Menschen und Götter und Dämonen für immer erstarren.

Nein, es wäre zweifellos nicht klug, das Missfallen der Devi zu erregen. Die Devi hat eine Gehilfin, eine Priesterin, die über sie wacht. Sie geht der Göttin zur Hand, wenn sie ein Bad nehmen, sich umkleiden oder lindernde Salbe auf ihre Augenlider auftragen möchte. Und weil sie ihr so nahe steht, dank ihrer bloßen körperli-

chen Nähe, hat sie die Möglichkeit, der Devi in den offenen Mund zu schauen, tief hinein bis in den Rachen und so weit in die Zukunft, bis dahin, wo ihr Rachen in den Schlund übergeht. Dadurch hat die Priesterin die prophetische Gabe einer Seherin.
Prithviraj und Jaimal betraten den dunklen, kalten unterirdischen Tempel der Devi als Erste. Als sie ein wenig von ihrer Umgebung erkennen konnten, ließen sie sich auf einer Pritsche nieder. Sanga, der ihnen folgte, stolperte in der Dunkelheit. Er wollte die Devi nicht beleidigen und setzte sich, wo er gerade war. Surajmal trat nach ihm ein, aber er wartete so lange, bis seine Augen sich an die Dunkelheit gewöhnt hatten, und schaute sich dann aufmerksam um. Prithviraj nahm hinter einem Vorhang die Priesterin wahr. Sie stand reglos wie ein Baum und hielt die Augen geschlossen, aber er wusste, dass sie alle beobachtete. Jetzt oder nie, sagte er sich. Surajmal suchte sich seinen Sitzplatz direkt neben Sangram aus. Sein Knie hatte kaum den Boden berührt, als Prithviraj sprach.
»Priesterin, wir sind gekommen, um zu erfahren, wer von uns der nächste König von Mewar sein wird.«
Prithviraj war, wie es seine Art war, mit seiner Frage sofort herausgeplatzt, ohne sich die Zeit zu nehmen, sich vor der Göttin zu verneigen und die Priesterin zu begrüßen oder ihr seine Ehrerbietung zu erweisen. Die gefürchtete Frage war wie ein Pfeil abgeschossen worden. Jetzt gab es kein Zurück mehr.
Ein Knie schon auf dem Boden, erstarrte Surajmal in seiner Bewegung und erwartete die Antwort. Wie konnte er die Priesterin übersehen haben, fragte er sich. War sie belustigt, schimmerte ein leichter Spott auf ihren Lippen? Ihr Blick streifte jeden Einzelnen von ihnen und kehrte dann zu Sangram Simha zurück.
»Sangram konnte nichts sehen und setzte sich hin, wo er gerade war. Er hat dabei nicht einmal bemerkt, dass er auf dem Pantherfell der Göttin sitzt«, sprach die Priesterin, fast unhörbar leise.
Sangram sah nach unten. Er saß wirklich auf dem Pantherfell. Hatte er die Göttin beleidigt, indem er sich angemaßt hatte, ihren Platz einzunehmen? Zürnte sie ihm? Und welche Strafe würde sie über ihn verhängen? Jedermann wusste, dass sie seit dem Tag, da sie den Kosmos gerettet hatte, grauenvoll jähzornig war und das jeweilige Objekt ihres Zorns zu einem Schicksal verdammen konnte, das

noch schlimmer als der Tod war. Er stand hastig auf, begriff dann, dass es ohnehin zu spät war, und setzte sich wieder.

»Das Schicksal geht seltsame Wege« – die Augen der Priesterin waren noch immer geschlossen – »denn es hat ihn zum nächsten König bestimmt.«

Von wem redete sie? Offensichtlich handelte sie blind, redete von den seltsamen Wegen des Schicksals, während in Wirklichkeit sie selbst es war, die die Dinge verwirrte. Prithviraj war sich sicher, dass sie sich irrte. Er würde es nicht zulassen. Er würde ihr die Augen öffnen und sie zwingen, sich alle drei anzusehen und erst dann die Zukunft vorauszusagen. Surajmal stammte ohnehin nur aus einer Nebenlinie und war bloß als Begleiter der jungen Prinzen da.

»Was den Onkel anbelangt«, unterbrach sie Prithvirajs Gedankengang, »er taumelte nicht und fiel nicht, sondern sah sich erst wie ein kluger Mann um, ehe er sprang, und suchte sich dann bewusst den Platz neben Sangram aus. Aber das Eckchen, das Sangram ihm von dem gefleckten Fell freigelassen hatte, reichte nur für ein Knie. Der Thron wird in deine Reichweite kommen, Surajmal, du wirst ihn vielleicht sogar berühren können, aber du wirst ihn nie sicher zu fassen bekommen. Ach, Surajmal, wäre dein Schicksal nur so großzügig wie deine Ambitionen gewesen!«

»Und was ist mit mir?« Prithviraj hatte sein Schwert aus der Scheide gezogen. »Was ist mit mir, Alte?« Es lag so viel Zorn und Enttäuschung in seinen Augen, dass er ebenso blind wie sie sein musste. »Ich werde dich zwingen, deine verwünschte Weissagung noch in diesem Moment zurückzunehmen!« Halb von Sinnen holte er mit dem Schwert aus. Doch die Hellseherin war verschwunden. Der Vorhang bewegte sich noch, aber so sehr Prithviraj sich auch bemühte, er konnte ihn nicht öffnen. »Ich werde dir beweisen, dass du dich irrst! Ich bin von Geburt an zum König bestimmt. Niemand wird mir meinen Thron streitig machen, am allerwenigsten dieser nichtswürdige Wicht von einem Bruder!« Das Schwert sauste herab. Sangram zog den Kopf blitzschnell zurück. Sein linkes Auge lag tot auf der Klinge. Aus seiner Verankerung in Sangrams Augenhöhle herausgerissen, betrachtete das weiche weiße Ei mit seinem schwarzen Dotter leidenschaftslos das Geschehen. Prithviraj schlug ein zweites Mal zu, aber Surajmals Schwert parierte den Hieb. Blut

strömte aus dem Loch in Sangrams Kopf. Während der Verletzte blindlings aus der Höhle stürzte, erwischte ihn Prithvirajs Klinge noch an der rechten Schulter und unter dem Rippenbogen.
Surajmal und Prithviraj lieferten sich einen erbitterten Kampf. Es war offenkundig, dass sie erst aufhören würden, wenn einer von beiden tot war. Hatten sie irgendeinen Grund, sich zu bekämpfen? Wie sich noch zeigen sollte, war dies lediglich die erste ihrer zahllosen Konfrontationen. Der Kampf würde für sie zu einer Sucht und einer Obsession werden. Später fanden sich wenigstens Vorwände dafür – Land, größere und kleinere Königreiche, territoriale Interessen. Aber die einfache Wahrheit war: Es machte ihnen Spaß. Sich gegenseitig zu zerfleischen war für sie zum Selbstzweck geworden, es verlieh ihrem Leben einen Sinn. Merkwürdig, dass sie es niemals schafften, sich gegenseitig umzubringen.
»Während du gegen deinen Onkel kämpfst«, sprach Jaimal zu Prithviraj, »ist der Usurpator geflohen.«
Prithviraj kam wieder zur Besinnung. Der verwundete Surajmal war froh über die Atempause. Jaimal fragte die Dörfler, in welche Richtung ihr Bruder geflohen sei. Sie deuteten in Richtung Chaturbhuja. Prithviraj und Jaimal saßen auf und die Jagd begann.

Rathor Bida Jaitmalot und seine zwei Söhne waren zum Dorf Sevantri gekommen, um das Heiligtum des Rup Narain zu besuchen. Sie hatten dort gebetet, dem Gott ihre Opfergaben dargebracht und waren im Begriff, wieder aufzubrechen, als Sangram mit blutdurchtränkten Kleidern in den ummauerten Tempelbezirk galoppiert kam.
»Rathor Bidaji, ich, Sangram Simha, Sohn Rana Raimuls, bitte dich um Asyl und Schutz vor meinen Brüdern Prithviraj und Jaimal, die mich verfolgen und mir nach dem Leben trachten.«
Sangram hatte viel Blut verloren. Er wurde ohnmächtig. Der Rathor und seine Söhne trugen ihn in den Tempel, wuschen seine Wunden und verbanden sie. Mit Wasser und starken Heilkräutern brachten sie ihn wieder zur Besinnung. Sie wollten ihn nach dem Grund seiner Fehde mit seinen Brüdern fragen, als sie das Geräusch herangaloppierender Pferde hörten.

»Habt Ihr unseren Bruder gesehen?«, fragten sie Bida, der gerade sein Pferd sattelte. »Er muss hier soeben vorbeigekommen sein.«
»Nein«, erwiderte der Rathor, »es ist niemand hier gewesen. Meine Söhne und ich haben Rup Narainji besucht und wollen uns jetzt auf den Heimweg machen.«
»Und wessen Pferd mag das wohl sein, Bidaji? Ein zusätzliches Ross, das Ihr mitgenommen habt, nur für den Fall dass eines Eurer anderen Tiere müde werden oder sich verletzen würde?«
»Ja, nur zur Sicherheit.«
»Wie kommt es dann, dass es Schaum am Maul hat und nass geschwitzt ist? Und warum werde ich das Gefühl nicht los, dass ich es schon mal gesehen habe? Und nicht nur einmal, sondern sehr häufig?« Jaimal hatte sein Schwert gezogen. »Gebt meinen Bruder Sangram Simha heraus. Was immer auch der Grund sein mag, der Kampf betrifft nur ihn und uns. Er hat nichts mit Euch zu tun. Alles, was ich von Euch verlange, ist, dass Ihr uns Sangram ausliefert. Danach könnt Ihr mit Euren Söhnen in Frieden ziehen.«
»Ich bin ein Rajput wie Ihr, Prinz Jaimal. Ich habe Prinz Sangram Simha mein Wort gegeben, dass ich ihm Asyl und Schutz gewähren werde. Eure einzige Möglichkeit, seiner habhaft zu werden, ist, mich und meine Söhne zu töten.«
Was war das Wort eines Rajputen wert? Nicht viel. Es kostete Rathor Bida und seine Söhne das Leben. Sie stellten sich der Herausforderung. Sie leisteten erbitterten Widerstand, während Prithviraj und Jaimal auf sie einhackten, sie zu Boden streckten und Sangram Simha sich in Sicherheit brachte.
Hätte Rathor Bida nicht sein Wort verpfänden sollen? Hätte er es brechen sollen? Wo zieht man die Grenze? Wenn meine Mutter, die *Maharani* und, zumindest nominell, die Erste unter den Königinnen, mir in meiner Kindheit diese Geschichte erzählte – und sie erzählte sie mir oft, und wenn sie es mal von sich aus vergaß, erinnerte ich sie daran, da ich nicht satt wurde, sie zu hören –, gab es keine Schurken, nur Helden. Prithviraj, Jaimal, Surajmal, Bida und seine Söhne, Sangram Simha – einer wie der andere. Hätte es irgendeine Rolle gespielt, wenn Vater durch seine Brüder ums Leben gekommen wäre? Wären sie deswegen auch nur im Mindesten weniger heldenhaft gewesen? Nein, es wäre genau das Gleiche gewesen – für

meine Mutter ebenso wie für jeden anderen Rajputen, der die Geschichte noch heute erzählt. Vielleicht spielt es auch für Vater keine Rolle. Zumindest zeigt er es nie. Auf jeden Fall bringt er das Thema nie zur Sprache. Vielleicht bin ich wirklich der Einzige, der sich beim Gedanken an solch sinnloses Blutvergießen echauffiert und ereifert. Vater wartete, bis seine verletzte Augenhöhle und seine übrigen Wunden ausgeheilt waren. Er wechselte seine Kleidung und lebte eine Zeit lang als Kuhhirte in Marwar. Wie es heißt, verlor er diese Stellung wieder, weil er dabei ertappt wurde, wie er süße Fladen aß, anstatt auf das Vieh zu achten. Er verließ Marwar und zog inkognito weiter in Richtung Ajmer. Unterwegs ließ er sich zum Dienst in der Armee Rao Karam Chands anwerben, des Parmar-Fürsten von Srinagar, der rund fünfzehn Kilometer von Ajmer entfernten alten Hauptstadt der Parmars. Der Stern dieses Fürstengeschlechts war längst untergegangen, aber Rao Karam Chand besaß immerhin noch eine Streitmacht von rund dreitausend Rajputen, und Vater wurde ein einfacher Soldat in ihren Reihen.

Jahre vergingen. Als Rana Raimul vom Streit zwischen den Brüdern erfuhr, verbannte er Prinz Prithviraj aus Chittor. Prithviraj zog empört ab, schaffte es aber binnen kürzester Zeit, sich einen Namen zu machen. Der Kampf war sein Element. Im Wettbewerb der Tapferen stellte er durch seine kühnen Taten und spektakulären Abenteuer jeden anderen in den Schatten. Es sah so aus, als ob Prinz Jaimal, der stumme Zuschauer in Charani-Devis Tempel, einst den Thron des Rana erben würde. Er war vorsichtig und wartete darauf, dass seine Zeit käme. Doch das Glück verließ ihn, als er die Prinzessin, die er liebte, beleidigte und ihr Vater ihn auf der Stelle erschlug. Daraufhin wurde Prithviraj an den Hof zurückgerufen und wieder in Gnaden aufgenommen. Nun waren ihm Thron und Krone so gut wie sicher. Er heiratete Tara, die Frau, die Jaimal das Leben gekostet hatte. Gemeinsam mit seiner Gemahlin setzte Prithviraj sein bisheriges abenteuerliches Leben fort. Die beiden eroberten verlorene Königreiche zurück, trieben ihre Feinde zur Verzweiflung und sorgten durch ihre Taten dafür, dass sich bald unzählige Sagen um sie rankten, die sie zu Lieblingen der Massen machten.

Mein Vater blieb so lange anonym, bis eines Tages Jai Simha Balech – jawohl, derselbe, dessen Gastfreundschaft mein Bruder Vikramaditya viele Jahre später so schmählich missbrauchen sollte – und Janna Sindhal ihn schlafend auf einem Feld entdeckten, während eine Schlange ihren Kopf über den Liegenden reckte. Und als sei dies noch nicht symbolträchtig genug gewesen, landete ein Vogel als gutes Omen auf der aufgeblähten Schlangenhaube und keckerte aufgeregt. Die Vorzeichen wurden gebührend gedeutet und Karan Chand erfuhr, dass kein Geringerer als ein Prinz des Hauses Mewar in seinen Diensten stand. Vater muss den Verlust seiner Anonymität zutiefst beklagt haben, denn schon bald breitete sich die Neuigkeit aus und Prithviraj machte sich auf, alte Schulden zu begleichen, für die doch kein anderer als er selbst verantwortlich war.

Darüber, was geschehen wäre, wenn sich die zwei Brüder nach so vielen Jahren wirklich begegnet wären, lässt sich nur spekulieren, denn Prithvirajs Jagd auf Sangram wurde durch einen Brief seiner Schwester Anandabai unterbrochen. Sie berichtete, wie übel ihr Gemahl, Rao Jugmal von Sirohi, sie behandle. Sie flehte ihren Bruder an, sie zu erlösen und sie wieder unter das väterliche Dach zu bringen. Wutentbrannt schwor Onkel Prithviraj, den ich übrigens nie kennen gelernt habe, dem Rao von Sirohi blutige Rache. Eine geringfügige Änderung der Pläne und der Reiseroute, und der Prinz war gegen Mitternacht in Sirohi. Er klopfte nicht an. Er erklomm die Palastmauern, und als Jugmal aus dem Schlaf schreckte, hatte er einen Dolch an der Kehle.

Mein Onkel hätte die schurkische Gurgel ohne mit der Wimper zu zucken aufgeschlitzt, aber seine Schwester ließ sich von den flehentlichen Bitten ihres Gemahls erweichen und ersuchte ihren Bruder, Jugmals Leben zu verschonen. Onkel willigte unter der Bedingung ein, dass Jugmal sich die Schuhe seiner Gemahlin über den Kopf hielte, ihre Füße berührte und sie um Verzeihung anflehte. Jugmal gehorchte augenblicklich und alles war vergeben und vergessen. Am nächsten Tag veranstaltete Jugmal zu Ehren seines königlichen Gastes ein rauschendes Fest. Alle Edelleute von Sirohi wohnten dieser feierlichen Versöhnung bei. Bald war es für Prinz Prithviraj an der Zeit, Lebewohl zu sagen. Zum Abschied überreichte Jugmal ihm drei seiner weithin berühmten »Süßigkeiten«.

Onkel erreichte noch das Heiligtum der Mamadevi, von wo aus er sein geliebtes Kumbhalgarh in der Ferne sehen konnte, begriff aber dann, dass er es niemals bis dorthin schaffen würde. Er schickte nach seiner Gemahlin, die ihn in der Festung erwartete, doch bevor Tarabai von ihm Abschied nehmen konnte, hatte Jugmals Gift sein Herz und sein Gehirn erreicht. Sie sah keinen Sinn darin, ohne den Mann weiterzuleben, der ihr Gefährte im herrlichen Abenteuer des Lebens gewesen war. Prinz Prithvirajs Scheiterhaufen wurde in Brand gesetzt. Als die Flammen emporloderten, umarmte Tarabai den Gemahl und stieg auf ins Reich der Sonne.

Jetzt war der Weg frei. Rana Raimul war krank, und es wurde Zeit, Prinz Sangram Simha aus Rao Karam Chands Gütern bei Srinagar zurückzurufen.

Blut. Wird es uns je gelingen, die Ströme von Blut zum Versiegen zu bringen? Wie oft habe ich Vater schon angefleht, einen königlichen Erlass herauszugeben, dem zufolge jeder, der neben dem rechtmäßigen Thronfolger Ansprüche auf die Krone erhebt, unverzüglich hingerichtet werden soll?

Vater hört mich an und nickt. Ihm ist klar, wie viele Leben dadurch gerettet, wie viel Unheil dadurch vermieden werden und wie viel unser souveränes Königreich davon profitieren würde. Wer könnte die Richtigkeit meines Vorschlags besser abschätzen als er, der so lange solch entwürdigende Zustände erdulden musste? Und dennoch wird er nie sein Siegel unter ein solches Dekret setzen, weil Rani Karmavati ihm im Nacken sitzt.

»Ihr erweist uns eine beachtliche Ehre, Prinz, indem Ihr uns den Handschlag der Freundschaft anbietet. Weder Seine Majestät, der Rana, noch ich könnten uns in unseren Beziehungen zum Königreich Gujarat etwas Kostbareres wünschen. Ich glaube, durch unsere fortwährenden Kriege haben wir alle eine äußerst schlichte Wahrheit aus den Augen verloren: dass die Dividenden des Friedens unendlich wertvoller sind als jegliche Kriegsbeute. Aber ich muss in zwei Angelegenheiten um Eure Nachsicht bitten.«

Wusste der Shahzada, was jetzt kommen würde? Er hatte Vikramaditya nicht ein einziges Mal erwähnt oder nach ihm gefragt. Er sah aus wie die Harmlosigkeit in Person. Seine Informanten hatten ihn mit Sicherheit schon von Vikramadityas Inhaftierung in Kenntnis

gesetzt. Er wusste, dass wir über seine und meines Bruders Pläne, Mewar und Gujarat unter sich aufzuteilen, unterrichtet sein mussten. Offensichtlich war auch auf seiner Seite der Verschwörung etwas schief gelaufen und hatte ihn gezwungen, übereilt aufzubrechen, ohne zuvor seinen Mitverschwörer in Chittor informieren oder die Streitkräfte, die ihm angeblich die Treue geschworen hatten, mitnehmen zu können.
Aber so jung er auch sein mochte, mit Sicherheit jünger als ich, war er ein viel zu vollendeter Diplomat, um sich anmerken zu lassen, dass er sowohl zu Hause als auch seit seiner Ankunft in Chittor einige Rückschläge erlitten hatte.
»Der Bittsteller bin ja ich und muss um Eure Nachsicht ersuchen. Was, wenn ich fragen darf, wären diese zwei Angelegenheiten?«
»Ich muss Seine Majestät, den Rana, von Eurer Ankunft und Euren Vorschlägen informieren. Wie Ihr wisst, besitzt er in Chittor in allen Dingen die letzte Entscheidungsgewalt.«
»Ja, natürlich, das versteht sich von selbst. Bitte richtet Seiner Majestät aus, dass ich ihm meine ergebensten Grüße schicke und ihm viel Erfolg wünsche.«
»Ich bin zuversichtlich, dass er sowohl Eure Anwesenheit in Chittor als auch Euren sehr interessanten Vorschlag mit großem Wohlwollen zur Kenntnis nehmen wird«, fuhr ich fort, als habe er mich gar nicht unterbrochen. Dass ich seinem Vater, dem Sultan von Gujarat, bereits einen Brief geschickt hatte, behielt ich wohlweislich für mich. Ergebenst gegrüßt hatte auch ich ihn, aber davon, ihm in seinem Krieg gegen Mewar Erfolg zu wünschen, hatte ich lieber Abstand genommen. Ich hatte geschrieben, dass er sich über das Verschwinden seines zweiten Sohnes, Prinz Bahadur, bereits gewisse Sorgen gemacht haben musste und dass ich in der glücklichen Lage sei, ihn von dieser Ungewissheit zu befreien. Prinz Bahadur halte sich bei uns auf, es gehe ihm gut und er werde so lange unser Gast bleiben, wie er es wünsche. Mit vorzüglicher Hochachtung etc. pp. Dass sein Sohn in Chittor war, hätte er so oder so erfahren. Da konnte ich daraus doch genauso gut einen kleinen Vorteil für uns herausschlagen.
»Was die von Euch benötigten Truppen betrifft, könnte dies ein kleines Problem darstellen. Eure Informationen sind exakt. Wir ha-

ben in der Tat rund zwanzigtausend Soldaten in Mewar. Aber gerade Ihr werdet mir doch sicherlich darin Recht geben, dass es unklug wäre, sie alle für die Expedition nach Ahmedabad abzuziehen und Mewar ungeschützt zu lassen.
Doch nichts – ich wiederhole, nichts – läge mir ferner, als Eurem Plan einen Dämpfer aufzusetzen. Ich schlage daher Folgendes vor: Als Beweis unseres guten Willens und unseres Engagements werde ich dem Rana schreiben und ihn bitten, von unseren hiesigen Streitkräften zehntausend Mann für den Feldzug freizustellen. Während wir auf seine Antwort warten, könntet Ihr die Zeit dazu verwenden, bei Euren Freunden unter den Adligen und Vasallen von Gujarat sowie, unnötig zu sagen, bei Euren eigenen loyalen Streitkräften in Ahmedabad und im übrigen Reich weitere zehntausend Mann zu rekrutieren. Unsere vereinten Armeen dürften dann bei der Einnahme Ahmedabads leichtes Spiel haben.«
Log ich? Nein, ich war aufrichtig, und er wusste das. Zumindest hoffte ich es. Es ging mir nur darum, mich und Mewar abzusichern. Natürlich hätten wir in unserem Reich und seinen Vasallenstaaten auch mehr als zwanzigtausend Mann zusammentrommeln können, aber das war nicht der springende Punkt. Entscheidend war, dass – sollte der Angriff auf Ahmedabad tatsächlich stattfinden – es wie eine spontane Revolte oder ein Aufstand aussah, also wie eine interne Angelegenheit Gujarats und nicht wie der Angriff eines langjährigen äußeren Feindes wie Chittor.
Er wusste, dass ich ihn in der Zange hatte, aber wie seine Antwort zeigte, war er auch klug genug, um zu erkennen, dass mein Vorschlag Hand und Fuß hatte. »Ich glaube, Ihr habt Recht. Ohne eigene Truppen und die Unterstützung eines Teils des Adels könnte ich mir durch die Aktion leicht die Sympathien der Einwohner von Ahmedabad verscherzen.«
Ich hoffte, Zeit gewonnen und einen hilfsbereiten, aber nicht übereifrigen oder impulsiven Eindruck gemacht zu haben.
»Und jetzt, wo wir das Geschäftliche erledigt haben, könnten wir vielleicht unsere Aufmerksamkeit dringlicheren Angelegenheiten zuwenden, wie etwa dem Vergnügen. Seit Seine Majestät, der Rana, die Stadt verlassen hat, herrscht bei uns diesbezüglich ein absoluter Notstand. Da seid Ihr mir ein willkommener Vorwand. Was haltet

Ihr davon, an einem der nächsten Tage auf die Jagd zu gehen? Außerdem weiß ich, dass Ihr ein begeisterter Förderer des Ringkampfs seid. Ich fürchte zwar, dass sich unsere Ringer weder an Technik noch an Kraft mit Euren starken Männern werden messen können, aber Ihr könntet Euch unsere Mannschaften ansehen und uns ein paar Tipps geben, wie sich ihre Leistungen verbessern ließen.«
Kurz darauf erhob ich mich und ging, nur um an der Tür noch einmal innezuhalten. »Ach, eine Kleinigkeit hätte ich beinahe vergessen. Sollte Euch gelegentlich der Sinn nach Gesellschaft stehen, so braucht Ihr es nur Mangal Simha zu sagen. Er wird sich unverzüglich um die Erfüllung Eurer Wünsche kümmern. Und wenn Ihr Eure Bedürfnisse möglichst genau formuliert, kann er vielleicht sogar garantieren, dass Ihr zufrieden sein werdet.«

Ach ja, die Wahrheit. Welch ein Aufheben machen wir um dieses Wort, wo wir doch alle wissen, dass wir ohne es weit besser dran wären.

6

Das junge Paar machte sich mit seinem gesamten Tross auf den Heimweg. Ihr Lieblingsonkel, Rao Viramdev, begleitete sie nach Chittor. Sie durfte eine Freundin oder Dienerin bestimmen, die mit ihr gehen und für immer bei ihr bleiben würde. Sie nahm Kumkum Kanwar mit, ihre Zofe und Freundin seit Kindertagen. Sie waren beide noch nie außerhalb von Merta gewesen, und Kumkum war angesichts der Schönheiten, Schrecken und Gerüche Chittors voller Verwunderung und Furcht. Im Vergleich zu Chittor war Merta ein Provinzkaff. Chittor war wohlhabend und weltoffen. Es war schmutzig, weitläufig, verdorben, überfüllt und selbstbewusst. Kumkum Kanwar konnte mit ihrer Begeisterung nicht an sich halten. Ständig zupfte sie ihre Freundin am Ärmel, deutete atemlos auf den Siegesturm, juchzte entzückt über die Größe der Zimtäpfel, war entsetzt über die Dreistigkeit und die Anzahl der Bettler, riss beim Anblick der Vielfalt an Edelsteinen, Perlen und Juwelen, die auf dem Marktplatz so selbstverständlich feilgeboten wurden, ungläubig die Augen auf. Den ganzen Tag bekam sie den Mund vor Staunen nicht mehr zu.

Ihre junge Herrin war schweigsam. Aber sie war es weder aus Hochmut noch aus einem von Minderwertigkeitsgefühlen verursachten Dünkel heraus. Sie war ebenso neugierig, beeindruckbar und aufgeregt wie ihre Zofe. Schon seit ihrer Jugend war sie schüchtern und still gewesen. Ihr neuer Status als Gemahlin des Maharaj-Kumar von Chittor hatte ihrem Wesen ein weiteres Maß an Zurückhaltung hinzugefügt, da ihr nicht klar war, was der Eintritt in einen so großen und fremden Haushalt an neuen Pflichten für sie mit sich bringen würde. Sie stand im Mittelpunkt, wo sie am liebsten nicht einmal am äußersten Rand gestanden hätte.

Während der ersten sechs Tage ihres Aufenthalts sprach ihr Ehemann kein Wort mit ihr. Er sah blass, blutarm und tief verletzt aus. Sie versuchte ihm Gutes zu tun, holte ihm die Pantoffeln, brachte ihm seinen Turban, knöpfte ihm das Hemd zu, trocknete ihm nach dem Bad die Haare. Er wandte sich ab. Wenn er etwas brauchte, fragte er Kausalya. Kausalya, erfuhr sie, war seine *dai*, die Frau, die ihn gesäugt und sich in seiner Kindheit um ihn gekümmert hatte. Kausalya war schweigsam und zurückhaltend, verhielt sich ihr gegenüber allerdings nie unverschämt oder respektlos.

Am siebten Tag fuhr sie dem Brauch gemäß mit ihrem Onkel nach Merta zurück. Ihr Mann kam, um sie zu verabschieden. Er sprach weder ein Wort zu ihr, noch winkte er ihr nach. Wie einsam sah er aus, wie verzweifelt, trotz der gelassenen Miene, die er zur Schau trug! Sie spürte seinen Schmerz, war aber unfähig, ihm die Hand zu reichen. Sie war froh, nach Hause zurückzukehren. Jetzt durfte sie zwei, drei Monate bei ihrer Familie in Merta sein. Und wenn sie es darauf anlegte, würde sie ihrem Onkel Viramdev die Erlaubnis abschmeicheln können, noch einen weiteren Monat zu bleiben. Dies war die letzte Vergünstigung, die ihr noch zugestanden werden würde. Sie hatte den Zweck, ihr die vollständige Loslösung vom Elternhaus zu erleichtern. Wer immer das Gewebe der Tradition entworfen und gewirkt hatte, der hatte begriffen, dass man unmöglich an dem einen Tag ein Mädchen und am nächsten eine Ehefrau sein kann; dass die Entfernung zwischen Elternhaus und Haus des Ehemannes größer als die Unendlichkeit ist; dass der Versuch, sie über Nacht zurückzulegen, traumatische Folgen haben könnte.

Sie wusste, was der Sinn dieses Besuches war. Sie musste die Bilder ihres Dorfes, ihres Zuhauses, ihres Pferdes, der ihr nahe stehenden Menschen, des Brunnens, ihres Vaters und Großvaters, ihrer Tanten, des Gottes im Tempel, des Sandes und der Bäume und Sträucher und Gräser der Wüste in ihr Gedächtnis einbrennen. Und ebenso den Klang der Schulglocke und das Geräusch eines Sand-

sturms und des Monsunregens, der fauchend auf den Sand prasselte, des dünnen Handtuchs, mit dem ihre Tante ihr das Wasser aus dem Haar schlug, des Schöpfeimers, der dreißig Meter tief ins Wasser klatschte. Und den Geruch der Sonne, die den Sand ausglühte, von gedörrtem Kürbis, der in Öl und Gewürzen brutzelte, den brenzligen, ausgebleichten Geruch der Achselhöhlen ihres Vaters, wenn er nach einem langen Ritt durch ihre Besitzungen abends nach Hause zurückkehrte, den scharfen Duft der *Kevda*-Blätter in ihrem Garten. Alle diese Dinge musste sie in ihr Gedächtnis eingraben. Sie würde damit ein Leben lang auskommen müssen. Natürlich würde man ihr erlauben, zu gelegentlichen Besuchen zurückzukehren. Aber das hier war der endgültige Abschied, ihr letzter langer Aufenthalt im Haus ihres Großvaters und Vaters.
Sie musste ihren Onkel nicht erst groß bitten, sie noch einen Monat länger bleiben zu lassen. Der Gedanke, dass sie von zu Hause fortzog, war ihm ebenso unerträglich wie ihr. Er hatte sie nie als seine Nichte betrachtet. Sie war seine Tochter, nicht die ihres Vaters. Was auch der Grund dafür war, dass sich ihr Vater und ihr Onkel ständig in den Haaren lagen, sobald es um die Tochter ging, die der eine gezeugt und der andere großgezogen hatte. Aber auch dieser Monat ging schnell vorüber, und weder der Vater noch der Onkel brachten es über das Herz, einen Streit anzufangen.

»Wer ist es?«, fragte er leise.
Sie gab keine Antwort. Sie war jetzt seit sieben Wochen wieder da. Jede Nacht stellte er ihr dieselbe Frage. Er sah noch gepeinigter aus als vor ihrer Abreise. Sein Mund hatte etwas Verkniffenes und seine Augen waren das Wasser auf dem Grund des dreißig Meter tiefen Brunnens ihres Elternhauses. Den Versuch, nachts zu schlafen, hatte er inzwischen aufgegeben. Er hielt sich aufrecht, das war etwas, was sein Körper nach dem jahrelangen militärischen Drill nicht wieder verlernen konnte. Aber es war nur ein seelenloser Körper, der es fertig brachte, jeden Morgen um sechs die Arbeit aufzunehmen; die Tätigkeit der ihm unterstellten Ministerien beaufsichtigte, Staatsgeschäfte besprach, seinem Vater bei der Entwicklung von Strategien half, an offiziellen Empfängen teilnahm, jeden Donnerstag den Vorsitz über das Gericht für Bagatellsachen führte, in der

Neujahrsnacht Karten spielte. Eine Person steckte in diesem Körper nicht, nur der Schmerz darüber, nicht Bescheid zu wissen, und die Furcht vor der Entdeckung der Wahrheit.
»Mit wem bist du verlobt? Ich habe ein Recht, es zu erfahren.«
Hatte er, hatte er, er hatte jedes Recht der Welt, es zu erfahren. Gebe Gott, sie könnte ihn an ihre Brust drücken und seine glühende Stirn kühlen und diesen gequälten Körper trösten! Aber wusste er nicht, dass man den Namen des Geliebten nicht verraten darf?
Abends kam er spät heim. Sofort befahl er den Zofen und Eunuchen und sogar Kausalya zu gehen. Sie kicherten und grinsten anzüglich. Sie glaubten, der Prinz sei völlig vernarrt in seine Frau. Sie brachte ihm das Essen auf einem silbernen Tablett. Er stieß es von sich.
»Warum hast du mich geheiratet? Ich habe dich nicht gezwungen.«
Nein, das hatte er nicht. Sie hatte versucht, es ihrer Tante zu erklären, aber die hatte sie anfangs verständnislos angesehen und es dann mit einem Lachen abgetan. Als sie das Thema später noch einmal angeschnitten hatte, war ihrer Tante der Geduldsfaden gerissen. »Genug der Kindereien! Er ist ein schöner junger Mann, ein Prinz, nicht irgendein Prinz, nein der künftige König von Mewar. Sei nicht undankbar. Diese Heirat ist nicht nur deine Privatangelegenheit. Sie wird auch die zwei Fürstenhäuser aneinander binden.«
Er hörte auf, nach dem Tablett zu treten. Er zitterte am ganzen Leib vor Wut. Er wandte sich ab.

Eines Nachmittags, als der ganze Palast schlief, kam Kausalya in ihr Zimmer, wo sie am Altar saß und schrieb.
»Was tut Ihr dem Maharaj-Kumar an, Prinzessin? Welche auszehrende Krankheit habt Ihr über ihn gebracht? Sprecht, Frau!«
Sie legte die Feder beiseite und schloss ihre Papiere.
»Welchen Zauber habt Ihr über ihn gesprochen? Ihr werdet ihn noch zu Tode lieben. Ich beobachte Euch beide jetzt seit Wochen. Er kommt abends heim von der Arbeit, wirft jeden hinaus und schließt die Tür ab. Reden tut Ihr nie miteinander, nicht wahr? Was für unersättliche Gelüste müsst Ihr haben, Frau, dass Ihr ihn die ganze Nacht lang wach haltet, Nacht für Nacht! Und wie behext Ihr ihn, dass er alle meidet, die ihn lieben – sogar mich, die ich mein Leben für ihn hingeben würde?«

Ein paar Monate später suchte sie die Prinzessin erneut auf. »Wie kommt's, dass Ihr ständig schreibt, wenn er nicht da ist?« Langsam sah sie auf und legte ihr Schreibmaterial beiseite. Kausalya wirkte verunsichert. Sie blieb lange stumm. Sie sah so aus, als hätte sie etwas auf dem Herzen, könnte aber nicht die richtigen Worte finden, um es sich von der Seele zu reden.
»Warum verweigert Ihr Euch ihm?« Kausalya konnte es nicht länger zurückhalten, und es war ihr gleichgültig, wie es herauskam.
Die Prinzessin wusste nicht, wie sie reagieren sollte. Das war jetzt eine vollkommen andere Angriffsrichtung als diejenige, die Kausalya das letzte Mal eingeschlagen hatte. Sie fühlte sich überrumpelt. Woher konnte sie es wissen? Hatte sie es aufs Geratewohl gesagt? Oder hatte er sich ihr anvertraut? Bei seinem Stolz war das nicht sehr wahrscheinlich. Was hatte es für einen Sinn, ihr zu antworten? Erklärungen nützten nichts, niemand würde sie je verstehen.
»Magst du deinen Körper nicht? Bist du frigide? Warum lässt du ihn so leiden? Was ist mit dir, Frau?«
Kausalya streckte die Hand aus und berührte sanft ihre Wange. »Fühlst du dich allein, Kind? Hast du Heimweh? Schau dich an. Du hast nicht die kleinste Falte oder Unreinheit im Gesicht. Ich wette, dein Leben ist genauso makellos und unberührt wie deine Haut. Du hast ein so behütetes Leben geführt, dass du gar nicht weißt, was Grausamkeit oder Hass ist. Du hast keinerlei Hochmut in dir, nur Unschuld, was vielleicht schon eine Art Hochmut ist, ich weiß es nicht. Ist irgendjemand böse oder gemein zu dir gewesen? Haben wir dich durch irgendeine Äußerung gekränkt?«
Sie schüttelte den Kopf, blieb aber stumm.
»Du bringst ihn um, das ist dir doch klar? Oh, sicher, ich weiß, er wird weiterleben, aber mehr tot als lebendig.«
Kausalya packte sie bei den Schultern und rüttelte sie. »Sollte dem Maharaj-Kumar irgendetwas zustoßen, werde ich dich töten!« Kausalya ließ sie wieder los. Die Prinzessin bot keinerlei Widerstand, sie verriet nur die Hoffnungslosigkeit eines in die Enge getriebenen Tieres. »Bin ich das Problem? Ist Euch meine Gegenwart zuwider? Würde es etwas nützen, wenn ich wegginge? Für immer? Denn wenn dem so ist, werde ich gehen, wie schwer es mir auch fallen mag. Weder er noch Ihr sollt jemals mein Gesicht wiedersehen. Nur

sagt es mir, sagt es mir endlich, Frau, macht der Todesqual des Prinzen ein Ende!« Kausalya gab es auf. Sie ging hinaus. Eine Minute später war sie zurück.
»Ich werde nicht gehen. Ich weiß nicht, auf welch teuflische Weise Ihr ihn behext habt. Seid gewarnt, Prinzessin, ich werde Euch scharf im Auge behalten. Früher oder später macht Ihr einen Fehler. Wie immer Eure perfiden Pläne aussehen mögen, und seien sie auch noch so fein gesponnen, ich werde Euch drankriegen. Und dann gnade Euch Gott!«

Kausalya hielt Wort. Sie saß der Prinzessin zwar nicht ständig im Nacken, noch beobachtete sie sie wie eine Spionin aus einer Komödie um Kabale, Liebe und finstere Geheimnisse. Wenn überhaupt, so ließ sie sich noch seltener blicken als zuvor.
Kausalya wusste selbst nicht genau, ob es das Schreiben an sich war oder die Art und Weise, wie die Prinzessin die Blätter immer beiseite legte, was ihr irgendwie merkwürdig vorkam. Sie wusste, dass ihr Kopf seit einiger Zeit ununterbrochen auf Hochtouren arbeitete und in allem und jedem Hinweise und Vorzeichen zu entdecken versuchte. Aber man musste schon zugeben, dass es für eine Prinzessin, selbst für eine gebildete, etwas ungewöhnlich war, ständig mit Schreiben beschäftigt zu sein. Die Maharani zum Beispiel und erst recht die Favoritin, Königin Karmavati, schrieben nie selbst, sie ließen dazu einen Schreiber kommen.
Ein Mysterium war, wo sie ihre Papiere versteckt hielt. Kausalya hatte in fast jedem Winkel ihrer Gemächer nachgesehen. Sie hatte dazu sehr lange gebraucht. Die einzige Gelegenheit, bei der sie die Wohnung durchsuchen konnte, ergab sich, wenn die Prinzessin ein Bad nahm und auch sonst niemand in der Nähe war. Es war fast ein wenig beunruhigend festzustellen, dass sie nichts, absolut gar nichts wegschloss, nicht einmal ihren Schmuck. Sie war eine vertrauensselige Närrin, wie sie im Buche stand. Trotzdem blieb die Frage bestehen: Wohin waren die Früchte dieser monatelangen Schreiberei verschwunden?
Kausalya freundete sich mit Kumkum Kanwar an. Danach war es kein Problem, eines Tages das Gespräch ganz zwanglos auf das ständige Geschreibe ihrer Herrin zu bringen.

»Wer weiß? An ihren Vater vielleicht. Oder an Onkel und Tante. Aber woher sollte ich das schon wissen? Ich kann doch weder lesen noch schreiben.« Kumkum Kanwars Gesicht sah vollkommen offen und arglos aus.
Und ich ebenso wenig, dachte Kausalya.

Kausalya fand die Sachen dort, wo sie sie als Letztes vermutet hätte. Im Gebetsraum der Prinzessin. Ihre Götter und Göttinnen standen auf einer erhöhten Plattform, die mit einem gelben Seidenstoff bedeckt war. Es gab ein schwarzes steinernes Shiva-Linga, eine wunderschöne *Sarasvati* aus Glockenbronze, einen dreißig Zentimeter hohen marmornen Shri Krishna, einen kupfernen Eklingji, das Dreiergespann Rama, *Lakshman* und Sita, einen goldenen Surya, einen Jade-Vishnu und eine grimmige *Chamundi* aus schwarzem Marmor. Die beschriebenen Blätter waren in Musselin eingeschlagen und, zusammen mit einem Tintenfass und Schreibfedern, im Kasten unter der Plattform und der geweihten Seide verwahrt.
Es mussten wenigstens vier- oder fünfhundert Blätter sein und davon mehr als die Hälfte voll geschrieben. Die einzelnen Schriftzeichen waren wunderschön geformt, wie unendlich sorgfältig geschnittene schwarze Gemmen, und oft hob sich ein einzelner Satz wie eine Halskette von schwarzen Perlen von der Seite ab. Aber wenn man sich alle Zeilen gleichzeitig ansah, erzeugte die gesamte Filigranarbeit einen verworrenen und verschlungenen Eindruck. Es gab lange Passagen, die wie hastig hingekritzelt wirkten, als habe die Feder erfolglos versucht, mit den rasenden Gedanken der Schreiberin Schritt zu halten. Kausalya schaffte es einfach nicht, diese Seiten mit der Prinzessin in Verbindung zu bringen. Sie war immer so sauber und klar. Alles musste bei ihr seine genaue Ordnung haben. Und um sicher zu gehen, dass es so wurde, wie sie es haben wollte, machte sie fast alles selbst. Wenn man sich dagegen diese beschriebenen Blätter anschaute, sah man einen Menschen voller Extreme, plötzlicher Stimmungsumschwünge, verwirrt und chaotisch.
Kausalya lachte. Für jemanden, der gar nicht lesen konnte, ja nicht einmal wusste, in welcher Sprache diese Blätter beschrieben waren, machte sie sich als Jahrmarkts-Graphologin gar nicht so übel! Da

hätte sie sich ebenso gut als Handleserin oder Deuterin von Horoskopen selbstständig machen können. Sie wollte nicht, dass die Prinzessin das Fehlen einzelner Seiten bemerkte. Sie nahm aus der Mitte des Packens einen Stoß von vielleicht fünfzig Blättern und stopfte ihn sich in die lange, bis über den Nabel reichende Choli, die sie an diesem Tag trug. Sie legte den Packen Schreibpapier in den Kasten zurück und breitete die gelbe Seide wieder über die Plattform aus. Dann stellte sie die Gottheiten sorgfältig jede auf ihren ursprünglichen Platz zurück. Soweit sie es beurteilen konnte, war es jetzt unmöglich zu erkennen, dass sich jemand an den Statuetten oder an dem, was unter ihnen lag, zu schaffen gemacht hatte.

Jetzt, wo sie die Blätter hatte, begriff sie selbst nicht, warum sie sich überhaupt so viel Mühe gemacht hatte, sie zu finden und zu entwenden. Was würde sie mit ihnen anfangen? Sie hätte sie ihrem Sohn Mangal zeigen können. Der konnte lesen. Er hatte es zusammen mit dem Maharaj-Kumar gelernt. Aber über die Jahre hatte sich eine graue, grimmige Distanz zwischen Mutter und Sohn breit gemacht. Sie hätte es auf keine bestimmte Äußerung, auf keinen konkreten Grund zurückführen können, aber Kausalya hatte den Verdacht, dass ihr Sohn sie hasste. Sie hatten nur eines gemeinsam: den Maharaj-Kumar. Darüber hinaus gab es nicht viel, wofür sie gelebt hätten. Kausalya fand es nicht unwahrscheinlich, dass sie sich eines Tages wegen des Prinzen gegenseitig umbringen würden.

Eine Woche lang behielt sie die Blätter bei sich. Dann stellte sie sich draußen neben den Eingang des Palastes. Der Prinz verspätete sich. Sie musste über zweieinhalb Stunden auf ihn warten. Als er sie sah, wandte er den Kopf ab, wie er es seit seiner Hochzeit bei jeder Begegnung mit ihr getan hatte. Er war schon im Begriff, im Inneren des Palastes zu verschwinden, als sie ihm leise nachrief: »Maharaj-Kumar, ich habe etwas, was ich Euch zeigen möchte.«

»Ich bin nicht interessiert.«

»Wie könnt Ihr es wissen, bevor ihr nicht gesehen habt, was es ist?«

»Lass mich in Ruhe.«

Sie packte seine Hand. Er versuchte sie abzuschütteln. Sie ließ nicht locker. »Lass mich los, Kausalya, oder ...« Er hob die Hand.

»Oder du gibst mir eine Ohrfeige, stimmt's?«

Er atmete tief durch. »Nein, das würde ich niemals tun.«

Sie schüttelte den Kopf. »Ich weiß nicht einmal, ob es mich besonders stören würde, wenn du es tätest. Wenigstens wäre es so etwas wie ein Gespräch – etwas, wozu du und ich neuerdings gar nicht mehr fähig zu sein scheinen.«

»Dürfte ich jetzt gehen?«

»Du willst also nicht sehen, was sie schreibt?«

Es war, als habe sie ihm einen Dolch ins Herz gestoßen. Er stand reglos da. Seine Schultern hingen herab. Er schloss die Augen.

»Von wem redest du?«

»Du weißt, von wem.«

»Was ist schon Ungewöhnliches daran? Leute, die schreiben können, verspüren eben – auch wenn es für dich als Analphabetin ein wenig schwer zu verstehen sein mag – gelegentlich den Wunsch, mit ihren Verwandten und Freunden in der Heimat in Verbindung zu treten.«

Was war mit ihm los? Warum diese billige und sinnlose Grausamkeit, die seiner Natur doch so fremd war?

»Und schreiben jeden Nachmittag, aber schicken diese Briefe nicht ab, sondern halten sie vor jedem versteckt?« Sie holte die Blätter aus ihrer Choli heraus und hielt sie ihm entgegen.

»Ich bin nicht interessiert. Kein Interesse.« Er riss ihr die Blätter aus der Hand und ging hinein.

Er gab in dieser Nacht nicht vor, sich schlafen zu legen. Er befahl dem Dienst habenden Eunuchen, niemanden, nicht einmal die Prinzessin, zu ihm vorzulassen, und setzte sich an seinen niedrigen Schreibtisch. Er sah die Blätter durch, zehn-, fünfzehn-, hundertmal. Es gab Stellen, an denen er dem Zickzack ihres Geschreibsels nicht mehr folgen konnte. Es begann in der Mitte der Seite, ging weiter auf die nächste, kehrte zum Rand der vorigen zurück, gab den Satz auf, fing einen neuen an, ließ diesen fallen und versuchte, den vorigen wieder aufzugreifen. Aber so zerhackt und unzusammenhängend ihre Worte auch waren, sie waren alle an den einen Adressaten gerichtet. Es war ein einziges delirierendes Wüten, ein wahnsinniger Erguss von Leidenschaft und Jammer, das unterwürfigste Gewinsel abwechselnd mit Ausbrüchen von trotziger Wut. Hochmütige Zurückweisungen, Passagen von brennender, unver-

hüllter Erotik, Gebettel und Geflehe darum, dass er zu ihr kommen solle, sie ein für allemal vom Rest der Menschheit fortreißen, sie fest, besinnungslos in seine Armen drücken, sie an sich pressen möge, bis jeder einzelne Knochen in ihrem Leib zerbrochen war. Warum kam er nicht, warum diese Arroganz, dieses Unnahbar-Tun, sie war nicht auf ihn angewiesen, sie brauchte ihn nicht im Mindesten, sie war sich selbst genug, sie würde sich das Leben nehmen, sich das Schwert des Maharaj-Kumar ins Herz stoßen, den Maharaj-Kumar ein für alle Mal von ihrer Gegenwart befreien, den armen lieben Mann, wie sehr sie ihn hatte leiden lassen! Was zu viel war, war zu viel. Sie würde sich zu Tode fasten, heute war ihr fünfter Tag, sie war entsetzlich durstig, sie hatte nur ein bisschen Wasser getrunken, dann hatte ihr die Zofe etwas kalten frischen Limonensaft mit Honig gebracht, er hatte wie Nektar geschmeckt, ach vergiss es, warum sollte sie sich wegen eines Kerls zu Tode fasten, der nicht einmal die Höflichkeit aufbrachte, ihre Briefe zu beantworten, ihre inständigen Hilferufe zu erhören, zugegeben, es waren mindestens ein Dutzend täglich, aber trotzdem, das war doch keine Art, seine Geliebte zu behandeln! Manchmal hatte sie das Gefühl, die Liebe sei nur eine Sackgasse. Sie gab alles, was sie hatte, und er sagte weder ja noch nein, er nahm es nicht an, lehnte es aber auch nicht ab. Was sollte sie von ihm und von ihrer unerwiderten Liebe halten? Was hatte es für einen Sinn, verlobt zu sein, wenn dein Bräutigam niemals an dich dachte, nie deinen Namen ausrief, sich nie an deinen Geburtstag erinnerte, sich nicht an das erste Lied erinnerte, das du für ihn gesungen hattest? Und dann, urplötzlich, verfinsterte sich der Himmel, und der Donner war eine Python, die Berge zerdrückte und zerkrümelte, und der Blitz war ein Skorpion, der flammte und grellte und sie zerstach, und der Regen durchsiebte und zerriss ihr Fleisch, und da war er, die Liebe ihres Lebens, die Tiefenströmung des Meeres, der Geist des Flugsands, die Zunge des Windes in ihren Ohren, die Liebkosung der Pfauenfeder und die Härte der Flöte, die sich an ihren Leib presste.
Es gab Vierzeiler, versprengte Einzelverse und ganze Gedichte. Es gab angefangene Verse, die sie wieder ausgekratzt hatte. Die Gedichte waren das Einzige, was er nicht las. Lyrik ließ ihn kalt. Er war brennend neugierig, aber so sehr er sich auch bemühte, gelang

es ihm nicht, seinen Widerstand gegen die Versform zu überwinden. Und überhaupt gab es so viel Prosa, dass er beschloss, sich die Gedichte für später aufzuheben. Es gab Anrufungen und Klagen und Bittgesänge und Monologe und zermürbend detaillierte Schilderungen ihres Lebens in Chittor, ihrer Einsamkeit, ihrer Gespräche mit Kumkum, brillante Charakterskizzen des Rana, eine scharfsinnige Beurteilung Königin Karmavatis, gequälte und unerbittliche Analysen des maßlosen Schmerzes, unter dem der Maharaj-Kumar ihretwegen zu leiden hatte, und ihrer Unfähigkeit, ihm die Hand entgegenzustrecken oder ihm Frieden zu bringen, gestochen scharfe Erinnerungen an ihren Onkel, ihren Großvater, an ihres Vaters Schuld am Tod ihrer Mutter, wodurch sie als Kind ohne ihre Liebe hatte aufwachsen müssen, und an seine Schuldgefühle wegen seiner Unfähigkeit, mit ihr zu reden. Sie erzählte ihrem Geliebten alles, vom winzigen, fast unsichtbaren Greifarm, den ein Samen wie einen zögernden Fühler in den Weltraum ausstreckte, vom Wunder, dass der Schnabel des Spechtes sich nicht abnutzte oder seine Schärfe einbüßte, obwohl er jetzt schon seit siebzehn Tagen an seiner Bruthöhle arbeitete, fragte sich, ob die Phasen des Mondes wohl etwas mit ihren wechselnden Stimmungen zu tun hatten und ob ihre Liebe zu ihm die Ebenen überflutete und den Lauf der Flüsse veränderte. Sie wurde nicht müde, vom üppigen, saftigen Grün und den Hainen und Wäldern von Chittor zu sprechen. Sie fragte sich, ob es wohl zwei verschiedene Erden gab, eine für Merta und eine für Chittor. Sie hatte noch niemals so viel Grün gesehen. Sie versuchte, es mit all ihren fünf Sinnen in sich aufzusaugen. Ihre Gier war unersättlich. Sie beschrieb Bäume und Äste und Blätter und Blüten, als seien sie Geschöpfe, mit denen sie sich unterhalten konnte. Jeder Ast war ein Arm, und ein Baum war eine tausendarmige Göttin, und die Blätter waren ihre unzählbare Kinderschar. Sie konnte ein Blatt stundenlang betrachten, sich über sein Netz von Adern verbreiten, es zeichnen und hunderterlei verschiedene Grüntöne unterscheiden. Der Wind war bisweilen eine Flöte, dann wieder ein schamloser Eindringling. Seine züngelnde Berührung ließ einen Baum gänsehäutig erschauern, und dann flüsterte er schmutzige Dinge, die den Baum erregten, und wurde zudringlich und befummelte ihn, tastete ihn ab, bis der Baum ihm sagte, er solle ihn in

Ruhe lassen, aber das machte ihn nur noch kühner, und er warf sich mit seinem ganzen Leib auf den Baum, und dann war er nicht mehr zu halten, und das war dem Baum auch recht so.

Der Eunuch war eingedöst. Er weckte ihn und befahl ihm, Kausalya zu holen.
»Wo ist der Rest?«
»Ich dachte, du wärst nicht interessiert.«
»Ich habe dich gefragt, wo der Rest ist. Bitte, Kausalya.«
Oh Gott, was hatte sie nur angerichtet! Was für ein Pfeil steckte in seiner Seele? Wo war diese Wunde, die Tag und Nacht blutete und doch keinen Mund hatte? Was hatten ihm diese voll gekritzelten Seiten verraten, dass jetzt ein Fieber auf seiner Stirn glühte und seine Atmung flach und seine Augen blind vor Schmerz waren?
»Mein Prinz, geliebter Prinz«, sie berührte seine Hand, »kann ich irgendetwas tun, um deine Qual zu lindern?«
Er stieß sie nicht zurück, als er sich von ihrer Hand befreite.
»Ja. Du kannst mir sagen, wo die restlichen Blätter sind.«
Sie zeigte es ihm.
Es ging genauso weiter. Im selben Ton weiter. Wütende Vorwürfe und brünstige Versöhnungen.
Um drei entließ er den Eunuchen und ging in das Schlafzimmer der Prinzessin. Sie lag auf der Seite. Dass sie am Leben war, merkte man nur, wenn man ihr das Ohr an die Brust legte. Das menschliche Gesicht ist eine Fleisch gewordene Lüge. Sie lag ruhig und traumlos da wie ein Kind. Wer hätte erraten können, welch verzweifelte Stürme unter dieser Ruhe tobten? Er rüttelte sie. Sie war augenblicklich wach, ohne die vorübergehende Desorientierung, die einem normalerweise Zeit lässt, von dem einen in den anderen Bewusstseinszustand zu gelangen.
»Ich werde ihn töten«, sagte er. »Wer er auch sein mag, ich werde ihn töten.«
Sie lächelte.

7

Die Nachrichten von der Front sind in letzter Zeit weder besonders gut noch besonders schlecht gewesen. Manchmal meine ich, dass Sultan Muzaffar Shah den Mut verloren hat und dass dies der Grund ist, weshalb er sich nach Champaner zurückgezogen hat, anstatt seine Armeen gegen Vater zu führen. Aber der Sultan von Gujarat ist ein listenreicher Mann. Es könnte durchaus in seinem Sinn sein, uns glauben zu machen, er habe allen Schneid verloren und die Macht gleite ihm aus den Händen. Vielleicht wusste er das eine oder andere, wovon wir Rajputen nichts ahnten – und aller Wahrscheinlichkeit nach auch künftig nichts ahnen würden. Er war sich zum Beispiel der Tatsache bewusst, dass nicht jedes Scharmützel eine Schlacht und nicht jede Schlacht ein Krieg war. Zweitens wusste er von den Vorteilen des Delegierens. Er fragte sich vermutlich, warum man alle Arbeit selbst erledigen sollte, wenn man schon seinen Generälen saftige Gehälter zahlte und sie mit reichen Lehen belohnte. Wenn drittens die Gujarater Truppen unterlagen, würde es den verantwortlichen Generälen und nicht ihm zu Schmach und Schande gereichen. Und schließlich ging das Glück in diesem Krieg, den er und Vater führten, schon lang genug auf und ab. Wozu sich also aufregen und für die Ehre eines Tages den Rest seines Lebens aufs Spiel setzen?

Vater hat bezüglich Vikramadityas Verrat und Verhaftung demonstrativ Schweigen bewahrt. Ich weiß, dass Rani Karmavati ihm Botschaft um Botschaft geschickt hat, in denen sie mich unmäßigen Ehrgeizes bezichtigt, behauptet, ich hätte mit Hilfe gefälschter Beweise ungerechtfertigte Vorwürfe gegen den naiven und unschuldigen Vikramaditya erhoben, und ihn anfleht, meinen Bruder freizulassen. Bisweilen droht sie, nach Kumbhalgarh zu reiten und die dreifachen Schlösser und Riegel, die ihren geliebten Sohn gefangen halten, eigenhändig aufzuschließen. Das würde ich ihr glatt zutrauen. Und offen gesagt wüsste ich nicht, wie ich darauf reagieren sollte. Die Soldaten in der Festung Kumbhalgarh können ihr schließlich schlecht den Zutritt zu Vikram verweigern. Mich selbst lässt sie auch nicht in Ruhe. Immer wieder kommt sie in mein Arbeitszimmer und fordert mich mit einem Bühnenflüstern, das einen guten Kilometer weit tragen dürfte, dazu auf, sie sofort einsperren zu lassen, denn sonst ... Ich wage es nicht, sie wegen einer Straftat einsperren zu lassen, die sie noch nicht begangen hat, und ich bezweifle, dass ich es tun würde, selbst wenn sie wirklich den Prinzen befreite. Manchmal ist sie die Liebenswürdigkeit in Person, erkundigt sich nach meinem Befinden und bringt mir irgendeine Leckerei vorbei, die sie angeblich mit eigenen Händen zubereitet hat. Eine ganze Woche lang spricht sie keinen Ton von Vikramaditya und dann fängt sie plötzlich wieder an, mit seinem zarten Alter und seinem Mangel an Erfahrung zu argumentieren, und ob ich ihm nicht nur noch dieses eine Mal verzeihen könnte? Wenn ich darauf hinweise, dass die Sache nicht mehr in meiner Hand liegt, fängt sie an zu keifen und wirft mir an den Kopf, ich sei eine Null, ein raffgieriger und ehrgeiziger Dummkopf, der solche Angst vor den hervorragenden Führungsqualitäten und der allseitigen Beliebtheit seines Bruders habe, dass er es für das Klügste gehalten habe, ihn hinter Schloss und Riegel zu bringen.

Wie steht Vater zu der ganzen Sache? Betrachtet er sie als Hochverrat oder lediglich, wie die Königin sagt, als das ungestüme Verhalten eines energischen und ungeduldigen Jünglings, der schließlich nichts anderes tut, als in die Fußstapfen seines Vaters zu treten? Ist er sich dessen bewusst, dass ein ordentliches Gericht, bestehend aus den einflussreichsten Männern des Königreiches, dafür gestimmt hat, den Prinzen ins Gefängnis zu stecken? Wird er unsere Entscheidung akzeptieren?

Währenddessen feiert unser Gast, Prinz Bahadur, in Chittor rauschende Erfolge. Sogar die Königinmutter hat ihn in ihr Herz geschlossen. Sein Lächeln, seine unübertroffene Artigkeit und sein großzügiges Wesen – mal außer Acht gelassen, wer es zur Zeit gerade finanziert – haben aus den Köpfen derer, die anfangs Einwände gegen meine ihm erwiesene Gastlichkeit gehabt hatten, sämtliche Vorbehalte verscheucht. Bahadur ist belesen und gebildet. Er ist auf nahezu alles neugierig, was er noch nicht kennt. Er hat eine scharfe Intelligenz, und unter seinem eigenen Dach würde er, dessen bin ich mir sicher, keine Narren dulden. Dennoch behandelt er in Chittor niemanden von oben herab und er ist ein Meister in der Kunst, sich augenblicklich auf das intellektuelle Niveau seines jeweiligen Gesprächspartners zu begeben.
Er hat einen volkstümlichen, derben Humor, der dabei niemals verletzend wirkt. Sein Repertoire an Witzen ist sagenhaft und er wiederholt sich nie. Er erzählt Gujarater Witze, Malwaer Witze, Delhi-Witze, und sobald er sich seines Status in Chittor und unserer Sympathie sicher war, hat er angefangen, Rajputenwitze zu erzählen.
Man muss ihn erleben, wenn er einen Abend mit seinen fünf Müttern zum Besten gibt. Er spielt sie alle einzeln, mit unterschiedlichen Stimmen, und er spielt sie als simultan gackernden Hühnerstall. Auf einmal tritt der Obereunuch der *zenana* auf. Er zieht lüstern vom Leder und erzählt den Damen schweinische Geschichten. Der Sultan ist auf einem Feldzug oder mit irgendeiner *Odaliske* beschäftigt, und die ausgehungerten Königinnen fallen plötzlich über den geschlechtslosen Intimus her, der jetzt wohl oder übel ihre begehrliche Raserei auf unmannhafte Weise beschwichtigen muss. Meine Cousins, Kollegen und die Adligen biegen sich vor Lachen, ohne sich zu vergegenwärtigen, welch treffendes Bild unserer Zenanas Bahadur im Allgemeinen zeichnet und was für köstliche Geschichten er, wieder zu Hause, über unser aller Ticks und Eigenheiten, empfindliche Egos und lächerliche Torheiten erzählen könnte. Seine Stimme hat ein warmes Timbre und sein Lachen ist tief und ansteckend. Momentan ist er der gefeierte Star der Stadt und sein Terminkalender ist auf zwei Wochen im Voraus ausgebucht.
Die Frauen im Palast schwatzen unaufhörlich über ihn und seine nächtlichen Besucherinnen. Sie beobachten ihn von ihren vergitter-

ten Balkons aus, wenn er in seinen eleganten weißen Kleidern, eine lachsfarbene oder flaschengrüne Schärpe um die Taille und einen schicken Turban auf dem Kopf, den Gästepalast verlässt. Er weiß, dass er beobachtet wird, und übertreibt bewusst sein Lebemanngehabe. Wenn wir zusammen ausgehen, merke ich, wie die Frauen des Hauses sich darum streiten, möglichst nah an die Vorhänge heranzukommen, die sie – manchmal nur symbolisch – von uns trennen, um ihn nicht nur hören, sondern auch sehen zu können. Bahadur hat mir die prüden Augen geöffnet. Frauen amüsieren sich über zweideutige Witze, über derben, ja zotigen Humor weit unbefangener als Männer. Man kann sie hören, wie sie sich halb totlachen und dann abrupt verstummen, weil ihnen bewusst wird, dass Männer sie beobachten.

Er hat keine Zeit vertrödelt, unser Freund Bahadur, aber der Fairness halber sei gesagt, dass es Vikramadityas Mutter war, die den ersten Schritt gemacht hat. Sie hat ihm zwölftausend Reiter und zehntausend Infanteristen versprochen, wenn er nur eine kleine Schar eigener Leute zusammentrommelt und Vikramaditya befreit. Bahadur hat Interesse bekundet, aber er ist kein Dummkopf. Er weiß, dass er es sich nicht leisten kann, sich auf die Seite seines in Ungnade gefallenen Freundes zu schlagen. Wenigstens noch nicht. Gestern hat Rani Karmavati den Einsatz weiter erhöht und ihm gesagt, sie würde auch die Männer für die Befreiungsaktion stellen, wenn er nur die Führung übernimmt. Das gefällt mir. Ich bin sicher, dass er sich auch da herauswinden wird, aber ich bin neugierig, wie er das anfängt. Doch das ist arrogant gedacht und gefährlich! Er könnte ja auch einfach beschließen, ihr Angebot anzunehmen.

Trotz seiner Eleganz und Popularität ist Bahadur nicht unproblematisch. Er verträgt nicht viel Alkohol und manchmal geht die Zunge mit ihm durch. Mittlerweile achte ich darauf, dass einer meiner Leute ihm etwas Opium ins Getränk schüttet, sobald er anfängt, aus der Rolle zu fallen. Das regelt die Sache im Handumdrehen und er schläft mitten im Satz ein. Aber einmal, in der Anfangszeit, als ich noch dabei war, mir ein Bild von ihm zu machen, waren wir beim Innenminister Lakshman Simhaji zum Essen eingeladen. Mein Onkel liebt die Geselligkeit und hat ein offenes Haus. Das Problem ist, dass er jeden unter den Tisch trinken kann. Beim dritten

Glas klopften sich Lakshman Simhajis Sohn Rajendra und Bahadur gegenseitig auf den Rücken. Beim fünften Glas wetteiferten der Minister und Bahadur mit Anekdoten über amüsante strategische Patzer der Armeen von Malwa und Delhi. Jetzt war Bahadur an der Reihe, Lakshman Simhaji mit einer Geschichte zu übertrumpfen. Er erinnerte sich an einen Streich, den sein Vater einmal dem Feind gespielt hatte, als er, Bahadur, elf Jahre alt war.

»Am Vorabend der Schlacht schickte mein Vater den Abgesandten Shaist Khan mit der Parlamentärsflagge ins feindliche Lager. Der Besuch des Khan löste allerlei Spekulationen aus: Was wollte er? Bat Gujarat um Frieden? Wollte der Sultan ein Geschäft mit dem Feind abschließen? Nichts dergleichen. Der Sultan hatte nur eine klitzekleine Bitte, wirklich nicht der Rede wert. ›Morgen ist ein islamischer Feiertag. Wäre Mewar wohl so freundlich, die Kampfhandlungen um nur vierundzwanzig Stunden zu verschieben?‹« Ich hätte es mir gleich denken können, als er zu Geschichten aus unserer näheren Umgebung überging, dass der Shahzada im Begriff war, sich auf gefährliches Terrain zu begeben.

»Der Oberbefehlshaber der Mewarer Streitkräfte war ein aufgeblasener Windbeutel, einer von der Sorte, die an bedeutungsvolle, großherzige Gesten glaubt. ›Richtet Seiner Majestät aus‹, sagte er, ›dass wir zivilisierte und ritterliche Männer sind und stets gern zu Diensten. Wir werden den morgigen Tag als Ruhetag behandeln und erwarten Euch übermorgen um neun Uhr zur Schlacht.‹ In dieser Nacht wurde im Lager von Mewar ausgelassen gezecht und gefeiert. Am nächsten Morgen, als die verkaterten Soldaten noch gar nicht richtig wach waren, griffen die Streitkräfte von Gujarat an. Es wurde ein Gemetzel, ein Gemetzel ohnegleichen. An die dreitausend Mewarer Soldaten wurden massakriert.«

Lakshman Simhaji hatte die größte Mühe, eine gelassene Miene zu bewahren.

»Und wisst Ihr, wem wir unseren Triumph verdankten?« Der Shahzada fing an, sich zu wiederholen. »Dem Oberbefehlshaber der tapfersten Armee der Welt. Der Dummkopf glaubte, in der Kriegsführung würden irgendwelche Gesetze und Konventionen gelten. Im Krieg gilt nur ein Gesetz. Es heißt Sieg. Sieg um jeden Preis, und zum Teufel mit allem Übrigen!«

Bahadur lachte sein herzliches Lachen. Mein Cousin Rajendra entschuldigte sich und ging hinein. Ich war zu beschämt und zu wütend, um die Augen zu heben. Das Massaker war eine der schwärzesten Seiten in den Annalen von Mewar. Später ließ Lakshman Simhaji den Sultan von Gujarat für seine dreitausend abgeschlachteten Soldaten mehr als teuer bezahlen, aber das Volk von Mewar verzieh Gujarat diese niederträchtige Tat nie. Und dennoch hatte Bahadur Recht. Der Sultan hatte das Wesen des Krieges auf eine Weise erfasst, wie es den Rajputen bis heute nicht gelungen ist. Krieg muss man führen, als hinge das Leben des eigenen Landes davon ab. Was es oft tatsächlich tut. Führe ihn mit allen Mitteln, fairen und unfairen. Wenn du kannst, schlag erbarmungslos zu. Wenn nicht, taktiere und warte auf den richtigen Augenblick.

Auch der Innenminister lachte, ein ersticktes, freudloses Lachen. Er schenkte Bahadur einen großen Becher ein und sich selbst einen noch größeren. Bahadur forderte ihn auf, ihn mit einer noch besseren Geschichte zu überbieten. Lakshman Simhaji lächelte etwas gezwungen. »Prinz, ich habe heute so viel gelacht, dass ich den Tränen nahe bin. Irgendwann, in nicht allzu ferner Zukunft, hoffe ich, Euch von einer Schlappe erzählen zu können, über die Ihr Euch totlachen könnt. Lasst uns darauf trinken.«

Am Morgen hatte ich mit Sahasmal, dem Stadtplaner, zu tun. Er war fleißig gewesen und hatte zwei Pläne ausgearbeitet, einen für die Kanalisation und einen für die Trinkwasserversorgung. Sein Konzept sah zwei neue Leitungssysteme vor, die das ganze Stadtgebiet, allerdings auf unterschiedlichen Niveaus, durchziehen sollten. Da Flüssigkeit zum größten Teil versickert, würden die Rohrleitungen für das saubere Wasser wenigstens einen Meter höher liegen als diejenigen, die die Abwässer führten. Die Arbeiten am neuen Wasserversorgungs- und Kanalisationssystem würden in mehreren Phasen durchgeführt und auf zweierlei Weise finanziert werden. Jeder, der Geld in das Projekt investierte, sollte vier Prozent Zinsen und einen vierprozentigen Steuernachlass erhalten. Der Rest der Summe würde dann durch eine jeweils im Voraus zu entrichtende jährliche Wasserabgabe aufgebracht werden.

»Sie gefallen mir, sie gefallen mir, deine Pläne«, sagte ich. »Wir wollen sie im Laufe der nächsten paar Monate noch etwas genauer durchdenken und sie dann Seiner Majestät vorlegen, sobald er zurückkommt. Danke.« Er stand schon an der Tür, als ich ihm nachrief: »Sahasmalji, ich versichere dir, dass dein Werk weit segensreicher und bleibender sein wird als dasjenige von Rana Kumbhas Architekten Jaita und Mandan. Komm nächsten Dienstag wieder. Wir werden uns noch ein wenig ausführlicher ...«

Ich vollendete den Satz nicht. Mangal war hereingekommen. Was tat er hier? Sollte er nicht mit Bahadur auf der Jagd sein? Ein Blick in sein bleiches Gesicht und seine erschöpften, um Verzeihung heischenden Augen, und ich wusste, dass etwas Schreckliches passiert war. Ich bedeutete ihm mit einer Geste, draußen auf mich zu warten, und verabschiedete mich von Sahasmal. Ich sammelte mich und ging gelassen hinaus. Mangal hatte Befikir schon losgebunden und wartete auf mich.

»Wohin?«

»Zum Gästepalast.«

»Wie schwer ist er verletzt?«

»Sehr schwer.«

»Ist er gestürzt?«

»Nein, mein Prinz.«

Ich hätte mitreiten sollen. Das jetzt zu sagen, nützte aber auch nichts mehr. Ich hatte das Gefühl gehabt, dass ich Bahadur zu sehr bemutterte. Er hatte bei seiner Ankunft in Chittor um Schutz gebeten, aber ich hatte ihn zu wörtlich genommen, und er wurde unter meinen wachsamen Augen langsam nervös. Er war ein begeisterter Jäger, und da der Dschungel in der Umgebung von Chittor zum wildreichsten des ganzen Landes gehörte, hatte ich eine königliche Jagd organisiert. Ich war mir sicher, dass er weit glücklicher sein und sich erheblich besser amüsieren würde, wenn ich nicht dabei wäre. Außerdem würde Mangal ein Auge auf ihn haben. Ich hatte nicht mit der Möglichkeit gerechnet, dass Prinz Bahadur während der Jagd etwas zustoßen könnte.

»Waren Rao Bharat und Hada Komal nicht an seiner Seite?«

»Doch, Eure Hoheit. Und ich auch. Ich habe Euer Vertrauen enttäuscht.«

»Damit befassen wir uns später. Hast du den *raj-vaidya* gerufen?«

»Ja. Und den *hakim* auch. Er hat furchtbar viel Blut verloren.«

Wir waren am Palast angelangt. Bahadur war von der improvisierten Trage in sein Bett umgelagert worden. In der Luft hing ein starker Geruch nach infizierten Wunden und mir wurde leicht übel.

»Alle verlassen den Raum«, sagte ich heiser. »Alle außer dem Leibarzt, Hakim Altaf Hussein und Mangal.« Die Mitglieder der Jagdgesellschaft, die Diener und die Gaffer verschwanden. Ich fühlte Bahadurs Stirn. Man hätte darauf Wasser zum Sieden bringen können.

»Was beabsichtigt ihr beiden zu tun?« Die zwei Ärzte schreckten aus ihren Träumereien hoch.

»Mit Verlaub, Herr«, sagte der Hakim zögernd, »aber ich habe seinen Puls gefühlt. Man kann nichts mehr tun.«

»Und du, zu was für einem Schluss bist du gelangt?«

»Ich weiß nicht, Eure Hoheit, aber es sieht so aus, als sei der Patient nicht mehr zu retten.«

»Setzt euch«, sagte ich leise zu den beiden. »Wenn er kein Prinz wäre, sondern ein einfacher Mann aus einem unserer Dörfer, was würdet ihr dann tun? Mag sein, dass er keinen starken Puls mehr hat, aber ein schwaches Lebenszeichen hast du doch gefühlt, oder, Hakim Altaf Hussein? Und das bedeutet doch wohl, dass er am Leben ist, stimmt's? Würdet ihr zulassen, dass ein Dörfler, der schwer krank aber noch nicht tot ist, in seinem eigenen Dreck liegt und ihm nicht einmal die Kleider wechseln? Meine Freunde, ihr habt euch von seinem königlichen Stammbaum einschüchtern und lähmen lassen. Beratet euch, betrachtet ihn wie jeden anderen Menschen in einer entsprechend verzweifelten Situation und macht euch an die Arbeit. Tut euer Bestes und überlasst Gott den Rest.«

Ich verließ das Zimmer, ging durch die endlosen Korridore des Gästepalastes in den Garten und füllte mir mehrmals rasch hintereinander die Lungen mit der herrlich reinen, unverpesteten, frischen Luft von Chittor.

Es war der Stoff, aus dem Schmierenkomödien entstehen.
Mann. Frau. Liebhaber. Nur dass Letzterer
ein allmächtiger Gott war.

8

»Du findest das zum Lachen? Du sagst mir jetzt, wer es ist. Augenblicklich. Ich werde ihn töten und anschließend töte ich dich.« Seine Stimme war ein grelles, unmenschliches Kreischen. »Schämst du dich nicht, es unter dem Dach deines Ehemannes zu treiben? Sprich, Hure! Wer ist es, der dich hier in diesem Palast besudelt, während du deinem Gemahl seine Rechte verweigerst?«
»Beruhigt Euch, bitte, beruhigt Euch«, flehte sie ihn an. »Ihr werdet noch das ganze Haus aufwecken.«
»Das interessiert mich einen feuchten Pferdefurz, wer aufwacht! Von mir aus kann der gnädige Herr des Weltalls höchstpersönlich aufwachen und sich von mir erzählen lassen, wie köstlich sich meine Frau amüsiert.« Trotzdem hatte er die Stimme gesenkt. Da treibt es diese Schlampe ganz vergnügt, dachte er, die abgefeimteste Heuchlerin, die er je gesehen hat, nie ein Haar aus der Fasson oder ein Fältchen auf der Stirn, führt ein Doppelleben und macht sich Sorgen, dass jemand ihn hören könnte! Nun, er konnte sie beruhigen, er hatte alle Dienstboten weggeschickt.
»Ist es mein jüngerer Bruder Rattan? Oder mein flotter väterlicher Cousin Rajendra? Oder ist es Vikramaditya, der sich immer in deiner Nähe herumtreibt und sich beim Anblick deiner nackten Füße mit den goldenen Kettchen besabbert. Der, wenn er glaubt, dass gerade niemand hinschaut, seiner Schwägerin in den Ausschnitt linst, um vielleicht ein bisschen mehr von ihrem Busen zu sehen.« Er ver-

stummte, entsetzt darüber, wie tief er sinken konnte. Und dennoch – niemand, absolut niemand war über jeden Verdacht erhaben. Hätte sich schließlich jemand vorstellen können, dass Prinzessin ›Rein-wie-Neuschnee‹ solch eine zügellose Hure war? Alles war möglich.
»Ist es Vater? Ist das der Grund, warum du in Ohnmacht gefallen bist, als du ihn zum ersten Mal gesehen hast?«
»Hört auf, bitte hört auf. Ihr werdet Eure Worte noch bereuen.«
»Oder ist es dieser Onkel von dir, der, mit dem du nach Merta zurück bist, Rao Viramdev? Ist er es, mit dem du dich verlobt hast, während alle glauben, er sei mit der Schwester meines Vaters verheiratet? Hat er dich jung angelernt, dieser prachtvolle, gut aussehende Mann mit seiner würdevollen Art und seinem vornehmen Gesicht? Und dieser Schnauzbart, an den du dich als kleines Kind gehängt hast, hat er dich damit an den Ohren gekitzelt und dann am ganzen Leib? Hat er gesagt: Das ist unser Geheimnis solange wir leben, werden nur du und ich davon wissen?«
Jetzt weinte sie. Lautlos. Ihre Brust wurde von Krämpfen geschüttelt, sie versuchte zu sprechen, aber ihre Zunge schien sich in den Rachen zurückgezogen zu haben. Ihre Atmung ging stoßweise. Ihre Augen rollten nach oben, bis nur noch das Weiße zu sehen war. Ihre Hände und Füße verkrampften und verdrehten sich, während ihr Mund zusehends aus der Form geriet.
»Oh Weib, darauf falle ich nicht herein! Keine theatralischen Anfälle, wenn ich bitten darf.« Er schlug ihr ins Gesicht. Noch einmal. Ihr Atem beruhigte sich etwas und ihre Augen bekamen wieder einen menschlichen Blick, aber sie war immer noch desorientiert.
»Genug, bitte«, sagte sie. »Ich werde Euch sagen, wer es ist.«
Jetzt war er es, dem die Sprache wegblieb. Er sah so aus, als würde ihn jemand würgen. Seit sieben, acht Monaten – oder war es schon ein Jahr? – hatte er keinen brennenderen Wunsch gehabt, als den Namen des Mannes zu erfahren, mit dem sie verlobt war. Nun war sie im Begriff, ihn preiszugeben, und ihn verließ der Mut. Er wollte es gar nicht mehr wissen. Halt's Maul, Dirne, oder ich reiß dir die Zunge raus, es ist mir scheißegal, wer es ist!
»Er ist es«, sagte sie und deutete auf die kleine Marmorstatue, die neben ihrem Bett stand.
»Wer?«, fragte er.

Wieder deutete sie auf die Statue.
»Das ist Shri Krishna. Was hat er damit zu tun?«
»Er ist es.«
»Ist das deine Vorstellung von Humor?«
Sie schüttelte den Kopf.
»Hältst du mich für einen Vollidioten? Willst du jetzt gestehen, oder soll ich dich erwürgen, um die Wahrheit herauszuquetschen?«
»Das ist die Wahrheit.«
Da schlug er sie. Ihr Kinn platzte auf. Sein nächster Schlag traf sie am linken Auge. »Rajputen erheben nie die Hand gegen ihre Frauen« – er hörte nicht auf, sie zu schlagen – »aber ebenso wenig treiben es ihre Frauen vom ersten Ehejahr an mit anderen Männern.«
»Ich dachte, Ihr habt alles gelesen, was ich geschrieben habe.«
»Was?« Er war nicht sicher, ob er sie richtig verstanden hatte. Ihre Worte waren so verschwommen und verquollen wie ihre Lippen.
»Schon gut.«
»Ja, ich habe alles gelesen außer den Gedichten. Das Zeug kann ich nicht ausstehen.«
Sie lächelte.

Sie log. Es war typisch für sie, einen so absurden Liebhaber wie Krishna aus dem Hut zu zaubern. Ein einfacher, völlig normaler Mann war natürlich nicht gut genug. Nein, es musste ein Gott sein, und dazu noch einer der mächtigsten und beliebtesten Götter überhaupt. Übertriebene Bescheidenheit, Mangel an Phantasie oder gar Minderwertigkeitsgefühle konnte man ihr wahrlich nicht vorwerfen. Es war so an den Haaren herbeigezogen, so jenseits alles Wahrscheinlichen, dass nur ein leichtgläubiger Idiot ihr hätte Glauben schenken können. Shri Krishna. Dass ich nicht lache!
Er ging mit den Blättern in seine Gemächer, um sich die Gedichte vorzunehmen, aber er nickte darüber ein. Als er wieder aufwachte, war es ein Uhr mittags. Er hob die obersten fünfzig Seiten ab.

Haltet ihn, haltet den Feuerteufel.
Ringt ihn zu Boden, bindet ihn in Ketten.
Steckt ihn in Einzelhaft. Foltert ihn.

In Brand hat mich der Schuft gesetzt
am helllichten Tag.
In eine Fackel hat er mich verwandelt.
Die Leute schauten zu, er lachte.
»Versucht die nur zu löschen – es ist Selbstentzündung.
Selbstopferung, doch sie wird nie ausbrennen.«

Also, Brandstifter, *Shyam*, du Schürzenjäger,
wie steht's? Siebzehntausend hast du schon auf dem Konto,
von Schwärmerei, Verknalltheit, Sehnsucht eingeäschert,
flammende Derwischinnen verbotner Leidenschaft,
sie rufen, verfluchen dich, wenn deine Untreue
ihre Flammen weiter schürt.
Dämliche Närrinnen, ich bete nicht für sie,
denn besser tot sein, als um den Lustmolch weinen.
Mit seinem blöden Liedchen auf den Lippen
und diesem geilen Blick im Auge, der dich auszieht.

Aber ich sag dir was, mein Gott:
Schluss mit dem Spektakel.
Es war höchste Zeit.
Jetzt mach ich dir die Hölle heiß, mein Freund.
Öfter was Neues, findest du nicht auch?
Jetzt bist du dran mit Schmoren!
Macht Feuer unterm Spieß,
ein hübsches kleines Feuer.
Dann dreht und dreht und dreht, bis *der Blaue*
ein schönes Goldbraun annimmt,
knusprig und saftig wird wie ein Kebab.
Dieses Mal reiße ich dir das Herz heraus.
Ich schätze, das wird mehr als bloßes Herzweh.
Eher ein Herzinfarkt.
Tödlich. Nenn's Liebe.

Shyam, *Giridhar*, wer's glaubt. Morgen, dachte er, nennt sie ihn Rama, *Sanjay*, *Kanhaiyya*, oder was immer ihr sonst so einfällt, um mich von der Fährte abzubringen.

9

Es war zwar schlechterdings unmöglich, dachte ich zumindest, aber der Körper des Shahzada glühte noch heißer als zuvor. Sie hatten ihn umgezogen und jemand legte ihm kalte Kompressen auf die Stirn. Der Raum war von einem starken Duft nach Rosenwasser erfüllt, der allerdings nicht den durchdringenden Gestank von verwesendem Fleisch übertönen konnte.

»Hat man seine Wunden gereinigt?«, fragte ich den *vaidya*.

»Oberflächlich. Aus dem Stoff des Hemdes, aus Erde und Schweiß hat sich eine harte Kruste gebildet. Wenn wir sie abreißen, fängt er wieder an zu bluten.«

Als ich zum Zimmer des Prinzen zurückgekehrt war, hatte ich auf ein Wunder gehofft. Was ich jetzt erlebte, war das langsame Fortschreiten der Infektion und sein zunehmender physischer Verfall.

Ich kehrte in mein Arbeitszimmer zurück, warf rasch ein paar Zeilen aufs Papier, brachte das Staatssiegel an und schickte Mangal nach Kathoda, dem in den Bergen nördlich von Chittor gelegenen *Bhil*-Königreich. Mangal war niedergeschlagen und erschöpft, aber das war ein Auftrag, den ich niemand anderem anvertrauen konnte. Mewar und die Bhils von Kathoda unterhielten seit Generationen enge Beziehungen. Es war eine seltsame Freundschaft zwischen Stammesangehörigen und Stadtbewohnern. Aber ein aufgeklärter, für beide Seiten förderlicher Eigennutz hatte über den allgegenwärtigen Snobismus und Hochmut der Rajputen gesiegt, während die

Bhils ihrerseits ihr angeborenes Misstrauen gegen die hochnäsigen Großstädter überwunden hatten. Wenn sich Kriegswolken zusammenbrauten, nahmen sie an unseren Kriegsräten teil und waren auf dem Schlachtfeld unsere engsten Verbündeten. Ihre Waffen und Kampftechniken unterscheiden sich von den unseren, aber an Tapferkeit stehen sie uns Rajputen um keinen Deut nach. Niemand kennt die Aravalli-Berge besser als sie. Wenn sie in eigener Sache kämpfen, besteht ihre Strategie darin, den Feind in den Dschungel und in die Berge zu locken. Wie stark der Gegner auch sein mag – gegen die Bhils auf heimischem Terrain hat er kaum eine Chance.
In Friedenszeiten treiben wir miteinander Handel, wohnen ihren Krönungsfeierlichkeiten bei und schicken Gesandtschaften nach Kathoda und in andere Bhil-Königreiche. Sie wiederum lassen ihre Prinzen in unseren Gurukuls ausbilden – und dort habe ich auch meinen Freund Prinz Puraji Kika kennen gelernt. Was ich vom Dschungel weiß, von seinen Geräuschen, seinen Gerüchen, seinem Schweigen, seinen Würmern und Maden, seinen Kräutern und Gräsern und Bäumen, seinen Raubvögeln und seinen Aasvögeln und seinen großen und kleinen Tieren, verdanke ich Puraji Kika. Er hat mich gelehrt, dass Kräuter und Samen betäuben, wiederbeleben und töten können. Sie können den Schlaf bringen, Blutungen stillen, Skorpionstiche und Schlangenbisse neutralisieren, ebenso wie sie einen ins Delirium versetzen, wahnsinnig machen und in einen lebenden Leichnam verwandeln können.
Mein Brief war an den mittlerweile zum König gekrönten Puraji gerichtet. Unsere Beziehungen waren ein wenig angespannt, weil einige unserer Adligen, deren Besitzungen an Kathoda grenzten, sich nach Auskunft Raja Purajis Bhil-Territorium angeeignet hatten und das Wild schonungslos jagten. Da Wild das Hauptnahrungsmittel der Bhils ist, stellte der drastische Rückgang der Hirsch-, Wildschwein- und Waldbock-Bestände für sie eine echte existenzielle Bedrohung dar. Raja Puraji Kika ist nicht lediglich ein Nachbar und ein König, er ist zunächst und vor allem mein Freund. Ich hatte mich von der Vikramaditya-Affäre und danach von der Ankunft Bahadurs zu sehr ablenken lassen und war bislang nicht dazu gekommen, die Angelegenheit zu untersuchen und die von unseren Lehensmännern verursachten Schäden wieder gutzumachen.

Es hatte keinen Sinn, um den heißen Brei herumzureden. Ich schrieb dem Raja, ich hätte keine Entschuldigung dafür, dass ich mich mit seiner Beschwerde noch nicht näher befasst hätte. Ich würde es in den allernächsten Wochen nachholen. Momentan würde ich in Schwierigkeiten stecken, sehr ernsten Schwierigkeiten, um es gelinde zu formulieren. Ein königlicher Gast, ein Prinz von Gujarat, sei von einer Löwin zerfleischt worden. Die Ärzte von Chittor hätten wenig Hoffnung und ihn bereits aufgegeben. Könne er deshalb bitte seinen Leibarzt Eka mit dem schnellsten Ross, über das er verfüge, hierher schicken? Das Leben des Prinzen und meine Ehre und mein Ruf stünden auf dem Spiel.

Am vierten Tag wusste ich, dass das Ende nahte. Das Merkwürdige war, dass die Arzneien des Vaidya und des Hakim in vielerlei Hinsicht erstaunlich gut gewirkt hatten. Das Fieber war zurückgegangen, Bahadurs Gesicht hatte wieder etwas Farbe angenommen, er war nicht mehr so unruhig und er schien weniger Schmerzen zu haben. Aber kaum betrat ich das ummauerte Gelände des Gästepalastes, traf mich der infernalische Gestank verwesenden Fleisches wie ein Fausthieb. Ich kannte diesen süßlichen, benommen machenden Geruch, der einem Tage und Wochen lang nicht aus der Nase geht, unter die Hirnhaut sickert und sich unauslöschlich in das Gedächtnis hineinfrisst, nur allzu gut.
Meine kleine Schwester Sumitra, an die mich Finanzminister Adinathjis Urenkelin Lilavati so sehr erinnerte, fiel, als ich vierzehn war, von der Schaukel. Sie war vermutlich mein Liebling, auch wenn ich es niemals zugab. Sie trieb mich damit zum Wahnsinn, dass sie mich auf Schritt und Tritt begleiten wollte, selbst ins Bad und auf die Toilette. Sie wollte alles tun, was ich tat. Sie kam zum Gurukul, zu Ringerturnieren, platzte in Junggesellentreffen hinein, wollte uns begleiten, wenn wir in die Hurengasse gingen. Sie war eine Nervensäge und ich war der Gegenstand ihrer Heldenverehrung.
Wir machten uns Sorgen, weil sie immer zu hoch schaukelte. Einmal war sie auf den Kopf gefallen und fast achtundvierzig Stunden lang ohnmächtig, aber dann kam sie zu sich und war wieder ganz die Alte. Wir hatten ihren Sturz schon völlig vergessen, als mir auffiel,

dass sie angefangen hatte, auf den Zehenspitzen zu laufen. Ein neuer Tick, sagte ich mir, das geht vorbei. Eine Zeit lang, erst ein paar Monate zuvor, war ihre einzige Fortbewegungsweise das Radschlagen gewesen.

Am dritten Tag erkannte ich, was für ein schlechter Beobachter ich war. Ihr rechter Fuß war stark angeschwollen, sie hatte seit Tagen Schmerzen und hatte nichts davon gesagt, weil sie uns nicht beunruhigen wollte. Ich sah mir ihre Ferse an und fand eine weiche, glibberig nachgiebige Schwellung mit einer scharfen Spitze in der Mitte. Selbst wenn ich nur ganz leicht mit dem Finger darüber strich, weinte sie vor Schmerz. Wir riefen den Raj-Vaidya. Er meinte, das sei ein Abszess, und behandelte ihn mit Zugpflastern und gab ihr einen Kräutertrank.

Inzwischen war ihr ganzes Bein angeschwollen und sie versank von Zeit zu Zeit in einen Dämmerzustand. Eines Nachmittags wachte sie auf und sagte zu mir: »Ich weiß, warum ich runtergefallen bin. Ich hatte einen Dorn in der Ferse, und der hat so weh getan, als ich den Fuß aufstützte, dass ich die Schaukel losgelassen habe.«

»Warum ist dir das nicht früher eingefallen?«

Eine Zeit lang sah sie ratlos drein, dann lächelte sie. »Ich hab nicht mehr daran gedacht, bis du mich jetzt gefragt hast, aber als ich nach dem Sturz wieder aufgewacht bin, hatte ich ein paar Einmaleinsreihen vergessen. Ich habe mir den Kopf zerbrochen, was dreimal sieben war, und ich kam einfach nicht darauf. Ich wusste das Einmaleins bis zur 5 und dann von 8 bis 12, aber die Sechser- und Siebenerreihe waren einfach wie weggewischt. Deswegen hab ich bei der letzten Klassenarbeit auch eine so schlechte Note bekommen.«

»Weißt du sie jetzt wieder?«, fragte ich, nur für den Fall, dass sie phantasierte. Aber sie war völlig klar. Sie konnte die Reihen fehlerlos aufsagen. »Du bleibst jetzt schön brav liegen, und ich lauf zum Vaidya und sag ihm, dass es nur ein Dorn ist.«

»Aber beeil dich, sonst bin ich eingeschlafen, wenn du zurückkommst.«

Ich hatte fest vorgehabt, durch ganz Chittor zu laufen, ehe ich zu ihr zurückkehrte, aber aus irgendeinem Grund rannte ich vom Haus des Arztes schnurstracks zum Palast zurück. Sie hatte schon die Besinnung verloren und der Geruch begann, sich bemerkbar zu machen. Sie kämpfte gegen Heerscharen von Dämonen, die durch ihren Geist strudelten, und so sehr ich mich auch bemühte, gab es keine Möglichkeit für mich, in ihre Albträume einzutauchen, um an ihrer Seite zu kämpfen und sie wieder zurückzuholen.

Ihr Bein war schwarz und violett und blank geworden. Der Vaidya holte den Chirurgen. Er hatte seine Instrumente zurechtgelegt und wollte gerade einen Schnitt machen, als sie sich verkrampfte und ihre Glieder und ihr Hals sich auf unvorstellbare Weise verdrehten und lange, lange Zeit so blieben. Das Gift hatte das Gehirn erreicht, erklärte uns der Arzt. Er versuchte, ihr gewaltsam den Mund zu öffnen, um ihr ein Beruhigungsmittel einzuflößen, aber es gelang ihm nicht.

Am nächsten Tag war es unmöglich, sich im Umkreis von einem halben Kilometer von Sumitra aufzuhalten, ohne vom Geruch ihres schwärenden Fußes zu Boden geworfen zu werden. Das gottverdammte Mädchen war besinnungslos, doch wenn ich ihr nicht die Hand hielt, hörte sie nicht auf, nach mir zu rufen, bis ich kam und ihr ausgemergeltes Händchen hielt. Als die herunterstürzende Sonne den Raum mit Licht überflutete, schlug sie die Augen auf.

»Die schneiden mir das Bein ab, nicht?«

»Auf keinen Fall, Kind«, sagte mein Vater, obwohl die Frage an mich gerichtet gewesen war. »Solange ich lebe, wird dir niemand das Bein abschneiden.«

Hätte Vater sterben und dem Chirurgen erlauben sollen, ihr das Bein abzunehmen? Wie ich Sumitra dafür hasste, dass sie mich zwang, durch die toten Tümpel ihres bösartig süßen, Übelkeit erregenden Gestanks zu schwimmen! Kein Mensch zwang mich dazu, niemand anders ging zu ihr, ihre Mutter nicht, keines meiner übrigen Geschwister, nicht einmal die Diener. Der Vaidya bekam alle vier Stunden einen Zustandsbericht und er gab jedes Mal die gleiche Arznei aus, ohne sich in ihre Nähe zu wagen. Ich habe ihn nie gefragt, was er ihr verabreichte, aber ich bin so gut wie sicher, dass es Opium war. Natürlich hätte ich ihm dafür danken sollen, dass er es ihr ersparte, den Todeskampf bewusst zu erleben, aber ich hasste ihn dafür, dass er sonst nichts mehr unternahm. Er war doch schließlich Arzt, oder? Und sind Ärzte nicht Götter, die Menschen, die uns lieb und teuer sind, vor dem Tod retten können? Ich hatte

noch nicht begriffen, dass selbst richtige Götter, die sich für allmächtig ausgeben, außerstande sind, wen auch immer zu retten.
Am achten Tag der dämonischen, unergründlichen Ewigkeit des tödlichen Gestanks fiel ich auf dem Weg zu ihr in Ohnmacht. Die vorhergehende Nacht und den ganzen darauffolgenden Tag war ich fortgeblieben, während das kleine Luder gnadenlos meinen Namen wie eine Litanei aufgesagt hatte. Oh süßes, süßes Vergessen! Wenn das der Tod ist, lasst mich darin ertrinken – solange ich nur nicht wieder zu diesem kleinen Mädchen mit dem schwarzen Ödem zurück muss, dieser schwarzen Blume, die immer weiter aufblüht und bald alle Lebewesen aus der Welt verdrängen und selbst dann noch weiterwachsen wird, bis sie die Sonne ausgelöscht hat!
Sieben Tage und Nächte lang bezahlten all diejenigen, die sie liebten und sich den riesigen, sehr vernünftigen Gefallen taten, sie nicht zu besuchen, die *Brahmanen*, damit sie bei den Göttern anklopften und sie weckten und sie bäten, den Todeskampf meiner Schwester Sumitra zu lindern, Sumitra, die ich liebend gern mit meinen eigenen Händen getötet hätte, aber ihr Hälschen war so dünn, ihre Stimme ein solches Flüstern und ihr Körper so dunkel und vor Eiter berstend, dass ich sie nicht anzufassen wagte.
Rochen die Priester den Tod bereits und beeilten sie sich deshalb, die Glocken anzuschlagen? Sie läuteten im Kalika-Mata-Tempel, im Eklingji-Tempel, im jainistischen Tempel und im Kumbha-Shyam-Tempel. War das Geläut für sie oder für mich? Nein, wenn sie mich in den Tod begleiten sollte, würde ich nicht sterben. Entweder sie oder ich, entscheide dich. Als ich wieder zu mir kam, tat ich noch eine Ewigkeit lang so, als sei ich noch bewusstlos. Man hielt mir Zwiebeln und Schuhsohlen und die dunkelsten und kostbarsten Rosenöle aus Shyamprasad Ramlals Parfümkollektion unter die Nase. Und die ganze Zeit über hörte ich sie meinen Namen rufen.
Was hatte es für einen Sinn – dieses Miststück würde niemals sterben und mich loslassen. Sie sagten: Du brauchst nicht hinzugehen. Dir geht's nicht gut. Du hast seit Tagen nicht geschlafen. Nicht hingehen? Ihr bildet euch ein, diese Hexe lässt mich so leicht davonkommen?
Im Krankenzimmer hielt sich ein einziger Mensch auf. Kausalya. Sie war die ganze Woche nicht von Sumitras Seite gewichen, hatte ihr

den Schweiß aus dem Gesicht gewischt und ihr kalte Kompressen auf die Stirn gelegt, hatte sie wieder zugedeckt, wenn sie die weiche Baumwolldecke fortstrampelte, hatte ihre Bettwäsche gewechselt, die sich ununterbrochen mit dem eitrigen Ausfluss vollsog. Sie flößte ihr löffelweise Wasser ein und versuchte ihr von Zeit zu Zeit etwas Grießbrei oder saure Grütze in den Mund zu schieben. Sie mischte die Pulver, die der Arzt schickte, mit Milch, und wenn Sumitra sich übergab, wischte sie die Schweinerei auf. Niemand hatte Kausalya aufgefordert, diese Aufgabe zu übernehmen. Sie besaß innerhalb der Palasthierarchie eine viel zu hohe und geachtete Stellung, als dass man ihr eine so undankbare und widerliche Arbeit hätte zumuten können. Kausalya aber schien gar nicht das Gefühl zu haben, etwas Besonderes zu tun. Sie liebte Sumitra und tat einfach das, was ihrer Meinung nach getan werden musste.

Hatte Kausalya erwartet, dass ich früher zurückkommen oder gar nicht erst weggehen würde? Sie musste ja Sumitras Rufen antworten und ihr sagen, ich sei schon auf dem Weg zu ihr und würde bald da sein; sie konnte sich nicht vorstellen, was mich davon abhalten mochte, bei meiner geliebten Schwester zu sein. Aber Kausalya sagte mir gegenüber nie ein Wort über mein Kommen und Gehen und meine Pflichten. Sie gab den Erwartungen, die sie an mich stellte, nie einen Namen.

Ich zog die Vorhänge auf und ließ das Licht herein. Dann setzte ich mich zu Sumitra. Jetzt war ihre Stimme kaum mehr zu hören, aber ich sah, dass ihre Lippen meinen Namen formten. Kausalya hatte Sumitra das Haar zu einem einzigen Zopf geflochten, so wie sie es am liebsten hatte. Sie hatte sie gewaschen und ihr die aquamarinblaue Kombination aus Choli und *ghagra* angezogen, die zu ihren Lieblingskleidern gehörte – auch wenn sie, wenn man sie gelassen hätte, immer nur in meinen Sachen herumgelaufen wäre. Auf ihrer Stirn war ein kleiner roter *tika*, und Kausalya hatte ihr dazu passende zarte Rubin-Ohrringe angesteckt. Sie musste gespürt haben, dass ich gekommen war. Ihr tonloses Flüstern war verstummt und ihre Hand hatte sich geöffnet. Ich legte meinen rechten Zeigefinger hinein und sie ballte ihr Fäustchen darum. Ihre Atemzüge schienen sich zu beruhigen und regelmäßiger zu werden. Mir ging ein absurder Gedanke durch den Kopf: Es gibt Menschen, die man nur durch den eigenen Tod verlieren dürfte. Ich ließ den Gedanken vorüberziehen.

Kausalya kam ans Bett und wechselte das beschmutzte Laken unter Sumitras Bein. Meine Schwester stöhnte vor Schmerz auf. Ich streichelte sie mit meiner freien Hand und küsste den roten Punkt. Sie schlug die Augen auf, nahm den ganzen Raum in sich auf und sah mich dann ruhig an. Ihr Gesicht erstrahlte und sie erwiderte mein Lächeln, so dass sich in ihrer linken Wange ein Grübchen bildete.

»Ich gehe«, sagte sie und war nicht mehr.

Er war mein bester Freund. Mein Vertrauter und Mentor. Dieser Blaue Gott mit der Flöte und der Pfauenfeder im Stirnband.

10

Sie war eine ganz Gewiefte. Das musste er ihr neidlos zugestehen – in diesem eskalierenden Nervenkrieg zwischen ihnen beiden war ihr, ganz ehrlich, fast ein Meisterstück gelungen. Du willst einen Namen? Sag's noch einmal, du willst einen Namen, du willst wirklich und wahrhaftig den Namen wissen? Wie viele Monate hatte er sie mit dieser einen einzigen Frage verfolgt, hier ist er, sie hatte ihm achtlos einen Namen hingeworfen, wie man einem Hund einen Knochen hinwirft, bitte schön, jetzt hast du was, woran du dir von mir aus die nächsten siebenhundert oder tausend Jahre die Zähne ausbeißen kannst.

Und was für ein Name! Sie musste gründlich überlegt und ihn mit Bedacht und grausamem Vergnügen ausgewählt haben. Es war ein Name und hundert Namen. Er konnte für den Einen und Einzigen stehen oder für jeden. In einem Gedicht hieß er Giridhar, im anderen Shyam, im nächsten *Gopal*, und wieder im nächsten sprach sie einen Namenlosen an. Es konnte ein Pseudonym sein, ein Kosename oder eine private Deckbezeichnung für einen Geliebten. Es konnte einer der Männer sein, die er aufgezählt hatte, oder alle oder keiner von ihnen. Sie hatte ihren Teil der Abmachung gehalten; jetzt konnte er im eigenen Saft schmoren.

Er warf den Kopf zurück und lachte. Ein lautes, unzweideutiges, ungezwungenes Lachen. Die Braut Gottes, kein schlechtes Rätsel, wie? Versuch das mal zu knacken, mein Freund! Man musste schon zugeben, dass sie eine echte Meisterin darin war, Verwirrung zu stiften und sich dann davonzumachen. Versetz dich mal in ihre Lage: Du hast eine heiße, phantastische, den Verstand raubende Affäre, und dann verheiraten sie dich mit so einem jungen Spund, dem künftigen König des bedeutendsten Reiches im Land. Behältst du dein Geheimnis für dich? Aber nicht doch, du bist ja ein offener, ehrlicher Mensch. Direkt in der Hochzeitsnacht sagst du deinem Mann die Wahrheit und nichts als die Wahrheit. Er will wissen, wer der andere Mann ist. Er ist so gierig nach der Antwort auf diese Frage, dass er in sich zusammenschrumpft, buchstäblich eingeht vor Wissensdurst. Du schweigst, bis der Mann kurz davor steht, völlig auszurasten. Und dann, als du ihn nicht länger hinhalten kannst, welchen Namen sagst du ihm dann? Wäre eine andere Frau als sie je auf die Idee gekommen, ihm zu sagen, dass sie in einen Gott verliebt war?

Warum hatte sie nicht Shiva, Brahma, Indra, Agni, Varuna, Vishnu oder sonst einen anderen Gott gewählt? Wie kam sie ausgerechnet auf den Gott der *Bhagavadgita* – Shri Krishna, Krishna, *Bal-Krishna*, den Flötenspieler, Giridhar, Gopal, Govinda, Atmaram, Shyam, den Pfauenfederbekrönten, Vasudev, Kanhaiyya, Kanha, Murlidhar, Kaliya Mardan, Nagar, Madhusudan und was er sonst noch für tausenderlei Namen und Alter Egos hatte? Wusste sie, was der Blaue Gott für ihn bedeutete? Er hatte es ihr nie gesagt; was hatten sie auch je für Gespräche geführt, in deren Verlauf er ihr hätte eröffnen können, welch besonderen Platz Krishna in seinem Herzen einnahm? Außerdem ging er mit seiner Vorliebe nicht hausieren und ließ Krishna nie besondere öffentliche Ehrungen zuteil werden. Er führte jeden Morgen nach dem Bad seine Andacht durch, tupfte den Göttern und Göttinnen den roten Tilak auf die Stirn, sprach seine Gebete, verneigte sich vor ihnen und ging an die Arbeit. Er vermutete, nein, er war sich hundertprozentig sicher, dass weder seine Mutter noch Kausalya etwas von der engen Beziehung ahnten, die zwischen ihm und Krishna bestand. Wie aber hatte sie es herausgefunden? War sie eine Hellseherin, konnte sie in den Geist eines Menschen blicken und seine geheimsten Gedanken erkennen? Hatte sie Krishna bewusst ausgewählt, im vollen Wissen darum, wie verwundbar ihr Mann war und wie sehr es ihn verwirren und verletzen würde? Er fühlte sich nackt und ausgesetzt. Das Wesen seiner Frau war ein unbekanntes, unerforschtes Gebiet. Das Wenige, was er von ihr mitbekommen hatte, verriet ihm, dass sie der hinterhältigste Mensch war, den er je kennen gelernt hatte. Sie steckte voller Überraschungen, jede größer als die vorausgegangene, und allesamt unerfreulich und verstörend. Er spürte ein Flackern von Angst unter der Haut. Wer war sie? Was hatte sie vor? Welche entsetzlichen Wunder und seelischen Erschütterungen standen ihm noch bevor?

Wer hatte je davon gehört, dass man sich in einen Gott verliebte, Herrgott noch mal! Götter waren zum Verehren da, zum Anbeten, zum Um-Hilfe-bitten, Anrufen und Um-bestimmte-Gnaden-anflehen. Zugegeben, Krishna war der Liebenswerteste unter allen Göttern, und wollte man den Geschichten über ihn Glauben schenken, hatte er mehr als nur eine gewisse Schwäche für Frauen. Krishnas geradezu krankhafte Promiskuität war eine Facette seines Charakters, die er nicht ganz begriff und die ihn, um ehrlich zu sein, auch nicht sonderlich interessierte. Der Blaue Gott hatte, zusätzlich zu seinen rechtmäßig angetrauten Ehefrauen, mehr Mätressen als alle anderen Götter zusammengenommen, und zusätzlich waren sämtliche Hirtinnen von *Brindaban* in ihn vernarrt.

Eine von ihnen, Radha, stand ihm näher als jede seiner Gemahlinnen, was auch der Grund dafür war, dass Krishna oft als *Radheshyam* verehrt wurde. Aber die *gopis* und Radha und alle Gemahlinnen sprachen mit ihm, hörten seine schöne Stimme, tanzten mit ihm, lauschten seinem Flötenspiel, sahen seine schönen Augen und seine leuchtend blaue Haut, sahen, wie er den Govardhan-Berg auf dem kleinen Finger in die Höhe stemmte, um sie alle vor einer Sintflut zu bewahren, wurden Zeugen dessen, wie er das Böse auf Erden besiegte. Mit einem Wort: Sie erlebten ihn leibhaftig. Das ist die einzige Möglichkeit, sich in jemanden zu verlieben. Nicht aber indem man eine Skulptur oder ein Bild anschaut.

In Krishna verliebt, lachte er noch einmal, was für eine Geschichte! Er war ein einsamer Junge gewesen. Sein Vater war meist auf irgendwelchen Feldzügen. Und wenn er mal zu Hause war, sprach er kaum ein Wort. Er war der König und ständig mit Regierungsgeschäften befasst. Der Prinz wusste nicht so genau, ob er ein strenger Mann war oder lediglich abschreckend aussah. Wenn im Gurukul Wettkämpfe oder Sportveranstaltungen stattfanden, kam er vorbei, aber eigentlich nicht, um zu sehen, wie sich sein Sohn machte, sondern weil er Schirmherr der Akademie war und von Schirmherren Besuche erwartet wurden. Manchmal gewann sein Ältester ein paar Medaillen; einmal ging er mit dem ersten Preis in Bogenschießen, Strategie, Schwimmen und Reiten nach Haus. Falls dies des Ranas Brust vor Stolz schwellen ließ, so zeigte er es nur dadurch, dass er ihm gegenüber noch befangener als gewöhnlich war. Er hätte sich ungeliebt, vernachlässigt und nicht beachtet fühlen müssen. Er tat es nicht. Er wusste, dass sein Vater ihn im Auge behielt. Wie er schon relativ früh begriff, bestand das Problem wenigstens zum Teil darin, dass sie beide, er wie sein Vater, sich schwer damit taten, Gefühle zum Ausdruck zu bringen. Sowohl aus Veranlagung als auch durch ihre Erziehung bedingt hielten sie sich unter strenger Selbstbeobachtung und ließen sich selten gehen. Oft gelang es ihm durch einen einzigen Blick zu erraten, was hinter der gelassenen Miene seines Vaters vor sich ging. Er hatte das Gefühl, dass auch sein Vater ihn genau durchschaute. Es war nicht so, dass sie kalte Fische gewesen wären. Ganz im Gegenteil, sie waren Männer mit einem leidenschaftlichen Gefühlsleben. Aber sie wussten, dass man nur dann ein guter Führer sein konnte, wenn man seine Emotionen nicht überkochen ließ, und selbst wenn es gelegentlich doch geschah, man das Gefühlsmäßige streng vom Rationalen trennte und sich stets für Letzteres entschied. Er wusste, dass sein Vater viel über ihn nachdachte und dass dies die größte Annäherung an väterliche Liebe war, die er je zustande bringen würde. Vielleicht war ja an jemanden denken dasselbe wie ihn lieben.

Seine Mutter, die Maharani, war zweifellos ein liebevoller Mensch. Er war ihr Sohn, ihr Erstgeborener, und er hatte das Gefühl, dass sie ihn mehr als seinen Vater liebte. Sie fragte ihn immer, ob er seine Milch getrunken und seine Frühstückseier, seine vor Fett triefenden Weizenmehlfladen, seine Mandeln und seine Melasse gegessen hatte. Dann erzählte sie ihm, was es zu Mittag geben würde. Nach dem Mittagessen erkundigte sie sich, ob er auch genügend Brot, Kohl, Linsen, Erbsen und Okraschoten und vor allem, ob er den Hammelbraten, die gegrillten Hühnchenhappen und die dreierlei Fischgerichte gegessen hatte.

»Gemüse ist wichtig, aber wenn du König sein willst, musst du Hammel und Cashewnüsse und Pistazien und Mandeln und Fisch essen und viel Milch trinken – aber niemals zu Fisch, hörst du!«

Regelmäßig beim Mittagessen verriet sie ihm ganz unaufgefordert in einem verschwörerischen Ton, als handele es sich um ein großes Geheimnis, was sie ihm am Abend vorzusetzen gedachte. Nahrung, begriff er schon früh, war in den Augen seiner Mutter, wie vielleicht auch vieler anderer Mütter, der Stoff, aus dem die Liebe ist.

Abgesehen davon hatte seine Mutter den ganzen Tag lang nicht viel zu tun, und das schien sie beschäftigt zu halten. Er konnte wahrlich von Glück reden, dass sie nicht die Geduld aufbrachte, ihm bei den Mahlzeiten Gesellschaft zu leisten, denn als Kind war er ein sehr heikler Esser, und dass er überhaupt etwas aß, lag an den Geschichten, die seine Großmutter und Kausalya erzählten. Es waren Geschichten aus dem *Ramayana* und *Mahabharata*, den *Puranas* und dem *Panchatantra* und natürlich über seine Ahnen und deren Heldentaten. Sie mussten ihm immer und immer wieder dieselben Geschichten erzählt haben, obwohl sie doch über einen schier unerschöpflichen weiteren Fundus verfügten.

Als er älter wurde, sagte er häufig: »Och, die hast du mir schon erzählt.« Und ohne ungehalten zu werden oder auch nur mit der Wimper zu zucken, begannen sie mit der nächsten. Oft erzählten ihm die Königinmutter und Kausalya die gleiche Geschichte, manchmal sogar am selben Tag. Dabei faszinierte es ihn, wie unterschiedlich sie sie jeweils erzählten. Nicht nur ihre Intonation und ihr Erzählstil als solcher, die Kunstpausen, die sie einlegten, und die Weise, wie sie besonders spannende Szenen vorbereiteten, sondern sogar der Inhalt variierte. Seltsamerweise war Großmutter die sachlichere Erzählerin: Wer tat was und wie; wer war im Recht, wer im Unrecht; sie ging direkt zum Kern der Sache. Kausalya dagegen erzählte eine Geschichte aus verschiedenen Blickwinkeln. Sie schien dabei immer nach dem Warum zu fragen. Und wenn man selbst ›Warum‹ fragte, war es nie leicht zu erkennen, welche Seite im Recht und welche im Unrecht gewesen wäre.

Er hatte viele Helden, manche aus der Reihe seiner Ahnen und sehr viele aus dem Ramayana und dem Mahabharata. Bhima, Rama, Shiva, Lakshman, *Bhishma*, *Hanuman* – er träumte von ihnen und ihren

Taten bei Tag und bei Nacht. Aber als er älter wurde, erkannte er, dass sie statisch waren. Sie mochten im Laufe ihres Lebens körperlich und an Jahren gewachsen sein, aber sie waren am Ende dieselben, die sie am Anfang gewesen waren. Was sich änderte, war der Gang der Handlung; die Begebenheiten und die äußeren Umstände wechselten – sie selbst blieben unveränderlich. Sie gelangten von extremem Reichtum zu bitterster Armut, erlebten Krieg und Frieden und wieder Krieg, sie verzichteten auf ihre Königreiche oder unterwarfen sich wegen eines Versprechens, das ihr Vater einmal abgelegt hatte, den strengsten Keuschheitsgelübden, ihr Fuß berührte einen Stein und erweckte eine Frau zum Leben, sie trieben Askese und gewannen dadurch so viel Macht, dass sich sogar die Götter vor ihnen fürchteten. Ihr Leben verlief turbulent, aber die Erfahrungen, die sie dabei machten, beeinflussten nur selten die Weise, wie sie die Dinge sahen. Ihr Geist war verschlossen. Wenig drang in ihn ein. Sie hatten viel erlebt, aber ihre Erlebnisse veränderten weder sie noch ihre Einstellung wesentlich.
Die einzige Ausnahme war Shri Krishna. Der Gott schien mit ihm zu wachsen. Es gab nicht nur einen Shri Krishna, sondern wenigstens drei oder vier. Er war ein wahrer Proteus und änderte seine Rolle entsprechend den Umständen, in die er jeweils geriet. Man konnte nicht auf seinen Charakter deuten und sagen: Ja, so ist er. Er trotzte jeder Definition. Man konnte niemals vorhersagen, wie er agieren oder reagieren würde. Hatte er so etwas wie Prinzipien? Doch, durchaus. Aber wenn die Situation es erforderlich machte, setzte er sie vorübergehend außer Kraft, modifizierte sie oder vergaß sie einfach. War er rücksichtslos und ein skrupelloser Opportunist? Bisweilen. Aber der Flötenspieler selbst hätte diese Fragen etwas anders formuliert oder wäre ihnen geschickt ausgewichen, noch während er sie scheinbar beantwortete. Vereinfachungen waren leichter zu handhaben, aber sie waren auch gefährlich. Niemand hatte ein Monopol auf die Wahrheit. Und eines Menschen Begriff von der Wahrheit variierte in Abhängigkeit von seinen persönlichen Erfahrungen, seiner Familien-, Klan- oder Berufszugehörigkeit, seinem kulturellen Hintergrund und dem, was er von seinem Leben erwartete. War Shri Krishna eine so dynamische Persönlichkeit, weil er die größeren Zusammenhänge sah, oder erweiterte sich um-

gekehrt das Bild und differenzierte sich, weil Krishna auf jede Situation und Problemstellung jeweils anders reagierte?
Bal-Krishna war alles, was der Maharaj-Kumar als Kind nicht war. Er war der Bengel par excellence. Ungezogen, starrköpfig, entwaffnend, rotzfrech, eingebildet, liebenswert und gesellig. Sämtliche Kinder und Halbwüchsigen in Gokul waren seine Kumpel. Er war wie die meisten Jungen im Dorf Kuhhirte. Er war ihr Anführer. Er rief sie mit seiner Flöte herbei und sie folgten ihm überallhin. Alles, was er tat, wurde zu einem Abenteuer. Er geriet alle naselang in Schwierigkeiten, schaffte es aber immer irgendwie, sich wieder herauszuwinden. Weil er ständig die frisch gequirlte Butter aus der Küche stahl, hängte seine Mutter den Butterkrug eines Tages an einen Dachsparren. Er schlug mit einem Steinwurf ein Loch in den Krug und stellte sich mit offenem Mund darunter. Oder er ließ seine Freunde eine Pyramide bilden und kletterte hoch, steckte einen Finger in den Krug und leckte die ganze Butter auf. Wenn er erwischt wurde – und das war fast immer der Fall –, bestritt er, auch nur in die Nähe der Küche gekommen zu sein. »Ich? Ich hab doch die ganze Zeit das Vieh geweidet!«
Dann gab es all die unglaublichen Heldentaten, die er als Kind vollbracht hatte. Bereits als Säugling vernichtete er die Dämonen Trinavarta, Aghasura und Dhenukasura. Mit sieben rettete er die Menschen von Brindaban vor der Sintflut, mit der Gott Indra Bal-Krishna eine Lektion hatte erteilen wollen. Die Reaktion des göttlichen Kindes war ein wenig drastisch. Es hob den ganzen Berg Govardhan mit einem Finger in die Höhe und hielt ihn wie einen riesigen Regenschirm über die Dörfler.
Seine Pflegemutter Yashoda erwischte ihn einmal dabei, wie er ein paar *laddus* stahl. Wie üblich setzte er eine gekränkte Unschuldsmiene auf. Sie befahl ihm, den Mund zu öffnen, was er auch prompt tat. Sie blickte hinein und hatte eine Vision, die sie nie wieder vergaß: In Krishnas Mund war das ganze Universum, der gesamte Kosmos enthalten.
»Wie schaffst du es, all diese Dinge anzustellen und ungeschoren davonzukommen?«, fragte er Krishna oft. Als er älter wurde und von einer immer unbeherrschbareren Lüsternheit gepeinigt wurde, wollte er den Frauen des Palastes beim Baden zusehen und ihre

Kleider stehlen, genau wie es Krishna vom Ast eines Baumes am Ufer der Yamuna aus getan hatte. Er war tatsächlich hinunter zur Gambhiri gelaufen, als die Frauen der Stadt darin badeten. Sie waren zwar nicht nackt, aber die Brüste und Brustwarzen zeichneten sich deutlich durch den nassen Stoff ab. Er fing gerade an, einen schmerzhaft harten Ständer zu bekommen, als er entdeckt wurde und von Kausalya die Dresche seines Lebens bezog. Am liebsten hätte er ihr gesagt: Du hast mir doch selbst die Geschichte von Krishna und den Mädchen im Fluss erzählt, was ist jetzt also dabei, wenn ich es auch tue? Aber er tat's nicht, denn sie hätte ihm nur in die Augen gesehen, geschnaubt und ihm eine weitere Ohrfeige verpasst.

Als die Jahre vergingen, vergaß der Maharaj-Kumar das Krishna-Kind zwar nicht, doch er ließ es hinter sich zurück. Er las das Mahabharata, besonders bestimmte Teile davon, immer und immer wieder, und der erwachsene Krishna verwirrte und faszinierte ihn gleichzeitig zutiefst. Er schien fast alle Beziehungen zu seiner von Wundern wimmelnden Kindheit abgebrochen zu haben. Anders als die Ahnen des Maharaj-Kumar und alle übrigen Rajputen hielt Krishna äußerst wenig davon, sich als Held hervorzutun. Meist zog er es vor, abzuwarten und zu beobachten, den Diplomaten zu spielen, zu verhandeln, Konfrontationen so weit wie irgend möglich aus dem Weg zu gehen, den längeren Atem zu haben und ruhig zuzusehen, wie den anderen die Luft ausging. Die Zeit, schien er zu glauben, heilte nicht nur alle Wunden, sondern gab auch so ziemlich jedem Problem die Möglichkeit, sich von selbst zu lösen. Es war merkwürdig, ja es ging dem Maharaj-Kumar entschieden gegen den Strich und widersprach allem, was er für sakrosankt zu halten gelernt hatte, aber Krishna hob ihm zugeworfene Fehdehandschuhe eher selten auf. Wie sehr er auch provoziert werden mochte – er spielte auf Zeit. Und das war die Krux. Von tapferem und mannhaftem Handeln schien er überhaupt nichts zu halten. Wenn seine Verhandlungskünste scheiterten, wurde er hinterlistig und verschlagen. Der Krieg war für ihn nie eine Alternative, er war immer nur die Ultima Ratio, der wirklich allerletzte Ausweg, wenn jedes andere Überzeugungsmittel versagt hatte. Krishna war in gewissem Sinne für den gewaltigsten, längsten und blutigsten Krieg verantwortlich, der je ausgefochten wurde – den Krieg von Kurukshetra –,

aber er probierte jeden erdenklichen Trick, um ihn auf dem Verhandlungsweg doch noch zu vermeiden.
Der Maharaj-Kumar brauchte sehr lange, Jahre und Jahre, um zu begreifen, dass Krishna sich tief in seinem Inneren einen Dreck darum scherte, was die Leute von ihm dachten. Der Gott war sich seiner Sache sicher und wusste, was er wollte. Zu keinem Zeitpunkt seines Lebens hatte er es nötig, sich selbst etwas zu beweisen. Anders als Krishna mussten sich die Verwandten und Untertanen des Maharaj-Kumar dagegen fast täglich selbst davon überzeugen, dass sie ihren Mut noch nicht verloren hatten. Woher diese Unsicherheit kam, hätte er gar nicht sagen können. Warum lief der Ehrenkodex der Rajputen grundsätzlich immer darauf hinaus, dass sie ihr Leben opfern mussten? Warum befürchteten sie ständig, als Feiglinge angesehen zu werden? Dieser Ehrenkodex ließ keinerlei Raum für diplomatische Manöver oder für irgendeine andere Option, einschließlich der Intrige – etwas, dessen Kenntnis die Welt weitgehend Krishna verdankte.
Krishna hatte keine Probleme damit, den Schwanz einzukneifen und sich zurückzuziehen. Man sollte doch annehmen, dass er nichts eiliger zu tun haben würde, als seinen Onkel, den Tyrannen Kamsa, der alle seine Geschwister ermordet hatte, ins Jenseits zu befördern. Stattdessen ging ihm Krishna, so lange er überhaupt konnte, aus dem Weg. Als Jarasandha, vielleicht der schlimmste Despot überhaupt, drohte, Krishna und seine Untertanen in Mathura anzugreifen, trat Krishna nicht lediglich den Rückzug an – er räumte buchstäblich das Feld. Er nahm alle seine Untertanen und floh mit ihnen nach Dwarka. Und als es schließlich doch zum Entscheidungskampf kam, überließ er das Kämpfen dem mächtigen Krieger Bhishma. Als es so aussah, als würde Jarasandha die Oberhand gewinnen, brach Krishna ein Ästchen von einem Baum und spaltete es der Länge nach. Bhishma verstand den Wink. Er packte Jarasandha bei den Füßen und riss ihn auseinander.
Das vielleicht Wichtigste, was der Maharaj-Kumar Krishna verdankte, war eine bestimmte geistige Angewohnheit: nichts unbesehen zu glauben. Ererbtes Wissen ist etwas sehr Wertvolles, es ist schließlich das Destillat vielhundertjähriger Erfahrungen. Aber nur weil jemand sagt, etwas sei so, oder weil es, soweit man zurückden-

ken kann, schon immer so gesehen wurde, heißt es noch lange nicht, dass es auch wirklich so ist. Überprüfe. Hinterfrage. Zweifle an. Und wenn es sich als nötig erweist – aber nur, wenn die Vorteile die negativen Auswirkungen mehr als aufwiegen –, zögere nicht, gegen den Strom zu schwimmen. Er redete oft mit Krishna, erörterte das Für und Wider einer Situation oder eines Problems und zählte seine Argumente auf. Wenn er eine Strategie entwickeln oder eine Krise überstehen musste, waren Krishnas Taten sein Bezugsrahmen, seine Inspiration und sein Leitbild. Und dass er seine Lektion gut gelernt hatte, zeigte sich schon daran, dass er bereit war, selbst Krishnas Lehren zu hinterfragen und zu modifizieren.

Und da kam nun diese Frau daher und maßte sich an, den Blauen Gott in Beschlag zu nehmen!

11

Die neu gefundenen Freunde und Verehrer, ja selbst die alten Gefährten hatten Bahadur Khan verlassen. Das stimmt nicht ganz. Es war der Gestank, der sie vertrieben hatte. Von Zeit zu Zeit tauchte der Shahzada aus dem Fieber und den Giften auf, die sein Gehirn belagerten. Manchmal wusste er nicht, wo er war, und fragte nach seinem Vater. Der einzige Mensch außer mir, der sich in den vergangenen drei Tagen um ihn gekümmert hatte, war Kausalya. Er fragte mich wiederholt, ob ich eine geheime Vereinbarung mit seinem Vater getroffen hätte und ihn gefangen hielt. Er war sich nicht sicher, ob Kausalya seine Gemahlin, seine Mutter, eine Kurtisane oder eine Spionin war. Er sah sie flehentlich an und bat sie, ihren Einfluss bei mir geltend zu machen und seine baldige Freilassung zu erwirken. Sie nickte und sagte, sie würde mit mir reden, sobald ich allein sei.

»Mein Vater ist kein gewöhnlicher Mann«, klärte er sie auf. »Er ist der Sultan von Gujarat. Er wird jede Summe bezahlen, die der Prinz als Lösegeld verlangt. Ländereien, Elefanten, Pferde, was auch immer. Sikander mag der Älteste sein, aber sein Lieblingssohn bin ich.« Er hielt Kausalyas Hand fest und küsste sie mit den Lippen und den Augen. »Du hilfst mir, nicht wahr?« Er fing an zu weinen. »Ich habe niemanden außer dir, und wenn du mir nicht hilfst, wird mich der Maharaj-Kumar sterben lassen. Hast du gesehen, was er mir angetan hat? Er hat versucht, mich zu töten.«

»Wie hat er das angestellt?«, fragte ihn Kausalya. Er dachte lange darüber nach und flüsterte dann: »Er kennt die Löwen und Löwinnen von Chittor und Umgebung. Er hat einen von ihnen bezahlt, damit er mich tötet, aber ich habe ihn mit bloßen Händen bekämpft.«
Den Rest der Zeit, in der er halb bei Bewusstsein war, heulte er. Ich hätte ihm am liebsten die Zunge abgeschnitten, ihm einen dicken Holzpflock in den Rachen gerammt. Kausalya saß unbewegt da und sorgte dafür, dass ich mir wie ein verzogenes Kind vorkam.
Bahadur versinkt zusehends in den Schlaf ohne Wiederkehr. Er ist seit mindestens sechsunddreißig Stunden nicht bei Bewusstsein gewesen. Die Ärzte sind täglich zwei Mal gekommen, weil sie Angst hatten, sich sonst meinen Zorn zuzuziehen. Sie haben die Medikation von Zeit zu Zeit geändert, aber das war mehr meinetwegen als zum Wohle des Patienten. Meine Schwester Sumitra, daran bestand für mich kein Zweifel, hätte überlebt, wenn Vater dem Chirurgen erlaubt hätte, ihr das Bein zu amputieren. Aber was hätte der Chirurg bei Bahadur amputieren sollen? Seine verfaulenden Innereien? Oder das Loch in der Brust, direkt über dem Herzen?
Meine Gedanken kehrten zu Sumitra zurück. Ich wusste, was Vater durch den Kopf gegangen war, als er dem Chirurgen verboten hatte, sie zu operieren. Wenn sie sich wieder erholt hätte, dann wäre sie auf einem Bein durch die Gegend gehumpelt, und irgendwann hätte irgendein Rao oder Rawal seinen Sohn gezwungen, sie wegen der wünschenswerten Verbindung mit Chittor zu heiraten, und ihr Mann hätte sie wie einen Krüppel behandelt, sie beschimpft und verspottet und gedemütigt. Noch heute ertappe ich mich dabei, wie ich meinem Vater im stillen Kämmerlein meines Geistes erkläre, ich wäre von der entlegensten Ecke unseres Reiches losgestürmt und hätte ihrem Mann die Haut bei lebendigem Leib abgezogen, wenn er es auch nur gewagt hätte, die Stimme gegen sie zu erheben. Warum hätte sie nicht einfach bei uns bleiben können? Ich hätte für sie gesorgt.
Das hätte ich wirklich, aber das ist Unsinn, denn Sumitra ist nicht da, und ich benutze sie ständig als Ausrede, um mich nicht mit dem befassen zu müssen, was mir da ins Gesicht starrt. Wo blieb dieser verdammte Mangal? Trieb Puraji ein Spielchen mit mir, zahlte er es mir heim, dass ich nicht sofort gegen die wildernden Rajputen ein-

geschritten war? War der Medizinmann Eka schon vor Jahren gestorben, ohne dass ich etwas davon wusste?
Ich würde fast alles tun, um Bahadur am Leben zu halten, und dennoch gibt es Augenblicke, in denen ich mir vorstelle, welch eine unendliche Erleichterung sein Tod bedeuten würde. Ich wäre endlich frei, frei vom schauderhaften Fäulnisgeruch.
Wir werden einen hohen, breiten Scheiterhaufen aufschichten, und ich werde entschlossen aufstehen und meine Pflicht erfüllen, den *ghee* ausgießen, die Gebete für den ewigen Frieden seiner Seele sprechen und den Scheiterhaufen an Kopf- und Fußende und an den Seiten anzünden, bis er ringsum so gewaltig auflodert, dass der Himmel selbst in Flammen aufgeht. Mir wird bewusst, dass ich nicht ganz klar im Kopf bin. Der Prinz ist ja ein Moslem und wir werden ihn folglich begraben müssen, aber selbst alle Erde der Welt kann dieses widerliche ›Parfüm‹ nicht tilgen. Ich fordere die Arbeiter auf, tiefer zu graben. Wie tief, fragen sie. Ich denke an den nie versiegenden Brunnen, den mein Urgroßvater in Kumbhalgarh bohren ließ. Neunzig Meter tief. Eher mehr, auf keinen Fall weniger. Sie kommen nur langsam voran. Der fest in sein weißes Laken gewickelte Leichnam des Prinzen hat in der Sonne angefangen, ranzig zu werden. Ich ziehe meine Jacke aus, packe das Seil und klettere hinunter. Ich grabe wie ein Wahnsinniger, beschäme die Arbeiter, sporne sie durch mein Beispiel an, schneller zu hacken und zu schaufeln. Es ist Nacht. Wir machen weiter. Jemand bringt ein Meterband. Neunzig Meter. Wir hören auf und klettern wieder nach oben. Der Leichnam wird hinuntergelassen. Ich höre ihn wie einen unvorsichtig gehandhabten Eimer gegen die Wände des Brunnenschachts schlagen. Tief unten erklingt ein leiser Aufprall. Wir werfen die Seile hinein und beginnen, das Loch wieder zuzuschütten. Wir brauchen dazu drei Tage und Nächte. Ich klopfe die Erde fest und lege mich erschöpft darauf nieder. Gleich schlafe ich ein. Da nehme ich etwas in der Luft wahr. Es entrollt sich wie eine Schlange aus ihrem unterirdischen Nest. Bahadurs Ekelgeruch – wie eifrig, liebevoll er aufsteigt, mich zu umfangen! Wir machen uns wieder ans Graben.
Mangal. Gefolgt von einem Mann, von dem ich nur hoffen kann, dass es Eka ist. Ich will schon in die Luft gehen und fragen, wo zum Teufel sie sich so lange herumgetrieben haben, aber glücklicherwei-

se nimmt mich Eka überhaupt nicht zur Kenntnis. Mangal zieht mich beiseite und erklärt, Purajis Leibarzt habe einen ganzen Tag gebraucht, um die erforderlichen Pflanzen und Kräuter zu sammeln. Woher dieses Gefühl der Erleichterung, frage ich mich. Nichts hat sich geändert. Wenn überhaupt, dann ist für den Prinzen der Tod um vierundzwanzig Stunden näher gerückt. Ich will gerade gehen, als der Arzt mir zuruft: »Du wartest draußen, bis ich mit meiner Untersuchung fertig bin.«

Es ist sehr, sehr lange her, dass mich jemand so respektlos angeredet hat. Ich bin zugleich empört über seinen Mangel an Erziehung und dankbar. Wenn ich herumkommandiert werde, bedeutet es, dass jemand anders die Verantwortung trägt.

Eka ließ sich Zeit, rund eine halbe Stunde. In Abständen brachten Bahadurs Schreie die Festungsmauern zum Zittern. Eka lieferte eine exakte Diagnose.

»Seine Infektionen haben mehrere Ursachen. Die Zähne der Löwin, Staub und Schmutz. Seine Wunden hätten unter allen Umständen gesäubert werden müssen. Aber eine Unterlassung lässt sich nicht wieder rückgängig machen. Er hat ein furchtbares Trauma erlitten und viel Blut verloren. Und er hat schon seit mehreren Tagen Fieber. Ich werde ihn bewusstlos machen, sonst wird sein Organismus den Schock nicht überstehen. Dann werde ich seine Wunden reinigen. Wenn er es überlebt und wenn das Gift noch keine irreparablen Schäden verursacht hat, werde ich anschließend Kräuterumschläge und Verbände anlegen.

Wie stehen seine Chancen? Ich würde sie sehr niedrig ansetzen. Mit zwanzig bis allerhöchstens fünfundzwanzig Prozent. Das Einzige, was einen gewissen Grund zur Hoffnung bietet, ist seine Jugend. Wer nach all dem, was er durchgemacht hat, noch dermaßen schreien kann, muss robust sein wie ein Esel.

Soll ich mich an die Arbeit machen? Oder möchtest du lieber, dass ich mich darauf konzentriere, den Schmerz zu lindern?«

Er hatte die Frage und die Verantwortung für die nötige Entscheidung wieder mir zugeworfen. War es das, was Königsein bedeutete? Vermutlich ja.

»Kann die Linderung seines Schmerzes bewirken, dass er durchkommt?«

»Nein. Aber wie ich schon erklärt habe, kann dies die andere Behandlung auch nicht garantieren.«
»Aber wenn überhaupt eine Hoffnung besteht, liegt sie dann bei der ersteren Vorgehensweise?«
»Ich stelle fest, dass du versuchst, dir die Entscheidung von mir abnehmen zu lassen ...«
»Das tue ich nicht«, wies ich ihn entschieden zurecht. »Aber bevor ich meine Entscheidung treffe, muss ich alle Fakten kennen.«
»Es besteht durchaus die Möglichkeit, dass ich durch das ganze Herumgestochere und Geschabe seinen Tod nur beschleunige, aber andererseits gibt's nicht viel, was man sonst für ihn tun könnte.«
»In Ordnung. Wir riskieren es. Mach ihn sauber.«

»Sprichst du deine Gebete für die Genesung Seiner Hoheit, Shahzada Bahadur?«, fragte ich den *Mullah*, der mich einen knappen halben Kilometer vom Palast entfernt am Straßenrand erwartete.
»Ja, Eure Hoheit, fünf Mal am Tag.«
»Scheinen ja nicht sehr wirkungsvoll zu sein, wie? Vielleicht solltest du sie häufiger sprechen und mit etwas mehr Inbrunst.«
»Sie kommen direkt aus dem Herzen, Herr.«
»Und betest du jemals für unsere Gesundheit, Mullah?«
»Jeden Tag, Maharaj-Kumar.«
Vielleicht tat er das wirklich. Anders als ich, der ich weder für mein noch für sein Seelenheil betete.
»Ich komme mit einer Bitte zu Euch, Herr.«
Das hätte ich mir denken können. Man bekommt nichts geschenkt. Was wollte er? Einen Posten bei der Armee für seinen Sohn? Oder eine Versetzung in den zivilen Dienst? Ich wartete darauf, dass er weitersprach.
»Unsere Moschee, Herr, ist baufällig. Würde Euer Majestät es in Erwägung ziehen, den Wiederaufbau durch eine Spende aus der Staatskasse zu unterstützen?«
»Nein.« Das kam schärfer heraus, als ich es beabsichtigt hatte.
»Aber erst letztes Jahr hat Seine Majestät der Rana eine große Summe für den Bau eines Shivatempels und einer jainistischen Kultstätte gestiftet.«

»Sag mir eins, Mullah. Würde ein muslimischer König es in Erwägung ziehen, auch nur eine kleine Summe für die Instandhaltung eines hinduistischen Heiligtums zu spenden?«
Er sah geknickt drein und wandte sich ab. »Aber ich werde mir die Sache durch den Kopf gehen lassen.« Nach der Abfuhr, die ich ihm gerade erteilt hatte, schien ihn das zu rühren.
»Möge Allah Euch behüten.«
Ich sah ihm nach und rief ihn noch einmal an: »Mullah, das ist jetzt keine Bedingung, aber ich würde es zu schätzen wissen, wenn deine Gebete dazu beitrügen, die Gesundheit meines Freundes, des Shahzada, wiederherzustellen.«

Es war das siebte Mal in sieben Tagen, dass ich den Eklingji-Tempel besuchte. Die Wachen trieben die Menge vor mir auseinander. Ich bezahlte den Oberpriester für den *abhishek* und fragte ihn, ob er mich für ein paar Minuten allein lassen könnte. Sobald er hinausgegangen war, warf ich mich nieder. Mein Geist war wie betäubt. Shiva ist der Zerstörer, aber es heißt, dass er nur zerstört, um neu zu erschaffen. Ich finde es einfach unmöglich, mit Gott zu feilschen – du gibst mir dies und ich geb dir dafür das –, und ich verabscheue es, ihn als Beschwerdebriefkasten zu missbrauchen. Ich lag flach auf dem Bauch und sprach siebzehn Mal seinen Namen, dann sagte ich: »Möge es dir wohl ergehen, oh Gott. Ich hoffe, du wirst auch für unser Wohlergehen sorgen. Bahadur ist ebenso sehr dein Gast wie meiner. Wir haben unsere Gäste schon immer ehrenvoll und großzügig behandelt. Ich vertraue darauf, dass wir sie auch diesmal nicht enttäuschen werden. Möge deine gesegnete Hand auf meinem und Bahadurs Haupt ruhen.«
Ich umrundete Eklingji zehn Mal und ging nach Hause.

Im Palast saß Lilavati auf einer Schaukel. Ohne nachzudenken, rannte ich auf sie zu. Sie warf sich mir von der Schaukel aus direkt an die Brust und umarmte mich. Sie ließ nicht los und ich hatte ebenso wenig vor, sie loszulassen. Ich musste in einer früheren Existenz einiges Gute angestellt haben, um ein solch vorbehaltloses Vertrauen zu verdienen.
»Wo bist du nur die letzten Tage gewesen?«

»Musst gerade du fragen. Du kommst doch nie zu uns.«
»Eitel bist du gar nicht, wie?« Wenn du im Unrecht bist, geh zur Offensive über. »Du hättest ja schließlich auch kommen können.«
»Ich hab Vater und Dadaji jeden Tag gefragt. Aber sie sagten immer, du wärst beschäftigt und dürftest nicht gestört werden.«
»Wenn ich so beschäftigt bin, wie sie sagen, wie kommt es dann, dass du heute hier bist?«
»Mit Verlaub, man hat mich eingeladen.«
Ich sah sie flüchtig hinter dem Vorhang. Was hatte sie vor? Zwischen den Flötenspieler und mich hatte sie schon einen Keil getrieben. Wollte sie mir jetzt auch dieses Kind wegnehmen? Lilavati ist meine einzige lebende Verbindung zu meiner Schwester Sumitra. Ich hatte nicht die Absicht, sie zu verlieren. Ich musste mich ernsthaft bedroht fühlen – ich machte schon den Mund auf, um Lilavati die blödsinnige Frage zu stellen, die jedes Kind wenigstens einmal am Tag zu hören bekommt: Wen liebst du mehr, sie oder mich? Zum Glück unterbrach mich Lilavati.
»Was hast du mir mitgebracht?«
Ich gab ihr Eklingjis *prasad*, um Zeit zum Nachdenken zu gewinnen. Sie war so lange nicht mehr da gewesen, dass ich aufgehört hatte, mich mit Halwa und anderen Süßigkeiten einzudecken.
»Du wartest hier. Mach die Augen zu. Rühr dich nicht vom Fleck. Nicht einen Zentimeter. Nicht einen Millimeter.«
»Was, wenn ich's doch tu?«
»Dann wirst du zu Stein.«
Sie machte ein Auge einen Spalt breit auf, um zu sehen, ob ich sie beobachtete.
»Vorsicht, mein Fräulein!«
Sie klappte das Auge rasch wieder zu. Ich rannte hinaus in den Garten, pflückte ein Dutzend Rosen, dann machte ich kehrt, ging auf den Dachboden, wo meine Spielsachen aufbewahrt wurden, und holte aus der Flasche, in der ich sie vor vielen, vielen Jahren gehortet hatte, zehn Murmeln heraus. Als ich zurückkam, stand sie noch immer mit geschlossenen Augen da.
»Darf ich die Augen öffnen?«
Ich küsste sie auf das linke und dann auf das rechte Auge. »Jetzt darfst du.« Ich reichte ihr den Strauß. Es war ein so unerwartetes

Geschenk, dass sie ein leicht zögerndes, nachdenkliches Gesicht machte.
»Bedeutet das, dass du mich liebst?«
»Habe ich doch schon immer und werd's auch immer tun, Dummköpfchen.«
»Für immer und ewig?«
»Ja. Sieben Leben lang und mehr.«
»Schau, wer jetzt der Dummkopf ist! Nicht du, sondern ich muss darum bitten, dich in meinen nächsten sieben Existenzen als Ehemann zu bekommen, wenn ich beim *Vat-Savitri*-Fest die Schnur um den *Banyan*-Baum binde!«
Der Vorhang bewegte sich unmerklich. Grünauge belauschte unser Gespräch. Lilavati entging nicht, wie sich meine Gesichtsmuskeln spannten.
»Diese Blumen sind ein Zeichen unserer Verlobung, nicht wahr?«
Ist das der Sinn von Blumen? Wenn ich meiner Frau welche schenke, sind wir dann auch verheiratet? Lilavati begann schon wegen meines Schweigens zu verzweifeln.
»Ja.«
Sie lächelte und gab mir eine der Blumen zurück. »Bitte schön, jetzt ist die Heirat besiegelt.«
»Willst du noch lange weiterplappern, oder bekomme ich vielleicht auch mal die Gelegenheit, dir dein zweites Geschenk zu geben?«
Ich gab ihr die Murmeln. Ihre Augen strahlten vor Freude.
»Virdev, Raghudev, Ashok Simha, Pratap können sich alle zum Teufel scheren. Jetzt brauche ich ihre Murmeln nicht mehr und ich pfeif auch darauf, ob sie mit mir spielen oder nicht! Jetzt kann ich mein eigenes Spiel anfangen! Du hast noch gar nicht gefragt, was ich dir mitgebracht habe.«
»Ich bin sicher, du wirst es mir auch so verraten.«
»Das war's. Ich werde dir nicht sagen, was es ist, und ich werde es jemand, der so eingebildet ist wie du, auch ganz bestimmt nicht schenken.«
Ich entschuldigte mich. Ich flehte um Vergebung.
Sie hatte nicht vor, mir zu verzeihen. »Ich hab sie mit meinen eigenen Händen gemacht.« Nur für den Fall, dass ich das Interesse verloren hätte.

»Was denn?«, fragte ich unschuldig.
»Himmel-und-Hölle-Muscheln.«
»Da, du hast es mir doch gesagt!« Das brachte mir einen Hagel von Fausthieben ein.
»Du hast mich dazu gebracht! Du hast mich ausgetrickst!«
»Selber schuld.«
»Das zahl ich dir heim. Und ob ich das tu!«
»Wollen wir nun spielen oder nur dumm rumquasseln?«
»Willst du wirklich Himmel und Hölle mit mir spielen?« Sie konnte vor Glück nicht an sich halten. Sie holte die Muscheln heraus. Sie hatte sie mit phosphoreszierendem Zinnober bemalt. »Siehst du, so kannst du sogar mitten in der Nacht damit spielen.«
Grünauge schaute uns vom Fenster aus zu, wie wir den ganzen Abend lang spielten. Als ich einmal stolperte und der Länge nach hinfiel, meinte ich, sie lachen zu hören.

Es war die erste Nacht seit dem Jagdunfall des Prinzen, in der ich schlief. Ich wurde gegen halb zwei geweckt. Der Stammesarzt ließ mir etwas ausrichten. Er könne beim Prinzen praktisch keinen Puls mehr fühlen. Wenn ich mich von ihm verabschieden wolle, dann sei der Augenblick dafür gekommen.
»Ist er wach?«
»Nein, Eure Hoheit.« War die respektvolle Anrede als Entschädigung für seine Unfähigkeit gedacht, das Schicksal meines Gastes zum Guten zu wenden? Wenn er nicht wach war, was hatte es dann für einen Sinn, mich zu wecken? Sollte ich vielleicht bei ihm wachen? Ein Gebet für sein Seelenheil sprechen? Er musste meine Gedanken gelesen haben.
»Manchmal wachen sie auf und sind bei völlig klarem Bewusstsein, ehe sie in andere Welten ziehen.«
Als ob ich das nicht wüsste. Aber einmal reichte mir. Was hätte ich ihm auch sagen sollen?
Der Shahzada wachte in dieser Nacht nicht auf.
Ich sah keinen Sinn darin, mich wieder schlafen zu legen. Nach einem kurzen Bad in der Gambhiri – das Wasser erschien mir eiskalt, aber vielleicht war ich auch bloß nicht in guter Verfassung –, begab ich mich zu Lakshman Simhajis Amtsräumen.

Ich hatte Raja Puraji Kikas Beschwerde vor einem knappen Monat mit ihm besprochen, die Angelegenheit dann aber nicht weiterverfolgt. Er meinte, wir sollten unsere Adligen aus den Grenzregionen nach Chittor rufen und sie auffordern, sich in der Sache zu äußern.
»Steht denn zu erwarten, dass sie sich der Wilderei schuldig bekennen, wenn – und ich räume ein, dass es ein großes Wenn ist – sie es tatsächlich sein sollten?«
»Ich würde sie gern für ehrliche Männer halten. Aber selbst wenn sie lügen, werden sie sich früher oder später verraten.«
»Wenn sie ehrliche Männer wären, dann würden sie den Bhils kein Land wegnehmen. Raja Puraji dürfte kaum diese Beschwerde vorgebracht haben, ohne sich vorher genau informiert zu haben. Aber damit hängt eine weitere, dringende Angelegenheit zusammen. Abgesehen davon, dass wir beide nachlässig gewesen sind, möchte ich unseren Nachbarn das deutliche Signal geben, dass wir ihre Freundschaft, wenn sie uns angeboten wird, zu schätzen wissen und alles in unserer Macht Stehende tun werden, um sie zu festigen.«
»Na schön, aber warum die Eile? Lediglich weil der Bhil-König Euer ehemaliger Schulkamerad ist?«
»Nein. Ich höre mir die Heldenlieder an, die die *charans* und anderen Barden singen, und ich traue meinen Ohren nicht. Wisst Ihr eigentlich, wie viele unserer Kriege allein während der letzten fünfzig Jahre mit einer belanglosen Grenzstreitigkeit begonnen haben, ausgelöst durch einen kleinen Landedelmann, dem die Raffgier zu Kopf gestiegen war? Jeder Freund, den wir finden und behalten, ist mindestens ein Krieg weniger.«
Er sprach eine Minute lang kein Wort.
»Ich werde nach Hada Parbat schicken.«
»Verraten wir dadurch nicht alles?«
»Vertraut mir, Maharaj-Kumar. Er wird die fehlgeleiteten Grundbesitzer treffen und sich sehr verständnisvoll über Landdiebstahl und Wilderei äußern und ihnen dadurch sämtliche Informationen, die wir benötigen, aus der Nase ziehen. Wenn er genaue Instruktionen erhält, ist er ein fähiger Mann. Er soll morgen aufbrechen.«
Er hatte Recht. Ich schickte Raja Puraji Kika einen Kurier mit der Botschaft, ich hätte eine Untersuchung eingeleitet und würde ihn auf dem Laufenden halten.

Um zehn hatte ich ein Treffen mit Rawat Jai Simha Balech. Er war mir etwas schuldig und ich wollte das Eisen schmieden, solange es heiß war. Ich erkundigte mich nach seiner Familie, insbesondere seinen Söhnen, und ging dann sofort zum Geschäftlichen über.
»Ich habe deinen Bericht gelesen. Ich stimme mit deiner Analyse überein, dass wir hinsichtlich unserer Bewaffnung und Ausrüstung unseren Nachbarreichen zumindest ebenbürtig sind. In vielen Fällen haben sich unsere Elefanten als ein wichtiger Faktor zu unseren Gunsten erwiesen. Aber erinnerst du dich, was du uns auf der Akademie beigebracht hast? Der Unterschied zwischen Bronze und Eisen bedingte in der Wehrtechnik einen phänomenalen Sprung nach vorn, nicht lediglich einen graduellen Fortschritt, sondern geradezu einen qualitativen Umschwung. Beide Seiten kämpften mit Schwertern, aber gegen Eisen waren die Bronzeklingen so weich wie Ton. Nach den Berichten zu urteilen, die uns aus dem Nordwesten, aus der Türkei und jenseits davon erreichen, scheint die Rüstungstechnologie revolutionäre Veränderungen durchzumachen. Ich rede nicht von Luntenschlossgewehren. Ich habe gehört, dass sie jetzt sehr, sehr große Geschütze haben, ich weiß nicht genau, wie sie bezeichnet werden, aber schon zehn, zwölf dieser Feuerrohre können gewaltige Verheerungen in den feindlichen Reihen anrichten, bevor es überhaupt zum Nahkampf kommt.
Wenn wir uns nicht mit dem neuen Waffenmaterial vertraut machen, werden wir uns in der Situation der Krieger mit Bronzeschwertern wiederfinden, die mit eisernen Waffen konfrontiert wurden.«
Er hörte mir mit respektvoller Aufmerksamkeit zu; ich war schließlich der Maharaj-Kumar, aber ich wollte nicht, dass er mir jetzt nach dem Mund redete.
»Das alles wird Zeit in Anspruch nehmen. Bis wann glaubst du, sämtliche Informationen zu diesem Thema zusammentragen zu können? Namen, Konstruktionszeichnungen, effektive Reichweite, die chemische Zusammensetzung des Schießpulvers sowie die zur Herstellung der Geschütze angewendete Gusstechnik. Wer hat die Kenntnisse und wer verkauft sie? Lass dir mehrere Angebote machen. Und schließlich: Wo können wir die Berater und Lehrer anwerben, die unsere Männer ausbilden werden?«

Er sah völlig verdutzt aus. Ich war zu schnell vorgeprescht. Vielleicht hätte ich ihm die Sache schrittweise unterbreiten sollen.

»Wird Euer Vater mit all dem einverstanden sein?«

»Ob es Vater passt oder nicht, die neue Technik wird uns alle einholen. Das ist nun einmal die Natur des Fortschritts. Das Mindeste, was wir tun können, ist, mit ihm Schritt zu halten. Andernfalls wird das jemand anderes tun, und das wird für uns das Ende bedeuten.« Ich beschloss, ihm einen Stichtag zu setzen, sowohl um die Diskussion zu beenden als auch um die Wichtigkeit des Projekts zu unterstreichen. »Ich habe für das Projekt dreißigtausend Tankas aus dem Verteidigungsetat abgezweigt. Ich möchte in zwei Monaten einen vorläufigen Bericht haben und in fünf Monaten einen detaillierten. Ich schlage vor, dass du dieser Angelegenheit oberste Priorität einräumst.«

Sobald er gegangen war, öffnete ich die Post. Zwei Briefe betrafen Abgabenzahlungen. Der eine, aus Sirohi, erklärte, sie bedauerten die Verspätung, aber alle Steuern würden binnen zwei Wochen bezahlt werden. Der andere kam aus Mandasaur und überschlug sich vor Höflichkeitsfloskeln, so dass man sofort merkte, dass sie Zeit zu schinden versuchten. Sie erzählten das Übliche, der Monsunregen sei ausgeblieben, so dass es keine Ernte gebe, außerdem herrsche in der Staatskasse infolge der jüngst geführten Kriege gähnende Leere. Ob wir sie also bitte umschulden und ihnen die Zinsen erlassen könnten? Kam gar nicht in Frage. Ich würde ihnen morgen schreiben. Der Monsun war anfangs tatsächlich schwach gewesen, hatte aber dann sehr schön aufgeholt, die Frühlingsernte würde also reichlich ausfallen, und was die von ihnen angeführten Kriege betraf, so lagen sie schon über anderthalb Jahre zurück. Zum Zeichen der besonderen Wertschätzung, deren sie sich bei uns erfreuten, würden wir ihnen eine Nachfrist von sechzig Tagen einräumen.

Ein Brief kam von Vater. Er hatte gehört, Mahmud Shah Khalji von Malwa werde mal wieder unruhig, und fragte sich, ob wir eine Zeit lang seine Post abfangen, lesen, wieder versiegeln und an den Adressaten weiterleiten könnten. Außerdem bat er, ihm Berichte über die Aufklärungstätigkeit im Nordosten zukommen lassen. Was hatte er vor? Ibrahim Lodi, der Sultan von Delhi, befand sich zweifellos auf

dem absteigenden Ast, aber plante Vater tätsächlich, endlich gegen ihn zu marschieren?
Eines musste man Vater lassen. Seine Beziehungen zu den anderen rajputischen Fürstentümern und Königreichen waren – ganz anders als unter seinen Vorgängern – mustergültig. So sehr er auch provoziert werden mochte, er ließ es nie zu einem innerrajputischen militärischen Konflikt kommen. Man schaue sich dagegen die Berichte und die Korrespondenz meines Großvaters Raimul, ja selbst meines Onkels Prithviraj an; sie führten ständig Krieg gegen ihre eigene Sippe. Wenn Vater die Gelegenheit bekommt, noch weitere vierzig Jahre zu regieren, wird er nicht nur einen neuen Rekord für Frieden unter den Rajputenstaaten schaffen, sondern auch etwas weit Wichtigeres beweisen: dass wir uns, wenn wir nur wollen, keineswegs dauernd gegenseitig bekriegen und totschlagen müssen, um uns zu beweisen, dass wir am Leben sind, und dass die Dividenden des Friedens in den Fortschritt des Staates investiert werden können. Ist es nicht absurd, dass ich es niemals wagen würde, diese Gedanken vor wem auch immer zu äußern, am allerwenigsten aber vor Vater? Sie würden hochgradig verlogen klingen. Schließlich muss Vater – wie übrigens jeder andere Monarch auch – seinen ältesten Sohn naturgemäß als die größte ihm persönlich drohende Gefahr ansehen.
Ich empfinde es als tragisch, dass Vater und ich uns niemals nahe sein können. Er muss jede meiner Bewegungen mit Argwohn beobachten. Es muss ihn eine ungewöhnliche Portion Mut gekostet haben, mich für die Dauer seiner Abwesenheit zum Regenten zu ernennen. Sorgt er sich jetzt jede Nacht, ich könnte die Flagge der Rebellion hissen und den Thron usurpieren? Oder meine Männer könnten genau in diesem Moment dabei sein, seinen Wein zu vergiften? Plane ich die Ermordung meiner Geschwister? Schließlich ist die Erinnerung an den Hatyara Udai in seinem Gedächtnis noch frischer als in meinem, und das Wettrennen zum Thron zwischen ihm und seinen Brüdern Prithviraj und Jaimal muss ein Albtraum gewesen sein, der ihn noch immer Tag und Nacht verfolgt. Außerdem sind Vater- und Brudermord gewiss kein rajputisches Monopol. Siehe beispielsweise unseren Gast Bahadur und seine Ambitionen auf die Krone, obwohl er in der Erbfolge nur die Nummer zwei ist.

Wenn Vater zusätzlich zu seinen äußeren Feinden noch sieben weitere im eigenen Haus hatte, so drohte mir immerhin von sechs von ihnen Gefahr: von meinen Brüdern Rattan, Vikramaditya, Karan, Parvat, Krishnadas und Udai. Vikramaditya war in flagranti ertappt worden. Die anderen waren nur insofern unschuldig, als sie den Grips und das Glück gehabt hatten, sich – wenigstens bis jetzt – nicht erwischen zu lassen. Und was würde geschehen, wenn ich Kinder bekäme? Nicht viel. Das Risiko würde sich lediglich proportional zur Anzahl der von mir gezeugten Söhne erhöhen. Das einzige Gegenmittel bestand darin, sie alle direkt nach der Geburt zu töten oder sie in irgendeinem entlegenen Gefängnis einzusperren und den Schlüssel wegzuwerfen.

Nein, ernsthaft, wie bringe ich Vater dazu, über ein Thema, das ihm mit Sicherheit niemals aus dem Kopf geht, gelassen und vernünftig nachzudenken? Wie und wann wird dieses Schwert, das über unser aller Köpfen hängt, von uns genommen werden?

Ich wartete im Chandra Mahal auf Sunheria. Manchmal kam sie, manchmal auch nicht. Ich stand tausend Ängste aus, wenn sie kam, und verzweifelte, wenn sie ausblieb. Sie erwartete nichts, sie wartete auf niemanden, sie war niemals enttäuscht. Ist es das, was man unter einer starken Frau versteht? Wenn ihr Mann davon erfuhr, wenn ich sie verließ, wenn meine Frau Anspruch auf mich erhob – sei's drum, sie würde weiterziehen. Wohin weiterziehen, in welche Richtung gehen, wusste sie nicht und bekümmerte sie auch nicht. Denn Wissen und Bekümmern nützte auch nicht viel. Sie trug all diese kostbaren Kleider mit einer achtlosen Nonchalance, die sie, ohne dass es ihr bewusst gewesen wäre, noch begehrenswerter und verführerischer machte. Sie liebte es, zu den abwegigsten Uhrzeiten in Essig eingelegtes Obst und Gemüse zu essen. Das letzte Mal, als sie hier war, ließ sie etwas davon auf ihre kostbare Seiden-Chunni fallen.

»Ich kriege sowieso einen Mordsärger«, sagte sie. »Da kann ich mir genauso gut die Finger damit abwischen.« Sie tat es. Wollte sie sich damit interessant machen? Sie sah mich an und sagte: »Keine Sorge. Ich wasch die Flecken gleich raus. Und ich werde Euch mit meinen

scharfen Chili-Fingern nicht anrühren.« Letzteres erleichterte mich. Ich kann Essensgeruch an meinen oder sonst jemandes Fingern nicht ertragen.
Als sie zurückkam, war ihr Haar offen und tropfnass. Sie zog mich aus und drückte mich sanft aufs Bett. Sie schloss mir die Augen und ließ ihr Haar zart über meine Beine, meinen Bauch, meine Brust und dann mein Gesicht streichen. Ich hatte bis dahin nicht geahnt, welch heilsame Wirkung Wasser und das leichte Kitzeln von Haaren auf den Körper haben können. Sie ließ das Haar eine Weile auf meine Augen tropfen. Es schien alle Hitze und Müdigkeit und Anspannung aus ihnen herauszusaugen. Sie ging wieder hinaus, machte ihr Haar erneut nass und kam zurück. Sie drehte mich auf den Bauch. Diesmal fing sie bei meinen Gesäßbacken an und ließ ihre Haare wilde, trunkene Kurven über meinen Rücken schreiben. Mein Körper verkrampfte sich vor Neugier, ob sie im nächsten Moment einen Schlenker machen oder einfach so weiter über meine Haut schweben würden. Das Wasser sickerte ein und die Muskeln entspannten sich. Langsam erschlaffte ich in jedem einzelnen Teilchen meines Fleisches und meiner Knochen.
»Schlaft«, sagte sie, »Liebe machen wir dann, wenn Ihr wieder aufwacht.«
Da sie nie an die nächste Minute, an die nächste Mahlzeit oder an den nächsten Tag dachte, war sie nicht in Eile. Was sie auch zu tun hatte, konnte sie heute tun, morgen, vielleicht auch nie.
Würde sie heute kommen? Was war jeweils der Grund ihrer Besuche? War es eine Laune, ein plötzlicher Impuls oder vielleicht etwas so Simples wie der Umstand, dass ihr Mann an dem bestimmten Abend früh einschlief?
»Letzteres nie. Man sollte den Zufall nicht überstrapazieren. Wenn ich möchte, dass er schläft, gebe ich ihm Milch mit Zucker und rühr noch etwas anderes mit hinein. Dann schläft er wie ein Baby.«
»Das solltest du mir auch geben.«
»In Euch ist kein Kind. Mein Mann hat mehr Glück als Ihr. Selbst in seinem Alter kann er noch stundenlang durchschlafen. Ihr aber schlaft immer weniger. Ihr sorgt Euch zu viel, Maharaj-Kumar.«
Mein Kopf lag in ihrem Schoß und sie streichelte mir die Stirn.
»Ist das gut oder schlecht?«

»Jedem das Seine. Vergesst das Prinzsein und Ihr werdet weniger unglücklich sein.«
Ihre Armreifen stellten eine Lektion in Sachen Disziplin dar. Wie ungeduldig ich auch sein mochte – sie bremsten mich. Je ungeschickter und zappeliger ich beim Versuch wurde, sie abzustreifen, desto widerspenstiger gebärdeten sie sich. Es war zwar niemand in der Nähe – das ist nicht ganz richtig, denn im Chandra Mahal treibt sich, wie in jedem anderen Palast, immer irgendjemand herum –, aber ich verabscheute das klappernde Geräusch, das sie verursachten. Es machte mich entsetzlich nervös. Das klappt nur, sagte ich mir, wenn ich mich beruhige, meine Nerven entspanne. Sie bot an, sie sich selbst abzustreifen, wie sie es beim ersten Mal getan hatte. Aber ich ließ es nicht zu. Es hatte etwas rätselhaft Erotisches, ihre Hand sanft zusammenzudrücken, und wenn sie wie weiches Wachs geworden war, schlaff und entspannt, den ersten Armreif auf den gefliesten Boden klacken zu lassen, und dann ihren Arm, wie wenn der Mond aus einer Wolkenbank tritt, nach und nach entblößt zu sehen. Liegt das Mysterium des Körpers in der Kleidung? Liegt es in den Knoten, die die Bänder zusammenknüpfen, die die Kleider zusammenhalten? Liegt es darin, die eigenen Finger dabei zu beobachten, wie sie das Leibchen abstreifen und den Rock fallen lassen und dann beides wieder anziehen? Darin, seine Hände den Höhen und Senken und Furchen anzupassen, denen sie am anderen Körper begegnen? Bedeutet Sex, Sunheria dabei zuzuschauen, wie sie sich hinterher die Fußkettchen wieder anlegt? Zuzusehen, wie sie ihr Haar schüttelt, es dann zusammenfasst und zu einem kunstvollen Knoten schlingt? Wie sie mit dem rechten Zeigefinger etwas Zinnoberpulver aufnimmt, mühelos den exakten Mittelpunkt ihrer Stirn berührt und dort einen makellosen Tika malt? Wie sie mit den zwei hohl aneinander gehaltenen Händen Wasser aus dem Eimer schöpft, die Augen schließt und sich das Wasser ins Gesicht spritzt? Sind es all diese unbewussten und fast unabsichtlichen, vollkommen alltäglichen Gesten?
Entspanne mich, Sunheria. Press deine Hände auf die straffen Sehnen meines Rückens. Zieh deine Daumen die tiefen Furchen an meinem Rückgrat entlang. Reib deine Finger in meine Schläfen, bis sie aufplatzen und die Windungen meines Gehirns sich von innen he-

raus entrollen. Grab in die Vertiefungen meiner Fußsohlen, entkorke meine Druckpunkte und lass mich auslaufen.
In dieser Nacht erschien sie nicht.

Bereits einen Kilometer vor dem Gästepalast wusste ich es. Der Geruch hatte sich verzogen. Lebt wohl, Prinz, sagte ich und beschleunigte meinen Schritt. Plötzlich war mir jede Angst genommen, jede Befürchtung, Bahadurs Tod bekannt geben zu müssen. Jetzt war es passiert und ich wusste genau, wie ich vorgehen musste. Den Brief an seinen Vater hatte ich im Kopf schon fix und fertig. Wir würden ein königliches Begräbnis veranstalten. Vielleicht würde dies den Krieg zwischen Sultan Muzaffar Shah und Vater beenden. Dann wäre Bahadur doch noch zu etwas nütze gewesen.
Stattdessen saß er, durch mehrere Kissen gestützt, aufrecht im Bett. Sein Zimmer war von einem vormorgendlichen Licht erfüllt. Ich umarmte ihn, drückte ihn an meine Brust und küsste ihn auf die Stirn. »Ach Bahadur, ich dachte schon, wir hätten Euch verloren!«
»Vergebt mir, Maharaj-Kumar, für das, was Ihr meinetwegen durchgemacht habt. Keiner meiner Brüder hätte getan, was Ihr für mich getan habt. Ich stehe in Eurer Schuld, ich stehe tief in Eurer Schuld.« Er verlor die Besinnung.
»Lasst ihn jetzt ruhen und wieder zu Kräften kommen«, sagte Eka ruhig zu mir.
»Das Haus Mewar ist dir zu Dank verpflichtet, Ekaji. Du hast unseren Gast und unsere Ehre gerettet, und diesmal glaube ich meine Prioritäten richtig gesetzt zu haben. Von heute an sollst du Ehren-Leibarzt des Königshauses von Mewar sein. In Anerkennung der Dienste, die du uns geleistet hast, belehnt dich der Staat mit Mujadi und zehn weiteren Dörfern am Ufer der Gambhiri, wo sie Bhil-Territorium berührt.« Ich ließ seine Hände los. »Bitte geh noch nicht. Bleib, bis er ganz außer Gefahr ist.«
»Das war meine Absicht, Maharaj-Kumar.«

Ich ging zum Eklingji-Tempel und sprach meine Dankgebete. Shiva hatte den Shahzada nahezu zerstört und jetzt hatte er ihn gleichsam aus seiner eigenen Asche wiedererschaffen. Es ist nicht Stolz, sagte ich ihm, was mich daran hindert, dich um irgendetwas zu bitten. Es ist die Tatsache, dass du schon alles weißt. Danke noch einmal.

Die nächsten sieben Tage lang verstummten im Trommelhaus die *shahnais* nicht, und jeden Morgen brachte ich von einem der Erker aus, die zur aufgehenden Sonne gewandt aus den Palastmauern hervorragten, dem Begründer unserer Dynastie, dem Sonnengott, meine Gebete dar. »Möge dein Licht stets auf uns scheinen und mögest du Mewar stets aus seinen dunkelsten Stunden erlösen.«

Es war ein ungleicher Kampf.
Kein Armageddon dies, nur eines Gottes Laune.

12

Er kehrte gerade von der Arbeit heim, als er den Gesang zum ersten Mal hörte. Die Stimme klang leise und sehr fern, und er wusste nicht, ob sie aus dem Herzen der Stadt kam oder aus einem der exklusiven Wohnbereiche der Zitadelle hinter dem Khetan-Rani-Palast. Merkwürdig, er hatte gerade gedacht, dass er jetzt, wo es dem Shahzada besser ging, zur Feier seiner Genesung ein Fest mit Musik veranstalten sollte. Er hatte die Stimme noch nie gehört. Abgesehen von seinem Vater gab es nur zwei Männer, die musikverliebt genug waren, um ein neues Talent ins Land zu holen: seinen Onkel Lakshman Simha und Narbad Simha, den Oberkommandierenden der Infanterie. Da Letzterer mit seinem Vater im Krieg war, musste es Lakshman Simha sein. Wer aber war die Künstlerin?
Er blieb regungslos stehen und ließ die Stimme über sich hinwegfluten. Aus irgendeinem Grund, den er selbst nicht hätte erklären können, fand er sowohl den Klang als auch den *raga* selbst weit bewegender, wenn er Musik zufällig, zum Beispiel aus dem Fenster eines fremden Hauses oder während er eine Treppe oder einen Berg hinaufstieg, hörte. Sein Urgroßvater war ein guter Musiker und hervorragender Musikkenner gewesen. Große Sängerinnen und Sänger, selbst solche, die bereits einen königlichen Gönner hatten, betrachteten es als ein Privileg, von Rana Kumbha eingeladen zu werden. Und wenn man ohne Protektion war oder bei seinem Gönner in Ungnade fiel, fand man an Rana Kumbhas Hof immer einen Platz.

Niemand hatte den Maharaj-Kumar auf systematische Weise in die hochkomplexen Gesetze der klassischen Musik eingeführt. Als vierjähriger Junge hatte er fünf oder sechs Stunden lang aufrecht im Lotossitz ausgeharrt, während der Sänger oder Instrumentalist einen Raga entwickelte. Gnade ihm Gott, wenn er unruhig wurde: Dann drehte sich seines Vaters Kopf langsam herum und sein heiles Auge kam auf ihm zu ruhen. Es brauchte nur ein paar Sekunden, um ihn in ein Häuflein Asche zu verwandeln. Alles, was von ihm übrig blieb, war eine Pfütze auf seinem Sitzpolster.

Wenn ein Prinz oder eine Prinzessin sich auch über dieses Alter hinaus für Musik zu interessieren schien, kam zwei Mal die Woche um sechs Uhr abends ein Lehrer für jeweils eine Stunde. Der Maharaj-Kumar hatte knapp drei Jahre lang Theorie- und Gesangsunterricht gehabt. Seine Stimme war, wie der Lehrer seiner Mutter höflich mitteilte, passabel, aber nichts Besonderes. Dennoch war sein musikalisches Einfühlungsvermögen bemerkenswert. Er hatte ein unfehlbares Gehör und konnte genau sagen, wie und warum eine bestimmte Tonfolge so und nicht anders gesungen werden musste.

Wenn bei einem Konzert die Zuhörer etwas zu penetrant den Kenner herauskehrten, mit der Hand den Takt schlugen, mit dem Kopf wippten und selbstgefällige, verblüfft-entzückte Blicke tauschten, wenn der Sänger nach einem minutenlangen freien Exkurs simultan mit dem *pakhavaj*-Spieler zum Grundschlag zurückkehrte, stand der Maharaj-Kumar angewidert auf und ging. Die Kenntnis der Grammatik, fand er, war ein Zeichen von Kompetenz, aber noch lange nicht von Genialität. Gratuliert man seinem Gesprächspartner etwa, wenn er einen neunfach verschachtelten Satz konstruiert, ohne einen Artikel zu vergessen, ein Adverb falsch zu platzieren oder das ganze Gefüge durch ein Prädikat im falschen Tempus zum Einsturz zu bringen? Ein leicht zu begeisterndes Publikum gratuliert sich ebenso sehr selbst zu seinem guten Geschmack wie dem Künstler zu seinem Können. Aber es reicht nicht, große Kunst zu lieben, das Mindeste, was man tun kann, ist zu unterscheiden zwischen Mittelmaß und echtem Können, zwischen selbstverliebter Brillanz und einer Darbietung, die Künstler und Zuhörer gleichermaßen fortreißt und transformiert. Es war nicht so, dass er mit Lob gegeizt hätte; er fand nur, dass das Lobenswerte nicht alltäglich war.

Chittor hatte durchaus sein Maß an Talenten und sogar gelegentlich das eine oder andere Genie aufzuweisen. Es war keine bloße Frage der physischen Ausstattung, wie Lunge, Zwerchfell, Stimmbänder und der Summe von Arbeit und Training, die investiert worden war; es ging auch darum, was der Geist, die Lebenserfahrung und die Vorstellungskraft des Künstlers damit anfangen konnten. Shalivahan Samant, Rajab Ali und Rasulanbai hatten Stimmen, die so tief und so wandlungsfähig wie der Ozean waren, eine gefühlsmäßige und gedankliche Spannweite, die wie eine Vision des Lebens selbst war. Über die Spannweite der Stimme, die er gerade hörte, wusste er noch nichts. Außerdem mochten erste Eindrücke durchaus ihren Wert haben, dennoch misstraute er ihnen. Erst wenn man einen Künstler über längere Zeit hinweg und in unterschiedlichen Kontexten gehört hatte, konnte man beurteilen, ob er wirklich vielseitig und einfühlsam war. Vorläufig würde er sich also eines Urteils enthalten, musste aber schon jetzt zugeben, dass die Intensität der neuen Stimme erschütternd war. Die Sängerin schleuderte sie hinaus, als umfasste sie Himmel und Erde. Sie war ein Speer, dessen Flugbahn von keinem Sturmwind beeinträchtigt werden konnte, weil sein Element das Flammen und Zucken des Blitzes war. Es war schwer sich vorzustellen, dass jemand eine so unverhüllte Leidenschaftlichkeit aufrecht erhalten konnte. Plötzlich ging ihm auf, wie leicht es wäre, diese Stimme zu parodieren und sich über sie lustig zu machen, um die eigene Betroffenheit, ja abgrundtiefe Verlegenheit zu überspielen – denn diese Stimme legte das innerste Wesen der Sängerin bloß, sie ließ keine Halbheiten, keinen Raum für Ausflüchte zu. Sie breitete alles vor der Öffentlichkeit aus. Sie entblößte sich ohne die üblichen Höflichkeiten, Verschleierungen und Verstellungen, die für das reibungslose Funktionieren der menschlichen Gesellschaft so unerlässlich sind. Sie war gefährlich, weil sie keinerlei Rücksicht auf unsere scheinheilige Wohlanständigkeit nahm und keinen Raum für Kompromisse ließ.
Nun, sagte er sich, eine Stimme aus dem Nirgendwo, ohne einen dazugehörigen Körper, ohne ein Gesicht, kann dir schwerlich so viel verraten. Er lächelte gequält. Warum muss meine Phantasie bloß immer mit mir durchgehen? Es gab nur eine einzige Möglichkeit, den ganzen romantischen Unfug, den er in diese Stimme hineinge-

deutet hatte, zu überprüfen: deren Eigentümerin kennen zu lernen und nach ein paar Monaten festzustellen, wie sehr er sich geirrt hatte. Wessen Stimme war das eigentlich? Er blieb alle paar Meter stehen. Wenn seine Rezeption klassischer Vokalmusik ein großes Manko hatte, dann war es die Tatsache, dass er nur selten auf den Text hörte. Vielleicht hing das mit seiner Abneigung gegen Poesie zusammen. Bei Volksliedern oder Gassenhauern spitzte er automatisch die Ohren und wollte sofort wissen, wovon die Rede war. Er konnte nur staunen über die derbe Vitalität mancher Liebeslieder der Bhils oder die satirische Treffsicherheit der Spottverse, die als Kommentar über die aktuelle politische Situation, die sexuellen Verfehlungen bekannter Persönlichkeiten oder die Launenhaftigkeit benachbarter Königreiche die Runde machten. In der klassischen Musik kamen ihm die Texte dagegen wie bloße Aufhänger für die Melodie vor. Er wusste, dass das ungerecht war, aber in den meisten Fällen, in denen er es geschafft hatte, den Text zu verstehen, oder er ihm erklärt wurde, hatte er ihn äußerst belanglos gefunden.
Es hatte angefangen zu nieseln. Er liebte Chittor in der Regenzeit. Alle Dinge, selbst die Steine, waren dann ein wenig verschwommen. Der Siegesturm und der Digambara-Tempel verschwanden in tief hängenden Wolken. Im Monsun kam ihm das Gras immer wie ein Schauspieler vor, der ungeduldig in den Kulissen auf seinen Auftritt wartet. Ein kleiner Anstoß, nur ein paar Tropfen, und ganze Kompanien von Grashalmen marschierten über Nacht auf. Warum bedeutet die Farbe Grün den Menschen so viel? Woher kommt es, dass niemand mit der gleichen Freude und Begeisterung vom dürren Braun des Sommers singt? Ist Grün die Farbe des Lebens oder die Farbe des Wahnsinns? Das Grün des Grases ist eine besitzergreifende, eine gierige Farbe. Es lässt keinen Platz für irgendetwas anderes. Ich will, ich will, ich will. Es übernimmt das Regiment und wie der Verkäufer in einem Stoffladen entrollt es Meter für Meter Gras, bis die acht Quadratkilometer von Chittor ein wogendes Feld von grünen Halmen sind. Von Zeit zu Zeit tut sich ein Himmelsauge auf. Droben öffnet sich ein Spalt, aus dem ein Licht-Schwall herunterstürzt. Irgendwo in der Ferne wird es einen Regenbogen geben.
Das Licht und der Regen veränderten die Beschaffenheit der Stimme. Sie wurde reiner und ein Hauch von Trauer lag in ihr. Er war

jetzt völlig durchnässt. Blitze zerrissen geräuschlos den Himmel. Später, viel später grollte der Donner über die östliche Ecke der Festung. Das Zwielicht hatte immer eine seltsame Wirkung auf ihn. Seine Sinne waren geschärft und er fühlte sich von allem entrückt, was ihn umgab. Jetzt konnte er die Worte des Liedes verstehen.

Die Felsen sind zum Himmel aufgestiegen. Das Paradies
ist umgezogen. Untergegangen.
Die Himmelsrichtungen sind allesamt verrutscht
und orientierungslos geworden.
Die Unterwelt hat sich erhoben, und die Dämonen
schweifen frei umher.
Vorsicht, Blauer Gott, man könnt auch dich
für einen solchen halten und dir die Kehle schlitzen.

Mach einen Kopfstand, Flötengott, die Nacht
ist durchgedreht.
Meine Arme sind eine schwarze Schlange. Komm,
lass dich umschlingen!
In dich, über dich werd ich schleichen und gleiten,
mich winden und mich an dich klammern.
Deine Masseuse werd ich sein, mein Salböl
der schwarze Regen.

Leib an Leib, Brust an Brust, Zunge um Zunge
geschlungen.
Lass uns einen Knoten knüpfen, der nicht mehr zu entwirren.
Lass zu einer Doppelhelix uns umeinander winden.
Vene, Arterie, Kapillargefäß zu einem Zopf verflechten.

Alles hat seinen Platz und Zweck, hast du gesagt.
Die Viper muss zu ihrem Glauben stehen.
Der Zahn braucht, was ihn schärft, das Gift
ein Opfer.
Komm, mein Geliebter, lieg bei mir, heut und immer!
Ob Gift und Nektar nicht eins sind, weißt du ja erst,
wenn du sie beide ausgekostet.

Es ist wahrhaftig eine schwarze Schlange, dieses Lied von Nacht und Sehnsucht. Wenn jemand fortzieht, ist man verbannt. Könnte man ohne die Menschen, die man liebt, je so allein sein? Oh mein Gott, ich bin noch keine siebenundzwanzig. Wie habe ich es nur geschafft, mein Leben dermaßen zu verkorksen? Empfindet Sunheria ihr Leben als einsam und verpfuscht? Sei meine Lehrerin, Sunheria, lehre mich – wie hast du's genannt? Ach ja: loszulassen. Komm, mein Freund, sagte er zu sich, Selbstmitleid ist ein Luxus, den du dir nicht leisten kannst. Er ging auf den Palast zu. Jetzt regnete es richtig. Die Stimme wurde immer lauter und kräftiger. Die Diener rannten aufgeregt durcheinander und fragten ihn, warum er nicht geritten war oder wenigstens nach einem Schirm geschickt hatte. Überall standen Menschen und lauschten dem Gesang. Er schob sie beiseite. Benommen stieg er die Treppe hinauf. Seine nassen Füße glitten aus und er hatte Mühe, das Gleichgewicht zu halten. Er schrammte sich das rechte Knie auf, ging aber weiter. Wer hatte die Kühnheit, eine Sängerin anzuheuern und ohne Erlaubnis in seine Gemächer zu bringen? Noch war sein Haus ja wohl kein Puff!
Seine Frau saß mitten im Zimmer vor dem marmornen Krishna. Die Finger ihrer rechten Hand zupften die Saite eines *ektara*. Ihre Augen waren geschlossen. Ihr Gesicht glühte und ihr Oberkörper wiegte sich. Er starrte sie an, als sei sie eine Erscheinung. Er wartete darauf, dass sie wieder verschwände – denn verschwinden würde sie. Es liegt in der Natur von Halluzinationen, weder von Bestand zu sein noch materielle Realität anzunehmen. Er musste krank, sehr krank sein, zu glauben, eine Prinzessin des Hauses Mewar, und keine Geringere als die Gemahlin des Maharaj-Kumar, könnte wie eine feile Dirne im Palast singen, während vierzig bis fünfzig Leute – ein paar direkt vor der Tür zu seinen Privatgemächern! – zuhörten.

»Ob Gift und Nektar nicht eins sind, weißt du ja erst,
wenn du sie beide ausgekostet.«

Sie nahm die letzte Zeile wieder auf und begann, sie mit Koloraturen auszuspinnen. Er verpasste dem Ektara einen Tritt. Das Instrument brach mitten entzwei und glitt ihr aus der Hand. Langsam öffneten sich ihre Augen. Er wusste, dass sie ihn nicht sah.

13

Adinathji brauchte fast einen Monat, um sich von einer leichten Bronchitis zu erholen. Heilung scheint eine Frage des Alters zu sein, denn Bahadur hatte schon nach zehn Tagen das Bett verlassen und spielte mit mir bis tief in die Nacht Schach. Er war ein besserer Spieler als ich, wenn man davon absah, dass er in der letzten Minute regelmäßig die Geduld oder die Nerven verlor. Meine einzige Stärke ist eine zähe, sture Ausdauer.
»Sind irgendwelche Briefe für mich gekommen?«, fragte er mitten in einer Partie. Er bemühte sich, seiner Stimme einen beiläufigen Ton zu verleihen, aber ich spürte seine Anspannung.
»Ich weiß es nicht. Ich glaube nicht, jedenfalls nicht in letzter Zeit.«
»Nicht in letzter Zeit und davor auch nicht. Habe ich mich zu sehr auf meine freundschaftlichen Beziehungen zu den Reichen und Adligen von Gujarat verlassen – oder habe ich einfach den falschen Zeitpunkt gewählt?«
Ich wusste nicht, was ich darauf erwidern sollte. Früher oder später würde er herausfinden, dass eine Palastrevolution in der Theorie leichter durchzuführen ist als in der Praxis.
»Ich würde nicht gleich so krasse Folgerungen ziehen. Post aus Gujarat braucht sehr lang hierher, besonders weil der Kurier einen großen Umweg machen muss, um nicht in Kampfgebiet zu geraten. Und dann ist da noch das Problem – tausendmal Verzeihung, Prinz, dass ich es erwähne – mit Eurem älteren Bruder Sikander. Meint Ihr

nicht, dass dies, ungeachtet all Eurer Fähigkeiten, den Adligen zu denken geben könnte?«

»Kein Grund, sich zu entschuldigen. Ich bin kein Hellseher, aber eines versichere ich Euch: Ich werde einst König von Gujarat sein. Es ist nur eine Frage der Zeit.«

Ich schenkte uns beiden nach. »Lasst uns darauf trinken. Denn abgesehen davon, dass wir beide uns persönlich nahe gekommen sind, bin ich überzeugt, dass das Friedensabkommen zwischen Gujarat und Mewar, das Ihr erwähnt habt, sich als ein Segen für beide Länder erweisen wird. Mögt Ihr König werden, sobald die Zeit dafür reif ist! Ich wünsche Euch von Herzen Erfolg, Shahzada.«

Am fünfzehnten Tag ritt er bereits mit mir aus. »Kommt, lasst uns zu Rani Padminis Palast um die Wette reiten!«, sagte er.

»Vielleicht solltet Ihr damit noch eine Woche warten, bis Ihr völlig wiederhergestellt seid.«

»Unsinn. Keine Ausflüchte.«

Er schoss los wie der Wind. Ich versuchte, ihn zu überholen, schaffte es aber nicht einmal, ihn einzuholen. Der Sieg verbesserte seine Laune beträchtlich.

»Da wäre noch eine delikate Angelegenheit, Maharaj-Kumar«, sagte er und ergriff meine Hand, »und ich weiß nicht recht, wie ich sie angehen soll.«

»Dann tätet Ihr gut daran, sie einfach beim Namen zu nennen.«

Der Ratschlag schien ihm nicht weiterzuhelfen. Sein Blick schweifte über das ganze Areal. »Könnten wir in den Palast gehen?«

»Prinzipiell schon, aber einige der Königinnen und ihre Zofen könnten dort gerade baden.« Noch während ich sprach, kam die Sänfte der Maharani aus dem Palast heraus.

»Ach, es tut mir Leid. Ich wusste nicht, dass Rani Padminis Palast noch immer in Benutzung ist.«

»Aber das war es doch nicht, was Ihr mich fragen wolltet, oder?«

»Nein.« Er zögerte noch einen Augenblick und ließ es dann heraus. »Diese Frau, die, die mich während meiner Krankheit gepflegt hat, ich glaube, sie war Eure Amme.«

»Ja, das stimmt.«

»Sie kommt nicht mehr.«

»Vermutlich, weil Ihr wohlauf seid und Ihr sie nicht mehr braucht.«

»Ja, das muss wohl der Grund sein.« Er tat sich noch immer schwer, zum Eigentlichen zu kommen. Er sah mir in die Augen. »Kann ich sie haben?«
Und da bildet man sich ein, man hätte schon alles gesehen, und was man noch nicht gesehen hat, könnte man sich mühelos vorstellen: jedes mögliche Szenario für alles und jedes auf der Welt. Er bemerkte mein Zögern. »Nicht für immer, nur solange ich hier bin.«
»Das geht nur Euch und sie etwas an.«

Kausalya säugte mich. Später, als ich dreizehn oder vierzehn war, führte sie mich in die Sexualität ein. Jeder macht auf die eine oder andere Art, früher oder später, Bekanntschaft mit dem Sex. Wie es passiert, darauf kommt es an.
Von Kausalyas Abstammung weiß ich nichts Genaueres. Gerüchten zufolge soll mein Großvater Raimul ein paar Jahre vor seinem Tod eine kurze Affäre mit einer attraktiven Zofe gehabt haben. Nun ja, »kurz« kann eine Nacht, ein paar Nächte oder, wenn es hoch kommt, ein paar Monate bedeuten. Meinetwegen auch ein Jahr. Das Resultat der Lustbarkeit war Kausalya. Das ist die eine Geschichte. Es gibt noch fünf, sechs weitere. Vielleicht könnte Kausalya etwas Licht in die Angelegenheit bringen, aber ich platze nicht gerade vor Neugier. Als sie zwölf war, wurde sie mit einem Höfling in Vaters Diensten verheiratet. Zehn Tage bevor ich geboren wurde, bekamen Kausalya und der Höfling einen Sohn, Mangal. Als ich auf der Bildfläche erschien, betraute man Kausalya mit der Aufgabe, den Kronprinzen und, so Gott wollte, künftigen König von Mewar zu säugen. Ich kann mich nicht erinnern, ob sie milchmäßig ihren Sohn oder den Maharaj-Kumar begünstigte. Vielleicht erhielt ich eine Vorzugsbehandlung; schließlich war es eine große Ehre, als Amme des ersten Sohns des Königs auserwählt zu werden. Vielleicht war sie unparteiisch, und wer zuerst brüllte, wurde als Erster abgefüttert. Wahrscheinlicher aber ist, dass es mehr als genug für beide Kinder gab und wir simultan an ihren üppigen Brüsten nuckelten.
Mangal und ich müssen ein knappes Jahr alt gewesen sein, als Kausalyas Mann Vater in den Krieg gegen Malwa begleitete und in der Schlacht fiel. Kausalya hätte da den Dienst quittieren können. Sie

besaß jetzt über ein Dutzend Dörfer, die früher ihrem Mann gehört hatten, und einiges an eigenem Geld. Aber sie zog es vor zu bleiben. Sie hatte sich an das Stadtleben gewöhnt, und Mangal hätte auf dem Land nicht die Erziehung bekommen, die er in Chittor genoss. Sie kümmerte sich allerdings durchaus um ihre Ländereien und gründete einen Geflügelhandel. So weit ich zurückdenken kann, ist sie eine der wichtigsten Geflügellieferanten des Palastes gewesen. Seitdem hat sie ihr Unternehmen beträchtlich erweitert. Ich bin sicher, dass wenigstens fünf Prozent des Hammelfleisches und über zehn Prozent des Gemüses, das wir essen, von ihren Gütern stammen. Mittlerweile muss sie eine wohlhabende Frau sein, besonders seitdem sie begonnen hat, den Königinnen und Odalisken des Palastes ihre Dienste als Geldverleiherin zur Verfügung zu stellen.

Selbst nachdem sie sich aus meinem Leben zurückgezogen hatte, habe ich häufig über Kausalya nachgedacht. Sie wurde höchstwahrscheinlich im Palast geboren. Mit Sicherheit hat sie den größten Teil ihres Lebens dort in engem Kontakt mit den Königinnen, deren Dienerinnen und Gesellschafterinnen und allen einflussreichen Frauen des Hofes zugebracht, aber sie ist ganz anders als diese. Ich denke an die Königinnen im Palast und könnte schier verzweifeln. Kann sich jemand die unerbittliche, niemals endende Öde eines Königinnenlebens vorstellen? Nachdem man gebadet und sich abgetrocknet und gefrühstückt und zwei weitere Mahlzeiten zu sich genommen hat, bleiben noch immer, acht Stunden Schlaf abgezogen, zwölf weitere, die es mit Nichtstun herumzubringen gilt. Wenn man in Gunst steht, in sehr großer Gunst, kommt der König vielleicht an fünfzehn Tagen im Monat; aber wenigstens sechs Monate im Jahr ist er gar nicht in der Stadt. Vater hat siebenundzwanzig Ehefrauen, dazu noch über hundert Konkubinen. Was wird aus den übrigen sechsundzwanzig Königinnen und den Odalisken? Treibt sie die Monotonie nicht zum Wahnsinn? Sicher, von Zeit zu Zeit kommen Gerüchte auf, eine Konkubine oder eine Königin hätte eine Affäre. Aber die schlimmsten Feinde einer Königin sind die anderen Königinnen. Kann sich jemand vorstellen, wie schwierig das die Dinge macht? Denn während eine Zofe durchaus eine Privatsphäre haben kann, stehen die Königinnen ständig unter gegenseitiger Beobachtung. Sie dulden nicht, dass eine aus der Reihe tanzt.

Sie können sich nicht mit den Kindern beschäftigen, weil es dafür entsprechende Mädchen gibt. Sie dürfen ihre eigenen Kinder nicht stillen, weil sich das nicht gehört. Ich habe schon Königinnen vor Schmerz heulen hören, weil niemand ihnen beigebracht hatte, sich die Milch abzumelken, und ihre Brüste so prall waren, dass schon der leiseste Luftzug eine Tortur bedeutete. Die meisten können nicht lesen. Sie spielen Himmel und Hölle oder ähnlich kindische Dinge. Oder sie spielen Karten oder Glücksspiele und verschulden sich haushoch bei den reicheren Königinnen oder einem Zweig von Adinathjis Familie. Sie plaudern, tratschen und intrigieren. Es gibt viele verfeindete Lager im Harem, aber die dauerhafteste Feindschaft besteht zwischen der Favoritin und den übrigen Frauen. Die Favoritin wechselt, das Oppositionslager aber hat Bestand.
Der große Preis, die ersehnte Beute, ist natürlich der Thron. Jede Königin, die einen Sohn zur Welt gebracht hat, will irgendwann die Krone auf seiner Stirn sehen. Aber die Krone ist nur der Beginn der tödlichen Feindschaft zwischen den Königinnen. Besondere Zuwendungen, die Größe der Garderobe, wer wo sitzen darf, wessen Kind in der Schule besser ist, wer mehr Eunuchen und Zofen hat, wessen Vater oder Familie mächtiger, wessen Haar länger, wessen Haut makelloser ist – jeder, aber auch jeder Vorwand ist ein hinreichender Grund, um sich missachtet, benachteiligt und ungerecht behandelt zu fühlen. Sexuelle Anziehungskraft ist mit Sicherheit von Vorteil, aber es ist lange her, dass Rani Karmavati Vaters Favoritin war. Und dennoch übt sie noch immer eine seltsame Macht auf ihn aus, einen Einfluss, der sich nur schwer erklären lässt. Vater ist ein vorsichtiger Mann, jemand, der sich immer alles gründlich überlegt und so gut wie nie impulsiv handelt. Und doch genügt es bisweilen, dass Rani Karmavati in seiner Nähe ist oder die Gelegenheit hat, ihn zu bearbeiten, damit dieser äußerst pragmatische und vernünftige Mann alle Vernunft fahren lässt. Man kann von Glück reden, dass es bislang fast immer nur Kleinigkeiten waren, in denen sie ihren Kopf durchgesetzt hat. Aber als Präzedenzfälle sind sie dennoch gefährlich, und nächstens könnte sie ihn durchaus auch in einer Angelegenheit beeinflussen, die die Zukunft des Staates betrifft.
Ein langer, umständlicher Exkurs, der jedoch einiges über Kausalya aussagt. Sie hat keine Zeit für Tratsch und Ränkespiel. Ich glaube,

dass sie schon in meiner Kindheit beschlossen hatte, mich zu ihrer Lebensaufgabe zu machen. Das klingt wie eine nachträgliche Interpretation, aber Kausalya hat einen nüchternen Kopf und kann langfristig planen. Es war zugegebenermaßen eine recht dürftige Leinwand, an der sie arbeitete, aber sie gab ihrem Handeln eine klare Zielsetzung, und wenn ich eines Tages wirklich König werden sollte, würde etwas von ihrer Grundeinstellung und Weltanschauung indirekt ein ganzes Volk beeinflussen. Macht – wenn auch nur die hinter den Kulissen – trägt ihren Lohn in sich, und dieser Umstand wird zweifellos eine Rolle gespielt haben. Sie ist außerdem ehrgeizig, aber mehr für mich als für sich selbst. Ich glaube, ich werde viel Zeit und noch mehr Reife und Selbsterkenntnis brauchen, um erkennen zu können, was ich von ihr geerbt habe. Aus dem Stegreif würde ich sagen, dass sie mir Sinn für Dimensionen gegeben hat. Auf der Welt gibt es Recht und Unrecht und alles ist mit einer ethischen Entscheidung verbunden. Staatskunst besteht darin, zu erkennen, wie lange man sich ans Recht halten kann und wann man es im Interesse des Gemeinwesens aufgeben muss. In Kausalyas Augen war Unbarmherzigkeit eine Tugend. Das hatte nichts mit Grausamkeit zu tun. Unbarmherzigkeit bedeutete, Probleme auf ihren Kern zurückzustutzen, so dass man nicht vom Mummenschanz des Lebens abgelenkt wurde. Verworrenheit war unverzeihlich.

Wäre sie nicht gewesen, hegte ich jetzt die gleiche Verachtung für Belesenheit wie alle Männer in meiner Familie. Intellektuelle standen bei meinen Mit-Rajputen nie sonderlich hoch im Kurs. Sie werden nicht direkt ausgegrenzt, aber man findet sie ein bisschen lächerlich und verachtenswert. Für einen richtigen Rajputen ist ein aktives, abenteuerliches Leben das einzig erstrebenswerte Ziel.

Kausalya selbst konnte weder lesen noch schreiben. Als kleines Mädchen war sie die Gesellschafterin gleichaltriger Prinzessinnen gewesen und hatte an ihren Unterrichtsstunden teilgenommen. Aber aufgrund einer Lernbehinderung hatte sie es nicht geschafft, sich Lesen und Schreiben anzueignen. Sie war empfindlich und stolz und litt unter dieser Schwäche. Um den Mangel zu kompensieren, hatte sie sich ein nahezu unfehlbares Gedächtnis antrainiert. Sie war nicht fromm oder sonderlich religiös, aber sie ging regelmäßig in Tempel und zu *kirtans*. Sie sagte, die Brahmanen und die Charans hörten sich gern reden und prahlten gern mit ihrem Wissen. Oft bildeten sie sich ein, sie könnten sogar besser regieren als der König. Und zur Untermauerung ihrer Behauptungen zitierten sie aus den verschiedensten mythologischen, historischen und literarischen Quellen. Eine der Autoritäten, die sie am häufigsten anführten, war Kautilyas *Arthashastra*. Als ich vierzehn war, bat mich Kausalya, das Arthashastra aus Vaters Bibliothek auszuleihen und ihr jeden Tag ein paar Seiten daraus vorzulesen. Während mir der Text damals noch weitgehend unverständlich blieb, war dies für sie eine der fruchtbringendsten Erfahrungen ihres Lebens. Da sie es gewöhnt war, alles mit einem treffenden Gleichnis oder Beispiel zu erklären, veranschaulichte sie mir Kautilyas Lehren anhand realer, konkreter Situationen und Krisen aus dem politischen Leben Mewars.

Ich erinnere mich deutlich an diese Zeit. Ich schien mich auf nichts konzentrieren zu können. Selbst während ich ihr vorlas, war ich mit meinen Gedanken ganz woanders. Sie wies mich oft scharf zurecht, weil ich die Worte mechanisch vortrug, ohne ihren Sinn zu verstehen, und dies meine Leseleistung beeinträchtigte.

Alle meine Freunde, einschließlich Mangal, waren bereits kräftig dabei zu masturbieren. Sie taten es mit einer solchen Leidenschaft und Andacht, dass es fast wie ein religiöses Ritual wirkte. Aber es war keine obligatorische Massenveranstaltung, bei der sich alle eingefunden und gemeinsam auf ihrem Glied gefiedelt hätten. Man konnte, doch man war nicht dazu gezwungen. Das war ein Glück für mich, weil ich mich einfach nicht dafür begeistern konnte, an mir herumzuspielen. Ich bin mir nicht sicher, ob dies die Ursache dafür war, dass ich fast jede Nacht einen feuchten Traum hatte, manchmal auch zwei. Ich fing an, auch im Bett ein Lendentuch zu tragen. Es half, aber nicht immer, und woraus das Ejakulat auch bestehen mochte, eines war sicher: Wasser war es nicht. Das verdammte Zeug hinterließ unweigerlich eine stärkeartige Steifheit im Stoff. Ich zog das Laken eilig ab, ging damit ins Bad und wusch es aus. Wenn ich zurückkam, wurde mir jedes Mal wieder klar, dass dies kein sehr geschickter Schachzug gewesen war. Erstens hatte die Matratze auch einen Fleck, und zweitens war das Laken stellenweise nass genug, um Kausalya zu dem Schluss zu verleiten, ich würde ins Bett pinkeln. Am ersten Tag stellte ich mich krank.

»Maharaj-Kumar, wisst Ihr denn nicht, wie spät es ist? Steht auf und zieht Euch an, oder Ihr kommt zu spät zum Unterricht.«
Ich öffnete die Augen und sah sie leidend an. »Ich glaube, ich habe Fieber, Kausalya.« Sie kam ans Bett und befühlte meine Stirn. »Fühlt sich gar nicht heiß an. Erzählt mir nicht, dass Ihr Eure Hausaufgaben nicht gemacht habt oder eine Arbeit schwänzen wollt!« Ich schüttelte den Kopf. »Frag Mangal. Keine Klassenarbeiten heute.«
»Mal sehen, wie Ihr Euch heute Mittag fühlt.«
Ich schloss die Augen. Sie räumte im Zimmer auf. Irgendwann schlief ich ein und bekam nicht mit, wann sie ging. Gegen halb elf wachte ich wieder auf. Das Wasser war getrocknet, aber im Laken war ein frischer Fleck. Ich hatte wieder feucht geträumt. Was sollte ich jetzt tun? Würde Kausalya es meiner Mutter sagen, die ihrerseits Vater informieren würde? Es war unmöglich, dass Kausalya nichts von meinem hyperaktiven Nachtleben mitbekommen haben sollte, aber sie ließ nie die leiseste Bemerkung darüber fallen.
Rückblickend frage ich mich manchmal, ob ich mir, als die Monate vergingen, nicht doch wünschte, sie würde etwas merken. Das war ungefähr zu der Zeit, als sie mich am Ufer der Gambhiri, knapp zwei Kilometer flussaufwärts, in den Ästen eines *Pipal*-Baums dabei erwischte, wie ich Frauen beobachtete, die dorthin kamen, um ihre Kleider und sich selbst zu waschen. Ich war mir absolut sicher, dass mich niemand entdeckt hatte. Viel gab es ja nicht zu sehen. Der Baum stand keineswegs direkt am Ufer, und die Frauen waren eigentlich in keinem Augenblick völlig nackt. Selbst wenn sie sich umzogen, taten sie es sehr diskret und mit einer einzigen flüssigen Bewegung, mit der sie gleichzeitig die nassen Sachen zu Boden fallen ließen und den trockenen Sari umlegten. Ich habe keine Ahnung, wie Kausalya mich ausfindig machte. Sie wartete, bis alle gegangen waren, und holte mich dann vom Baum.
»Wenn ich Euch noch einmal dabei erwische, wie Ihr Frauen heimlich beim Baden oder Ausziehen beobachtet, verdresche ich Euch, bis Ihr keine Haut mehr am Leib habt, und informiere den Rana.«
Kausalya und Mangal bewohnten ein Zimmer direkt gegenüber meinem. Ungefähr eine Woche nach diesem Zwischenfall erklärte Kausalya ihrem Sohn, er sei jetzt ein erwachsener junger Mann, und besorgte ihm ein eigenes Zimmer im Erdgeschoss eines anderen

Flügels. Ein paar Nächte später wachte ich auf und merkte, dass meine Finger feucht waren. Sie steckten tief in Kausalyas Rock.
Ich weiß bis zum heutigen Tag nicht, ob Mangal je erfuhr, dass seine Mutter und ich lange Zeit ein Liebespaar waren. Seine Beziehung zu mir änderte sich jedenfalls nicht. Wenn überhaupt, so wurde er im Laufe der Jahre noch ergebener und mehr auf meine persönliche Sicherheit bedacht. Über Letzteres haben wir nie ein Wort gewechselt, aber er behält alle meine Brüder und jeden, der mit ihnen befreundet ist, scharf im Auge. Er hat einen eigenen Geheimdienst – einen, der weit effektiver und zuverlässiger ist als der staatliche –, und er hat immer eine recht genaue Vorstellung von meinem Programm der nächsten sieben Tage, so dass er seine Männer rechtzeitig an strategischen Punkten aufstellen kann.
Das ist nicht sehr logisch gedacht, oder? Wenn er auch nur halb so gut im Spionieren ist, wie ich glaube, dann ist es sehr unwahrscheinlich, dass er nichts von seiner Mutter und mir wissen sollte. Er hat von jeher eine eher gespannte Beziehung zu seiner Mutter gehabt. Betrachtete er mich als Eindringling? Ohne mich wäre er ihr Ein und Alles gewesen. Sie sind beide von Natur aus zurückhaltend, aber seit einigen Jahren herrscht zwischen ihnen eine Kälte, die zumindest auf seiner Seite nicht weit von Hass entfernt ist. Kausalya tut alles, was die Mutterpflicht verlangt. Sie hat ihn, allerdings erst nach meiner Hochzeit, mit einem Mädchen aus einer der angesehensten Familien von Sirohi verheiratet. Sie hat ihm ein schönes Haus gekauft, nur einen Steinwurf vom Palast entfernt. Die Mitgift hat sie für das junge Paar in Immobilien investiert, hier in der Stadt. Sie ist zur Frau ihres Sohnes nicht übermäßig herzlich, aber sie mischt sich auch nicht in ihre Angelegenheiten ein.
Bis hierhin und nicht weiter. Kausalya hat ein ausgeprägtes Gefühl für Grenzen, und nicht nur für materielle oder geographische, sondern auch für zwischenmenschliche Grenzen. Meist ist sie diejenige, die sie zieht, so dass man nicht immer mit ihren Kriterien einverstanden ist, aber sind sie einmal gezogen, respektiert Kausalya sie auf das Gewissenhafteste, selbst wenn sie letztlich dadurch in ihrer eigenen Freiheit eingeschränkt oder emotional verletzt wird.
Als ich älter wurde und anfing, meine Blicke schweifen zu lassen, schickte sie mich zum Chandra Mahal. Früher oder später wäre ich

sowieso dort hingegangen. Viele meiner Brüder und Cousins, ganz zu schweigen von Vater und meinen Onkeln, hatten dort Suiten mit separatem Eingang. Man brachte gleich eine Frau mit oder ließ sich von einem Bediensteten eine besorgen. Kausalya achtete darauf, dass die Mädchen, die mich dort besuchten, sauber waren und keine ansteckenden Krankheiten hatten. War sie eifersüchtig? War sie verunsichert und verletzt? Ich werde es niemals wissen. Vielleicht wusste sie, dass ich immer wieder zu ihr zurückkehren würde.

Was ich bis zu meiner Hochzeit auch tat. Sie schmückte das Brautbett in Chittor und nahm meine Frau unter ihre Fittiche. Nie hatte ich sie so sehr gebraucht, wie ich sie damals gebraucht hätte. Ich wollte meinen Kopf in der Gabelung ihrer Schenkel vergraben und ihn immer tiefer und tiefer in ihren Leib hineinpressen. Ich wollte mich an sie klammern und meinen Kopf gegen ihre Brüste schlagen, bis sie barsten und mein Kopf zerknackte und ich nichts mehr spüren würde. Ich wollte ihr vom Blut erzählen und von der früheren Verlobung meiner Braut, wollte sie fragen, was ich tun und wo ich mein Gesicht verstecken sollte und warum sie mir das nicht alles schon vorher gesagt hatte und wie ich je aus diesem unerträglichen Dilemma, an dem ich keinerlei Schuld trug, wieder herausfinden sollte. Aber ich konnte nicht zu ihr gehen und meine Schande enthüllen. War es Stolz, Scham, angeschlagene und traumatisierte Eigenliebe? Wer weiß? Wenn überhaupt jemand von meinen Geheimnissen wusste, dann Kausalya. Sie wusste von meinen ständigen Sorgen wegen Vater, der Thronfolge, der Zukunft des Landes, kannte meine Bedenken wegen des Zustands unserer Bewaffnung und meine Gedanken über Strategien zum Ausbruch aus belagerten Festungen. Sie allein kannte meine sexuellen Gelüste und Vorlieben, die ich zweifellos zu einem großen Teil von ihr übernommen hatte. Vielleicht wäre ja nichts Konkretes dabei herausgekommen, aber über meine absonderliche Beziehung zur Prinzessin mit jemandem zu reden, der mein Leben zu seiner Mission gemacht hatte, hätte eine Riesenlast von mir genommen. Vielleicht hätte sie mit der Frau, die alle für meine Gemahlin hielten, ein ernstes Wort geredet. Vielleicht hätte sie sie zur Vernunft gebracht. Wenn nicht, dann hätte sie zumindest Licht in ihre dunkle Vergangenheit gebracht und herausgefunden, wer der geheimnisvolle, namenlose Geliebte war.

Doch Kausalya wollte sich nicht in mein Privatleben einmischen und hielt sich im Hintergrund. Während der viermonatigen Abwesenheit meiner Frau bereitete sie mir jeden Morgen ein Bad und legte mir die Kleider heraus, die ich bei Gericht oder zu offiziellen Empfängen tragen sollte. Sie bediente mich bei Tisch und saß stumm dabei, während ich aß. Sie schlief in ihrem alten Zimmer, und wenn ich die ganze Nacht lang auf und ab ging, brachte sie mir ein Glas heiße Milch mit einer Prise Gelbwurzpulver. Aber wir wechselten kein Wort miteinander. Sie hätte nachts kommen können und mir ihre Brustwarzen in den Mund pressen, mich aus ihren dunklen, geheimnisvollen Teichen trinken lassen und mich wieder verjüngen können. Aber sie wahrte den Abstand, und ich hielt mich zurück, bis mein Bedürfnis nach ihr zu einer kalten, harten Wut geworden war, die ich weder begriff noch besiegen konnte.

Mangal hatte die Kluft, die sich zwischen seiner Mutter und mir auftat, zweifellos schon seit langem gespürt. Manchmal glaubte ich, dass er sich über ihre Niederlage freute und dass es ihn mit hämischem Vergnügen erfüllte, sie leiden zu sehen. Denn dass sie litt, stand außer Frage. Sie wusste nicht, womit sie sich meinen Zorn zugezogen haben konnte. Hatte ich der neuen Frau von den feuchten Fingern erzählt? Hatte ich ihr schon in der Hochzeitsnacht unser fast inzestuöses Verhältnis gebeichtet? Hatte meine Frau mir verboten, weiterhin mit ihr zu verkehren? Würde sie überall herumerzählen, dass Kausalya mich verführt hatte, als ich erst vierzehn war und mit Mädchen meines Alters – an denen es dem Maharaj-Kumar wahrlich nicht gemangelt haben dürfte – hätte knutschen sollen? Würde man sie aus dem Palast jagen, ihr Hab und Gut konfiszieren und sie für immer aus der Stadt verbannen? Doch das war nicht das Problem, denn ihre größte Angst war, man könnte sie zwingen, sich vom Kostbarsten zu trennen, was sie hatte: von mir. Es machte nichts, wenn ich nicht mit ihr redete, sie nicht einmal ansah, wenn sie direkt vor mir stand; gleichgültig, ob die neue Frau mir den Kopf verdreht hatte und in meinen Augen nichts als kalter Hass und Verleugnung der Vergangenweit zu lesen war – Hauptsache, sie bekam mich noch ab und an zu sehen.

Sie hatte geglaubt, mich zu kennen und musste feststellen, dass sie so gut wie gar nichts von mir wusste. In meiner Ehe wurde alles immer schlimmer, und ich schien in ihrer Gegenwart in mich zusammenzuschrumpfen. Im Königreich spielten sich üble Intrigen ab. Früher hätte ich ihr meine Ideen unterbreitet oder zumindest gemeinsam mit ihr geschwiegen. Jetzt ließ ich sie weder an meiner Lust noch an meinen Sorgen teilhaben. So sehr ich mir auch einzureden versuchte, sie habe Bahadur nur deshalb gepflegt und diese grauenvollen Nächte an seinem Bett verbracht, weil sie beweisen wollte, was für eine Märtyrerin sie war, wusste ich doch, dass das nicht ihre Art zu denken war. Es gab Grenzen und es gab Pflichten. Erstere überschritt man nicht und Letztere erfüllte man – ungeachtet möglicher Konsequenzen und Fehlinterpretationen.

»Der Shahzada Bahadur will dich.« Ich hatte Kausalya in mein Zimmer gerufen. Es war eine mehrdeutige Aussage, und sie hätte sich dumm stellen können, um mich zu ärgern und mich in noch größere Verlegenheit zu stürzen. Sie ging nicht darauf ein. Wortklaubereien und Haarspaltereien lagen ihr nicht.

»Und Ihr?«

»Und ich was?«

»Wollt Ihr, dass ich gehe?«

»Ich habe ihm gesagt, dass es nur euch beide etwas anginge.«

Wir hätten genauso gut Feinde sein können. Meine Maske zynischer Gleichgültigkeit beeindruckte sie nicht sonderlich. Sie wandte das Gesicht ab, um ihre Verachtung und Enttäuschung zu verbergen, und ging hinaus. Ich machte mich an die Arbeit: zwei Besprechungen, eine mit Premierminister Puranmalji über Verteidigungseinrichtungen für Chittor, die andere mit Lakshman Simhaji über die gegen die zwei Adligen zu ergreifenden Maßnahmen, die, wie Nachforschungen ergeben hatten, tatsächlich mehrere Dörfer aus Raja Puraji Kikas Territorium besetzt und annektiert hatten. Ein weiteres Treffen mit dem Wirtschaftsminister über die zurückgehenden Staatseinkünfte und die kurz- sowie langfristigen Maßnahmen, die dagegen ergriffen werden könnten. Jahrelang war ich ein Befürworter der Verbrauchs- und Umsatzsteuer gewesen, aber jetzt fragte ich mich, ob wir den Bogen nicht ein wenig überspannt hatten und unsere Exporte nicht unter der Abgabenlast litten. Ich war bei allen

Besprechungen aufmerksam, unterbrach das Gespräch jedes Mal, wenn ich das Gefühl hatte, dass wir uns verzettelten, und versuchte, die Minister und mich selbst dazu zu bringen, alte Probleme auf eine neue, konstruktive Weise zu betrachten. Wir einigten uns auf die Strafen und Sanktionen für die zwei Raos und bestimmten einen Ausschuss, der binnen dreißig Tagen einen Entwurf für eine neue Steuerpolitik ausarbeiten sollte. Aber etwas war geschehen. Ich brauchte über vierundzwanzig Stunden, um es zu begreifen.

Wie kann eines anderen Mannes Verlangen eine Leidenschaft wieder entfachen, die man für völlig erloschen gehalten hatte und an die man sich nicht einmal mehr erinnerte? Etwas, das ich bewusst und ohne jeden Grund abgetötet hatte, war jetzt wie ein Gespenst zu neuem Leben erwacht. Ich knirschte mit den Zähnen, schürzte die Lippen und verdrängte Kausalya aus meinem Kopf. Doch Bahadurs Interesse an ihr war wie ein Buschfeuer. Je mehr ich versuchte, es zu löschen, desto mehr breitete es sich aus. Erinnerungen an Kausalyas Körper und unsere Liebesnächte schienen alle meine Wahrnehmungen, meine Gespräche, die Notizen, die ich schrieb, den vorläufigen Haushaltsentwurf für das kommende Jahr, den Adinathji mir vorlegte, zu überlagern. Und dann geschah das Unerwartete. Mein gequältes Herz, das von diesem Weib, das als meine Frau galt, überrannt, usurpiert und geschändet worden war, hatte auf einmal für eine andere Platz. Kausalya. Verdammt sei mein Stolz! Warum hatte ich nicht Nein gesagt? Der Prinz war sich Kausalyas besonderer Stellung durchaus bewusst – schließlich hatte er sich gezwungen gefühlt, mich um Erlaubnis zu fragen. Ich hätte nur irgendetwas über die Traditionen und Tabus Mewars brummeln müssen. Ich hätte ihn in Verlegenheit bringen und ihn sogar dazu zwingen können, sich für sein ungehöriges Ansinnen zu entschuldigen. Kausalya hatte auch nur darauf gewartet, dass ich Nein sagte. Sie hätte sich schon etwas ausgedacht, um ihn sich vom Leib zu halten. Sie war unendlich einfallsreich. Aber ich war so damit beschäftigt, eine Rolle zu spielen – »Das ist mir völlig egal, tu, was dir passt!« –, dass ich es nicht für nötig gehalten hatte, mich zu fragen, was sie mir bedeutete und warum ich so versessen darauf war, sie zu verlieren.

Dem Shahzada standen im Gästepalast mindestens ein, zwei Dutzend Mädchen zur Verfügung. Darüber hinaus hatte er, wie ich hörte, selbst weitere Quellen aufgetan. Mehrere Familien aus seiner Glaubensgemeinschaft wünschten sich nichts sehnlicher, als seine Gunst zu erringen, und träumten zweifellos von einer Verbindung mit dem Königshaus von Gujarat.

Warum wollte der Shahzada Kausalya, wenn er all diese Mädchen zur Auswahl hatte? Was hatte er in ihr gesehen? Noch im selben Moment, in dem ich mir diese Frage stellte, wusste ich, wie verlogen sie war. Sie sah nicht nur jung aus, sie war jung. Selbst wenn man sie nur ein einziges Mal sah, und flüchtig dazu, so dass man keine Zeit hatte, ihre Augen, die Facetten ihres Gesichts oder ihre Haltung zu betrachten, hinterließ sie dennoch einen bleibenden Eindruck. Denn Kausalya hatte Ausstrahlung, ein Charisma, das man nicht wieder vergaß. Wenn die Männer aus meiner Familie die Finger von ihr gelassen hatten, dann nicht nur, weil sie zurückhaltend war und die Amme des Maharaj-Kumar – es steckte auch etwas Angst dahinter. Wenn man wusste, was gut für einen war, kam man Kausalya besser nicht ins Gehege. Sie hat die durchdringendsten Augen, die ich je gesehen habe. Sie durchschauen dich und deine Absichten und geben dir den guten Rat, Abstand zu halten.

Was würde Kausalya zu Bahadur sagen? Wie würde er das Thema anschneiden? Wie bricht man das Eis bei einer Frau, die man nicht kennt und mit der man noch nie gesprochen hat? Sicher, gesehen hatte er sie schon, aber er war damals kaum bei Bewusstsein gewesen. Würde er sie ganz direkt fragen? Ihr Chunni und Choli ausziehen? Ihr an die Brüste greifen, ihre Brustwarzen streicheln, bis sich in ihrer Mitte flache Vertiefungen bildeten, an ihnen saugen und plötzlich hineinbeißen, ihr den Rock halb vom Leib reißen, und während sie versuchte, sich daraus zu befreien, sie rücklings aufs Bett werfen, ihre Handgelenke an die Bettpfosten fesseln und ... in sie hineinstoßen? Das war seltsam, sehr seltsam, denn normalerweise gebe ich mich nicht damit ab, über anderer Leute sexuelle Präferenzen nachzudenken. Und dann fiel es mir siedend heiß ein. Das hatte ich mir keineswegs alles ausgedacht. Das war in etwa das, was einer unserer Agenten berichtet hatte. Mitten im Vorspiel, manchmal auch an dessen Ende, wurde Bahadur gewalttätig. Der Berichterstatter hatte erzählt, der Prinz scheine die Grenzen menschlicher Leidensfähigkeit austesten zu wollen und gehe bisweilen im Eifer des Gefechts über diese Grenzen hinaus. Deshalb müsse er im Auge behalten werden. Was der bezahlte Voyeur mit »im Auge behalten« gemeint hatte, wussten die Götter. Sollten wir uns vielleicht draußen vor Bahadurs Tür postieren und in dem Moment, da das bedrängte Fräulein abrupt zu schreien aufhörte und somit vermutlich das Bewusstsein verloren hatte, ins Zimmer stürmen, vor dem Prinzen den Hut ziehen und sagen: »Mit Verlaub, Eure Hoheit«, oder: »Entschuldigt die Unterbrechung, aber wir glauben, die Dame könnte ein paar Wiederbelebungsversuche vertragen«? Sein einziger anderer Vorschlag war, wir sollten für Seine Hoheit ausschließlich Partnerinnen aussuchen, die Meisterinnen nicht nur im Ertragen solcher Praktiken seien, sondern auch darin, sie ihrerseits zu spenden. Hübscher Einfall. Ich war mir sicher, dass unser Amt für innere Sicherheit über eine Liste der zwanzig bis dreißig entsprechend spezialisierten Freiberuflerinnen Chittors verfügte.

Kurz nach dem Bericht war dem Shahzada der Jagdunfall zugestoßen, und in der folgenden Anspannung war mir die Sache entfallen – bis jetzt. Zum Teufel mit meinem idiotischen Gleichgültigkeits-Theater! Ich befahl meinem Sekretär, alle meine Nachmittagstermine abzusagen, und ritt nach Hause. Das Frauenzimmer sang gerade. Ich schloss die Tür zu ihrem Zimmer und verriegelte sie von außen. Ich stellte das ganze Haus auf den Kopf. Von Kausalya keine Spur. Ich beauftragte eine Zofe, in den Palästen der Königinnen und in den Dienstbotenquartieren nachzusehen, nur für den Fall, dass sie sich irgendwo als gute Samariterin betätigte. Es verging fast eine Stunde, ohne dass die Zofe wieder auftauchte. Ich schickte ihr eine weitere Dienerin hinterher und teilte ihr mit, wenn sie nicht binnen zehn Minuten wieder zurück wäre, würde ich sie in Kumbhalgarh einkerkern lassen. Ich begleitete sie ein Stück und bog vor der Zenana links ab. Ich zog meine Schuhe aus und berührte die Füße der *Annapurna*, die außerhalb des unterirdischen Kornspeichers in einer Mauernische thronte. Ich ging die schmalen Gänge zwischen den deckenhohen Stapeln von Säcken entlang, die genug Linsen, getrocknete Bohnen, Getreide und Rohzucker enthielten, um die Bewohner des Palastes im Falle einer Belagerung sechs Monate lang am Leben zu erhalten. Ich wusste, dass es nur eine schwache Hoffnung war, aber es bestand immerhin die Möglichkeit, dass sie gera-

de die Anlieferung aus einem ihrer Güter beaufsichtigte. Sie war nicht da, und als die zweite Zofe mit der ersten zurückkehrte – letztere war bei einer *chaupat*-Partie hängen geblieben, die Rani Karmavati mit meiner Mutter spielte und bei der es um einen aberwitzig hohen Einsatz ging –, erklärte sie, Kausalya sei nicht im Palast.
Ich ließ Mangal rufen. Stattete seine Mutter zufällig ihrer Familie einen Besuch ab? Nein, tat sie nicht. Um den Gästepalast machte ich einen Bogen. Ich hätte es als erniedrigend empfunden, das Wachpersonal zu fragen, welche Frau letzte Nacht den Shahzada besucht hatte. War der Prinz da? Ja, Eure Hoheit, aber er hat strikte Anweisung gegeben, ihn nicht zu stören.
War sie bei ihm? War sie letzte Nacht zu ihm gegangen und seither nicht wieder herausgekommen? Hatten sie so viele Gemeinsamkeiten entdeckt? Hatte sie festgestellt, dass auch sie eine Vorliebe für Leder, Peitschen, Zangen und glühende Kohlen hatte? Zahlte sie mir jetzt meine wochen- und monatelange mürrische Schweigsamkeit und eisige Indifferenz heim? Goss er ihr gerade Honig in den Bauchnabel und leckte ihn auf, so wie ich es getan hatte? Hatte sie ihm lange, bedächtig die Kopfhaut massiert, bis er in einem halb bewusstlosen Zustand lag, nur um ihn durch das Spiel ihrer Zunge an seinen Brustwarzen wieder daraus hochschrecken zu lassen? Es gab weitere hocherotische Dinge, die Kausalya und ich erfunden und aneinander vervollkommnet hatten. Tat sie all dies jetzt mit Bahadur? Erteilte sie ihm einen Intensivkurs in einer Wissenschaft, deren gemeinsamer Erforschung wir über zehn Jahre gewidmet hatten?
Was war los mit mir? Wenn Kausalya mir so sehr gefehlt hatte, warum hatte ich nichts davon gewusst? Und als ich die Wahrheit entdeckt hatte, warum war meine Lüsternheit so zügellos mit mir durchgegangen? Es war so, als gäbe ich mir alle Mühe, mich in eine sexuelle Raserei hineinzusteigern, indem ich sämtliche Intimitäten wiederkäute, die ich mit ihr praktiziert hatte. Und was, wenn sie irgendwo ohnmächtig lag? Was, wenn er ihr einen nicht wieder gutzumachenden Schaden zugefügt hatte – und nicht nur einen körperlichen, sondern, was weit schlimmer war, einen seelischen Schaden? Oh Gott, wo immer du sein magst, beschütze sie! Mach, dass sie mir gehören möge und nicht dem Shahzada.
Wo war sie?

14

Wir waren ein wahrlich seltsames Paar.
Noch nach jahrelanger Ehe waren wir bis über beide Ohren verliebt. Ich in sie und sie in einen anderen.

Sollte er ihr die Zunge herausreißen, fragte er sich, oder ihr ein großes Seidentuch in den Mund stopfen? Tat sie es ganz bewusst, um ihn in den Wahnsinn zu treiben? Er hatte den Ektara entzweigebrochen. Das schien ihr kaum etwas auszumachen. Sie sang ohne Instrument weiter. Trotz seines Entschlusses, ihrer Singerei ein Ende zu machen, hörte er konzentriert zu. Würde sie ohne den Ektara noch den richtigen Ton treffen? Wenn er sie nur dabei erwischen könnte, wie sie für den Bruchteil eines Augenblicks zögerte, bevor sie sich in ein Glissando stürzte! Aber nein. Ihre Stimme war so sicher wie die Hand eines Chirurgen. Wenn sie irgendwelche Schlenker machte, dann absichtlich, weil sie eine Tonfolge erzeugen wollte, die sich blitzschnell wie eine Schlange über den Wüstensand vorwärts wand. Wo nahm sie diese Stimme nur her?

Er zwang sie, sich hinzusetzen. Er zügelte seine Stimme. »Hör auf zu singen. Ich will nicht, dass du unter meinem Dach singst.«

»Warum nicht?«, fragte sie unschuldig – zumindest mit gekonnt imitierter Unschuld.

»Weil Prinzessinnen nicht vor Publikum singen, jedenfalls nicht in diesem Haus. Das tun nur Huren.«

»Aber das war doch nur ein *bhajan.*«

»Rasikabai schließt alle ihre Konzerte mit einem Bhajan ab. Wie du bringt auch sie an die hundert Leute dazu, unter ihren Fenstern und Balkonen stehen zu bleiben. Bald werden sie dir Geldstücke zu-

werfen.« Ich hatte mich fortreißen lassen. »Aber ich werde es zu verhindern wissen. Das war heute dein letztes Konzert, ist das klar?«
»Wenn es Euch so sehr stört, werde ich nicht mehr singen.«
»Es stört nicht nur mich, es stört die ganze Familie. Meine Mutter, die anderen Königinnen, die Prinzen und es stört Vater.«
»Vergebt mir, ich hatte wirklich nicht geahnt, dass es ein solches Ärgernis sein würde, über das sich die ganze Familie empört.«
»Rani Karmavati hat mich gestern zu sich gerufen und mir mit ihrer gewohnt undurchdringlichen Miene eröffnet, der Rao von Chanderi habe gefragt, ob er die neue Sängerin, die wir uns aus Merta geholt hätten, wohl ausleihen dürfte. Er sagte, er würde gut bezahlen.«
»Wollt Ihr, dass ich für ihn singe? Ich bin sehr schüchtern.«
Er hätte schwören können, dass sie sich über ihn lustig machte. War sie übergeschnappt? War sie naiv und dumm oder hielt sie ihn für einen Vollidioten? Wie sollte man mit diesem Frauenzimmer reden? Er spürte, wie der Zorn in ihm aufstieg und das Blut in seinen Schläfen pochte. Ruhe, bleib ruhig, sagte er sich und stellte fest, dass er trotz des guten Ratschlags immer mehr in Wut geriet.
»Vergiss es. Ich will nicht mehr darüber reden, Hauptsache, du hast kapiert, dass du nie wieder, unter keinen Umständen, zu deinem eigenen oder zu wessen Vergnügen auch immer singen wirst.«
Er hätte es sich denken können. Sie sang weiter, jeden Tag. Seine Frau war Stadtgespräch und er konnte nichts dagegen unternehmen. Nicht, dass ihm die Phantasie oder die Bereitschaft gefehlt hätte, sich extreme Maßnahmen zu überlegen. Aber sie hatte etwas gesagt, was ihm immer wieder in den Sinn kam: »Ich wusste nicht, dass ich singen würde. Ich setze mich zum Beten hin und verliere jedes Bewusstsein. Wenn alles vorüber ist, stelle ich fest, dass ich wieder einmal Eure Befehle missachtet habe.«
Er verabscheute Menschen, die nicht bereit waren, die Verantwortung für ihre Handlungen zu übernehmen. Er glaubte fest daran, dass jeder wusste, was er tat, selbst wenn er sich einredete, er sei in eine Sache »hineingeschlittert«.
»Ich wusste wirklich nicht, was ich tat, ich schwöre es. Irgendwie habe ich mich in seinem Bett wiedergefunden, und das Nächste, was ich mitbekam, war, dass ich mit ihm geschlafen hatte.« Oder: »Ich wusste nicht, was passierte, aber eins führte zum anderen, und

ehe ich mich versah, hatte ich ihn erstochen.« Äußerst glaubwürdig. Und dennoch verzehrte er sich danach, ihr zu glauben.
Besessenheit war ja nichts Ungewöhnliches. Jedermann wusste, dass die Pocken nichts anderes als die Heimsuchung einer *devi* waren. Sie konnte einen töten, blind machen oder, da sie eine Göttin war, einen für immer mit kraterartigen Narben an Gesicht und Körper zeichnen. Sollte wirklich jemand anders für den Zustand seiner Frau verantwortlich sein, möglicherweise dieser Jemand, den sie mit allerlei Namen anrief, dann wäre es vielleicht auch möglich, ihn loszuwerden. Und dann könnten er und seine Frau vielleicht – vielleicht! – endlich anfangen, ein normales Eheleben zu führen.

In einer Höhle rund achtzig Kilometer vor Chittor lebte eine Frau namens Bhutani Mata. Sie wohnte allein und führte geheimnisvolle Opferhandlungen und Rituale durch. Manchmal ließ sie sich dazu herab, Bittstellern zu helfen. Doch zwingen ließ sie sich nicht, und niemals würde er sie dazu bringen, in den Palast zu kommen.
Bhutani Mata war genau die Sorte Mensch, an die er sich niemals gewandt hätte. Aber »niemals« ist ein dehnbarer Begriff. Und ob es ihm bewusst war oder nicht, er hatte die schwimmende Grenze, die den geistig Gesunden vom Gestörten trennt, längst überschritten. Er war bereit, alles zu tun, um seine Frau den Kräften, die ihr jeden eigenen Willen geraubt hatten, wieder zu entreißen. Er beschloss, seinem Freund Puraji Kika einen Besuch abzustatten, und brach mit Mangal und dem üblichen zehn-, zwölfköpfigen Gefolge auf. Unterwegs machten sie einen Abstecher. Er befahl Mangal und den Männern, am Fuße des Berges zu warten, und begann den Aufstieg zur Höhle. Oben angelangt, blieb er am Eingang stehen und flüsterte: »Mata, meine Frau will keinen Verkehr mit mir haben. Sie sagt, es gebe einen anderen Mann in ihrem Leben und sie gehöre ihm. Ich habe Angst, dass sie besessen ist, weil ich sie noch nie mit einem anderen Mann gesehen habe. Bitte helft mir.« Es musste eine tiefe und gewundene Höhle sein, denn es dauerte eine ganze Weile, bis ihre Antwort ihn erreichte. Sie war kurz und bündig: eine Obszönität und die knappe Mitteilung, sie habe keine Zeit für ihn oder sein treuloses Weib. Er verlegte sich aufs Bitten. Sie warf ihm einen Stein an den Kopf und sagte, er solle verschwinden, da sie ihm andernfalls

einen weiteren Stein gegen das Ding schmeißen würde, das ihm zwischen den Beinen baumelte. Dann würde es keine Rolle mehr spielen, ob seine Frau mit der ganzen Welt schliefe, weil sie für ihn keine Verwendung mehr hätte. Er dachte daran, sich zurückzuziehen, entschied sich aber dagegen. Was hatte er schließlich zu verlieren?
»Ich komme herein«, sagte er und wartete ihre Antwort nicht ab.
Nach zehn, fünfzehn Minuten begriff er, dass er sich verlaufen hatte. An jeder Biegung der Höhle zweigte ein Nebengang ab, manchmal sogar drei oder vier. Die Gänge waren schwarz und moderig, in einigen roch es durchdringend nach Fledermausexkrementen. Gelegentlich meinte er, mit der Hand eine Echse zu streifen, dann wieder, haarige Taranteln überall auf seinem Leib zu spüren. Er fragte sich, warum sich seine Augen noch immer nicht an die Dunkelheit gewöhnt hatten. Mittlerweile hätte er doch etwas erkennen müssen, aber er sah immer weniger. Das Atmen fiel ihm zunehmend schwerer. Wie spät war es? Wie lange war er schon hier? Waren es erst einige Minuten oder schon ein paar Stunden? Er hatte Mangal strikt angewiesen, ihm nicht zu folgen. Wie lange würde es dauern, bis Mangal sich darüber hinwegsetzte? Würde er so viel Verstand haben, ein Licht mitzunehmen? Und würde eine Fackel wirklich etwas nützen? Oder würde ihre Flamme auch schwarz werden? Würde er den Tod Mangals und aller anderen zu verantworten haben?
Er bemühte sich, seinen aufgeregten Geist zu beruhigen und den bisherigen Weg zurückzuverfolgen. Er hatte die Höhle von Westen her betreten, war erst nach Süden und dann nach Norden abgebogen, aber weiter konnte er sich nicht mehr erinnern. Er hatte jede Orientierung verloren. Wenn man von Westen kommt und wieder zurückwill, muss man dann nach Osten oder nach Westen gehen? So angestrengt er auch nachdachte, es gelang ihm nicht, die Frage zu beantworten. Vielleicht lösten sich in Bhutani Matas Schwärze alle Richtungen in Nichts auf. Er erinnerte sich an etwas, das er in Geometrie gelernt hatte. Wenn man im Kreis ging, kam man irgendwann wieder da an, wo man losmarschiert war. Er würde nach links gehen und an jeder Kreuzung die linke Abzweigung nehmen. Und dann gab es noch eine weitere Regel: die Schritte zählen.
Er zählte bis siebzehntausend und brach zusammen. Es hatte keinen Sinn. Sein Schicksal lag in Bhutani Matas Händen.

»Sind meine Gefährten in Gefahr? Sind sie mir in die Höhle gefolgt? Mit mir könnt Ihr tun, was Ihr wollt, sie aber dürft Ihr nicht für meine Handlungen büßen lassen.«
Eine gusseiserne Hand schlug ihm ins Gesicht. »Erzähl mir nicht, was ich darf oder nicht darf!«
»Ihr seid mir die ganze Zeit gefolgt, nicht wahr?«, fragte er, nachdem er sich von dem Schlag erholt hatte.
»Du bist mir gefolgt, oder hast es zumindest versucht.«
Acht Hände hoben ihn hoch. Vier stützten ihn, eine berührte sein Gesicht, wie um seine Züge zu ertasten, eine machte sich an seiner Brust und den Schultern zu schaffen, die siebte befühlte sein Glied und die letzte zog ihn an den Haaren. Er spürte, wie eine Zunge ihm das Gesicht leckte, die Hände rissen ihm die Kleider vom Leib und die Zunge berührte Füße und Hals. Wie lang war sie? War es nur eine Zunge oder waren es mehrere? Die Hände setzten ihn auf.
»Jetzt machst du dir in die Hose, wie?«
Er hörte das Geräusch von Wasser, das über den Rand der Erde stürzte, und das ferne Geschrei unzähliger Gepeinigter. Er sah an den Haaren hochgehaltene abgehackte Köpfe, aus denen noch Blut tropfte. Er sah schwarze Füße auf dem Rücken eines bäuchlings liegenden Dämons trampeln. Er hörte das Schmatzen Blut schlürfender Lippen, er sah den Koitus von Himmel und Erde, er hörte das langsame Stöhnen der Wollust. Auf dem Boden wanden sich abgehackte Gliedmaßen, eine Hand hob ein Bein auf und stopfte es in einen gesichtslosen Mund, der es zu zerkauen begann. Er schlug die Augen auf. Vor ihm lag eine geräumige Höhle mit einer Plattform in der Mitte. Auf dieser saß splitternackt eine zahnlose blinde Vettel.
»Es gibt andere. Warum machst du es nicht mit denen? Du kannst noch einmal heiraten. Ignoriere sie, bis sie stirbt.« Dann, nach einer Pause: »Wie wär's mit mir?«
Sein Körper verkrampfte sich. »Eine grauenhafte Vorstellung, wie?« Noch während sie sprach, verwandelte sie sich in eine junge Frau. Sie hatte einen prächtigen Körper, ihre vollen Brüste waren in eine *kanchuki* gezwängt, die Schultern und Arme frei ließ. Sie trug einen Sari, der ihre Formen weich umfloss. Er war mit Goldbändern besetzt, die sich spiralförmig emporwanden, und ein goldenes Gürtelband hing locker unterhalb des Bauchnabels. Sie schüttelte ihr

Haar. Es zerschnitt das Licht. Zuerst hörte er das Geräusch. Ein sirrender Ton durchbohrte das Trommelfell. Sie schleuderte den Kopf im Kreis herum, und ihre Haare zischten über seine Gesichtshaut wie eine Harke mit Millionen nadeldünner Zinken. Ihr Kopf kreiste schneller und schneller. Sein ganzer Körper wurde gegeißelt und seine Haut in so feine Fetzen gerissen, dass jeder für sich unsichtbar war. Er versuchte zu fliehen, aber die langen Haare fauchten weiter und schnitten immer tiefer in sein rotes Fleisch.

»Ist sie besessen, oder bist du von ihr besessen? Wie viele Tage, Wochen, Monate ist es her, dass du einen anderen Gedanken im Kopf gehabt hast als sie? Ich würde sagen, du bist derjenige, der einen Exorzismus brauchen könnte.« Sie hielt inne und ließ dem Gedanken Zeit, sich zu setzen. »Wir versuchen ständig, andere Leute zu kurieren, während wir selbst es sind, die die Kur am meisten benötigen. Was sagst du dazu? Du bist hier, es wäre die Sache einer Minute, und du würdest nie wieder an sie denken. Du wärst ein freier Mann.« Wieder hielt sie inne. »Wärst du gern ein freier Mann?«

Er wollte ja sagen, jeder Knochen und jede Pore seines Körpers sagte ja, aber er brachte es nicht fertig, das Wort auszusprechen.

»Hatte ich mir gedacht. Wer will schon Freiheit, wenn er immerwährende Sklaverei haben kann?« In der bedeutungsvollen Stille waren nur gepresste Atemzüge zu hören.

»Wie weit bist du bereit zu gehen?«

Die Frage überraschte ihn. »Geld spielt keine Rolle«, zischte er.

»Dein Geld kannst du dir sonst wohin stecken. Was soll ich damit anfangen? Mir eine Halskette machen? Es aufessen? Garn daraus spinnen und meine Titten damit bedecken? Es gibt eine einzige Frage im Leben. Sobald du die Antwort darauf hast, weißt du alles, was du je an Wissen brauchen wirst. Sie lautet: Wie weit genau bist du bereit zu gehen, um das zu erreichen, was du willst?«

»Ziemlich weit, würde ich sagen.«

»Geh nach Haus, du Dummkopf. Wenn du die Antwort weißt, werde ich da sein. Aber dann brauchst du mich vielleicht gar nicht mehr.«

»Wer ist es? Wie ist der Name ihres Liebhabers?«

»Was spielt das für eine Rolle?«

Er hatte viele weitere Fragen, die er ihr stellen wollte. Das Licht am Ausgang der Höhle blendete ihn.

15

»Wer war in der Nacht des Siebten beim Shahzada?« Ich hatte zuletzt doch die Geduld verloren und wider alle Vernunft den verantwortlichen Unteroffizier der Wache zu mir bestellt.
»Ich weiß es nicht mehr genau, Herr, das ist eine Woche her. Ich muss in meinen Aufzeichnungen nachschauen.«
»Ja.« Ich zwang meine Stimme zur Ruhe.
»Sofort?«
»Ja.«
Zwanzig Minuten später war er wieder da.
»Es war eine Frau, Euer Hoheit.«
»Wie war ihr Name?«
»Den wissen wir nicht, Prinz, denn an dem Abend hatte uns der Shahzada nicht beauftragt, ihm eine Dame zu bringen.«
»Wie sah sie aus?«
»In der Rubrik ›Beschreibung‹ steht lediglich: ›Frau mit Kapuze, die das Gesicht bedeckt‹. Sie wurde kurz nach neun hineingeführt.«
»Wann ist sie wieder gegangen?«
Er blätterte eine Zeit lang umständlich in seinem Dienstbuch. »Aus irgendwelchen Gründen fehlt ein entsprechender Eintrag, Herr.«
»Aus irgendwelchen Gründen, Oberfeldwebel, ich weiß auch nicht warum, habe ich das Gefühl, dass du kurz davor stehst, Rang und Posten zu verlieren. Es könnte ein Mann, eine Frau oder ein Eunuch gewesen sein, der dem Shahzada seine Aufwartung machen, ein paar

Kunstobjekte aus dem Palast stehlen oder den Prinzen ermorden wollte. Dein Dienstbuch schweigt sich darüber aus, und dich kümmert das nicht. Er, sie, es könnte die ganze Nacht geblieben sein oder den Prinzen entführt haben, aber du und deine Untergebenen habt keine Ahnung, weil ihr im Dienst Karten gespielt, gehurt oder geschlafen habt.«
Er versuchte zu protestieren. Er hatte bestimmt eine ganze Latte von Entschuldigungen auf Lager, aber ich war nicht interessiert. »Ich werde die Angelegenheit binnen zwei Wochen mit deinen Vorgesetzten besprechen. Bis dahin seid ihr, du und die Wachen, die in der betreffenden Nacht Dienst hatten, suspendiert.«

An diesem Abend knöpfte ich mir Mangal vor. »Machst du dir überhaupt keine Gedanken, wo deine Mutter sein könnte? Sie wird seit einer Woche vermisst, und niemand weiß, ob sie überhaupt noch am Leben ist.«
Er zuckte die Achseln. »Sie ist erwachsen. Sie kann selbst auf sich aufpassen.«
Ich verspürte den Drang, Mangal seine verdammte Gleichgültigkeit aus dem Leib zu rütteln. Ich hatte keine Lust, den Ausdruck schadenfroher Zufriedenheit in seinem Gesicht zu sehen. Ich wandte mich ab und ging. Zugegeben, Kausalya konnte unter normalen Umständen tatsächlich selbst auf sich aufpassen. Aber eine Einladung zum Geschlechtsverkehr war schwerlich als normaler Umstand zu bezeichnen, und wie mir allmählich klar wurde, tendierte der Shahzada in manchen seiner Lebensäußerungen zu gewissen Ausschweifungen. Der Abend in der Ringkampfarena hatte mir erst kürzlich eine ganz neue Seite an dem Mann offenbart.
Er hatte schon mehrmals erwähnt, wie sehr er die Ringkämpfe vermisste. Einer der Gefährten, die ihn nach Chittor begleitet hatten, sollte einer der besten Ringer von Gujarat sein. Vor ein paar Tagen hatte ich endlich ein richtiges Abendprogramm organisiert. Bahadur war in Hochstimmung. Von den zehn Kämpfen wurden die ersten neun ausschließlich zwischen Mewaris ausgetragen; im letzten würde der Mann des Shahzada gegen eine unserer Lokalgrößen antreten. Der Prinz hatte eine Glückssträhne. Von seinen ersten neun Kampfwetten hatte er sieben gewonnen.

»Was wollt Ihr setzen, Eure Hoheit? Was wollt Ihr gegen meinen Mann setzen?« Seine Augen hatten einen irren Glanz. »Er wird Euren Mann auseinander nehmen.«

»Wie könnt Ihr Euch da so sicher sein?«, fragte ich ihn.

»Weil ich ihn gestern in Aktion gesehen habe.«

»Habt ihr unseren Mann geschmiert, Shahzada?«, fragte ich scherzhaft. Er warf mir einen so verächtlichen Blick zu, dass ich mir inständig wünschte, ich hätte ihn geschmiert, damit er rechtzeitig verlor. Jetzt konnte ich in der Richtung nichts mehr unternehmen.

»Gujarat wird Mewar jederzeit und überall fertig machen, Prinz. Auf dem Schlachtfeld oder wo auch immer. Mein Mann wird euren Kämpfer vernichten, bevor er den ersten Griff anbringen kann.«

An diesem Abend hatten sich mindestens fünftausend Zuschauer eingefunden. Der Lärm war ohrenbetäubend und die Begeisterung drohte überzuschwappen. Es war Regenzeit, und wir hatten über die Freiluftarena ein großes Zelt gespannt, unter dem alle Platz fanden. Nur der eigentliche, sandbestreute Kampfplatz lag noch unter freiem Himmel. Alle schwitzten und verspeisten gewaltige Mengen verschiedenster süßer und salziger Knabbereien. Bahadur hatte sichtlich einiges getrunken und, wie ich vermute, noch irgendetwas anderes konsumiert, was ihn äußerst angespannt und rastlos machte. Seine Pupillen waren geweitet und seine Hände zitterten.

»Also, was werdet Ihr setzen?«

»Wie wär's mit hundert Tankas auf Euren Mann?« Er war auf Streit aus, aber ich wollte ihm diesbezüglich nicht entgegenkommen.

»Auf meinen Mann? Habt Ihr denn gar keinen Stolz, keine Vaterlandsliebe im Leib?«

»Ich stehe gern auf der Siegerseite.«

»Dann werdet Ihr schon Land und Lager wechseln müssen. Hundert Tankas! Ist das alles, was Mewar zustande bringt?«

»Ihr scheint vergessen zu haben, dass wir, sobald wir Könige geworden sind, ein Friedensabkommen unterzeichnen wollen.«

»Zum Teufel mit dem Friedensabkommen! Wie viel? Und vergesst nicht, Ihr könnt nur auf Mewar setzen.«

Wenn sich Kriege nur durch Ringkämpfe ersetzen ließen, dachte ich. Dann könnten Bahadur und Gujarat von mir aus jeden künftigen Kampf gewinnen, bis in alle Zeiten!

»Fünfhundert.« Ich reichte dem Buchmacher das Geld.
»Nein, nein, nein!« Es donnerte und es begann heftig zu regnen. Die zwei Kämpfer hatten den Ring betreten. »Ich habe zehntausend gewettet. Ihr werdet mindestens ebenso viel dagegensetzen müssen.«
Zum Glück war es schon zu spät. Die zwei Männer hatten sich bereits aufeinander gestürzt. Jetzt verstand ich, warum der Shahzada so viel auf seinen Mann Aslam Jaffer gesetzt hatte. Er war hoch und breit wie ein Berg. Sein Gegner Bharat war nur halb so groß und, schlimmer noch, sah ein wenig eingeschüchtert aus. Sie waren beide dick eingeölt, und der sintflutartige Regen machte die Sache auch nicht gerade einfacher. Während der ersten zwei Minuten war Bharats einzige Sorge und Bestrebung, sich immer wieder aus Aslams gewaltigen Armen zu winden.
»Ratte!«, sagte Bahadur zu mir gewandt. »Die Ratte aus Chittor hat nicht den Mumm zu kämpfen. Schaut, wie er Aslam ausweicht. Aber Aslam ist wie das Schicksal. Man kann ihm nicht entrinnen. Seht nur hin, er beherrscht eine Serie von so blitzschnellen Griffen, dass euer Mann, sitzt er erst einmal fest, darum betteln wird, wieder losgelassen zu werden. Dann wird er sich nichts anderes wünschen, als sich in den Sand zu legen und aufzugeben.«
Genau das ereignete sich momentan – nur nicht mit Bharat. Er war ein drahtiger Mann, der seinen Körper eher benutzte, als dass er mit ihm gekämpft hätte. Das eigentliche Kämpfen überließ er seinem Geist. Und sein Geist war ein hinterhältiger Lügner. Er übermittelte seinem Gegner widersprüchliche Signale. Manchen ließ er Taten folgen, anderen wieder nicht. Er war eher kompakt als schnell. Die Gelegenheit, ihn zu packen, kam in dem Moment, als er innehielt, um die Taktik und die geistige Verfassung des Gegners abzuschätzen. Danach sah es für ihn brenzlig aus. Aslam hatte gerade einen *Bakasur*-Griff eingesetzt und drückte Bharat so weit zurück, dass es nur eine Frage von Augenblicken war, wann er auf den Rücken fallen würde. Diese wenigen Augenblicke waren entscheidend. Bharats Zehe hämmerte gegen Aslams Kniescheibe. Aslam rang um sein Gleichgewicht, Bharat entwand sich seinem Griff, sein Fuß riss Aslams Bein nach vorn, sein Kopf knallte gegen dessen Brust, und Aslam fiel und fiel und fiel und landete schließlich auf dem Rücken.

Bahadur Khan sprang auf und brüllte wie von Sinnen. »Betrug! Schiebung! Das ist kein fairer Kampf! Disqualifiziert Bharat! Der Schiedsrichter ist parteiisch!« Die fünftausend Chittoresen starrten ihn überrascht, bestürzt und mit zunehmender Empörung an. Bharat sah zu mir herüber und fragte sich offenbar, ob er etwas Unverzeihliches getan hatte. Ich hielt einen Blickkontakt momentan für nicht angebracht. Die Menge hatte angefangen zu buhen. Der Shahzada bemerkte den Stimmungsumschwung und setzte sich wieder hin. Zeit, die Situation zu entschärfen, dachte ich und stand auf. »Gute Nacht. Dank euch allen. Es ist spät und wir sollten alle nach Hause gehen. Morgen ist ein Arbeitstag. Danke, Aslam, danke, Bharat, für einen herrlichen Abend.«
Die Menge hatte bereits begonnen sich zu verlaufen, als der Prinz aus der königlichen Loge in die Arena hinuntersprang. Es regnete noch immer und alles sah diesig und verschwommen aus. Aslam Jaffer richtete sich etwas benommen auf. Als Bharat ihm die Hand reichte, traf Bahadur Khans Fuß Aslams Mund. Sieben zerbrochene Zähne fielen heraus, und schon lag Aslam wieder flach auf dem Rücken. Der Fuß des Shahzada stieß in regelmäßigen Abständen immer wieder zu. Das Geräusch der brechenden Rippen war durch das plötzliche Schweigen der Menge um so lauter zu hören. Fünf-, sechs-, siebenmal krachte der Fuß gegen Aslams Brustkorb. Dann drehte er den Liegenden herum und trat ihm in die Nieren. Zwei feste gut gezielte Tritte ins Kreuz. Als Nächstes war das Genick dran. »Du hast den Sultan, mich und Gujarat im Stich gelassen! Das Ansehen unseres Königreiches ist Dreck in den Augen der Ungläubigen! Die einzige Ehre, die dir noch bleibt, ist der Tod!«
Ich hielt die Zeit für gekommen, einzuschreiten. Er wollte mir einen Schwinger versetzen, aber ich wich seiner Faust aus und sagte: »Zeit für das fünfte *namaz* des Tages, Prinz.« Er riss sich zusammen.

Ich wechselte zwei Mal das Pferd und erreichte Rohala in knapp fünf Stunden.
»Ihr reitet nicht allein, Eure Hoheit!« Mangal war mir nachgerannt, als ich tief in der Nacht Befikir bestiegen hatte.
»Du bist seit unserer letzten Begegnung ganz schön vorwärts gekommen. Nehme ich neuerdings von dir Befehle entgegen?«

»Verzeiht meine Anmaßung, Euch Ratschläge erteilen zu wollen, Hoheit!« Es war ihm vollkommen klar, dass ich seinen Ausdruck von Sorge bewusst missdeutet hatte. »Aber es ist für den Maharaj-Kumar gefährlich, nachts allein unterwegs zu sein.«

»Deine Besorgnis ist aller Ehren wert, aber es wäre vielleicht angebrachter gewesen, wenn sie sich deine Mutter zum Gegenstand erwählt hätte. Wenn ich eine Eskorte brauche, werde ich eine verlangen. Einstweilen würde ich es begrüßen, wenn man mir etwas Luft zum Atmen sowie eine gewisse Bewegungsfreiheit zugestände.«

In mir schwelte eine diffuse Wut, und auch wenn ich gleichzeitig meinen kleinlichen Sarkasmus bedauerte, so war es doch ein gutes Gefühl, auf einen Mann einzutreten, der am Boden lag und sich nicht wehren konnte. Es war sehr lange her, dass ich zuletzt in Rohala gewesen war, und obwohl ich einige Zimmer und den Innenhof mit dem Brunnen und der *Tulsi*-Pflanze noch deutlich im Gedächtnis hatte, konnte ich mich an das Äußere des Hauses, nach dem ich suchte, nicht mehr erinnern. Ich sagte mir zwar immer wieder, dass es nicht so schwierig sein dürfte, in einem Kaff wie Rohala das größte und wohlhabendste Haus zu finden, aber es war eine mondlose Nacht, und ich hatte keine Lust, dem Nachtwächter in die Arme zu laufen, damit er erfuhr, dass ein Prinz seinem Dorf einen heimlichen Besuch abstattete. Ich musste aus diesem Labyrinth von Gassen und Gässchen herauskommen und einen Aussichtspunkt finden, von dem aus ich mir einen Überblick verschaffen konnte. Die Frage war nur, wie. Das Land war platt wie ein Bügelbrett. Die Aravalli-Berge hielten zwar im Osten Wache, aber sie waren gute acht, neun Kilometer entfernt.

Ich band mein Pferd an und tat das, was jeder siebenjährige Junge von Anfang an getan hätte: Ich spuckte in die Hände und kletterte auf einen Pipal-Baum.

Wenn man als Erwachsener zu den Stätten seiner Jugend zurückkehrt, stellt man fest, dass Schule und Klassenzimmer, Elternhaus, die Ehrfurcht gebietenden Verwaltungsgebäude, die eigenen Eltern und überhaupt alles zusammengeschrumpft ist. Sofern mein Gedächtnis mir keinen Streich spielte, verhielt sich Rohala regelwidrig. Es war nicht nur nicht geschrumpft, es war sogar gewachsen und hatte sich in eine richtige Kleinstadt verwandelt. Der halbkreisförmige Mayura-See, an dem der Ort lag, war etwa zweieinhalb Kilometer lang. Die schiefergraue Glasplatte des Wassers sah fest genug aus, um einen Menschen tragen zu können. Es war seltsam, dass die Häuser exakt mit dem geraden Ufer – dem »Durchmesser« des Sees – abschlossen, aber deshalb wirkte Rohala wohl wie eine Spielzeugstadt. Für den Fall, dass der Mayura je versiegen sollte, besaß das Städtchen einen eigenen Fluss, einen Nebenfluss des Banas. Es gab wenigstens vierzig zweigeschossige Gebäude, eine Moschee mit Minarett und am linken Flussufer einen Tempel.

Besitzt eine Stadt oder ein Dorf ein Herz und eine Seele und einen Geist? Wer hatte beschlossen, dass der See der Erholung dienen und die Stadt entlang des Flusses wachsen sollte? Ich fühlte mich irgendwie überrumpelt, als ob Rohala mich ausgetrickst hätte und hinter meinem Rücken immer größer geworden wäre. Wie kam es, dass ich so schlecht informiert war? Wie viele andere Dörfer waren gleichfalls zu Städtchen erblüht? Und wie viele waren dagegen geschrumpft? Ich wusste, was ich zu tun hatte. Ich musste ganz Mewar durchreisen. Ich wollte die Gesichter meiner Untertanen sehen. Ich musste mich mit ihnen unterhalten, sie nach ihren Äckern, ihrem Gewerbe fragen. Wo lagen ihre Probleme? Waren sie gute Steuerzahler? Waren die Finanzbeamten korrupt? Der alte Fuchs Adinathji hatte Recht. Nicht der Krieg, sondern Landwirtschaft, Industrie und Handel sind die Triebkräfte des Fortschritts. Was war das Geheimnis von Rohalas Wohlstand? Ließ es sich anderswo reproduzieren? Oder bestand der Trick vielmehr darin, den spezifischen Geist jedes einzelnen Ortes zu erfassen und ... Chamundi! Der Tempel am Ufer des Flusses war der Chamundi geweiht, und das ihm unmittelbar benachbarte Haus war dasjenige, das ich suchte.

Ich musste lange anklopfen. Wo war sie? Ich spürte förmlich die Feindseligkeit des Hauses. Mit jedem Schlag des Türklopfers zog es sich mehr vor mir zurück. Das zweigeschossige Haus war jetzt eine geballte Kugel von Abneigung, die auf mich zurückschlug.

»Wer ist da?«, fragte der Diener. Er sah nicht so aus, als hätte ich ihn aus tiefem Schlaf gerissen. Er war hellwach, trotzig und sichtlich auf eine Schlägerei aus.

»Dai Kausalya. Ist sie da?«

»Nein, Eure Hoheit, ist sie nicht.«

Er war ein professioneller Rausschmeißer, von der Sorte, die mit jedem Ärger klarkommt und ihn, wenn nötig, ohne viel Aufhebens aus der Welt schaffen kann. Aber ich bin ein harter Brocken und vergesse außerdem niemals, dass ich der künftige König bin.

»Falsche Antwort. Du hättest sagen sollen: ›Wer zum Teufel bist du?‹« Ich stieß ihn zurück und trat ein. Der Brunnen murmelte. Sofort war mir die Raumaufteilung des Hauses wieder gegenwärtig. Ich bog nach rechts. Kausalyas Zimmer lag im ersten Stock. Ich stieg die Treppe hinauf, bog nach links, rannte den offenen Wandelgang entlang, der auf den Innenhof sah, und klopfte an die vierte Tür. Keine Antwort. Ich klopfte noch einmal. Schweigen. Ich stieß gegen die Tür. Sie gab nicht nach. Ich war erleichtert. Sie musste sie von innen verriegelt haben.

»Wenn du nicht aufmachst, Kausalya, trete ich die Tür ein!« Der Diener beobachtete mich von unten. Drei weitere Bedienstete, darunter zwei Frauen, hatten sich zu ihm gesellt. Ich wandte mich wieder zur Tür. Sie war von außen verriegelt. Schlauer Trick, dachte ich, schob den Riegel zurück und stieß die Tür auf. Im Zimmer war es dunkel, aber ich wusste sofort, dass niemand hier war. Dennoch trat ich ein und tastete unter die Bettdecke. Sie war nicht da.

»Gib mir die Lampe, du Tölpel!«, schnauzte ich den Wachmann an. Er kam eilig heraufgerannt und reichte sie mir. Ich durchsuchte jeden einzelnen Raum des Hauses. Ich sah in die Badezimmer und die Klosetts, ich stellte die Dienstbotenquartiere auf den Kopf. Ich zog die Schuhe aus und betrat das Gebetszimmer mit den steinernen Bildnissen Shri *Ganeshas*, Vishnus, Chamundis und des Flötenspielers. Ich ging wieder hinunter ins Erdgeschoss und durchsuchte noch einmal die Zimmer. Oh mein Gott, oh lieber, liebster Gott, wo war sie, meine einstige Mutter-Schwester-Frau-Geliebte-Vertraute-und-Lehrmeisterin? Meine schlimmste Befürchtung hatte sich bewahrheitet, und so sehr es auch in mir kochte, wusste ich, dass ich dem Shahzada kein Haar krümmen durfte. Mittlerweile sah mir der gesamte Haushalt zu, als sei ich ein Schauspieler auf der Bühne. Ich bat um Wasser für mich und das Pferd. Uns stand ein langer Heimritt bevor. Sie schlossen gerade die Eingangstür, als ich sie wieder aufstieß. Es gab noch ein Zimmer auf der Terrasse.

Sie lag rücklings auf einem Bett, nackt. Nur ein Hauch von Musselin bedeckte sie. Ihre Augen glänzten vor Fieber. Ihr ganzer Körper war mit Striemen und Blasen und Pusteln bedeckt. Ich blieb in der Tür stehen. Meine Ankunft hatte einen Luftzug erzeugt, und die Flamme der Messinglampe zitterte wie ein verängstigter Vogel und verlosch.

Da wusste ich, was sie getan hatte. Bevor sie in der Nacht des Siebten Prinz Bahadur aufsuchte, hatte sie sich mit einem giftigen Kraut eingerieben, das in den Sümpfen auf den östlichen Hängen der Ramkali-Berge wuchs und das alle Tiere instinktiv mieden.

Sie war rot und schwarz wie eine angeschlagene und aufgeplatzte Tomate, an der sich Schimmel gebildet hat. Ödeme hatten ihr Gesicht aufquellen lassen, so dass ihre Augen, Nase und Lippen verschoben wirkten, als säßen sie nicht mehr an ihrer richtigen Stelle. Ich zog mich langsam aus. Kausalya versuchte, sich aufzusetzen, fiel aber erschöpft zurück. »Nicht, Maharaj-Kumar, ich flehe Euch an, tut es nicht. Ihr wisst, wie ansteckend das Jucken ist.« Ich hob das Musselinlaken sanft von ihrem Körper und legte mich behutsam, ganz behutsam auf sie.

»Ich werde dich nie wieder verlassen, Kausalya.«

Heil Shri Eklingji!

Unser Segen sei mit dir.

Ein König, der diese Bezeichnung verdient, muss seine Zeit zwischen seinem Königreich und dem Schlachtfeld aufteilen. Es ist nun an der Zeit, dass wir heimkehren und die Zügel des Staates wieder in unsere Hände nehmen.

Die Führung und Leitung eines Krieges sind eine wertvolle und unverzichtbare Übung für einen Prinzen. Es ist unser Wunsch, dass du jetzt die Befehlsgewalt über unsere Streitkräfte übernimmst und den Feind, die Armee des Sultans von Gujarat, bekämpfst.

Feiere das *Janmashtami*-Fest, erweise den Göttern deine Ehrerbietung und ziehe dann unverzüglich nach Idar. Wir erwarten deine Ankunft.

Ehre sei Shri Surya

Dein Vater, Seine Majestät Rana Sanga

Bereits seit dem Tag, da ich meine Kindheit von meiner Jugend trennen konnte, war es mein innigster Wunsch gewesen, die Streitkräfte Mewars anzuführen. Ich hatte Vater auf fünf größeren Feldzügen begleitet, hatte an Strategiebesprechungen teilgenommen, und bei den letzten Auseinandersetzungen hatte ich den Hauptangriff geführt. Aber all das war unter Vaters wachsamem Auge und unter seinem Oberkommando geschehen. Jetzt sollte ich den Oberbefehl über den Gujarat-Feldzug übernehmen, und dennoch gelang es mir nicht, mich darüber vorbehaltlos zu freuen. Binnen weniger Stunden würde sich die Nachricht verbreiten, und jeder Minister, Staatssekretär und Unterstaatssekretär, überhaupt jeder, der in der Regierung, in der Beamtenschaft und der Bevölkerung von Chittor bedeutend war, würde kommen und mir gratulieren. Aber ich weiß, dass es nicht Vaters Art ist, eine Aufgabe, und erst recht nicht einen so wichtigen Feldzug, halb fertig aus der Hand zu geben. Ich hatte ihn schon oft sagen hören, dass ein Wechsel der Führung, wenn ein Projekt – ganz besonders ein Krieg – noch in vollem Gange ist, nicht nur die Mannschaften, sondern auch Offiziere und Generalstab verwirrt und letztlich demoralisiert. Ein solcher Wechsel bedingt eine Änderung in Stil und Substanz der strategischen Überlegungen und Begriffsbildungen, der Art und Weise, wie ein Problem identifiziert und eine Lösung erarbeitet wird, und all dies wirkt sich auf den inneren Zusammenhalt und die Stoßkraft der Truppe negativ aus. Er selbst hat unsere Siege gegen Malwa, Delhi und Gujarat oft auf die Tatsache zurückgeführt, dass die Souveräne dieser Staaten in Momenten, in denen das Kriegsglück sich gegen sie zu wenden schien, überstürzte Feldherrnwechsel vorgenommen hatten.

Warum wich Vater jetzt von seinen Prinzipien ab? Verdankte ich die Ehre, Oberkommandierender der Streitkräfte von Mewar zu werden, am Ende Mutter Karmavatis freundlichen Bemühungen?

Sie hatte Vater mit einem endlosen Strom von Briefen überschüttet, zwei am Tag während der letzten anderthalb Monate. Ich hatte mit dem Gedanken gespielt, sie abzufangen und zu vernichten, aber wenn man erst mal damit anfängt, persönliche Beziehungen zu überwachen, gerät man in einen bodenlosen Abgrund von Argwohn und Verfolgung. Die Hauptsache ist, dass ich nicht den Fehler begehe, Königin Karmavati mit Vater zu verwechseln.

Nicht der Verleumder ist der Übeltäter, sondern derjenige, der ihm Gehör schenkt. Eins darf ich niemals, unter keinen Umständen aus dem Blick verlieren: Was immer die Königin, ihr Obereunuch Brihannada, ihr langes Gefolge von Speichelleckern oder irgendein Minister in Vaters Ohr flüstern mögen – die Verantwortung dafür, auf diese Einflüsterungen zu hören und sich in seinem Handeln von ihnen bestimmen zu lassen, anstatt von seinen bisherigen Erfahrungen mit mir und einer unparteiischen Prüfung und Beurteilung des Beweismaterials, liegt ausschließlich bei ihm. Momentan sah es so aus, als lägen die Bitten, Warnungen und Ratschläge der Königin in offenem Widerstreit zu Vaters Gewissen und Gerechtigkeitsempfinden. Er wollte keinen von uns beiden verletzen. Der goldene Mittelweg ist ein schönes Prinzip, aber in der Politik ist es leider unmöglich, es allen recht zu machen.

Aber vielleicht war es auch anders, und er spielte einen gegen den anderen aus, indem er mich zum Oberkommandierenden ernannte und mich damit einstweilen aus dem Weg schaffte, während er zurückkam, seine angeblich gefährdete Krone wieder an sich riss und Vikram freiließ.

Es gab allerdings auch weitere Gründe, warum ich lieber nicht sofort aufgebrochen wäre. Ich hatte ein Projekt initiiert, von dem ich überzeugt war, dass es für die Zukunft Mewars von absolut entscheidender Bedeutung sein würde.

Die Gesundheit meines Volkes und damit konsequenterweise das Kanalisationssystem hatten für mich oberste Priorität. Aber das Trink- und Abwasserprojekt war gleichzeitig auch nur ein Ablenkungsmanöver. Meine Hauptsorge galt der Festungsanlage. Seit Jahren beschäftigte ich mich mit dem einen Problem, das selbst die stärkste, stabilste und geräumigste Festung aufwirft. Chittor war genau eine solche Zitadelle. Sie ragte auf ihrem Hügel hoch aus der Ebene auf, das Plateau, auf dem sich die Stadt ausbreitete, war fast fünf Kilometer lang, sie hatte mehrere, das ganze Jahr über Wasser führende Quellen und sie besaß große Kornspeicher. Wenn es eine unbesiegbare und unangreifbare Festung gab, dann war es Chittor. Und dennoch hatte eine lange Belagerung, wie diejenige durch Alauddin Khilji von Delhi, Chittor schon einmal in die Knie gezwungen und zum Tod fast aller Rajputenkrieger des Forts geführt.

Eine Zeit lang hatte ich gemeint, das Problem sei das Prinzip einer Festung an sich. Der sichere Zufluchtsort, dessen war ich so gut wie überzeugt, war in Wirklichkeit nichts anderes als eine Falle, die nur darauf wartete zuzuschnappen. Und genau das tat sie ja auch, sobald sich feindliche Streitkräfte näherten. Wir schlossen sämtliche Tore und warfen die Schlüssel fort. Nach monatelanger Belagerung ausgehungert und erschöpft, hatten wir keine andere Hoffnung, aus unserer Lage befreit zu werden, als durch den Feind. Nur er konnte uns erlösen, sei es dadurch, dass er die Belagerung aufhob, sei es, dass er die Tore erstürmte. Mit einem Wort: Ich war auf dem besten Weg, das Kind mit dem Bade auszuschütten.

Ich dachte monatelang darüber nach und erfand das Rad neu. Eine Festung war zwar nicht die ideale Lösung, aber so unzulänglich sie auch sein mochte, blieb sie doch immer noch die brauchbarste. Gab es wirklich keinen Ausweg? Ich erkannte, dass es doch einen gab, wenn ich nur meine Energien und meine Erfindungsgabe auf das Wort »Ausweg«, oder sagen wir besser »Ausgang« konzentrierte. Einer von Chittors größten Vorzügen ist, dass die Hänge seines Hügels von dichtem Dschungel bedeckt sind. Mein Plan war folgender: unter dem Vorwand, Trink- und Abwasserkanäle zu graben, ein geheimes, aber ausgedehntes Netz von breiten Tunneln anzulegen, die an sieben oder mehr absolut uneinsehbaren und bewaldeten Stellen am Fuß des Festungshügels durch Tore verlassen werden könnten, die sich nur nach außen öffnen ließen.

Wenn sich eine Belagerung anzubahnen schien, war das Wichtigste, alle Frauen und Kinder zu evakuieren – wenn alles verloren war, konnten die Frauen meinethalben tapfer in die Jauhar-Flammen springen, aber bis dahin schwächte die Sorge um ihre Sicherheit die Entschlossenheit der Männer. Lege so große Vorräte an Nahrungsmitteln, Brennholz und Waffen an, wie die Festung überhaupt fassen kann. Aber selbst bei unseren zurückgehenden Bevölkerungszahlen bleiben die Materialressourcen einer Festung doch immer eine endliche Größe. Sobald der Feind glaubt, unsere Vorräte und unsere Kampfmoral näherten sich dem Nullpunkt, schaffe die Hälfte der Garnison bei Nacht – wenn möglich während einer Gewitternacht – durch die Tunnel nach draußen. In Ermangelung von Blitz und Donner inszeniere ein wirkungsvolles Ablenkungsmanöver, um den Ausmarsch der Truppen zu decken. Sobald du mit den Männern draußen bist, bringe sie wieder in Gefechtsformation, greife den Feind, noch im Schutz der Dunkelheit, hinterrücks an und stifte so viel Chaos und Zerstörung in seinen Reihen, wie du nur kannst. Sollte der nächtliche Überraschungsangriff scheitern, würde in der folgenden Nacht auch die zweite Hälfte der Garnison das Fort räumen.

Der Feind würde anderntags eine Geisterstadt vorfinden. Sicher, er würde alles mitnehmen, was nicht niet- und nagelfest war, und alles in Brand stecken, was ihm unter die Augen kam. Aber das würde er schließlich auch tun, wenn man ihm vorher bis zum Tod Widerstand geleistet hatte. Wenn dann die feindlichen Truppen mit ihrer Beute wieder abziehen, während ein kleines Kontingent die Festung hält, greife die schwer bepackten, erschöpften Divisionen mit allem an, was du hast. Sieh zu, dass du sie vernichtend schlägst, denn am folgenden Tag erstürmst du deine eigene, schwer beschädigte Festung – die mittlerweile fast keine Vorräte mehr enthält – und eroberst sie so schnell wie möglich zurück.

Mir blieben knapp achtundvierzig Stunden, um meine Angelegenheiten zu regeln, zu packen und meine Abschiedsbesuche zu machen. Aber etwas Zeit musste ich unbedingt für eine letzte Besprechung mit meinem neuen Jünger erübrigen, dem Stadtplaner Sahasmal. Als ich ihm meine Idee mit dem unterirdischen Tunnelsystem skizzierte, reagierte er skeptisch. Er hatte Bedenken wegen der langen Zeit, die ein so ehrgeiziges Projekt in Anspruch nehmen würde.

»Rana Kumbha hat den Siegesturm auch nicht über Nacht erbaut.«

»Eure Hoheit, über der Erde, auf festem, felsigem Untergrund zu bauen ist ein weit leichteres Unterfangen, als sich kilometerweit durch Fels zu graben. Im ersten Fall legt man lediglich einen Stein auf den anderen. Im letzteren meißelt man tagelang und schafft gerade eine zwei Finger breite Kerbe.«

Ich muss gestehen, dass sein schlichtes Beispiel mir das Problem der erforderlichen Arbeitsleistung weit plastischer vor Augen führte, als ich es mir bis dahin vorgestellt hatte.

»Dann wird es eben länger dauern als der Bau des Siegesturms, was soll's? Wir hoffen, dass die Tunnel sich in den kommenden Jahrhunderten, für unsere Kindeskinder, als nützlich erweisen werden. Außerdem, wenn uns die Anlage wirklich in Zeiten einer Belagerung retten wird, dann können wir auch zwei- oder dreimal so viel Arbeitskraft in das Projekt stecken, als ein überirdischer Bau erfordern würde.«

»Das zweite Problem ist schwerwiegender. Ich mache mir Sorgen wegen der Luft in den Tunneln.«

»Während der Grabarbeiten oder hinterher?«

»Beides. Aber besonders hinterher, wenn die Tunnelanlage vielleicht jahrelang verschlossen gewesen ist. Die Luft könnte giftig werden und sich als todbringend erweisen.«

»Chittor liegt hoch, aber nicht so hoch, dass wir uns kilometertief in die Eingeweide der Erde werden graben müssen. Vielleicht sollten wir uns ein System von Belüftungsschächten überlegen und dann Vögel in Käfigen hinunterlassen und sehen, ob sie überleben. Ich improvisiere, begreifst du? Es ist keineswegs so, dass ich deine Bedenken als kleinlich oder unsinnig abtun würde. Möglicherweise werden noch weitere, hartnäckigere Probleme auftauchen. Aber ich würde es gern dir überlassen, sie zu lösen. Überleg nur, Sahasmal, wie viele Menschenleben wir retten können, wenn es uns gelingt, diesen Plan zu verwirklichen! Und wenn wir überleben, können wir am Ende den Feind vielleicht doch noch besiegen. Das ist nicht der Siegesturm, der dir bei unserer ersten Besprechung vorgeschwebt hatte; aber wir könnten es ›Sahasmals Siegestunnel‹ nennen. Stell dir vor, wie dankbar dir künftige Generationen sein werden!«

»Wann möchtet Ihr die ersten Entwürfe sehen?«

»Nenn du mir einen Termin.«

»In vier Wochen. Mein Sohn wird sie Euch persönlich überbringen.«

»Ich will nicht, dass sie irgendjemandem sonst in die Hände fallen.«

»Ich werde die Pläne verschlüsseln. Alle Tunnel werden als oberirdische Konstruktionen erscheinen, so dass das Ganze völlig absurd aussieht und überhaupt nicht zu entziffern ist.«

»In Ordnung, sehen wir, was du für uns tun kannst.«

»Glückliche Reise, Eure Hoheit.«

Jetzt blieb noch ein Letztes zu erledigen. Ich schickte nach dem Mullah. »Waren es deine Gebete oder diejenigen der Priester in unseren Tempeln, die gewirkt haben? Ist der Shahzada von unseren Göttern oder von deinem Alleinigen Gott gerettet worden?«

Der Mullah sah verdutzt drein. Er wollte den Prinzen nicht verstimmen, ebenso wenig aber wollte er sich den Zorn seines Gottes zuziehen. »Lass gut sein, Mullah. Hier ist das Geld für die Reparaturen an deiner Moschee.«

Da der Flötenspieler um Mitternacht geboren worden war, hätte die offizielle Janmashtami-Puja um diese Glück verheißende Uhrzeit stattfinden sollen. Als unsere Familiengottheit ist Shri Eklingji jedoch der Primus inter Pares, und so gebührte die Ehre einer Nachtwache ausschließlich ihm. Die in jedem Haushalt durchgeführte mitternächtliche Familien-Puja für den Flötisten war eine reine Privatangelegenheit, und die öffentliche Zeremonie wurde am darauffolgenden Abend abgehalten. Ich hatte zwar fast alle Beziehungen zum Flötenspieler abgebrochen, aber das hier war eine Amtshandlung. Die Könige von Mewar hatten an Janmashtami von jeher Krishnas Brindabani-Tempel besucht, dort *arati* vollführt, die Füße des Blauen berührt, Prasad gegessen und Geschenke unter die Bevölkerung von Chittor verteilt. Was für Meinungsverschiedenheiten ich persönlich mit ihm auch haben mochte, hatte ich nicht vor, mit der Tradition zu brechen. Jedes Königtum lebt von Institutionen und es gibt keine wichtigere als die Tradition.
Es war ein Staatsakt. Kausalya half mir, das komplette königliche Ornat anzulegen: gelbseidene Dhoti, eine sandelholzweiße Jacke mit dezenter Silberstickerei – nichts Protziges, sondern von erlesener Schlichtheit, die nur wenige kultivierte Höflinge bemerken und zu würdigen wissen würden – und einen grünen Turban mit einem Busch weißer Federn. Ich beugte den Kopf, damit Kausalya mir die vierzehnreihige Gold-Emaille-Kette überstreifen konnte.
»Soll ich den Spiegel holen?«, fragte sie.
Ich schüttelte den Kopf. Ich lege keinen Wert darauf, mein Spiegelbild anzuschauen. »Sag du mir, wie ich aussehe.«
»Wie ein künftiger König. Und ein König muss jederzeit wissen, welchen Eindruck er auf seine Untertanen macht.«
»Na schön. Dann hol ihn.« Ich sah einen jungen Mann mit einem konzentrierten, nachdenklichen Blick, tief liegenden Augen, Brauen, die Abstand voneinander zu halten wussten, einer entschlossenen Nase und einem breiten Mund. Der ungebärdige Haarschopf

erregte diesmal keinen Anstoß, da er unter dem Turban versteckt war. Warum bin ich in den letzten paar Jahren nur so ein fürchterlich ernster Mensch geworden?

Meine Brüder, Premierminister Puranmalji, Adinathji, der Innenminister Onkel Lakshman Simhaji und weitere Minister und Würdenträger erwarteten mich vor dem Palast. Alle verneigten sich vor mir und ich bestieg den königlichen Elefanten Tufan. Ich war entspannt, gelassen, und wie immer beobachtete ich mich selbst. Das war das erste Mal, dass ich bei einem öffentlichen Festakt als Stellvertreter Seiner Majestät auftrat, und ich war mir der Feierlichkeit und des Ernstes des Anlasses wohl bewusst. Die Straßen waren dicht gesäumt von Menschen. Sie lehnten sich über Balkonbrüstungen, balancierten Schwindel erregend auf Simsen und spähten von Terrassen herab. Sie wünschten Vater und mir ein langes Leben. Ich war gerührt von der Wärme und Offenheit ihrer Zuneigung und überwältigt von ihrem Vertrauen. Hätte ich sie aufgefordert, morgen mit mir loszuziehen und gegen die Streitkräfte Gujarats anzutreten, wären sie mir ohne mit der Wimper zu zucken gefolgt. Sie bewarfen mich mit Blumen, und die Frauen pressten sich die Knöchel gegen die Schläfen, um den bösen Blick von mir abzuwenden. Ich hätte ihnen am liebsten zugewinkt und sie allesamt umarmt. Stattdessen lächelte ich leicht und hob gelegentlich huldvoll die Hand, wie es sich für einen künftigen König geziemte.

Wir waren gerade in die Maharana-Kumbha-Chaussee eingebogen, als ich die Stimme vernahm – dieselbe wie an jenem regnerischen Tag, als ich sie zum ersten Mal gehört hatte. Ich träumte natürlich, keine Frage. Was hätte sie in diesem Teil der Stadt tun sollen? Was in Gottes Namen hatte sie vor? Seitdem jeder von uns sein eigenes Leben führte, hatte ich keine Ahnung, wo sie sich gerade aufhielt oder womit sie sich beschäftigte. Das war eine äußerst lahme Entschuldigung. Mit derlei Sprüchen wäre jemand nicht einmal vor meinem Gericht für Bagatellsachen durchgekommen. Wenn der Maharaj-Kumar, der Kronprinz und Thronfolger, nicht wusste, was seine Frau trieb, dann tat er besser daran, sich in die Berge zurückzuziehen und Einsiedler zu werden. Denn wenn er selbst auf seine eigene Frau nicht aufpassen konnte, wie sollte er dann jemals für das Wohl seiner Untertanen und seines Reiches sorgen?

Hatte ich etwa vergessen, dass heute Janmashtami war, der Geburtstag des Flötenspielers? Hatte ich etwa erwartet, dass sie ihre Gesinnung ändern, dem Blauen entsagen und das Lager mit mir teilen würde? Ich konnte keinem anderen die Schuld geben als mir selbst. Hätte Vikramaditya mir nicht schon dabei geholfen, zum Gespött der Stadt zu werden, wäre ich jetzt selbst tatkräftig dabei, mich zum Hahnrei, Hampelmann und Hanswurst jeder Posse, Farce und Schmierenkomödie in Mewar zu machen.
Ich wusste, was ich zu erwarten hatte. Ich verzog keine Miene und sah stur geradeaus. Wenn du hochmütig genug aussiehst, sagte ich mir, wird es niemand wagen, über dich zu lachen oder Witze zu reißen – zumindest nicht in deiner Anwesenheit. Aber die Menschen von Mewar waren gut gelaunt und entschlossen, die öffentliche Demütigung ihres Maharaj-Kumar zu ignorieren. Mittlerweile hatten wir die Hauptachse erreicht, die Bappa-Rawal-Allee, die Chittor in zwei fast gleiche Hälften teilte. Alle fünfzig Meter hing an üppig mit Blütenranken und Blumen umwundenen Seilen ein Krug in acht, neun Metern Höhe über der Straße. Dies war eine Dekoration, die ich noch nicht kannte. Ich fragte mich besorgt, ob die Krüge die Lieblingssubstanzen des Flötisten enthalten mochten: Quark und Buttermilch. Ich brauchte auf die Antwort nicht lange zu warten. Als ich mich unter dem ersten Krug befand, hörte ich ein Geräusch wie von einem sich abrupt straffenden Seil. Mein erster Impuls war, den Kopf einzuziehen. Ich war nicht in der Laune, mich mit Molkereiprodukten bekleckern zu lassen. Zum Glück behielt ich einen kühlen Kopf und machte mich nicht lächerlich. Ein Gestöber von Blütenblättern ergoss sich herab, und als wir den siebten Krug passiert hatten, waren nicht nur Tufan und ich, sondern die ganze Straße ein Mosaik aus Rosa, Gelb, Weiß und Rot.
Wo waren nur all die Pfauen? Warum übertönten ihre einsamen Schreie nicht den Gesang meiner Frau?

Die Sonne schon gesehen?
Sie ist pfauenblau geworden.
Schau heute meine Zunge an:
Das Gleiche. Knall-blau.
Blaue Ringelblumen. Blaue Raben. Blaues Gras.

Ich muss den blauen Star haben, sag ich mir.
Werf zufällig einen Blick auf den Kalender –
364 Tage im Jahr seh ich ihn ungeduldig an,
nur heut natürlich nicht.
Alles Blaue zum Geburtstag, mein Lieb!
Können Götter Geburtstag haben?
Ich dachte, sie sind end- und anfangslos!
Blau ist die Farbe meines Geliebten.
Blau ist die Farbe meines Universums.

Flittchen nennen sie mich, Dirne, Hure,
Schlampe, Nutte, öffentliches Weib.
Sag's ihnen, ich bitte dich,
ich fleh dich an, sag's ihnen:
Rette meine Ehre, Liebster, rette meine Ehre.
Sag ihnen, wer ich bin:
Eines Gottes Gattin, bitteschön.
Schämst du dich etwa meiner?
Was hältst du mich geheim?
Sag ihnen, ich bin dein.
Rechtmäßig mit dir vermählt vor allen Göttern.
So wahr Sonne, Mond und Sterne meine Zeugen sind,
sag ihnen: bis zum letzten Atemzug
bleib ich dem Blauen treu.
Rette meine Ehre, Liebster, rette meine Ehre.

Die Sonne schon gesehen?

Als wir vor dem Eingangstor des Brindabani-Tempels hielten, steigerten sich das Lied und die Stimme zu einer frenetischen Wiederholung eines der tausend Namen des Flötenspielers. Langsam saß ich von Tufan ab. »Rette meine Ehre«, schrie sie immer und immer wieder, »rette meine Ehre!«
Hier liegt ein kleines Missverständnis vor, mein teures Eheweib; soweit ich weiß, ist es meine Ehre und diejenige Mewars, die ein wenig Rettung brauchen könnten. Ich schlüpfte aus den Schuhen. Ich spürte deutlich, wie der Premier und der Schatzkanzler meinem

Blick auswichen. Wussten sie Bescheid? Kannten sämtliche Höflinge und Raos und Rawats, die mich begleiteten, die Identität der Sängerin? Natürlich wussten sie Bescheid. Ein alter Mann verneigte sich und berührte meine Füße. Ich ergriff seine Hände und richtete ihn wieder auf. Er blickte mich traurig an, schüttelte den Kopf und sagte, an niemand im Besonderen gerichtet: »Prinzessin, trenn dich von den Heiligen. Selbst deine Heimat Merta schämt sich deinetwegen. Und Chittor ebenso.«

Falls seine Anteilnahme eine Saite in mir berührte, würde ich es gewiss nicht zeigen. Ich stieg feierlich die hundert Stufen hinauf und schritt durch Vor- und Haupthalle des Tempels. Die Wachen hatten ihre Not, die Menschenmenge zurückzuhalten. Meine Frau hatte sich Schellenbänder um die Fußknöchel gebunden wie eine Bajadere und tanzte vor aller Augen. Ihr Rock war ein verschwommenes rotes Gestrudel, sie wirbelte wie ein Derwisch in Trance. Sie war schweißnass, auch wenn ihr Leibchen noch nicht durchscheinend geworden war. Wie lange tanzte sie schon? Nur eine Besessene konnte eine solche Energie aufbieten. Ich habe die ganze Zeit still gehalten, Flötist, aber jetzt habe ich eine Rechnung mit dir zu begleichen.

Wie weit war ich bereit zu gehen, hatte mich Bhutani Mata gefragt, um das zu bekommen, was ich wollte? Meine schwachsinnige Antwort war gewesen: »Ziemlich weit«. Kein Wunder, dass sie mich für einen Vollidioten gehalten hatte, der ohne nachzudenken redete.

Jetzt hätte ich nicht weit genug gehen können. Bis zum Ende, bis zum bitteren Ende. So weit es nötig ist. Was immer erforderlich ist, um sie loszuwerden, aber nicht ohne all die Qual und all das Leid und all den Schmerz, den diese und jede andere Welt zu ertragen fähig ist. Tu es, Bhutani Mata, tu es, und schenk meiner Seele Frieden. Ich habe ihn verdient.

Ich bin bereit, einen Bund mit Göttern und Dämonen zu schließen. Mit Brahma, Vishnu, Shiva, mit Indra, Varuna, Agni, selbst mit dem schauerlichen Yama. Wenn's nötig ist, auch mit den Göttern einer anderen, uranfänglichen Zeit. Und nicht einmal da will ich Halt machen. Dem Bösen will ich mich verschreiben und der schwarzen Magie. Schwarz will ich mein Herz färben und in finsterer Nacht die Tore aufreißen und die Pestilenz hereinrufen über ihr Haupt und ihre Sippe. Öffne deinen Hort von Totenköpfen und Ungeziefer, Bhutani Mata, von zahllosen Heerscharen von Würmern und Wanzen, Maden und Termiten, und lass sie die Erde überwuchern und sich durch die drei Welten fressen, bis weder Stein noch Erdreich, weder Himmel noch Wasser, weder Luft noch Feuer, weder Gott noch Dämonen bleiben, sondern nur noch ein endloser Strudel und krabbelndes Gewimmel von Kreaturen der Unterwelt! Mach, dass sie sich durch Fleisch und Knochen fressen und aus Augenhöhlen und anderen Öffnungen kriechen, aus Mund und Ohren und Nasenlöchern und After, bis ihnen nichts anderes übrig bleibt, als sich gegenseitig aufzufressen. Es werde Nichts, Nichts, Nichts!

»Wirf sie Tufan vor die Füße! Lass den Elefanten sie zu Tode trampeln! Fessle sie auf dem Aufmarschplatz und peitsche sie aus, bis jeder Tropfen Blut aus ihren Adern in den Boden gesickert ist!« Königin Karmavati schrie mich an. Die übrigen Königinnen und Zofen waren schreckensstarr. Sogar Kumkum Kanwar mit ihrer maßlosen, blinden Liebe zu ihrer Herrin war sichtlich verstört und am Rand der Tränen. »Siehst du jetzt, wohin uns deine Rückgratlosigkeit gebracht hat? Ich habe dich gewarnt, als sie anfing, zu Hause zu tanzen. Ich habe dir gesagt, du solltest sie loswerden, verbannen, für immer einsperren, sie ein für alle Mal loswerden, aber du hast ja nicht hören wollen! Wie sollen wir jemals diese Schande überstehen? Wie soll Seine Majestät, der Rana, dein Vater, je wieder sein Haupt erhoben tragen können? Ich werde sie in Stücke reißen, Glied für Glied auseinander reißen! Steh auf, du Jammerlappen, und schleif sie nach Haus!«
»Nicht jetzt, Mutter.« Meine Stimme war leise und bedrohlich ruhig. »Ich möchte meinen Frieden. Ich bin hierher gekommen, um dem Blauen meine Grüße und Gebete darzubringen. Ich bitte um Ruhe. Jeder von uns« – jetzt dröhnte meine Stimme weithin vernehmbar – »kann nur auf seine eigene Art beten. Dieses ist ihre Art. Wir werden das respektieren.«
Diese Brüskierung verschlug der Rani die Sprache. Sie kam ebenso unerwartet wie sie nicht zu beantworten war. Die Rani sah mich mit kaum verhohlenem Hass an. Sie würde mir meine Unverschämtheit noch heimzahlen. Aber für den Augenblick hatte ich ihr den Mund gestopft.

Bhutani Mata stand neben mir. Ich spürte den mattweißen Auswuchs des Felsens ihrer Höhle an meinem Rücken und den schlüpfrigen Schleim ihrer Handfläche, als sie meine Hand ergriff. »Warum überlegst du es dir nicht in aller Ruhe, bevor du dich entscheidest, Prinz? Im Leben gibt es kein Zurück. Keine Tat kannst du ungeschehen machen, wie sehr du es dir auch hinterher wünschen magst.« Angewidert riss ich meine Hand los. Kapierte die alte Vettel eigentlich, wem ich den Kampf erklärt hatte? »Denk darüber nach, Maharaj-Kumar!« Ihre baumelnden verschrumpelten Brüste klatschten mir ins Gesicht. »Wer eilig handelt, hat Muße zu bereuen. Was meinst du, Prinz?« Ich wandte mich ab und betrat das Allerheiligste des Flötenspielers.

Gibt es etwas Schmerzlicheres und Einsameres als den Verrat? Ja, durchaus. Es ist der Verlust. Und schlimmer noch als der Verlust sind die Streiche, die einem die Erinnerung spielt. Ich sah den Flötenspieler an. Es war so, als begegnete ich einem lieben Freund nach vielen Jahren wieder. Mein erster Impuls – es war kaum Impuls zu nennen, denn es erschien wie die natürlichste Sache der Welt – war, ihn zu berühren, so wie ich es als Vier- oder Fünfjähriger getan hatte. Aber der Priester trat vor und der Bann war gebrochen. Endlich standen wir uns gegenüber. Zwei Feinde auf Leben und Tod. Nur, dass einer davon unsterblich war. Eine derartige Woge von Hass rollte plötzlich über mich hinweg, dass ich ihn am liebsten erwürgt hätte, um ihm anschließend das Genick zu brechen. Was trieb ich hier eigentlich? Ich wollte sein Gesicht nie wiedersehen, solange ich lebte nicht wieder in seine Nähe kommen. Es wäre rhetorisch und idiotisch gewesen, ihn »Warum?« zu fragen. Selbst in den seltenen Fällen, in denen jemand tatsächlich einen Grund für sein Handeln angibt, einen handfesten, vernünftigen Grund, trifft er dann jemals den Kern der Sache, offenbart er damit die Wahrheit?

Des Flötenspielers Schwäche für Frauen war legendär. Ständig trieben sie sich in seiner Umgebung herum. Aber wirklich erstaunlich, beunruhigend und unerklärlich war die merkwürdige Natur seiner Anziehungskraft. Je mehr Frauen er hatte, desto mehr Frauen wollten ihn. Wenn er sie verstieß oder schlicht und einfach vergaß, dann wurde er für sie nur umso begehrenswerter. Vielleicht ist die Wahrheit ja ganz einfach: Frauen lieben Frauenhelden.

Aber das alles war vor ein- oder zweitausend Jahren passiert. Krishna war eines tragischen Todes gestorben und hatte die Erde verlassen. Warum nach all den Jahren ... Vergiss es, es bringt nichts, in diese Richtung weiterzudenken! Ich tat, was ich tun musste, und vollzog die vorgeschriebenen Rituale. Als die Minister gleichfalls fertig waren, gingen wir.

Die erlauchte Gesellschaft im Haus meines Cousins Rajendra Simha erhob sich von ihren Plätzen, um den Maharaj-Kumar und den Shahzada willkommen zu heißen. Die Einladung war von Rajendra ausgegangen, aber zu unserer Begrüßung trat der Patriarch der Familie, sein Vater, mein Onkel Lakshman Simha vor. Er umarmte mich und wandte sich dann Prinz Bahadur zu.
»Salam alaikum, seid gegrüßt an diesem Geburtstag des ungezogenen Bal-Krishna. Betrachtet unser Haus als das Eure. Amüsiert Euch, und möge der Segen des Kanhaiyya-Kindes auf Euch ruhen!«
Mein Herz machte einen Aussetzer. Bahadur und ich schienen die Affäre um Kausalya begraben und vergessen zu haben. Aber er war kein Narr und hatte sich von Kausalyas List mit Sicherheit nicht täuschen lassen. Ich weiß nicht, ob sie am Abend des Treffens zu ihrer Entschuldigung etwas zu ihm gesagt hatte oder ob sie es ihrem Schauder erregenden entblößten Fleisch überlassen hatte, Zeugnis wider sie abzulegen. Doch so oder so war er zurückgewiesen worden, und der Prinz war kein Mensch, der je ein Nein akzeptieren würde. Er hatte die Beleidigung zur Kenntnis genommen, notiert und wie eine duftende Blume, die man von einer Geliebten erhalten hat, zwischen die Seiten eines zerlesenen Buches gelegt. Eines Tages aber würde er sie wieder hervorholen, die ausgetrockneten, zerbröselnden Blütenblätter gedankenlos betrachten und dann zuschlagen. Als ich ihn am Gästepalast abholte, war er wieder ganz der alte liebevolle und herzliche Freund. Es hatte schließlich keinen Sinn, sich wegen einer fernen Zukunft die Freuden der Gegenwart zu verderben. Wenn jene erst einmal Wirklichkeit geworden war, würde er den Preis der Vergeltung einfordern.
Würde die Erwähnung einer hinduistischen Gottheit ihm auf den Magen schlagen? Würde er einen roten Kopf bekommen und einen

Streit vom Zaun brechen? Er setzte ein entwaffnendes, gewinnendes Lächeln auf. »Wa alaikum salam.« Er umarmte meinen Onkel nach dem Brauch seiner Religion drei Mal. Lakshman Simhaji machte seine Sache auch nicht schlecht. Die lustige Anekdote, die Bahadur anlässlich seines vorigen Besuches erzählt hatte, war ad acta gelegt worden, und auch wenn der Shahzada seine Leibesfülle kaum umfassen konnte, hielt Onkel ihm pflichtbewusst erst die linke, dann die rechte, dann wieder die linke Wange hin.

Ich mag meinen Onkel recht gern und ich vermute, er mich auch. Lasst euch nicht von seiner unförmigen Korpulenz abschrecken, den schwabbelnden Brüsten oder den Wellen von Fett, die die ausladende Küste seines Körpers umkräuseln, wenn er sich abends für den Masseur auszieht. Er ist ein Mann von erlesenem Geschmack, schelmischem Humor und einer sinnlichen Sanftheit, die manche Frauen unwiderstehlich finden. Er ist der einzige wahre Hedonist in Chittor. Er liebt das Essen, den Wein und seine leiblichen Freuden, wozu unter anderem Furzen in vielerlei Tonarten gehört. Er ist auch ein guter Musiker und seine Stimme hat ein tiefes klangvolles Timbre, das ihn, als er noch schlank und aktiv war, bei Festen zu einem der begehrtesten Amateursänger der Stadt werden ließ. Er macht nie viel Aufhebens um seine Singerei. Er mag sich selbst und ist davon überzeugt, dass die anderen ihn auch mögen. Er ist Vaters Cousin, und da Vater oft unterwegs war und sein Sohn Rajendra und ich gleichaltrig waren, nahm er mich unter seine Fittiche.

Rajendra ist ganz der Sohn seines Vaters. Er liebt die guten Dinge des Lebens. Als Junge ging ich immer zu ihm, wenn ich etwas Aufheiterung brauchte. Als wir heranwuchsen, lebten wir uns auseinander. Es war nicht so, dass wir uns gestritten oder sonstwie entzweit hätten – wir gingen nur, wie es ganz normal ist, beide unsere eigenen Wege, und die kreuzten sich eben nicht allzu häufig. Ab morgen werden wir uns täglich begegnen, denn Vater hat ihn zum Kommandeur einer Kavalleriedivision ernannt. Ich freue mich schon darauf, unsere alte Vertrautheit wieder aufleben zu lassen, und das nicht nur, weil ich Freunde und Verbündete brauche. Ich mag Rajendra. Wie bei vielen geselligen und gesprächigen Menschen weiß man nie, was in seinem Kopf vor sich geht oder was ihm zu schaffen macht. Ein guter und ein loyaler Mann. Anfangs beobachtete ich seine hitzige Freundschaft zu Bahadur mit Argwohn, aber ich habe den Verdacht, dass das zu einem guten Teil schlichte Eifersucht war. Ich fühlte mich ausgegrenzt, hatte aber gleichzeitig keine Lust, mich an ihren nächtelangen Ausschweifungen in der Stadt zu beteiligen. Ständig erheben wir Anspruch auf Menschen, für die wir andererseits nicht bereit wären, irgendwelche Opfer zu bringen. Bahadur und er sind noch immer eng befreundet, man sieht es schon daran, wie sie sich begrüßen und umarmen. Von morgen an wird sich Bahadur ein wenig verloren fühlen.

Der Premierminister Puranmalji, Adinathji, die übrigen Kabinettsmitglieder, meine Cousins, Neffen und Brüder treten vor und begrüßen mich. Das hier ist zwar ein informelles Fest, aber ich werde mich erst später unter die Gäste mischen. Da ich Vaters Stellvertreter in Chittor bin, verlangt die Etikette, dass ich mich bis zum Beginn der Darbietung einer würdevollen Zurückhaltung befleißige. Ich weiß, woran jetzt alle denken, aber mit Ausnahme von Vikramaditya, der glücklicherweise noch immer im Kerker von Kumbhalgarh sitzt, würde gewiss niemand die Taktlosigkeit besitzen, auf den heutigen Gesang und Tanz meiner Frau im Brindabani-Tempel anzuspielen. Ich wechsle mit jedem ein paar Worte, erkundige mich nach dem Wohlergehen von Ehefrauen und Kindern und plaudere bewusst über die belanglosesten Dinge.

Das Haus ist so strahlend hell erleuchtet, als hätten wir heute Divali. Mein Onkel sammelt Lampen und dieser Raum ist der ideale Ort, um sie vorteilhaft zur Schau zu stellen. Die himmelblauen Vorhänge aus Chanderi werden in den riesigen Fenstern zwar an kurzer Leine gehalten, aber im angenehm kühlen Durchzug blähen sie sich und zerren widerspenstig an ihren Bändern, bis sie sich losreißen können und sich flutend und wogend nach der Decke strecken. Wir mögen zu Hause teurere Stücke haben, aber die Perserteppiche und Afghans in Lakshman Simhas Empfangsräumen wirken weicher und einladender als unsere. Man kann auf ihnen sitzen, liegen oder sogar ein Schläfchen machen, ohne dass gleich jemand daherkommt und einen bittet, vorsichtig zu sein, weil dieser eine Teppich ein Geschenk des Rajas von Kaschmir ist und der andere da, auf dem man gerade seinen schlammverkrusteten Schuh abgelegt hat, ein schier unbezahlbares Sammlerstück ist und vom türkischen Sultan

stammt. Auf den Teppichen liegen Hunderte von Kissen und Sitzpolstern herum. Manche sind rund, manche quadratisch, manche sind dicke Walzen. Ich würde einen weniger exponierten Sitzplatz bevorzugen, so dass ich, sollte mir langweilig werden, unbemerkt verschwinden könnte. Aber man kann nun mal nicht der Chef des Ganzen sein und erwarten, dass die Leute einen übersehen.
Heute Abend gibt es kein Festmahl. Wer Hunger bekommt, geht einfach in den Pavillon, der im Innenhof aufgebaut worden ist. Dort kann man sich entweder eine vollständige Mahlzeit servieren lassen – eine der besten, die man in diesem Teil des Landes bekommt – oder sich an der endlosen Vielfalt kleinerer Speisen delektieren.
Der Pakhavaj- und der *sarangi*-Spieler treten ein und verneigen sich vor mir und Bahadur Khan, vor meinem Onkel und Rajendra und vor allen Würdenträgern, ehe sie sich setzen und beginnen, ihre Instrumente zu stimmen. Jeder muss auf den Rana – oder, in dessen Abwesenheit, auf den Maharaj-Kumar – warten. Die Künstler, wie Sänger, Musiker, Tänzer oder Komödianten, treten nicht auf, bevor der König Platz genommen hat. Das ist das Signal für die Frauen, sich im abgeteilten Seitenteil des Raums gleichfalls zu setzen.
Ein roter Blitz springt über die Ersatzinstrumente, die an der Seite der Bühne liegen, hüpft mir auf den Schoß und schlingt die Arme um meinen Hals. Adinathji will protestieren, aber ich hebe die Hand. Lilavati vollbringt wie immer wahre Wunder für meine Eigenliebe, Stimmung, Seele, für mein Herz und was sich sonst noch für angeschlagene Ich-Fragmente in mir herumtreiben mögen.
»Morgen gehst du, ohne mir auf Wiedersehen gesagt zu haben!«
»Das stimmt nicht. Morgen vor Sonnenaufgang bist du der Ehrengast. Du wirst mir das Banner Mewars überreichen.«
»Du hättest zu uns nach Haus kommen können.«
Noch ein, zwei Jahre, und Lilavati wird mir nicht mehr in die Arme fliegen. Sie werden sie mit irgendeinem Finanzier verheiraten und wir werden uns kaum je wieder über den Weg laufen.
»Du hast Seine Hoheit, Prinz Bahadur von Gujarat, noch gar nicht begrüßt«, wechselte ich das Thema, da ich keine langen Erklärungen darüber abgeben wollte, wie kurzfristig Vater mich aus Chittor abberufen hatte.
»Du hast uns nicht vorgestellt.«

»Shahzada, das ist Lilavati, Adinathjis Urenkelin. Lilavati, Seine Hoheit Prinz Bahadur.«
Lilavati stand auf und machte vor dem Prinzen einen Knicks.
»Ich fragte mich schon, ob der Maharaj-Kumar sich je dazu herablassen würde, mich der lieblichen jungen Dame vorzustellen. Seid Ihr seine Favoritin?«
»Ja. Und er ist meiner.«
Was für einen schönen Kopf Lilavati hatte! Der Prinz musste meine Gedanken gelesen haben. »Sie wird eine der schönsten Frauen von Mewar werden.«
»Eine der intelligentesten ist sie schon jetzt.«

Es war bei Lakshman Simhas Janmashtami-Festen Tradition, dass der Name des Künstlers nie vor seinem Auftritt verraten wurde. So lag ein Teil des Vergnügens an dem Abend darin, darüber zu rätseln, ob es sich um einen Mann oder eine Frau handeln würde, um einen Sänger, Instrumentalisten oder Tänzer, und wie der oder die Betreffende wohl hieß. Die Gäste schlossen Wetten ab – um ein Fass Wein, tausend Tankas, ein Pferd, ein Kamel und manchmal ein paar Dörfer. Fast jeder hatte seinen privaten Nachrichtendienst und war begierig zu erfahren, ob seine Informationen zutrafen. Rajendra nickte und pflichtete jeder geäußerten Vermutung bei. Dann erklärte Onkel feierlich, dass es an diesem Abend eine einschneidende Abweichung vom gewohnten Brauch geben und ein nach der hermaphroditischen Gottheit *Ardhanarishvar* benannter, halb männlich, halb weiblicher Künstler hermaphroditische Verse rezitieren und mit gleichzeitig männlicher und weiblicher Stimme singen würde – das Ganze gefolgt von einem von derselben Person dargebotenen Tanzduett.
»Ich wette mit Euch um mein Diamant- und Smaragd-Halsband«, sagte der Shahzada zu Lilavati, »dass es eine Frau sein wird, und zwar eine Tänzerin.«
»Halb falsch. Frau ja, aber eine Sängerin«, entgegnete Lilavati.
»Mit leeren Worten ist es nicht getan, Lilavati. Ihr werdet Euren Worten schon Taten folgen lassen müssen. Was setzt Ihr ein?«
»Ich habe nichts, was ich verwetten könnte.«
»Wie wäre es mit der Goldkette, die Ihr um die Taille tragt?«

Lilavati zögerte. »Euer Fußkettchen wird es auch tun. Ich werde es am Handgelenk tragen.« Bahadur war dabei, Lilavati nach allen Regeln der Kunst in die Enge zu treiben, und zur Abwechslung einmal wusste sie nicht, wie sie reagieren sollte. »Oder wie wär's, wenn Ihr auch mir ein Banner weben würdet?« Ich hatte gar nicht gemerkt, wie geschickt er seine Schlinge um Lilavati gelegt hatte.
»Ja, das würde ich gern tun. Werdet Ihr Euch dem Maharaj-Kumar anschließen oder mit Onkel Rajendra reiten?«
Die ganze Gesellschaft plapperte munter durcheinander, aber Bahadurs angespanntes Schweigen ließ eine Alarmglocke in meinem Kopf losgehen. Ich nahm meinen Gürtel ab und reichte ihn Lilavati.
»Wir werden um Seiner Hoheit, des Maharaj-Kumars Rubin- und Perlen-Gürtel wetten. Haltet Ihr das für ein faires Angebot?« Lilavati hatte offenbar kein Verlangen danach herauszufinden, wie haarscharf sie an einem Eklat vorbeigeschrammt war.
Der Shahzada legte Lilavati seine Halskette um. »Diese Runde habt Ihr ohnehin schon gewonnen, Lilavati.«

Doch wie das Schicksal es so wollte, hätte ich meinen Gürtel gar nicht verloren.
»Mein Name ist Sajanibai«, sagte die Frau, nachdem sie es sich vor dem Trommler und dem Sarangi-Spieler bequem gemacht hatte. »Sind Namen Schall und Rauch oder sagen sie wirklich etwas über das Wesen eines Menschen aus? Manche Leute glauben, ich sei jedermanns *sajani* oder Geliebte. Andere meinen, ich gehöre einzig und allein ihnen. Jeder hat ein Recht auf seine Überzeugung, meine Herren. Denn wie Ihr wisst, ist eine Frau wie eine Thronplattform. So breit sie auch sei«, sie lächelte und deutete mit einer Hand auf ihre üppige Leibesmitte, »kann sie immer nur einem Mann auf einmal Freude schenken. Während ich also jeden Einzelnen von Euch auffordere, Freude aus mir zu schöpfen, gilt meine Freude einzig dem, der mir das Leben schenkte. Ich grüße Euch, Maharaj-Kumar, Prinz Bahadur, Lakshman Simhaji und Gruß Euch allen Liebhabern der Künste. Da Ihr nicht zu mir nach Avadh gekommen seid, bin ich zu Euch gekommen.«
Sie platzierte den *tanpura* aufrecht in ihrem Schoß und schloss die Augen. Ihre dicken Finger zupften sanft die Saiten an. Der Augen-

blick der Wahrheit: Der *alap* ist der Teil unserer klassischen Musik, den ich am meisten liebe. Er ist eine Reise nach innen, eine Odyssee ins Unbekannte. Du bist allein, vollkommen allein im ganzen Kosmos, keine Pakhavaj, keine Sarangi, nur deine Stimme, die sich behutsam vorantastet. Es ist eine wortlose Meditation, ein Erwägen von Dingen, die das menschliche Denken nicht fassen kann. Eingebunden in das tonale Schema, das du gleich zu Beginn darlegst, hast du die Freiheit, das gesamte Spektrum menschlicher Befindlichkeit zu erforschen. Es ist die Weise deines Forschens und deines ungebundenen Umherschweifens, die dich bloßlegt und über deinen Wert als Künstler entscheidet.

Es sind Männer und Frauen, die – teils bewusst, teils zufällig – eine Kunstgattung in die eine oder andere Richtung entwickeln. Wenn ich in einer früheren Epoche gelebt hätte, zu der Zeit, als unsere klassische Musik erst im Entstehen begriffen war – oder wenn ich mich heute dieser Kunst widmen könnte –, dann würde ich Dauer und Bedeutung des Alap erweitern und diese Exposition des Raga, als den eigentlichen Prüfstein des Künstlers, zu einem zwingend vorgeschriebenen Teil der Darbietung machen. Denn wie jede Meditation, besitzt der Alap die Einsamkeit und die Form eines Gebetes. Er ist ein kathartischer, läuternder Akt. Man wird vom Göttlichen berührt und gesegnet und hat teil am Heiligen.

Es hat seinen guten Grund, warum die großen Künstler früherer Zeiten den Alap nur kurz abhandelten und möglichst rasch zum leichteren Dahinschreiten des *vilambit* übergingen, wo der Taktschlag der Pakhavaj den Solisten begleitet. Sie kannten die Ängste der meisten Sänger und Instrumentalisten. Um die Tiefen ausloten zu können, muss man auf die Sicherheit der Seichtheit, der billigen Empfindung und der Gesellschaft anderer verzichten. Die eigene Verletzlichkeit, Unzulänglichkeit und die Furcht vor dem Abgrund – all das muss in die Waagschale geworfen werden.

Heute erwartet Sajanibai eine einzige Prüfung. Eigentlich nicht so sehr eine Prüfung für sie als die Hoffnung auf Rettung für mich. Wird sie mich in ihren Bann schlagen und mich in den Brunnen des Vergessens hinabziehen? Wird sie mich von der Qual dieses Nachmittags erlösen? Wird sie mich heilen? Werde ich wiederhergestellt werden? Sie stimmte einen tiefen, abgründigen, majestätischen Ton an und hielt ihn einen endlosen Augenblick, bis er aus der Zeit zu gleiten schien und dann, fast unmerklich, in einen zweiten überfloss. Sie definiert das tonale Schema des Raga mit kristallklaren Phrasen. Dann macht sie sich auf ihre einsame Erkundungsreise.

Von Musik zu sprechen heißt, das Ungreifbare in Begriffe fassen zu wollen. Der Versuch, ihr Wesen in Worte einzufangen, ist tollkühn und von vorneherein zum Scheitern verurteilt. Die Bilder, die die Musik in meinem Geist und auf der Leinwand zwischen meinen Augäpfeln und Lidern heraufbeschwört, sind keine Momente einer kohärent ausgeführten Metapher. Sie sind dissonant und heterogen, aber sie vereinigen sich mit einer natürlichen Dynamik, die ihre eigene innere Logik besitzt.

Die Sängerin breitet ihre Palette aus, das Spektrum von Farben, die sie verwenden wird. Mit beherrschten, zugleich ätherischen und kräftigen Pinselstrichen skizziert sie ihre Themen und Motive. Ihre Stimme ist noch immer ein untergründiges Grollen, in dem gelegentlich das Silber von Quellen und leichten Strömungen aufblinkt, die sich im Laufe der Exposition noch einstellen können, aber nicht müssen. Nun beginnt eine längere waldeinsame Passage, breite schräg herabfallende Balken von Sonnenlicht zersprenkeln an einer Million Blättern und Sträuchern, die sich in einen bedrohlich brütenden Urwald verwandeln. Mythische Untiere durchstreifen den Dschungel. Tief unten strömen die Fluten allmählich zusammen. Eine blendende Aussicht tut sich auf, mit V-förmigen Formationen von Zugvögeln. Ein Paar löst sich und sinkt ermattet in einem taumelnden Glissando. Plötzlich ist die Stimme ein ausgewachsener Fluss, stark, aber weiterhin ohne jede Eile. Das Wasser hüpft verspielt über Steine und Stufen, bald nimmt es Geschwindigkeit auf und die Stromschnellen schäumen wie erhitzte wilde Pferde. Ich öffne die Augen. Sajanibai presst sich die linke Hand an das linke Ohr, auf der Suche nach einem noch reineren Ton. Die knochenlosen Finger ihrer Rechten schlängeln sich weich wie geschmeidige Unterwasserpflanzen. Ihre Augen streifen blicklos über mein Gesicht und versinken im Dunkel. Der durchdringende Schrei eines Vogels, der seinen Partner verloren hat, zerschneidet die Luft. Meine Augen schließen sich. Ein Rot brennt. Ich presse die Lider fest zusammen. Das glühende Rot rinnt mir die Wangen hinunter. Ihre Stimme springt, rast, jagt hoch und höher hinauf, überschlägt sich wie eine Welle und zerschellt in einer Milliarde Lichtpünktchen. Ich verringere den Druck auf meine Augenlider. Mitternachtsblau wird kreuz und quer von irisierenden Sternenstaubstrahlen durchsprüht. Die Linien zischen auf, verlagern sich und jagen mit halsbrecherischer Geschwindigkeit dahin. Sie rollen und schlingern und schlingen und winden sich. Spitze Grüns verwandeln sich in tobende Sonnenexplosionen, in wimmernde Violetts, in gebrochene Gelbs. Ein weißer Nebel sickert durch meinen linken Augenwinkel. Er steigt rasch höher. Der unterirdische Fluss bricht durch ihn hervor. Er führt Hochwasser. Er umschlingt und zerschlägt, zerreißt und zergliedert mich und setzt mich wieder zusammen. Meine Arme sind so breit wie die Gambhiri, die ich jetzt ganz in mich hineintrinke.

Ist es möglich, mit einer körperlosen Stimme Liebe zu machen?

Ich werde ans Ufer gespült, von einem seltsamen Frieden erfüllt.

Es ist Mitternacht, als Sajanibais Konzert endet. Lilavati schläft tief, den Kopf in meinem Schoß. Es war mir doch nicht bestimmt, meinen Gürtel zu behalten. Rajendra händigte Sajanibai die Börse mit den Wetteinnahmen aus. Adinathji hob Lilavati auf und ich ging hinüber zur Sängerin. Ich nahm meinen Gürtel ab und überreichte ihn ihr. Sie berührte meine Füße und sagte etwas. Ich musste mich vorbeugen, um ihre Worte zu verstehen. »Heute habe ich für Euch gesungen, Prinz, nur für Euch. Wenn es Euch hilft zu vergessen, vielleicht sogar zu genesen, werde ich zu einer anderen Gelegenheit noch einmal für Euch singen. Seid unbesorgt, Maharaj-Kumar, Euer Gesicht ist undurchdringlich, aber mein Geist ist es nicht. Ihr habt die Gabe, wahrhaft zu genießen. Verliert sie nicht.«

»Zwei Bekanntmachungen, meine Damen und Herren. Unten im Pavillon gibt es ein kleines Abendessen. Wenn Ihr noch nicht gespeist habt, dann beleidigt bitte unser Haus und insbesondere meine Mutter nicht, indem ihr unsere Gastfreundschaft ausschlagt. Die andere Mitteilung wird Euch ungemein erfreuen. In einer Stunde wird es noch ein Überraschungskonzert geben.«

Mir war gar nicht bewusst gewesen, wie hungrig ich war. Rajendra hatte Recht. Das Essen war so gut, dass es meinen Appetit sogar noch weiter anregte. Alle waren aufgeräumt und leutselig und ich war in Hochstimmung. Rajendra war zu dem Schluss gelangt, dass sich zwischen Sajanibai und mir eine zarte Affäre anbahnte. Schon bald hatte sich Bahadur zu ihm gesellt, und gemeinsam lieferten sie hervorragende Imitationen von Sajanibais Stimme und ihrem ausladenden Busen sowie mindestens fünfzig alternative Versionen der unsittlichen Angebote, die sie mir angeblich gemacht hatte. Jedes Angebot war anzüglicher und unanständiger als das vorhergehende, und fast alle Anwesenden bogen sich vor Lachen. Ohne es uns vorzunehmen, hatten wir einen Halbkreis vor dem Shahzada und Rajendra gebildet. Das Einzige, was mir Sorgen bereitete, war die Tatsache, dass Bahadur unaufhörlich weitertrank.

Es war an der Zeit, in den Lampensaal zurückzukehren. Mittlerweile waren alle sehr gespannt. Bei Lakshman Simhas Janmashtami-Empfängen gibt es normalerweise nur einen einzigen Künstler. Was war heute los? Wer, was, wann, wie, warum? Als Buchmacher für den letzten Teil des Abends scheffelte Rajendra mit vollen Händen Wetteinsätze. Jongleure, Akrobaten, tanzende Eunuchen, Barden, Bajaderen, Löwenbändiger, Ringer, was auch immer – je unwahrscheinlicher ein Vorschlag, desto mehr Leute fanden sich bereit, darauf zu setzen. Und man sehe und staune, wer war es? In der rechten Ecke, mit knapp siebenhundert Pfund Lebendgewicht, keine Geringere als sie: die eine und einzige Sajanibai! Erst entsetztes Schweigen. Dann drängten sich alle um Rajendra und verlangten sein Blut. Ich konnte nicht aufhören zu grinsen. Das Schwein, der schamlose Schuft, wie rotzfrech hatte er uns alle abgezockt! Aber schließlich hatte er ja nur von einem »Überraschungskonzert« gesprochen. Und das schloss Sajanibai nicht aus.

Aber Sajanibai hatte schon angefangen zu singen. Und plötzlich trat absolute Stille ein. Das Lied erzählte von Dhola und Maru, dem legendären tragischen Liebespaar. Maru hat Dhola gerade zum ersten Mal gesehen und ihre Freundinnen necken sie. Wir kennen dieses Volkslied alle, wir haben es schon eine Million Mal gehört, aber Sajanibai verleiht ihm ihre eigene Note, erschafft es fast neu. Wir geben uns schon alle entzückt dem Wohlklang ihrer herrlichen Stimme hin, als das Geklimper von Fußschellen erklingt und sieben Apsaras sich ihren Weg durch das halb sitzende, halb liegende, staunende, männliche Publikum bahnen. Sie beginnen zu tanzen. Pfiffe, Gejohle, Beifallsrufe, Applaus. Die Mädchen sind größtenteils kaum älter als siebzehn oder achtzehn, manche von ihnen sind kokett, andere scheu und befangen, aber jedes einzelne ist ein Bild für die Götter. Diejenigen unter uns, die morgen Früh – nein, verdammt, schon heute Früh – abreisen werden, wissen, dass sie der Stoff für feuchte Träume sind. Wir werden nach ihnen lechzen, im Wachen wie im Schlaf. Ach Gott, so jung und schön zu sein! Ich fühle mich alt. Als Sajanibai zum Refrain kommt, fallen wir alle, die Damen hinter dem Vorhang eingeschlossen, spontan ein und singen begeistert mit. Es ist unmöglich, still zu sitzen, wenn ein rajasthanisches Volkslied erklingt. Wir sind alle geübte Klatscher und schlagen zusammen mit der Pakhavaj den Takt. Lied folgt auf Lied, und die Atmosphäre wird immer ausgelassener. Wir sind berauscht vom Wein und den Liedern, von den Frauen und von reiner Lebensfreude.

Die Mädchen tragen Röcke und Cholis in satten Erdfarben. Die Zipfel der durchscheinenden Chunnis, die ihre Köpfe bedecken, sind in den Ausschnitt der Leibchen gesteckt. Alle haben schwere silberne Schellenbänder an den Fußknöcheln. Unter den Mädchen ist eine Kindfrau – die mit der sepiafarbenen Choli-Rock-Kombination –, die vielleicht die Schüchternste von allen ist. Ist sie auch die Jüngste? Lässt sich unmöglich sagen. Eines kann ich allerdings – und jeder sonst im Raum – mit hundertprozentiger Sicherheit sagen: Sie ist trotz ihrer Schüchternheit völlig in den Shahzada verschossen. Sie starrt ins Leere und wirft ihm dabei immer wieder kurze, blitzschnelle Seitenblicke zu. Das Sepia ihrer Kleidung beißt sich provozierend mit dem Pfirsichton ihrer Haut. Das ist keine gewöhnliche Bajadere. Keines der Mädchen ist gewöhnlich.

Der Shahzada hat unaufhörlich gebechert und trägt mittlerweile eine selige Miene zur Schau. Unnötig zu sagen, dass ihm die gehemmte – und dadurch umso verführerischere – Verliebtheit des Mädchens nicht entgangen ist. Kein Angebot hätte schließlich überzeugender oder verlockender ausfallen können.

»Wie heißt sie?« Bahadur schwankte in seiner aufrechten Namaz-Haltung leicht hin und her.

»Da fragt Ihr den falschen Mann. Ich weiß es so wenig wie Ihr.«

»Ist sie nicht umwerfend?«

»Wer?«, fragte ich unschuldig.

»Ist hier sonst jemand außer ihr?«

»Da sind sieben von der Sorte, ganz zu schweigen von der Liebe meines Lebens, Sajanibai.«
»Jawohl, mein Herr, Sajanibai ist wie für Euch geschaffen!« Er lachte betrunken. »Dieser Bund, Eure Hoheit, mein Wort darauf, wurde im Himmel geschlossen. Aber ich meine, wisst Ihr zufällig, wer das Mädchen in dem ... ich weiß nicht recht, wie ich diese Farbe beschreiben soll, das Mädchen in diesem leuchtenden Braun ist?«
»Ihr meint die dritte Tänzerin von links?« Ich zeigte absichtlich auf das falsche Mädchen.
»Nein, Schwachkopf, ich sagte leuchtendes Braun!« Er erhob sich halb, taumelte, stand dann auf und streckte den zitternden Zeigefinger aus. Mittlerweile war das Mädchen knallrot geworden und starrte verzweifelt ihre große Zehe an, als habe sie sie gerade erst entdeckt. Die Röte stand ihr hinreißend gut.
»Das ist kein Braun, weder leuchtend noch sonstwie. Es ist Sepia.«
»Es schert mich einen verdammten Dreck, ob's Braun oder Sepia oder Violett ist! Wie heißt sie?«
»Schhh, leise, Shahzada«, flehte ich ihn an, »kommt und setzt Euch wieder hin.«
»Nur, wenn Ihr mir ihren Namen sagt.«
»Bitte, Eure Hoheit. Kommt und setzt Euch zu uns.« Alle amüsierten sich königlich über seine Unbeherrschtheit. Er hatte dieses gewisse Quantum zu viel intus, das einen hochgradig selbstzufrieden und in seine eigene Stimme verliebt macht. Ich hielt es für ratsam, den Prinzen jetzt ins Bett zu schaffen, und machte Mangal ein Zeichen, ihm einen Drink zu besorgen. Er wusste, was ich meinte, aber bei den vielen Leuten, die ständig ein und aus gingen, würde es schwierig werden, den Schuss Opium ins Getränk zu schmuggeln. Unglücklicherweise befahl Rajendra einem seiner Bediensteten, das Glas des Prinzen nachzufüllen.
»Jetzt wisst Ihr, von wem ich rede. Wie heißt sie?«
»Ich weiß es leider nicht, Shahzada.«
»Ihr wisst den Namen einer Angehörigen Eures Haushalts nicht?« Er war über meine Antwort nicht erfreut.
»Nicht meines, dies ist Lakshman Simhajis und Rajendras Haus.«
»Ach ja, natürlich. Dann werde ich besser Rajendra fragen.« Er wandte sich zu ihm.

»Tut mir Leid, Euch zu stören, Freund, wo Ihr Euch gerade so gut amüsiert, aber hättet Ihr vielleicht die Güte, mir den Namen des Mädchens im sepiafarbenen Kleid zu verraten?«
»Ich weiß es nicht mehr genau, Hoheit. Entweder Salma oder Nikhat«, antwortete Rajendra mit einem Lächeln und versenkte sich wieder in die Betrachtung der tanzenden Mädchen.
»Salma? Nikhat? Kein Hindumädchen?« Bahadur sah verdutzt drein. »Warum seid Ihr so auf sie fixiert? Kommt sie Euch bekannt vor?«
»Sollte sie? Habe ich schon das Vergnügen gehabt?«
»Nein, Hoheit, die Mädchen sind alle Jungfrauen.«
»Warum sollte sie mir dann bekannt vorkommen?«
Aus irgendeinem Grund fand mein Cousin die Frage amüsant. »Ich weiß nicht, ich dachte, Ihr könntet vielleicht in Eurer Kindheit mit ihr gespielt haben.«
»Mit einem Mewari-Mädchen? Wie das?« Der Shahzada klang allmählich verärgert. Ich muss gestehen, dass ich nicht weniger ratlos war als er. »Ich fürchte, Ihr sprecht in Rätseln, Rajendra Simha.«
»Sie ist die Tochter des Kadi von Ahmednagar. Ich dachte, Ihr könntet sie kennen gelernt haben, als Ihr als Kind zusammen mit Eurem Vater die Stadt besuchtet.«
»Was tut sie dann hier?«
Der Gesang war verstummt. Die Mädchen standen reglos da und hielten sich gegenseitig umfasst. Auf Salmas oder Nikhats Oberlippe glitzerten Schweißtropfen. Auch unter den Achseln schwitzte die Kleine von der Anstrengung des langen Tanzes, aber gleichzeitig zitterte sie. Ihre Rehaugen blickten rastlos umher. Auch wenn sie sich an den Arm ihrer Gefährtin klammerte, sah man deutlich, dass sie gern den ganzen Weg bis nach Ahmednagar gerannt wäre, wenn sie es nur geschafft hätte, aus dem Saal zu fliehen. Was hatte Rajendra vor? Warum fing er jetzt mit Ahmednagar an? Dann dämmerte es mir. Ich erinnerte mich an sein Gesicht, als der Shahzada von der Massakrierung der Mewarer Streitkräfte und von Lakshman Simhas Debakel erzählt hatte. Rajendra hatte das heutige Fest offensichtlich zu einem einzigen Zweck geplant. Er wollte sich rächen, indem er Bahadur daran erinnerte, wie wir es Gujarat heimgezahlt und Ahmednagar geplündert, seine Moscheen zerstört, Gold und Silber geraubt und Tausende niedergemetzelt hatten.

»Rajendra, ich ersuche Euch, zur Vernunft zu kommen und solche unsinnigen Reden zu unterlassen!«
Er ignorierte mich.
»Erinnert Ihr Euch daran, wie die Mewarer Streitkräfte die Armeen Eures Vaters in die Flucht schlugen und Ahmednagar plünderten, Prinz? Es wurde ein Gemetzel, und auch der Kadi fiel. Aber wir sind ein ritterliches Volk. Wir nahmen die Damen und deren Töchter mit und bilden sie jetzt in einem neuen Gewerbe aus. Wir hoffen, dass sie uns viel Freude schenken werden, so wie sie es bereits heute getan haben, und wir werden sie dafür reich entlohnen. Wir ...«
Er kam nicht mehr dazu, den Satz zu vollenden. Hätte ich ihm nur ins Gesicht getreten und die Zunge herausgerissen! Dann hätte Rajendra, der sich seines Vaters Schmach so sehr zu Herzen genommen hatte, wenigstens an meiner Seite gegen Gujarat kämpfen können.
Bahadur beugte sich abrupt vor, als habe er Schmerzen. Es war ein uralter Trick, aber ich fiel trotzdem darauf herein.
»Fehlt Euch etwas, Shahzada?«, fragte ich ihn.
»Mir nicht. Eurem Cousin aber schon.« Sieben rasche Dolchstöße, und Rajendra war tot. Starre breitete sich aus. Salma oder Nikhat, das arme Mädchen, brach zusammen. Ich hob Rajendra auf. Meine Kleider und Hände waren im Nu voller Blut. In meinem ohnmächtigen Schmerz wollte ich die Götter herabrufen, ich sah zur Decke empor, auf die Lampen, auf Sajanibai, deren Stimme alles gesehen hatte, was es in dieser Welt zu sehen, zu empfinden und zu erleben gab, und die dennoch Rajendras Tod übersehen hatte, ich sah meinen Onkel, sah meinen toten Cousin. Mein Körper bebte, weigerte sich aber, den Schrei, der sich in mir staute, herauszulassen. Oh Rajendra, warum hatte ich mich nicht eher um dich gekümmert, anstatt dafür auf den Beginn unseres Gujarat-Feldzugs zu warten?
Ich hörte das Geräusch von Metall, das aus seiner Scheide fuhr: ein, zwei, drei Mal. Rao Surajmal, Narbad Hada, Rawat Jodha Simha. Sie hatten den Shahzada umstellt. Auch die anderen zogen ihre Waffen. Ich ließ Rajendra behutsam zu Boden, riss mein Schwert heraus und stellte mich vor Bahadur.
»Ich bedarf keines Schutzes, Maharaj-Kumar. Wenn sie den Mut und das Ehrgefühl haben, mich nacheinander anzugreifen, stehe ich allen zur Verfügung.«

»In meines Vaters Rana Sangas, Reich werdet Ihr den Mund halten und mir Eure Waffen aushändigen.«
»Erwartet Ihr etwa, dass ich sterbe, ohne mich zu wehren, Prinz?«
»Niemand wird sterben, Shahzada. Händigt Mangal Eure Waffen aus.« Ich wusste, dass er, wenn ich ihn angesehen hätte, ein Blick-Duell geführt hätte. Stattdessen hielt ich die drei Anführer einer Mewarer Vergeltungsaktion mit meinem Blick in Schach. Ich spürte förmlich die Glut von Bahadurs innerem Widerstreit. Konnte er mir vertrauen? Er selbst hatte gerade einen ahnungslosen Mann ermordet. Würde es seine beste Verteidigung sein, sich wehrlos zu machen? Vielleicht begann ihm allmählich die Ungeheuerlichkeit seiner Tat zu dämmern. Ich bezweifelte, dass er die Fähigkeit zur Einsicht oder zur Reue besaß. Lieber hätte er gekämpft, aber er wusste, dass ich seine einzige Hoffnung war.
Der Shahzada händigte Mangal Schwert und Dolch aus.
»Er wird den Lampensaal nicht lebend verlassen, Eure Hoheit!« Hada Narbad kam drohend auf den Shahzada und mich zu.
»Er ist unser Gast. Ich werde jeden töten, der auch nur den Versuch unternimmt, dem Shahzada ein Haar zu krümmen.« War das leeres Gerede? Wollte ich mich wirklich den mehr als hundert Männern im Saal entgegenstellen? »Ich bin der Maharaj-Kumar.« Ich sprach langsam und betont. »Legt eure Waffen nieder und geht nach Hause.«
Sie standen unschlüssig herum. Würden sie auf mich hören? Oder würden sie revoltieren? So oder so würde ich nie den Ausdruck von Abscheu und Feindseligkeit in den Augen des Hada vergessen. Die Königinmutter kam zusammen mit meiner Tante auf uns zu.
»Habt ihr den Maharaj-Kumar nicht gehört? Steckt eure Schwerter in die Scheide und geht jetzt. Lasst uns Zeit und Gelegenheit, unseren Enkel zu beweinen.« Großmutter wandte sich zu Prinz Bahadur. »Ihr habt das Wort des Maharaj-Kumar und mein eigenes, dass niemand Euch etwas antun wird. Ich habe Euch geliebt, Söhnchen, aber ihr habt Mewars und meine Gastfreundschaft und Zuneigung missbraucht. Geht in Frieden.«
Vielleicht werden Mewar und sein Volk mir nie verzeihen, dass ich Rajendras Tod nicht gerächt habe. Hatte auch ich gerade mein Schicksal besiegelt?

Den Teufel kann man austreiben.
Aber wie wird man einen Gott los?

16

Als der Maharaj-Kumar den Palast erreichte, salutierten die Dienst habenden Wachen vor ihm. Sollte er absitzen? Warum war er überhaupt nach Hause gekommen? Befikir wartete geduldig, während ihr Reiter sich darüber schlüssig zu werden versuchte, was er um drei Uhr früh vor seiner eigenen Haustür machte. Er hatte keinen anderen Wunsch, als in die Werkstatt des Schreiners zu gehen, sich eine lange, scharfe Säge auszusuchen, zurückzukommen und sich ins Bett zu legen. Sobald er es sich gemütlich gemacht hätte, würde er die Säge nehmen, sie knapp über seinen Augenbrauen ansetzen und mit ruhigen, gleichmäßigen Strichen einen Schnitt rings um seinen Schädel ziehen. War erst das obere Drittel seines Kopfes samt Gehirn abgefallen, würde er endlich in Frieden schlafen können. Keine Gedanken mehr, keine Fragen, pfeif auf deine Frau und ihre ermüdende Romanze und zum Teufel mit dieser entsetzlichen Plage namens Leben.
»Königliche Hoheit«, fragte ihn der Oberfeldwebel, »wünscht Ihr, dass ich Befikir in den Stall bringe?« Warum sollte er Befikir in den Stall schicken? Die Stute hatte mehr Verstand als er. Befikir weiß, wo ihr Zuhause ist, wer ihr Herr ist, sie versteht Kommandos wie »Trab«, »Kanter«, »Galopp« und »Halt«. Sie kennt offensichtlich ihren *dharma*. Er aber wusste nicht einmal, warum er vor seiner eigenen Haustür stand und was er tun sollte. Nun, er konnte nichts anderes tun, als einzutreten, die Treppe zu seinem Flügel hinaufzu-

steigen, sich aufs Bett zu setzen und sich zu überlegen, was er mit dem Rest seines Lebens anfangen sollte.

Er war eben im Begriff, aufs Bett zu fallen, als er die Stimme seiner Frau hörte. Mit wem konnte sie nur reden? Er hatte erst vorigen Abend strikte Anweisung gegeben, dass die Tür zu ihren Gemächern künftig immer von außen abgesperrt bleiben sollte. Kumkum Kanwar konnte für sie kochen, sie baden und alles tun, was ihre Gebieterin wünschte. Was aber auch passieren mochte – selbst wenn ein Feuer ausbrechen sollte –, durfte sie unter keinen Umständen herausgelassen werden. Der Eunuch vor ihrer Tür schlief tief und fest. Er schnarchte leise blubbernd vor sich hin. Wenn er ausatmete, schlabberten seine Lippen krampfhaft, um die Luft wieder zu erhaschen und zu verschlucken. War er derjenige, der redete? Nein, er war zu sehr damit beschäftigt, den ambrosischen Stoff zu verschlingen, von dem er nicht genug zu bekommen schien. Der Prinz konnte die Stimme seiner Frau jetzt deutlich erkennen. Es war wenig wahrscheinlich, dass sie sich durch die geschlossene Tür mit diesem trägen Schwergewicht unterhielt. Er sah allerdings gar nicht übel aus. In seiner Jugend musste er ein attraktiver Typ gewesen sein und sich trotz seines Mangels an Genitalien einiger Beliebtheit bei den Königinnen erfreut haben. Der Prinz hatte hinsichtlich der Institution der Eunuchen gewisse Zweifel. Zugegeben, sie waren zum normalen Geschlechtsakt und zur Zeugung nicht fähig, aber davon abgesehen hatte kein Angehöriger der Herrscherfamilie so ausgiebig Gelegenheit, mit den schönsten und aristokratischsten Frauen von Mewar herumzumachen, wie sie. Dieser gefräßige Mund hatte Gott weiß wie viele Mütter des Maharaj-Kumar geküsst und erkannt und begattet. Männer sind komisch. Sie tun so, als schliefen die Leute nur nachts miteinander und als sei die einzige Form von Sexualität die Penetration. Die Zunge, ein höchst penetrierendes Organ, und der Rest des menschlichen Körpers – Hände, Lippen, Ohren, die Innenseiten der Oberschenkel, Zehen, Bauchnabel und andere erogene Zonen – wurden völlig außer Acht gelassen.
Aus irgendeinem Grund hatte die Vorstellung, dieses geschlechtslose Fleisch zu berühren, etwas Widerwärtiges an sich. Der Maharaj-Kumar musste die Zähne zusammenbeißen, als er sich niederbeugte

und die Hand in die Tasche des Eunuchen gleiten ließ. Es dauerte einige Zeit, bis er herausgefunden hatte, welcher der zwei Dutzend Schlüssel in das Vorhängeschloss an der Tür seiner Frau passte. Dann schob er leise den Riegel zurück. Ihr Bett war so hergerichtet, wie es das seinige in der Hochzeitsnacht gewesen war. Blumen hingen in Girlanden von den vier Pfosten herab und lagen zerdrückt auf der Matratze. Sie lag auf dem Rücken ohne einen Fetzen am Leib. Ihre Kleider lagen in einem unordentlichen Haufen, als habe sie ihr jemand voll unbeherrschter Lüsternheit vom Leib gerissen. Er stieg über den Eunuchen und machte leise die Tür hinter sich zu. Als er sich wieder umdrehte, erstarrte er. Sie sah ihn an. Was sollte er ihr jetzt sagen? Ich schau nur mal kurz vorbei, um zu sehen, ob alles in Ordnung ist? Nein, im Ernst, ich hatte gerade einen fürchterlichen Albtraum und fragte mich, ob ich nicht in deinem Bett schlafen könnte, ganz ohne Gefummel, großes Ehrenwort. Dann erkannte er, dass sie ihn gar nicht wahrnahm. Wenn sie schlief, schlossen sich ihre Augenlider nur zu drei Vierteln. Dadurch blieben unten immer zwei weiße Sicheln sichtbar, so dass man das unheimliche Gefühl hatte, sie beobachte einen aus tief verschleierten Augen.
An der gegenüberliegenden Wand stand ein niedriger, keine zehn Zentimeter hoher, roter Hocker. Davor lag ein goldenes Tablett, übervoll von den verschiedensten Speisen – größtenteils Konfekt und Süßspeisen aus Milch und Quark. Nein, sagte er zu sich, es sah nicht so aus, als sei die Mahlzeit für ihn gedacht. In eine Ecke des Zimmers hatte sie aus pulverisierten Pigmenten ein unglaublich detailliertes Bild gemalt, das den Flötenspieler und sie selbst beim *ras*-Tanz am Ufer der Yamuna darstellte.
Er konnte die Augen nicht von ihr wenden. Ihr Kopf bog sich wollüstig in den Nacken, als streiche jemand mit den Fingern durch ihr aufgelöstes, wallendes Haar. Plötzlich zuckte sie zusammen und wandte sich ab. »Nein, nein, nein, du kitzelst mich an den Ohren! Lass das bitte! Willst du wohl hören? Immer, wenn ich dich um etwas bitte, tust du genau das Gegenteil! Sei nicht so gemein! Lass mich los! Oder ich reiß dich ganz fest an den Haaren!« Er wusste, dass niemand bei ihr war, aber er wusste gleichzeitig auch genau, was ihr Liebhaber gerade tat. Er liebkoste die Innenseite ihres ausgestreckten Arms, die Pfauenfeder in seiner Hand berührte jetzt die

Mulde ihrer Achselhöhle und strich an ihrer linken Brust entlang und weiter über ihren Bauchnabel, während er gleichzeitig an ihrem Nacken knabberte. Jetzt küsste sie ihn. Ihre Hände schlossen sich fest um die Luft. Sie rief seinen Namen, zwei seiner tausend Namen: »Girdhar Lal! Ghanashyam!« Es lag so viel Verlangen und Liebe in ihrer Stimme, dass es dem Prinzen das Herz durchbohrte.
Geh raus, verschwinde hier, solange du noch einen Funken Selbstachtung in dir hast! Aber er konnte sich nicht rühren und er wollte es auch nicht. Es war eine Tortur und es zerriss ihn, aber er wollte nicht, dass es aufhörte. Er hatte immer gemeint, Sinnlichkeit sei nichts als ein maßlos überbewertetes Wort, aber sie brachte ihn dazu, ihre Gewalt und Verzückung und ihren Platz im Herzen des Mysteriums der Lust zu erleben. Er erinnerte sich an das erste Mal, als er sie hatte singen hören. Sie hatte nichts zurückgehalten, nichts Halbes gegeben, sie hatte sich vollkommen verausgabt. Jetzt tat sie das Gleiche, setzte alles ein, was sie besaß.
Die Ekstase, die ihr Gesicht und ihr Körper ausstrahlten, ließ ihn die Luft anhalten. Selbst als Kind hatte er nichts so Allumfassendes und Verschwenderisches erlebt. Sie erschien ihm wie der Quell der Freude. Woher kam diese Hingabe? Wie konnte ein Mensch zu so verzehrender Verzückung fähig sein, dass er keinerlei Bewusstsein von seiner Umgebung hatte? Sie war ein vollkommener, geschlossener Kreis, in dem er keinen Platz hatte. Sie und der Flötenspieler waren einander genug. Ein Eindringen war unmöglich. Er war ausgeschlossen. Draußen.
Da traf ihn eine entsetzliche Erkenntnis. Bis dahin mochte zwar viel falsch gelaufen sein, aber er war zumindest noch Herr seiner selbst gewesen. Der Flötenspieler war sein Feind. Er hasste ihn mit einer Inbrunst, die jede Besessenheit überstieg. Sein Hass war Leitstern und Bezugspunkt in einer Welt, die für ihn zum puren Chaos entartet war. Doch die Wahrheit war, dass er sich einen Dreck um die Vergangenheit scherte, um all die Erniedrigungen und Leiden, die er ausgestanden hatte, ja selbst um die schamlose exhibitionistische Darbietung, deren Zeuge er gerade geworden war.
Er wollte hinein.
Er schloss leise die Tür ab und steckte die Schlüssel wieder an ihren Platz in der Tasche des Eunuchen.

17

Ich fühlte mich ausgelaugt und leer. Wie konnten bloße vierundzwanzig Stunden so viele Aufregungen, Umwälzungen und Tragödien mit sich bringen? Das ging einfach über meinen Verstand. Verflucht seist du, Bahadur! Wir hatten dich verloren. Nur Gott, Kausalya, der Bhil-Schamane und ich wissen, wie nah du dem Tod schon warst. Aber wir haben es fertig gebracht, dich den Klauen Yamas zu entreißen. Hätte nur das Schicksal oder ich dich sterben lassen. Zum Teufel mit dir, Rajendra! Du lebst nicht mehr, aber schau dir nur an, was du angerichtet hast. Mewar hat Monate darin investiert, möglichst enge Bande zwischen sich und dem Shahzada Bahadur zu schmieden, noch während wir gegen seinen Vater und die Streitkräfte Gujarats kämpften. Und warum? Weil, wenn keine Hoffnung auf einen glatten Sieg besteht, geschweige denn auf die Eroberung und Annexion eines ganzen Königreiches, es wirtschaftlich, politisch und militärisch das Vernünftigste ist, mit seinen Nachbarn Frieden zu schließen und friedlich mit ihnen zusammenzuleben. Und dann kommst du, wirfst alle Klugheit und Vorsicht über Bord und machst all diese behutsame Vorarbeit zunichte. Deinetwegen stehen wir wieder bei Null. Jetzt wirst du nicht bei mir sein, wenn ich dich auf meinem Feldzug brauche. Die Ehre der Stützen unserer Gesellschaft ist zutiefst verletzt, und sie wären glücklich, wenn sie außer Bahadurs Kopf auch meinen haben könnten. Aber von welcher Ehre reden wir eigentlich? Mewar dürfte doch wohl größer und wichtiger sein als eine persönliche Kränkung, die einem ein alkoholisierter Prinz vor Monaten zugefügt hatte!

Du wolltest den Tod von dreitausend Rajputen rächen, indem du dem Prinzen erzähltest, dass die Tanzmädchen im Lampenpalast die Töchter des Kadi von Ahmednagar waren. Bravo! Dein Rachedurst musste wahrlich brennen wie ein Glühwürmchen. Wenn du nur ein wenig Geduld gehabt hättest, und dazu natürlich eine kleine Prise Grips, dann hättest du dich an mich gehalten, und ich hätte schon dafür gesorgt, dass du deine dreitausend Köpfe mindestens doppelt zurückbekommst! Ich habe dich geliebt, Cousin, und du wirst mir fehlen, aber ich kann auf meinem ersten Feldzug keine pubertären Hitzköpfe gebrauchen. Nur noch eins. Ich hatte Unrecht, du hast uns gar nicht auf den Nullpunkt zurückgeworfen. Bei Null standen wir an diesem ersten Morgen, als Bahadur durch das Suraj-Tor in die Stadt einritt. Wir kannten uns damals nicht. Wir waren uns besten- und schlimmstenfalls gleichgültig. Jetzt wird sich der Shahzada sein Leben lang mit Widerwillen und Abscheu an seine unverhältnismäßige, unüberlegte und kindische letzte Tat in Mewar erinnern. Er wird sich niemals verzeihen können, dass er so viel Wärme, Zuneigung und Güte mit Blut und Tod vergolten hat. Viel schlimmer noch – er wird mir nie verzeihen, dass ich ihm zweimal das Leben gerettet habe. Mewar wird wie ein schwärender Stachel in seinem Fleisch verbleiben, und er wird von nun an einzig auf die Gelegenheit warten, eine schöne Erinnerung, die ihm hoffnungslos vergällt wurde, mit Stumpf und Stiel auszurotten.

»Hört auf, über Rajendra Simha und den Shahzada nachzudenken, mein Prinz. Ruht euch ein wenig aus.« Kausalya tätschelte mir den Kopf.

Aber ich kann nicht vom Thema ablassen und wende mich ihm wieder zu wie dem Schorf auf einer Wunde, die man unbedingt aufkratzen und freilegen muss. Warum kann ich nicht ein guter Rajpute sein und die Dinge einfach sehen, in Schwarz und Weiß? Es ist keine Frage, dass ein schneller fairer Prozess mir Ansehen und große Popularität verschaffen würde. Doch die Staatskunst ist nun einmal keine ganz so schlichte Angelegenheit. Bahadur ist nicht der Sultan, zumindest noch nicht. Sein Vater ist es. Wenn Bahadur in Chittor hingerichtet wird, bedeutet dies nicht nur eine persönliche

Schmach für seinen Vater, Sultan Muzaffar Shah, sondern auch eine schwere Beleidigung für das ganze Volk von Gujarat. Dies wiederum könnte sich als gefährlich erweisen. Die unerbittliche Logik der Vergeltung und des Nationalstolzes wird Genugtuung verlangen und ihre Armeen gegen Mewar entsenden. Aber liegen wir nicht schon miteinander im Krieg? Doch. In der Schlacht um Idar allerdings geht es lediglich um die Erweiterung der eigenen Einflusssphäre. Weder Gujarat noch Mewar kämpfen um ihr Land oder Leben. Wir unterstützen verschiedene Anwärter auf den Thron von Idar und liefern uns Scharmützel auf fremdem Boden. Ein Krieg auf eigenem Territorium ist eine völlig andere Sache. Möglicherweise könnten wir Gujarat sogar eine schwere Niederlage zufügen. Aber zu welchem Preis für Mewar? Dörfer und Städte dem Erdboden gleich gemacht, die Ernte eines ganzen Jahres vernichtet, die Wirtschaft in einem chaotischen Zustand und Zehntausende unserer Untertanen, Bauern, Handwerker, Kaufleute, ganz zu schweigen von unseren Soldaten, tot oder verstümmelt. Verschonen wir dagegen den Shahzada, so bringt uns das wenigstens einen dankbaren Vater ein, der sich im entscheidenden Augenblick daran erinnern könnte, dass er uns einen Gefallen schuldet – einen sehr großen Gefallen.
Dennoch, frage ich mich, ist es wirklich die Staatsräson, die mir eine vernünftige, kluge Vorgehensweise abverlangt? Oder habe ich lediglich den Kontakt zur Wirklichkeit und zum Volk verloren? Habe ich mich so krampfhaft auf die großen Zusammenhänge konzentriert, dass ich eine simple Wahrheit aus den Augen verloren habe? Dass nämlich kein Politiker es sich leisten kann, populistische Maßnahmen mit Verachtung abzutun, ohne seine Wählerschaft zu verlieren?

»Sunheria wartet im Chandra Mahal auf Euch«, sagte Kausalya, während ich weiße Trauerkleidung anlegte. »Die letzten vier Tage war sie jeden Tag da. Empfangt sie heute. Redet mit ihr wenigstens ein paar Worte, oder sie wird glauben, dass Ihr nicht einmal Wert darauf legt, Euch von ihr zu verabschieden.«
Ich kann über Kausalya nur immer wieder staunen. Sie ist besitzergreifend wie kaum eine andere, aber sie lässt nie zu, dass persönliche Motive sie an der Ausführung dessen hindern, was sie als ihre Pflicht ansieht. Sie weiß über Sunheria Bescheid und hat in den letz-

ten Monaten streng darauf geachtet, nicht im Weg zu sein, wenn die Wäscherin kam. Sie will, dass meine Ehe funktioniert. Sie ist eine der am wenigsten religiösen Frauen, die ich kenne, aber sie hat, ohne mir etwas davon zu sagen, drei lange, strenge Fasten auf sich genommen. Und noch immer isst sie montags und donnerstags nichts, damit mir meine Frau endlich einen Sohn und Erben gebiert.

»Reist Ihr wirklich ab, Maharaj-Kumar?« Das sah Sunheria gar nicht ähnlich. Sie war nicht der Typ, der sich von jeder Kleinigkeit deprimieren ließ – mit Sicherheit nicht von meiner Abreise. Sie hatte mir von jeher auf unaufdringliche, aber entschiedene Weise gezeigt, dass sie ein selbstständiges, von mir unabhängiges Wesen war.
»Ja. Seine Majestät erwartet mich, um mir das Kommando zu übergeben. Ich dachte, ich hätte es dir bei unserem letzten Zusammensein erklärt.«
»Darf ich mit Euch kommen? Ihr werdet Gesellschaft brauchen. Ich werde versuchen, Euch dabei zu helfen, die schreckliche Tragödie von heute zu vergessen.«
»Das ist aufmerksam von dir. Aber ich gehe in den Krieg. Was willst du da tun?«
»Ich kann Eure Kleider waschen. Ich will alles tun, was Ihr von mir verlangt.« Sie hielt die Augen hartnäckig zu Boden gerichtet.
»Was ist denn los, Sunheria? Was hast du auf dem Herzen?«
»Wie blind Ihr doch seid!« Sie sagte es ganz sachlich, ohne jeden Groll. »Ich liebe Euch, Prinz.«
Und ich hatte mir eingebildet, Menschenkenntnis zu besitzen!
Ich hatte gedacht, wir beide, aber vor allem Sunheria, hätten Wert darauf gelegt, unsere Affäre spielerisch zu behandeln und alle emotionalen Komplikationen zu vermeiden.
»Keine Sorge, Prinz. Ich habe nicht vor, mich an Euch zu klammern. Ihr wart der erste Mann, der mich wie einen Menschen behandelt hat, und dazu noch auf eine Weise, als sei es das Natürlichste von der Welt. Aber ich spreche nicht von Dankbarkeit.«
»Ich komme ja wieder, Sunheria.«
»Ich werde jeden Tag für Eure sichere Rückkehr beten. Aber ich bezweifle, dass Ihr zu mir zurückkehren werdet.« Wie gewohnt, verbarg sie ihre rauen Arbeiterinnenhände unter ihrer Chunni.

Es war viertel vor sechs am Morgen, als ich Lakshman Simhajis Haus erreichte. Ich hätte die Stimmung der Menge auf dem Rasen bereits daran erkennen können, dass sie sich viel Zeit damit ließ, mir eine Gasse zu bilden und mich durchzulassen. Drinnen lag Rajendra auf einer erhöhten Bahre. Ich wartete darauf, dass alle hinausgingen und mich mit ihm allein ließen. Er war in die safranfarbenen Gewänder gekleidet, die ein rajputischer Krieger in seiner letzten Schlacht und auf seiner letzten Reise trägt. Er hatte noch immer diesen Ausdruck tödlicher Überraschung, der in seinem Gesicht erschienen war, als der Shahzada den Dolch gezogen und damit zugestoßen hatte. In wenigen Augenblicken würde er unter einer zwei Meter dicken Schicht von Blumen begraben sein. Ich nahm seine Hand in meine. Mein Blick fiel auf den goldenen Armreif an seinem rechten Handgelenk. Ich hatte ihn ihm zu unserem Schulabschluss geschenkt. Ich streifte ihn ab. An der Innenseite stand etwas eingraviert: »Gemeinsam werden wir Schlachten überstehen und alt werden, mein Freund.« Und all diese Jahre hatte ich geglaubt, liebevolle Worte könnten niemals das Herz durchbohren und töten! Ich verspürte den Drang, seinen Arm heftig auf und ab zu schwenken und ihn wachzurütteln. Steh auf, wollte ich sagen, steh auf, beweg deinen Arsch von der Matratze, du fauler Sack, zieh dich an und lass uns verschwinden! Wir haben einen Krieg zu führen! Was herauskam, klang allerdings nicht ganz so salonfähig. Es war eine einzige Aneinanderreihung unflätiger Ausdrücke aus unserer Schulzeit. Ich hatte ihn tatsächlich ganz schön durcheinander gerüttelt. Sein linkes Bein war angewinkelt und der Kopf hing seitlich auf die Schulter. Aber es nützte alles nichts. Er blieb stur. Ich ließ seine Hand los. Sie rutschte von der Bahre ab und berührte den Boden. Ich streifte ihm den Armreif wieder über.

Ich kam heraus und blieb auf der Außentreppe stehen. Dem Protokoll nach war dies das Signal für den Rest der Familie und all die anderen Trauernden, sich von dem Toten zu verabschieden. Draußen warteten über tausend Menschen. Sie drängten bedrohlich vorwärts. Jemand stimmte einen Sprechgesang an: »Blut für Blut! Mewars Ehre schreit nach Bahadurs Blut!« Bald skandierten alle die Worte mit. Es war offensichtlich, dass sie, sollten sie ihren Willen nicht bekommen, sich an mir schadlos halten würden. »Lasst Prinz

Vikramaditya frei und sperrt den verräterischen Maharaj-Kumar ein!« Wer die Inspiration zu dieser neuen Parole geliefert hatte, war nicht schwer zu erraten. Die Rufe nach meiner Festnahme wurden von Sekunde zu Sekunde lauter. Geschickter Schachzug, Mutter Karmavati. Wo zum Teufel blieb Mangal? Er war nirgendwo zu sehen. Aber ich war geradezu vom Glück verfolgt. Wenn die Situation noch vor einem Moment fast hoffnungslos ausgesehen hatte, so war sie jetzt absolut und unrettbar verzweifelt. Statt Mangal Simha, der Allmächtige steh mir bei, ging der Shahzada auf den Mob zu. Der verfluchte Narr, als hätte er noch nicht genug Scherereien gemacht!
»Lasst den Maharaj-Kumar in Ruhe!« Er hatte eine dröhnende Stimme und er wusste sie sehr effektvoll einzusetzen. »Ihr wollt mich – hier bin ich. Ich bin bereit, für die Ehre Gujarats und des Islam mein Leben zu opfern. Nur Feiglinge greifen zu zehnt, zu hundert oder wie ihr zu tausend einen einzelnen Mann an. Wenn ihr den Mut dazu habt, tretet einzeln vor und liefert mir einen fairen Kampf. Und möge der siegen, der im Recht ist!«
Jetzt brüllte die Menge abwechselnd nach meinem und nach Bahadurs Kopf. Die Männer hatten Blut gerochen, jetzt wollten sie es auch sehen.
»Möglicherweise bildet ihr euch ein, im Stadion zu sein. Und bald gehen die Ringkämpfe los.« So leise, wie Lakshman Simha sprach, war es ein wahres Wunder, dass ihn überhaupt jemand hörte, aber langsam wandten sich mehr und mehr Köpfe nach ihm um. »Ich möchte euch indes daran erinnern, dass mein ältester Sohn Rajendra tot ist und wir es allein eurem Verhalten zu verdanken haben, dass wir nicht schon längst auf den Verbrennungs-*ghats* sind.«

Nach der Bestattung badete ich in der Gambhiri und begab mich zum Eklingji-Tempel. Ich betete sehr konzentriert. Es war noch nicht lange her, dass ich meine besondere Ergebenheit vom Flötenspieler auf unseren Familiengott übertragen hatte. Ich flehte ihn an, den getöteten Rajendra in seine Arme zu schließen und ihn aus dem Kreislauf der Wiedergeburten zu erlösen. Was mich anging, bat ich um Licht und Weisheit sowie um größeren Ruhm für Mewar. Der Oberpriester gab zu bedenken, dass Rajendras Tod ein schlechtes Vorzeichen sein könnte und es daher vielleicht ratsam wäre, meine Abreise um eine Woche zu verschieben; oder besser sogar um zehn Tage, weil dann ein Glück verheißender Tag sein würde. Zu einer anderen Gelegenheit hätte mich das schwankend machen können, doch glücklicherweise hatte ich in diesem Fall keine Wahl. Seine Majestät lässt man nicht warten.

Die Sonne hatte den Aufstieg zum Zenit bereits zur Hälfte bewältigt. Wäre nichts dazwischengekommen, hätten wir uns schon morgens um halb sieben auf den Weg gemacht. Ich wollte keine Zeit mehr verlieren, aber ich würde nicht aufbrechen, ohne zuvor auf den Siegesturm gestiegen zu sein. Es besteht keinerlei Notwendigkeit, ein Melodram um den Krieg zu machen. Doch muss einem andererseits klar sein, dass ein Krieger es sich nicht leisten kann, allzu fest mit seiner Rückkehr zu rechnen. Ich mache mir im Kopf kurze Notizen. Der Digambara-Tempel, den der Finanzminister Adinathji jeden Morgen besucht, war ursprünglich, wie es heißt, ein Vishnu-Tempel. Ich habe nie begriffen, wie Tempel die Konfession wechseln können oder jahrhundertelang dem einen Gott geweiht sind und dann über Nacht zu einem anderen überwechseln. Daneben erhebt sich der Ruhmesturm, ein weiteres jainistisches Monument. Der Kaufmann Jija Bagairwal Mahajan erbaute ihn im zwölften Jahrhundert zum Andenken an seine Wallfahrt zu den Heiligtümern sämtlicher vierundzwanzig *tirthankaras*. Er ist gute zwanzig Meter hoch und hat sieben Geschosse. Als mein Urgroßvater den Siegesturm baute, tat er es mit der Absicht, den Ruhmesturm zu übertreffen. Tatsächlich ist das jainistische Bauwerk niedriger und weist innen keinerlei plastischen Schmuck auf.

Als Nächstes konzentriere ich mich auf den Chaturang Maurya Talab. Der Shiva-Tempel, der sich in der Mitte dieses künstlichen Sees erhebt, hat eine so ausgeprägte buddhistische Physiognomie, dass auch hier irgendwann der göttliche Mieter gewechselt haben muss. Rao Ranmals Palast. Badshah ki Bhaksi, das Haus, in dem Rana Kumbha den Sultan von Gujarat über sechs Monate lang gefangen gehalten haben soll. Der etwa aus derselben Zeit stammende Palast des Rampur Bhanpura. Die Bhanpuras sind heute alter Adel ohne das dazugehörige Geld. Rani Padminis Palast mit seinem Juwel von einem Wasserpavillon, den Königin Karmavati so gern für ihre Damenkränzchen belegt. Der Kalika-Tempel. Der Hath Kund, das

Bassin, in dem unsere königlichen Elefanten gewaschen werden. Hinter Rani Padminis Palast erhebt sich der Palast der Rani Khatan. Khatan war eigentlich keine Königin, sondern eine einfache Frau aus der Zimmermannskaste, die Maharana Kshetra Simhas Aufmerksamkeit erregte und dessen Lieblingskonkubine wurde. Der Teich des Sas-Bahu-Tempels, der einzige Ort, an dem sich Mütter und Schwiegertöchter auf gleicher Stufe begegnen, da sie beide zum Baden hierher kommen. Der im elften Jahrhundert erbaute jainistische Satbis-Devari- oder Siebenundzwanzig-Kapellen-Tempel. Die letzte Station meiner panoramischen Rundreise durch Chittor ist der Komplex von königlichen Palästen, in dem ich mein bisheriges Leben verbracht habe.

Ich fühle mich wie ein Kamel, das sich an einem Wasserloch voll laufen lässt. Nicht sehr wählerisch, fürchte ich. Aber ich suche keine elegischen oder epiphanischen Momente, nur Fetzen und Bruchstücke des Lebens und der Rhythmen von Chittor. Zum Beispiel diese Gruppe von Frauen, die im Kreis um einen Haufen Stoff sitzt. Sie zupfen kleine Zipfel in den Stoff, binden diese mit einem Stück Schnur ab und legen das Ganze in Bottiche zum Färben. Hinter ihnen dehnen sich unabsehbare Reihen von gekreuzten Bambusstangen mit zwischen ihnen ausgespannten Seilen. Jeden Augenblick könnten Scharen von Akrobaten die Stangen erklimmen und unbekümmert die straff gespannten Seile entlangtänzeln. Stattdessen hängt eine Frau die knotengefärbten Stoffbahnen daran auf. Der Wind bläht die farbenprächtigen Segel und ich werde Zeuge einer hundertfünfzig Meter über dem Meeresspiegel stattfindenden Regatta. Weiter unten auf dem terrassierten Hang stapfen zwei Ochsen samt dazugehörigem Bauern rückwärts. Ich höre das ferne Aufklatschen der Eimer, die im Brunnen ins Wasser schlagen. Jetzt geht das Gespann wieder vorwärts, und das Wasserrad leert die Eimer in flache Erdrinnen. Meine Augen folgen dem Lauf der Gambhiri und halten am Waschplatz inne. Trotz der großen Entfernung ist sie unverwechselbar. Diese ungezwungene, spontane Anmut der Bewegung besitzt einzig und allein Sunheria. Was meinte sie mit dieser kryptischen Bemerkung heute Früh? Ist sie eine Hellseherin? Warum werde ich nicht zu ihr zurückkehren? Wird dieser Feldzug, der so schlimm begonnen hat, zuletzt auch mein Leben fordern? Ihre

Arme und Hände holen schwungvoll aus, und die Stoffbahn, die sie gerade wäscht, beschreibt eine vollkommene Kreisbahn und klatscht auf den nassen schwarzen Felsblock. Ihre Arme sehen nicht muskulös aus, aber sie müssen aus Stahltrossen bestehen, um stundenlang so mühelos Tonnen von Wäsche schlagen zu können. Dann trifft es mich wie ein Schlag – die blauen Flecken auf ihrem Rücken und an den Beinen, die Striemen auf ihrem Rücken, der fehlende Armreif an ihrem linken Handgelenk und die Schwellung des Nasenrückens, die sie sich angeblich geholt hat, als sie vor einer Woche zu Hause hingefallen ist. Sie hat Recht. Ich bin nicht nur blind, sondern auch noch schwer von Begriff. Ihr Alter kriegt weder bei ihr noch bei einer anderen einen hoch und verprügelt sie dafür zum Ausgleich mit einem Stock. Warum hat sie ihm nicht sämtliche Knochen im Leib gebrochen? Die Kraft dazu hätte sie zweifellos. Diese eisenharten Handteller, derentwegen sie sich so geniert, dass sie ständig versucht, sie zu verstecken – ein Schlag damit, und ihr Mann müsste ein, zwei Wochen das Bett hüten. Aber ich rede Unsinn. Bei all ihrer Selbstständigkeit und Eigenwilligkeit, und obwohl sie tagein, tagaus Männerarbeit verrichtet, ist Sunheria doch an die Tradition gebunden und wird niemals zurückschlagen.

Die Äste der Zimtapfelbäume hängen schwer beladen herab. Die Früchte sind noch nicht ganz reif, aber ich muss ein paar Dutzend mitnehmen. Nirgends – oder zumindest nirgends, wo ich bislang gewesen bin – bekommt man solche Zimtäpfel wie in Chittor.

Als ich vom Siegesturm wieder hinabgestiegen war, rief ich Mangal zu mir. »Jag Sunherias Mann ordentlich Angst ein. Wenn er seine Frau noch einmal anrührt, stecken wir ihn wegen Körperverletzung in Einzelhaft. Ich weiß, dass du diskret bist, aber sieh zu, dass er nicht erfährt, woher die Drohung kommt.«

Lilavati, der königliche Hofstaat, die Königinmutter und alle übrigen Königinnen, Adinathji, der Premier und der Adel und die Bürgerschaft von Chittor warteten auf dem Paradeplatz. Ich hatte meinen Onkel Lakshman Simhaji gebeten, sich auszuruhen und sich die Teilnahme an der feierlichen Überreichung der Fahne zu ersparen. Hatte ich aber wirklich erwartet, dass er nicht kommen würde? Ich hatte Rajendras Kommando seinem jüngeren Sohn Tej übergeben,

und der junge Mann stand an der Spitze des Truppenkontingents, das mich begleiten würde.
Lilavati wartete würdevoll unter dem Pavillon. Diesmal würde es keine kindischen Umarmungen geben. Sie stand da wie eine kleine Königin. Sie trug eine knotengefärbte Rock-Choli-Kombination und dazu eine Chunni aus *Dhaka*. Meine Truppen und ich schritten die Front der Versammelten ab und blieben vor Lilavati stehen. Ich wandte mich nach links und streckte meine Lanze vor. Lilavati entrollte den Wimpel, den sie für mich bestickt hatte, und streifte ihn über den Messingschaft. Eine Zofe überreichte ihr das goldene Tablett mit der Lampe und dem Safran- und Gelbwurzpulver. Lilavati führte die Arati durch und betupfte dann meine gesenkte Stirn mit etwas von dem roten und dem gelben Pulver. »Die Ehre Mewars liegt in Euren Händen, Maharaj-Kumar, bewahrt sie wohl. Besiegt den Feind und kehrt unbesiegt heim. Glück auf den Weg. Heil Eklingji!« Ich stand stramm und salutierte vor dem Banner mit dem Bildnis des Sonnengottes.
Zeit zum Aufbruch. Doch es blieb mir noch eine letzte Kleinigkeit zu erledigen. Etwas an Sunherias seltsamen Worten ließ mir keine Ruhe. Ich ging kurz in mein Arbeitszimmer und überschrieb Sunheria vor Mangal und einem anderen Beamten als Zeugen zwei Dörfer aus meinem Privatbesitz, die Schenkungsurkunde sandte ich mit ein paar Zeilen zu Kausalya. Die Garde geleitete den Shahzada und dessen Gefährten zum Haupttor und übergab sie mir. Weder Prinz Bahadur noch mir entging die Ironie der Situation. Vor Monaten war der Shahzada hier in die Stadt geritten und hatte Mewar um Asyl und Schutz vor seinem eigenen Vater ersucht. Nun wurde er wieder hinauseskortiert, weil seine neuen Freunde keinen Wert mehr auf seine Gesellschaft legten. Jetzt war er ebenso sehr ein Feind Mewars wie seines Vaters. An der Grenze unseres Königreiches würden sich unsere Wege trennen. Was er dann tat, war seine Angelegenheit. Es war nicht auszuschließen, dass er, statt nach Ahmedabad oder Champaner zurückzukehren, zu den Streitkräften Gujarats stoßen und mir bereits in wenigen Wochen im Handgemenge wiederbegegnen würde.

18

Wenn ich mir meine Altersgenossen, Freunde, Mitarbeiter, Cousins und Brüder so ansehe, wird mir klar, was für ein Langweiler ich doch bin. Sie zechen miteinander, sie gehen zu Huren, sie sind voller Leben und lustig und ständig auf Unsinn aus. Ab und an würde ich mich ihnen gerne anschließen, aber man lädt mich selten dazu ein, weil ich zu ernst für mein Alter bin und ihnen wahrscheinlich die Laune verderben würde. Auch in anderer Hinsicht bin ich ein Spießer. Sogar ältere Leute finden mich langweilig und ein bisschen zu ernst. Der Krieg ist für sie ein einziger großer Spaß. Sie putzen sich heraus, wichsen sich den Schnurrbart, schwingen sich auf ihre Streitrosse und stürmen blindlings los. Sie töten oder werden getötet. So ist das Leben einfach und weit unterhaltsamer.

Mein Lieblingszeitvertreib ist der Krieg nicht. Zum Kampf entschließen würde ich mich normalerweise nur aufgrund einer außerordentlich schwerwiegenden Provokation, oder wenn mir nach sorgfältiger Planung und unter Berücksichtigung aller Umstände der Sieg so gut wie gewiss erschiene. Tatsache ist, dass die meisten Kriege auf lange Sicht nirgendwo anders hinführen als zum Ausgangspunkt zurück. Wenn ich schon kämpfe, will ich einschneidende und nach Möglichkeit dauerhafte positive Veränderungen in unserer politischen Landschaft herbeiführen. Andernfalls würde ich es eher vorziehen, zu Hause zu bleiben und mit meinen Nachbarn in Frieden zu leben. Ich schätze es, gut vorbereitet zu sein, wenn es zur Konfrontation kommt. Ich brauche das Gefühl, meine Hausaufgaben gemacht zu haben. Ich möchte jedes einzelne mir irgendwie erreichbare Detail über den Feind wissen – über den Monarchen, seine Generäle und seine Streitkräfte. Ich möchte alles über ihre Vorlieben und Abneigungen in Erfahrung bringen, ihre Stärken und Schwächen, ihren Charakter, ihre bisherigen Feldzüge, ihre Ernährungsweise, ihre Fähigkeit, Entbehrungen zu ertragen, ihre Schlafgewohnheiten und jede Kleinigkeit, die man sich überhaupt nur vorstellen kann. Mehr als alles andere versuche ich herauszufinden, wie sie denken. Wie steht es mit Rivalen und Anwärtern auf die Krone? Denn wozu kämpfen, wenn man ebenso gut einen Bürgerkrieg anzetteln und es den anderen überlassen kann, das Kämpfen zu erledigen? Wenn Eifersüchteleien und Zwistigkeiten am Hof den Ausgang jedes Krieges beeinflussen können und klug ausgenützt werden sollten, ist es ebenso unerlässlich, Gesinnung und Moral der einfachen Bevölkerung zu kennen. Ist das Volk konfliktmüde oder unterstützt es die Kriegsanstrengungen des Herrschers? Wie war die Ernte des laufenden und der drei vergangenen Jahre? Und nicht nur der Zustand der Landwirtschaft, auch der Handel übt einen wesentlichen, wenn auch indirekten Einfluss auf die Fähigkeit des Gegners aus – und ebenso übrigens auf unsere eigene Fähigkeit, einen langen Krieg zu führen. Keine dieser Überlegungen ist sonderlich originell, aber ich bin jedes Mal wieder verblüfft festzustellen, wie sehr sich die meisten Strategen und Feldherren dagegen sträuben, selbst diese elementarsten Prinzipien der Kriegsvorbereitung zu beherzigen. Zugegeben, das Sammeln von Informationen – genauer gesagt, von zuverlässigen Informationen – ist eine mühselige, langwierige und langweilige Angelegenheit. Außerdem ist es erst dann von Nutzen, wenn es konsequent über einen längeren Zeitraum durchgehalten wird. Man stelle sich vor, die ökonomischen, politischen und militärischen Fähigkeiten des Feindes monate-, bisweilen sogar jahrelang zu studieren, wenn die eigentliche Entscheidungsschlacht dann nicht mehr als drei, fünf oder allerhöchstens sieben Stunden dauern wird!

Diesmal bin ich aber so kurzfristig abberufen worden, dass ich mich besonders unvorbereitet fühle. Wahrhaft nicht die beste Art, das Kommando über meinen ersten Feldzug zu übernehmen! Wie soll ich meine Männer anführen, wenn ich mich schon in den geographischen Gegebenheiten nicht auskenne – von allem Übrigen ganz zu schweigen? Ich weiß nicht einmal so genau, warum wir uns eigentlich mit Gujarat um Idar bekriegen. Jetzt übertreibe ich natürlich. Aber die ohnehin dürftigen Gründe für diesen Krieg sind eher emotionaler als politischer, ökonomischer oder strategischer Natur. Mein Schwager Raimul hat einen Anspruch auf den Thron von Idar, sitzt aber eher selten darauf. Idar ist ein Spielball, der andauernd zwischen Gujarat und Mewar hin- und herfliegt.

Wir waren tagelang scharf geritten und hatten endlich die Grenze erreicht. Ich befahl Mangal, dafür zu sorgen, Bahadur mit Proviant, Wasser und was er sonst benötigen könnte, zu versehen und ihn und seine Freunde dann ziehen zu lassen. Mangal kam mit einer Botschaft zurück: Würde der Maharaj-Kumar die Güte haben, Prinz Bahadur eine letzte Audienz zu gewähren?

»Es geziemt sich für einen Prinzen von Geblüt nicht«, fing Bahadur an, »seine Handlungen zu bereuen. Ich bereue nichts. Doch es schmerzt mich, künftig auf Eure Freundschaft verzichten zu müssen. Ihr seid ein besserer Gastgeber gewesen, als ich mir je hätte vorstellen können. Ich schulde Euch mein Leben, und das nicht nur ein, sondern gleich zwei Mal. Es ist eine Schuld, die ich nie werde abtragen können. Ich kann, wie jeder andere, viel von Euch lernen. Ich bin nicht blind, Eure Hoheit. Ihr seid der einsamste Mann, den ich kenne. Keine üble Nachrede und kein Spott kann Euch je tangieren, weil Ihr Privatleben und Amt streng voneinander scheidet. Die Art, wie Ihr Euer Amt führt, bewundere ich sehr. Ich bezweifle, dass Ihr je ein populärer Monarch sein werdet, denn Ihr beherrscht nicht die Kunst, unpopuläre Maßnahmen schmackhaft zu machen. Ihr habt mich gelehrt, dass Abwasserkanäle durchaus ein Gegenstand sind, der die Aufmerksamkeit eines Prinzen verdient. Scheiße, sagen die Leute, ist Euer Element. Sollte ich eines fernen Tages den Thron besteigen, werde ich es als ein Kompliment auffassen, wenn meine Untertanen dasselbe von mir sagen. Doch ich will Euch nicht länger in Verlegenheit bringen. Fast mein ganzes Leben lang hatte ich geglaubt, Geld sei ein königliches Privileg, und es auszugeben sei des Königs Pflicht. Jetzt weiß ich, dass man, um König zu wer-

den, das Geld beherrschen muss. Handel und Gewerbe, habt Ihr mich gelehrt, sind wichtiger als Krieg und Sieg.
Ich werde Euch keinen Erfolg auf diesem Feldzug wünschen, aber lebt wohl und möge Gott bei Euch sein.«
»Wohin werdet Ihr gehen, Prinz?«
»Mein Bruder Sikander will meinen Kopf. Ich würde ihn lieber selbst behalten. Ich fliehe nach Delhi, Eure Hoheit.«
»Lebt wohl, Prinz. Ich meinte es ernst, als ich vom Frieden mit Gujarat sprach.«
»Ich weiß, dass Ihr es noch immer meint. Ich habe lange gebraucht, um das zu begreifen.«

Vater. Warum fühle ich mich bloß wie ein Berufsanfänger vor seinem ersten Vorstellungsgespräch? Vielleicht deswegen, weil er sich wie ein König und Arbeitgeber aufführt und mich schon seit einer Viertelstunde im Vorzimmer seines gigantischen Zeltes warten lässt. Das ist ein guter Trick. Macht den Untergebenen höllisch nervös, lässt seine Gedanken Amok laufen und seine Phantasie auf Hochtouren arbeiten. Bin ich in Ungnade gefallen? Habe ich etwas gesagt, was den großen Mann verärgert hat? Hat irgendeine meiner Handlungen der letzten siebenundzwanzig oder dreißig oder hundert Jahre sein Missfallen erregt? Oder habe ich mir seine Feindschaft schon im Mutterleib zugezogen? Vielleicht hat irgendjemand hinter meinem Rücken Märchen über mich erzählt. Ich konnte es der Wache von den Augen ablesen: Ich bin eine Fleisch gewordene Hiobsbotschaft und keiner will mich hier haben.
Wirklich eine gute Taktik. Lass das arrogante Resultat einer unzeitigen Begattung ruhig im eigenen Saft schmoren! Diese jungen Spunde bilden sich ein, die ganze Welt einschließlich ihrer Eltern gehöre ihnen. Da ist es besser, sie ein wenig in ihre Schranken zu weisen, bevor sie völlig außer Kontrolle geraten. Jetzt komme ich langsam wirklich in Fahrt und drücke so richtig auf die Tränendrüse: Papa, du hast mich nie geliebt! Wo einst meine Seele war, sind jetzt nur Narben und gähnende Leere ...
Aber mein Rumgealbere kann meine echte Furcht vor dieser Begegnung nicht kaschieren. Meine Zeit als Regent kann man nicht ge-

rade als Glückssträhne bezeichnen, oder? Erst begeht ein Prinz, Vikramaditya, Vaters eigen Fleisch und Blut, Hochverrat, und dann ersticht Bahadur Lakshman Simhajis Erstgeborenen Rajendra. Lakshman Simha ist Vaters engster Verbündeter und Vertrauter und sein ältester Freund. All das ist schlimm genug, aber damit werde ich fertig. Es ist und bleibt nur potenzielles Brennmaterial, bis man die Mutter aller Zündfunken in das Szenario einführt: Königin Karmavati. Wir sind fast pausenlos geritten. Wir haben nachts nur ein paar Stunden Rast gemacht, um etwas zu essen und die Pferde grasen zu lassen. Ich habe alle ununterbrochen zur Eile angetrieben in der Hoffnung, der Erste zu sein, der Vater die Nachricht von Rajendras Ermordung überbringen würde. Aber ich weiß, dass es verlorene Liebesmüh war. Ich wette, Königin Karmavatis Mann ist schon vor mir angekommen und Vater weiß bereits Bescheid.
Ich werde hereingerufen. Ich hatte Recht, was den Mann der Rani anbelangt, Unrecht aber, als ich meinte, Vater würde mich absichtlich warten lassen. Der Feldscher war bei ihm und hat ihm seine neue Ernte von Wunden verarztet. Ich frage mich, wie er sein Wasser oder Blut oder sonst eine Flüssigkeit bei sich behalten kann. Eigentlich müsste der Mann wie ein Sieb triefen. Warum er bei jeder Attacke und in jedem Handgemenge dabei sein muss, wissen die Götter. Ist es Eitelkeit, Größenwahn oder ist es Angst? Angst ist ein seltsames Wort – und vielleicht das letzte, das einem in Bezug auf Vater in den Sinn kommen würde. Aber Vater fürchtet sich wie kein anderer Mann in Mewar oder sonst wo auf der Welt. Er fürchtet sich seit dem Tag, als seine Brüder ihn aus dem Tempel der Charani-Devi jagten. Er befürchtet, jemand könnte ihn als einen Feigling bezeichnen, weil er damals, als ihm sein Auge aus dem Kopf gesäbelt wurde, nicht stehen blieb und seinen Brüdern Widerstand leistete. Irgendwo tief in seinem Herzen bekennt sich Vater blind zum rajputischen Ehrenkodex und schämt sich dafür, dass er damals nicht eines heldenhaften – und völlig sinnlosen – Todes starb.
Endlich standen wir uns gegenüber. Er umarmte mich kurz und befangen – ich hätte beinahe »widerwillig« gesagt, aber das wäre nicht richtig. Befangenheit ist das, was Vater und Sohn miteinander verbindet. Denn mir ist in seiner Gegenwart vielleicht noch unbehaglicher als ihm in meiner. Ich liebe ihn von Herzen, aber ich kann es

nicht zum Ausdruck bringen, also reiße ich insgeheim alle möglichen Witzchen über ihn. Ich erstatte knapp Bericht über die wichtigeren Maßnahmen, die ich seit seiner Abreise ergriffen habe, und über die Ereignisse, die während derselben Zeitspanne über mich hereingebrochen sind. Weder versuche ich, Unerfreuliches herunterzuspielen, noch trete ich es unnötig breit. Er hört mit ungerührter, aber weder gereizter noch feindseliger Miene zu. Am Ende bin ich auch nicht klüger. Er, hoffe ich, schon. Billigt er mein Handeln, missbilligt er es oder ist es ihm gleichgültig? Habe ich mich verantwortungsvoll verhalten? Wie hätte er in meiner Situation reagiert? Was jetzt? Ich brauchte die eine Antwort auf diese und ein paar Millionen weiterer Fragen so dringend wie die Luft zum Atmen. Ich weiß, dass er damit nicht rausrücken wird – weder jetzt noch irgendwann. Er enttäuscht mich nicht. Was ist mit Vikramaditya, was hat er mit ihm vor? Auch hier kann ich seine Taktik erraten. Er wird sich nicht in die Karten schauen lassen und ich werde seine Absichten und seine Aktionen erst dann durchschauen, wenn auch der Rest Mewars von ihnen erfährt.

»Dieser Feldzug zieht sich schon Monate hin. Bei ein paar Gelegenheiten haben wir den Gujarater Streitkräften eine Abreibung verpasst. Mit welchem Resultat? Muzaffar Shah hat das Oberkommando über seine Streitkräfte an einen anderen General übertragen, und mit der Moral unseres Schwiegersohnes Rao Raimul ist es fraglos etwas besser bestellt. Aber das wär's auch so ziemlich. Wir können nicht ewig hier bleiben. Ebenso wenig können wir unsere Armeen auf Dauer hier stationiert lassen. Ich will eine Entscheidung. Du bist derjenige mit den neuen Ideen. Verschaff uns einen entscheidenden Sieg, Sohn. Gib Idar seinem rechtmäßigen Eigentümer zurück, damit wir uns anderen dringenden Angelegenheiten zuwenden können.«

Ich sagte nichts. »Es gefällt mir, was du dir wegen unserer Wasser- und Kanalisationssysteme überlegt hast. Sobald ich wieder zurück bin, werde ich die Pläne studieren, und dann werden wir, du und ich, eine gemeinsame Entscheidung treffen. Du zweifelst also an der Möglichkeit eines entscheidenden Sieges?« Ich hätte es mir denken können. Er hatte mich abgelenkt, nur um mich dann in die Enge treiben zu können. Ich hatte kein Wort gesagt, aber er hatte mein

Schweigen richtig gedeutet. Es hatte jetzt keinen Sinn, um den heißen Brei herumzureden.
»Darf ich offen reden, Vater?«
»Besser, du nimmst jetzt kein Blatt vor den Mund, als später, wenn die Situation unrettbar verfahren ist.«
»Wenn Ihr Idar wollt, so müsst Ihr zuerst Gujarat nehmen.«
»Du meinst, den Kampf gegen Gujarat aufnehmen?«
»Nein, Vater. Was ich meinte, habe ich gesagt. Kämpfen tun wir schon seit Jahren gegen Gujarat. Und wohin hat uns das gebracht?«
»Du meinst es ernst, nicht wahr?« Es war nicht als Frage gemeint.
»Ich will damit nicht sagen, dass wir Gujarat angreifen sollten. Ich will nur klarstellen, was die Voraussetzung dafür wäre, Idar endgültig an uns zu bringen.«
»Angenommen, ich wäre deiner Meinung, was würdest du tun?«
»Ich würde vorschlagen, dass wir unsere Hausaufgaben machen, und zwar gewissenhaft. So wie die Sache steht, meine ich, dass wir Gujarat besiegen können – was immer es auch kosten mag. Aber lohnt Gujarat die Mühe, die Ausgaben und die Verluste an Menschenleben? Oder wäre es bei näherer Betrachtung vielleicht weniger kostspielig, weniger mühsam und weit lohnender, das Sultanat von Delhi anzugreifen, das sich ohnehin bereits in einem fortgeschrittenen Stadium der Auflösung und der Dekadenz befindet? Oder übersehen wir vielleicht etwas im Süden und Südwesten von uns? Ich spreche selbstverständlich von unserem anderen Nachbarn, Mahmud Khalji von Malwa. Muzaffar Shah von Gujarat ist ein starker, tatkräftiger und dynamischer Herrscher. Mahmud Khalji ist schwach und unentschlossen und hat außer seiner persönlichen Tapferkeit nicht viel vorzuweisen. Außerdem könnten wir seine Meinungsverschiedenheiten mit seinem Premierminister Medini *Rai* ausnutzen.«
»Und du meinst, die Zeit ist reif zuzuschlagen?«
»Nein, Vater. Es ist an der Zeit, ein starkes, unverbrüchliches Bündnis rajputischer und anderer gleichgesinnter Interessen unter Eurer Führung zu schmieden. Der einzige Grund, warum der Sultan von Gujarat Malwa noch nicht angegriffen und annektiert hat, ist die Tatsache, dass Malwa ein muslimisches Königreich ist. Wenn wir beabsichtigen, Malwa zu erobern, müssen wir wohl überlegt und

dennoch überraschend handeln. Wir wollen schließlich vermeiden, dass Gujarat sich mit Malwa verbündet.«
»Ich hatte ganz vergessen, wie tief stille Wasser sind, Sohn. Mir war nicht bewusst, dass dein Ehrgeiz die Form so klarer langfristiger Pläne angenommen hat.«
»Wir sind zwar Krieger, vor allem aber sind wir Könige. Es ist daher unsere Pflicht, eine Vision zu haben. Und eine Politik, die diese Vision in die Wirklichkeit umsetzt. Mein Ehrgeiz, Eure Majestät, gilt einzig und ausschließlich Mewar.«
Glaubte er mir?
»Erobere Idar zurück. Wir unterhalten uns weiter nach deiner Rückkehr. Bis dahin hast du mehr als genug Zeit, die verschiedenen Optionen abzuwägen und deine Schlüsse zu ziehen.« Er stand auf und beendete die kurze Unterredung. Ich verneigte mich und berührte seine Füße. Seine Hand strich mir über den Kopf und zerwühlte mir – eine äußerst ungewohnte Geste – die Haare. »Möge der Segen Eklingjis auf dir ruhen.«
»Gibt es noch irgendetwas, was ich im Zusammenhang mit den Streitkräften von Gujarat besonders berücksichtigen sollte?«
»Ihr Dreh- und Angelpunkt ist ihr Oberbefehlshaber, Malik Ayaz. Er ist gebürtiger Russe und wurde von den Türken zum Sklaven genommen. Schließlich gelangte er in den Besitz eines Kaufmanns, der ihn, glaube ich, Muzaffars Großvater zum Geschenk machte. Er ist intelligent, ehrgeizig und voller Komplexe. Er hat sich doppelt, wenn nicht sogar dreifach anstrengen müssen, um sich vom Sklaven zum freien Mann und anschließend zu seiner gegenwärtigen Position als einer der einflussreichsten Generäle des Sultans von Gujarat emporzudienen. Für ihn steht mehr auf dem Spiel als für jeden anderen General von Gujarat oder Mewar. Er muss sich ständig bewähren und Sultan Muzaffar immer wieder beweisen, dass er kein Fehlgriff war. Die anderen Generäle sehen auf ihn herab und wären nur zu glücklich, ihn fallen zu sehen – würden ihm vielleicht sogar beim Stolpern behilflich sein. Leicht übereifrig zeigt er die übertriebene, fanatische Begeisterung des Neubekehrten. Ein guter Kommandeur.«
Vater ist kein Freund vieler Worte. Ja, er würde, wenn es möglich wäre, ganz auf Worte verzichten. Er hatte mir heute mehr gesagt

als in meinem ganzen bisherigen Leben zusammengenommen. Er hat die Gabe, den Kern jeder Diskussion zu treffen. Sobald er ein Thema kurz beleuchtet hat, zieht er sich wieder zurück.
Wir sahen uns dann noch zu einer weiteren Gelegenheit: Es war während des Vorbeimarsches am Morgen seiner Abreise. Wir nahmen die Parade gemeinsam ab, und dann übergab er mir feierlich das Oberkommando. Sämtliche kleineren und größeren Raos und Rajas und Rawals einschließlich meines Schwagers, des Rao von Idar, nahmen am Abschiedsfrühstück teil. Vater war gerade im Begriff, in eine gefüllte Teigtasche zu beißen, als er sie wieder aus der Hand legte. Es war eine Marotte oder Taktik von ihm, eine Geste, durch die er auf höfliche und unaufdringliche Weise zu verstehen gab, dass ihm etwas durch den Kopf ging und dass es sich durchaus für alle Anwesenden lohnen könnte, ihm aufmerksam zuzuhören.
»Fast jeder der Anwesenden«, sagte er mit einem heiseren Flüstern, »ist älter und weiser als mein Sohn. Ihr habt mehr Monsune und Jahreszeiten und Kriege erlebt und ihr habt weit mehr Erfahrung als er. All das wird für ihn von unschätzbarem Wert sein. Ich empfehle ihm, diese Ressourcen nach Kräften zu nutzen. Ich möchte euch noch ein Letztes über ihn sagen und dann werde ich aufbrechen. Beurteilt ihn nicht nach seinen Jahren. Ihr seid in guten Händen. Heil Eklingji!«

Den Rest des Tages nutzte ich zu Gesprächen mit den älteren Männern und Fürsten, deren Rat mir Vater ans Herz gelegt hatte. Einige sah ich zum ersten Mal, andere kannte ich bereits seit meiner Kindheit oder aus früheren Feldzügen. Aber jetzt war ich der Oberbefehlshaber, und wie der Feldherr von Gujarat, Malik Ayaz, musste auch ich mich zweifach bewähren. Ich machte die Fürsten mit meinem Freund, dem Bhil-Herrscher Puraji Kika, und mit meinem Cousin Tej bekannt. Tej mitzunehmen war ein politischer Schachzug. Die Anwesenheit von Rajendras Bruder verfehlte ihre Wirkung nicht. Puraji und ich wussten jedoch, dass er mein gewagtester Einsatz war. Nicht etwa, weil seine Loyalität zu Mewar in Frage gestanden hätte – wohl aber seine Achtung vor mir. Er betrachtete mich als einen Feigling und Lumpen.

Wir hatten knapp unter fünfzigtausend Mann Reiterei und Fußvolk bei uns. Rao Ganga von Jodhpur hatte ein Kontingent von siebentausend gebracht, und der Onkel meiner Frau, Rao Viramdev von Merta, war an der Spitze von fünftausend Kriegern gekommen. Rawal Udai Simha vom Staat Dungarpur und Ashvin Simha, der Herrscher von Banswara, kämpften beide unter Mewars Flagge mit kleinen eigenen Verbänden. Selbst die über hundert Elefanten nicht mitgerechnet, waren wir eine nicht unansehnliche Streitmacht und dem Gujarater Heer, das laut Rao Viramdev ungefähr sechzigtausend Mann zählte, durchaus ebenbürtig.
Malik Ayaz hatte vier Stellvertreter unter sich, durchweg erfahrene Generäle, die schon zu wiederholten Gelegenheiten gegen unsere Streitkräfte gekämpft hatten. Ich fragte Rao Ganga, ob er mir von ihnen sowie von Malik Ayaz möglichst detaillierte Dossiers erstellen könne, insbesondere unter Berücksichtigung ihrer früheren Schlachten und der Strategien, die sie dabei eingesetzt hatten. Ihm war nicht ganz klar, was für einen Nutzen das haben sollte, doch er war gern bereit, mir den Gefallen zu tun.
»Wie viele Muslime kämpfen in unseren Armeen?«
»Knapp unter siebenhundert – die fünfzig nicht mitgerechnet, die Ihr mitgebracht habt«, teilte mir Rao Viramdev mit. »Sie sind gute Kämpfer und uns treu ergeben, das kann ich Euch versichern.«
»Das ist nicht der Grund meiner Frage. Ist es möglich, ihre Zahl zu erhöhen, ohne die Kampfkraft und Sicherheit zu beeinträchtigen?«
»Wie viele wollt Ihr?«
»Fünftausend wäre eine gute Zahl. Für den Anfang würden es zweitausend tun.«
»Wir fahren besser ohne sie«, warf Rajendras Bruder Tej ein.
»Wenn ich könnte, würde ich auch noch Adinathjis Jains rekrutieren. Zum Glück sind unsere muslimischen Untertanen keine Pazifisten. Sie werden nur zu glücklich sein, ihren Beitrag zur Verteidigung ihres Landes zu leisten.« Tej konnte die Verachtung, die er für mich empfand, nur mit Mühe verbergen. »Aber es gibt auch einen anderen Grund für meine Entscheidung. Wir möchten nach Möglichkeit vermeiden, dass Malik Ayaz oder sein Herr, Muzaffar Shah, diesen Krieg in einen *jihad* gegen die Ungläubigen uminterpretiert. Sie werden es vielleicht trotzdem tun, aber es dürfte ihnen schwe-

rer fallen, ihre These aufrechtzuerhalten, wenn eine nennenswerte Anzahl von Muslimen auf unserer Seite kämpft.«

Um ehrlich zu sein, hatte auch ich meine Zweifel. Würde eine größere Anzahl von Moslems in unserer Armee dem fanatischen Aufruf Muzaffar Shahs oder jedes anderen muslimischen Potentaten, Jagd auf die *kafirn* zu machen, wirklich die Spitze nehmen? Ich hatte in der Vergangenheit schon etliche schlaflose Nächte mit der Frage zugebracht, wie ein solch machtvoller Ruf zu den Waffen erstickt werden könnte. Die Wahrheit ist, dass ich nichts in unseren heiligen Schriften kenne, was es mit der Motivation und Überzeugungskraft des Islam aufnehmen könnte. Auch wir können heilige Kriege führen und tun es auch, aber unserer Religion fehlt die absolute Forderung nach Bekehrung. Der Drang zu bekehren ist fraglos eine der stärksten Triebkräfte des Islam.

Unser großartigster Aufruf zum Kampf ist die Bhagavadgita. Und was sagt sie genau? Wenn du Krieger bist, kämpfe oder erfülle die Pflichten deines Standes, wie auch immer sie aussehen mögen, aber handle stets, ohne auf die Früchte und die Folgen deines Handelns zu sehen. Man vergleiche dies mit den klaren und nüchternen Geboten und Verheißungen des Islam: Wenn du im Kampf für deinen Gott stirbst, kommst du geradewegs ins Paradies, wo dich *huris* und andere äußerst plastisch geschilderte Freuden erwarten.

Wie sieht dagegen das Leben nach dem Tod aus, das die Bhagavadgita verheißt? Für die überwältigende Mehrzahl von uns Unerleuchteten gibt es nichts anderes zu erwarten als einen endlosen Kreislauf von Wiedergeburten. Solange wir keine jenseitigen Sicherheiten zu bieten haben und nicht entschieden konkreter werden hinsichtlich der übernatürlichen Freuden, die den Lohn der Pflichterfüllung darstellen, wird es uns schwerlich gelingen, dem muslimischen Glaubenseifer etwas Gleichwertiges entgegenzustellen. So gesehen ist es ein wahres Wunder, dass Hindus überhaupt so viele Kriege gewinnen.

Ich schickte nach Shafi Khan, unserem muslimischen Strategen aus der Militärakademie. Er trat zögernd ein. Unsere erste Begegnung war nicht so gut gelaufen und wirkte offensichtlich noch in ihm nach. Er verneigte sich vor mir, dann vor der Ratsversammlung und blieb erwartungsvoll stehen, wobei er sich offensichtlich fragte, auf welche Weise er wieder mein Missfallen erregt haben mochte. Ich zog abrupt das Schwert. Das Geräusch einer aus der Scheide fahrenden Klinge würde selbst einen Toten zusammenfahren lassen. Ich richtete das Schwert auf Shafi Khan und ließ es zwischen rechter und linker Hand hin und her pendeln.

»Wir beabsichtigen, dich jetzt zu töten, Shafi«, sagte ich leise zu ihm. »Welchen Fluchtweg würdest du wählen?«

»Für welches Vergehen, Königliche Hoheit?«, fragte er zitternd.

»Einfach, weil mir dein Gesicht nicht passt.« Ich hob das Schwert höher. »Antworte mir!«

»Ihr erwartet von mir, dass ich das Zelt wieder durch dieselbe Öffnung verlasse, durch die ich es betreten habe.« Jetzt hatte er mein Spiel begriffen und machte mit. »Stattdessen werde ich nach rechts ausbrechen und Rawal Udai Simha und Tej Simha, wenn sie mich aufzuhalten versuchen, töten – aber nur wenn sie mich dazu zwingen. Dann werde ich die Zeltwand aufschlitzen und durch diese Öffnung entkommen.«

»Warum nicht nach links?«

»Es wäre zu riskant, es mit Rao Viramdev und Rao Ganga aufnehmen zu müssen.«

»Und Ihr glaubt, mit mir werdet Ihr leichtes Spiel haben?«, fragte Tej wutentbrannt. »Versucht's nur!«

»Ihr seid jähzornig. Ich baue darauf, dass Ihr deswegen einen Fehler machen werdet. Und was Rawal Udai Simha anbelangt, würde ich nie gegen ihn antreten, wenn er im Sattel sitzt. Zu Fuß aber ist er durch sein Holzbein behindert. Das ist eine Schwäche, die ich zu meinem Vorteil ausnutzen würde.«

»Wie weit ist deine Abhandlung über die Wissenschaft des Rückzugs gediehen, Shafi Khan?«

»Bis zur Hälfte, Maharaj-Kumar.«

Jetzt war es an der Zeit, meine Gefährten über die Zusammenhänge unserer privaten Unterhaltung aufzuklären.

»Shafi Khan hat die letzten fünfzehn Jahre damit zugebracht, Angriffsstrategien zu studieren und weiterzuentwickeln. Ich glaube, Vater hat in der letzten Schlacht, die er hier ausgefochten hat, eine davon angewandt. Ich habe Shafi Khan eine neue Aufgabe gestellt: Rückzugsstrategien zu erarbeiten.«

Rao Viramdev war, wie fast immer, der Erste, der meinem Gedankengang folgte. »Das klingt äußerst vernünftig. Wir verlieren grundsätzlich mehr Männer beim Zurückweichen als während des eigentlichen Handgemenges.«
»Streck deinen rechten Daumen aus, Shafi Khan!« Ich strich mit der Schneide meines Schwertes über seine Kuppe. Dann nahm ich mit meinem Daumen den großen Blutstropfen auf, der aus dem Ritz gequollen war, und malte damit erst ihm und dann mir einen roten Tilak auf die Stirn. »Damit ernenne ich dich zum Mitglied des Kriegsrates für diesen Feldzug. Gelobst du, Shafi Khan, bei deinem Leben absolute Verschwiegenheit und schwörst du dem Königreich Mewar, und einzig ihm, unverbrüchliche Treue?«
»Ja, Eure Hoheit!«

Nach dem Mittagessen ritten Raja Puraji Kika, Tej, Shafi Khan und ich mit Rao Raimul aus, um uns einen möglichst genauen Eindruck vom Gelände zu verschaffen. Wir befanden uns etwa hundert Kilometer nordwestlich von Idar. Es war eine hügelige, stellenweise dicht bewaldete Gegend. Es ging steil hinauf und hinab. Ein letzter jäher Absturz, und wir hatten eine Ebene erreicht, die sich ein paar Kilometer weit nach Norden ausdehnte.
»Was ist am anderen Ende der Ebene?«, fragte ich Rao Raimul.
»Täler, Hügel und Wälder. Nach Westen zu stößt man auf heimtückische Sümpfe und Morast, die Hinterlassenschaft des Erdbebens, das vor drei Jahren die Seen aufgewühlt und verschoben hat.«
»Wir halten nach Westen und machen dann einen Bogen um die Sandflächen.« Der Rao und ich ritten voraus. Puraji Kika und die beiden anderen folgten.
»Ihr seid, glaube ich, nicht der Auffassung, dass es sich lohnen würde, um Idar zu kämpfen«, sagte mein Schwager, der entthronte Rao von Idar, bitter. »Wann beabsichtigt ihr, diese Komödie zu beenden und Idar aufzugeben?«
»Das Problem mit dummen Spionen, Rao Raimul, ist nicht so sehr, dass sie einem falsche Informationen liefern, als dass man ihnen Glauben schenkt.« Ich schlug dem Rao gegenüber einen knappen, verletzenden Ton an. »Deshalb also seid Ihr den ganzen Vormittag so schweigsam und mürrisch gewesen. Wärt Ihr nicht mit meiner

Schwester verheiratet und kämpften wir diesen Krieg nicht um Euretwillen, würde ich Euch wegen Belauschens Seiner Majestät aus dem Kriegsrat ausschließen. Was ich dem Rana gesagt habe, geht Euch nichts an, aber ich werde Euch sagen, was der Rana mir gesagt hat, und hoffe, dass Ihr Euch künftig etwas verantwortungsvoller verhalten werdet. Er sagte: ›Erobere Idar und komm dann zurück!‹«

»Ich bitte Euch um Vergebung, Maharaj-Kumar! Ich flehe Euch an, es mir nicht nachzutragen. Ihr wisst, wie hoch ich Euch achte. Um nichts in der Welt würde ich mir Euren Unmut zuziehen wollen. Ich werde den Spion entlassen, sobald ich wieder zurück bin. Ich werde ihn dafür auspeitschen lassen, dass er Euch verleumdet hat.«

»Zügelt Eure Leidenschaft, Rao Raimul. Eure Entschuldigungen sind noch unersprießlicher als Eure Anschuldigungen gegen mich. Und bevor Ihr Euren Spitzel auspeitscht, fragt Euch, wer ihm den Auftrag erteilt hat.«

Ich zügelte das Pferd, damit die anderen uns einholen konnten. Ich hatte keine Lust, mir das Gerede des Rao noch länger anzuhören. Die Hügel und Täler erwiesen sich als eine nahezu identische Wiederholung derjenigen, die wir zu Beginn unseres Erkundungsritts durchquert hatten. Wir wechselten schnell die Richtung und hielten auf das Sumpfgebiet zu. Es dehnte sich gute zweieinhalb Kilometer hin, und hätte uns der Rao nicht gewarnt, wären wir ahnungslos hineingeritten. Raja Puraji Kika und ich schleiften einen schweren Ast herbei, der etwa so viel wog wie ein normaler Mann, und warfen ihn so weit wie möglich hinein. Er landete etwa zweieinhalb Meter von uns entfernt. Binnen weniger Augenblicke war er im Morast verschwunden.

Am nächsten Morgen ritt ich vor Sonnenaufgang auf den höchsten Hügel in der Umgebung, um mir zusätzlich zu den fragmentarischen Eindrücken, die ich am Vortag gewonnen hatte, einen Gesamtüberblick zu verschaffen. Zehn Minuten lang ließ die undurchdringliche Dunkelheit der Nacht kein anderes Licht herein als den rasiermesserscharfen Strich des Horizonts. Dann brach die Sonne durch und ihr Licht überschwemmte das wellige Land. Violett und purpurn waren die Fluten der Sonne und sie stiegen in abwechselnden Schichten am Himmel empor. Bald hatten sich die Wasser miteinander vermischt und dunkelroter Wein schwappte ans Ufer der Welt. Ich blickte nach rechts. Malik Ayaz' Armeen nahmen gerade in der Ebene Aufstellung. Ah, welch ein Schauspiel ist eine disziplinierte Armee, die ihre Arbeit präzise ausführt! Malik Ayaz, du hast keine Zeit vergeudet. Die einzig richtige Weise, den Feind zu begrüßen, ist, ihn im Schlaf zu überraschen. Ich preschte hinunter in unser Lager und befahl Mangal dafür zu sorgen, dass der Kriegsrat binnen fünf Minuten in meinem Zelt erschiene. Was wäre passiert, wenn ich heute Morgen nicht auf diesen Hügel geritten wäre? Ich rede nicht davon, dass eine lagernde und unvorbereitete Armee leicht niedergemacht werden kann. Ganz im Gegenteil. Meine Frage geht in eine völlig andere Richtung: Was, wenn wir uns der Armee von Gujarat nicht gestellt hätten? Hätte Malik Ayaz vier Stunden lang gewartet, um dann angewidert wieder abzuziehen? Wäre er vorgerückt? Hätte er uns durch einen Boten fragen lassen, ob wir nicht Lust hätten, ihm eine Schlacht zu liefern? Hätte er unser Ausbleiben als einen triumphalen Sieg für Gujarat gewertet? Wäre er nach einer nutzlosen längeren Wartezeit verwirrt und gereizt gewesen und seine Streitkräfte entnervt, hungrig und demoralisiert? Wie lautet die geheime, stillschweigende Abmachung zwischen feindlichen Armeen? Es ist ja nicht so, dass sie sich wie Liebende oder Duellanten auf Datum und Uhrzeit ihres Stelldicheins einigen würden. Wer legt den Zeitpunkt der Begegnung fest? Warum nehmen die zwei Armeen gegeneinander Aufstellung? Was, wenn die eine oder die andere zum Schluss gelangte, dass sie doch nicht kämpfen möchte, weil der Oberkommandierende einen Schnupfen hat oder weil die Nichte eines ihrer Soldaten mit einem Strauchdieb durchgebrannt ist und wieder eingefangen und zur Vernunft gebracht werden muss? Was, wenn einer der beiden Seiten das Gelände nicht zusagt oder die Sonne unangenehm in die Augen sticht? Warum fühlen wir uns genötigt, an genau dem Tag zu genau der Stunde zu kämpfen? Wie wären die großen Schlachten der Vergangenheit ausgegangen, wenn eine der Armeen einfach in ihrem Lager geblieben wäre oder beschlossen hätte, den Feind auf einem anderen Schlachtfeld der eigenen Wahl zu erwarten?

Rao Viramdev, Rao Ganga, Rao Udai Simha, Raja Puraji Kika sind erfahrene Kämpfer, und das Gleiche gilt für ihre Soldaten. Sie sind mit allen Wassern gewaschen und nichts bringt sie so schnell aus der Fassung. Sie haben schon zu viele Kriege erlebt, als dass sie noch allzu viel überraschen könnte. Vielleicht hatten unsere rajputischen Vorfahren aus den dauernden Kämpfen gegen die afghanischen Horden, die über die Pässe des Hindukusch ins Land einfielen, das eine oder andere gelernt, was andere hinduistische Rajas nicht wussten. Ihre Antwort auf die muslimische Passion für den Jihad bestand darin, den Tod auf dem Schlachtfeld so sehr zu verherrlichen, dass jede andere Todesart als minderwertig und ehrlos gelten musste.

Wir kämpften gut, alle unsere fünfzigtausend Krieger. Aber zu den Bedingungen, die uns der Feind diktierte. Gegen Mittag hatten wir bereits siebenhundertfünfzig Mann verloren.

Da geschah es, dass ich die schicksalhafte Entscheidung traf, die sämtliche Raos und Generäle gegen mich aufbrachte und mir den Spott der gesamten Armee eintrug. Rao Viramdev weigert sich, mit mir zu sprechen, und Rao Udai Simha schafft es kaum, seine Verachtung zu verhehlen. Raja Puraji Kika erzählt mir, der poetische Nachwuchs in unserer Armee sei eifrigst damit beschäftigt, Spottverse auf den Hahnrei und Hasenfuß zu dichten.

Ich vermute, dass meine erste Maßnahme und Untat den Boden für alles Folgende bereitete. Ich stand zu Beginn der Schlacht nicht an der Spitze unserer Truppen und führte die erste Attacke auch nicht an. Ich hätte es gern getan, aber noch wichtiger war es mir, einen persönlichen Eindruck davon zu gewinnen, wie die verschiedenen Truppenverbände Mewars und seiner Vasallenstaaten zusammenarbeiteten, und Malik Ayaz' Spielzüge von einer höheren Warte zu betrachten. Der richtige Zeitpunkt dafür wäre eigentlich der Höhepunkt der Schlacht gewesen, aber das ist, wie jeder Straßenjunge in Chittor bestätigen könnte, absolut undenkbar. Wenn man mitten in der Schlacht verschwindet, werden die Truppen unweigerlich denken, man sei tödlich verwundet, und die Folge ist ein heilloses Chaos und Durcheinander, das in den meisten Fällen mit einer allgemeinen Flucht endet. Gott weiß, wie unwohl mir bei der Sache war, aber ich beschloss, es darauf ankommen zu lassen, und setzte den Kriegsrat von meiner Absicht in Kenntnis. Die Generäle waren nicht erfreut. Sie misstrauten meinen neumodischen Ideen. Ich war ein Angeber – sie sagten es nicht explizit, gaben es mir aber indirekt zu verstehen. Dieses eine Mal waren sie allerdings bereit, mich gewähren zu lassen. Alle mit Ausnahme Raja Puraji Kikas. »Tut es nicht, Hoheit«, sagte er zu mir vor der gesamten Ratsversammlung.

Malik Ayaz, stellte ich auf meinem Aussichtspunkt fest, hatte seine Streitkräfte nach erprobten, klassischen strategischen Gesichtspunkten aufgestellt. Er hatte seinen Standort mit Bedacht gewählt, so dass seine Truppen die Sonne im Rücken, unsere dagegen genau in den Augen hatten. Er war ein gewissenhafter Mann, dabei keineswegs traditionsverhaftet – wie sein listiger Schachzug, uns unmittelbar nach Vaters Abreise anzugreifen, als wir uns noch mitten in der Neuorientierung befanden, bewiesen hatte. Ein würdiger Gegner, den man auf keinen Fall unterschätzen durfte. Sein Elefant war an einer wenig exponierten Stelle postiert, und gut zwanzig berittene Kuriere warteten an seiner Seite auf Befehle. Sie überbrachten dem Oberkommandierenden Nachrichten von den verschiedenen Divisionen, und er schickte durch sie Befehle an die einzelnen Heerführer, sobald der Fortgang der Schlacht veränderte Angriffs- und Verteidigungstaktiken erforderlich machte.

Wir befanden uns jetzt auf dem Höhepunkt des Handgemenges: zwei Rammböcke, die sich gegenseitig zu zertrümmern versuchten. Es sah aus wie eine Pattsituation, in der keine Seite bereit war, auch nur einen Zoll Boden preiszugeben. Wenn es uns nur gelänge, unsere Stellung lang genug zu halten, könnten wir nach und nach den strategischen Vorteil der Gujarater Armee wettmachen. Aber bereits zu diesem Zeitpunkt wusste ich, dass ich mich Wunschträumen hingab. Mewar, Merta, Jodhpur, Banswara, Dungarpur kämpften wie die Löwen, aber sie zogen alle in unterschiedliche Richtungen, weil wir nicht eine Armee waren, sondern viele selbstständige Einheiten, die an einer gemeinsamen Front fochten. Sicher, wir waren durch Treuegelöbnisse und wechselseitige Sympathien geeint. Aber wann hatten Sympathien je eine Schlacht entschieden? Ich wusste, was meine erste Aufgabe sein würde, sobald dieser Waffengang sein Ende erreicht hätte. Es würde Monate dauern, Jahre vielleicht, aber wir mussten unsere verschiedenen Heere zu einer einzigen großen Kampfmaschine umschmieden, deren Aktionen ebenso kohärent und zielgerichtet sein würden wie ihre Intentionen.

Wir lösten uns langsam, aber sicher wie ein Sandwall auf. Es war merkwürdig: Jetzt, wo die Risse sich erweiterten, taten die verschiedenen Divisionen nicht einmal mehr so, als bildeten sie eine einzige Armee. Ich preschte den Hügel hinab. Meine Chancen, das Desaster abzuwenden, waren zwar verschwindend gering, aber versuchen wollte ich es. Ich bekam Raja Puraji Kika zu fassen und bat ihn, seine Krieger möglichst lautstark »Heil Maharaj-Kumar« skandieren zu lassen, so dass unsere Armeen wissen würden, dass ich mitten unter ihnen war. Der Schlachtruf wurde ohne allzu große Begeisterung aufgenommen, und ich konnte in der Ferne Krieger sehen, die sich in die Steigbügel stellten, um ihren Prinz zu sehen. Ich hob das Schwert, schwenkte es über meinem Kopf und wollte schon »Heil Mewar!« schreien, als mir bewusst wurde, dass ich ja nicht nur die Streitkräfte Mewars anführte, also änderte ich meinen Schlachtruf in »Heil Rana Sanga!« Das kam gut an. Ich wiederholte Vaters Namen wie ein *mantra*. Das schien allen neuen Mut einzuflößen. Die Männer in meiner unmittelbaren Nähe waren jetzt richtig geladen, und es gelang uns, durch die feindlichen Reihen zu brechen. Wir hielten den Druck aufrecht und stießen immer weiter vor. Aber unser Beispiel fand keine Nachahmer an weiteren Frontabschnitten. Statt zu einer entschlossenen Gegenoffensive führte meine Handlungsweise zu einer hoffnungslosen Situation. Eine vergleichsweise kleine Schar von Rajputen bildete jetzt eine Insel mitten im Ozean der Gujarater Krieger. Wir erlitten überall schwere Verluste, und ich selbst bekam ein paar Stiche und Schmisse ab, wovon einer tief genug war, um mich als meines Vaters Sohn auszuweisen. Ich beschloss, den Kampf abzublasen.

Wir hissten die weiße Flagge und sandten Raja Puraji Kika mit einem kurzen Brief zu Malik Ayaz.

»Seiner Exzellenz Malik Ayaz, General der Streitkräfte Gujarats.
Grüße. Seine Hoheit, der Maharaj-Kumar, ist schwer verwundet und möchte hiermit um Frieden bitten. Könnte er die Kapitulation mit Euch aushandeln, sobald er sich wieder erholt hat?
Hochachtungsvoll, Raja Puraji Kika im Auftrag S. H. des Maharaj-Kumar von Mewar.«

Raja Puraji Kika musste die Honneurs machen, weil Rao Viramdev sich weigerte, seinen Namen unter ein so schändliches Dokument zu setzen. Wie jeder andere Kommandeur, Offizier und Gemeine war er der Ansicht, wir hätten wenigstens noch eine, wenn nicht sogar zwei Stunden durchhalten können. Es stimmte zwar, dass wir hohe Verluste hatten, aber es bestand kein Grund zur Panik. Man konnte nie wissen, am Ende hätte sich das Blatt doch noch wenden können. Zumindest hätten wir Malik Ayaz und seinen Horden gezeigt, was in uns steckte.

Dies war die erste Schlacht gewesen, die das Heer unter dem Kommando des Maharaj-Kumar ausfocht. Was für ein Signal übermittelte der älteste Sohn des Rana unseren Streitkräften und, noch wichtiger, dem Feind? Wer würde die Streitkräfte Mewars je wieder ernst nehmen? Der Rana hatte ein Menschenleben investiert, ihren Ruf aufzubauen, um den ihn die mächtigsten Königreiche beneideten. Und jetzt hatte der Thronfolger mit einer einzigen unbedachten Geste dieses sorgfältig konstruierte Gebäude der Entschlossenheit und Abschreckung zum Einsturz gebracht. Hinzu kam, dass die Verletzungen, die der Maharaj-Kumar davongetragen hatte, zwar nicht unbedeutend, aber auch nicht besonders schwer waren. Und welche Territorien gedachte der Maharaj-Kumar als Preis für den Frieden abzutreten?

»Beurteilt ihn nicht nach seinen Jahren!« Dies waren die sibyllinischen Worte gewesen, mit denen Vater mich unseren kampferprobten Kommandeuren empfohlen hatte. Jetzt erwiesen sie sich als prophetisch. Weil ich mich nämlich als so verlässlich wie ein flatterhafter Halbwüchsiger erwies. »Flatterhaft« war ein treffendes Wort: jederzeit bereit, die Flatter zu machen. Aber weder Rao Viramdev noch die übrigen Fürsten waren momentan in der richtigen Stimmung für Wortspiele. Mittlerweile schwammen mir an so vielen Stellen die Felle weg, dass ich mich gar nicht entscheiden konnte, wo ich zuerst eingreifen sollte. Mein Schwager, der unerträgliche Raimul – dessen Anwartschaft auf die Krone mein Vater aus dubiosen politischen Gründen unterstützen musste und dessen Einheirat in unsere Familie er jedes Mal, wenn er an meine arme Schwester dachte, wieder bedauerte – warb bei Kleinfürsten, Offizieren und einfachen Soldaten um Unterstützung einer Petition, mit der er

Seine Majestät über mein schändliches Betragen informieren und um meine Ersetzung durch Rao Viramdev ersuchen wollte.
»Soll ich dem Unfug ein Ende machen, Prinz«, fragte mich Raja Puraji, »bevor er die Armee zur Meuterei aufwiegelt?«
»Nein, im Gegenteil. Es interessiert mich, wie weit er mit seinem Vorhaben kommt. Ich möchte einen Eindruck vom Ausmaß der Unzufriedenheit in der Truppe gewinnen und sehen, wie weit er zu gehen bereit ist. Aber behalte ihn trotzdem im Auge. Wenn der Kurier heute Nacht mit dem Brief aufbricht, möchte ich, dass er abgefangen wird. Nehmt den Mann in Gewahrsam, aber tragt dafür Sorge, dass niemand etwas davon mitbekommt.«
»Was für ein Spiel spielt Ihr, Maharaj-Kumar?«, fragte mich mein Freund Puraji Kika mit dem ersten Lächeln dieses Tages.
»Kein Spiel, Raja. Ich meine es bitter ernst ...«
Zu mehr kam ich nicht. Ich konnte Tej nach mir kläffen hören.
»Kommt raus, Maharaj-Kumar! Ich klage Euch öffentlich der Absprache mit dem Feind an und fordere Euch zu einem Zweikampf auf Leben und Tod! Alle hier versammelten Männer sollen erfahren, dass der Maharaj-Kumar im Begriff ist, Muzaffar Shah Idar und ein großes Stück von Mewar abzutreten! Was habt Ihr mit Prinz Bahadur und dessen Vater vereinbart, um den Thron von Mewar an Euch zu reißen? Ihr könnt genauso gut gestehen, denn ich werde Euch von hier nicht fortlassen außer auf einer Bahre!«
Was nun? Blieb mir keine andere Wahl, als das Blut meines Cousins zu vergießen oder mich von einem jungen Heißsporn töten zu lassen, der sich weder mit dem Verlust seines Bruders abfinden noch dem Mann verzeihen konnte, der ihn daran gehindert hatte, Rache zu nehmen? Was soll ich tun, ehrwürdiger Eklingji? Willst du nicht die Qual dieses jungen Mannes lindern und ihm zur Einsicht verhelfen, dass er mir – jetzt, wo sein Bruder nicht mehr ist – mehr denn je bedeutet?
»Kommt heraus, Verräter! Oder ich setze das Zelt in Brand, und Ihr werdet es nicht mehr lebendig verlassen!«
Schon möglich. Mittlerweile hatte er bereits die brennende Fackel auf das abschüssige Dach des königlichen Zeltes geworfen. Raja Puraji Kika und ich schafften es gerade noch, die wichtigsten Dokumente zusammenzuraffen, bevor alles in hellen Flammen stand.

Zum Glück war es ein windstiller Tag, und da man die übrigen Zelte in respektvollem Abstand von demjenigen Vaters aufgeschlagen hatte, würde sich das Feuer nicht so leicht ausbreiten.
Sichtlich beeindruckt von den Folgen seiner Tat, lachte Tej theatralisch auf und fuchtelte mit seinem Schwert in der Luft herum. »Seht nur, wie die Ratten das sinkende Schiff verlassen!« Ich war mir über die eigentliche Bedeutung seiner maritimen Metapher zwar nicht ganz schlüssig, ging gleichwohl entschlossen auf ihn zu und befahl in herrischem Ton: »Tej, nimm mir diese Dokumente ab!« Automatisch streckte er die Hände aus, um mir den Stapel Akten abzunehmen. In dem Moment, in dem die Papiere auf seinen Unterarmen lagen, hatte ich ihm auch schon das Knie in die Weichteile und die Faust ins Gesicht gerammt. Tej erstarrte, nicht so sehr wegen des Schmerzes, der allerdings nicht unbedeutend gewesen sein dürfte, als wegen der Tücke meiner Handlungsweise. Ich nutzte meinen Vorteil und ließ ihm keine Gelegenheit, wieder zu Atem zu kommen. Bevor ich ihn mit einem Handkantenschlag ins Genick ohnmächtig schlug, flüsterte ich ihm ins Ohr: »Ich brauche dich lebendig, du Idiot, und nicht als meinen Feind, sondern als Freund und Gefährten!« Er war zu benommen, um meine Worte zu verstehen. Er klappte zusammen. Ich konnte sehen, dass ich durch mein Vorgehen zwar nicht gerade in der Achtung meiner Soldaten und Mitfürsten gestiegen war, zweifellos aber einen bleibenden Eindruck bei ihnen hinterlassen hatte. Es verschlug ihnen schier die Sprache zu erleben, wie tief ich sinken konnte.
»Legt ihn in Eisen!«, sagte ich an niemand im Besonderen gewandt, und wenigstens sieben Soldaten stürmten vor, um meinen Befehl auszuführen. »Rao Viramdev, darf ich Euer Quartier für eine kurze Ruhepause in Anspruch nehmen?«
»Ich werde es sofort räumen, Eure Hoheit«, sagte er trocken.
»Ich kann unmöglich von Eurer Gastfreundschaft Gebrauch machen, wenn Ihr nicht da seid, um mich zu bewirten.« Ich wollte mich vom Rao nicht mit kalter Höflichkeit abspeisen lassen, wo ich doch etwas mit ihm zu besprechen hatte.
»Ich werde meine Pflichten nicht vernachlässigen, Eure Hoheit.«
»Das ist sehr gütig von Euch. Mangal, lass ein anderes Zelt für mich aufbauen und ruf mich, sobald es fertig ist.«

Das Quartier des Rao war von spartanischer Kargheit. Er saß steif da, außerstande oder nicht willens, mit mir Konversation zu treiben. Ich verscherzte mir die Sympathien der Menschen in einem so atemberaubenden Tempo, dass ich bald keinen einzigen Freund mehr im ganzen Land haben würde. Wie sollte ich auf meinem Feldzug – ich wollte es irgendwie nicht so recht wahrhaben, dass er tatsächlich schon begonnen hatte – ohne die aktive Mithilfe erfahrener Feldherrn wie Viramdev jemals Erfolg haben?

»Ich weiß, dass ich bislang nicht allzu viel getan habe, um Euer Vertrauen zu verdienen, aber würdet Ihr mir, hier unter vier Augen, darin Recht geben, dass eine Fortsetzung der Kampfhandlungen uns nichts anderes eingebracht hätte als noch höhere Verluste?« Der Rao schaute unbehaglich drein und versuchte sich zu räuspern, doch ich hatte nicht vor, ihn in Verlegenheit zu bringen. »Aber darum geht es jetzt nicht. Wollt Ihr noch ein klein wenig mit mir und meinen gelegentlich unorthodoxen Methoden Geduld haben?«

»Ich kann Eure Frage nicht beantworten, solange ich nicht weiß, was Ihr zu tun beabsichtigt.«

»Ich wäre unehrlich, wenn ich Euch glauben machte, dass ich einen konkreten Plan habe.« Natürlich war ich ihm gegenüber unehrlich. Momentan hatte ich jedoch keine Lust, mich vor ihm oder sonst jemandem festzulegen. »Wollt Ihr mir etwas Zeit lassen, mich zu orientieren und meine Marschrichtung zu finden? Kommandeure wie Mannschaften werden sich nach Euch richten. Das Gleiche gilt für mich. Wenn Ihr an mich glaubt, werden auch sie es tun. Und ebenso ich.«

»Ihr verlangt eine ganze Menge, Maharaj-Kumar, und alles auf Treu und Glauben.«

»Wenn ein Neuling sich um einen Posten bewirbt, bekommt er fast unweigerlich zu hören, man suche einen Mann mit Erfahrung. Wie, frage ich Euch, soll er jemals Erfahrung sammeln, wenn niemand ihm den Posten gibt?«

»Auch ich möchte an Euch glauben, Maharaj-Kumar. Wie es aussieht, werden wir Euch durch schieren Glauben erschaffen müssen.« Jetzt lächelte er zum ersten Mal. Sein Lächeln freute mich unendlich. Es verschwand zwar sofort wieder, aber es erhellte sein Gesicht und wärmte mir das Herz. Ich hatte den ehrlichen Wunsch, in der

Achtung dieses alten Haudegens zu steigen. Er mochte mich, aber ich wusste, dass Achtung ein besseres, verlässlicheres Fundament für eine professionelle Beziehung war als bloße Zuneigung. »Was steht als Nächstes an, Prinz?«

Ich atmete tief durch. »Ich hatte vor, morgen Wettrennen zu veranstalten, Eure Hoheit – für unsere Kavallerie.«

»Für alle unsere dreiundzwanzigtausend Kavalleristen?« In seiner Stimme schwang keinerlei Überraschung mit. Er wollte nur sicher gehen, dass er mich richtig verstand. Der schöpferische Glaube war aktiviert. Jetzt war es an mir zu lächeln.

In dieser Nacht fing Mangal den Brief meines Schwagers ab und überbrachte ihn mir. Rao Raimul war nicht faul gewesen: Dreitausend Soldaten hatten ihren Daumenabdruck unter das Schreiben gesetzt. Ich war ein Feigling und inkompetent dazu. Ich hatte mich von der Schlacht fern gehalten, und gerade als den Streitkräften Mewars der Sieg zu winken schien, hatte ich die weiße Flagge geschwenkt und um Frieden gebeten. Jetzt beabsichtigte ich, zwei unserer reichsten Provinzen – dazu natürlich Idar – an Gujarat abzutreten. Dem Postskriptum war noch zu entnehmen, ich hätte den tapferen Tej, der dem Feind so beherzt Widerstand geleistet hatte, heimtückisch überrumpelt, ihn aus purer Gehässigkeit zusammengeschlagen und sein Zelt in Brand gesteckt. Der Brief endete mit der glühenden und inständigen Bitte an Vater, diesen Schandfleck auf dem edlen Namen Mewars, der sich sein Sohn schimpfte, schleunigst abzuberufen, damit er den Interessen des Staates nicht noch weiter schaden konnte.

»Glaubst du, jemand aus der feindlichen Armee könnte an diesem Brief interessiert sein?«

»Wer weiß?« Mangal verzog keine Miene. »Ist nicht auszuschließen.«

»Kann ich es dir überlassen, ihn meistbietend zu verhökern?«

»Ich kann's ja versuchen, aber ohne Garantie, dass es auch wirklich zu einem Abschluss kommt.«

Wir lachten beide. »Verkauf mich nicht billig, Mangal. Und sorg dafür, dass ich das Geld auch wirklich bekomme. Wenn ich schon verleumdet werde, kann ich doch wenigstens ein paar Münzen dabei herausschlagen.«

»Was passiert dann?«

»Nichts. Zu gegebener Zeit wird Sultan Muzaffar Shah eine Kopie von dem Schreiben erhalten, und Vater bekommt das Original.«
»Wollt Ihr wirklich riskieren, dass Seine Majestät den Brief zu Gesicht bekommt? Diese dreitausend Daumenabdrücke sind schwer zu ignorieren.«
»Das Risiko werde ich auf mich nehmen müssen. Auch Malik Ayaz kann ich ihn nicht vorenthalten. Er wird ihm viel Freude machen.«

Am ersten Tag stieß die Idee der Wettkämpfe auf ziemlich viel Kritik und Widerstand. Doch es gab tagsüber viel zu essen und abends viel zu trinken, und bald amüsierten sich alle königlich.
Vier Tage lang wurde rund um die Uhr um die Wette geritten, ehe die Sieger feststanden. Mittlerweile herrschte im Lager richtige Festtagsstimmung. Es war fast wie bei den alljährlichen Kampfspielen in Chittor: Schwimmen, Ringen, Bogenschießen und Speerwerfen auf Zielscheiben während des Tages und Gesangs- und Erzählwettkämpfe bei Nacht. Die einzige Variation, die wir einführten, war der »Nahkampf«. Berittene und Fußsoldaten stürmten in vollem Lauf auf Strohpuppen los und droschen auf sie ein. Jeder Soldat erhielt eine einzige Chance, der Puppe das Rückgrat zu durchschlagen. Es sah einfach aus, aber in den Strohpuppen verbarg sich eine zehn Zentimeter dicke frische Bambusstange, an der sich selbst Veteranen die Zähne ausbissen. Die Ergebnisse aller Wettkämpfe wurden tabellarisch festgehalten und die Sieger erhielten Preise. Jetzt hatten wir schriftlich, wer unsere schnellsten Reiter und unsere stärksten und gefährlichsten Schwertkämpfer waren.
Ich blieb während all dieser langen ausgelassenen Tage in meinem neuen Zelt und arbeitete pausenlos. Am dritten Tag erschien Malik Ayaz' Abgesandter Liaquat Ali, um sich nach meinen Wunden zu erkundigen und um zu erfahren, wann ich mich mit seinem Herrn treffen könnte, um die Bedingungen für die Kapitulation festzulegen. Man ließ Liaquat Ali vier Stunden lang warten, während Wundärzte unablässig kamen und gingen. Er wunderte sich darüber, dass eine solch ausgelassene Stimmung herrschte, während es dem Maharaj-Kumar so schlecht ging.
»Besser eine muntere als eine meuternde Armee«, erwiderte Mangal lakonisch und teilte ihm dann mit, sobald es dem Maharaj-Kumar

besser ginge, würde er den großen Feldherrn persönlich aufsuchen.
»Was für Verletzungen hat er denn?«
»Erstens die schwere Kopfwunde, die ihm einer eurer Soldaten zugefügt hat«, erklärte ihm Mangal, »und dann der Stich in den Magen, den Tej Simha dem Maharaj-Kumar dafür verabreichte, dass er um Frieden ersucht hat.«
Am sechsten Tag konnte ich es vor Ungeduld und Sorge kaum noch aushalten. Die Wettkämpfe waren vorüber. Liaquat Ali hatte bereits ein zweites Mal seine Aufwartung gemacht. Bald, sehr bald, würde ich Malik Ayaz aufsuchen müssen. Was für Bedingungen würde ich ihm vorschlagen? Würde mein Schwager Rao Raimul zuletzt doch noch Recht behalten? Würde ich mich der Zerschlagung Mewars schuldig machen? Der Rao hatte auch die Gerüchteküche kräftig angeheizt. Er fütterte unsere Männer mit apokalyptischen Szenarien, in denen Mewar und seine Verbündeten dank ihrem Maharaj-Kumar ein schmähliches Ende fanden. Mit der Moral der Truppe ging es schon wieder abwärts. Ich musste dem Unfug ein Ende bereiten, aber ich wusste nicht wie. Trotz seiner offenen Rebellion war Tejs Verhaftung von den Soldaten schlecht aufgenommen worden. Rao Raimul wegen Aufwiegelung einzusperren kam nicht in Betracht, da er schließlich der einzige Grund war, warum fünfzigtausend Soldaten und ich überhaupt hier waren. Rao Viramdev sagte nichts, aber ich sah ihm an, dass ich seine Geduld auf eine harte Probe stellte. Hatte er einen Fehler begangen, mir sein Vertrauen zu schenken? Hatte ich mich mit meiner Einschätzung der kommenden Ereignisse vollkommen verrechnet?
Mein schwerwiegendster Fehler war, dass ich keinerlei Ausweichpläne ausgearbeitet hatte. Es war an der Zeit, die Lage realistisch zu betrachten. Am Abend setzte ich mich hin und schrieb Vater einen Brief, in dem ich von unserer schmählichen Niederlage berichtete und erklärte, welche Territorien ich nebst allen Ansprüchen auf Idar an Gujarat abzutreten gedächte. Alle unsere Städte und Dörfer waren uns gleichermaßen lieb und teuer. Selbst die unfruchtbarsten Landstriche besaßen für uns einen unschätzbaren sentimentalen und historischen Wert. Aber wenn wir die Angelegenheit nüchtern betrachteten, dann waren die in strategischer, politischer und wirtschaftlicher Hinsicht entbehrlichsten – meine Feder

sträubte sich lange, das entsetzliche Wort niederzuschreiben – die entbehrlichsten Provinzen Jarrole und Bichabair. Stimmte Vater meiner Einschätzung zu? Ich versuchte eine Entschuldigung für meine erbärmliche Vorstellung einzuflechten, aber es hatte keinen Zweck. Meine Worte klangen entweder unterwürfig und jämmerlich oder hohl und platt. Ich beschloss, mich an die nackten Tatsachen zu halten und es seiner Phantasie zu überlassen, sich meine entsetzliche Demütigung auszumalen.

Am folgenden Morgen, dem siebten Tag nach dem Debakel auf dem Schlachtfeld, erhielten wir die Nachricht, dass zehntausend Gujarater Soldaten sich noch am selben Nachmittag Richtung Heimat in Marsch setzen würden. Das war ein äußerst kurzfristiger Entschluss, aber Malik Ayaz blieb keine andere Wahl, als sich seinen zunehmend aufsässigen Truppen zu beugen. Ich schickte General Malik Ayaz unverzüglich einen Brief, in dem ich mich für mein langes Schweigen entschuldigte und vorschlug, uns am folgenden Tag zu treffen, um die Bedingungen unserer Kapitulation festzulegen. Ich habe selten eine so prompte Antwort erhalten. Der Gujarater General würde sich glücklich schätzen, den königlichen Besucher am folgenden Morgen um halb zwölf zu empfangen. Würde ich die Güte haben, mit ihm zu Mittag zu speisen? Wie vermutet, konnte Malik Ayaz es jetzt kaum erwarten, die Zelte abzubrechen. Er war über neun Monate fern von der Heimat gewesen und konnte sich nun auf den triumphalen Empfang freuen, den Gujarat seinem Helden bereiten würde.

Wir brachen gegen zwei Uhr nachmittags auf. Raja Puraji Kika, Mangal und zwölf weitere Männer waren schon vor mehreren Stunden vorausgeritten. Nach einem einstündigen Ritt hob ich die Hand und brachte unsere Kavalkade zum Stehen. Noch ein paar Stunden und es würde dunkle Nacht sein.

»Wir sind zweitausendsiebenhundertsechzig Mann, zuzüglich Rawal Udai Simha, eure zehn Kommandeure und ich. Ihr seid ausgesucht worden, weil ihr die schnellsten Reiter in unserer Armee seid. Wir kommen nicht einmal auf die runde Zahl von dreitausend Mann. Die Gujarater Soldaten, die sich heute auf den Heimweg machen, sind zehntausend an der Zahl. Was bedeutet, dass auf einen von uns mehr als drei von ihnen kommen. Ich weiß, dass ihr alle tapfere Krieger seid. Aber das wird nicht genügen. Allein schon um zu überleben, wird jeder Einzelne von euch dreimal so tapfer wie der Feind sein müssen.« Ich ließ ihnen volle dreißig Sekunden Zeit, um diese Information zu verdauen. »Vor fast auf den Tag genau zwanzig Jahren wurden dreitausend unserer Soldaten unter dem Kommando unseres ehrwürdigen Innenministers, des großen Lakshman Simha, knapp hundert Kilometer entfernt von hier von den Streitkräften Gujarats hinterrücks überfallen und aufgerieben. Ich brauche euch die Geschichte jenes entsetzlichen und heimtückischen Gemetzels nicht noch einmal zu erzählen. Ihr kennt sie alle. Wäret ihr glücklich, wenn ihr irgendwann eurerseits dreitausend Soldaten Gujarats töten könntet? Ich sehe den Glanz in euren Augen. Bravo, ihr seid leicht zufrieden zu stellen! Auge um Auge, Zahn um Zahn ist euch genug. Wenn euch dreitausend eurer Brüder nicht mehr wert sind als das, schlage ich vor, wir vergessen Idar und diesen ganzen Krieg, brechen die Zelte ab und reiten nach Haus!

Vor sieben Tagen, als ich befahl, die weiße Flagge zu schwenken, habe ich viele tapfere Sprüche gehört. Wir hatten siebenhundertfünfzig Mann verloren, und ihr wolltet nichts anderes als die Chance, die drohende Niederlage in einen Sieg zu verwandeln. Morgen Früh um halb sechs habt ihr eine Verabredung mit den Streitkräften Gujarats. Dann werden wir ja sehen, was eure Sprüche wert sind. Ich habe euch nur noch eines zu sagen – es wird sich im kommenden Scharmützel ebenso bewahrheiten wie in jeder weiteren Schlacht, in der ihr jemals kämpfen werdet. Das Geheimnis des Sieges liegt in der Zahl. Braucht ihr einen Streich, um euren Gegner niederzumachen, oder drei? Wenn ihr drei braucht, werden in der Zwischenzeit zwei weitere feindliche Krieger Gelegenheit haben, jeweils einen Schlag bei euch zu landen, während ihr außerstande seid, euch zu verteidigen. Außerdem werdet ihr rascher ermüden. Wenn ihr dagegen nur einen braucht, dann werden sich zwei weitere feindliche Soldaten in Acht nehmen müssen. Es wird etliche unter euch geben, die dereinst ihren Kindern und Kindeskindern werden erzählen können, dass sie allein mindestens zwanzig Feinde verwundet haben. Jetzt wissen wir, wer unsere Feinde in der Heimat sind. Jeder, der verwundet ohne zu töten, bringt seinen Freund und Nachbarn in ernste Gefahr. Wenn die linke Hand verwundet ist, kann die rechte noch das Schwert führen und töten. Mein Vater, der große Rana Sanga, ist der lebende Beweis dafür, dass man siebzig oder achtzig Wunden überleben und wenigstens siebzig Männer töten kann. Wir alle wissen, wie gefährlich ein verwundeter Tiger ist. Könnt ihr euch vorstellen, um wie viel gefährlicher ein verwundeter feindlicher Krieger ist? Er nährt seinen Hass und lebt fortan mit einem einzigen Gedanken: Vergeltung. Das einzige Problem dabei ist, dass sein Rachedurst unstillbar ist. Er hat niemals genug. Noch einen und noch einen. Und dann noch einen. Ein toter Mann dagegen hat keine Feinde.

Noch ein letztes Wort. Sollte von jetzt ab einer von euch den Wunsch verspüren, mit seinem Nachbarn ein Wort zu wechseln, wird er das Leben von zweitausendsiebenhundertdreiundsiebzig Landsleuten in Gefahr bringen. Nun hat bestimmt keiner von euch Lust, von zweitausendsiebenhundertdreiundsiebzig Freunden erschlagen zu werden.« Sie lachten. »Viel Glück und Gottes Segen.«

Wir nahmen den Weg, der parallel zur Marschroute der abrückenden Gujarater Armee verlief. Raja Puraji Kika und Mangal hatten knapp zwanzig Kilometer von unserem Lager entfernt eine Stelle zum Kampieren ausgesucht. Während die Männer sich für die Nacht rüsteten, führte einer von Puraji Kikas Leuten Tej zu mir. Die Einzelhaft hatte meinen Cousin nicht eben freundlicher gestimmt, aber ich war mir sicher, dass sich seine Laune rasch bessern würde.

»Ich teile die Männer gleichmäßig zwischen Rawal Udai Simha, Raja Puraji Kika und Euch auf, so dass Ihr das Kommando über knapp neunhundert Soldaten haben werdet.« Ich wandte mich an meinen Bhil-Freund. »Wollt Ihr uns das Gelände zeigen, Raja?«

Wenn es darum ging, ein Gebiet zu kartieren, besonders ein hügeliges, konnte niemand Raja Puraji Kika und seinen Männern das Wasser reichen. Man konnte den Raja in einen Wald von siebenhunderttausend Bäumen führen, und er würde imstande sein, genau den Pipal zu identifizieren, an dem ich sieben Jahre vorher meine Stute Befikir angebunden und unter dem wir zusammen gepicknickt hatten. Er hatte das absolute topographische Gedächtnis. Ohne ihn wären wir am nächsten Morgen verloren gewesen. Wie unübersichtlich das Gelände wirklich war, begriff ich erst, als ich feststellte, dass wir uns keine zwei Kilometer vom Gujarater Lager

entfernt befanden. Wir überwanden sieben mit Buschwerk bewachsene Hügel und standen plötzlich am Rand einer Ebene.
Es war eine unglaublich friedliche Szene, fast idyllisch mit der Sonne, die sich über den fernen Sandflächen zum Untergang neigte. Die Soldaten spielten Karten, rauchten Wasserpfeife, plauderten mit einem Offizier, der sich gerade, vor seinem Zelt sitzend, die Haare stutzen ließ. Wie wir da auf dem Bauch lagen, konnten wir sogar das nervöse Klappern der Schere hören. Ein Mann hat angefangen zu singen, ein anderer fällt ein. Nein, der zweite Mann singt eine Erwiderung auf die Frage des ersten. Es ist eine *sawab-jawab-qawwali*, eine Form von improvisiertem Wechselgesang, die ich besonders liebe. Sie ist voller Witz, Scharfsinn, Weisheit und Humor. Was die Männer jetzt singen, ist kein religiöses Lied, sondern sinnenfroh und weltlich.
Der Gesang wird plötzlich von klagendem Brüllen und Muhen übertönt. Es jagt mir ein Frösteln über den Rücken. Sie schlachten Büffel für ihre Abendmahlzeit. Es ist ein entsetzliches und grausiges Geräusch, dieses Klagen von Tieren, denen dumpf bewusst ist, dass ihnen ein grauenhafter ritueller Tod durch Ausbluten bevorsteht. Was, wenn das Gatter der Koppel nicht verriegelt wäre, sondern weit offen stünde? Würden sie dann um ihr Leben rennen? Ich glaube nicht. Sie sind von ihrem eigenen Tod gebannt. Jetzt fallen auch die Ziegen in den gespenstischen Chor ein. Das Blut schießt stoßweise hervor, vom Herzen schwallweise ins Leere gepumpt. Man wartet darauf, dass der Todeskampf endet – wie viel Blut kann ein einziger Körper eigentlich fassen? Das Tier ist benommen, es hat den Kopf in den Nacken geworfen, wie um den einen Schnitt, den der Schlachter ihm zugefügt hat, so weit wie möglich zu öffnen und die Sache schnell hinter sich zu bringen. In Abständen zuckt sein entseelter Körper zusammen, als wollte er es sich mit dem Sterben im letzten Moment noch einmal überlegen. Warum bin ich so entsetzt? Werde ich nicht, und mit Genuss, Hammel essen, sobald ich morgen ins Lager zurückgekehrt bin? Die Sänger fahren ungerührt fort.
Weiter hinten, nahe dem Zentrum des Lagers, wo das Zelt des gefürchteten Kommandeurs Bunde Ali steht, hat ein Kabaddi-Spiel begonnen. Einer der jungen Soldaten wirbelt blitzschnell durch das

gegnerische Feld, während er – ohne noch einmal atmen zu dürfen – ständig »Kabaddi, Kabaddi« murmelt und mit Händen und Füßen um sich schlägt. Er wirbelt vorüber, berührt zwei der gegnerischen Spieler und schaltet sie damit aus. Die Gegenspieler haben die Aufgabe, außerhalb seiner Reichweite zu bleiben und ihn dann plötzlich zu Boden zu werfen, bis er nicht mehr »Kabaddi, Kabaddi« sagen kann. Ich mache mir gerade Notizen über die Anlage des feindlichen Lagers, als ich Bunde Ali aus seinem Zelt heraustreten und sich dem Spiel anschließen sehe. Er ist nicht mehr der Jüngste, aber was ihm an Flinkheit fehlt, kompensiert er mit List. Es ist offensichtlich, dass sich die Männer durch seine Anwesenheit eingeschüchtert fühlen, bis ein junger Soldat sich dennoch traut, den großen Mann bei den Beinen zu packen. Bunde Ali versucht verzweifelt, die Grenzlinie zu erreichen, die ihm ein neues »Leben« schenken würde. Aber jetzt sind auch die übrigen Soldaten mutiger geworden und werfen sich auf ihn. Sie halten ihn fest umklammert, bis ihm die Puste restlos ausgegangen ist und kein »Kabaddi, Kabaddi« mehr aus seinem Mund dringt. Tej behält Bunde Ali aufmerksam im Auge.

»Allahu akbar!« Der Muezzin ruft die Gläubigen zum Abendgebet. Alle Aktivitäten hören abrupt auf, und drei viertel der Soldaten versammeln sich am Westrand des Lagers. Die Köche, ihre Gehilfen und die Viehhirten schließen sich ihnen an. Wie schön sie Aufstellung nehmen! Reihe um Reihe gleichmäßig voneinander entfernter Männer, allesamt kniend, die Köpfe bedeckt, die Hände Segen heischend zu Allah erhoben. Ist der Geist des Islam militärisch? Vielleicht erklärt dies, warum er so absoluten Gehorsam einflößt. Wie Sonnenblumen, nachdem die Sonne untergegangen ist, neigen sich ihre Köpfe im Gleichtakt. Die Hindus des Regiments wirken ein wenig verloren und verhalten sich möglichst leise und unauffällig. Nur die Hühner zeigen sich von diesen feierlichen Vorgängen unbeeindruckt. Und die Fliegen. Zu Tausenden drängen sie sich zusammen, stoßen und schubsen sich, um an das Blut zu kommen, das schon fast vollständig im Boden versickert ist. Weitere Tausende haben sich in die klaffende Wunde an der Kehle des Büffels gesetzt. Oh Gott, das arme Vieh ist noch am Leben! Es schüttelt langsam den Kopf, und sie schwirren wie ein schwärmendes Bienenvolk auf.

Als wir unser Lager wieder erreichten, wurde es bereits dunkel. Wir hielten noch ein letztes Mal Kriegsrat – Rawal Udai Simha, Raja Puraji Kika, Tej, Mangal, die Zugführer und ich. Wir besprachen noch einmal jeden einzelnen Schritt, jeden Zug und Gegenzug, jede Angriffs- und Verteidigungstaktik. Jedem Führer wurde ein bestimmter Geländeabschnitt zugeteilt. Den durfte er nicht verlassen, außer auf meinen, Raja Purajis oder Rawal Udai Simhas Befehl hin oder unter außergewöhnlichsten Umständen. Ich hätte wetten können, dass es hundert Eventualitäten gab, an die wir nicht gedacht hatten. Trotzdem war es von außerordentlicher Wichtigkeit, einen detaillierten Plan zu haben und sich zu vergewissern, dass jeder seine Rolle und Aufgabe darin kannte. Ich wollte nicht lediglich die Zeit und den Ort des Treffens bestimmen – ich wollte nicht einmal, dass der Gegner seinen Rückzug frei wählen könnte. Es war von entscheidender Bedeutung, dass wir ihm diktierten, wie, wann und wohin er sich zurückziehen sollte.

Um viertel nach neun herrschte Ruhe im Lager. Ich weiß nicht, ob die Männer schliefen, aber sie hatten das Laken, das jedem Einzelnen zugestanden wurde, ausgebreitet und sich in eine Decke gewickelt. Zum Abendessen hatte es für jeden vier große Hirsefladen gegeben, ungeschmolzenen Ghee, Rettich und ein Knoblauchchutney, das so scharf war, dass es einem das Wasser in die Augen trieb. Die Reihenfolge der Gänge ließ sich beliebig variieren, aber abgesehen davon würde das morgige Frühstück und Mittagessen aus den gleichen Dingen bestehen, in ein Stück Stoff gewickelt und zusammen mit der ledernen Wasserflasche an den Sattel geschnallt. Um halb fünf war Wecken. Ich brauchte mir keine Hoffnungen zu machen, ohne eine entsprechende Yoga-Übung einschlafen zu können. Ich entschied mich für *shavasana*. Ich streckte mich aus und betrachtete den Nachthimmel. Er war flach und schwarz und vieltausendfach durchlöchert. Durch die winzigen Öffnungen sickerte Licht herein. Viele dieser Löcher kannte ich. Wir hatten in der Schule gelernt, uns mit ihrer Hilfe zu orientieren, aber ich glaubte nicht, dass sie mir in einer spirituellen Krise die Richtung weisen würden. Ich schloss die Augen und projizierte die Sterne aus der Erinnerung auf die Leinwände meiner Lider. Sie würden die Zeugen meines yogischen Sterbens sein. Ich fing mit der großen Zehe an, zog alle Empfindung aus ihr, dann aus allen übrigen Zehen; jetzt waren die Fersen tot, dann die Knie und Oberschenkel, mein Schoß und mein Bauch waren eine einzige Leere, die Lungen verschwanden, dann die Hände, Arme und Schultern. Ich hatte mich von mir losgelöst und stand nun inmitten der Sterne und betrachtete meinen leblosen Körper. Meine Füße lagen dreißig Zentimeter auseinander und meine Hände erschlafft neben mir auf der Erde. Ein Leichnam ohne Bahre, Blumen und Trauernde. In meinem Kopf geht es geschäftiger zu als an einem Markttag in Chittor. Zu was für einer Entscheidung ist Vater wegen Vikramaditya gelangt? Sunherias Armreifen zerbrechen. Meine Mutter zwingt mich zu essen. Der Duft von Kausalyas Schoß steigt mir in die Nase. Wie wird Vater reagieren, sobald er begreift, dass ich jede vernünftige und orthodoxe Form der Kriegsführung aufgegeben habe? Hatte der Gujarater Kommandeur, Bunde Ali, einen leichten Silberblick? Wer wird ihn sich morgen vornehmen? Bilder meines ersten Debakels versuchen sich in die Mitte der Bühne zu drängen, aber sie werden von meiner Frau verdrängt. Ich konstruiere zwischen meinen Augen ein Strudel-Mandala und versetze es in Drehung. Während es Geschwindigkeit aufnimmt, reißt es alle Gedanken, Bilder, Farben und Ideen in sein Wirbeln hinein. Es dreht sich immer schneller und schneller, bis alles in seinen besinnungslosen Sog stürzt. In seinem unbewegten Mittelpunkt ruht das dritte Auge, dasjenige, das sich niemals schließt und alles gewahrt. Allmählich kommt alles zum Stillstand. Hier und da schwebt noch ein vereinzelter Gedanke auf den Boden meines Geistes und wird ans Ufer gespült. Das Schwappen der Leere ist ein beruhigendes Geräusch. In dem Moment wurde mir bewusst, dass wir bereits über den Punkt hinaus waren, ab dem es kein Zurück mehr gab. Wir zweitausendsiebenhundertvierundneunzig Männer würden nie wieder in den Schoß der menschlichen Gesellschaft zurückkehren können. Wohl konnten wir noch mit anderen verkehren, das Brot mit ihnen brechen, mit ihnen Konzerte besuchen, *Holi* feiern, mit ihren Töchtern Unzucht treiben, aber von nun an würden wir für immer Außenseiter bleiben. Aneinander gebunden durch die unaussprechlichen Taten, die wir am nächsten Morgen begehen würden.

Um vier waren wir wach. Zwanzig Minuten später waren die Pferde gefüttert und das Geschäft hinter den Bäumen erledigt. Zehn Minuten fürs Frühstück. Um halb fünf hatten wir uns in Marsch gesetzt und führten die Pferde am Zügel über die sieben Buckel. Vielleicht hätten wir die ersten vier Hügel im leichten Galopp nehmen können, das Buschwerk hätte das Getrappel der Hufe schon gedämpft, aber ich wollte keine Risiken eingehen. Fünfzig Minuten später hatten wir uns aufgefächert und lagen bäuchlings auf demselben Grat, von dem aus wir am vorigen Abend das feindliche Lager beobachtet hatten. Unsere Augen hatten sich längst an die Dunkelheit gewöhnt. Ich fragte mich, warum auf der uns zugewandten Seite des Lagers nur sieben Wachen postiert waren. Ich brauchte eine ganze Weile, um auf die Antwort zu kommen. Für sie war der Krieg vorbei. Sie hatten uns besiegt und waren auf dem Weg nach Haus. Raja Puraji Kikas Männer nahmen sich so lautlos wie die Tiere, die sie im Dschungel jagten, mit Pfeil und Bogen dieser sieben an. Jetzt waren sie schon unten bei den Koppeln und ließen das Vieh frei. Die besonders Stumpfsinnigen unter den fünfhundert Büffeln brauchten eine extra Einladung, ehe sie sich in Bewegung setzten. Ein Grüppchen von zehn Bhils schlich sich nach links hinunter, dahin, wo in knapp achthundert Metern Entfernung die Hälfte der Pferde des Regiments angepflockt standen. Es wehte ein leichter Abwind, und ein Hund nahm die Witterung der Eindringlinge auf und fing an zu kläffen. In wenigen Augenblicken würden sämtliche Hunde im Lager einfallen und ihre Kollegen in Kaschmir, Persien und China rebellisch machen – ganz zu schweigen von Bunde Ali und seinen Soldaten. Raja Puraji Kikas Pfeil ließ das Gebell verstummen. Mittlerweile waren fünf weitere Hunde aufgetaucht. Der leblose Artgenosse ließ sie winselnd innehalten, doch sie bellten nicht. Der Boden war schwer von Tau und ich war vom nassen Gras schon halb durchweicht. Bodennebel kroch über die Hügel und würde bald das Lager erreichen. Stellenweise begann der Nachthimmel schon zu verblassen. Die Vögel konnten jetzt jeden Augenblick aufwachen. Eine schwere Wolkenbank hatte die Lecks am Himmel verstopft und für einen Augenblick nahm die Dichte der Finsternis noch weiter zu. Wer steht als Erster auf, wenn keine Frauen da sind? Die Köche, die Pferdeknechte oder der Mul-

lah? Was für ein friedlicher, bukolischer Anblick war doch eine Armee, die sich auf dem Heimweg befand!
Es ertönte der Ruf eines Vogels – eines unzeitgemäßen Kuckucks. Es war einer von Puraji Kikas Männern, der uns mitteilte, dass die Pferde losgebunden seien. Ich hatte lange mit mir gerungen, ob ich die Truppen anführen oder mich lieber zurückhalten und die Aktionen koordinieren sollte. Vermutlich wusste ich aber von vornherein, dass ich keine andere Wahl hatte, als bei dem heimtückischen Angriff mit üblem Beispiel voranzugehen.
Die Soldaten waren in drei Gruppen eingeteilt. Tej zu meiner Linken, Rawal Udai Simha zu meiner Rechten. Jeder von uns befehligte knapp neunhundert Reiter. Meine Streitmacht und ich würden die Attacke führen. Tejs und Udai Simhas Aufgabe würde es sein, den feindlichen Rückzug in eine bestimmte Richtung zu zwingen: direkt vor uns her. Alle Wege sollten für sie nach Südwesten führen. Für mich und mein Kontingent war es an der Zeit, leise hinunterzureiten. Als wir den Fuß des Hügels erreicht hatten, steckte Tej den um die Pfeilspitze gewickelten öldurchtränkten Stofffetzen in Brand und spannte die Sehne bis an sein Ohr. Die übrigen Offiziere taten das Gleiche. Auf mein Zeichen hin zischten die Pfeile auf ihr jeweiliges Ziel zu. Tej hatte Bunde Alis Pavillon ins Visier genommen. Sein Geschoss verlor rasch an Höhe. Ich war mir sicher, dass es sein Ziel nicht erreichen würde. Meine Befürchtungen waren jedoch überflüssig. Der Pfeil durchschlug die rüschenbesetzte Oberkante des Zeltes und setzte das Dach augenblicklich in Brand. Zischende Feuerstreifen schraffierten ringsum die Dunkelheit. Die Wache vor Bunde Alis Zelt war aufgestanden, um Natur und Herkunft dieses Meteoritensturms zu erkunden. Keiner hörte je wieder etwas von ihm. Raja Puraji Kikas Pfeil hatte die weiche Stelle unter des Postens Adamsapfel gefunden. Zusehends zog die Morgendämmerung auf. Die sieben Rosse des Sonnengottes stürmten schon heran und wirbelten mit ihren Hufen rosafarbene und gelbe Staubwolken auf. Der Ruf des Muezzins zerriss die reglos stille Luft – und ich bildete mir ein, sämtliche Eventualitäten berücksichtigt zu haben! Noch ein, zwei Minuten, und Bunde Alis Männer würden zum Morgengebet aufgestanden sein. Die Sonne steckte den Kopf heraus. Ich verneigte mich, faltete die Hände vor der Stirn und

murmelte ein Gebet. Warum hatte der Muezzin noch nichts von dem Feuerzauber mitbekommen? Als ich Befikir die Fersen in die Flanken drückte, brannte es bereits überall im Lager. Mittlerweile galoppierten die freigelassenen Tiere, Tod und Verderben bringend, über schlaftrunkene Körper. Der ohrenbetäubende Lärm war ein unschätzbarer Vorteil. Er erweckte den Eindruck, eine Streitmacht von mindestens zehntausend Berittenen stürme durch das Lager. Zwanzig von Puraji Kikas Männern galoppierten los und hielten auf die zweite Gruppe von Koppeln zu, am anderen Ende des Lagers. Wenn es ihnen gelänge, auch die dort untergebrachten Pferde und Kamele zu befreien, würde das Chaos vollkommen sein. Mein Schwert war blank gezogen und ich saß tief über den Hals meiner Stute gebeugt. Ich schlug auf alles ein, was aufwachte, sich rührte, aufstand, schrie oder rannte. Ich hackte, schlitzte, drosch und verstümmelte. Kaum richtig wach und verwirrt, hoben die Gujarater die Hände über den Kopf, um sich vor unseren Schwertstreichen zu schützen. Hände und Köpfe fielen gleichzeitig zu Boden. Ich bestimmte Tempo und Rhythmus, meine Männer folgten. »Sprich ein Gebet für mich!«, flüsterte ich, während ich ausholte und einen wehrlosen Soldaten niedermachte. Ein diagonaler Streich vom linken Halsansatz zur rechten Hüfte. Ein krachender Hieb auf das Schulterblatt, der sich tief in die Brusthöhle grub und das Herz spaltete. Ein mit solcher Wucht ausgeführter waagrechter Schlag, dass Kopf und Rumpf gar nicht merkten, dass sie voneinander getrennt worden waren. Plötzlich schoss mir ein elementarer Gedanke durch den Sinn, überraschend wie eine Offenbarung: Ein unbewaffneter und unvorbereiteter Soldat ist nichts anderes als ein Zivilist. Rajendra, ich hatte dir für jeden Mann, der unter dem Kommando deines Vaters der Heimtücke Gujarats zum Opfer gefallen war, zwei Männer versprochen. Fang an zu zählen. Ich hoffe, die Schuld mit Zins und Zinseszins zu tilgen. Was Tücke und Verrat angeht, macht mir keiner etwas vor. Ich vergesse und verzeihe nichts, was Mewar angetan wird. Erwarte von mir das Schlimmste.

Es gibt nur wenige Dinge, die so ansteckend sind wie die Angst, und Angst lähmt. Die armen hilflosen Tröpfe standen zitternd da und warteten darauf, abgeschlachtet zu werden. Wir enttäuschten sie nicht. Männer kamen aus den brennenden Zelten gerannt und

stürzten dann sofort wieder hinein, um ihre Waffen zu holen. Die Hälfte von ihnen erstickte, die anderen kehrten zurück, um uns zumindest symbolischen Widerstand zu leisten. Sie wussten nicht, ob wir Menschen oder Phantome waren. Wo kamen wir her? War der Krieg nicht vorüber? Es war ein ungleicher Kampf. Sie torkelten auf dem Boden herum. Wir saßen hoch zu Ross und stürmten in vollem Galopp heran. In all die Rufe, Schreie und Wehklagen mischte sich ein seltsamer heulender Ton. Wo kam es her, dieses hohe, spitze Jammern und Klagen? Es entrang sich mir und allen übrigen Kriegern Mewars. Es war ein gespenstisches Geheul, ein ungläubiger, verzweifelter Schrei um Vergebung und Absolution von Seiten unserer Opfer, denen wir im selben Atemzug das Fleisch durchbohrten, Knochen und Schädel zertrümmerten.
Dann sah ich den Muezzin. Er wankte, den linken Fuß auf einer Leiche, den Kopf furchtsam lauschend zur Seite geneigt. Jeder Schrei war ein Hieb, der auf seine Person zielte. Da wusste ich, warum er nichts von den Brandpfeilen bemerkt hatte. Er war blind. Er stolperte und fiel. Ich beugte mich hinunter und reichte ihm die Hand. Er segnete mich. »Was geschieht?«, fragte er mich. »Ist es der Tag des Gerichts?« »Nicht für die Ermordeten, wohl aber für die Mörder, ja. Bleib still liegen, alter Mann, und niemand wird dir etwas tun.« Ich hatte es eilig wegzukommen.
Seine Exzellenz Bunde Ali galoppierte uns an der Spitze von rund tausend Mann entgegen. Ich zügelte Befikir und ließ sie in einen leichten Trab zurückfallen. Die Hemdbluse seiner Exzellenz war noch aufgeknöpft, sein Turban saß eine Spur schief, und er hatte keine Zeit gehabt, sich seinen Harnisch umzuschnallen. Mir war gar nicht bewusst gewesen, wie groß er war und wie straff er sich hielt. Er saß im Sattel vorgebeugt, das Schwert waagerecht nach vorn gerichtet. Er und seine Männer stürmten wie ein Wirbelwind heran. Sie bewegten sich so rasch, dass sie fast still zu stehen schienen. Plötzlich waren alle Geräusche wie ausgeschaltet. Alles Weinen und Klagen war verstummt. Das Getrommel der Pferdehufe konnte ich ebenso wenig hören. Eintausend Pferde ließen ihre Muskeln und Leiber spielen. Schwarz, dunkelbraun, gescheckt, bernsteinfarben, mahagoni, Fell und Luft in der jungen Morgensonne funkelnd. Und auf ihren Rücken eintausend Krieger.

Die Gujarater Reiter waren eine Flutwelle, die alles in ihrem Weg hätten hinwegfegen müssen. Ja, an fast jedem anderen Tag hätten sie das wohl auch getan.
Planmäßig teilten sich jetzt meine neunhundert Krieger und nahmen Bunde Ali und seine Männer wie geliebte Gäste in ihre Mitte. Für die Gujarater sah es allerdings so aus, als seien sie durch unsere Reihen gebrochen und hätten uns auseinander getrieben. Jetzt drängten meine Männer wieder zur Mitte und mauerten die Feinde erbarmungslos ein. Diese hätten, ohne sich um die Mewarer in ihren Flanken zu kümmern, den einmal eingeschlagenen Weg fortsetzen, sich dann wieder sammeln und zurückstürmen können. Aber sie konnten nur in bestimmten Bahnen denken und sie waren in ihrer Wut und ihrer Rachsucht gefangen.
Es war unglaublich, auf welch engem Raum, wenn man es darauf anlegte, tausend Reiter zusammengedrängt werden konnten. Sie stapelten sich und trampelten aufeinander. Sie konnten sich nicht von der Stelle rühren, und nur der äußerste Ring der Eingekesselten konnte uns überhaupt Widerstand leisten. Wir begannen, von den dicht aneinander gepressten Gujarater Reitern Schicht um Schicht abzuschälen. Mittlerweile wurde die beklemmende Enge für die im Zentrum Gefangenen unerträglich. Von der Außenwelt abgeschnitten, gerieten sie in kopflose Panik. Jetzt mussten die Reiter am Rand dem von außen anstürmenden Feind und gleichzeitig dem explosiven Druck von innen standhalten. Auf das verabredete Signal hin ließen meine Männer den Druck plötzlich entweichen, indem sie im Südwesten einen schmalen Ausgang schafften. Das Gujarater Heer drängte und schob und schlug wild um sich, um ins Freie zu gelangen und zu entkommen.
Wir erwarteten sie – eine Handvoll Berittener und ich. Viele entkamen, aber die Mehrzahl bot ein leichtes Ziel, da sie einzeln herausgaloppiert kamen, so dass wir sie spielend niedermetzeln konnten.
Und Seine Exzellenz Bunde Ali? Was war mit ihm? Es würde sich gut machen, wenn ich sagen könnte, dass wir beide uns einen Zweikampf auf Leben und Tod lieferten. Ich müsste ihn zu einem Mann von außergewöhnlicher Kraft und Tapferkeit hochstilisieren, um mich selbst umso glänzender dastehen zu lassen. Aber nur ein kurzsichtiger Führer kann sich den Luxus einer so kindischen Selbst-

beweihräucherung leisten. Bunde Ali bekam noch vier Opfer vor die Klinge. Dann erwischte ihn einer meiner Krieger – ein schmählicher Tod, falls er es auf mich abgesehen hatte.
Die Gujarater dachten jetzt nur noch an Flucht, zu Fuß oder zu Pferd, wie es gerade kam. Sie hatten jede Beherrschung verloren, wie es den meisten Armeen ergeht, wenn sie von blindem Entsetzen gepackt werden. Pferde, Vieh, Männer und Kamele, alle stürzten, von uns geleitet, in die eine Richtung. Sie rannten um ihr Leben – geradewegs auf die Sümpfe im Südwesten zu.
Wir hatten eine Schneise quer durch das Lager geschlagen. Es blieb Rawal Udai Simha und Tej überlassen, sich um die mehr als zwei Drittel der Gujarater Streitkräfte zu kümmern, die uns entkommen waren. Hier und da gab es noch größere Widerstandsnester, aber schon eine Stunde nach Beginn des Überfalls hatten meine Gefährten den Feind überrannt und trieben die Überlebenden in parallelen Strömen zum sumpfigen See des Vergessens. Töten ist ein ermüdendes und undankbares Geschäft. Jedes Mal, wenn unsere Kräfte ein wenig nachließen, glaubten die feindlichen Soldaten, wir hätten genug und wollten den Kampf abblasen. Sofort ließen sie in ihrem Tempo nach. Sehr viele von ihnen gaben einfach auf und setzten oder warfen sich auf den Boden. Das war äußerst lästig. Es machte uns nur doppelte Arbeit. Wir mussten wieder loslegen und aufs Neue mit ganzer Kraft auf sie einhacken. Wir konnten es uns nicht leisten, Gefangene zu machen. Unsere Nachschubverbindungen waren ohnehin schon überfordert und hätten die zusätzliche Belastung mit Sicherheit nicht ausgehalten. Außerdem hätten wir dadurch Malik Ayaz und seinen Furcht erregenden Armeen in die Hände gespielt. Vor allen Dingen aber ist ein verschonter Soldat ein wiedergeborener Feind. Es wäre Wahnsinn zu glauben, barmherziges Verhalten würde die besiegten Streitkräfte freundlich stimmen und sie dazu bringen, uns einst, sollte sich einmal das Blatt wenden, ebenso mild zu behandeln. Die Idee bei der ganzen Sache war, zu beweisen, dass das Zeitalter der Ritterlichkeit auch bei den Rajputen endgültig vorbei war und man nicht länger darauf bauen konnte, dass wir die naiven Narren abgeben würden. Meine Zielsetzung war schlicht und einfach: die Gujarater Streitkräfte – und jeden unserer befreundeten Nachbarn, der sich die Mühe machte,

das Ereignis zu verfolgen – so sehr einzuschüchtern, dass sie es sich künftig dreimal überlegen würden, ehe sie es wagten, Idar oder irgendein anderes unserer Territorien anzugreifen. Sollte unser gegenwärtiger Feldzug dieses bescheidene Ziel erreichen, so würde ich ihn als erfolgreich verlaufen betrachten.

Einer der fliehenden Soldaten hatte sich mit beiden Händen an mein Fußgelenk geklammert und flehte mich an, sein Leben zu verschonen. Ich riss Befikir scharf herum, aber der Mann ließ einfach nicht los.

»Lasst mich leben, Prinz!« Sein starres Gesicht war bleich und Schweißtropfen hingen an seinen Ohrläppchen wie eine Girlande winziger Seifenblasen, die schon eine leichte Brise fortwehen würde. Was geschieht mit dem Menschen in der Masse? Er hört auf, sich auf seine eigenen Sinne zu verlassen, und folgt blindlings der Mehrheit. Er hatte noch genügend Kraft im Leib, um sich an mir festzuhalten, während ich ihn im Kreis herumschleifte. Warum nutzte er nicht die Gelegenheit, jetzt wo ich unaufmerksam wurde, weil ich durch einen Riss im Nebel Tejs Abteilung im gestreckten Galopp heranstürmen sah, mich zu Boden zu reißen? Ich beugte mich hinunter, um seine Krallen von meinem Bein zu lösen. Ich wollte, er hätte nichts gesagt. Jetzt war er auf einmal ein Individuum, ein Mensch mit einer Vergangenheit, einer Gegenwart und einer Zukunft. Wenn ich ihm nur die Gelegenheit dazu gäbe, würde er mir noch die Namen seiner Kinder verraten, drei Jungen und vier Mädchen, oder umgekehrt. Wie hätte ich diesen Menschen töten können? Ich hatte meine liebe Not, seinen Griff zu lockern. Als ich endlich frei war, riss ich das Pferd herum und preschte davon. Die Männer beobachteten mich, ebenso mein alter Freund Raja Puraji Kika. Noch ein paar sentimentale Idioten wie ich in unseren Streitkräften, und Mewar säße ganz schön in der Patsche. Ich galoppierte zurück. Der Soldat sah mich verwirrt und dann mit unverhohlenem Entsetzen an, als ich mit dem Schwert ausholte und zuschlug.

Täuschung, Diplomatie, Intrigen, Taschenspielertricks, Betrug – all diese Dinge und vieles andere mehr waren, wie ich vom Flötenspieler gelernt hatte, das A und O des Königs-Dharma. Aber woher hatte ich diese zweckfreie Grausamkeit? Da erinnerte ich mich, dass der große Krieger *Arjuna* und sein – und bis vor wenigen Jahren

auch mein – Mentor Krishna einmal ohne jede Veranlassung oder Provokation den ganzen Khandava-Wald samt all seinen Bewohnern niedergebrannt hatten. Es war eine der seltsamsten Episoden im Mahabharata, mir bis heute trotz allem Nachdenken vollkommen unverständlich und unbegreiflich. Aber vielleicht war gerade das die Lehre, die das große Epos uns dadurch vermitteln wollte: dass das Leben an sich unerklärlich ist und sich jeder rationalen Wertung entzieht, dass es zu einem gewissen Teil – wenn nicht zur Gänze – sinnlos ist. Kein noch so dicker Firnis von Kultur und Zivilisation kann die zweckfreie Gewalttätigkeit des Menschen unterdrücken oder auch nur verbergen.
Warum ziehen Sümpfe immer Dunst und Nebel an? Besteht zwischen Sümpfen und Mooren und Dämpfen eine wesenhafte Beziehung? Bis dahin und nicht weiter. Wir waren da. Jetzt war der Augenblick gekommen, dem Feind verstärkt zuzusetzen und ihn über den Rand zu drängen, ohne ihm selbst zu folgen.
Sie verschwanden, Tausende und Abertausende von Muzaffar Shahs und Malik Ayaz' Tapferen, im Nebel. Sie gingen bereitwillig, ja froh, endlich der Verfolgung und dem erbarmungslosen Gemetzel zu entkommen. Während der zwanzig oder fünfundzwanzig Minuten, die wir da waren, lichtete sich der Nebel nur ein einziges Mal. Die Sonne brach durch und beschien ein, zwei Minuten lang ein paar hundert Quadratmeter Sumpf. Man braucht für seine Sünden nicht im Jenseits zu büßen. Man fängt gleich hier und jetzt an, dafür zu bezahlen. Hätte sich der Vorhang von tief hängenden Wolken nur nicht aufgetan! Keine Dichtung kann mit den Schrecken der Wirklichkeit wetteifern.
Die Nähe der Sümpfe ließ einen regelrecht frösteln. Diejenigen, die schon hineingegangen waren, stimmten eine infernalische Kakophonie von Schreien, Rufen und flehentlichen Bitten an. Körperlose Hände fuchtelten in der Luft. Ich sah einen, der bis über den Mund eingesunken war, das Wasser und der Schlamm drangen ihm in die Nase, es war unmöglich festzustellen, ob er noch schluckte, dann entschwand er unseren Blicken. Die meisten Männer schlugen wild um sich, als versuchten sie ans Ufer zu schwimmen, und das ließ sie nur umso schneller untergehen. Es gab keine Freunde mehr, es war, als hätten sich die Gujarater Soldaten niemals vorher gesehen, als

hätten sie niemals Seite an Seite gekämpft. Sie verfluchten jeden, durch dessen Anstrengungen sich die schlürfenden und glucksenden Fluten schneller unter ihren Füßen teilten. Ich sah zwei Männer miteinander ringen, immer tiefer und tiefer sinken, einander würgen, bis der Glücklichere von beiden den anderen überwältigt hatte. Er stemmte sich auf den Toten. Jubelnd balancierte er auf den Schultern seines Opfers. Er bildete sich ein, er sei seinem Schicksal entronnen und würde es schaffen, das rettende Ufer zu erreichen. Er stieß einen triumphierenden Schrei aus. Die Schultern des Toten versanken tiefer im Schlamm. Der Stehende stieg mit dem rechten Fuß auf den Kopf. Bald war auch dieser nicht mehr zu sehen, und die freudige Begeisterung wich der entsetzten Erkenntnis, dass er seinem Opfer in die Tiefen des Morastes folgen würde. Woanders sah man das Wasser aufblubbern und wusste, dass ein Versunkener noch immer zu atmen versuchte. Während sie untergingen, fluchten und zeterten die Männer oder flehten um Vergebung. »Sagt Fatima, dass ich sie herzlich liebe, auch wenn ich ihr letztes Jahr die Hand mit kochendem Wasser verbrüht habe!« – »Sagt Ammijan, dass ihr Sohn als tapferer Mann gestorben ist! Er hat in drei Kriegen siebzehn Feinde erschlagen! Selbst als der Feind uns heimtückisch überfiel, bettelte ich nicht um Gnade! Nennt das neue Kind ...« Mittlerweile atmete er lediglich schlammiges Wasser mit kleinen Beigaben von Luft ein.
Ich hatte bis dahin angenommen, die letzten Worte seien grundsätzlich tiefsinnig oder anrührend. Jetzt erkannte ich, wie unbegründet meine Vermutung gewesen war. Im Leben sind wir engherzig, eitel und nachtragend; es besteht kein Grund zur Annahme, wir würden uns im letzten Moment noch ändern. »Versprich mir, Anjuman, versprich mir, dass du nie wieder heiraten wirst! Wenn du's doch tust, werde ich dir auf der Kehle sitzen, bis du ...« Sie brabbelten alle gleichzeitig, alle durcheinander. Sie wünschten anderen alles Gute oder sie wünschten ihnen alles Böse, aber hauptsächlich schrien sie um Hilfe und flehten zu Gott, er möge sie retten.
Diejenigen, die sie hätten retten können, schauten vom sicheren Festland aus grauenerfüllt und gebannt zu, wie da zwei Beine strampelten und um sich traten, dort ein Mann würdevoll das Haupt neigte und Gott um Vergebung dafür bat, dass es ihm nicht möglich

sei, sich gen Mekka zu wenden, wenn er seine letzten Gebete sprach. Am erschütterndsten aber waren die Pferde. Verständnislos, entsetzt darüber, dass der Boden unter ihren Hufen widerstandslos nachgab, kämpften sie ein paar Minuten lang unter Aufbietung all ihrer Kräfte und reckten dabei den Kopf mit aller Macht in die Höhe auf der Suche nach einem Ausweg, gaben dann plötzlich auf und warteten stumm und ergeben auf das Ende. Ich sehe noch immer ihre Vorderbeine weit ausgreifen, als versuchten sie, eine senkrechte Wand zu erklimmen, wobei das träge Wasser zeitlupenhafte Fächer wie von sonnenglitzerndem Diamantstaub ausbreitete, sehe sie noch einen langen unentschlossenen Moment in der Schwebe bleiben und dann widerwillig untergehen, die Mähnen dabei nach links und rechts schlagen, die schönen Köpfe nach uns wenden und uns mit den aufgerissenen Augen fragen, warum wir sie nicht retteten oder sie von ihrer Qual erlösten. Meine Männer und ich schauten schweigend zu. Es gibt Verbrechen gegen die Menschlichkeit, es gibt Verbrechen gegen die Natur, und dann gibt es so entsetzliche Verbrechen, dass sie keinen Namen haben, und wir hatten sie alle drei begangen.
Morgens halb acht. Es war Zeit zu gehen.

War je der Ausgang eines Treffens so gewiss?
Ich werde mir den safranfarbenen Turban umbinden, den,
den man aufsetzt, wenn man als Krieger in den sicheren Tod zieht,
werde mir Zinnober auf die Stirn schmieren
und den niederträchtigen Gott bis zum Tod bekämpfen.
Aber es gibt keinen Tod, nur Niederlage.
Tägliche, stündliche, unaufhörliche Niederlage.

19

Er hatte Befikir vor einigen Tagen freigelassen. Und als sei das noch nicht schlimm genug, konnte er sich jetzt nicht mehr erinnern, wo er den einen Schuh verloren hatte. Er setzte sich, schaufelte mit dem verbleibenden Schuh Sand auf und ließ ihn dann mit derselben Geschwindigkeit herausrinnen, mit der er ihn durch eine Sanduhr hatte rieseln sehen. Vor ihm erhob sich ein dreißig Zentimeter hoher Hügel. Er musste schon seit Stunden, vielleicht sogar seit ein paar Tagen mit der Zeit gespielt haben. Davor war er tagelang umhergewandert. Bei jedem Schritt versank sein Fuß im Sand. Er bot seine ganze Kraft auf, um ihn wieder herauszuziehen, aber seine hektischen Anstrengungen bewirkten lediglich, dass der Fuß noch tiefer einsank.

Erlebte er jetzt am eigenen Leib, was er den Gujarater Soldaten angetan hatte? Bekam er jetzt die Quittung für seine Taten? Das konnte nicht sein. Denn so viel war gewiss: Ein leichtes und schnelles Ende würde ihm nicht vergönnt sein.

Er spürte etwas Hartes im Rücken, griff hinter sich und zog den Gegenstand hervor. Er führte ihn in Gedanken zum Anfang des Gujarater Feldzugs, zur Nacht, bevor sie die feindliche Armee in den Sumpf getrieben hatten. Einer von Puraji Kikas Männern schnitzte an einem langen, schlanken Holzzylinder. Der Maharaj-Kumar sah ihm fasziniert zu. Er war neugierig auf das Resultat der Arbeit, aber der Teufel sollte ihn holen, wenn er den Soldaten, der die Anwesen-

heit Seiner Hoheit nur kurz zur Kenntnis genommen hatte, um ihn dann geflissentlich zu ignorieren, auch nur mit einem Wort fragen würde. Der Mann stellte offenbar komplizierte Berechnungen an und maß die Entfernung zwischen einzelnen Punkten des Holzstabes. War er Mathematiker, war er ein Geometer, würde er imstande sein, mit der Hilfe dieses magischen Stabs die Bewegungen der Sterne vorauszusagen? Schließlich besiegte die Neugierde den Stolz des Maharaj-Kumar. »Wenn ich dich kurz unterbrechen darf – was machst du da?«
»Das?«, entgegnete der Mann und deutete auf den Stab. Der Maharaj-Kumar nickte. »Ihr schaut mir doch schon seit einer Viertelstunde zu – warum sagt Ihr es mir nicht?«
Schlaumeier. Würde er fragen, wenn er die Antwort schon wüsste? Die anderen Soldaten warteten gespannt auf seine Reaktion. Der Handwerker widmete sich wieder seinen Kerben. Der Maharaj-Kumar wäre am liebsten hochmütig davongeschlendert, aber irgendetwas hielt ihn zurück. Er versuchte, eine gleichgültige Miene aufzusetzen, rang seinen zusammengekniffenen Lippen ein Lächeln ab und sagte: »Ein Zauberstab, was sonst.«
Noch während er die Worte aussprach, wusste er, dass er genau so klang, wie er unter keinen Umständen hatte klingen wollen: verwöhnt und launisch. Verblüfft hörte er den langen Applaus, den seine gedankenlose Antwort hervorgerufen hatte. Sogar der geistesabwesende Handwerker zog vor ihm seine Bhil-Mütze. Der Maharaj-Kumar hielt es für geboten, das Weite zu suchen, ehe man ihm weitere Rätsel aufgab.

Am nächsten Morgen kurz vor Sonnenaufgang, gerade als sie zu ihrer schrecklichen Mission aufbrechen wollten, kam der Bhil-Krieger zum Maharaj-Kumar. Was will der Klugscheißer jetzt schon wieder! Er konnte seine Gereiztheit nur mühsam unterdrücken. Er war angespannt, denn er ahnte, dass der vor ihm liegende Tag seine Laufbahn und sein Schicksal auf eine Weise beeinflussen würde, die über jedes Vorstellungsvermögen hinausging. Der Bhil verneigte sich. »Hoheit, möge der Segen Eklingji Shivas auf Euch ruhen.«
»Ebenso auf dir und all deinen Männern«, entgegnete der Maharaj-Kumar kurz angebunden.

»Ich bitte um eine Minute Eurer Zeit.«
»Nicht jetzt, Bhima«, warf Raja Puraji Kika ein, ehe der Prinz antworten konnte, »später, später.«
Das waren exakt die Worte, mit denen der Maharaj-Kumar den Mann hatte abfertigen wollen. Jetzt erkannte er, wie unhöflich und unangebracht sie aus seinem Mund geklungen hätten. »Es ist schon gut, Raja. Ich kenne ihn. Sprich.«
»Ich habe ein kleines Geschenk für Euch, Maharaj-Kumar.« Der Mann streckte die rechte Hand aus.
»Ihr wart gestern Abend sehr scharfsinnig, Hoheit.«
In seinen Ohren klang es wie Spott, aber das Gesicht des Bhil sah völlig unschuldig und arglos aus.
»Es ist tatsächlich ein Zauberstab. Unterschätzt seine Macht nicht. Atmet hinein, und er wird zum Leben erwachen. Er wird alle Menschen in Eurer Umgebung bezaubern. Aber was noch wichtiger ist, er wird auch bei Euch seinen Zauber entfalten. Er wird Euch besänftigen und Seelenfrieden schenken.«
Er wartete darauf, dass der Maharaj-Kumar das Geschenk entgegennahm. Der Prinz hätte es am liebsten auf dem Knie entzweigebrochen. Schon der bloße Gedanke daran, es anzufassen, widerstrebte ihm. Eher hätte er die Hand in den blutigen Brei des frisch abgebrochenen Stumpfes eine Aussätzigen gesteckt. Nimm mir das Ding aus den Augen, du verdammter Idiot! Er suchte nicht nach Vorzeichen, und dennoch hatte ihn ein Omen heimgesucht. Nicht in tausend Existenzen hätte er sich ein unheilvolleres ausmalen können als dasjenige, das der Mann ihm da in der offenen Hand entgegenhielt.
Schicksal. Dem Schicksal entrann man nicht. Raja Puraji Kika hatte versucht, den Maharaj-Kumar zu retten. »Nicht jetzt, Bhima«, hatte er zu dem Mann gesagt, »später, später.« Aber wenn deine Zeit gekommen ist und du gute Chancen hättest, das Schicksal ziehen zu lassen, packst du es im letzten Augenblick beim Schopf und reißt es wieder zurück.
»Nehmt sie, Prinz. Gestern Nacht wusste ich noch nicht, für wen ich sie schnitzte«, redete der Mann namens Bhima weiter, »aber Euer Name steht förmlich darauf geschrieben.«
Und dennoch wollte der Maharaj-Kumar sie nicht annehmen.

»Blast hinein, Prinz. Es ist eine Leere darin, die Ihr in Töne verwandeln könnt, bis eine Melodie daraus wird und dann ein Raga, der selbst die Götter rühren wird.«
Es wurde langsam spät, seine Soldaten warteten, und König Puraji Kika sah ihn mit nicht geringem Erstaunen an. Der Prinz streckte die Hand aus und nahm die Flöte entgegen. Er wollte sie sich schon in den Gürtel stecken – später würde er sie zerbrechen und die Bruchstücke in alle Winde verstreuen –, als sein Freund aus Kindertagen ihn stoppte.
»Eure Hoheit, wenn Ihr eine neue Flöte als Geschenk annehmt, müsst Ihr als Erstes darauf spielen.«
Auch du, Puraji Kika? Und ich hatte gedacht, du seist mein Freund.
»Ich kann auf dem Ding nicht spielen. Ich kann nicht einmal die Lippen in die richtige Position bringen, um hineinzublasen.«
»Das macht nichts. Die Flöte ist ein freundliches, entgegenkommendes Instrument. Blast einfach über das erste Loch hinweg«, erklärte ihm Bhima, »und Ihr werdet einen klaren Ton hören.«
Der Maharaj-Kumar gab sich einen Ruck, hob die Flöte, legte die Lippen an das erste Loch und presste die Finger auf die übrigen Öffnungen. Er atmete tief ein und ließ die Luft dann zwischen seinen Lippen entweichen. Es war nichts zu hören. Plötzlich schrillte ein brüchiger Ton auf, der sich gleich darauf in einen heiseren disharmonischen Zweiklang zerteilte. Seine Finger waren von den Grifflöchern abgeglitten.
»Da, Ihr habt den Dreh schon raus«, sagte Bhima ermutigend.
»Nennst du das etwa Musik?«, fragte ihn der Maharaj-Kumar in einem Ton, als sei der Mann schuld an dem Gequietsche.
»Das kommt schon noch. Eines Tages werden sich die Töne ganz von selbst einfinden und ein bezauberndes Lied singen. Ihr braucht nur ein wenig zu üben.«
Klar, sagte der Prinz zu sich, ich fang sofort an, sobald ich das verfluchte Ding in den Sumpf geschmissen habe.

Wochen und viele erschütternde Ereignisse später saß er mitten in der Wildnis, und die Flöte war noch immer bei ihm. Bestimmt suchte Mangal überall nach ihm und tat sein Bestes, um die hässlichen Gerüchte, die sein Verschwinden im Lager ausgelöst haben musste, zum Schweigen zu bringen. Er war schlau, dieser Mangal, er setzte das erste Märchen immer selbst in Umlauf, bevor die Gerüchteküche ihre Arbeit überhaupt aufnehmen konnte.

»Reden wir nicht um den heißen Brei, wir alle wissen, dass der Maharaj-Kumar nicht die glücklichste Ehe führt. Also lässt er gern seine Blicke und Hände schweifen. Würdest du es nicht genauso halten? Nein, nein, sag nicht ›armer Prinz!‹, jedenfalls nicht in meiner Gegenwart. Dieser Mann – aber das bleibt bitte zwischen dir, mir und der Zeltstange – hat den meistbeschäftigten Phallus unter der Sonne. Dass wir uns nicht missverstehen: Ich mache ihm daraus keinerlei Vorwurf! Was würdest du denn tun, wenn sich herausstellte, dass deine Frau eine ... aber wozu wiederholen, was ohnehin jedermann weiß?

Unmittelbar vor unserem Aufbruch aus Chittor hat ihm Shahzada Bahadur von dieser besonderen Kurtisane aus Champaner erzählt. Er sagte: ›Das ist keine gewöhnliche Hure, Maharaj-Kumar, das ist ein Freudenmädchen aus dem Paradies, eine himmlische Schönheit. Ihr Gesicht ist der Mond nach dem Monsun, ihre Flechten sind die Nächte der Sehnsucht, ihr Atem wie Rosenblütenblätter, die unter dem Gewicht des Morgentaus herabfallen, in ihren Achselhöhlen schlummert der Duft aus tausend Gewürzmörsern, ihre Brüste sind schneeige Gipfel, bekrönt von süßen Kaschmirkirschen, an denen Ihr Euch nach Herzenslust erquicken könnt, und zwischen ihren Schenkeln‹ – und hier stieß er einen tiefen Seufzer aus – ›zwischen ihren Schenkeln, Hoheit, verbirgt sich der Himmel, und nicht der erste, nicht der zweite, nein, der siebte Himmel!‹ Seit dem Tag, an dem wir angekommen sind, hatte der Maharaj-Kumar keinen anderen Wunsch, als nach Champaner zu reiten, um diese Frau zu besuchen.«

Mangal würde diese oder eine ähnliche Geschichte in Umlauf setzen und die Soldaten in Neid und Geilheit schmoren lassen.

Wo würde Mangal nach dem Maharaj-Kumar suchen? Seine Männer würden jede Stadt und jedes Dorf durchkämmen. Die Wüste würde sich Mangal selbst vornehmen.

Der Maharaj-Kumar warf die Flöte in die Luft und ließ sie dann wie einen Spazierstock zwischen seinen Fingern herumwirbeln. Als er

genug von diesem Spiel hatte, führte er sie an die Lippen und blies hinein. Die Töne waren rein und sauber, aber ihre Abfolge war unharmonisch.
An jenem ersten Tag hatte er fest vorgehabt, das vermaledeite Rohr wegzuwerfen, aber im Eifer des blutigen Gefechts hatte er es völlig vergessen. Als er sich am Abend zu später Stunde schlafen gelegt hatte, war das Ding wie ein zweites Rückgrat unter ihm zu spüren gewesen. Immer wieder hatte er es herausreißen und wenigstens beiseite legen wollen, aber er war hundemüde und hatte selbst diese kleine Anstrengung gescheut. Er wusste, dass er die Flöte mit Sicherheit wegwerfen würde – wenn nicht heute, dann an einem der nächsten Tage –, aber irgendwie war sie ihm wie ein Straßenköter nicht mehr von der Seite gewichen.

Ein paar Tage nach der Schlacht war ein Kurier aus Chittor eingetroffen. Er überbrachte einen kurzen, aber persönlichen Brief vom Rana sowie einen zweiten mit einer völlig unbekannten Handschrift.

Heil Shri Eklingji!
Lieber Sohn,
Möge Shri Eklingjis Segen dich vor allem Unheil bewahren.
In deinem Palast hat es gebrannt, aber ich kann dir zu deiner Beruhigung mitteilen, dass deine Frau lebt. Es war uns nicht möglich, die genaue Ursache des Feuers zu eruieren, aber erste polizeiliche Ermittlungen scheinen darauf hinzudeuten, dass es im Zimmer deiner Frau ausgebrochen sein könnte, als eine Öllampe, die vor dem Bildnis Shri Krishnas brannte, von einem Windstoß umgeworfen wurde. Leider kam ihre Zofe aus Merta, Kumkum Kanwar, bei dem Brand ums Leben. Wir alle danken Gott, dass die Prinzessin außer einigen Verbrennungen keinen Schaden davongetragen hat.
Deine Mutter bittet mich, dir ihre herzlichen Grüße und ihren Segen zu übermitteln. Möge das Licht des Sonnengottes stets auf dich scheinen.
Dein Vater

Heil Shri Eklingji!
An Seine Hoheit, den Maharaj-Kumar.
Eure Freundin Lilavati hat sich bereit erklärt, Euch diesen Brief nach meinem Diktat zu schreiben. Ich will nicht um den heißen Brei herumreden, sondern gleich zur Sache kommen. Am Siebten dieses Monats hat es im Zimmer Kumkum Kanwars, der Zofe Eurer Gemahlin, der Prinzessin, gebrannt. Die Prinzessin hat als Erste die Schreie ihrer Zofe gehört und den Rauch gerochen und ist in ihr Zimmer gerannt. Sie hat versucht, sie zu retten, aber es war bereits zu spät. Kumkum Kanwar wollte ihre Herrin wegschicken und sagte, sie sei ohnehin nicht mehr zu retten, aber Eure Frau ließ sich nicht davon abhalten, Decken auf sie zu werfen, um die Flammen nach Möglichkeit doch noch zu ersticken. Als das tapfere Mädchen begriff, dass für sie keine Hoffnung mehr bestand, aber dass ihre bloße Gegenwart die Prinzessin in Lebensgefahr brachte, sprang sie aus dem Fenster. Anders als das Feuer brachte der Sturz Kumkum Kanwar den sofortigen Tod.
Die Prinzessin hatte schwere Verbrennungen davongetragen, besonders an Händen und Unterarmen. Ich war zur Zeit des Unglücks auf dem Land, um nach meinen Angelegenheiten zu sehen. Sobald ich wieder in der Stadt war, habe ich den Raj-Vaidya weggeschickt und Raja Puraji Kikas Leibarzt Eka gebeten, die Behandlung der Prinzessin zu übernehmen. Zum Glück hielt sich Shri Eka gerade in Chittor auf, um den Dank Seiner Majestät für die Rettung Shahzada Bahadurs entgegenzunehmen. Er hat mir versichert, dass seine Kräuterumschläge nicht nur die Verbrennungen heilen, sondern auch die makellose Haut der Prinzessin wiederherstellen werden. Während der ersten vier Tage hatte die Prinzessin große Schmerzen, aber mittlerweile ist das Schlimmste überstanden, und ich bin glücklich, Euch mitteilen zu können, dass sie sich jetzt auf dem Weg der vollständigen Genesung befindet.
Ein paar Dinge an dem Brand sind noch ungeklärt. Kumkum Kanwar ging immer spätestens um neun schlafen. Sie hatte nicht die Angewohnheit, im Bett zu lesen, und sie löschte immer das Licht in ihrem Zimmer, bevor sie sich schlafen legte. An diesem bestimmten Abend, sagt die Prinzessin, kann es auch nicht anders gewesen sein, denn Kumkum, die sonst wie ein Stein schlief, konnte kein Auge

zumachen, solange nicht sämtliche Lichter gelöscht waren. In ihrem Zimmer befand sich keinerlei Götterbild, so dass ein vom Wind umgeblasenes Altarlicht als mögliche Brandursache entfällt. Die andere merkwürdige Tatsache ist die, dass alle Möbel unversehrt geblieben sind. Das Feuer scheint in ihrer Matratze entstanden zu sein und auch nur da gewütet zu haben. Die Untersuchung der Brandursache liegt in den Händen des neuen Stellvertretenden Innenministers, Prinz Vikramaditya. Um Näheres zu erfahren, werden wir seinen abschließenden Bericht abwarten müssen.
Ich möchte, dass Ihr wisst, dass ich bis zu Eurer Rückkehr Chittor nicht mehr verlassen und auf die Prinzessin Acht geben werde.
Passt auf Euch auf, Maharaj-Kumar! Euer Leben ist mir kostbar, noch kostbarer aber ist es für Mewar. Ihr dürft Euch nicht gestatten, auch nur einen Augenblick lang in Eurer Wachsamkeit zu erlahmen oder Euer Leben unnötigen Risiken auszusetzen.
Möge die Flagge Mewars hoch fliegen! Mögt Ihr und Eure Armeen in diesem Krieg triumphieren und mögt Ihr unversehrt zu uns zurückkehren!
Eure gehorsame
Kausalya

PS: Das ist jetzt von mir, deiner geliebten Lilavati. Vater wollte, dass ich keine Mathematikstunden mehr bekomme. Er sagte, ich könne Sanskrit lernen, Geschichte, Erdkunde und Musizieren und Malen, aber wozu sollte eine zukünftige Hausfrau wohl Mathematik brauchen? Da bin ich zu Dadaji gegangen und hab mich beschwert. Er sagte, die Mathematik der Himmelskörper würde die Erde bewegen, und um die Mathematik des Geldes würde sich die Wirtschaft und das tägliche Leben drehen. Auch eine Hausfrau müsse sich um die wirtschaftlichen Aspekte des Lebens kümmern. »Außerdem«, hat er Vater gesagt, »ob's dir passt oder nicht, liegen ihr Zahlen im Blut. Hast du vielleicht Angst, weil sie Zinsen im Kopf schneller berechnen kann als du auf dem Papier? Lass sie lernen!«
Ich arbeite an meinen Geschenken für dich. Wie steht's mit dir? Was bringst du mir mit?
Ewig die Deine, Deine und einzig Deine
Lilavati

Im Wachen wie im Schlaf hatte der Maharaj-Kumar seiner Frau den Tod gewünscht. Seine Phantasie war auf Hochtouren gelaufen, während er sich die verschiedensten Todesarten für sie ausgedacht hatte. Tod durch Ertrinken, Tod durch Pocken, Sturz vom Pferd oder von einer Klippe, Tod durch jeden erdenklichen Unfall, durch einen umstürzenden Wagen, durch einen Erdrutsch, Tod durch Schächten, Tod durch Auspeitschen, Tod durch Zerbrechen eines Knochens pro Tag, Tod durch Erhängen und so weiter. Aber die in seinen Träumen am häufigsten vorkommende Todesart war Verbrennen gewesen. Und doch, als er erfuhr, dass sie Verbrennungen erlitten hatte und im Feuer hätte umkommen können, rastete er vollkommen aus. Er war bereit, alles hinter sich zu lassen – seine Streitkräfte, den Krieg, das entsetzliche Warten auf die nächste Aktion des Feindes – und nach Chittor zurückzukehren. Zurück zu seiner Frau. Er band fünfzehn Kerzen zu einem Bündel zusammen und hielt den Unterarm stundenlang über die Flammen, gerade so hoch, dass sie sein Fleisch nicht erreichten. Was hätte er getan, wenn sie gestorben wäre? Doch das war unvorstellbar, er wollte gar nicht daran denken; er würde es schlicht und einfach nicht zulassen. Denn wäre ihr etwas zugestoßen, hätte er sich das Leben nehmen müssen. Hatte er in der Nacht seiner Hochzeit nicht geschworen, sie künftig zu beschützen? Er würde von nun an vor ihrem Zimmer Wache halten. Er würde nie wieder schlafen. Er würde darauf achten, dass ihre Tür immer offen blieb. Und was, wenn nachts der Flötenspieler zu ihr kam, so wie er es während dieser letzten Nacht in Chittor selbst miterlebt hatte? Dann würde er sie töten. Dann sollten die Flammen sie verzehren. Gab es einen stärkeren und berauschenderen Duft als den Geruch verbrennenden Fleisches? Nein, er hatte eine bessere Idee. Er würde beide, seine Frau und den Flötenspieler, in Brand setzen. Wenn das kein Feuer der Liebe wäre!

Er ging seinen Feldherrnpflichten mit seiner gewohnten Detailbesessenheit nach, ohne dabei je das große Ganze aus den Augen zu verlieren. Er beriet sich mit dem Generalstab, entwarf alternative Szenarien. Er verhielt sich normal, er war absolut normal. Er wusste, dass er umgehend in ein Tollhaus eingesperrt gehörte.

Er war jahrelang Richter am Gericht für Bagatellsachen gewesen. Man äußerte keine Meinung und noch viel weniger beurteilte man einen Fall, ehe die Fakten vollzählig bekannt waren. Und dennoch musste er zugeben, dass ihn die Diskrepanz zwischen seines Vaters und Kausalyas Version zutiefst verwirrte. Beigewohnt hatten dem Ereignis beide nicht. Was immer er vom Rana denken oder halten mochte, bewusst lügen würde er nie. Ebensowenig Kausalya. Aber der Rana hatte seine Informationen aus zweiter Hand. Kausalya hingegen führte offenbar eigene Untersuchungen durch. Berichte waren ganz nützlich, wenn der Ermittler kompetent, unvoreingenommen und vertrauenswürdig war. Sein Bruder Vikramaditya war nicht dafür bekannt, auch nur eine dieser Eigenschaften in nennenswertem Maße zu besitzen. Selbst wenn man einräumte, dass der Maharaj-Kumar keine ganz objektive Meinung von seinem Bruder hatte, war und blieb Kumkum Kanwars Tod schwer zu erklären. Sie war die treue Dienerin ihrer Herrin und ein viel zu unbedeutendes Geschöpf gewesen, um bei wem auch immer Eifersucht oder Groll erregen zu können. Die andere Möglichkeit, Selbstmord, war gleichermaßen unwahrscheinlich. Ihre Herrin liebte sie innig, und zu den seltenen Gelegenheiten, da Kumkum einen Wunsch geäußert hatte, war er ihr fast augenblicklich erfüllt worden. Außerdem war sie mit einem Offizier der Königlichen Garde verlobt und im Rausch der ersten Liebe gewesen, also kaum in der Stimmung, sich umzubringen. Ein Feuer kann nicht von selbst entstehen. Darüber hinaus würde sich ein durch menschliche Unachtsamkeit oder sonstwie entstandenes Feuer kaum auf eine Matratze und eine Person beschränken. Die Möbel und anderen Einrichtungsgegenstände im Palast gaben hervorragendes Brennmaterial ab. Es war schwer vorstellbar, dass sie einen Zimmerbrand unbeschadet überstehen sollten. So sehr er sich auch bemühte, gelang es dem Maharaj-Kumar nicht länger, den nüchternen und objektiven Richter zu spielen. Er wusste, dass jemand versucht hatte, die Prinzessin zu ermorden. Und er mochte zwar keine Beweise haben, aber er hatte doch eine ziemlich klare Vorstellung davon, wer es gewesen sein konnte – und ohnehin war er bereit, ganz Chittor dem Erdboden gleichzumachen, um das Schicksal dafür zu bestrafen, dass es gewagt hatte, seine Frau anzurühren.

Viereinhalb Wochen später kam ein weiterer Brief von Kausalya.

Heil Shri Eklingji!
Seiner Hoheit, dem Maharaj-Kumar.
Ich habe mein Wort gebrochen. Ich hatte versprochen, auf die Prinzessin Acht zu geben, aber ich war nicht wachsam genug. Schon am Tag meiner Rückkehr aus meinem Heimatort Rohala hatte ich beschlossen, von nun an doppelt vorsichtig zu sein. Nachdem der Vorkoster von allen Gerichten probiert hatte, aß ich selbst immer etwas davon, bevor ich zuließ, dass man der Prinzessin auftrug. Vor einer Woche, ganze zwölf Stunden nachdem die Prinzessin und ich zu Mittag gespeist hatten, bekamen wir beide heftige Bauchschmerzen und starken Durchfall. Ich habe den Bhil-Arzt rufen lassen, aber bereits zwei Stunden später hatten wir durch den Flüssigkeitsverlust und die Vergiftung das Bewusstsein verloren. Unser Zustand verschlechterte sich laut Eka im Laufe der folgenden achtundvierzig Stunden kontinuierlich. Zum Glück war der Arzt früh genug gerufen worden, und anhand der Färbung und anderer Merkmale unserer Ausscheidungen konnte er die genaue Ursache der plötzlichen Erkrankung ermitteln. Unserem Essen war ein Gift beigemengt worden, dessen Wirkung sich erst verzögert entfaltete. Ohne den Bhil-Arzt wären wir beide tot.
Jetzt sind wir außer Gefahr und auf dem Weg der Genesung. Ich versichere Euch, dass kein Grund zur Sorge mehr besteht. Bis auf Weiteres kocht meine Schwiegertochter den Reisschleim, von dem die Prinzessin und ich uns seit fünf Tagen ernähren. Sobald ich die Kraft habe, mich aufzusetzen, werde ich selbst alle Mahlzeiten für Eure Gemahlin zubereiten. Ich habe außerdem zehn meiner ergebensten und fähigsten Männer herbefohlen, damit sie rund um die Uhr in Eurem und der Prinzessin Teil des Palastes Wache halten. Sie werden hier bleiben, bis Ihr wieder zurück seid.
Der Arzt hat Seine Majestät, den Rana, über den Anschlag auf unser Leben in Kenntnis gesetzt und die Vermutung geäußert, auch Kumkum Kanwars Tod könnte die Folge eines Anschlags gewesen sein. Seine Hoheit hat Prinz Vikramaditya den Fall entzogen und Lakshman Simhaji mit der weiteren Untersuchung beauftragt. Lakshmanji hat die Verhaftung dreier Diener und des Kochs angeordnet. Ich mache mir jetzt etwas weniger Sorgen um die Prinzessin. Sie ist wirklich eine tapfere Frau und hat sich nicht ein einziges

Mal über die schrecklichen Katastrophen beklagt, von denen sie seit Eurer Abreise heimgesucht worden ist.
Ich schäme mich, für Ihre Hoheit keine bessere Wärterin gewesen zu sein. Ihr wisst, dass ich nicht der Mensch bin, Euch in falscher Sicherheit zu wiegen, aber seit Lakshman Simhaji die Sache übernommen hat, ist im Palast wirklich ein neues Klima zu spüren. Der Minister besucht die Prinzessin und mich täglich, und im Palast herrschen so strenge Sicherheitsbestimmungen wie seit langem nicht mehr.
Wie ich vermutet hatte, ist der Koch, der Euch seit Eurer Kindheit bedient, für unschuldig befunden worden.
Eure gehorsame
Kausalya

PS: Da du es nicht für nötig erachtet hast, mein voriges PS zu beantworten, weigere ich mich, noch ein Wort mit dir zu reden. Kausalya hat mir Stricken beigebracht und ich habe einen Pullover für einen gewissen Schuft schon halb fertig.
In Liebe,
Lilavati

Der Maharaj-Kumar war sehr in Eile. Er musste nirgendwohin, niemand wartete auf ihn, aber er hatte eine Verabredung einzuhalten. Die Wüste war groß, sehr groß. Es sollte wohl möglich sein, sich in ihr zu verlaufen. Sie war außerdem kahl, was nur ein anderes Wort für das absolute Nichts ist: einen geistigen und körperlichen Zustand, den er verzweifelt ersehnte. Er wanderte herum. Er hatte viel zu tun. Der Sand war knittrig wie gefrorene Wellen. Jede Welle war scharf konturiert und jeder Wellengrat so dünn wie eine Haarsträhne und makellos. Es war atemberaubend: die Arbeit eines Handwerksmeisters, der jahrhundertelang an der Erschaffung dieses sich bis ins Unendliche hindehnenden Abbilds der Vollkommenheit gearbeitet haben musste. Er stand jetzt vor einer gigantischen Aufgabe: Er musste das Kunstwerk systematisch zerstören, es bis zur Unkenntlichkeit verschandeln, es in den Zustand des uranfänglichen Chaos zurückversetzen. Er tat den ersten Schritt und trampelte auf den Kamm einer Sandwelle. Er würde sich bis zum Horizont vorarbeiten und sich dann das nächste Wellental vornehmen. Es war harte Arbeit. Befikir schaute ihm eine Weile nachsichtig zu und trottete dann davon.

Am Nachmittag rammte sich ihm ein Pfahl durch die Schädeldecke. Er stürzte zu Boden und sein Gehirn ergoss sich in den Sand. Als er wieder zu sich kam, war es Nacht. Er hatte hohes Fieber und schwitzte und fröstelte abwechselnd. Ihm war bis dahin nicht klar gewesen, dass der »Stich« der Sonne so real und konkret spürbar war und eine solche Wucht besaß. Er hatte großen Durst, doch Befikir war nirgends zu sehen. Er versuchte aufzustehen. Seine Knie knickten ein und er brach wieder zusammen.

Es wehte ein messerscharfer kalter Wind. Sandschleier, so fein wie zartester Musselin, flatterten hin und her. Die Wüste war in Aufruhr. Ganze Sandschaften wurden zur Räumung gezwungen und wanderten in unbekannte Länder. Sandhosen schraubten sich wie Dschinns in den Himmel. Kamele, Vögel, Männer und Frauen, Fuhrwerke, Paläste und Elefanten wurden in die Höhe gerissen und prallten gegeneinander.

Das Licht war golden, und durch das Gestöber herumfliegender Gegenstände schritt eine goldene Frau mit solch sinnlich hingegossener Anmut, dass er die Hände zum Gruß erhob.

Sie ging an ihm vorbei. Ihre gelbe Chunni blieb in seiner Hand. Er schrie ihr zu, sie möge stehen bleiben, aber in all dem Getöse konnte er sein eigenes Wort nicht verstehen. Sie wandte sich um und lächelte. Er meinte, vor so viel Schönheit sterben zu müssen. Sie rannte auf ihn zu und fiel auf seinen liegenden Körper. Sie knöpfte sein Hemd mit den Zähnen auf.

Woher kam sie ihm so bekannt vor? Sie hatte einen der Knöpfe abgebissen. Lachend spuckte sie ihn aus. Er traf ihn schmerzhaft an der entblößten Brust. Er riss ihr Leibchen auf. Ihre Hände waren jetzt an seinem Hosenbund, knüpften den Knoten auf. Er spürte, dass er zum Leben erwachte, und klammerte sich an sie. Es wollte ihm nicht gelingen, ihr die hautenge Hose auszuziehen. Lachend streifte sie sie mit der linken Hand ab. Sie saß jetzt rittlings auf ihm, die Brüste in seinen hochgereckten Händen. Jeden Augenblick würde sie ihn in sich aufnehmen.

»War es Vikramaditya, Königin Karmavati oder warst du es«, fragte er und stieß sie zurück, »die versucht hat, sie umzubringen?«
»Was spielt das für eine Rolle?«
Ihre Brüste waren wieder zwei schlaffe Hautsäcke, ihr Haar ein graues Vipernnest und ihr zahnloser Mund kaute mümmelnd die Luft. »Du hast dir doch ihren Tod gewünscht, oder etwa nicht? Was spielt es dann für eine Rolle, wer oder was ihn herbeiführt?« Bhutani Matas lange knochige Hand spielte an seinem Penis herum. Er versuchte sie abzuwerfen, aber sie saß wie festgenagelt auf ihm.
»Nein, ich wünsche mir nicht ihren Tod, sondern seinen!«
»Kleine Meinungsänderung, wie? Das letzte Mal, im Brindabani-Tempel, hättest du absolut alles getan, um sie ein für alle Mal loszuwerden. Ich riet dir, noch etwas Geduld zu haben, dir alles noch einmal gründlich zu überlegen, aber du hast mich nur angespuckt. Vielleicht ist es jetzt zu spät, es dir noch einmal zu überlegen?«
»Wag es ja nicht, sie anzurühren, du Miststück!«
»Vorsicht, Freundchen, keine Frechheiten!« Ihre Finger verlängerten sich zu Klingen, die durch sein Herz fuhren und ihn an den Sand nagelten. »Wir wollen doch bitte nicht vergessen, dass du hier der Bittsteller bist!«
»Du bist eine unfähige, nichtsnutzige, widerliche Vettel! Du hast alles vermasselt! Du warst nicht mal imstande, auf Anhieb die Richtige zu erwischen, und hast stattdessen die arme Kumkum Kanwar abgemurkst. Beim zweiten Versuch hast du zusätzlich zu meiner Frau auch Kausalya erwischt, aber sie haben beide deinen einmalig stümperhaften Anschlag überlebt. Du bist eine lächerliche, blutige Anfängerin, Bhutani Mata!«
Die Mata packte ihn an der Gurgel und schüttelte ihn, bis sein Kopf wegknickte. »Du undankbarer Hund, weißt du überhaupt, gegen wen ich antreten muss?«
»Erwarte nicht von mir, dass ich dich wegen deiner Fehlschläge bemitleide!«, brachte er mühsam heraus.
»Wenn es kein Gott, sondern ein bloßer Sterblicher wäre, wozu hätte ich mich dann an dich wenden sollen?«
Sie war verschwunden.
»Lass sie in Ruhe, hörst du? Lass sie in Ruhe!«

Als der Sonnenstich wieder abklang, hatte der Maharaj-Kumar keine Möglichkeit festzustellen, wie viele Tage inzwischen vergangen waren. Er begriff, dass er einzig deswegen ohne Wasser hatte überleben können, weil er die ganze Zeit in einem Dämmerzustand oder völlig bewusstlos gewesen war. Befikir stand neben ihm. Wie hatte die Stute überleben können? Hatte sie eine Oase oder ein leicht zugängliches Wasserloch gefunden? Der Maharaj-Kumar griff nach dem Steigbügel und zog sich daran hoch. Er band die Lederflasche los, die dank Mangal stets mit Wasser gefüllt an den Sattel geschnallt war und trank ein paar kleine Schlückchen. Es hatte offenbar ein schwerer Sandsturm gewütet. Die Sandwellen verliefen von Norden nach Süden statt wie vorher von Ost nach West. Und an seinem Hemd fehlte ein Knopf.

Aber auch das war inzwischen lange her. Jetzt war Befikir nirgendwo mehr zu sehen. Bald würde die Sonne untergehen und er würde wieder im eisigen Silberlicht des Mondes frieren. Er führte die Flöte an den Mund. Es war schwierig, mit den trockenen, ausgedörrten Lippen zu blasen. Langsam stieß er die Luft aus. Ein kristallklarer *sa* im untersten Register. Ein Ton von solcher Klarheit, Tiefe und Schwere, dass er die Wolken am Himmel und die kleinen geschäftigen Kreaturen, die durch den Sand wuselten, zum Stillstand zu bringen schien. *Sa*, *re*, *ga*, *ma*, *pa*, *dha*, *ni*, *sa*. Er spielte die ganze Oktave hinauf und dann wieder hinunter. Jeder Ton war eine Perle an Rundheit und Klangfülle.

Es gibt eine einzige Kunst auf Erden, die einen Abglanz der Vollkommenheit Gottes darstellt. Es ist die Musik. Und in der Musik eignet jedem einzelnen Ton das vollkommenste und ganzheitlichste Gottsein. Man kann ihm nichts hinzufügen noch etwas davon abziehen. Er hat keinen Grund und keinen Zweck. Er ist sich selbst genug. Erinnerungen an die Ragas, die er in seiner Kindheit gelernt hatte, strömten in seine Finger. Jetzt hielt ihn nichts mehr davon ab, durch die drei Oktaven zu schweifen und in der Luft und dem Sand der Wüste Erinnerungen an seinen Aufenthalt zu hinterlassen. Und die Musik, die er hervorbrachte, und die Wanderungen, auf die er sich begab, waren Balsam, Elixier und ein linderndes Salböl, die seinem misshandelten Geist und seiner erschöpften Seele Frieden schenkten.

Als die Sterne herauskamen, drückte ihn Mangal an seine Brust und küsste ihn wieder und wieder. Und der Prinz hielt den Freund fest in den Armen und wollte ihn nie wieder loslassen.

20

Armer Malik Ayaz! Er wurde in Schimpf und Ungnaden abberufen. Der Krieg ist für Generäle ein riskanter Zeitvertreib – weit risikoreicher, als er es für Könige ist. Ein Souverän wird äußerst selten entthront, nur weil er einen Krieg verloren hat. Ein General hingegen kann von Glück reden, wenn er in solch einem Fall zum Leiter einer Polizeiwache ernannt oder der Nachschubtruppe zugeteilt wird. Weit häufiger wird er degradiert und auf die Straße gesetzt. Er wird vielleicht nicht unbedingt verbannt, dennoch empfiehlt es sich für ihn, sich größter Zurückhaltung zu befleißigen und sich im Dorf seiner Väter zur Ruhe zu setzen. Er liebt seine Heimat, dennoch ist fortan seine einzige Hoffnung, dass sein Nachfolger noch weniger Erfolg haben möge als er. Dann nämlich besteht die Chance, dass er irgendwann einmal zurückgerufen wird und vielleicht sogar wieder zum Oberbefehlshaber ernannt wird.

Der beste Zeitpunkt, einem Feind in den Hintern zu treten, ist, wenn er auf dem Boden kniet. Auf die Art landet er auf dem Bauch und wird, mit etwas Glück, vorerst nicht wieder hochkommen. Wir hätten nach Chittor zurückkehren können, aber irgendjemand musste schließlich da sein, um Zahir-ul-Mulk – dem General, dem die Aufgabe anvertraut worden war, Mewar und mich in unsere Schranken zu weisen – einen würdigen Empfang zu bereiten. Wie ich aus seinem Geheimdossier wusste, war Zahir-ul-Mulk ein vorsichtiger Mann. Ich kann nicht beurteilen, ob es meine Zusammenstöße mit Malik Ayaz waren, die ihn zu einem solchen gemacht hatten, oder ob sein König ihn angewiesen hatte, im Zweifelsfalle lieber übervorsichtig zu sein. Hybris und Selbstüberschätzung, hielt ich mir stündlich vor Augen, sind die tödliche Begleiterscheinung eines jeden Sieges. Was zur Folge hatte, dass Zahir-ul-Mulk und ich uns wie zwei Hunde verhielten, die jeder des anderen Schwanz jagen, es aber nie zu einer direkten Konfrontation kommen lassen.

Jetzt sah ich schon klarer als zu Beginn des Feldzuges, welche Strategien ich anwenden und was für einen Krieg ich führen wollte. Niemals würden wir uns auf eine offene Feldschlacht einlassen, es sei denn, wir hätten keine andere Alternative. In der Zwischenzeit üben wir. Ich bin kein populärer Kommandeur, aber die Männer fangen allmählich an, mir zu vertrauen. Sie wundern sich darüber, dass ihre täglichen Übungen in Schnellreiten und Fluchtergreifen bestehen, als hätten sie eine Schlacht verloren und müssten um ihr Leben rennen. Wir stoppen täglich die Zeit. Mein Ziel ist, sie dazu zu bringen, in geschlossener Formation, aber immer schneller und schneller zu reiten. Bei unseren Manövern ist der hypothetische Feind uns grundsätzlich zahlenmäßig weit überlegen. Eine Gruppe von fünfhundert Mewarer Kriegern muss mit fünfzehnhundert bis zweitausend feindlichen Soldaten fertig werden. Der nächste Schritt besteht darin, das Manöver bei Nacht durchzuführen. Rao Viramdev, Shafi Khan und die übrigen Kommandeure gewöhnen sich allmählich an meine sonderlichen Strategien, aber ich spüre dennoch einen starken unterschwelligen Groll darüber, dass ich Ritterlichkeit und Tapferkeit aus der Kriegsführung verbannt habe.

Während wir uns auf einen weiteren Krieg gegen Gujarat vorbereiten, denke ich über den Krieg nach, der an der Heimatfront wütet. Mein Bruder ist, ohne dass man ihn vorher auch nur pro forma vor Gericht gestellt hätte, aus der Haft entlassen worden. Wie, frage ich mich, ist es möglich, dass Vater, dessen Gedanken geradlinig und aufrecht wie ein Ashoka-Baum sind und das üppige, verfilzte Unterholz der Intrigen seiner Hofschranzen mühelos durchdringen können, nicht erkennt, welchem Risiko er den Thron aussetzt und welch gefährlichen Präzedenzfall er für meine übrigen Brüder und – was soll die Ziererei? – für mich selbst schafft, indem er Vikramaditya ungeschoren davonkommen lässt?

Ist es das, was einem die Liebe zu einer Frau einbringt? Rani Karmavati trifft keine Schuld. Die Verantwortung liegt ganz bei ihrem törichten, treu ergebenen Mann, der nicht nur springt, wenn Frauchen »Spring!« sagt, sondern dazu liebeheischend lächelt und fragt: »Wie hoch?« Kann man sich eine abgeschmacktere Travestie des Rechts vorstellen, als denjenigen, der am schwersten gegen das Gesetz verstoßen hat, zu dessen oberstem Hüter zu ernennen? Die Staatssicherheit und Polizeigewalt Chittors liegen in den Händen Vikramadityas. Nach dem, was man so hört, muss jeder Oberwachtmeister, Unterinspektor und Polizist, jeder Aussteller von Lizenzen und kleinere Beamte jetzt kräftig geschmiert werden, ehe er seine Pflicht tut.

Doch nun zu der Frage, die mich naturgemäß am meisten beschäftigt: Was ist mit mir? Ja, ihr habt richtig gehört, ihr Sterne, Sonne und Mond, ihr Blätter der Bäume und rastlosen Wellen des fernen Meeres, ihr Sandkörner und Vögel und Tiere und alle Geschöpfe dieser Erde – was ist mit mir, dem Kronprinzen, dem nächsten in der Thronfolge, dem König in spe, dessen Chancen von Minute zu Minute dahinschwinden? Es gibt in Chittor keinen einzigen Menschen, der für mich eintreten und meine Sache tatkräftig verfechten würde. Da ist meine Mutter, die Maharani, die es gut meint und die mein Vater gern hat, so wie er seine Hunde und Schoßtiere gern hat. Sie wüsste gar nicht, wie sie das Gespräch auf ihren ältesten Sohn bringen sollte, und schaffte sie es irgendwie dennoch, würde Vater sie amüsiert ansehen und ihr sagen, sie müsse besser aufpassen, denn sie habe bei dem neunhundertsiebenundsiebzigsten Pullover, den sie für ihn strickt, gerade eine Masche fallen lassen. Dann wäre da noch meine Frau. Einst war sie Vaters Lieblingsschwiegertochter. Wenn es einen Menschen gab, der sich gegen Königin Karmavati hätte behaupten und Vater dazu hätte bringen können, einen Standpunkt, der von demjenigen seiner Lieblingskönigin abwich, ernsthaft in Betracht zu ziehen, dann war es meine Frau. Zum einen ist sie Rao Viramdevs Nichte, was schon für sich genommen viel bedeutet; dann ist sie selbstbeherrscht und besitzt Würde, Geist und Schönheit – lauter Dinge, die ihr nach ihrer Ankunft in Chittor einen besonderen Platz in Vaters Herz eroberten. Aber es käme ihr nicht in den Sinn, sich um ihn zu bemühen und sich in seinen engsten Kreis einzuschmeicheln. Leider bräuchte sie momentan selbst ein mittleres Wunder, um wieder in Vaters Gunst zu gelangen. Nicht nur ihr Stern ist, so fürchte ich, untergegangen, sondern er hat auch mich mit hinabgerissen. Sie hat Mewar Schande bereitet und es auf eine Art und Weise entehrt, wie es bislang keine königliche Prinzessin geschafft hatte.

Natürlich gibt es noch einen weiteren Faktor, der sich sehr zu ihren Ungunsten auswirken muss: Sie hat noch keinen Sohn geboren, der den Fortbestand der Herrscherlinie garantieren würde. Ja, leider Gottes hat sie noch nicht einmal den Beweis erbracht, dass sie überhaupt Kinder gebären kann.

Damit bleibt in Chittor ein einziger Mensch übrig, der meine Sache verfechten könnte: die Königinmutter. Ich glaube schon, dass sie das Wort für mich ergreifen würde, aber meine Kinderlosigkeit im Gegensatz zum reichlichen Ausstoß und den zahlreichen Ehefrauen meiner Brüder muss bei ihr zwangsläufig Zweifel an meiner Männlichkeit aufkommen lassen. Und sie hat allen Grund dazu. Schließlich habe ich mich als unfähig erwiesen, meine Frau im Zaum zu halten. Aber selbst wenn sie ihre Vorbehalte vergäße und sich für meinen Thronanspruch stark machte, befürchte ich, dass sie damit nicht weit käme. Sie genießt zwar Vaters Respekt, aber mit Vikramadityas Mutter Königin Karmavati kann sie sich nicht messen.

Der Krieg gegen Gujarat ist ein wahrer Segen. Er lenkt mich von meinen Grübeleien ab, indem er mich zwingt, wenigstens sechzehn Stunden am Tag konzentriert zu arbeiten. Ich bilde mir gewiss nicht ein, der Erfinder des Guerillakrieges zu sein, aber ich bin mit Sicherheit der erste Rajpute, der den Überraschungsangriff, den plötzlichen Stoß in die Flanke, das Drangsalieren abgeschnittener Einheiten, den blitzschnellen Überfall auf die Nachhut und das ebenso rasche Verschwinden neu erfindet. Die Idee dabei ist natürlich, eine direkte Konfrontation zu vermeiden und gleichzeitig den Feind nicht zur Ruhe kommen zu lassen, Chaos und Verwirrung in seinen Reihen zu säen und ihn in einem Zustand nie nachlassender Anspannung und Nervosität zu halten, indem man den Druck niemals verringert – mit einem Wort: sein taktisches, militärisches

und psychologisches Spiel mit ihm zu treiben, bis er, physisch wie psychisch, zu einem veritablen Wrack geworden ist.
Mein Waffengefährte, Kundschafter und wichtigster strategischer Ratgeber ist Raja Puraji Kika. Er und seine Männer mögen das irgendwie anders nennen, aber als Berg- und Waldbewohner saugen sie die Guerillataktik mit der Muttermilch ein.
Puraji Kika und ich haben unsere gesamte Streitmacht von fünfundzwanzigtausend Mann – den Rest habe ich wieder nach Hause geschickt – in zehn selbstständige Einheiten zu je zweieinhalbtausend aufgeteilt. Jedes Lager verfügt über eigene Kuriere, Pferdekoppeln, Proviantlager und so weiter. Die Entfernung zwischen jeweils zwei Lagern beträgt drei bis höchstens fünf Kilometer. Wenn ein plötzlicher feindlicher Angriff erfolgt oder ein sonstiger Notfall eintritt, kann ein Meldereiter diese Entfernung in allerhöchstens zehn Minuten zurücklegen. Wir wechseln häufig unseren Standort, bleiben nie länger als zwei Wochen an derselben Stelle. Natürlich kann dies Zahir-ul-Mulk nicht davon abhalten uns anzugreifen. Aber die Gefahr eines Angriffs ist jetzt um den Faktor zehn verringert. Wir sind mehr als lediglich eine äußerst bewegliche Armee – bis auf Weiteres sind wir zehn selbstständige Kommandoeinheiten, die in völligem Einklang operieren.
Raja Puraji Kika hätte sich keine besseren Schüler als Tej, Shafi Khan und mich wünschen können. Wir waren äußerst lernbegierig und jede theoretische Unterweisung wurde fast augenblicklich in die Praxis umgesetzt und an der Realität erprobt. Man glaubt allgemein, die Hauptprinzipien des Guerillakriegs seien Schnelligkeit und Hinterhältigkeit. Puraji Kika erklärte uns, dem sei keineswegs so. Schnelligkeit und Überraschungstaktik seien zwei unverzichtbare Faktoren, aber der Schlüssel zu dieser Kampfweise sei eine bestimmte geistige Verfassung und ständige Fluchtbereitschaft. »Ihr habt euch alle Mühe gegeben, dem Feind aus dem Weg zu gehen, und jetzt, an einem Ort und zu einem Zeitpunkt eurer Wahl, seid ihr bereit und gerüstet, ihm einen empfindlichen Schlag zuzufügen und sofort wieder wie Nebel im Sonnenlicht zu verschwinden. Das Problem stellt sich früher oder später unweigerlich ein, denn nach all den Mühen und psychischen Belastungen habt ihr das Gefühl, es euch selbst und euren Truppen einfach schuldig zu sein,

diese Verabredung mit dem Schicksal einzuhalten und den Angriff zu wagen, selbst wenn ihr das dumpfe Gefühl habt, dass irgendetwas nicht stimmt. Aber schon beim leisesten Verdacht, dass man euch in eine Falle gelockt hat, müsst ihr den Mut aufbringen, den Schwanz einzukneifen und Fersengeld zu geben.«
Unsere Taktik trieb Zahir-ul-Mulk zur Verzweiflung. Er wusste, dass er endlich Resultate vorweisen und unsere Streitkräfte zu einer Entscheidungsschlacht zwingen musste. Er versuchte, uns in die Enge zu treiben, nur um feststellen zu müssen, dass wir verschwunden waren und gerade in dem Moment wahrscheinlich sein Feldlager überfielen oder seine Nachhut aufrieben. Wir waren überall und dennoch nirgends zu finden.
Unsere Soldaten begriffen allmählich, worauf Puraji Kika und ich hinauswollten. Sie begannen, das Gefühl von Macht zu genießen, das ihnen diese »zurückhaltende« Kampfweise einflößte. Sie freuten sich über die Verzweiflung und Hilflosigkeit der Gujarater Truppen, über ihre Unfähigkeit, gegen ein so bewegliches Ziel zurückzuschlagen. Sie lernten, sich lautlos zu bewegen und stundenlang reglos zu verharren. Sie gewöhnten sich daran, im Reiten zu essen, und richteten ihre Pferde darauf ab, unter keinen Umständen zu wiehern und völlig bewegungslos zu stehen. Mit der Zeit würden sie vielleicht sogar wirklich stolz auf diese Kampfweise sein.
An dem Tag, als Rao Viramdev beschlossen hatte, unsere mobilen Einsatztruppen zu inspizieren, erhielten wir Post aus Chittor. Alles dienstliche Sendungen mit Ausnahme eines Briefes in Lilavatis Handschrift. Ich hatte mir schon angewöhnt, ihre Briefe als Überbringer schlimmer oder noch schlimmerer Nachrichten zu fürchten – die übliche Identifikation des Unglücksboten mit dem Unglück. Mit welcher Katastrophe hatte Kausalya diesmal aufzuwarten?

Heil Eklingji!
Seiner Hoheit, dem Maharaj-Kumar.
Vor ungefähr einem Jahr bat mich die Wäscherin Sunheria, mich um die zwei Dörfer zu kümmern, die Ihr ihr als Honorar überlassen hattet, da sie keine Erfahrung in derlei Dingen habe. Ich sagte ihr, ich hätte ohnehin schon zu viel am Hals, aber ich würde ihr die Grundelemente der Geflügelzucht, der Steuererhebung und der Buchhal-

tung beibringen, so dass sie sich von niemandem abhängig zu machen bräuchte. Von da an unterrichtete ich sie jeden zweiten Montag vier Stunden lang. Vor einem Monat ließ sie sich an zwei aufeinander folgenden Montagen nicht blicken, schickte auch niemanden vorbei, um ihr Ausbleiben zu erklären. Das sah ihr gar nicht ähnlich. Sie ist sehr begierig, auf eigenen Füßen zu stehen, und verspätet sich sonst nie. Ich ging zu ihrem Haus, aber sie weigerte sich herauszukommen. Ich sprach mit ihrem Mann. Er war feindselig und zurückhaltend und verlangte zu wissen, in welcher Beziehung ich zu ihr stehe. Ich erklärte ihm, ich sei die neue Wäsche-Aufseherin und komme wegen zweier verschwundener Goldbrokatröcke der Königinmutter. Sofort fing er mit einer endlosen Tirade an, in all den siebzig Jahren Arbeit im Dienste der Könige von Mewar sei er nicht ein einziges Mal des Diebstahls angeklagt worden. Ich sagte, ich klage ihn nicht im Mindesten an. Außerdem könne er meinetwegen unschuldig sein, aber was sei mit seiner Frau? Das heiterte ihn augenblicklich auf. Er ließ kein gutes Haar an ihr und schwor, sie sei eine Hure und eine Diebin. Er flehte mich an, sie anzuzeigen, da er genügend Beweise gegen sie habe, um sie gleich mehrmals lebenslänglich hinter Gitter zu bringen. Seine ganze Art änderte sich und er wurde richtig geschwätzig. Nach einer halben Stunde unterbrach ich seinen Redefluss und erklärte, ich müsse seine Frau unter vier Augen verhören. Nicht nötig, sagte er, er habe sie nicht nur verhört, sondern ihr auch eine schwere körperliche Züchtigung verabreicht. Das, sagte ich, sei sehr bedauerlich, denn nur Seine Majestät und die Gerichte hätten das Recht, Strafen zu verhängen, und ich hätte keine andere Wahl, als die Angelegenheit zu melden. Ehe ich mich versah, kniete er winselnd auf dem Boden, rieb seine Stirn an meinen Füßen und bettelte mich an, seinen Ausrutscher zu vergessen. Er versprach, er würde seine Frau nie wieder anrühren. Ich forderte ihn auf, mich mit seiner Frau allein zu lassen, was er widerstrebend und unter inständigen Bitten, sie nicht zu schonen und ja kein Wort ihrer Märchen zu glauben, zuletzt auch tat.
Ich hatte das Schlimmste erwartet, aber ich muss gestehen, dass ich auf einen solchen Anblick nicht gefasst gewesen war: Sunherias Kopfhaut war an mehreren Stellen aufgeplatzt, und ihr Körper war so lange mit einem Gürtel traktiert worden, bis er nur noch eine

einzige Strieme war. Ich bat sie, in meine Sänfte einzusteigen und nahm sie mit zu mir. Zu Hause ließ ich sie vom Raj-Vaidya untersuchen. Sunheria weigerte sich, mir zu sagen, warum ihr Mann sie fast zu Tode geprügelt hatte, aber wie meine Ermittlungen ergaben, hatte der Alte von den geschenkten Dörfern erfahren und hatte wissen wollen, von wem sie kämen.

Sunheria ist eine starke Frau und sie erholte sich schnell. Als ich gestern Morgen damit beschäftigt war, der Prinzessin eine Mahlzeit zuzubereiten, verließ sie den Palast, ohne mir etwas zu sagen. Offenbar ging sie nach Hause, um ihre Habseligkeiten zusammenzupacken und ihrem Mann mitzuteilen, dass sie ihn verlassen würde. Die Nachbarn sahen ihn toben und mit dem abgeflachten Stock, mit denen Dhobis die Wäsche schlagen, auf sie losgehen. Er knüppelte auf sie ein, bis sie ohnmächtig zu Boden fiel. Als sie wieder zu sich gekommen war, nahm sie den Wäscheschlägel, sagte ihm, das sei das letzte Mal gewesen, dass er die Hand gegen sie erhoben hätte, und zertrümmerte ihm den Schädel.

Sie ist des Mordes angeklagt und sitzt zur Zeit im Kerker von Chittor. Sie steht unter Schock und leidet unter einer schweren Depression. Ich werde sie täglich besuchen und Euch von ihrem Zustand berichten sowie vom Fortgang der Sache, die übrigens innerhalb der nächsten zwei Wochen zur Verhandlung kommen soll.

Ich bin sicher, dass alles gut werden wird.

Grüße und Segen,

Kausalya

PS: Heute Abend habe ich sie wieder besucht und ihr etwas Essen gebracht.

So viel zum Thema gute Absichten. Warum hatte ich Sunherias Mann nicht zu mir bestellt, ihm auf den Rücken geklopft und einen kleinen Plausch von Mann zu Mann mit ihm geführt? »He Mann, danke, dass du mir jahrelang deine Frau geborgt hast! Ist ein echtes Vergnügen gewesen, sie näher kennen zu lernen. Ich dachte, ich schenk ihr eine Kleinigkeit, versteh mich nicht falsch, nicht etwa für erwiesene Dienste oder irgendwas in der Art! Nur so, zum Zeichen meiner Wertschätzung und für schlechte Zeiten. Schließlich

könntest du ja schon morgen das Zeitliche segnen. Also dachte ich mir, bevor jemand anders ein Auge auf sie wirft, sollte ich ...«
War es eine Vorahnung gewesen, oder hatte Sunheria bei unserer letzten Begegnung lediglich ins Blaue geredet, nur um sich interessant zu machen? Weder noch, vermutlich. Die Zeichen waren überdeutlich gewesen, ich hatte sie bloß nicht wahrhaben wollen. Aber Selbstvorwürfe nützten jetzt auch nichts. Ich schrieb ihr einen Brief zu Händen Kausalyas. Lilavati würde ihn ihr vorlesen müssen.
Mein Brief war kurz.

Liebe Sunheria,
ich werde dir beweisen, dass du dich getäuscht hast. Ich werde dich wiedersehen. Schon bald. Sehr bald.
Ich veranlasse sofort, dass dir weitere Mittel zur Verfügung gestellt werden. Kausalya wird dir helfen. Du wirst in kürzester Zeit wieder frei sein. Vergiss nicht, dass du unschuldig bist und deswegen das Gesetz auf deiner Seite hast. Hab Mut.

Ich setzte mein königliches Siegel auf den Brief und wollte gerade den Kurier rufen. Ich muss etwas Perverses in mir haben. Ständig wecke ich Leute auf, reiße sie aus dem Bett, lasse sie um ein Uhr früh exerzieren, zwinge sie zu sechzehnstündigen Gewaltmärschen, schleife sie, alles zu dem einzigen Zweck, für jedes unvorhergesehene Ereignis gewappnet zu sein. Zur Abwechslung einmal würde ich den Kurier nicht zu wecken brauchen. Er schien eine lautstarke Gesellschaft zusammengetrommelt zu haben. Sie waren gerade dabei, unsere Zelte einzureißen. Da begriff ich, dass Puraji Kikas und meine schlimmsten Albträume Wirklichkeit geworden waren.
Da ich lieber übervorsichtig bin, hatte jedes Lager doppelt so viele Wachposten wie üblich und dazu noch sieben verantwortliche Offiziere, für jeden Tag der Woche einen. Heute Nacht hatten Rao Raimul und seine Männer Dienst. Wie das Schicksal es so wollte, waren Rao Viramdev und die übrigen Kommandeure an dem Abend bei mir gewesen, um über den letzten Überfall Bericht zu erstatten. Als wir uns trennten, war es schon spät gewesen, und da für den nächsten Morgen die vierzehntägliche Strategiebesprechung anberaumt war, hatte ich sie aufgefordert, in meinem Lager zu übernachten.

Wirklich nicht übel: Sämtliche Kommandeure einschließlich des Rao von Idar hielten sich zur Zeit in meinem Lager auf. Der Einzige, der in unserer Mitte fehlte, war Rawal Udai Simha. Rao Raimul und seine Männer mussten wohl schon Feierabend haben oder zumindest etwas Ähnliches. Und genau an dem Tag beschließt Zahir-ul-Mulk, uns einen Besuch abzustatten. Ein bisschen zu viele Zufälle für meinen Geschmack. Die Gujarater Spione hatten nicht nur dieses Lager beobachtet, sie mussten außerdem auch die rajputischen Kommandeure sämtlicher anderer Einheiten beschattet haben. Zahir-ul-Mulk war kein Dummkopf. Er hatte begriffen, dass die einzige Möglichkeit, sich gegen einen Feind zur Wehr zu setzen, der mit einem Verstecken spielt, darin besteht, dessen Spiel zu erlernen und ihn darin zu übertrumpfen. Ich saß wie gelähmt da. Wie viele unserer Soldaten waren bereits tot? Es war eine Frage weniger Minuten, bis die Gujarater Streitkräfte die Zelte der Kommandeure erreicht haben würden. Tej, Shafi, Raja Puraji Kika, Rao Viramdev – es gab keine Männer auf Erden, die mir im Moment teurer und wertvoller gewesen wären als sie. Und dennoch rührte ich mich nicht vom Fleck. Mir war etwas entfallen, es war etwas Wichtiges, und ich hatte keinen blassen Schimmer, was es war.

Mangal kam in mein Zelt gestürzt. »Schnell, Prinz. Wir werden angegriffen. Befikir steht schon vor dem Zelt.« Ich bedeutete ihm mit einer Geste zu schweigen. Was war es? Verdammt, warum war ich zu einem Steinklotz geworden? Was war so wichtig, dass ich mich einfach nicht von der Stelle rühren konnte? »Steht auf, Eure Hoheit! Ich habe die übrigen Kommandeure schon geweckt und sie werden in einer Minute hier sein. Wenn Ihr Euch jetzt nicht in Sicherheit bringt, ist alles verloren!« Warum machte Mangal einen solchen Aufstand? Wenn er und die anderen wegwollten, hatten sie meinen Segen. Ich hatte Wichtigeres zu tun. Jetzt schrie er auf mich ein. »Was ist mit Euch los? Habt Ihr uns nicht monatelang immer wieder eingehämmert, dass es in jedem Krieg weit besser ist, zu fliehen und zu überleben, um wieder kämpfen zu können, als auszuharren und eines idiotischen Heldentodes zu sterben? Was hält Euch noch hier?«

Gewicht. Es war eine Frage des Gewichts. Als mein Musiklehrer mir die Grundbegriffe des Pakhavaj-Spiels beibrachte, erklärte er, man müsse das Gewicht jedes einzelnen Schlags kennen, wenn man den

Taktzyklus exakt gleichzeitig mit dem Solisten, den man begleitete, vollenden wollte. Ja, auch im Leben war es erforderlich zu wissen, wie viel Gewicht man jedem Ereignis beizulegen hatte. Wenn es heute so lief, wie Zahir-ul-Mulk es sich vorstellte, würden wir entweder alle sterben oder der Krieg würde sich noch Monate oder Jahre hinziehen. Weder Idar noch Gujarat waren das wert. Zu Hause erwartete mich eine ungeheure Menge Arbeit. Delhi und Malwa warteten darauf, erobert zu werden. Ich hatte mein Gefühl für Prioritäten und die Verhältnismäßigkeit der Mittel zurückgewonnen. Von dem Augenblick an wusste ich, was ich zu tun hatte.

»Führt der General selbst die Attacke an?«

»Ja«, antwortete Mangal.

Rao Viramdev trat mit den anderen ein. »Mangal, reite zu Rawal Udai Simhas Lager. Nimm die direkte Route. Die Gujarater werden dir am längeren Weg auflauern, da sie versuchen, unsere Aktionen vorauszuahnen und uns zu überlisten. Rawal Udai Simha soll die Männer der fünf Lager im Süden sammeln und das Gujarater Lager angreifen. Kein Erbarmen, kein Pardon. Schick vier deiner Männer mit demselben Befehl zu den anderen Lagern. Die Männer aus den zwei Nordlagern sollen schnellstmöglich zu uns stoßen. Sie sollten unmittelbar nach uns angreifen. Die Männer der zwei westlichen Lager werden Zahir-ul-Mulk in den Rücken fallen. Sag ihren Kommandeuren, dass der Oberbefehlshaber der feindlichen Streitkräfte uns eine Falle gestellt haben mag, sie aber mit einer solchen Präzision und Entschlossenheit vorgehen sollen, dass der Feind zu dem Schluss gelangen muss, er sei nicht aus eigener Entscheidung hier, sondern wir hätten ihn hierhergelockt, um ihn zu vernichten. Viel Glück. Und komm lebendig zurück. Es gibt noch genug Arbeit hier.«

Er ging. »Tej, sammelt Eure Männer und greift von Osten an. Rao Viramdev wird einen altmodischen Frontalangriff auf die Mitte anführen. Shafi, nehmt alles, was von Euren Männern noch übrig ist, und schlagt entschlossen von Westen aus zu. Das hier ist nicht der Zeitpunkt für Heldentaten. Geht nur kalkulierte Risiken ein und setzt auf keinen Fall Euer Leben aufs Spiel. Wenn ich das Signal zum Rückzug gebe, weicht augenblicklich gemäß Shafi Khans Rückzugsplan Nummer sieben zurück. Wir sammeln uns dann in Lager Nummer drei und besprechen unser weiteres Vorgehen.«

Sobald sie gegangen waren, rieb ich mir das Gesicht mit Erde ein und schlüpfte hinaus. Fünf Minuten später kam ich mit einem toten Gujarater zurück. Ich entkleidete ihn und zog seine Sachen an. Meine Schwertscheide ist nicht besonders prächtig, aber auch nicht direkt unauffällig. Ich prüfte die Schneide des Gujarater Schwertes. Zahir-ul-Mulk war offenbar ein General, der's genau nahm, und seine Männer hielten ihre Todeswerkzeuge tadellos in Ordnung. Ich schnallte mir den Schwertgurt des Soldaten um und ersetzte Befikirs Sattel durch seinen. Sein Helm passte mir nicht besonders gut. Wenn er zu unbequem werden sollte, würde ich ihn eben wieder abnehmen. Ich bückte mich und rieb mir noch mehr Erde ins Gesicht. Raja Puraji Kika stand über mir. »Seid vorsichtig, Maharaj-Kumar. Ich werde Euch im Auge behalten.« Ich berührte seinen Unterarm. Dann galoppierte ich los. Anders als Malik Ayaz legte Zahir-ul-Mulk Wert darauf, seine Männer selbst in die Schlacht zu führen. Es dauerte eine Weile, bis ich ihn im Getümmel ausgemacht hatte. Ringsum starben unsere Männer wie die Fliegen. Es war eine Wiederholung – nur mit umgekehrten Vorzeichen – des Überfalls, den wir an jenem ersten Morgen auf die heimkehrenden Gujarater verübt hatten. Einer unserer Männer sah mich, einen vermeintlichen Feind, wie ich mich bemühte, möglichst wenig aufzufallen und nicht in die Kampfhandlungen hineingezogen zu werden. Er riss sein Pferd herum und preschte direkt auf mich zu. Ein paar Gujarater Soldaten beobachteten mich. Sein erster Hieb traf mich am Helm, der zweite zielte auf meinen Nacken. Du hättest mich beim ersten Mal erwischen sollen, mein Freund! Ich stieß ihm meine Klinge in den Magen. Er fiel vornüber, schaffte es aber irgendwie, sich im Sattel zu halten. Ich verpasste seinem Pferd einen festen Tritt in den Hintern. Das Tier galoppierte los in Richtung der rasch zurückweichenden rajputischen Truppen.
Es war keine leichte Angelegenheit, in die Nähe des Generals zu kommen. Rings um ihn wütete ein wildes Handgemenge, aus dem ich mich lieber heraushalten wollte. Zahir-ul-Mulk schien mir jedes Mal, wenn ich in Rufweite gekommen war, wieder zu entschlüpfen. Ich trug zwar die Kleidung eines Gujarater Soldaten, aber meine gegenläufige Bewegung hatte mittlerweile mit Sicherheit die Aufmerksamkeit der gesamten feindlichen Armee auf sich gezogen. Ich

konnte nur hoffen, dass die blutrünstige Freude, auf einen unvorbereiteten Feind einzuhacken, die Gujarater Krieger hinlänglich von mir ablenken würde. Wie lange würde ich noch brauchen? Ich wusste, dass Raja Puraji Kika mehr als ich riskierte. Er war schließlich nicht verkleidet und musste, während er mir folgte, um sein Leben kämpfen.

Ich war da. Flüchtig ging mir auf, was *Abhimanyu* gedacht haben musste, als er durch die konzentrischen Reihen des Feindes gedrungen war: Und wie komme ich jetzt hier wieder raus? – Aber zuerst hatte ich noch etwas zu erledigen.

»Mach den Hundesohn fertig!«

Ich dachte, Zahir-ul-Mulk meinte mich. Waren meine Kostümierung und »Schminke« so leicht zu durchschauen? Oder – fast hätte ich laut losgelacht – war ich so gut aussehend und unverwechselbar, dass keine noch so dicke Schmutzschicht mein Gesicht unkenntlich machen konnte?

»Mach den Hundesohn fertig, du Idiot«, wiederholte er und deutete auf einen Bhil-Krieger, der neben Puraji Kika ritt, »während ich mir den Raja dort vornehme.«

Ich sagte »Jawohl, Exzellenz«, hob mein Schwert – jetzt bloß keinen Fehler, Hundesohn, eine zweite Chance bekommst du nicht! Ich musste den Kopf mit einem sauberen Streich vom Rumpf trennen, oder es würde nur ein halber Erfolg sein. Zahir-ul-Mulk musste begriffen haben, dass irgendetwas ganz entscheidend nicht stimmte, als ich mich in die Steigbügel stellte und in der falschen Richtung ausholte, aber dann zerteilte meine Klinge auch schon die Luft. Ich hatte ihn mitten in der Bewegung erwischt. Der von seinem Helm herabhängende Nackenschutz aus Kettenpanzer war wie die Schwingen eines Vogels aufgeflogen, als er auf Raja Puraji Kika losstürmte, um ihm das Schwert in den Leib zu rennen. Für den Bruchteil eines Augenblicks war der Nacken des Generals entblößt. Das reichte, um zuzuschlagen. Es war kein sehr eleganter Schwertstreich, aber er erfüllte seinen Zweck. Die Klinge spaltete seinen Nacken, und sein Kopf flog einem Gujarater Soldaten gegen die Brust, ehe er ein paar Meter von Raja Puraji Kika entfernt zu Boden fiel. Scin Körper war leicht gekrümmt, hielt sich aber weiterhin aufrecht. Seine Hand zuckte und ließ das Schwert fallen.

Jetzt konnte man die Schnittfläche sehen. Auf der rechten Seite war weit mehr Hals stehen geblieben als auf der linken. Wie kommt es, dass zweihundert Jahre alte Bäume sich nicht so einsauen, wenn sie gefällt werden? Rote Rinnsale schlängelten sich seine Rüstung hinunter. Die Adern im Halsstumpf weiteten sich und ließen dem Blut freien Lauf. Da, wo der Rest seines Halses höher aufragte, schoss das Blut gute zehn, zwölf Zentimeter in die Höhe, beschrieb einen anmutigen Bogen und fiel wieder herab. Jedes Mal, wenn der Körper zuckte, bildete sich an der Öffnung der Schlagader eine durchsichtige rote Blase. Wenn sie platzte, versprühte sie ringsum einen feinen Nebel. Ich hatte schon unzählige Menschen getötet, aber es war das Bild des geköpften Generals, das mir künftig in Fieber- und Albträumen Gesellschaft leisten würde. Die Gujarater Soldaten standen wie vor den Kopf geschlagen da, unfähig, die Ermordung ihres Oberbefehlshabers durch einen der Ihren zu begreifen. Ich kam erst wieder zu mir, als einer der Männer »Verräter« flüsterte und auf mich losging. Ich rammte mein Schwert in den stählernen Harnisch des Generals und sah den leblosen Körper aus dem Sattel kippen. Der Mann musste sein Pferd zügeln, um nicht über den General zu trampeln. Ich schlug wild um mich und brach durch die feindlichen Reihen, während Raja Puraji Kika den Kopf auf die Lanze mit unseren Farben spießte, ihn mit dem Schrei »Zahir-ul-Mulk ist tot, Zahir-ul-Mulk ist tot!« in die Höhe reckte und davongaloppierte.

Die Wirkung dieser Worte auf die Gujarater war unheimlich. Sie erstarrten – selbst diejenigen, die sich an meine Verfolgung gemacht hatten. In den wenigen Sekunden, ehe sie wieder zu sich kamen und die Jagd erneut aufnahmen, wischte ich mir die Erde aus dem Gesicht, riss mir den Uniformrock über der Brust auf und schrie meinen Soldaten zu: »Lasst keinen entkommen!« Raja Puraji Kika galoppierte hin und her, während seine Stimme unablässig dröhnte: »Zahir-ul-Mulk ist tot! Friede seiner Seele!« Der Kopf des Generals überragte uns alle und schwankte hin und her, bis der Raja neben mir stehen blieb. Tej, Shafi und Rao Viramdev schlossen sich uns an. Es war keine Zeit zu verlieren. »Los jetzt!« Meine Stimme muss bis an die Grenzen von Himmel und Hölle gegellt haben. »Nehmen wir das Gujarater Lager!«

21

Am nächsten Morgen brachen wir nach Idar auf. Rao Viramdev muss sich gefragt haben, warum ich es so eilig hatte, aber er war ein viel zu höflicher und wohlerzogener Mann, um mir eine so persönliche Frage zu stellen. Bei Einbruch der Dunkelheit erreichten wir die Grenze dieses kleinen Königreiches, das Mewar und seine Verbündeten so viel Blut und mich volle achtzehn Monate meines Lebens gekostet hatte. Sowohl der gerade entthronte als auch der künftige König ritten mit uns. Meine Sympathien galten dem Mann, der sein Reich, zumindest vorerst, verloren hatte. Ich kannte Bharmal nicht besonders gut, aber was ich von ihm bislang erlebt hatte, hatte mir gefallen. Er war ein reifer Mann und trug seine Niederlage mit Fassung und Würde. Ich wäre jederzeit bereit gewesen, meinen Schwager gegen ihn einzutauschen und stattdessen ihn zu unserem Verbündeten zu machen. Mir war klar, dass Rao Raimul, solange er lebte, auf einem wackeligen Thron sitzen würde. Wie durch und durch zuwider mir der Mann meiner Schwester doch war! Und dennoch: So sehr ich ihn auch für unsere gestrige, im letzten Moment abgewendete Niederlage verantwortlich machte, konnte ich mich selbst einer noch größeren Unvorsichtigkeit keineswegs freisprechen.

Endlich war ich doch noch ein Held geworden. Am Ende des Tages, nachdem Rao Bharmal seine Kapitulation unterzeichnet und wir die Gujarater Streitkräfte entwaffnet hatten, hoben mich die Soldaten Mewars und der Bundesgenossen auf ihre Schultern und brüllten die halbe Nacht lang »Sieg dem Maharaj-Kumar!« und »Lang lebe der Maharaj-Kumar!« Ich hatte mich bemüht, sie in der neuen Kunst der Kriegsführung zu unterrichten, ich hatte mehr als ein Jahr lang versucht, sie durch Freundlichkeit zu gewinnen. Jetzt hatte eine einzige leichtsinnige Tat ausgereicht, dass sie mir aus der Hand fraßen. Sie waren bereit, meine Sklaven zu werden, mir aufs Wort zu gehorchen, noch in derselben Nacht bis nach Delhi zu marschieren und dem dortigen Lodi-Herrscher eine Schlacht zu liefern. Gott allein weiß, was sie mir in dieser Nacht sonst noch alles versprachen! Wie lang wird das halten, fragte ich mich. Wie lange würde Vikramaditya brauchen, um sie für sich zu gewinnen und sie gegen mich aufzuwiegeln? Wie schnell würden sie in ihre alte Gewohnheit zurückfallen, dem Feind offen gegenüberzutreten? Aber das war gar nicht das eigentliche Problem. Alle Heerführer, selbst Rao Viramdev, hatten einhellig erklärt, kein anderer als ich hätte die drohende vernichtende Niederlage in einen Sieg verwandeln können. Sie hatten beteuert, ich allein hätte, während sie alle schon aufgegeben hatten, noch klar gedacht und erkannt, dass uns kein anderer Ausweg blieb, als unorthodoxe Maßnahmen zu ergreifen. Aber es hatte durchaus eine klare Alternative existiert, eine Vorgehensweise, die ich selbst formuliert und immer und immer wieder gepredigt hatte. Rückzug. Unseren Arsch retten. Um unser Leben rennen. Ich hatte mein eigenes Gebot missachtet. Hätte einer meiner Stellvertreter getan, was ich getan hatte, dann hätte ich ihn degradiert und aus Mewar verbannt. Wie nachsichtig wir dagegen uns selbst gegenüber doch sind! Ich hatte in einer Situation, die noch schlimmer als hoffnungslos war, mein Leben aufs Spiel gesetzt. Was, bitte schön, hätten meine Generäle mit unserer Armee angefangen, wenn ich getötet worden wäre? Fataler noch, was wäre geschehen, wenn man mich erkannt und gefangen genommen hätte? Genau das gleiche Schicksal, das den Gujarater Streitkräften widerfahren war, als ich deren Oberbefehlshaber getötet hatte, hätte auch uns ereilt. Ein kopfloses Heer bricht augenblicklich auseinander. Und mit dieser einen unverzeihlichen pubertären Geste hätte ich die Entwicklung der Guerillataktik in den Rajputenstaaten um ein paar Jahrzehnte, wenn nicht sogar Jahrhunderte zurückgeworfen.

Wenn ich dachte, es eilig zu haben, nach Hause zurückzukehren, grenzte Rao Raimuls Ungeduld, den Thron zu besteigen, geradezu ans Lächerliche. Er hatte morgens um halb sechs an meine Tür geklopft und mich gebeten, mich anzukleiden und zu seiner Krönung herunterzukommen. Anfangs war er alle Viertelstunde wieder angetanzt, eine knappe Stunde später machte er seine Runden bereits alle zehn Minuten.
»Der astrologisch festgelegte Zeitpunkt für die Salbung ist um neun Uhr siebzehn, Eure Hoheit. Es sind noch gute zweieinhalb Stunden bis dahin.«
»Können wir die Zeremonie nicht vorverlegen?«
»Die Idee des astrologisch festgelegten Zeitpunkts ist meines Wissens die, dass man einen möglichst Glück verheißenden Augenblick wählt, damit die Götter wohl gesonnen sind und Euch nicht im Handumdrehen wieder vom Thron stürzen. Ihr werdet doch einsehen, dass es besser ist, sich ein paar Stunden zu gedulden, wenn Ihr dadurch hoffen könnt, dass Eure Herrschaft über Idar viele Jahre währen wird.« Er schien von meiner Argumentation nicht sonderlich überzeugt und wollte schon widersprechen, als ich ihn unterbrach. »Geht in Euer Gemach, Rao Raimul. Wir sehen Euch im Krönungssaal um Punkt acht Uhr fünfundvierzig.«
Eines musste ich meinem Schwager lassen: Er war schon ein unbekümmertes Kerlchen. Ich hatte mich mit dem Gedanken getragen, ihn zu erdrosseln, ihn öffentlich auspeitschen zu lassen oder einen Unfall zu arrangieren, bei dem er sich nach unserem entscheidenden Angriff auf die Gujarater das Genick brechen würde. »Warum seid Ihr und Eure Männer nicht um das Lager patrouilliert? Was war passiert?«, hatte ich ihn vorige Nacht in Rao Viramdevs Zelt gefragt, wo wir unseren Sieg feierten.
Er hatte einen ordentlichen Zug von dem farblosen Schnaps aus Merta getrunken, von dem bereits drei Becher ausreichten, um einen Elefanten zu Boden zu strecken. Dann hatte er gelächelt und unschuldig gefragt: »Was passiert war? Wieso?« Machte er Witze? Wusste er wirklich nicht, wovon ich sprach? Oder nahm er mich auf den Arm?
»Wo wart Ihr mit Euren Männern letzte Nacht?«
»Auf Wachpatrouille.«

»Warum habt Ihr uns dann nicht vor dem Überraschungsangriff Zahir-ul-Mulks gewarnt?«
Er lachte. »Er hatte eigentlich gar nicht kommen wollen.«
»Der General hatte Euch also in seine Pläne eingeweiht, verstehe ich das richtig?«
»Er nicht, aber wir hatten aus absolut zuverlässiger Quelle erfahren, dass die Gujarater Streitkräfte unmittelbar vor dem Abzug stünden, weil Zahir-ul-Mulk genug von Eurer Taktik habe, Euch nie auf einen offenen Kampf einzulassen.«
»Warum habt Ihr uns dann nicht an dieser unschätzbaren Information teilhaben lassen?«
»Hatte ich ja vor, direkt am nächsten Morgen. Aber es kamen ein paar Männer aus Idar vorbei, und wir beschlossen, unsere Rückkehr nach Idar und meine bevorstehende Krönung zu begießen.«
»Ihr wart Euch der Krone völlig sicher, oder?«
»Ja, natürlich. Woher sollten wir schließlich wissen, dass unsere hundertprozentig zuverlässige Quelle Märchen erzählte und uns bewusst in die Irre führte?«
Rao Viramdev hatte die ganze Zeit geschwiegen und sah mein Glas an, oder besser gesagt, die Hand, die es hielt. Jetzt sah er, wie sie sich um das Glas krampfte, als sei es Rao Raimuls Hals.
»Darf ich Euch nachschenken, Maharaj-Kumar?« Hatte der Rao bemerkt, dass ich kurz davor war, meinem Schwager ins Gesicht zu schlagen? »Ach, jetzt sehe ich, dass während wir das Zeug nur so in uns hineingeschüttet haben, Euer Glas voll geblieben ist. Entspricht die Qualität des Branntweins vielleicht nicht Euren Ansprüchen?«
Langsam entspannte sich meine Hand.
»Vergebt mir, Eure Hoheit. Ich fürchte, ich habe mich vom Gespräch ein wenig zu sehr ablenken lassen. Der Branntwein aus Merta ist zweifellos ein erlesenes Getränk. Ich weiß, dass Ihr ihn für eine besondere Gelegenheit aufgespart habt.«
»Ah, Maharaj-Kumar, ich hoffe, Ihr habt uns nicht auch überwachen lassen!«, sagte Rao Viramdev mit seinem wunderbaren, knurrigen und rauen Lachen, und wir fielen alle mit ein.
»Ihr solltet häufiger lachen, *Raj-Kumar*«, riet mir mein Schwager.
»Maharaj-Kumar«, wies ihn Rao Viramdev zurecht. Man sah Rao Raimul viel nach, immer wieder überging man seine Patzer mit

Stillschweigen, aber derartige Vertraulichkeiten würde ihm Rao Viramdev niemals durchgehen lassen.
»Ja, natürlich. Aber er ist doch mein Bruder, oder nicht?«
»Das mag schon sein, aber zuerst und vor allem ist er der Maharaj-Kumar und unser aller künftiger Herrscher.«
Rao Raimul ließ sich durch die Zurechtweisung nicht verdrießen. »Ihr müsst lernen, Euch zu entspannen, Maharaj-Kumar. Immer locker bleiben. Nicht immer alles so verkrampft sehen. Ihr müsst doch zugeben, dass wir Recht hatten, gestern Nacht zu feiern. Stehe ich schließlich nicht kurz davor, König von Idar zu werden?«
Was hatte es für einen Sinn, sich über diesen Mann aufzuregen? Er würde auch künftig nicht aufhören, uns immer wieder Ärger zu machen. Und um ehrlich zu sein, hatte ich allmählich den Verdacht, dass er nicht wirklich böse oder heimtückisch war. Er war etwas weit Gefährlicheres als das: ein Dummkopf, der sich hatte einreden lassen, die Welt sei ihm eine Krone schuldig.

Wenn ich mich auf den Kampf vorbereite, hilft mir entweder Mangal oder mein Bursche, die Rüstung anzulegen. Heute muss ich zum ersten Mal wieder seit anderthalb Jahren mein fürstliches Ornat anlegen und ich komme ohne Kausalya nicht zurecht. Der Gedanke an Kausalya ist wie ein Schluck Reisschnaps mit einer Prise Zimt darin. Er sitzt in meinem Bauch und strahlt eine wohlige Wärme aus. Pass auf Sunheria auf, Kausalya, auf Lilavati und auch noch auf diese Frau, die die Leute irrtümlicherweise als meine Gemahlin bezeichnen, bis ich wieder zurückkomme. Und pass auf dich selbst auf. Sag Sunheria, sie soll nicht verzweifeln. Haben wir die Krönung des Rao erst hinter uns gebracht, sind wir bald wieder in Chittor.
Was ist los mit mir, dass ich mir heute nicht einmal den Turban binden kann? Hör auf zu träumen, Maharaj-Kumar, oder du kommst noch zu spät! Es klopft an der Tür. Gott, nicht schon wieder Rao Raimul! Der Bursche ist schon losgegangen, aber ich überhole ihn mit gezücktem Schwert und reiße die Tür auf. »Wenn Ihr mich noch ein einziges Mal belästigt, Rao ...« Es ist Tej. Er lacht. »Hat er Euch auch belästigt? Mich hat er um vier aus dem Bett geholt.«

»Ihr seht so gut aus, dass Ihr selbst gekrönt werden könntet, Tej. Sobald wir wieder zu Hause sind, müssen wir Euch als Allererstes verheiraten. Die Tugend unserer Frauen schwebt in größter Gefahr, solange Ihr als Junggeselle durch die Gegend lauft!«

Es klopft zum zweiten Mal. Das Schwert noch immer in der Hand, reiße ich wieder die Tür auf. »Könnt Ihr mit Eurem Schwager nicht ein ernstes Wort reden, Maharaj-Kumar? Seit halb fünf belästigt er mich mit periodischen Besuchen und Bitten, die Krönung vorzuverlegen!«

In eineinhalb Stunden ist die Zeremonie überstanden. Die Priester vollziehen das komplizierte Ritual, rufen die Götter an, beschwichtigen all jene unter ihnen, die Rao Raimul und dessen Ahnen feindlich gesonnen sein könnten, und bringen ihnen reiche Opfergaben dar. Rao Raimul wird zunehmend rastloser und hält keinen Augenblick still. Endlich ergreift der Oberpriester die Königskrone und hält sie über Raimuls Kopf. Aber es ist noch nicht so weit: Erst müssen alle möglichen Sanskritverse rezitiert werden. Rao Raimul verliert die Geduld, packt die Unterarme des Priesters und zieht den juwelenbesetzten Turban herunter. Die Krone sitzt ihm etwas schief auf dem Kopf, aber der Ausdruck in seinem Gesicht kann nur als selig bezeichnet werden. Seltsamerweise nehme ich ihm seine Ungeduld jetzt nicht mehr übel. Schließlich hat er lange genug auf diesen Tag gewartet. Die Krone ist ein schlüpfrig Ding. Die meisten Prinzen warten ihr ganzes Leben vergeblich darauf, dass eine auf ihrem Kopf landet. Und die wenigen Glücklichen, die es wirklich schaffen, König zu werden, leben von da an in der ständigen Angst, irgendjemand könnte ihnen die Krone wieder vom Kopf schlagen. Halt sie gut fest, Schwager. Nagel sie dir an den Schädel. Ich wünsche dir alles Gute. Möge sie dir Weisheit und Reife schenken.

22

Wir brachen am folgenden Morgen auf. Als es Abend wurde, hatten wir Shafi Khan und das Hauptkontingent der Mewarer Streitkräfte eingeholt. Die Heere Mertas, Dungarpurs und der übrigen Bundesgenossen befinden sich bereits auf ihrem jeweiligen Heimweg. Rao Viramdev und Rawal Udai Simha haben Vaters Einladung nach Chittor angenommen und begleiten mich. Es besteht keine allzu große Gefahr, dass Muzaffar Shah den Generalquartiermeister und dessen Karawanen – zu denen jetzt auch die Kamele, Pferde, Elefanten und gewaltigen Lebensmittelvorräte der besiegten Gujarater Armee gehören, nicht zu vergessen dreiundvierzigtausend Soldaten – angreifen wird, aber ich habe trotzdem zwei Divisionen als Eskorte zurückgelassen. Vorsicht ist schließlich besser als Nachsicht. Bei den Verhandlungen zur Festsetzung der fälligen Reparationszahlungen werden die Kriegsgefangenen einen wichtigen Aktivposten zu unseren Gunsten darstellen.

Wir kommen schnell voran, aber für meinen Geschmack nicht schnell genug. Ich wäre lieber allein und würde nach Chittor fliegen. Meine Aussage – schließlich war ich der Richter gewesen, der die Anschuldigungen von Sunherias Ehemanns untersucht und, jedenfalls zum damaligen Zeitpunkt, für unbegründet befunden hatte – könnte jetzt zur Entscheidungsfindung beitragen und ihre Freilassung beschleunigen. Und wenn nicht, ist es doch das Mindeste, da zu sein, wenn der Prozess vorbei ist und sie entlassen wird,

um ihr zu beweisen, dass sie sich getäuscht hatte. Aber ich verbarg meine Ungeduld. Es ziemte sich für den Oberbefehlshaber nicht, wegen einer Privatangelegenheit seine Streitkräfte zu verlassen und allein vorauszureiten.
Rao Viramdev klopfte mir auf die Schulter. »Warum reitet Ihr nicht schon vor, Maharaj-Kumar? Meine Nichte wird sich freuen, Euch wiederzusehen. Sie ist keine Frau, die ihre Gefühle zur Schau trägt, aber ich weiß, wie sehr sie Euch liebt. In jedem Brief schreibt sie mir mit großer Sehnsucht und Zuneigung über Euch!«
Das ist das erste Mal, dass der alte Mann auf seine Nichte, meine Frau zu sprechen kommt. Ich kann den Grund für diesen plötzlichen Sarkasmus nicht ganz nachvollziehen. Ich sehe ihm ins Gesicht, um seine Stimmung abzuschätzen und seine Gedanken zu lesen, und bin erschüttert. Er meint es offensichtlich ehrlich. Er muss doch von den Verrücktheiten meiner Frau wissen – und davon, was für eine Bilderbuchehe wir führen! Welchen Grund könnte er haben, mir dieses Theater vorzuspielen? Mein Schweigen verwundert ihn. Dann geht mir des Rätsels simple Lösung auf. Natürlich sind er und die übrigen engeren Verwandten die Einzigen, die die Wahrheit nicht kennen. Wer würde es auch wagen, diesem edlen, aufrechten Mann auf die Nase zu binden, dass seine Nichte ein gewöhnliches Tanzmädchen ist und ihren Ehemann betrügt? Ich mit Sicherheit nicht.
Ich nahm seine Hand in meine. »Danke, Eure Hoheit. Ich werde Euch diese Freundlichkeit nicht vergessen. Aber mein Platz ist bei unserer Armee. Mit der Entfernung ...« Ich brachte es nicht über mich, den Satz zu vollenden. Als der herzensgute Mann, der er ist, ergänzte er die verlogene Plattitüde: »... wächst die Liebe.«
Ich kann die Mauern von Chittor in der Ferne bereits ausmachen. Der Schritt unserer Truppen beschleunigt sich kaum merklich, und ohne dass ich sie antreiben müsste, greift auch Befikir munterer aus. Ich danke Eklingji dafür, dass er uns heil in die Heimat zurückgeführt hat. Es ist ein Glück, dass wir die Zukunft nicht kennen. Wer würde sich schon in die Schlacht wagen, wenn er wüsste, dass ihm keine Rückkehr bestimmt ist? Irgendwo tief in unserem Inneren müssen wir alle davon überzeugt sein, der Tod sei etwas, was nur anderen widerfährt.

Die Wachposten auf den Zinnen der Festung haben uns gesehen und schon bald gesellen sich andere Menschen zu ihnen. Mittlerweile jagen wir, ein wenig ungeordnet, im Galopp dahin. Über anderthalb Jahre lang haben wir geduldig auf diesen Augenblick gewartet. Es wäre Unsinn, den Kopf zu verlieren, wenn wir schon so gut wie da sind. Ob man von der täglichen Arbeit oder von einem langen Feldzug zurückkehrt – die meisten Unfälle ereignen sich in den letzten fünf Minuten des Nachhausewegs. Bald werden wir die Gambhiri erreicht haben, und wenn wir dieses irre Tempo beibehalten, wird es am Engpass der Brücke ein gewaltiges Gedränge geben. Es wäre wirklich absurd, den Krieg mit vergleichsweise geringen Verlusten überstanden zu haben, nur um sich im Frieden – und dazu noch direkt unter den Mauern von Chittor – zu Hunderten das Genick zu brechen!

Aber wir haben bereits das Suraj-Tor erreicht. Das ist der Ort, an dem sich seit vielen Jahrhunderten die Einwohner der Stadt versammeln, um ihre siegreich heimkehrenden Armeen willkommen zu heißen: Fahnen, Fanfaren, Blumen und einwöchige Festivitäten. Als wir hineinritten, empfing uns eine tödliche Stille. Weder Vater noch die Minister, die Adligen, die Königinnen oder die übrigen Damen von Chittor erwarteten uns. Wir ritten weiter zwischen versprengten Gruppen von Männern mit schwarzen Fahnen. Auch aus den Fenstern der Häuser hingen schwarze Fahnen. Als wir durch das Lakshman-Tor kamen, empfing uns, ebenfalls schwarze Fahnen schwenkend, eine über tausendköpfige Menschenmenge. Aus dem dumpfen Schweigen heraus brüllte plötzlich ein Mann: »Nieder mit dem Schlachter und Feigling!« Das löste die Spannung, die sich in der Luft aufgebaut hatte. »Schande dem Maharaj-Kumar!«, rief ein anderer. »Lang lebe der Maharana! Lang lebe Prinz Vikramaditya!«

Tej hatte die Reihen verlassen und galoppierte auf den Mann zu, der als Erster geschrien hatte. Die Menge verstummte. Tej beugte sich hinunter und zog den Mann am Kragen hoch. »Wen nennst du einen Feigling? Tausend von deinesgleichen können es nicht mit Seiner Hoheit, dem Maharaj-Kumar, aufnehmen!«

»Klar!«, meldete sich ein dünnes Stimmchen aus den hinteren Reihen. »Wer würde mit Tücke, Ehrlosigkeit und Guerillataktiken schließlich nicht siegen? Wir hier sind Rajputen, keine Feiglinge!«

Jetzt hatte Tej das Schwert in der Hand. Rao Viramdev packte Tej am Handgelenk und zog ihn zurück. Ich hielt für einen Augenblick die Luft an, als ich eine junge Frau sah, die sich zu uns durchzukämpfen versuchte, aber von der Menschenmenge daran gehindert wurde. Etwas an ihrer Haltung – oder vielleicht war es auch die Art, wie sie ihre Rock-Choli-Kombination trug – kam mir vertraut vor. Sie hatte eine wohlgeformte Nase und ihre Augen waren große, von innen leuchtende Kristalle. Endlich einmal bedeuteten die Worte »Schönheit« und »Geist« ein und dasselbe. Ich hatte sie so flüchtig gesehen, dass ich mir das alles natürlich nur zusammengedichtet haben musste. Sie war nicht in einem modernen, heutigen Sinne schön. Sie hatte ein Gesicht, wie ich es in einem von Rana Kumbhas illustrierten Manuskripten gesehen haben konnte. Es ließ alles und jeden in ihrer Umgebung gleichsam unscharf werden.
Ganz Chittor hallte jetzt von einem munteren Spottlied wider. »Der Maharaj-Kumar ist eine miese Ratze. Schnell, schnell! Holt eine große dicke Katze! Begrabt euren Kopf im Treibsand der Scham! Auf ewig verlöschen soll des feigen Schlachters Nam'! Schnell, schnell, holt eine große dicke Katze! Verspeisen soll sie die verfluchte Ratze! Seht unsern Vikram an, er ist ein Fürst der Katzen! Überlasst es ihm: Er vernichtet alle Ratzen!« Während ich das Liedchen mitsummte, suchte ich mit den Augen die Menge nach der Frau ab. Ich konnte sie nirgendwo sehen.
Shafi verlor die Selbstbeherrschung. »Wo wart ihr, als Zahir-ul-Mulk und das Gujarater Heer uns vor Sonnenaufgang umzingelten? Wäre der Maharaj-Kumar nicht gewesen, würden die meisten eurer Söhne, Brüder und Väter heute nicht hier sein!«
Der Mob brüllte Shafi nieder und drängte sich von allen Seiten bedrohlich an ihn heran. Ein Mann bekam seinen Gürtel von hinten zu fassen und zerrte ihn aus dem Sattel. Es war Sajjad Hussein, meines Bruders Vikramaditya Mitverschwörer, den Mangal mit Kali Bijli und neun weiteren Pferden im Dorf Bagoli abgefangen hatte. Wer immer diesen Empfang für uns geplant hatte, besaß den unfehlbaren Instinkt des Demagogen und wusste den verwundbarsten Punkt unserer Armee zu treffen. Rawal Udai Simhas Holzbein, des Maharaj-Kumars plötzliches Verschwinden aus dem Lager, Tejs Brandstiftung und Meuterei – das alles lieferte hervorragenden Stoff für

die Spottlieder. Aber das zentrale Thema war die Feigheit, und es kursierten wenigstens ein Dutzend Variationen darüber. Die ehrlosen, schmutzigen Streiche, die der Maharaj-Kumar Malik Ayaz und den Gujarater Streitkräften gespielt hatte, die Ermordung Zahir-ul-Mulks, die heimtückischen nächtlichen Überfälle, die »Entmannung« der rajputischen Armee, nicht einmal Rao Viramdev wurde der einzige nächtliche Überfall, an dem er sich beteiligt hatte, verziehen. Es entstand ein Handgemenge, und Sajjad Hussein stach auf Shafi ein. Unsere Soldaten hatten die Schwerter gezogen, und Tejs rechter Fuß traf den Unterkiefer Sajjad Husseins. Auf Shafis Hemd blühte schon eine dunkelrote Blume auf. Das Geklirr von Schwert, Schild und Rüstung klang innerhalb der Mauern Chittors seltsam und makaber. Noch vor wenigen Minuten war das alles nur ein hässlicher Zwischenfall gewesen – schon bald konnte es in einen Bürgerkrieg ausarten. Ich sah zu, wie der Wahnsinn um sich griff, als sei das hier nicht mein Volk, sondern eine fremde Rasse von einem anderen Stern.

»Hört sofort auf«, sprach eine sanfte, leise Stimme. Langsam, ganz langsam erstarrte die Menge. Meine Frau schritt mit ihren dürftigen hundertfünfundfünfzig Zentimetern Körpergröße durch das Gedränge und kam auf mich zu. Sie trug einen goldenen Teller vor sich her, auf dem sich eine Öllampe, Safran und Kampfer befanden. Sie vollführte eine Arati, stellte den Teller auf den Boden und berührte meine Füße. »Willkommen daheim, Maharaj-Kumar!« Ihre Stimme klang hell auf und hallte von den Mauern der Zitadelle wider. »Eklingji sei Lob und Preis! Ihr und unsere Freunde und unsere Armeen habt Mewar und dessen Verbündeten Sieg und Ehre gebracht!« Sie streifte die goldfarbene Chunni vom Kopf und riss sie entzwei. Die eine Hälfte faltete sie mehrmals zusammen und legte sie auf Shafis blutende Wunde, die andere Hälfte band sie ihm um den Leib, damit der improvisierte Druckverband an seinem Platz blieb. »Bringt ihn zu unserem Palast und ruft den Raj-Vaidya.« Meine Männer trugen Shafi auf einer Bahre fort. Die Prinzessin hieß ihren Onkel Rao Viramdev, Rawal Udai Simha, Raja Puraji Kika und Tej willkommen und hielt ihnen den goldenen Teller hin, damit sie die Hände kurz über die geweihte Flamme halten konnten. Frauen traten aus ihren Häusern, legten der Prinzessin Blumengir-

landen um den Hals und warfen sich ihr zu Füßen. Diese Gesten der Verehrung erschreckten sie. Sie zuckte zusammen und trat einen Schritt zurück. Jemand rief: »Lang lebe unsere heilige Prinzessin!«, und bald darauf skandierte die ganze Festung diesen Ausruf. Binnen kurzem taten es viele Männer – Zivilisten wie Soldaten – den Frauen nach und warfen sich ihr ehrfurchtsvoll zu Füßen.
Ich überließ meine Frau der allgemeinen Anbetung und geleitete Rao Viramdev, Rao Udai Simha und Raja Puraji Kika zum Gästepalast. Dabei brachte ich es nicht über mich, dem Onkel meiner Frau in die Augen zu sehen. Ich sprach erst, nachdem ich dafür gesorgt hatte, dass er bequem saß. »Eure Hoheit, ich bitte um Vergebung für diesen schändlichen Empfang. Ich weiß nicht, wo Vater ist. Er wird entsetzt sein zu erfahren, was heute geschehen ist.«
Wo war Vater? Warum war er nicht da, um die Gäste zu empfangen, die er doch selbst eingeladen hatte? Vielleicht hatte er nicht geahnt, dass die Situation dermaßen außer Kontrolle geraten würde. Aber wo immer er sein mochte, ich konnte mir nicht vorstellen, dass er von den heutigen Ereignissen wirklich nichts wissen sollte. Warum war ich nicht ehrlich und nannte das Kind beim Namen? Auch wenn in allem, was geschehen war, meines lieben Bruders Vikramaditya Handschrift zu erkennen war, hätte der heutige Skandal ohne Vaters stillschweigendes Einverständnis niemals stattfinden können. Dass es mich treffen sollte, war deutlich genug gewesen. Ebenso deutlich war, dass Vater seinen Verbündeten damit unmissverständlich zeigen wollte, wie sehr ich in Ungnade gefallen war – so sehr nämlich, dass er, um sein Missfallen zu zeigen, sogar das Risiko einzugehen bereit war, die Freunde, die an der Seite Mewars gekämpft hatten, zu demütigen und vor den Kopf zu stoßen. In dem Moment, in dem ich diese Erkenntnis im Geist artikuliert hatte, war Vaters Gedankengang auch nicht länger rätselhaft. Wer immer an meinem Gujarat-Feldzug teilgenommen hatte, wäre gut beraten, seine Teilnahme daran und mich zu verleugnen, und würde seine Loyalität zu Vater aufs Neue unter Beweis stellen müssen.
»Maharaj-Kumar, sprecht nicht weiter davon, wenn Ihr mich nicht noch mehr in Verlegenheit bringen wollt«, unterbrach Rao Viramdev meinen Gedankenfluss. »Ich kann nur wenig oder gar nichts tun, um Eure Enttäuschung zu mildern. Wenn überhaupt jemanden

Schande trifft, dann den Pöbel. Sein Gezeter darf die Tatsache nicht verschleiern, dass Ihr einen zwar ungewöhnlichen, aber erfolgreichen Feldzug geführt habt, und das mit weniger Verlusten, als wir je in einem größeren Krieg zu beklagen hatten. Der Rana hatte Recht, als er uns sagte: ›Beurteilt ihn nicht nach seinen Jahren. Ihr seid in guten Händen.‹ Wir haben viel von Euch gelernt.« Er hielt kurz inne, ohne den Blick abzuwenden. »Was ich im Begriff bin zu sagen, wird außerordentlich unpassend, vielleicht sogar beleidigend in Euren Ohren klingen. Aber wenn unerbetene Ratschläge immer angenehm wären, hätte es wenig Sinn, sie zu geben. So bedauerlich er auch sein mag, wird dieser Rückschlag das Eisen in Euch zu Stahl schmieden. Ein Maharaj-Kumar, der danach strebt, nach seines Vaters natürlichem Tod – möge Rana Sanga noch lange und in guter Gesundheit leben! – den Thron zu besteigen, braucht eine Seele aus gehärtetem Stahl. Sowohl der Zyniker als auch der Weise misstrauen dem Lob der Menschen und dem Glück. Einzig der Weise besitzt die Klugheit, Schmähungen und Rückschläge zu missachten. Wie der große Held Bhima vom Amulett an seinem Arm lernte: ›Vergiss nicht, auch das wird vorübergehen!‹«

Ja, sagte ich mir, auch das wird vorübergehen, aber wer weiß, welche unerhörten neuen Schicksalsschläge dem folgen werden? »Ich danke Euch für den weisen Rat, Rao Viramdev. Ich hoffe, er wird mir helfen, die Dinge wieder in der richtigen Perspektive zu sehen.«

Als ich mich gerade verabschieden wollte, traf ein Kurier mit einem Brief Vaters an den Rao ein. Er las ihn laut vor: »Seine Majestät, Maharana Sanga, sendet Euch Grüße und die aufrichtige Bitte um Entschuldigung dafür, dass er nicht in Chittor sein kann, um Euch gebührend zu empfangen. Wir hatten uns nach Pushkar begeben, um Gott Brahma für unseren Sieg gegen Gujarat zu danken – einen Sieg, den wir ohne Eure treuen Dienste schwerlich hätten erringen können. Auf dem Rückweg befiel uns ein plötzliches Unwohlsein und wir sahen uns gezwungen, die Reise für einen Tag in Ajmer zu unterbrechen. Wir hoffen, bald bei Euch zu sein und diese Verletzung unserer Gastgeberpflichten wieder gutmachen zu können. Wir vertrauen darauf, dass der Raj-Kumar und dessen Gemahlin, Eure Nichte, für die Dauer unserer Abwesenheit alles tun werden, um Euren Aufenthalt so angenehm wie möglich zu gestalten.

Wie immer sind wir Merta für seine große, unerschütterliche Freundschaft zutiefst verbunden. Wir sind davon überzeugt, dass sich die Bande zwischen unseren Königreichen im Laufe der Jahre nur noch stärker und enger gestalten werden.«
Das musste man Vater lassen: Er war untadelig. Welchen besseren Grund konnte der Gastgeber für seine Abwesenheit vorbringen, als dass er den erhabenen Göttern für Freunde wie Rao Viramdev hatte danken wollen? Ich fragte mich, ob der Rao gewisse Zweifel an der Aufrichtigkeit von Vaters verspäteter Entschuldigung hegen mochte. Er war kein Dummkopf, und doch – was blieb ihm schon übrig, als die Geschichte zu schlucken? Aber noch etwas an Vaters Brief verdiente große Bewunderung: Wie geschickt-beiläufig hatte er meinen Sturz bestätigt und mich vom Thronfolger oder Maharaj-Kumar zu einem Raj-Kumar, einem bloßen Prinzen unter vielen degradiert ... nur für den Fall, dass der Rao den Zweck der heutigen Empfangsfeier nicht ganz durchschaut haben sollte!

Als ich den Gästepalast verließ, begegnete ich meiner Frau. So lange schon gehen wir wie Fremde miteinander um, und doch bin ich jedes Mal, wenn sie mir über den Weg läuft, befangen, verlegen und voller Groll. Ihre Gegenwart bringt mich aus der Fassung. Als der schuldige Teil hat sie die Situation natürlich voll und ganz im Griff und bewahrt Haltung. Sie ist beherrscht, unbeschwert und auf unaufdringliche, aber selbstsichere Weise stolz auf ihren Ehemann. Da sie im Begriff ist, ihren Onkel zu treffen, strahlt sie förmlich. Ich korrigiere mich: Sie strahlt immer. Eine sanft leuchtende Flamme, das ist mein Bild von ihr. Sie verneigt sich vor mir und lächelt. Meine Kälte und meine Wut machen keinerlei Eindruck auf sie. Es ist nicht so, dass sie sie ignorieren würde. Sie bemerkt sie gar nicht. Es liegt nicht in ihrer Natur zu reagieren. Allein sie schlägt den Ton an. Ob und wie man darauf reagiert, ist völlig irrelevant. Ich glaube nicht, dass es in Chittor, ja in ganz Mewar, einen gutmütigeren, warmherzigeren und ausgeglicheneren Menschen als sie gibt. Ebenso wenig gibt es einen falscheren, doppelgesichtigeren und gefährlicheren Menschen als sie. Jetzt stehe ich in ihrer Schuld. Ich weiß wirklich nicht, wie sich die Ereignisse heute Morgen noch weiter entwickelt hätten, wenn sie nicht eingeschritten wäre. Tat sie es bewusst und absichtlich oder kam sie lediglich, um ihren Onkel – und jeden, der ihn zufällig begleiten mochte – willkommen zu heißen? So oder so hatte sie eine der gefährlichsten und beschämendsten Krisen in der Geschichte Mewars ohne jede fremde Hilfe abgewendet. In unseren Annalen herrscht wahrlich kein Mangel an Vatermördern, Verrätern und sonstigen Kriminellen. Aber von einem, wenn auch bewusst inszenierten Zusammenstoß zwischen dem Volk auf der einen und dem Maharaj-Kumar und der Armee auf der anderen Seite hat man bislang noch nie gehört. Wie werde ich es ihr je vergelten können?

Wenn wir schon von Unerhörtheiten reden, ist der Aufstieg vom Tanzmädchen zur Heiligen nicht nur schwer zu glauben, sie liefert auch eine weitere Bestätigung des Grundsatzes, dass kein Geschöpf unbeständiger ist als der Mensch. Eine Sache ist es, sich einmal im Jahr einem oder einer Heiligen zu Füßen zu werfen, eine ganz andere, mit einer solchen verheiratet zu sein. Fremde, Heilige, Ehefrau: Wo ist da für mich der Unterschied?

Ich bin noch immer nicht zu Hause und meine Geduld geht langsam zu Ende. »Raja, nehmt Ihr es mir übel, wenn ich Euch erst später aufsuche?« Ich bitte Puraji Kika nicht ernsthaft um die Erlaubnis, mich zu verabschieden, und das weiß er auch. Er lächelt und scheucht mich mit einer freundschaftlichen Geste fort. Achtzehn Monate sind eine lange Zeit. Ich möchte jenes Chittor, das ich am Morgen nach Rajendras Einäscherung so gierig und hastig meinem Gedächtnis einverleibt hatte, mit dem jetzigen vergleichen. Später, später wird noch Zeit genug sein, die einzelnen Pinselstriche und die feinen Nuancen zu untersuchen. Ich brauche Befikir nicht anzutreiben. Sie hat es genauso eilig nach Hause zu kommen wie ich.

»Wo ist sie?« Ich sah Kausalya ins Gesicht und wusste die Antwort. »Der Prozess ist also noch nicht zu Ende? Was brauchen die denn so lange?« Kausalya schüttelte den Kopf. Kausalyas Augen. Man kann ihnen nichts entreißen. Sie verbergen ebenso viele Geheimnisse, Leiden und menschliche Dummheiten wie die Gambhiri.

In dieser Nacht ritt ich hinunter und badete in meinem Fluss. Mutter, schrie ich stumm, nimm mir meine Last ab! Doch weder reinigten mich ihre Fluten, noch schenkten sie mir Vergessen. Ich ritt zurück und fiel wie ein Ausgehungerter, Besessener über Kausalya her.

Ich konnte einfach nicht wieder aufhören. Ich wollte die Erinnerung an Sunheria aus meinem Gedächtnis löschen. Kausalya hielt mich umfangen und nahm meinen verzweifelten Ansturm in der Hoffnung hin, mir etwas von meiner Wut und Verwirrung und meinem steinernen Schmerz nehmen zu können. Aber weder Kummer noch vielleicht sonst irgendeine menschliche Regung lässt sich teilen, geschweige denn abgeben.

»Nur gut, dass sie schon vor einer Woche gestorben ist. Wäre es erst vierundzwanzig Stunden vor Eurer Ankunft geschehen, so hättet Ihr es Euch nie verziehen, nicht schneller geritten zu sein oder die Entfernung auf magische Weise überwunden zu haben.« Kausalya hielt nichts von Schönfärberei. Kurze Zeit später fragte sie mich: »Wisst ihr, was Sunheria am letzten Tag sagte, bevor sie sich erhängte? ›Der Maharaj-Kumar ist so ahnungslos wie ein Kind. Er bildet sich ein, das Gericht wird mich freisprechen, weil der Mann, den ich ermordet habe, mich misshandelt hat. Glaubt er denn wirklich, die Menschen seien gerecht und Gerichte könnten mehr tun, als summarisch Recht zu sprechen? Nicht ich bin der Außenseiter, der Maharaj-Kumar ist es. Er wird noch merken, dass es für einen guten und gerechten Menschen keinen Platz auf dieser Welt gibt.‹«

Hörte ich Kausalya richtig zu? Es gelang mir nicht, einen Sinn in ihre Worte zu bringen. Wieder einmal hatte Sunheria in Rätseln gesprochen. War sie der gute und gerechte Mensch oder hatte sie mich damit gemeint? Dass sie diese Eigenschaften in hohem Maße besessen hatte, stand für mich außer Zweifel. Was meine Wenigkeit anbelangte, war mir der Gedanke bisher noch nie in den Sinn gekommen. Von Kausalya abgesehen, konnte ich mir niemanden vorstellen, der mich im veränderten Klima von Chittor auch nur im Entferntesten mit den Begriffen »Gerechtigkeit« oder »Anständigkeit« in Verbindung gebracht hätte. Das ist nicht ganz richtig. Kausalya würde das ebenso wenig tun, aber aus völlig anderen Gründen. Sie ist die wahre und rechtmäßige Erbin der Grundsätze des großen Ministers Kautilya aus der *Maurya*-Zeit. Das Metier eines Prinzen, und erst recht eines Maharaj-Kumar, ist die Staatskunst. Und in der Staatskunst haben Güte und Gerechtigkeit nichts verloren.

Ich hatte das unbestimmte Gefühl, dass ich den Ehrentitel »Schlachter« zeit meines Lebens nicht wieder los werden würde. Bildeten

sich die Leute wirklich ein, im bürgerlichen Leben und im Krieg würden dieselben ethischen Maßstäbe gelten? Der Krieg war der Dharma der Rajputen. Wenn sie sich von mir lossagten, sagten sie sich gleichzeitig auch vom Krieg los? Im Krieg geht es um Macht und Herrschaft. Um territoriale Interessen und Reichtum. Man kann keinen Krieg führen, ohne Blut zu vergießen. Ich hatte den Krieg nicht erfunden. Ich hatte lediglich seine Möglichkeiten erweitert und konsequent zu Ende gedacht.
Aber das alles ist nicht das eigentliche Problem. Bis Kausalya mir Sunherias letzte Worte mitteilte, hatte ich ernsthaft geglaubt, dass alles gut geworden wäre, wenn Sunheria mir nur vertraut, wenn sie nur noch ein Weilchen gewartet hätte. Jetzt war ich mir da nicht mehr so sicher. Wie sich überzeugend gezeigt hatte, fehlte mir jeder Bezug zur Wirklichkeit, und was noch schlimmer war: Ich war mehr als bereit, mir selbst etwas vorzumachen. Vielleicht hatte Sunheria trotz ihrer scheinbaren Weltfremdheit doch weit realistischere Vorstellungen von dieser Welt und ihren zweibeinigen Bewohnern gehabt. Vielleicht hätte der Richter sie doch für schuldig befunden und zum Tod durch den Strang oder zu einer lebenslangen Freiheitsstrafe verurteilt. Hätte ich dann die Gesetze gebrochen oder das Recht gebeugt, um sie wieder freizubekommen? Durch ihren Freitod hatte mir Sunheria die Gewissensqualen erspart, meine Feigheit und meine Überzeugungen gegen den Buchstaben des Gesetzes in die Waagschale werfen zu müssen. Rechtfertige ich im Nachhinein? Gibt es etwas, was du, Sunheria, über das Leben weißt und ich nicht? Vielleicht, dass man keinem Menschen trauen kann, am allerwenigsten sich selbst? Komm zurück, Wäscherin, fuhr ich sie an, komm zurück! Red endlich Klartext! Ich habe schmutzige Wäsche von achtzehn Monaten zu waschen. Mach dich an die Arbeit, Frau! Ich will, dass du das ganze Blut, das ich vergossen habe, herauswäschst – und vergiss den Kragen und die Manschetten und mein Gewissen nicht! Ich will danach kein Fleckchen Schuld mehr sehen, hörst du? Kein Mensch soll vermuten können, dass ich an einem Morgen zehntausend Menschen abgeschlachtet habe und etliche weitere tausend in den folgenden Monaten – mach zu, drisch auf meine Kleider ein, auf mein Hirn und meinen Körper, bis ich wieder rein und jungfräulich bin, wie du es angeblich warst trotz

unserer langjährigen sexuellen Eskapaden, und stärke mich wie ein Hemd! Ich werde nicht dulden, dass du in Rätseln sprichst, an denen ich mir mein Leben lang die Zähne ausbeißen kann! Komm zurück, Sunheria. Jetzt. Sofort.

Es hatte keinen Sinn, an Schlaf auch nur zu denken. Ich stand auf und badete. Es war noch dunkel und die Blüten der Königin der Nacht hatten sich noch nicht wieder geschlossen. In diesem Moment wurde mir bewusst, dass ich zu Hause war. Vielleicht war es die Erschöpfung, waren es die bizarren Ereignisse des vergangenen Tages, die mich so angreifbar machten. Der Duft der Blumen ließ mich schwindeln. Es war ein Gefühl, als hätte ich für einen angenehmen Rausch genau die richtige Menge Alkohol getrunken. Die Frau, die gestern in der Menschenmenge aufgetaucht und bald darauf verschwunden war, kam mir wieder in den Sinn. Wohin war sie gegangen? Wer war sie?

Als ich mir gerade das Hemd zuknöpfte, kam Kausalya ins Zimmer. »Könnt Ihr immer noch nicht den richtigen Knopf in das richtige Knopfloch stecken? Was habt Ihr in all diesen Monaten bloß ohne mich gemacht?« Ich war wieder der Schuljunge, dem Kausalya in die Kleider half. Ich hielt sie an den Haaren fest. Sie war meine früheste Erinnerung und doch so unglaublich jung!

»So!« Sie lächelte. »Jetzt ist der Maharaj-Kumar so weit, dass er sich der Welt stellen kann.« Jetzt war es an mir zu lächeln. Auch wenn ich ganz und gar nicht so weit bin, weiß ich doch zumindest, dass ich es besser sein sollte.

Ich stand auf dem oberen Absatz der Außentreppe des Palastes, die Hände voll von Geschenken für Adinathjis Enkelin, als ich die Frau vom Vortag wiedersah – diejenige, die es nicht geschafft hatte, sich am Suraj-Tor, außerhalb der Zitadelle, einen Weg durch die Menschenmenge zu bahnen. Sie hatte sich die Orhni über den Kopf gezogen und ging mit raschen, entschlossenen Schritten. Sie trug ein in Brokat eingeschlagenes Paket, das ihr fast bis ans Kinn reichte. Sie schaute hoch und sah mich dort oben stehen. Rasch stieg ich ein paar Stufen hinunter und zog mich in den Schatten zurück.

Jetzt stand sie vor dem erleuchteten Eingang. Auf ihrer Stirn und über ihrer Oberlippe glitzerten winzige Schweißtropfen und ich konnte ihren leisen Atem hören. Als sie sich bückte, um ihr monströses Paket abzustellen, erkannte ich für einen Moment durch ihre hauchfeine Orhni ihre Züge. Es war meine tote Schwester Sumitra.
»Eure Hoheit!« Die Frau lächelte und sprang mir an die Brust. Ich breitete die Arme aus, um sie aufzufangen, während die Geschenke sich über die Stufen und den Rasen ergossen. Ich verlor das Gleichgewicht und fiel die Treppe hinunter. Einer meiner Lendenwirbel stieß gegen die scharfe Kante einer Stufe und mein rechter Fuß schien sich um hundertachtzig Grad verdreht zu haben. Der Schmerz durchlief meinen Körper, von den Augen bis hinunter zu den Zehen. Lilavati schien die feste Absicht zu haben, unsere Körper aneinander zu schweißen. Ihre Arme waren eine Schlinge, die sich immer fester um meinen Nacken zusammenzog. Ihr Gesicht war eine betaute Blüte, die sich gegen meine Wange presste. Wenn Schweiß eine Reaktion auf Hitze und Anstrengung ist, wie kommt es dann, dass er sich so erfrischend anfühlt? Lilavatis junge Brüste hatten zwei brennende Höhlungen in meine Brust gegraben. Nie wieder würden sie sich schließen, noch würde je dieses Feuer verlöschen. Wie sehr liebte ich das Leuchten ihrer Augen, ihre schmale Taille und die Begehrlichkeit ihres Geistes! Und dennoch wurden meine Arme zu Blei und fielen an mir herab. Lilavatis körperliche Nähe machte mich befangen, fast ängstlich.
»Ich wette, du hast vergessen, mir etwas mitzubringen!«
Ich setzte eine schuldbewusste Miene auf. »Hmm, tja ...«
»Manchmal frage ich mich ernsthaft, ob ich wirklich einen so herz- und verantwortungslosen Menschen wie dich heiraten sollte!«
»Hör auf mich«, redete ich ihr gut zu, »tu's nicht!«
Sie sah mich ungläubig an, bis sie begriff, dass ich sie verulkte.
»Nichts kann unsere Ehe noch scheiden«, erklärte sie mir streng. Dann gewann ihre Neugier die Oberhand.
»Was hast du mir mitgebracht? Zeig her, zeig her, zeig her!«
Ich wusste, dass Lilavati nie wieder in meine Arme hüpfen würde. Ich hätte wetten können, dass wir dieses alberne Spielchen jetzt zum letzten Mal miteinander spielten. Und ich war mir sicher, dass zusammen mit ihrer Kindheit auch die meinige allmählich zu Ende

ging. In sechs Monaten, allerhöchstens einem Jahr, würde sie verheiratet sein.
»Ich hab dir doch gesagt, dass ich nichts für dich habe. Aber schau dich ein bisschen um, es könnte sein, dass ich ein paar von den Päckchen, die ich für die Kinder des Gärtners besorgt habe, auf dem Rasen habe fallen lassen.«
Und weg war sie. So möchte ich Lilavati am liebsten in Erinnerung behalten: Sie wickelt sich die Orhni um den Kopf und wirft sich das eine Ende über die linke Schulter, damit sie nicht verrutscht, lüpft ihren Rock und rennt los. Ein Gestöber von Mauve, das über eine grüne Fläche dahinflirrt. Das Morgenlicht ist ein Bildhauermeißel, der eine bewegte Gestalt gestochen scharf aus der Luft herausarbeitet. Lilavati bückt sich, hebt ein Paket auf und fliegt weiter. Denn Lilavati ist wahrhaft ein Vögelchen von unendlicher, unbewusster Anmut, das bis zum Sonnenuntergang durch schiere Willenskraft dahinschweben kann. Eine vorwitzige Pfauenhenne trippelt herbei und pickt an einem der Pakete. Lilavati scheucht sie unwirsch fort. Sie nimmt ihre Orhni ab, schlägt die verschiedenen großen und kleinen Pakete darin ein und wirft sich das Bündel mit einer Geste über die Schulter, die mich an Sunheria erinnert, wenn sie sich eine Ladung Schmutzwäsche auf den Rücken wuchtete.
Wieder zurück, legte Lilavati ihren improvisierten Sack auf dem Boden ab und ergriff meine Hände. Dann stellte sie sich auf die Zehenspitzen und küsste mich auf die Augen und die Stirn. Ist sie ein Kind oder eine Frau? Manchmal ist sie von einer geradezu zermürbenden Ernsthaftigkeit. In diesem Moment fürchte ich um sie. Ob mit oder ohne Absicht, wird ihr jemand noch grauenhaft weh tun.
Sie öffnete den Stoffbeutel, der an ihrer Taille hing, und holte vier Tamarinden und ein zusammengefaltetes Tütchen Salz hervor. Zwei Früchte gab sie mir, zwei behielt sie für sich. Die Tamarinde war rauchig grün, und obwohl ich sie kräftig salzte, hätte ich Zähne aus Stein gebraucht, um ihren Säureangriff unbeschadet überstehen zu können. Die nächsten paar Tage lang würde ich nichts beißen können, aber das war egal! Tamarinden und grüne Mangos kennen kein Morgen.
»Wollen wir zuerst deine oder meine Geschenke auspacken?«
»Deine.«

»Ist das Blut?« Sie starrte leicht ungläubig auf den Wimpel, den sie selbst bestickt und mir und der Armee überreicht hatte.
»Ja. General Zahir-ul-Mulks Blut.«
»Hast du ihn getötet?«
Vielleicht war es doch keine so kluge Idee gewesen, Lilavati die Fahne zurückzugeben. Ich hatte nicht daran gedacht, dass sie und ihre Familie Jains waren.
»Wenn es dich stört ...«
»Ich frage nicht, weil es mir davor graust, sondern weil ich die Geschichte dieser Fahne für unsere Kinder und die Nachwelt aufzeichnen möchte.«
»Ja, ich habe Zahir-ul-Mulk durch eine tückische List getötet, habe die drohende Vernichtung unserer Streitkräfte abgewendet und Schande über Mewar gebracht.« Mir wurde selbst speiübel von meinem weinerlichen Selbstmitleid. Was wollte ich damit erreichen? Dass mir Lilavati versicherte, ich sei ein verkannter und verleumdeter Held? Falls sie meinen Stimmungsumschwung bemerkt hatte, gedachte sie jedenfalls nicht, darauf einzugehen, und nahm sich das nächste Mitbringsel vor.
»Was ist das?«
»Es ist ein Wunderwerk der Technik, das deinem flatterhaften Leben in jedem Moment Ziel und Richtung weisen wird. Wann immer du nicht mehr weiter weißt und im Sumpf moralischer Zwickmühlen zu versinken drohst, wird es dir einen Ausweg zeigen!«
»Wozu sollte ich das Ding brauchen? Ich weiß immer, was ich will.«
Ich lachte. »Wie hübsch du die Luft aus meinem Schwulst herauslässt, Lilavati! Es ist ein Kompass, ein Gerät, das dir erlaubt, in bewölkten Nächten, wenn kein Stern am Himmel zu sehen ist, die richtige Himmelsrichtung zu ermitteln.«
»Wirklich? Und er funktioniert tatsächlich genau so, wie es in den Büchern steht?«
»Ja. Probier's aus.«
Sie tat es, geschlagene zehn Minuten lang. Sie verließ den Pavillon, ging in verschiedene Ecken des Gartens, hinter die Palastmauern, in einen dunklen Alkoven, unter einen Banyan-Baum, hinauf zum Treppenabsatz, von wo aus ich sie beobachtet hatte. Ich konnte fast ihre Gedanken lesen. Sie würde den Kompass austricksen und ihn

dazu bringen, nach Westen zu zeigen, während sie genau nach Nordosten sah.
»Wo hast du den her?«
»Von einem Seemann, der schon ans andere Ende der Welt gesegelt ist, bis nach Venedig, und dessen Schiff in vielen stürmischen Nächten vom Kurs abgekommen war.«
»Wann gehen wir in die Berge und picknicken im Dschungel? Wir verirren uns und ich zeig dir den Weg zurück.«
»Wie wär's mit nächstem Donnerstag?«
»Abgemacht. Ich bin um sieben Uhr früh hier.«
Sie hatte sich die Smaragdkette, die ich ihr mitgebracht hatte, schon um den Hals gelegt und probierte gerade die Orhni aus ägyptischer Baumwolle an, die ich dem Seemann zusammen mit dem Kompass abgekauft hatte.
»Ist das alles?« Ich begriff nicht, warum sie auf einmal so unruhig und reizbar war.
»Du bist aber ganz schön undankbar, Lilavati«, versuchte ich, ihre schlechte Laune scherzend zu überspielen, »eine schamlose, nimmersatte, undankbare Göre!«
»Immer noch besser als ein schamloser nimmersatter Angeber wie du! Musst du mich denn immer so mit Geschenken zuschütten?!«
»Na gut, dann vergessen wir eben das letzte Mitbringsel!«
»Will ich auch gar nicht. Ich habe bloß zwei Geschenke für dich.«
»Und? Bekomme ich sie irgendwann oder willst du sie behalten?«
Sie dachte angestrengt nach, konnte sich aber nicht entscheiden. Ich hatte ihr eine Freude machen wollen, in meiner Selbstsucht aber nicht bedacht, wie gern sie selbst Geschenke machte.
»Was könntest du mit den Geschenken schon anfangen?« Ich versuchte, die Sache wieder auszubügeln, und zupfte am Brokatbündel, das sie in den Händen hielt. »Sie gehören schließlich mir!«
In ihren Augen loderte helle Wut, aber sie gab doch nach. »Nimm schon. Was kümmert's mich?« Sie knallte mir das Bündel in die Hand und kehrte mir den Rücken zu. Ich öffnete den Knoten: ein hohes Paket und darunter ein flaches. Ich öffnete zuerst das flache. Es war ein Buch mit einem Begleitbriefchen von Lilavati.
»Dadaji und ich haben dieses Jahr Kautilyas Arthashastra gelesen. Ich musste sogar einen Aufsatz darüber schreiben! Vater meinte,

das sei keine Lektüre für eine junge Frau. Er sagte: Wenn sie schon einen Kopf hat, sei es ihm lieber, er wird mit Wissen gefüllt als mit Tratsch oder Albernheiten. Während des Abschreibens habe ich das Arthashastra bestimmt ein halbes Dutzend Mal gelesen.«
Ich blätterte den Text durch, den sie so sorgfältig für mich abgeschrieben hatte. Nirgendwo fand sich eine einzige Korrektur. Wenn ihr beim Kopieren des Sanskrittextes irgendwelche Fehler unterlaufen waren, hatte sie die ganze Seite neu geschrieben. Ich sah auf und ertappte Lilavati dabei, wie sie mich klammheimlich über die Schulter beobachtete. Sie war sichtlich erfreut über das, was sie in meinem Gesicht las. Ich war wieder in ihrer Gunst.
»Jetzt zeig mir mein anderes Geschenk!«
Behutsam wickelte sie den Stoff ab und enthüllte einen juwelenbesetzten *virvijay*-Turban.
»Als sie dir gestern deinen Triumph versagt haben, bin ich sofort nach Hause gerannt und habe die ganze Nacht an diesem Sieges-Turban gearbeitet.«
»Wo hast du die Edelsteine her?«
»Das sind alles meine.«
Sie hatte Recht. Als ich mir die Juwelen näher ansah, erkannte ich, dass ich die meisten davon schon irgendwann an ihr gesehen hatte. Selbst der Stoff, ein Goldbrokat aus Chanderi, war eine ihrer Staats-Orhnis. An die gefältelten Stoffwindungen hatte sie sieben Ohrringpaare genäht, jeweils mit Diamanten, Rubinen, Smaragden, Onyx, Jade, Topasen und Mondsteinen. An den Seiten baumelten je drei goldene Knöchelreife. Vorn, ein wenig zur Seite versetzt, dort, wo die Stoffbahnen einander kreuzweise überlagerten, hatte sie einen herrlich gearbeiteten Emaille-Lotos befestigt. Darüber steckte ein schwerer arabesker Goldschmuck, wie ihn die Maratha-Frauen der Westküste in der Nase tragen. Das Ganze hätte eigentlich einen wüsten Mischmasch ergeben müssen, aber sie hatte die Dinge mit einem so sicheren Blick für Farbe und Form zusammengestellt, dass der Gesamteindruck prachtvoll war, ohne im Mindesten geschmacklos oder protzig zu wirken.
»Was werden deine Angehörigen sagen, wenn sie merken, dass die Juwelen verschwunden sind?«
»Dadaji weiß Bescheid.«

»Und? Worauf wartest du noch?« Zur Abwechslung sah Lilavati verständnislos drein. »Setz ihn mir auf!«
»Wirst du ihn denn tragen?«, fragte Lilavati ungläubig-verblüfft.
»Wär's dir lieber, ich schließe ihn in eine Truhe und schaff sie auf irgendeinen Dachboden?«
Ihr strahlendes Lächeln verriet jetzt ihr wahres Alter.
Ich beugte den Kopf vor. Sie strich mein Haar entschlossen zurück und hielt es eine Weile hinuntergedrückt. Dann nahm sie den Turban und setzte ihn mir behutsam auf. Sie begutachtete ihr Werk und rief: »Du siehst haargenau wie ein Maharaj-Kumar aus!«
»Ich bin auch einer. Und lass es uns beide nie vergessen. Könntest du, wenn du gehst, Kausalya mein Buch geben?«
Sie sammelte ihre Geschenke ein und nahm auch das Manuskript an sich. »Dann bis Donnerstag.«
»Ja.« Als sie schon am Gehen war, rief ich ihr nach: »Hättest du Lust, mich bis zum Stall zu begleiten?«
Sie hielt meine Hand, während ich zu Befikirs Box humpelte. Mangal wartete bereits ungeduldig auf mich. Er gab sich alle Mühe, nicht auf meinen Sieges-Turban zu starren. Ich sagte mein Sprüchlein, noch bevor er seine wichtige Neuigkeit loswerden konnte. »Heute um elf findet ein *durbar* statt.«
»Woher wusstet Ihr, Königliche Hoheit, dass Seine Majestät wieder da ist und einen besonderen Durbar anberaumt hat?«
»Er ist gegen Mitternacht mit seinem Gefolge eingetroffen. Rao Viramdev wird unsere höchste Auszeichnung erhalten, den Titel ›Zierde von Mewar‹, dazu zwanzig Dörfer und drei Elefanten. Raja Puraji Kika erhält den ›Stolz von Mewar‹, zehn Dörfer und fünfzig Pferde. Rao Udai Simha bekommt einen ›Schmuck von Mewar‹, sieben Dörfer und dreißig Pferde. Soll ich weiterreden?«
Mangal machte ein finsteres Gesicht. Hatten seine Wachen und Geheimagenten versagt? War ich ihnen heute Nacht entwischt?
»Habt Ihr letzte Nacht oder heute Früh Euren Vater aufgesucht, Eure Hoheit?«
»Das war nicht nötig, Mangal. Jeder Schuljunge hätte sich das schon gestern an fünf Fingern ausrechnen können.«
»Wer ist das?«, erkundigte sich Lilavati nach Befikirs Gefährten.
»Das ist Nasha«, erklärte ich ihr in beiläufigem Ton.

»Wer?«

»Nasha.« Plötzlich klang meine Stimme kalt und streng. »Ich würde es begrüßen, wenn ich mir künftig nicht wieder anhören müsste, du könntest nicht mit mir ausreiten, weil dein Vater dir kein Pferd zu halten erlaubt.«

»Gehört er denn mir?«

»Wie viele blöde Fragen muss ich mir an einem einzigen Morgen denn eigentlich noch gefallen lassen?«

Sämtliche Vergehen, Sünden und Unterlassungssünden dieser sowie all meiner vergangenen und künftigen Existenzen waren mit einem Schlag vergeben und vergessen. Ein verdatterter Mangal und ich wurden Opfer begeistert-brachialer Umarmungen.

»Darf ich auf ihm heimreiten?«

»Aber nur im Trab und nur, wenn du Sapanlal erlaubst, die Zügel zu halten!«

Es könnte für mich die Zeit gekommen sein, eine zweite berufliche Laufbahn als Hellseher, Weissager, Gedankenleser und Prophet einzuschlagen – allerdings ist auf meine Hellsichtigkeit noch nicht hundertprozentig Verlass. Eine winzige Kleinigkeit hatte ich übersehen. Die Audienzhalle war rappelvoll. Vater hatte nicht vor, die Angelegenheit beiläufig abzuhandeln. Ganz offensichtlich hatte er sämtliche Würdenträger des Reiches zur Teilnahme an der Zeremonie aufgefordert, um sicherzugehen, dass auch wirklich jeder wusste, wer alles eine Ehrung empfing – und wer nicht.

Als ich eintrat, hörte ich das ehrwürdige Plenum leise, aber vernehmlich nach Luft schnappen. Nur Seine Majestät darf jemanden mit dem goldenen Triumph-Turban krönen. Hatte eine besondere Zeremonie unter Ausschluss der Öffentlichkeit stattgefunden? Oder hatte, was viel wahrscheinlicher war, der Maharaj-Kumar die Dreistigkeit besessen, sich selbst eigenmächtig diese Auszeichnung zu verleihen? Es wäre interessant gewesen zu erfahren, ob es unter den Höflingen auch nur einen gab, der es wagen würde, mich mit einer direkten Frage zu konfrontieren. Doch dazu kam es nicht mehr, denn der Zeremonienmeister kündigte Vater an. Wir erhoben uns alle und verneigten uns vor unserem Lehnsherrn. Vikramaditya trat vor, machte sich mit besitzergreifendem Gehabe um ihn zu schaffen und half ihm Platz zu nehmen. Vater wusste offenbar nicht so recht, wie er auf die gänzlich ungewohnte Dienstbeflissenheit seines Jüngsten reagieren sollte, zumal er in all den Jahren hervorragend allein zurechtgekommen war, aber er war heiterer Stimmung und lächelte nachsichtig, wenn auch etwas ratlos.

Wenn man wissen wollte, was sich hinter den Kulissen von Chittor abspielte, hatte es keinen Zweck, Vater zu beobachten. Entscheidend für das Verständnis des Schauspiels waren die Nebendarsteller. Zum Beispiel Rattan, mein jüngerer Bruder. Er kann es weder meiner Mutter noch mir noch den himmlischen Mächten verzeihen, dass er als Zweiter auf die Welt gekommen ist. Er ist wirklich kein schlechter Kerl. Er ist intelligent, ein scharfer Beobachter und fleißig, aber seine numerische Benachteiligung macht ihn überaus empfindlich gegenüber allen möglichen Affronts und Beleidigungen, die übrigens in den meisten Fällen weder beabsichtigt noch real sind. Wir halten Abstand voneinander, ohne dass Feindschaft zwischen uns herrscht, und es ist durchaus denkbar, dass wir mit anderen Eltern und unter anderen Umständen gute Freunde hätten werden können. Der arme Rattan hadert mit sich und dem Schicksal. Während des ersten Teils des Gujarat-Feldzuges hatte er Vater ganz für sich allein gehabt, und der Ministerrat und ich hatten Vikramaditya wegen Hochverrats zu Festungshaft verurteilt. Warum nur hatte er diese Situation nicht genutzt, um sich bei Vater einzuschmeicheln und zu dessen Lieblingssohn zu avancieren? Armer Rattan, er hat nicht die leiseste Ahnung, wie er Vikramaditya aus Vaters Gunst verdrängen könnte. Er sollte nicht so streng mit sich ins Gericht gehen. Tatsache ist, dass es ein ungleicher Wettkampf ist – und Vikram gar nicht sein eigentlicher Konkurrent.

Die Konkurrenz saß auf der anderen Seite des Saales, in der Damengalerie. Als Vater etwas in Vikramadityas Ohr flüsterte, schwoll Rani Karmavati wie eine in heißem Öl schwimmende *puri* auf. Vikramaditya mag seit unserer letzten Begegnung ein fast kometenhafter Aufstieg gelungen sein, aber seine Mutter kann nicht vergessen, dass dies nahezu ausschließlich ihren Bemühungen sowie einigen geschickten Intrigen und Winkelzügen ihres Vertrauten Brihannada zu verdanken ist. Neben ihr saß meine Mutter, die Maharani. Sie strahlte über das ganze Gesicht. Als das schlichte Gemüt, das sie ist, freute sie sich für Rani Karmavati und Vikramaditya, ohne auch nur entfernt zu ahnen, dass ihr eigener Sohn und Erbe aus dem Rennen war. Rani Karmavati suchte mit den Augen das Gelände nach Feinden ab und entdeckte Rattan. Kein Grund zur Sorge. Er war lediglich ein weiterer Beweis dafür, dass sie gegen eine große gegnerische Übermacht gesiegt hatte. Als Nächstes blieb ihr Blick an mir hängen. Sie lächelte mich mit sämtlichen Zähnen an, mit denen die Natur sie ausgestattet hatte. Zum ersten Mal begriff ich, warum es Vater so schwer fiel, ihr zu widerstehen. Sie war von einer herben Schönheit, aber den eigentlichen Kern ihrer Attraktivität machte eine gewisse laszive Hartnäckigkeit aus. Von Frauen wurde erwartet, dass sie nachgaben oder aufgaben. Sie tat weder das eine noch das andere, niemals, unter keinen Umständen. Sie würde uns alle überleben. Ich verneigte mich tief vor ihr.

Entdeckte ich ein Lächeln auf Vaters Gesicht, jetzt, da er meinen goldenen Turban bemerkte? Welcher Teufel hatte mich geritten, ihn in der Öffentlichkeit zu tragen? Warum hatte ich Lilavati aufgefordert, ihn mir aufzusetzen, wenn sie selbst ihn doch nur als eine Sache zwischen uns beiden gedacht hatte? Wollte ich damit kundtun, dass ich, selbst wenn Vater und ganz Mewar mich als einen Schlachter und Feigling betrachteten, doch der Architekt des Sieges über Gujarat gewesen war? Oder gab ich damit der ganzen Bagage lediglich zu verstehen, sie könne sich samt und sonders zum Teufel scheren? Rao Viramdev sah mich erwartungsvoll an. Die Versammlung war verstummt. Selbst Vater schien geduldig auf mich zu warten. Was nun? Erwartete man von mir, dass ich eine kleine Rede hielt, in der ich mich für unseren Sieg entschuldigte und dafür, Rao Raimul gemäß Vaters Wunsch wieder auf den Thron von Idar gesetzt zu haben? Sollte ich auf die Knie fallen und Vater dafür danken, dass er sich vierundzwanzig Stunden verspätet und unsere Freunde und Verbündeten beleidigt hatte? Sollte ich Vikramaditya auf meine Schultern heben und jedem Einzelnen sagen ...

Niemand, nicht einmal Rao Viramdev, durfte sich rühren, ehe ich nicht vorgetreten war und Vater meine Ehrerbietung erwiesen hatte. Vielleicht war ich nicht mehr der Thronfolger, aber ich war noch immer der älteste Sohn und der Oberbefehlshaber der siegreich heimgekehrten Armee. Mühsam humpelte ich nach vorn.

»Ist alles in Ordnung, Prinz?« Aus Vaters Stimme klang Besorgnis. »Warum hat man mich nicht davon unterrichtet, dass Ihr verwundet wurdet?«

Ich wollte schon erwidern, ich hätte mich geschämt, von einem so langen Feldzug zurückzukehren, ohne die kleinste Blessur vorweisen zu können, und hätte deswegen Vorkehrungen getroffen, dass mir auf dem Weg zur Durbarhalle ein kleiner Unfall zustieß, aber Vikramaditya ließ mich gar nicht erst zu Wort kommen.

»Aber nicht doch, Eure Majestät ...« Er lächelte abschätzig und ließ einige Sekunden verstreichen, ehe er sich den Rest seiner Mitteilung von der Seele redete. Der Hof – und ebenso ich – wartete mit angehaltenem Atem darauf, dass er sich der Pointe entledigte. »Er tändelte mit der lieblichen Lilavati, der Urenkelin unseres ehrwürdigen Finanzministers, auf dem Rasen des Gästepalastes, als er ausrutschte und dummer-, wenn auch für ihn nicht unerfreulicherweise auf das Fräulein plumpste. Ein wahrhaft geringer Preis für einen so reizenden Zusammenstoß, meint ihr nicht auch, meine Freunde?« Die Zuhörer kicherten nervös. »Der Virvijay-Turban, den er trägt, ist übrigens ein Geschenk der genannten Dame.«

Aus irgendeinem Grund fand das Plenum diese letzte Bemerkung todkomisch. Vielleicht ist Humor eine Sache der Erwartung und funktioniert kumulativ. Ist erst einmal das Fundament gelegt, genügt schon ein mäßig witziger, ja sogar gleichgültiger Satz, wenn er nur im richtigen, beiläufig-listigen Ton fallen gelassen wird, um wahre Lachsalven auszulösen.

Wie gewohnt hatte mein Bruder keine Scheu gehabt, Unschuldige im Dienste seiner so genannten Witzigkeit leiden zu lassen. Jetzt, wo er angedeutet hatte, der Maharaj-Kumar und Lilavati hätten ein romantisches Rendezvous gehabt und sich nicht einmal die Mühe gemacht, es zu verheimlichen, würde es für Adinathji äußerst schwierig, wenn nicht unmöglich sein, das Mädchen noch zu verheiraten. Es spielte keine Rolle, dass Lilavati schon bald eine der schönsten Frauen von Mewar sein würde. Es zählte nicht viel, dass Adinathji eine mehr als fürstliche Mitgift für seine Urenkelin würde zahlen können. Ein Tadel, und mag er noch so scherzhaft gemeint sein, macht ein junges Mädchen in Mewar nicht nur verdächtig, er beweist zweifelsfrei ihre Schuld und spricht das Urteil über sie. Das

Gesicht des Finanzministers wies nicht eine zusätzliche Runzel auf, aber sein Reismehl-Teint hatte sich in Leichengrau verfärbt.
»Ich schlage vor, Ihr entschuldigt Euch beim Finanzminister«, sagte ich mit eisiger Stimme.
Mein Bruder schaute verdutzt drein. Er hatte mich gereizt und erwartet, ich würde in seine Falle tappen. Stattdessen hatte ich das Blatt gewendet und ihn in die Defensive gedrängt. Vikramaditya ist im Grunde ein Dummkopf und so versuchte er selbst jetzt noch, die Sache ins Humoristische zu ziehen.
»Nicht doch, Bruder. Da Ihr den Spaß gehabt habt, seid Ihr es auch, der sich bei unserem ehrwürdigen Minister entschuldigen muss.«
Ich trat einen Schritt vor. Meine Stimme war ein metallisches Flüstern. »Ihr habt mich gehört, Prinz. Ihr werdet Euch bei Adinathji und seiner Urenkelin entschuldigen!«
Im Audienzsaal hatte sich eine unheimliche Stille breit gemacht. Ich spürte förmlich, wie sich Rani Karmavatis wortlose Wut wie ein Pfeilhagel über ihren idiotischen Sohn ergoss, der fest entschlossen zu sein schien, ihre jahrelangen diplomatischen Bemühungen mit einem Schlag zunichte zu machen.
»Maharaj-Kumar« – es war eine Ewigkeit her, dass ich diese Anrede, um die sich all mein Denken, im Wachen wie im Schlaf, drehte, zum letzten Mal gehört hatte –, »seid doch bitte nicht so herzlos, uns diesen herrlichen Tag zu verderben. Der Prinz hat es bestimmt nicht böse gemeint. Er wird sich bei den Blumen und den Bienen, den Kindern und Erwachsenen Mewars und bei diesem Hof entschuldigen. Wie könnte unser geliebter Finanzminister wollen, dass der Prinz bei ihm zu Kreuze kriecht?«
War das nicht brillant? Der Sohn mochte ein Esel sein, aber der Mutter konnte ich nicht das Wasser reichen. Rani Karmavati hatte mich nicht nur mit einem einzigen Zug schachmatt gesetzt, sie hatte überhaupt die ganze Situation auf das Geschickteste zu ihren Gunsten gewendet, indem sie dem Finanzminister den Schwarzen Peter zugespielt hatte. Aber mein Bruder wusste einfach nicht, wann es besser ist, den Mund zu halten.
»Ich mich entschuldigen? Seid Ihr von allen guten Geistern verlassen, Mutter? Ein Prinz von Geblüt entschuldigt sich nicht bei einem gewöhnlichen Geldverleiher.«

»Ihr habt Recht, Prinz. Normalerweise bräuchtet Ihr Euch wirklich bei niemandem zu entschuldigen, gleich ob Gemeinem, Minister oder Königshaus.« Vater sprach mit einer bedächtigen Ruhe, die seinen Worten noch größeres Gewicht verlieh. »Aber Ihr habt Euch abscheulich verhalten. Ihr habt diese erlauchte Versammlung und einen ehrenwerten Mann beleidigt, der unser Freund, Ratgeber und zuverlässigster Finanzier ist. Ihr werdet kein Kind entehren, das uns so nahe steht wie unsere eigene Enkelin. Wir empfehlen, dass Ihr Euch ohne jede weitere Verzögerung entschuldigt.«

Vikramaditya setzte eine beleidigte Miene auf, gab aber nicht nach. Seine Mutter kam herunter und wandte sich an den Minister.

»Wenn der gerade heimgekehrte Prinz nicht so ein humorloses Aufhebens um eine harmlose kleine Stichelei unter Brüdern gemacht hätte, wäre dieser Freudentag ohne Störung vorübergegangen. Die Menschen von Mewar haben ihren Abscheu vor seinen niederträchtigen Taten zum Ausdruck gebracht, und daher versucht er jetzt, Zwietracht unter unseren alten Freunden zu säen. Ich bitte Euch, meine Entschuldigungen anzunehmen, Adinathji. Andernfalls werden wir dieses hohe Fest verderben, zu dessen Anlass sich so viele unserer geschätzten Verbündeten eingefunden haben, um uns Ehre zu erweisen.«

»Wir haben unseren Sohn aufgefordert, sich zu entschuldigen, Königin, nicht Euch!« Vater ließ nicht locker, aber es war klar, dass die Krise bereits vorüber war.

»Eure Majestät, wir wollen das Vergangene ruhen lassen.« Adinathji hatte rasch Bilanz gezogen und war zu dem Schluss gelangt, es sei klüger, die Bücher zu schließen. Das Kind war schon in den Brunnen gefallen. Noch länger auf der Angelegenheit herumzureiten würde am Ende nur bedeuten, Lilavati noch größeren Schaden zuzufügen. »Dürfte ich, mit Eurer Majestät Erlaubnis, Seine Hoheit den Maharaj-Kumar bitten, seine unterbrochene Wanderung zu vollenden« – Lächeln auf allen Gesichtern – »und dann den Premierminister aufzufordern, mit der Verlesung der Ehrungen zu beginnen?«

Ich warf mich der Länge nach vor Vater nieder.

»Möge Shri Eklingjis Segen auf dir ruhen.«

Ich hatte meinen verstauchten Knöchel vergessen und hätte, als ich mich wieder erhob, beinahe das Gleichgewicht verloren, aber Vater

beugte sich vor und stützte mich. Erwartete ich wider besseres Wissen noch immer, dass Vater die gestrigen Ereignisse ungeschehen machen und mir meinen Triumph bewilligen würde? Jetzt wäre für Premier Puranmalji der Zeitpunkt gewesen, meinen Namen auszusprechen und Vater den Virvijay-Turban zu reichen, damit er ihn mir feierlich aufsetzte. Dann würde er die Titel, Ehrungen, Ländereien und anderen Geschenke aufzählen, die Seine Majestät mir verlieh. Ich muss etwas zu lang gezögert haben, denn Puranmalji sah sich schließlich gezwungen, noch während ich da stand, Rao Viramdev aufzurufen. Ich wollte den Onkel meiner Frau nicht in Verlegenheit bringen und hielt den Blick weiter zu Boden gerichtet. Der Klang von Rao Viramdevs Schritten verriet seine Anspannung und Ratlosigkeit. War die Zukunft seiner Nichte gefährdet? Hatte er auf das falsche Pferd gesetzt, als er sie mit einem Prinzen verheiratet hatte, der jetzt doch nicht mehr der Thronfolger zu sein schien? Und was führte sein ältester Freund, Seine Majestät der Maharana, eigentlich im Schilde? Die heutige Feier würde für ihn noch schwerer durchzustehen sein als für mich. Wenn ich mich recht erinnerte, musste ich der erste General in der Geschichte Mewars sein, dem nach einem siegreichen Feldzug kein Virvijay verliehen worden war.
Die Zeremonie nahm jetzt ohne weitere Unterbrechungen ihren Fortgang, aber für mich war die Sache noch nicht ausgestanden. Wie immer war Vater äußerst gewissenhaft. Von einem Kommandeur wurde erwartet, dass er nach jeder Schlacht eine Liste all derjenigen Männer einreichte, deren Verhalten im Kampf über das bloße Gebot der Pflichterfüllung hinausgegangen war. Dies war eine heikle und schwierige Aufgabe, da bei uns Rajputen hervorragende Tapferkeit eher die Regel als die Ausnahme war, und so musste der verantwortliche Offizier einigen Scharfsinn aufbieten, um stichhaltig zu begründen, warum ein bestimmter Mann eine Belobigung verdiente und die anderen nicht. Insgesamt erhielten zweihundertsiebenundzwanzig Offiziere und Soldaten eine Auszeichnung. Tej nahm gleich drei entgegen: eine für sich, eine für seinen abwesenden Freund Shafi und eine postum für seinen Bruder Rajendra. Und dann, nachdem er Vaters Füße berührt hatte, passierte es. Trotz meiner Miene, die von Überraschung zu Ungläubigkeit, dann zu

Zorn, Wut und Verzweiflung überging, trotz aller Warn- und sonstigen Signale, die ich ihm körpersprachlich zu übermitteln versuchte, kam er auf mich zu. Begriff der gutherzige Dummkopf denn nicht, dass er mir momentan keinen größeren Bärendienst erweisen konnte, als meine Gegenwart zur Kenntnis zu nehmen? Er ging mit gemessenen, äußerst entschlossenen Schritten. Bitte, mein Freund, bitte, heute ist nicht der richtige Tag für derlei öffentliche Loyalitätsbekundungen! Du warst mir als Feind von größerem Nutzen, als du es mir jetzt als Freund bist. Tu's nicht, Tej, tu's nicht! Er kniete sich hin und berührte mit der Stirn meine Füße. Und so blieb er, bis ich ihn mit meinen eigenen Händen wieder aufrichtete.
Hätte Gott mir nur keine so helle Haut gegeben! All diese langen Jahre der Selbstdisziplinierung nützten mir nichts. Ich errötete – zweihundertfünfundzwanzig Mal, denn Tej war mit üblem Beispiel vorangegangen und alle anderen folgten ihm wie ebenso viele Schafe. Wäre die Szene geplant, choreographisch einstudiert und hundertfach geprobt gewesen, hätte sie keinen so schockierenden und vernichtenden Effekt haben können. Sie wirkte nicht lediglich wie ein bewusster Affront, sie erweckte darüber hinaus den Eindruck, als kündigte ich Vater und dem ganzen Land eine bevorstehende Revolte an – und lieferte auch gleich die Liste all der Offiziere und Soldaten, die sie unter meinem Kommando durchführen würden. Wie konnte Vater mir je wieder vertrauen? Wie konnte er sich, solange ich am Leben war, noch sicher fühlen? Ich habe keine Ahnung, wie Hofstaat, Königinnen und Gäste auf dieses absurde Schauspiel reagierten. Waren sie von diesem Stück im Stück schockiert? Waren sie der Meinung, Vater und seine Ratgeber hätten die Stimmung in der Truppe falsch eingeschätzt und ihr Blatt überreizt? Glaubten sie, ich hätte die Männer zu diesem Wahnsinn angestiftet? Würden sie empfehlen, mich als Gefahr für den Landfrieden aus dem Verkehr zu ziehen? Ich wusste nur eines, auch wenn ich nicht aufzublicken wagte: dass Vater mich mit seinem einen Auge beobachtete. Bei ihm weiß man nie, ob er spöttisch grinst, in Gedanken versunken ist, versucht, sein ausgestochenes Auge wieder zum Leben zu erwecken, oder schlicht und einfach schläfrig ist. Ich wartete darauf, dass er den Wachen befahl, mich in Gewahrsam zu nehmen.

23

Am Donnerstag stand ich wie immer um vier auf. Kausalya half mir, mich zu waschen und anzuziehen. Mein Fuß war mittlerweile größer als ein aufgeschwemmter Riesenkürbis, und ich musste den Schmerz durch reichliche Gaben von Opium in Schach halten, das ich mir, zu Kügelchen geknetet, links zwischen Wange und Zahnfleisch steckte.

Sieben. Viertel nach sieben. Halb acht. Acht. Trotz des pochenden Schmerzes in meinem Fuß ging ich im Zimmer auf und ab, stieg hinunter in den Garten, schleppte mich wieder hinauf in meine Gemächer. Ich würde kein Nein akzeptieren. Außerdem hält Lilavati, komme, was da wolle, grundsätzlich jede Verabredung ein. Ich brauchte also nur geduldig zu warten und sie würde kommen.

Kausalya hatte sich seit acht Uhr schon vier Mal zum Haus des Finanzministers verfügt.

»Wo ist sie?«

»Sie wissen es nicht. Oder besser gesagt, sie erzählen mir jedes Mal eine andere Geschichte. Zuerst habe ich am Tor gefragt. Da hieß es, sie schlafe. Das zweite Mal habe ich zufällig ihren Onkel getroffen. ›Kinder!‹, hat er zerstreut gesagt, ›Ihr wisst doch, wie sie sind. Sie spielt bestimmt irgendwo mit ihren Cousinen und Freundinnen.‹ Das nächste Mal bin ich in die Küche gegangen. Der Koch hat den Kopf geschüttelt. ›Ihr würdet nicht glauben, wie viel Tamarinde dieses Mädchen verdrücken kann. Kein Wunder, dass sie seit zwei

Tagen die Renneritis hat!‹ ›Das ist eine hübsche Geschichte‹, habe ich gesagt, ›aber wenn du mir nicht die Wahrheit sagst, kannst du dir den besonderen Preisnachlass auf die Linsen und das Gemüse, den du dir selbst gutzuschreiben pflegst, um das Geld dann zu Wucherzinsen an die anderen Bediensteten zu verleihen, ein für alle Mal aus dem Kopf schlagen!‹ ›Ich weiß es nicht, Kausalya-*mai*‹, sagte er, ›ich schwöre, ich hab sie seit dem Tag, an dem Prinz Vikramaditya über sie gesprochen hat, nicht mehr gesehen.‹ Da bin ich wieder zum Pförtner. ›Was hat's für einen Sinn, mich zu fragen, Mai? Glaubt mir, nicht einmal ihre Cousinen oder Brüder kennen ihren Aufenthaltsort. Gibt es in Chittor einen verschwiegeneren Mann als den Finanzminister? Vielleicht ist sie in Abu, Ranakpur oder bei ihren Verwandten in Chanderi. Da kann ich auch nur raten!‹«

»Wenn sie sie weggeschafft hätten, dann wäre das Mangal nicht entgangen. Ich habe ihn noch am Tag des Zwischenfalls in der Durbar-Halle beauftragt, die Stadttore zu bewachen. Ruf Mangal!«

»Eure Hoheit, habt etwas Geduld. Sie wird schon wieder auftauchen, sobald Gras über die Sache gewachsen ist.«

»Woher willst du wissen, dass man ihr nichts angetan hat? Woher willst du wissen, dass sie überhaupt noch am Leben ist? Sag den Dienern, sie sollen Mangal rufen!«

Ein ausgewachsener Banyan-Baum aus Schmerz spross in meinem Fuß empor und ich verlor in der Nachmittagssonne das Bewusstsein. Kausalya beugte sich über mich und legte mir kalte Kompressen auf die Stirn, während ihr Sohn neben ihr stand. Mutter und Sohn behandelten einander mit der gewohnten Kälte.

»Der Raj-Vaidya muss jeden Augenblick hier sein, Maharaj-Kumar.«

»Hast du endlich herausgefunden, wo Lilavati ist, oder bildest du dir ein, ich hätte dir und deinen Nachkommen einen Ruheposten auf Lebenszeit verliehen?« Warum stellte ich diese unsinnigen Fragen und ließ meine Wut an Mangal aus? Hätte ich nicht, wäre Lilavati meine Schwester oder Tochter gewesen und hätte ein Angehöriger der Herrscherfamilie ihren Ruf ins Zwielicht gebracht, genau das getan, was Adinathji wohl angeordnet hatte – was immer es sein mochte? Hatte ich nicht in dem Moment, da mein Bruder gesprochen hatte, gewusst, dass ich Lilavati nie wiedersehen würde?

»Antworte! Wo ist sie?« Durch das sonnendurchflutete Zimmer trieben dichte Nebelschwaden, aber ich wollte Mangal nicht entwischen lassen.
»Ich weiß es nicht, Eure Hoheit. Meine Männer haben sich jede einzelne Person notiert, die das Haus betreten oder verlassen hat. Wir haben Erkundigungen eingezogen, wir haben Leute geschmiert. Niemand weiß, wo sie ist.«
»Wie praktisch! Ich wette, nicht einmal der liebe Adinathji hat eine Ahnung, wo sie sich aufhält.«
Da wusste ich, dass ich Lilavati endgültig verloren hatte.

»Schwarz oder weiß?«
»Schwarz.«
Sie saß schon seit sieben Tagen an meinem Bett – vielleicht auch seit sieben Jahren, langsam verlor ich die Übersicht –, aber ich hatte noch kein einziges Wort mit ihr gesprochen. Und jetzt, ohne dass ich die geringste Absicht gehabt hätte, Konversation zu treiben, war mir das eine Wort herausgerutscht. Sie machte ihren Zug. Sie war entweder eine blutige Anfängerin oder eine listige, mit allen Wassern gewaschene Spielerin. Dummes Gewäsch – habe ich je daran gezweifelt, dass sie Letzteres war? Ich war ungeschickt genug gewesen, auf ihre Frage zu reagieren, aber ich konnte noch immer einen Rückzieher machen und mich in Unnahbarkeit hüllen. Ich tat es nicht, ich wollte nicht kindisch erscheinen und so hatte ich keine andere Wahl als zu spielen. Außerdem war ich neugierig auf ihre Technik. Aber kein weiteres Wort mehr, so viel war sicher. Sie würde mich kein zweites Mal hereinlegen. Es war Jahre her, dass ich mit ihr gesprochen hatte und ich sah keinen Grund, plötzlich auf glückliche Familie zu machen, nur weil ich mit einem gebrochenen Fuß ans Bett gefesselt war. Sie hatte darauf bestanden, mir das Essen zu bringen, mir Wasser oder Wein einzuschenken und das Kissen unter meinem Kopf und das Stützpolster unter dem Fuß zurechtzurücken. Sie hatte sogar die Dreistigkeit gehabt anzubieten, mich auszuziehen, einzuseifen, abzutrocknen, mir beim Anziehen zu helfen und nachts an meinem Bett zu wachen. Das hatte ich mir natürlich aufs Entschiedenste verbeten. Indem ich den Helden gespielt und

mithilfe immer größerer Gaben von Opium so getan hatte, als wäre nichts gewesen, war es mir gelungen, einen unbedeutenden Haarriss in einen ernsthaften Bruch zu verwandeln, aber den demütigenden Umgang mit einer Frau, die mich diensteifrig umsorgte und sämtliche ehelichen Pflichten – mit Ausnahme der einen – erfüllte, wollte ich mir dann doch nicht antun. Stattdessen führte ich mit Kausalya eines meiner absurden Gespräche-um-zwei-Ecken.
»Kausalya, ich gehe davon aus, dass du heute Nacht keine Gesangsdarbietung oder Dichterlesung zu besuchen gedenkst und es irgendwie einrichten wirst, dich für den Fall, dass ich aus dem Bett fallen sollte oder gestillt werden müsste, im Umkreis weniger Dutzend Meter von hier aufzuhalten.«
Kausalya musste in dem Perlhuhn, das auf dem Perserteppich prangte, die Lösung sämtlicher Welträtsel entdeckt haben, denn sie starrte unverwandt auf dessen Gefieder, während mein schamloses Eheweib sich schier vor Lachen kugelte.
»Wie Ihr Kausalya-Mai in Verlegenheit bringt! Niemand, nicht einmal ich, könnte je hoffen, Euch so sehr zu lieben, wie sie das tut, und sich diesen Unsinn von Euch anhören!« Offensichtlich brauchte Grünauge keine Mittelsperson.
Ich gewann die Schachpartie, aber sie war es sichtlich nicht gewohnt zu verlieren. Sie war eine, gelinde gesagt, unorthodoxe Spielerin; sie hatte eine bizarre Spielweise und fand nicht das Mindeste dabei, ihre Strategie mitten im Spiel zu wechseln. Es war sowohl ein bewusster Trick, um den Gegner zu verunsichern, als auch die Art, wie ihr Geist funktionierte. Sie ging Risiken ein, opferte einen Elefanten, ja sogar den Wesir, obwohl ihr viele andere Möglichkeiten offen gestanden hätten, und vollführte eine ständige Gratwanderung – ohne dabei allerdings je leichtsinnig zu werden. Sie war raffiniert, verschlagen, auf ihre abartige Weise diszipliniert und so ziemlich die schlechteste Verliererin, die ich je erlebt hatte.
»Ihr habt gemogelt, ich weiß nicht wie, aber es war irgendwo zwischen Eurem siebzehnten und neunzehnten Zug!« Sie warf das Schachbrett um. »Gesteht, Ihr seid ein mieser Falschspieler! Ihr hattet Angst zu verlieren, also habt Ihr das Spiel präpariert!«
Ihr Wutausbruch kam unerwartet und wirkte so echt, dass ich die Beherrschung verlor und wie ein Idiot laut loslachte. Sie schnappte

sich wahllos alles, was ihr in die Hände fiel – Soldaten, Kamele, den König – und schleuderte es mit aller Kraft nach mir. Tränen strömten ihr über die Wangen. Ich kreuzte die Arme vor meinem Gesicht, aber sie landete mit einem Pferd einen Treffer auf meiner Stirn. Das besänftigte ihren Zorn jedoch keineswegs. Ihr fiel wahrscheinlich gar nicht auf, dass ich eine Platzwunde über dem rechten Auge davongetragen hatte. Ich hätte aufhören sollen zu lachen, aber ihre wild herumfliegenden Haare, ihre schniefige Nase und das irre Glitzern in ihren Augen erheiterten mich nur noch mehr.

»Du hast doch das Schachbrett und die Figuren hergebracht. Wie hätte ich sie da präparieren können?«

»Na und? Die sind in Chittor gemacht, Ihr müsst den Handwerker bestochen haben. Wahrscheinlich war das nicht einmal nötig, weil Ihr ja der Maharaj-Kumar seid. Ich wette, sie machen das routinemäßig so. Wartet nur ab, ich besorg mir ein Spiel aus Merta, und dann bekommt Ihr dermaßen Dresche, dass Ihr das Euer Lebtag nicht mehr vergesst!«

»Ich kann schon jetzt nicht klagen. Und was sollte außerdem deine Handwerker in Merta davon abhalten, die Figuren zu deinen Gunsten zu präparieren?« Es kostete mich nicht die geringste Mühe, mich auf ihr kindisches Niveau zu begeben.

»Wollt Ihr etwa unterstellen, es gebe in Merta Lügner und Betrüger? Nehmt bitte zur Kenntnis, dass wir, anders als Ihr, ehrenwerte Leute sind!« Als sie jetzt langsam auf mich zukam, war ihr Wutschnauben nicht von ihren Schluchzern zu unterscheiden. Dieses kleine, schüchterne und zierliche Persönchen beugte sich bedrohlich über mich. Ich rechnete schon damit, dass sie mich aus dem Fenster werfen würde, aber sie kippte mich nur aus dem Bett.

»Gebt mir Kumkum Kanwar zurück! Warum hat man sie umgebracht? Sie war harmlos und unschuldig! Sie stand kurz vor ihrer Heirat, als man sie in Brand steckte! Sie sah ganz schwarz und verschrumpelt aus, wie verkohltes Papier! Sie sah so tot und so hilflos aus, wo doch in Wirklichkeit ich hatte verbrennen sollen! Oh Gott, ich bin so allein und einsam in Eurem Haus!«

»Ich kann mich nicht bewegen. Mit meinem anderen Bein scheint jetzt auch etwas nicht zu stimmen. Könntest du bitte den Arzt rufen lassen?«

Denken wir einmal an das Knie. Ohne dieses biegsame Gelenk könnten wir uns nicht setzen, knien oder die Beine zum Lotossitz verschränken. Es gäbe nur ein Entweder-Oder, eine vertikale oder eine horizontale Position. Stehen oder Liegen. Nichts dazwischen. Ich habe keine Ahnung, wie wir ohne Knie reiten würden. Stufen, Treppen, mehrgeschossige Häuser, ja selbst erste Stockwerke wären ohne Knie nicht zu bewältigen. Der Islam müsste eine andere Gebetshaltung erfinden. Ringen könnte man sich aus dem Kopf schlagen, desgleichen die Option, einem plötzlich angreifenden Straßenräuber oder Schläger das Knie in die Weichteile zu rammen. Eines der Lieblingsspielchen meiner Kindheit wäre gleichfalls undenkbar gewesen: mich von hinten an einen ahnungslosen Schulkameraden anzuschleichen und ihm das Knie abrupt in die Kniekehle zu drücken. Es funktionierte jedes Mal. Mein Opfer verlor das Gleichgewicht oder ging halb in die Knie, und ich lachte mich krumm – bis jemand anders kam und das Gleiche mit mir machte. Und was, könnte man mit Fug und Recht fragen, ist der Anlass zu dieser Hymne auf das Knie, wenn doch Lilavati sich weiterhin nicht blicken lässt? Mein Wort darauf, ich bin erledigt. Dieses verfluchte Weibsstück, die Frau und Feindin meines Lebens, hat mir offenbart, dass das Knie, zumindest meines, eine explosiv-erogene Zone von solch phänomenaler Wirkung ist, dass ich meine unendlich geduldige und verständnisvolle Gesellschafterin Kausalya zur Verzweiflung getrieben habe. Ich bin unstillbar geil und verlange trotz meiner Bettlägerigkeit nach stündlicher, was sage ich, halbstündlicher Befriedigung. Welch infernalische Perversion brachte meine Frau dazu, mir erst das zweite Bein zu brechen und dann ihre feuchten Lippen auf mein entblößtes Knie zu pressen und mich um Verzeihung anzuflehen? Vielleicht sind mein müßiger Geist und die liegende Position und zwei gebrochene Beine die Ursache meiner unerschöpflichen Lüsternheit. Kausalya, die bislang immer peinlich darauf bedacht war, den Anstand des Hauses zu wahren, hat endlich nachgegeben und mir zeitweilige nächtliche Gesellschaft zugeführt, da ich mich unmöglich zu diesem Zweck in den Chandra Mahal verfügen kann. Ich wäre schon zufrieden, oder zumindest könnte ich mich qualvoll verausgaben, wenn ich die Möglichkeit hätte, eine einsame gemietete Fleischfurche zu beackern. Aber nicht einmal bei mir zu

Hause, in meinen eigenen vier Wänden, finde ich meine Ruhe. Wenn sie ihre haltlosen Ergüsse, ihr dämonisches Gewirbel und ihre schwülen Gesänge hinter sich gebracht hat, platzt diese Frau zu den unmöglichsten Zeiten herein. Ich bin fest entschlossen, kein Wort zu sagen. Ich bleibe ruhig und verschanze mich hinter einer Mauer des Schweigens. Es nützt, unnötig zu sagen, absolut gar nichts.
Kann mir bitte einer sagen, was ich mit meinem Leben anfangen soll? Ist meine Frau Grünauge real? Ist sie nichts als eine begnadete Schauspielerin, eine abgefeimte Schwindlerin? Ist sie eine Person oder zwei oder mehrere? Ist sie imstande, einen anderen zu lieben und meinetwegen zu leiden? Lügt sie? Ergibt irgendwas davon – vom Vergangenen, der Gegenwart und was immer noch geschehen mag – auch nur den geringsten Sinn?

»Wollt Ihr Euren goldenen Gürtel mit den Rubinen und Diamanten auf Euren Sieg setzen?« Sie hatte das Schachspiel, das mit dem beschädigten Pferd, wieder angeschleppt.
»Nein, herzlichen Dank.«
»Habt Ihr Angst, geschlagen zu werden?«
»Eine Heidenangst.«
»Was wollt Ihr dann setzen?« Sie ließ nicht locker.
»Mein Nähkästchen mit allen Nadeln, Garnrollen und Knöpfen.«
Einen Augenblick starrte sie mich verständnislos an, dann brach sie in hemmungsloses Gelächter aus. Wie das Leben doch spielte ... Meine Frau fand meine drittklassigen Witze zum Totlachen.
»Wartet ab, wartet nur ab! Ich knöpfe Euch noch die allerletzte Kupfermünze ab!« Sie sah mich herausfordernd an. »Aber ich bin fair. Nur zu, los, verlangt, was Ihr wollt – Ihr könnt absolut alles haben, was Ihr wollt, wenn Ihr die Partie gewinnen solltet!«
»Was es auch sei?«
»Was es auch sei. Ich stehe zu meinem Wort.«
Da war etwas, was ich mir von ihr wünschte, zumindest erinnere ich mich, dass es vor langer Zeit einmal etwas gegeben hatte. Etwas, wonach ich mich gesehnt und mich verzehrt und worauf ich jahre- und jahrelang gewartet hatte.
Ich verlor die Partie. Hätte ich gewonnen, hätte ich sie dann gefragt? Hätte sie mir meinen Wunsch erfüllt?

Sie war geradezu wettsüchtig. Wir spielten Hunderte Partien, während ich das Bett hüten musste. Sie bot mir alle möglichen Wetteinsätze an. Manchmal verlor sie auch. Aber nie wieder sagte sie: »Was Ihr wollt, was immer Ihr wollt. Ich stehe zu meinem Wort.«

»Vielleicht wäre es ratsam, noch eine Weile zu warten, bevor Ihr Seine Majestät um Erlaubnis bittet, mit mir nach Kumbhalgarh zu ziehen.«
Wovon redete sie? Wir steckten mitten in einer Partie. Drängte sie sich jetzt auch noch in meine intimsten Gedanken? Ich hatte noch keinem Menschen gegenüber ein Wort über Kumbhalgarh fallen lassen. Unsere Schachpartien – die einzige Art von Kontakt, die wir überhaupt miteinander hatten – waren von Monologen begleitet. Ihren. Wie konnte sie es also wissen?
Ich hatte in Chittor keine offizielle Funktion oder Aufgabe. Ich gehörte nicht einmal dem Gartenbauamt an. Die Projekte, die ich initiiert hatte – den Ausbau der Kanalisation, den Bau der Fluchttunnel und die Modernisierung unserer Rüstungstechnologie –, wurden nicht weiter verfolgt. Was mich am meisten verletzte, war nicht so sehr, dass man sie überhaupt auf Eis gelegt hatte, als die Tatsache, dass wir offensichtlich bereit waren, uns aus reinem Trotz ins eigene Fleisch zu schneiden. Man trat die Interessen der Stadt mit Füßen, nur weil diese Projekte mit meinem Namen in Verbindung standen. Was kann man bei so viel Kurzsichtigkeit schon tun?
Schon als Kind hatte ich nie besonders viele Freunde gehabt. Nach meiner Hochzeit hatte ich aufgehört, Leute einzuladen. Und von sich aus, wenn man von Raja Puraji Kika und Rao Viramdev absah, kam mich überhaupt niemand besuchen. Jetzt, wo beide in ihr jeweiliges Reich zurückgekehrt waren, blieb mein einziger, stets ungeladener Gast meine Frau. Wozu bleiben, wo man unerwünscht war? Ich war ein Fremder in meiner eigenen Heimatstadt. Vielleicht konnte ich außerhalb der Stadt eine neue Heimat finden.
»Ihr hofft, dass man Euch nicht mehr als eine Bedrohung empfinden wird, wenn Ihr Chittor verlasst. Aber das ist ja genau das, was die Leute, die gegen Euch intrigiert haben, wollen! Ihr möchtet die Stadt verlassen, werden sie sagen, weil Ihr Unruhe stiften wollt. Wer weiß, werden sie sagen, all diese Hitzköpfe, die sich beim Sie-

ges-Durbar vor Euch verneigt haben, könnten in Kumbhalgarh zu Euch stoßen, und Ihr könntet Euch entschließen, gegen Chittor zu marschieren.«

Ich blieb stumm. Auf wessen Seite stand Krishnas Mätresse eigentlich? Musste ich mir, nachdem sie mich schon zum Hampelmann von Mewar gemacht hatte, jetzt auch noch Nachhilfe in Diplomatie gefallen lassen? Ich musste gestehen, dass ich die erste Regel der Staatskunst außer Acht gelassen hatte: In jeder Angelegenheit, die deine Beziehung zu anderen betrifft, versetze dich als Erstes immer in die Lage des anderen. Schlüpf in dessen Haut. Betrachte die Welt und das anstehende Problem mit seinen Augen. So weißt du genau, wo der Schuh drückt. Dann kannst du entscheiden, ob du die Blutzufuhr ganz und gar unterbrechen, den Schmerz lindern oder einfach zuschauen willst, wie sich die Sache entwickelt.

»Es steht mir nicht zu, Euch Ratschläge zu erteilen« – was sie allerdings nicht davon abzuhalten schien, es doch zu tun –, »aber Seine Majestät ist ein guter Mensch. Man hat starken Druck auf ihn ausgeübt, Euch das Oberkommando zu entziehen. Aber er gab nicht nach. Er gestattete Euch, Eure ungewöhnlichen Ideen in der Praxis zu erproben. Als Ihr Malik Ayaz überlistet und die Streitkräfte Gujarats in die Sümpfe getrieben habt, sind die Menschen auf die Straße gegangen und haben Eure sofortige Abberufung verlangt. Wir wissen beide, wer letztlich hinter diesen Kundgebungen steckte, aber die Enttäuschung und Empörung der Bevölkerung waren echt. Was sollte Seine Majestät tun? Wie sollte er seinem Volk und seinen Verbündeten klar machen, welch tiefgreifende Veränderungen Ihr an der Technik der Kriegsführung vornahmt, wenn er selbst nichts davon wusste? Dann habt Ihr Euch als Gujarater Soldat verkleidet und Zahir-ul-Mulk getötet. Danach war nicht mehr davon die Rede, Euch lediglich zurückzurufen. Jetzt wollte man Euch sämtlicher Ämter und Würden entkleidet sehen.«

»Ich bin es bereits.«

Sie ging auf mein Selbstmitleid nicht ein.

»Ich bestreite ja nicht, dass Eure Feinde die Schlacht gewonnen haben. Aber es könnte klug sein, abzuwarten und zu sehen, was passiert. Manchmal – nicht immer, aber manchmal – nimmt die Zeit die Sache selbst in die Hand und erledigt sie für uns.«

In dieser Nacht hatte sich Kausalya etwas ziemlich Ungewöhnliches für mich ausgedacht.
»Ich will dich. Keine bezahlten Helferinnen. Ich möchte, dass du meinen Kopf zwischen deinen Brüsten oder Schenkeln zerquetschst, bis mein fauliges Gehirn restlos ausläuft. So werde ich vielleicht endlich von dieser Besessenheit geheilt.«
Sie schüttelte den Kopf.
»Hast du genug von mir?«
Sie lächelte etwas betreten, als hätte ich etwas Lächerliches und Unwürdiges gesagt. »Ich bin bei Euch, nie weiter als zwei Zimmer von Euch entfernt. Was Euch krank macht, Eure Hoheit, ist die Zeit. Dies ist das erste Mal, dass Ihr alle Zeit der Welt habt. Die Zeit heilt zwar alle Wunden, doch sie tötet auch. Was Ihr braucht, ist Abwechslung, neue Gesichter und Gesellschafterinnen. Ich erinnere Euch an all Eure Probleme. Die zwei Mädchen werden Euch helfen, Euch ein paar Stunden lang zu vergessen.«
»Gleich zwei?«
»Sie sind Zwillinge. Sie arbeiten nur im Gespann. Sie verdoppeln den Spaß, haben sie mir gesagt.«
Sie konnten nicht sehr alt sein. Wie Lilavati, oder höchstens ein paar Jahre darüber. Da ist an sich nichts weiter dabei. Die meisten Leute in Mewar werden als Kinder verheiratet. Die erste Periode, und das Mädchen darf mit ihrem Mann schlafen. Die Königsfamilie und der Hochadel halten sich vielleicht nicht immer an diese Sitten und warten oft, bis die Prinzen und Prinzessinnen auf die Zwanzig zugehen, ehe sie sie verheiraten. Aber Vater hat Odalisken und auch eine Ehefrau, die zwölf oder dreizehn sind.
Diese zwei waren allerdings etwas Besonderes. Sie sahen jung und erwartungsvoll aus, und doch hatte ich immer wieder das Gefühl, dass sie mehr vom Leben gesehen hatten als die großen Weisen, für die Vergangenheit und Zukunft austauschbar sind. Sie hießen Raat und Din, »Nacht« und »Tag« und waren eineiige Zwillinge. Ihre Eltern, Zuhälter, oder wer immer ihnen ihre Namen gegeben hatte, mussten einen Hang zu kindischer Ironie oder einen abartigen Sinn für Humor gehabt haben. Nach einer Weile kam mir der Verdacht, dass sie mit mir spielten. Wenn ich Raat rief und sie bei der Hand nahm, lächelte sie schüchtern und sagte: »Sie ist Raat, ich bin Din!«

Eine von beiden fing an, mein Hemd aufzuknöpfen, während die andere sich meine Hose vornahm.
»Soll ich an mir herumspielen, während Raat Euch nimmt? Oder möchtet Ihr lieber mit Raat spielen, während meine Zunge Körperteile an Euch entdeckt, von denen Ihr nicht einmal etwas ahnt?«
Es war wie früher, als ich krank war und meine Mutter sämtliche Leckereien und Süßigkeiten, an die sie sich erinnern konnte, aufzählte, um mich dazu zu bringen, etwas zu essen.
»Legt Euch zwischen uns, und wir machen Euch eine Brustwarzenmassage. Ihr werdet sehen, Ihr habt noch nie in Eurem Leben etwas Ähnliches erlebt.«
Ich muss wenig überzeugt ausgesehen haben.
»Ich weiß, was Ihr denkt«, sagte Din mit einem wissenden Lächeln. »Dass Ihr eine Brustwarze nur zwischen den Fingern oder Lippen und Zunge spüren könnt. Aber Ihr irrt, Raat und ich haben etwas Besonderes erfunden. Eure Haut wird sich wie von Alaun zusammenziehen, Eure Gänsehaut wird das Zittern im Gras sein, wenn der Kuckuck ruft und die Monsunschauer darüber hinwegziehen.«
Sie ließ ihre Kleider zu Boden gleiten. Wie viele Monate lang hatte sie dieses scheinbar selbsttätige Sichentblößen vor dem Spiegel geübt? Raat drängte sich heran.
»Möchtet Ihr mich ausziehen, Hoheit?«
Ihre Hand berührte zufällig die Brust ihrer Schwester. Ein reines Kunstwerk, diese überlegt beiläufige, wollüstig provozierende Geste. Während ich ihr Leibchen öffnete, beobachtete ich Dins Finger, die sich zwischen Raats Schenkeln zu schaffen machten. Ihre Brustwarzen regten sich träge.
»Haltet meine Brüste, Maharaj-Kumar«, sagte Raat zu mir. »Nein, nein, nicht drücken! Nehmt sie einfach sanft in die Hand.«
Ihre Stimme war ein züngelndes Flüstern, eine sinnliche Aufforderung von solch verführerischer Kraft wie ihre Handfläche an den Brüsten ihrer Schwester. »Das sind die Äpfel aus dem Obstgarten des Kaisers von Persien, die Mangos aus Konkan in Maharashtra. Und die rot-schwarzen Trauben, Eure Hoheit, wie wollt Ihr jemals wissen, wo sie her sind, wenn Ihr sie nicht kostet?«
Din war ein einziger langsamer Spasmus, der ihren Körper lustvoll verkrampfte und wieder losließ, als ihre Schwester ihr die Zunge in

den Mund steckte. Meine Hände fielen kraftlos an mir herunter. Die Trauben versetzten weder meine Zunge noch meinen Penis in Erregung. Die zwei identischen Erscheinungen machten mich ratlos und verwirrt. Zwischen diesen flirrenden Spiegelungen, bei denen es unmöglich war zu sagen, wo die Spontaneität endete und die Simulation begann, war kein Platz für einen Dritten.
»Wollen wir damit nicht lieber noch ein bisschen warten?«, fragte ich leicht schuldbewusst.
Sie sahen enttäuscht aus, hörten aber augenblicklich auf. Jetzt lächelten sie verunsichert, warteten auf weitere Anweisungen.
»Macht ihr alles, ich meine eure Arbeit, immer gemeinsam?«
»Ja. Wir planen das nie im Voraus, aber wenn ich mir die linke Seite vornehme, kümmert sie sich um die rechte. Wenn sie oben anfängt, bin ich schon dabei, mich von den Zehen hinaufzuarbeiten.«
Sie lächelten unentwegt, aber ohne echte Freude oder Verspieltheit. Sie waren unablässig bemüht, mir jeden Wunsch von den Augen abzulesen, selbst dann noch übereifrig, nachdem sie sich bis zur völligen Ermattung verausgabt hatten. Ich wagte gar nicht, mir vorzustellen, was es für ihre Selbstachtung und Eigenliebe bedeuten musste, wenn es ihnen einmal nicht gelang, dem Freier Vergnügen zu bereiten. Würden sie ihm, oder sich, das Leben nehmen? Sie waren so erlesen köstliche Geschöpfe und dabei zugleich so unecht, dass sich ein Abend mit ihnen ohne weiteres so oder so entwickeln konnte: zu quälender Langeweile und Öde oder zu einer kostbaren, juwelenfunkelnden Erfahrung in einem Spiegel-Universum. Ist es, fragte ich mich, für ein Spiegelbild möglich, kein Original zu haben? Gab es eine Welt, in der nur Spiegelungen Leben hatten, in der nur Antimaterie existierte, konnte es sein, dass wir in einer Schattenwelt lebten und das Universum und die Schöpfung kein Trugbild oder bloße Einbildung waren, sondern eine Option, die sich nicht aktualisieren konnte, weil Gott jedes Interesse daran verloren hatte oder tot am Rande irgendeiner Galaxie lag?
Jetzt haben sie angefangen zu singen. Nein, Raat singt und Din tanzt oder eben andersherum. »Es gibt nur ein Tabu, das ist der Kummer«, erklärt mir das Lied. »Nur eins heilt beide, den Kranken und den Gesunden: Die Liebe ist's. Denn Liebe ist die Krankheit. Sie ist der Schlüssel und das Schloss, die Kerkerhaft, die frei macht.«

Paradoxon häuft sich auf Antithese. Die Banalitäten hören nicht auf, unsere Dichter und deren Publikum zu faszinieren. Und dennoch kommt es auch in dieser synthetischen Gefühlswelt gelegentlich vor, dass uns ein lebendiges Bild oder ein ironischer Gedanke packt und die behaglichen Gewissheiten unseres Zynismus stört. Der Gesang und der Tanz mögen nicht außergewöhnlich sein, aber sie sind zumindest gekonnt. Ich muss an die Nacht im Haus Rajendras und Onkel Lakshman Simhajis denken. Sicherlich erwarte ich nicht, bei diesen Elfen oder aufwendig herausgeputzten Straßenkindern die herrliche, majestätisch dahinwogende Innenschau einer Sajanibai vorzufinden. Aber sie haben feine Antennen, sie bemerken selbst das noch so flüchtige Abschweifen meiner Aufmerksamkeit.
»Unsere Darbietung bereitet Euch kein Vergnügen, Herr?«
»Großes Vergnügen, meine Damen.«
Sie glaubten mir nicht.
»Wollen wir die Spiele ausprobieren, die Prinz Bahadur mit uns gespielt hat?«
Es ist lange her, dass ich zuletzt an den Shahzada gedacht habe. Wo mag er jetzt wohl sein? Noch immer im selbst gewählten Exil in Delhi oder wieder bei seinem Vater oder als Asylsuchender beim Sultan von Malwa? Die Zeit hat eine seltsame Art, mit den Lichtverhältnissen in unseren Erinnerungen zu spielen. Scharf umrissene Linien und Merkmale verschwimmen bisweilen und ziehen sich zurück, während dunkle Partien in den Vordergrund treten und Bestimmtheit erlangen. Vielleicht ist die Zeit ein Kaleidoskop, das sich niemals wiederholt. Jetzt betrachte ich Bahadur als einen der wenigen Freunde, die ich je gehabt habe. Wir waren durch Leben und Tod aneinander gebunden. Aber es war mehr als nur das.
»Möchtet Ihr, dass wir Euch abwechselnd nehmen? Wir werden Euch an den Rand der Ekstase führen. Es wird unerträglich und köstlich sein, und trotzdem werden wir dafür sorgen, dass Ihr nicht zum Höhepunkt kommt.«
Bisweilen erscheint er mir wie ein Seelenverwandter. Während des Feldzugs habe ich mich oft dabei ertappt, dass ich mich mit ihm unterhielt. Er war nicht nur der Feind. Anders als die meisten Menschen hatte er einen genauen Standpunkt, zu dem er nach gründlicher Überlegung gelangt war. Er hatte eine Vision des Königtums

und des Staates, und die Gegenwart war für ihn nur ein improvisierter Weg zu deren Verwirklichung. Er konnte zuweilen engstirnig, ein Eiferer und Chauvinist sein, aber er hatte das Potenzial zu Wachstum und Flexibilität.

»Ihr könntet uns fesseln. Wir haben eine Peitsche dabei. Nein?«

Ich war mir ziemlich sicher, dass er, mochte er bei Sultan Muzaffar Shah zur Zeit auch in Ungnade sein, eines Tages den Thron von Gujarat besteigen würde. Würde es dann Frieden zwischen uns geben, falls ich bis dahin Maharana von Mewar geworden war? Ich hatte meine Zweifel. Malwa grenzte im Südosten an unser Reich, und dessen König Mahmud Khalji II. war sprunghaft und schwach. Bahadur würde das Sultanat mit Sicherheit annektieren. Wir lagen dazwischen. Verglichen mit dem unseren war Gujarat ein junges Königreich. Er würde uns den Krieg erklären. Wenigstens war er ein Feind, den zu bekämpfen sich lohnte. Mit Guerillataktiken würde man ihm höchstwahrscheinlich nicht beikommen. Er war mir ähnlich. Er beobachtete seine Freunde und Feinde sehr genau. Er war neugierig und er vergaß Niederlagen oder Beleidigungen nie.

»Er hat mir ein Stück glühende Kohle auf den Oberschenkel gelegt und Din den Arm verdreht, bis sie ohnmächtig wurde.« Die Mädchen hatten, während ich meinen Gedanken nachgehangen war, erlesene Wonnen aufgezählt. »Würde Euch das Freude bereiten?«

Ich hatte sie ganz vergessen. Wenn ich mich recht erinnerte, waren sie bei ihren Reminiszenzen irgendwann zu Vikramaditya übergegangen. Liebten sie den Schmerz oder gehörte das zu ihrem Beruf? Hätten sie meinem Bruder oder Bahadur doch nur den Arm gebrochen oder die Weichteile abgefackelt! In dem Moment begriff ich, was das Problem mit ihnen war: Keiner von beiden war je in den Sinn gekommen, dass jemand sich die Mühe machen könnte – und sollte! –, ihnen selbst Lust zu verschaffen. Es klopfte an der Tür.

»Verzeiht, Eure Hoheit.«

»Herein.«

Kausalya öffnete die Tür nur einen kleinen Spalt. Ich wusste, dass sie mir den Rücken zukehrte.

»Könntet Ihr bitte die jungen Damen entschuldigen?«

Ich fragte nicht warum und wozu. Kausalya pflegt nicht grundlos in geschlossene Gesellschaften hereinzuplatzen.

»Wie viel Zeit bleibt ihnen?«
»Höchstens anderthalb Minuten.«
Sie warteten nicht erst darauf, dass ich sie bat, aufforderte oder ihnen befahl zu gehen. Das Einzige, was zählte, waren die Wünsche des Freiers. Raat, vielleicht war es aber auch Din, stopfte ihre Brüste in das Leibchen und sperrte sie für die Nacht weg, während ihre Schwester ihren Rock zuband. Dann machten sie Anstalten, die Musikinstrumente an ihren Platz in der Ecke zurückzutragen.
»Lasst nur. Ich bitte euch beide um Verzeihung. Vielleicht ein andermal. Natürlich wird euch das Honorar in voller Höhe ausgezahlt.«
Sie trippelten unter Verbeugungen rückwärts zur Tür, bis Kausalya sie wegzog und in ihr Zimmer führte. Gerade noch rechtzeitig.
Ein vermummter Mann trat mit vier Wachen ins Zimmer. Vater.
Bei Seiner Majestät war der Versuch, sich zu verkleiden, in etwa so Erfolg versprechend, als wolle ein Elefant inkognito durch die Stadt spazieren. Wer konnte schon den hinkenden, schleppenden Gang und die Autorität des Mannes verkennen?
»Lasst uns allein.«
Die Wachen gingen. Vater schleifte ein Sitzpolster an mein Bett und ließ sich darauf nieder. Ich drehte mich auf die Seite, um seine Füße zu berühren. Er hob sein schlimmes Bein hoch, damit ich mit der Hand heranreichte, und ließ es dann wieder hinunter.
»Shri Eklingjis Segen ruhe auf dir.«
Er sah sich um, zog dann schnüffelnd die Luft ein. »Ich sehe, du hattest Gäste. Es beruhigt mich, dass du nicht so stark behindert bist, dass du dich nicht amüsieren könntest.«
Vater entgeht nichts. Kein Wunder, dass er seine Brüder überlebt hat. »Was macht das Bein?«
»Ist schon viel besser, danke.«
»Kommen als Nächstes Hände und Arme an die Reihe? Oder willst du dir vorher erst noch das Genick brechen?« Er lächelte. Er wusste, dass ich von ihm keine Scherze und Witze erwartete.
»Eure Majestät ist bestimmt nicht um ein Uhr nachts hergekommen, um mich zum Lachen zu bringen.«
»Ich bin gekommen, um mich nach deiner Gesundheit zu erkundigen. Du bist schließlich mein Sohn, sogar mein Ältester.«
»Ich vergesse diese Tatsache nie auch nur für einen Moment.«

Sein Gesicht verdüsterte sich. Vielleicht hatte er gehofft, ein paar einleitende Floskeln loswerden zu können, ehe er zum eigentlichen Grund seines Besuches kam, aber ich schien jede Chance zu heiterem Geplänkel gründlich vermasselt zu haben.
»Offenbar gelingt das auch sonst niemandem im Reich. Man verlangt, dass man dich all deiner Ämter und Titel entkleidet und dich lebenslänglich einkerkert.«
»Ihr seid der Statthalter keines Geringeren als Eklingjis, der Maharana von Mewar durch Gottes Gnaden. Welche andere Meinung könnte noch Gewicht haben?«
»Du hast zweifellos Recht, mein Sohn. Aber das Geheimnis der Königsmacht besteht darin, den Bogen niemals zu überspannen. Lass es darauf ankommen, und du könntest feststellen, dass Wirtschaft, kulturelle Faktoren, höhere Gewalt wie Dürren, Überschwemmungen und Hungersnöte, die gehorsame oder gleichgültige Masse – ganz zu schweigen von den Vasallen, dem Adel, den Händlern und Kaufleuten, Priestern und Gutsbesitzern – die Waage zu deinen Ungunsten ausschlagen lassen und dich möglicherweise sogar vom Thron stoßen können. Der Trick besteht darin, mit dem Strom zu schwimmen. Man kann dessen Richtung wohl beeinflussen, vielleicht sogar gelegentlich dagegen anschwimmen, aber die Form muss dabei immer gewahrt bleiben.«
Welch wohl durchdachte und weise Worte! Seine Behauptung, Hof und Volk verlangten nach meiner Verhaftung, war offenkundig an den Haaren herbeigezogen und hatte andere Motive. Ich mag bettlägerig und hilflos sein, aber Kausalya, Mangal und meine jüngst entdeckte Beraterin, meine Frau, verfügen über eigene leistungsfähige Informantennetze, die weit empfindlicher auf die öffentliche Meinung reagieren als Vaters enger Kreis von Hofschranzen – und sie hätten mich gewarnt. Aber angenommen, ich würde seine Argumentation rein theoretisch akzeptieren, hätte Vater den Mut und die Ehrlichkeit zuzugeben, dass die Richtung des Stromes von Königin Karmavati und deren geliebtem Sohn, meinem Bruder Vikramaditya, bestimmt wurde?
»Und was wirft man mir konkret vor?«
»Verschwörung und Hochverrat. Beleidigung des Hofes. Eklatante kriminelle Missachtung der heiligsten rajputischen Traditionen der

Ehre und Tapferkeit. Anstiftung von rangniederen Offizieren und Mannschaften unserer Streitkräfte zur Errichtung eines parallelen Machtzentrums. Die Liste ließe sich fortsetzen.«

»In dem Falle muss Seine Majestät vom höchsten Gericht des Landes Anklage gegen den Beschuldigten erheben lassen.«

»Maßt Euch nicht an, Prinz«, sagte Seine Majestät, ohne die Stimme zu erheben, »mir Ratschläge zu erteilen.«

Warum mussten dieser Mann und ich nur so aneinander vorbeireden? Selbst noch während er mich zurechtwies, bewunderte ich seine herrliche Autorität und sein Gefühl für die Würde seines Amtes. Offene Aussprachen laufen Vaters Natur zuwider. Meiner nicht minder. Andererseits hätte ich ein kalkuliertes Risiko eingehen und mich ihm auf Gnade und Verderb ausliefern können. Aber ich hatte nicht vor, in die Falle zu tappen, die Vater so geschickt für mich aufbaute. Er überlegt sich vor jeder Begegnung seine Strategie genau und er musste zweifellos die Möglichkeit in Betracht gezogen haben, dass ich versuchen würde, ihn durch scheinbare Fügsamkeit einzulullen. Nachdem er mich aufgefordert hatte, den Mund zu halten, war er jetzt am Zug. Dieses tote Auge beobachtete mich unverwandt. Vielleicht würde er nie wieder mit mir reden. Vielleicht würde er gehen. Dann sah ich ihn etwas tun, was er sich nur für ganz seltene Gelegenheiten aufspart. Es ist einer der verstörendsten und wirkungsvollsten Tricks aus seinem Arsenal. Er steckte sich den Zeigefinger nachdenklich in die leere Augenhöhle und fuhrwerkte darin herum. Ich bemühte mich, eine ungerührte Miene zu bewahren. Ich glaube, ich machte meine Sache nicht schlecht, aber ich hätte am liebsten laut losgeschrien. Er kostete den Eindruck aus, den er bei mir hervorrief. Er begriff, dass ich bereit gewesen wäre, mir selbst die Augen aus den Höhlen zu reißen, wenn ich ihn dadurch nur hätte stoppen können.

»Ich habe ein Dokument bei mir. Unterschreibe es, und kein Mensch wird mehr von Verrat, Schande oder was auch immer reden. Alle Ämter werden dir zurückgegeben. Du wirst wieder in den Kriegsrat aufgenommen und übernimmst auch die Leitung all jener Projekte, die so wichtig für das weitere Wohlergehen und die Sicherheit des Landes sind.«

»Kann ich das Dokument sehen, Vater?«

»Natürlich. Habe ich dir nicht schon immer gesagt, du dürftest nichts unterschreiben, ohne es vorher gelesen zu haben?«
Er reichte mir das Schriftstück. Es erklärte meinen Verzicht auf den Titel Maharaj-Kumar und sämtliche Ansprüche auf die Krone.
»Vertrau mir, mein Sohn. Es ist eine reine Formalität. Die Leute haben ein kurzes Gedächtnis. Mit der Zeit werden sie die Aufregung vergessen und wir können den Wisch zerreißen.«
Es war seltsam. Ich war tatsächlich kurz davor zu unterschreiben. Er benutzte all die falschen Worte von jener Sorte, auf der in dicken Lettern »Gefahr« zu lesen stand. Und dennoch glaubte ich ihm.
»Hättet Ihr es unterzeichnet, wenn Großvater Euch aufgefordert hätte, das Feld zugunsten Eurer Brüder zu räumen?«
»Es ist nur eine vorübergehende Maßnahme, eine reine Formsache. Du hast mein Wort darauf.«
»Würdet Ihr ein Dokument solchen Inhalts unterzeichnen?«
»Sei nicht unverschämt!«
»Ganz ehrlich, selbst wenn Ihr es tätet, ich würde meinen Namen unter solch ein Dokument nicht setzen.«
Seine Stimme war leise, aber sein heiles Auge funkelte bedrohlich. »Das ist deine letzte Chance, Sohn.«
Ich dachte, er würde mich schlagen oder mir sein Schwert in den Leib stoßen. Er seufzte und stand dann auf. Er stand mit geschlossenen Augen da. Was war das für eine lange Nacht! War es auch meine letzte Nacht in Freiheit? Er ließ die Schultern hängen und sah mit einem Mal alt aus. Er ging zur Tür und öffnete sie. Seine Wachen standen still. Er kam zu mir zurück. »Was sein wird, wird sein.« Er berührte meine Stirn. »Ist es wahr, dass du an der Front sieben Mal schwer verwundet wurdest und Rao Viramdev jedes Mal verboten hast, mir davon zu schreiben?«
»Nur ein paar Schmisse und Kratzer, Eure Majestät.«
»Jetzt lügst du sogar deinen Vater an!«
»Wann habt Ihr je über Eure Wunden gesprochen?«
»Du bist ein Prophet, der vor seiner Zeit gekommen ist. Ein früher Vogel, der die Menschen schon kurz nach Mitternacht aufweckt.«

24

Es war ein Morgen von düster klarer Schönheit. Die Gambhiri war ein schwelender goldener Riss in der Ebene unterhalb von Chittor. Jemand hatte die Sonnenblume vom Himmel gepflückt, ihr sämtliche Blütenblätter ausgerupft und die finstere Scheibe zurückgeschleudert. Das Licht war zorniger Pollen, der um den ganzen Himmelskreis staubte. Er war in ständiger Bewegung, weigerte sich aber, auf- oder abzusteigen. Bald würde ich von einer Patina gelben Puders bedeckt sein. Es würde in meine Lungenflügel eindringen, sie polieren und meine Bronchien mehr und mehr ausfüllen, bis keine Luft mehr in ihnen verbliebe und ich, zu Gold erstarrt, für ewig zu Ehren meines Ahnen, des Sonnengottes, dastehen würde. Scharen von Pfauen waren unterwegs, um die plötzliche Unterbrechung des Monsunregens zu feiern, und fächerten ihre einäugigen Federn in schimmernden Wellen auf. Die Hennen mit ihrem scharfen Sexualduft flogen immer wieder kurz auf und schrien erbarmungslos, während sie sich den hektischen Avancen ihrer künftigen Partner gegenüber betont gleichgültig gaben.

Lange hatte es so ausgesehen, als würde der Regen überhaupt nicht mehr kommen. Die Kornspeicher waren halb leer und die Gambhiri war ein rissiges Bett aus Steinen, Kieseln, rostigen Münzen und anderen Überresten des Lebens, ein verlassenes, in sich zusammengefallenes Skelett, das lediglich von einzelnen Pfützen und einem dünnen Rinnsal belebt wurde. In der Festung hatte man schon angefangen, Wasser und Lebensmittel zu rationieren. Zweieinhalb Monate, nachdem jede Hoffnung auf Regen erloschen war, überzog sich der Himmel mit Teer, wurde der Sonnengott ausgesperrt, wurden Mond und Sterne verbannt. Eine endzeitliche Finsternis breitete sich aus. Man bekam keine Luft zum Atmen, die Vögel verschwanden und Säuglinge erstickten ohne einen Laut. Und immer noch kein Regen. Dass die Götter Mewar zürnten, war offensichtlich. Es gab nur einen Ausweg: Besänftigung. Die Priester bestimmten einen Glück verheißenden Tag zur Durchführung einer Opfer-Zeremonie für Vergebung und Regen. Die Vorbereitungen nahmen eine hektische Woche in Anspruch. Als Holz, Ghee, Milch, Kokosnüsse, Gelbwurzpulver, Kampfer, Safran und alles Übrige bereit lagen, das Feuer schon entzündet und die Finsternis vertrieben werden sollte, brach der Regen los. Anderthalb Monate lang hörte er nicht mehr auf. Was versuchten die Götter uns begreiflich zu machen?

Es war ein schöner Morgen, wenn man nur den Atem anhielt, oder besser noch überhaupt nie wieder atmete, denn Chittor wurde von der Cholera heimgesucht, und der Gestank nach Tod, Abfällen und Exkrementen war unerträglich. Ich stand seit nunmehr über sieben Monaten unter einem frei gewählten lockeren Hausarrest. Vater hatte Recht, die Leute haben wirklich ein kurzes Gedächtnis. Ich wurde nicht ignoriert, sie hatten mich vergessen. Ich wüsste nicht zu sagen, was von beidem beleidigender ist. Die, die es sich leisten konnten, haben Chittor verlassen, darunter Seine Majestät, Königin Karmavati und Vikramaditya und der größte Teil des Hofstaates. In gewissem Sinne ruht die Verantwortung für die Hauptstadt wieder auf meinen Schultern.

Die Straßen sind Schlammflüsse, schäumende reißende Wildbäche aus Regenwasser und Scheiße, die die Rinnsteine entlangtoben, sie verstopfen und haltlos über die Ufer treten. So weit nichts Neues. Im Sommer dörrt und desinfiziert die Hitze dann wieder alles. Im Winter werden die Lippen spröde, die Haut rissig und die Abwasserkanäle trocknen aus. Während des Monsuns bilden Schlamm, Erde, Wasser und Kot eine einzige gurgelnde, strudelnde Schweinerei. Und dennoch sind schon siebzehn Monsune ins Land gegangen, dazwischen noch zwei Dürrejahre, ohne dass die Cholera uns heimgesucht hätte. Warum treten Epidemien in manchen Jahren auf und

in anderen nicht? Wo kommen sie her und warum verschwinden sie wieder, nachdem sie die Hälfte, manchmal sogar drei Viertel der Bevölkerung dahingerafft haben? Bislang haben wir dreitausendsiebenhundertundachtzehn Tote zu beklagen. Wie viele werden noch ihr Leben lassen müssen, ehe die Cholera wieder abklingt?
Die ganze Nacht lang hörte man das Schreien, Weinen und Stöhnen. Das war Vikramadityas Abschiedsgeschenk für mich: Die Cholera, so ging das Gerücht, war die Vergeltung für das, was ich während eines Überfalls in den frühen Morgenstunden den Gujarater Soldaten angetan hatte. Die Geschichte setzte sich in den Köpfen der Leute fest. Die Menschen von Chittor hatten einen Sündenbock gefunden. Anfangs gingen sie lediglich in ihre Häuser und knallten die Tür hinter sich zu, wenn ich die Straße entlangritt. Bei zwei Gelegenheiten gingen sie auf mich los. Das erste Mal verteidigte ich mich mit meinem Schwert, bis Mangal mir zu Hilfe kam und sie zurückschlug. Das zweite Mal saß ich von Befikir ab. Mangal war entsetzt und flehte mich an, wieder in den Sattel zu steigen, heimzureiten und Verstärkung zu schicken, während er den Pöbel in Schach hielt. Als man mich erkannt hatte, waren es gerade eben sechs oder sieben Leute gewesen. Jetzt waren sie schon fünfundzwanzig und mehr, eine murrende, feindselige Horde, die nur darauf wartete, dass jemand den ersten Schritt tat. »Nur Blut kann Blutdurst stillen!«, schrie ein kurz gewachsener Mann und zog sein Schwert. Ein zwölfjähriger Junge schleuderte mir einen Stein gegen die Brust. Dann zogen sie sich mit einer langsamen kreisenden Bewegung immer enger um mich zusammen. Ein verräterischer, verbrecherischer Akt muss erst den nötigen Impuls erhalten, ehe er ausgeführt werden kann. Mangal war gerade im Begriff, den ihm am nächsten stehenden Mann niederzusäbeln, um die Aufmerksamkeit von mir abzulenken, als ich die Hand hob. Er hielt in der Bewegung inne, steckte das Schwert allerdings nicht in die Scheide zurück.
»Tötet mich«, sagte ich, »tötet mich, wenn Chittor dadurch von der Cholera befreit wird. Ihr werdet dem Land einen großen Dienst erweisen.«
Sie zögerten. Sie hatten nicht erwartet, dass ich ihre Entscheidung unterstützen würde. Eine weißhaarige Alte mit fast zahnlosem Mund drängte sich vor und sprach:

»Nur weil sich hier fünfzig Idioten zusammengerottet haben, die jeden Unfug glauben, den man ihnen erzählt, seid Ihr noch lange nicht verpflichtet, deren Beispiel zu folgen und Euch wie ein Hornochse aufzuführen, Eure Hoheit. Mit Eurer Erlaubnis möchte ich den hier versammelten Herrschaften eine Frage stellen.«

Die Alte aber war weder mit den Angreifern noch mit mir fertig.

»Sie sind offensichtlich klüger und gescheiter als Ihr, Maharaj-Kumar, also werdet Ihr mir gewiss vergeben, wenn ich sie und nicht Euch frage. Wie sollten wir mit einem Feind verfahren? Sollten wir die Vipern an unserem Busen nähren, so dass sie uns die giftigen Zähne ins Fleisch graben und uns ausrotten können? Ich war einst eine Ehefrau und verlor meinen Mann. Ich war Mutter und verlor meine neun Söhne. Ich war Großmutter und verlor siebzehn Enkelsöhne – jeden von ihnen im Krieg. Ein Urenkel war mir noch geblieben. Als er mit Euch gegen Gujarat zog, dachte ich bei mir: Jetzt bin ich wirklich verwaist. Doch Ihr habt ihn zurückgebracht, Hoheit. Ihr habt Idar zurückerobert und Ihr habt den Tod von dreitausend Soldaten und von Rajendra Simha gerächt. Wenn das nicht ehrenhaft ist, wären die Herrschaften vielleicht so freundlich, mir zu verraten, was ehrenvoll ist? Was Euch betrifft, Maharaj-Kumar« – jetzt kam ich an die Reihe – »das Problem mit Euch ist, dass Ihr auswärts hart und zu Hause butterweich seid. Verschanzt Euch nicht hinter Zurückhaltung. In Eurer Position ist das keine Tugend. Besorgt Euch ein Horn und stoßt kräftig hinein! Wo sind all die Charans und Dichter, die die Taten der Helden besingen? Wenn jemand sie aus eigennützigen Motiven zum Schweigen gebracht hat, werden ein paar Goldmünzen genügen, um ihre Zungen zu lockern.« Sie lächelte listig. »Was hieltet Ihr davon, mich in Dienst zu nehmen?« Es trat eine bedeutungsvolle Pause ein. »Mit sofortiger Wirkung?« Sie war eine begnadete Schauspielerin mit einer gefährlich scharfen Zunge und amüsierte sich sichtlich königlich. Das Publikum war begeistert und brach in lautes Gelächter aus.

Sie legte die Stirn auf meine Füße. Als ich sie wieder aufrichtete, ließ sie den Blick über die Menschenmenge schweifen, die mittlerweile auf gut das Vierfache der ursprünglichen Zahl angewachsen war. »Beugt jetzt den Kopf, Maharaj-Kumar, damit eine alte, alte Greisin – so alt, wenn ich's recht überlege, dass ich genauso gut beschließen könnte, überhaupt nicht mehr zu sterben – Euch segnen kann.« Sie nahm mein Gesicht in die Hände. Ihre Handflächen fühlten sich wie uraltes zerknittertes Papier an, das jeden Augenblick zerfallen konnte. »Gott segne Euch, Eure Hoheit.«

Während die Sonne immer höher steigt und den Tag fest in die Hand nimmt, wertet die Gambhiri ihre Währung von Gold auf Silber ab. Wird das sonnige Wetter noch eine Weile halten? Wenige Anblicke sind so schön wie die Gambhiri bei Hochwasser. Sie besitzt dann eine Wildheit, die Furcht einflößend und erregend zugleich ist. Sie ist zügellos und gemeingefährlich. Der Monsun ist ihre liebste Jahreszeit. Das ist leicht zu begreifen, sieht man, wie der strotzend pralle Himmel in sie eindrischt und sie blutig erröten lässt und sein Sperma in sie verströmt. Aber langsam reicht es. Wenn es nur für acht oder besser zehn Tage aufhörte zu regnen, könnte die Erde trocknen und die Cholera ließe vielleicht ein wenig nach.
Es läuft immer gleich ab. An den ersten zwei Tagen schaffen es die Männer, Frauen und größeren Kinder bis zum Außenklosett. Dreißig-, vierzigmal am Tag. Sie sprudeln und sprühen wie Gießkannen. Sie verspritzen alles, was sie in sich haben, erschrocken über die Entdeckung dieser wütend sich windenden Python, die sie bislang für ihren Magen-Darm-Trakt gehalten hatten. Die nächsten paar Tage schleppen sie sich immerhin noch aus dem Haus, um sich zu entleeren. Danach können sie sich nicht mehr rühren und ihre Scheiße ist dünnflüssiger als Urin. Sie liegen abgestumpft vor Erschöpfung da, den trockenen Mund aufgerissen, die blinden Augen zur Decke gewandt, und das fadendünne Rinnsal von Durchfall ist ihr letztes verbleibendes Lebenszeichen. Ihre Atmung geht zuletzt so schwach, dass die Leichensammler schon manches Mal versehentlich noch lebende Körper aufgeladen haben.
Den Leichenkarren folgen die Aasvögel. Warum haben die Götter Geier und ähnliches Gezücht, Hyänen etwa, bloß so aberwitzig hässlich und abstoßend gemacht? Ist es deswegen, weil sie sich vom Tod ernähren? Es gibt allerdings eine Ausnahme: die Krähe. Sie ist intelligent und schlau, und ihr schwarzes Federkleid ist glatt und glänzend. Sie mag nicht jedermanns Geschmack sein, aber sie ist ein

eleganter Gauner, ein Vogel von Welt. Ganz anders der Geier. Es dürfte schwierig sein, eine abgerissenere, verlottertere und ungepflegtere Kreatur zu finden. Nichts rüttelt ihn aus seiner Trägheit auf außer der Anblick von Nahrung. Und selbst dann setzt er sich nur mürrisch in Bewegung und frisst mit einem Ausdruck äußersten Widerwillens. Es muss eine ganz schöne Plackerei sein, sich gegen seinen Willen voll zu stopfen. Aber diese eine Aufgabe erfüllt er mit einem bewunderungswürdigen Pflichtbewusstsein. Selbst wenn sein Wanst zum Bersten voll ist, macht er unbeirrbar weiter und trägt gewissenhaft alles ab, was an Aas gerade da ist, gleichgültig, ob es eine Stunde oder einen ganzen Tag erfordern wird.

Die Sonne ist wieder auf der Flucht. Schmutzige, schmierige, aschfarbene Wolken kommen von Osten her angeweht und ein warmer, klebriger Regen klatscht herab. Die Regentropfen sind aufgeblähte, träge Blutegel. Sie bleiben an der Haut haften, und wenn man sie gewaltsam abreißt, hinterlassen sie einen feinen Film von Holzkohlestaub. Das ist kein Regen, der einen rein wäscht. Er benebelt den Geist und hinterlässt ein schmutziges Gefühl.

Die Pfauenhennen müssen die Lust verloren haben, Theater zu spielen, oder sie haben begriffen, dass die Hähne, wenn sie noch länger die Zimperlichen spielen, die Sache abblasen und sie dann bis nächstes Jahr warten müssen, ehe sie auf ihre Kosten kommen. Plötzlich bricht eine wilde Aktivität aus. Alle Scheu, Zurückhaltung und Zickigkeit werden fahren gelassen, und die Hähne schlagen zu und hüpfen auf die Hennen. Ich beobachte ihr Treiben vom Palastfenster aus. Ist ihnen der Ernst der Lage nicht bewusst? Sehen sie nicht, dass der Tod durch das Land streift?

»Lakshman Simhaji schickt seine Grüße. Könntet Ihr ihm die Gunst erweisen, ihn umgehend in seinen Amtsräumen aufzusuchen?« Die Stimme des Dieners klang Entschuldigung heischend.

Die Pfauen hatten einen Ausdruck satter, selbstgefälliger Zufriedenheit, als sie sich von ihren Hennen zu Boden gleiten ließen. Ich wandte mich vom Fenster ab und folgte dem Mann.

»Ich möchte, dass Ihr und die Prinzessin Chittor unverzüglich verlasst«, kam Lakshman Simhaji sofort zum Wesentlichen.

»Aus welchem Grund, Onkel?«

»Aus welchem Grund?« Er war durch meine Frage verwirrt und gereizt. »Versteht es sich nicht von selbst? Euer Leben ist in Gefahr!«
»Wodurch?«
»Was ist in Euch gefahren, Maharaj-Kumar? Ich hatte Euch immer für einen unserer vernünftigsten jungen Männer gehalten, für jemanden, der weder sein noch sonst jemandes Leben unnötig aufs Spiel setzt!« Ich verstand noch immer nicht, worauf er hinauswollte. »Die Cholera, schon vergessen?« Er sah meine erleichterte Miene und lachte. »Was hattet Ihr denn gedacht?«
»Ich weiß überhaupt nicht mehr, was ich denken soll, Onkel.«
»Ihr habt angefangen, überall Gefahren zu wittern, was natürlich gar nicht so abwegig ist, wenn man bedenkt ...« Er vollendete den Satz nicht. »Ein anderer hätte an Eurer Stelle höchstwahrscheinlich schon eine gewaltige Dummheit begangen. Also, sind wir uns einig, dass Ihr und Eure Frau morgen Früh abreist?«
»Für meine Frau kann ich nicht sprechen, Ihr müsst schon selbst mit ihr reden und hören, was sie dazu meint. Ich habe hier zu tun.«
»Wenn Ihr nicht geht, wird auch die Prinzessin bleiben.«
»Das könnte auch ohne weiteres der Fall sein, wenn ich ginge, was ich keineswegs vorhabe. Sie hat hier Verpflichtungen.«
»Es gibt hier nichts zu tun, was die Beamten der Gesundheitsbehörde nicht auch erledigen könnten.«
»Was denn für Beamte, Onkel? Wir haben nicht einmal ein Gesundheitsamt, geschweige denn ein Ministerium. Die fünf zuständigen Beamten hat man sich vom Finanz- und vom Landwirtschaftsministerium ausgeliehen. Sie sind weder entsprechend ausgebildet noch im Mindesten motiviert und haben weder ausreichende Befugnisse noch irgendwelche Finanzmittel.«
»Das ist nicht wahr, ich habe fünf Prozent des diesjährigen Verteidigungsetats zur Bekämpfung dieser Epidemie abgezweigt.«
»Ich bin noch nicht fertig, Onkel. Zwei der Beamten sind tot.«
»Das ist genau der Punkt. Ich kann nicht guten Gewissens zulassen, dass den Thronfolger dasselbe Schicksal trifft. Es hat mich drei Wochen gekostet, Seine Majestät zu überreden, Chittor zu verlassen. Ich habe nicht vor, noch einmal so viel Zeit zu vergeuden, um Euch hinauszukomplimentieren.« Er war außer Atem und seine Hängebacken waren knallrot vor Ärger.

»Ich weiß Eure Sorge um unser Wohlergehen durchaus zu schätzen. Ich bin Euch dankbar, dass Ihr Vater dazu gebracht habt, die Stadt zu verlassen. Wäre ich der einzige Sohn Seiner Majestät, würde ich es als meine Pflicht ansehen, mein Leben zu retten und die Zukunft Mewars zu sichern. Aber im Falle meines Ablebens gäbe es noch immer sechs Prinzen, sechs direkte Abkömmlinge der Herrscherlinie. Ein Angehöriger der königlichen Familie muss in Chittor bleiben, wenn unser Volk nicht vollends den Mut verlieren soll.«
»Gehöre ich etwa nicht zur königlichen Familie?!« Seine Stimme war ein bedrohliches Grollen. Er hatte sich stocksteif aufgerichtet und strahlte ein uneingeschränktes Bewusstsein seiner Würde aus.
»Doch, Onkel. Und wenn die Hauptstadt überhaupt noch funktioniert, dann ist es Eurer Anwesenheit und Führung zu verdanken. Aber ich bin nun einmal der Sohn Seiner Majestät, der älteste Sohn, und ich möchte bei unserem Volk bleiben. Und, wenn Ihr gestattet, unter Eurer Führung arbeiten.« Um sein Verhältnis zu Vater nicht zu kompromittieren, fügte ich sofort hinzu: »In rein inoffizieller Funktion, versteht sich.«
Ich glaube, mein Onkel war richtig gerührt, und so wurde er noch knurriger als sonst. »Du warst schon immer stur wie ein Maulesel. Zwecklos, dir in deinem Alter noch Vernunft beibringen zu wollen.«

Vielleicht braucht jede Krise einen Heiland. Meine Frau war in dieser Zeit der Pestilenz wie geschaffen für diese Rolle. Sie hatte mittlerweile eine ansehnliche Anhängerschaft. Und es waren längst nicht nur Frauen, die sich um sie scharten. Die Überlebenden der Stadt – einschließlich der Kranken, die sich noch bewegen konnten – strömten täglich zu ihrer Morgen-Puja und Abend-Arati in den Brindabani-Tempel. Wir sahen uns kaum noch, da sie fast den ganzen Tag und manchmal auch die halbe Nacht vor dem Flötenspieler kampierte und ihn anflehte, Chittor zu Hilfe zu eilen.
Kausalya hatte ein altes Anwesen in der Nähe des Brindabani-Tempels requiriert und es zu einem Waisenhaus umfunktioniert. Sie nannte es Nandanvan, wie den Lusthain in Indras Paradies. Ohnehin kein geschwätziger Mensch, wurde sie jetzt noch schweigsamer. Manchmal kam sie abends nach Hause und vergrub das Gesicht in

meiner Achsel. Das war für mich die einzige Möglichkeit zu erfahren, dass es im Kinderheim eine besonders hohe Zahl an Todesfällen gegeben hatte oder dass eines der Kinder, das ihr sehr ans Herz gewachsen war oder für dessen Rettung sie Tag und Nacht gearbeitet hatte, zuletzt doch gestorben war. Manchmal schliefen wir miteinander. Sie sagte niemals nein. Vielleicht lenkte es sie von ihren Sorgen ab, so wie mich von den meinen. Die Pfauen, begriff ich, waren nicht die einzigen. Wir paaren uns ohne Rücksicht auf Kummer, Gleichgültigkeit, Tod, Glück oder Leid.

An einem Donnerstagabend nahm ich den Bauingenieur mit nach Nandanvan. Kausalya hatte mir ein paar Abende zuvor erzählt, das Dach des Waisenhauses sei an vielen Stellen undicht und es sei nur eine Frage der Zeit, bevor Dachbalken, Sparren und Ziegel herunterkrachen würden. Es war spät und wir gaben unseren Pferden die Sporen, da die Straßen fast menschenleer waren. Wer würde sich in diesen Tagen nach Einbruch der Dunkelheit auch schon aus dem Haus trauen? Sagte ich mir jedenfalls. Ich irrte mich. Die verlassenen Straßen hatten wenigstens diesmal nichts mit der Epidemie zu tun. Jeder in Chittor, ob tot oder lebendig, jung oder alt, Zivilist oder Soldat, Hure, Zuhälter, Mann, Frau oder Kind war zum Brindabani-Tempel gepilgert. War es das Fest des Flötisten? Waren die Götterbilder gestohlen worden? Hatte sich ein Unfall ereignet? Es war ein solches Gedränge, dass man sich nicht von der Stelle rühren konnte. Der Tempelbezirk und der breite Maharana-Kumbha-Boulevard waren vollkommen überfüllt. Manche fröstelten wegen des Regens oder vom Fieber, aber es schien sie nicht zu stören. Die Leute sahen mich und packten Befikirs Zügel. Keine alte Frau diesmal, die mich retten könnte, nicht einmal der furchtlose, treue Mangal war da, um mich vor dem vieltausendköpfigen Pöbel zu beschützen. Auch mein Gefährte wurde gezwungen abzusitzen.

»Lasst ihn in Ruhe! Ich allein trage die Verantwortung!« Keiner schenkte mir Beachtung. Sie bildeten lediglich eine Gasse, um mich durchzulassen. Ich hatte nicht gewusst, dass der Kreislauf von Tod und Wiedergeburt sich in ein und derselben Existenz abspielen kann. Die Hölle ist kein anderer Ort, kein anderer Seinszustand. Sie ist nichts anderes, als immer wieder dieselben entsetzlichen Erfahrungen machen zu müssen. Ich stand am Fuß der Treppe. Ich hatte diese Stimme schon vor Jahren gehört, ich hatte sie heute gehört, als wir in den Maharana-Kumbha-Boulevard eingebogen und ihn in gestrecktem Galopp entlanggeritten waren, aber etwas in mir sperrte sich, ihre Realität anzuerkennen. War es dasselbe Lied? Ich weiß es nicht mehr. Oh doch, du weißt es! Du erinnerst dich noch an jedes einzelne Wort und du weißt verdammt gut, dass es jetzt ein anderes ist. Ein Schritt nach dem anderen, Maharaj-Kumar, ein Schritt, und dann noch einer und noch einer, und du bist ganz oben, auf dem Gipfel des *Kailash*. Und da war sie, bearbeitete den Ektara mit den Fingern und wirbelte und trudelte mit geschlossenen Augen in Trance. Als sie zum Refrain kam, fielen all diese Tausende von Menschen ein und ließen ihn zum Himmel emporschallen. Sie wiederholten ihn begeistert immer und immer wieder, bis sie auf ein bestimmtes Zeichen hin zur nächsten Strophe überging.

Was ist eine Blume, wenn sie nicht blühen kann?
Was ist die Luft, füllt sie die Lungen nicht?
Was ist das Wasser, wenn es den Durst nicht löscht?
Was ist die Sonne, wärmt sie den Körper nicht?
Was ist ein Körper, schenkt er uns keine Lust?

Typisch, typisch für sie, das Sinnliche und das Spirituelle als ein und dasselbe zu behandeln!

Was ist ein Gebet, steigt es nicht auf zum Himmel?
Was ist ein Heiland, wenn er uns nicht heilt?
O Herr, errett uns, rett uns, rett uns!
Hundert Verbrechen brauchte es, eh du gegen *Shishupal* vorgingst.
Wir begingen einhundertundeins: Wo bleibst du?
Draupadi musste entblößt werden, damit du dich zeigtest.
Wir kamen nackt auf die Welt: Wo bist du, wo bist du?
Als Götterkönig Indras Zorn die Sintflut schickte, hobst du
den kleinen Finger und rettetest Brindaban. Wo bist du jetzt?
O Herr, errett uns, rett uns, rett uns!
Rett uns vor der Cholera, rett uns vor der Seuche, rett uns vor allem Übel!
Was ist ein Heiland, wenn er uns nicht heilt?

Sie hatte sich in ihren Gesang und Tanz so hineingesteigert, dass sie beim letzten »Rett uns, rett uns«-Refrain zusammenbrach und wie tot liegen blieb. Erst rührte sich niemand, doch dann näherten sie sich einer nach dem anderen und berührten ihre Füße. Eigentlich hätte es ein wüstes Gedränge geben müssen, aber sie stellten sich brav in eine Schlange.
Wie die Zeiten sich geändert hatten! Tanzmädchen, Schlampe, königliche Hure – die Menschen von Chittor hatten sie mit jedem Schimpfwort bedacht, das die Sprache hergab. Als sie ihnen ausgegangen waren, hatten sie neue erfunden. Schließlich war ihr Name ein Synonym für »treulose Ehefrau« geworden, und meiner konnte beliebig gegen »Hahnrei« ausgetauscht werden. Jetzt wurde sie die »Kleine Heilige« genannt.
Auf die Dauer gewöhnt man sich an alles. Der Abstand zwischen einem vollen Magen und Hunger, Normalität und Abartigkeit, Erlaubtem und Verbotenem, Reichtum und Armut ist nichts als Gewöhnung. Ich war knallrot geworden und ausgerastet und hatte ihr das Tablett mit Essen aus den Händen geschlagen, wenn sie sang und tanzte. Als ich das letzte Mal hier war, hatte mir die Wut in meinem Bauch ein Loch bis hinauf in den Schädel gebrannt. Ich hatte befohlen, sie nicht mehr aus ihren Gemächern herauszulassen. Wenn sie jetzt singt, werde ich nicht mehr wütend, ja zucke nicht einmal mit den Schultern. Ich höre einfach weg und sage nichts. Ganz ehrlich, ich rege mich einfach nicht mehr auf. Sie geht ihren Weg und ich gehe meinen.
Sie kam wieder zu sich. Sie zuckte zusammen. Sie setzte sich, stand dann auf. Sie versuchte, ihre Füße mit dem Rock zu bedecken, dann mit den Händen, aber vergebens. Die Menschen legten Münzen auf das Arati-Tablett und berührten ihre Füße.
»Nicht zu meinen, nicht zu meinen, zu seinen Füßen, den Füßen des Herrn, müsst ihr beten!«
Sie lächelten und machten weiter. Wenn sie an ihre Füße nicht mehr herankamen, berührten sie den Boden, auf dem sie gestanden hatte. Wenn doch nur, dachte ich, wenn doch nur Königin Karmavati und Vikramaditya hier sein könnten! Wer schließlich hatte sie mehr geliebt und ihr mehr Gutes gewünscht als die beiden? Die Priester waren die Einzigen, die sich nicht geändert hatten. An jenem

schicksalhaften Janmashtami-Tag hatten sie ihr Betragen schamlos gefunden. Sie hatten das Gesicht verzogen und sie verächtlich angeblickt. Und jetzt konnten sie sie ebenso wenig ausstehen. Ich sah zum Oberpriester des Tempels. In seinen Augen waren deutlich Abscheu und Angst zu lesen.

Die Kleine Heilige, wie jetzt alle meine Frau nannten, hatte ihren Tempel und ihr Amt besetzt. Der Oberpriester hob die Hände in die Höhe. Die Menschenmenge innerhalb der Tempelmauern – kurz darauf auch die außerhalb – verstummte.

»Die Priesterschaft von Chittor hat beschlossen, um die Hauptstadt von dieser entsetzlichen Pestilenz, die solch unvorstellbares Unheil angerichtet hat, zu befreien, ein einmonatiges *sankat-vighna*-Opfer durchzuführen!«

Die Stimme des Priesters donnerte trotzig, als forderte er jeden, insbesondere die Prinzessin, dazu heraus, ihm zu widersprechen. »Die Priester werden sich abwechseln und die Götter rund um die Uhr anrufen, sie beschwichtigen und um ihren Segen bitten. Wir werden nicht rasten noch ruhen, bis sie unsere Gebete erhören. Das Sankat-Vighna-Opfer ist das machtvollste Instrument gegen böse Geister. Wir geben euch unser Wort.«

Außerhalb der Mauer ließ sich ein Stimmchen vernehmen: »Die Kleine Heilige ist unser Opfer. Sie ist das Feuer, das dieses Land reinigen wird ... und dazu auch euch!«

Es ist ein Wunder, dass der kleine Klugscheißer nicht den ganzen Brindabani-Tempel zum Einsturz brachte. Die Leute lachten, wie sie es seit Monaten nicht mehr getan hatten.

»Wir«, übertönte die Stimme des Oberpriesters das Getöse, »werden die böse Macht, die unter uns ist, besiegen!«

Was meinte er? Worauf spielte er an? Die Cholera? Den kleinen Mann, der die Menge zum Lachen gebracht hatte? Oder meine Frau, die anscheinend auf die Mittlerdienste der Priester verzichten konnte und mit Gott auf du und du stand? Wenige königliche Paare verfügten über eine so zahlreiche und erlesene Schar von Feinden. Jetzt konnten wir auch noch die Priester von Chittor dazurechnen.

»Lang lebe die Kleine Heilige!«, schrie eine Frau und alle stimmten in den Ruf mit ein. Sie waren nicht zu bremsen.

Nachdem der Bauingenieur und ich das Waisenhaus eingehend untersucht hatten, sagte er: »Das wird viel Geld kosten.«
»Es ist schon in Ordnung. Die Kinder brauchen nicht nur jetzt während der Krise, sondern auf Dauer ein Dach über dem Kopf. Kannst du mir morgen einen Kostenvoranschlag vorlegen?«
»Ja, das Gebäude ist in einem schlimmen Zustand, und die Arbeiten müssen so schnell wie möglich in Angriff genommen werden.«
»Kausalya, kannst du die Prinzessin bitten, den Kostenvoranschlag Lakshman Simhaji persönlich vorzulegen? Und sie möchte bei der Gelegenheit durchblicken lassen, dass die Kosten durch die Spenden gedeckt werden könnten, die bei ihren Aratis zusammenkommen.«
Vielleicht lächelte ich nicht, als ich das sagte, aber ich verspürte eine poetisch-ausgleichende Gerechtigkeit sowie eine diebische Schadenfreude, dass die Tempelpriester ihr Geld zur Abwechslung einmal für etwas Sinnvolles würden ausgeben müssen. Wie man sieht, sind meine Freuden durchaus bescheiden. Aber welch gewaltigen Preis würden Chittor und ich für diese kleine Befriedigung zu zahlen haben! Wie viele tausend Tonnen Milch, Butter, Obst und andere Lebensmittel werden über die Götterbilder und in die Opferfeuer gegossen, wie viel Holz verbrannt, wie viele Lämmer geschlachtet, wie viel Safran gemahlen, wie viele Kokosnüsse zerschlagen, wie viele Köche rund um die Uhr beschäftigt! Wen besänftigen wir damit und warum? Alles ist Mutmaßung, Spekulation und Verdacht. Dürren, Hungersnöte, Überschwemmungen, Seuchen, zu viel und zu wenig, Niederlage, Entbehrung, ob persönliches oder gemeinschaftliches Leiden – die Erklärung ist immer dieselbe: Wir haben uns etwas zuschulden kommen lassen. Worin das Verbrechen genau besteht, weiß keiner. Aber wenn wir den Fehler nicht wissen, wie können wir ihn korrigieren? Was hatte meine Schwester Sumitra getan, weshalb starb Sunheria, worin besteht Lilavatis Verbrechen?
Die Vorstellung, die Götter könnten bestechlich sein, ist mir von jeher zweifelhaft und abstoßend erschienen. Dieser Gedanke ist bestimmt nicht besonders neu, die Weisen der Vorzeit haben ihn mit Sicherheit schon oft und besser formuliert. Aber nichtsdestoweniger fahren wir fort, die Gottheiten zu beschwichtigen.
Die Menschen von Chittor besuchten die exzessiven Andachtsstunden der Kleinen Heiligen. Sie sang und tanzte, und jeder konnte

mitmachen, und sie verlangte nicht einmal ein Kupfer-Tanka von ihnen, und jeder konnte ihren Worten folgen, und die Gesänge waren schlicht und überzeugend und voller Widerhaken und Einsichten, und ihre Wendungen klangen volkstümlich und vertraut und doch zugleich überraschend und bewegend durch die Aufrichtigkeit ihres Gefühls, und die Melodien, zu denen sie sie sang, waren auf jedermanns Lippen. Doch sie gingen auch zu den Opfer-Zeremonien. Sie konnten nicht ein Wort Sanskrit, hinzu kam, dass die meisten Priester drei, vier Viertelverse, ja manchmal eine ganze Strophe des jeweiligen heiligen Textes in einem Atemzug herunterhaspelten, so dass selbst die Götter Probleme gehabt haben dürften, aus dem Genuschel schlau zu werden, aber die braven Leutchen schauten immer wieder vorbei, spendeten ein paar Münzen und kamen sich tugendhaft vor.

Alle Dinge begeben sich. Zu ihrer Zeit. Ein schönes, mehrdeutiges Wort, dieses »sich begeben«. Heißt es: Alle Dinge ereignen sich? Oder bedeutet es eher, dass alles, was ist, vergänglich ist, sich seines Daseins begibt, sich ins Nichtsein begibt und verschwindet? Oder sind beide Interpretationen gleichermaßen richtig?
Mit der Zeit klang das Wüten der Cholera ab. Es starben zwar weiterhin Menschen, aber die Zahlen gingen deutlich zurück. Was hatte die Seuche besiegt? Haben auch derlei Dinge einen spezifischen Lebenszyklus? Hatte das Sankat-Vighna-Opfer – das, wie die Priester versprochen hatten, volle dreißig Tage gewährt hatte – den Willen der Götter bezwungen? Oder waren dafür die Gebete meiner Frau verantwortlich gewesen? Die Bevölkerung von Chittor, beziehungsweise was von ihr noch übrig ist, meint mit Sicherheit, Letzteres sei der Fall. Die Götter mochten den Fluch widerrufen und uns gerettet haben, aber sie hatten es nur getan, weil die Kleine Heilige sie, und insbesondere den Flötenspieler, darum angefleht hatte. Aber wer oder was es auch gewesen sein mochte, dem wir das Ende der Seuche zu verdanken hatten – ich war gerne bereit, mich niederzuwerfen und den himmlischen Mächten dafür zu danken, dass der Albtraum endlich vorüber war.

Misstrau dem Geliebten.
In Zeiten der Not wird er dich noch rascher verraten
als deine Feinde.

25

Ganz zum Schluss, im allerletzten Stadium der Seuche, steckte sich auch die Gemahlin des Maharaj-Kumar noch an. In den ersten paar Tagen behielt sie es für sich. Vielleicht, dachte Kausalya, war es die Zeit ihrer Periode. Oder sie war einfach erschöpft, wie das ja schließlich alle waren, nur dass sie schon immer besonders zart gewesen war. Doch bald konnte sie es nicht länger geheim halten und man rief den Raj-Vaidya. Ihr Mann betrachtete dies als eine reine Formalität. Schließlich würde ihr Geliebter und Gott kaum zulassen, dass sie starb! Wenn man der öffentlichen Meinung glauben wollte, hatte er einzig deswegen dem Tod in Chittor Einhalt geboten, weil die Kleine Heilige ihn darum gebeten hatte. Die Tage vergingen und der faulige dünnwässerige Geruch sickerte aus ihren Räumen in die Gemächer des Maharaj-Kumar. Er konnte sie würgen hören. Das Geräusch war mittlerweile fast unhörbar schwach, aber es bestand trotzdem kein Grund zur Sorge. Solange sie nicht buchstäblich um fünf vor zwölf erscheinen, dachte der Prinz, nimmt man ihnen ja nicht ab, dass sie Götter sind. Wie man sich bestimmt erinnert, schritt der Flötenspieler erst dann zu Draupadis Rettung ein, als die *Kauravas* schon durchaus ernst damit machten, sie auszuziehen. Krishna hatte vom ehrlosen Verhalten der Schurken und der schändlichen Untätigkeit der gleichmütig zuschauenden Älteren selbstredend von Anfang an gewusst. Aber wenn man einen bleibenden Eindruck hervorrufen will, ist es von größter Wichtigkeit, dass man den richtigen Zeitpunkt für seinen Auftritt abpasst. Der Flötenspieler würde natürlich kommen ... aber eben erst im allerletzten Augenblick.

Derweil brodelte die Stadt von Gerüchten. Genau genommen war es ein einziges Gerücht in einer Reihe von Variationen. Die Kleine Heilige hatte ein Abkommen mit den Göttern geschlossen: ihr Leben gegen dasjenige der Menschen von Chittor. Binnen weniger Tage war es kein Gerücht mehr, sondern die pure, unumstößliche Gewissheit. Zu jeder Tages- und Nachtzeit standen dichte Trauben von Menschen vor den Palastmauern und warteten auf die halbstündlichen Berichte über ihren Gesundheitszustand. Der Regen hatte aufgehört und die Geier waren fast alle verschwunden, aber als der Prinz aus dem Fenster sah, hätte er schwören können, dass die Vögel sich vor dem Palast versammelt hatten. Tatsache war, dass die Verehrer der Kleinen Heiligen nicht eigentlich auf eine Entscheidung warteten. Sie wussten, dass seine Frau sterben würde. Und wie gute Aasfresser wollten sie das große Ereignis nicht verpassen.

In dieser Nacht klopfte Kausalya an die Tür seiner Wohnung und bat darum, eintreten zu dürfen. Er reagierte auf diese Förmlichkeit gereizt.

»Was gibt's denn?«

»Eure Hoheit, wärt Ihr so gut, sie nur dieses eine Mal zu besuchen? Sie hat über vierundzwanzig Stunden im Koma gelegen. Gerade eben ist sie wieder zu sich gekommen. Sie wäre bestimmt froh, Euch zu sehen.«

Er hätte freudlos-verächtlich gegrinst, aber Kausalyas Augen waren zu Boden gerichtet.

»Was erwartest du, dass ich tue?«

»Ich glaube nicht, dass sie die Nacht überlebt.«

Er wollte sich schon die Übertreibung verbitten, als Kausalya hinzufügte: »Bitte.« Etwas in Kausalyas Stimme, dieses Wort, das sich in ihrem Mund so ungewohnt ausmachte, ließ ihn stutzen. Er ging an ihr vorbei, lief vielleicht, er konnte sich später nicht mehr genau erinnern, und war dann auch schon im Zimmer seiner Frau. Sie sah jünger aus als an dem Tag, als er sie zum ersten Mal gesehen hatte. Sie hatte so sehr abgenommen, dass sie einem Gespenst glich. Eine

Erscheinung, die noch ein paarmal aufzucken und sich dann dahin zurückziehen würde, wohin verwaiste Geister eben zu verschwinden pflegen. Sie lächelte, oder bildete er sich das nur ein? Ihre Hand hob sich kaum merklich, er meinte zu träumen. Er trat an ihr Bett und kniete sich hin. Er hob ihre Hand auf und hielt sie sanft umfasst. Ihre Lippen bewegten sich. Spielte es irgendeine Rolle, dass das alles eine einzige Halluzination war? Er beugte sich tiefer, bis sein Ohr fast ihre Lippen berührte.

»Vergebt mir, Hoheit. Kein Mann und kein Gott hätte die Schmerzen und Leiden ertragen, die ich Euch zugemutet habe. Kein Mensch und kein Gott besitzt Eure Seelenkraft oder Eure Würde. Ihr habt eine so kalte und undankbare Frau wie mich nicht verdient. Aber das ist Schicksal. Ihr habt weder mich noch Euer Schicksal verleugnet. Das mag wie ein schlechter Scherz klingen, aber ich habe Euch geliebt, bis an die Grenzen meiner Seele und darüber hinaus geliebt. Eine seltsame Liebe, aber dennoch Liebe. Ich danke Euch.«

Ihre Stimme erstarb. Ihre Augen trübten sich. Er fühlte ihren Puls. Wenn er all seine Phantasie aufbot, konnte er ihn alle fünfzehn bis zwanzig Sekunden spüren. Er empfand nichts. In all diesen gigantischen Wirbeln an seinen Fingerspitzen, in den winzigen Waben seiner Lungen, in den Kammern seines Herzens und im Kosmos, der viel zu klein war, um auch nur einen Bruchteil seines Kopfes auszufüllen, herrschte Schweigen und Nichts. Und dann regte sich das erste winzige Aufzucken einer Welle. Ihr folgte eine zweite und eine dritte, bis es eine gewaltige Flut wurde. Und es war nichts als ein Aufwallen von Wut, das auf der vorangegangenen Wutwoge zerkrachte. Wie konnte ihr Geliebter, der Eine, um dessentwillen sie ihn zum Hahnrei und Gespött der ganzen Stadt gemacht hatte, wie konnte er sie verlassen haben? Wo blieb das Wunder? Der Zeitpunkt für einen theatralischen Auftritt war längst vorüber. Wo blieb dieser Gott, dieser schamlose scharwenzelnde Flötenspieler, der Tausende von Frauen abserviert hatte und jetzt, seinem Charakter und seinem Ruf treu, dabei war, seine Frau abzuservieren? Eine Frau mehr oder weniger, was spielte das schon für eine Rolle?

Aber für mich spielt es eine gewaltige Rolle!, dachte der Maharaj-Kumar. Denn wie groß meine Wut und Enttäuschung auch sein mögen – ich lasse die Menschen, die zu mir gehören, nicht im Stich!

»Wasser, Zitrone, Salz, Honig! Drei Decken!« Flüsterte er, schrie er? Binnen weniger Minuten hatten die Diener das Verlangte gebracht. Er deckte ihren kalten Körper zu und flößte ihr gewaltsam ein paar Teelöffel frischen Limonensaft ein.

»Der Raj-Vaidya«, wagte eine Zofe einzuwenden, »hat gesagt, sie dürfe unter keinen Umständen etwas zu sich nehmen.«

»Lasst mich allein. Niemand betritt ab jetzt diese Räume ohne meinen ausdrücklichen Befehl. Sagt Kausalya, sie möchte alle vier Stunden Reisbrühe zubereiten und alle zwei Stunden ein Viertelglas Obstsaft. Ich will ein zweites Bett im Zimmer haben. Lasst zwei Eimer hier, einen mit heißem Wasser und den anderen mit einem Absud von *Khas*-Gras! Und bringt viele weiche Handtücher!«

Wann immer man ihr etwas einflößte, gab sie, wie es schien, die doppelte Menge wieder von sich. Etwa einmal die Stunde schied sie ein paar Tropfen dünnflüssigen Stuhl aus. Dies war der Grund dafür, dass die Medizinschule, zu der sich der Raj-Vaidya und die meisten anderen Ärzte bekannten, die Lehre vertrat, jede Flüssigkeit verschlimmere den Gesundheitszustand und beschleunige den Tod. Die einzigen Getränke, die man einem Patienten überhaupt gab, waren die jeweiligen in Wasser oder Honig aufgelösten Arzneien. Und was halbfeste oder feste Nahrung anbelangte, lehnte sie der Patient in der Regel ohnehin ab, und die Ärzte empfahlen selbst bei einem gewöhnlichen Fieber strengstes Fasten. Die andere Schule, deren Anhänger sich allerdings an den Fingern einer Hand abzählen ließen, vertrat dagegen die Auffassung, jedes Lebewesen sei auf flüssige und feste Nahrung angewiesen. In einem stark geschwächten Zustand, so glaubten sie, sei Fasten geradezu selbstmörderisch. Die Krankheit schien so oder so tödlich zu verlaufen, aber der Maharaj-Kumar tendierte eher zu der Ansicht, ohne Nahrung hätte der Körper nicht die geringste Chance, sich gegen die Cholera zur Wehr zu setzen.

Diese Frage hatte nicht nur zwischen den zwei Gruppen von Ärzten, sondern auch zwischen Seiner Hoheit und den Verfechtern der Hungerkur zu scharfen Auseinandersetzungen geführt. Glücklicherweise konnten sich die Armen meist keine Ärzte leisten und lebten, was die medizinische Kontroverse anbelangte, in einem Zustand seliger Ahnungslosigkeit. Ob sie also Wasser tranken oder nicht, hing

einzig und allein davon ab, wonach ihnen gerade war und inwieweit sie noch die Kraft dazu hatten.
Trotz ihres geschwächten, halb komatösen Zustands widersetzte sich die Prinzessin allen Fütterungsversuchen, doch der Maharaj-Kumar war entschlossen und beharrlich. Oft weigerte sie sich, den Mund zu öffnen. Er hielt ihr den Teelöffel mit Saft minutenlang vor die Lippen. Wenn sie sich weiterhin störrisch zeigte, versuchte er, sie moralisch unter Druck zu setzen:
»Ich habe nichts dagegen, dass du leidest, aber ich sehe wirklich nicht ein, dass ich gezwungen sein soll, einen Löffel zu halten, bis ich einen Krampf bekomme!«
Wenn sie es schaffte, öffnete sie die Augen und sah ihn flehentlich oder wütend und voll Abscheu an. Es nützte ihr nichts. Er war fest entschlossen, ihr diesen verdammten Saft mit Honig, koste es, was es wolle, einzuflößen. Eines war sicher: Wenn sie diese erste Nacht überlebt hatte, dann nur deswegen, weil sie immer wieder gezwungen gewesen war aufzuwachen, um alles, was er ihr verabreichte, wieder von sich zu geben. Er drehte sie auf die Seite, wischte ihr Mund und Oberkörper mit einem feuchten Tuch ab, wenn das Erbrochene ihr über das Leibchen rann, und reinigte sanft den Spalt zwischen ihren Gesäßbacken, wenn sie sich beschmutzt hatte. Er zog ihr frische Sachen an und hob sie aus dem Bett. Da begriff er, dass ein weiterer Kleiderwechsel nicht mehr nötig sein würde. Sie war so federleicht und ihr Atem ging so mühsam, dass es nur eine Frage von ein, zwei Stunden sein konnte, bis sie in den ewigen Schlaf versank. Er hatte schon längst alle Hoffnung verloren. Das Einzige, was ihn noch aufrecht hielt, war sein Hass auf den Flötenspieler. Denn wenn er jetzt aufgegeben hätte, so wäre das gleichbedeutend damit gewesen, dass ihr Liebhaber ihn wieder einmal geschlagen hatte. Er legte sie auf das andere Bett, so dass das beschmutzte Laken und die Juteplane darunter abgezogen werden konnten.
Tagelang dämmerte sie dahin.
»Bitte«, sagte sie, »bitte, lasst mich los!«
Er lächelte in sich hinein. Wie könnte er, wo ihr Verrat an ihm jahrelang das Einzige gewesen war, was ihm die Kraft zum Weiterleben gegeben hatte? Was würde er ohne sie tun?

»Steh auf! Hör auf zu bocken! Denkst du wirklich immer nur an dich? Seit du beschlossen hast, krank zu spielen, habe ich keinen Strich mehr gearbeitet. Die Kinder im Waisenhaus sterben und genauso all die anderen Kranken. Meinst du nicht, es wäre langsam an der Zeit, dich aufzurappeln und dich um sie zu kümmern?«

Sie schloss die Augen. Warum war er nur so durchgedreht, als sie ihn in der Hochzeitsnacht abgewiesen hatte? Sie hatte vorne die gleichen Erhebungen oder Ausbeulungen wie Sunheria, Kausalya oder jede andere Frau auch. Sie mochten etwas höher oder tiefer sitzen, größer oder kleiner, lose und hängend oder fest und aufrecht sein, aber es waren alles Brüste mit einem elastischen Knopf in der Mitte, und Entsprechendes galt für den Spalt zwischen den Beinen. War Kausalya für ihn nicht gut genug? Unter normalen Umständen hätte er mittlerweile ohnehin schon zwei, drei weitere Prinzessinnen geheiratet. Angebote hatte es mehr als genug gegeben, und bei zwei Gelegenheiten war der Maharana ernsthaft ungehalten über ihn gewesen, nicht nur weil sich aus den von ihm ausgeschlagenen Verbindungen wichtige politische Allianzen ergeben hätten, sondern weil die jeweiligen Mädchen auch außergewöhnlich attraktiv und begabt gewesen sein sollten. Rao Viramdev hatte nach Rao Gangas Tod sogar vorgeschlagen, er möge dessen Enkelin heiraten. Das wäre eine Geste der Anerkennung der Dienste, die der Verstorbene Mewar geleistet hatte, und könnte die Bande zwischen den zwei Königreichen festigen. Außerdem, hatte ihm der Onkel seiner Frau versichert, stecke in dem Mädchen kein bisschen Bösartigkeit, nur ein unerschöpflicher Vorrat an Liebreiz und Lebenslust.

Nein, der Maharaj-Kumar begriff noch immer nicht, was die ganze Aufregung sollte. Sah man einmal von extremen Mängeln wie Hasenscharten, Schielaugen und auffälligen Ticks ab – wie kam es, dass manche Männer und Frauen attraktiver wirkten und begehrter waren als andere? Was war an seiner Frau schon so besonders, außer dass sie sich ihm verweigert hatte? Und seht sie euch jetzt an! Sie war verwelkt, und ihr legendärer durchsichtiger Teint hatte mittlerweile die Farbe der Schiefertafel angenommen, die er als Schuljunge verwendet hatte. An manchen Stellen war ihr die Haut zu eng geworden und schien aufplatzen zu wollen. Diese Brüste wiederum, die ihn in jener Nacht, als er sie in flagranti ertappt hatte, schier

zum Wahnsinn getrieben hatten, waren verdorrt und zu erbärmlichen Säckchen verschrumpelt.
Ein grellgrüner Schleimbrei quoll aus ihrem Mund. Er wischte ihn mit einem Tuch ab. Er roch sauer und sah giftig genug aus, um ein Loch durch den Fußboden des Palastes zu ätzen. War das die Cholera oder waren es die letzten Überreste ihres Magens? Schaute der Flötenspieler zu? Würde er je wieder Lust verspüren, diese Frau zu beschlafen? Unten, jenseits der hohen Umfassungsmauer des Palastes, sangen die Massen eines ihrer Lieder:

Im Tod und im Leben bin ich dein, nur dein.
Nimm mich. Tu mit mir, was du willst.
Als Stein oder streunender Hund, als Ratte oder Rose,
Fisch oder Vogel,
in welcher Inkarnation auch immer, bin ich dein, nur dein.
Du darfst mich verstoßen: Ich werde dich niemals verleugnen.
Nimm dich in Acht, Geliebter, vor den Wonnen meines Leibs
und meiner Seele!
Du bist mein, nur mein.
Ich bin deine Braut, deine Buhle, deine Sklavin.
Ist dir schon einmal aufgefallen, Herr,
dass du immer nur nehmen und ich nur geben kann?

Deine Zeit ist um. Jetzt hörst du mir mal zu!
Ein Gott ist bloß ein Stein, bis ein Verehrer kommt
und ihn fromm mit Zinnober übermalt.
Im Tod und im Leben bin ich dein, nur dein.
Nimm mich. Tu mit mir, was du willst.

Die Ironie der Situation brachte ihn zum Lächeln. Es gab einmal eine Zeit, da hätte er am liebsten sie und sich selbst mit seinem Schwert erstochen. Sie lag in seinen Armen, und selbst während sie ihre letzten Atemzüge tat, umarmte sie einen anderen. Kausalya brachte die Reisbrühe – schon eher eine Reissuppe, in die sie etwas Hühnerbrühe gegeben hatte, um sie nahrhafter zu machen. Als er ihr den Napf abnahm, zitterte seine Hand.
»Schlaft ein bisschen, Hoheit, ich füttere sie.«

»Ich bin sturer als du. Ich höre nicht auf sie, wenn sie behauptet, sie würde die Suppe später trinken.«
Er nahm einen Löffel von der klaren Brühe und ließ ihn seiner Frau in den Mund rinnen; in letzter Zeit stand er immer halb offen, als könne sie nicht genug Luft bekommen. Sie würgte und die Brühe floss seitlich an ihrer Wange hinunter. Als sie sich beruhigt hatte, unternahm er den zweiten Versuch.
»Ich werde streng mit ihr sein. Ihr habt sie schon seit einer Woche Tag und Nacht gepflegt. Wenn auch Ihr noch krank werden solltet, kann ich mich unmöglich um zwei Patienten kümmern.«
Er fuhr sich mit der Hand über Kinn und Wangen. Er war ganz schön stoppelig geworden. Sollte er sich einen Bart wachsen lassen? Er sah Kausalya an. Sie würde nicht nachgeben, und sie hatte Recht. Er reichte ihr den Napf und legte sich auf das andere Bett.
Seine Frau war tot. Sie hatte das Glück gehabt, vor ihrem Mann zu sterben, also badete Kausalya sie und legte ihr den Hochzeitsrock an. Er schritt der Bahre voran, den Tontopf mit dem heiligen Feuer in der Hand. Ganz Chittor, selbst die Priester des Brindabani-Tempels, waren gekommen, um Abschied von ihr zu nehmen. Den Weg hinunter zum Fluss sangen sie die Lieder, die sie von ihr gelernt hatten. Sie legten sie sanft auf die aufgeschichteten Scheite. Sie lag still und heiter, als wartete sie voll freudiger Spannung.
Er erinnerte sich an seinen Hochzeitstag. Es war das erste Mal gewesen, dass er sie gesehen hatte, und er hatte ihr viel versprochen. Kein einziges dieser Gelübde hatte er gehalten. Er hatte kein Recht, sie ziehen zu lassen. Er zündete die Fackel am irdenen Feuertopf an und berührte damit erst den Saum ihres Rockes und dann die Reisigbündel. Sofort schlugen die Flammen hell empor. Ihnen entstieg der Flötenspieler. Er lächelte.
»Der Zeitpunkt für Wunder, mein Freund – wenn ich dich so nennen darf«, fügte er zum Maharaj-Kumar gewandt herablassend hinzu, »ist nicht fünf vor, sondern Punkt zwölf.« Er fuhr mit der Hand über die Flammen und sie fielen in sich zusammen und verloschen. Er küsste ihre Lippen.
»Wach auf, Liebste.« Sie schlug die Augen auf. Sie strahlten eine unendliche Liebe aus. Er nahm sie in die Arme und sie flogen zum Himmel auf.

»Sie hat die letzten drei Male, als ich sie gefüttert habe, nicht gebrochen«, sagte Kausalya zu ihm.
»Wie lang habe ich geschlafen?«
»Elf Stunden, nein, eher zwölf.«

Das Rasiermesser rutschte ihm wenigstens dreimal aus und schnitt ihn heftig.
»Ich sollte es dir die Kehle aufschlitzen lassen!« Es war niemand im Zimmer, aber er wusste, wer gesprochen hatte. Bhutani Mata säbelte auf seinen Körper ein – lange saubere Schnitte, aus denen das Blut reichlich hervorsprudelte. »Ich hatte dir ja gesagt, dass es keine leichte Aufgabe sein würde. Du verlangtest nichts weniger von mir, als dass ich die kosmische Ordnung umstürzte, mich in die intimsten Privatangelegenheiten der Götter einmischte!« Jetzt ging das Rasiermesser auf sein Gesicht los. »Aber du wolltest ja nicht hören! Du meintest, dir seien die Konsequenzen scheißegal! Du wolltest, dass ich die Sache erledige und – ich zitiere – ›bitte keine Ausflüchte!‹ Ich hab's jahrelang versucht, aber was ich auch probierte, missglückte. Sie kam jedes Mal davon. Diesmal habe ich nichts dem Zufall überlassen. Ich wollte kein weiteres falsches Blut an meinen Händen. Monatelang habe ich die Sache vorbereitet, jedes noch so kleine Detail habe ich bedacht. Nichts konnte mehr schief gehen. Ich habe ihr die Cholera geschickt. Und was tust du in der Nacht, in der sie endlich sterben sollte? Du mischst dich plötzlich ein. Du widerrufst die Anordnungen des Arztes, du zwingst sie zu essen, du wischst ihr den Mund ab und putzt ihr den Arsch, du sitzt in diesem Zimmer mit seinen giftigen Ausdünstungen und pflegst sie. Du vermasselst mir die Sache und holst sie von den Toten zurück. Dir hätte ich die Scheißeritis anhängen sollen! Dann wäre ich meine Probleme ein für alle Mal los!«
»Wolltest nicht das falsche Blut an den Händen haben, sagst du, und hast halb Chittor entvölkert, um an eine einzige kleine wehrlose Frau heranzukommen? Neuneinhalbtausend Tote nach der letzten Zählung, und du nennst das einen Präzisionsschuss? Nicht mal die Götter werden uns vor deiner Präzision retten können!«
»Sie mag diese himmlischen Halbstarken haben, die auf sie aufpassen, aber ich habe dich, du kleiner Hohlkopf! Keiner, weder hier

noch im Himmel, will dich beschützen! Im Gegenteil, fast jeder – einschließlich Seiner Majestät, der schon den Linken verloren hat – gäbe seinen rechten Arm dafür her, dich endlich loszuwerden! Aber das wäre zu einfach. Du bist ein so erzgescheiter Schlauberger, dass niemand, nicht einmal eine ganze Armee deiner schlimmsten Feinde, dir den Ärger bereiten könnte, den du dir höchst eigenhändig aufhalst. Ich werde mich einfach hinter die Kulissen setzen und jede Niederlage und jede Erniedrigung auskosten, die du dir für dich ausdenkst!«

26

Eine Woche später ging Grünauge schon im Haus herum. Am zehnten Tag stattete sie dem Waisenhaus einen Besuch ab. Zumindest verließ sie den Palast mit dieser Absicht. Aber die Menschen von Chittor hatten erfahren, dass die Kleine Heilige von den Toten auferstanden war, und passten sie am Brindabani-Tempel ab. Sie zwangen die Priester, das Bildnis des Flötenspielers herauszutragen, und stellten es draußen auf. Von da an herrschte das reine Chaos. Keine Divali, kein Tempelfest, keine Geburt, kein Sieg war in Chittor je so ekstatisch begangen worden, wie die Rückkehr der Kleinen Heiligen gefeiert wurde. Sie forderten sie auf zu singen, sie tanzten. Sie sangen ihre Lieder, sie trugen sie in einer Sänfte durch die ganze Stadt. Sie hielten den Verkehr auf, alles kam zum Erliegen. Ämter wurden geschlossen und Läden verrammelt. Alle, einschließlich des Polizeipräsidenten, der Wachen und sogar einiger Priester, berührten mit der Stirn ihre Füße. Selbst mein Onkel, mein knurriger, durch und durch praktischer und weltlich gesinnter Onkel, machte Anstalten, sich trotz seiner enormen Körperfülle zu verneigen, als meine Gemahlin, die eine kluge Frau ist, seine Füße berührte und sagte: »Ihr nicht, Eure Hoheit! Bringt mich nicht vor all den Leuten in Verlegenheit.« Klugheit und Vernunft konnten sich allerdings nur eine Minute lang behaupten. Denn jetzt hatte die Stadt gleich zwei Paar Füße zu berühren: die der Heiligen und die Lakshman Simhajis.

Die Prozession musste an jedem Haus Halt machen, in dem es eine verheiratete Frau gab. Die Frau des Hauses zündete eine Öllampe an und vollführte eine Arati. Als die Runde vollendet war und sie wieder am Brindabani-Tempel anlangten, war es bereits Abend. Jede Straße und jedes Haus waren mit tönernen Lämpchen erleuchtet, jeder beschenkte jeden mit Süßigkeiten. Jemand schlug vor, die Kleine Heilige mit Gold aufzuwiegen. Schon wenige Minuten später saß meine Frau in der einen Schale einer großen Waage, die man aus einem Getreidespeicher herbeigeholt hatte. Armreifen, Ringe, Ohr- und Nasenstecker, Fußkettchen, Gürtel, Halsreifen und -ketten fielen in die andere Waagschale, und schließlich begann meine Frau emporzusteigen. Es war ein erregender Anblick, die Himmelfahrt der Kleinen Heiligen. Bald waren die zwei Schalen ausgewogen, und dennoch fuhren die Menschen fort, Gold und Schmuck aufzuhäufen. Meine Frau schwebte jetzt hoch über dem Boden. »Ihr müsst aufhören!«, rief sie, »Ihr müsst aufhören!« Aber niemand hörte auf sie. Plötzlich wurde der Himmel von Feuerwerk erleuchtet, des Polizeipräsidenten Geschenk an die Stadt. Eine ganze Stunde lang schossen Lichtfontänen in die Luft. Rubine und Diamanten und Smaragde explodierten in atemberaubenden Mustern. Man hätte annehmen können, die Menge würde sich nach diesem prachtvollen Schauspiel verlaufen und nach Hause gehen. Aber die Feierlichkeiten gingen weiter. Die Männer und Frauen und Kinder sangen, tanzten und tranken *bhang-lassi*. Die Kleine Heilige wurde aufgefordert, Volkslieder aus Merta zu singen, Jongleure, Komödianten, Akrobaten, Sänger, jeder, der ein noch so bescheidenes Talent besaß, lieferte zur Unterhaltung der Menge und zum eigenen Vergnügen eine fünf- bis zehnminütige Darbietung. Am Ende eines jeden Auftritts spendeten alle – wie stümperhaft, langweilig oder unfreiwillig komisch die Amateurkünstler auch gewesen sein mochten – begeisterten Beifall. Meine Frau bat, sich zurückziehen zu dürfen. Nach der Morgen-Arati für den Flötenspieler erlaubten sie ihr endlich zu gehen.

Am nächsten Tag wurde Chittor offiziell für sicher erklärt, die Tore wurden geöffnet und nach monatelanger Isolation konnte das normale Leben wieder beginnen. Die Brücke über die Gambhiri wimmelte Tag und Nacht von Menschen und Fahrzeugen. Die Familien,

die Chittor während der Seuche verlassen hatten – Gott segne sie, denn was hätten wir getan, wenn wir diese zusätzlichen Tausenden auch noch hätten ernähren und pflegen müssen? –, kehrten eine nach der anderen zurück. Bald waren auch Vater und der ganze Hof wieder da. Die Normalität war wieder eingekehrt.
Zehn Tage später hatte ich meinen Marschbefehl. Ich sollte mich umgehend mit meiner Frau – das »mit« war unterstrichen – nach Kumbhalgarh begeben und in Absprache mit dem dortigen Gouverneur, Rawat Sumer Simha, die Reparaturen der Befestigungsanlagen beaufsichtigen.
Wer hätte da noch behaupten können, Vater habe keinen Sinn für Humor? Das von meinem Urgroßvater Maharana Kumbha erbaute Kumbhalgarh war nicht nur eine der sichersten Festungen Mewars – es war nicht einmal fünfzig Jahre alt und befand sich in einem hervorragenden Zustand. Mir war nicht ganz klar, wer diesmal eigentlich aus der Stadt verschwinden sollte: ich, meine Frau oder beide? Offenkundig war der Schwindel erregende soziale Aufstieg der Bajadere Königin Karmavati und meinem Bruder Vikramaditya nicht verborgen geblieben. Ich kann es den beiden kaum verdenken, dass sie augenblicklich Gegenmaßnahmen ergriffen. Wenn es hart auf hart gehen sollte, konnte man mich wegen Hochverrats vor Gericht stellen und ins Gefängnis stecken oder verbannen. Aber wessen hätten sie meine Frau anklagen sollen? Es würde schwierig sein, eine Heilige zu verleumden oder zu verurteilen. Sogar die Priester, die ja nicht gerade zu den Parteigängern der Kleinen Heiligen gehörten, hatten den Vorschlag Königin Karmavatis, die von meiner Frau durchgeführten öffentlichen Abendandachten zu verbieten, als zu gefährlich abgelehnt. Hätte man sie einfach um die Ecke gebracht, wäre sie augenblicklich zur Märtyrerin geworden. Ihr Tod würde mich als ihren Witwer gewissermaßen adeln, und es war nicht auszuschließen, dass ich trotz der von ihnen so geschickt und erfolgreich geführten Rufmordkampagne die Gunst der Massen erringen würde. Die zumindest momentan beste Vorgehensweise war also, den Schaden so weit es ging einzudämmen und die Kleine Heilige aus Chittor verschwinden zu lassen. Das Volk würde sie vielleicht vergessen, ihr konnte der eine oder andere Unfall zustoßen – alles war möglich, hatte man sie erst einmal fortgeschafft.

Ich liebe Chittor und bekomme nie genug davon, aber diesmal bedeutete es für mich eine Erleichterung, die Stadt zu verlassen. Wenn ich schon zur Bedeutungslosigkeit verdammt wurde, konnte ich auch gleich das Zentrum der Macht verlassen. Meine Frau und ich brauchten nur einen Tag, um unsere Sachen zu packen. Nach dem Abendessen suchte ich Vater auf, um ihm mitzuteilen, dass ich am nächsten Morgen abreisen würde. Er hatte anderes im Kopf – oder tat jedenfalls so.

»Wie ich sehe, bist du vollkommen wiederhergestellt.« Ich sparte es mir, ihn darauf hinzuweisen, dass ich seit wenigstens sieben, acht Monaten wieder gesund war. »Was sind also deine Pläne für Kumbhalgarh?«

»Die Befehle Eurer Majestät zu befolgen. Die Befestigungsanlagen Kumbhalgarhs zu befestigen.«

Er ignorierte meine kleine Stichelei.

»Tu das. Wir werden die Festung gelegentlich inspizieren, wenn wir in der Gegend zu tun haben.«

»Danke, Vater.«

Die Abschiedszeremonie ging für beide Seiten vergleichsweise schmerzlos über die Bühne. Ich beschloss, ein wenig spazieren zu reiten, ehe ich wieder nach Hause zurückkehrte. Ich ging zu den Stallungen und holte Befikir. Was mochte bloß aus Nasha geworden sein, dem Hengstfohlen, das ich für Lilavati besorgt hatte? Seltsam, wie oft ich an sie dachte und doch dieses schöne Tier völlig vergessen hatte!

»Willst du wirklich nach Kumbhalgarh mitkommen, Mangal? Es wird entsetzlich langweilig werden.«

»Ja, Hoheit.«

»Ja was?«

»Ich will mit Euch kommen.«

»Du bist mein engster Vertrauter, Mangal. Wir reden so gut wie nie miteinander, aber das liegt daran, dass du ohnehin fast alles weißt, was ich tue. Ohne dich wäre ich schon mehrmals gestorben. Ich kann sehr verbohrt sein und bei solchen Gelegenheiten nutze ich das eine aus, womit du mir gegenüber nie gegeizt hast: unerschütterliche Treue. Ich hatte Pläne für uns beide, Mangal, gute, handfeste, ehrgeizige Pläne, die zur Sicherung der Zukunft unseres Landes beigetragen hätten. Aber mit mir gibt es keine Zukunft mehr. In Chittor ist man wenigstens vorläufig, vielleicht auch endgültig, mit mir fertig. Es ist natürlich absurd, dir das zu erzählen, wo du doch weit besser informiert bist und alles eher erfährst als ich. Du wärest für jeden Minister des Kabinetts ein unschätzbarer Gewinn. Ich könnte mit Lakshman Simhaji reden, bevor ich morgen aufbreche. Er wäre überglücklich, dich bei sich zu haben. Wahrscheinlich wird der Polizeipräsident abberufen. Jetzt fange ich schon wieder an, dir Dinge zu erzählen, die dir längst bekannt sind! Ich könnte mir keinen fähigeren und ehrlicheren Mann für diesen Posten vorstellen als dich. Die Sicherheitsbehörde müsste gründlich überholt, was sage ich, von Grund auf wiederaufgebaut werden. Du würdest diese Aufgabe glänzend erfüllen. Soll ich mit Onkel reden?«

»Nein, Hoheit.«

»Sei nicht stur, Mangal. Du musst an deine berufliche Laufbahn denken. Außerdem würdest du mit deinen Fähigkeiten und deiner Erfahrung Chittor und ganz Mewar von größtem Nutzen sein. Und sobald ich, mit etwas Glück, wieder in Gnaden aufgenommen bin, werden wir wieder zusammensein, wieder ein untrennbares Gespann. Bleib hier, Mangal, denk an deine Frau, denk vor allem an deine Zukunft.«

»Hoheit, nehmt es mir bitte nicht übel, wenn ich offen rede, aber Ihr lasst mir keine andere Wahl. Wir wurden etwa um dieselbe Zeit geboren und das hat unsere Schicksale miteinander verflochten. Wir wurden von derselben Mutter gesäugt und meine Zukunft verband sich unauflöslich mit der Euren. Ihr seid gut zu mir gewesen und kaum jemand ist so rasch aufgestiegen wie ich. Ich wäre unserem Land gerne von Nutzen – nicht auf eine diffuse romantische Weise, sondern ganz konkret und handgreiflich. Das ist eines der vielen Dinge, die ich von Euch gelernt habe. Keine Heldentaten, lediglich schauen, dass man das Benötigte so effizient und preisgünstig wie möglich liefert. Aber ich bin ein Gezeichneter. Ich weiß, Euer Credo lautet: Es gibt nur ein Lager und das heißt Mewar, aber nicht jeder sieht es so. Man weiß, dass ich Euer Mann bin, und das macht mich automatisch verdächtig. Wir sind wie Aussätzige, Eure Hoheit. Jeder, der mit uns in Kontakt kommt, wird in den Augen der Leute gleichfalls unberührbar.

Ich werde immer verdächtig bleiben. Man wird immer davon ausgehen, dass ich Euer Agent bin. Anders als Ihr sind die Leute außerstande, zwischen Arbeit und Arbeitgeber zu unterscheiden. Sie begreifen nicht, dass man keiner Person Loyalität schuldet, sondern ausschließlich der Aufgabe und der Institution. Wenn Ihr also nichts dagegen habt, versuche ich mein Glück weiterhin bei Euch.«
Er lächelte, aber ich war nicht in der Stimmung, sein Lächeln zu erwidern. Das war das bislang längste Gespräch unseres Lebens gewesen. Schon auf der Schule hatte er meine Interessen immer vor die seinen gestellt. Ich war seine Aufgabe, seine Pflicht. Er hielt sich im Hintergrund. Jetzt bereitete es mir zum ersten Mal ein schlechtes Gewissen, dass ich ihn zu einem solchen Sklavenleben zwang. Würden Tej, Shafi und all die anderen aufrechten Männer, die mit mir zusammengearbeitet hatten, das gleiche Schicksal wie Mangal erleiden?
Wir setzten die Pferde wieder in einen leichten Galopp. Der Himmel war ebenholzschwarz und es fehlten nur noch zwei Tage bis Vollmond. So viele Sterne spielten Glühwürmchen, dass der Himmel zu summen schien. Drei Viertel von Chittor schliefen bereits. Der silberne Tempelturm des Eklingji strahlte wie das Licht eines Leuchtturms. Der Palastkomplex, das Stadtzentrum, die Häuser der Krämer und Arbeiter sahen wie Gesichter aus, denen man die Augen ausgestochen hatte. Die künstlichen Seen – Chaturang Maurya Talab, Sasbahu Kund, Fateh-See – waren glänzende, blendende Pfützen aus Quecksilber.
»Was hältst du von einer kleinen Abkühlung, Mangal?«
Wir jagten hinunter zur Gambhiri. Der Fluss war kalt und reißend. Wir wussten zwar beide, wo gefährliche Strudel waren, aber richtig verlassen konnte man sich auf die Gambhiri nie. War man dumm genug, während des Monsuns oder unmittelbar danach in ihr zu schwimmen, erteilte sie einem eine Lektion in Tücke, die man nie wieder vergaß. Jedes Jahr verloren wenigstens fünf bis sechs Menschen – zumeist junge Leute, die sich einbildeten, sie könnten sie überlisten – ihr Leben. Wir schwammen zum gegenüberliegenden Ufer und zurück. Es war ein erregendes Gefühl, seine ganze Kraft aufbieten zu müssen, um nicht abzutreiben. Als wir wieder in unsere Sachen schlüpften, fröstelten wir.

»Um wie viel Uhr brechen wir morgen auf, Hoheit?«
»Um sieben. Nimmst du deine Frau mit?«
»Wenn Ihr nichts dagegen habt, Maharaj-Kumar.«
»Das wär ja noch schöner!«

Als ich die Tür meines Schlafzimmers öffnete, brannte eine einzige Lampe, noch dazu mit einem kaum sichtbaren Flämmchen. Ich schloss die Tür und wollte zur Lampe hinübergehen, um den Docht weiter herauszuziehen. Ich kam nicht mehr dazu.
»Maharaj-Kumar!«
Ich kannte die Stimme, aber sie stammte aus einem anderen Leben und von einem anderen Planeten. Kam sie in Vikramadityas Auftrag? Es war ein geschickter Schachzug, mir von einer Frau auflauern zu lassen. Ich hätte wachsamer sein müssen. Als ich die Tür öffnete, hätte ich sofort spüren müssen, dass irgendetwas nicht stimmte. Wessen Stimme war das? Wenn sie mir vertraut vorkam, warum klang sie dann gleichzeitig so fremd? Ich drehte mich um und erstarrte. Die Reflexe in meinem Schlund waren außer Kraft gesetzt. Ich konnte nicht schlucken. Ich konnte mich nicht rühren. Sie war so blass wie jemand, dem die lebenspendende Leuchtkraft und Wärme des Sonnengottes lange Zeit vorenthalten worden waren – ausgebleicht und farblos. Irgendwie war ihr dabei auch das kleine Mädchen ausgetrieben worden. Sie war jetzt eine erwachsene Frau von so gequälter und quälender Schönheit, dass es mir nur unter Aufbietung all meiner Kräfte gelang, mich aufrecht zu halten. Lilavati stand reglos da. Ich nahm sie in die Arme. Ich küsste ihr Haar, die Stirn, die Ohren, die Augen, das Kinn, die Seiten des Halses, alles, mit Ausnahme der Lippen. Es war keine Umarmung, es war der vergebliche Versuch, die gefühllose Leere aufzufüllen, die sich seit dem Tag ihres Verschwindens in meiner Magengrube breit gemacht hatte. Sie erwiderte meine Liebkosungen nicht, sagte kein Wort. Was ist nur mit mir los? Ich schüttele den Kopf und versuche, sie mit meinen manischen Umarmungen umzubringen, dann schüttele ich noch einmal den Kopf. Hör auf damit, sage ich zu mir, fahre aber fort, in ihre toten Augen zu starren.
»Rühr dich nicht von der Stelle!«, befahl ich ihr und holte die Lampe. Ich zündete alle anderen Lampen im Zimmer an, bis sie ganz in

Licht getaucht war. Ich führte sie zum Bett und zwang sie sanft, sich zu setzen. Sie leistete keinen Widerstand. War sie zu einer leblosen Marionette geworden? War sie tot? Ich wollte mich nicht neben sie setzen, es wäre mir dann nicht möglich gewesen, weiter in diese ausgebrannten Augen zu blicken, die mich in ihrem Bann hielten. Ich kniete mich auf den Boden. Sie versuchte aufzustehen, versuchte einzuwenden, der Maharaj-Kumar müsse höher sitzen als jeder andere, ausgenommen der Maharana und die Maharani. Ich drückte sie wieder aufs Bett.

»Ich habe tage- und wochenlang überall nach dir gesucht! Ich dachte, du lebtest nicht mehr!«

»Ich hätte getötet, um dich zu finden.« Es war kein Vorwurf, nur eine sachliche Feststellung. »Tatsächlich habe ich die Zofe, die mich beaufsichtigen sollte, beinahe erwürgt. Da befahl mein Urgroßvater, dass man mich fesselte.«

»Wo warst du denn?«

»In Chittor, aber in einem anderen Haus. Ich möchte über das vergangene Jahr nicht reden.«

Ich sah auf ihre Füße und Knöchel. Sie waren schmaler geworden. Man sah noch die Spuren der Seidentücher, mit denen sie an die Beine eines Stuhls oder Bettes gefesselt gewesen war. Ich nahm ihre Hände in meine. Ihre Handgelenke waren geschwollen, die Haut darüber bleifarben.

»Ich hätte mich töten können, aber was wäre aus dir geworden?«

Ich konnte ihr nicht mehr in die Augen sehen.

»Dann habe ich gehört, dass man dich nach Kumbhalgarh abkommandiert hat und du morgen Früh aufbrechen würdest.«

Ich umarmte ihre Unterschenkel und presste mein Gesicht zwischen ihre Knie.

»Kaum hatte mein Urgroßvater Adinathji von deiner bevorstehenden Abreise erfahren, hat er meine Hochzeit für nächsten Donnerstag festgesetzt.«

Das war also das letzte Mal. Ich würde Lilavati nie wiedersehen. Ich war kurz davor, eine Dummheit wie »Herzlichen Glückwunsch« zu sagen. Hätte ich es getan, wäre Lilavati vermutlich aus dem Zimmer gerannt, hätte sich ein Messer gegriffen und es mir in den Leib gerammt. Diesen toten Augen war alles zuzutrauen.

»Heirate mich, Maharaj-Kumar.«

Ich spürte, wie mein Genick knackte, als der Henker die Planke unter meinen Füßen wegtrat.

»Es ist nur noch eine Formalität. Du weißt, dass wir längst verheiratet sind.«

Warum gab ich ihr nicht das Messer oder zog meinen Dolch aus der Scheide und bat sie, mich zu töten? Alles, alles wäre mir lieber gewesen, als ihr antworten zu müssen.

»Nein, ich kann nicht.«

»Nimm mich mit, Maharaj-Kumar!«

Trotzdem sagte ich noch einmal: »Nein, ich kann nicht.«

Da stand sie auf und setzte sich mir auf den Schoß. Diesmal legte sie die Arme um mich und küsste mich, erst auf die Stirn, dann auf die Lippen. Ich erwiderte den Kuss nicht.

Sie zog ein Silberdöschen aus der Tasche ihres Faltenrocks und öffnete es. Darin befand sich blutroter Safran. Sie nahm eine Prise davon und tupfte sie mir auf die Stirn.

»Ich bin jetzt eine gebärfähige Frau.«

Sie tauchte den Zeigefinger in das dunkle Pulver und brachte sich zwischen den Augenbrauen, knapp oberhalb der Nasenwurzel, einen großen Tika an. Dann nahm sie eine zweite Prise und zog sich mit Daumen und Zeigefinger die Scheitellinie blutfarben nach.

»Ich war und werde immer mit dir und nur mit dir verheiratet sein. Siehst du, und jetzt soll es auch alle Welt erfahren.«

Wie ist es möglich, dass schon der winzigste Ohrring oder ein kleiner Edelstein am Nasenflügel das ganze Gesicht verändert? Warum verleiht ein dünnes, fast unsichtbares Goldkettchen um die Taille einer Frau eine so starke sinnliche Ausstrahlung? Wie kann ein simpler roter Punkt eine Frau zu einer Herrin machen, würdevoll und unnahbar, und die Art ihrer Schönheit transformieren?

Lilavati legte die Stirn auf meine Füße.

»Segne mich, Maharaj-Kumar.«

Und ich sprach kein Wort zu dieser Frau, die meinem Herzen näher stand als ... ach was, welcher Vergleich würde meiner krankhaften, verrückten Liebe zu Lilavati schon gerecht werden!

Sie erhob sich zu voller Größe. »Jetzt werde auch ich dich segnen, mein Herr und Gemahl. Möge dir nie ein Leid widerfahren. Mögest

du Mewar Ruhm bringen. Und mögest du rasch in meine Arme zurückkehren!«
Sie lächelte. Sie hatte das Jahr Einzelhaft und die gefesselten Hand- und Fußgelenke, wenn schon nicht aus ihrer Seele, so doch aus ihrem Gesicht getilgt. Dann ging sie.

27

Um die Aufgabe, sich um mich und meine Begleitung zu kümmern, beneidete ich Rawat Sumer Simha, den Gouverneur von Kumbhalgarh, wahrlich nicht. Er musste einen heiklen Balanceakt vollführen. Einerseits war ich im Stand der Ungnade, und er musste mich im Auge behalten und sich vergewissern, dass ich nichts im Schilde führte. Andererseits war ich ein Prinz von Geblüt und, was die Sache noch schlimmer machte, da der Maharana bislang nichts Gegenteiliges hatte verlauten lassen, noch immer der Maharaj-Kumar. Vermutlich dürfte eine seiner größten Sorgen gewesen sein, ich würde mich in die Verwaltung der Provinz einmischen. Binnen eines Monats hatte er jedoch begriffen, dass mich seine zivilen, militärischen, administrativen und sonstigen Angelegenheiten nicht im Mindesten interessierten. Ich suchte ihn nicht ein einziges Mal in seinen Diensträumen auf, noch nahm ich an offiziellen Empfängen teil. Ebenso wenig konnte er aber hedonistische oder ausschweifende Tendenzen bei mir feststellen. Ein paarmal deutete er diskret an, er könne mir gern etwas Gesellschaft verschaffen.
»Für Großstädter wie Euch mag das hier wie die tiefste Provinz erscheinen, aber Ihr werdet staunen, welche Freuden und Vergnügungen« – er produzierte ein lüstern-wissendes Grinsen – »Kumbhalgarh selbst dem verwöhntesten Gaumen zu bieten vermag!«
Vielleicht ein Konzert? Hätte ich vielleicht Lust auf eine Jagdpartie? Die Wälder seien außerordentlich wildreich.

»Ich fürchte, langsam gehen mir die Ideen aus. Warum sagt Ihr mir nicht einfach, was Ihr gerne tun würdet?«
»Nichts.«
»Nichts?«
Das verwirrte ihn sichtlich. Litt ich unter Depressionen? Hatte ich dem weltlichen Leben entsagt? Oder war das alles lediglich eine kunstvolle Fassade, hinter der sich abgefeimte Pläne gegen Krone und Reich verbargen? Diese Hypothese verdiente es zweifellos, im Auge behalten zu werden, da er keine Lust hatte, sich von einem Umsturzversuch überraschen zu lassen, aber offenbar gerieten seine Nachforschungen bald in eine Sackgasse. Ich empfing keinerlei Besuche und hatte Tej, Shafi und meinen übrigen Leutnants strikt untersagt, selbst wenn sie sich zufällig im Haus nebenan befinden sollten, bei mir vorstellig zu werden. Ich schrieb keine Briefe und erhielt auch keine – beziehungsweise nur einen: eine Einladung zu Lilavatis Hochzeit. Sie erreichte mich am Vorabend des feierlichen Ereignisses, und Adinathji drückte in einem reizenden Begleitschreiben sein Bedauern darüber aus, dass die Hochzeit so ungewöhnlich kurzfristig angesetzt worden sei. Er hoffe indes, dass es mir trotzdem möglich sein würde, dem Fest beizuwohnen.
Ich verkehrte mit niemandem. Wenn der Gouverneur mich und meine Frau zu einem informellen Essen einlud, lehnte ich niemals ab und achtete stets darauf, die Höflichkeit zu erwidern. Den Rest der Zeit verbrachte ich mit Schreiben, Wandern, Reiten, Lesen. Rawat Sumer Simha könnte zu dem Schluss gelangt sein, ich sei ein Mann, der jegliches Ziel im Leben aus den Augen verloren hatte und dabei war, zum totalen Stumpfsinn zu regredieren. Er hätte durchaus Recht gehabt. Ich wünschte keine Aufmerksamkeit. Ich wünschte mir nichts anderes, als in Ruhe gelassen und vergessen zu werden.
Mein Urgroßvater Kumbha hatte sich seinerzeit richtig ausgetobt und das Reich mit fünfunddreißig neuen prachtvollen Festungen ausgestattet. Aber es gab nur ein Kumbhalgarh, und der Grund ist leicht einzusehen: Kumbhalgarh ist eine der gewaltigsten Festungen, die in den letzten Jahrhunderten entstanden sind. Aus schwarzem Stein erbaut, ist sie unbezwingbar und gegen jede Tücke gefeit, absolut uneinnehmbar. Die Festungsmauern sind hoch und so breit wie Straßen. Während des Monsuns ist es praktischer, Waren

und Vorräte über die breite Mauerkrone zu befördern, als die Pferde auf den unbefestigten Straßen im Schlamm versinken zu lassen. Der schwarze Stein ist kunstvoll behauen und fugenlos gemauert. Er bietet keinen Angriffspunkt für Enterhaken und keinerlei Halt für die »Affenmenschen«, die dazu ausgebildet sind, während das Hauptkontingent der Truppen mit Rammböcken und anderem Sturmgerät einen Scheinangriff auf das Tor führt, blitzschnell die Flanken zu erklimmen. Ich glaube, dass Kumbhalgarh selbst einer zweijährigen Belagerung standhalten könnte. Seine ummauerte Fläche hat die Größe einer mittleren Stadt. Es besitzt riesige Äcker und Weiden und kann die meisten Lebensmittel selbst produzieren. Das erklärt, warum bislang noch niemand die Festung angegriffen hat.
Rana Kumbha, heißt es, war ein Riese. Die Charans erzählen uns in ihren Heldenliedern, er sei so groß wie ein Banyan-Baum und ebenso breit gewesen. Er aß zum Frühstück ein Omelett aus sechsunddreißig Eiern. Sein Mittagessen bestand aus einem Dutzend Backhühnchen, einem ganzen Hirsch oder Wildschwein, sechs Ziegen, fünf Litern gezuckerter Milchcreme, zweiundsiebzig Maisfladen, dazu siebenerlei Gemüsen und viererlei Hülsenfrüchten. Um sein Kittelhemd zu nähen, brauchte der Schneider siebzehn Meter Stoff, und seine Pluderhose hatte eine Bundweite von vierzehn Metern, ungerafft. Alles in Kumbhalgarh scheint nach seiner Größe und seinem Leibesumfang bemessen worden zu sein. Der Palast, die Gemächer, die wir bewohnen, die Badezimmer, selbst die Treppen sind für überlebensgroße Männer und Frauen konzipiert. Von meinen Fenstern aus kann man die Aravalli-Berge sehen, die Gebirgskette, die den größten Teil von Mewar durchzieht, aber was den Ausblick bestimmt, ist die Ebene. An klaren Tagen meint man, bis in die Unendlichkeit sehen zu können, einfach weil der Begriff des Horizonts fast aufgehoben ist. Man kann in meinem Zimmer am Fenster sitzen und sich einbilden, man befände sich im Zentrum der größten Wüste der Erde oder mitten auf dem Ozean. Begibt man sich an die andere Seite des Palastes, kann man das Haupttor und den ein- und ausgehenden Verkehr beobachten. Und genau das tat Rana Kumbha auch: Er behielt die Wächter im Auge und vergewisserte sich so, dass sie die Festung wirklich bewachten. Sieben-, achthundert Meter weiter erhebt sich der große Eklingji-Tempel. Dort

saß und betete mein Urgroßvater. Jeder Winkel des Palastes, jeder Baum, jedes Heiligtum am Wegesrand und jeder Tempel, der Fluss und der See, alles bewahrt Erinnerungen an den Mann, der die Festung erbaute. In meinem Zimmer steht ein Schreibtisch, an dem der Rana saß und seine musiktheoretischen Abhandlungen verfasste. Wenn er eines der Prinzipien, die er gerade formuliert oder erläutert hatte, in der Praxis erproben wollte, nahm er sich die *vina* vor, die jetzt in einer Vitrine liegt, und spielte stundenlang auf ihr, wodurch er die Ausdrucksmöglichkeiten dieses Instruments erheblich erweiterte und vertiefte. Einen knappen Kilometer vom Eklingji-Tempel entfernt steht eine Tamarinde, die der Rana als besonders heilig ansah. Ich finde das bemerkenswert, da es nach traditioneller hinduistischer Auffassung ja der Banyan- oder der Pipal-Baum sind, unter denen man die Erleuchtung erlangt oder meditiert und Gottheiten verehrt, und die einem Wünsche erfüllen können. Rana Kumbha indes war zwar ein großer Bewunderer der Tradition, aber er betrachtete sie nicht als einen toten Tümpel von Glaubenssätzen, sondern als einen lebendigen Fluss. Jede Quelle, jedes Rinnsal, jeder Bach trug zur Fülle und Breite des Flusses bei, und wenn er also auf etwas stieß, das seine Phantasie anregte, seinem Volk nutzte, der Gesundheit diente oder schlicht und einfach das Auge erfreute, eignete er es sich an und verleibte es der Tradition Mewars ein. Die Tamarinde war der Ort, an dem er meditierte. Er fand ihren Schatten angenehm kühl und beruhigend und die Blätter schön geformt. Da saß er also stundenlang, die Beine im Lotos verschränkt, die Augen geschlossen und das dritte, geistige Auge weit geöffnet. Vor und nach der Meditation wusch er sich am nahe gelegenen Brunnen, und während er dann zum Palast zurückschlenderte, sprach er jeden Vorübergehenden an und erkundigte sich nach dessen Gesundheit und dem Zustand seiner Felder, nach dessen Meinung über die neuen Steuern und den Zustand des Reiches. Man begreift also leicht, warum er bei jedermann so beliebt war, denn obwohl er einer der gebildetsten und kultiviertesten Könige in der Geschichte von Mewar war, hatte er nichts Pedantisches an sich und verlor nie den Kontakt zur Quelle seiner Macht, seinem Volk.

Während der Rana unter der Tamarinde meditierte, stach ihm Udai, wie es heißt, drei Mal ins Herz. Andere deuten dagegen auf den Brunnen unweit des Baumes und erklären, der Sohn habe den Moment abgepasst, da der Rana die Augen schloss und sich einen Eimer Wasser über den Kopf goss, um ihn in den tiefen Schacht zu stoßen; anschließend habe er die Brunnenöffnung verschließen lassen, weil der zerschundene Rana unten einen entsetzlichen Krawall veranstaltete. Als guter Schwimmer, der er war, dürfte er eine Ewigkeit gebraucht haben, um zu ertrinken. Es gibt andere Versionen der heimtückischen Ermordung Kumbhas. Das Einzige, was wir mit Sicherheit wissen, ist, dass des Ranas eigener Sohn Udai der Mörder war. Spielt es da eine Rolle, wie er die Tat vollbrachte?

Vater hatte mich nach Kumbhalgarh geschickt, um mich und meine Frau loszuwerden, aber es wäre äußerst unklug gewesen, den konkreten Auftrag, den er mir erteilt hatte, zu vergessen. Mangal und ich brauchten eine volle Woche, um die Umfassungsmauer in ihrer gesamten Länge zu inspizieren und die Steinmetze und Maurer bezüglich der erforderlichen kosmetischen Reparaturen zu instruieren. Noch eines erledigte ich, bevor ich mich vollends zurückzog. Es wäre kurzsichtig und leichtsinnig zu glauben, ein Feind, der sich entschließen sollte, die Festung anzugreifen, würde so höflich sein, am Haupttor anzuklopfen. Viel leichter wäre es für ihn, wenn sich ein sieben- bis höchstens zehnköpfiges Kommando an einer abgelegenen Ecke unbemerkt hineinschliche und von innen her ein paar Tore öffnete. Man muss Kumbhalgarh mit eigenen Augen gesehen haben, um sich vorstellen zu können, wie groß es wirklich ist. Ich entwarf den Plan, acht hohe Wachtürme entlang der Stadtmauer zu bauen, die so platziert sein sollten, dass man von ihnen aus ganz Kumbhalgarh überblicken konnte; dies würde die Sicherheit der Festung zumindest ein wenig erhöhen. Der Gouverneur zerbrach sich den Kopf, wo der Haken bei der Sache liegen mochte, und hielt mich mit allerlei Ausflüchten hin. Ich war davon ausgegangen, dass es rund sechs Wochen dauern würde, bis Vaters Antwort eintraf. Doch bereits nach einem Monat hatte ich sein Einverständnis. Einmal die Woche vergewisserte ich mich nun vom Fortgang der Bauarbeiten, machte aber darüber hinaus keinen Finger krumm.

Ich habe keine Ahnung, womit meine Frau sich die Zeit vertrieb. Um sechs Uhr abends fand im Krishna-Tempel die Arati statt, und wenn man die Prinzessin ohne vorherige Terminabsprache sehen wollte, brauchte man sich nur um kurz vor sechs dort einzufinden und schlug so zwei Fliegen mit einer Klappe: hatte ein *darshan* des Blauen und bekam die Kleine Heilige zu sehen. Ich hatte anfangs befürchtet, die Prinzessin könnte einen Skandal verursachen, aber meine Sorgen erwiesen sich als unberechtigt. Der Ruf der Kleinen Heiligen war ihr vorausgeeilt, und schon ab fünf Uhr nachmittags strömten die Menschenmassen – nicht nur aus der Festung selbst, sondern auch aus den umliegenden Ortschaften – zum Tempel. Mir ging endlich auf, dass Grünauge keine bloße Lokalgröße mehr war, sondern höchstwahrscheinlich bereits eine Heldin, deren Ruhm und Lieder angefangen hatten, auf angrenzende Reiche und Staaten überzugreifen. Die Menschen von Kumbhalgarh hatten mit Sicherheit schon ihre Lieder gesungen, bevor sie sie zum ersten Mal leibhaftig gehört und gesehen hatten. In ein paar Jahren wird Vater gut daran tun, das Oberkommando über seine Streitkräfte meiner Frau anzuvertrauen. Sie wird singen und tanzen, und die Menschen von Gujarat, Malwa, Vijayanagar und Delhi werden von ihrem Fieber angesteckt werden, ihre Könige sitzen lassen und ihr überallhin folgen. Man kann von Glück reden, dass unsere Götter eine egalitäre Bande sind und weder Eifersucht noch Minderwertigkeitskomplexe kennen, denn ließe sich der Aufschwung, den der Flötenspieler seit der Kanonisierung meiner Frau erlebt, numerisch erfassen, würde man feststellen, dass er zur Zeit um wenigstens fünfzig Prozent beliebter ist als jede andere bedeutendere Gottheit – den Schutzpatron und göttlichen Herrn Mewars, Shri Eklingji, nicht ausgenommen. Glücklicherweise sind wir ein polytheistisches Volk und pflegen, um auf Nummer sicher zu gehen, von Zeit zu Zeit jedem Gott einen Besuch abzustatten. Trotzdem steht die Zukunft des Blauen, zumindest einstweilen, in direktem, unmittelbarem Zusammenhang mit dem Schicksal und Einfluss meiner Frau.

In Kumbhalgarh hat es nur drei Monate gedauert, bis der Gouverneur und dessen ganze Familie zu glühenden Anhängern der Kleinen Heiligen wurden. Ohne dem ehrenwerten Herrn, seiner umfangreichen und herzensguten Gemahlin oder sonst jemandem zu nahe treten zu wollen, muss ich doch sagen, dass sie mittlerweile außerstande sind, aufs Klo zu gehen, sich die Ohren zu waschen, einem Kind einen Namen zu geben, Lügen zu erzählen, in erotische

Stimmung zu geraten, Reichtümer anzuhäufen, eine Reise anzutreten, eine Affäre anzufangen oder einen Familienstreit vom Zaun zu brechen, ohne zuvor die Kleine Heilige um Erlaubnis zu bitten. Ich weiß, dass ich übertreibe, aber nur ein bisschen. Wenn sie, was sehr häufig der Fall ist, in seliger Verzückung weilt und nichts von dem mitbekommt – oder mitzubekommen vorgibt –, was um sie herum geschieht, berühren sie ihre Füße, was sie sich entschieden verbeten hat. Sie lehnt jede Verehrung ihrer Person ab und verweist Gott und die Welt auf den Einen, der Gegenstand all ihrer Verehrung ist: den Flötenspieler. Und das Seltsamste ist: Sie lieben sie abgöttisch, warten stundenlang in Regen und eisiger Kälte darauf, dass sie sich blicken lässt, und dennoch scheinen sie ihr nie richtig zuzuhören. Sie sind offensichtlich so beschäftigt, sie anzubeten, dass sie keine Zeit finden, auf ihre Worte zu hören.

Und wie steht's mit mir? Mit mir, der ich zwischen oder auf zwei Stühlen sitze, die materiellen Erscheinungsbilder der Götter verehre und doch die abgründige Tiefe der upanischadischen Lehren und Einsichten erahne – wie der einen, die den Grundstein meiner yogischen Meditation bildet: »so 'ham«, »der bin ich«? Ein wahrhaft kühner Gedanke, diese wechselseitige Austauschbarkeit oder, genauer gesagt, die Identität des individuellen Lebewesens mit dem Kosmos und dem Allmächtigen! Oder, wem das lieber ist, mit dem absoluten Bewusstsein der kosmischen Schöpferkraft. Und dennoch, lässt man sich von diesen Donnerworten nicht einlullen und bohrt weiter nach – wen oder was bezeichnet denn nun dieses »der« in »der bin ich«? Wer weiß, jeder von uns muss dieses Wort selbstständig und nach bestem Vermögen mit Bedeutung füllen. Ich persönlich sage mir bisweilen, dass, wenn alles von Gott oder einem absoluten Bewusstsein beseelt ist, der vollkommen sinnlose Tod eines Kindes ebenso sehr »der« ist wie eine Blume, die unmittelbar vor dem Erblühen steht. Die sinnliche und spirituelle Leidenschaft, die meine Frau dem Flötenspieler entgegenbringt ist »der«, und ebenso ist es der Hunger eines Mannes, der seit fünf Tagen nichts gegessen hat, oder der Schmerz, der unbesiegbare Schmerz eines Tumors. Rani Karmavatis Intrigen gegen mich und die Kleine Heilige sind ebenso »der« wie mein heimtückischer Mord an den Tausenden Gujarater Soldaten, die im Morgengrauen in den Sümpfen ertranken. »Der«

ist ebenso sehr die Trauer wie das Glück. Wenn ich »der« bin, dann bin ich all diese Dinge und jedes einzelne Objekt, Gefühl, Erlebnis, jedes Erinnerungs- und jedes Bewusstseinsdatum im Universum. Das ist ein schöner Gedanke: so groß wie der Geist selbst, dieses geräumigste Gefäß der Welt. Aber was ist dann mit Gut und Böse? Wenn meine individuellen Handlungen die Befindlichkeit des »der« beeinflussen und verändern können, dann trage ich die Verantwortung für den Zustand des Kosmos oder des kosmischen Bewusstseins. Dann müssen wir alle, und zuallererst ich, sehr sorgfältig und gewissenhaft darauf achten, zu welchen Handlungen wir uns entschließen. Ist dies der Gipfel von verblendetem Solipsismus und Größenwahn – oder ist es der erhabenste und vornehmste Begriff von Dharma und unserer individuellen Rolle im Leben?
Und was ist mit den Göttern, welche Funktion erfüllen sie? Und verändert sich die Bedeutung des Wortes »Allmächtiger« wegen dessen Interaktion mit uns? Und doch, wenn »der« diese und jede andere Simultaneität ist, einschließlich des Raum-Zeit-Kontinuums, ist »der« dann nicht nur ein nichts mehr ausschließender und somit inhaltsleerer Begriff – genau genommen eine reine Worthülse? Ich weiß es nicht. Es gibt keine Antworten. Oder besser gesagt: Jeder muss seine eigene Antwort finden oder erfinden.
Vielleicht war das der Grund, weshalb ich zur Musik zurückgekehrt war. Das ist nun wirklich eine Realität ohne Grund, Motiv oder Erklärung. Wer zupft die Saiten, warum berühren die Töne uns, warum fühlen wir uns durch sie in eine andere Welt versetzt? Wer weiß? Und was spielt das für eine Rolle?

Ich setzte mich an den Schreibtisch, hob den dicken Stoß Papier auf und berührte ihn mit der Stirn. Papier war der Übermittler von Wissen. Alles, was in irgendeiner Beziehung zu Wissen stand, verdiente höchsten Respekt. Ich erinnerte mich, wie mein Lehrer mir vor langer Zeit, als mein Fuß versehentlich mit einem Buch in Berührung gekommen war, mit dem Rohrstock eins übergezogen hatte. Ich würde es heute nicht anders machen, wenn mein Kind es einer beliebigen Erscheinungsform des Wissens an Respekt fehlen ließe. Ich sog den Duft des elfenbeinfarbenen Papiers aus

Ahmedabad ein. Wie fein es war! Fast durchscheinend, und dennoch besaß es eine lange Lebensdauer. Ich teilte den Stoß genau in zwei Hälften und zeichnete das Diagramm, das der Lehrer jedem Schüler am ersten Schultag auf die Schiefertafel malt: Ziehe einen Kreis und zeichne darin ein gleichseitiges Dreieck mit der Spitze nach oben. Überlagere dieses neun Mal, jeweils leicht nach unten versetzt, mit einem weiteren, identischen Dreieck, und fertig ist das graphische Symbol der Sarasvati. Als die Tinte trocken war, rezitierte ich ein Gebet und bat die Göttin der Gelehrsamkeit um ihren Segen.
Mein mittelfristiger Arbeitsplan sah vor, zwei Bücher zu schreiben. An ungeraden Tagen schrieb ich an meiner Autobiographie und an geraden eine umfangreiche Einführung in Shafis »Kunst und Wissenschaft des Rückzugs«. Das letztere Werk würde, dessen war ich sicher, einen wichtigen Beitrag zur modernen Kriegswissenschaft leisten. Shafi hatte sich endlich an die Arbeit gemacht und siebzig mögliche Fluchtszenarien dargestellt und erörtert. Was dem Buch noch fehlte, war eine theoretische Abhandlung über den Begriff der Niederlage und des Rückzugs. Kein König konnte die Niederlage als Taktik einsetzen – also bewusst eine Schlacht verlieren, um den Krieg zu gewinnen –, solange er sein Volk und seine Streitkräfte nicht dazu erzogen hatte, in größeren zeitlichen Dimensionen zu denken. Meine erste, möglicherweise von Anfang an zum Scheitern verurteilte Aufgabe würde also sein, erst dem Wort »Flucht«, dann dem Akt selbst das Stigma des Schändlichen zu nehmen.
Trotz des höchst kontroversen Gegenstands war ich überzeugt, dass ein realer Bedarf nach Shafis Buch bestand. Die Menschen würden es lesen, darüber diskutieren und es vielleicht sogar ernst nehmen. Nicht so sicher war ich mir allerdings meiner Gründe, meine Memoiren zu schreiben. War ich so eingeschüchtert, dass ich das Bedürfnis nach Rechtfertigung verspürte? Meine Metamorphose vom Maharaj-Kumar zu einem Niemand war fast abgeschlossen, und die Karten namens Schicksal würden schon mit einer mehr als glücklichen Hand gemischt werden müssen, um mich wieder ins Spiel zu bringen. Aber der Mittelmäßige findet oft Trost darin, einen Sündenbock zu identifizieren, selbst wenn dies bedeutet, auf sich selbst deuten zu müssen. Ich mochte am Boden liegen, aber der fast vernichtete Maharaj-Kumar hatte nicht die Absicht aufzuge-

ben. Bot sich mir die Gelegenheit, würde ich die Karten schon zu meinem Vorteil zu zinken wissen. Wenn der Thronfolger, wie Seine Majestät angedeutet hatte, seiner Zeit voraus war, dann musste ich eben lernen, meine Landsleute langsam voranzutreiben. Ich musste mein Leben nüchtern und leidenschaftslos betrachten, feststellen, wo ich vom richtigen Weg abgekommen war, und mir eine neue, andere und Erfolg versprechendere Spielstrategie ausdenken.

Im Leben gibt es keine Kostümproben, aber manchmal lassen sich mit geduldiger Beobachtung und etwas Glück immerhin Muster erkennen. Würde ich Vikramadityas Hochverratsprozess heute mit dem gleichen monomanischen Eifer betreiben – oder lieber Königin Karmavati einen Gefallen erweisen, den sie mir niemals vergessen würde, und ihr gestatten, die Hand über ihren Sohn zu halten, während er mit dem Feind kollaborierte und auf seine bewährt stümperhafte Weise gegen sein eigenes Land konspirierte? Zugegeben, es gab keinen schlimmeren Feind im ganzen Land als die Königin, aber als – wenn auch unzuverlässige – Verbündete könnte man sie in trügerischer Sicherheit wiegen, sie zu Fehlentscheidungen bewegen oder vielleicht zu einem Einvernehmen mit ihr gelangen. Vielleicht war es schon zu spät, um Brücken zu ihr zu bauen. Aber es gab ja noch immer den charakterfesten Vikramaditya. Auf seine Hinterhältigkeit gepaart mit völligem Unvermögen zu erkennen, wo seine wahren Interessen lagen, konnte man sich jederzeit verlassen.

Hier eröffnete sich mir eine Quelle, die ich bislang noch nicht erschlossen hatte. Aber meine Motive, eine Autobiographie zu schreiben, erschöpften sich nicht in der Suche nach vertanen und neuen Gelegenheiten, auch nicht im Bedürfnis nach Selbsterforschung. Für meine Landsleute war die Vergangenheit jeder Augenblick ihres Lebens. Geschichte war für sie die legendäre »zweite Chance«. Sie konnten die Vergangenheit überarbeiten und endgültig nach ihrem Geschmack richtig stellen. Sie war ein Akt gläubigen Erfindens, in dem sich Niederlagen in Triumphe verwandelten, Mut und Tapferkeit der Vorzug über Weitblick oder langfristige Vorteile gegeben wurde und Feinde wertvoller als Verbündete waren. Und was das Beste war: Man brauchte am Schluss keine Bilanz zu ziehen und für die Exorbitanz der eigenen Einbildungen oder die Hirnlosigkeit der eigenen Fehlentscheidungen zu zahlen. Für meine Landsleute

war »vor fünfhundert Jahren« das Gleiche wie »gestern«: eine Episode außerhalb der – einzig realen – Jetztzeit. Für die Vergangenheit war man nie verantwortlich. Sie war nicht die Summe der menschlichen Erfahrung, aller begangenen Irrtümer und gewonnenen Einsichten. Sie war nicht die Fackel, die die Finsternis und die Entscheidungen von heute erhellte. Mit meinen Memoiren würde ich versuchen, gegen den Strom zu schwimmen. Wenn persönlich erlebte Geschichte ein Vermächtnis war, dann wollte ich eine Dokumentation hinterlassen, die der nächsten Generation einschließlich meiner eigenen Kinder begreiflich machen würde, wie ihre Väter und Vorväter Diplomatie und Staatsgeschäfte gehandhabt hatten, inwiefern sie gescheitert waren, welche Fehler sie gemacht und wie sie die Scherben aufgelesen und einen Neuanfang versucht hatten.
Meine Handschrift war dieselbe wie immer: lang gezogen, entschlossen und sauber. Aber die Sprache und die Gedankengänge der zwei Texte unterschieden sich, ohne dass ich es bewusst beabsichtigt hätte, deutlich voneinander. Die Prosa des strategischen Textes war förmlich und präzise. Ich verfasste ganze Absätze, manchmal sogar mehrere Seiten im Kopf und übertrug sie erst dann aufs Papier. Den architektonischen Aufbau des Buches hatte ich schon während der langen Monate meiner Bettlägerigkeit ausgearbeitet. Da ich ein Tabuthema behandelte, musste ich – um das technische Vokabular des Stadtplaners zu verwenden – entsprechend mehr Zeit in die Verstärkung der Fundamente und der Stützpfeiler investieren, damit das Gebäude der ganzen Wucht der Angriffe widerstehen könnte, die es von Seiten der Orthodoxie und der Dogmatik zweifellos erleiden würde. Ich wusste, welche die »tragenden« Kapitel, die Grundsteine meiner These waren, und sorgte dafür, dass Ausblick und Zielsetzung stets aus jeder Perspektive, von jedem Balkon und Erker aus sichtbar bleiben würden. Ein Rückzug ist eine Strategie mit dem Zweck, Leben zu retten und selbst die Chance zu haben, zu einem späteren Zeitpunkt eine weitere Schlacht auszufechten und zu gewinnen. Er kann eine Finte sein, der Versuch, das Eintreffen von Verstärkung abzuwarten oder die eigenen Streitkräfte umzugruppieren; oder eine Nebenaktion, während das eigentliche Handlungsgeschehen sich anderswo abspielt; oder er kann die letzte Chance sein, mit dem Leben davonzukommen, der Augen-

blick, den Schwanz einzukneifen, sich zu ducken und sich so schnell und so geordnet wie möglich aus dem Staub zu machen.
Für meine Memoiren hatte ich keinen Plan, aber die sprachliche Gestalt, die sie wie selbsttätig annahmen, bedeutete für mich einen regelrechten Schock. Anfangs versuchte ich, mich dem zu widersetzen, zerriss an manchen Tagen eine Seite nach der anderen, aber schließlich fügte ich mich. Mir wurde zum ersten Mal klar, dass mein Geist ein doppelzüngiges Instrument war. Er bediente sich eines strengen, distanzierten und durchdachten Hoch-Mewari für die reflektierenden und argumentativen Passagen; und einer Mischung aus der Sprache des Hofes und den farbigen, kräftigen, funkelnden Dialekten der Eunuchen, Diener und Zofen des Palastes für die erzählenden Passagen und die Dialoge. Ich hatte nicht die Absicht, nach einer kalten, klinischen Objektivität zu streben – diese Art von Aufrichtigkeit war, wie ich sehr wohl wusste, verlogen und unleserlich dazu –, aber einen derart persönlichen Ton in meiner Erzählung zu entdecken, erstaunte mich zutiefst. Ich bin nicht der Typ, der sich – wann oder wodurch auch immer – aus der Reserve locken lässt. Hatte ich jedenfalls bis dahin gedacht. Jetzt allerdings saß ich da und entblößte nicht gerade mein Innerstes, ließ aber doch meine gewohnheitsmäßige und bewusst aufrechterhaltene Vorsicht fahren. Ich plauderte alles aus, schlug auf mich selbst und meine Verwandten ein, einschließlich Vater, meditierte und schweifte trotz meines antrainierten Hangs zu systematischem Vorgehen alle naselang vom eigentlichen Thema ab. Diese Offenheit und dieser Drang, zu allem und jedem meine Meinung abzugeben, alarmierten mich. Sollte ich das Projekt aufgeben? Geriet es außer Kontrolle? Das ließ sich kaum bestreiten. Aber diese Aufzeichnungen zu zensieren wäre einer Verfälschung gleichgekommen. Ich würde dadurch eine ebenso normative Version der Vergangenheit liefern wie die Charans und ihre übrigen poetischen Spießgesellen. Und überhaupt nicht zu schreiben würde bedeuten, dass auch ich letztlich der Überzeugung war, die Wahrheit sei eine nützliche Phrase, man tue aber besser daran, sich ihr auf den Korridoren des realen Lebens nicht zu stellen; sie kastriere uns, statt uns zu erleuchten und uns zu Disziplin und Selbstbeobachtung zu erziehen. Ich setzte ein ironisches Lächeln auf und beschloss weiterzumachen.

Um einen Gott bekämpfen zu können,
muss man selbst zu einem werden.
Oder zumindest so tun, als ob.

28

Es war elf Uhr nachts und er kehrte gerade von einem Zwölf-Kilometer-Marsch entlang der Festungsmauer zurück, als er seine Frau vor dem Krishna-Tempel sitzen sah. Er wandte sich zum Palast, aber etwas ließ ihn umkehren. Sie saß reglos mit geschlossenen Augen da. Das war ziemlich ungewöhnlich. Eine der Legenden, die über sie kursierten, besagte, dass nicht nur ihre Füße, sondern sogar ihr Rock und Überwurf nie zum Stillstand kamen. Außerdem lag auf ihrem Gesicht ein seltsamer Ausdruck. Er wusste, dass es blödsinnig klang, aber er hätte ihn nur als selige, ekstatische Ruhe bezeichnen können. Sie gehörte nicht mehr dieser Welt an.

Er hätte schwören können, dass das Licht der einsamen Lampe seinen Augen einen Streich spielte. Er trat näher an die Prinzessin heran. Ein Licht strahlte von ihr aus, nicht nur von ihren Augen, die ohnehin geschlossen waren, sondern von ihrem ganzen Körper. Etwas erleuchtete sie von innen und machte sie durchscheinend. Er begriff, dass es nicht den geringsten Unterschied machte, ob er seinen Wahrnehmungen Glauben schenkte oder nicht. Nichts konnte sie mehr berühren. Sie war ein Kreis, etwas in sich Geschlossenes. Alles Übrige stand außerhalb. Sie kommunizierte mit etwas, das jedes Verstehen überstieg. Nur jemand, der vom Göttlichen angerührt war, konnte so entrückt und in sich selbst versunken sein. Woran dachte sie? Sie schien über alles Denken hinaus zu sein. Es würde ihm nie gelingen, das Mysterium ihres Wesens zu durchdrin-

gen. Aber das, vermutete er, ist ja gerade das Wesen der mystischen Erfahrung: Sie ist eine Zweierbeziehung ohne ein Zweites. Der Rest der Welt war zwangsläufig ausgeschlossen.
Er verspürte einen seltsamen Drang. Er wollte die Hände hohl aneinander legen und das Licht auffangen, das von ihr ausging.

Zu vorgerückter Stunde zog er sich nackt aus und stellte sich vor den hohen, bis zum Boden reichenden Spiegel. Er füllte fünf Esslöffel Indigopulver in eine flache Schale und löste es sorgfältig mit Wasser auf. Jetzt war es Zeit, die vier großen Hanfsäcke in der Mitte des Zimmers auszubreiten. Er musste aufpassen, dass er keine Flecken hinterließ. Er tunkte den großen Pinsel, den er sich zu diesem Zweck besorgt hatte, in die Indigolösung, presste die Borsten gegen die gewölbte Innenseite der Schüssel und ließ die überschüssige Farbe abfließen. Er stellte sich vor den Spiegel, betrachtete sein Spiegelbild ohne allzu große Neugier und trug den ersten Strich auf. Lag es am Wasser oder war es das Indigo, das sich so kalt anfühlte? Er kam sich vor wie ein Schauspieler beim Schminken. Die Arbeit ging langsam voran. Aber er hatte es nicht eilig. Er wollte es richtig machen. Unter den Achselhöhlen, hinter den Ohren, zwischen den Gesäßbacken und unter dem Bauch, über die Erhebungen und Vertiefungen der Rückenwirbel – nicht ein Fleckchen seiner Haut durfte seiner Aufmerksamkeit entgehen. Er musterte sich im Spiegel. Zwischen dem kleinen Zeh und dem nächsten zeigte sich noch ein Fitzelchen Weiß. Ein Tupfer, und das war erledigt. Er drehte sich um. Der Rücken, die drei Rippen hinter dem rechten Arm, waren am schwierigsten gewesen, aber seine Mühe hatte sich ausgezahlt. Zehn Minuten lang blieb er reglos stehen. Dann hob er die gelbseidene Dhoti auf. Sie fühlte sich weich und kühl an. Er band sie sich um die Taille. Als Nächstes der fein geflochtene Gürtel aus Golddraht. Dann das Stirnband. Er schob sein Haar sorgfältig darunter und steckte, etwas versetzt über dem rechten Auge die Pfauenfeder hinein. Ein letzter Blick. Er nahm die Flöte, die ihm der Bhil-Krieger geschenkt hatte, und ging.
Er öffnete ihre Tür fast ohne jedes Geräusch. Sie schlief. Er begann leise zu spielen. Er hatte keinen bestimmten Raga, keine Melodie

im Sinn. Die Töne kamen wie von selbst. Herz, Seele, Geist und Flöte waren eins. Er spielte weiter. Das Instrument hatte einen tiefen, vollen, satten Klang. Die Melodie war der Rauch eines Räucherstäbchens. Er konnte ihre Linien in Windungen aufsteigen und sich geheimnisvoll verschlingen sehen. Sie drehte sich, schon halb wach, auf die Seite, versank dann wieder in Schlaf. Die Töne schienen durch ihr Bewusstsein zu gleiten. Sie legte sich auf den Rücken und bedeckte sich das Gesicht mit der Chunni. Ein träges Lächeln, so durchscheinend wie die Melodie, die er spielte, legte sich über ihre Lippen. Jetzt war sie wach. Das Lächeln spielte spitzbübisch um ihre Augen, die allerdings weiterhin geschlossen blieben.
»Ich bin nicht da. Du kannst also wieder zu deinen anderen Frauen gehen. Hattest vermutlich keine Zeit vorbeizuschauen, als ich dieses leichte Fieber und einen Anflug von Durchfall hatte – und mich in einem fort übergab, als wollte ich vermeiden, dass irgendwelche sterblichen Überreste von mir zurückblieben. Verschon mich mit deinen kosmischen Gründen, wichtigen Staatsgeschäften und sonstigen Ausreden! Es war ja nichts! Ich lag im Sterben und jeder hatte mich schon aufgegeben. Er ganz bestimmt, der arme liebe Mann! Wie er mich gepflegt hat, Tag und Nacht, und meine Schweinerei aufgewischt hat, nicht für eine Minute ist er aus meinem Zimmer gegangen! Aber das ist ja alles kein Grund, sich aufzuregen, nicht wahr? Ich hätte sterben können, aber wie du so richtig einwenden möchtest, ich bin's ja nicht! Also wozu das Theater? Lass uns bloß keine Szene anfangen, bitte, wir sind erwachsene Leute! Du hast Recht! Wir haben schöne Stunden miteinander verlebt, sogar ein paar besonders schöne, aber das ist vorbei! Du gehst deinen Weg und ich geh meinen, und nie sollen sich die beiden wieder kreuzen!«
Er steckte die Flöte in den Gürtel, drehte sich um und ging. Sie steigerte sich allmählich in einen regelrechten Tobsuchtsanfall und jeden Augenblick konnten Gegenstände durch die Luft fliegen.
»Hörst du mich? Hast du deine Zunge verschluckt? Hast du nichts zu deiner Verteidigung vorzubringen, und wenn's auch nur deine üblichen Lügen sind? Hast du überhaupt kein Schamgefühl? Keinen Funken? Du bildest dir ein, du kannst dir diese ganzen Geschichten ausdenken und ich bin blöd genug, sie dir abzunehmen? Schmink es dir ab! Ich bin fertig mit dir, ein für alle Mal fertig!«

Er war schon durch die Tür gegangen, als sie ihm nachrannte.
»Halt mich fest, halt mich fest! Sag nichts, sprich kein Wort!«
Anderntags um acht Uhr abends stand er wieder nackt vor dem Spiegel und trug die Indigolösung auf.

»Steig rein!«
Er verstand nicht, was sie meinte.
»Mach schon, du Dummkopf! Ich hab nicht die ganze Nacht Zeit. Und warum hast du überhaupt aufgehört zu spielen?«
Wie gewohnt hatte sie keine Lampe angezündet, und sein Fuß landete auf dem Rand des großen Goldtabletts. Er fand das Gleichgewicht wieder und setzte die Melodie da fort, wo er sie abgebrochen hatte. Sie holte eine goldene Kanne mit einem langen Schnabel.
»Was ist heute bloß mit dir los? Hast du vergessen, wie du normalerweise stehst, wenn du Flöte spielst?«
Eilig winkelte er das rechte Bein an und stellte den Fuß, auf die Zehen aufgestützt, neben den linken. Zu seiner Bestürzung begann sie Wasser über seine Füße zu gießen und sie zu waschen. Das Spiel ist aus, dachte er, und sein Herz klopfte wild. Er schaute gebannt zu, wie die Farbe an seinem linken Fuß zu zerlaufen begann.
»Jetzt den rechten Fuß. Vorsicht, nicht umkippen! Ich hätte zwar nichts dagegen, wenn du dir die Hüfte ausrenkst, aber es wäre mir nicht recht, wenn du mir dabei das Genick brechen würdest!«
Wusste sie wirklich nicht, wer er war? Machte sie ihm etwas vor? Oder sich selbst? War das alles nur, ein verrücktes Spiel?
»Jetzt komm raus.« Sie rieb ihm die Füße mit dem Ende ihrer Chunni trocken. »Morgen Früh gieße ich die Tulsi mit diesem geweihten Wasser. Sie wird sich freuen und blühen, als sei es Frühling!« Sie legte die Stirn auf seine Füße, umfasste seine Knöchel und legte sich flach auf den Bauch. »Segne mich, Herr! Nie hätte ich zu hoffen gewagt, ich könnte deiner würdig sein! Nie hätte ich mir vorgestellt, du würdest mich zu deiner Geliebten erwählen! Ist alles nur ein Traum?« Sie bog den Kopf weit zurück, um ihm schmachtend in die Augen zu blicken. »Ich möchte dich zwicken, um mich zu vergewissern, dass du wirklich bist.« Sie bohrte ihm die Nägel von Daumen und Zeigefinger in den Wadenmuskel und zog, bis er einen Schmerzenslaut ausstieß. »Hat das weh getan?« Sie sah verwundert aus.

»Komisch, dann bist du ja tatsächlich wirklich! Aber das soll dir eine Lehre sein, mich nie wegen einer anderen Frau zu verlassen!«
Sie zog ihm die Pfauenfeder aus dem Stirnband. Was jetzt?, fragte er sich. Er brauchte nicht lange auf die Antwort zu warten. Die Feder war so luftleicht wie der Musselin ihrer Chunni. Vielleicht war sie in Wirklichkeit ein Gewebe aus Hauch und Strömung eines überfeinen Äthers und gar keine materielle Vogelfeder. Es wäre ihm lieber gewesen, wenn sich die Stahldornen eines Rechens durch sein Fleisch gepflügt hätten. Eine seltsame Folter war das, eine erstickende, unerträgliche Liebkosung, die die Grenzen seines Durchhaltevermögens auszuloten schien. Er hätte nicht beschwören können, dass das Auge der Feder ihn wirklich berührte, aber es erzeugte eine elektrische Spannung, die unter seine Haut glitt und ihn wie zerschlagen und geschunden zurückließ. Wie sollte er den Widerspruch zwischen der Balz der Pfauen während der Cholera und der Verzückung ihres jetzigen Tanzes auf seiner Haut jemals auflösen?

Manchmal spielten sie nach dem Mittagessen Karten, oder Mamta brachte das vielfarbige Damespiel und rollte es auf dem Teppich aus. Seine Hoheit hätte es vorgezogen, ohne Einsatz zu spielen, aber seine Frau beharrte darauf, erst der winkende Geldgewinn mache solche Spiele interessant. Sie hatten es weder abgesprochen noch ausgelost, aber die Mannschaften standen bereits kurz nach ihrer Ankunft in Kumbhalgarh fest – die Prinzessin und Mangal traten gegen Mamta und den Maharaj-Kumar an. Und bald stellte sich heraus, dass die drei, was strategisches Können und Spielleidenschaft anging, der Prinzessin nicht das Wasser reichen konnten. Sie war eine kleine Heilige, deren Unschuld wie eine blanke Rüstung erschien, während sie die hinterhältigsten Strategien und Finten ersann.
Ihre Tücke, die Geschicklichkeit ihrer Finger und ihre selbstgerechte Empörung, wenn sie beim Betrügen ertappt wurde, waren schier unglaublich. Ihre Raubgier war so grenzenlos wie ihr unerschöpflicher Charme. Sie mochte das mieseste Blatt unter der Sonne haben, sie mochte seit Stunden einen Einser nach dem anderen würfeln – irgendwie brachte sie es fertig, in Führung zu liegen. Ihre Standardtaktik war die Ablenkung. Sie ließ ihre Orhni fallen, ein Ohrring klimperte zu Boden, sie hatte plötzlich etwas im Auge, war

bitte jemand so freundlich ...? Hatte sie erst einmal ihre Orhni wieder zurechtgezupft, den Ohrring wiedergefunden oder hatte jemand den Balken in ihrem Auge entfernt, war die Situation nicht wiederzuerkennen. Ihr Blatt hatte sich so entscheidend verbessert, dass sie den gesamten Einsatz einsackte, oder ihre Spielsteine standen mit einem Mal viel günstiger als alle übrigen. In den seltenen Fällen, in denen keine List verfangen wollte und alles verloren schien, bekam sie einen Schluckauf oder Nieskrampf, wodurch sie die Steine, unbeabsichtigt natürlich, heillos durcheinander brachte.
»Verdammte Fliege!« Sie klatschte sich mit der flachen Hand auf die Brust. »Die nervt schon, seit wir mit dem Spiel angefangen haben!«
Der Maharaj-Kumar beugte sich abrupt vor und packte ihre Hand. Dabei kam sein Handrücken mit ihren Brüsten in Berührung.
»Mit Verlaub, was glaubt Ihr wohl, was Ihr da tut, Eure Hoheit?«
»Ich helfe dir lediglich, die Fliege zu fangen.« Er drückte ihre Hand zusammen. Auf ihrer Oberlippe erschienen Schweißtröpfchen.
»Lasst meine Hand los, Eure Hoheit!«
»Sofort. Sobald ich die Fliege habe.« Er quetschte die Knochen ihrer Hand zusammen, bis man sie knacken hörte. Ihre Augen funkelten vor Schmerz und Wut, aber ihre Faust blieb fest verschlossen. Mangal und seine Frau verfolgten diesen Familienstreit mit wachsender Besorgnis. Sie hatten den Maharaj-Kumar noch nie so unnachgiebig erlebt. Es war offensichtlich, dass er ihr weh tat.
Wenn meine Haut, dachte der Maharaj-Kumar, die Weichheit ihrer Brust wieder erkennt, dann kann die Kleine Heilige sicher auch ihren nächtlichen Besucher identifizieren. Der Anschein von Normalität, die vorgetäuschte Amnesie von Paaren, die sich erst ein paar Augenblicke zuvor in den Armen gelegen hatten, war ihm von jeher wie die Quintessenz menschlicher Verstellungskunst erschienen.
Die Karte fiel ihr aus der Hand. Mangal hob sie auf, um sich zu vergewissern, dass es keine Sinnestäuschung war. Alle brachen in schallendes Gelächter aus. Die Prinzessin war nicht amüsiert.
»Ihr habt mir diese Karte untergeschoben! Abscheulicher Betrüger!« Sie warf ihre Karten hin und stampfte beleidigt aus dem Zimmer. Mamta lief ihr hinterher und brachte sie mit vielem Zureden zurück. Sie nahmen das Spiel wieder auf. Der kleine Spaziergang schien die Qualität ihres Blattes gewaltig verbessert zu haben.

29

Die Nachrichten von Daheim und vom Rest des Reiches sind recht gemischt. Der verspätete Monsun des Vorjahres und die unzeitgemäßen Wolkenbrüche haben die Ernte verdorben. Die Wirtschaft liegt darnieder und im ganzen Land macht sich eine Besorgnis erregende Rezession bemerkbar. Die Bauern brauchen Geld, um Saatgut zu kaufen, aber die Staatskasse ist fast leer, und Finanzminister Adinathji sieht sich außerstande, irgendwelche Darlehen zu gewähren. Und so hat Vater getan, was die meisten Monarchen der Welt unter diesen Umständen tun würden: Er hat sich bei unserem Nachbarn schadlos gehalten, hat Überfälle und Raubzüge auf dessen Territorien verübt und so viel Land wie möglich annektiert. Zur Auswahl standen dabei die Sultanate von Delhi und von Malwa. Wie es seine Gewohnheit ist, wägte Vater das Pro und Kontra sorgfältig ab und traf dann eine kluge Entscheidung. Er entschied sich für die erstere Möglichkeit. Sowohl Delhi als auch Malwa haben ihre Energie und Kampfkraft verloren und krebsen nur noch vor sich hin. Ibrahim Lodi von Delhi und Mahmud Khalji von Malwa sind beides Könige ohne jede Phantasie und unfähig, ihre Adligen und Vasallen im Zaum zu halten. Malwa wäre als unmittelbarer Nachbar ein bloßer Spaziergang gewesen, nur hat Mahmud Khalji einen Premierminister, dem er zwar misstraut, der aber zwei wichtige Eigenschaften in sich vereinigt: Er ist Rajpute und ein überaus fähiger Mann. Sein Name ist Medini Rai. Vaters Größe

äußert sich, wie ich schon wiederholt gesagt habe, unter anderem darin, dass er es, anders als seine Vorgänger auf dem Thron, bislang stets geschafft hat, jedwelche Feindseligkeiten oder gar kriegerischen Akte gegen Rajputen zu vermeiden. Und so muss der Sultan von Delhi seit Monaten alle paar Tage erfahren, dass Rana Sanga sich mal wieder einen neuen Batzen Lodi-Land einverleibt hat.
Ibrahim Lodi ist ein zutiefst argwöhnischer Mensch und betrachtet fast alle einflussreichen Männer in seinem Reich als potenzielle Feinde. Diese Situation ist für ihn nicht minder belastend als für diejenigen, auf die sein Verdacht jeweils fällt. Seine Opfer verlieren ihre Ländereien, ihre Familien und ihren Kopf, aber auch der Herrscher muss einen schrecklichen Preis zahlen. Die Zahl seiner Vasallen schwindet dahin, seine nie schlummernden Zweifel werden zu sich selbst erfüllenden Prophezeiungen, und das Gift der Ungewissheit frisst sich immer tiefer in seine Seele. Wenn die Binsenweisheit »Vertrauen zeugt Vertrauen« auch nur halbwegs stimmt, trifft der Umkehrsatz sicher ebenso zu. Wenn Ibrahim Lodi Vaters Raubzüge lange unbeantwortet gelassen hat, dann deswegen, weil er zu sehr damit beschäftigt war, eine Serie von Revolten seiner Statthalter in entlegenen Provinzen niederzuschlagen. Als es ihm jedoch gelungen war, die inneren Feinde zu besiegen oder zumindest in die Schranken zu weisen, brach er eilig auf, um dem Rana entgegenzutreten.
Königin Karmavati nervte und verfolgte Vater bis zum Tag seines Abmarschs in der Hoffnung, ihn zu überreden, Vikramaditya für die Dauer seiner Abwesenheit zum Gouverneur von Chittor zu ernennen. Aber Vater ließ sich nicht einwickeln, er bestimmte meinen jüngeren Bruder Rattan zum Statthalter und nahm Vikramaditya mit an die Front. Dem Hofklatsch zufolge soll Königin Karmavati in Ungnade gefallen und Rattan zum möglichen Thronanwärter aufgerückt sein. Es mag durchaus sein, dass Rattan nach Vaters Tod den Thron besteigen wird, aber es wäre kurzsichtig, die Macht und den Einfluss der Königin zu unterschätzen. Es ist mehr als wahrscheinlich, dass Vater Vikramaditya mitgenommen hat, um ihn vor etwaigen Anschlägen in Chittor in Sicherheit zu wissen, und gleichzeitig, um ihm ein wenig echte Schlachterfahrung zu verschaffen. Beiläufig angemerkt, berichten Mangals Quellen, die Königin habe erst dann nachgegeben, als Vater mit ihr ein Abkommen traf, über dessen Ge-

genstand allerdings niemand so recht etwas weiß. Es gibt lediglich zwei Möglichkeiten, für die ich mich jederzeit verbürge: Erstens, dass die Rani sich nicht für mich als Thronfolger stark gemacht hat, und zweitens, dass wir zu gegebener Zeit schon erfahren werden, worum es sich bei dieser Abmachung handelte.

Die feindlichen Heere stießen in der Nähe des Dorfes Khatoli, an der Grenze Haravatis, aufeinander. Nach fünfstündiger Schlacht gelangte die Streitmacht von Delhi zur Einsicht, Flucht sei der bessere Teil der Tapferkeit, und suchte ihr Heil in derselben. Vater war geschickt genug, einen Lodi-Prinzen gefangen zu nehmen. Dieser wurde nach Zahlung eines Lösegeldes wieder freigelassen, was gewährleistete, dass Mewar für den Rest des Jahres zwar nicht prassen, aber zumindest doch von Zeit zu Zeit würde essen können.

Ich war gerade mit einer letzten kritischen Durchsicht meiner zweihundertundsiebenseitigen Einführung zu Shafis Werk beschäftigt, als es an der Tür klopfte. Ein Diener konnte es offenbar nicht erwarten, sich die Abreibung seines Lebens zu holen.

»Herein!« Die Tür öffnete sich.

Es war meine Frau, nach ihrem Morgenbad wie neugeboren anzuschauen. Ihre Augen funkelten. Was mochte sie nun schon wieder Haarsträubendes im Schilde führen?

»Du weißt sehr wohl, dass ich zwischen halb acht und zwölf Uhr Mittag unter keinen Umständen gestört werden will!«

»Nicht mal in einem Notfall?«

»Was ist denn passiert?«

»Ha, erwischt! Ihr seid ein richtiger Spielverderber! Einmal im Jahr werde ich Euch doch wohl ein bisschen belästigen dürfen, oder?«

»Nein.«

»Kommt schon, ich fordere Euch zu einem Wettrennen nach Ranakpur heraus!«

»Auf allen vieren, wie?«

»Sehr witzig! Steht auf. Mangal und Mamta warten im Hof auf uns.«

»Bist du ...« Mitten im Satz hielt ich inne. Allmählich entwickelte ich mich zu einem ziemlich berechenbaren Gesprächspartner. Jedes Mal, wenn meine Frau mir eines ihrer Spontan-Projekte vorschlug –

zu anderen war sie offensichtlich gar nicht fähig – bestand meine Reaktion darin, sie zu fragen, ob sie übergeschnappt sei. Wusste ich denn nicht, dass sie schon so auf die Welt gekommen war? Jeder unvoreingenommene Amtsarzt hätte sie für geisteskrank erklärt. Zudem war es auch noch eine ansteckende Art von Wahnsinn. Mangal, Mamta und ich zeigten mittlerweile gleichfalls ernst zu nehmende Symptome.

»Wie sollen wir da hinkommen?«

»Wir reiten, was sonst?«

»Du wirst reiten?«

»Und Euch schlagen!«

»Und was bekomme ich, wenn du verlierst?«

»Meine Armreifen.«

»Die gehören mir bereits, weißt du's nicht mehr, du hast sie beim Kartenspielen verloren.«

»Ihr habt falsch gespielt!«

»Das musst gerade du sagen!«

Wie gewohnt gab sie mir die Frage zurück.

»Was ist Euer Einsatz?«

Ich sah aus dem Fenster. »Die Blüten des *Parijat*-Baums.«

Sie starrte erst mich, dann den Korallenbaum, der jeden Morgen den Boden mit Hunderten rotstieliger weißer Blüten bedeckte, nachdenklich an.

»Ihr seid der großzügigste Mensch, den ich je kennen gelernt habe. Rührt Euch nicht vom Fleck. Ich werde Euch den *nazar* austreiben. Ich hab gesagt, nicht von der Stelle rühren! Ich dulde nicht, dass irgendjemand den bösen Blick auf Euch wirft!«

Ich versuchte schon lange nicht mehr, den Gedankensprüngen meiner Frau zu folgen. Sie brachte zwei Metallteller, den einen mit glühenden Kohlen, den anderen mit Salz, roten Chilis und den übrigen Zauber-Utensilien, und befahl mir, die Augen zu schließen. Ich spürte den leise sausenden Luftzug an meinem Gesicht, als sie die geballten Fäuste um meinen Kopf schwang und irgendetwas dazu murmelte. Sie öffnete die Fäuste und ließ deren Inhalt auf die Glutplatte fallen, die sie zuvor auf den Boden gestellt hatte. Die Chilis zischten, knisterten und knackten.

»Darf ich jetzt die Augen öffnen?«

»Mögen all Eure Feinde eines grausigen Todes sterben!«, rief sie zornig aus. Die Knallkörper explodierten mit noch größerer Heftigkeit. »Seht, seht, wie viel Böses sie Euch gewünscht haben! Es ist meine Schuld! Ich hätte längst schon etwas unternehmen sollen! Passt nur auf, Hoheit, niemand soll je wieder zwischen Euch und Seine Majestät treten! Ich werde Euch beschützen, ich werde all Eure Feinde zerschmettern!«
Lieber Gott, wusste sie denn wirklich nicht, wen sie als Erstes würde vernichten müssen?

Wir reisten inkognito. Grünauge hatte Picknickkörbe für uns packen lassen. Ich hatte den Gouverneur über unseren spontan gefassten Plan informiert und er hatte ein wenig zweifelnd dreingeschaut. Was würde Vater dazu sagen? War unser Ausflug wirklich so harmlos, wie wir ihn glauben machen wollten? Was, wenn uns etwas zustieß? Wozu inkognito? Er nahm die Ankündigung, dass die Prinzessin und Mamta mit uns reiten würden, mit sichtlich gemischten Gefühlen auf. Einerseits schien er sich sicher zu sein, dass wir keinen allzu großen Unfug anstellen würden, solange wir unsere Frauen dabeihatten, andererseits hätte er es vorgezogen, wenn sie in Sänften gereist wären, anstatt diese wenig damenhafte Beförderungsweise zu wählen. Schließlich aber beruhigte er sich, als ich ihn bat, vier seiner Männer vorauszuschicken, damit sie in der Zwischenzeit Zelte für uns aufschlugen. Meine Überlegung war einfach. Ein paar Aufpasser hätte er uns sowieso mitgegeben; da konnten sie sich ebenso gut ein wenig nützlich machen.
Die Straße zwischen Kumbhalgarh und Ranakpur führt durch hügeliges, dicht bewaldetes Gelände. Die Sonne strahlte in ihrer ganzen Herrlichkeit hernieder, aber es waren noch etliche Monate bis zum Mai, in dem die Felsen der Aravalli-Berge sich wie Fett in einer Bratpfanne aufheizen würden. Wir mussten seit ungefähr zwei Stunden unterwegs sein, als die Prinzessin, die unsere Kavalkade anführte – warum sollte ich Befikir schon so früh ermüden, ich wollte ihre Kräfte für den Endspurt aufsparen –, die rechte Hand hob und ihr Pferd zügelte. Zu unser aller Verwunderung ließ sie sich von Mangal Pfeil und Bogen reichen. Sie klopfte ihrem Pferd beruhigend den Hals. Hatte sie einen Tiger oder Löwen gesichtet? Zu dieser Tages-

zeit war das zwar unwahrscheinlich, aber nicht unmöglich, schließlich befanden wir uns in einem wildreichen Gebiet. Mangal hatte seinen Speer ergriffen, während ich Pfeil und Bogen bereithielt. Grünauge saß aufrecht und regungslos im Sattel, dann legte sie den Pfeil an den Bogen und spannte die Sehne. Jetzt konnten wir das Rudel *barasinghas*, das in einer weiten Lichtung links von der Straße graste, auch sehen. Hatte sie eine Ahnung, was so ein Tier wiegt? Wenn sie den Hirsch nicht tötete, sondern nur verletzte, konnte er auf sie losgehen und sie mitsamt ihrem Pferd in die Luft schleudern. Worauf wartete sie noch?

Bald war die Antwort klar. Sie wollte, dass die Chancen gleich stünden. Sie würde erst dann den Pfeil auf ihn abschießen, wenn er die gleiche Gelegenheit haben würde, sie zu töten, wie sie ihn. Von allen Hirschen ist der Barasingha mit Abstand der beeindruckendste. Ein Blick genügte, um zu begreifen, warum die Prinzessin diesen einen ausgesucht hatte. Der Zwölfender ragte mit Kopf und Schultern aus dem übrigen Rudel heraus. Sein Fell war rotgolden. Selbst im Dunkeln hätte es ihn wie ein Heiligenschein umgeben. Er war wenigstens anderthalb Meter hoch, das Geweih nicht mitgerechnet. Er war schlank und muskulös, ohne einen Gramm Fett am Leib. Die Sehnen seiner Beine waren die reinsten Stahlseile. Sie leisteten ihm speziell bei drei Aufgaben gute Dienste: beim Zusammentreiben seiner Herde, bei der Flucht, wenn das Rudel in Gefahr war, und beim Angriff, um seinen Platz zu behaupten, wenn ein Rivale sein Geweih in das seinige verhakte. Er hatte einen Nacken wie das Oberschenkelpaar eines Gujarater Ringkämpfers. In kurzen Abständen zuckte seine Haut, um eine Fliege zu vertreiben. Was ihn aber von allen anderen Tieren unterschied, waren seine Augen. Sie strahlten Intelligenz aus und wachten zugleich gelassen und mit größter Aufmerksamkeit über seine Schutzbefohlenen. Sie waren stolz und voller Autorität. Bis hierher, sagten sie, und keinen Schritt weiter. Die Botschaft war deutlich: Sieh dich vor!

Lange fixierte er die Prinzessin, dann wandte er den Kopf gleichgültig ab. Was du tust, ist deine Angelegenheit, schien er zu sagen, solange du mein Rudel in Frieden lässt. Er graste weiter und sah dann wieder auf. Diesmal hatte er gespürt, dass die Frau da drüben auf ihn wartete. Wütend scharrte er den Boden in der Hoffnung,

dieses Imponierverhalten würde ausreichen, damit die Gegnerin sich eines Besseren besann und das Feld räumte. Gleichzeitig gab es ihm die Möglichkeit, sich über sein weiteres Vorgehen klar zu werden. Noch immer beobachtete sie ihn regungslos. Jetzt begriff er, dass sie es auf ihn abgesehen hatte. Wenigstens wollte er ihr ein möglichst schlechtes Ziel bieten und ergriff die Flucht. Es war ein herrlicher Anblick, wie er losschoss, die Vorderbeine an die Brust gezogen, Rumpf und Hinterbeine eine einzige Linie bildend, so gerade wie der Pfeil, dem er zu entgehen hoffte. Es war ein geschickter Schachzug. Durch seine abrupte Bewegung hatte er sein Rudel in Alarm versetzt. In wilder Flucht stürmten die Tiere davon. Meine Frau schien vollkommen unbewegt zu bleiben, obwohl sie einen langsamen 180-Grad-Schwenk vollführte und dabei den dahinjagenden Bock genau im Zentrum ihres Gesichtsfeldes behielt. Weder ihr Rückgrat noch ihr Nacken oder ihre angespannten Armmuskeln verrieten die geringste Ermüdung. Das Donnern der Hufe war ohrenbetäubend und der aufgewühlte Staub verfinsterte die Sicht. Jetzt war er verschwunden. Sie wartete. Er musste eine Dreiviertelwende gemacht haben, denn er kam zurückgestürmt. Er hatte seine Geschwindigkeit noch weiter erhöht. Die Bogensehne sirrte metallisch und der Pfeil war frei. Wir warteten, bis das rund zweihundertköpfige Rudel verschwunden war und der Staub sich gelegt hatte. Der Hirsch lag auf der Seite, der Pfeil hatte sein Herz durchbohrt. Er war sofort tot gewesen.
»Wo habt Ihr so schießen gelernt, Hoheit?«, fragte Mangal die Prinzessin, als sie den Pfeil herauszog.
»Das war ein Zufallstreffer«, sagte die Prinzessin bescheiden.
»Zufall war das sicher nicht!«
»Mein Onkel hat es mir beigebracht.« Es machte sie verlegen, im Mittelpunkt zu stehen. »Lasst uns eine Keule behalten und den Rest den Einwohnern des nächsten Dorfes schenken!«
Ich war nicht besonders wild darauf, irgendjemandem zu begegnen. Nicht dass die Gefahr bestand, die Dörfler könnten mich erkennen, aber es war keineswegs auszuschließen, dass der eine oder andere von ihnen bereits die Füße der Kleinen Heiligen berührt oder in Kumbhalgarh oder Chittor mit ihr getanzt hatte. Für den Gouverneur würde dies eine unnötige weitere Belastung bedeuten, und wir

könnten uns darauf gefasst machen, vor jedem weiteren Dorf ein Empfangskomitee vorzufinden und von Hunderten, wenn nicht gar Tausenden von Dörflern bis nach Ranakpur eskortiert zu werden. Aber der Barasingha war nun einmal erlegt und er würde genug Fleisch abgeben, um siebzig bis achtzig Menschen zu sättigen. Es blieb uns nichts anderes übrig, als das nächstgelegene Dorf ausfindig zu machen. Mir war überhaupt nicht wohl bei dem Gedanken, die Frauen allein zu lassen, aber die Prinzessin hatte wie üblich das letzte Wort.

»Ich kann sehr gut auf mich und Mamta aufpassen.«

Einen knappen Kilometer weiter entdeckten wir einen Weiler und sprachen den Dorfvorsteher und dessen Freunde an. Barasingha-Fleisch gilt als eine besondere Delikatesse und ist normalerweise nur besonderen Anlässen vorbehalten. Die Dörfler waren über unser Geschenk hocherfreut und nur zu gern bereit, uns beim Abtransport ihres Abendessens zur Hand zu gehen. Sie spannten zwei ihrer größten Ochsen an, und wir wollten gerade zusammen mit sechs jungen Männern losreiten, als der Vorsteher fragte, ob wir nicht Lust hätten, anschließend noch zu einem improvisierten *paunk* zu bleiben. Das war ein Angebot, das ich nicht einmal auf meinem Sterbebett ausschlagen würde.

Paunk ist kein gewöhnliches Essen. Es ist ein Mahl für die Götter und ein Rätsel dazu, denn welcher normale Sterbliche käme wohl auf die Idee, knusprig gebratene Fadennudelnester aus Kichererbsenmehl als Unterlage für leicht geröstete unreife, saftige, frisch vom Feld gepflückte Sorgumhirse-Körner zu verwenden? Weich und knackig gegessen, ist diese Hirseart mörderisch und in ihrer Wirkung unberechenbar, aber gib einen Schuss Zitronensaft dazu, und das Resultat ist ein Zusammenstoß von süß, salzig und sauer, der sich leicht als einer der wahren Höhepunkte im Leben eines jeden Gaumens erweisen kann.

Wann würde ich mein Volk endlich richtig kennen lernen? Die Männer waren groß gewachsen, kräftig und gut aussehend, und die Frauen waren schüchtern und schön. Sie waren gastfreundlich und feierten die Feste, wie sie fielen. Wir setzten uns auf eine Matte unter freiem Himmel. Sie wollten wissen, wo wir herkämen.

»Chittor«, erklärten wir ihnen.

»Das haben wir uns gedacht«, sagten sie. »Ihr seht wie Leute aus dem Zentrum der Macht aus, auch wenn Ihr selbst vielleicht keinerlei Macht besitzt. Aber dieser geschäftige, entschlossene Blick ist typisch Chittor, keine Frage. Und der Akzent ist natürlich ein todsicheres Zeichen. Und wie heißt Ihr?«
»Sisodia.«
»Aber doch wohl nicht mit der Königsfamilie verwandt, oder? Was würdet Ihr in dem Fall auch mit einfachen Leuten wie uns schon anfangen können? Aber man weiß ja nie – manche Fürsten reisen gern unerkannt durchs Land, um ihr Volk auszuhorchen. Ich hoffe doch, Ihr seid nicht solche Typen!«
»Natürlich sind wir das!«, erwiderte meine Frau. »Erkennst du's nicht sofort an unserer hochmütigen Art? Passt besser auf, was ihr sagt!« Sie deutete auf mich: »Dieser Mann da notiert sich im Kopf jedes Wort, das ihr sagt, er ist nämlich der Maharaj-Kumar und ich bin die Prinzessin.«
Sie fanden das todkomisch. Sie klatschten sich gegenseitig auf den Rücken und die Frauen kicherten und stupsten meine Frau gegen die Schulter. Sie verneigten sich vor uns und fächelten uns Kühlung zu und spielten überhaupt hervorragend mit.
»Eure Hoheit, meine Tochter braucht einen Mann. Wir geben Euch drei Kühe und ein Dutzend Hühner. Was meint Ihr, wollt Ihr sie uns abnehmen und sie, wenn Ihr einst – lang lebe Seine Majestät – selbst König werdet, zur Königin von Mewar machen? Soweit wir wissen, ist Eure erste Gemahlin eine Heilige, aber keine Königin.«
»Heilige?« Das war wieder meine Frau. »Die Leute bezeichnen sie als ein Flittchen und eine Bajadere.«
»Wirklich? Also, dass unser Herzenstöchterchen zu singen oder zu tanzen anfängt, braucht der Maharaj-Kumar wirklich nicht zu befürchten. Sie hat überhaupt kein Ohr für Musik und hat Schaufeln anstelle von Füßen! Aber sie ist fügsam wie eine Kuh, kann sehr ordentlich kochen, wäscht und spült und beherrscht eine Rückenmassage, die einem sämtliche Knochen im Leib durcheinander bringt, nach der man sich aber wie neugeboren fühlt! Das da ist sie, die eine, die den Kopf unter der Chunni ihrer Mutter versteckt.« Das Mädchen zog sich noch weiter hinter ihre Mutter zurück und kaute am Stoff der Chunni. »Nein, jetzt ernsthaft, was machen Eu-

re Eltern? Vielleicht habt Ihr ja einen jüngeren Bruder, für den unsere Tochter etwas wäre?«
Wie viel verdient Ihr? Und Eure Eltern? Wie viele Geschwister habt ihr? Vierzehn Schwestern? Wir werden nicht mal die eine los! Hat Eure Mutter nicht ein paar davon im Sand verbuddelt? – Sie waren unglaublich. Sie hatten nicht die geringste Scheu, wildfremde Leute nach ihren Vorfahren, ihren finanziellen Verhältnissen, ihren Sorgen und den intimsten Details ihres Lebens auszufragen.
»Warum hast du deine Tochter denn noch nicht verheiratet?«, fragte Grünauge den Dorfvorsteher.
»Letztes Jahr hatten wir einen guten Jungen für sie gefunden, aber die Ernte war schlecht und wir konnten uns die Mitgift nicht leisten. Die Eltern des Jungen wollten nicht länger warten und haben ihn anderweitig verheiratet.«
»Legt ihr denn kein Geld für magere Jahre zurück?«, fragte ich.
»Doch, aber wenn das dann für die Steuern draufgeht, wovon leben wir den Rest des Jahres? Der Maharana hat bestimmt genug eigene Sorgen, aber es wäre eine große Hilfe, wenn er sich ein gerechteres Steuersystem ausdenken könnte. Dass man in guten Jahren mehr zahlt und weniger in den schlechten.«
»Und du glaubst, das würde dich von deinen Schulden befreien, und du wärst von da an glücklich und zufrieden?«, fragte ich lachend.
»Natürlich nicht! Nur Tiere beklagen sich nie. Der Mensch findet immer den einen oder anderen Grund zum Jammern!«
Es war Zeit aufzubrechen. Sobald sie in Zajora die Zelte für uns aufgeschlagen hätten, würden die Männer des Gouverneurs anfangen, auf uns zu warten. Wenn wir in ein paar Stunden nicht da wären, würden sie bestimmt denken, wir hätten uns abgesetzt, und würden auf der Stelle nach Kumbhalgarh zurückreiten und den Gouverneur informieren.

Ich weckte alle um halb zwei. Die Männer aus Kumbhalgarh bauten die Zelte ab und wir brachen fast augenblicklich auf. Ich war noch nie in Ranakpur gewesen und wollte es im ersten Licht der Frühe sehen. Die Straße stieg zwischen dicht bewaldeten Hügeln und Bergen stetig an. Gegen fünf erreichten wir die Randbezirke des Dorfes. Wir badeten in einem munteren Bach, der beim ersten Nahen des Sommers versiegen würde. Das eisige Wasser war ein ordentlicher Schock für den Organismus. Ich hörte förmlich, wie mein Blut hin und her raste, um Haarnadelkurven jagte, zu meinem Gehirn hinauf- und wieder bis in die Zehen hinunterschoss, um meinen ganzen Körper zu wärmen. Wir zogen uns frische Kleider an und begaben uns zum Tempel.

Der Haupttempel von Ranakpur ist dem Tirthankara geweiht, nach dem Lilavatis Urgroßvater Adinathji benannt ist. Der Tempel wurde im goldenen Zeitalter der Mewarer Architektur erbaut, aber nicht von meinem Großvater Kumbha. Als der Tempel vollendet war, besuchte ihn Rana Kumbha. Er fand ihn außerordentlich schön. Er bedauerte es, dass nicht er, sondern einer seiner Untergebenen, sein jainistischer Finanzminister, ihn gebaut hatte. Aber es war noch nicht alles verloren. Er würde innerhalb der Tempelmauer eine Siegessäule errichten, die das Werk des Schatzmeisters in den Schatten stellen würde. Hinsichtlich der Reaktion des Ministers auf diesen grotesken Vorschlag schweigen sich die jainistischen Dichter diskret aus. Was immer er persönlich davon gehalten haben mag, Nein konnte er zu seinem Souverän unmöglich sagen. Der Grundriss, Front- und Seitenaufriss, der hochkomplizierte bauplastische Schmuck, alles wurde auf das Sorgfältigste aufgezeichnet und vom Rana abgesegnet. Die Arbeiten konnten beginnen. Aber so sehr er sich auch bemühte und so mächtig er auch war, gelang es dem König einfach nicht, die Säule fertig zu stellen. Ja, selbst heute sehe ich nichts anderes als eine gigantische, auf quadratischem Sockel ruhende Beleidigung für das Auge, die nicht einmal die Höhe des ersten Tempelgeschosses erreicht.

Wir zogen am Fuß der gewaltigen Treppe, die fast die Breite einer mittelgroßen Straße von Chittor besaß, unsere Schuhe aus und stiegen zum Tempelsockel hinauf. Plötzlich brach die Sonne hervor und flutete heran wie die erste Welle des Gezeitenstroms bei Surat. Das Licht durchtränkte den Marmor und zog sich dann wieder zurück, als der Hauch einer Wolke sich über die aufgehende Sonne legte. Um diese Zeit war noch niemand da. Schon nach wenigen Minuten strömte die Sonne wie ein Hochwasser führender Fluss heran. An den äußersten Ecken des Gebäudes erheben sich gerundete Bastionen wie bei einer gewöhnlichen Festung, nur dass diese viel niedriger sind. Entlang des gesamten Sockels sind kleine Mauervierecke angeordnet, Miniaturtempel, in denen untergeordnete Persönlichkeiten des jainistischen Pantheons residieren. Es ist unmöglich, sich ein Bild von der gewaltigen Größe und Komplexität des Tempels zu machen, bevor man sich nicht im Herzen der Anlage befindet. Und dennoch gewinnt man nur einen begrenzten Eindruck, solange man nicht zum ersten und dann zum zweiten Stockwerk aufsteigt.

Die jainistischen Erlöser stehen oder sitzen steif und aufrecht in ihren Nischen und bannen mit ihren großen, glänzenden, starren Augen den Blick des Besuchers. Das vierfache Bildnis des Adinath in der zentralen Kammer des obersten Geschosses bildet da auch keine Ausnahme. Man kann die Augen schließen, spürt aber in jedem Moment, dass die Augen des ersten Tirthankara nicht außerhalb sind, sondern in einem selbst.

Der Tempel von Ranakpur war für mich eine Offenbarung. Er öffnete mir die Augen für Möglichkeiten, die mir bis dahin gar nicht bewusst gewesen waren. Hindu-Tempel können, was ihre Größe und Form angeht, beträchtlich variieren. Sie können einen hohen, einen niedrigen oder auch gar keinen Turm haben, aber der *garbhagriha*, das Allerheiligste, in dem das Bildnis der jeweiligen Hauptgottheit residiert, ist fast immer das reinste Herz der Finsternis. Er symbolisiert das undurchdringliche Mysterium der Göttlichkeit. Er ist, wie sein Name schon andeutet, der uranfängliche Schoß, eine enge, geschlossene Dunkelheit, ein beklemmender, Ehrfurcht gebietender Ort, in dem sich nur die Mittler zwischen Gottheit und Laienschaft, die Brahmanen, aufhalten dürfen. Der Jaina-Tempel von Ranakpur stellte den hinduistischen Begriff eines Gotteshauses geradezu auf den Kopf. Er brachte gewissermaßen alles ans Licht. Hier waren nicht das Unterirdische und Geheimnisvolle, sondern das Licht und die Luft die Hauptkennzeichen des Göttlichen. Der weiße Marmor verstärkte diesen Eindruck von Offenheit. Er besaß die wirbelnde, quirlige Dynamik von Milch, die ausgegossen wird.

Der Tempel von Ranakpur mag Adinath, dem ersten Tirthankara, geweiht sein. Doch wenn man mich fragt, ist er eine einzige Verherrlichung des Sonnengottes. Sein Impuls und seine treibende

Kraft sind das Licht und sein Ziel ist die Erleuchtung. Er ähnelt keinem anderen Tempel, den ich kenne. Es ist nicht die gewaltige Ausdehnung und Komplexität der Anlage, auch nicht die schiere Masse von Marmor oder der überreiche, unvorstellbar kunstvolle plastische Schmuck, was den Haupteindruck des Tempels ausmacht. Was das Bauwerk Stockwerk um Stockwerk emporträgt, sind keine Mauern, sondern offene Kolonnaden, die Licht und Luft gestatten, mit der Konstruktion und dem Stein zu verschmelzen. Für sich genommen hätte letzterer den Tempel schwer, starr und erdverhaftet gemacht. Stattdessen erblickte ich hier die Verwandlung von Marmor in Licht. Indem er das Licht zu einem integralen Bestandteil seiner architektonischen Konzeption machte, besaß der Adinath-Tempel Balken, Streben, Pfeiler und Wände aus Licht und schwebte losgelöst in der Luft.
Wie ich mit der Zeit noch herausfinden sollte, war der Adinath-Tempel nicht einer, sondern hundert, tausend, hunderttausend verschiedene Tempel. Am Morgen, am Mittag und am Abend, zu jeder Stunde und Minute, bei Vollmond und jeder anderen Mondphase erlebt man einen jeweils anderen Adinath-Tempel. Die Geschwindigkeit, das Gewicht und die Form einer Wolke können ihn verändern. Regen, Schatten, Blitz und Donner modeln ihn um und erfinden ihn neu. Er ist kein Denkmal der Eroberung oder des Sieges. Ich weiß nicht, ob Rana Kumbhas Schatzmeister damit eine Lobeshymne auf die Macht des Geldes anstimmen wollte, oder hoffte, seinem Namen Unvergänglichkeit zu verleihen. Es spielt auch gar keine Rolle. Das Bauwerk ist ein Sehnen und Streben nach Offenheit und Freiheit. Es ist ein Flug und eine Himmelfahrt und fordert einen dazu heraus, sich mit dem Unbekannten zu messen, sich aus sich heraus und über sich hinaus zu recken.
Ich setzte mich hin und verschränkte die Beine zum Lotos. Ich glaube nicht, dass mir bewusst war, was ich da tat. Das Licht meines Uhrahns, des Sonnengottes, durchflutete mich. »So ʻham«. Der bin ich. Ich atmete »so« ein und »ʻham« aus. Und auch ich verwandelte mich. Ich war der Marmor und das Licht und die Luft. Und dann verlor der Tempel seine Mauern und es verblieb nichts anderes als Bewusstsein, eine Unteilbarkeit und Einheit mit allem Beseelten und Unbeseelten.

Was treibe ich hier eigentlich in einem Jaina-Tempel? Warum empfanden Mahavira, der Stifter des Jainismus, und der Buddha den Hinduismus als unzulänglich und suchten nach anderen Wegen zu Moksha – oder *nirvana*, wie der Buddha es nannte? Warum lehnten beide jegliche Gewalt so grundsätzlich ab? Kam es nicht einer Leugnung eines unserer tiefsten, urmenschlichen Impulse gleich? War das vielleicht einer der Gründe, warum der Hinduismus sich in unserem Land doch wieder durchsetzen konnte und den Buddhismus so lange in die Enge trieb, bis nur noch ein Tropfen davon verblieben war, ganz unten in Sri Lanka? Zugegeben, der Jainismus hatte überlebt, aber nur als Religion einer Minderheit, in Randbezirken des Subkontinents.
Urgrund und Endzweck aller Gewalt ist die Macht. Wenn zwei Geweihe sich ineinander verhaken, dann um zu entscheiden, welcher der beiden Rivalen die Macht besitzen soll. Der Jainismus ist in seiner Ablehnung der Gewalt sogar noch strikter und konsequenter als der Buddhismus. Seine Mönche und Nonnen tragen oft einen Mund- und Nasenschutz aus weißer Gaze, um zu verhindern, dass sie die unsichtbar winzigen Lebensformen, die überall in der Luft schweben, einatmen und dadurch töten. Aber bisweilen will es mir scheinen, als hätten sie die materielle Gewalt lediglich durch die finanzielle ersetzt. Ihr Streben nach Macht spielt sich auf anderen Ebenen ab. Und doch kann selbst ich, einer der blutrünstigsten Massenmörder der Geschichte, mich der Verlockung des Friedens, des Seelenfriedens, der sich durch den Verzicht auf jede Gewaltanwendung einstellen muss, nicht entziehen.
Widerlegen lassen sich weder Gautama Buddhas noch des Blauen Gottes Analyse der menschlichen Befindlichkeit. Es ist das Verlangen, das Leben der Sinne, das Hängen an den Dingen und die Unwissenheit, was uns tiefer und tiefer in den Sumpf des Leidens, des Elends und immer neuen Verlangens hinabsaugt und dadurch das Rad der Wiedergeburten in unaufhörlicher Bewegung hält. Aber Gautama Buddhas Erbarmen, Hellsichtigkeit und Verständnis sind umso bemerkenswerter, als er nicht einmal nach seiner Erleuchtung behauptete, sein Weg sei der einzig wahre und derjenige, dem jeder Heilssuchende folgen müsse. Ganz im Gegenteil erklärt er dem Suchenden, der »Mittlere Pfad« und die Selbstzucht seien das, was

zwar bei ihm funktioniert habe, aber jeder Einzelne müsse überprüfen, ob sie auch für ihn das Richtige seien. Andernfalls müsse jeder seinen eigenen Weg aus dem Labyrinth von Leben, Tod und Wiedergeburt finden. Die »Loslösung«, die Buddha predigte, lässt sich, wie jede andere Lehre auch, unterschiedlich interpretieren. Es stimmt zwar, dass das Risiko eines Unfalls deutlich zurückgeht, wenn man sich nicht mehr aus dem Haus rührt. Selbstverständlich steigen die Chancen, nie einen Unfall zu erleiden, sogar zur absoluten Gewissheit, wenn man Selbstmord begeht. Wenn aber Loslösung in Wirklichkeit nur die Angst vor dem Scheitern ist und daraus folgend die Weigerung, sich selbst auf die Probe zu stellen – oder wenn sie nur der Angst davor entspringt, verletzt, erniedrigt oder zurückgewiesen zu werden –, dann verschließt man dem Leben alle Türen und vergibt alle Möglichkeiten für Glück, Schmerz, Erfolg und Erfahrung. Den meisten von uns mag eine endlose Folge von Wiedergeburten bevorstehen, aber dieses eine bestimmte Leben leben wir nur ein Mal. Das ist unsere einzige Chance, etwas daraus zu machen. Übertreibung ist die Sprache der Unreife. Wir brauchen das Leben nicht in Extremen oder polaren Kategorien zu begreifen, als Entweder – Oder. Der Begriff der Wiedergeburt oder selbst des Nirvana bedeutet nicht, dass wir dieses eine Leben verpassen müssen.

Am nächsten Morgen wachte ich mit einem Lied auf. Nicht auf meinen Lippen allerdings, sondern auf denen meiner Frau. Ich sah mich nach ihr um, aber sie war nicht im Zimmer.
Draußen war es noch dunkel und ein leichter Wind stöberte in den Sträuchern. Ich lief die Tempeltreppe in einem Atemzug hinauf und setzte mich mit dem Rücken gegen einen Pfeiler. Von innen floss ein frostiges Licht hervor. Da kam mir der Gedanke, dass Marmor nichts anderes als gefrorenes Mondlicht sei. Mein Stoffwechsel verlangsamte sich, meine Körpertemperatur sank, meine Atmung flachte mehr und mehr ab, und ich spürte, dass ich mich von den Aufs und Abs meines Lebens, die mich so unverhältnismäßig stark beschäftigt hatten – von meiner Familie, von Vater, Ehefrau, Königin Karmavati, Vikramaditya –, mehr und mehr zurückzog, oder besser gesagt: innerlich distanzierte.

Ich weiß nicht, wie ich Grünauges Lied, Opfergabe, Hommage, oder wie immer man das nennen mag, beschreiben soll. Ich glaube, es war eine Einladung und Anrufung an den Sonnengott. Es war nicht gänzlich ohne Worte, aber so gut wie. Das war recht ungewöhnlich, äußert meine Frau doch religiöse Inbrunst am liebsten in poetischer Form, also durch Sprache. Gesang und Tanz waren lediglich Erweiterungen und Fortsetzungen ihrer Texte. Aber wenn die reinste Form von Musik, ihre Quintessenz, die menschliche Singstimme ist, warum entwürdigen wir sie dann durch Worte? Da ich selbst kein Sänger bin und schwerlich je eine eigene musikalische Schule begründen werde, bezweifle ich, dass der Alap jemals zum zentralen Schwerpunkt jedes klassischen Konzerts werden wird. Ich hatte meine Auffassung von der Bedeutung dieses bestimmten Teils der Raga-Aufführung nie mit meiner Frau erörtert, und doch war sie gerade dabei, was bei mir Theorie war, in der Praxis, in der Realität des Gesangs darzulegen. Lag es am Tempel von Ranakpur? Oder dachten sie und ich – wenigstens über diesen einen Gegenstand – in den gleichen Bahnen?

Es war ein für die Jahreszeit seltsames Wetter. Als ich durch das offene Gebälk des Tempels emporblickte, sah ich schwarze Wolken, die zähneknirschend darauf brannten, aufeinander loszugehen. Von Zeit zu Zeit grollte ein bösartiger Donner. Es sah nach Regen aus, aber die Wolkenbänke, die sich wie instabile Felsblöcke aufeinander stapelten, ließen weder Sonne noch Blitz noch Regen hindurch. Gelassen brach meine Frau zu einer ruhigen, unüberstürzten Erkundung ihrer Seele auf. Sie war eine mannigfaltige Landschaft, unregelmäßig, aber keineswegs chaotisch. Kalte leere Ozeane dehnten sich uferlos hin und brachten doch sanfte Feuer hervor, an denen man sich die Hände wärmen konnte. Unheimlich heulende Winde strichen mit Botschaften von Sehnsucht und unerfüllten Wünschen über Geisterstädte hinweg; aber selbst da erwarteten einen klare blaue Teiche, an denen man für eine Stunde oder ein paar Nächte rasten konnte. Bestieg man die Hügel, glitt der Horizont unter den Füßen nach hinten weg, so dass die Zukunft mit einem Mal etwas war, was sich schon vor langer, langer Zeit ereignet hatte. Jetzt wehte eine Nebelbank heran, und die Gegenwart war nicht mehr zu erkennen, aber es bestand trotzdem kein Grund zur Panik, denn

wenn es einen Leitstern in diesem Universum gab, so waren es Glaube und Hoffnung.
Meine Frau rief die Sonne an, ihr Gesang wurde zunehmend ungeduldiger und fordernder. Aber er wusste auch zu bitten und zu flehen und jede erdenkliche List einzusetzen, um die Felsen-Wolken beiseite zu schieben. Ich schloss die Augen.
Sie änderte ihre Taktik. Ihre Stimme wurde sanft und sinnlich und ließ an heimliche Verabredungen denken. Sie schmeichelte sich in die Ritzen und Spalten ein, wurde verspielt und zutraulich und glitt wie eine Schlange in der Felswand des Himmels geschmeidig ein und aus. Sie begab sich in die Verliese und Unterwelten der Erde, verweilte dort wie Nebeldunst und kehrte dann zurück. Rasch nahm sie Geschwindigkeit auf, Woge wälzte sich auf schäumende Woge, kämpfte sich unbändig ins Freie, türmte sich zu einer donnernden Wasserwand auf, die jedes Hindernis in ihrem Weg niederwalzte und sich gegen die uneinnehmbare schwarze Kuppel warf. Nichts geschah. Dann ertönte ein Furcht erregendes Knirschen und der Himmel wankte und krachte Scherben splitternd herab. Die Sonne drang in den Tempel – keine aufgehende, zögernde Sonne, sondern ein voll erblühtes, unbesiegbares goldenes Gestirn. Die Skulpturen, die Pfeiler, die Hallen, die stufig versetzten Etagen des Tempels, die gesamte marmorne Konstruktion und wir beide in ihr wurden zu Licht. Der Gesang meiner Frau war pure Seligkeit. Der Tempel kippte unter uns weg und wir schwebten im Äther. Wir flogen so schnell wie das Licht und ruhten im Herz der Stille, die das Universum ist.

Am Fuß der Tempeltreppe erwarteten uns Boten aus Chittor. Der Sultan von Delhi war ein zweites Mal gegen Mewar gezogen und abermals in die Flucht geschlagen worden. Wir sollten umgehend in die Hauptstadt zurückkehren. Wir brachen eilig auf und verbrachten die nächste Nacht in Kumbhalgarh. Am frühen Morgen ging ich hinunter in den Garten, sammelte die Fluten von Parijat-Blüten in meinem aufgerollten Turban zusammen und ließ sie dann auf Grünauge herabregnen. Sie wachte auf und blickte verwundert auf das Meer von Blüten, die ihren Körper und den Fußboden bedeckten. Wieder und wieder sammelte sie sie handvollweise auf, warf sie in die Luft, legte den Kopf in den Nacken und ließ sie sich auf das Gesicht rieseln, auf den langen, durchscheinenden Hals, auf die Brüste und den übrigen Körper.

»Ich wünschte, wir bräuchten hier nicht wegzugehen! Ihr werdet mir nie wieder Parijat-Blüten bringen ...«

»Doch. Ich habe einen Zweig des Baumes mitgenommen.«

30

Viel hatte sich nicht geändert. Als ich um eine Audienz bat, um ihm meine Ehrerbietung zu erweisen, entschuldigte sich Vater, er sei indisponiert. Wozu hatte er mich überhaupt zurückgerufen? Als ich mich am Abend in die Siegeshalle begab, schleppte sich ein bandagiertes Etwas, das sich als Mensch ausgab, zum Thron. Sein Gesicht war an mehreren Stellen zusammengenäht. Soldaten des Sultans von Delhi hatten versucht, ihm den toten Arm abzuhacken, und am Oberschenkel seines bis dahin noch intakten Beins hatte er eine tiefe Schnittwunde davongetragen. Wir erhoben uns alle und verneigten uns. Er bedachte uns mit einer Grimasse, die ein Uneingeweihter als einäugiges Grinsen bezeichnet hätte, tatsächlich aber eine seiner liebenswürdigsten Mienen darstellte, hob seine gute Hand über seinen Kopf und verneigte sich tief vor uns allen. Hatten die Schwerthiebe des Feindes sein Gehirn in Mitleidenschaft gezogen? Kein Rana hebt zur Begrüßung die Hand höher als bis zur Brust; wie konnte sich Seine Majestät vor seinen Untertanen so erniedrigen? Der Hofstaat stand peinlich berührt herum und wusste sichtlich nicht, wie er reagieren sollte. Aber das war erst der Beginn der Überraschungen. Er forderte uns auf, unsere gewohnten Plätze wieder einzunehmen. Und dann setzte er sich selbst, wie ein gewöhnlicher Adliger, zu Füßen des Throns auf den Boden.
Die Höflinge und die Vasallen konnten sich nicht mehr beherrschen. Sie begannen, über den Geisteszustand Seiner Majestät und

dessen Regierungsfähigkeit zu flüstern. Ich trat vor und warf mich vor Vater zu Boden. Das war meine einzige Möglichkeit, die allgemeine Aufmerksamkeit von ihm abzulenken. Seine Begrüßung war brüsk: »Möge Shri Eklingjis Segen auf Euch ruhen.«

Meine Frau durchschaute die brenzlige Situation und tat es mir nach. Es war etwas ungewöhnlich, dass die Prinzessin Seiner Majestät ihre Ehrerbietung vor versammeltem Hofstaat erwies, aber dies sollte sich ohnehin als ein denkwürdig unorthodoxer Tag erweisen.

Schon plauderte Vater mit meiner Frau.

»Ihr habt noch nie ein Gespenst gesehen, wie, Prinzessin?«

»Ich habe schon Schlimmeres gesehen. Ab morgen werde ich für Euch kochen und Euch binnen zwei Wochen gesund pflegen.«

»Was versteht die Kleine Heilige denn vom Kochen?«

»Sogar die Götter kommen zu mir, um sich mit Gerichten aus Merta verwöhnen zu lassen, Eure Majestät!«

»Vorsicht, Prinzessin, ich könnte Euch beim Wort nehmen.«

»Ihr habt gar keine andere Wahl, Majestät.« Dann fügte sie leise hinzu: »Darf ich Euch helfen, auf dem Thron Platz zu nehmen?«

Er lächelte und schüttelte den Kopf.

Als das geflüsterte Gespräch beendet war, wandte sich Vater an den Hofstaat.

»Meine Herren, Raos, Rawats, Rajas, Ihr Edelsten und Mächtigsten des Reiches, Freunde und Menschen von Mewar«, seine Stimme war leise und gefühlvoll, »wir heißen Euch willkommen. Es ist uns eine Ehre, dass Ihr Euch hier eingefunden habt, um diesen großen, erfreulichen Sieg mit uns zu feiern. Dies ist die zweite empfindliche Niederlage, die wir dem Sultanat von Delhi zugefügt haben. Ibrahim Lodi hat nicht nur um Frieden gebeten, sondern hat sich mit allen unseren Forderungen und Bedingungen einverstanden erklärt. Dieser schöne Erfolg wäre ohne Eure Hilfe, Kooperation und Loyalität zu Mewar nicht möglich gewesen. Wir sind Euch zu großem Dank verpflichtet. Bevor wir uns zum Bankettsaal begeben und anschließend zur Siegesfeier mit Dichterlesungen und Feuerwerk, habe ich eine kleine Ankündigung zu machen: Meine Herren, Ihr seid alle mit den Sitten und Gebräuchen unserer hinduistischen Kultur vertraut.« Seine Stimme hatte sich schlagartig verändert. Jetzt hätte man sie noch auf dem gut drei Kilometer entfernten alten Krönungsplatz hören können. »Wir verehren kein beschädigtes Götterbild.« Er hielt inne. Wie jeder andere im Raum fragte auch ich mich, wovon zum Teufel er da eigentlich redete. »Ein Kratzer, selbst die geringste Kerbe oder Delle, und das heilige Bildnis ist nicht mehr heilig. Wir bringen ihm keine Gebete mehr dar. Wir bekränzen es nicht mehr mit Blumen und wir werfen uns ihm nicht mehr zu Füßen. Die Gottheit hat sich aus ihm zurückgezogen und wir installieren ein neues Standbild. Meine edlen Freunde, heute trete ich vor Euch als ein zerschlagenes und entweihtes Bildnis. Der Sieg hat seinen Preis gefordert. Ich bin von Kopf bis Fuß zerschlagen und verwundet. Es ist mir eine Ehre gewesen, Mewar all die Jahre anzuführen, aber ein weiser König weiß, wann es Zeit ist abzudanken. Ich bitte Euch um die Erlaubnis, meiner Krone zu entsagen. Entbindet mich meiner königlichen Pflichten und ernennt einen neuen, gesunden und unversehrten Souverän, der meine Stelle einnehmen soll. Für mich bitte ich lediglich darum, dass Ihr mir einen nicht zu opulenten Unterhalt gewährt, gerade ausreichend, um Leib und Seele zusammenzuhalten und mir zu erlauben, unserem Staat Mewar wie jeder andere adlige Krieger und Fürst bis an mein Lebensende zu dienen.«

Ich hätte kotzen können. Bravo. Hurra. Zugabe. Wenn das keine Meisterdarbietung war, verstand ich von Theater überhaupt nichts mehr. Ah, die Bescheidenheit, die Demut und die Großherzigkeit des Mannes! Rings um mich glänzten Rajputenaugen, junge wie alte, von mühsam zurückgehaltenen Tränen. Man kann das ganze Spiel in der Hand halten – Vater hat garantiert noch eine Karte im Ärmel, mit der er die Partie für sich entscheidet. Allmählich wurde ein Murmeln vernehmbar. Man hörte ihm an, dass es sich in wenigen Sekunden in einen donnernden Chor verwandeln würde. Die leichtgläubigen Trottel nahmen sich nicht einmal die Zeit, sich zu fragen, warum Seine Majestät nach all den Jahren voller Siege und Blessuren ausgerechnet diesen Moment ausgewählt haben mochte, um seine Abdankung anzubieten. Was führte er im Schilde? Was für ein Spiel spielte er? Warum um den heißen Brei herumreden – was wollte das große mächtige Idol von Mewar? Aber warum hatte ich es so eilig? In spätestens ein paar Minuten würde er die Katze schon aus dem Sack lassen. Wenn es Vater darum ging, seine Popularität unter Beweis zu stellen, dann war es ihm hervorragend gelungen. Jetzt zeterten und schrien und brüllten alle durcheinander, bemüht, sich in ihren Loyalitätsbekundungen gegenseitig zu überbieten. Es war köstlich, Vikramaditya, der noch vor nicht allzu vielen Jahren versucht hatte, Vater vom Thron zu stoßen, jetzt vor allen anderen nach vorn stürzen zu sehen und ihn in einem Anfall von rasender Sohnesliebe beteuern zu hören, er würde, träte Seine Majestät zurück, sich umgehend die Kehle aufschlitzen.

Ich hatte mich natürlich wieder mal ins Abseits manövriert. Ich konnte niemandem als mir selbst die Schuld daran geben. Wenn man eine Persönlichkeit des öffentlichen Lebens ist und das auch bleiben möchte, kann man es sich nicht leisten, auf Schmierentheater zu verzichten. Es reicht nicht, ehrlich und loyal zu sein, ja es spielt streng genommen keine Rolle, ob man's überhaupt ist, solange man so wirkt. Warum brachte ich keinen Ton heraus, warum konnte ich nicht in das rechtschaffene Getöse der anderen einfallen und Vater versichern, dass ich ihm nicht gestatten würde abzudanken, wenn es doch die reine Wahrheit war? Wir können aber auch einen zynischeren Standpunkt einnehmen. Was würde geschehen, wenn er wirklich die Sache hinschmiss und ging? Was, wenn der Adel auf sein Geheiß Vikramaditya zu seinem Nachfolger ernannte? Wie man es auch betrachtete, blieb mir eigentlich keine andere Wahl, als mit den anderen zu blöken. Nur dass es dazu jetzt schon zu spät war. Ich hatte mich von meiner Zurückhaltung und meiner Abneigung gegen jede Form von Exhibitionismus unterkriegen lassen. Außerdem tat ich der Mehrzahl der Vasallen und Freunde Mewars Unrecht. Was auch immer ihre persönlichen Ambitionen sein mochten, sie respektierten Vater und glaubten an ihn und seine Herrscherrolle. Ich ertappte Onkel Lakshman Simhaji dabei, wie er mich etwas ratlos ansah. Er war Vaters Vertrauter und Altersgenosse. Er konnte es sich gestatten, den Mund zu halten. Niemand würde seine Gesinnung in Zweifel ziehen.

Ein zweiminütiger Chor von »nein, bitte nein« hätte eigentlich genügt, aber Seine Majestät ließ die Leute mehr als fünf Minuten sich langsam heiser schreien. Die eigentliche Aufgabe, Seiner Majestät offenkundig rhetorisches Argument zu widerlegen, fiel dann Rawat Rattan Simha von Salumbar zu. Mit welcher Ernsthaftigkeit und

welchem Enthusiasmus er diese ehrenvolle Bürde auf sich nahm! An dem guten Mann war nicht der leiseste Schatten von Verstellung oder Unaufrichtigkeit. Wie fast alle anderen Großen des Reiches, so war auch er fest davon überzeugt, dass sein Herr und Gebieter jedes Wort ernst gemeint hatte und tatsächlich auf Krone und Macht zu verzichten gedachte. Wie geschickt Vater doch Vasallen und Höflinge genau da hinmanövriert hatte, wo er sie haben wollte!
Wir waren Könige von Gottes Gnaden, die irdischen Statthalter Shri Eklingjis, der kein anderer als der Gott Shiva ist. Mit einem schlichten Vergleich hatte sich Vater in höchst gefährliche und zweifelhafte Gewässer begeben und sich selbst Göttlichkeit angemaßt. Und dennoch überschlugen sich Rawat Rattan Simha und die übrigen Adligen schier vor Eifer und bemühten sich mit immer verschlungeneren Argumentationen nachzuweisen, dass und warum er weiter auf dem Thron bleiben und die dem Maharana zukommenden Pflichten erfüllen müsse.
»Wir behaupten, dass Eurer Majestät übermäßige Bescheidenheit, Eure nimmer erlahmenden und beharrlichen Bemühungen, die Interessen des Staates über alles andere zu stellen, und Eure Rücksicht auf den Hof Eurer Majestät Geist wie die undurchsichtige Membran eines grauen Stars umwölkt und dadurch bei Eurer Majestät geringfügige Missverständnisse und Irrvorstellungen hervorgerufen haben. Wir flehen Euch an, uns zu gestatten, diesen Star untertänigst zu stechen. Die Verletzungen, die Eure Majestät davongetragen hat, sind das Zeichen des legendären Heldenmuts und der Tapferkeit, nach denen jeder Rajpute dürstet. Sie wurden in Ausübung der vornehmsten Pflicht gegenüber dem Staat erworben: während der Unterwerfung des Feindes und der Erringung des stolzesten Sieges für Mewar und dessen Bundesgenossen. Ihr werdet nicht etwa geringer dadurch, dass Ihr Gliedmaßen einbüßt oder Wunden davontragt! Weit davon entfernt, Euer Ansehen und Eure Bedeutung zu schmälern, krönen diese Narben Euch vielmehr mit dem erlauchtesten Lorbeer und mehren den Ruhm und die Herrlichkeit Mewars! Mehr denn jemals zuvor seid Ihr, Eure Majestät, das Musterbeispiel von Göttlichkeit!«
Der Schwulst war verzeihlich. Der Herr von Salumbar hatte eine schwierige Aufgabe übernommen und er bemühte sich, seinen Sou-

verän zu beeindrucken. Wie leicht wir uns doch von Worten fortreißen lassen! Wer soll da noch mitkommen können und die Rechte und Privilegien zählen, die wir in unserem Eifer, aus Menschen Götter zu machen, freiwillig aufgeben! Lautstarkes Beifallsgeschrei brandete ringsum auf. Schließlich trat Rao Viramdev vor und hob die Hand. Er wartete, bis die letzte Stimme verstummt war.

»Eure Majestät, Ihr habt das Verdikt des Volkes von Mewar, der Raos und Rawats, der Prinzen und der Hofbeamten vernommen. Wir haben uns hier versammelt, um unseren Sieg über das Sultanat von Delhi zu feiern. Ich flehe Euch an, verwandelt ihn nicht in eine schmähliche Niederlage!« Daraufhin standen Rao Viramdev und die übrigen Stammesfürsten einschließlich Raja Puraji Kika auf, nahmen Seine Majestät bei der Hand und nötigten ihn, sich auf den verwaisten Thron zu setzen.

Vater widersetzte sich. Vater protestierte. Vater fügte sich.

»Was kann ich sagen? Mich jetzt noch zu weigern käme einem Missbrauch des von Euch in mich und mein Amt gesetzten Vertrauens gleich. Die Macht jedes Königs steht und fällt mit dem Glauben und dem Wohlwollen seiner Untertanen. Eure Liebe überwältigt mich. Ich stehe tief in Eurer Schuld und hoffe, mich auch weiterhin Eures großen Vertrauens würdig zu erweisen!« Als der Applaus wieder abgeklungen war, sprach Vater leise weiter: »Ich habe nur eine kleine Bitte.« »Ja! Ja!«, schrien die Höflinge und die ganze Versammlung durcheinander. »Für Euch würden wir selbst unser Leben hingeben!« Doch Seiner Majestät schwebte etwas nicht ganz so Klares und Eindeutiges wie ein bloßes Leben vor. Wir hatten endlich den eigentlichen Zweck der langwierigen und komplizierten Übung erreicht. »Es ist unser Wunsch, Prinz Vikramaditya und dessen Bruder Prinz Udai Simha jeweils mit der Festung und der Provinz Ranthambhor zu belehnen.«

Wo waren jetzt all die Hurras und Jubelrufe und Beteuerungen geblieben? Der Hof saß wie vor den Kopf geschlagen da. Seine Majestät brach mit der Tradition und dem sakrosankten, über die Jahrhunderte hinweg entstandenen Protokoll. Er würde damit durchkommen, keine Frage, aber es war offensichtlich, dass er in diesem Augenblick des Triumphes sein Blatt überreizt hatte. Er hatte die Stimmung des Hofes falsch eingeschätzt. Seine Fürsten, Adligen und Rajas waren bereit, jede seiner Entscheidungen zu unterstützen, nicht aber die Launen und die Günstlingswirtschaft einer herrschsüchtigen und maßlos verwöhnten Königin. Indem er ihr nachgab, riskierte Vater offenen Auges, sich seinen engsten Verbündeten zu entfremden. Aber das war nicht alles. Nachdem er sich wegen Königin Karmavatis Söhnen, deren jüngster noch ein Kind war, gegen jedes ungeschriebene Gesetz gestellt und um eine unerhörte Bevorzugung der beiden ersucht hatte, fühlte sich Vater bemüßigt, deren Interessen noch weiter zu sichern.

Rani Karmavati mochte keine gute Königin sein, aber ein Dummkopf war sie nicht. Das Lehen Ranthambhor war nicht nur eine große und reiche Provinz, es war auch eines derjenigen mit dem größten Prestigewert. Sie musste irgendwie geahnt haben, dass ihr vergötterter Vikramaditya möglicherweise nicht alle erforderlichen Gaben besaß, um diese schöne Festung zu verteidigen.

»Ich möchte Seine Hoheit Hada Surajmal ersuchen, in Ranthambhor als Vormund der zwei Prinzen zu agieren.«

Hada Surajmal blieb regungslos sitzen, nur das Zucken einer Ader an seiner verkrampften Wangenpartie verriet seine Wut und Empörung über Vaters Ansinnen. Königin Karmavati und der Hada hatten, abgesehen davon, dass sie Geschwister waren, nichts, aber auch gar nichts miteinander gemein. Hada Surajmal war ein wortkarger, hochmütiger, durch und durch aufrechter Mann, der äußerst empfindlich auf die Möglichkeit reagierte, seine Position und seine Privilegien könnten als Folge der Tatsache angesehen werden, dass seine Schwester mit Seiner Majestät verheiratet war. Er verabscheute seinen Neffen Vikramaditya. Wenn er gekonnt hätte, wäre er überhaupt nie nach Chittor gekommen. Er wohnte nicht im Palast, sondern bei Freunden, die ein Haus in der Hauptstadt besaßen. Er war einer unserer wichtigsten und geschätztesten Verbündeten. Und er war einer der drei oder vier Menschen in Mewar, die es sich leisten konnten, Vater zu widersprechen.

»Eure Majestät, nichts bedeutet mir so viel wie die Interessen Mewars.« Dann richtete er den Blick ostentativ auf mich. »Somit verbietet mir meine Loyalität zum Thron, eine Aufgabe zu übernehmen, die in Zukunft möglicherweise zu einem Interessenkonflikt führen könnte.«

Ich fand es drollig, dass der Hada ausgerechnet mich dabei anfunkelte. Da ich in der Erbschaftslinie keine Rolle mehr spielte, brauchte er mit Sicherheit keine Interessenkonflikte zwischen seinen Neffen, insbesondere Vikramaditya und mir, zu befürchten.
»Eure Hoheit«, antwortete Vater in einem ungewöhnlich beschwichtigenden Ton, »ich bezweifle, dass es je zu einer solch extremen Situation kommen wird. Aber erlaubt mir, Euch zu versichern, dass im Falle eines auftretenden Interessenkonfliktes das Wohl Mewars den Vorrang vor allem anderen haben wird.«
Hada Surajmal blieb wenig anderes übrig, als das ihm angetragene Amt zu akzeptieren.
»Wie Eure Majestät wünscht, ich hoffe allerdings« – er hatte nicht vor, ohne Protest nachzugeben – »hinlänglich klargestellt zu haben, dass ich es als unzumutbar empfände, in eine unhaltbare Position gedrängt zu werden.«
Vater lächelte und enthielt sich eines Kommentars. »Noch ein Letztes, und die Festivitäten können beginnen. Wir haben unseren ältesten Sohn aus Kumbhalgarh zurückgerufen. Von morgen an wird er Gouverneur von Chittor sein und mir im Kriegsrat assistieren.«
Der Loge der Königin entfuhr ein einzelnes gut hörbares Nachluftschnappen. Während der Vertraute meiner Lieblingsmutter, der Eunuch Brihannada, seine undurchdringliche Miene bewahrte, hatte sie es nicht geschafft, sich zu beherrschen. Dieser spontanen Unmutsäußerung folgte lang anhaltendes Klatschen und Stampfen von Seiten des Hofes. Ich habe mir schon etliche begeisterte Sermone über die so genannte angeborene Klugheit des einfachen Mannes anhören müssen. Diese ruhe, von gelegentlichen letztlich unbedeutenden Ausrutschern abgesehen, auf einem festen Fundament aus Pragmatismus, gesundem Menschenverstand und Gemeinnutz. Das ist eine nette Theorie, die offenkundig nicht der Realität entspricht. Der Durchschnittsmensch ist genauso launisch, kurzsichtig, vernünftig oder unvernünftig wie der an diesem Hof versammelte Adel. Wir machen uns etwas vor, wenn wir behaupten, der Mensch sei ein vernunftbegabtes Wesen. Wollen wir ihn, oder besser gesagt uns verstehen, so müssen wir irrationale Impulse berücksichtigen, momentane Stimmungen, Herdenmentalität und eine leider Gottes vollkommen fehlende Bereitschaft, die Folgen der ei-

genen Handlungen im Voraus abzuwägen. Und tatsächlich gab es eine simple Erklärung für diese plötzliche mir geltende Sympathiebekundung: Wenn auf entschieden schlechte Nachrichten gleichgültige folgen, werden diese begrüßt, als wären sie eine Schicksalswende, um die man schon zeit seines Lebens gefleht hatte.
Ich hätte ein ziemlicher Schnösel sein müssen, um mich über die neu entfachte Begeisterung der Höflinge für meine Person und ihre Bemühungen, meinen Blick abzufangen und mir ihre Glückwünsche zu übermitteln, zu mokieren. Ich lächelte zurück, aber meine Gedanken waren ganz woanders. Dieser alte Fuchs, Seine Majestät, war wieder mal in Bestform. Das musste man ihm lassen. Er hatte es sogar geschafft, seine Lieblingsgemahlin zu überlisten, die ihn immerhin dazu beschwatzt hatte, das Fürstentum und die Staatsschatulle Ranthambhors ihren Kindern zu schenken. Ihr überraschtes Bühnenflüstern war kein Theater. Es war absolut echt. Sie hatte ihren Willen bekommen, aber Vater hatte wieder einmal bewiesen, dass er der Meister des Patts war. Ganz offensichtlich hatte er Königin Karmavati bezüglich seines neuen Schachzugs im Dunkeln gelassen und hatte mit einem Streich Vikramaditya und mich abserviert. Unsere äußere Situation hatte sich verbessert, aber wir waren um kein Jota besser dran als zuvor. Du kannst es nicht allen recht machen, hatte mir Vater in meiner Kindheit oft gesagt, als König schon gar nicht. Er hatte es allerdings unterlassen, mir den Ergänzungssatz zu dieser Weisheit mitzuteilen: Wohl aber kann man alle verstimmen und sich selbst damit etwas Seelenfrieden erkaufen. Der ganze Hof einschließlich der Königin mochte fortfahren, sich den Kopf darüber zu zerbrechen, wen Vater zu seinem Nachfolger bestimmen würde, während die Prinzen sich weiterhin die Zeit damit vertreiben konnten, gegeneinander zu intrigieren – und mit etwas Pech sich gegenseitig umzubringen.

Bislang haben zwei meiner Verwaltungsbeamten sich bemüßigt gefühlt, mir untertänigst mitzuteilen, sie hätten die Dinge bislang anders gehandhabt. Ich habe sie ruhig und halb im Ernst daran erinnert, dass die Dinge sich nicht geändert haben, sondern lediglich wieder so geworden sind, wie sie schon immer gewesen waren. Mein Arbeitsstil mag sich nicht geändert haben, meine Arbeitszeiten aber ganz gewiss. Ich hoffe nur, das gibt sich wieder, sobald ich auf dem aktuellen Stand bin. Andernfalls werde ich nämlich meine eigene Maxime ad absurdum führen, dass das Arbeitspensum, das man an einem normalen Tag bewältigen kann, egal ob man acht oder zwanzig Stunden arbeitet, gleich bleibt.

Vikramaditya hatte all seine Energie in den zweiten Verwaltungsapparat investiert, den er aufgezogen hatte: die parallele Wirtschaft, die parallele Polizei, das parallele Ernährungs- und Landwirtschaftsministerium, das parallele Handelsministerium und so weiter. Als Folge war die ursprüngliche Infrastruktur in heillosem Chaos versunken. Mein jüngerer Bruder Rattan, dem für die Dauer von Vaters Feldzug gegen Ibrahim Lodi die Verantwortung für Chittor übertragen worden war, hatte keine Unruhe stiften wollen. Er betrachtete sein Amt als zeitlich begrenzten Stellvertreterposten, den er nur bis zu Vaters Rückkehr innehaben würde. Sein Hauptanliegen war, die Staatsmaschinerie irgendwie in Gang zu halten.

Theoretisch arbeite ich direkt unter Vaters Aufsicht. Das müsste mich eigentlich lähmen, tatsächlich aber gewährt es mir eine ziemlich große Handlungsfreiheit. Schließlich müssen alle seine Untertanen davon ausgehen, jede von mir angeordnete Maßnahme sei ihm bekannt und von ihm zumindest stillschweigend abgesegnet. Einen nicht enden wollenden Monat lang rang ich mit mir, ob ich die Beamten der parallelen Administration, die sich eine in der Geschichte Mewars bislang unbekannte Vernachlässigung ihrer Dienstpflichten hatten zuschulden kommen lassen, zur Rechenschaft ziehen sollte. Tej und Shafi hatten genügend hieb- und stichfeste Beweise gegen sie gesammelt – insbesondere gegen die höhere Beamtenschaft –, um sie mehrmals lebenslänglich hinter Gitter bringen zu können. Das Richtige, das war mir klar, wäre gewesen, einen Präzedenzfall zu schaffen und ein Exempel zu statuieren. Das Klügere allerdings schien mir in dieser Situation zu sein, von Strafmaßnahmen abzusehen. Mit dem eisernen Besen würde ich lediglich einen Haufen alter Probleme wieder aufwirbeln und den ganzen Verwaltungsapparat nervös machen.

Man würde mein Vorgehen nicht als gerecht, sondern als rachsüchtig ansehen, und die Folge wäre eine vor Schreck gelähmte Beamtenschaft. Vielleicht wählte ich aber auch lediglich den Weg des geringsten Widerstandes, wollte keine schlafenden Hunde wecken. Und wie in den meisten Fällen, in denen hohe Tiere beteiligt sind, würde die eigentliche treibende Kraft hinter dem kolossalen Korruptionsskandal unbehelligt davonkommen. Ich erließ im Geist eine Generalamnestie. Aber jeder, der sich von nun an etwas zuschulden kommen ließ, würde für aktuelle wie vergangene Fehltritte teuer bezahlen müssen.

Nichts macht so süchtig wie Arbeit und Routine. Nach kaum fünf Wochen fällt es mir schwer, mich daran zu erinnern, dass ich fast drei Jahre lang auf dem Abstellgleis gewesen bin, ein Jahr in Chittor und fast zwei in Kumbhalgarh.

Ich frage mich, wie sich diese längere Periode des unfreiwilligen inneren und äußeren Exils auf mich ausgewirkt haben mag. Ändern sich Menschen überhaupt? Vermögen es Unglücksfälle, Krisen, der plötzliche Verlust der Selbstachtung und des Lebenssinns, der Tod unserer engsten Freunde oder Verwandten uns in offenkundiger wie auch in unterschwelliger Weise zu wandeln? Ändern sich unsere Zielsetzungen? Erscheint uns das Leben mit einem Mal in einem größeren Zusammenhang? Schenken uns unsere negativen Erfahrungen mehr Verständnis für unsere Mitmenschen und ihre Schwächen? Die Liste solcher hypothetischen Möglichkeiten ließe sich noch seitenlang fortsetzen. Doch eine Frage mag genügen: Machen uns Schicksalsschläge zu besseren Menschen? Ich finde die Vorstellung, dass Umwälzungen und seelische Traumata uns trotz aller gegenteiliger Beteuerungen in unserem innersten Wesenskern unberührt lassen, zwar zutiefst erschütternd, vermute aber, dass sie der Wahrheit entspricht. Ich will nicht groß verallgemeinern, kann auch nicht behaupten, diesen Gegenstand besonders gründlich untersucht zu haben. Letztlich kann ich nur für mich selbst sprechen. Und ich stelle fest, dass ich wie eh und je fest entschlossen bin, der Maharaj-Kumar zu sein. Eines will ich mehr als alles andere: die Krone nach Vaters Tod. Zweitens hänge ich noch immer mit ganzem Herzen an weltlichen Ambitionen, wie etwa der, unser Reich bis zum Ozean zu erweitern – und das ist das Allermindeste, was ich mir als Ziel stecken würde. Nimmt man diese zwei Dinge weg, was bleibt dann noch von mir? Meine Frau, Kausalya, Lilavati, meine guten Freunde Raja Puraji Kika, Tej und Shafi bedeuten mir viel, aber sie sind nicht der Sinn meines Lebens.

Jeder, der mich kennt, wird zugeben müssen, dass ich ein Mann mit zahlreichen Steckenpferden bin. Nach diesen drei untätigen Jahren habe ich das Gefühl, keine Zeit mehr verlieren zu dürfen, weswegen ich jetzt versuche, sie alle gleichzeitig zu reiten. Alles hat seinen eigenen Rhythmus und Schwung. Ein bisschen zu früh oder zu spät, und man fällt auf die Nase. Ich beginne, mehr und mehr die Bedeutung des richtigen, »Glück verheißenden« Zeitpunkts zu erkennen. Warum ist er so wichtig? Weil der Mensch es gerne hätte, wenn ein Baum ihm Früchte trüge, noch ehe er den Samen in die Erde gesteckt hat. Wir alle wünschen uns Siegestürme zu unseren Ehren, ohne uns allerdings die Mühe machen zu wollen, dafür erst ein sicheres Fundament zu legen. Der Glück verheißende Augenblick tritt selten am nächsten Tag oder gar in der nächsten Minute ein. Er ist Wochen, Monate, mitunter sogar Jahre vom Jetzt entfernt. Er zwingt uns, all unseren Scharfsinn zu mobilisieren, die vorhandenen Daten zu analysieren, die Erfolgsaussichten abzuschätzen, nachzuprüfen, ob die gesammelten Informationen zutreffen, und doppelt und dreifach zu überprüfen, wer uns unterstützen, wer uns Steine in den Weg legen und wer unbeteiligt zuschauen wird. Arbeite deine Strategie bis ins letzte Detail aus und erkenne dann, wann es gilt, die Gelegenheit beim Schopf zu ergreifen. Reif sein ist alles. Oder, um es etwas persönlicher zu formulieren: Pass Vater und seine engsten Berater im richtigen Moment ab. Niemals, selbst in Krisensituationen, in denen sich das Schicksal des gesamten Staatswesens entscheiden könnte, darf die Wirkung des günstigen Augenblicks unterschätzt werden. Ohne ihn ist der Misserfolg garantiert. Auf der dritten Kabinettssitzung seit meiner Rückkehr haben der Stadtplaner Sahasmal und ich das Trink- und Abwasserprojekt durchgebracht, ohne dass besondere Überredungskünste nötig gewesen wären. Das Tunnelprojekt werde ich erst dann in Angriff nehmen, wenn Sahasmal sich ein narrensicheres System zur Belüftung der unterirdischen Gänge ausgedacht hat.

Das brachte mich zur dritten und dringlichsten meiner selbstgesetzten Aufgaben, dem Zusammentragen zuverlässiger Informationen über moderne Waffentechnik und aktuelle militärische Strategien. Anstatt jedes einzelne Projekt gesondert zu beantragen, hatte ich die meisten Probleme vorläufig dadurch umgangen, dass ich sie allesamt unter dem Oberbegriff »Nachrichtendienstliches« zusammengefasst hatte. Danach brauchte ich lediglich Vaters Einwilligung für die Ernennung Mangals zum Chef des Geheimdienstes einzuholen. Vater war der Ansicht, dass, da das Hoheitsgebiet Mewars wuchs, die Notwendigkeit bestand, mehr Agenten zu rekrutieren und damit einhergehend natürlich den Etat der Behörde entsprechend aufzustocken. Was Mangal und ich im Einzelnen mit den Geldern anfingen, blieb meine Angelegenheit, solange die Sicherheit des Staates nicht gefährdet wurde.

Nachrichtendienstlich befand sich Mewar auf einem historischen Tiefpunkt. Nein, ich möchte es anders formulieren. Die Berichte unserer verschiedenen Agenten trafen weiterhin regelmäßig ein. Aber in Ermangelung einer starken, zentralisierten Führung, klar umrissener Ziele und besonderer Interessenschwerpunkte hielten sich unsere Agenten an traditionelle Methoden der Observierung, Befragung, Infiltration und Berichterstattung. Es existierte kein System zur Beurteilung des Wertes der einzelnen Berichte. Nicht nur war der Feind ebenso eifrig wie wir damit beschäftigt, den gegnerischen Agenten falsche Informationen zuzuspielen. Wie auf den meisten anderen Gebieten auch, auf denen eine sofortige Überprüfung gewonnener Daten nicht möglich ist, besteht für einen Agenten die einzige Möglichkeit, seinen Marktwert zu erhöhen, darin, Gefahren und Risiken zu übertreiben – oder besser noch, gleich zu erfinden und dadurch für die Entstehung einer chronischen Krisenmentalität zu sorgen. Fügte man der ohnehin schon unübersichtlichen Situation noch das Element des erbitterten Wettbewerbs zwischen den verschiedenen Agenten desselben Lagers hinzu, so gerieten die Dinge vollends außer Kontrolle.

Agenten kannten selten den Inhalt der Berichte anderer Angehöriger des Nachrichtendienstes, wollten aber möglichst kein Risiko eingehen. Also wurden sie zu berufsmäßigen Märchenerzählern. In der Mehrzahl ihrer Berichte – selbst wenn sie so trockene Themen betrafen wie den diesjährigen Weizenertrag des Feindes oder die numerische Stärke einer bestimmten Garnison – schafften sie es, sich als Helden hinzustellen. Sie legten sich ganz allein mit der Staatsmacht Delhis, Gujarats, Malwas oder jedes anderen unserer potenziellen Feinde an; die Chancen standen tausend zu eins gegen sie, aber sie beschafften die Information und kamen lebendig davon. Doch man kann nicht die Agenten dafür verantwortlich machen. Schuld war das System. Während der ersten Zeit nach Mangals Ernennung schien alles nur noch schlimmer zu werden. War es eine Fehlentscheidung gewesen, ihn für diesen Posten auszuwählen? Eine Sache ist es schließlich, auf den Maharaj-Kumar Acht zu geben, so viel Klatsch und Gerüchte wie möglich aufzuschnappen und Seine Hoheit zu beschützen; eine ganz andere, die Leitung eines völlig demotivierten Geheimdienstes zu übernehmen, dessen Mitarbeiter zu begeistern, ohne dabei das Damoklesschwert des Disziplinarverfahrens jemals aus deren Hinterkopf verschwinden zu lassen, und vor allen Dingen, wertvolle und zuverlässige Informationen zu liefern. Vielleicht war Mangal überfordert. Zwei Monate nach Amtsantritt kamen von seinen Agenten praktisch keine Berichte mehr. Dann fing er an, mir gelegentlich auf Türkisch geschriebene Blätter zu schicken, manche davon in einer kindlichen Schrift, andere in erlesener Kalligraphie, und dazu ein kaum zu entzifferndes Gekrakel, das die Übersetzung sein sollte. Ich hatte wenig Lust und noch weniger Geduld, den tieferen Sinn dieser Auszüge und Fragmente aus einem – wie sich bald herausstellte – fremden Tagebuch zu eruieren. Die Blätter ergaben selten einen zusammenhängenden Text und ich bekam keinen rechten Eindruck von deren Verfasser oder dessen Denkweise. Außerdem hatte ich auch das seltsame Gefühl, dass ich, las ich noch weiter, zu einem Voyeur werden würde. Ein Tagebuch ist per definitionem eine Chronik vergangener Ereignisse und Dinge: Detaillierte Beschreibungen von Blumen und Früchten; nächtliche militärische Aktionen, die in Wirklichkeit nichts anderes als simple Räuberstücke waren; mir einst so verhasste Poesie – obwohl ich zugeben muss, dass die seit einigen Jahren erfolgende Dauerberieselung meine Widerstände soweit zermürbt hat, dass ich nicht nur ein Gefühl für die Sache entwickelt habe, sondern mich gelegentlich sogar auf sie freue. Aber türkische Dichtung mit ihren wild gewordenen Lautmalereien und Wortspielen, die der Übersetzer zudem meist nur äußerst mangelhaft herüberzubringen vermag? Nein, danke! Dann ständige Probleme mit Onkeln, Cousins und Halb-

brüdern, als hätte ich davon nicht selbst schon mehr als genug! Auf Saufgelage folgende zerknirschte Selbstvorwürfe.
Was konnte an diesem mittellosen Mann aus einem fernen Land, der sich mit Raubzügen über Wasser hielt und über gewisse literarische Fähigkeiten und einen nicht unkultivierten Geschmack verfügte, für Vater von Interesse sein? Ich hörte auf, die Fragmente zu studieren. Ich hatte inzwischen acht bis zehn davon, manche nur zwei Zeilen lang, manche einen Absatz, während ein paar eine ganze Seite einnahmen. Ich legte sie in einer Schublade ab und beschloss, Mangal herbeizuzitieren und ihn zu fragen, warum er mir mit einem türkischen Tagebuch die Zeit stahl und wie ich, bitte sehr, in drei Wochen Seiner Majestät und dem Kriegsrat Bericht erstatten sollte, wenn alle unsere übrigen Agenten in Delhi, Malwa, Gujarat und anderswo überhaupt nichts mehr von sich hören ließen.
Meine Verärgerung über Mangal nahm weiter zu, aber aus irgendeinem Grund scheute ich mich, ihn zu mir zu bestellen. Mittlerweile liegen mir einundzwanzig dieser türkischen Fragmente samt dazugehöriger Übersetzung vor. Ich konnte nur eines tun: Wenn ich mich über einen schriftlichen Bericht aufrege, greife ich mir normalerweise einen Stift, gehe den Text Zeile für Zeile durch und zerpflücke ihn dann systematisch, haue dem Verfasser seine Daten und Schlussfolgerungen, seinen Mangel an Interesse und seinen verschwommenen Stil um die Ohren und fordere ihn auf, mir binnen ein, zwei Tagen einen völlig überarbeiteten Rapport vorzulegen. Also setzte ich mich mit Papier, Feder und den eingesandten Fragmenten hin und bereitete mich darauf vor, Mangal den Marsch zu blasen. Wenn er sich einbildete, er bräuchte sich meinetwegen keine Mühe zu geben, bloß weil wir uns seit unserer Kindheit kannten und ich auf ihn angewiesen war, dann irrte er sich gewaltig!
Doch wenn sich jemand gewaltig irrte, dann war ich es. Ich schrieb wütend drauflos. Als ich beim siebten Fragment angelangt war, begann sich ein Muster abzuzeichnen; spätestens beim elften hatte es mich erwischt. Ich konnte nicht mehr genug davon bekommen.

> Im Namen Gottes, des Erbarmers, des Barmherzigen.
> Im Monat Ramzan des Jahres 1494 und im zwölften Jahr meines Lebens wurde ich Herrscher im Lande Fergana.

Fergana befindet sich in der fünften Erdzone und am äußersten Rand menschlicher Besiedelung. Östlich von ihm liegt Kashgar; im Westen Samarkand; im Süden die Berge des Grenzlandes von Badakhshan; im Norden existieren, wenngleich es in früheren Zeiten dort Städte wie Almaligh, Almatu und Yangi – oder Taraz, wie es in den Büchern genannt wird – gegeben haben muss, wegen der Mongolen und der Usbeken keinerlei feste Ansiedlungen mehr.

Fergana umfasst sieben eigenständige Ortschaften, fünf davon südlich und zwei nördlich des Flusses Saihun gelegen. Eine der Südlichen ist Andijan. Sie weist eine zentrale Lage auf und ist die Hauptstadt des Landes Fergana. Sie erzeugt viel Getreide, Obst in Hülle und Fülle, hervorragende Trauben und Melonen. Zur Melonenzeit ist es nicht üblich, die Früchte von den Beeten weg zu verkaufen. Besseres als die Birnen von Andijan gibt es nicht. Nach Samarkand und Kesh ist die Festung Andijan die größte in Transoxanien. Sie besitzt drei Tore. Ihre Zitadelle befindet sich auf der Südseite. In sie fließt Wasser über neun Kanäle, wieder heraus fließt es seltsamerweise an keiner einzigen Stelle. Rings um den Graben verläuft eine geschotterte Chaussee; die Breite dieser Chaussee trennt die Festung von den umgebenden Vororten.
Das Umland von Andijan ist reich an Wild und Vögeln; seine Fasane werden so unglaublich dick, dass es heißt, vier Personen hätten einmal einen einzigen von ihnen, geschmort, nicht aufessen können.

Mir ist der Gedanke gekommen, dass es keinerlei Reize oder Vorzüge besitzt, haus- und heimatlos von Berg zu Berg zu wandern.

Ich schreibe dies nicht, um mich zu beklagen; ich habe die schlichte Wahrheit geschrieben. Ich berichte diese Dinge auch nicht, um meine Verdienste herauszustreichen; ich habe alles so berichtet, wie es sich zugetragen hat. In dieser

Schilderung habe ich mich strikt danach gerichtet, dass in jeder Angelegenheit die Wahrheit zu erreichen sei und dass jede Tat genau so festgehalten werden sollte, wie sie sich ereignet hat. Damit übereinstimmend habe ich alles niedergelegt, was mir an Gutem wie an Bösem bekannt war, sei es über Vater und älteren Bruder, sei es über Verwandte oder Fremde; von ihnen allen habe ich die mir bekannten Tugenden und Fehler sorgfältig niedergeschrieben. Möge der Leser meine Entschuldigung akzeptieren; möge der Leser den Ort der Strenge hinter sich lassen!

Umar Sheikh Mirza, mein Vater, war ein kurz gewachsener, gedrungener, rundbärtiger Mann mit einem fleischigen Gesicht. Er trug sein Kittelhemd so eng geschnürt, dass er, um die Bänder zusammenzuknoten, den Bauch einziehen musste, und wenn er ihn anschließend wieder herausließ, diese oft abrissen. Was Kleidung und Essen anging, war er nicht wählerisch. Er war sehr großzügig, ja Großzügigkeit konnte überhaupt als seine Wesensart bezeichnet werden. Er war umgänglich, beredt und wortgewandt, wagemutig und kühn. Ein mittelmäßiger Bogenschütze, besaß er eine starke Faust, kein Mann hielt seinem Hieb stand. Durch seinen Ehrgeiz trat der Krieg oft an die Stelle des Friedens, Feindseligkeit an diejenige der Freundschaft.

Es ist bereits erwähnt worden, dass die Festung Akhsi oberhalb einer tiefen Schlucht steht. Entlang dieser Schlucht befinden sich die Palastgebäude, und von da aus flog Umar Mirza am Montag, dem Vierten des Ramzan, mit seinen Tauben und deren Haus hinab und wurde zu einem Falken.

Ohne einen Gedanken an die geringe Zahl unserer Männer zu vergeuden, ließen wir die Kesselpauken ertönen und marschierten, unser Vertrauen in Gott setzend, gegen unseren Widersacher Muquim.

Ob wenige oder viele, Gott ist grenzenlose Stärke
Kein Mann hat Macht an Seinem Hof.

Wie oft schon hat eine kleine Streitmacht, da Gott es so wollte, eine große überwältigt! Als er durch unsere Kesselpauken erfuhr, dass wir im Anmarsch waren, vergaß Muquim seinen gefassten Plan und schlug den Weg der Flucht ein. Gott fügte es recht.

Da die Bajauris Rebellen waren und Feinde der Menschen des Islam und da aufgrund der heidnischen und barbarischen Bräuche, die unter ihnen herrschten, selbst der Name des Islam aus ihrem Stamm ausgerottet war, wurden sie ausnahmslos dem Tod überantwortet und ihre Frauen und Kinder gefangen genommen. Schätzungsweise über dreitausend Männer ließen ihr Leben. Da die Kampfhandlungen nicht bis an die Ostseite der Festung übergriffen, konnten dort einige wenige entkommen.

Als die Festung fiel, marschierten wir ein und inspizierten sie. Auf den Mauern, in den Häusern, Straßen und Gassen – in wie großer Zahl lagen da die Toten! Wer kam und ging, stieg auf Schritt und Tritt über Leichen.

Nachdem wir Bajaur im Sturm genommen und seine Einwohner restlos niedergemetzelt hatten, zogen wir weiter nach Bhira. Wir sahen davon ab, Bhira zu überrennen oder zu plündern und erlaubten den Einwohnern, sich loszukaufen, wobei wir ihnen Geld und Güter im Wert von vierhunderttausend *shahrukhis* abnahmen, und nachdem wir diese unter unsere Krieger und Hilfstruppen verteilt hatten, kehrten wir nach Kabul zurück.

Es gab noch mehr davon, ebenso abgehackt und fragmentarisch. Wiederholt war von Rückzug die Rede, von schmählicher Aufgabe der jeweils als Stützpunkt dienenden Stadt, und immer wieder erfuhr man vom großen Vergnügen, das das Schwimmen, in welchem Klima auch immer, dem Tagebuchschreiber bereitete. Er war ständig in Bewegung, zog von Samarkand nach Kabul, von da nach Kandahar, dann wieder zurück nach Samarkand und weiter. Es gab Zeiten, da seine Gefolgschaft auf weniger als zweihundert Mann zusammengeschmolzen war.

Wie ich vermute, hielt Mangal es aus zweierlei Gründen für wichtig, dass ich mir diese Abschriften ansah. Der erste war der Umstand, dass der Tagebuchschreiber niemals aufgab. Er ging aus Niederlagen verjüngt hervor. Er hatte etwas an sich, was die Menschen trotz wiederholter Misserfolge und Rückschläge immer wieder zu ihm hinzog. Der zweite Grund konnte eine direkte Auswirkung auf Mewar haben. Der Mann hatte den Indus überschritten. Mochte er sich zunächst auch darauf beschränkt haben, aus religiösen Gründen sowie um den Einwohnern von Bhira ein ansehnliches Lösegeld abzunehmen, Bajaur zu überfallen, nachdem er aber die Wasser Hindustans geprüft und für einladend befunden hatte, war er ein zweites Mal von seinem Stützpunkt in Kabul ausgerückt.
Vielleicht wusste Vater von seinen Einfällen. Dass ich bisher nicht von ihm gehört hatte, konnte an meiner langen Isolation in Kumbhalgarh liegen. Immer wieder sind muslimische Stammesfürsten, Könige und *Padishahs* in der Vergangenheit über den Khaiber-Pass gekommen, haben das Land entlang des Indus, und manchmal sogar bis hinunter nach Delhi, geplündert, haben Tempel zerstört und Hunderttausende von Menschen abgeschlachtet, aber die meisten haben sich anschließend wieder zurückgezogen, weil sie nicht auf Eroberung, sondern lediglich auf Beute aus gewesen waren. Nur einige wenige sind geblieben. Delhi befindet sich schon seit Generationen unter der Herrschaft von Afghanen. Kaum jemand weiß heute noch, dass die Vorfahren dieser Lodis einst die hohen Pässe des Hindukusch überquerten, ohne im Mindesten die Absicht zu haben, sich in Indien festzusetzen. Dieser Mann – warum macht Mangal eigentlich so ein Geheimnis um seinen Namen? – wird genauestens beobachtet werden müssen.
Es gibt allerdings noch einen weiteren, längst nicht so sachlichen und klar umrissenen, ja im Gegenteil geradezu absurden, emotionalen Grund, warum ich mich zu dem Tagebuchschreiber hingezogen fühle: Ich erkenne mich in ihm wieder. Auch ich mache mir dauernd Notizen und bemühe mich seit meinem Aufenthalt in Kumbhalgarh, sie zu einer Art Autobiographie auszuarbeiten. Auf dem Vorsatzblatt meiner Memoiren wird einst die gleiche Passage zu lesen sein, mit der er seine Absicht erklärt, ohne Rücksicht auf die eigene Person die Wahrheit und nichts als die Wahrheit zu schreiben. Natür-

lich unterscheiden wir uns in unserer Ausdrucksweise und hinsichtlich der geschilderten Details, aber in Geist und Charakter sind wir identisch. Ich lese, welche Freude es dem Mann bereitet, Flüsse zu durchschwimmen, und ich sehe mich selbst. Er liebt seinen Vater, aber es stört ihn nicht, wenn das Bild, das er von ihm zeichnet, nicht immer schmeichelhaft ausfällt. Und da ist noch etwas anderes, etwas Hartes, Düsteres und Verstörendes: Wenn er seine Massenmorde begeht, lässt er Gewissen und etwaige Schuldgefühle völlig aus dem Spiel und aus dem Tagebuch. Ich fühle mich dem Mann so ähnlich, dass ich mir einbilde, seine Gedankengänge nachvollziehen, ja erraten zu können. Wie wir alle wissen, oder zumindest wissen sollten, gibt es für einen Feldherrn keinen einfachereren und sichereren Weg ins Verderben, als sich ausschließlich von seiner Intuition leiten zu lassen.
Nachdem ich das festgestellt habe, möchte ich die krassen und unüberbrückbaren Unterschiede zwischen uns keineswegs herunterspielen. Es gibt einen wirklich erschreckenden Satz, der in seinen Schriften immer wiederkehrt: »Gott fügte es recht.«
Ich glaube an unsere Götter. Ich mag zu dem Flötenspieler keine ernsthaften Kontakte mehr unterhalten, aber ich könnte mir nicht vorstellen, einen Tag ohne ein Gebet an Shri Eklingji zu beginnen oder zu beenden. Und dennoch ist meine Beziehung zu Gott distanziert, förmlich und eher eine Sache der Etikette und der Gewohnheit als des inneren Gefühls. Demgegenüber legt der Tagebuchschreiber eine erstaunliche Gläubigkeit an den Tag, die Art von forderndem Glauben, die Gott fast dazu zwingen kann, den Erwartungen des Gläubigen zu entsprechen. Ich bitte, das nicht wörtlich zu verstehen! Der nomadisierende Tagebuchschreiber empfände diese Aussage wohl als im höchsten Grade blasphemisch. Aber es lässt sich nicht bestreiten, dass sein Ton und sein absolutes, unerschütterliches Gottvertrauen etwas an sich haben, das sogar dem Allmächtigen zu denken geben dürfte.
Diese Glaubensfestigkeit hat einen Nebeneffekt, der für uns die schwerwiegendsten Konsequenzen haben könnte. Wenn er je auf die Idee kommen sollte, sich dauerhaft in Hindustan niederzulassen, würde er mit Sicherheit den Drang verspüren, sich als heiliger Gotteskrieger zu betätigen, der im Namen des Islam gegen Ungläubige

wie uns Mewarer ins Feld zieht. Wird er von muslimischen Königreichen wie Malwa und Gujarat die Finger lassen, oder werden auch sie seinen territorialen Ambitionen zum Opfer fallen? Das sind noch reine Spekulationen, aber durchaus mehr als nur müßige Gedankenspielereien. Seit ich zurück bin, beschäftigt mich die Kluft zwischen Hindus und Muslimen zutiefst. Wenn Mewar wachsen und expandieren soll, wird eine seiner größten Herausforderungen darin bestehen, die Rahmenbedingungen dafür zu schaffen, dass sich Muslime in einem hinduistischen Königreich sicher fühlen können. Unsere islamischen Untertanen müssen ebenso sehr Anteil an der Zukunft Mewars nehmen wie die Jains oder die Hindus. Wie, frage ich mich, können wir erreichen, dass Gott und Glaube in den Häusern bleiben und der Staat die erste Stelle im öffentlichen Leben einnimmt?

An dem Abend, ich war bereits wieder zu Hause, ließ mir Mangal seine streng vertrauliche und geheime Akte zukommen.

»Eure Hoheit,
jetzt, wo Ihr die Aufzeichnungen, die ich Euch im Verlauf der letzten Monate habe zukommen lassen, gesichtet und sorgfältig geprüft habt, halte ich den Zeitpunkt für gekommen, Euch meinen Bericht vorzulegen. Dadurch, dass ich bisher nicht einmal meinen allerersten Rapport für die bevorstehende Kabinettssitzung ablieferte, habe ich Eure Geduld auf eine harte Probe gestellt und Euch in eine unangenehme Lage gebracht. Auch trifft es zu, dass ich Euch bewusst aus dem Weg gegangen bin, doch nur, weil ich es für sinnvoller hielt, Euch erst dann Rede und Antwort zu stehen, wenn Ihr Euch eine eigene Meinung gebildet haben würdet.
Noch ein Wort, ehe ich zum eigentlichen Bericht komme.
Ich weiß, dass Ihr Euch wiederholt gefragt habt, warum ich die meisten der von unseren Agenten eingesandten Berichte nicht an Euch weitergeleitet habe.
Offen gesagt, erschien mir deren Glaubwürdigkeit zweifelhaft, und ich hielt es für ratsam, erst eingehende Gespräche mit jedem einzelnen Agenten zu führen, um ein Gefühl für den jeweiligen Informanten zu bekommen, insbesondere für seine spezifischen Marotten,

den Grad seiner Unsicherheit und des Bedürfnisses, Patriotismus unter Beweis zu stellen. Ich wollte die Männer in ihren Bemühungen ermutigen und sie von dem abbringen, was man als ›Verbreitung paralleler Wahrheiten‹ bezeichnen könnte. Es ist mir gelungen, durch eine Reihe von Gesprächen ihr Vertrauen zu gewinnen. Anschließend habe ich mir ihre bisherigen Berichte vorgenommen. Ich habe ihnen mein Urteil hinsichtlich ihres mutmaßlichen Gehalts an Wahrem und Konstruiertem mitgeteilt und erklärt, es stünde ihnen frei, meiner Einschätzung zu widersprechen, wenn sie ihre Mitteilungen durch Fakten untermauern könnten.

In spätestens zehn Tagen werdet Ihr wieder Agentenberichte auf Eurem Schreibtisch vorfinden. Jeder von ihnen wird mit einer Bewertung seiner Priorität sowie seines mutmaßlichen Wahrheitsgehalts versehen sein. Zusätzlich zu diesen zwei Parametern werdet Ihr gelegentliche Bemerkungen finden wie ›Fakten und Daten fragwürdig, aber allgemeine Einschätzung der Situation zeugt von Scharfblick und sollte ernst genommen werden.‹

Es liegt in der Natur der Tätigkeit eines Spions, dass nichts als hundertprozentig gesichert gewertet werden kann, nicht einmal seine Lügen, denn von Zeit zu Zeit werdet Ihr feststellen, dass selbst ausgemachte Erfindungen durch den Gang der Ereignisse bestätigt werden können.

Nun zum Bericht.

Name der observierten Person: Zahir ad-Din Muhammad Babur.

Stellung: König von Kabul.

Quellen: Übungsdiktate oder Abschriften, die Zahir ad-Din Muhammad Babur von seinem neunjährigen Cousin Haidar anfertigen ließ. Schmierzettel, auf denen Baburs Sekretär seine Feder, Tinte oder Handschrift erprobte, bevor er daranging, unter Baburs Aufsicht eine Kopie der Tagebuchaufzeichnungen anzufertigen, sowie wegen Schreibfehlern oder anderen Mängeln vom jeweiligen Kopisten ausgemusterte Manuskriptseiten.

Abstammung: Väterlicherseits ist Babur der Ururenkel Timur-Lengs. Von mütterlicher Seite stammt Babur in direkter Linie von Chagatai Khan ab, dem zweiten Sohn des Eroberers Dschingis Khan.

Die Rajputen und selbst die Lodis von Delhi mögen Timur und Dschingis Khan als Barbaren betrachten, aber das ist nur der Standpunkt von Außenstehenden. Babur hingegen erfüllt das Bewusstsein, dass das Blut dieser zwei großen Eroberer durch seine Adern fließt, mit großem Stolz.

Den größten Teil seines Lebens hat Babur auf der Flucht verbracht. Im Jahre 1497 eroberte er, erst vierzehnjährig, die Stadt seiner Ahnen, Samarkand. Die Expedition erwies sich als außerordentlich kostspielig, da er binnen hundert Tagen nicht nur sein eigenes Königreich Fergana einbüßte, sondern auch Samarkand wieder verlor. 1499 nahm Babur Fergana wieder ein, musste es aber im darauffolgenden Jahr mit seinem Bruder Jahangir teilen.

Im Jahr 1500 eroberte Babur Samarkand zurück. Innerhalb weniger Monate verlor er es abermals. Nach drei Jahren der Heimatlosigkeit brachte Babur 1504 Kabul in seinen Besitz und machte es zu seiner Hauptstadt. 1511 bestieg Babur erneut den Thron von Samarkand, nur um ihn im Mai 1512 wieder räumen zu müssen.

1519 überquerte Babur erstmals den Indus und nahm die Festung Bajaur ein. 1520 drang er zum zweiten Mal in Indien ein, griff den Stamm der Gakkais an, unterdrückte einen Aufstand in Bhira und erreichte Sialkot.

In all dem ist ein deutliches Muster zu erkennen. In seinem Tagebuch nimmt Babur immer wieder Bezug auf Samarkand, die Stadt, die Timur als Ausgangsbasis für seine Eroberungszüge diente, und auf Delhi, das Timur 1398 einnahm.

Timur konnte sich immer wieder nach Samarkand zurückziehen. Babur eroberte Samarkand drei Mal, und drei Mal musste er es wieder räumen. Selbst Kabul könnte er demnächst verlieren. Indien ist unendlich größer, unendlich reicher und besitzt den zusätzlichen Anreiz, von Ungläubigen bevölkert zu sein. Wenn er beschließt, Delhi zu erobern, dient er also sowohl Allahs als auch seinen eigenen Interessen.

Schlussfolgerung: Widrigkeiten schrecken Babur nicht. Wohin er auch kommt, sei es Samarkand, Kandahar oder Kabul, richtet er schnellstens einen Hof ein und schart Dichter und Kunsthandwerker um sich. Da er ein Mann ist, der zu seinem Wort steht, genießt er die unverbrüchliche Treue seiner Gefolgsleute. Er ist beim An-

griff ebenso schnell wie beim Rückzug. Einige seiner eindrucksvollsten Siege hat er mit einer Streitmacht von lediglich tausend bis zwölfhundert Mann errungen. Es kann durchaus vorkommen, dass er mit zweihundert Mann in die Schlacht zieht und dennoch als Sieger hervorgeht. Er hat ein starkes Interesse an moderner Wehrtechnik und bemüht sich ständig, deren neueste Errungenschaften zu erwerben und in seine Strategie einzubauen. Er soll eine neue Waffe namens ›Kanone‹ besitzen und dazu einen türkischen Handwerker haben, Ustad Ali, der diese aus Bronze gießt. Wir erwarten nähere Informationen über diese Feuerwaffen.
Empfohlene Maßnahmen:
1. Wie Ihr selbst sagt, wird man Babur im Auge behalten müssen.
2. Keine Kosten und Mühen scheuen, um Exemplare der neuen Waffe zu beschaffen.
3. Seiner Majestät die Wirkungsweise der neuen Waffe vorführen.
4. Ein entsprechend hohes Budget beantragen, das die Bestellung einer großen Anzahl von Gewehren und Kanonen ermöglicht.
5. Unsere Angriffs- und Verteidigungsstrategie um diese Waffen herum neu konzipieren.
6. Unsere Soldaten in der Handhabung dieser Feuerwaffen ausbilden lassen.
7. Dafür sorgen, dass unsere Investition in Rüstungsmaterial keine einmalige Angelegenheit bleibt, sondern kontinuierlich fortgeführt wird, damit gewährleistet ist, dass wir unserem Feind wehrtechnisch jederzeit überlegen sind.
8. Als eine erste Maßnahme ist die Anwerbung von auswärtigen Ausbildern durchaus zu empfehlen, doch mittelfristig werden wir nicht umhinkommen, uns mit der neuen Waffentechnik gründlich auseinander zu setzen und zu lernen, auf eigenen Füßen zu stehen, wobei es unser langfristiges Ziel sein sollte, dass künftige Weiterentwicklungen auf dem Gebiet von uns ausgehen.«

Kann nach Lektüre dieses Berichts noch der geringste Zweifel daran bestehen, dass Mangal und ich an derselben Brust getrunken haben? Er mag einen prägnanteren Schreibstil haben als ich, aber das liegt zu einem guten Teil daran, dass ein solcher Bericht Kürze, Klarheit, eine Schlussfolgerung und die Empfehlung einer künftigen Strategie verlangt. Ich glaube nicht, dass es je nötig sein wird, einen Bericht Mangals zu überarbeiten, ehe ich ihn Vater vorlege. Werden Mangals Empfehlungen bei Vater den erwünschten Effekt haben? Schließlich predige ich Seiner Majestät seit sieben oder acht Jahren nichts anderes. Es lässt sich allerdings nicht bestreiten, dass Mangals Schlussfolgerungen auf einer realen, aktuellen Situation fußen, während meine Ausführungen eher grundsätzlicher politischer Natur waren.

Ich hoffe, der Kriegsrat wird nicht damit argumentieren, Mangals Empfehlungen stützten sich auf eine Reihe von unbewiesenen Annahmen: Erstens, dass der Herrscher von Kabul plant, wieder in Indien einzufallen; zweitens, dass er irgendwann den Sultan von Delhi angreifen wird; und drittens, dass damit auch unsere Grenzen und unser Reich in Gefahr sein werden.

Andererseits lässt sich nicht leugnen, dass Babur, selbst wenn er ein weiteres Mal nach Indien vorstoßen sollte, auch diesmal lediglich die Absicht verfolgen könnte, rasche Beute zu machen und sich wieder zurückzuziehen. Oder er könnte Delhi einstweilen in Ruhe lassen und noch einmal sein Glück mit Samarkand versuchen, das ja für ihn fast zu einem zwanghaften Symbol der Legitimation und Heimkehr geworden zu sein scheint. Er könnte auch im wahrsten Sinne des Wortes den Kopf verlieren.

Babur ist bereits zwei Mal in Indien gewesen. Mangals implizite Schlussfolgerung lautet, dass der König von Kabul früher oder später wieder in Indien einfallen wird. Dieser Analyse würde ich mich schon deshalb anschließen, weil Mangal seine Worte gründlich abwägt, ehe er sie ausspricht oder zu Papier bringt.

Ich bezweifle, dass Kabul groß genug sein wird, um Baburs Ehrgeiz zu befriedigen. Für Babur wird es schwer, wenn nicht gar unmöglich sein, der indischen Versuchung zu widerstehen. Aber die eigentliche Frage lautet, ob wir bereit sind, unsere Rüstungspläne von den möglichen Absichten eines einzigen Feindes abhängig zu machen. Natürlich müssen wir auf jede mögliche Bedrohung gefasst sein, einschließlich einer Invasion aus dem Nordwesten. Aber wichtiger noch: Wir müssen schon deswegen besser gerüstet und besser vorbereitet sein, weil auch wir territoriale Ambitionen haben.

Es erscheint kaum vorstellbar, dass ich tatsächlich Dokumente in Händen habe, die weiß Gott wo geschrieben wurden – in Fergana, Samarkand, Kandahar oder Kabul –, und dass sie die Worte eines Königs enthalten, dessen Vorfahren aus der fernen Türkei stammen. Wie können diese Papiere nur so weit gereist sein? Ist das alles vielleicht nur ein einziger Schwindel? Wir verfügen über keine narrensichere Methode, die Authentizität dieser Dokumente zu verifizieren – es sei denn natürlich, ich schickte einen Boten zum derzeitigen Herrscher von Kabul und ließe anfragen, ob die Aufzeichnungen, die ich vor mir liegen habe, tatsächlich von ihm stammen. Und doch vermute ich, dass diese Worte authentisch sind und von einem Mann von großer Entschlossenheit und visionärer Kraft geschrieben wurden, einem Mann, dessen Selbsteinschätzung weder überzogen noch kleinmütig ist, sondern nüchtern und sachlich.

Irgendwie merke ich, dass es mich immer wieder zu zwei bestimmten Passagen zieht – die eine über die Festung Andijan in Fergana und die andere über seinen Vater. Von seiner Beschreibung geht eine ruhige Wärme aus, wie sie nur jemand ausstrahlen kann, der mit ganzem Herzen an seinem Land hängt. Und dennoch ist sie frei von jener Sentimentalität, die die meisten Aussagen über die eigene Heimat kennzeichnet, insbesondere wenn sie von Vertriebenen stammen. Sie erweckt im Leser den Wunsch, das Land aufzusuchen und auf eigene Faust zu erkunden. »In die Festung Andijan fließt Wasser über neun Kanäle, wieder heraus fließt es seltsamerweise an keiner einzigen Stelle.« Was geschieht mit dem Wasser? Wo fließt es hin? Sammelt es sich seit Jahren unter der Erde? Ragt die Zitadelle wie eine Beule am Kopf immer weiter hervor? Wird Andijan vom Druck all des unterirdischen Wassers eines Tages aufplatzen wie eine reife Schote? Oder beispielsweise die rätselhafte Passage über Umar Sheikh Mirza und seine Tauben in der Festung Akhsi. Ich musste sie wenigstens ein Dutzend Mal durchlesen, ehe mir aufging, dass Baburs Vater im Taubenschlag nach seinen Vögeln gesehen hatte, als der Felsvorsprung, auf dem dieser Teil der Burg stand, offenbar weggebrochen ist und Umar Sheikh im Tod »zu einem Falken wurde«.

Je weniger ich über meine Abneigung gegen die Jagd sage, desto besser dürfte es sein, aber ich muss gestehen, dass ich richtig Lust

hätte, nach Andijan zu reiten, um mir die dortigen Fasane anzusehen. Warum hat sich Babur auf das Referieren von Gerüchten verlegt, wo doch offensichtlich ist, dass er selbst oft genug auf die Jagd gegangen ist, um die Fakten aus eigener Anschauung zu kennen, wenn nicht, um sich einen Scherz zu erlauben und ein Märchen von einem fabulös fetten Fasan aufzutischen, den nicht einmal vier Leute aufessen konnten? Ich habe schon immer Sinn für Humor gehabt, aber die Witze, die mir wirklich Spaß machen, sind diejenigen, die mit bierernstem Gesicht vorgetragen werden und die man, passt man nicht höllisch auf, gar nicht als solche erkennt.
Kann man sich einen Charan, Dichter oder auch nur einen Geschichtsschreiber vorstellen, der sich so offen, objektiv und zugleich so voller Zuneigung, sagen wir, über Seine Majestät, den Maharana, äußert? Offen gesagt, glaube ich nicht einmal, dass einer meiner Brüder, Cousins oder Onkel das fertig bringen würde. Keinerlei Schönfärberei, keinerlei Duckmäusertum oder Lobhudelei, nur eine rasch gezeichnete Skizze, mit herrlich sicherer Hand ausgeführt. Es ist offensichtlich, dass der Mann keine Angst hat, kritisch zu sein, weil er davon überzeugt ist, dass die positive oder negative Beurteilung eines Menschen der Zuneigung oder Hochachtung, die wir ihm entgegenbringen, keinen Abbruch tut.
Wie oft hört man selbst unsere höchsten Beamten ihre Äußerungen mit der vorausgeschickten Bemerkung absichern: »Bitte missversteht mich nicht, das Letzte, was ich mir anmaßen würde, wäre ein Werturteil.« Warum hätte man ihnen ihren hohen Posten verliehen, mit zahllosen ihnen zuarbeitenden Untergebenen, wenn man von ihnen nicht die Fähigkeit und die Bereitschaft erwartete, Situationen und Menschen mit der größtmöglichen Strenge und Unvoreingenommenheit zu analysieren und zu beurteilen? Strenge und Unvoreingenommenheit schließen ein Sympathisieren mit dem Standpunkt seines Gegenübers keineswegs aus. Aber es ist unmöglich, Entscheidungen, und erst recht kritische, zu fällen, oder mit seinen Feinden, Freunden, Gleichgestellten, Untergebenen, Vorgesetzen oder mit seiner Frau und seinen Kindern zu verkehren, ohne deren und die eigenen Stärken und Schwächen zu erkennen und richtig einzuschätzen.

»Und was, wenn ich deinen Bericht nicht binnen zehn Tagen bekomme?«

Ich wusste, wie Mangals Antwort lauten würde, aber ich wollte ihn etwas in Verlegenheit bringen. »Was sage ich dann dem Kabinett und unseren befreundeten Nachbarn? Soll ich Ersteres bitten, die Staatsgeschäfte Mewars auf Eis zu legen, und Letztere, etwaige Pläne, Mewar anzugreifen, um ein paar Monate zu verschieben, weil Herr Mangal sich noch außerstande sieht, den Sicherheitsrat zu informieren?«

»Ihr werdet ihn spätestens in zehn Tagen haben, Eure Hoheit.«

Er zuckte nicht mit der Wimper. Auch das hätte ich wissen müssen. »Da bin ich dir aber wirklich dankbar!« Das war billig und absolut überflüssig, aber es erfüllte seinen Zweck. Sein steinernes Gesicht zeigte für den Bruchteil einer Sekunde einen haarfeinen Riss. Darunter könnte sich der Mann sogar tatsächlich gewunden haben. »Das ist alles.«

Ohne auf meine kindischen Sticheleien zu reagieren, machte er Anstalten sich zurückzuziehen.

»Mangal, das war hervorragende Arbeit! Wie hast du das Material in die Hände bekommen?«

Mangal lachte. »Von einem *Putzer*.«

Ich lachte. »Bravo! Diesmal bin ich reingefallen! Aber im Ernst.«

»Das ist mein Ernst, Eure Hoheit.«

»Ach, komm ...« Doch dann begriff ich, dass er nicht scherzte.

»Einer der hiesigen Agenten erzählte mir eines Tages beim gemeinsamen Essen lachend, die Zeiten hätten sich schon gewaltig geändert. ›Putzer‹, sagte er, ›dürften demnächst besser dastehen als Großgrundbesitzer.‹ ›Wie das?‹, fragte ich ihn. ›Habt Ihr schon mal ein Päckchen aus dem Ausland bekommen?‹, fragte er sarkastisch zurück. ›Shyam Dulare, der Putzer im Haus des Premiers Puranmalji, bekommt laufend welche.‹ ›Von wo?‹ ›Woher soll ich das wissen? Ich kann Euch nur so viel sagen, dass irgend so ein Bettler sie immer abliefert, wenn er am Haus vorbeikommt.‹ Ich nehme an, Eure Hoheit kann sich den Rest schon selbst zusammenreimen.«

»Kann sein, aber ich hätte nichts dagegen, wenn du etwas mehr ins Detail gehen würdest. Wie hat Shyam Dulare Beziehungen zum Hof von Kabul geknüpft?«

»Wie sich herausstellte, hat Shyam Dulare einen Cousin, einen gewissen Pyarelal, der früher in Bajaur arbeitete. Als Bajaur geplündert wurde, wurden Pyarelal und dessen Familie verschont, weil der Mann zum Kommandeur der Besatzungsarmee ging und Folgendes sagte: ›Im Namen Gottes, des Erbarmers, des Barmherzigen. Trifft es nicht zu, dass der Prophet den Gläubigen verboten hat, solche Menschen des Buches und Heiden zu töten, die den wahren Gott, Allah, erkannt haben?‹ Der Kommandeur lächelte und sagte: ›Hast du den Herrn und Meister des Universums wirklich erkannt, oder hast du vielmehr begriffen, dass dein Leben keinen Pfifferling mehr wert ist, es sei denn, du bekennst dich zum Glauben des Propheten und Seiner Hoheit Zahir ad-Din Muhammad Babur?‹ ›Und was, wenn Letzteres zuträfe?‹, entgegnete der Cousin des Putzers dreist. ›Wollt Ihr anzweifeln, auf welch verschiedene und mannigfaltige Weisen Allah den Blinden sehend macht und den Tauben hörend, den Stummen beredt und den Unerleuchteten erleuchtet, darüber hinaus den Verblendeten veranlasst seine Täuschung und den Heuchler seine Heuchelei aufzugeben? Denn zweifelt Ihr daran, ist es dann nicht offenkundig, dass Ihr Euch weiser dünkt als Allah, und gibt es ein größeres Verbrechen, als sich über den Allwissenden und Allerkennenden zu stellen, der diese Welt erschaffen hat und alles Lebendige und Tote darin, die Wogen des Meeres und die Farben der Vögel und das Gewölbe des Himmels und die Regenfälle, die die Erde benetzen und unseren Durst löschen und aus einem einzigen Korn tausendfach Getreide sprießen lassen?‹ Da stieß der Kommandeur das Schwert, mit dem er Pyarelal hatte erschlagen wollen, in die Scheide zurück und führte den Mann zu seinem König Babur und berichtete ihm vom Wunder der Worte, die die Lippen des Putzers verlassen hatten, denn wahrlich waren dies Worte, die selbst das Heilige Buch bestätigt und gutgeheißen hätte. Und Babur hob den Putzer mit eigenen Händen auf und sprach: ›Von diesem Tage an soll dieser Mann mein Bruder im Glauben sein und in meinem Hause arbeiten.‹ Und so geschah es denn auch.«

»Mangal, würdest du uns bitte mit diesem altmodischen Schwulst verschonen!«

»Dies waren genau die Worte, mit denen Shyam Dulare mir diese erbauliche Mär referierte.«

»Shyam Dulare selbst scheint aber noch nicht zum Islam übergetreten zu sein.«
»Pyarelal, der jetzt auf den Namen Karim Muhammad hört, arbeitet noch daran.«
»Und findet dieser Austausch unter Cousins erst seit Pyarelals Konversion statt, oder gab Shyam Dulare bereits seit längerer Zeit Dokumente und Nachrichten aus dem Haus des Premiers weiter?«
Auf einmal schien Mangal keinen Geschmack mehr an seiner Rolle als Geschichtenerzähler zu finden. »Shyam Dulares Kanal sprudelt schon seit langem, Hoheit. Die Informationen sind an den Hof von Delhi, Gujarat, Bajaur und nach Malwa zu Medini Rai geflossen.«
»Das beruhigt mich. Zumindest ist Shyam Dulare dem Geld und dessen Religionszugehörigkeit gegenüber unvoreingenommen. Ist Premierminister Puranmalji in diese Angelegenheit verwickelt?«
»Bislang habe ich nichts festgestellt, was dafür sprechen würde.«
»Ist dieses ›bislang‹ eine Absicherung gegen mögliche künftige Entdeckungen, oder hältst du irgendwelche Informationen zurück?«
»Solange ich die Verantwortung für den Nachrichtendienst trage, Hoheit, verzeiht mir die Impertinenz, werde ich selbst im Zusammenhang mit Euch, solltet Ihr je observiert werden müssen, das Wort ›bislang‹ verwenden.«
»Das glaube ich dir aufs Wort, Mangal, und das ist auch einer der Gründe, warum gerade du dieses Amt innehast. Und was unternehmen wir in Sachen Shyam Dulare?«
»Wir zahlen ihm Geld, beliefern ihn mit Informationen und halten ihn unter Beobachtung.«
»Woher wissen wir, dass er den Preis für die nächste Lieferung dieser Papierschnipsel nicht erhöhen wird?«
»Das wissen wir sogar genau, Hoheit. Er hat seinen Preis nämlich bereits erhöht.«
»Obwohl er Landesverrat begangen hat?«
»Er weiß, dass wir ihn lebendig brauchen, wenn wir weiter an diese Informationen herankommen wollen.«
»Woher wissen wir, dass Babur Pyarelal nicht bewusst mit falschen Informationen beliefert, um uns in die Irre zu führen?«
»Das ist eine Möglichkeit, die ich durchaus in Betracht gezogen habe, aber ich glaube nicht, dass wir uns deswegen allzu große Sorgen

zu machen brauchen. Aktuelle Informationen über den Mann und dessen Pläne dürften wir ohnehin kaum in die Finger bekommen, solange er nicht näher kommt. Und abgesehen von Euch, Hoheit, dürfte kein Mensch daran interessiert sein zu erfahren, ob Babur einen Leistenbruch hat, ein Spätaufsteher ist und wie lange seine Kater im Durchschnitt andauern. Ich weiß auch, dass Ihr mich gleich auffordern werdet, Recherchen über die Strategien seiner Vorfahren Timur-Leng und Dschingis Khan anzustellen.«

»Mangal, hast du beschlossen, jede Äußerung des Maharaj-Kumar überflüssig zu machen? Lass dir gesagt sein, dass ich das nicht dulden werde. Hast du etwas gegen Shyam Dulare in der Hand?«

Das Wort Maharaj-Kumar war mir nur so herausgerutscht. Ich hatte gedacht, ich würde eine scherzhafte Bemerkung von mir geben. Stattdessen musste ich bestürzt feststellen, dass ich wohl weiterhin hoffte, der nächste Anwärter auf den Thron zu sein.

»Was das angeht, Hoheit«, ging Mangal nonchalant über meine Bemerkung hinweg, »verfügen wir lediglich über ein kleines Druckmittel.«

Ich fragte mich, ob Mangal auf seine alten Tage kokett wurde. »Nämlich?«

»Wir haben eines seiner Kinder in Pflege genommen.«

»Das hier ist kein Polizeistaat, Mangal!« Ich war aufrichtig entsetzt.

»Da kann man nichts machen, Hoheit.«

Damit stopfte er mir und meiner Heuchelei ruckzuck den Mund.

»Der Junge bekommt eine gute Ausbildung, etwas, wovon das Kind eines Putzers normalerweise nicht einmal träumen könnte. Aber trotzdem ist er keine hundertprozentige Garantie für uns. Shyam Dulare könnte durchaus den Spieß umdrehen und sagen: ›Nur zu, bringt ihn ruhig um. Ich bin jung genug, um weitere Kinder zu bekommen.‹«

»Wer übersetzt die Texte aus dem Türkischen?«

»Pyarelal – oder Karim Muhammad, wie er jetzt heißt.«

»Mangal, was ist mit dem Original? Ist das auch wirklich Türkisch oder bloß sinnloses Kauderwelsch?«

»Es ist Türkisch, Hoheit, und wie Ihr selbst gemerkt haben dürftet, ist Karim Muhammad alles andere als ein schlechter Übersetzer.«

»Wie lange willst du mir denn noch aus dem Weg gehen?«
»Wir laufen uns doch vier- bis siebenmal pro Tag über den Weg!«
»Hast du keine Lust mehr, mich zu sehen, Kausalya?«
»Ihr habt jetzt andere Verpflichtungen, Hoheit.«
»Ich war dumm genug, dich einmal zu verlieren. Ich habe nicht vor, noch einmal denselben Fehler zu machen.«
Kausalya unternahm keinen Versuch, ihr Handgelenk meinem Griff zu entwinden, aber in ihren Augen lag ein stiller Kummer, eine Entschlossenheit, lieber jetzt den Schmerz der Trennung zu ertragen, als sich mit falschen Hoffnungen über Wasser zu halten und das Eingeständnis ihres Verlustes unserer Nähe und Intimität immer weiter hinauszuschieben. Sie war zu stolz, um mir zu sagen, dass ich schon vor Monaten in ihr Zimmer hätte kommen können, wenn es mir wirklich so wichtig gewesen wäre. Ich dachte an die Hunderten von Frauen im Palast, die auf ihre Liebhaber oder Männer warteten. Wie viele Monate oder Jahre würden sie noch die Nächte durchwachen? Wer würde sie in ihrer Einsamkeit trösten? Höchstwahrscheinlich wussten sie, mit wem ihre Männer die Nacht verbrachten. Die Bitterkeit und das Leid der Zenana kennen kein Maß. Was ist das für ein Gefühl, Tag für Tag verschmäht zu werden? War der Tod der einzige Ausweg?
»Eure Hoheit, eine einzige Bitte: keine Höflichkeiten! Keine Besuche aus Pflichtgefühl.«
Kausalya hatte die Grenzen wieder nachgezogen und ich würde sie nicht überschreiten können. Die Spannung zwischen uns beiden verebbte, ohne dass wir es bemerkten.
»Warum setzt du dich nicht hin, nimmst meinen Kopf in deinen Schoß und suchst die elftausend Läuse in meinem Haar, sammelst sie ab und zerknackst sie, wie du das in meiner Kindheit tatest, und bläust mir anschließend ein wenig Vernunft ein?«
Was das angeht, besteht zwischen Hunden und Menschen kein Unterschied. Wir drehen uns eine halbe Million Mal um uns selbst, begutachten die Stelle, an der wir uns niederlassen möchten, so wie wir es die letzten elf Jahre lang täglich getan haben, und dann machen wir es uns bequem. Die Innenseite von Kausalyas rechter Brust muss mittlerweile eine Vertiefung in Form meines Hinterkopfes aufweisen. Ich kenne diese Stelle gut, stundenlang habe ich

geplaudert und dabei zu Kausalyas Kinn hinaufgeblickt und mich gefragt, ob ihre Haut von Natur aus so glatt ist oder ob sie irgendeine geheimnisvolle Salbe besitzt, die stachelige Körperhärchen mit Stumpf und Stiel ausrottet, noch ehe sie überhaupt sichtbar werden können. Ich bin in dieser Höhlung eingeschlafen, während Kausalya mir den Stammbaum irgendeines Raos oder Sultans erklärte oder die Wurzeln der Fehde zwischen zwei Rajputenfamilien aufzeigte, die sich noch heute gegenseitig totschlagen, ohne die leiseste Ahnung vom ursprünglichen Grund ihrer Feindschaft zu haben.

Die Glocken des Brindabani-Tempels läuten und läuten.
Die Götter nehmen nicht mehr auf Erden Gestalt an – zumindest nicht im *Kali-Yuga*, diesem verderbtesten aller Zeitalter. Göttliche Interventionen erscheinen mir, wie ich gestehen muss, als bloße Gerüchte und Ammenmärchen. Die einzigen Wunder im Leben wirkt die Zeit. Meine Frau singt und tanzt jetzt jeden Abend um sechs, und den Gebetsversammlungen wohnt oft kein Geringerer als Seine Majestät bei. Es ist geplant, den Tempelkomplex und den ummauerten Bezirk so zu erweitern, dass fünfzigtausend Menschen darin Platz finden. Exquisit gearbeitete Gitter aus filigran durchbrochenem Marmor schirmen neuerdings das anstößige Gewoge ab, das die Röcke meiner Frau für den Blauen Gott veranstalten.
Offen gesagt hat Chittor wenig Grund, sich zu beklagen. Das Pilger- und Touristenaufkommen in der Zitadelle ist seit unserer Rückkehr aus Kumbhalgarh um hundertfünfzig Prozent in die Höhe geschossen und macht keinerlei Anstalten, wieder abzuebben. Aus Chanderi, Champaner, Delhi, Agra, Mathura, Ahmedabad, Raisen, Daulatabad, Pune, Vijayanagar und sogar aus dem Kaschmirtal kommen Ströme von Menschen mit Ochsen- und Kamelkarren, Sänften und Pferden an. Wer sich derlei teure Transportmittel nicht leisten kann, packt Bettzeug und ein paar Utensilien auf den Kopf und pilgert zu Fuß nach Chittor. Wie dem Finanzminister allmählich dämmert, ist meine Frau nicht lediglich ein Schatz auf zwei Beinen, sie ist auch Chittors bedeutendste Einnahmenquelle. Jahrelang waren es ausschließlich Vaters Vision und sein diplomatisches Geschick, welche die disparaten Interessen der verschiedenen Rajputenstaaten unter einen Hut zu bringen versuchten. Heute schweißt

das Dreigestirn Kleine Heilige, Flötenspieler und Maharana Sanga die Rajputen, Bhils, Hindus, Jains und Moslems auf eine Weise zusammen, die noch vor einigen Jahren unvorstellbar gewesen wäre. Während die Kleine Heilige in die Anbetung des Flötenspielers versunken oder mit hausfraulichen Tätigkeiten befasst ist, vertreibt sich Chittor, oder besser gesagt ganz Mewar, die Zeit damit, Legenden um sie zu spinnen. Schon jetzt kursieren genügend Anekdoten über ihre Reinheit und Frömmigkeit, ihre Gespräche mit dem Blauen Gott, ihre wiederholte wundersame Errettung aus Todesgefahr, um wenigstens ein paar Bücher damit zu füllen.
Und was hat Königin Karmavati zum kometenhaften Aufstieg meiner Frau zu sagen? Es ist keine Frage, dass sie Vikramaditya zum vielversprechendsten Prätendenten auf den Thron von Mewar aufgebaut und in Ranthambhor und Umgebung starke Sympathien für ihn mobilisiert hat; und in Chittor spürt man ihre formende, ummodelnde und sich einmischende Hand fast auf Schritt und Tritt. Und dennoch, so mächtig und weit reichend ihr Arm auch sein mag, ist es ihr nicht gelungen, meine Frau daran zu hindern, für Vater nahezu unentbehrlich zu werden. Die Schlüssel der Vorratsspeicher, der königlichen Schatzkammer, der Schränke und Truhen mit den Gewändern, Schuhen, Turbanen Seiner Majestät, kurzum des ganzen Palastes hängen an dem Silberring, den sie so scheinbar achtlos am Bund ihres Faltenrocks trägt. Sie mag immer leicht abwesend erscheinen, in den Wolken schwebend, den Belangen von uns gewöhnlichen Sterblichen entrückt, aber wie der gesamten Hierarchie von Eunuchen, Palastbeamten, Dienstboten und Haremsdamen allmählich klar wurde, gibt es nicht viel, was ihrer Aufmerksamkeit entgeht. Wenn Sanftmut und Liebenswürdigkeit nicht fruchten, kann sie hart und unnachgiebig sein. Falls jemand sich einbildete, ihre weibliche Zartheit würde sie daran hindern, schwierige oder heikle Themen anzusprechen, dann täuschte er sich gewaltig. Ob es um Funktionen des menschlichen Stoffwechsels geht, um Krankheiten, abseitige oder exotische sexuelle Vorlieben, Wucher oder Erpressung, Fehden und Intrigen – ihr völliger Mangel an Arglist gestattet es ihr, direkt zur Sache zu kommen und, wenn nötig, jemanden anzupfeifen, ohne dass einer der Beteiligten einen schlechten Geschmack im Mund zurückbehält.

Keiner von uns isst weniger oder schlechter, noch lässt die Sauberkeit oder der allgemeine Zustand des Palastes zu wünschen übrig, und dennoch sind die Ausgaben um dreißig Prozent gesunken.
Wie sie bei all ihren sonstigen Pflichten noch die Zeit findet, sich um die Palastverwaltung zu kümmern, Vater seine Mahlzeiten zu servieren, ihm seine Kleider zurechtzulegen und den übel zugerichteten Körper, der ihm unaufhörlich Schmerzen bereitet, zu massieren, ihn mit Geschichten aus ihrer Kindheit über ihren Großvater Rao Duda und ihren Onkel Rao Viramdev zu zerstreuen, ihm wenn er nicht ganz auf dem Posten ist, etwas vorzusingen oder mit ihm Karten zu spielen, und trotzdem nie gehetzt zu wirken oder nervös zu werden, ist für Leute wie mich, die in derselben Zeit nicht einmal ein Viertel ihres Pensums zu bewältigen in der Lage sind, nicht nur ein Mysterium, sondern geradezu eine Quelle der Bestürzung.
Sie scheint außerdem ein weiteres Talent in sich entdeckt zu haben: Sie beherrscht die Kunst, völlig unaufdringlich ihre Meinung zu aktuellen politischen oder diplomatischen Fragen zu äußern, wobei sie, anders als Königin Karmavati, Vater stets das befriedigende Gefühl gibt, selbst auf die jeweilige Idee gekommen zu sein.

Hörte ich aus dem Chor, der den ersten Abend-Bhajan meiner Frau begleitete, Vaters dröhnenden Bariton heraus? Er mag der König sein, aber im Brindabani-Tempel haben die Gläubigen keine Scheu, die Stimme Seiner Majestät zu übertönen. Kausalya und ich hatten den ganzen Abend für uns. Die Preisgesänge auf den Blauen Gott und die Arati würden sich noch mindestens eine weitere Stunde hinziehen. Wenn man berücksichtigte, dass sie Vater anschließend sein Abendessen servierte und ihm ein paar Kapitel aus der Bhagavadgita vorlas, würde die Prinzessin vor halb zehn, zehn bestimmt nicht zurück sein.
Wie schnell man doch wieder in alte Gewohnheiten verfiel! Es war so, als habe sich ein Zeitsprung ereignet und als sei ich in mein voreheliches Dasein zurückgeglitten. Ich erzählte Kausalya, wie mein Tag verlaufen war. Das Treffen des Sicherheitsrates war für elf anberaumt gewesen, aber Vater hatte schon um zehn nach mir geschickt. Wir hatten an dem Tag einen ausländischen Gast gehabt, einen Besucher aus dem fernen Portugal. Als ich ankam, saß Seine

Majestät gerade Modell für ein Porträt. Die Porträtmalerei ist bei uns streng genommen unbekannt. Unsere bildende Kunst strebt normalerweise die Darstellung von Idealtypen und traditionellen Motiven, nicht von Individuen an, aber in den letzten zehn, zwölf Jahren haben gelegentliche Besucher aus Frankreich und Italien Gemälde ihrer Könige und Fürsten an unseren Hof gebracht, und jetzt beginnen manche unserer Künstler, diesen Malstil nachzuahmen. Das Resultat ist eine kuriose Stilmischung, die manchmal recht ansprechend sein kann.

Der Miniaturmaler Chand Rai porträtierte Vater im Profil, um die leere Augenhöhle aussparen zu können. Vater sah stolz und Ehrfurcht gebietend aus. Er saß rittlings auf einem hölzernen Bock, auf dem ein schwerer roter Brokatstoff lag, darüber der königliche Sattel. Seine rechte Hand steckte in einem Lederhandschuh und schwebte auf Höhe seiner siebten Rippe. Sathi, das Ross Seiner Majestät, und der Falke Akash würden später hinzugefügt werden. Momentan konzentrierte sich der Künstler auf die möglichst exakte Wiedergabe der Blumen auf Vaters Angarkha. Vater war ein ideales Modell. Er konnte stundenlang sitzen, ohne sich zu bewegen und, was noch schwieriger ist, ohne zu reden, denn wie der Künstler unseren Gästen erklärte, verändern Lippenbewegungen nicht nur die Linien und den ganzen Ausdruck des Gesichts, sondern wirkten sich sogar auf die Körperhaltung aus.

Das Gemälde, muss ich hinzufügen, ist bereits seit sieben Jahren in Arbeit. Wenn man genau hinsieht, stellt man fest, dass Vater kein blaues, sondern ein gelbes Hemd trägt und dass die Blumen, die es schmücken, keine Jasminblüten, sondern grüne Magnolien sind. Das Porträt ist, wie man sich denken kann, ein bloßer Vorwand. Vater legt Wert darauf, sich von auswärtigen Besuchern einen möglichst genauen Eindruck zu verschaffen. Normalerweise schon kein Freund vieler Worte, verstummt er in solchen Situationen vollkommen und überlässt es seinen Höflingen, mit dem jeweiligen Gast zu plaudern, bis dieser seine vollständige Lebensgeschichte und eine detaillierte Schilderung der nächtlichen Eskapaden seines Souveräns nebst dessen Reise- und Kriegsplänen abgeliefert hat. Chand Rai war der einzige Mensch in Mewar oder sonst wo auf der Welt, der es sich leisten konnte, Vater zu bitten, seine allerhöchste Klappe zu halten. »Euer demütiger Diener Chand Rai bittet um Vergebung für seine Impertinenz, aber Eure Majestät würde der Nachwelt einen unschätzbaren Dienst erweisen, wenn er den Mund hielte und mir gestattete weiterzumalen.«

Alle zwei, drei Jahre machte ein Reisender oder Kaufmann aus Italien, der Türkei, Spanien, Portugal oder England in Chittor Zwischenstation und blieb ein, zwei Wochen, manchmal einen ganzen Monat bei uns. Die Konversation ist nicht immer einfach, aber es gibt eine Universalsprache, die wir alle verstehen: den Handel. Die Kaufleute brachten Gold aus Übersee und tauschten es gegen Textilien, Pfeffer, Zimt oder was sonst in ihrer Heimat gerade gefragt war. Diesmal haben wir einen etwas anderen Gast. Manuel de Paiva Bobela da Costa war in halboffizieller Funktion hier. Ende des vorigen Jahrhunderts, ich glaube, es war 1498, umschiffte ein portugiesischer Admiral namens Vasco da Gama das Kap der Guten Hoffnung und entdeckte den Seeweg von Europa nach Indien. Seither besuchen die Portugiesen regelmäßig den Subkontinent und haben sich sogar entlang der Westküste ein paar kleine Stützpunkte eingerichtet. Seltsamerweise hat es dieses Jahr drei verschiedene Gouverneure gegeben: Duarte de Menses, Vasco da Gama – ich muss da Costa fragen, ob es sich bei diesem Gama um denselben Mann handelt, der 1498 in Calicut landete – und Henrique de Menses. Unser heutiger Gast ist vom portugiesischen Gouverneur von Goa, Henrique de Menses, als eine Art reisender Botschafter ausgesandt worden, damit er sich über Möglichkeiten informiert, Handelsbeziehungen mit den hiesigen Reichen anzuknüpfen. Zumindest lautet so seine Geschichte.

Mewar war selbstredend daran interessiert, mit den Portugiesen Handel zu treiben, wenn möglich dergestalt, dass wir ihnen mehr verkauften, als wir unsererseits einführten. Das Problem war nur, dass wir nicht so genau wussten, woran die Portugiesen interessiert waren. Anstatt Handelsposten oder »Faktoreien«, wie sie sie nannten, einzurichten, sind sie gewaltsam aufgetreten und haben Festungen gebaut, die erste in Cochin und die zweite in Cannanore. Im Jahr 1510 besetzten sie Goa. Kein ausgesprochen kaufmännisches Vorgehen, nicht wahr? Und als sei das noch nicht genug, übermittelt der Titel des portugiesischen Königs eine weit Besorgnis erre-

gendere implizite Botschaft: Fast unmittelbar nach Vasco da Gamas Entdeckung des Seeweges nach Indien nahm Dom Manuel I. von Portugal den Titel »Herr der Eroberung, der Navigation und des Handels Äthiopiens, Arabiens, Persiens und Indiens« an. Es hat den Anschein, als beabsichtige der gegenwärtige portugiesische König João III. Indien aus einer Entfernung von achttausend Kilometern zu erobern und zu regieren. Bislang hat vor allem die Westküste die Auswirkungen der portugiesischen Präsenz im Indischen Ozean zu spüren bekommen, aber auch wir sind davon nicht gänzlich verschont geblieben. Als »Herr des asiatischen Meeres« patrouilliert João III. oder, genauer gesagt, dessen Gouverneur Henrique de Menses durch die Meere und zieht von jedem indischen oder ausländischen Schiff Zollgebühren ein. Was bedeutet, dass jeder, der mit solchen Schiffen Waren befördert, den Schiffseignern einen Zuschlag zahlen muss, der an die Portugiesen weitergereicht wird.
Die Portugiesen sind entweder außerordentlich knickerig oder sie halten wenig von ihren indischen Gastgebern. Manuel de Paiva Bobela da Costa überbrachte als Geschenk für Seine Majestät ein Gemälde, das den Christengott als Kind in den Armen seiner Mutter darstellte. Die Mutter ist mager, hat ein langes Gesicht und eine griesgrämige Miene, während ihr Sohn einen pummeligen Babykörper und einen wuscheligen Lockenkopf hat, dazu aber ein bizarres und verstörend erwachsenes Gesicht. In seiner linken Hand hält er eine Kugel mit einem diamantenbesetzten Kreuz darauf. In der oberen linken und rechten Ecke des Bildes schweben geflügelte Wesen, Engel genannt. Im Hintergrund, etwas nach rechts versetzt, erscheint das Kreuz erneut, aber diesmal ist es aus Holz. Daran hängt, an Händen und Füßen festgenagelt, ein ausgemergelter Mann, an dessen Brustkorb jede einzelne Rippe hervorsteht. Der Botschafter klärte uns auf, bei diesem Mann handle es sich um niemand anderen als den herangewachsenen Sohn der Dame. Sein Gesicht sieht noch betrübter aus als das seiner Mutter. Er trägt ein Diadem aus Dornen und in der Mitte seines Brustkastens lodert ein ätherisch verklärtes, flammendes Herz. Eine recht absonderliche Vorstellung von Gott, um es einmal milde auszudrücken. Götter, habe ich von jeher angenommen, sind allmächtig. Dieser hier aber benötigt ganz dringend und verzweifelt selber Hilfe. Man muss

schon einen unempfindlichen Magen haben, um mit diesem tränenreichen und trübseligen Mutter-Sohn-Gespann leben zu können, von einem konstant leidenden Gott gar nicht erst zu reden.
Das Gemälde wurde Vater gezeigt, der es mir weiterreichte, worauf ich es dem Premierminister Puranmalji übergab. Ich schaffte es beim besten Willen nicht, mich über das Machwerk zu äußern, aber Puranmalji ist weit kultivierter als ich. Er hielt das gerahmte Bild in seinen Händen, betrachtete es aufmerksam und nickte dabei langsam, als lasse er die Symbolik und Poesie des Gepinsels auf sich wirken. Dann händigte er es dem Hofmeister mit der Anweisung aus, es zum königlichen Palast zu bringen.
»Aber vorsichtig, sehr vorsichtig! Sorge dafür, dass es angemessen eingepackt wird, ehe es diese Räume verlässt. Dankt bitte Seiner Majestät König João für dieses schöne Geschenk an Seine Majestät Rana Sangram Simha, Exzellenz. Wir haben, fürchte ich, nur eine äußerst unzulängliche Gegengabe, nichts, was dem Vergleich mit der erlesenen Kunst, ganz zu schweigen von der Heiligkeit, Eures Gemäldes standhielte.«
Diesen Ton kannte ich gut. Der Premierminister hatte im Voraus gewusst, welch popeliges Geschenk der portugiesische König und sein Stellvertreter in Indien sich abringen würden, das Allerwelts-Produkt eines zweitklassigen Lissaboner Ateliers, und schickte sich an, den Botschafter und dessen Souverän mit einem kunsthandwerklichen Erzeugnis von überragender Qualität zu beschämen. Was er jetzt aus einem Umschlagstoff herauszog, der schon für sich genommen hundertmal so viel wert war, wie das Bild gekostet haben konnte, war ein Umhängetuch aus weichem weißen *shatoosh*. Es musste anderthalb Jahre gedauert haben, es zu weben.
»Legt es Euch um die Schultern, Eure Exzellenz.« Puranmalji reichte dem Gast das Tuch. Der Botschafter wunderte sich vielleicht ein wenig über die Leichtigkeit des Shatoosh, tat aber, worum der Premier ihn gebeten hatte. »Holt jemand einen Spiegel?«
Wir waren mitten im Winter. Das Umhängetuch war nur minimal schwerer als ein Schleier aus Chanderi, aber als die Diener mit dem Spiegel ankamen, war der Botschafter bereits in Schweiß gebadet. »Selbst wenn es schneit, dürfte dieses eine Tuch ausreichen, um Seine Majestät behaglich warm zu halten.«

Als Seine Exzellenz sich das Tuch von den Schultern streifte und es zerstreut zusammenfaltete, baute Puranmalji den erspielten Vorteil noch weiter aus.
»Lasst mich das für Euch tun!«
Der Premier zog Seiner Exzellenz den Shatoosh sanft aus den Händen. »Eure Exzellenz, wir werden von allen Seiten bedrängt, Zölle auf sämtliche Importe zu erheben. Bislang haben wir allen solchen Forderungen widerstanden, aber ...«
Der Premier hatte nicht die Absicht, den Satz zu vollenden. Ich hatte mich schon gefragt, warum Vater mich aufgefordert hatte, an diesem Durbar teilzunehmen. Vielleicht versprach er sich davon eine Vervollständigung der Erziehung seines ältesten Sohnes. Das diplomatische Gespräch, seine symbolischen und strategischen Rückzieher, seine Andeutungen und Betonungsnuancen und alles in ihm ungesagt Bleibende faszinierten und verblüfften mich. Diesbezüglich war ich ein blutiger Anfänger, doch ich hatte die ehrliche Bereitschaft, von einem Meister wie Puranmalji zu lernen.
Wem glaubte der Premier eigentlich etwas vormachen zu müssen? Wer sollte ihn wohl unter Druck setzen? Das Volk von Mewar, die Kaufleute, der Finanzminister, Seine Majestät? Vater mischte sich so gut wie nie in Fragen der Handelspolitik ein, und Finanzminister Adinath und der Premier operierten in einem solchen Einklang miteinander, dass sie es selten nötig hatten, die Dinge überhaupt auszusprechen. Ich hatte den Verdacht, dass Puranmalji reine Märchen erzählte, aber ich hätte keineswegs darauf gewettet. Selbst noch nach all den Jahren waren mir Puranmaljis Gedankengänge ein Buch mit sieben Siegeln. Das dürfte das Kennzeichen des wahren Diplomaten und Staatsmannes sein.
»Eure Hoheit«, griff der portugiesische Botschafter den Faden, den der Premier hatte fallen lassen, wieder auf, »ich darf doch gewiss davon ausgehen, dass dies nicht als Vergeltung für die Zölle gedacht ist, die unsere Inspektoren gelegentlich erheben?«
»Ach, tun sie das? Ich muss zugeben«, räumte der Premier so seidenglatt wie die Stola auf seinen Schultern ein, »dass das Alter mir allmählich zu schaffen macht. Ich bin in letzter Zeit nicht mehr ganz auf dem Laufenden. Aber jedenfalls ist Seine Majestät Rana Sangram Simha gewiss kein Befürworter kleinlicher Vergeltung.«

»Nichts lag mir ferner, als etwas Derartiges insinuieren zu wollen«, stotterte der Botschafter.
»Aber das versteht sich doch von selbst!«
»Ich werde bei Seiner Gnaden dem Gouverneur vorstellig werden und mich auf das Entschiedenste dafür aussprechen, dass Waren aus Mewar nicht mehr besteuert werden.«
»Das ist überaus liebenswürdig von Euch, Eure Exzellenz. Jetzt erzählt uns doch mehr über Eure Heimat. Trifft es zu, dass man, wird man von einem Freund zum Essen eingeladen, seine eigene, wie nennt Ihr doch dieses Essgerät, Gabel mitbringen muss?«
Der Botschafter bekam knallrote Ohren, und ich hatte den Eindruck, dass er dieses Gespräch je eher desto lieber beendet hätte.
»Oh, das ist nur bei den unteren Ständen der Fall, dass das Familienoberhaupt seine Gabel mitnimmt.«
»Ach, Frau und Kinder bekommen also kein Essen vorgesetzt?«
»Oh, doch, doch, aber sie essen mit den Fingern, weil Gabeln bei ihnen als Luxusgeräte gelten.«
Der ausländische Gast war gerade dabei, sich unter Danksagungen und Kratzfüßen zu empfehlen, als ich ihn unterbrach. »Eure Exzellenz, wie Ihr sehr wohl wisst, sind wir Landratten und wissen über Seefahrt oder Schiffe so gut wie nichts. Wie uns zu Ohren gekommen ist, besitzt Ihr einige der modernsten Schiffe der Welt, mit einem Stauraum von bis zu tausend Tonnen.«
»Das trifft in der Tat zu, Eure Hoheit!« De Paiva Pobela da Costa entspannte sich zum ersten Mal an diesem Tag. »Wir würden uns glücklich schätzen, Euch mit Schiffen beliefern zu dürfen.«
»Wo sollten wir sie wohl segeln lassen, Eure Exzellenz?«
Er hatte nicht vor, sich ein solches Geschäft kampflos entgehen zu lassen. »Ihr könntet sie an die Kaufleute der Küstenstädte vermieten. Da ist mit Sicherheit einiges zu verdienen.«
»Ein interessanter Vorschlag. Wir werden ihn prüfen. Vielleicht könnte Seine Majestät, der Rana, eine Kommission damit betrauen. Ich hatte mich gefragt, wie Eure Schiffe bewaffnet sind.«
»Mit Kanonen, Hoheit. Jeweils acht bis zwölf, auf Backbord und Steuerbord verteilt. Doch ich fürchte, ich werde Euch darüber kaum nähere Informationen geben können, da solche Dinge in unserem Land gewöhnlich Sache der Seeleute sind.«

»Bitte um Vergebung, Exzellenz. Aber könntet Ihr die gleichen Kanonen auch für den Landkrieg verwenden?«
»Nicht die gleichen, Eure Hoheit, viel größere.«
»Und würde deren hauptsächliche Funktion in der Verteidigung Eurer Festungen und Zitadellen liegen?«
»Dies wäre nur eines ihrer Anwendungsgebiete. Wie Ihr mit Sicherheit wisst, sind sie unsere wichtigsten Verteidigungs- und Angriffswaffen. Wir nehmen sie überallhin mit, wo wir eine Schlacht zu schlagen beabsichtigen.«
»Ja, natürlich. Und wärt Ihr ebenso sehr daran interessiert, diese Kanonen zu verkaufen, wie Eure Schiffe?«
»Das ist das erste Mal, dass mir jemand diese Frage stellt. Ich bin sicher, dass Seine Gnaden, der Gouverneur von Indien, ich meine unserer indischen Besitzungen, diesen Vorschlag mit großem Interesse prüfen würde.«
»Würdet Ihr ihn daraufhin ansprechen und uns dann seinen Entschluss mitteilen?«
Das war mit Sicherheit eine Entscheidung, die Gouverneur Henrique de Menses nicht ohne vorherige Rücksprache mit seinem König fällen konnte, und mit einer Antwort würde nicht vor einem bis anderthalb Jahren zu rechnen sein, aber es konnte ja nicht schaden, die Sache ins Rollen zu bringen.

Es war das erste Mal, dass Mangal in seiner Eigenschaft als Chef des Geheimdienstes Seiner Majestät und dem Königlichen Rat Bericht erstattete. Er ließ sich durch die Feierlichkeit des Anlasses nicht verunsichern und sprach ebenso präzise und sachlich, wie er es vor mir getan hatte. Zunächst lieferte er einen knappen Rapport über unsere Nachbarn, Freunde wie Feinde, skizzierte deren Absichten, die innere Situation in ihren Reichen und den Grad der Bedrohung, die sie für Mewar jeweils darstellten.
Zahir ad-Din Muhammad Babur, der König von Kabul, berichtete uns Mangal als Nächstes, war nach fast vier Jahren erneut in Hindustan eingedrungen, hatte sich Lahores und des Panjabs bemächtigt und war wieder zurückmarschiert. In unserer näheren Umgebung scheint Sultan Mahmud Khalji II. von Malwa, durch Muzaffar

Shah von Gujarat aufgestachelt, seine Truppen zusammenzuziehen und bereits in den nächsten Monaten gegen seinen ehemaligen Premierminister Medini Rai marschieren zu wollen.
»Den König von Kabul«, sagte Vater mehr zu sich selbst als zu den übrigen Mitgliedern des Sicherheitsrates, »können wir ruhig vergessen, solange Sultan Ibrahim Lodi in Delhi herrscht. Der Ausländer Babur kann uns nicht angreifen, ehe er nicht das Bollwerk von Delhi gesprengt hat. Aber was sollten wir Eurer Meinung nach wegen des Sultans von Malwa unternehmen, Premier?«
»Mahmud Khalji würde Medini Rai am liebsten vom Antlitz der Erde tilgen. Wir könnten uns zurücklehnen und den Ausgang der Sache in aller Ruhe abwarten.«
»Ihr wisst doch genauso gut wie ich« – wie gewohnt stürzte sich Lakshman Simhaji Hals über Kopf auf den Köder, den der Premier ausgelegt hatte – »dass Medini Rai ohne uns nicht die geringste Chance hat!«
»In dem Fall dürfte der Rai bereit sein, jeden Preis zu zahlen, den wir für unsere Hilfe für angemessen halten.«
»Der Sultan hat zwar einen Groll auf Medini Rai, aber in diesem Fall ist der Rai ein bloßer Vorwand. Macht Euch nichts vor, Mahmud Khalji hat es auf uns abgesehen. Wenn wir den Rai diesmal im Stich lassen, verlieren wir nicht nur einen Verbündeten, sondern auch Macht. Unsere Freunde werden uns nie wieder vertrauen.«
»Und wer bezahlte das letzte Mal die Rechnung, als unsere Truppen dem Rai zu Hilfe eilten?«
»Was immer der Grund dafür gewesen sein mag, nützte ihm unsere Hilfe nichts, da wir zu spät ankamen. Er soll zwanzig-, vielleicht sogar vierzigtausend Mann verloren haben, als Muzaffar Shah und Mahmud Khalji mit vereinten Kräften die Festung Mandu einnahmen und ein Massaker veranstalteten.«
»Wird Mahmud Khalji nicht sämtliche Rechnungen bezahlen müssen, wenn Medini Rai ihn mit unserer Hilfe besiegt?« Das war Adinathji. Mit einer einzigen, recht simplen Frage hatte er dem Wortgeplänkel zwischen dem Premierminister und Lakshman Simhaji ein Ende bereitet und war zum Kern der Sache vorgestoßen.
»Sollen wir unsere Verbündeten benachrichtigen und einen Termin für einen Kriegsrat vereinbaren?«, fragte Lakshman Simhaji Vater.

»Das wäre voreilig. Soll uns Medini Rai ruhig erst um Unterstützung bitten.« Seine Majestät richtete sein totes Auge auf mich. »Aber vielleicht sieht der Prinz die Sache ja etwas anders.«
Doch ich sagte mir, dass ich den Kopf unten und meine Zunge im Zaum halten, zu jedem Beschluss der älteren Herrschaften ja sagen und ein braver Junge sein würde.
»Nein, ich habe nichts zu sagen, Eure Majestät.«
»Sollen wir Euch etwa abnehmen, Hoheit, dass ein junger Mann von Eurer scharfen Intelligenz«, entgegnete Puranmalji mit einem leicht sarkastischen Zug um seine Oberlippe, ohne indes sein nachsichtiges premierministeriales Lächeln abzustellen, »keine Meinung hat bezüglich einer so folgenschweren Angelegenheit wie einem wahrscheinlichen Krieg mit unseren Nachbarn?«
»Vielleicht habe ich mich etwas ungenau ausgedrückt, Exzellenz. Ich wollte sagen, dass ich keine von der Beurteilung des Sicherheitsrates abweichende Meinung habe.«
»Hoheit«, Adinathji lächelte unnachsichtig, als er mir in die Augen sah, »Ihr seid ebenso sehr Mitglied des Sicherheitsrates wie wir alle.«
»Eure Hoheit«, lachte Lakshman Simhaji und klopfte mir auf den Rücken, »wir alle wissen, dass Ihr uns allesamt – Seine Majestät möge verzeihen! – für einen Haufen alter Trottel haltet. Und vielleicht nicht immer ohne eine gewisse Berechtigung.« Hier lächelte sogar Vater. Nur mein Onkel konnte sich solche Frechheiten leisten. »Aber der Sicherheitsrat und ganz Mewar haben ein Anrecht darauf, Eure Meinung zu erfahren.«
Sollte ich mich weiter herausreden oder sagen, was ich dachte?
»Ich glaube, dass der Sicherheitsrat einen weisen Kurs beschlossen hat, denn jede andere Entscheidung wäre so unorthodox, dass sie ans Undenkbare grenzte.«
»Hoheit, wenn Ihr in Eurem Alter nicht das Undenkbare denkt, werdet Ihr es in meinem gewiss nicht mehr tun. Warum hätte Euch Seine Majestät wohl in den Rat aufgenommen, wenn nicht um mit Vorschlägen konfrontiert zu werden, die gelegentlich vielleicht sogar diametral von den unsrigen abweichen?«
Wollte Vater sich meine unausgegorenen Ansichten wirklich anhören? Er hatte mich in eine heikle Lage gebracht, und Lakshman Simhaji schrieb ihm eine Aufgeschlossenheit zu, derer er sich mögli-

cherweise gar nicht zu befleißigen gedacht hatte. Aber jetzt blieb ihm keine andere Wahl: Er würde sich in Geduld fassen und sich die bizarren Ideen seines Sohnes anhören müssen.
»Wie wir von Mangal erfahren haben, beschwatzt Muzaffar Shah von Gujarat Mahmud Khalji gerade dazu, uns den Krieg zu erklären. Ich vermute, dass sich Malwa diesmal, was auch passieren mag, vom Sultan von Gujarat keine andere Unterstützung erhoffen darf als ein paar ermutigende Worte. Wäre es da nicht möglich, unsere Energien in ein lohnenderes Unternehmen zu investieren?«
»Nämlich?« Der Premier machte nicht einmal den Versuch, seine Geringschätzung zu verhehlen.
»Zahir ad-Din Babur ist bislang vier Mal in den Panjab eingefallen und ist dabei jedes Mal weiter vorgestoßen. Wir haben allen Grund zu der Annahme, dass sein nächstes Ziel Delhi sein wird. Nun könnte man hoffen, dass er sich, wie sein türkischer Ahne Timur, damit begnügen wird, die Stadt zu plündern und dann wieder abzuziehen. Die Frage ist nur: Was, wenn er andere Pläne hat? Kabul ist sein Reich, aber so reizvoll dieses unwirtliche Gebirgsfürstentum ansonsten auch sein mag, so stellt es doch weder den politischen Nabel der Welt dar, noch kann es sich an Reichtum auch nur entfernt mit Hindustan messen. Wollen wir ihm also erlauben, sich an Delhi zu versuchen, oder reiten wir in die Stadt, nehmen das wackelige Lodi-Reich in Besitz und reißen die Macht an uns?«
Wenn je die Phrase vom »sprachlosen Staunen« ihre Berechtigung hatte, dann jetzt.
Es war Vater, der zuerst das Schweigen brach.
»Und in der Zwischenzeit gestatten wir Mahmud Khalji, in Chittor hineinzuspazieren?«
»Nein, Eure Majestät. Während Ihr Euch zum Herrscher von Delhi krönen lasst, werden Medini Rai und ich die Streitkräfte von Malwa mit blitzschnellen Angriffen bedrängen und zuletzt aufreiben.«
»Lasst Ihr da nicht eines der wichtigsten Prinzipien der Kriegsführung außer Acht, niemals zwei Fronten gleichzeitig zu eröffnen?«
»Das liegt mir fern, Hoheit«, entgegnete ich auf Lakshman Simhajis Einwand. »Es wird eine einzige Front geben, diejenige gegen den Sultan von Delhi. In Malwa wird unser Ziel weit niedriger gesteckt sein, nämlich mithilfe einer gut ausgebildeten, beweglichen Ein-

satztruppe die Streitkräfte Malwas nicht zur Ruhe kommen zu lassen. Habt Ihr erst Delhi eingenommen, wird sich das Gleichgewicht zu unseren Gunsten verlagern, und wir könnten unsere strategische Zielsetzung in Malwa erweitern.«
»Glaubt Ihr denn, dass es so einfach sein wird, Delhi einzunehmen?«
»Das nicht, Eure Majestät. Niemand klammert sich so verzweifelt an das Leben wie ein sterbender Patient. Aber wenn wir Delhi nicht annektieren, wird es jemand anders tun. Außerdem glaube ich nicht, dass unsere Truppen Schwierigkeiten damit haben werden, unter Eurem Kommando Ibrahim Lodi zu besiegen.«
»Wenn die letzte Bemerkung von jemand anderem gekommen wäre, hätte ich gesagt: ›Die Speichelleckerei wird dir nichts einbringen‹, aber ich glaube, Ihr meint es ernst. Nun, Herrschaften, dann lassen wir uns also die Vorschläge des Prinzen durch den Kopf gehen!«
Würde sich Vater meine Vorschläge wirklich durch den Kopf gehen lassen?

Kausalya verpasste mir gerade ihre Version einer Kopfmassage. Ich glaube, sie war froh festzustellen, dass mein Besuch keine bloße Höflichkeitsgeste war. Sie steckte mir die Hand ins Haar, zog sanft, aber lange daran und ließ dann wieder los. Das erinnerte mich an meine Kindheit, als sie mit meinen Haaren gespielt hatte, um mir das Einschlafen zu erleichtern. Es war unglaublich, welch entspannende und einschläfernde Wirkung dieses harmlose Kribbeln in der Kopfhaut auf mich hatte.
»Eure Hoheit, ich brauche Euch nicht zu sagen, wie viel Freude es mir bereitet, wenn Ihr mir von den neuesten Ereignissen am Hof berichtet und insbesondere Eure Kommentare über irgendwelche Leute abgebt, aber Ihr seid doch bestimmt nicht hergekommen, um mir vom portugiesischen Besucher zu erzählen.«
»Was denn, Kausalya«, stieß ich entsetzt hervor, »willst du damit etwa andeuten, ich sei ein berechnender Intrigant, der nichts ohne irgendein finsteres Motiv tut? Jetzt bin ich aber wirklich beleidigt!«
»Ich will nichts dergleichen andeuten, Hoheit!«
Welch seltenes Vergnügen es doch war, Kausalya in einer solch heiteren, verspielten Stimmung zu erleben!

»Aber ich glaube, Ihr wäret zutiefst betroffen, wenn Ihr Euch einmal bei einer selbstlosen Tat ertappen oder feststellen solltet, dass Ihr etwas aus reinem Spaß an der Sache tut!«

Gerade als ich mich verabschieden wollte, fiel mir noch etwas ein.

»Erzähl mir von Mahmud Khalji II. und Medini Rai.«

Es gibt keinen größeren lebenden Helden unter den Rajputen als Medini Rai. Vater mag größeren Respekt genießen und mit Sicherheit hat sein Wort mehr Gewicht. Selbst Raos und Rajas werden es sich zehnmal überlegen, ehe sie ihm in die Quere kommen. Doch ungeachtet seines plötzlichen Sturzes vom Gipfel der Macht ist Medini Rai eine lebende Legende. Ich erinnere mich, wie Kausalya einmal, als ich vierzehn war und mich wegen dreier Pickel auf meiner linken Wange grämte, aus Mandu zurückkehrte, wo sie einen Cousin besucht hatte, und mir sagte: »Mögt Ihr noch mehr von diesen Pusteln bekommen, Maharaj-Kumar! Stellt Euch nur vor, mit einem so schönen Gesicht leben zu müssen, wie Medini Rai es hat!«

Nach so vielen Jahren musste ich meine Erinnerungen an Medini Rai etwas auffrischen. Wer war dieser Rajpute, der praktisch von nirgendwo her aufgetaucht war und sein Schicksal an dasjenige Mahmud Khaljis geknüpft hatte, als dieser von allen verlassen gewesen war. Er hatte das Glück seines Königs gewendet und den höchsten Gipfel der Macht erklommen, das Amt des Premierministers von Malwa erhalten und war dann von ebendiesem Mann, dem er auf den Thron verholfen hatte, aus dem Königreich hinausgejagt worden. Was war die Ursache des Streits zwischen dem König und Medini Rai gewesen? Und warum betrachtete Mahmud Khalji den Rai trotz dessen Sturz noch immer als eine Bedrohung? Würde Medini Rai uns noch um Hilfe bitten, obwohl wir das letzte Mal, als er uns gerufen hatte, zu spät gekommen waren?

»Möchtet Ihr die Langversion hören oder genügt eine kurze Zusammenfassung mit den wichtigsten Höhepunkten?«, fragte Kausalya.

»Für den Anfang die Kurzfassung, und sobald Medini Rai ins Spiel kommt, ein paar zusätzliche Details.«

Hier folgt, was Kausalya mir erzählte. Es ist keine wörtliche Wiedergabe und es enthält auch einige Bemerkungen von mir, aber es kommt dem Original recht nahe.

Mahmud Khaljis Großvater hieß Ghiyath ad-Din. Ich kann der Versuchung nicht widerstehen, an dieser Stelle zu erwähnen, dass er sage und schreibe fünfzehntausend Frauen in seinem Harem gehabt haben soll, wovon tausend seine Leibwache bildeten. Die ausgeschriebenen Zahlen gewährleisten, dass niemand glauben kann, ich hätte versehentlich ein paar Nullen zu viel angehängt.
Anders als sein Großvater war Mahmud Khalji II. ein schwacher und unreifer Mann, unfähig, seine Gedanken für sich zu behalten oder entschlossen zu handeln. Er nahm jedes Gerücht und jeden Tratsch, der ihm zu Ohren kam, für bare Münze und war geradezu versessen darauf, jedem Höfling, der sich zur hohen oder niederen Kunst der Intrige bekannte, sein Ohr zu leihen.
Schon bald war Mahmud Khalji ein König ohne Reich. Sein jüngerer Bruder eroberte Mandu und usurpierte den Thron. Der Sultan wurde von all seinen Gefolgsleuten im Stich gelassen, und es sah so aus, als würde er die Krone nie wieder zurückgewinnen können.
Und hier betritt Rai Chand Purabia die Bühne, ein Rajpute aus dem Osten, über dessen Vorgeschichte nichts weiter bekannt ist. Warum sollte jemand sein Los mit dem eines Königs zusammenwerfen, dessen Situation hoffnungslos irreparabel zu sein schien? War es Vertrauen in die eigene Bestimmung oder war es Selbstüberschätzung und zügellose Anmaßung, was den Rai glauben ließ, er könne Mahmud Khaljis Pechsträhne ein Ende bereiten und den König wieder auf seinen Thron in Mandu setzen? Wie viele Soldaten hatte er überhaupt? Kausalya konnte keine dieser Fragen beantworten. Ich natürlich noch viel weniger, und ich bezweifle, dass es in Mewar oder Malwa allzu viele Leute gab, die etwas Licht in dieses Rätsel hätten bringen können. Wie dem auch sei, die schwarze Wolke über Mahmud Khalji hob sich fast über Nacht.
Rai Chand Purabia war kein Schwarzmagier, er genoss auch nicht gerade den Ruf, der genialste Feldherr diesseits der *Narmada* zu sein, aber er hatte es zweifellos geschafft, die Planeten in die denkbar Glück verheißendste Position zu bringen. Als die Armeen der zwei Sultane von Malwa endlich aufeinander trafen, schlug Rai Chand den Usurpator in die Flucht.
Mahmud Khalji war dem Mann, der ihn rettete, als sein Glücksstern im *Nadir* stand, gebührend dankbar. Er ernannte ihn zu sei-

nem Wesir und verlieh ihm den Titel, unter dem er seither im ganzen Land bekannt ist: Medini Rai. Vielleicht war der Sultan nur zu solchen exzessiven Freundschaften fähig. Der Wesir konnte einfach nichts falsch machen. Mahmud Khaljis Bewunderung für und Vertrauen in den Rai nahmen weiter zu.

Anscheinend hatte auch der Rai nichts aus den Fehlern seiner Vorgänger im Amt gelernt. Vielleicht ist das die Wirkung der Macht, dass sie einen blind für das Offensichtliche macht. Er war außerstande, die Vorzeichen seines Niedergangs und Sturzes zu deuten. Bildete der Rai sich wirklich ein, Mahmud Khalji würde nicht früher oder später erkennen, dass er zu einer bloßen Marionette geworden war, insbesondere da kein Mangel an unzufriedenen, sich benachteiligt fühlenden Adligen herrschte, die alles daransetzten, ihren wankelmütigen Herrscher in stürmische Gewässer zu lotsen?

Zur Krise kam es, als einige der Günstlinge des Sultans auf dessen Anweisung hin einen Anschlag auf den Wesir verübten. Medini Rai wurde schwer verwundet, kam aber mit dem Leben davon. Die wutschäumenden Rajputen griffen daraufhin, vom Sohn des Rai angeführt, den königlichen Palast an. Der König und dessen Leibgarde setzten sich tapfer zur Wehr und schlugen die Rajputen in die Flucht. Im Handgemenge kam der Sohn des Rai um. Trotz dieses schrecklichen persönlichen Verlustes, ganz zu schweigen von den Wunden, die er selbst davongetragen hatte, schrieb Medini Rai an den Sultan: »Da ich mein ganzes Leben lang nichts anderes getan habe, als Euer Wohl zu wünschen und gemäß diesem meinem Wunsch zu handeln, habe ich mich, verwundet, in Sicherheit gebracht. Sollte es aber im Interesse des Reiches liegen, dass ich mein Leben lasse, so bin ich selbst dazu bereit.« Es war ein konventionelles Bittgesuch, wie es fast jeder Adlige, der sich den Zorn seines Lehnsherrn zugezogen hatte, zu verfassen pflegte, um dessen Vergebung zu erwirken. Meinte es Medini Rai ernst?

Zwischen dem König und seinem Wesir kam es zu einer Aussöhnung, aber man brauchte kein Hellseher zu sein, um zu erkennen, dass der Frieden nicht lange halten würde. Medini Rai hatte den König gerettet, als dieser auf der Flucht gewesen war. Jetzt war der König vor ebendiesem Mann auf der Flucht. Eines Nachts verließ er Mandu und suchte Asyl bei Muzaffar Shah von Gujarat.

Als Medini Rai erfuhr, dass die vereinten Armeen Mahmud Khaljis und Muzaffar Shahs im Anmarsch waren, vertraute er die Hauptstadt Mandu seinem Stellvertreter an und brach selbst zum Hof von Mewar auf, um Vater um Unterstützung zu bitten. Aber noch ehe Vater und Medini Rai die Hauptstadt von Malwa erreichen konnten, erhielten sie die Nachricht, die Festung Mandu sei eingenommen worden und Muzaffar Shah habe ein Massaker angeordnet, dem zwanzigtausend, manchen Schätzungen zufolge sogar vierzigtausend Soldaten zum Opfer gefallen seien.

Inzwischen war einige Zeit vergangen. Jetzt hatte Mahmud Khalji den Sultan von Gujarat nicht mehr an seiner Seite, aber er sagte sich ganz richtig: Wenn er den Rai, der sich nach Gagrone zurückgezogen hatte, nicht bald vernichtete, würde es zu spät sein.

Eineiige Zwillige sind sich nah.
Wahre Feinde aber stehen sich näher.

31

Eines der ersten Dinge, die der Maharaj-Kumar tat, nachdem Mangal, Mamta, die Prinzessin und er nach Chittor zurückgekehrt waren, war, den Parijat-Steckling im großen Innenhof seines Palastflügels einzupflanzen. Am liebsten hätte er das Loch genau im Mittelpunkt des Gartens gegraben, aber das war nicht möglich, da dieser Ehrenplatz der Tulsi-Pflanze gehörte – dem heiligen Basilikum, das jede Hausfrau verehrt, da keine Frau so unerschütterlich in ihrer Treue zu ihrem Mann stand wie seinerzeit Tulsi. Er wählte eine Ecke, nicht zu nah an der Mauer, so dass der Korallenbaum genügend Platz haben würde, um seine Arme auszubreiten. Jeden Morgen, sobald er gebadet und seine Gebete gesprochen hatte, nahm er eine Gießkanne – er konnte die Eunuchen und die Zofen kichern und ihn einen königlichen Gärtner nennen hören – und goss langsam Wasser rings um den Steckling, von dem er hoffte, dass er bald Wurzeln schlagen und blühen würde.

Es verging fast ein Monat, aber anstatt die ersten grünen Knospen hervorzubringen, schien die Pflanze vor den Augen des Prinzen einzugehen. Er zog sie wieder aus der Erde und grub den Boden tief um. Eine Woche später wusste er, dass keine Hoffnung mehr bestand. Manche Leute, sagte er sich, haben einen grünen Daumen, andere haben eine todbringende Hand. Er hatte das als scherzhafte Bemerkung gemeint, aber ihm war, als habe ihm jemand einen dürren Ast ins Herz gestoßen.

Der Gärtner hatte ihn tagelang beobachtet, sich aber irgendwelcher Ratschläge enthalten. Der Prinz war froh, dass ihm niemand dreinredete, nahm es dem Mann aber übel, dass er nicht den Anstand gehabt hatte, das trockene Reis, an dem ihm so viel lag, wieder zum Leben zu erwecken.

»Gibt es einen besonderen Dünger«, der Maharaj-Kumar wollte seine Niederlage nicht eingestehen, doch er hatte keine andere Wahl, als sich an den Fachmann zu wenden, »der dieser Pflanze neues Leben schenken könnte? Eine Art Ambrosia?«

»Ich fürchte, bei Toten wirkt selbst die beste Ambrosia nicht mehr. Sie kann nur Lebenden die Unsterblichkeit verleihen. Aber diese Pflanze braucht keinen Dünger. Ihr habt sie durch zu viel Aufmerksamkeit und Zuwendung versengt. Es ist gut, zu Bäumen zu reden, aber man kann kein junges Pflänzchen drei-, viermal pro Nacht gießen, es umsorgen und verhätscheln und ihm dann sagen: ›Wehe, wenn du nicht augenblicklich ausschlägst!‹«

Der Prinz hätte den Mann am liebsten erdrosselt. Doch der Gärtner war noch nicht fertig. »Lernt, der Natur ihren Lauf zu lassen und ihr nur gelegentlich unter die Arme zu greifen. Vielleicht überlegt es sich die Pflanze noch einmal und ersteht wieder aus ihrer Asche.«

Der Maharaj-Kumar erwartete, dass der Gärtner sich anbieten würde, wenigstens jetzt den Parijat unter seine Fittiche zu nehmen. Aber der Mann tat nichts dergleichen.

»Wärst du wohl so freundlich, die Pflege dieser Pflanze für mich zu übernehmen?«

»Natürlich, Eure Hoheit, dafür werde ich doch schließlich bezahlt!«

Wenn der Korallenbaum doch nur nächste Woche einginge, dachte der Prinz, dann könnte ich den Mistkerl reinen Gewissens auf die Straße setzen oder ihn vielleicht sogar öffentlich köpfen lassen! Aber schon nach wenigen Tagen hatte der Schößling wieder Farbe angenommen, nach einer Woche hatte er bereits sieben Blattknospen getrieben und sieben Monate später war der Hof mit Parijat-Blüten übersät. Er sammelte die Blüten jeden Morgen vor Sonnenaufgang auf und ließ sie auf die noch halb schlafende Prinzessin herabrieseln. Manchmal flocht er sie in ihren Zopf oder fädelte sie zu einer Girlande, die er ihr dann um den Hals legte.

Der Raum war ein undurchdringlicher Würfel von Schwärze, aber er wusste sofort, dass sie nicht da war. Eine rasende Angst übermannte ihn. Er fiel auf die Knie, rutschte mit tastenden Händen voran, bis er das Bett spürte. Sie lag nicht darin. Er kroch darunter, blieb regungslos auf dem Bauch liegen und kniff die Augen zu. Er verspürte den unwiderstehlichen Drang, vollkommen auszurasten und nie wieder zur Vernunft zu kommen. Er stemmte sich auf Händen und Knien hoch und wuchtete das Bett in die Höhe. Hatte es Bhutani Mata doch geschafft? Hatte sie seine Frau um die Ecke gebracht? Er kroch auf allen vieren durchs Zimmer, so dass das Bett wie ein Rammbock gegen die Wände prallte. Dann kam ihm ein noch entsetzlicherer Gedanke: Sie war mit einem anderen durchgebrannt. Er ließ das Bett wieder zu Boden fallen und blieb reglos liegen. Er würde nie wieder aufstehen. Weder jetzt noch irgendwann. Am nächsten Morgen würde man ihn hier finden: eine schlecht angestrichene blaue Leiche mit widerlich fleischfarbenen Lippen. Und sie? Würde er ihr erlauben, sich einfach abzusetzen?

Da sah er rote phosphoreszierende Fußabdrücke. Er war so außer sich vor Angst gewesen, dass sie ihm zunächst nicht aufgefallen waren. Er erkannte den Abdruck dieser kleinen, zarten Füße, den größeren ovalen Fleck der großen Zehe und die bogenförmig absteigenden vier der übrigen Zehen, den scharf umrissenen Fußballen, der sich in einer kräftigen Landzunge fortsetzte, die sich verjüngte, um zuletzt in die Rundung der Ferse einzumünden.

Als er in den Hof trat, tat es einen lauten Knall. Instinktiv sprang er zur Seite, um einem möglichen Schlag auszuweichen. Sie hatte eine aufgeblasene Papiertüte platzen lassen und kugelte sich jetzt vor Lachen. War das die Frau, die die Leute die Kleine Heilige nannten? Ein Kind war sie! Sie konnte sich über die albernsten Dinge amüsieren. Verblüffend aber war ihre seltsame Gabe, Freude weiterzugeben, andere in kleine Kinder, wirbelnde, gottbesessene Tänzer oder tiefernste, erwachsene Gläubige zu verwandeln.

Sie ergriff seine Hand und schob sie sich unter das Leibchen. »Ist es möglich, ist es möglich«, sagte sie gehetzt, als würden ihr Zeit und Luft knapp, »sich jeden Tag aufs Neue in denselben Mann zu verlieben? Bin ich nicht gesegnet wie keine andere Frau? Spiel, spiel, spiel die Flöte, mein Gebieter, stille meinen Puls und mach mein Herz

weit, denn ich brauche Platz, um meine Liebe zu dir fassen zu können! Mach mein Herz so groß wie den Kosmos – nein, ein Dutzend von ihnen! Spiel, mein Geliebter!«
Kosmos? Ein Dutzend davon? Wie konnte sie nur solchen Kitsch von sich geben, schlimmer noch, jedes einzelne Wort davon auch meinen und einen dazu bringen, es absolut ernst zu nehmen? Er stimmte den Basant Bihar an, einen sehnsüchtigen Aufruf an den Frühling.
»Hier«, sagte sie und hielt ihm zwei bemalte Stäbe hin.
»Und was soll ich damit?«
»Na, du stellst vielleicht Fragen! Das weißt du doch am besten!«
Er wollte schon sagen: »Nein, bitte. Ich kann nicht tanzen. Und offen gesagt meine ich auch nicht, dass ein Prinz des Hauses Mewar sich mit ...«, aber glücklicherweise ging ihm rechtzeitig auf, wie absurd das gewesen wäre. Der älteste Prinz und Maharaj-Kumar in spe hatte sich schon weiß Gott mit Schlimmerem abgegeben! Er hatte Dinge getan, deren sich die meisten Prinzen zu Tode geschämt hätten. Und abgesehen davon war seine Frau nicht von der Art, ein Nein gelten zu lassen, wenn sie sich etwas in den Kopf gesetzt hatte. Er nahm je einen Stab in eine Hand. Durch eine Schicht von schwarzem Lack schimmerten goldene Ranken und Blätter mit roten Blüten. Sie steckte die rechte Hand in die aufgesetzte Tasche ihres Rocks und zog zwei weitere Stäbe hervor. Bei diesen war die Farbgebung genau umgekehrt, sie hatten eine goldene Oberfläche, auf der sich schwarze Ranken blühend umeinander wanden.
Sie stimmte ein traditionelles Lied an und schlug dazu mit den Stöcken den Takt. Er versuchte es ihr nachzutun, aber ohne großen Erfolg. Sie wartete darauf, dass seine Stäbe gegen die ihren schlügen, aber er hatte ihren Rhythmus noch nicht gefunden.
»Hörst du wohl auf, dich so dämlich anzustellen?« Sie zerrte ihn unwirsch heran. »Wenn ich von rechts angetanzt komme, tust du doch nicht dasselbe! Du musst von links kommen!« Sie sah seine Ratlosigkeit und ihr Ton wurde sanfter. »Wie kannst du nur den *dandiyaras* vergessen haben! Es ist doch dein Tanz! Du hast ihn erfunden.«
Er schaute beschämt zu Boden.
»Komm, ich zeig's dir. Eins, zwei, drei, heb die Stöcke rechts hoch, klack, klack, klack. Eins, zwei, drei, die Stöcke nach links, klack, klack, klack. Eins, zwei, drei, unsere Stöcke treffen sich, klack,

klack, klack. Jetzt nach unten und das Gleiche noch einmal. Probieren wir es mal. Na bitte, klappt doch! Du hast nur so getan, als könntest du's nicht! Wie schön du tanzt! Kein Wunder, dass Radha, diese Schnepfe, und die Gopis von Mathura die Finger nicht von dir lassen können! Aber untersteh dich, krumme Spielchen zu treiben, Freundchen, sonst brech ich dir mit diesen Stöcken die Beine!«

Er versuchte, nicht auf den Text des Liedes zu hören. Wie üblich hatten die Gopis gerade ihre Krüge mit Wasser aus der Yamuna gefüllt, als der Gott mit den tausend Namen eine Schleuder zückte, die Krüge auf ihren Köpfen einen nach dem anderen zerschoss und sich am Anblick der durchnässten Mädchen weidete. Wie sollten sie sich jetzt nach Hause trauen, mit pitschnassen, durchsichtigen Saris, die nichts mehr verbargen? Dass der Flötenspieler ein schamloser Kerl war, wusste jeder, aber sie waren anständige Mädchen, manche auch schon verheiratete Frauen und Mütter, und sie alle hatten einen tadellosen Ruf. Wie sollten sie jetzt ihren Familien gegenübertreten, welche Entschuldigung konnten sie vorbringen?

Wie er diese Lieder verabscheute! Hatten die indischen Volksmusikanten keine anderen Themen? Es gab schon Tausende von Liedern über den göttlichen Spielchentreiber, und es verging kein Tag, an dem nicht ein weiteres Machwerk in Umlauf kam. Mit weinerlichen, verärgerten oder gespielt wütenden Stimmen beschwerten sich die Frauen über den Gott. Sie flehten ihn an, ihnen nicht wieder die Kleider zu stehlen, nicht in aller Öffentlichkeit mit ihnen zu flirten oder sie während des Holi-Festes mit Farbe zu bespritzen. Könnte er bitte so nett sein, sie ein für alle Mal in Ruhe zu lassen? »Schluss, Schluss, Schluss«, sagten sie, während sie in Wirklichkeit »Mehr, mehr, mehr und bitte hör nicht auf!« meinten. Wenn er sich von ihnen abwandte, rasteten sie vor Kummer aus. Sie verzehrten sich, brachen schier zusammen. Ganz ehrlich – wenn sie als kompromittierte Tugendboldinnen schon stark an seinen Nerven sägten, so waren sie als flennende Liebeskranke absolut unerträglich.

Wer, fragte er sich, verfasste eigentlich diese gesungenen Schlüpfrigkeiten, dank denen Voyeure – also fast die gesamte männliche Bevölkerung – ein Phantasie-Doppelleben führen konnten? Stimme und Person der Lieder waren stets die einer Frau, aber die Mehrzahl der Textdichter waren Männer. Und doch würde jede Hausfrau, die halbwegs zu reimen wusste, sofort ein solches Liedchen aus dem Ärmel schütteln: »Schau, Mama, sieh, wie der Flötenspieler meinen Zopf öffnet und an meinem Kopftuch zieht!« Sicher, es war eine Konvention, und die Dichter arbeiteten innerhalb eines traditionellen Rahmens, und die Worte und Bilder hatten allesamt eine ach so tiefe metaphysische Bedeutung, aber das Verblüffende war, dass die überwältigende Mehrzahl der Vortragenden Frauen waren. Standen sie auch ständig so unter »Druck« wie die Männer? Was machte die Faszination dieses Gottes aus? Es waren ja nicht nur die Frauen, die Tag und Nacht von ihm träumten – die ganze Bevölkerung hatte eine ununterbrochene Affäre mit ihm. Kein Mensch sang sinnlich schwüle Lieder an Rama, Vishnu oder Shiva. Was war die Wurzel der unwiderstehlichen Anziehungskraft des pfauenfederbekrönten Gottes? Warum durfte er sich Dinge erlauben, die jeden anderen Mann lebenslänglich hinter Gitter gebracht hätten? Träumten die Frauen davon, mit durchsichtigen nassen Leibchen über die Straße zu flanieren, bis ein flotter junger Mann mit einer Pfauenfeder im Stirnband daherkam und ihnen die Orhni vom Kopf zog?

Trotz aller Widersprüche und Ungereimtheiten war er davon überzeugt, dass der Flötenspieler die Erfüllung der geheimsten Wünsche von Männern wie Frauen verkörperte.

Doch während er in Gedanken die Banalität der zuckersüß-sinnlichen Liebeslieder noch geißelte, fühlte er sich zum Rhythmus der Musik hingezogen. Wie es ihre Art war, legte seine Frau ihre ganze Seele in das alberne Liedchen. Sie hielt einen ständig in der Schwebe, da man nie wusste, was man selbst vom bekanntesten Volkslied zu erwarten hatte, wenn sie es wiedergab. In ihrer Stimme schwang eine Glut, die immer wieder unvermittelt zärtlichem Flüstern und leidenschaftlichem Flehen wich. Er musste an die *pichwai*-Malereien denken, die er seit seiner Kindheit kannte. Ihr Gegenstand war meist der tanzende Flötenspieler, nie allein natürlich, sondern immer mit hundert oder tausend Kuhhirtinnen. Die Frauen mussten allerdings nicht Schlange stehen oder ihren Geliebten mit anderen teilen. Er konnte alle gleichzeitig beglücken. Auf dem Bild gab es genauso viele Krishnas wie Gopis. Jetzt hatte er das Gefühl, selbst in eines dieser Gemälde geraten zu sein – nur dass die Prinzessin dafür gesorgt hatte, dass sie keine Konkurrenz haben würde!

Der Ras war ein sinnlicher Rundtanz, der einem spätestens nach einer halben Stunde gewaltig auf den Geist ging. Man drehte sich langsam oder man drehte sich schnell, aber so oder so dürfte er der eintönigste Tanz sein, den man sich vorstellen konnte. Der Teufel sollte ihn holen, wenn er noch weiter wie ein Idiot im Kreis herumspazieren würde. Es blieb ihm nichts anderes übrig als zu improvisieren. Er ging dabei nach demselben Prinzip vor wie beim Trommeln. Der *taal* oder rhythmische Zyklus hatte beispielsweise zwölf oder sechzehn Schläge. Vordergründig betrachtet, streifte man sich mit der Wahl des Taal ein unerbittliches Korsett über, aus dem man nie wieder herauskam. Tatsächlich aber ließ er einem die denkbar größte Freiheit. Solange man den ersten, am stärksten betonten Schlag des ganzen Zyklus taktgleich mit den anderen Instrumenten traf, konnte man zwischendurch fast alles tun, was einem behagte.
Die Prinzessin vollführte noch immer die gemessenen, traditionellen Schritte, als er von der vorgeschriebenen Bahn abwich und die Koordinaten des Tanzes änderte. Im ersten Moment sah seine Frau etwas desorientiert aus und er dachte, sie würde bestimmt gleich aus dem Takt kommen, aber sie hatte ihn sofort durchschaut.
»Du willst dich mit mir anlegen, mein Freund?«, flüsterte sie. »Das sollst du noch bereuen!« Sie lächelte und ihr Körper sprach mit einem Mal eine ganz andere Sprache. Sie war blitzschnell da, wachsam und bereit, in Aktion zu treten. Ihre Gliedmaßen waren entspannt, sie wiegte sich fast unmerklich, während sie den nächsten Schritt ihres Tanz-Gegners abschätzte. In ihren grünen Augen funkelte ein diebisches Vergnügen und sie sah aus wie eine Katze, die sich darauf freut, ein Weilchen mit ihrer Beute zu spielen, ehe sie diese verschlingt. Mit ihren Stöcken schlug sie einen Wirbel und signalisierte damit den Beginn des Zweikampfes.
Was, wenn ihn jemand sah? Das wäre wahrlich Wasser auf die Geredemühlen! Er sah sich unauffällig um und spähte in die Fenster und dunklen Ecken des Palastes. Die Diener, die Gärtner, ganz zu schweigen von Königin Karmavatis Spionen, schauten bestimmt schon zu. Er meinte, einen Schatten davonhuschen zu sehen.
Was fabulierte er sich da für einen Unsinn zusammen? Es war niemand da, die ganze Zeit nicht, all die Wochen und Monate nicht, seit er aus Kumbhalgarh zurück war, und zwar deshalb, weil Kausa-

lya jeden Abend dafür sorgte, dass sämtliche Zofen, Eunuchen und sonstige potenziellen Schnüffler verschwanden und die ganze Nacht in einem anderen Flügel des Palastes zu tun hatten.

»Du machst mir Sorgen, Maharaj-Kumar! Schau dir nur die dunklen Ringe an, die du unter den Augen hast!« Bhutani Mata hing wie eine Fledermaus von der Decke eines offenen Erkers herab. Die Steinfläche war völlig glatt, aber sie schien keinerlei Probleme zu haben, dort hängen zu bleiben. »Wie du dir nur immer die Nächte um die Ohren schlägst! Obwohl es diesen Körperteil ja gar nicht so betrifft, wie? Mit Verlaub, wo sind denn all die anderen? Ist im Palast die Pest ausgebrochen? Es ist keine Menschenseele da, ausgenommen natürlich diese alte treue Dienerin, deren Name mir momentan nicht einfallen will. Was war sie noch mal? Deine Amme oder die Erste, die sich deinen Prinzenstängel zwischen die Beine gesteckt hat? Wie heißt sie doch? Ihr Name liegt mir auf der Zunge.«
»Du erinnerst dich an ihren Namen genauso gut wie an jede andere gottverdammte Sache, die du besser vergessen solltest. Ich rate dir dringend, einen weiten Bogen um sie zu machen!«
»Himmel, was sind wir noch immer so empfindlich wegen Kausalya! Aber warum hält sie Wache? Was geht hier eigentlich vor?«
»Warum kümmerst du dich nicht um deine Angelegenheiten?«
»Aber du bist meine Angelegenheit! Bis auf weiteres sogar meine allereinzigste.« Sie sah die Prinzessin und dann ihn an. »Ist das nicht romantisch? Ich hab noch nie jemanden gesehen, der so verschossen in seine Feindin war! Was gäbe ich doch dafür, mit der Dame tauschen zu dürfen!« Bhutani Mata öffnete ihre Scham. »Späh in diese Leere und sieh mit einem Blick den ganzen Kosmos, Maharaj-Kumar! Alle Wonnen und Sonnen dieses und jedes anderen Universums erwarten dich! Gefällt dir dieser Binnenreim? Natürlich nicht. Du hast kein Ohr für Dichtung, nicht mal für schlechte.«
Er spuckte in das schwarze Loch. »Was treibst du hier?«
»Ich gebe meinem sprichwörtlichen bösen Blick etwas zu tun!« Sie lachte. Es war ein böses Lachen, das direkt von Herzen kam. »Erlaube mir, einen Segen auf dich herniederzurufen: Möge alles, was du anfasst, zu Asche werden! Mögen alle, die du liebst, den Tag verfluchen, an dem sie in deine Nähe kamen!«

32

Raja Puraji Kika und ich mögen Busenfreunde sein, aber die meiste Zeit über verbindet uns eine Fern-Freundschaft. Und selbst wenn wir gelegentlich zusammen sind, ist keiner von uns beiden sonderlich gesprächig. Zumeist schweigen wir uns gegenseitig an. Ich frage mich oft, ob ich unfähig bin, Freunde zu finden und, wichtiger noch, Freunde zu behalten. Und doch ist mein Zustand, fast völlig ohne Freunde zu sein, eine gute Vorbereitung auf die Königswürde. Denn ein König darf zwar viele Gefährten haben, aber keine Freunde. Dichter und Romantiker können einwenden, was sie wollen, aber Freundschaft und Günstlingswirtschaft gehen Hand in Hand. Und wann immer sich Günstlingswirtschaft einschleicht, ist es nur eine Frage der Zeit, bis ein König oder eine Dynastie vollends abgewirtschaftet haben. Ich höre immer wieder, die bestmögliche Beziehung zwischen Vätern und Söhnen sei Freundschaft. Das bezweifle ich nicht. Ich glaube allerdings, dass Vater klug daran tut, alle seine Söhne auf Distanz zu halten. Zuneigung ist oft genug nichts anderes als Dummheit. Nein kann man nur zu den Menschen sagen, die einen nicht emotional unter Druck setzen können. Und ein König kann nicht anders als mehrmals am Tag Nein zu sagen. Ämter beispielsweise gibt es nicht beliebig viele. Es versteht sich von selbst, dass man keine zwei Premierminister oder zwei Oberbefehlshaber haben kann. Aber auch in den unteren Rängen, wo die Posten nicht ganz so dünn gesät sind, kann man nur

eine begrenzte Anzahl von Leuten einstellen, andernfalls werden Begriffe wie »Offizier« und »Hierarchie« bedeutungslos und die Belastung für die Staatskasse untragbar.
Damit bleibt Mangal übrig. Er ist der einzige Gefährte, der mir in meinen Amtsgeschäften zur Seite steht, und derjenige, den ich unter den gegebenen Umständen noch am ehesten als meinen Freund bezeichnen kann.
Ich frage mich, ob ich den Begriff der Freundschaft entwertet habe. Für mich scheint er lediglich auf Respekt vor Kompetenz hinauszulaufen, vor der Bereitschaft, ein Ziel phantasievoll, originell und effektiv zu verfolgen. Die Fähigkeit, eine Aufgabe gut zu erledigen, ist so etwas wie eine Kunst. Und auf seinem Gebiet ist Mangal zweifellos ein wahrer Künstler. Dennoch bereitet mir im Zusammenhang mit den Papierfetzen, die uns vom Hof von Kabul erreichen, eine Sache besonderes Kopfzerbrechen, und das ist die Frage ihrer Authentizität. Was mich vermutlich argwöhnisch macht, ist die Flut von gefälschten Miniaturen und Reliquien, die seit ein paar Jahren – seitdem meine Frau zum Status einer Heiligen aufgerückt ist – die Märkte Mewars überschwemmt. Unsere zwei bekanntesten Miniaturmaler sind Ajit Solanki und Sharafat Ali. Im Durchschnitt werden vor dem Brindabani-Tempel täglich zwanzig bis vierzig Gemälde verkauft, die die Kleine Heilige, jeweils mit oder ohne den Flötenspieler, beim Singen, Ektara-Spielen oder Tanzen zeigen und sämtlich mit berühmten Künstlernamen signiert sind. Aber die Miniatur-Industrie ist nichts gemessen am Reliquiengeschäft. Tag für Tag werden so viele Haare der Prinzessin verkauft, dass sie, wenn es mit rechten Dingen zuginge, schon sieben Mal kahl geworden sein müsste.
Analog dazu befürchte ich, ein findiger Kaufmann, der des Türkischen mächtig ist, könnte sich mit Shyam Dulare und Pyarelal zusammengetan haben und sich jetzt mit gefälschten Babur-Tagebüchern eine goldene Nase verdienen. Mangal hatte von sich aus beschlossen, der Sache auf den Grund zu gehen. Es muss ihn viel Scharfsinn, List und Beharrlichkeit gekostet haben, aber nach und nach ist es ihm gelungen, ein Agentennetz aufzubauen, das bis hinauf nach Kabul reicht und in die Privatgemächer des Königs eingedrungen ist. Offenbar hat Babur wirklich einen viel jüngeren Cou-

sin namens Haider, den er sehr liebt. Trotz seiner ausgedehnten Expeditionen nach Indien und zahlreicher Schlachten, die er immer wieder gegen Nachbarn und Aufständische schlägt, ganz zu schweigen von seinen zivilen Verpflichtungen und Regierungsgeschäften, hat er es auf sich genommen, die Erziehung des Jungen zu beaufsichtigen. Ja, in mehreren Unterrichtsfächern, wie zum Beispiel Kalligraphie, Lesen, der Kunst, Briefe zu schreiben und zu dichten, ist Babur sogar sein einziger Lehrer. Und konkrete, materielle Beweise hat Mangal auch beigebracht: Er hat es geschafft, den Keramikeinsatz aus Haiders juwelenbesetztem Tintenfass, einem Geschenk Baburs, und die Feder, die der Junge benutzte, an sich zu bringen – »stehlen« wäre wohl das treffendere Wort. Und sowohl die Tinte als auch die Breite, die Strichführung und der Schnittwinkel des Kiels stimmen mit den entsprechenden Merkmalen der Tagebuchaufzeichnungen vollkommen überein.
Ich möchte einige besonders interessante Passagen aus dem Material zitieren, das Mangal im Laufe des vergangenen Jahres von Shyam Dulare erhalten hat. Sie sind länger und weit gehaltvoller als die früheren.
Hier erfahren wir etwas über seine erste Heirat – er war damals sechzehn:

> Ayisha-sultan Begam, die mein Vater und ihrer, also mein Onkel Al-Ahmed Mirza mit mir verlobt hatten, kam nach Khujand, und ich nahm sie im Monat *Sha'ban* zur Frau. Obgleich ich ihr nicht unwohl gesonnen war, pflegte ich sie aus Schamgefühl und Schüchternheit, da dies meine erste Heirat war, nur einmal alle zehn, fünfzehn oder zwanzig Tage zu besuchen. Später dann, als selbst meine anfängliche Zuneigung sich verflüchtigte, nahm meine Scheu noch weiter zu. Danach pflegte mich meine Mutter Khanim unter gutem Zureden, Ermahnungen und Klagen einmal im Monat oder alle vierzig Tage zu ihr zu schicken.

Babur wird von einer jünglinghaften, aber tiefen Leidenschaft erfasst – wie es scheint, der einzigen dieser Art, die er zeit seines Lebens erfahren wird:

In diesen Tagen der Muße entdeckte ich in mir eine seltsame Neigung zu ... Nein, wie der Dichter sagt: »Ich wurd' rasend und toll« wegen eines Jungen im Lager-Basar, der sogar den passenden Namen Baburi trug. Bis dahin hatte ich noch nie, zu keinem Menschen, eine Neigung der Liebe oder des Verlangens verspürt.

Zu jener Zeit begann ich, persische Zweizeiler zu verfassen, immer ein, zwei auf einmal; dies ist einer davon:

Mög' niemand sein wie ich, elend, erniedrigt, liebeskrank
Kein Geliebter so wie du zu mir bist: grausam und herzlos!

Von Zeit zu Zeit kam Baburi wohl zu mir, doch aus Schamgefühl und Schüchternheit schaffte ich es nie, ihn offen anzusehen; wie hätte ich also Konversation treiben und ihm Verse vortragen können? In meiner Freude und Unrast schaffte ich es nicht, ihm für sein Kommen zu danken; wie hätte ich ihm also Vorwürfe machen können, wenn er ging? Welche Macht besaß ich, den Dienst an meiner Person zur Pflicht zu erheben? Eines Tages während dieser Zeit des Verlangens und der Leidenschaft ging ich gerade mit einigen Gefährten eine Gasse entlang, als ich mich ihm plötzlich gegenübersah und in einen solchen Zustand der Verwirrung geriet, dass ich fast davongerannt wäre. Ihn offen anzusehen oder Wörter zu Sätzen zusammenzufügen war mir unmöglich. Unter hundert Qualen und Beschämungen ging ich weiter.

Da kam mir ein Zweizeiler Muhammad Sabihs in den Sinn:

Ich bin fassungslos vor Scham, seh ich den Freund
Die Gefährten sehn mich an – ich seh zur Seite.

Dieser Zweizeiler traf meine Situation aufs Vollkommenste. In diesem Aufschäumen von Verlangen und Leidenschaft und unter dem Druck jugendlichen Wahnsinns irrte ich, barhaupt und barfuß, durch Straße und Gasse, Obstgarten und Weinberg.

Außer mir war ich vor Verlangen, ohne zu ahnen:
So geht es dem, der ein Feen-Antlitz liebt.

Manchmal streifte ich wie ein Irrer über Berg und Tal, manchmal suchte ich einsame Gärten und die Vorstadt auf, wanderte Gasse um Gasse ab. Nicht ich war es, der die Wege wählte, noch war es meine Entscheidung, weiterzuziehen oder zu bleiben.

Weder die Macht zu ziehn war mein, noch die zu bleiben
Ich war nur das, wozu du mich gemacht, o Herzensdieb!

Würde ich mich, der ich doch ebenso sehr ein Krieger bin wie Babur, in der Intimität meines Tagebuchs so offen und explizit zu einer homosexuellen Neigung bekennen? Ich glaube nicht, dass ich Baburs Worten je wieder misstrauen werde.

Ich komme mir vor wie ein Voyeur. Wie würde ich wohl reagieren, wenn ich herausfände, dass jemand nicht nur um all meine Handlungen weiß, sondern auch um meine Gedanken und intimsten Aufzeichnungen? Tagebücher – zumindest solche, die nicht mit irgendwelchen Hintergedanken zur Irreführung oder im Hinblick auf eine spätere Veröffentlichung geschrieben werden – verraten mehr über einen Menschen, als eine persönliche Begegnung oder selbst eine langjährige Bekanntschaft es vermag. Eines jedoch ist sicher: Je mehr ich von Babur erfahre, desto stärker verspüre ich den Wunsch, mehr über ihn zu wissen. Warum muss die Religion eine so unüberbrückbare Kluft darstellen? Ich hätte ihn gerne persönlich kennen gelernt, vielleicht sogar Freundschaft mit ihm geschlossen.

Mein Gedankengang wurde unterbrochen. Ich hörte einen schweren, schleppenden Schritt und das Getrippel von Dienern. Zu meiner Überraschung war es Seine Majestät. Es war spät und Vater hatte sich in aller Eile ein Hemd übergestreift. Meine Stirn ruhte auf seinen Füßen, als seine gesunde Hand herunterreichte und mir das Haar zerzauste – von Vaters Seite eine, milde gesagt, ungewohnte Geste. War ich endlich erwachsen geworden, hatte er endlich gemerkt, dass sein Ältester doch kein so übler Kerl war, oder war er mir – was ich für wahrscheinlicher hielt – nur wegen seiner Zuneigung zur Kleinen Heiligen wohl gesonnen?

Meine Frau brachte Wasser in einer silbernen Kanne und schenkte ihm ein Glas ein.

»Es ist gerade ein Bote von Medini Rai eingetroffen. Sein ehemaliger Herr, der Sultan von Malwa, belagert Gagrone mit vierzigtausend Mann und dreihundert Elefanten. Die Festung wird vom Sohn des Rai, Hem Karan, gehalten. Die Vorräte gehen zur Neige, und er hat nicht genug Krieger, um die Zitadelle zu verteidigen.«

»Wo ist Medini Rai?«, fragte ich.

»In Dharampur, wo er auf Unterstützung von uns wartet. Wem sollen wir das Kommando übergeben und wie viele Männer können wir kurzfristig aufbieten?«

»Wie lang kann Prinz Hem Karan Gagrone noch halten?« War Vater wirklich gekommen, um zu erfahren, wen ich für den geeignetsten Mann für diese Aufgabe hielt – das hatte er früher noch nie getan –, oder führte er etwas anderes im Schilde?

»Sieben Tage, vielleicht acht. Danach wird er *kesariyabana* befehlen müssen: die Tore öffnen und mit seinen Männern in den sicheren Tod marschieren. Wer wird unser Mann sein, Sohn?«

»Mir fällt nur ein einziger Kandidat ein.«

Mir war nicht klar gewesen, dass meine Frau neuerdings die Militärberaterin Seiner Majestät war. Vater offenbar ebenso wenig, denn er schaute genauso überrascht drein wie ich.

»Und wer wäre das? Ihr vielleicht, Prinzessin?« Vater hatte offensichtlich beschlossen, das Spiel mitzuspielen, aber ich spürte, dass die Prinzessin seine Geduld auf eine ziemlich harte Probe stellte.

»Unterschätzt mich nicht, Eure Majestät!«

Meine Frau lächelte, aber sie gab auch deutlich zu verstehen, dass sie es nicht dulden würde, nicht ernst genommen zu werden, von wem auch immer.

»Prinz Vikramaditya. Er ist aggressiv und ein Mann der Tat, und was das Wichtigste ist, er hat den Jägerinstinkt. Komme, was da wolle, er wird Prinz Hem Karan und seine Männer heraushauen.«

»Es verhält sich mit ihm genauso, wie Ihr sagt, Prinzessin, aber er ist außerdem auch ein Hitzkopf. Nicht die beste Qualifikation für einen Feldherrn, von dem gleichzeitig kühle Überlegung und rasches und entschlossenes Handeln erwartet wird.«

»Das klingt geradezu wie der Steckbrief Rattan Simhas.« Grünauge, das wurde zunehmend deutlicher, hatte nicht vor aufzugeben. »Er ist klug, zuverlässig und erfahren. Er wird Gagrone befreien.«

Was hatte die Kleine Heilige vor? Unterstützte sie wirklich meine Brüder? Ich hatte das unbehagliche Gefühl, dass ihr, je ernster sie aussah, desto weniger zu trauen war. Nahm sie Vater auf den Arm

oder ging Seine Majestät nur scheinbar auf sie ein, weil auch er eine versteckte Absicht verfolgte?
»Euren Ehemann würdet Ihr für die Aufgabe also nicht empfehlen?«
»Seine Hoheit? Nein. Er ist gut, aber er hat zu viele unorthodoxe Ideen. Wenn bereits die Generäle von Mewar Probleme mit seinen Methoden haben, so stellt Euch doch nur die Reaktion des armen Medini Rai vor. Er würde bestimmt denken, wir lassen ihn schon wieder im Stich!«
»Merkwürdig. Genau das Gleiche hatte ich auch gedacht. Aber gerade der Rai hat nach Eurem Mann verlangt.«
Wie jetzt klar wurde, hatte meine Frau diese ganze Farce nur inszeniert, um meinen Vater dazu zu bringen, mich mit den Streitkräften Mewars gegen Malwa zu entsenden. Aber wie immer hatte Seine Majestät bereits seinen Entschluss gefasst.
»Damit wäre das also erledigt. Würdet Ihr mich entschuldigen, Majestät? Ich werde die Sachen Seiner Hoheit packen.«
»Komme ich in Eurer Zuneigung nun erst an zweiter Stelle, bloß weil Euer Mann in den Krieg zieht? Soll ich also heute Abend allein essen?« Vater lächelte. Es ist offensichtlich, dass meine Frau Vater besser kennt, als ich es wahrscheinlich jemals tun werde.
»Macht Euch keine falschen Hoffnungen, Majestät! Ich weiß, dass Ihr Euch schon darauf freut, das gesamte Geld, das ihr mir gestern Abend beim Kartenspiel abgegaunert habt, auf den Kopf zu hauen. Aber ich bin fest entschlossen, mir alles wiederzuholen, und zwar mit Zins und Zinseszins!«
»Ich sage deiner Frau ständig, dass sie in die falsche Familie eingeheiratet hat. Rao Viramdev hätte sie einem von Adinathjis Enkeln zur Frau geben sollen. Diese Frau ist keine Heilige. Sie hat das Herz, den Geist und die Seele einer Geldverleiherin!«
Grünauge stampfte gespielt-beleidigt hinaus. Unnötig zu sagen, dass Vater sich über das Theater seiner Schwiegertochter königlich amüsierte.
»Über wie viele Männer verfügt Medini Rai?«, kehrte Vater zum eigentlichen Thema zurück.
»Ich glaube, um die zehntausend, Majestät. Wenn die Rais aus dem Osten zu ihm stoßen und Silhadi gleichfalls seine Truppen aufmarschieren lässt, dürften sie etwa Zwanzigtausend erreichen. Aber

Mahmud Khalji hat den Zeitpunkt gut gewählt. Silhadi und die anderen Rais werden sich, glaube ich, trotz ihrer erklärten Sympathien, aus Angst vor einer weiteren Niederlage abwartend verhalten und ihre Truppen nicht in den Kampf schicken.«

»Mahmud Khalji hat sie das letzte Mal nicht aus eigener Kraft besiegt. Hätte nicht Muzaffar Shah die Führung übernommen, dann wäre Medini Rai mit Sicherheit als Sieger hervorgegangen.«

»Höchstwahrscheinlich ja, aber das ist jetzt eine rein akademische Frage. Mangal meint, der Rai und seine Rajputen hätten damals nicht zwanzig-, sondern fast vierzigtausend Mann verloren, darunter die meisten höheren Offiziere.«

»Wie viele Männer möchtest du mitnehmen?«

»Dreitausend. Alles Berittene.«

»Ich würde dir von Hochmut abraten, mein Sohn.«

»Ich glaube, dass der Zeitfaktor in diesem Fall von entscheidender Bedeutung ist. Wenn wir versuchen, eine Armee von zwanzig- oder dreißigtausend Mann auf die Beine zu stellen, vergehen wenigstens zehn, zwölf Tage und eine weitere Woche, um den Nachschub zu organisieren. Bis dahin wird sowohl für Prinz Hem Karan als auch für Medini Rai jede Hilfe zu spät kommen.

Tej und Shafi haben die letzten fünfzehn Monate an einer schnellen Einsatztruppe gearbeitet. Die meisten Soldaten haben in der Vergangenheit schon unter mir gekämpft, aber die Idee war, sie zu einer äußerst beweglichen und dabei nahezu unsprengbaren Spezialeinheit zusammenzuschmieden. Bislang haben sie nur Scheingefechte geführt. Das wird eine gute Gelegenheit sein, ihre Fähigkeiten im Ernstfall auf die Probe zu stellen. Außerdem hoffe ich, dass die Nachricht, Mewar unterstütze Medini Rai, seine Verbündeten dazu ermutigen wird, ihre Zögerlichkeit aufzugeben und geradewegs nach Gagrone zu marschieren.«

»Ich nehme an, du weißt, was du tust. Ich wünsche dir viel Erfolg. Wann brichst du auf?«

»Siebenhundertfünfzig Mann brechen heute Nacht auf. Ich spreche gleich mit Tej und Shafi. Sie werden einzeln reiten und sich möglichst unauffällig verhalten. Sie werden ihre Waffen versteckt halten und sich für Bauern oder Pilger ausgeben, die nach einem Darshan der Kleinen Heiligen in die Heimat zurückkehren. Fünfzehn-

hundert Mann werden morgen im Laufe des Tages folgen. Und der Rest morgen Nacht. Wir treffen uns in Dharampur.«
»Du hattest das alles schon im Voraus geplant, wie?«
»Als Mangal vor ein paar Wochen dem Sicherheitsrat berichtete, in und um Mandu seien verstärkte Truppenbewegungen zu beobachten, kam mir der Verdacht, dass Mahmud Khalji einen Überraschungsangriff planen könnte. Aber um ehrlich zu sein, Tejs und Shafis Spezialtruppe sollte sich rund um die Uhr in Alarmbereitschaft befinden.«
»Spielt Mangal dir sämtliche Berichte zu, ehe er sie mir vorlegt?«
Vater lächelte, aber mir war klar, dass wir den heikelsten Teil unseres Gesprächs erreicht hatten. Schließlich musste er von Anfang an gewusst haben, dass Tej und Shafi unsere Soldaten seit längerer Zeit auf dem Exerzierplatz hinter dem Khatan-Rani-Palast drillten.
»Mangals Loyalität gilt ausschließlich dem Rana und Mewar, Eure Majestät. Mangal hat mir nichts verraten, was dem Sicherheitsrat nicht auch bekannt gewesen wäre.«
»Was würden wir nur ohne Mangal tun!«
»Wir werden hoffentlich nie auf ihn verzichten müssen.«
»Noch eine Kleinigkeit, Sohn. Ich würde vorschlagen, du trägst dafür Sorge, dass der Sultan von Malwa die Schlacht überlebt.«
Man kann Vater nie trauen, oder besser gesagt, man kann ihm, mit den Worten von Adinathjis Sippschaft, hundertkommasiebenprozentig trauen. Vater hatte mir den gleichen Streich schon öfter gespielt, aber ich lerne es anscheinend nie. Anstatt mich zu sich zu bestellen, war er selbst vorbeigekommen. Er hatte mir erst mit seinem freundschaftlichen Geplänkel mit der Prinzessin die Nervosität genommen, hatte mir einige ernst gemeinte Fragen gestellt, war dann zur Offensive übergegangen und hatte mich bezüglich Mangals und meiner Integrität ins Verhör genommen, und als ich mich, tief aufatmend, schon im wohligen Bewusstsein suhlen wollte, die Probe mit Auszeichnung bestanden zu haben, war er beiläufig mit dem eigentlichen Grund seines Besuchs herausgerückt.
Hatte Medini Rai wirklich um meine Entsendung ersucht? Vielleicht ja. Vielleicht hatte Vater ihn auch dazu angestiftet. Das war jedoch ohne Bedeutung. Seine Majestät spielte wie gewohnt zwei bis drei Partien gleichzeitig. Königin Karmavati verlangte schon

seit sechs Monaten, nach Chittor zurückkehren zu dürfen. Sie hatte begriffen, dass Vater, mein lieber Vater, während sie sich einbildete, ihn um den kleinen Finger gewickelt zu haben, sie in Wirklichkeit aus dem Spiel gedrängt hatte. In der Zwischenzeit waren sich meine Frau und Vater nahe gekommen. Ich bin ziemlich sicher, dass dies bei beiden kein bewusster, kalkulierter Schachzug gewesen war, aber da es nun einmal passiert war, hatte Vater nichts dagegen, die Freundschaft zu seinen Zwecken auszunutzen. Die Königin würde in die Hauptstadt zurückgerufen, dort aber von der Prinzessin in Schach gehalten werden. Ich würde für eine Weile von der Bildfläche verschwinden, einen verantwortungsvollen Auftrag bekommen, vielleicht sogar eine zweite Chance, meine unorthodoxen Ideen auf die Probe zu stellen, dabei jedoch offensichtlich an der kurzen Leine gehalten werden. Mir war klipp und klar befohlen worden, das zu unterlassen, was ich für den Zweck der ganzen Übung gehalten hatte, nämlich Mahmud Khalji zu eliminieren und Malwa zu erobern. Seine Majestät ist – zumindest noch – nicht bereit, eine Dynastie auszulöschen und ein neues Reich in seinen Besitz zu bringen. Vielleicht hat er dafür triftige Gründe und will zuerst eine starke Konföderation von Rajputenstaaten aufbauen und konsolidieren. Vielleicht befürchtet er, nicht genügend qualifizierte Leute zu haben, um einen neuen Verwaltungsapparat und ein neues Kabinett zu besetzen, vor allem aber, um die innere Sicherheit in seinem neuen Herrschaftsgebiet zu garantieren und etwaige Revolten niederzuschlagen. Er könnte Recht haben. Aber ich glaube, dass ein König auch zu lange auf den richtigen Augenblick warten kann. Wenn die Zeit reif ist, könnte es dennoch bereits zu spät sein und man hätte seine Chance endgültig verspielt.

33

»Hoheit!«

Medini Rai kam eilig auf mich zu. Er hatte keine Zeit gehabt, sich den Turban aufzusetzen, und trug ihn in den Händen. »Verzeiht, dass ich Euch nicht entgegengeritten bin. Wir hatten Euch nicht vor Anfang nächster Woche erwartet. Wenn Ihr einen Kurier vorausgeschickt hättet, wäre ich unverzüglich losgeritten und hätte Euch an der Grenze willkommen geheißen.«

Eine Silbersträhne zog sich durch sein leicht zerzaustes Haar wie eine Ader aus Glimmer in der Mittagssonne. Er fuhr sich mit der Hand durch den dichten Schopf und strich ihn zurück, während er sich den Turban aufsetzte. Das waren ganz offensichtlich keine Höflichkeitsfloskeln. Er hätte einen Ritt von hundert Kilometern auf sich genommen, um mich zu empfangen.

»Ich überbringe Euch die Grüße Seiner Majestät des Rana und einen ausführlichen Brief. In meiner Begleitung befinden sich meine zwei Stellvertreter aus Mewar, Tej Simha und Shafi Khan. Unsere dreitausend Soldaten dürften bereits seit heute Früh vollzählig in Dharampur warten.«

»Das ist nicht sehr wahrscheinlich, Maharaj-Kumar. Wenn die Streitkräfte aus Mewar eingetroffen wären, hätte ich durch meine Generäle bereits davon erfahren. Vielleicht aber auch nicht ...«

Er bedachte unsere Kleidung mit einem missbilligenden Lächeln. »Sind sie auch inkognito gereist, als Dörfler verkleidet?«

»Tut mir Leid, ja. Wir wollten Sultan Mahmud Khalji nicht argwöhnisch machen. Als zusätzliche Vorsichtsmaßnahme sind sie alle erst nach Osten, Westen und Norden geritten, bevor sie sich nach Südosten gewandt haben. Wie lange wird es dauern, bis der Sultan kehrtmacht und uns bei Dharampur gegenübertritt?«
»Vier bis sieben Tage, wenn er mit seiner Armee reitet. Aber warum sollte er wohl die sichere Beute aufgeben und uns entgegenreiten?«
»Vielleicht täusche ich mich, aber ich könnte mir vorstellen, dass der Sultan, sobald er erfährt, dass die Streitkräfte Mewars zu Euch gestoßen sind, einsieht, dass Gagrone sich als ein äußerst vorübergehender Besitz erweisen würde. Wenn er die Stadt einnimmt, könnte er sich schon nach wenigen Tagen selber in der Rolle des Belagerten wiederfinden. Dies wiederum könnte sich als ziemlich unangenehm erweisen, da Prinz Hem Karan und seine Männer sämtliche Vorräte aufgebraucht haben und es eine ganze Weile dauern dürfte, bis der Sultan die Kornspeicher wieder aufgefüllt hat. Wenn Ihr allerdings der Meinung seid, dass wir nach Gagrone ziehen und die Festung und den Prinzen befreien sollten, könnten wir in einer Stunde aufbrechen.«
Er ließ sich die zwei Möglichkeiten lange durch den Kopf gehen. »Ich mache mir große Sorgen um Prinz Hem Karan und mein Volk, aber es wäre unverzeihlich, wegen solcher Befürchtungen eine unkluge Entscheidung zu treffen. Es könnte tatsächlich eine geringe Chance, aber immerhin eine Chance, bestehen, dass Ihr mit Eurer Einschätzung der Lage Recht habt. Abgesehen davon bezweifle ich, dass dreizehntausend Mann ausreichen würden, um Gagrone zu befreien.«
»In diesem Fall haben wir noch Zeit für ein kurzes Bad, bevor wir uns mit Euch und Euren Generälen zu einer Beratung zusammensetzen. Hoheit, gestattet Ihr mir eine offene Frage? Als Ihr Seine Majestät um Unterstützung batet, warum habt Ihr da ausdrücklich nach mir verlangt?«
»Bevor ich Euch antworte, Maharaj-Kumar, muss ich Euch bitten, es mir nicht übel zu nehmen, wenn ich Eure Freimütigkeit mit gleicher Offenheit vergelte. Ich habe nach Euch verlangt, weil man von Euch sagt, Ihr wärt ein äußerst unvernünftiger Mann, Ihr hättet den Ehrgeiz, einen Krieg zu gewinnen, ohne einen einzigen Eurer

Soldaten zu verlieren. Man sagt weiterhin, Ihr wärt ein Mann ohne Skrupel, der keinerlei Bedenken habe, einen Feind von hinten und im Dunkeln anzugreifen. Man sagt, Ihr hieltet Euch so bedeckt, dass selbst Eure Generäle bisweilen erst im allerletzten Moment von geplanten Aktionen erführen. Man sagt, Ihr würdet unentwegt mit eingekniffenem Schwanz gehen und jede Gelegenheit ergreifen, den Rückzug anzutreten. Man sagt, Ihr wäret unberechenbar und würdet Eure Pläne ohne jede Vorwarnung ändern. Man sagt schließlich, Ihr wäret ein Lügner und kein Feind könne Euch trauen, und wenn Ihr irgendwelche Freunde hättet, so täten sie am besten daran, einen weiten Bogen um Euch zu machen. Deshalb habe ich Euch ausgewählt, Maharaj-Kumar!«

Bei unserem nächsten Treffen zeigte ich Medini Rai den Brief, den ich geschrieben hatte, und bat darum, ihn von den schnellsten Kurieren, über die er verfügte, dem Sultan überbringen zu lassen. Es war ein freundlicher Brief:

Seiner Majestät Mahmud Khalji, Sultan von Malwa.
Seine Majestät, Rana Sangram Simha, die Einwohner von Mewar – Hindus, Moslems und Jains – und ich, der Maharaj-Kumar von Mewar, entbieten Euch und dem Volk von Malwa unsere Grüße.
Wir wünschen Euch eine lange, glückliche und ungestörte Regierungszeit.
Gewiss haben Eure Informanten Euch bereits davon in Kenntnis gesetzt, dass rund zwanzig Kilometer von Dharampur entfernt fünfzigtausend Mewarer Krieger kampieren und mit brennender Ungeduld Eurer Ankunft harren. Schon bald werden Seine Hoheit Rao Medini Rai, Seine Hoheit Silhadi, Ihre Hoheiten Chand Rai, Arjun Rai und Jai Rai, Rai Pithoras Sohn Indrasen Rai und deren jeweilige Streitkräfte zu uns stoßen. Alles in allem werden dann über siebzigtausend Mann hier versammelt sein, um Euch einen würdigen Empfang zu bereiten.
Unser einziger Wunsch ist Frieden. Unser einziges Geschenk für das Volk von Malwa ist die ausgestreckte Hand der Freundschaft.
Wir sind davon überzeugt, dass auch Ihr der inneren Zwistigkeiten und Kriege von Herzen müde seid und dass es Euch nicht weniger

herzlich danach verlangt, mit Seiner Hoheit Medini Rai, Mewar und den übrigen Rais aus dem Osten endlich ein Friedensabkommen zu schließen.
Möge hinfort kein weiteres Mewarer oder Malwaer Blut vergossen werden! Mögen unsere Kinder wie Geschwister aufwachsen und alt werden!
Mit vorzüglichster Hochachtung –
Seiner Majestät gehorsamster Diener,
Der Maharaj-Kumar

PS: Ajit Simha, Seiner Hoheit Medini Rais höchster Nachrichtenoffizier, will uns glauben machen, der Zweck Eures Aufenthaltes vor Gagrone sei kriegerischer Natur.
Wie sollte das möglich sein, fragen wir ihn ungläubig. Weiß er denn nicht, dass Ihr ein weiser Mann und ein Mann des Friedens seid? Weiß er nicht, fragen wir ihn weiter, dass eine Konfrontation mit Mewar den Sultan nicht nur – wie seinerzeit Muzaffar Shah – das Leben zigtausender Männer kosten würde, sondern auch weite Gebiete kostbaren Malwaer Landes, da wir zwar als Freunde freigebig, ja sogar verschwenderisch sind, als Feinde aber nicht minder maßlos in unserer Rachgier?
Aber wir wissen, dass Ajit Simha ein Narr ist und Ihr auf Narren sicherlich nicht hören würdet.

»Was, wenn er Euer Angebot akzeptiert, Hoheit?«
»Nun, was schon, Hoheit, dann bewirten und bekochen wir ihn, schmeißen ein Fest, wie es Gagrone und Malwa noch nicht gesehen haben und unterzeichnen ein Friedensabkommen, nach dem Euch Chanderi zum Lehen überlassen wird. Und wer immer es wagen wird, die Bedingungen des Vertrages zu übertreten, soll mit seinem gesamten Königreich dafür bezahlen. Aber so sehr ich auch darum bete, dass der Sultan Vernunft annimmt, befürchte ich, dass er, nachdem er schon so weit gegangen ist, es als seine Ehrenpflicht ansehen wird, Euch eine Schlacht zu liefern.«
»Und was, wenn er siegt? Weder Seine Hoheit Silhadi noch die übrigen Rais haben sich bislang allzu begierig gezeigt, sich uns anzuschließen. Und ich habe den Verdacht, dass Eure gesamte Streit-

macht sich momentan auf knapp über dreitausend Mann beläuft, und keineswegs fünfzigtausend.«
»Wenn wir verlieren, wird mein Vater, der Rana, es mir nie verzeihen, dass ich Euch enttäuscht habe. Wenn ich andererseits beschlossen hätte, mit dreißigtausend Mann zu kommen, so hätten die Vorbereitungen uns wenigstens zwanzig bis fünfundzwanzig Tage und Euch möglicherweise Gagrone und Euren Sohn Hem Karan gekostet. Dieses Risiko wollte ich nicht auf mich nehmen.«
»In diesem Fall hören meine Leute und ich auf Euren Befehl und wir werden Euch für einen Sieg ebenso wie für eine Niederlage verantwortlich machen.«

Das Treffen mit Medini Rais Kommandeuren verlief zwar nicht hundertprozentig erfreulich, aber auch keineswegs unbefriedigend. Ob der Rai mir nun beipflichtete oder nicht, ob er mich für gefährlich hielt oder für geisteskrank, er behielt seine Meinung für sich und ließ mich machen, ohne mir zu widersprechen oder meine absonderlichen Behauptungen in Frage zu stellen.
Unsere erste Aufgabe bestand darin, durch geeignete Maßnahmen den Eindruck zu erwecken, wir bereiteten uns auf die Ankunft von fünfzigtausend Soldaten vor, wobei das fiktive Heerlager hinter zwei schroffen Gipfeln jenes Teils der Aravalli-Berge entstehen würde, der Dhola Maru genannt wird. Wir requirierten in Dharampur und Umgebung jedes verfügbare Zelt und gaben hundert weitere in Auftrag, die binnen zwei Tagen geliefert werden sollten. Als Nächstes trieben wir alle streunenden Hunde der Stadt zusammen und brachten sie ins Lager. Dharampur ist berühmt für seine Affen. Es gab Tausende von ihnen, in guten Jahren vernichten sie ein Drittel der Ernte. Sie sind dementsprechend verhasst, aber auch wenn es kein Gesetz gibt, das ihre Tötung untersagen würde, tut ihnen kaum jemand etwas zuleide, da sie als die Nachkommen Hanumans gelten. In allen Dörfern der Umgebung wurden Bekanntmachungen angeschlagen, der Maharaj-Kumar zahle jedem einen Tanka, der dem Proviantmeister zehn Hunde oder Affen abliefere.
»Dem Proviantmeister?«
Karan Rai, der Leutnant Seiner Hoheit, klang etwas verdutzt.

»Was soll er bitte damit anfangen?«
»Die Soldaten werden sich ihre Mahlzeiten wie gewohnt selbst zubereiten, aber wovon soll sich eine Armee von fünfzigtausend Mann ernähren? Wild dürfte es nach der Dürre vom letzten Jahr in dieser Region schließlich nicht mehr allzu viel geben.«
»Von Affen, Maharaj-Kumar?«
Karan Rai sah aufrichtig entsetzt aus.
»In China gilt Affenhirn, dem Tier bei lebendigem Leib entnommen, als eine besondere Delikatesse, Karanji.«
»Ihr habt einen, gelinde gesagt, eigentümlichen Geschmack«, entgegnete er mit angewiderter Miene. »Meine Männer werden das Zeug mit Sicherheit nicht anrühren.«
»Die Krieger Mewars können es sich leider nicht leisten, so wählerisch zu sein. Während eines Feldzugs essen sie wenn nötig Elefantenfleisch oder Ratten. Während des Gujarat-Feldzuges, als wegen der Dürre die Lebensmittel äußerst knapp geworden waren, haben meine Männer und ich uns eine Woche lang von Schlangen, Mungos und gerösteten roten Ameisen ernährt.«
Ich glaube, Karan Rai hätte mich liebend gern aufgefordert, meinen Kram zu packen und wieder zu verschwinden, aber da Medini Rai keine Miene verzog, blieb ihm keine andere Wahl, als seinen Mund zu halten.
Ich wandte mich nach Shiraz Ali um, dem Mann, den Mangal mir als Nachrichtenoffizier für diese Kampagne mitgegeben hatte, und befahl ihm, in Khaljis Lager das Gerücht in Umlauf zu setzen, sämtliche feindlichen Soldaten, die uns in die Hände fielen, würden geblendet und als Arbeitstiere in unseren Öl- und Getreidemühlen eingesetzt werden. Oder aber man würde sie kastrieren und in die Kohlebergwerke schicken, aus denen bekanntlich keiner lebendig zurückkehrte. Deren Mütter, Frauen, Söhne und Töchter würden wir zu widernatürlichen und bestialischen sexuellen Praktiken zwingen und, sobald sie dafür nicht mehr taugten, abschlachten. Es verstand sich von selbst, dass wir ihren Grundbesitz konfiszieren und an den Meistbietenden verkaufen würden.
Wenn andererseits ein Soldat Malwas zu uns überlief oder einfach nach Hause ging, würde er eine ansehnliche Belohnung erhalten, den Sold für zwei Monate im Voraus, sobald er sich bei unserem

Zahlmeister in Dharampur meldete, und wahlweise ein Lasttier oder eine Kuh nach Ende des Krieges.
»Das mit den alten Eltern und den Ehefrauen und Kindern meint Ihr aber doch bestimmt nicht ernst, nicht wahr, Eure Hoheit? Dass sie zu widernatürlichen Praktiken ...?«, sagte einer von Karanjis Leutnants mit um Entschuldigung heischendem Lächeln.
»Warum nicht?«, entgegnete ich kurz.
»Weil wir nicht wie sie sind; wir sind zivilisiert!«
»Ihr habt Recht, wir sind nicht wie sie. In Kürze werden sie feststellen, dass es keine Tat gibt, die so abscheulich und widernatürlich wäre, dass wir vor ihr zurückschrecken würden. Wenn die Herren gestatten, möchte ich ihnen ein kleines Rechenexempel vorlegen. Unser Zinssatz liegt derzeit bei 300 Prozent. Wie Ihr alle wisst, verlor Mewar vor langer Zeit 3.000 Soldaten an Gujarat. Ein paar Jahre später trieb Mewar an einem einzigen Morgen 10.000 Gujarater Krieger in einen grausamen Tod. Seine Hoheit Medini Rai hat in Mandu 39.917 Männer verloren. Auf die eine oder andere Weise wird Mahmud Khalji sich damit abfinden müssen, dreimal so viele Untertanen zu verlieren, gleich ob Zivilisten oder Soldaten, Männer, Frauen oder Kinder.«
Der Kriegsrat des Rai versuchte diese Information in schweigender Bestürzung zu verdauen.
»Eine letzte Frage, Hoheit.«
Karan Rai wollte sich nicht so leicht abwimmeln lassen.
»Wann trifft der Rest Eurer fünfzigtausend Soldaten ein?«
»Noch diese Woche. Shiraz Ali und seine Männer werden sie direkt über Nilkanth zum Lager führen, so dass sie den Frieden der Zivilbevölkerung nicht stören werden. Das sind gute Kerle, Karanji«, sagte ich mit einem entschuldigenden Lächeln, »aber wie alle Soldaten ein wenig übermütig.«

Am Ende stilisierten uns Karan Rai und seine Leutnants weit effektiver zu Kinder fressenden Kriegsverbrechern hoch, als es jede fünfte Kolonne und jedes feindliche Propagandaministerium je fertig gebracht hätte. In der Stadt schlug uns eine Woge des Abscheus entgegen, ein paarmal wurden unsere Männer beschimpft und ein Mal flogen sogar Steine. Medini Rai ließ die Übeltäter zwar auspeitschen, aber wir hielten es für klüger, uns fortan nur noch in wirklich dringenden Fällen in der Stadt blicken zu lassen und ansonsten hübsch im Lager zu bleiben. Wie sich jetzt herausstellt, ist selbst mein Bruder Vikramaditya nicht gänzlich nutzlos: Ohne ihn hätte ich schließlich nie von der Macht des Gerüchts und der üblen Nachrede erfahren. Am dritten Tag war auf den Straßen von Dharampur kein einziger Hund mehr zu sehen. Nein, wir hatten sie noch nicht alle geschlachtet, obwohl ich mich durchaus dazu hätte hinreißen lassen können bei dem Höllenspektakel, den sie jede Nacht im Lager veranstalteten. Die Bürger der Stadt hatten sie entweder fortgescheucht oder sie in ihren Höfen und Häusern eingesperrt, damit sie nicht den teuflischen Mewaris in die Hände fielen.

Eines Nachts – ich glaube, seit unserer Ankunft waren vier Tage vergangen – kam Medini Rai in unser Lager. Ein Unbekannter begleitete ihn. Der Rai wirkte erregt und brachte anfangs kein einziges Wort heraus.

Oh Gott, bitte keine schlechten Nachrichten! Lass Prinz Hem Karan bitte nicht sterben!

War Gagrone gefallen? Hatte ich die eine für einen Feldherrn unverzeihliche Sünde begangen, mich für klüger als meinen Gegner gehalten? Warum war ich nicht auf Nummer sicher gegangen, war zusammen mit dem Rai nach Gagrone geritten und hatte den Druck auf die Festung verringert?

»Hoheit, es gibt Schulden, die man niemals zurückzahlen kann.«

Mittlerweile stand Medini Rai in meinem Zelt.

»Von dieser bestimmten Schuld möchte ich nie mehr entbunden werden. Ich werde Euch zeit meines Lebens zu Dank verpflichtet sein. Ihr habt mir meinen Sohn Hem Karan und all meine Untertanen, die in Gagrone eingeschlossen waren, zurückgegeben!«

Ich dankte unserer Familiengottheit Eklingji dafür, dass der Sultan meinem Märchen von den fünfzigtausend Mewarer Soldaten Glauben geschenkt hatte. Jetzt konnte er zwar jeden Moment anmarschiert kommen, aber mir sollte es recht sein. Ich umarmte Karan, ich weiß nicht wie lange. Ich bat ihn, neben mir Platz zu nehmen, doch schon binnen weniger Minuten schlief er tief und fest.

»Nehmt ihn unter Eure Fittiche, Maharaj-Kumar! Ich glaube, Ihr seid für ihn ein Held, und er möchte liebend gerne in Eure Fußstapfen treten.«
Da sei Gott vor! Die Helden von heute sind die Schurken von morgen. Aber es würde mich freuen, wenn es außer Tej und Shafi noch wenigstens einen Rajputen gab, der nicht glaubte, im Leben drehe sich alles nur ums Sterben.

Was führte der Sultan von Malwa im Schilde? Es war fast drei Wochen her, dass er die Belagerung von Gagrone aufgehoben hatte, und noch immer war von ihm nichts zu sehen. Er hätte eigentlich unmittelbar nach Prinz Hem Karan eintreffen und uns überrennen müssen. Wartete er auf Verstärkung? War er vielleicht weit listiger, als ich gedacht hatte? Zahlte er es mir mit gleicher Münze heim, indem er uns unseren Ängsten überließ? Falls es so war, konnte ich ihm zu seinem Erfolg nur gratulieren. Er hatte es erreicht, dass Medini Rai, Hem Karan, Tej und Shafi, alle unsere Männer sowie meine Wenigkeit in einem Eintopf aus Zweifeln, Vermutungen und nervöser Anspannung schmorten und uns unaufhörlich den Kopf darüber zerbrachen, was sein nächster Schritt sein würde.
Ich beschloss, einen Versuchsballon steigen zu lassen, den Sultan nach Möglichkeit ein bisschen nervös zu machen und ihm irgendeine Reaktion zu entlocken. Wir würden versuchen, mit ihm Katz und Maus zu spielen, wobei er hoffentlich die Rolle der Maus übernehmen würde.
Wir wählten dreitausend von Medini Rais Männern aus, reihten sie in unsere Truppen ein und teilten das ganze Kontingent in vier Gruppen zu je fünfzehnhundert Mann ein. Es sollten nie mehr als zwei Gruppen gleichzeitig im Einsatz sein. Tej und Shafi erhielten den Oberbefehl, während Prinz Hem Karan und Karan Rai ihnen assistieren sollten, bis sie das Metier beherrschten, danach würden sie jeweils ein eigenes Kommando erhalten.
»Ihr seid jetzt auf euch gestellt«, sagte ich den vier Männern. »Versucht nicht, euch vorzustellen, wie ich in einer bestimmten Situation handeln oder ob ich eure Entscheidungen billigen würde. Ihr werdet vor Ort sein und deswegen auch am besten beurteilen können, was zu tun ist. Zwei Grundregeln: Nehmt den Feind nie-

mals frontal. Wann immer möglich, schlagt gleichzeitig, aber an unterschiedlichen Stellen zu. Sät in den Reihen des Feindes Verwirrung und Panik. Das Ziel ist, seine Truppen zu dezimieren. Verliert ihr aber auch nur einen unserer Männer ohne einen triftigen Grund, so werde ich euch wegen vorsätzlichen Mordes vor Gericht stellen. Gott sei mit euch!«

34

Nachrichten von daheim erhielt ich hauptsächlich von Mangal. Die erste Phase der Arbeiten am Trink- und Abwassersystem kam gut voran. Lakshman Simhaji hatte einen Schlaganfall gehabt, erholte sich aber rasch. Die Frau des Hofbarbiers hatte versucht, ihrem Gatten mithilfe eines seiner Rasiermesser den Penis abzuschneiden, da er sich eine Mätresse zugelegt hatte. Der Barbier Madanlal ist maßlos stolz auf seine Frau und hat nicht die geringste Scheu, aller Welt einschließlich Seiner Majestät seine verstümmelte Männlichkeit vorzuführen. Der Ausbau des Brindabani-Tempels ist abgeschlossen, und obwohl aus Palastkreisen zum Teil erbitterte Proteste gegen die Teilnahme Seiner Majestät an den dort abgehaltenen Abend-Aratis zu verzeichnen gewesen sind, setzt der Rana seine Besuche fort. Der König von Kabul, Zahir ad-Din Muhammad Babur, näherte sich rasch Hindustan mit der erklärten Absicht, im Panjab »die Ordnung wiederherzustellen«. Mangal schickte mir weitere Aufzeichnungen des Königs. »Sie ergeben nicht immer allzu viel Sinn«, schrieb Mangal, »aber das liegt daran, dass unser dortiger Lieferant alles nimmt, was ihm in die Finger kommt, und die Fragmente fast immer aus ihrem Kontext gerissen sind.« Manchmal spiele ich mit dem Gedanken, Babur selbst um Aufklärung zu bitten, wenn wir uns nächstens treffen und abends bei einem Glas Wein, diesem Getränk, dem er in seinem Tagebuch so oft und so erfolglos abschwört, vor seinem Zelt sitzen.

> Nachdem wir von dort aufgebrochen waren, ritten wir hinunter nach Kahraj, am Eingang des Kahraj- und des Peshgram-Tales. Als wir uns in jener Gegend befanden, fiel knöcheltiefer Schnee; Schnee scheint dort eine seltene Erscheinung zu sein, denn die Einheimischen zeigten sich sehr verwundert. In Absprache mit Sultan Wais von Sawad wurde dem Volk von Kahraj eine Tributzahlung von viertausend Eselsladungen Reis zur Verpflegung der Armee auferlegt, und er selbst wurde ausgesandt, um sie in Empfang zu nehmen. Noch nie zuvor hatten diese rohen Bergbewohner eine so schwere Last getragen. Sie schafften es nicht, das ganze Getreide aufzubringen, und wurden in den Ruin getrieben.

Das ist eine seltsame Eintragung. Baburs Vorfahren waren Nomadenhäuptlinge, und blitzschnelle Überfälle, bei denen sie sich mit Getreide, Frauen, Reichtum in Form von Pferden, Kamelen, Vieh und Schmuck eindeckten und, wenn die Zeit dafür reichte, noch ein rasches Gemetzel veranstalteten und die Ortschaft oder das Lager in Schutt und Asche legten, waren ihr täglich Brot gewesen. Babur scheint dagegen ein vorsichtigerer und gerechterer Mann zu sein. Er greift nicht grundlos an und zieht es vor, die Menschen nicht unnötig zu drangsalieren. Hatte er sich verrechnet und waren ihm plötzlich die Vorräte ausgegangen? Aber selbst wenn es so war, warum hatte er das Getreide nicht ehrlich bezahlt und dafür gesorgt, dass auch diese Bergbewohner und deren Familien nicht verhungern mussten?
Es war allerdings erst Baburs nächster Eintrag, der mir ein für alle Mal den Schlaf rauben sollte. Er bestätigte Mangals und meine schlimmsten Befürchtungen.

> Die verschiedenen Schaf- und Rinderherden der Einheimischen grasten in der unmittelbaren Umgebung unseres Lagers. Da es von jeher mein Herzenswunsch gewesen war, Hindustan zu besitzen, und da diese verschiedenen Länder, Bhira, Khushab, Chinab und Chimut, einst in türkischer Hand gewesen waren, stellte ich sie mir als mein Eigentum vor und war fest entschlossen, sie – friedlich oder gewalt-

> sam – in meinen Besitz zu bringen. Da es aus diesem Grund unerlässlich war, diese Bergbewohner gut zu behandeln, wurde der folgende Befehl ausgegeben: »Tut den Schaf- und Rinderherden dieser Menschen kein Leid und keinen Schaden an, ja vergreift euch nicht einmal an ihren Stoffresten und zerbrochenen Nadeln!«

Was folgte, war sogar noch aufschlussreicher:

> Die Leute sagten immer wieder: »Es kann nicht schaden, den Ländern, die einst den Türken tributpflichtig waren, um des Friedens willen einen Abgesandten zu schicken.« Dementsprechend wurde Mulla Murshid beauftragt, zum Sultan Ibrahim von Delhi zu reiten ... [die folgenden anderthalb Zeilen sind unleserlich] ... Ich schickte ihm einen Habicht und bat um die Länder, die von alters her den Türken gehört hatten. Mulla Murshid wurden Sendschreiben für Daulat Khan und Sendschreiben für Sultan Ibrahim anvertraut, desgleichen auch mündliche Botschaften, daraufhin wurde er verabschiedet. Fern von Vernunft und Weisheit, von aller Klugheit und Urteilskraft ausgeschlossen müssen die Menschen in Hindustan sein, die Afghanen vor allem, denn sie konnten weder wie ein Feind angreifen und Widerstand leisten, noch kannten sie die Regeln und Gebräuche der Gastfreundschaft. Daulat Khan hielt meinen Mann mehrere Tage lang in Lahore fest, ohne ihn selbst zu empfangen oder aber zu Sultan Ibrahim weiterzuschicken, und Mulla Murshid kehrte ein paar Monate später ohne eine Antwort nach Kabul zurück.

Es war eine recht fadenscheinige und dennoch unwiderlegbare Argumentation. Babur hatte die eine Wahrheit erfasst, die jeder Regierungsgewalt zugrunde lag. Alles zivilisierte Zusammenleben funktionierte kraft einer Vereinbarung, real oder erdacht, ausgesprochen oder implizit, spielte keine Rolle. Die Form war alles. Ihre Einhaltung war die Quelle aller Macht und Ordnung in einem Staatswesen. Sie hielt das Chaos in Schach. Sie ist das einzige Fun-

dament einer Monarchie oder jedes anderen Herrschaftssystems, in dem die Vielen dem Geheiß einiger Weniger folgen.
Wir Sisodias sind bekanntlich bloße Statthalter der höchsten Macht Shivas, und einzig daher rührt die Autorität, die meine Familie besitzt. Warum zahlen die Leute Steuern, halten brav die Hände hin, um sich fesseln und abführen zu lassen, wenn der Polizeichef oder auch nur ein einfacher Wachtmeister bei ihnen anklopft und einen des Diebstahls oder des Mordes angeklagten Mann verhaften will? Weil Finanzamt und Polizei und alle übrigen Organe der Staatsgewalt bloße Kanäle der Macht sind, die aus ebenjenem Vertrag, Kontrakt, oder wie immer man das nennen mag, fließt.
Genau aus diesem Grund ist Babur so darauf bedacht, die Legitimität seines Anspruchs auf den Thron von Delhi durch seine direkte Abstammung von Timur zu untermauern. Dabei spielt es überhaupt keine Rolle, dass dieser Anspruch bestenfalls als an den Haaren herbeigezogen zu bewerten ist. Der hinkebeinige Türke hatte sich in unseren Breiten eher als Strauchdieb, Räuberhauptmann und Plünderer denn als König betätigt. 1398 war er wie ein Wirbelwind durch Delhi gefegt. Babur brauchte also einen Vorwand, um Anspruch auf das Sultanat erheben zu können, und Timur-Lengs Stippvisite vor über hundert Jahren stellte in seinen Augen eben eine hinlängliche Legitimation dar.
Nachdem er beschlossen hatte, wegen der schlichten Tatsache seiner Abstammung von Timur – diese hinkende Geißel Gottes hatte schließlich viele Söhne und Enkel und ganze Legionen von Urenkeln gehabt, wer sollte also entscheiden, welcher Spross der aktuellen, fünften Generation der legitime Erbe Delhis war? – irgendwann einmal Hindustan in Besitz zu nehmen, war Babur bereit, sich Sultan Ibrahim gegenüber großzügig zu zeigen und ihm ein Geschäft anzubieten: einen Habicht im Tausch für das Sultanat von Delhi und sämtliche Territorien, die Timur einst überrannt hatte. Ein in jeder Hinsicht fairer und gerechter Handel, oder etwa nicht?
Ich bewunderte gerade die Kühnheit und die Frechheit, den politischen Scharfblick und die Gangstermethoden des Königs von Kabul und schmunzelte dabei in mich hinein, als der Hauptmann der Wache eintrat.
»Ich bitte um Vergebung, Hoheit, aber ...«

Ich bedeutete ihm mit einer Handbewegung, sich die Präliminarien zu sparen. Wenn ich den Befehl gegeben hatte, mich nicht zu stören, und er die Kühnheit besaß, es trotzdem zu tun, musste er einen triftigen Grund haben.

»Eine Dame wünscht Euch zu sprechen.«

Ich lächelte. Nur eine bestimmte Sorte Damen besucht Militärlager in der Nähe des Schlachtfeldes. »Dein Diensteifer rührt mich, aber wenn mir der Sinn nach weiblicher Gesellschaft steht, werde ich es dich schon wissen lassen.«

»Hoheit, sie sagt, sie sei eine Verwandte von Euch, eine sehr nahe Verwandte.«

Ich hatte keine Zeit mich zu fragen: entweder Königin Karmavati oder Grünauge oder ... da stand sie schon vor mir.

Ich wusste, dass dies eine Halluzination sein musste. Fast vier Jahre lang habe ich den einen Gedanken unterdrückt. Ich habe genau das getan, was ich für die feigste Tat halte, die der Mensch überhaupt begehen kann: seine Liebe zu verleugnen. Hätte ich sie getötet, so wäre es eine barmherzige Tat gewesen. Stattdessen ließ ich sie am Leben und tötete ihren Geist.

Sie berührte meine Füße. »Segnet mich, mein Gebieter.«

Ich hob sie auf. »Was tust du in Dharampur, Lilavati?«

Ach, diese Konversation von Prinzen! Gab es eine Banalität, die ich in meinem unerschöpflichen Reservoir von Plattitüden nicht finden würde?

»Mahmud Khalji hatte meinen Mann um eine Unterredung wegen eines dringenden Darlehens gebeten. Ich habe ihn begleitet und dachte, bevor ich wieder nach Mandu zurückkehre, mache ich einen kleinen Abstecher hierher.«

»Begleitest du deinen Mann auf all seinen Reisen?«

»Er ist Finanzier«, erwiderte sie lächelnd. »Ich bin eine Geldverleiherin mit dem Verstand einer Staatsfrau. Er hat festgestellt, dass es sich für ihn auszahlt, in wichtigen und komplizierten Angelegenheiten auf mich zu hören.«

»Und welchen Rat hast du ihm diesmal gegeben?«

»Der Sultan glaubt, Eure Stärke sei der Blitzangriff. Er destabilisiert und er schwächt, aber er vernichtet nicht, und eine entscheidende Wirkung zeitigt er nur durch ständige Wiederholung. Er spe-

kuliert darauf, dass Ihr diesmal nicht genügend Durchhaltevermögen haben werdet. Warum sonst hättet ihr eine Armee von fünfzigtausend Mann mitgebracht?
Auf hügeligem und unwegsamem Gelände wird er Euch keine Schlacht liefern. Aber in der Ebene glaubt er, Euch ebenso schlagen zu können, wie es Malik Ayaz bei Eurem ersten Treffen in der Nähe von Idar gelungen ist. Ich glaube, damit hat der Sultan nicht Unrecht. Aber wie ich meinem Mann gesagt habe, ist nicht der Sultan das Problem, sondern Ihr. Wenn es um staatliche Mittel und Menschenleben geht, seid Ihr der sparsamste Prinz weit und breit. Ich kann mir kaum vorstellen, dass es Euch gelungen sein sollte, eine so große Streitmacht in so kurzer Zeit aufzubieten und in Marsch zu setzen. Und selbst wenn doch, so glaube ich nicht, dass ihr bereit wäret, derart viel Geld und Zeit in den Kampf gegen den Sultan zu investieren. Malwa wäre gewiss nicht zu verachten, wenn es Euch wie ein reifer Apfel in den Schoß fiele, aber ich vermute, die Beute, auf die Ihr es eigentlich abgesehen habt, ist Delhi.«
»Was glaubst du also, welchen Plan ich verfolge?«
»Ich habe keine Ahnung, Hoheit. Ich bin mir nicht einmal so sicher, ob Ihr überhaupt einen konkreten Plan habt.«
Ich verzog keine Miene, bemühte mich zumindest darum, aber ich hatte das Gefühl, splitternackt ausgezogen zu werden, nicht nur körperlich, sondern auch seelisch und geistig.
»Einer einzigen Sache bin ich mir sicher. Ihr hängt keiner bestimmten Schule der Kriegskunst oder sonstigen Ideologie an. Und das macht Euch äußerst unberechenbar und gefährlich.«
»Sollte dein Gemahl also auf den Sultan setzen oder nicht?«
»Hoheit, wir sind keine Rajputen«, sagte sie mit einem sachlichen, ganz und gar unmaliziösen Lachen. »Für uns heißt es niemals ›alles oder nichts‹. Wir sichern unsere Investitionen immer doppelt und dreifach ab und versuchen, jedes vermeidbare Risiko auszuschließen. Wie Ihr sehr wohl wisst, ist der Sultan pleite und bereits hoch verschuldet.« Sie lächelte spitzbübisch.
»Mangal und seine Agenten haben die genaue Summe mit Sicherheit schon bis zur zehnten Stelle hinter dem Komma ausgekundschaftet und Euch mitgeteilt. Jetzt wäre natürlich der richtige Augenblick, um den Zinssatz um den Bruchteil eines Prozentpunktes

anzuheben. Aber das ist Kinderkram. Die einzige relevante Frage lautet: Wird sich Mewar damit begnügen, den Sultan zu besiegen, oder will es sich diesmal ganz Malwa einverleiben? Denn sollte Letzteres der Fall sein, würden wir alles verlieren, den bereits aufgelaufenen Schuldbetrag und das geplante neue Darlehen. Gestattet mir, das Problem mit einer einzigen Frage zu umreißen: Was ist das strategische Ziel dieses Feldzuges? Konkreter: Wer hat dieses Ziel formuliert, Seine Majestät der Rana oder Ihr?«

Sie ließ mich nicht aus den Augen. »Ich setze mein Geld auf Seine Majestät. Und deswegen habe ich meinem Mann geraten, ein Konsortium von Finanziers aus Gujarat, Vijayanagar und dem Osten zu bilden und dem Sultan den benötigten Betrag zu leihen. Auf diese Weise verringern wir unser Risiko und streichen gleichzeitig die Provision für die Vermittlung der durch das Konsortium gewährten Darlehen ein. Bestätigt dies Eure Vermutungen bezüglich der Geldpolitik des Hauses meines Mannes?«

Sie hatte mir nichts verraten, was ich nicht bereits gewusst hatte oder nicht in einigen wenigen Tagen hätte herausbekommen können. Ich hatte nicht vergessen, dass sie einen der klügsten Köpfe Mewars besaß, aber zu erleben, wie sie ein Problem in seine verschiedenen Komponenten auflöste, diese einzeln analysierte und dann mit einer einzigen komplexen Lösung in einem Aufwasch erledigte, war so, als beobachtete man einen Großmeister bei einer spannenden Schachpartie.

Ich schüttelte langsam den Kopf. »Wenn dein Großvater dich nur mit jemandem aus Mewar verheiratet hätte! Dann würde jetzt nicht der Sultan, sondern Chittor von diesem scharfen und blitzschnellen Verstand profitieren, der nichts dem Zufall überlässt.«

»Ich bin mit Mewar verheiratet, Maharaj-Kumar. Euch mag es entfallen sein, aber ich werde es niemals vergessen.« Sie ließ mir einen Moment Zeit, diese Mitteilung zu verdauen. »Diesmal bin ich endgültig zurückgekehrt.«

»Nicht der günstigste Augenblick für Scherze, Lilavati.«

»Ich meine es ernst, Eure Hoheit.« Ohne Eile, aber mit einer Sparsamkeit der Bewegungen, die wie ein Knopfdruck wirkte, durch die sich mit einem Mal ganze Landschaften und Ausblicke auftaten, entkleidete sie sich. »Nimm mich, mein Gebieter.«

Sie ruhte gelassener und abgeklärter in ihrer Nackheit als die überlebensgroße Figur Mahaviras im Garten ihres Großvaters Adinathji. Ich schloss die Augen, konnte sie allerdings nicht aussperren.
In Lakshman Simhajis Bibliothek befindet sich eine kostbar illustrierte Handschrift von Vatsyayanas *Kamasutra*. Eine der Miniaturen stellt das Gesicht einer Frau dar. Sie hat den Kopf in den Nacken geworfen. Ihre Augen sind in lustvoller Vorfreude geschlossen, ihre Lippen feucht und leicht geöffnet. Am Ende ihrer erwartungsvollen Lust reckt sich der Zeigefinger eines Mannes, vielleicht auch einer Frau. Die Lippen werden sich im nächsten Moment um diesen Finger schließen, die Zunge wird ihn befeuchten, umzucken und umschmeicheln. Sanft werden die Lippen den Zeigefinger in sich einsaugen und dann wieder freilassen.
Und doch, und doch haben Vatsyayana und sein Illustrator Lilavatis Zehen niemals gesehen.
Es gibt nichts, rein gar nichts, worauf man nicht notfalls verzichten könnte. Alles ist entbehrlich, solange man sich in sich zurückzuziehen weiß. Was geschieht, wenn man eine dunkle, brennende Sehnsucht in seiner Brust entdeckt, die einen wie eine Klinge durchbohrt und ein Loch hinterlässt, das man mit dem Rest seines Lebens zu stopfen versucht, mit Staatsgeschäften, Frauen, den unterirdischen Fluchttunneln von Chittor, mit Memoiren und Kriegshandbüchern, Kriegen und strategischen Besprechungen – und es trotzdem nicht besser wird? Das Loch bleibt so, wie es war, man trägt es überall mit sich herum, kein großer Schmerz, nur Leere und der dumpfe Verdacht, dass man Lilavati und sich selbst verraten hat.
Wenn es dem Staat nützt, kann ich lügen, ohne mit der Wimper zu zucken. Aber mich selbst pflege ich nicht zu belügen, zumindest nicht bewusst. Und dennoch habe ich in all den Jahren, wann immer ich versuchte, den Gedanken an Lilavati aus meinem Gedächtnis zu verbannen, mich wieder und wieder gefragt, was sie mir bedeutete, worin genau die Beziehung bestand, die unser jeweiliger Stand und unsere Rolle im Leben uns gestattet hätten. Manche Fragen kann ich beantworten, vor anderen stehe ich völlig ratlos. Aber es gibt auch Bereiche, in denen ich außerstande bin, die Grenzen zwischen Ausflucht, Verantwortung und jener sehr realen und ebenso ungreifbaren Entität namens Wahrheit zu ziehen.

Als Lilavati ein Kind gewesen war, hatte ich sie geliebt. Sie war frühreif, hübsch, lebhaft und total in mich vernarrt. Trotz meiner tiefen Zuneigung war meine Haltung ihr gegenüber möglicherweise – wie bei Erwachsenen ja häufig der Fall – etwas gönnerhaft gewesen. Ich zweifelte nicht an der Intensität ihrer Liebe zu mir, aber ich hatte sie als bloße Schwärmerei interpretiert. Mein Bruder Vikramaditya hatte sich nicht gescheut, Lilavatis Ruf und Zukunft zu ruinieren, um mir zu schaden. Damit war für meine Beziehung zu Lilavati ein für alle Mal der Vorhang gefallen. Aber auch wenn Vikramaditya sich nicht eingemischt hätte – wären die Dinge zwischen Lilavati und mir auch nur im Mindesten anders verlaufen? Inwieweit war ich für ihr Schicksal verantwortlich? Wenn man bedenkt, dass wir Rajputen waren und sie und ihre Angehörigen Jains und dass ihr Urgroßvater nicht nur Finanzminister, sondern auch der mächtigste Finanzier des Reiches war – hätten wir ab Beginn ihrer Pubertät überhaupt noch etwas anderes sein können als »gute Bekannte«? Bei uns in Mewar herrschen keine besonders strengen Sitten, aber Männer und Frauen, die nicht miteinander verheiratet sind, treffen sich ausschließlich zu konventionellen gesellschaftlichen Anlässen.

»Und was ist mit deinem Mann?«

Wo blieb mein Urahn, der Sonnengott? Wollte er nicht endlich seinen sengenden Blick auf mich richten und Lilavati von diesem Mann befreien, der lieber Blödsinn stammelte als ihren Wünschen zu entsprechen?

»Ich bin noch Jungfrau, Maharaj-Kumar.«

Meine Miene muss eine gewisse Regung, möglicherweise sogar Verblüffung gezeigt haben.

»Er ist nicht schuld, Hoheit, er ist ein ganzer Mann. Zu seinem Unglück aber ist er auch ein überzeugter Anhänger der jainistischen Ethik. Als er in den ersten Jahren unserer Ehe noch versuchte, mir seine Zärtlichkeiten aufzudrängen, habe ich ihm gedroht, wenn er mich anrührte, würde ich seinem geliebten Singvogel, den er jeden Morgen höchstpersönlich füttert, den Hals umdrehen, und das Blut des Vogels würde über sein Haupt kommen. Er ist verrückt nach mir, Maharaj-Kumar, aber er ist ein Jain, und nicht einmal aus Liebe zu mir wird er ein Leben zerstören.«

»Geh zu deinem Mann zurück, Lilavati«, brachte ich heiser heraus. »Mach ihn glücklich.«

»Ich gehöre Euch und Euch allein.«

»Ich bin wirklich gerührt, Lilavati. Noch nie hat mir jemand ein größeres Kompliment gemacht.«

Ich wählte meine Worte mit Bedacht, um gerade den richtigen Grad von teilnahmsloser Freundlichkeit zu vermitteln. Der Sand der Verlogenheit und der Hinterlist füllte mir den Mund, und so sehr ich mich auch bemühte, schaffte ich es nicht, ihn auszuspucken.

»Deine Grausamkeit und deine Weigerung kann einen Mann töten, Lilavati. Du musst mit diesem Unsinn aufhören.«

»Ihr braucht einen Erben, Hoheit. Die Kleine Heilige ist zu ichbezogen, um Euch einen schenken zu können. Wir werden Kinder haben, Jungen und Mädchen, und ich werde Euch eine gute Frau und Gefährtin sein.« Dann ergriff sie meine Hände und drückte sie fest. »Ich werde all die fürchterlichen Jahre deiner ersten Ehe wegwischen! Ich werde dich glücklich machen!«

Ich hatte daran zwar nicht den geringsten Zweifel, klammerte mich aber dennoch weiterhin an mein verfluchtes Schweigen.

»Mein Mann ist dir doch egal! Ist es wegen der Prinzessin? Hast du immer noch nicht begriffen, dass sie einen anderen liebt – das schon immer getan hat?«

Gut machst du dich, mein Freund! Du brauchst jetzt nicht mehr vor dem Spiegel eine steinerne Miene einzuüben. Du bist bereits Stein geworden.

»Dann warum, Maharaj-Kumar? Warum?«

35

Die Nachrichten, die mich von Tej, Shafi und Hem erreichten, waren ermutigend. Die drei waren überall und nirgends. Das nördliche und das östliche Malwa gehörten ebenso zum Herrschaftsgebiet Sultan Mahmuds wie etwa Mandu, aber der Sultan befand sich in diesen Gebieten eindeutig im Nachteil. Als Einheimische standen Medini Rai und die übrigen hinduistischen Fürsten dem Volk näher als der Sultan. Es ließ sich nicht bestreiten, dass unsere Zermürbungstaktik Früchte zu tragen begann. Alle Lebensmittel verschwanden rasch vom Markt. Wenn die Soldaten von Malwa den Kaufleuten und Dörflern Getreide, Linsen und Salz mit Gewalt abnahmen, ließ die Vergeltung nicht lange auf sich warten. Oft schlugen Tej oder Hem bereits zu, wenn sich die Soldaten mit ihrer Beute noch auf dem Rückweg ins Lager befanden.

Alles in allem hätte ich, wenn schon nicht glücklich, so doch zumindest zufrieden sein können. Stattdessen wurde ich zunehmend unruhiger. Mahmud Khalji hatte dem Sultan von Delhi eine eilige Botschaft geschickt, in der er um finanzielle und militärische Unterstützung bat. Ich wusste, dass ich keine Veranlassung hatte, mich vor Ibrahim Lodi von Delhi zu fürchten. Wenn er sich überhaupt zu einer Antwort aufraffen konnte, dann würde es eine höflich abschlägige sein. Aber genau das war der Grund meiner Besorgnis, Nervosität und Hilflosigkeit. Wie weit war der *Mogul* Babur mittlerweile vorgedrungen? Würde der Sultan von Delhi ihm Widerstand leisten

können? Ich fühlte mich wie in der Falle und konnte es nicht erwarten, wieder in Chittor zu sein. Nicht gerade der beste Gemütszustand, um wichtige Entscheidungen zu fällen und gegen einen Feind zu kämpfen, der uns zahlenmäßig dreifach überlegen war!
Dann fing Mangals rechte Hand, Shiraz Ali, einen Brief Sultan Muzaffar Shahs ab. Ein Gujarater Heer von zehntausend Mann marschierte in schnellen Etappen auf Dharampur zu. Das genügte allerdings, um mich sogar den Mogul vergessen zu lassen. Zwischen den Streitkräften Malwas und Gujarats eingekeilt würden wir ein hervorragendes Ziel abgeben. Es gibt eine Zeit für den Kampf und eine Zeit für die Flucht. Unsere einzige Hoffnung bestand darin, in aller Eile zusammenzuraffen, was wir von unserem Gepäck tragen konnten, und ohne Zwischenstation bis nach Mewar zurückzugaloppieren – vielleicht sogar direkt bis Chittor.
Ich begab mich zum Palast des Rai, brachte das kürzeste Gespräch, das ich mit einem Fürsten von vergleichbarem Rang je geführt hatte, rasch hinter mich, kam wieder heraus, befahl, alle echten und angeblichen Lager bis spätestens vier Uhr Nachmittag abzubrechen, und ließ Shafi, Tej und Hem durch Kuriere mitteilen, sie möchten sich nicht mit langen Abschiedszeremonien aufhalten und schleunigst das Weite suchen. Bevor Medini Rai und ich unsere Truppen – ziemlich überstürzt – aus Dharampur führten, setzten wir das Gerücht in Umlauf, wir seien unterwegs nach Mandu, um dem abwesenden Sultan unsere Aufwartung zu machen.
Anders als ein Spähtrupp oder ein kleines Einsatzkommando kann eine Armee nicht direkt wie der Teufel reiten, aber wir brachten immerhin eine ganz passable Imitation zustande. Wir ritten drei Nächte durch; die Guerillakämpfer stießen in der zweiten Nacht zu uns. Am vierten Tag erkundeten der Rai und ich das Gelände und wählten einen Talkessel aus, der ringsum von mittelhohen steilen Hügeln umgeben war, die man zu Pferd in einer knappen halben Stunde besteigen konnte. Am nächsten Morgen erhielten wir die Nachricht, Seine Hoheit Suraj Rai, einer von Medini Rais unentschlossenen Verbündeten, nähere sich unserem Lager an der Spitze von fünftausend Bewaffneten. Ich glaube nicht, dass ich mich je so verlogen verhalten habe, wie ich es zu dieser Gelegenheit tat. Ich war so erleichtert, dass ich ihm am liebsten entgegengeprescht wäre

und ihn umarmt hätte, als sei er mein Freund Puraji Kika höchstpersönlich. Stattdessen ließ ich ihn kommen und befleißigte mich ihm gegenüber dann einer erlesenen, aber distanzierten Höflichkeit. Ich hatte nicht vor, ihm dafür, dass er sich alle Zeit der Welt gelassen hatte, jetzt auch noch zu danken.
Als wir an dem Abend am Lagerfeuer saßen, stellte Suraj Rai die eine Frage, die ihn schon den ganzen Tag beschäftigt haben musste: »Wo ist eigentlich der Rest Eurer Truppen?« Er bemühte sich, die Frage so beiläufig wie möglich klingen zu lassen.
Ich blieb stumm. Medini Rai deutete auf die Berge hinter uns.
»Sie werden im richtigen Moment schon herauskommen.«
Wir aßen gerade zu Abend, als Silhadi den Rai und den Maharaj-Kumar von Mewar um eine Audienz ersuchte.
»Es ist eine seltene Ehre, Hoheit. Wir haben bereits Seite an Seite mit Seiner Majestät dem Rana gekämpft, aber wie man hört, ist der Sohn in jeder Hinsicht seines Vaters würdig!« Silhadis Stimme war so glatt wie chinesische Seide, aber völlig ohne Charakter.
»In dem Fall beruht unsere Bewunderung ganz auf Gegenseitigkeit. Seine Majestät hat häufig von Euch gesprochen, aber ich hatte nach all diesen Monaten schon gar nicht mehr damit gerechnet, dass Ihr uns die Ehre Eures Besuches zuteil werden lassen würdet.«
Meine kleine Spitze verfehlte zwar nicht ihr Ziel, aber Silhadi ließ sich dadurch nicht aus der Fassung bringen. Er wollte keine Zweifel aufkommen lassen, wie sehr wir ihm zu Dank verpflichtet waren.
»Dies ist kein bloßer Höflichkeitsbesuch, Hoheit. Mir folgt ein Heer von siebentausend tapferen Männern, die darauf brennen, Euch Beistand zu leisten.«
»Dann fühlen wir uns doppelt geehrt und Ihr seid uns doppelt willkommen. Möchtet Ihr nicht mit uns speisen?«
Ich beobachtete ihn, wie er im eingelegten Rebhuhn und dem Senfgemüse auf seinem Teller herumstocherte. Er strahlte den Charme eines Reptils aus. Ich hatte das unbehagliche Gefühl, dass er durchaus ein unbekümmerter Freund sein würde, solange sich das Wetter nicht änderte und die Sterne günstig blieben. Was kein so abwertendes Urteil ist, wie es vielleicht klingen mag. Der Mensch kann von Glück reden, dass es im Leben eher selten hart auf hart kommt und Freundschaften nicht allzu häufig auf die Probe gestellt werden.

In dem Moment bat mich Shiraz Ali um eine kurze Unterredung. Suraj Rai entschuldigte sich mit den Worten, ihm sei gar nicht bewusst gewesen, wie spät es schon war, und Silhadi bemerkte plötzlich seine Erschöpfung nach dem langen Tag.

Sobald sie gegangen waren, winkte ich Shiraz Ali herein.

»Der Sultan und seine Streitkräfte werden morgen gegen ein, allerspätestens zwei Uhr Nachmittag hier eintreffen.«

Shiraz Ali hatte sich um eine halbe Stunde verschätzt. Der Sultan hatte es offenbar sehr eilig, seine Hauptstadt vor den Mewarer Plünderern zu retten, und musste sein Nachtlager bereits um sechs Uhr früh abgebrochen haben. Sie waren schnell vorangekommen. Elefanten, Kamele, Berittene und Fußsoldaten hatten einen Marsch von sechs bis sieben Stunden hinter sich, als sie den magischen Kreis des Talkessels betraten. Die verhasste Gujarater Division von fünftausend Berittenen, die – offenbar um den Sultan vor seinen eigenen Untertanen zu beschützen – ständig in Malwa stationiert war, ritt als erste hinein, dann folgte das eigentliche Heer von Malwa. Wir hätten auf dem Weg nach Mandu sein müssen. Was in Teufels Namen taten wir hier, keine hundertdreißig Kilometer von Dharampur entfernt, in Schlachtformation? Und wo waren die fünfzig-, sechzigtausend Mewarer Krieger? In dem engen Tal drängten sich nicht einmal zehntausend Männer. Der Sultan hob die Hand und brachte seine Truppen zum Stillstand. Noch eine Stunde lang kamen sie in den Talkessel hereingeströmt und nahmen Aufstellung: das Kamelkorps, die Kavallerie und die Infanterie. Der Sultan und seine Generäle hatten währenddessen ausgiebig Zeit gehabt, sich umzuschauen und sich zu wundern. Silhadis Männer standen auf der nördlichen Hügelkette, diejenigen Suraj Rais auf dem westlichen Kamm, und knapp siebentausend von Medini Rais Männern wachten über die südlichen Hänge. Wie viele Soldaten genau befanden sich da oben in den Bergen? Dreißig-, vierzig-, fünfzig- oder lediglich zehntausend? Was trieben sie da oben, anstatt neben ihren Brüdern im Tal zu stehen? Hatten Medini Rai und der Maharaj-Kumar von Mewar etwa vor, mit läppischen sieben-, achttausend Mann gegen die fünfundvierzigtausend Krieger des Sultans

anzutreten? Das konnte doch nicht mit rechten Dingen zugehen! Der Sultan hätte unsere Reiterei in ein, höchstens anderthalb Stunden niederwalzen können. Aber dann würden diese – wie viele? – Tausende von Kriegern oben auf den Hügeln die Hänge hinunterstoßen und die tödliche Schlinge um das Heer von Malwa zuziehen. Oder hatten wir nur vorübergehend hier Stellung bezogen, um den Sultan eine Zeit lang aufzuhalten, während das Hauptkontingent unserer Streitkräfte nach Mandu eilte und es im Sturm nahm?
Es war eine seltsame Szenerie. Zwei feindliche Heere, voreinander aufmarschiert, das eine nach fast siebenstündigem Marsch müde und ausgehungert, das andere satt und ausgeruht, und beide nicht willens, den ersten Schritt zu machen. Der Sultan von Malwa wirkte wie gelähmt. Ich hielt die Zeit für gekommen, ihn von seiner Qual zu erlösen. Tej gab seinem Pferd die Sporen und brachte es erst knapp zwanzig Meter vor dem Sultan zum Stehen, dann zog er eine mit rotem Brokat umwundene Schriftrolle hervor.
»Könnt Ihr mich hören, Eure Majestät?« Schweigen. »Wenn nicht, komme ich gerne noch etwas näher.« Er wartete allerdings keine Antwort ab, sondern ritt fünf, sechs Meter näher heran. »Seine Hoheit Medini Rai, Seine Hoheit der Maharaj-Kumar von Mewar, Seine Hoheit Silhadi und seine Hoheit Suraj Rai überbringen Euch die Grüße Seiner Majestät Rana Sangram Simha von Mewar. Seine Majestät der Rana wünscht Euch eine lange und glückliche Regierungszeit. Deshalb möchte er noch einmal betonen, dass er Euch äußerst wohl gesonnen ist und jede Konfrontation nach Möglichkeit vermeiden möchte. Er ist überzeugt, dass die Völker von Mewar und Malwa gleichermaßen den Frieden wünschen und Ihr nur auf Anstiftung einer fremden Macht, die sich zudem als Euer Herr aufspielt, Mewar und dessen Verbündeten den Krieg erklärt habt.
Fragt Eure Soldaten, erkundigt Euch bei Euren Bauern und Dörflern, lauscht Euren Stadtbewohnern, und sie werden Euch einmütig sagen, dass sie genug von der Gujarater Soldateska haben, die Euer souveränes Reich wie einen Vasallenstaat und dessen Einwohner wie Bürger zweiter Klasse behandeln. Sie wollen in Ruhe gelassen werden. Sie sehnen sich nach Frieden.
Seine Majestät der Rana verlangt nur eines: Gerechtigkeit. Gebt Chanderi Seiner Hoheit Medini Rai, dem Mann, der Euch einst

half, den Thron und Eure Hauptstadt zurückzuerobern, und der jahrelang Euer treuester Verbündeter und Freund gewesen ist. Als Sultan von Malwa habt einzig Ihr die Macht, mit den Hoheiten Silhadi und Suraj Rai einen großzügigen Frieden zu schließen. Was die an Mewar zu leistenden Reparationszahlungen anbelangt, so können wir sie zu gegebener Zeit als zwei große Nationen im Geiste der Freundschaft und des gegenseitigen Respekts aushandeln.
Noch einmal wünschen wir Euch die Hand zu reichen. Werdet Ihr sie zum Zeichen immerwährender Freundschaft ergreifen?«
Tej hielt inne und richtete den Blick auf den Sultan und seine Generäle, dann auch auf die einfachen Soldaten von Malwa, von denen bis dahin weder ihr eigener Sultan noch irgendein früherer Maharana jemals Notiz genommen hatte.
»Schließt Frieden, Eure Majestät, oder Ihr werdet diesen Tag bis ans Ende Eures Lebens verfluchen. Das versprechen wir Euch. Wir schwören, dass siebentausendfünfhundert Mewarer und alliierte Krieger, Männer ohne natürliche Regungen, ohne Gewissen oder Herz, mit einer Kost genährt – mit Hunde- und Affenfleisch –, die kein zivilisierter Mensch je zu sich nehmen würde, die sie aber unbesiegbar und über Yamas Zugriff erhaben macht, losstürzen und sämtliche hier anwesenden Soldaten Malwas abschlachten und restlos vernichten werden. Das ist keine leere Drohung, Majestät. Denn wie sonst könntet Ihr das übernatürliche Selbstvertrauen erklären, das es uns gestattet, das Hauptkontingent unserer Streitmacht auf jenen fernen Höhen lagern und unbeteiligt zuschauen zu lassen, anstatt uns im Kampf beizustehen? Denkt nach, Eure Majestät! Wenn wir nicht binnen zehn Minuten eine freundliche Antwort erhalten, werdet Ihr und Ihr allein die Verantwortung für den Tod von fünfundvierzigtausend unschuldigen Soldaten zu tragen haben!«
Abschließend ritt Tej bis dicht an den königlichen Elefanten heran, auf dem Seine Majestät der Sultan thronte, rollte das Schriftstück wieder zusammen, verknotete die Brokatbänder zu einer säuberlichen Schleife und händigte das Dokument mit einer tiefen Verbeugung dem Monarchen von Malwa aus, dann galoppierte er zu uns zurück. Medini Rai und ich trabten zum Rand des Schlachtfeldes, während Tej, Shafi und Hem Karan das Kommando über die drei Divisionen übernahmen, in die ich das Heer aufgeteilt hatte.

Ich war an dem Morgen aufgewacht und hatte meinen Entschluss, Hem Karan nicht in die Schlacht zu schicken und sein Leben nicht aufs Spiel zu setzen, über den Haufen geworfen. Ich verspürte zwar keinen Wunsch, sein Glück noch weiter auf die Probe zu stellen, aber wir sind nun einmal Krieger, und Sentimentalität ist nur ein anderes Wort für Angst, und ich musste endlich lernen, mit meinen Ängsten zu leben, anstatt die Augen vor ihnen zu verschließen.

»Der Krieg, den wir bislang geführt haben, war ein reiner Nervenkrieg«, hatte ich an dem Morgen zu unseren Soldaten gesagt. »Ein Krieg, den man nicht sehen kann und der entweder wie ein Kinderspiel oder wie eine Zeitvergeudung erscheint. Es spricht allerdings einiges dafür, dass er wirkt. Ihr könnt nicht bestreiten, dass Prinz Hem Karan und seine tapferen Männer wieder zu uns gestoßen sind, ohne dass auf unserer Seite ein einziger Tropfen Blut geflossen wäre. Aber der Nervenkrieg ist und bleibt nur eine vorbereitende Maßnahme zur Unterstützung richtiger – konventioneller oder nichtkonventioneller – militärischer Aktionen. Sein Ziel ist, den Feind, ehe wir angreifen, zu demoralisieren und zu zermürben. Haben wir dieses Ziel erreicht? Ich weiß es nicht. Nur ihr könnt heute Nachmittag das Ergebnis dieses Experiments überprüfen.

Eure Schwerter sind achtzehn Zentimeter länger und trotzdem etwas leichter als die Klingen, die die Männer des Sultans führen. Sie sind leichter, aber deswegen um keinen Deut weniger hart und sie sind um dreißig Prozent flexibler. Kurz gesagt: Eure Reichweite und eure Effektivität sind bedeutend größer.

Prinz Tej und seine Männer werden zusammen mit mir zurückbleiben. Sie sind unsere Absicherung. Sollte es euch nicht gelingen, die Männer des Sultans wieder in den Flaschenhals zu treiben, aus dem sie hervorgesprudelt kommen, und sollten wir merken, dass es stattdessen uns an den Kragen zu gehen droht, dann werden wir natürlich die Truppen von den Hügeln herunterrufen. Wollt ihr, dass es dazu kommt? Unsere neuen Verbündeten sind Opportunisten. Sie haben sich uns nach all den Monaten nur deshalb angeschlossen, weil sie glauben, dass unsere Chancen gut stehen und sie die Früchte des Krieges und den Ruhm mit uns teilen können. Es kommt mir irgendwie unfair vor, dass ihr die ganze Arbeit macht und sie dann kommen und die Lorbeeren einsammeln, findet ihr nicht auch?

Können so wenige Männer so viele besiegen? Ich glaube, ja. Geht und schreibt Geschichte! Gott schütze euch!«
Die Bedenkzeit des Sultans war verstrichen. Fünfzig große Kellen mit zwölf Meter langen Griffen schnellten wie gigantische Kugelstoßerarme in die Höhe und katapultierten lodernde, flammenschwänzige Feuerkugeln in den Himmel. Ich bezweifle, dass diese mit Öl getränkter Leinwand und Baumwolle umwickelten Steine dem Feind großen materiellen Schaden zufügten, aber die psychologische Wirkung – und das ausgelöste Chaos in seinen Reihen – war gewaltig. Die improvisierten Katapulte waren gestern nach zahlreichen Versuchen exakt so ausgerichtet worden, dass die Flammen-Breitseite das ganze feindliche Heer bestreichen würde.
Auf dem Höhepunkt dieses Feuergewitters formierten sich Shafi und seine Männer zu einem dicht gedrängten Dreieck und stürmten auf die Gujarater Division los. Ihre Aufgabe war klar umrissen: binnen dreißig Minuten die Gujarater Kavallerie zu vernichten. Gleichzeitig riefen hundert mit Schalltrichtern ausgerüstete Männer den Soldaten des Sultans zu: »Brüder aus Malwa, wir haben nicht die Absicht, Euch zu töten! Lasst eure Waffen fallen und zieht euch an den Rand des Schlachtfeldes zurück! Niemand wird euch ein Haar krümmen! Bruder soll nicht gegen Bruder kämpfen!«
Es gäbe eine elegante Geschichte ab, wenn ich jetzt berichten könnte, dass die Malwaer Truppen von den Seitenlinien aus zusahen, wie Shafi und seine Männer Muzaffar Shahs Soldaten niedermachten. Doch dem war leider nicht so. Die meisten von ihnen stürzten sich tapfer ins Handgemenge. Aber es war immerhin ein gewisses Zögern zu bemerken, und wenige Dinge verschaffen dem Feind einen solchen Vorteil wie Unentschlossenheit. Für einen kurzen, aber für unsere Zwecke ausreichend langen Moment fühlten sich die Gujarater isoliert. Sie waren gute, erfahrene Krieger und säbelten entschlossen drauflos, doch sie mussten feststellen, dass zwei Handspannen längere Klingen zurückschlugen und auf sie einhackten.
Alle Armeen setzen sich aus Kompanien zusammen, die von einem *Amir*, Rao, Raja, oder was für einen Titel der jeweilige Vasall sonst tragen mag, angeführt werden. Feindschaften und Rivalitäten – zwischen einzelnen Dörfern, Fürstenhäusern, Unterkasten oder religiösen Gruppen – werden unweigerlich mit in die Schlacht ge-

nommen und wirken sich auch angesichts des gemeinsamen Feindes weiter aus. Hem Karans Männer fanden blitzschnell die Fugen, trieben Keile hinein und ließen sie weit aufgerissen zurück, und als dann die langen Klingen begannen, Männer wie Herbstgras niederzumähen, machte sich bei den Kriegern des Sultans zunehmende Mutlosigkeit bemerkbar. Bald verwandelte sich ihr entschlossener Widerstand in eine Reihe vereinzelter, unkoordinierter Rückzugsgefechte. Die Schlacht verlief allerdings nicht nach meinem Plan. Wir kämpften jetzt bereits seit einer Stunde und zehn Minuten, hinkten aber dem Zeitplan hinterher. Und dass wir ihm hinterherhinkten, lag an einem einzigen Mann: Sultan Mahmud Khalji.
Ich habe durchaus schon gute Krieger erlebt: Vater, Rao Viramdev, Rao Ganga, Malik Ayaz ... was aber der Sultan an diesem Tag vollbrachte, war eine Klasse für sich. Er kämpfte wie ein wahrer Löwe. Unsere Schwerter hätten einen ganzen Meter länger sein können, trotzdem wäre er all unseren Umzingelungsversuchen entkommen. Schon scharten sich seine Männer immer enger um ihn. Noch eine dreiviertel Stunde, und die Dämmerung wäre hereingebrochen und der Tag hätte ohne richtigen Sieger oder Verlierer geendet.
Tej, Medini Rai und ich galoppierten mit fünfhundert Mann los. Schon Minuten später wütete ein erbittertes Handgemenge. Dann fand ich mich plötzlich dem Sultan gegenüber. Ich hatte mir etwas vorgemacht. Er war gut, sehr gut, aber das war nicht der Grund, warum ich mich ins Getümmel gestürzt hatte. Ich wollte ihn töten – dann würden wir endlich Malwa annektieren und diesem Unfug, der uns ohne weiteres bereits Delhi gekostet haben konnte, ein Ende machen können. Trotz des magischen Bannkreises, der ihn bislang unverwundbar gemacht hatte, würde ich Mahmud Khalji niederstrecken. Ich hatte schon zum entscheidenden Schlag ausgeholt, als ich aus dem Augenwinkel sah, wie der Rai den Kopf schüttelte. Das war ein Unfall, wollte ich ihm zurufen, kommt schon, Hoheit, das seid Ihr mir wohl schuldig, erzählt Seiner Majestät ein Märchen, um Euret- und um Mewars willen! Wir brauchen keinen bloßen Sieg über Malwa – wir brauchen eine Annexion. Eine endgültige! Aber dann war der Augenblick vorüber. Der Sultan schlug zu, ich warf mich nach rechts. Die Klinge prallte ab, schlug Funken aus meinem Kettenhemd und biss in meinen linken Arm. Der Sultan musste eine

Arterie getroffen haben, denn das Blut schoss in einem Schwall heraus und spritzte ihm ins Gesicht. Er kniff die Augen zusammen. Ich muss kurz das Bewusstsein verloren haben, denn als ich wieder zu mir kam, war mein Schwert zu Boden gefallen. Wie schnell doch Blut gerinnt! Der Sultan versuchte verzweifelt, die Augen aufzureißen und sie vom blutigen Kleister zu befreien. Ich umklammerte mit der kettengepanzerten Rechten die Spitze seiner Klinge. Es war schwierig, sie richtig fest zu halten. Ich hatte keine andere Wahl, als meine linke Hand zu Hilfe zu nehmen. Dann stellte ich mich plötzlich in die Steigbügel, beugte mich vor, um eine größere Stoßkraft zu erzielen, und rammte dem Sultan den Schwertknauf mit solcher Wucht vor die Brust, dass er taumelte und aus dem Sattel kippte. Er lag hilflos am Boden, einen Fuß im Steigbügel verfangen. Ich saß ab. Schon hatte ich mein Schwert wieder in der Hand und den rechten Fuß auf der Brust des Sultans. Zur Sicherheit ruhte die Spitze des Schwertes in der Vertiefung unter seinem Adamsapfel, an der gleichen Stelle, in die Vater vor vielen, vielen Jahren meiner Mutter, als ihr ein Hühnchenknochen im Hals stecken geblieben war, kaltblütig gestochen hatte. Mahmud Khalji wischte sich das Blut aus dem Gesicht und sah mich an.

»Warum, Maharaj-Kumar? Warum dieses Zögern? Es hieß entweder Ihr oder ich.« Er hatte eine kindliche Stimme, nicht unangenehm, aber von der Sorte, die einen nach einem Picknick veranlassen würde, noch einmal zurückzugehen, um sich zu vergewissern, dass man das verträumt dreinschauende Bübchen nicht aus Versehen zurückgelassen hat. »Ich hätte Euch bestimmt nicht verschont, wenn mein Schwert nicht sein Ziel verfehlt hätte.«

Ich lächelte. Verträumt dreinschauende Leute konnten, wie ich aus eigener Erfahrung wusste, gefährlicher als gedungene Mörder sein. Was sollte ich dem Sultan sagen? Dass ich ein siebenjähriges Jüngelchen war, das brav seinem Papa gehorchte?

Wenn es Probleme gibt, ziehe stets sämtliche rhetorischen Register.

»Man tötet keinen so tapferen Krieger, Eure Majestät.«

Vielleicht ist es langsam an der Zeit, dass ich das Prinzsein an den Nagel hänge und mich meiner eigentlichen Berufung zuwende: Hofgeschichtsschreiber oder Charan, der Niederlagen und Pattsituationen in Triumphe verwandelt.

36

Ich bin wie ein Schuljunge: immer auf dem schnellsten Weg nach Haus. Von Idar, von Kumbhalgarh und jetzt von Dharampur. Es ist so, als bräuchte ich unbedingt das Gefühl, etwas Folgenschweres, eine Krise, die ohne meine Intervention nicht zu lösen wäre, riefe mich. Bin ich zu dumm, bin ich unfähig zu begreifen, dass keine menschliche Intervention das Schicksal zu ändern vermag? Vielleicht. Aber an dem Tag, an dem ich das verinnerliche, werde ich die Eignung zum Königsein verlieren. Es gibt tatsächlich einen Zeitpunkt, da es gut und richtig ist, den Dingen ihren Lauf zu lassen. Ich verrate auch gleich, wann: wenn man tot ist.

Diesmal aber hat meine Ungeduld einen Stich ins Verzweifelte, und das ist neu. Ich habe keine Ahnung, welche Katastrophe ich meine abwenden zu müssen, aber ich hätte Lust, all die Sultane und Prinzen hinter mir zu lassen und schnurstracks bis Chittor zu galoppieren. Und wenn Befikir zusammenbricht, wäre ich bereit, die letzten hundert Kilometer zu laufen, um nur rechtzeitig an Mangals Tür zu klopfen. Was gibt's Neues, Mangal, was gibt's Neues?

Ich habe angefangen, zwei Mal am Tag zu meditieren. Es läuft leider nicht besonders gut. Babur durchkreuzt meine Versuche, zu einem inneren Gleichgewicht zu gelangen, mit Parabeln, Ellipsen, Trajektorien und Tangenten, die meinen Geist zersplittern und verwirren und mich völlig gerädert zurücklassen. Zum Glück sind alle anderen guter Dinge und kümmern sich nicht weiter um mich.

Es war schwer zu sagen, ob der Sultan sich als Kriegsgefangener oder als Ehrengast empfand. Wenn man von gelegentlichen Wutausbrüchen absah, war er liebenswürdig und ohne Arroganz. Er hatte nur ein einziges Problem. Er hatte den falschen Beruf. Er hätte einen exzellenten Diamanten- oder Sari-Händler abgegeben. Er hatte für jede Gelegenheit die passende Anekdote und konnte einem absolut alles aufschwatzen. Er war munter, leutselig und ein ebenso guter Zuhörer wie Plauderer. Selbst der bescheidenste Soldat konnte sich an ihn wenden und ihm von seiner ersten romantischen Eroberung oder dem Tod seines sechs Monate alten Sohnes erzählen. Der Sultan hatte wirklich die Fähigkeit, an den Freuden, Kümmernissen und Sorgen des einfachen Volkes teilzuhaben – eine seltene und unschätzbare Gabe für einen König. Leider besaß er darüber hinaus kaum weitere königliche Eigenschaften. Solange er an der Macht gewesen war, hatte sich Mahmud Khalji jede erdenkliche Mühe gegeben, ein Sultan zu sein, und war kläglich gescheitert. Jetzt war er nichts anderes als ein Soldat, wenngleich als königliche Geisel, und er brauchte nicht länger Theater zu spielen. Man sah ihm an, wie erleichtert er war, einfach er selbst sein zu können.

Wir waren fast noch drei Tagesreisen von zu Hause entfernt, als wir die Nachricht erhielten, Muzaffar Shah von Gujarat sei gestorben und sein ältester Sohn, Sikander, habe den Thron bestiegen. Wo war jetzt mein einstiger Freund und Gast Prinz Bahadur? Hatte der neue König von Gujarat, Sultan Sikander, einen Preis auf den Kopf seines Bruders ausgesetzt? Eines war sicher: Solange Bahadur am Leben war, würde weder Sikander noch irgendein anderer seiner Brüder ruhig schlafen können.

Die Eile wäre nicht nötig gewesen. Delhi war an Babur gefallen. Sultan Ibrahim Lodi und der König von Kabul hatten sich bei Panipat eine Schlacht geliefert und der Sultan war tot. Wie simpel das klang, als der Bote die Nachricht verlas! War das alles – einige wenige Worte aus dem Mund eines atemlosen Reiters –, um die wichtigste Krone Hindustans an sich zu reißen? War das die Katastrophe, die ich so verzweifelt abzuwenden gehofft hatte? Nicht Babur, sondern wir hätten Ibrahim Lodi angreifen und Delhi einnehmen sollen!

Fünf Mal hatte Babur die eisigen Pässe des Hindukusch überwunden und den Khaiber-Pass überquert, und jedes Mal war er weiter nach Osten vorgedrungen. Wie lange verfolgte ich schon Baburs Laufbahn? Jetzt brauchte ich nur nach Delhi zu reiten und ich konnte den neuen Padishah sehen. Um ehrlich zu sein, wusste ich, dass nicht einmal das nötig sein würde. Ich zweifelte nicht daran, dass es uns bestimmt war, einander früher oder später zu begegnen.

Etwas Besseres als den Malwa-Feldzug hätte ich mir nicht wünschen können. Er verschaffte mir endlich den Triumph, den ich mir, nachdem wir Rao Raimul wieder auf den Thron von Idar gesetzt hatten, so sehr gewünscht hatte. Drei Viertel der Bevölkerung von Chittor hatten die Brücke über die Gambhiri überquert und warteten hinter dem ganzen Hofstaat und dem Maharana. Seine Majestät saß von seinem Elefanten ab und kam uns zwei Schritte entgegen. Dies widersprach jeglichem Protokoll und war eine unerhörte Ehre. Der Maharana rührt sich nicht von der Stelle, wie ernst, dringlich oder freudig der Anlass auch sei. Es ist immer der Vasall oder Prinz, der vortreten und sich vor dem Souverän verneigen muss. Medini Rai wollte sich gerade verbeugen, um den Segen entgegenzunehmen, als Vater ihm die Hand auf die Schulter legte.
»Möge unser Herr Eklingji Euch immer voll Wohlwollen anblicken! Ihr erweist uns eine große Ehre, indem Ihr uns unmittelbar nach Eurem Sieg über Seine Majestät, den Sultan von Malwa, besucht.« Vater vollführte mit dem Kopf eine winzige Bewegung, und der Premier Puranmalji legte ihm den Siegesturban in die Hände. »Noch nie in der Geschichte der Rajputen haben so wenige Krieger so viele Feinde überwunden. Es ist uns eine Freude, solch einem Sieger den Virvijay-Turban zu verleihen.«
»Eure Majestät, es gibt keine größere Ehre für einen Rajputen als den Virvijay von Mewar. Ich werde ihn immer voller Stolz tragen. Aber ich muss in aller Aufrichtigkeit gestehen, dass das Verdienst für diesen bemerkenswerten Sieg nicht mir, sondern dem Maharaj-Kumar gebührt, und so gehört auch der Virvijay rechtmäßig ihm.«
Der gesamte Hof von Mewar schien den Atem anzuhalten und sich zu fragen, ob dies übertriebene Bescheidenheit oder Undankbarkeit sei. Vater war allerdings nicht in der Stimmung, irgendetwas krumm zu nehmen, und erteilte dem Rai nur eine milde Rüge.

»Hoheit, dieser Feldzug mag unsere Staatskasse ein wenig beansprucht haben, doch wie mir unser Finanzminister, der ehrwürdige Adinathji, glaubhaft versichert, könnte jetzt, wo Seine Majestät Mahmud Khalji möglicherweise etwas Leben und Substanz in unsere Schatulle fließen lassen wird, eine gewisse Wendung zum Guten erfolgen. Wir könnten uns somit vielleicht auch einen Sieges-Turban für unseren Sohn leisten.«
Puranmalji hielt ihm bereits den zweiten Turban hin und Vater setzte ihn mir auf.
»Wie ich höre, hast du deine Sache recht gut gemacht, Sohn, und hast mir ein seltenes und kostbares Geschenk gebracht. Deine Mutter und ich und die Kleine Heilige sind stolz auf dich.«
Die Reihen der hinter uns aufmarschierten Soldaten teilten sich, und Tej und Shafi eskortierten Mahmud Khalji nach vorn.
»Eure Majestät, wir freuen uns, Euch Seine Majestät, den Sultan von Malwa vorzustellen.«
Der Sultan wusste offensichtlich nicht so recht, wie tiefe Verbeugungen er dem Mann, dessen Gefangener er zumindest vorerst war, wohl schulden mochte. Aber Vater konnte es sich heute leisten, die personifizierte Huld zu sein. »Wir können Eurer Majestät gar nicht sagen, wie geehrt wir uns fühlen, dass eine Person von so hohem Stand Mewar besucht. Chittor reißt seine Tore vor Euch auf und heißt Euch willkommen. Wir hoffen inständig, dass Ihr Euch niemals über mangelnde Gastlichkeit werdet beklagen müssen!«
Der Sultan gelangte zu dem Schluss, dass es jetzt angebracht sei, sich vor seinem Überwinder zu verneigen. Danach geriet das Volk völlig außer Rand und Band. Volle zehn Tage lang hieß es nur noch »Heil Maharana«, »Heil Rao Medini Rai« und »Heil Maharaj-Kumar«. Mutter war durch meinen plötzlichen Aufstieg ein wenig verwirrt. Sie küsste mich auf Stirn und Wange und fragte mich: »Hast du wirklich diesen böse aussehenden Mann geschlagen?«
»Nein, Eure Majestät. Unsere Armeen haben das getan. Und ich fürchte, wir allesamt müssen ihm als böse erscheinen. Er wirkt für meine Begriffe eher ziemlich verloren.«
»Na ja, solange es dir gut geht, bin ich glücklich.«
Ich musste lächeln. Meine liebe einfältige Mutter! Sie war die Einzige, die unseren Sieg aus der richtigen Perspektive sah.

»Das imponiert mir gar nicht!« Königin Karmavati bedachte mich mit einem ihrer finsteren Segenssprüche: »Auf einen kometenhaften Aufstieg folgt ein kometenhafter Absturz!«
Aber so viel kann ich dir immerhin gestehen, oh du Königin all meiner Feinde, dass mir mein Sieg auch nicht sonderlich imponiert. Nicht, dass man mich falsch versteht: Es war an sich keine unbedeutende Schlacht und die Vorbereitung auf die eigentliche Auseinandersetzung war eine hervorragende Übung und Erfahrung gewesen. Aber wir haben Malwa nur gefügig gemacht, nicht erobert. Und auf dem Thron von Delhi sitzt jetzt ein neuer Mann.

Babur ist für die Menschen von Mewar – zumindest einstweilen – fern und unwirklich. Es herrscht Euphorie. Sultan Mahmud Khalji hat uns Mandasaur abgetreten. Medini Rai ist jetzt Rao von Chanderi und Silhadi ist mit Bhilsa, Raisen und Sarangpur belehnt worden. Siegesfeiern haben in Chittor von jeher sieben Tage gedauert. Diesmal hat seine Majestät zehntägige Festivitäten angeordnet. Wollte mich der Maharana für den Triumph entschädigen, der mir das letzte Mal versagt geblieben war, oder lediglich meinem Bruder etwas unter die Nase reiben – meinem Bruder Vikramaditya, der ohne Erlaubnis aus Ranthambhor zurückgekommen war?

»Es ist ein Vergnügen, Prinz Vikramaditya, wenngleich ein völlig außerplanmäßiges, Euch in der Hauptstadt zu sehen.« Vater hatte es abgelehnt, meinen Bruder privat zu empfangen, und stattdessen beschlossen, ihn während des Durbars zu Ehren der Sieger des Malwa-Feldzuges zu sprechen. »Aber wenn ich mich recht erinnere, war unsere Einladung an Euren Onkel Surajmal gerichtet. Müssen wir das so verstehen, dass Ranthambhor momentan ungeschützt ist und jeder Feind es ohne allzu großen Widerstand einnehmen könnte?«
»Schuld, Eure Majestät, bin einzig und allein ich!«, mischte sich Königin Karmavati ein, ehe ihr Sohn Gelegenheit hatte, eine Dummheit zu sagen. »Er hat mir schrecklich gefehlt und ich wusste, dass sein Bruder, der Maharaj-Kumar« – sie griff sich meine Hand – »höchst ungehalten sein würde, wenn Prinz Vikram nicht herkäme, um an seinem Glück teilzuhaben und seinen Sieg zu feiern.«

Kein schlechter Schachzug, oh unverwüstliche zweite Mutter!
»Diese Versammlung findet Eure mütterliche Sehnsucht zutiefst anrührend. Es ist Sache der Mütter, ihre Söhne zurückzurufen, und Sache der Väter, sie wegzuschicken.«
Die Königin ließ meine Hand los, und bevor ich wusste, wie mir geschah, umarmte sie mich theatralisch. »Möge Euer Stern zum Zenit aufsteigen, Maharaj-Kumar, und wenn es möglich ist, noch höher! Kümmert Euch um Euren kleinen Bruder Prinz Vikramaditya!«
Wenn jemand es nötig hatte, dass man sich um ihn kümmerte, dann war ich das. Mir war, als sei ich eben vom Tod umarmt worden.
Plötzlich merkte ich, wie meine Frau mich vom anderen Ende des Raumes aus ansah. Sie bemühte sich bewusst darum, möglichst wenig aufzufallen, und hielt sich im Hintergrund. Nicht nur die einfachen Leute von Mewar, selbst die Höflinge könnten vergessen, wo sie sind, und das Unvorstellbare tun: Seiner Majestät den Rücken zukehren und sich der Kleinen Heiligen zu Füßen werfen.
Mit meines Bruders neu entdeckter Zuneigung glaubte ich schon zurechtkommen zu können, aber irgendwie ahnte ich, dass die Beziehung zwischen Vater und Königin Karmavati so etwas wie einen Wendepunkt erreicht hatte. Wahrscheinlich schlief sie noch immer häufiger mit ihm als jede andere Königin oder Konkubine, aber ich hatte das Gefühl, dass sie sich von ihm losgerissen hatte. Früher mochte sie ihm noch so sehr gezürnt haben, er war und blieb die oberste Instanz; am Ende musste sie klein beigeben und sich wieder in seine Gunst einschmeicheln. Jetzt hatte ich den Verdacht, dass sie über die Verzweiflung hinaus war. Vielleicht hing das mit der einflussreichen Stellung meiner Frau zusammen – obwohl die Königin mit Sicherheit durch ihre Spione wusste, dass zwischen der Prinzessin und Seiner Majestät sexuell nichts lief und dass die Kleine Heilige für politische Intrigen nichts übrig hatte. Das ist natürlich viel zu sehr vereinfacht, ich erwähne es lediglich, weil die Königin der Ansicht war, ein Mann lasse sich nur durch Sex an der Kandare halten. Jetzt wurde die Zeit allmählich knapp, und wenn sie keinen entscheidenden Zug machte, könnte es für Vikramaditya schwierig werden, doch noch den Thron von Mewar zu erringen.
Ich hatte Angst vor ihr, aber momentan fürchtete ich um Vater.

37

Was das Leben im Innersten bestimmt, ist nicht das Gesetz von Ursache und Wirkung. Es ist der Widersinn. Es ist unmöglich, die Folgen der eigenen Handlungen vorauszusehen. »Was der Mensch sät, wird er ernten« klingt zwar gut, aber es wäre ein folgenschwerer Irrtum, diesem billigen Spruch Glauben zu schenken. Es gibt keine gerechte Vergeltung. Der Lohn der Sünde ist nicht unbedingt die Hölle und der Pfad der Tugend ist oft mit Verrat gepflastert, denn die Welt gründet sich auf das Prinzip des Zufalls.
Wer hätte sich vorstellen können, dass ausgerechnet Medini Rai mich hereinlegen würde?
»Ich brauche kaum zu betonen, wie hoch ich Euch und Eure Familie schätze, Hoheit. Verlangt von mir keine Angabe von Gründen, aber ich flehe Euch an: Tut es nicht!«
»Dafür ist es zu spät, Maharaj-Kumar. Die Tat ist schon so gut wie vollbracht. Der Rana hat bereits sein Einverständnis gegeben.«
Der Rai hatte mich auf ein Glas zu sich in den Gästepalast gebeten und wir saßen in der Kühle des Abends auf der Terrasse.
»Ich weiß nicht, wie ich es ausdrücken soll, aber vielleicht fühlt Ihr Euch wegen dem, was Mewar für Euch getan hat, zu Dankbarkeit verpflichtet.«
»Nichts zwingt mich dazu. Natürlich bin Euch und Seiner Majestät dankbar. Aber kann ich Euch nicht im Laufe der letzten Monate einfach ins Herz geschlossen haben?«

»Ich schätze diese Ehre keineswegs gering, ebensowenig bin ich undankbar, aber ich höre die Trommeln in Baburs Lager uns in den Krieg rufen. Vielleicht könnten wir uns darüber unterhalten, nachdem Mewar und seine Verbündeten über die weitere Vorgehensweise entschieden haben.«
»Wenn wir, wie ich vermute, beschließen werden, dem neuen Herrscher von Delhi entgegenzutreten, werdet Ihr uns dann bitten, den Ausgang des Krieges abzuwarten?«
»Das wäre in dem Fall nicht unvernünftig, meint Ihr nicht auch? Schließlich kehrt nicht jeder aus dem Krieg zurück.«
»Genau. Und falls ich nicht zurückkehre, möchte ich, dass Ihr meiner Familie als Schild und Leuchte dient.«
»Aber das tun wir ja bereits, Hoheit, auch ohne dass eine formelle Verbindung zwischen den zwei Familien erforderlich wäre!«
Vielleicht sprach ich den letzten Satz ein wenig zu eifrig aus, denn Medini Rai lachte laut los.
»Wir wissen, wie ergeben Ihr der Prinzessin von Merta seid, aber eine Heilige ist kein Ersatz für eine Ehefrau. Meine Tochter ist ein liebevolles Mädchen, Hoheit. Sie hätte in jedes Heim Sonnenschein gebracht, aber Chittor nimmt in ihrem Herzen nun einmal einen besonderen Platz ein. Sie verehrt Euch als den Retter ihres Bruders und ihres Vaters.«
»Ich habe kein Bedürfnis danach, auf einem Altar zu sitzen. Eine Heilige in der Familie ist mehr als genug!«
Der Rai war über die Schärfe meiner Stimme nicht mehr erstaunt als ich selbst.
»Meine Tochter hält große Stücke auf die Prinzessin und wünscht sich, wie die meisten unserer Landsleute, nichts sehnlicher, als ihre Gefährtin und Vertraute zu sein – aber eine Heilige ist sie nicht, Hoheit. Ihr werdet in Eurem Bett eine Frau vorfinden, eine aus gewöhnlichem Fleisch und Blut.«

Der einzige Mensch außer mir, der meine zweite Heirat nicht guthieß, war Königin Karmavati.
»Hört auf mich«, unterbrach sie Vater und mich, die wir gerade die Gästeliste besprachen, »er wird es völlig vermasseln! Das wäre mir für sich genommen ziemlich gleichgültig, bloß dass er dadurch un-

ser Verhältnis zu Medini Rai ruinieren wird.« Sie wandte sich zu mir. »Wir wissen, wie ihr Intellektuellen seid. Ihr haltet euch die hohle Hand ans Ohr und bildet euch ein, das Meer zu hören. Stille Wasser sind keineswegs immer tief, Maharaj-Kumar. Gewöhnlich sind sie nichts als Wind in einem leeren Tunnel!«

Wie immer bin ich von der schillernden Dunkelheit ihrer Äußerungen fasziniert. Es spielt keine Rolle, dass die Worte meiner zweiten Mutter einer kritischen Überprüfung nicht standhalten würden.

Ihre Ausdrucksweise besitzt, wenn ich so sagen darf, eine aphoristische Dichte. Sie schafft es, eine Kette dissonanter Bilder zu entwerfen, deren Überzeugungskraft daher rührt, dass sie einen gemeinsamen roten Faden aufzuweisen oder derselben Familie von Metaphern zu entstammen scheinen. Ist sie tief in ihrem Herzen eine Dichterin? Sie scheint selbst dann etwas Tiefschürfendes zu sagen, wenn wir sie nicht verstehen oder, schlimmer noch, wenn sie unbestreitbar Unsinn plappert. Aber sie ist noch nicht fertig mit mir.

»Muss ich Euch noch sagen, welche Töpfe am lautesten klappern? Ihr werdet den Tag, an dem Ihr heiratet, noch bereuen, Prinz! Gott steh dem armen Mädchen bei!«

»Wenn Ihr mit Euren Prophezeiungen durch seid, meine Liebe«, warf Vater ungeduldig ein, »könnten der Prinz und ich uns wieder dringenderen und weltlicheren Angelegenheiten zuwenden.«

Könnte es sein, dass Gift und Hass alle Täuschung, Höflichkeit und Beschönigung zu Asche verbrennen und direkt zum Kern der Sache stoßen? Die Königin sah die Zukunft auf jeden Fall klarer voraus, als meine Bedenken mir gestatteten.

Meine Frau Sugandha hatte sich am Tag ihrer Geburt von der Bürde, die die Schönheit ihres Vaters bedeutete, zwar entschlossen losgesagt, aber ihre Unschuld und ihr Wunsch zu gefallen und gemocht zu werden, verliehen ihr dennoch einen eigenen Reiz. Medini Rai hatte nicht übertrieben, als er mich vorgewarnt hatte, sie bestehe aus Fleisch und Blut. Man konnte sie nicht direkt als mollig bezeichnen, aber sie war von einer geradezu beunruhigenden Weichheit. Hätte ich mit dem Zeigefinger in ihren Arm oder ihren Bauchnabel gepiekt, dann, so kam es mir jedenfalls vor, hätte sich ihr Fleisch sanft darüber geschlossen und meine ganze Faust wäre darin spurlos verschwunden.

Jetzt weiß ich endgültig, dass Hochzeitsnächte mir nicht bekommen. Das ist keine verspätete Einsicht. Außer von der eigentlichen Hochzeitszeremonie wegzulaufen, hatte ich so ziemlich alles in meiner Macht Stehende getan, um einer zweiten Vermählung zu entgehen. Ich war dem Rai gegenüber kühl, ja nahezu beleidigend gewesen, und jeder andere als mein Schwiegervater – wie schwer mir das Wort doch von der Zunge geht! – hätte an meinem Verhalten Anstoß genommen und nicht nur den Heiratsantrag zurückgezogen, sondern fürderhin einen dauerhaft rachgierigen Groll gegen Mewar gehegt. Der Rai aber betrachtet mich als einen wohlmeinenden Freund. Wie lange wird es dauern, bis er seinen Irrtum erkennt? Und welche Ausdrucksform wird seine Enttäuschung annehmen?
Und was ist mit der Kleinen Heiligen? Wie sieht sie ihr Verhältnis zu meiner neuen Frau? Wie immer bei ihr stehe ich vor einem Rätsel. Eine Woche vor der Hochzeit ist sie in mein Arbeitszimmer gekommen und hat ziemlich theatralisch angekündigt: »Ich werde meine Gemächer räumen!«
»Warum?«
»Möglicherweise überrascht Euch das, aber es ist mir nicht völlig entgangen, welch folgenträchtiges Ereignis im Begriffe steht, Mewar zu widerfahren.«
Entdeckte ich einen gewissen Spott in ihrer Stimme, oder war es eher der Sarkasmus der Verletzten? Nicht nur war meine Frau von jeher die glühendste Fürsprecherin der Bigamie gewesen – sie praktizierte auch selbst, was sie predigte. Eine Subgemahlin – oder wie mag eine Frau die zweite Ehefrau ihres Mannes nennen? – würde nicht nur den auf Grünauge lastenden Druck der häuslichen Pflichten verringern, sondern sie auch und vor allem von der mühseligen Aufgabe befreien, mit besagtem Ehemann Konversation zu treiben, sodass sie sich dem Flötenspieler ganztags widmen könnte.
»Ihr möchtet mit der Dame gewiss ungestört sein.«
»Ich bin nicht der Erste noch werde ich der Letzte aus dem Hause Mewar sein, der ein zweites Mal heiratet.«
»Was, wenn ich das tun möchte?«
»Wenn du was tun möchtest?«
Sie wusste, dass ich mich dumm stellte, ließ sich aber nicht beirren. »Noch einmal heiraten.«

»Es gibt genug Zimmer im Palast, und ich glaube, ein Flügel ist gerade renoviert worden«, redete ich weiter an ihr vorbei. Ich spielte ihr damit zwar nur in die Hände, aber als ich es merkte, war es bereits zu spät.

»Für wen? Für mich oder Euch?«

Ich besitze weder die Phantasie noch die Schlagfertigkeit für messerscharfe Erwiderungen und so wies ich sie auch nicht darauf hin, dass sie – ob mit oder ohne eigene Wohnung – bislang keinerlei Schwierigkeiten damit gehabt hatte, ihren amourösen Verpflichtungen nachzukommen.

Manchmal habe ich den Eindruck, dass meine Frau ein unlösbares Rätsel ist – oder falls es je eine Lösung gab, so ist sie vor langer Zeit in Vergessenheit geraten. Denn was soll man vom Verhalten der Prinzessin meiner neuen Frau gegenüber halten? Es muss eine Woche nach meiner zweiten Hochzeit gewesen sein. Ich kam gerade nach Hause, als ich Sugandha der Kleinen Heiligen nachlaufen sah und dabei »Wartet, wartet, wartet!« rufen hörte. Grünauge blieb am Fuß der Treppe stehen und erlaubte Sugandha, sie einzuholen.

»Kann ich zum Tempel mitkommen?«

»Das richtige Verb ist ›dürfen‹. Du kannst zum Tempel mitkommen, aber du darfst nicht.« Die Tochter des Rai war viel zu naiv, um sich von der pedantischen Zurechtweisung getroffen zu fühlen.

»Warum nicht?«

»Dein Platz ist bei deinem Mann, nicht an meinem Rockzipfel.«

Warum legt es Grünauge – zum ersten Mal, seit ich sie geheiratet habe – so darauf an, sich Feinde zu machen? Hat mein Schicksal plötzlich eine Wende zum Guten genommen? Ist sie eifersüchtig und besitzergreifend geworden?

Sugandha sah meine Frau, dann mich an, rannte die Treppe hinauf und schloss sich in ihrem Zimmer ein. Wenn sie erwartete, dass ich für sie Partei ergriff, dann lag sie falsch. Ich hatte nicht vor, für meine Ehefrauen den Schiedsrichter zu spielen oder sie zu einem Wettlauf um den ersten Platz zu ermutigen.

Die Kleine Heilige mag die Entfremdung von der Tochter des Rai beschleunigt haben, aber so schwer es mir auch fällt, muss ich gestehen, dass daran einzig und allein ich schuld bin. Ich habe es nicht gewollt, ganz im Gegenteil. Aber was nützen schon die besten Vorsätze, wenn wir am Ende nichts anderes tun, als deren Resultate zunichte zu machen?

Ich hatte mir vorgenommen, die Hochzeitszeremonie stoisch und distanziert hinter mich zu bringen. Stattdessen ließ ich mich hineinziehen. Mein Sanskrit ist nicht mehr das, was es einmal war, aber irgendwann im Laufe der Rituale stellte ich zu meiner Befriedigung fest, dass ich einen guten Teil der Verse und Hymnen verstand. Da war ein junger Priester, der die Sprache mit einem simplen Trick quasi neu erfand. Er rasselte keinen auswendig gelernten Text herunter; er sprach Sanskrit so, als plauderte er auf Mewari. Der Schlüssel zum Sanskrit, werden die Gelehrten niemals müde uns einzuschärfen, ist eine kristallklare Aussprache. Sie haben Recht, absolut Recht. Sie vergessen nur darauf hinzuweisen, dass selbst die beste Aussprache ohne Verständnis des Inhalts keinen Sinn ergibt. Lässt man Bedeutung und Kontext außer Acht, klingt sogar die eigene Muttersprache leblos. Die durchkonstruierteste oder lyrischste Strophe ist nicht so sehr ein Gebilde aus Metrum und Versfüßen als vielmehr gesprochene Sprache.
Wer tötete das Sanskrit? Wie stirbt eine Sprache? Es war ja nicht so, dass eine gigantische Katastrophe irgendwann das ganze Land entvölkert hätte – oder dass die Moslems eines Tages bestimmt hätten, dass Arabisch oder Afghani fortan die Mutter aller unserer Sprachen ersetzen würde. War Sprache einer Frau in der Zenana vergleichbar, die wir nach Belieben aufgeben konnten? Hätte das Sanskrit überlebt, wenn nicht nur die Brahmanen und der Hof, sondern alle Gesellschaftsschichten es gesprochen hätten? Wird Mewars Sprache auch eines Tages aussterben? Neben den geographischen Gegebenheiten und der Religion ist die Muttersprache das Schicksal eines Volkes. Ich habe das komische Gefühl, dass der Mensch zwar die Sprache erschaffen hat, dass sie jetzt aber uns erschafft. Das ist ein zu tiefgründiger Gedanke. Oder rede ich Unfug? Ich muss diese Wechselbeziehung eigentlich genauer unter die Lupe nehmen.
Plötzlich waren meine Braut und ich allein im Schlafzimmer. Sugandha kehrte mir den Rücken zu. Es war eine Szene, die fast jedes frisch getraute Mewarer Ehepaar in der ersten gemeinsamen Nacht

neu durchspielt. Es war der Augenblick, in dem sich das Schicksal der meisten Ehen entscheidet. Hab bitte keine Angst. Ich fass dich nicht an. Ich werde dich erst an dem Tag anfassen, an dem du mich bittest, das Bett mit dir zu teilen. Ich gebe dir mein Wort. Ich habe hier etwas rote Farbe, damit beflecke ich das Laken, so dass die Dienerin, die hier morgen aufräumt, keine Geschichten erzählen kann. Ich nehme mir eine Decke und schlafe dort drüben in der Ecke.

Ich stand mit dem Rücken zur Tür, außerstande mich zu rühren, und sagte mir immer wieder dieselben Sätze vor, als sie sich endlich umdrehte und mich ansah. Ich konnte selbst auf die Entfernung ihr Herz schlagen hören. Ich meinte, über ihr erwartungsvolles Gesicht ein Lächeln huschen zu sehen. Da begriff ich, dass mein innerer Monolog völlig fehl am Platz gewesen war. Sie wollte, dass ich meine ehelichen Pflichten erfüllte! Plötzlich befiel mich das gleiche Verlangen, das ich in ihren Augen gesehen hatte. Ich näherte mich ihr und zog sie behutsam aus. Ich spielte mit ihr, bis wir beide erregt waren. Sie hatte die Augen geschlossen und erwartete mich. Aber sie hätte bis zum Nimmerleinstag warten können – ich konnte nicht.

Entsetzt schaute ich mir dabei zu, wie ich mehr und mehr zusammenschrumpelte. Mich erfüllte eine ohnmächtige Wut. Meine Welt brach zusammen. Was blieb vom Leben übrig, wenn ich mich nicht einmal mehr auf die pure, schlichte Lust verlassen konnte? Es gibt keine unmittelbarere Gewissheit als die Härte des eigenen Gliedes. Und jetzt war mir auch die genommen! Unfähig, mich mit dem Verrat meines Körpers abzufinden, fing ich an, meine frisch gebackene Ehefrau anzuschreien und zu beschimpfen. Sie zog die Knie bis ans Kinn hoch und kugelte sich zusammen. Sie machte sich darauf gefasst, von mir geschlagen zu werden. Ich erhob die Hand zwar nicht gegen sie, fuhr aber unvermindert fort, zu schreien und zu zetern.

Die Ehe war mir ein Gräuel, sagte ich, ich hatte alles Erdenkliche getan, um ihr und mir das Leiden des Zusammenseins zu ersparen. Aber hört auch nur einer zu? Alle wissen anscheinend besser als ich, was das Beste für mich ist! Ich habe keine Ahnung, was für Gedankenverbindungen, oder besser gesagt Gedankensprünge mein Geist veranstaltete, aber irgendwie brachte ich Babur und den bevorstehenden Krieg ins Spiel. Ich war von Feinden umgeben, war ihr das eigentlich klar? Alle meine Brüder spekulierten auf die Krone. War

sie auch darauf aus? Und was, wenn der rechtmäßige Erbe sie gar nicht bekam? Würde sie dann mich dafür verantwortlich machen? Ständig erwarteten die Leute etwas von mir! Ich bin kein Supermann. Ich konnte ihr weder den Thron noch sonst was garantieren! Wusste sie, dass die Leute mich für einen Feigling hielten?
Es war offensichtlich, dass sie an allem schuld war, was seit meiner Geburt – und vielleicht sogar während der Zeit im Mutterleib – in meinem Leben schief gelaufen war. Es hätte noch mehr, viel mehr zu sagen gegeben, aber Tatsache war, dass nichts das gähnende Loch meiner Unzulänglichkeit zuschütten würde. Ich wusste, dass ich endlich den Mund halten sollte; das hier war Medini Rais Tochter und meine Ehefrau, in guten wie in schlechten Zeiten, in Krankheit und Gesundheit. Hatte ich nur den geringsten Zweifel, dass Sugandha schnurstracks zu ihrem Papa laufen und ihm alles brühwarm erzählen würde? Wollte ich wirklich Mewars Freundschaft mit dem Rai in einer so kritischen Zeit aufs Spiel setzen?
»Vergebt mir, Gebieter, vergebt mir, dass ich Euch verletzt habe!« Sie hielt noch immer den Kopf zwischen den Knien.
»Was ist? Nuschel nicht, Weib!«, fuhr ich sie mit erneuter Wut an. »Mach den Mund auf, ich bin Manns genug zu ertragen, was du zu sagen hast!« Aber mittlerweile hatte mein monomanischer Verstand ihre Worte entziffert und ich geriet sogar noch mehr in Rage. »Ich behandle dich wie ein Stück Dreck, und du bittest mich um Verzeihung? Oh Gott, wie ich diese Märtyrer hasse! Kannst du nicht den Mund aufmachen und mir sagen, ich soll die Klappe halten und dich in Frieden lassen?«
Ich wandte mich ab, um mich wieder anzuziehen – mit der Beherrschung hatte ich auch meine Schamhaftigkeit wiedergefunden –, als sie meinen Gürtel zu sich heranzog. Noch ehe ich wusste, was geschah, hatte sie den Säbel aus der Scheide gezogen, die Hand über das Bettlaken gehalten und sich in den Zeigefinger geschnitten.

Ich arbeitete gerade an einer Rede für die Abschlussfeier im Gurukul, als Mangal mit etwas eiligerem Schritt als sonst eintrat. Das Seltsame an Mangal ist, dass jeder ihm zuhört, selbst wenn er schweigt. Auch ich bin da keine Ausnahme. Schon lange bevor er

Chef des Geheimdienstes wurde, hielt Mangal nichts davon zu verraten, was ihm gerade durch den Kopf ging. Die natürliche Begleiterscheinung dieser Einstellung war von jeher ein gelassenes Äußeres, eine große Sparsamkeit der Bewegungen und eine gegen Null strebende Erregbarkeit. Aber hier kommt das Paradoxon. Trotz seiner äußerlichen Unerschütterlichkeit ist Mangal äußerst einfühlsam – andernfalls wäre er in seiner Stellung auch nicht zu gebrauchen. Ich glaube, seine große Stärke ist die Fähigkeit, seinem Gegenüber das Gefühl zu vermitteln, eine besonders innige, auf wechselseitigem Verständnis beruhende Beziehung zu ihm zu haben, und niemals zuzulassen, dass er entdeckt, wie sehr er sich damit irrt. Er lässt sich nicht einmal dann in die Karten blicken, wenn das Spiel längst vorüber ist. Wie könnte er auch? Unsere ganze Kindheit hindurch – und ist es heute etwa anders? – war ich der Mittelpunkt der allgemeinen Aufmerksamkeit gewesen, derjenige, der sich Launen und Wutanfällen hingeben durfte. Er hatte währenddessen so tun müssen, als sei alles in bester Ordnung, als lebe er in einer vollkommen gerechten Welt und als habe er weder irgendwelche Emotionen noch besondere Vorlieben oder Abneigungen. Aber ich will Mangal nicht zu sehr wegen seiner schwierigen Kindheit bedauern. Schließlich hat sie ihn zum besten Zuhörer in Mewar und vielleicht zum zweitmächtigsten Menschen im ganzen Reich gemacht.
Ich warf einen Blick auf den Brief, den er mir auf den Schreibtisch gelegt hatte. Er war an mich adressiert, aber ich konnte nicht erkennen, von wem er kam, denn die Handschrift war mir unbekannt und das Siegel verschmiert.

An Seine Hoheit, den Maharaj-Kumar von Mewar.
Grüße.
Würdet Ihr uns die Freundlichkeit erweisen, Euch mit uns zu treffen? Wir erwarten Euch direkt außerhalb der Stadt.
Stets der Eure
Prinz Bahadur.

»Wartet Shahzada Bahadur wirklich auf uns?«
»Im Schatten des Blasenbaums am Rand des Banyan-Wäldchens, Eure Hoheit.«
»Könnte es eine Falle sein?«

»Das glaube ich nicht, Hoheit. Er hat nur elf Begleiter bei sich.«
»Bei seinem letzten Besuch waren es noch siebenundzwanzig.«
»Ich glaube, der Shahzada lebt in zunehmend beschränkteren Verhältnissen.«
Ich bringe Bahadur recht zwiespältige Gefühle entgegen. Einerseits müsste ich ihn für das, was er Rajendra angetan hat, und mag er auch noch so provoziert worden sein, zutiefst hassen und ein Teil von mir tut es zweifellos auch, dennoch kann ich nicht bestreiten, dass ich ihn gleichzeitig mag. Beim Gedanken, einen Freund wiederzusehen, dem ich höchstens auf dem Schlachtfeld wiederzubegegnen geglaubt hatte, beschleunigt sich mein Puls und wallt eine kaum zu unterdrückende Freude in mir auf. Ich werde mir natürlich nicht gestatten, die Frage auszusprechen, die momentan am dringlichsten wäre: Was in aller Welt tut Bahadur vor den Mauern von Chittor? Eher hätte ich noch meinen neuen Freund und wahrscheinlich gefährlichsten Feind, den Padishah von Delhi, erwartet.
Mangal hatte Recht. Die Zeit ist mit dem Shahzada nicht eben gnädig umgegangen. Er war schon immer hemmungslos gewesen, früher aber hatte er sich wenigstens bemüht, seine grausame Ader hinter Leutseligkeit und einer höflichen Art zu verbergen. Mittlerweile war er jedoch entweder der Verstellung müde geworden, oder es störte ihn einfach nicht mehr, wie ein übellauniger Rüpel zu wirken. Seine tief liegenden Augen hatten jetzt einen lauernden, unsteten Blick. Sie schätzten sein Gegenüber und dessen Glück gegen das eigene ab. Enttäuschter Ehrgeiz, Widrigkeiten und ein schwindendes Vertrauen in seine Bestimmung hatten ihn verbittert und ihm einen wahrhaft bösen Blick beschert. Er war imstande, einem alles Übel dieser Welt an den Hals zu wünschen. Doch die bestürzendste Veränderung an ihm war seine offensichtliche Unfähigkeit, sich länger als ein paar Minuten auf eine Sache zu konzentrieren. Er stellte eine Frage, hörte anfangs aufmerksam zu, verlor dann aber rasch jedes Interesse. Er war ein Mann, der jetzt sogar die Ungeduld verloren hatte und jeden Augenblick explodieren konnte.
Wir umarmten uns. Es war unverkennbar, dass er gewohnheitsmäßig trank. Alkohol ist wie Knoblauch. Seine Ausdünstungen und sein durchdringender Geruch umhüllen den ganzen Körper.
»Seid Ihr überrascht mich zu sehen, Hoheit?«

»Erfreut wäre das treffendere Wort.«
»Ihr wart schon immer ein Muster an Höflichkeit, Maharaj-Kumar. Und wie ist es Euch ergangen?«
»Wie üblich, mal besser, mal schlechter.« Ich fragte mich, wie lange wir uns noch die Zeit mit Plattitüden vertreiben würden.
»Seid Ihr endlich offiziell zum Nachfolger Seiner Majestät des Rana ernannt worden?«
»Nein, Hoheit. Aber so Gott will, hat Seine Majestät noch viele rüstige Jahre vor sich.«
»Mein alter Herr ist tot, aber ich bin noch immer nicht Sultan.«
»Es hat mir sehr Leid getan, vom Ableben Seiner Majestät zu erfahren. Nur Mut, Prinz! Wenn geschrieben steht, dass Ihr der Herrscher werden sollt, kann keine Macht auf Erden es verhindern.«
»Aber steht es geschrieben?«, fragte er mich mit einer Heftigkeit, aus der vor allem Verbitterung sprach.
»Shahzada, ich bin ebenso begierig wie Ihr, die Hieroglyphen des Schicksals zu entziffern.«
»Hoheit«, sagte er mit plötzlich verändertem Ton, »ich bin ein Heimatloser auf der Suche nach einer Heimstatt. Wir waren unterwegs nach Malwa, als wir erfuhren, dass Ihr nicht nur die Streitkräfte Malwas besiegt, sondern auch Sultan Mahmud Khalji gefangen genommen habt. Ihr habt mir die Tore Malwas vor der Nase zugeschlagen. Ohne den Sultan werde ich dort niemals Asyl finden.«
Ich verkniff es mir, Bahadur darauf hinzuweisen, dass er, wenn der Sultan in Malwa gewesen wäre, dort noch weniger willkommen gewesen wäre als in Mewar. Gujarat und Malwa waren in letzter Zeit Verbündete gewesen, aber ich glaube nicht, dass sich Sultan Mahmud bezüglich der Absichten Gujarats irgendwelchen Illusionen hingab. Die geringste Provokation, und der allseits betrauerte Muzaffar Shah, beziehungsweise jetzt sein Sohn Sikander, hätte Malwa mit einem Happs verschlungen.
»Ich habe es satt, ständig durch die Weltgeschichte zu hetzen. Ich brauche eine zeitweilige Heimat. Seid Ihr bereit, einen Strich unter die Vergangenheit zu ziehen?«
»Ich lebe nicht in der Vergangenheit, Shahzada. Meine Überzeugung ist Euch seit langem bekannt. Gujarat und Mewar müssen unbedingt freundschaftliche Beziehungen knüpfen. Das glaube ich jetzt

sogar mehr als je zuvor. Wenn es nach mir ginge, könntet Ihr so lange bei uns bleiben, wie es Euch beliebt. Aber ich darf Euch nichts vormachen. Das Volk von Mewar würde Euch nicht willkommen heißen. Nicht nach dem, was während Eures letzten Aufenthalts geschehen ist.«

»Ihr weist mich ab, Hoheit, obwohl ich Euch um Asyl anflehe?«

»Mir bleibt keine andere Wahl, Shahzada. Ich werde allerdings dafür sorgen, dass Ihr in einem unserer Dörfer unterkommen und Euch die nächsten Tage inkognito ausruhen könnt. Ich werde Euch darüber hinaus ein privates Darlehen von zehntausend Tankas gewähren, mit dessen Rückzahlung Ihr Euch viel Zeit lassen könnt.«

»Ich werde Eure Gastfreundschaft akzeptieren«, entgegnete Bahadur herrisch. Ich muss zugeben, dass er mir das Gefühl gab, als erweise er mir damit eine besondere Gnade. »Euer gönnerhaftes Gehabe, Hoheit, ist allerdings vollkommen fehl am Platz. Ich habe ein Elefantengedächtnis. Ich werde nicht vergessen, dass Ihr mir Obdach verweigert habt. Nehmt Euch in Acht, Maharaj-Kumar. Ihr habt zehntausend Gujarater durch Hinterlist in den Tod geschickt. Ihr habt Euch als Gujarater Krieger verkleidet und Malik Ayaz getötet. Ihr habt Idar zurückerobert. Noch nie hat jemand Gujarat eine so schwere Niederlage zugefügt. Die Rache ist mein, Maharaj-Kumar! Merkt Euch: Ich werde Euch von Dorf zu Dorf und von Stadt zu Stadt jagen und ganz Mewar überrennen!«

Ich konnte mir ein Lächeln nicht verkneifen. Waren das die Worte eines Bittstellers oder eines Despoten auf dem Gipfel seiner Macht?

»Ihr seid müde und am Ende Eurer Geduld. Aber das Glück wird sich auch wieder wenden, Prinz, schon sehr bald, wie ich hoffe, und dann wird Euch Euer Elefantengedächtnis an all das Gute erinnern, was zwischen uns beiden gewesen ist. Wenn zwei Erbfeinde je die Hoffnung haben durften, zueinander zu finden, Freunde zu werden und gemeinsam für den Frieden zu kämpfen, dann sind es Gujarat und Mewar.«

»Und was ist mit Ehre und Genugtuung?«

»Warum sollten wir keinen ehrenvollen Frieden schließen können, Prinz? Seine Früchte wären geradezu wundersam. Er würde uns Zeit und die finanziellen Mittel geben, neue Städte zu gründen und alte zu erneuern. Er würde Künstler und Musiker an unsere Höfe

ziehen. Ich könnte dann sogar Muße für mein Lieblingssteckenpferd finden: die Kanalisation von Chittor!«
Er lächelte zaghaft. »Meint Ihr?«
»Ja. Ich bin davon mit Herz und Verstand überzeugt.«
»Gott schütze Euch, Maharaj-Kumar!«
»Gott schütze Euch, Shahzada. Auf ein baldiges Wiedersehen!«

Am Morgen des letzten Tages der Siegesfeierlichkeiten unterzeichneten der Sultan von Malwa, Medini Rai und der Rana von Mewar ein Friedensabkommen. Am Abend sang Sajanibai für uns im Palast. Da ich der Gastgeber war, hätte sich normalerweise Kausalya um die gesamte Organisation gekümmert, aber sie hatte mich abgeschrieben. Sie war nicht einmal anwesend, um mich bei meiner Rückkehr nach Chittor willkommen zu heißen.
»Sie hat Mamta vor ungefähr einem Monat geschrieben, sie müsse wegen dringender Angelegenheiten in ihr Dorf«, sagte Mangal. »Seitdem haben wir nichts mehr von ihr gehört.«
»Weiß sie, dass ich wieder in der Stadt bin?«
»Ich nehme es an.«
Warum muss sich Mangal grundsätzlich dumm stellen, wenn ich mit ihm über seine Mutter rede?
»Was soll das heißen? Komm mir nicht so, Mangal! Weiß sie's oder weiß sie's nicht?«
»Ich weiß es nicht, Hoheit. Möchtet Ihr, dass ich nach ihr schicke?«
»Ja.«
Zwei Tage später kam er zurück.
»Sie ist nicht im Dorf, Maharaj-Kumar.«
»Wo zum Teufel ist sie dann?«
»Ich weiß es nicht. Mit Verlaub, Hoheit, aber ich brauche Euch kaum daran zu erinnern, dass meine Mutter eine selbstständige Frau ist und mir keine Rechenschaft schuldet.«
»Ist sie vom Dorf aus woandershin gereist?«
»Sie ist überhaupt nie im Dorf angekommen.«
»Wo ist sie dann hin?«
»Ich habe eine Vermisstenanzeige aufgegeben. Die Polizei durchkämmt die Stadt und lässt ihre Kontakte zur Unterwelt spielen. Ich

habe persönlich mit dem Polizeichef gesprochen. Er schickt Boten mit dem Steckbrief meiner Mutter in alle Städte und größeren Ortschaften des Reiches.«

»Ist ihr auch bestimmt nichts zugestoßen, Mangal?«

Ich musste mich langsam zusammenreißen. Was erwartete ich eigentlich, dass Mangal mir darauf antwortete? Mama ist seit über fünf Wochen spurlos verschwunden, aber es geht ihr blendend?

»Ich habe auch das Agentennetz alarmiert, Hoheit. Ich habe mir erlaubt, eines ihrer Porträts aus Eurer Sammlung zu nehmen, und lasse gerade von einem Tempelmaler ein Dutzend Kopien anfertigen.«

»Danke, Mangal. Ich weiß es wirklich zu schätzen.«

Mangal lächelte verkniffen. »Wir kommen vielleicht nicht immer so gut miteinander aus, Hoheit, aber sie ist immer noch meine Mutter und ich mache mir Sorgen um sie.«

»Du hast Recht. Melde dich, sobald du etwas erfährst.«

Um die Einhaltung des Protokolls und die angemessene Bewirtung hätte ich mir wirklich keine Sorgen machen müssen. Die Prinzessin war es gewohnt, in meiner Abwesenheit Empfänge in beliebiger Größenordnung auszurichten. Sie plant und organisiert und Mangals Frau Mamta führt ihre Befehle aus. In letzter Zeit überwiegen im Palast deutlich gastronomische Einflüsse aus Merta, aber die Prinzessin sorgt dafür, dass niemand sie der Parteilichkeit bezichtigen kann, indem sie auch immer wieder Gerichte aus Delhi oder Ahmedabad auftragen lässt. Da aber der Ehrengast des heutigen Abends Seine Majestät Mahmud Khalji sein würde, waren die Erfrischungen, die vor dem Konzert gereicht wurden, ganz auf Malwa abgestimmt. Meine Frau hatte offenbar gute Informanten, denn der König von Malwa zeigte sich vom kulinarischen Angebot begeistert und war allerbester Laune. Ich muss selbst leicht angeheitert gewesen sein, denn als wir uns nach dem Essen zum Rana-Kumbha-Pavillon begaben, wo alle Palastkonzerte stattfinden, gelang es dem Sultan, mich durch eine beiläufige Frage zu überrumpeln.

»Jetzt, wo der Malwa-Feldzug nicht mehr als eine belanglose Erinnerung ist, hättet Ihr vielleicht die Liebenswürdigkeit, mir zu verraten, ob Ihr tatsächlich eine Streitmacht von fünfzigtausend Soldaten hattet oder ob es lediglich ein Bluff war?«

Nachträglich betrachtet war es nur gut, dass ich mir keine Antwort zurechtgelegt hatte, denn so war mein Ausdruck des Erstaunens vollkommen aufrichtig und ungekünstelt. Ich erinnere mich, wie Medini Rai seinen Schritt verlangsamte und meine Antwort mit ebenso offensichtlicher Neugier erwartete wie der Sultan selbst.

»Eure Majestät, es war eher eine geringfügige Aufrundung.«

»Wie geringfügig?«, brachte der Sultan nach kurzem Zögern hervor, als hätte er sich gefragt, ob er es wirklich wissen wollte. »In welcher Größenordnung bewegte sich diese Aufrundung?«

»Wir waren insgesamt siebenundvierzigtausendsiebenhundert Mewarer, was sich nicht halb so eindrucksvoll anhört wie fünfzigtausend, und so haben wir die Zahl ein wenig nach oben korrigiert. Warum fragt Ihr, Majestät?«

Er war sichtlich erleichtert. »Ich dachte, gestern gehört zu haben, Ihr hättet die Zahl tatsächlich um eine Null erweitert und aus viereinhalbtausend Mann fünfundvierzigtausend gemacht.«

»Es würde mich freuen, wenn meine Kinder mich einst als einen fast übermenschlichen Helden betrachten könnten, Eure Majestät, aber ich möchte mich nicht zum Gespött von ganz Mewar machen. Soldaten sind zwar die größten Aufschneider der Welt, aber ich glaube, dass Euer Informant ein bisschen übertrieben hat.«

Der Sultan war noch nicht fertig mit mir. »Und wie erklärt Ihr, dass eine so große Streitmacht eine so große Entfernung in so kurzer Zeit zurücklegen konnte? In drei Tagen, um genau zu sein?«

Um diese Antwort versuchte ich mich zu drücken. »Das wollt Ihr nicht wirklich wissen, Majestät!«

»Doch.«

»Nun, es war eine schlichte Lüge, und Ihr habt mich jetzt ertappt. Diesmal habe ich tatsächlich mit Nullen gespielt und eine weggelassen. Seiner Hoheit Medini Rais Hilfeersuchen erreichte Seine Majestät den Rana unmittelbar, nachdem Ihr Mandu verlassen hattet. Wir mussten uns daher nicht allzu sehr beeilen und so haben wir uns in zehn Gruppen aufgeteilt, die im Abstand von jeweils zwei, drei Tagen nacheinander aufgebrochen sind und dabei jedes Mal eine etwas andere Route genommen haben.«

Ich wusste bereits, wie seine nächste Frage lauten würde.

»Und die Geschichte mit der Hunde- und Affendiät – ist die wahr?«

»Absolut. Das haben wir von einem chinesischen Reisenden erfahren, der uns vor Jahren besuchte. In seiner Heimat ist man davon überzeugt, dass das Fleisch dieser Tiere, insbesondere das Hirn von Affen, die Kampfeslust und die Manneskraft verzehnfacht. Das erklärt, wie wir uns gegen Eure Übermacht behaupten konnten.«
»Das ist ja widerlich. Der Hund ist der beste Freund des Menschen. Um nichts auf der Welt würde ich Hunde- oder Affenfleisch verspeisen! Bei der bloßen Vorstellung könnte ich mich übergeben!«
Er tat es nicht. Und eines war sicher: War er erst wieder in Malwa, würde er sich wenigstens einmal am Tag Affenhirn auftischen lassen. Der Sultan nahm seine vieleehelichen Pflichten eine Spur ernster als die Verwaltung und Pflege seines Reiches.

»Ich kann gar nicht sagen, welch eine Ehre und Freude es für mich bedeutet, vom Volk und den Fürsten von Mewar hierher zurückgerufen worden zu sein. Meine Empfehlungen an Seine Majestät den Rana und an Seine Majestät den Sultan von Malwa. Meine besonderen Grüße an Seine Hoheit den Maharaj-Kumar und Seine Hoheit Lakshman Simhaji. Jeder der hier Versammelten steht meinem Herzen nah. Ich werde jeden Einzelnen persönlich und namentlich begrüßen, sobald wir miteinander allein unter vier Augen sind.«
Sajanibai verstummte. Was blieb ihr auch anderes übrig? Der Saal tobte und der begeisterte Applaus wollte und wollte kein Ende nehmen. Sie hatte nichts von ihrer Meisterschaft eingebüßt. Die versammelten Fürsten hingen förmlich an ihren Lippen – und mehr noch als an ihren Lippen an jeder ihrer Gesten, denn ihre kokette Anmut macht sie jedem König oder Kaiser ebenbürtig.
»Doch ehe ich für Euch singe, bitte ich einen ganz besonderen Schutzherrn der schönen Künste um eine Gunst. Im Namen aller Liebhaber der Musik werde ich Seine Hoheit Rao Medini Rai ersuchen, uns ein Lied vorzutragen.«
Wenn jemand glaubt, dass die männlichen Zuhörer an diesem Punkt alle Selbstbeherrschung verloren, dann hätte er erst die Frauen erleben sollen. Sie ließen die gesamte Belegschaft unseres Rotlichtbezirks alt aussehen. Pfiffe, Juchzer, Schreie, Geheul und heftiger Applaus. Schon bald hielten sie sich alle bei den Händen und veranstalteten einen improvisierten Rundtanz um Medini Rai. Nachdem

er mehrmals die Hände gehoben hatte, um das Publikum zu beruhigen, gab der Rai nach. Er lächelte und die Frauen von Chittor seufzten und fielen in Ohnmacht.
»Es ist gar nicht nötig, nicht im Mindesten nötig, mich so zu bitten!« Sein Lächeln ging noch mehr in die Breite und die Tiefe seiner Grübchen erreichte geradezu abenteuerliche Ausmaße. »Glaubt ihr wirklich, ich würde mir die Gelegenheit entgehen lassen, im Duett mit Sajanibai zu singen?«

Hört auf zu weinen, hört ihr? Schluss mit diesen Tränen!
Es ist nur eine Mär, auch wenn ihre Personen
real wie ich und ihr waren.
Was ist schon Neues dran? Ein Junge und ein Mädchen,
dazu vergossenes Blut.
Hört auf zu weinen, hört ihr? Schluss mit diesen Tränen!
Schließlich sind weder ihr noch ich Dhola und Maru –
oder?

Sajanibai schloss die Augen für die Liebenden Dhola und Maru und für meinen Cousin Rajendra, der gestorben war, während er dieses Lied angehört hatte. Wie arglos hatte Medini Rai von Chanderi Wunden neu aufgerissen, die noch keine Zeit gehabt hatten zu vernarben! Lange spannte uns Sajanibai auf die Folter. Würde sie weitersingen oder würde sie zu einem anderen Lied überleiten? Doch dann bohrte sich ihre klare, wie aus der Quelle der Ganga strömende Stimme in die Wunde, ließ Blut fließen und läuterte uns alle.

Der Tod wird sie nicht scheiden, künden uns die Lieder.
Was weißt denn du schon, Sänger, starbst du ihnen nach,
um es zu überprüfen?
Red du mir nicht vom Jenseits: Ums Hier und Jetzt geht's mir!
Kannst du Dhola und Maru neu beleben, den Unstern tilgen,
das Ende neu erzählen?
Wenn nicht, hör auf zu weinen, besser noch
schweig still und folge uns.
So oder so soll die Geschichte erklingen, nur in ihr
leben die Liebenden vielleicht noch fort!

Sajanibai verstummte und blickte sich um. Das war nicht weiter ungewöhnlich. Immer wieder kommt es vor, dass unsere Sänger oder Musiker ihre Darbietung unterbrechen, um die Geschichte des Liedes zu erzählen, eine Anekdote einzuschieben, sich darüber zu verbreiten, wie andere Künstler oder Musikschulen denselben Text interpretieren oder sich über sonst ein beliebiges Thema auszulassen. Stattdessen aber wandte sich Sajanibai direkt an mich.
»Bereitet Euch unser Lied keine Freude, Maharaj-Kumar?«
»Durchaus, aber ich kann nicht bestreiten, dass es auch schmerzliche Erinnerungen weckt.«
»Und Ihr fürchtet, dass ihm, wie beim ersten Mal, eine schreckliche Katastrophe folgen könnte? Doch hier liegt keinerlei ursächlicher Zusammenhang vor, Hoheit. Wenn wir ein Lied der Vergessenheit überantworten wollten, nur um uns von der Last unserer Erinnerungen zu befreien, dann könnte es auch geschehen, dass ein ganzes Volk aus Hoffnung auf Linderung und Entsühnung eine Untat oder sogar das Leben eines der Seinen in das schwarze Loch des Vergessens stößt.«
»Glaubt Ihr wirklich, man könnte Menschen und Ereignisse so leicht aus dem Gedächtnis tilgen?«
»Immer wieder dichten wir unsere Erinnerungen um und erfinden uns selbst neu, Tag für Tag, nach unseren jeweiligen Wünschen und Vorlieben. Wer also soll Jahrhunderte später noch einen Bruch im Gang der Geschichte erkennen?«
»Warum ist es denn überhaupt so wichtig«, fragte Vater fast unhörbar, »sich zu erinnern, Sajanibai?«
»Weil andernfalls unser Leben eine einzige Lüge wäre und wir unsere Kinder nie wieder auffordern dürften, die Wahrheit zu sagen.«
»Wollt Ihr das Gedächtnis Chittors sein, Sajanibai?«
»Es wäre mir eine große Ehre, Eure Majestät.«
»Dann wird die Wahrheit niemals in Gefahr geraten, zumindest nicht in Mewar.«
Ein wahrhaft königliches Wort und dem feierlichen Anlass mehr als angemessen; und dennoch hatte ich das Gefühl, dass hier Seine Majestät – milde ausgedrückt – ein wenig übertrieb.

38

Die Feiertage waren voller Müßiggang verstrichen. Das Fest war vorüber und es war an der Zeit, sich wieder an die Arbeit zu machen. Was nun, Thronfolger?

Viele Fragezeichen; Gemahl der Kleinen Heiligen; schwarzes Schaf, schwarze Wolke am Horizont, Quell allen Übels, einziges Hindernis, das Königin Karmavati und Vikramaditya den Weg zum Thron verstellt; Freund-in-absentia Raja Puraji Kikas; Schurke und Mangals mehrfacher Schuldiger; verzweifelt verlassener Liebhaber Kausalyas; Spielball Bhutani Matas Gedankenstrich wer ist sie, Gedankenstrich das Schicksal, Gedankenstrich die Leere; unersättlicher Voyeur und Leser der Fetzen und Seiten von Baburs Tagebuch; Mörder zehntausend unschuldiger – gibt es so etwas auf Erden überhaupt? – Gujarater Soldaten; funktionsgestörter Angetrauter von Medini Rais Tochter; Heuchler und Zerstörer der einzigen Frau, die seine würdige Gemahlin und künftige Königin Mewars gewesen wäre, Lilavati.

Sonst noch etwas, Prinz?

Noch weitere Attribute, Füllsel und Platzhalter? Ja, ja, ja! Alles, bloß um mich nicht dem monströsen Fragezeichen stellen zu müssen, das die Zukunft darstellt.

Und um die Sache noch komplizierter zu machen, gibt es niemals nur eine Zukunft, sondern immer mehrere davon.

Zukunft Nummer eins: Wie sollen wir mit dem Sultan von Malwa verfahren?

Während der Kabinettssitzung, zu der Medini Rai und Silhadi als Sonderberater geladen waren, wurde diese simple Frage viereinhalb Stunden lang heftig debattiert. Premier Puranmalji und Silhadi vertraten dieselbe Meinung, allerdings aus unterschiedlichen Gründen. Puranmalji war der Auffassung, wir sollten den Sultan noch sechs Monate lang als Geisel behalten und dadurch gewährleisten, dass die fälligen Reparationszahlungen in voller Höhe geleistet wurden. Silhadi meinte, wie übrigens neun Zehntel von Mewar, wir seien unvertretbar nachsichtig und lasch. Khalji sollte in ein Verlies geworfen werden und dort ein, zwei Jährchen schmoren. Hatten wir etwa die vierzigtausend Menschen schon vergessen, die in Mandu massakriert worden waren, die Demütigungen, die Rao Medini Rai und die anderen Purabiya-Rajputen durch diesen nichtswürdigen Despoten erlitten hatten, und so weiter und so weiter?

Lakshman Simhaji war an diesem Tag in Bestform. Mein Onkel fasste sich tatsächlich in Geduld, bis Silhadi seine Tirade beendet hatte. Doch noch weitere Überraschungen erwarteten uns. Der aufrechteste und freimütigste Mann von ganz Chittor versagte es sich wahrhaftig, Silhadi daran zu erinnern, dass er sich schließlich bis zum allerletzten Moment aus allem herausgehalten hatte; dass es wenigstens zum Teil seinem Zaudern zu verdanken gewesen wäre, wenn Rao Medini Rai sein Fürstentum Gagrone, Prinz Hem Karan und all seine Gefolgsleute verloren hätte; und dass er, Silhadi, für diesen seinen mehr als fragwürdigen Beitrag zum Malwa-Feldzug mit sage und schreibe drei Lehen belohnt worden war. Stattdessen zeigte sich Lakshman Simhaji von seiner artigsten Seite.

»Sollen wir Malwa etwa ein, zwei Jahre lang ohne jede Führung lassen? Chaos wäre die zwangsläufige Folge. Die Natur duldet kein Vakuum. Der Sultan hat Brüder und einen Adoptivneffen, die es gleichermaßen nach der Krone gelüstet. Ein Bürgerkrieg wäre keineswegs auszuschließen.«

»Gut. Dann teilen wir Malwa und nehmen uns, was uns zusteht.«

»Was Euch zusteht, Hoheit, ist keineswegs so sicher. Aber selbst wenn es Euch tatsächlich gelänge, nach dem Prinzip ›Wer zuerst kommt, mahlt zuerst‹ ein paar Städte und Dörfer einzuheimsen –

glaubt Ihr etwa, dass Gujarat und die übrigen Nachbarn Malwas untätig zuschauen würden? Werden sie sich nicht auch ins Getümmel stürzen und gleichfalls ein Stück vom Kuchen haben wollen?«
»Möglicherweise steht es mir gar nicht zu, mich zur Sache zu äußern, aber es könnte von Vorteil sein, uns erst über unsere Zielsetzungen Klarheit zu verschaffen, ehe wir über das Schicksal des Sultans entscheiden.«
Diese leisen Worte, die ohne Umschweife zum Kern der Sache vorstießen, konnten von keinem anderen als Adinathji kommen. Als Finanzminister ließ er uns immer eine Zeit lang nach Herzenslust herumschwadronieren und empfahl dann, stets in bescheidenstem Ton natürlich, vor jedem Beschluss erst einmal eine Kosten-Nutzen-Rechnung aufzustellen. »Was genau wollen wir? Rache und kurzfristige Vorteile? Oder wünschen wir, den Frieden zu sichern, damit wir die Möglichkeit haben, unser eigenes Reich auszubauen und zu konsolidieren? Wenn Letzteres der Fall ist, dann müssen wir zuallererst Stabilität anstreben. Stabilität, und wenn auch nur zeitweilige und letztlich illusorische, kann nur aus dem Gesetz und der natürlichen Ordnung der Dinge hervorgehen. Daraus wäre aber zu folgern, dass es nur in unserem Interesse liegen kann, wenn der Herrscher von Malwa schnellstmöglich zu seinem Thron und seinem Volk zurückkehrt.«
»Lasst Ihr Euch etwa von diesen Sophistereien einwickeln, Hoheit?«, wandte sich Silhadi an Medini Rai in einem Ton, als habe sich ganz Mewar gegen sie beide verschworen. »Solch edle und hochvernünftige Argumente können die Leute hier aus einem einzigen Grund vorbringen: weil sie nicht einen Mann, nicht eine Frau, nicht ein Kind verloren haben an dem Tag, als Muzaffar Shah von Gujarat und dessen speichelleckerischer, arschkriecherischer Gastgeber, die Ratte von Malwa, vierzigtausend unserer Angehörigen überfielen und niedermetzeln ließen! Habt Ihr Euch seitdem nicht jede Nacht gefragt, was die Streitkräfte Mewars damals eigentlich davon abhielt, Euch zu Hilfe zu eilen? Lakshman Simhaji sagt, sie seien unmittelbar nach Eintreffen Eures Boten aufgebrochen. Ich wäre ja unter Umständen bereit, ihm Glauben zu schenken, Tatsache aber ist und bleibt, dass sie nicht da waren, als das Leben von vierzigtausend unserer Leute auf dem Spiel stand!

Ich habe das Lächeln purer Dankbarkeit gesehen, das jedes Mal auf Eurem Gesicht erscheint, wenn der Maharaj-Kumar Euch grüßt. Gagrone war schwer bedrängt und stand kurz davor, in die Hände des Khalji zu fallen, und alles, was Lakshman Simhaji zur Unterstützung Prinz Hem Karans und Gagrones erübrigen konnte, waren läppische dreitausendfünfhundert Mann! Der Maharaj-Kumar band dem Sultan auf die Nase, er habe eine Streitmacht von siebenundvierzigtausendsiebenhundert Mann bei sich gehabt, und dieser Dummkopf nahm es ihm ab. Aber wir beide sind nicht von gestern und fallen auf solche Ammenmärchen nicht herein! Zugegeben, das Täuschungsmanöver hat funktioniert. Er hat einfach Glück gehabt und die Sache ist gut gegangen. Aber was, wenn dieser hirnlose Sultan es darauf hätte ankommen lassen? Wo wären wir dann heute? Denkt einmal darüber nach. Es wäre gar nicht auszumalen!
Lakshman Simhaji und der jainistische Finanzminister verlangen von uns, dass wir uns klug und diplomatisch verhalten; sie appellieren an den Staatsmann in uns und fordern uns auf, den Sultan wieder nach Hause zu schicken. Ich sage Nein! Und ich bin sicher, dass Euch keine falsch verstandene Dankbarkeit davon abhalten wird, ebenfalls Nein zu sagen. Soll das Khalji-Schwein bis zum Jüngsten Tag im Kerker verrotten!«
Noch bevor Medini Rai die Chance hatte, sich von Silhadis Wortschwall zu erholen, griff Seine Majestät ein.
»Hoheiten, Medini Rai und Silhadi Rai, wir müssen Euch um Nachsicht bitten. Wir wissen von Eurem schmerzlichen Verlust und es hat uns mit Trauer und Entsetzen erfüllt, davon zu erfahren. Was uns möglicherweise nicht ganz gelang, war, das wirkliche Ausmaß der Ressentiments abzuschätzen, die Ihr gegen Seine Majestät den Sultan von Malwa hegt. Aber wie wir aus eigener Erfahrung wissen, bedeutet eine militärische Niederlage bereits in sich einen so schweren Schlag für den Besiegten, dass jede Strafmaßnahme, die über territoriale und finanzielle Reparationen hinausginge, kontraproduktiv wäre.
Ihr seid indes unsere Verbündeten und unsere lieben Freunde. Nichts schätzt Mewar so sehr wie die Stärke, die aus einem gemeinsamen Fundus an ererbten kulturellen Werten und Prinzipien sowie aus dem wechselseitigen Respekt vor des jeweils anderen tiefsten

und innigsten Empfindungen erwächst. Wir versichern Euch, dass der Sultan unser Gefangener bleiben wird.

Es ist ein langer und anstrengender Tag gewesen. Ihr möchtet jetzt gewiss ein wenig ruhen. Als unseren geehrten Gästen sage ich Euch: Bleibt, so lange Ihr wünscht. Chittor kann nicht verlangen, Eure erste Heimat zu sein, doch es fleht Euch an, es als Eure zweite Heimat zu betrachten.«

Wurde je eine königliche Versammlung mit größerer Eleganz aufgelöst? Die meisten Treffen dieser Art enden damit, dass die Teilnehmer diplomatische Schriftsätze austauschen und dann noch ein wenig verweilen und miteinander plaudern. An dem Tag jedoch trennten wir uns sofort. Ich weiß nicht genau, was Silhadi sich von seiner Vorstellung versprochen hatte, aber bezüglich seiner Motive und seiner Vorgehensweise bestanden kaum Zweifel. Nach außen hin hatte er die Achse, die zwischen Lakshman Simhaji, Adinathji und mir verlief, attackiert und Zwietracht zwischen Medini Rai und uns gesät – oder sich zumindest nach Kräften darum bemüht; sein eigentliches Ziel aber war der Rana gewesen.

Wer hatte Silhadi zu diesem kaum verhohlenen Angriff auf Seine Majestät angestiftet? Soll ich meine langjährigen Skrupel über Bord werfen und Mangal den Auftrag erteilen, Königin Karmavati unter Beobachtung zu stellen? Und falls er es bereits von sich aus getan hat – denn wem liegt die Sicherheit des Rana schließlich mehr am Herzen als Mangal? –, wie entlocke ich ihm die gewonnenen Informationen? Wichtiger noch: Sollten sich Besorgnis erregende Neuigkeiten ergeben, welche Maßnahmen kann man dann gegen die Lieblingsgemahlin Seiner Majestät ergreifen?

Zukunft Nummer zwei: der Parijat-Baum.

Mein Korallenbaum stirbt. Seine Zweige sind noch dicht belaubt und weiterhin liegt jeden Morgen ein Schleier von Blüten auf dem taudurchtränkten Boden. Aber ich weiß, dass mein Freund sich von mir abgewandt hat. Ich habe keine Ahnung, welche unausgesprochene Vereinbarung ich gebrochen, welches ungeschriebene Naturgesetz ich übertreten oder auf welche Weise sonst ich den munteren Gefährten meiner frühen Morgen enttäuscht habe. Wer weiß schon, welchen Schmerz wir den Wesen zufügen, die unserem Herzen am nächsten stehen? Und trotzdem sage ich dir, Baum: Wie sehr ich auch gefehlt haben mag, kann die Größe meines Vergehens in keinem Verhältnis zur Tiefe des Schmerzes stehen, den du mir zufügst, wenn du vor meinem Anblick zurückschreckst!

Ich sehe dir an, wie du verdorrst, dein Saft immer träger fließt, dein Herz schwächer und schwächer wird. Selbst in nahezu hoffnungslosen Fällen kann, wie mir die Ärzte versichert haben, ein ausreichend starker Wille Krankheit und Tod aufhalten. Wer oder was hat deinen Lebenswillen gebrochen?

Was ist es, Baum? Sprich zu mir! Du warst wie eine dreihundertarmige Göttin und deine Freigebigkeit war tagaus, tagein so verschwenderisch wie ein Sommerschauer. Ich erinnere mich an das Entzücken, das sich auf deinem Gesicht malte, und die Gänsehaut, die deinen Leib vor Wonne überrieselte, als ich dich am ersten Morgen nach meiner Rückkehr vom Malwa-Feldzug aufsuchte. Tausend Parijat-Blüten sprangen herab und bedeckten mich über und über; nicht einmal die Hunde, die ich als Junge hatte, haben mich je so vermisst und mir ein so herzliches Willkommen bereitet! Und jetzt, kaum zehn Wochen später, willst du deine dreihundert Hände falten, dich in deinen festen kleinen Kokon zurückziehen und der ganzen Schöpfung, den Vögeln und Würmern und Bienen, die an deiner Brust nisten, Lebewohl sagen.

Kein Fieber, keine Schrammen, keinerlei Symptome, und dennoch weiß ich, dass irgendetwas Schreckliches geschehen ist.

Können wir nicht darüber reden? Wohl nicht. Mit jemandes Rücken, mit jemandem, der nicht mehr zuhört, kann man nicht reden. Ich habe Befikirs Mist geholt und ihn rings um deinen Stamm untergegraben. Alle zwei Tage wende und lockere ich die Erde. Ich gieße dich eigenhändig. Manchmal bin ich sogar während der Arbeitszeit wie ein besorgter Vater oder Liebhaber zu dir zurückgeeilt. Stundenlang habe ich dir auf der Flöte vorgespielt. Ich habe dich fest umarmt und dir gesagt, dass ich dich nicht gehen lasse. Du warst nur ein Schössling, als ich dich aus Kumbhalgarh herbrachte. Ich weiß nicht, ob du Heimweh hattest oder ob das Erdreich und die Nährstoffe hier anders sind als dort, wo du geboren wurdest. Du wärest damals fast gestorben, aber du hast nicht aufgegeben. Du warst eine Kämpfernatur. Weißt du eigentlich, wie jung du noch warst, als du zum ersten Mal blühtest? Königinnen und Prinzen und die schönsten Odalisken blieben stehen, um dich zu bewundern. Ich hatte gedacht, ich würde einst als alter Mann in deinem Schatten sitzen und deine Blüten auf mich herabrieseln lassen.

Ist das Eine geschehen, was ich am meisten fürchte? Bringt meine Berührung den Tod?

Ist diese Bhutani Mata hier gewesen? Hat sie den bösen Blick auf dich geworfen?

Zukunft Nummer drei: Wie stellen wir uns zu Sultan Bahadur Shah?

Wenn einer erklärt, jeder sei seines Glückes Schmied, so gebe ich ihm uneingeschränkt Recht. Und wenn jemand anders erwidert, letztlich liege alles in den zahllosen Händen des Schicksals, so stimme ich ihm ebenso vorbehaltlos zu. Man braucht sich nur anzuschauen, was Sikander Shah, dem Sultan von Gujarat, widerfahren ist, um zu erkennen, dass nichts einen Sinn ergibt – und wohl auch gar nicht ergeben soll. Die Wege des Schicksals sind nicht nur unerforschlich, sie sind auch nicht nachzuvollziehen.

Sultan Muzaffar Shah starb am 16. März 1526. Zwei Monate und neun Tage später, am 25. Mai, weilte auch sein Sohn Sultan Sikander Shah nicht mehr unter den Lebenden. Es heißt, er sei von böser Wesensart gewesen und sein Sklave Imad-al-Mulk habe ihn in fremdem Auftrag erdrosselt.

Ich erinnere mich an den Tag, als Shahzada Bahadur dem Morgendunst entstieg, während ich ganz oben im Siegesturm aus dem Fenster sah und den weiten Ausblick genoss. Jahrelang war er jenem trügerischen Kopfschmuck, seines Vaters Krone, nachgejagt. Und jetzt hatte eine veritable Bilderbuch-Laune des Schicksals im Handumdrehen bestimmt, dass dieser goldene Turban ihn aufsuchen sollte. Man stelle sich nur vor: Prinz Bahadur hatte sich an Babur gewandt und trug sich schon mit dem Gedanken, sich ihm anzuschließen, als ihn eine Abordnung aus Gujarat erreichte und untertänigst aufforderte, heimzukehren und seines Vaters Thron zu besteigen!

Gratulation, Sultan Bahadur Shah. Ich freue mich über Euer glückliches Schicksal.
Des Sultans erste Amtshandlung bestand darin, den Sklaven Imad-al-Mulk sowie die Edelleute, die ihn zu seiner Tat angestiftet hatten, zum Tode zu verurteilen.
Ich möchte dem neuen Sultan ein freundschaftliches Schreiben und einige Geschenke zukommen lassen und ihn, sobald die Zeit reif ist, an das Friedensabkommen erinnern, über das wir so oft gesprochen haben. Vielleicht könnten wir sogar noch einen Schritt weiter gehen und einen Beistandspakt unterzeichnen für den Fall, dass eines unserer beiden Reiche angegriffen werden sollte. Wie stehen wohl meine Chancen, das Kabinett davon zu überzeugen, dass wir dem neuen Sultan von Gujarat die Hand reichen sollten?
Kann gut sein, dass mein einziges mögliches Argument ein Hinweis auf den Risikofaktor Babur sein wird.

Zukunft Nummer vier: Würde mir bitte jemand verraten, was Seine Majestät der Rana eigentlich vorhat?
Wäre Babur wie alle übrigen Eroberer gewesen, die schon früher von Nordwesten her in Hindustan eingefallen waren, dann hätte er Delhi geplündert, ein paar hunderttausend Tote und Verwundete zurückgelassen und Sklaven und namhafte Künstler und Handwerker mitgenommen; und die Krone von Delhi wäre auf Mahmud Lodi übergegangen, der anders als sein Bruder Sultan Ibrahim die Schlacht von Panipat unversehrt überlebt hatte. Bislang hat sich Mahmud Lodi allerdings damit begnügen müssen, der Exilsultan von Hindustan zu sein. Es ist mir natürlich klar, dass Krieg und Unglücksfälle merkwürdige Beziehungen knüpfen können, aber Vater hat Mahmud Lodi nicht nur Asyl gewährt, sondern mit ihm auch ein Bündnis zur Vertreibung Baburs geschlossen. Woher diese geradezu kopflose Eile, sich festzulegen – noch dazu bei einem ehemaligen Feind? Was ist aus der altehrwürdigen Regel geworden, wenn ein neuer Mann, insbesondere ein so aggressiver und siegestrunkener Mann wie Babur, die Szene betritt, erst einmal abzuwarten und zu beobachten? Möchte Vater feststellen, wie weit er bei Babur gehen kann? Aber wenn man daraus bereits schließt, dass Sei-

ne Majestät sich bewusst darum bemüht, den neuen Padishah von Delhi zu provozieren, dann sollte man sich erst den Rest der Geschichte anhören.
Vater hat die stolze Festung von Kandar eingenommen und besetzt und deren Herrscher Hasan in die Flucht geschlagen. Das war allerdings nur ein Vorgeschmack dessen, was noch kommen sollte. Wie ein ungeduldiger Desperado reißt er seitdem immer mehr Städte und Ortschaften des ehemaligen Lodi-Königreichs an sich. Momentan beläuft sich die Ausbeute auf rund zweihundert neue, teils kleine und wirtschaftlich bedeutungslose, teils durchaus ansehnliche Territorien. Sie werden als »Siegespreis« bezeichnet. Tatsache aber ist, dass dieser »Preis« nicht Seiner Majestät zustand. Der Rana hatte Ibrahim Lodi schließlich weder bekämpft noch besiegt; Babur hat das getan. All diese Eroberungen haben außerdem zu erheblichen inneren Umwälzungen geführt. In manchen Fällen sind an die Stelle muslimischer Fürsten Hindus getreten, von denen sich keineswegs alle durch besondere religiöse Toleranz auszeichnen. Mit solch einer Politik erreichen wir lediglich, dass alle diese Unzufriedenen zu Babur überlaufen und beginnen, ihn als ihren Führer und potenziellen Retter anzusehen. Während Vater absolut alles einsackt, was er kriegen kann, verfolgen die zwei anderen Hauptbeteiligten, Mahmud Lodi und Babur, die zunehmende Zerstückelung dessen, was sie jeweils als ihr Hoheitsgebiet ansehen, mit wachsendem Unmut. Ersterer kann, wenigstens momentan, kaum etwas dagegen unternehmen. Letzterer jedoch kann und, wie ich vermute, wird es auch. Irgendwann wird ein Krieg gegen Babur vielleicht nicht zu vermeiden sein, aber will Seine Majestät – welchen anderen Schluss kann man sonst ziehen? – schon jetzt einen Krieg? Warum gerade jetzt? All die Jahre hatte Delhi nur darauf gewartet, von uns gepflückt zu werden, aber alle meine Bitten waren bei Vater auf taube Ohren gestoßen. – Jedenfalls erschiene das unnötig und unvorsichtig dazu. Der Padishah ist ein vernünftiger Mann, der seinen Vorteil durchaus zu erkennen weiß. Wenigstens vorläufig bräuchten wir nichts anderes zu tun, als ihm aus einer Position der Stärke heraus einen Pakt vorzuschlagen, durch den sich beide Seiten verpflichten, die Grenzen zwischen den zwei Königreichen zu respektieren.

Zukunft Nummer fünf: Kausalya.

Alle paar Tage stelle ich Mangal, manchmal zwei bis drei Mal am Tag, dieselben dummen Fragen.

»Was meinst du damit, ›sie scheint verschwunden zu sein‹? Das hier ist Chittor, Mangal, die Hauptstadt von Mewar, kein hinterwäldlerisches Dorf, in dem nur Wilde hausen. Ich sag dir, sie kann nicht einfach so verschwinden! Das ergibt keinen Sinn! Du tust einfach nicht deine Arbeit!«

»Ich habe mich bei der Polizei erkundigt, Hoheit. Ich habe Einsicht in ihre Akten erhalten. Jedes Jahr werden allein in Chittor an die siebzig Personen vermisst gemeldet und tauchen nie wieder auf.«

»Komm mir nicht mit solchem Schwachsinn, Mangal!« Ich muss aufhören, ihn so anzuschnauzen. Was ist mit mir los? Ich bin jedem gegenüber reizbar, unwirsch und kurz angebunden, und das nicht nur an meinen schlechten Tagen. All meine Meditationen und Selbstermahnungen führen zu nichts. Ich schreie weiter herum. »Du bist der Chef des Geheimdienstes, ich selbst habe Vater veranlasst, dich dazu zu ernennen. Und du bist nicht einmal imstande, deine eigene Mutter zu finden! Jeden Tag erzählst du mir dieselbe Geschichte. Warum findest du sie stattdessen nicht?«

»Ich versuche es, Hoheit. Ich habe die Polizei von Malwa, Gujarat und Delhi angeschrieben. Meine Agenten befragen alle Pilger, die aus Benares, Mathura, Prayag, Kedarnath, Madurai zurückkehren. Ich habe keineswegs aufgegeben.«

»Hat sich Mamta vielleicht mit ihr gestritten? Hast du ihr irgendeine Unverschämtheit gesagt?«

»Ihr kennt Mamta, Hoheit. Mutter hat nie wirkliche Freundinnen gehabt, und Mamta bildete diesbezüglich keine Ausnahme. Aber Mamta hat nie auch nur gewagt, Mutter direkt anzusehen, wenn sie mit ihr sprach. Das letzte Mal, als sie uns besucht hat, schien sie sich darüber zu freuen, dass Mamta schwanger war.«

»Wann soll das Baby denn kommen?«

»In einem Monat, Hoheit.«

»Dann solltest du zusehen, dass du Kausalya vorher findest, glaubst du nicht? Ich meine, was würde sie sagen, wenn sie bei der Geburt ihres Enkels nicht dabei wäre?«

»Ich werde alles Menschenmögliche tun, um sie zu finden.«

»Erinnerst du dich, wie es damals hieß, Lilavati sei unauffindbar? Es hieß, man habe sie aus Chittor hinausgeschmuggelt oder Adinathji habe sie um die Ecke gebracht. Wir konnten sie nicht finden, aber sie war direkt hier im Fort. Stell dir meine Beschämung vor, als sie bleich und ausgemergelt auftauchte und sagte, wenn ich mir nur wirklich Mühe gegeben hätte, dann hätte ich sie auch gefunden! Durchsuch jedes Haus in Chittor, Mangal, jede Hütte! Ich werde mit dem Polizeichef reden.«

»Das habe ich bereits getan. Seine Majestät hat den Haussuchungsbefehl unterschrieben. Wir durchkämmen schon den dritten Stadtbezirk.«

»Lass die Häuser der Reichen nicht aus. Lass niemanden aus. Und was sagen deine Verbindungsleute in der Unterwelt?«

»Sie bezweifeln, dass sie entführt oder wegen ihres Schmucks ermordet worden sein könnte. Normalerweise wissen sie in solchen Dingen Bescheid und sie haben nichts läuten hören.«

Ich wusste, dass ich damit schon morgen wieder von vorne anfangen würde. Diese sinn- und planlosen Reden führten zu gar nichts, aber sie waren die einzige Möglichkeit, die ich hatte, Kausalya am Leben zu erhalten. Mir ging plötzlich auf, dass sie und ich uns – wenn man von diesem einen dummen Missverständnis meinerseits absah – noch niemals gestritten hatten. Es ist mir selbst nicht erklärlich, aber wenn ich an sie dachte, sah ich sie auf dem Rücken einer Tigerin. An diesem Punkt verwirrte sich immer alles. War sie die Tigerin oder war sie die Frau, die auf ihr ritt? Oder war sie beides?

Ich gehörte ihr, und um mich zu behalten, würde sie mich mit jedem teilen – mit wem auch immer ich wollte. Ohne sie fühlte ich mich völlig hilflos. Was hatte es für einen Wert, Maharaj-Kumar zu sein, wenn ich nicht imstande war, die Meinen zu beschützen?

Wo bist du, Bhutani Mata? Was hast du Kausalya angetan?

Zukunft Nummer sechs: der Padishah von Delhi.

Es konnte sich natürlich noch ändern, aber seit Babur den Sultan Ibrahim Lodi besiegt und Delhi besetzt hatte, gab es eigentlich nur eine Zukunft für Mewar: die Klärung unserer Beziehung zum Mogulherrscher. Das war unseren Verbündeten ebenso klar wie all unseren kleineren und größeren Feinden. Am 17. Oktober hatte Vater alle führenden rajputischen, muslimischen und Bhil-Fürsten und Könige zu einem Kriegsrat zusammengerufen, in dessen Verlauf die weitere Vorgehensweise erörtert und festgelegt werden sollte.

Ich kann selbst nicht genau sagen, warum die gesamte rajputische Konföderation und viele muslimische Fürsten, Amirs und Könige Babur eine solche Bedeutung beimaßen und so sehr davon überzeugt waren, dass die größte Bedrohung für ihre jeweiligen Länder von ihm ausgehen würde. Bis vor kurzem war er lediglich ein kleiner heimatvertriebener König gewesen, dem es nach endlosen Irrwanderungen und Kämpfen gelungen war, den unbedeutenden Thron von Kabul an sich zu reißen. Hatte Delhi etwas damit zu tun? Waren es die Niederlage und der Tod des Sultans von Delhi in der Schlacht von Panipat, die Baburs Ruf einen solchen Auftrieb gegeben und ihn zum Brennpunkt und Zentrum unseres Lebens gemacht hatten? Oder war es vielmehr seine wie ein Mantra immer und immer wieder vorgebrachte Erklärung, er werde ganz Hindustan in seine Gewalt bringen? Darauf ließen sich mit Sicherheit viele Antworten geben, dennoch bezweifle ich, dass es jemals gelingen wird, auch nur eine zu finden, die vollkommen überzeugend wäre.

Seit der Mogulherrscher praktisch rund um die Uhr mit Reisen, Schlachtenschlagen, der Aufrechterhaltung der Kontakte nach Kabul und der Entsendung von Abordnungen in ferne Reiche beschäftigt ist und seitdem sich seine administrativen Pflichten verdoppelt, wenn nicht gar verdreifacht haben, hätte man annehmen können, dass er sein Tagebuch, wenn überhaupt, nur noch sporadisch führt. Aber die Eroberung und Annexion eines Königreiches, das wenigstens dreißig- bis fünfzigmal größer ist als sein Adlerhorst in den Bergen des Hindukusch, scheint genau die entgegengesetzte Wirkung gehabt zu haben. Vielleicht verfügt er ja über einen ganzen Stab von Sekretären und Kalligraphen, die seine Worte aufschreiben und dann ins Reine übertragen.

Es ist offensichtlich, dass Hindustan sehr gemischte Gefühle in ihm weckt: Neugier, Verachtung, ja Abscheu und zugleich tiefe Verwunderung. Er klingt jetzt weit selbstsicherer – und das mit gutem Grund –, aber seine Überheblichkeit hat weder seine Klugheit noch seine scharfe Beobachtungsgabe beeinträchtigt. Und er ist und bleibt einer der objektivsten Schilderer von geographischen und landschaftlichen Gegebenheiten, von Völkern und ihren Sitten und Gebräuchen, die mir je begegnet sind. Doch mehr davon zu einer anderen Gelegenheit. Was Mewar jetzt interessiert, sind seine Stimmung, sein Ton und seine Strategie in Panipat.

> Nachdem ich die leichten Truppen gegen Ghazi Khan entsandt hatte, setzte ich meinen Fuß in den Steigbügel der Entschlossenheit, ergriff die Zügel des Gottvertrauens und marschierte gegen Sultan Ibrahim ... zu dessen Krone zu dem Zeitpunkt die Hauptstadt Delhi und die hindustanischen Besitzungen gehörten, dessen stehendes Heer hunderttausend Mann umfasste und dessen Elefanten samt den Elefanten seiner Lehensmänner rund tausend zählten. [...]
> Als alles bereit war, wurden alle Fürsten und kampferprobten Führer zu einer allgemeinen Ratsversammlung zusammengerufen, die zu folgender Beurteilung der Lage gelangte: Da war Panipat mit seinen dicht gedrängten Häusern und Vororten. Das würde eine unserer Seiten decken; alle übrigen Seiten mussten durch Karren und Reisiggeflechte geschützt werden, hinter denen unsere Fußsoldaten und Musketiere stehen würden. Nachdem dies entschieden war, setzten wir uns in Marsch, legten unterwegs eine Nachtrast ein und erreichten Panipat am Donnerstag, den 12. April.

Ich fertigte Skizzen und Diagramme an, um mir das Grundschema von Baburs Verteidigung, die Aufstellung seiner Truppen und seine Gesamtstrategie zu verdeutlichen. Er hatte jedem Mann in seiner Armee befohlen, Wagen zu beschaffen. Die Ausbeute betrug siebenhundert Stück. Seine Idee war, das offene Schlachtfeld als eine bewegliche Festung zu behandeln. Die Karren und die Brustwehren aus Reisig wurden vor den Linien der Infanterie zu einem durchgehenden Schutzwall verbunden. Um an Baburs Fußsoldaten heranzukommen, würden Ibrahim Lodis Männer versuchen müssen, diese Barrikade zu durchbrechen, und während sie damit beschäftigt waren, würden die Infanterie und Reiterei Delhis schwere Verluste erleiden. Seine rechte Flanke hatte Babur durch die Stadt Panipat und ihre Vororte wie durch eine unüberwindliche Mauer gesichert. Vor seiner linken Flanke und an anderen Stellen hatte er Gräben gezogen. In Abständen von einem Pfeilschuss hatte er schmale Landbrücken stehen lassen, die breit genug waren, um jeweils hundert bis zweihundert Reitern einen Ausfall zu gestatten. Das alles war nicht nur äußerst interessant – es war geradezu eine Offenbarung. Der entscheidende Unterschied zwischen der Taktik des Türken und derjenigen Sultan Ibrahims – und ebenso unserer – bestand darin, das Prinzip der Befestigung in allen Details auf das Schlachtfeld zu übertragen. Die Kette von Gräben war beispielsweise nichts anderes als der Ringgraben, der jede Festung umgibt.

> Von dem Augenblick an, da er wie ein Unheil auftauchte, zog Sultan Ibrahim rasch voran, unaufhaltsam, geradewegs auf uns zu, bis er die dunkle Masse unserer Männer sah; woraufhin er anhielt und, indem er unsere Aufstellung und Schlachtordnung überblickte, sich zu fragen schien: »Stehen bleiben oder nicht? Vorrücken oder nicht?« Stehen bleiben konnten sie nicht; ebensowenig konnten sie ihren Vormarsch mit der bisherigen Geschwindigkeit fortsetzen.
> Unsere Befehle für die Umgehungstruppen lauteten, von links und rechts her dem Feind in den Rücken zu fallen, ihn mit Pfeilen zu beschießen und seine Kräfte zu binden; und für den rechten und den linken Flügel, vorzurücken und ihn in die Zange zu nehmen ... Muhammad Kukuldash, Shah Mansur Barlas, Yumas-i-Ali und Abdullah schließlich erhielten den Befehl, die ihnen in der Mitte gegenüberstehenden Heeresteile anzugreifen. Von ebendieser Stellung aus machte Ustad Ali-quli guten Gebrauch von den *firangi*-Geschützen; Mustafa seinerseits, der Kommissar, machte links von der Mitte aus hervorragenden Gebrauch von den *zarb-zans*. Sobald der rechte und linke Flügel, die Mitte und die Umgehungstruppen den Feind eingekesselt hatten, überschütteten sie ihn mit Pfeilen und kämpften unermüdlich ... Durch Gottes Barmherzigkeit und Güte wurde diese schwierige Aufgabe für uns zu einer leichten! In einem halben Tag wurde diese ungeheure bewaffnete Masse zu Boden

> gestreckt. An einer einzigen Stelle in der Nähe von Ibrahims Standort wurden fünf- oder sechstausend Mann getötet. Die übrigen Toten, die über das ganze Schlachtfeld verstreut lagen, schätzten wir auf fünfzehn- bis sechzehntausend, aber später erfuhren wir in Agra durch Aussagen von Hindustanis, dass in dieser Schlacht eher vierzig- bis fünfzigtausend ums Leben gekommen sein dürften.

Firangi und Zarb-Zan: Endlich begegneten mir die neuen Waffen! Anders als wir setzte Babur nicht nur regelmäßig Luntenschlossmusketen ein, er besaß auch Feldgeschütze – denn nichts anderes verbarg sich hinter diesen zwei Wörtern. Ich will erst gar nicht davon reden, sie selbst zu gießen – sie im Ausland zu kaufen und nach Mewar zu schaffen würde mindestens ein Jahr, vielleicht sogar anderthalb Jahre erfordern. Aber es hatte jetzt keinen Sinn, sich über dieses Zeitproblem den Kopf zu zerbrechen. Entscheidend war nur, jemanden zu finden, der bereit war, sie uns zu verkaufen, und unverzüglich eine Bestellung aufzugeben. Lakshman Simhaji stand in dieser Sache auf meiner Seite und hatte Mangal aufgefordert, wegen der Angelegenheit bei den Portugiesen und den Persern vorzufühlen. Er sollte wenigstens ein halbes Dutzend dieser Feldgeschütze kaufen – von wem auch immer.

Hier folgt der merkwürdigste Eintrag, der mir bislang im Tagebuch des Padishahs begegnet ist:

> Als wir noch in Kabul waren, hatte Rana Sanga einen Boten gesandt, der seine besten Wünsche ausrichten und diesen Plan vorschlagen sollte: »Wenn der ehrwürdige Padishah von jener Seite gegen Delhi marschieren wird, werde ich von dieser gegen Agra ziehen.« Aber ich habe Ibrahim geschlagen, ich habe Delhi und Agra eingenommen, und bislang hat dieser Heide keinerlei Anstalten gemacht, sich von der Stelle zu rühren.

Sollte ich dieser Eintragung Glauben schenken? Und wenn ich es tat – denn nach meinem bisherigen Eindruck war Babur kein Mann, der sich Märchen ausdachte –, was sollte ich dann von Vater halten?

Was konnten seine Motive sein und was für Vorteile konnte er sich erhofft haben? Glaubte er denn wirklich – so wie das viele unserer Ahnen getan hatten und viele meiner rajputischen Brüder noch immer taten –, seines Feindes Feind sei automatisch sein Freund? Hatte der Rana von Mewar nur deshalb einen Fremden ins Land holen wollen, um sich mit ihm die Kriegsbeute und vielleicht sogar das Sultanat von Delhi teilen zu können? Hatte Seine Majestät so wenig Vertrauen in seine Armee und seine Feldherrnqualitäten, dass er, obwohl er der mächtigste Herrscher in der Region war, Baburs Hilfe zu brauchen glaubte, um den dekadenten Wüstling Ibrahim, dem die Macht ohnehin mehr und mehr entglitt, in die Knie zu zwingen? Eine andere Sache aber war noch schwerer zu begreifen: Warum jemandem etwas anbieten, wenn man gar nicht die Absicht hat, dem Taten folgen zu lassen? Es dürfte doch wohl jedem einleuchten, dass dies sicherlich die beste Methode ist, aus einem unbekannten König einen unversöhnlichen Feind zu machen.
Aber passiert ist passiert, und daran ist nichts mehr zu ändern.
In Agra herrscht kein Mangel an Unzufriedenen, und so können uns Mangals dortige Agenten laufend mit zuverlässigen Informationen über Baburs Hof beliefern. Jeden Montagvormittag, gelegentlich auch noch einmal während der Woche, erhalten wir von Mangal Berichte mit Dokumenten und Analysen, Informationen über Staatseinnahmen und Truppenbewegungen, momentane Günstlinge und in Ungnade Gefallene sowie darüber, was in Agra über Mewar gedacht und gesagt wird. Eines kristallisiert sich immerhin heraus: Babur beäugt uns zwar mit größtem Argwohn, aber glücklicherweise beschäftigen ihn zur Zeit geographisch näher liegende Probleme. Die Landbevölkerung und die Angehörigen der besiegten Streitkräfte fürchten Babur und seine Männer. Wichtiger noch: Nahezu jeder afghanische Amir, der im Dienste des verstorbenen Sultans stand, arbeitet jetzt offen oder heimlich gegen den Padishah. Baburs Sohn Humayun ist bereits in den Osten nach Junpur geritten, um die hartnäckigsten Aufstände niederzuschlagen. All das ist nur zu unserem Vorteil. Wir brauchen Zeit, möglichst viel Zeit, um uns diese Feldgeschütze beschaffen, wenigstens zehntausend Luntenschlossmusketen kaufen und unsere Männer in deren Handhabung einweisen zu können; und wir müssen uns unbedingt ein paar neue

Angriffs- und Verteidigungsstrategien ausdenken, um Baburs unkonventionellen Kampfmethoden etwas entgegensetzen zu können. Aber die Vorzeichen sind alles andere als günstig. Es ist von jeher mein Prinzip gewesen, den Feinden Mewars Gerechtigkeit widerfahren zu lassen und selbst die Schwächsten unter ihnen ernst zu nehmen. Babur jedoch ist eine Klasse für sich. Durch die fragmentarische Lektüre seiner Tagebücher hatte ich nicht nur begonnen, ihn zu mögen, sondern ihn auch zu respektieren. Ich hatte das Gefühl gewonnen, dass er einen guten Freund und einen würdigen Feind abgeben würde. Aber in den letzten Monaten hat er angefangen, Facetten seiner Persönlichkeit zu zeigen, die mich zunehmend stören. Sie sind zweifellos eine Folge seines Glaubens. Gläubigkeit, meine ich zumindest, sollte stets durch Weisheit und Toleranz gemäßigt werden, und das gilt für einen König ganz besonders. Seit er in Hindustan einmarschiert ist, hat Baburs Ausdrucksweise einen auffälligen Wandel durchgemacht. Nur wenn er von einem möglichen Krieg gegen uns schreibt, spricht er immer wieder von einem »heiligen Krieg«. Als was darf man dann seine Kriege gegen Ibrahim Lodi und all die übrigen schiitischen und sunnitischen Stammesfürsten, Könige und Sultane bezeichnen?

Ich finde es traurig und erst recht kontraproduktiv, wenn jemand für die Völker, die er unterworfen hat, nichts als Verachtung übrig hat, und wenn er nichts anderes anstrebt, als – mit Babur zu sprechen – »die Götter der Götzenanbeter zu zerschmettern«. Bleibt man auf diesem Pfad, wird man nie dazu gelangen, die Unterworfenen als seine Untertanen zu betrachten, und wird nie den ehrlichen Wunsch verspüren, so für ihr Wohl und ihre Sicherheit zu sorgen, wie es einem Vater anstehen würde. Wenn ein König stark sein will, muss er seinen Untertanen nahe stehen. Sie müssen das Gefühl haben können, dass er – ungeachtet ihrer Religion, Kaste oder Konfession – ihr aller Schutz und Wehr ist. Wer sich einbildet, das alles seien neumodische Ideen, ist ein Narr. Jeder aufgeklärte Herrscher wird bestätigen, dass er selbst der erste Nutznießer einer solchen Toleranz ist, denn in der Uneinigkeit liegt der Keim der Zerstörung des eigenen Reiches.

Schon als er Bajaur angriff, während eines seiner ersten Einfälle in Indien, betrachtete sich Babur als einen Verteidiger »des Glaubens«.

Er fiel in die Sitten seines Ahnen Timur zurück, plünderte die Stadt und massakrierte mit Ausnahme der wenigen, die nach Osten entkommen konnten, sämtliche Bewohner – und dies mit der simplen Begründung, dass sie keine »wahren Gläubigen« gewesen seien. Seit er den Thron von Delhi bestiegen hat, gefällt er sich zunehmend in der Rolle des heiligen Kriegers, des Rächers Gottes. Ein seltsames Wort, »Rächer«. Welche Vergehen und Untaten möchte Babur eigentlich an Ungläubigen rächen, die er noch nie gesehen und mit denen er bislang keinerlei Kontakt gehabt hat? Unser einziges Verbrechen scheint durch einen Zufall begründet zu sein: dass wir in eine andere Glaubensgemeinschaft hineingeboren wurden.
Seit seinem Sieg über Sultan Ibrahim Lodi lässt der Padishah Tempel schleifen und an ihrer Stelle Moscheen errichten, beziehungsweise, wenn Zeit und Gelder knapp sind, hinduistische Kultstätten kurzerhand in muslimische umwandeln.
Daran ist so weit nichts Besonderes. Wir haben das Gleiche mit buddhistischen Kultstätten und auch mit Moscheen gemacht – wie das im Übrigen die Moslems seit ihren allerersten Einfällen in Indien gleichfalls von jeher gemacht haben.
Das ist wahrhaft eines der großen Rätsel des Lebens: Woher dieses zwanghafte Bedürfnis, die konkreten Stätten, den sakralen Bezirk eines besiegten Glaubens zu vereinnahmen? Indessen mag das Verhältnis zwischen Hinduismus und Buddhismus antagonistisch gewesen sein, aber die zwei Religionen haben sich gegenseitig nie als »unrein« oder »gottlos« betrachtet. Was könnte aber in den Augen des Islam blasphemischer sein als die Tempel unserer hinduistischen »Götzen«?
Ich habe einmal die These vertreten hören, ein Eroberer übernehme deswegen die Kultstätten des fremden Glaubens, weil solchen Orten stets eine besondere übernatürliche Macht innewohne, die er sich anzueignen wünsche. Mag an dieser Überlegung auch etwas Wahres sein, so finde ich darin ebenso viel Spitzfindigkeit. Vielleicht tut es eine weit simplere Erklärung auch: Es ist eine brutale Demonstration von Macht. Der Sieger signalisiert damit, dass die alte Ordnung tot ist, und gibt seinen neuen Untertanen unzweideutig zu verstehen, wer der neue Herr ist.

Es gibt nur ein einziges männliches Wesen auf der Welt, sein Name ist Krishna.

39

In der Nacht seines Debakels mit Sugandha ging er schnurstracks ins Zimmer der Kleinen Heiligen.

»Wo bist du gewesen?« Sie packte ihn am Arm und schüttelte ihn. Sie war rasend vor Ungeduld und verschluckte halb ihre Worte. »Wie du mich leiden lässt! Wie kannst du nur so grausam und herzlos sein!«

Hatte er sich verspätet? Letzte Nacht hatten sie keine feste Uhrzeit vereinbart, das taten sie nie. Soweit er feststellen konnte, war er ziemlich genau um dieselbe Uhrzeit gekommen wie in all den Nächten zuvor.

»Was ist denn los?«

»Na du stellst vielleicht Fragen!«

War es vielleicht der Geburtstag des Flötenspielers? Unmöglich, ganz Chittor hätte ja in dem Fall gefeiert. Er musste ein völlig verdutztes Gesicht machen, denn jetzt wurde sie richtig böse.

»Du hast es vergessen! Du hast es tatsächlich vergessen!« Sie trat ihm mit aller Kraft auf den Fuß. »Es ist Holi!«

Alarmsignale gingen in seinem Kopf los wie eine Batterie von Knallfröschen. Wie konnte er das nur verschwitzt haben! Schon der nackte Selbsterhaltungstrieb hätte ihm doch raten müssen, den Kalender nicht aus den Augen zu lassen! Was sollte er jetzt tun? Seit jener ersten Nacht in Kumbhalgarh, da er in ihr Zimmer gekommen war, hatte er sich wegen des Frühlingsfestes Gedanken gemacht. Es war nicht das farbige Puder, das ihm Sorgen bereitete, sondern das gefärbte Wasser. Er sah schon förmlich, wie ihm das Blau von der Haut rann und ihn nackt und schutzlos zurückließ, während sie ihn mit einer Messingspritze besprühte. Sollte er vielleicht in die Offensive gehen, sich auf sie stürzen und sie mit zinnoberrotem, gelbem, mauvefarbenem, grünem und violettem Puder bewerfen, dafür sorgen, dass sie etwas davon in die Augen bekam, und sich dann aus dem Staub machen?

»Bleib da stehen und zieh dir diese Choli an!«

Kein Zweifel. Sie hatte wirklich den Verstand verloren. »Warum in aller Welt sollte ich wohl eine Choli anziehen?«

»Weil du heute eine Frau bist.«

So einfach ist das.

»Aber hast du nicht behauptet, es gebe nur einen einzigen Mann im Universum, und das sei der Blaue, und alle anderen Wesen seien Frauen?«

»Männer und Frauen haben ein Geschlecht. Götter sind alles. Und ebendeswegen bist du, genau wie Ardhanarishvar, gleichzeitig Mann und Frau. Das solltest du doch wohl am besten wissen!«

»Das ergibt doch überhaupt keinen Sinn.«

»Das soll das Leben ja auch gar nicht. Zwiespältigkeit ist die Essenz des Lebens. Oder besser gesagt: Doppeldeutigkeit. Abgesehen davon hast du doch wohl nie Probleme damit, Frauenkleider zu tragen, wenn du mit deinem Lieblings-Milchmädchen zusammen bist! Radha hier und Radha da. Sogar dein Name wird zu Radhekrishna.«

Es kam um nichts in der Welt in Frage, dass er sich ein Frauenleibchen anzog! Er war ein Prinz, vielleicht sogar der Thronfolger. Kann man sich den Maharaj-Kumar von Mewar als Transvestiten vorstellen? Hätten seine mehr als wechselhaften Schicksale seinen Ambitionen nicht schon längst den Garaus gemacht, wäre diese neue Zumutung mit Sicherheit der Todesstoß gewesen.

Was war er doch für ein Idiot! Wieso hatte er in all den Jahren nicht begriffen, dass das hier eine Verschwörung war? Steckte seine Frau in Wirklichkeit mit Vikramaditya und Königin Karmavati unter einer Decke? Plötzlich fügten sich alle Puzzleteilchen wie von selbst zusammen: Die Prinzessin und die Rani hatten bereits vor Ewigkeiten, schon zum Zeitpunkt ihrer Heirat, ein Komplott geschmiedet.

Königin Karmavati hatte vorgegeben, die Prinzessin zu hassen, während die beiden in Wirklichkeit miteinander Hand in Hand arbeiteten. Während seine Frau sich ihm verweigerte und ihn nach allen Regeln der Kunst demütigte, ihn zum prominentesten Hahnrei von Mewar und das Königshaus zum Gespött der ganzen Stadt machte, zeterte die Königin wie eine Furie und spielte die Rolle der Feindin der Prinzessin ganz bewusst so raffiniert und glaubwürdig, wie es ihr öffentliches Image erforderte, und beschleunigte damit seinen Abstieg in die Schande nur umso mehr. Und jetzt schickte sich seine Frau an, ihm den letzten, entscheidenden Stoß zu verabreichen: ihn als heimliche Tunte zu entlarven! Den Rest würde dann Königin Karmavati erledigen. Diesmal konnte er sich von der Krone endgültig verabschieden.

Sie nahm seine rechte Hand und streifte ihm die Choli über den Arm, dann tat sie das Gleiche mit der linken. »Umdrehen!« Sie verknotete die Bänder der rückenfreien Choli und unterzog ihn dann einer raschen Musterung. »Scheint zu passen, was meinst du?« Doch sie wartete seine Antwort gar nicht ab. »Moment, Moment! Ich zäume ja das Pferd beim Schwanz auf!« Sie zog die Schleifen auf und streifte ihm das Leibchen wieder ab. Sie rannte aus dem Zimmer und kam mit einem Rasiermesser zurück. Was denn jetzt – wollte sie ihm etwa den Kopf rasieren? Sie prüfte die Klinge an ihrem linken Zeigefinger und dann rasierte sie ihm mit raschen, entschlossenen Strichen Arme, Achselhöhlen, Brust und Rücken.

»Was tust du da?«, flüsterte er ungläubig.

Sie ließ sich nicht auf lange Erklärungen ein. »Wie kann eine Frau Haare an den falschen Stellen haben?«

Ihre Hand war leicht und dennoch zuckte er unwillkürlich zusammen, als säbelte sie ihm Fleischstücke vom Leib herunter.

»Was ist denn? Warum zitterst du so?« Sie strich ihm sanft über den Körper und beruhigte ihn. Jetzt knüpfte sie seine Dhoti auf. Er stand splitternackt da. Er hatte sich noch nie so gedemütigt gefühlt, nicht einmal, als das Volk von Chittor ihn bei seiner Rückkehr vom Gujarat-Feldzug ausgebuht hatte. Er fragte sich, ob sie vorhatte, ihn in diesem Zustand durch die Hauptstraßen der Stadt zu führen. Oder würde sie ihm den Penis abschneiden, um ihn zu einer »richtigen« Frau zu machen? Sie führte das Rasiermesser über seine Schamgegend, das Haardreieck, das direkt über seiner Gesäßspalte spross, und dann über seine Beine. Was tat sie da? Oder besser gesagt: Was tat er da? Warum griff er sich nicht das Rasiermesser und schnitt ihr die Hand ab?

Jetzt war er soweit, dass sie ihn anziehen konnte. Zuerst der mit weicher Dhaka-Baumwolle abgesetzte schwarze Seidenrock, dann die rot-schwarze knotengefärbte Choli und schließlich eine rote Chunni. Er musste zugeben, dass sie ein Auge für Farben hatte. Sie holte ihren Schmuckkasten, kämmte ihm das Haar in der Mitte auseinander und befestigte dann entlang des Scheitels ein Goldkettchen, so dass der blaue Emaille-Anhänger auf seiner Stirn zu liegen kam. Jetzt die gläsernen Armreifen: schwarz, rot und goldfarben, passend zu den Farben seiner Kleidung. Er war sich sicher, dass sie die Reifen nicht über seine Knöchel bekommen würde. Er irrte sich. Wie einst Sunheria, tat sie so, als seien Hand und Handgelenk knochenlose Körperteile, die man lediglich sanft zu kneten brauchte, um die Reifen dann, ganz beiläufig, wie absichtslos über sie gleiten zu lassen. Die Fußkettchen machten sogar noch weniger Probleme. Sie hakte zwei davon aneinander, hob seinen Rock und schloss sie ihm um den Fußknöchel.

»Wie wunderhübsch du aussiehst!«

Er starrte sich im Spiegel an, den sie für ihn geholt hatte. Wenn man vom scheußlichen, ungleichmäßigen Blau absah, von dem die rosaroten Lippen grell abstachen, und der flachen Brust, hätte er ohne weiteres für eine Frau durchgehen können.

Jetzt ließ sie ihre Hüllen fallen. Was war nun? Sie lachte laut, als sie den verwirrten Blick in seinen Augen sah.

Mit erstaunlicher Geschwindigkeit schlang sie sich seine gelbseidene Dhoti um die Taille. Sie hatte Recht, er war ein Dummkopf. Wenn er Radha war – Gott behüte! Seine Frau würde nicht zögern, ihm die Gurgel aufzuschlitzen, wenn sie erriete, dass er sie mit ihrer legendären Erzrivalin verwechselte! –, wenn er also jetzt Grünauge war, dann war sie der Flötenspieler. Sie steckte sich die Pfauenfeder in das Stirnband.

Wie weit würde die Kleine Heilige dieses gefährliche Spiel treiben? Er erinnerte sich dunkel, von den abseitigen Praktiken mancher krishnaitischer Sekten gehört zu haben. So-tun-als-ob war das Prinzip ihres Kults und sie wechselten sich darin ab, den Blauen Gott zu repräsentieren. Die Grenze zwischen männlich und weiblich war fließend, verschwommen, und die Gläubigen übertraten sie fortwährend. Konnte solch sexuelle Freizügigkeit nicht irgendwann zum reinen Selbstzweck werden und zu bizarren Perversionen und Sittenverfall führen?

Die Prinzessin kreuzte ihre Unterarme und ergriff seine Hände. Dann begann sie, langsam im Kreis zu gehen. Er wusste nicht recht, was sie vorhatte, aber er machte mit. Sie blieben in ihrer Drehbewegung einander zugewandt, und dennoch hatte er das Gefühl, als belauerten sie sich. Was für ein Katz-und-Maus-Spiel hatte sie sich diesmal ausgedacht? Nichts dergleichen, erkannte er bald, sie spielte mit ihm lediglich das »Mühlenspiel«: die Hände über Kreuz fest ineinander gehakt, die Füße leicht über den Boden schleifend, immer rascher und rascher im Kreis herum. Die Palastmauern, der Parijat-Baum, der Siegesturm, die Tulsi-Pflanze, sie alle schossen vorbei und flogen ebenso rasch wieder ins Bild. Schneller und schneller wirbelten sie herum, die Füße immer näher zusammen, Oberkörper und Köpfe immer weiter voneinander strebend. Ihre Chunnis flatterten davon, ihre Gewänder blähten sich und der Himmel trudelte besinnungslos über ihren Köpfen. Er verspürte ein seltsames Hochgefühl, der Schweiß spritzte von ihren Körpern, sie waren bis an die Grenze ihrer Kräfte gegangen, und dann hatten sie sie überschritten und doch hörten sie noch immer nicht auf.

Er beneidete sie um die Schlichtheit ihres Universums, in dem alles, was sie tat oder dachte, ein Akt der Gottesverehrung war. Sex war ebenso Gottesdienst wie seinem Vater aufwarten, beim Kartenspiel betrügen und lachen und auf der Schaukel stehen und sich vom Boden abstoßen und singen und tanzen. Ihr ganzes Leben, die Hochs und Tiefs, die Wutanfälle und die Freuden, alles war ein Opfer, das sie sich selbst und ihrem Gott darbrachte. Sie war das Paradebeispiel dafür, was Krishna unter einem *karmayogi* – beziehungsweise einer *karmayogini* – verstanden hatte: jemanden, der das Leben erst dann als lebenswert empfand, wenn es ein fortwährendes Handeln bedeutete. Sie stürzte sich ins Leben, als gäbe es kein Morgen. Vielleicht bestand die Befreiung aus dem Kreislauf der Wiedergeburten ja einfach darin, nicht an ein Leben nach dem Tod zu denken.

»Mein Prinz.«
Bhutani Mata stand bescheiden hinter dem Parijat-Baum.
»Lange nicht gesehen! Ich machte mir schon langsam Sorgen, es könnte dir etwas zugestoßen sein.« Er hatte noch immer nicht gelernt, dass Sarkasmus bei ihr zu nichts führte.
»Hast du mich so vermisst? Aber du müsstest doch mittlerweile wissen, dass ich immer in Rufweite bin! Um genau zu sein, wohne ich, ganz wie deine Geliebte, im Haus deines Herzens!«
»Ich rate dir, die Finger von meiner Frau zu lassen, wenn dir dein Leben lieb ist!«
»Dürfte ich vielleicht dein Gedächtnis etwas auffrischen, Hoheit? Ich war es doch, die dir empfohlen hatte, während du mich stündlich anwinseltest und anbetteltest, nicht nur die Finger von deinem geliebten Eheweib zu lassen« – Bhutani Mata lächelte vorwurfsvoll – »sondern sie ganz und gar zu vergessen! Ich stelle indes zu meiner Freude fest, dass sich für deine Gemahlin alles zum Guten gewandt hat. Das Land hält sie nicht mehr für eine Hure. Die Kleine Heilige, so nennt man sie doch neuerdings, oder? Die braven Bürger von Chittor wären zutiefst beeindruckt, wenn sie wüssten, welch heiligenmäßige Akte ihre Kleine Heilige allnächtlich vollbringt!«
»Verschone uns mit deinem Sarkasmus!«
»Nur nicht so empfindlich, Maharaj-Kumar! Du wirst mir doch darin beipflichten, dass eine Annäherung zwischen Personen stattgefunden hat, zwischen denen eine Freundschaft bislang so wahrscheinlich erschienen war wie die Umkehrung von Himmel und Hölle. Ihr seht gelangweilt aus, Prinz, und ungeduldig, mich loszuwerden.«
»Könnten wir endlich zum Thema kommen? Ich hab noch anderes zu tun.«
»Ich möchte Euer Getändel gewiss nicht länger als unbedingt nötig unterbrechen! Hier also die frohe Botschaft: Von nun an ist jeder, der das Unglück gehabt hat, mit dir in Berührung zu kommen, in Lebensgefahr. Menschen, die absolut nichts von dem Pakt ahnen, den du mit mir geschlossen hast, werden für deine Sünden und deine Hirngespinste zahlen müssen. Ich wünsche dir, dass du verrotten mögest im Sumpf deiner Schuldgefühle und des Vorwissens um die Entsetzlichkeit des Leidens, das du über Unschuldige bringen wirst!

Noch sind wir nicht quitt, Hoheit. Doch einstweilen muss ich mich empfehlen.«
Sie machte Anstalten zu gehen. Doch er wusste, dass sie noch nicht fertig war.
»Ach, wie vergesslich von mir! Sag, willst du mich nicht fragen, was mit dem Parijat-Baum und mit Kausalya ist?«
»Nein.«
»Es ist dir egal?«
»Sagen wir einfach, ich möchte dir nicht die Ehre antun, dich für das, was mit ihnen geschehen ist, verantwortlich zu machen.«
»Du bildest dir also ein, mein Freund, die Erde habe sich aufgetan und Kausalya verschlungen, wie es eure Märchenbücher von Sita erzählen, und dein Parijat-Baum sei eines schönen Morgens einfach so vor Erschöpfung tot umgefallen?«
»Du wirst langsam größenwahnsinnig, Bhutani Mata! Willst du mir vielleicht einreden, die diesjährige Dürre in Vijayanagar, Baburs Sieg bei Panipat, der jüngste Untergang eines portugiesischen Schiffes bei Panipat, alles das sei dein Werk gewesen? Warum suchst du dir in dem Fall nicht ein paar ebenbürtige Gegenspieler – den Flötenspieler zum Beispiel? Du bist wie alle drittklassigen Gurus und sonstigen Heilsbringer. Du kannst lediglich mit den Ängsten der Menschen spielen! Aber ich habe keine Angst mehr – keine Angst mehr vor dem, was du mir antun könntest!«

Seine Füße hatten zu schrumpfen begonnen, und was noch schlimmer war: Die Armreifen störten ihn überhaupt nicht mehr. Er hatte das deutliche Gefühl, klein und zierlich geworden zu sein. Wenn ihn schon die Vorstellung, sich wie ein Transvestit herausputzen zu lassen, mit Grauen erfüllt hatte, warum nahm er jetzt die Tatsache, dass sein Schritt leicht und anmutig und sein Rumpf geschmeidig geworden war, so gelassen hin? Oder hatte das alles einen simplen und banalen Grund? Dass er nämlich im Grunde seines Herzens eine Frau war – oder vielleicht sogar, dass alle Menschen in Wirklichkeit zweigeschlechtlich waren? Was bedingte das spezifische Geschlecht eines Menschen? Spielte die Kleidung dabei eine Rolle? Konnte er wirklich einfach dadurch in die Haut einer Frau schlüpfen, dass er sich Rock und Choli anzog?

All die Jahre hatte er geglaubt, der einzige Unterschied zwischen Mann und Frau sei körperlicher Natur. Aber unterschieden sie sich vielleicht auch geistig voneinander? Was macht eine Frau aus? Ist es das lange, wallende Haar, zu einem Zopf geflochten oder einem Knoten geschlungen? Sind es die vollen Brüste, sind es Geduld und Fürsorglichkeit ebenso sehr wie Stärke und Klugheit? Was ist der vollkommenste und unbedingteste Begriff, den die Menschheit je gefasst hat? Gott. Und dennoch, schreibt man Gott ein Geschlecht zu, macht man auch ihn oder sie endlich und unvollkommen.

Ihre Choli und Chunni waren durchnässt. Sie sah, dass er sie anschaute, und der wirbelnde, kreisende Himmel blieb augenblicklich stehen. Sie flog in seine Arme. Er versuchte, sie fest an sich zu drücken, aber ihr schmelzendes Fleisch entschlüpfte ihm ständig, sie machte ihn rasend, diese schlüpfrige Berührung, er wollte die Trennung ihrer beider Körper aufheben und eins mit ihr werden. Es gelang ihnen einfach nicht, sich aneinander festzuhalten. Sie bückte sich, scharrte den Boden auf, richtete sich wieder auf und rieb sich selbst und ihn wie besessen mit Erde ein. Der Duft des feuchten Erdreichs ließ ihn wieder zur Besinnung kommen.

Frühling war in der Luft und ihr Fleisch trieb unmerklich Schösslinge, die sich zu Ranken auswuchsen. Sie schlangen sich um ihre Arme und Brüste und wucherten über ihre Schenkel und Waden und Zehen. Und unablässig sprossen und entfalteten sich winzige Blättchen. Langsam, langsam, schüchtern, knospten gelbe und rote Blütenköpfchen und platzten fast lautlos auf. Er streckte einen Finger aus, um Blatt und Blüte zu berühren. Ehe er sichs versah, war das Grün übergesprungen und hatte sich um seine Hand geringelt und zerrte ihn in die Ranken-Frau hinein. Da begriff er: Nichts konnte sie je wieder auseinander reißen.

In diesem Moment rief sie ihn an: »Krishna Kanhaiyya, Krishna Kanhaiyya!«

40

Ich hätte es kommen sehen sollen, aber der Weitblick, auf den ich mir so viel einbilde, hatte wohl einen momentanen Aussetzer – oder war es all die Jahre auch nur eine Kombination aus Mutmaßung und einer gehörigen Portion Glück gewesen, die sich für Hellsichtigkeit ausgegeben hatte? Allein schon politische Erwägungen hätten mich veranlassen sollen, zu meiner zweiten Frau zurückzukehren, aber ich fühlte mich zu ihr ebenso wenig hingezogen wie Babur zu seiner ersten. Seine Mutter, berichtet er in seinem Tagebuch, überredete ihn dazu, seine junge Gemahlin wenigstens einmal alle vierzig Tage aufzusuchen. Meine Mutter dagegen lebte in ihrer eigenen Welt und bekundete nur geringe Neigung, sich mit dem wirklichen Leben einzulassen. Sie wusste wohl, dass ich vor kurzem noch einmal geheiratet hatte, aber es wäre ihr nicht im Traum eingefallen zu fragen, wie es zwischen meiner zweiten Frau und mir denn so lief. Ich hatte ein schlechtes Gewissen, brachte es aber nicht fertig, Sugandha einen Besuch abzustatten.

Jede neue Frau im Palast wird von der Zenana als eine Konkurrentin behandelt. Ihr ergeht es nicht anders als einem Neuling in der Militärakademie. Während der ersten paar Monate vergeht dort kein Tag, an dem man nicht angeschnauzt, gedemütigt und verspottet wird. Sugandha hätte alle Sticheleien leicht wegstecken können und hätte rasch entdeckt, dass auch sie, wie die meisten Schwachen, ihre mächtigen Beschützer hatte. Aber dank dem Beispiel, das die

Kleine Heilige gegeben hatte, behandelten sie die Frauen des größten Klubs von Chittor, des Harems, als sei sie überhaupt nicht vorhanden. Sugandha ist naiv, verwöhnt und kommt aus einem Elternhaus, in dem sie – vielleicht weil sie die Einzige war, die Medini Rais Schönheit nicht geerbt hatte – jedermanns Liebling war, und als sie sich jetzt allein gelassen sah, geriet sie aus der Fassung.
In dieses Vakuum äußerster Isolation trat meine zweite Mutter und nahm sich Sugandhas an. Sie machte nicht viel Aufhebens um sie. Sie gliederte sie einfach ihrem Gefolge ein. Sie war ihr ein Stab und eine Stütze und gab ihr das Gefühl, gebraucht zu werden, indem sie ihr eine bestimmte Rolle am königlichen Firmament zuwies. Was dann geschah, hatte die Unausweichlichkeit des Verhängnisses, und dennoch stand ich einfach dabei, als sei ich der bloße Zuschauer einer finsteren Komödie der Irrungen. Es mag etwas Wahres an dem Gerücht sein, dass die Königin sich als Kupplerin betätigte, aber es ließ sich nicht bestreiten, dass ich meine Frau in Vikramadityas Arme getrieben hatte.
Vikramaditya war aus Ranthambhor zurückgekehrt, weil er, so seine Worte, »in diesem provinziellen Sumpf verkümmerte« und sich unbedingt »am lebendigen Wasser der Hauptstadt erquicken musste«. Er war nie ein verschwiegener Mensch gewesen, und die Vorstellung, etwas vertraulich zu behandeln, war ihm absolut fremd. Die Verführung meiner Frau Sugandha mochte nicht eben eine glänzende Eroberung sein, aber sie lieferte ihm doch reichlich Munition gegen mich, und er dachte gewiss nicht daran, seinen Sieg – oder meinen Mangel an Mannbarkeit – in irgendeiner Weise herunterzuspielen. Chittor hatte bei ihm tatsächlich wahre Wunder bewirkt. Er hatte lange aus dieser Quelle getrunken und war zu dem Schluss gelangt, dass er nie genug davon bekommen und seinen Aufenthalt daher auf unbestimmte Zeit verlängern würde. Er war in Hochstimmung und das Gleiche galt für Sugandha. Meine zweite Frau schien den Skandal geradezu zu genießen. Endlich hatten die Leute angefangen, sie zur Kenntnis zu nehmen, und das tat ihrer angeschlagenen Selbstachtung wohl. Königin Karmavati wusste, dass sie ein gefährliches Spiel trieb, aber es war offensichtlich, dass es zu ihrem Plan gehörte, den Einsatz in die Höhe zu treiben und ihre Unabhängigkeit von Seiner Majestät zu unterstreichen.

Meine Reaktion auf die Entdeckung, dass ich nunmehr zum zweiten Mal gehörnt wurde, gereichte mir nicht uneingeschränkt zur Ehre. Sugandha war jung, sie amüsierte sich und ich konnte ihr eigentlich nur gratulieren, dass sie die Genugtuung gehabt hatte, es mir heimzuzahlen. Aber ich verspürte auch das Bedürfnis, sie zu beschützen. Unsere Dichter werden nicht müde, uns zu erzählen, dass das Menschenleben kurz ist, und ich hätte Sugandha gerne gewarnt, dass meines Bruders erotische Launen noch erheblich kürzer währten. Außerdem begriff sie nicht, dass sie nur eine Schachfigur in den hinterhältigen Händen meiner zweiten Mutter war. Aber irgendwie war ich auch erleichtert. Hem Karan, der mich erst vor ein paar Monaten angefleht hatte, ihn in Chittor bleiben zu lassen und unter meine Fittiche zu nehmen, war nach meiner Heirat mit seiner Schwester zunehmend frostiger geworden. Dabei schien sich seine Verachtung ebenso gegen ihn selbst wie gegen mich zu richten. Wie hatte er mich nur als seinen Retter verehren können, wenn ich nicht mal Manns genug war, seine Schwester zu ihrem Recht kommen zu lassen? Jetzt, wo Sugandha es mir heimgezahlt und das Haus Mewar entehrt hatte – es mit dem eigenen Schwager zu treiben war in der königlichen Familie nichts Besonderes, sich mit der Affäre öffentlich zu brüsten aber durchaus –, konnte mir Hem Karan nicht mehr in die Augen sehen. Jetzt konnte ich mich von aller Schuld freisprechen – oder zumindest so tun, als ob. Hem Karans Verlegenheit war Balsam für meine Seele. Je schamloser sich Vikramaditya und Sugandha aufführten, desto reiner war mein Gewissen.

Ich strebte nichts Geringeres an als die Rolle des Märtyrers. Ich wollte, dass meine Duldsamkeit und gelassene Würde mir als Heldenmut angerechnet und ganz Mewar gegen meinen Bruder und meine Frau aufbringen würden. Das Gefühl der Demütigung war mir nicht neu. Wenige Menschen in Chittor haben es darin je zu meiner Kennerschaft gebracht. Doch trotz der Tatsache, dass ich mir meine Zielsetzung so klar vor Augen führte, kostete es mich jeden Morgen stundenlanges gutes Zureden, ehe ich den Mut aufbrachte, mich meiner engeren und entfernteren Verwandtschaft zu zeigen oder, schlimmer noch, in der Öffentlichkeit aufzutreten.

Ich möchte allerdings auch die anderen bedauerlichen Begleiterscheinungen meiner Situation nicht verschweigen. Wie die Tage ver-

gingen, nahmen meine Arbeitskraft und meine Effizienz innerhalb der Palasthierarchie mehr und mehr ab. Auf dem Schlachtfeld hatte ich meinen Wert zwar schon wiederholt unter Beweis gestellt, aber niemand war in der Stimmung, sich daran zu erinnern. Wenn du im Bett nichts taugst, taugst du nichts. Ende der Diskussion.
Das Ehebett ist der Ort, an dem nach Ansicht der Leute eines Prinzen Eignung zum König gemessen und bestätigt wird. Ich hatte eine zweite Chance erhalten und ein zweites Mal versagt. Was nützen einem die größten administrativen oder militärischen Talente, wenn man weder imstande ist, sich mit seiner Frau zu amüsieren, noch sie an der Kandare zu halten?

Vor ungefähr einem Monat hörte ich eine geflüsterte Auseinandersetzung zwischen Bruder und Schwester. Oder besser gesagt versuchte der Bruder, eine solche zu führen, während Sugandha im Gegenteil Wert darauf zu legen schien, ganz Chittor an ihren Privatangelegenheiten teilhaben zu lassen.
»Ohne deinen Ehemann nimmst du an der Jagd nicht teil!«
»Ach nein? Das wirst du ja sehen.«
»Denk doch an die Folgen, Sugandha! Wir sind Verbündete, wir sind Verwandte und wir verdanken ihnen unser Leben, unsere Freiheit und Chanderi. Sollten wir je wieder in Schwierigkeiten geraten, wird kein rajputischer Rao oder Rawat, und ganz gewiss nicht der Maharana, mehr daran denken, uns zu Hilfe zu eilen.«
»Der Maharana ist auf unsere Hilfe gegen Babur angewiesen, nicht umgekehrt! Abgesehen davon habe ich nicht vor, mein Leben für dich oder für Vater zu opfern. Vater hat mich in diesen Schlamassel gebracht, aber da herausholen kann ich mich nur selbst.«
»In dem Fall bleibt mir nichts anderes übrig, als dich zu begleiten.«
Da hörte ich ein unverwechselbares herzhaftes Lachen: »Um die Jungfräulichkeit einer verheirateten Frau zu beschützen? Wirklich kein schlechter Einfall!«
Vikramaditya erwärmte sich zunehmend für den Gedanken. »Werdet Ihr uns zuschauen, während wir ...«
Hem Karan marschierte empört von dannen. Doch er hielt Wort und begleitete, um den Anschein zu wahren, worin er in diesem konkreten Fall auch bestehen mochte, seine Schwester auf die Jagd.

Eines Nachts, nicht lange nach der Jagd, packte Sugandha ihre Sachen und ging. Grünauge erwartete sie an der Tür, die aus unserer Wohnung führt.
»Wo gehst du hin?«
»Was glaubt Ihr wohl, wo ich hingehe?«
»Ich könnte raten, aber es wäre mir lieber, du sagst es mir.«
Sugandha hätte vormittags verschwinden können oder auch am späten Nachmittag, während ich noch bei der Arbeit war und die Kleine Heilige die Abend-Arati im Brindabani-Tempel verrichtete. Aber das wäre nicht der Sinn der Sache gewesen. Sie wollte nichts hinter meinem Rücken tun – oder um es weniger rücksichtsvoll zu formulieren: Sie wollte mich an sämtlichen schmuddeligen Details ihres neuen Privatlebens teilhaben lassen.
»Ich ziehe zu Prinz Vikramaditya.«
»Ich halte das für keine gute Idee, meine Liebe.«
»Nennt mich nicht Eure Liebe!«
»Was du mit deiner Freizeit anfängst, ist deine Angelegenheit, aber dein Platz ist in der Wohnung deines Ehemannes.«
»Was für ein Ehemann? Der Mann, der es nicht fertig bringt…«
»Ich glaube, wir haben denselben Ehemann. Ich werde nicht dulden, dass du von Seiner Hoheit, dem Maharaj-Kumar, schlecht redest!«
»Den könnt Ihr gern geschenkt haben! Ich gehe. Ich bin lieber ehrlich als eine Heuchlerin!«
»Das Königtum ist eine Institution. Der Inhalt ist von wesentlicher Bedeutung. Aber in Ermangelung des Inhalts muss man sich mit der Form begnügen und darauf bauen, dass der Inhalt folgen wird. Bring deine Sachen wieder zurück!«
»Und was, bitte schön, wenn ich es nicht tue?«
»Dann«, antwortete die Kleine Heilige völlig sachlich, »breche ich dir ein Bein und sperre dich in deinem Zimmer ein.«
»Das wird mich auch nicht aufhalten! Dann warte ich eben ab, bis ich wieder gesund bin, und gehe dann!«
»Das wirst du nicht. Denn dann breche ich dir noch ein weiteres Mal das Bein.«
Meine zweite Gemahlin verzichtete darauf, die Entschlossenheit der Kleinen Heiligen auf die Probe zu stellen.

Unseren Sieg über Malwa hatten wir gebührend gefeiert, aber unter dem Druck der Ereignisse hatte Vater die Danksagungsfeier, die der Rana in solchen Fällen in Pushkar veranstalten muss, immer wieder hinausgeschoben. Brahma ist der wohlwollendste und zugänglichste unter unseren Göttern, aber niemand würde es jemals wagen zu vergessen, dass er kein Geringerer als der Schöpfer des gesamten Universums ist. Die Wallfahrt nach Pushkar ist allerdings etwas mehr als die obligatorische Verehrung des Ortes, an dem Brahma, während er sich überlegte, wo er ein bestimmtes Opfer veranstalten sollte, achtlos ein Lotosblütenblatt auf die Erde fallen ließ. Der Pushkar-See ist nicht nur eine der heiligsten Stätten im ganzen Land – er wird an Göttlichkeit und Reinigungskraft nur noch von den Wassern des *Manasarovara* übertroffen –, er ist eine wahrhaft verzauberte Oase inmitten der Wüste und eines der beliebtesten Ausflugsziele meiner Familie überhaupt.
Vater und ich hatten vorgehabt, allein dorthin zu reiten, als Grünauge beschloss, uns zu begleiten.
»Das wird leider nicht möglich sein, da wir beabsichtigen, durchzureiten und binnen einer Woche wieder zurück zu sein, um das Treffen des Kriegsrates vorzubereiten.«
»Im Reiten halte ich mit jedem Mann mit!« Meine Frau hatte ihren Entschluss gefasst. »Fragt den Maharaj-Kumar. Ich habe ihn bei einem Wettrennen nach Ranakpur geschlagen!« Ich wollte schon protestieren und ihr sagen, dass das gar nicht stimme, aber dann hielt ich es für klüger zu schweigen.
Mit einem Schlag war Pushkar das Ereignis des Jahres. Schon am nächsten Tag wollte jeder im Palast, der auch nur ein Pferd mit zweieinhalb Beinen besaß und darauf sitzen konnte, sich uns anschließen. Vater versuchte, ein Machtwort zu sprechen und den Frauen klar zu machen, dass das kein Picknick, sondern eine Wallfahrt werden würde, aber die Sache war schon längst aus dem Ruder gelaufen. Meine Mutter, die Maharani persönlich, wollte mit, ebenso Königin Karmavati, deren Sohn und dessen Mätresse.
Niemand hatte sie offiziell darum gebeten, aber Grünauge übernahm sofort die Organisation dieser religiösen Lustpartie. Eine Karawane würde mit unserem Gepäck vorausziehen. Vier Tage Anreise, den fünften und sechsten Tag in Pushkar und vier Tage für die

Rückreise. Für jeden Tag war, für die Männer ebenso wie für die Frauen, eine besondere Garderobe vorgeschrieben: Dhaka-Musselin, *paithani*, *ikkat* und *balucheri* jeweils für die ersten vier Abende, dann weiß am ersten Tag in Pushkar und violett am zweiten Tag. Es war typisch für die Kleine Heilige, dass sie es fertig brachte, durch derlei aus dem Stegreif erfundene Regeln, die keinen anderen Sinn hatten, als die Damen des Palastes in hellste Aufregung zu versetzen, die Vorfreude auf dieses Mammutpicknick zu steigern.

Man sollte annehmen, dass die königlichen Damen, was Kleider anging, nicht gerade Mangel litten. Doch plötzlich fanden sich im ganzen Harem keine violetten Cholis, Dhakas, weißen Ensembles oder Balucheris, und in dem daraufhin ausbrechenden Chaos erwies es sich als völlig unmöglich, in Ruhe zwei Worte zu reden oder nachts ein Auge zuzumachen. Der Palast war ein einziges Irrenhaus. Der ganze Kleiderbasar von Chittor war in den Palast umgezogen, und Stoffhändler gingen rund um die Uhr im Harem ein und aus. Schneider, Zofen, Eunuchen sowie Königin Karmavati und die übrigen Damen waren eifrig damit beschäftigt zuzuschneiden und zu nähen, Cholis aufzutrennen und Rocksäume herunterzulassen. Mein einziger Trost war, dass spätestens am Tag unserer Abreise die meisten Damen, ganz zu schweigen von deren jeweiligen Angetrauten, aus purer Erschöpfung zusammenbrechen würden. Womit ich mich natürlich ganz gewaltig täuschte.

Wir betrachten es als selbstverständlich, dass in Krisenzeiten die Menschen enger zusammenrücken. Ein Rajputenstaat befindet sich in einem ununterbrochenen Krisenzustand, also müssten wir nach dieser Logik die unverbrüchlichste Gemeinschaft der Welt darstellen. Aber die Bindungen, die Krieg und Katastrophen knüpfen, haben ihre Wurzeln in der Angst. Und die Angst ist die destruktivste aller menschlichen Regungen. Sie frisst die Seele auf, und das Zusammengehörigkeitsgefühl, das sie erzeugt, ist unecht und erzwungen. Ich weiß nicht, ob die Seligkeit dieser ersten vier Tage uns erhalten bleiben und uns mehr wechselseitige Toleranz schenken wird, aber für eines verbürge ich mich: Das Leiden mag die einzige Realität sein, wenn aber die Menschheit auch nur einen Funken Verstand hätte, dann würde sie sich ganz darauf verlegen, fortan einzig dem Trugbild namens Glück nachzujagen. Alle Dichter und

Denker, die uns weiszumachen versuchen, das Leiden besitze im Gefüge der kosmischen Ordnung einen tieferen Sinn, können es meinetwegen geschenkt haben. Sie sind nichts als Dummschwätzer. Wir schreiben dem Schmerz nur deswegen einen besonderen Wert zu, weil wir keinen Grund für ihn erkennen können und weil uns keine andere Wahl bleibt, als ihn zu ertragen. Aber einzig das Glück kann uns, wenn auch nur kurzfristig, über uns selbst hinauswachsen lassen. Nicht immer, aber wenigstens zeitweise, kann es unsere zwanghafte Selbstversessenheit sprengen.

Die Reise nach Pushkar war idyllisch. Wir waren hundertsiebzehn Personen. Die Frauen sangen jeden Abend, die Kinder spielten und tollten, die Sonnenauf- und -untergänge waren mehr als sensationell und meine Frau Sugandha trieb es mit Vikramaditya.

Ich habe diesen letzten Absatz gerade noch einmal gelesen. Er besitzt just das richtige Quantum urbaner Distanziertheit: rasch hingepinselte Bilder, mit einem milden Firnis von Lebensüberdruss überhaucht. Die Romantik von Landschaft und Atmosphäre kommt durch das unbekümmert realistische Detail im letzten Satz umso hübscher zur Geltung. Aber das ist alles nur Pose. Und wenn Pushkar mir, vielleicht sogar uns allen, etwas begreiflich gemacht hat, dann ist es die erschütternde Hohlheit der Rollen, die wir tagein, tagaus spielen.

So sehr wir es auch bestreiten mögen, handeln wir doch alle in Klischees. Wir sehen die Menschen nicht – ganz besonders nicht unsere Frauen, Kinder, Sekretäre, Mätressen, Minister –, wir interagieren nur mit den vorgefassten Meinungen, die wir jeweils von ihnen haben. Auf dem Weg nach Pushkar entdeckte ich zufällig meine Familie, meine ausgedehnte Großfamilie.

Wir saßen am ersten Abend rund um das Lagerfeuer, als ich eine erstaunlich gelungene Imitation meiner Stimme hörte.

»So Leid es mir tut, kann ich mir auf unseren Sieg über Malwa nicht das Geringste zugute halten. Seine Hoheit Medini Rai hatte das Oberkommando inne und das gab den Ausschlag. Ein Teil des Verdienstes gebührt darüber hinaus Prinz Hem Karan. Er ist jung, engagiert und ein vorzüglicher Kämpfer. Ich würde Mewar und seinen Verbündeten einen Bärendienst erweisen, wenn ich die Tapferkeit, das taktische Geschick und die Unerschrockenheit meiner zwei

Freunde Shafi und Tej nicht besonders hervorhöbe. Unverzeihlich wäre es weiterhin, wenn ich mich nicht vor der Kühnheit, der Schnelligkeit und der unerschütterlichen Entschlossenheit unserer Soldaten ehrerbietig verneigte. Und schließlich – wie hätten wir die große Schlacht ohne die Hilfe des Sultans von Malwa jemals gewinnen können? Hätte er nicht verloren, wessen Sieg würden wir dann heute feiern? Unter den gegebenen Umständen sehe ich mich genötigt, was sage ich, habe ich gar keine andere Wahl, als jene höchste Ehrung, die Mewar einem Krieger verleihen kann, den Sieges-Turban, demütigst zurückzugeben. Dass man mich nicht missversteht: Weder bin ich undankbar, noch wünsche ich, das große Volk von Mewar oder Seine Majestät den Maharana zu beleidigen!«

Hier hielt meine Schwägerin, Rattan Simhas Frau, inne. Als das allgemeine Gelächter endlich verebbt war, fuhr sie fort: »Lang lebe der Maharana und möge ihm das Glück ewig lächeln! Zum Zeichen der Dankbarkeit jedoch, die ich Euch allen entgegenbringe, möchte ich Euch nicht verschweigen, dass ich, ehe ich mich schlagen lasse, jederzeit bereit wäre, die Krone zu akzeptieren!«

Konnte das wirklich die schüchterne, stotternde Dipmala sein, die fünfte Gemahlin meines nächstjüngeren Bruders, zu der ich im Laufe der letzten vier Jahre nicht mehr als vielleicht siebenmal »Hallo« gesagt hatte? Sie musste die scharfsichtigste Beobachterin der politischen Szene in Mewar sein! Nein, nicht nur der politischen Szene; denn als Nächstes gab sie eine todkomische Parodie Königin Karmavatis, wie sie einer Konkubine ein Darlehen gewährt, nachdem sie ihr ihren ganzen Besitz, der mindestens tausendmal mehr wert war als die geborgte Summe, als Sicherheit abgeluchst hat und ihr dazu noch horrende Zinsen abknöpft. Dieser Parodie ließ sie einen Dialog zwischen einer Zofe und Vikramaditya folgen. Die Zofe führt Masern, Menstruation, ihren Ehemann, ihre Pflichten als Grünauges Leibdienerin, Gehirnhautentzündung, den bevorstehenden Besuch ihrer Schwiegermutter und etliche weitere Gründe dafür ins Feld, warum sie sich unmöglich mit dem Prinzen im Rosengarten treffen kann, und ist höchst entzückt, als Vikramaditya jedes Hindernis beiseite fegt und sie verführt.

Der arme Vikram, er macht sich über die ganze Welt lustig, wird er aber einmal selbst wegen irgendwelcher Ferkeleien aufs Korn genommen, trifft ihn beinahe der Schlag! Er durchlief sämtliche Farben des Regenbogens und kläffte unentwegt »Niemals! niemals!«, während seine Schwägerin seine Füße berührte und ihn um Vergebung bat. Seine Mutter zeigte sich weit diplomatischer und segnete ihre Schwippschwiegertochter.

»Ah, Hoheit, Ihr habt am lautesten gelacht«, flüsterte Dipmala, als sie zu mir kam. »Verzeiht meine Impertinenz, aber bereitet es Euch wirklich Vergnügen, lächerlich gemacht zu werden, oder seid Ihr nur der größte Heuchler in dieser Versammlung?«

»Beides, Prinzessin, beides«, erwiderte ich, indem ich ihr meinen Rubinring überreichte.

»Haltet Euch an Letzteres, Hoheit, dann werdet Ihr weit kommen.«

Ich glaube kaum, dass es in Mewar einen besseren Impresario als die Kleine Heilige gibt. Dipmala war lediglich die erste ihrer Überraschungen. Am zweiten Abend brachte sie zwei weitere Künstler auf die Bühne: Tej als Zauberkünstler – er zersägte Grünauge, warf ihre Gliedmaßen in die Luft und ins Publikum und setzte sie dann wieder zusammen – und, man höre und staune, meine zweite Frau. Als was würde sich Sugandha wohl produzieren? Nachdem sie sich zusammen mit einer Konkubine auf die Bühne gesetzt hatte, brachten zwei Diener eine Vina und eine Pakhavaj-Trommel. Mit ihren zwei unterschiedlich großen Resonanzkörpern aus ausgehöhlten Kürbissen ist die Vina ein recht sperriges Instrument, und ich malte mir schon boshafterweise aus, meine zweite Frau würde sich rittlings auf den saitenbespannten Verbindungsbalken setzen und »Hoppe, hoppe, Reiter« spielen.

Ich will ganz ehrlich sein und gestehen, dass die Vina eines meiner Lieblingsinstrumente ist und ich einfach nicht wollte, dass Sugandha mir die Freude daran verdarb, indem sie nur mittelmäßig herumklimperte.

Doch Sugandha hatte jetzt jede Unsicherheit und jeden Trotz überwunden. Ihre einleitende Meditation war nur kurz, aber sie entschädigte uns dafür mit einem subtilen und geschmeidigen *vilambit*. Es dauerte eine Weile, bis ich ein Gefühl dafür bekam, worauf sie eigentlich hinauswollte. Sie war keine Puristin und ihr Spiel hatte nichts Pedantisches an sich. Sie hatte bei einem südindischen

Lehrer gelernt und ihre Konzeption und ihre Phrasierung konnten ihre Herkunft nicht verleugnen, aber ihre natürliche Veranlagung widerstand dem ehernen Korsett des karnatischen Regelwerks. Die Spannung zwischen diesen zwei Kräften erzeugte eine absolut befreiende Wirkung. Es gelang ihr nicht immer, das Beabsichtigte zu realisieren, aber das lag nur an ihrer Jugend und noch unzureichenden Erfahrung. Wichtig war, dass sie es schaffte, eine Atmosphäre des Geheimnisses und der Spannung zu erzeugen, die einen neugierig darauf machte, ob es ihr gelingen würde, den Zuhörer für seine Aufmerksamkeit zu belohnen. Sie enttäuschte weder mich noch den Rest des Publikums.

Der Abend wartete mit zwei Vorstellungen auf. Die eine fand unter Grünauges Regie statt, die andere am Himmel. Wenn man Brahma ist, der Schöpfer des Universums, kann man auf sämtliche Gesetze der Ästhetik spucken und den Theoretikern sagen, sie könnten sich all ihre Sprüche von farblicher Harmonie und Ausgewogenheit sonstwohin stecken. An diesen Abenden tunkte Brahma seine Hände – Hände, die groß genug waren, um das gesamte Universum in sich zu fassen – in einen Kessel voll der schreiendsten Farben und klatschte sie dann planlos an den Horizont.

Mein Gemüt tendiert von Natur aus zum Klassischen. Mein Leben, mein Schreiben und meine sonstigen Exzesse mögen diese Behauptung zwar Lügen strafen, doch ändert dies nichts an meiner seelischen Veranlagung. Strenge, reine Linien, weite Ausblicke und vor allem Klarheit und eine Beschränkung auf das Wesentliche ist das, was mich anspricht. Der Gott von Pushkar ist ein Exhibitionist, er ist protzig, knallig, ausschweifend und verschwenderisch, er muss unentwegt prunken, er hat keinen Geschmack, er ist zügellos, er treibt es in allem weit über das erträgliche Maß hinaus, aber nichts davon spielt die geringste, die allergeringste Rolle. Denn wie grell und schreiend seine Palette auch sein mag, zählt nur eins: Erfüllt sie ihren Zweck? Und die Antwort ist ja, ja und nochmals ja. Sie dürfte eigentlich nicht, aber sie tut es. Wer mir nicht glaubt, möge sich nach Pushkar verfügen und es mit eigenen Augen überprüfen.

Er malt schwarze Sonnenuntergänge, dieser Gott, von der giftigen Schwärze, die aus der Riesenschlange *Vasuki* tropfte, als die Götter und die Dämonen auf der Suche nach dem Nektar der Unsterblichkeit den Urozean quirlten. In einer Zeitspanne von bloßen zwanzig Minuten entzündet er mehrfach interplanetarische Brände und löscht sie mit dem mildesten und linderndsten Salböl; peitscht Sandstürme auf, die in Wolkenbrüche und sintflutartige Überschwemmungen übergehen. Es sind dies nahtlose Metamorphosen: Das zarte Baumwollgewebe aus Chanderi wird zur schweren Seide von Kanchipuram, Ocker verblasst zu Azur. Hier liegen offensichtlich alle Widersprüche, Extreme und Klischees der Rajputen: Feuer und Eis, Felsenhärte und Geschmeidigkeit, Arroganz und äußerste Höflichkeit. Ja, in Pushkar bekommt man Sonnenuntergänge sogar in Schwarz-Weiß geboten.

Wusste meine Frau etwas über das Wüstenlicht, das mir unbekannt war? War das der Grund, warum sie vorgeschrieben hatte, dass am ersten Tag in Pushkar alle Weiß tragen sollten? Vielleicht lag es am Wechselspiel von Sonne und Sand, dass alle Dinge – Männer, Frauen und Tempel – wie durchscheinend wirkten. Fata Morganas hatten mehr Substanz als wir alle zusammengenommen. Mir schien, dass die leichteste Brise genügt hätte, uns zerfließen und in den heiligen See treiben zu lassen.

Das Wasser von Pushkar. Das ist auch so ein Mysterium: Wenn es uns wirklich läutern und von all unseren Sünden reinwaschen kann, dann ist die Reinkarnation doch ein Märchen oder zumindest überflüssig. Wir könnten alle den Kreislauf der Wiedergeburten einfach dadurch durchbrechen, dass wir im Pushkar-See untertauchen. Die Reise nach Mekka leistet Vergleichbares für die Moslems, und die Christen, habe ich mir sagen lassen, können durch den schlichten Akt der reuevollen Beichte einen Schleier über ihre Sünden ziehen. Manchmal denke ich, dass der Buddhismus die nüchternste, ja härteste Religion der Welt ist. Er vermeidet nicht nur jegliches Gerede von Gott, sondern bestreitet auch die Möglichkeit wie auch immer beschaffener Sofortlösungen. Seine einzige metaphysische Aussage lautet, dass jeder die Verantwortung für seine Handlungen trägt.

Verzichtete ich also auf das Untertauchen im Pushkar-See? Ich mag ein Zweifler sein, ein geradezu überzeugter Zweifler, aber ich bin auch Heuchler genug, um auf Nummer sicher zu gehen und es mit dem heiligen Wasser auf einen Versuch ankommen zu lassen. Nein, das wäre denn doch eine zu leichtfertige Antwort. Seine Sünden fortwaschen bedeutet, sie fortzuwünschen. Dennoch habe ich noch nie an der heilenden und läuternden Kraft des Sees gezweifelt. Ich atmete tief ein und blieb so lange unter Wasser, bis all mein Denken abgestorben war.

Als der Sonnengott den roten Turm des Brahma-Tempels berührte, schritten Vater und ich durch das Tor, von dem aus die Gans, Brahmas Reittier, auf all seine Verehrer hinabblickt. Wir warfen uns vor dem Schöpfer auf den Boden. Ich dankte Brahma für das Leben, das er mir eingehaucht hatte, für Hem Karans Rettung aus Gagrone und für den Sieg über den Sultan von Malwa, und doch schweiften meine Gedanken, noch während ich ihm dankte, immer wieder zum Padishah in Delhi ab. Hätte ich doch nur Baburs bedingungslosen Glauben an seinen Gott! Wenn er eine Schlacht verlor, sagte er dann »Gott hat es so gefügt«, oder betrachtete er Niederlagen als Preis, den er für seine Sünden zu bezahlen hatte? Würde bereits die Tatsache, dass ich zögerte, meinen Schöpfer um Beistand in dem Krieg zu bitten, den wir früher oder später gegen den Mogul würden führen müssen, den Ausgang des Krieges negativ beeinflussen?

Seine Majestät und ich blieben noch einen Moment auf dem oberen Absatz der Tempeltreppe stehen. Der See hatte den Glanz und die Reglosigkeit von Milch, auf deren Oberfläche die Sahne zu erstarren beginnt. Die Familie war mittlerweile aufgestanden und strahlte, blütenweiß gekleidet, mit den Sommerpavillons um die Wette. Licht und Luft erschienen wie durch Gaze und feinsten Musselin gefiltert. Abgesehen von einem Vortrag am Vormittag hatte Grünauge für den heutigen Tag nur ein langes, geruhsames Picknick am Ufer des Sees eingeplant.

Ich schwankte, ob ich mir den Vortrag anhören sollte. Es gibt zwei Dinge, die ich – nicht immer erfolgreich, aber so gut ich kann – zu vermeiden versuche. Das eine sind Gespräche über das Wetter. Mewar ist entweder trocken und sengend heiß oder trocken und klirrend kalt. Mehr gibt's darüber nicht zu sagen.

Das andere sind die Palasteunuchen. In Gegenwart von Eunuchen fühle ich mich körperlich unbehaglich. Sie können natürlich nichts dafür. Sie sind weit mehr Opfer als Täter, aber sie sind und bleiben doch eine gefährliche Bande. Wohin sie auch kommen, bringen sie

eine dampfige Treibhausatmosphäre mit sich. Fortwährend klüngeln sie, intrigieren und schmieden Ränke, und zwar nicht mit einem bestimmten Ziel vor Augen, sondern weil es ihr einziger Lebenszweck ist. Wo sie sind, ist Ärger, oft gefährlicher Ärger, nicht weit. Den heutigen Vortrag hält Brihannada, der mächtigste, arroganteste und hinterhältigste Angehörige dieser Gattung, den Chittor zu bieten hat. Es sagt wohl einiges über diesen Mann – oder als was auch immer man ihn bezeichnen mag –, dass er als Rani Karmavatis Obereunuch und engster Vertrauter von Kabinettsministern ebenso wie zu Besuch weilenden Rajas und Rawats aufs Eifrigste um Audienzen ersucht wird. Ich habe mich all die Jahre entschieden geweigert, mir seine Gesellschaft anzutun, und wäre auch heute geneigt, ihm aus dem Weg zu gehen, aber das angekündigte Thema fasziniert mich: »Selbstverleugnung im Mahabharata«.
Als ich eintraf, war das Festzelt schon gefüllt. Ich habe vergessen zu erwähnen, dass Brihannada mir persönlich zwar nicht gefällt, jedoch ungewöhnlich gut aussehend ist und, wenn er will, ein hervorragender Gesellschafter sein kann. Brihannada kannte das Mahabharata besser als die meisten von uns und er hatte dazu eine bestimmte Theorie. Er nahm Bhishma, den berühmtesten Zölibatär des großen Epos, als Symbol einer nicht aus freien Stücken gewählten Enthaltsamkeit. Das ist natürlich ein ziemlich heikles Thema. Wie jedermann weiß, verliebte sich Bhishmas Vater, der alternde König Shantanu, in die schöne Satyavati, doch diese wollte ihn nur unter der Bedingung heiraten, dass nicht Bhishma, sondern ihr Sohn einst den Thron erben würde. Shantanu brachte es nicht übers Herz, von seinem Sohn dieses Opfer zu verlangen, doch Bhishma verzichtete freiwillig auf den Thron und legte darüber hinaus auch das Gelübde lebenslanger Keuschheit ab.
Ohne es ausdrücklich auszusprechen, schien Brihannada gewisse Parallelen zwischen Bhishma und den Eunuchen zu unterstellen. Nein, er ging sogar noch weiter. Er deutete an, dass sie als Schicksalsverwandte – beide sind zum Dasein als Neutrum verurteilt – gewissermaßen derselben Abstammungslinie angehörten. Doch nun kam seine eigentliche These: Unsere Ausgangssituation mag uns aufgezwungen worden sein, doch was wir daraus machen, ist unsere freie Entscheidung. Natürlich könnte es uns keiner verdenken, wenn wir

unser ganzes Leben damit zubrächten, mit unserem Los zu hadern. Aber wir haben auch eine andere Option: Wir können uns über unser Schicksal erheben, unser Unglück akzeptieren und ihm, wie Bhishma es tat, dadurch eine heroische Dimension verleihen. Es war ein gedankenreicher Vortrag und seine zentrale Aussage traf für jeden von uns zu, da es keinen Menschen gibt, der nicht mit der einen oder anderen Behinderung – im weitesten Sinne – auf die Welt käme. Und so ist es unser aller Aufgabe, das Beste aus dem Gegebenen zu machen.

Nach dem Frühstück begaben wir uns alle zum Mrikanda-Muni-Teich, dessen Wasser die Gabe der Weisheit verleiht. Er liegt in der Nähe des am dichtesten bewaldeten Abschnitts des Seeufers und ist dadurch sehr abgeschieden. Ich wusste, dass mir ein so friedlicher Tag lange nicht mehr vergönnt sein würde, und wollte ihn deshalb in vollen Zügen genießen. Meine Brüder Vikramaditya und Rattan, deren neun Kinder, Tej, Mangal und ich spielten »Sieben Steine« und »Schlag den Stock«. Nach den Spielen schwamm ich lange und legte mich anschließend am Ufer in den Schatten. Es gibt kein beruhigenderes Geräusch auf der Welt als das langsame, unaufdringliche, leise Schwappen von Wasser an einer Uferböschung. Gelegentlich rollte ich mich auf die Seite und betrachtete die Damen in der Ferne. Waren das wirklich alles meine Angehörigen? Ich hatte selten so viele schöne Frauen auf einmal gesehen. Sie spielten Verstecken, einige von ihnen fädelten Blumengirlanden auf, während andere plauderten oder die Kinder ermahnten. Das Geräusch ihrer Stimmen schien aus endloser Ferne zu kommen. Schläfrig ließ ich die Hand ins Wasser fallen.

»Wie ... wie ... wie-wi-wi-wi-wi?« Kein anderer Vogel als die schwarzkastanienbraune Haubenammer konnte einen so fröhlichen Wissensdurst an den Tag legen. Wo ein Teich oder ein Wasserlauf in der Nähe ist, ist auch der Tigerfink nicht weit. Der Tigerfink erinnert mich an ein kleines Kind. Er ist ein musikalischer Vogel, der immer außer Atem zu sein scheint. Auch er zwitscherte gerade ein abgehacktes, leises Liedchen. Wo war ich all die Jahre nur mit meinem Kopf gewesen? Wie hatte ich eine Welt ignorieren können, die Raja Puraji Kika mir vor langer Zeit, als wir in unseren Schulferien gemeinsam Vögel beobachten gingen, eröffnet hatte? Der schwarzorangefarbene Vogel, der nach Spinnen und Insekten pickt, ist, glaube ich, ein Rotschwanz. Er ist zu sehr mit Fressen beschäftigt, um sein scharfes, kurzes »Wit-wit-wit« vernehmen zu lassen. Ich war dabei, ein Blaukehlchen zu beobachten, wie es Raupen und Käfer aus dem Schilf pickte, als ich eingeschlafen sein musste.

Ich weiß nicht, wie lange ich so vor mich hindöste. Die Stimmen in der Ferne waren fast völlig verstummt. Mittlerweile mussten alle zu Mittag gegessen und sich zu einem Verdauungsnickerchen hingelegt haben. Ich hatte keine Lust, die Augen zu öffnen, aber ich hatte das seltsame Gefühl, dass mich jemand beobachtete. Es war Sugandha. Sie kniete am Boden und hatte die Arme eng um sich geschlungen. In kurzen Abständen zuckte ihr Körper heftig und ihre Kehle und Zunge mühten sich krampfhaft, irgendeinen tiefen, unnennbaren Kummer zu artikulieren. Doch sie brachte nichts anderes als eine Art Schluckauf heraus. Was mich aber stutzig machte, waren ihre Augen. Sie wichen mir aus. Sie waren von einem Grauen erfüllt, das sie hinderte irgendwo innezuhalten, so dass sie von den Bäumen zum See huschten, zum Himmel und dann zum atmenden Auf und Ab meines Bauches. Ich setzte mich langsam auf und legte ihr sanft die Hand auf die Schulter. Ihr Körper erstarrte unter meiner Berührung und ich dachte schon, sie würde die Augen verdrehen und in einem epileptischen oder hysterischen Anfall zusammenbrechen. Was immer sie auf dem Herzen haben mochte, war es doch verwunderlich, dass sie damit ausgerechnet zu mir kam. Ihr Freund war doch Vikramaditya – dies ohne jeden Sarkasmus gesagt –, also hätte sie sich an ihn wenden sollen. Ich streichelte ihr den Rücken, zunächst fast ohne sie dabei zu berühren, dann entschlossener. Die Krämpfe, die sie bis in die Magengrube hinein erschütterten, waren etwas abgeklungen, aber noch immer brachte sie kein Wort heraus. Sie nahm mich bei der Hand und wir gingen ein kurzes Weilchen nebeneinander her. Dann schien sie es plötzlich entsetzlich eilig zu haben und rannte los, bis wir eine Lichtung an einer kleinen Bucht erreichten. Im seichten Wasser saß, zu drei Vierteln untergetaucht, ein Mann mit vornüber hängendem Kopf. Rings um den Körper hatte sich wässeriges Rot ausgebreitet und das Weiß der Kleidung hatte eine schmutzige Brauntönung angenommen. Ich hob seinen Kopf. Es war Brihannada.

Ich zog ihn mit einiger Mühe heraus. Sein rechtes Bein war im Schlamm stecken geblieben und seine voll gesogenen Kleider machten ihn noch schwerer, als er ohnehin schon war. Seine Brust war mit Stichwunden übersät, sein Rücken dagegen unversehrt, und seine Geschlechtsteile waren übel zugerichtet. Warum, fragte ich mich, sollte wohl jemand auf die Idee kommen, die Genitalien eines Eunuchen zu verstümmeln? Seine Lippen waren aschgrau wie die eines Toten und ich konnte keinerlei Puls feststellen. Als ich aber das Ohr an seine Brust legte, meinte ich, einen schwachen, unregelmäßigen Herzschlag zu hören.
»Bleibst du bei ihm, während ich Hilfe hole?«, fragte ich Sugandha.
»Lasst mich nicht allein!«
»Er braucht dringend ärztliche Hilfe.«
»Bis sie kommt, kann er schon tot sein.«
»Wir müssen es trotzdem versuchen.«
Als ich zurückkehrte, war meine zweite Frau nicht mehr da.

Grünauge hatte für Pushkar zwei Tage eingeplant. Wir waren alle so glücklich und sorglos gewesen, dass Vater sogar mit dem Gedanken gespielt hatte, den Aufenthalt um einen Tag zu verlängern. Vielleicht jedoch ist das Paradies immer nur von kurzer Dauer. Das Wasser des Pushkar-Sees war plötzlich erstarrt, und die Sommerpavillons hatten allen Glanz verloren. Die Frauen drängten sich ängstlich um die Kleine Heilige. Sie hatte wie üblich die Regie übernommen und Anweisung gegeben, die Zelte abzubauen. Vater übertrug Rattan die Verantwortung für die Familie, die langsam nachkommen würde, während Mangal, er und ich sofort aufbrachen.
»Mangal wird die Ermittlungen durchführen«, sagte Vater, als wir uns den Toren von Chittor näherten, »während du die Gerichtsverhandlung leiten wirst.«
»Mangal gehört nicht dem Innenministerium an, Eure Majestät, und ich bin lediglich Richter am Gericht für Bagatellsachen.«
»Es ist mir bekannt, wer in welcher Behörde arbeitet, Prinz. Das ist eine Palastangelegenheit und ich will, dass sie im Palast bleibt. Ich will außerdem, dass der oder die Täter so schnell wie möglich ihrer gerechten Strafe zugeführt werden. Gib dir also Mühe.«

»Ich bitte Euch, Majestät! Ich gehöre zur Familie. Es könnte der Sache der Gerechtigkeit unter Umständen dienlicher sein, wenn Ihr einen Außenstehenden mit der Untersuchung betrauen würdet.«

»Wir müssen der Sache auf den Grund gehen. Ich beauftrage dich damit, weil ein Außenstehender sich einschüchtern lassen könnte. Bist du jetzt so gut, deine Arbeit zu erledigen, oder willst du mir noch weiter erklären, wie ich die meine zu tun habe?«

41

»Sie fürchten uns, darüber besteht kein Zweifel. Warum sonst sollte Babur seinen Sohn Humayun von Junpur nach Delhi zurückrufen?« Silhadi hatte die Frage an niemanden im Besonderen, sondern gleichsam dem ganzen Kriegsrat gestellt. Er war allerbester Laune und schien die unpassende Szene, die er sich anlässlich seines letzten Aufenthalts in Chittor geleistet hatte, völlig vergessen zu haben. Wahrscheinlich hielt er es momentan auch nicht für angebracht zu fragen, warum und auf wessen Veranlassung der Sultan von Malwa bereits eine Woche nach seiner, des Rai, Abreise mit einer Eskorte nach Hause zurückgeschickt worden war.
»Würdet Ihr Eure rechte Hand nicht zu Euch zurückrufen«, fragte Rao Viramdev, »wenn dieser Rat beschließen sollte, dem Padishah den Krieg zu erklären?«
»Doch, natürlich.«
»Dürfte Babur dann daraus schließen, dass wir ihn fürchten?«
Ehe Silhadi merkte, dass er sich in Widersprüche verwickelt hatte und ausfallend werden konnte, wechselte der Premierminister das Thema.
»Wusstet Ihr, dass sowohl Babur als auch der Sultan von Delhi, Ibrahim Lodi, vor der Schlacht von Panipat Mewar um militärischen Beistand ersucht hatten? Ich denke, wir sind uns alle darin einig, dass die lockere Konföderation, die Mewar und dessen Freunde bilden, heute die stärkste Macht in diesem Teil Hindustans darstellt.

Lasst uns also das Eisen schmieden, solange es heiß ist. Lasst uns Babur so schnell wie möglich eine Schlacht liefern!«

Der Kriegsrat beabsichtigte offenbar nicht, darüber zu debattieren, ob es überhaupt Krieg geben sollte, beziehungsweise welche Vor- und Nachteile es haben könnte, die Konfrontation noch eine Zeit lang, vielleicht sogar für ein paar Jahre, hinauszuschieben. Er konnte es gar nicht erwarten, Babur zu erledigen.

»Ehe man eine so wichtige Entscheidung fällt«, warf ich etwas zögernd ein und wandte mich dabei an Rao Viramdev in der Hoffnung, dass er meinen Vorschlag nüchtern überdenken und nicht gleich hitzig abschmettern würde, »wäre es nicht von Nutzen, wenn wir zu ermitteln versuchten, wie Baburs vergleichsweise kleines Heer die ihm zahlenmäßig so weit überlegenen Streitkräfte Ibrahim Lodis besiegen konnte?«

»Was ist daran so verwunderlich?« Es war Lakshman Simhaji, der meine Frage aufgriff. »Hattet Ihr uns nicht jahrelang erzählt, dass die Dynastie von Delhi sich selbst überlebt hatte und kurz vor dem Zusammenbruch stand?«

»Und abgesehen davon«, fügte Premierminister Puranmalji mit einem breiten Grinsen hinzu, »habt nicht Ihr selbst erst kürzlich den schlagenden Beweis dafür erbracht, dass eine kleine Schar zu allem entschlossener Krieger unter Rao Medini Rais und Eurer Führung die vereinten Streitkräfte Malwas und Gujarats besiegen konnte?«

»Ich möchte keine Zweifel an dem Mut und der Kampfkraft der rajputischen Armeen äußern, sondern lediglich eine hypothetische Frage stellen: Was sollte Padishah Babur daran hindern, den vereinten Streitkräften Mewars eine Niederlage zu bereiten?«

Geduldig beantwortete der Premierminister meine Frage: »Die schlichte Tatsache, dass sich Mewar, anders als seinerzeit Delhi und Malwa, auf dem Höhepunkt seiner Macht befindet. Nie sind Rajputen so einig gewesen und ist ihre Hegemonie so unbestritten.«

»Ihr wolltet, glaube ich, auf etwas ganz Bestimmtes hinaus, Maharaj-Kumar«, lenkte Rao Viramdev die Diskussion auf das von mir angeschnittene Thema zurück. »Das Lodi-Reich mag sich in einem desolaten Zustand befunden haben, aber der Sultan verfügte zweifellos über eine Furcht erregende Kriegsmaschine. Was also waren Eurer Einschätzung nach die Gründe seiner Niederlage?«

»Vier Tatsachen. Die Moguln haben bessere Bogen und ihre stählernen Pfeilspitzen besitzen eine größere Durchschlagskraft. Anders als wir setzen sie in der Schlacht routinemäßig Musketen ein. Diese Waffen haben eine größere Reichweite und gleichzeitig eine größere Zielgenauigkeit und tödlichere Wirkung als Pfeil und Bogen. Die Moguln verfügen nicht nur über eine bessere Bewaffnung, sie errichten auch Befestigungsanlagen auf dem Schlachtfeld. Und viertens setzt der Padishah neuartige, tödliche Waffen ein, so genannte Feldgeschütze, die aus sehr großer Entfernung riesige Steinkugeln mit großer Geschwindigkeit mitten in die feindlichen Reihen schießen. Diese richteten, lange bevor Lodis Streitkräfte mit Baburs Kavallerie zusammenstießen, verheerenden Schaden an.«

»Ihr bezeichnet aneinander gebundene Karren, Gräben und aufgeschichtete Reisigbündel als Befestigungsanlagen?«, fragte mich Silhadi verächtlich. »Unsere Elefanten werden sie niedertrampeln!«

»Ibrahim Lodi hatte tausend Elefanten.«

»Wie viele Kanonen hat der Padishah genau?«, meldete sich Rao Viramdev wieder zu Wort.

»Drei oder vier, die genaue Zahl ist mir nicht bekannt. Aber er hat einen türkischen Meisterkanonier und Geschützgießer namens Ustad Ali-quli in seinen Diensten, der erst kürzlich einen riesigen Mörser gegossen hat. Man hat ausgerechnet, dass dieser seine Steingeschosse sechzehnhundert Schritte weit katapultieren wird.«

»Und was sollten wir Eurer Ansicht nach tun?« Rao Viramdev sorgte dafür, dass die Diskussion nicht vom Kurs abkam.

»Auf Zeit spielen.«

»Mit welchem Ziel?«

»Wir haben uns umgehört. Es spricht einiges dafür, dass die Portugiesen uns in ein bis anderthalb Jahren vier Feldgeschütze verkaufen werden. Wir könnten diese Zeit nutzen, um uns wenigstens einige tausend Musketen zu beschaffen und eine Strategie auszuarbeiten, wie sich Baburs Befestigungsanlagen überwinden lassen.«

»Wie würde eine solche Strategie aussehen, Maharaj-Kumar?«, hakte Raja Puraji Kika nach. »Ihr habt Euch offensichtlich schon einige Gedanken darüber gemacht.«

»Jeder direkten Konfrontation aus dem Weg gehen. Und wenn sich Kampfhandlungen nicht vermeiden lassen, auf kurze, schnelle, den

Feind verwirrende Aktionen setzen. Die Flanken attackieren und rasch wieder verschwinden.«

»Als Ihr dem Sultan von Malwa eine konventionelle Schlacht geliefert habt, dachten wir eigentlich, Ihr hättet Eure Spiel-und-Späßchen-Phase endlich überwunden. Es ist Zeit, ernsthaft zu werden, Maharaj-Kumar, wir reden hier über Krieg!«

Raja Puraji Kika ignorierte Silhadis Frechheit. »Wie lange könntet Ihr diese Taktik durchhalten? Wie Ihr uns allen deutlich gemacht habt, ist der Padishah alles andere als ein Dummkopf.«

»Zu dieser Strategie würden wir nur im äußersten Notfall greifen. Es ist völlig klar, dass wir dem Padishah früher oder später – nicht in allernächster Zukunft, aber sobald wir seinen Rüstungsvorsprung eingeholt haben – offen werden entgegentreten müssen.«

»Ich glaube immer noch nicht, dass es lediglich vier Kanonen und tausend Musketen waren, die Ibrahim Lodi das Genick gebrochen haben.« Rao Medini Rai sprach so, als habe er die ganze Zeit über diese Frage nachgedacht. »Ein ernstes Problem für den Sultan stellte die Moral der Truppe dar. Er hatte sich dem größten Teil seiner Männer entfremdet und die meisten seiner Amirs und Generäle folgten ihm nur noch äußerst widerwillig. Mit uns aber würde dem Padisha eine Armee begegnen, deren Anführer in enger Absprache miteinander operieren und dieselben Ziele und Ideale verfolgen.«

»Ich kann Euch darin nur beipflichten, Hoheit. Wir sind tatsächlich eine starke und einige Streitmacht. Aber wie wir auf unserem letzten Feldzug festgestellt haben, stehen Zusammenhalt und Stoßkraft einer Armee in direktem Verhältnis zur Menge an Zeit und Energie, die sie in Drill und Gefechtsübungen investiert. Was sollte also ein kleiner Aufschub schaden, der uns Gelegenheit geben würde, uns mit Handfeuerwaffen und Geschützen einzudecken?«

»Und wie gedenkt ihr, den Padishah so lange hinzuhalten?«

»Durch eine diplomatische Offensive. Wir schicken eine Abordnung nach Agra, mit Geschenken für den Padishah, Shahzada Humayun und andere Mitglieder des königlichen Haushalts. Wir sprechen Babur unsere Glückwünsche aus und bieten ihm unsere Freundschaft an; wenn nötig, lassen wir uns sogar auf Grenzverhandlungen mit ihm ein. Das wird ihn aus dem Gleichgewicht bringen und bezüglich unserer wahren Absichten verwirren.«

»Bildet Ihr Euch wirklich ein, dass der Padishah nach Mewars seit Monaten eskalierenden Feindseligkeiten auf eine so durchsichtige List hereinfallen wird?« Silhadis Hohn war möglicherweise nicht ganz unberechtigt.

»Ein Versuch könnte jedenfalls nicht schaden. Babur muss sich mit so vielen Aufständen, Revolten und sonstigen inneren Problemen herumschlagen, dass er über eine zeitweilige Aussetzung des – wie er es nennt – ›Ungläubigenproblems von Mewar‹ wahrscheinlich selbst ganz froh wäre.«

»Ihr habt Recht, Maharaj-Kumar, der Zeitfaktor ist tatsächlich von entscheidender Bedeutung. Der beste Augenblick, einen Feind anzugreifen, ist, wenn sein Haus nicht in Ordnung ist. Wenn wir den Feind nicht jetzt angreifen, wird er die Oberhand gewinnen. Wenn wir die bedeutendste Großmacht im Lande sind«, argumentierte Puranmalji geduldig, »sollten wir dann nicht auch wie eine solche handeln?«

»Dann sind wir uns also einig«, ergriff Vater zum ersten Mal während der Sitzung das Wort, »dass wir unverzüglich gegen den Padishah marschieren sollten?«

Ich hätte es wissen sollen. Seine Majestät hatte bereits vor Einberufung des Kriegsrats seine Entscheidung getroffen.

Rao Medini Rai und Raja Puraji Kika brachen noch am selben Nachmittag auf.

»Wie kommt es, dass halb Chittor ständig aufgegraben ist?«, fragte mich Medini Rai, während wir zum Stadttor ritten.

»Wir versuchen, ein Wasserleitungssystem nach dem Vorbild Vijayanagars zu konstruieren.«

»Das ist auch ein Grund, warum er nicht in den Krieg ziehen will, Hoheit«, erklärte Raja Puraji Kika dem Rao. »Weil er befürchtet, dass die Mittel für sein Lieblingsprojekt gekürzt werden könnten.«

»Ich hatte nicht daran gedacht, aber Ihr habt Recht. Bis zu unserer Rückkehr wird sich überhaupt nichts mehr tun.«

»Ihr meint also, dass es diesmal zu einem richtigen Krieg kommt?«, fragte mich Medini Rai.

»Ich nehme es an. Was meint denn Ihr?«

»Dieser neue Mann in Agra ist wie ein Fieber, das höher und höher steigt. Ich hoffe, wir liegen nicht alle im Delirium, ehe wir das Schlachtfeld erreichen.« Medini Rai hatte Recht. Babur war unsere fixe Idee geworden, wir konnten an nichts anderes mehr denken.

»Unsere Verbündeten scheinen alle in den Startlöchern zu sitzen. Solche Kampflust und Zuversicht kann uns eigentlich nicht schaden. Warum habt Ihr heute Morgen eigentlich verschwiegen, mit welchem Fanatismus sich Babur auf diesen Krieg vorbereitet?«

»Ich hoffte, die Diskussion von den Gipfeln glühenden Patriotismus auf eine etwas rationalere Ebene herunterziehen zu können. Jede Erwähnung von Baburs extremer Einstellung hätte nur bewirkt, dass sie noch heute zum Kampf geblasen hätten.«

»Das beantwortet aber nicht die Frage, wie wir uns gegen diesen Fanatismus zur Wehr setzen sollen«, warf Medini Rai ein.

»Habt Ihr irgendwelche Vorschläge?«

»Vielleicht sollten auch wir die Sache zum Religionskrieg erklären.«

»Und damit die Unterstützung der muslimischen Könige und Untertanen verlieren?«

»Was sollen wir dann tun?«

»Es gibt nur zwei Maßnahmen, durch die wir einen Heiligen Krieg entschärfen können. Erstens, so viele Moslems wie möglich auf unsere Seite ziehen. Ämter und Beförderungen ausschließlich nach dem Kriterium der Leistung verteilen, ohne Rücksicht auf Religionszugehörigkeit. Zweitens – und das war es, wofür ich mich während der Sitzung immer wieder eingesetzt habe – müssen wir Babur waffentechnisch wenn schon nicht über-, so doch zumindest einholen. Strategisch müssen wir darüber hinaus wie eine Einheit denken und handeln statt wie zehn Kompanien, die in zehn verschiedene Richtungen marschieren.« Der Rai hörte aufmerksam zu, aber erst meine folgenden Worte riefen bei ihm eine sichtbare Reaktion hervor. »Wisst ihr, was Babur über uns sagt? ›So brauchbare Schwertkämpfer manche Hindustanis auch sein mögen, fehlen den meisten von ihnen jedoch sowohl die Kenntnisse als auch die Fähigkeit zu planvollem militärischen Handeln, ebenso wie jede soldatische Gesinnung.‹ Wir müssen ihm beweisen, dass er sich irrt.«

»Anscheinend hatte ich Unrecht mit meiner Einschätzung, für Ibrahim Lodis Niederlage sei ebenso sehr der Sultan selbst verantwortlich gewesen wie Baburs brillanter Einsatz der begrenzten ihm zur Verfügung stehenden Kräfte.« Es freute mich festzustellen, dass Medini Rai sich nicht scheute, Fehler einzugestehen. »Ich habe damit außerdem die Aufmerksamkeit von der technischen Überlegenheit von Baburs Bewaffnung abgelenkt.«

»Das war nur ein geringer Schaden, da im Kriegsrat ohnehin keiner glaubt, dass die Geschütze und Handfeuerwaffen eine ernste Bedrohung für unsere Streitkräfte darstellen werden.«

»Ich muss Euch und Seine Majestät den Rana aber auch wegen einer anderen Angelegenheit um Entschuldigung bitten. Ich hätte es schon längst tun müssen. Ich glaube, Seine Hoheit Silhadi hat sich anlässlich unseres letzten Treffens, als es um die Entscheidung über das weitere Schicksal des Sultans von Malwa ging, ein wenig fortreißen lassen. Ich bin mir vollauf bewusst, wie tief ich in Eurer Schuld stehe, Hoheit. Ohne Euch hätte ich durchaus meinen Sohn und Gagrone verlieren können und wir hätten die Schlacht mit Sicherheit nicht gewonnen.«

»Darüber hättet Ihr Euch keinerlei Gedanken zu machen brauchen, Hoheit. Es besteht kaum Gefahr, dass ich Euch je mit Silhadi verwechseln könnte.«

Es war schon spät, und ich saß noch immer in meinem Arbeitszimmer – wie alle anderen auch, denn uns bleibt wenig Zeit bis zum Abmarsch –, als Vater bei mir vorbeischaute.

»Ich glaube, eine Richtigstellung ist angebracht. Entgegen dem, was man aus seinem Tagebuch herauslesen könnte, habe nicht ich dem Padishah geschrieben, sondern er hat sich an mich gewandt.«

»Es spielt keine Rolle, wer wen gefragt hat, Eure Majestät. Was zählt, ist, dass Babur sich verraten fühlt, weil Ihr ihm schriebt, dass wir ihm Beistand leisten und Agra von Süden her angreifen würden. Er ist kein Mann, der eine Kränkung leicht vergessen würde. Jetzt wird er vermutlich mit umso größerem Hass in diesen Kampf ziehen – nicht nur, weil wir Ungläubige sind, sondern weil er auch eine persönliche Rechnung mit uns zu begleichen hat.«

»Meine Überlegungen stützten sich auf andere Voraussetzungen. Ich rechnete damit, dass Ibrahim Lodi Baburs kleinere Streitmacht

besiegen, dabei aber schwere Verluste erleiden würde. Beziehungsweise, dass Babur, hätte er gesiegt, sich mit einem fürstlichen Lösegeld und, wenn es hoch kommt, mit ein, zwei Provinzen begnügt hätte. So oder so schien mir der beste Zeitpunkt, um Ibrahim Lodi anzugreifen, unmittelbar nach seinem Treffen mit Babur zu sein. Wer hätte ahnen können, dass Babur Delhi besetzen würde?«
Es verblüfft mich immer wieder aufs Neue, wie hartnäckig wir anderer Leute unzweideutige Absichtserklärungen überhören. Kopien der Übersetzung der Fragmente von Baburs Tagebüchern waren regelmäßig an sämtliche Kabinettsmitglieder gegangen. Vater wusste zweifellos, dass Babur schon vor langer Zeit erklärt hatte, er betrachte das Sultanat von Delhi, da sein Vorfahre Timur es vor einigen Generationen erobert habe, als sein rechtmäßiges Eigentum.
»Vielleicht sind wir eine Spur zu naiv gewesen.« Das war das erste Mal in meinem Leben, dass Seine Majestät einen Fehler, wenn auch noch so vorsichtig, eingestand.
»Ihr habt da auch nicht Halt gemacht. Nach der Schlacht von Panipat habt ihr Ibrahim Lodis Bruder Mahmud, den nächsten Anwärter auf den Thron von Delhi, als Gast in Chittor aufgenommen. Dann habt ihr Kandar erobert, das zum Delhi-Sultanat gehörte und das Babur, da er den Sultan besiegt hat, als Teil seines Hoheitsgebietes betrachtet. Und damit nicht genug, habt Ihr so nebenbei noch weitere hundertneunzig bis zweihundert Städte und Dörfer annektiert, die Babur als sein Eigentum ansieht. Wir können nicht bestreiten, Vater, dass wir Babur aufs Schwerste provoziert haben.«
»Ganz so krass würde ich das nicht formulieren ...«
»Jetzt spielt es auch keine Rolle mehr, Vater. Der Padishah ist in Agra und der Konflikt lässt sich nicht mehr vermeiden, aber wenn Ihr mir meine Hartnäckigkeit verzeiht: Könntet Ihr Euch nicht doch dazu durchringen, über einen Aufschub nachzudenken?«
»Wenn ich dich nicht als einen der entschlossensten Generäle in der Geschichte der Rajputenstaaten kennen würde, könnte ich sagen, du hast Angst. Diese übertriebene Vorsicht macht dich kleinmütig. Je länger wir den Kampf hinausschieben, desto stärker wird Babur. Jetzt ist es an der Zeit zuzuschlagen – solange der Padishah noch nicht fest im Sattel sitzt und die Vasallen des Lodi überall im Land Aufstände schüren.«

42

»Wer, Mangal, wer?«

Es war der siebzehnte Tag seit dem »Zwischenfall«, wie man sich am Hof auszudrücken beliebte.

»Uns stehen hundertvierzehn mögliche Täter zur Auswahl.«

Ich sah Mangal scharf an. Warum nicht runde hundert oder meinetwegen dreiundneunzig der hundertsiebzehn von uns, die in Pushkar gewesen waren? Wenn er nicht zu viel verraten will, tendiert Mangal leicht zur Schnodderigkeit. Aber dieses Mal meinte er es genau so, wie er es sagte. Königin Karmavatis Obereunuch war nicht nur mächtig, er hatte diese Macht von jeher dazu genutzt, Menschen zu unterdrücken. Er sorgte dafür, dass die Frauen in der Zenana so tief wie möglich in seiner Schuld standen, so dass er ihnen im entscheidenden Augenblick eine unerhörte Gunst oder einen exorbitanten Preis abverlangen konnte. Er konnte überaus charmant sein, nie jedoch ohne irgendwelche Nebenabsichten, und selbst die Königinnen fürchteten ihn. Mangal hatte Recht: Mit Ausnahme von Königin Karmavati und Vikramaditya hätte jeder von uns Pushkar-Pilgern dem Eunuchen den Tod gewünscht haben können.

»Hat er das Bewusstsein wiedererlangt?«

»Nein.«

»Hat sich sein Zustand stabilisiert?«

»Nein, der Arzt sagt, dass er viel Blut verloren und dass sein gesamter Organismus ein schweres Trauma erlitten hat.«

»Am Rücken hatte Brihannada keine einzige Verletzung. Er sah, wer ihn angriff, aber er hat offensichtlich keinerlei Gegenwehr geleistet. Ebenso wenig hat er versucht zu fliehen. Er scheint lediglich instinktiv Hände und Arme vor sich gehalten zu haben. Was meinst du: Ob er vielleicht glaubte, den Tod zu verdienen?«
»Kann sein.« Mangal hatte heute seinen einsilbigen Tag.
»Wer war es, Mangal, wer? Meinst du, es war eine so hoch gestellte Persönlichkeit, dass Brihannada keine andere Wahl zu haben glaubte, als sich ohne jede Gegenwehr niederstechen zu lassen?«
»Der Gedanke ist mir auch durch den Kopf gegangen, Hoheit.«
»Hörst du jetzt endlich auf, dir die Würmer aus der Nase ziehen zu lassen? Dieses Verbrechen ist in unmittelbarer Nähe Seiner Majestät verübt worden. Wer an Brihannada herankommen konnte, hätte auch an Seine Majestät herankommen können.«
»Die Polizei räumt Sicherheitsmängel ein, aber sie ist wenig glücklich darüber, dass man mich mit den Ermittlungen betraut hat, und zeigt sich nicht gerade kooperativ.«
»Glaubst du, dass jemand Druck auf sie ausübt?«
»Möglich.«
»Hast du mit Rani Karmavati gesprochen?«
»Sie ließ mich wissen, sie fühle sich nicht verpflichtet, mir Rede und Antwort zu stehen, da ich kein Vertreter der Polizei, sondern des Geheimdienstes sei, zu guter Letzt aber hat sie mir gestern doch eine Audienz gewährt.«
»Und?«
»Sie hat mich kurz abgefertigt. ›Hätte ich es Euch nicht schon längst gesagt, wenn ich wüsste, wer es getan hat?‹, hat sie mich gefragt.«
»Hat sie jemanden in Verdacht?«
»Jeden, sagte sie, absolut jeden.«
»Glaubst du, sie sagt die Wahrheit?«
»Ich weiß es nicht.«
»Hast du meine zweite Frau befragt?«
Mangal sah mich ausdruckslos an.
»Treib keine Spielchen mit mir, Mangal! Sie war es schließlich, die den Verstümmelten entdeckt hat.«
»Sie sagte, sie habe ihr Morgenbad ausfallen lassen, weil es zu kalt gewesen sei, und sie wollte es am Nachmittag, wenn das Wasser sich

etwas aufgewärmt haben würde, an irgendeiner ruhigen Stelle nachholen.«
»Glaubst du ihr die Geschichte?«
»Ich habe keinen Grund, sie in Zweifel zu ziehen, Hoheit.« Ich sah Mangal an und konnte förmlich hören, wie er mich in Gedanken fragte: »Warum fragst du deine Frau eigentlich nicht selbst und erfährst so alles aus erster Hand?«
»Hat sie jemanden in der Nähe gesehen?«
»Sie sagte, nein.«
Ich war gereizt und frustriert. Ich wusste selbst, dass ich Mangal die ganze Drecksarbeit aufhalste, weil ich nicht damit rechnete, dass der Polizeichef und seine Männer irgendetwas herausfinden würden. Das war eine Palastangelegenheit, und die Polizei wäre hier völlig überfordert gewesen. Aber all unsere bisherigen Resultate hatten sich als Sackgassen und Nieten erwiesen.
»Halt mich jedenfalls auf dem Laufenden.«
»Die Königin hat ihre Kammerzofe Urvashi offenbar wieder nach Hause geschickt, nach Bundi.«
»Dass eine von Rani Karmavatis Zofen in Ungnade fällt, ist wahrlich keine Seltenheit.«
»Es heißt, Urvashi habe bereits seit zwei Monaten keine Periode mehr gehabt.«
»Was geht mich Urvashis Menstruationszyklus an? Das wäre weder die erste noch die letzte Hofdame seiner Mutter, die sich mein Bruder Vikramaditya ins Bett holt.«
»Es wäre allerdings ein ziemlicher Präzedenzfall, wenn sich erweisen sollte, dass die Dame tatsächlich von Prinz Vikramaditya schwanger ist und aus Chittor fortgeschickt wird.«
»Ich kann da keinen Zusammenhang erkennen, Mangal.«
»Das Problem ist, dass es mir momentan auch so geht, Hoheit.«
»Vielleicht besteht auch gar keiner, und du liest lediglich zu viel in den Unmut der Königin hinein. Wäre es nicht am einfachsten, die Dame anzusprechen, sobald sie ihre Heimreise angetreten hat, und die Sache direkt zu klären?«
»Das habe ich bereits veranlasst, Hoheit.«
Mangal musste schon auf halbem Weg zu seinem Büro sein, als ich ihm hinterherrannte.

»Wo hast du ihn untergebracht, Mangal?«
»Im Quarantäneflügel des Gästepalastes, Hoheit. Vor der Tür seines Zimmers habe ich einen meiner eigenen Männer postiert.«
»Können wir ihn verlegen, ohne dass jemand etwas davon erfährt?«
»Ich glaube, Rasikabai vermietet ein paar ihrer Nebengebäude hinter der Tamarindengasse an durchreisende Besucher.«
»Schaff ihn dorthin, aber zuerst besorgst du ein vollständig bandagiertes Double, das es wenigstens ein paar Wochen, vielleicht sogar einen Monat in Einzelhaft aushält.«
»Wann soll es erledigt werden?«
»Wenn möglich noch heute Nacht. Und überlege dir mindestens ein halbes Dutzend weitere Unterbringungsmöglichkeiten. Wir werden den Eunuchen so häufig wie nötig verlegen.«

Der rückwärtige Flügel des Gästepalastes, in dem die Station für ansteckende Krankheiten untergebracht war, ging zwei Tage, nachdem wir Brihannada verlegt hatten, in Flammen auf. Sein Ersatzmann konnte von Glück reden, dass er lediglich mit mittelschweren Verbrennungen davonkam.
Seit dem allerersten Tag grüble ich immer und immer wieder über dieselbe Frage nach: Warum sollte jemand auf die Idee kommen, Hackfleisch aus den Genitalien eines Eunuchen zu machen? Das ergab doch überhaupt keinen Sinn! Ich hätte es eingesehen, wenn man Brihannadas Gesicht entstellt hätte. Das wäre nachvollziehbar gewesen. Der Obereunuch war ein gut aussehender Mann und sich dieser Tatsache durchaus bewusst. Falls jemand sich an ihm rächen wollte, wäre das Gesicht ein geeigneter Anfang gewesen. Mir war absolut nicht klar, wonach wir eigentlich suchten. War es eine persönliche Angelegenheit oder eine politische Vergeltungsaktion gewesen? War der Täter ein Mann oder eine Frau? Wer auch immer es gewesen sein und worin seine Motive bestanden haben mochten – warum hatte sich der Eunuch nicht gewehrt?
Mangal und ich gönnten uns ein erfrischendes Bad in der Gambhiri, wo wir vereinbart hatten, uns jede Nacht zu treffen, um den Fall Brihannada zu besprechen. Es war der einzige Ort, an dem wir halbwegs ungestört sein konnten. Allmählich wurde die Zeit knapp. Vater wurde langsam ungeduldig, die Sache mit dem Padishah von

Delhi verlangte Mangals und meine ganze Aufmerksamkeit, und die Atmosphäre im Palast erinnerte mich an jenen Abend in Gujarat, an dem ich zugeschaut hatte, wie einem Büffel die Kehle durchgeschnitten wurde, während die übrigen Tiere voll ängstlicher Vorahnung darauf gewartet hatten, dass die Reihe an sie käme.

Die Damen der Zenana trauten sich nirgendwo mehr hin, weder ins Bad noch auf die Toilette, außer in Gruppen von drei oder mehr. Es genügte, dass ein Vorhang oder ein Schatten sich bewegte, damit eine von ihnen losschrie, und dann war es eine Frage von Sekunden, bis alle in Todesangst kreischend auseinander stoben. Es ist ja nicht so, dass es in Chittor keine Kriminalität gäbe. Wir haben durchaus unser Quantum von Frauenmisshandlungen, Diebstählen, Messerstechereien, Raubüberfällen und Morden. Aber die besondere Brutalität und Grausamkeit des Anschlags auf den Eunuchen schien die Einbildungskraft der Frauen in Erregung versetzt und sie alle krankhaft nervös und überängstlich gemacht zu haben.

Die *hijras* der Stadt, die ja ebenso geschlechtslos wie die Palasteunuchen sind, haben Brihannada zu ihrem Schutzpatron erkoren und wollen morgen ab zehn Uhr vormittags einen Schweigemarsch durch die Stadt veranstalten, sowohl um ihre Anteilnahme zum Ausdruck zu bringen, als auch um auf ihre gesellschaftliche Situation aufmerksam zu machen. Das ist eine wahrhaft kuriose Entwicklung, und niemand würde sich mehr darüber wundern als Brihannada, für den es – wie übrigens auch für alle übrigen Eunuchen im königlichen Haushalt – keine grauenvollere Vorstellung geben dürfte, als mit den Hijras in einen Topf geworfen zu werden. Nicht minder kurios ist übrigens der Umstand, dass ich den Auftrag habe, für die Sicherheit eines Mannes zu sorgen, dem ich nichts als die herzlichste Abneigung entgegenbringe.

Sowohl Mangal als auch ich hatten schon immer den Verdacht, dass der Obereunuch der Kopf hinter Königin Karmavatis Intrigen ist. Er weiß, was er will, und er weiß, wie er es anstellen muss, um es zu bekommen. Er besitzt außerdem die seltene Gabe der Ausdauer. Sein Ziel ist, Königsmacher zu werden und damit derjenige, der aus dem Hintergrund regiert. Er hat sich seinen Schützling mit Bedacht ausgesucht. Er mag Vikramaditya nicht ganz so innig lieben wie seine Mutter, aber er liebt ihn mit erheblich mehr Verstand.

Und jetzt, da er auf dem Gipfel seiner Macht stand und der vielleicht gefürchtetste Mensch im Palast war – wer hatte es da gewagt, ihn anzurühren, und warum hatte er es zugelassen?

»Rani Karmavati hat mich heute zu sich bestellt und mich aufgefordert, ihr Brihannada zu übergeben, da ich ja doch unfähig sei, für seine Sicherheit zu sorgen.«
»Warum hast du ihr nicht gesagt, dass es jetzt ohnehin zu spät ist, Mangal?«
»Habe ich ja. Ich habe ihr sogar seine Asche und Gebeine ausgehändigt. Sie hat gelächelt und gemeint, mit derlei Ammenmärchen könnte ich zu meiner Frau gehen oder sonsteinem leichtgläubigen Idioten. Sie werde nicht zulassen, dass ich das Oberhaupt ihres Hauspersonals ermordete.«
Ich wollte Mangal schon fragen, wer uns bespitzeln mochte, als mir aufging, wie idiotisch die Frage gewesen wäre. Nichts, aber auch gar nichts, bleibt Königin Karmavati verborgen.
»Was ist mit ihrer Kammerzofe Urvashi, hast du sie befragt?«
»Sie will nicht reden, Hoheit.«
»Ist sie nun schwanger?«
»Die Hebamme ist jedenfalls davon überzeugt.«
»Ist es Vikramadityas Kind?«
»Das bezweifle ich. Da sie den Mund nicht aufmachen wollte, habe ich gedroht, Prinz Vikramaditya zu rufen. ›Tut das‹, hat sie gesagt, ›und ich bringe mich um!‹ Ich glaube, sie meinte es ernst.«
»Lass sie zu ihren Eltern nach Bundi, Mangal. Wenn Vikram oder seine Mutter herausfinden, dass wir ihr auf offener Straße aufgelauert haben, erzählen sie Seiner Majestät bestimmt, wir hätten versucht, ihr Gewalt anzutun.«
»Lieber wäre es mir allerdings, wenn ich sie noch ein, zwei Wochen festhalten könnte.«
»Warum?«
»Gerade als ich mein Gespräch mit Urvashi abbrechen wollte, hat sie sich nach Brihannada erkundigt.«
»Was ist schon dabei? Alle Welt redet doch über ihn!«
»Trotzdem finde ich es ein wenig merkwürdig, dass sie sich ausgerechnet nach ihm erkundigt.«

»Schön, wie du meinst. Nur sorge dafür, dass weder Vikram noch seine Mutter herausfinden, wo er sich aufhält. Verlegst du den Eunuchen heute Nacht wieder?«
»Ist schon geschehen. Wer immer ihm nach dem Leben trachtet, weiß über seinen Aufenthaltsort so gut Bescheid wie Königin Karmavati.«
»Was sagt der Raj-Vaidya?«
»Er wagt es nicht, irgendwelche Prognosen zu stellen.«
»Ich werde einfach das Gefühl nicht los, dass wir etwas übersehen. Was hast du gegen den Obereunuchen in der Hand?«
»Eigentlich nicht viel. Wenn Prinz Vikramaditya Lust auf etwas Abwechslung hatte, trieb er es gelegentlich mit dem Eunuchen.«
»Hat Brihannada noch weitere Liebhaber? Irgendeinen Jungen oder einen anderen Prinzen?«
»Ich glaube nicht. Sex scheint ihn nicht sonderlich zu interessieren – auch mit Seiner Hoheit nicht.«
»Glaubst du, wir liegen falsch? Vielleicht ist es gar kein Sexualverbrechen, und der Täter wollte nur, dass wir das glauben.«
»Was für ein Verbrechen ist es dann?«
Womit wir wieder da standen, wo wir angefangen hatten. Bei Null.

Als ich in dieser Nacht vom Schwimmen heimkam, brannte in meinem Zimmer kein Licht. Das Brihannada-Fieber hatte auch mich gepackt. Ich riss das Schwert heraus. Ich wartete noch darauf, dass meine Augen sich an die Dunkelheit gewöhnten, als zwei Hände meine Fußknöchel umklammerten.
»Ich flehe Euch an, macht kein Licht!«
Es war kaum eine Stimme, lediglich die zerbrochenen Überreste eines Menschen bei seinem Übergang in das Schattenreich. Was, wenn ich Sugandhas Stimme eine halbe Sekunde später erkannt hätte? Wer hätte mir schon geglaubt, dass ich meine treulose Ehefrau aus Versehen erschlagen hatte?
Ich ließ das Schwert fallen und hob sie auf.
»Schaut mich bitte nicht an!«
Selbst in der Dunkelheit des Zimmers schimmerte das Violett ihrer Blutergüsse wie changierende Seide aus Kanchipuram. Ihr ganzer Körper war grotesk angeschwollen.

»Wer hat dir das angetan, Sugandha?«
»Das spielt keine Rolle. Die Hölle kennt keine Strafe, die der Schande, die ich über Euren Namen gebracht habe, angemessen wäre!«
Ihr Fleisch verschob sich in meinen Armen wie eine schwere, zähe Flüssigkeit. Sie stöhnte vor Schmerz auf.
»Haltet mich fest! Versprecht, dass Ihr mich nie loslassen werdet. Nie wieder!«
In dem Moment wallte eine so unerträgliche Liebe und Zärtlichkeit in mir auf, dass ich bereit gewesen wäre, ihr jeden Unfug zu versprechen, ihr lebenslängliche sklavische Treue zu geloben als Entschädigung dafür, dass ich sie im Stich gelassen hatte. Und dennoch hielt mich zurück. Hatte ich mit ihr oder mit mir Mitleid?
Ich blickte in ihr Babygesicht. Oh Gott, was hatte ich dieser kindischen, kindlichen Frau nur angetan? Wie hatte ich nur zulassen können, dass sie zu Vikramaditya ging? Hatte ich denn nicht gewusst, dass mein Bruder unfähig sein würde, der Verlockung zu widerstehen, dieses weiche, nachgiebige Fleisch zu misshandeln und zu zerstören? Plötzlich sah ich mich als das, was ich war: ein kleinmütiger, rachsüchtiger Mann, dem es eine Erleichterung bedeutet hatte, dass seine Frau Ehebruch beging, so dass er seinem Schwiegervater gegenüber kein schlechtes Gewissen und keine Schuldgefühle zu haben brauchte! Was hatte ihr mein Bruder angetan? Was erwartete der rajputische Ehrenkodex von mir? Sollte ich Vikram auf Schwerter fordern, sollte ich ihm den Schädel einschlagen und sein Gehirn verspritzen, sollte ich ihm in aller Öffentlichkeit die Kleider vom Leib reißen und ihn zwingen, nackt durch die Straßen von Mewar zu laufen? Und dennoch war die einzige Vergeltung, die ich in diesem Moment als angemessen empfand, eine höchst unrajputische Maßnahme: ihn hinterrücks zu erstechen, ihm das Herz aus der Brust zu schneiden und zuzusehen, wie das blutige Ding wie ein Fisch auf dem Trockenen zappelte und verreckte. Aber gleichzeitig wusste ich, dass ich nichts von alledem tun würde. Ich würde mich im Gegenteil möglichst unauffällig verhalten – schließlich klebten schon genug Skandalgeschichten an meinem Namen wie Hundekot an der Sohle einer alten Sandale. Ich würde mir sagen, dass es nicht nötig war, noch tiefer in den Dreck zu treten, als ich es bereits getan hatte. Ich würde heldenhaft in meiner Selbstbeherrschung sein und

jede nur erdenkliche Ausrede finden, um Vikram nicht zur Rechenschaft ziehen zu müssen.
Ich taumelte unter einer solchen Flutwelle der Selbstverachtung, dass ich, um das Gleichgewicht zu bewahren, meine Frau fast in meinen Armen zermalmte. Ihre Lippen streiften meinen Mund und ihre Brüste bedrängten mich.
Wie kommt es, dass die ältesten Fragen, die wir uns stellen, nie eine Antwort haben? Wo hören Gewalt und Schmerz auf und wo beginnt die Sexualität? Ist sie überhaupt nichts anderes als Einsamkeit, die auszubrechen versucht?
»Prinzessin«, fragte ich sie später, als ich ruhig an ihren Brüsten lag, »warum ist mein Bruder heute so in Wut geraten?«
»Das tut er schon seit Tagen. Heute hat er lediglich die Beherrschung verloren. Seit Pushkar leidet er unter Stimmungsschwankungen. Er befürchtet, dass ich etwas weiß.«
»Und? Ist das so?«
»Würdet Ihr mir glauben, wenn ich es Euch sagte?«
»Ja.«
»Ich weiß nicht, was es sein könnte, was ich angeblich weiß.«

Am nächsten Tag gab es eine gute Nachricht: Brihannada hatte das Bewusstsein wiedererlangt. Ich schaute bei ihm vorbei, erkundigte mich nach seinem Befinden und ging wieder. Ich dachte, ich sollte ihm noch einen Tag Zeit lassen, ihm Gelegenheit geben, wieder ein wenig zu Kräften zu kommen. Darüber hinaus aber hatte ich auch ein nicht ganz so menschenfreundliches Motiv. Er war ein kluger Kopf und hatte eine ziemlich klare Vorstellung davon, wie die Welt funktionierte, aber er war auch arrogant. Er hatte die Weisheit nicht nur mit Löffeln, sondern geradezu mit Schöpfkellen gefressen. Selbstverständlich hatte er damit gerechnet, dass wir ihn augenblicklich ins Verhör nehmen würden, und es wäre bestimmt keine schlechte Idee, dachte ich, ihn ein wenig schmoren zu lassen. Mochte er sich ruhig den Kopf darüber zerbrechen, was eigentlich los war. Ein wenig Ungewissheit hat noch niemandem geschadet.

»Wie lange weißt du es schon?«, fragte ich Mangal.
»Was denn, Hoheit?«

»Du weißt genau, wovon und von wem ich rede.«
»Ich bin kein Gedankenleser, Hoheit, und Ihr sprecht in letzter Zeit immer mehr in Rätseln.«
»Strapazier nicht meine Geduld, Mangal!« Es war mir nicht gelungen, das unsichtbare Grinsen aus seinem Gesicht zu verscheuchen, dafür erschien allmählich eines auf meinem. »Ich glaube, ich muss dir demnächst einen kleinen Dämpfer aufsetzen. Also, machst du jetzt den Mund auf, oder wollen wir weiterhin Verstecken spielen?«
»Seit ein paar Tagen, Hoheit, aber es ist noch immer nur so ein Gefühl. Ihr scheint dagegen mehr zu wissen.«
»Auch nur ein Gefühl, Mangal. Mehr nicht. Wir brauchen Beweise.«
Unser Gespräch musste für einen unbeteiligten Zuhörer wie purer Unsinn geklungen haben, aber Mangal und ich verbrachten so viel Zeit miteinander, dass ich wie selbstverständlich davon ausging, dass er meine geheimsten Gedanken kannte.
Ich wusste, dass Sugandha mich letzte Nacht angelogen hatte. Sie war in etwas Wichtiges eingeweiht und mein Bruder Vikram hatte Angst, sie könnte es mir oder sonst jemandem verraten. Ich nahm nicht an, dass sie mir etwas vormachte oder Vikram sie zu mir geschickt hatte. Eher konnte ich mir vorstellen, dass sie versuchte, mich zu schützen. Wie die meisten Leute, die grundsätzlich übereilte Schlüsse ziehen, ist Vikram ein zutiefst argwöhnischer Mensch. Aber er hat einen begrenzten und eingleisigen Verstand, dem jede Fähigkeit zu analytischem und folgerichtigem Denken abgeht. Er hätte kaum versucht, Sugandha zum Schweigen zu bringen, wenn sie nicht etwas ganz Bestimmtes wusste. Ich konnte mich täuschen, aber ich hatte den Verdacht, dass sie am Tag des Verbrechens Vikram im falschen Augenblick über den Weg gelaufen war. Ich hatte meine Hypothese bei Mangal überprüfen wollen, aber er ist in solchen Dingen weit besser als ich und hatte sich schon lange vor mir auf diesen Verdächtigen konzentriert. Auch Mangal konnte allerdings die eine Frage nicht beantworten: Warum in aller Welt sollte Vikram seinen getreuesten Verbündeten töten wollen? Hätte ich Seiner Majestät morgen einen Bericht vorlegen müssen, so hätte ich ihm unmöglich sagen können, dass Vikramaditya unser Hauptverdächtiger war. Es würde unvermeidlich so wirken, als versuchte ich, meinem Bruder wegen einer uralten Geschichte etwas anzuhängen.

Als ich endlich nach Hause kam, ging es schon auf Mitternacht zu. Sugandha erlaubte mir nicht, die Lampe anzuzünden.
»Wie lange hast du eigentlich noch vor, im Dunkeln zu sitzen?«
»Ich bin nicht eingebildet, Hoheit. Ich weiß, dass ich nicht gerade die Schönste bin«, erwiderte sie mit einer Schlichtheit, die vollkommen aufrichtig wirkte. »Ich möchte nicht riskieren, das bisschen Zuneigung, das Ihr mir vielleicht entgegenbringt, dadurch zu verlieren, dass Ihr mich in meinem jetzigen Zustand seht. Ihr hättet Euren Bruder nicht provozieren dürfen, Hoheit. Ihr ahnt nicht, was für ein rachsüchtiger und gefährlicher Mann er ist!«
Sugandha spielte auf einen kurzen Besuch an, den ich am Morgen meinem Bruder abgestattet hatte. Vikramadityas Leibwache und Dienerschaft war in ziemliche Aufregung geraten, als Mangal und ich ohne jede Vorwarnung in den Palast marschiert waren. Sein Adjutant war so überrascht, dass er mich tatsächlich fragte, wen er melden dürfe. Ich kümmerte mich nicht weiter um ihn und stieß die Tür zu Vikrams Schlafzimmer auf. Mein Bruder lag noch im Bett, an seiner Seite eine Dame aus Rasikabais Etablissement, die sich unter lautem Gezeter darüber aufregte, ihre Ehre werde kompromittiert. Ich warf ihr ihre Kleider zu und forderte sie auf zu gehen.
»Was bildest du dir ein, wer du bist, dass du einem Gast von mir befehlen kannst, mein Haus zu verlassen?«, brüllte mich Vikram an. »Wache! Adjutant!«
Herr Wen-darf-ich-melden hatte sich zwar noch nicht vom Schock erholt, mich einfach so ins Zimmer hineinspazieren zu sehen, hatte aber doch die Geistesgegenwart besessen, uns für den Fall zu folgen, dass sein Herr Hilfe brauchen könnte. Ich wartete, bis die Dame gegangen war.
»Halt's Maul, Vikram, und hör mir gut zu. Wenn du jemals wieder die Hand gegen meine Frau erhebst, wenn du dich ihr, selbst nur zufällig, auf weniger als hundert Meter näherst, wenn du oder einer deiner Schergen eine krumme Sache bei ihr versucht, nein, ich möchte mich etwas genauer ausdrücken: Sollte ihr irgendetwas zustoßen – Typhus, Lungenentzündung, ein Sturz vom Pferd, ein harmloses Feuerchen unter ihrem Bett, irgendein Gift, das auf unerklärliche Weise seinen Weg in ihr Essen findet –, werde ich dich persönlich dafür verantwortlich machen und dich töten. Ohne

Rücksicht auf irgendwelche Folgen.« Ich wandte mich zu seinem Adjutanten, den Wachen und den Dienern und fragte sie: »Habe ich mich klar genug ausgedrückt?«

»He, Hahnrei, von welcher deiner untreuen Ehefrauen redest du?«

Mit drei Schritten stand ich an Vikramadityas Bett. Aus unerfindlichen Gründen zog er sich die Decke wie eine sittsame Jungfer bis ans Kinn hoch. Ich schlug ihm mit dem Handrücken ins Gesicht.

»Warum habe ich das nicht bloß schon vor Jahren getan?«, fragte ich mich verblüfft. »Von beiden, Vikram, von allen beiden.«

»Ich glaube nicht, dass er es wagen wird, dich anzurühren, Sugandha.«

»Ich mache mir nicht meinetwegen Sorgen. Aber Euer Leben ist in Gefahr!«

»Darf ich Euch um einen Gefallen bitten, Prinzessin?«

»Versucht Ihr, das Thema zu wechseln, Hoheit?«

»Nein. Es ist eine Sache, die mir gestern eingefallen ist.«

»Was denn?«

»Bringt Ihr mir das Spielen auf der Vina bei?«

»Ihr wollt mich auf den Arm nehmen!«

Ich schüttelte den Kopf.

»Ihr meint es ernst?«

»Ja. Ich glaube nicht, dass es außer der *sarod* noch ein Instrument gibt, das an die Klangfülle und Tiefe der Vina heranreichen würde. Wusstet Ihr, dass mein Urgroßvater Rana Kumbha nicht nur ein sehr guter Vinaspieler war, sondern auch mehrere musiktheoretische Traktate verfasst hat?«

»Ich weiß. Ich musste sie durcharbeiten!«

Ich lachte. »Hast du jetzt deswegen einen Hass auf ihn?«

»Er hat schon einen ziemlich schwerfälligen Stil und braucht Ewigkeiten, um zum Kern der Sache zu kommen. Aber es ist komisch, seitdem mich niemand mehr zwingt, ihn zu lesen oder auf dem Instrument zu üben, habe ich mir seine Bücher immer wieder vorgenommen. Er unterscheidet sich von sämtlichen klassischen Musiktheoretikern. Er bringt einen dazu, vieles von dem, was man für selbstverständlich gehalten hatte, neu zu überdenken.«

»Ich verrate dir ein Geheimnis. Ich habe ihn noch nicht gelesen.«
»Aber Ihr solltet!«
»Das werde ich auch. Aber erst die Praxis.«
»Wann wollt Ihr mit dem Unterricht beginnen?«
»Morgen früh um sechs, wäre dir das recht?«
»Ich bin noch nie so früh aufgestanden!«
»Dann vergessen wir die Sache eben.«
»Hoheit, Ihr werdet noch eine gute Ehefrau aus mir machen! Ich werde um sechs bereit sein.«
Die Frage war natürlich eher die, ob ich einen guten Ehemann abgeben würde.
Mit der Impotenz ist es eine komische Sache. Es genügt, dass sie ein einziges Mal im Leben auftritt, und du bist gebrannt. Fortan lebst du in der ständigen Angst, sie könnte wiederkehren. Du begreifst zum ersten Mal, dass der Körper nicht etwa dein Diener ist – du bist sein Spielball! Das ist an sich schon eine schreckliche, beängstigende Erkenntnis, aber das ist noch längst nicht alles. Es ist idiotisch und durch und durch irrational, aber keine Niederlage auf dem Schlachtfeld oder wo sonst auch immer kann so sehr am Herzen eines Mannes nagen wie die Angst, von seinem Penis im Stich gelassen zu werden. Früher oder später, egal wann, wird es wieder passieren, und dann werde ich es Sugandha übel nehmen, dass sie der Anlass meines Versagens gewesen ist. Werde ich sie am Ende gar hassen? Wer weiß, aber einstweilen ist alles wieder in schönster Ordnung.
Wie wenig doch ausreichte, um Sugandha glücklich zu machen! Ein bisschen Aufmerksamkeit und Zuneigung, und sie würde mir überallhin folgen und jeden Wunsch erfüllen.

»Hoheit, ich muss Euch etwas gestehen. Ich habe Euch gestern angelogen.« Sugandha hatte mich aufgefordert, mich auf den Bauch zu legen, und massierte mir jetzt, ohne dass ich sie darum gebeten hätte, Rücken und Nacken. Mein Gesicht war in die Matratze gepresst und so klang meine Antwort ein wenig erstickt.
»Was habt Ihr gesagt?« Sie beugte sich zu mir hinunter, um mich besser zu verstehen.
»Ich sagte, ich weiß.«

»Ihr wisst es? Woher?«
»Ich habe mir schon gedacht, dass mein Bruder dir auf seine gewohnt freundliche Weise eingeschärft hatte, was immer du am bewussten Tag gesehen haben mochtest, für dich zu behalten. Andernfalls ...«
»Er sagte, wenn ich Euch – oder wem auch immer – etwas verriete, würde er Euch töten.«
»Und was könntest du mir nun verraten, das ihn zum Brudermord veranlassen würde?«
»Wollt Ihr es wirklich hören? Ich habe große Angst, Euch wieder zu verlieren.«
»Es liegt in deiner und meiner Hand, die Dummheiten der Vergangenheit nicht wieder zwischen uns treten zu lassen.«
Sie schwieg eine Minute, ehe sie weitersprach. »Wir hatten uns verabredet, im Wald, in der Nähe des Mrikanda-Muni-Teiches. Ich war damals wie von Sinnen. Ich konnte es nicht erwarten, mit dem Prinzen zusammen zu sein, und kam gute zwanzig Minuten vor der vereinbarten Zeit. Ich hörte seine Stimme – er klang völlig außer sich und ich konnte mich nicht von der Stelle rühren. Ich konnte ihn nicht sehen, aber ich hörte ihn immer und immer wieder denselben Satz schreien: ›Jetzt werden wir ja sehen, wie du ...‹« Sie stockte. »Wollt Ihr wirklich wissen, was er gesagt hat?«
»Ja, es könnte wichtig sein.«
»Jetzt werden wir ja sehen, wie du je wieder jemanden ficken willst!«
»Hast du ein Handgemenge bemerkt?«
»Nein. Der Prinz hat dann angefangen, wie ein furchtbar verängstigtes Kind zu weinen. Da bin ich hingerannt und habe ihn in die Arme genommen und gesagt: ›Es ist alles gut, keine Angst!‹, und er hat gesagt: ›Was ist gut, du hirnlose Gans?‹, und dann ist er wild geworden und hat mich angebrüllt: ›Was tust du überhaupt so früh hier? Hatten wir uns nicht für zwei Uhr verabredet? Kannst du denn niemals tun, was man dir sagt?‹ Dann hat er mich geschlagen und ist wütend weggegangen.«
Wir waren ein ganzes Stück weitergekommen, jetzt würde ich Vater endlich berichten können, dass wir den Täter identifiziert hatten – und dennoch tappten wir in mancherlei Hinsicht noch mehr im Dunkeln als am Anfang.

Warum war mein Bruder mit dem Eunuchen in Streit geraten? Was hatte er damit gemeint: »Jetzt werden wir ja sehen, wie du je wieder jemanden ficken willst!« Auf einen Eunuchen bezogen, war das schon eine ziemlich merkwürdige Äußerung. Oder hatte Vikram das Wort im übertragenen Sinne gebraucht? Vielleicht war er wütend geworden, weil Brihannada versucht hatte, jemandem zu schaden, der ihm am Herzen lag.
Ich war mir ziemlich sicher, dass der versuchte Mord für Königin Karmavati einen ebenso großen Schock bedeutet hatte wie für uns andere auch. Nicht nur war sie über den um ein Haar gelungenen Anschlag auf das Leben ihres Lieblingseunuchen und Ratgebers empört – es schienen zum ersten Mal auch ernste Differenzen zwischen Mutter und Sohn zu bestehen.
Mittlerweile aber hatte sich Rani Karmavatis Beurteilung der Situation radikal geändert. Vikramaditya war es gelungen, sie davon zu überzeugen, dass der nunmehr doppelt kastrierte Eunuch, solange er am Leben blieb, eine inakzeptable Bedrohung für sie beide darstellte. Was wusste Brihannada so Gefährliches?
Einer Sache war ich mir allerdings so gut wie sicher: Vikramaditya und seine Mutter schätzten ihren Diener falsch ein. Er war nicht der Typ, der Geheimnisse ausplauderte.

»Glaubt Ihr etwa, dass man mich durch Gewalt zum Reden bringen kann?«, fragte der Eunuch mit einem dünnen hämischen Lächeln, das ihm in seinem momentanen Zustand nicht besonders zu Gesicht stand.
»Ich glaube das nicht«, antwortete ich ihm ruhig. »Aber die Leute, die versucht haben, dich zu ermorden – und das nicht nur einmal, sondern zu vier verschiedenen Gelegenheiten –, scheinen das anzunehmen und würden es deshalb vorziehen, wenn du den Mund ein für alle Mal schließen würdest.«
»Was interessiert Euch das, Hoheit?« Sein Asthma machte ihm zu schaffen und er musste immer wieder an einem Becher mit heißem Wasser nippen, um seine Atemlosigkeit zu lindern, doch seinen Hochmut und seine Selbstsicherheit hatte er nicht eingebüßt.
»Seine Majestät hat mir den Fall anvertraut, damit ich Sorge trage, dass der, der dich angegriffen hat, seine gerechte Strafe erhält.«

»Gerechte Strafe? Als ich als Kind geschändet und entmannt wurde, krähte kein Hahn danach. Warum sollte der gleiche Vorgang jetzt auf einmal irgendjemanden interessieren und als Straftat gewertet werden?«
»Vergangenes Unrecht kann ich nicht wiedergutmachen, Brihannada, aber ich werde mich bemühen, das gegenwärtige zu vergelten.«
»Dann viel Glück, Hoheit, aber ich muss Euch, so Leid es mir tut, gestehen, dass es ein Selbstmordversuch war.« Er war wieder voll und ganz Herr der Lage und genoss es sichtlich, mit mir sein Spiel zu treiben. Ich sah wenig Sinn, das Gespräch fortzusetzen.
Ich wünschte ihm eine baldige Genesung und wollte gerade gehen, als Mangal Vikrams ehemalige Odaliske, Urvashi, hereinführte. Es war ein etwas gewagter Versuch, aber Mangal hatte beiden, Brihannada und Urvashi, eine Überraschung bereiten wollen.
Es gelang ihm.
Brihannada verlor um ein Haar die Fassung. Für einen Augenblick lief ein Riss durch seine Maske aus hochnäsiger Höflichkeit, aber er hatte sich sofort wieder in der Gewalt. Urvashi reagierte weit spontaner. Mit unverhohlener Freude stürzte sie sich in seine Arme. »Oh Gott, du lebst, du bist gerettet!«
Wenn Mangal »nur so ein Gefühl« hatte, dann tat man besser daran, es ernst zu nehmen. Er hatte sich gedacht, dass zwischen der Zofe und dem Eunuchen der Königin irgendetwas ablief, und er hatte Recht gehabt. Die Frage war bloß – was lief da ab?
Ich verließ den Raum.

Ich dachte, es wäre keine schlechte Idee, den Druck auf den Obereunuchen aufrechtzuerhalten.
»Haben diese täglichen Verlegungen den Zweck, mir so richtig dramatisch vor Augen zu führen, wie gefährdet ich bin?« Am nächsten Tag war Brihannada offensichtlich wieder ganz der Alte.
»Vielleicht. Wäre es dir lieber, an ein und demselben Ort zu bleiben?«
»Nein, nein, ich spiele schon mit. Ich bin ein ebenso großer Liebhaber des Theaters wie Ihr.«
»Ich fand deinen Vortrag über das Mahabharata übrigens äußerst anregend. Du hast einige wichtige Fragen angeschnitten.«

»Hoheit«, erwiderte der Eunuch mit kokettem Kopfschütteln, »mit Schmeicheleien kommen wir nirgendwohin.«
»Wo sollte ich mit dir schon hinkommen, Brihannada? Dein Leben ist in eine Sackgasse geraten.« Ich hatte es ohne jede Böswilligkeit gesagt, aber es hatte den erwünschten Effekt. »Wenn du gestattest, möchte ich auf das Thema deiner Rede zurückkommen. Darf ich?«
»Ja«, sagte er, jetzt schon etwas weniger selbstsicher, »ja, bitte.«
»Ich glaube, unsere Landsleute haben eine etwas abartige Vorstellung von Loyalität. Bhishma ist die höchste Verkörperung unseres Begriffs von Selbstaufopferung und Loyalität. Aber es wäre vielleicht nicht falsch gewesen, wenn er den Versuch gewagt hätte, seine Überzeugungen in Frage zu stellen. Sollen wir seiner Meinung nach auf die Möglichkeit der ethischen Entscheidung verzichten und damit jede Verantwortung für unsere Taten aufgeben? Sollten wir Menschen die Treue halten, wie sehr auch immer sie im Unrecht oder wie böse sie sein mögen, nur weil wir durch Geburt zu ihrer Partei gehören oder mit ihnen verwandt sind, oder sollte unsere Loyalität nicht eher höheren Werten gelten? Bhishma hätte der Menschheit möglicherweise einen besseren Dienst erwiesen, wenn er den Mut gehabt hätte, statt blind der Tradition zu folgen, sich auf die Seite des Rechts zu schlagen – und dies umso mehr, als er allgemein als großes sittliches Vorbild angesehen wurde!«
»Ihr seht die Sache falsch, Hoheit. Lest noch einmal Eure Bhagavadgita! Auf welcher Seite des Flusses du auch geboren sein magst, sagt Krishna, was deine Kaste oder dein Beruf auch sei, stehe dazu!«
»Ich weiß, Brihannada, ich weiß. Aber auch Götter können gelegentlich irren, und dann muss man den Mut haben, nicht auf sie zu hören, wenn nötig sogar gegen ihr ausdrückliches Gebot handeln.«
»Nehmt Euch in Acht, Maharaj-Kumar, ihr überhebt Euch und fordert den Zorn der Götter heraus! Ich möchte Euch daran erinnern, dass Bhishma die Verkörperung der höchsten Integrität ist!«
»Integrität allein, Brihannada, ist leider nicht genug. Erst wenn sie der gerechten Sache dient, stellt sie einen Wert dar.«
»Möchtet Ihr vielleicht das Mahabharata neu schreiben, Maharaj-Kumar?«
»Ich glaube, du hast auch nichts anderes getan, als du das Geschlecht der Eunuchen auf Bhishma zurückgeführt hast!«

»Wohin soll uns dieses Geschwätz führen, Hoheit? Ich werde mich auf keinen Kuhhandel mit Euch einlassen, es sei denn, ich kann dadurch die Zukunft meiner Frau und meines Kindes sichern. Ich will die Garantie – die durch das Wort des Königs untermauerte Garantie –, dass weder Urvashi noch dem Kind, mit dem sie schwanger ist, ein Leid geschehen wird. Ich verlange die unmissverständliche Zusicherung, dass mein Kind keine Konkubine werden wird, falls es eine Tochter ist, und kein Eunuch, falls es ein Junge sein sollte. Wie Ihr seht, haben es die verdammten Ärzte – Metzger sollte ich sie besser nennen – nicht einmal bei mir geschafft, saubere Arbeit zu leisten.«

»Kein Kuhhandel, Brihannada.« Ich ließ ihm Zeit, das zu verarbeiten, während ich meinerseits die Tatsache zu begreifen versuchte, dass Brihannada der Vater von Urvashis Leibesfrucht sein sollte. »Wir machen keine Geschäfte, indem wir Frauen und Kinder als Geiseln nehmen. Seine Majestät wird dir sein Wort geben, dass Urvashi und deinem Kind kein Leid geschehen soll, gleichgültig, was ich von dir noch erfahren werde.«

Ich hatte genug vom Feilschen und Handeln dieses Kerls. Als ich an der Tür stand, drehte ich mich noch einmal um. »Hast du jemals versucht, von deinem Recht Gebrauch zu machen, eine ethische Entscheidung zu treffen, Brihannada? Du würdest staunen – auch die Wahrheit hat durchaus ihre Reize und Befriedigungen. Wichtiger noch: Die Redlichkeit braucht einen Bhishma.«

Meinte ich dieses Geschwätz wirklich ernst?

»Wann hast du entdeckt, dass deine Manneskraft nicht vollständig ausgelöscht worden war?«

»Ich habe mich gewundert, als ich als Jugendlicher gelegentlich nächtliche Ergüsse hatte, aber ich dachte nicht, dass dies meinem geschlechtslosen Status widersprechen würde.«

»Kannst du den ungefähren zeitlichen Abstand zwischen solchen Ergüssen angeben?«

»Vielleicht vier bis sieben Monate.«

Es war der dritte Tag von Brihannadas Anhörung. Da die Kommission in geheimer Sitzung tagte, musste Mangal die Aufgabe des Protokollführers übernehmen. Am Ende jeden Tages bekam der Eu-

nuch die Niederschrift seiner Aussage vorgelegt und unterschrieb sie, sobald er sich von ihrer Richtigkeit überzeugt hatte.
»Hat sich an der Vorstellung über deine geschlechtliche Identität etwas geändert, als du erwachsen wurdest?«
»Ich war mir nicht sicher, aber etwa mit fünfundzwanzig kam mir erstmals der Gedanke, dass ich vielleicht doch kein Eunuch sei.«
»Warum hast du nicht bei den zuständigen Stellen darüber Meldung gemacht?«
»Jeder Eunuch hat einen einzigen Kummer und einen einzigen Traum: dass er kein Geschlecht hat und dass er eines haben könnte. Selbst wenn ich nur von Zeit zu Zeit ein Mann war, hatte ich gewiss nicht vor, mein Glück mutwillig zu zerstören. Abgesehen davon war ich mir meiner geschlechtlichen Identität gar nicht sicher, da ich es nie gewagt hatte, mit jemandem darüber zu sprechen.«
»Wann hast du Urvashi kennen gelernt?«
»Vor zehn Jahren, als sie nach Chittor und in meine Obhut kam.«
»Wusstest du, dass sie Prinz Vikramadityas Konkubine war?«
»Ja, aber nur für einige Monate. Danach verlor er jedes Interesse.«
»Wann hast du angefangen, dich mit ihr zu treffen?«
»Vor sieben Jahren.«
»Verlangte der Prinz jemals nach ihr, solange deine heimliche Affäre mit ihr andauerte?«
»Kein einziges Mal, Hoheit. Er hatte erklärt, sie sei so verklemmt und frigide, dass er mich entlassen würde, wenn ich es künftig auch nur wagte, ihren Namen zu erwähnen, geschweige denn ihm vorschlagen würde, mit ihr das Bett zu teilen.«
»Wann hast du erfahren, dass Urvashi schwanger war?«
»Vor rund vier Monaten. Anfangs wollte ich ihr nicht glauben, als sie mir sagte, ihre Periode sei ausgeblieben. Aber als sie im zweiten Monat war, bestanden schließlich keine Zweifel mehr, Urvashi war tatsächlich schwanger.«
»Wie konntest du sicher sein, dass es dein Kind war?«
»Es ist mein Beruf zu wissen, wer im Palast Rani Karmavatis und in demjenigen des Prinzen mit wem schläft.«
»Wie gedachtest du, Urvashis Schwangerschaft im Harem auf die Dauer geheim zu halten?«
»Ich wollte sie nach dem dritten Monat zu ihren Eltern schicken.«

»Wann fand der Prinz heraus, dass Urvashi schwanger war?«
»Hat er gar nicht, wenigstens anfangs nicht. Später, als sie im zweiten Monat war, überraschte er mich trotz all meiner Vorsichtsmaßnahmen eines Tages doch mit ihr.«
»Wie reagierte er darauf?«
»Mein Herr findet das Bizarre hochgradig erregend und neigt dazu, dann den Kopf zu verlieren.«
»War es nach seiner Entdeckung deiner Beziehung zu Urvashi, dass der Prinz anfing, deine Dienste im Bett einzufordern?«
Wenn mein Themawechsel den Eunuchen aus dem Gleichgewicht brachte, so zeigte er es zumindest nicht.
»Er sah mich als eine interessante Missgeburt an, von der er unmöglich die Finger lassen konnte.«
»Erwachte das Interesse des Prinzen an Urvashi wieder, nachdem er von deiner Affäre mit ihr erfahren hatte?«
Hier schloss Brihannada die Augen. Es war das erste Mal seit Beginn der Befragung, dass er irgendeine Emotion verriet.
»Es war keine Affäre, Hoheit. Urvashi und ich hatten schon vor langer Zeit heimlich geheiratet.«
»Ich werde es mir merken. Aber es beantwortet meine Frage nicht.«
»Der Prinz war außer sich vor Wut darüber, dass Urvashi einen Eunuchen einem echten Mann wie ihm vorgezogen hatte. Anfangs begnügte er sich mit Andeutungen, dass er es ihr heimzahlen würde. Ein paar Wochen später sagte er dann, sie täte besser daran, ihn zu besuchen. Ich erwiderte, ich hätte ihm für diese Nacht zwei Jungfrauen besorgt. ›Schluss mit dem Gewäsch!‹, hat er gesagt. ›Ich will Urvashi, verstanden? Und niemanden sonst!‹ Da erklärte ich ihm, dass Urvashi meine Frau ist. Ich hätte es besser nicht tun sollen, denn das schien ihn nur umso mehr zu erregen. Er nahm sie. Nicht nur einmal, sondern immer und immer wieder. Ich werde nicht von Hass reden, weil das ein absolut unzulängliches Wort ist – aber je mehr sie sich in sich zurückzog und sich gegen ihn sträubte, desto mehr begehrte er sie.«
»Kam dir nie der Verdacht, dass er vorhaben könnte, dich zu töten?«
»Mein Herr ist ein impulsiver Mann, Hoheit. Manchmal glaube ich, er ist regelrecht geistesgestört. Auf der Reise nach Pushkar war er freundlich, ja geradezu rücksichtsvoll. Er bestand darauf, dass ich

in seinem Zelt schlief. Er bestellte mich für den frühen Nachmittag auf diese Lichtung, als alle entweder schliefen oder mit dem Boot auf dem See waren. Ich dachte, er wollte sich mit mir vergnügen, und fing schon an, mich auszuziehen, als er auf mich losging.«
»Warum hast du dich nicht gewehrt?«
»Ich habe zeit meines Lebens den Schutz dieses Hauses genossen, Hoheit. Es darf über mich verfügen.«
Wir hatten das Ende der Ermittlungen erreicht. Ich konnte zwar nur wenig Mitgefühl mit Brihannada aufbringen, aber wie er sich in der Angelegenheit gehalten hatte, verdiente meinen Respekt. Den schlechten Geschmack, den ich jetzt im Mund hatte, verdankte ich in erster Linie meinem Bruder. Was kann man mit Leuten wie Vikram nur tun? Hemmungslosigkeit ist schon schlimm genug. Aber kombiniere sie mit Macht und Lust an der Grausamkeit, und dem Bösen sind keine Grenzen gesetzt. Das eigene Vergnügen ist dann das einzige Gesetz, und in seinem Streben danach kann man seinen engsten Vertrauten ebenso bedenkenlos ins Verderben treiben wie einen wildfremden Menschen.
Brihannada hatte meinen Bruder systematisch in seiner Überzeugung bestärkt, seine Wünsche gingen allem anderen vor. Er war sein Kuppler und sein Hurenbube gewesen, in der Politik ebenso wie bei seinen Bettgeschichten. Ich hätte jetzt ein moralinsaurer Spießer sein und mich darüber freuen können, dass Brihannada seinen verdienten Lohn erhalten hatte. Es stand in meiner Macht, den Eunuchen bis an sein Lebensende einzusperren. Aber die Intoleranz und Willkür des Selbstgerechten ist weit gefährlicher und menschenverachtender als die zügellose Destruktivität eines Vikramaditya.
»Warum sind die Königin und ihr Sohn jetzt so darauf aus, dich zu töten? Welche Gefahr kannst du für sie noch darstellen?«
»Die besten Freunde geben die schlimmsten Feinde ab, Hoheit.«
Es hatte keinen Zweck, auf dem Punkt noch weiter zu beharren. Brihannada hatte bewiesen, dass er keine Angst vor dem Tod hatte, und ebenso, dass er nicht beabsichtigte, den zwei Menschen, die er am meisten geliebt hatte, die Treue aufzukündigen.
»Was habt Ihr nun mit mir vor, Hoheit?«
»Du hast das Gesetz dieses Landes und dieses Hauses gebrochen, Brihannada. Unter normalen Umständen würdest du entweder den

Kopf verlieren oder lebenslänglich ins Gefängnis wandern. Aber du hast schon einen entsetzlichen Preis bezahlt. Ich beabsichtige, Seiner Majestät zu empfehlen, dich in Frieden ziehen zu lassen.«

Er sah mich zweifelnd an und lachte dann. »Erwartet Ihr von mir, dass ich das glaube? Wir sind schon so lange Feinde, da werdet Ihr Euch auch mit Eurer Rache Zeit lassen!«

»Ich behaupte nicht, dich zu mögen, Brihannada, aber du solltest mich nicht mit dir oder deinen Freunden verwechseln! Der Zweck der Justiz ist nicht, persönliche Rechnungen zu begleichen oder Vergeltung zu üben. Sobald Seine Majestät deine Entlassungspapiere unterzeichnet hat, wirst du auf freien Fuß gesetzt.«

»Geschickt eingefädelt! Ihr wascht Eure Hände in Unschuld, weil Ihr wisst, dass Prinz Vikramaditya die Drecksarbeit für Euch erledigen wird: mich und meine Frau beseitigen zu lassen.«

»Man wird dich und deine Frau an einen Ort deiner Wahl bringen. In oder außerhalb von Mewar. Ihr werdet eine neue Identität erhalten sowie etwas Geld, mit dem ihr ein neues Leben beginnen könnt. Obwohl ich nicht glaube, dass Letzteres wirklich nötig sein wird, da du einer der reichsten Männer Mewars bist.«

Mangal teilte mir mit, dass er ungefähr eine Woche brauchen würde, um alle Vorbereitungen für Brihannadas und Urvashis Umsiedlung zu treffen. Ich spielte mit dem Gedanken, ihn zu fragen, wo er die beiden unterzubringen gedachte, aber ich wusste, wie seine Antwort lauten würde: »Wozu wollt Ihr das wissen?« Womit er natürlich Recht hätte. In manchen Fällen ist Unwissenheit die Mutter der Weisheit. Und was ist mit Vikramaditya, hätte ich Vater am liebsten gefragt, was beabsichtigte er, mit diesem barbarischen Mörder zu tun, der sich sein Sohn und Prinz von Geblüt schimpfte? Aber natürlich tat ich nichts dergleichen. Ich hatte keine Lust, mir sagen zu lassen, ich möchte mich um meine eigenen Angelegenheiten kümmern, oder schlimmer noch, Vikram sei zur Sühne für sein Verbrechen dazu verdonnert worden, an drei aufeinander folgenden Abenden den Kindern von Nandanvan, dem staatlichen Waisenheim von Chittor, Gutenachtgeschichten vorzulesen.

Zum Glück blieb mir wenig Zeit für derlei fruchtlose Überlegungen. In diesen Tagen kam ich mit meiner Arbeit kaum nach – und außerdem gab es das Problem mit Sugandha. Jetzt war sie wirklich allein. Ihre einstige Gönnerin, die Königin, hatte sie fallen lassen, und der Sohn der Königin wollte auch nichts mehr von ihr wissen. Die Kleine Heilige wiederum legte, wie ich leider sagen muss, ein höchst unheiliges Verhalten an den Tag. Als Sugandha während unserer Reise nach Pushkar von Grünauge auf die Bühne geholt worden war, hatte ich gedacht, darin eine gewisse Entspannung in ihrer Beziehung erkennen zu können. Aber Sugandhas Trennung von Vikram und unsere darauffolgende Wiederannäherung hatte Grünauges Abneigung aufs Neue entfacht. Und da Grünauge Sugandha wie Luft behandelte, durften die übrigen Frauen des Harems natürlich nicht zurückstehen und ignorierten sie ebenfalls. Wer hätte es schließlich riskieren wollen, sich den Unmut der Kleinen Heiligen zuzuziehen?

Ich fing an, in der Mittagspause nach Hause zu gehen, um Sugandha ein wenig Gesellschaft zu leisten. Nach dem Essen ließ sie mich höchst ungern wieder gehen, und so gewöhnte ich mir mit der Zeit an, noch zu einer zweiten Vinastunde zu bleiben. In solchen Augenblicken leuchtete ihr Gesicht auf und sie klammerte sich dankbar an mich. Aber die Freude dieses Beisammenseins war nur von kurzer Dauer. Als ich eines Tages nach Hause kam, erwartete mich die Kleine Heilige.

»Sugandha wird Euch kein Essen mehr servieren.«

»Warum nicht? Geht es ihr nicht gut?«

»Ihr braucht Euch ihretwegen nicht über Gebühr zu beunruhigen. Sie hat die Konstitution eines Büffels und weist auch sonst etliche Merkmale dieses Geschöpfes auf, nicht zuletzt dessen Faulheit.«

»Ich habe nicht nach ihrer tierischen Verwandtschaft gefragt. Wo ist sie denn?«

»Sie arbeitet zur Abwechslung einmal ein wenig. Ich habe sie gebeten, die alljährliche Reinigung unserer Frauengemächer zu beaufsichtigen.«

Ich hatte nicht vor, mich in die Zenana-Politik einzumischen, und ging, aber am folgenden Tag war Sugandha auch nicht zu Hause.

»Glaubt Ihr nicht auch, Hoheit, dass Mewar davon profitieren würde, wenn Ihr künftig auf Eure Nachmittags-Vergnügungen verzichtetet?«

»Wenn ich das Gefühl habe, Ratschläge zu benötigen bezüglich der richtigen Art und Weise, mein Amt auszuüben, so werde ich mich gerne Eurer Dienste versichern. Bis dahin würde ich es begrüßen, wenn Ihr Euch unerbetener Meinungsäußerungen enthieltet.«

Ich stand kurz davor, sie aufzufordern, Sugandha holen zu lassen, überlegte es mir dann aber anders. Ich hätte damit lediglich erreicht, dass die Kleine Heilige und der Rest der Zenana sie noch mehr erniedrigten und ausgrenzten.

»Dürfte ich Eure Hoheit daran erinnern, dass Mitleid kein Ersatz für Liebe ist? Und ebenso wenig Pflichtbewusstsein?«

War sie eine Gedankenleserin, diese Frau, die sich weigerte, meine Gemahlin zu sein, und keiner anderen dieses Recht zugestand? Sie wusste, dass sie einen Volltreffer gelandet hatte, und bedachte mich mit ihrem holdesten Heiligenlächeln.

43

An dem Tag, bevor er und seine Frau Chittor verlassen sollten, bat mich Brihannada brieflich um eine Unterredung.
»Verzeiht, Hoheit, dass ich nicht selbst gekommen bin, aber wie Ihr wisst, ist es besser, wenn ich mich nicht auf der Straße zeige.«
Ich war leicht verärgert, da ich gehofft hatte, das Kapitel Brihannada sei endlich abgeschlossen. Zudem fand ich es höchst unerfreulich, daran erinnert zu werden, dass Seine Majestät erwartungsgemäß nichts gegen seinen Lieblingssohn unternommen hatte.
»Ich habe über das nachgedacht, was Ihr kürzlich sagtet, Hoheit. Was wäre geschehen, wenn der ehrenwerteste Mann im ganzen Mahabharata sich auf die Seite des Rechts geschlagen hätte?«
»Ich fürchte, Brihannada, wir werden diese akademische Frage zu einem geeigneteren Zeitpunkt erörtern müssen. Der aber wird sich uns nicht mehr bieten, da du morgen die Stadt verlässt.«
»Würdet Ihr eine Verschwörung gegen die Souveränität Mewars als akademische Frage bezeichnen?«
Die Atmung des Eunuchen war gepresst und von asthmatischem Pfeifen durchsetzt. Wahrscheinlich erhöhte dies die Wirkung seiner Worte. Ich verzog keine Miene, aber Brihannada wusste mit Sicherheit, dass ich nur Komödie spielte und in Wirklichkeit augenblicklich mit meiner ganzen Aufmerksamkeit bei der Sache war.
»Wollt Ihr meine Aussage zu Protokoll nehmen, Hoheit, oder wäre es Euch lieber, wenn Seine Majestät das oberste Gericht einberiefe?«

»Wenn es um Hochverrat geht, bin ich, wie du weißt, dazu verpflichtet, als erstes Seine Majestät zu informieren. Doch bevor ich das tue, muss ich dich ersuchen, es dir noch einmal genau zu überlegen. Wenn du nämlich in eine Verschwörung verwickelt bist, kannst du auch als Kronzeuge nicht unbedingt damit rechnen, von einer Anklage verschont zu bleiben oder straffrei auszugehen.«
»Ich danke Euch für die Warnung, Hoheit, aber glaubt Ihr wirklich, ich würde mich zu einem solchen unwiderruflichen Schritt entschließen, ohne es mir vorher genauestens überlegt zu haben?«
»Nein, Brihannada.« Ich fühlte mich seltsam bedrückt. »Aber nur wenige Menschen erhalten im Leben eine zweite Chance. Jetzt forderst du das Schicksal zum dritten Mal heraus. Was soll aus deiner Frau und deinem ungeborenen Kind werden?«
»Ich werde Euch in aller Kürze einige Überlegungen unterbreiten, die Euch vielleicht widersprüchlich erscheinen mögen. Aber dies ist nun einmal die Logik, nach der mein Denken in diesem Stadium meines Lebens arbeitet, und der Weg, auf dem ich zu meiner Entscheidung gelangt bin. Jetzt bin ich wahrhaft das, als was ich meine Laufbahn begonnen habe: ein Eunuch. Urvashi ist eine sanfte und gütige Frau, aber mit der Zeit wird auch sie eines Ehemanns müde werden, der ihr kein Vergnügen bereiten kann.« Brihannada unterbrach sich, um etwas heißes Wasser zu trinken. Als seine Atemwege sich ein wenig entkrampft hatten, fuhr er fort. »Ich eigne mich nicht besonders als Gegenstand des Mitleids, Hoheit, aber was mich wirklich umbringen wird, ist meine Verbitterung über das, was aus meinem Leben geworden ist. Ihr werdet es mir vielleicht nicht glauben, aber ich verspüre keinerlei Rachegelüste. Mein Schicksal und die Quelle meiner Macht lagen in meiner Loyalität. So sehr ich mich auch gesträubt haben mag, Ihr habt meinen Begriff von Loyalität schwer erschüttert. Ich muss herausfinden, ob es für mich noch eine Möglichkeit gibt, meinem Leben einen Sinn zu geben.«
Ich habe Eunuchenfleisch von jeher als abstoßend empfunden, und dennoch ertappte ich mich dabei, wie ich Brihannada eine Hand auf die Schulter legte. »Du bist ein tapferer Mann, Brihannada.«
Die in diesem Moment offenkundige Ironie des Schicksals war schwer zu ertragen. Wenn man von einem Sieg über den Mogul Babur absah, hätte mir der Gott meines Hauses, Shri Eklingji, kein

größeres Geschenk machen können als das Geständnis des Mannes, in dem Mangal und ich den eigentlichen Urheber der Intrigen vermuteten, durch die Königin Karmavati Vikram auf den Thron zu bringen versuchte. Und dennoch hatte Brihannadas Aufgabe seiner bisherigen Loyalität etwas Beunruhigendes, ja geradezu Verstörendes, womit ich mich nur schwer würde abfinden können. Wenn die Königin und ihr Sohn ihren Diener ein wenig besser gekannt und ihm mehr vertraut hätten, wäre ihm nie in den Sinn gekommen, ihnen die Treue aufzukündigen – nicht einmal, nachdem mein Bruder versucht hatte, den Eunuchen abzuschlachten.
Warum wissen nur so wenige von uns, wann es klüger wäre, den Dingen ihren Lauf zu lassen?

Während die Beisitzer ihre Plätze einnahmen, beobachtete ich sie mit einem seltsamen Gefühl der Unbeteiligtheit. Wäre ich in launiger Stimmung gewesen, hätte ich sie die altbekannte Clique genannt: Premier Puranmalji, mein Onkel Lakshman Simhaji und Adinathji, der Finanzminister. Ich hatte vergessen, wie viele Jahre vergangen waren, seit wir uns zu Vikramadityas Hochverratsprozess zusammengesetzt hatten. Wie viele Männer, die früh kahl werden, hatte Lakshman Simhaji seine Haare schon immer an der einen Schläfe lang wachsen lassen, um sie sich über die Glatze streichen zu können; jetzt aber waren ihm so wenige Haare über den Ohren geblieben, dass sie wie der Schnurrbart einer Katze abstanden. Puranmalji war mittlerweile recht gebrechlich und hatte an beiden Augen den grauen Star. Die Haut von Lilavatis Großvater Adinathji wies noch immer keine einzige Falte auf, aber sie hatte ihren Glanz verloren und seine Bewegungen waren langsam und unsicher geworden. Mir wurde bewusst, dass in unseren Augen immer nur die anderen altern – wir selbst nie.
Wie betrachteten mich wohl die drei anderen Mitglieder des Gerichts? Erschien ich ihnen älter und müder, aber keineswegs weiser? War ich für sie der offizielle Hof-Hahnrei, der Prinz, der sich nur unter der Bedingung eine zweite Frau nahm, dass jemand anders es ihr besorgen würde? Wie sah mich Vater? War ich der Unglücksbote oder war ich am Ende selbst das Unglück? Gestern war er in seinem

Amtszimmer eine Ewigkeit dagesessen, ohne ein Wort zu sagen. Ich wusste, dass er am liebsten auf und ab gegangen wäre, die Augen fest geschlossen, und mich aufgefordert hätte, den Raum zu verlassen und mich nie wieder blicken zu lassen. Aber er war der König und der Gefangene seiner unwiderruflichen Autorität.

»Woher weißt du, dass das keine bloße Verleumdung ist, durch die der Eunuch hofft, selbst ungeschoren davonzukommen?«

»Brihannada ist ein freier Mann, Majestät. Ihr habt ihn selbst begnadigt und aus der Haft entlassen.«

»Er will sich rächen, das ist es! Heimzahlen will er es den ... Nein, das ergibt keinen Sinn, denn auf diese Weise würde er selbst seinen Kopf verlieren.«

»Doch, Majestät. Mir ist auch der Gedanke gekommen, dass der Eunuch seine ehemaligen Herren so sehr hassen könnte, dass er bereit wäre, sein eigenes Leben zu opfern, nur um sie zu vernichten. Aber er wird jede seiner Behauptungen durch Beweise untermauern müssen, und das Gericht wird seine Anschuldigungen prüfen.«

»Hast du den Verhandlungsort schon festgelegt?«

»Noch nicht. Mangal würde den Ort lieber erst dann auswählen, wenn Ihr bestimmt habt, wer Euch als Beisitzer zur Seite stehen und wann die Verhandlung stattfinden soll.«

»Schiebe eine erfreuliche Sache nie hinaus, eine unerfreuliche aber solltest du noch schneller hinter dich bringen. Der Prozess wird morgen beginnen. Du wirst über dasselbe Gericht den Vorsitz führen, das seinerzeit Rao Balechs Klage gegen Prinz Vikramaditya verhandelt hat.«

»Ich?«, fragte ich ungläubig. »Eure Majestät ist doch der Oberste Richter von Mewar! Das ist eine Angelegenheit, in der nur Ihr eine Entscheidung fällen könnt.«

»Höre ich ein gewisses Unbehagen aus deinem Einwand heraus? Da du Hoffnungen auf den Thron hegst, wirst du bei der Beurteilung des Beweismaterials zweifellos doppelte Sorgfalt walten lassen.«

»Was, wenn der Fall nicht nur Mewar, sondern die ganze Konföderation betrifft?«

Vater richtete sein gesundes Auge auf mich. Ich war mir nicht sicher, ob ich Abscheu darin las oder die Bestätigung einer Befürchtung. Ich begriff, dass ich zu weit gegangen war.

»Was bringt dich auf diese Vermutung?«
»Brihannada ist ein ehrgeiziger, aber vorsichtiger Mann, Majestät. Er würde Ruf und Leben nicht so leichtfertig aufs Spiel setzen.«
»Was auch immer sich als die Wahrheit herausstellen mag, Prinz«, entgegnete Vater mit einer eisigen Stimme, die den Eindruck erweckte, als habe er mit den Dämonen in seinem Inneren einen Waffenstillstand geschlossen, »ich werde zu dir stehen. Wende dich an mich, wann immer nötig.«

Ich habe keine Ahnung, wo Mangal ihn vorige Nacht versteckt gehalten hatte, aber ich war erleichtert, als ich den Eunuchen in Begleitung von vier Agenten den privaten Durbar-Saal im Gästepalast betreten sah. Brihannada hatte offenbar ebenso wenig geschlafen wie ich. Sein Gesicht war eingefallen und er hatte das gequälte Aussehen eines Mannes, der alle Kräfte aufgeboten hatte, um die Geister der Vergangenheit zu besänftigen, dabei jedoch gescheitert war. Das einzige Anzeichen, dass sein Asthma ihm vergangene Nacht zu schaffen gemacht haben mochte, war eine leichte Kurzatmigkeit und ein gelegentliches Pfeifen durch die Nase. Mangal hatte neben den Platz des Eunuchen einen Krug mit heißem Wasser gestellt, doch als Brihannada bei der Bhagavadgita schwor, die Wahrheit und nichts als die Wahrheit zu sagen, war seine Stimme fest. Er wusste, dass er heute die Hauptrolle spielte, aber dieses Bewusstsein schien ihn eher zu beruhigen als zur Theatralik zu veranlassen.
»Ein Schwur bei der Bhagavadgita schützt eine Aussage nicht automatisch vor der Unwahrheit.« Ich konnte den Premierminister nur mit Mühe verstehen, seine Stimme war noch leiser als ein Flüstern, doch ihre Schärfe war unüberhörbar. Und sie war keine leere Drohung, sondern eine Verheißung unausweichlicher Gefahr und Verdammnis. »So unerfreulich es auch sein mag, der Meineid stellt eine unvermeidliche Begleiterscheinung eines jeden Gerichtsverfahrens dar. Dies ist heute keine Verhandlung, sondern lediglich eine Anhörung. Ihre Resultate können jedoch zu einem oder mehreren Prozessen führen. Du hast dich freiwillig gemeldet und wirst, wie ich annehme, schwere Anschuldigungen erheben. Diese können verschiedene Personen um ihren Ruf, ihr Amt und ihren Kopf bringen. Sei gewarnt, dass jede Verfälschung des Beweismaterials oder Entstel-

lung der Wahrheit, jede Aussage, die der Überprüfung nicht bis ins Letzte standhalten sollte, mit der höchsten Strafe geahndet werden wird, die das Gesetz vorsieht: Dein Körper wird zerstückelt, deine Gliedmaßen in die acht Himmelsrichtungen verstreut und dein Kopf auf einen Pfahl gespießt und auf dem Ram-Tor aufgepflanzt – zur Abschreckung aller, die aus Eigennutz oder aus Rachsucht falsches Zeugnis gegen andere abzulegen gedenken.«

Ich bin mir ziemlich sicher, dass keiner der Beisitzer dieses Obersten Gerichts geneigt war, sein Amt auf die leichte Schulter zu nehmen, aber die Wucht von Puranmaljis Worten war niederschmetternd und wir alle fühlten uns ein wenig eingeschüchtert. Alle außer Brihannada. Er räusperte sich und machte in wohlgesetzten Worten seine Aussage.

»Hohes Gericht, ich gehe nicht leichtfertig über die Worte des ehrenwerten Premierministers hinweg. Ich versichere, dass ich mir der Schwere der Anschuldigungen, die ich vorbringen werde, vollauf bewusst bin. Ich stehe hier nicht nur als Ankläger, sondern auch als einer der Hauptangeklagten.

Vor vierzehn Monaten wurde ich aufgefordert, Kontakte zu den vertrauenswürdigsten Männern Mewars und der angrenzenden Fürstentümer zu knüpfen, die mit der politischen Situation in unserem Königreich unzufrieden waren. Meine Auftraggeber waren über den wachsenden Einfluss Seiner Hoheit, des Maharaj-Kumar – eines Mannes, der ihrer Ansicht nach Schande über Mewar gebracht hatte –, zutiefst besorgt. Es erfüllte sie mit großem Unbehagen, feststellen zu müssen, dass Seine Majestät Maharana Sanga sich in zunehmendem Maße von ihm abhängig machte. Sie fürchteten, Seine Majestät werde allmählich senil, und sahen der Entscheidung, wer nach ihm den Thron besteigen sollte, mit Besorgnis entgegen. Sie wünschten, Mewar vor dem Maharaj-Kumar zu retten, indem sie einen Kandidaten ihrer Wahl zum Thronfolger ernennen ließen. Im Laufe der folgenden elf Monate unternahm ich ausgedehnte Reisen und traf mich heimlich mit den mächtigsten und unzufriedensten Adligen, Vasallen und Verbündeten Mewars und stellte eine Gruppe von siebzehn Personen zusammen. Als Initiator dieser Verschwörung legte ich als erste Grundregel unserer Zusammenarbeit fest, dass wir unter keinen Umständen je etwas zu Papier

bringen sollten. Unser Plan sah vor, zu jeder sich bietenden Gelegenheit die Autorität Seiner Majestät wie auch Seiner Hoheit, des Maharaj-Kumar, zu unterminieren, aber erst dann in die Ereignisse einzugreifen, wenn der Padishah und Mewar samt seinen Verbündeten aufeinander getroffen wären und der Ausgang der Schlacht bekannt sein würde. Verloren wir, so brauchten wir keinen weiteren Beweis für die Unfähigkeit Seiner Majestät, das Reich zu führen; siegte er, würden wir uns eine neue Taktik überlegen müssen.
Jetzt stehe ich für Fragen zur Verfügung.«
Nachdem Brihannada mit zunehmend heiserer Stimme gesprochen hatte, wurde er jetzt von einem heftigen Hustenanfall gepackt. Als er wieder atmen konnte, goss er sich etwas heißes Wasser aus dem bereitgestellten Krug ein und trank. Noch während er den Becher an die Lippen führte, starrte Mangal wie gebannt auf das Kupfergefäß und sprang auf. »Nicht trinken, nicht trinken!«
Aber es war zu spät, der Becher war schon zu Boden gefallen und Brihannada rang nach Luft. Sieben nicht enden wollende keuchende Atemzüge, dann war nur noch das Weiße seiner Augen zu sehen, und er war tot.

Rückblickend frage ich mich immer wieder, ob sich die Dinge für Sugandha anders entwickelt hätten, wenn ich – als ich am Tag, oder besser gesagt in der Nacht von Brihannadas Bestattung zurückkehrte – etwas aufmerksamer gewesen wäre. Es war spät, schon nach halb vier Uhr morgens, als wir endlich Seiner Majestät Bericht erstattet, Brihannadas Witwe Urvashi informiert hatten und ich, als letzte Ironie, den Ghee über die Holzkloben gegossen und den Scheiterhaufen in Brand gesetzt hatte. Ich hatte auch die letzten Worte über dem Leichnam gesprochen.
»Wie das Mahabharata uns erzählt, gibt es keinen Mann von größerer Integrität als Bhishma. Bhishma war Brihannadas größtes Vorbild. Kaum jemand wird bezweifeln, dass Bhishmas Geduld, Selbstbeherrschung und Enthaltsamkeit wie bei keinem anderen Mann auf die Probe gestellt wurden. Doch wenn es um Loyalität geht, bezweifle ich, dass selbst der große Bhishma so hart geprüft wurde wie Brihannada. Er bestand diese Prüfung ohne jegliches Bewusstsein

dessen, dass er etwas Besonderes, ja etwas nahezu Übermenschliches leistete. Er tat es, weil er an die Lehren der Bhagavadgita glaubte: weil es seine Pflicht war und nicht mehr als das.
Aber nicht darin zeigte sich seine Größe. Seine Tapferkeit und sein Wagemut lagen in der besonderen Konstitution seines Geistes und seiner Seele. Er besaß eine überaus seltene Gabe: Er war fähig, die Prinzipien, die der Leitstern seines ganzen Lebens gewesen waren – und die ihn fast das Leben gekostet hatten –, zu hinterfragen. Und er tat dies nicht etwa aus Rachsucht oder aus einem Gefühl der Enttäuschung, sondern weil er die Möglichkeit einer ehrenwerteren Loyalität erkannte, als diejenige es war, der er bis dahin gehorcht hatte: die Möglichkeit der Treue zur gerechten Sache und des Wissens um den Vorrang des Wahren über das Falsche.
Man könnte ihn der Vermessenheit bezichtigen. Jeder, der herkömmliche Überzeugungen in Frage stellt, ist vermessen. Traurig ist, dass er mit seinem Leben bezahlen musste, noch ehe er die Möglichkeit gehabt hatte, seinen neuen Begriff von Pflicht an der Wirklichkeit zu überprüfen.
War er größer als Bhishma? Das ist eine irrelevante und letztlich sinnlose Frage. Was zählt, ist die Tatsache, dass er nicht nur uns alle, sondern sogar den großen Bhishma dazu brachte, den Begriff der Loyalität neu zu überdenken. Es gibt nicht viele Menschen, von denen wir das sagen können.«
Und dann sang ich in der Dunkelheit des Morgens mit lauter und klarer Stimme die Worte der Bhagavadgita, die ich schon zu tausend Gelegenheiten vernommen hatte und die, je häufiger ich sie hörte, umso mehr an Tiefe und Weisheit gewannen:

»Der Geist wird nie geboren, noch stirbt er je.
Er ist nicht geworden, noch wird er jemals nicht mehr sein.
Ungeboren, beständig, ewig, uranfänglich,
stirbt er nicht, selbst wenn der Leib getötet wird.

So wie der Mensch die abgenutzten Kleider ablegt
und andere, neue anzieht,
so legt der Geist die abgenutzten Leiber ab
und geht in andere, neue ein.

Schwerter schneiden ihn nicht,
Feuer verbrennt ihn nicht,
Wasser benetzt ihn nicht,
Wind trocknet ihn nicht aus.

Nicht zu verwunden ist er und nicht zu verbrennen,
nicht zu benetzen und auch nicht zu trocknen.
Beständig, allgegenwärtig, fest,
unwandelbar und ewig ist er.

Und dem Geborenen ist das Sterben sicher,
und dem Gestorbenen das Geborenwerden.
Wenn Tod und Leben also unausweichlich sind,
worüber, sag, worüber willst du trauern?«

Als ich nach Hause kam, kauerte Sugandha am Geländer des Treppenabsatzes zum ersten Stock und schlief. Ich fragte mich, ob Grünauge sie ausgesperrt hatte. Bitte nicht noch ein stummer Kalter Krieg!, sagte ich zu mir, obwohl ich eigentlich keinen Grund hatte, mich zu beklagen, da Sugandha sich nie über die Kleine Heilige oder sonst eine Frau aus der Zenana beschwerte.
Ich zog die Schuhe aus und ging auf Zehenspitzen die Treppe hoch, aber Sugandha wachte trotzdem auf. Lächelnd sah sie zu mir herab.
»Ich bin schwanger!«
Sie streckte mir die Hand entgegen. Ich zuckte zurück, da ich noch nicht gebadet hatte und durch die Bestattung verunreinigt war. Später versuchte ich, es ihr zu erklären, aber meine Begründung klang wie eine Ausrede, und der Schaden war schon geschehen.
»Ihr glaubt, es ist von Eurem Bruder?«
»Was?«
»Das Kind.«
»Ich hatte nicht daran gedacht.« Hatte ich doch. Es gereicht mir vielleicht nicht zur Ehre, aber ich neige dazu, von mir und von jedem anderen erst einmal das Schlimmste anzunehmen, ehe ich es mir unter Umständen anders überlege.
»Habt Ihr doch! Ist es aber nicht, glaube ich zumindest.« Ihr Gesicht fiel in sich zusammen. Ich hatte ihrer guten Nachricht alle

Freude genommen. Sie wandte sich von mir ab und ging auf die Tür zu ihren Gemächern zu.
»Willst du mir einreden, du wüsstest besser als ich, was mir durch den Kopf geht?« Ich wünschte mir so sehr, diese Tochter Medini Rais wieder fröhlich zu stimmen, dass ich mich in eine noch schiefere Lage hineinmanövrierte.
»Ihr seid ein guter Schauspieler, Hoheit, aber es gibt Situationen, in denen man es merkt. Ich weiß, dass Ihr Euch niemals sicher sein werdet, wessen Kind ich in meinem Leib trage.«
Also änderte ich noch einmal meine Taktik und rief ihr zu: »Sugandha, ich verdanke dir die einzige gute Nachricht dieses Tages – eines Tages, an dem ich nur Schlimmstes und Abscheulichstes gehört habe. Bitte verdirb mir nicht dieses bisschen Freude!«
Jetzt war sie zerknirscht. »Es tut mir Leid! Schrecklich Leid! Glaubt Ihr mir wirklich?«
»Ja. Ja, ich glaube dir.« Vielleicht meinte ich sogar, was ich sagte. Ich wollte auf keinen Fall unsere freundschaftlichen Beziehungen zu Medini Rai beeinträchtigen oder den Frieden im Reich gefährden, so wie das Gott Rama getan hatte, als er aufgrund der Verdächtigungen eines Wäschers die Keuschheit seiner eigenen Gemahlin in Zweifel gezogen hatte. Ich wollte mit Sugandha keine Risiken mehr eingehen und schloss sie in meine unreinen Arme.

Könnte mir bitte jemand erklären, wie der menschliche Geist funktioniert? Vom ersten Tag unserer Ehe an hatte mir Grünauge gesagt, ich solle sie in Ruhe lassen. Jetzt habe ich zum zweiten Mal geheiratet – wenngleich gegen meinen Willen –, und sie tut nichts anderes, als mir den Hof zu machen. Ihre Taktik ist ungewöhnlich, ihr Arsenal nicht minder. Sie hat ein angeborenes Gespür für Farben und Stoffe, hatte aber in all den Jahren nur wenig auf ihr Äußeres geachtet. Neuerdings kleidet sie sich besonders ausgesucht. Die vergangenen sieben Tage hat sie eine Orgie in Grün veranstaltet. Sie kann jede Farbe tragen, selbst im knalligsten Gelb, im abgeschmacktesten Braun sieht sie noch gut aus, aber in Grün ist sie umwerfend. Sie ist sich dieser Tatsache wohl bewusst und besitzt bestimmt hundert, wenn nicht sogar zweihundert Orhnis, Röcke

und Cholis in unterschiedlichen Grüntönen. Sie achtet darauf, schon aufgestanden und vollständig herausgeputzt zu sein, bevor ich morgens aus dem Haus gehe. Ich mag sie keines Blickes würdigen – nein, das ist unmöglich –, aber ich muss gestehen, dass ich mich über sie amüsiere. Wozu versucht sie, jemanden zu verführen, der ihr vom allerersten Tag an mit Haut und Haar gehörte und seither nichts getan hat, um den Eindruck zu erwecken, es hätte sich daran irgendetwas geändert? Die arme Sugandha hatte gegen die Prinzessin von Merta nie den Hauch einer Chance, aber ehrlich gesagt gab es auch sonst keine Frau in der ganzen Zenana, die Grünauge, so wie sie jetzt aussah, das Wasser hätte reichen können.
Was wollte die Kleine Heilige? Lag es auch nur im Grenzbereich des Möglichen, dass sie mich vermisste? Oder befürchtete sie lediglich, sie könnte – falls ich irgendwann in ferner Zukunft tatsächlich der Rana von Mewar werden sollte – ihre Stellung als Maharani einbüßen? Warum sonst hätte sie auf Sugandhas Schwangerschaft so eifersüchtig reagieren und so eifrig versuchen sollen, meine ohnehin schon wackelige zweite Ehe kaputtzumachen?
Sobald sie erfahren hatte, dass meine zweite Frau schwanger war, hatte Grünauge von ihrer Guerillataktik Abschied genommen. Jetzt gab es offenen Krieg. Sie setzte das Gerücht in Umlauf, man könne nicht einmal garantieren, dass Vikramaditya der Erzeuger von Sugandhas Leibesfrucht sei. Wer könne schließlich wissen, wie breit meine zweite Frau ihre ehebrecherische Gunst gestreut hatte? Um Sugandha noch schwärzer dastehen zu lassen, war es natürlich unverzichtbar, dass Grünauge mich zum Mustergatten und strahlenden Helden hochstilisierte. Wie bei einer so fähigen Frau nicht anders zu erwarten, war sie dieser Aufgabe mehr als gewachsen. Meine Vergöttlichung machte gute Fortschritte, aber leider wollte der meiste Unflat, mit dem Grünauge um sich warf, nicht an Sugandha kleben bleiben. Meine erste Frau hatte sich selbst in eine Falle manövriert, aus der es kein Entkommen gab. Je mehr sie über die zweifelhafte Abstammung von Sugandhas ungeborenem Kind redete, desto selbstsicherer und schnippischer wurde meine zweite Frau.
»Ich kann mich tatsächlich nicht mehr erinnern«, sagte sie beispielsweise in gespielt nachdenklichem Ton, als sie einmal Grünauge über den Weg lief, »wer denn eigentlich der Vater des Kindes

ist – ob es ein Eunuch war, der Gärtner oder der Milchmann. Aber wer auch immer dafür verantwortlich sein mag, in nicht allzu ferner Zeit werde ich es bekommen. Habt Ihr, Prinzessin, in all den Jahren wenigstens eine Scheinschwangerschaft zuwege gebracht?«
Plötzlich zeigten sich auf Grünauges Gesicht Verzweiflung und Schmerz, den sie nicht leugnen konnte und auf den sich Sugandha instinktiv einschoss. Grünauge konnte sticheln und lästern, soviel sie wollte. Sugandha brauchte nichts anderes zu tun, als täglich ein bisschen dicker zu werden.

Erinnern wir uns noch an den Ratschlag, den Kautilya – ebenderselbe, dessen Traktat über die Regierungskunst Lilavati so sorgfältig für mich kopiert hatte – jedem König mit auf den Weg gab? Ein König und ebenso ein Prinz darf niemandem vertrauen. Der Satz war mir auf der Militärakademie immer und immer wieder eingehämmert worden, und später, als ich heranwuchs und begann, nach der Königswürde zu streben, richtete ich mich bis zu einem gewissen Grad auch danach. Jetzt wird mir klar, dass ich die ganze Zeit nur so tat, als ob. Das war jetzt allerdings vorbei. Brihannada war nicht umsonst gestorben. Ihm verdanke ich es, dass ich jetzt wirklich jedem misstraue. Wer waren die siebzehn Verschwörer, die zwar weiterhin unsichtbar blieben, aber selbst in diesem Augenblick daran arbeiteten, Mewar zu destabilisieren und Seine Majestät und mich aus dem Weg zu räumen?
In meinen zynischeren Momenten bin ich fest davon überzeugt, dass es für Seine Majestät, Mangal und mich weit besser gewesen wäre, wenn Brihannada nicht versucht hätte, den Helden zu spielen und Bhishma den Rang abzulaufen. Er ist jetzt tot und wir sind genauso schlau wie vorher. Mangal hat seinen Rücktritt angeboten, da er formell für Brihannadas Sicherheit verantwortlich gewesen war. Urvashi ist zu ihren Eltern zurückgeschickt worden und ich möchte wetten, dass sich niemand darum schert, ob Brihannada einen Sohn, eine Tochter oder ein geschlechtsloses Wesen gezeugt hat. Bliebe noch Vikramaditya. Seine Majestät scheint sich jetzt endlich, wenn auch nur halbherzig, der Gefahr bewusst geworden zu sein, die ihm von Seiten seines Sohnes droht. Er hat ihn nach Ranthambhor abkommandiert, wo er unter Hausarrest bleiben wird.

Wie ich aus zuverlässiger Quelle weiß, protestierte Königin Karmavati, Vikramaditya habe lediglich getan, was mit Ausnahme dieses »hodenlosen Maharaj-Kumar« – so ihre Worte – jeder Prinz getan hätte, sobald ihm zu Ohren gekommen wäre, dass Brihannada gegen den Verhaltenskodex eines Eunuchen verstoßen hatte.
Der Sache mit der Verschwörung ist Vater allerdings nicht weiter nachgegangen, da wir lediglich die Aussage des Eunuchen besaßen, die, wie Seine Majestät ja vor Beginn der geheimen Anhörung zu bedenken gegeben hatte, ohne Weiteres die Lügengeschichte eines rachsüchtigen Dieners sein konnte. Glaubte Vater diese Räuberpistole wirklich noch immer – selbst nachdem Brihannada ermordet worden war, bevor er irgendwelche Namen verraten konnte?
Aber Vater hatte Recht. Wir brauchten Beweise, Pläne, Namen und überhaupt alles, was mit der Verschwörung zusammenhing. Wir hätten all das und mehr leicht bekommen können, wenn Seine Majestät nur bereit gewesen wäre, bei meinem Bruder ein wenig Überzeugungsarbeit zu leisten. Es ist fast ein Naturgesetz, dass diejenigen, die Vergnügen daran haben, anderen Schmerzen zuzufügen, selten eine gute Figur abgeben, wenn sie einmal auf der Empfängerseite sind. Womit ich keineswegs unterstellen möchte, Vikramaditya sei kein tapferer rajputischer Krieger. Aber eine Schlacht ist nichts anderes als eine sorgfältig orchestrierte Massenraserei. Gewöhnlich hat man genügend Zeit, sich seelisch darauf vorzubereiten, die Säfte in Wallung zu bringen und sich darauf einzustellen, zu töten oder getötet zu werden – an die Möglichkeit, verstümmelt zu werden, denken wir grundsätzlich nicht –, wobei in vier bis sechs Stunden alles erledigt sein wird.
Folter dagegen, insbesondere Folter durch die Hand der eigenen Leute, ist eine andere Sache. Man kann es nicht fassen, dass die eigenen Freunde und Verwandten imstande sind, sich gegen einen zu wenden, einem die vielfältigsten Unmenschlichkeiten anzutun, und dass dem Ganzen weder eine zeitliche Frist noch sonstige Grenzen gesetzt sind. Die Sache kann einen Tag dauern, eine Woche oder einen Monat, und man hat keinerlei Garantie, dass die Peiniger vor was auch immer Halt machen werden. Mehr noch als schier grenzenlose körperliche Ausdauer braucht man eine bestimmte innere Stärke, um eine solche Erfahrung ungebrochen zu überstehen. Ich

glaube, ehrlich gesagt, nicht, dass es viel erfordern würde, Vikram zum Reden zu bringen. Wenn mein Bruder auf etwas geradezu krankhaft allergisch reagiert, dann auf das Alleinsein. Steck ihn für zwei, allerhöchstens drei Tage in Einzelhaft, und er wird gar nicht mehr aufhören zu singen. Er kann nicht langfristig denken, und wenn er sich in einer hoffnungslosen Lage sieht, wird er nicht einmal davor zurückschrecken, seine eigene Mutter ans Messer zu liefern.
Ich war drauf und dran, ein wenig vom Pfad der Legalität abzuweichen und meinen Bruder auf dem Weg nach Ranthambhor abfangen zu lassen. Ein kleiner Umweg würde ihm kein allzu großes Ungemach bereiten und im Handumdrehen hätte er uns sämtliche Details der Verschwörung anvertraut. Ich werde nie wissen, ob mir lediglich der Mut fehlte, unorthodoxe Maßnahmen zu ergreifen, oder ob ich vernünftig handelte. Vielleicht ist gerade das mein entscheidender Fehler, dass ich es einfach nicht fertigbringe, das jeweils Notwendige zu tun. Wenn ich Vikram entführte, könnte ich die ihm entlockten Informationen Seiner Majestät überbringen und ihn mit sämtlichen schmutzigen Details der Verschwörung konfrontieren, die Mutter, Sohn und eine Reihe von Adeligen ausgeheckt hatten. Aber in welche Lage würde ich dadurch geraten? Vater würde sich in die Enge getrieben fühlen. Er wäre gezwungen anzuerkennen, dass ich den Mut gehabt hatte, etwas zu tun, wozu er nicht fähig gewesen war, und ihm würde keine andere Alternative bleiben, als gerichtliche Schritte gegen seine Lieblingskönigin und Vikram einzuleiten. Was natürlich nicht schlecht wäre, denn dann würde er wenigstens wissen, welche von den Vasallen und Verbündeten seine Freunde und welche seine Feinde waren. Mir aber würde er niemals verzeihen, dass ich die Initiative ergriffen und mich über seine Befehle hinweggesetzt hatte, schlimmer noch – dass ich ihn in Zugzwang gebracht hatte. Er würde mir nie wieder vertrauen. Meine einzige realistische Option war, meinen Bruder zu verhören und anschließend »versehentlich« zu töten. Dann würde ich wissen, wer die Feinde im Reich und in der Konföderation waren. An dem Punkt würden Mangals Männer die Sache übernehmen, die Verräter unter Beobachtung halten und sie in flagranti erwischen.
Natürlich konnte der Plan auch fehlschlagen, aber vielleicht wäre er einen Versuch wert gewesen. Stattdessen ging ich wieder zu Vater.

»Mewar könnte schon bald seinem bislang gefährlichsten Feind gegenüberstehen, Majestät. Der Padishah von Delhi wird mit Sicherheit jede Schwäche ausnutzen, die er in unseren Reihen entdeckt. Der Eunuch wird umsonst gestorben sein, wenn wir trotz seiner Warnungen die Personen, die sich gegen den Staat verschworen haben, nicht identifizieren und das ganze Komplott aufdecken. Wir müssen die strengsten Maßnahmen gegen sie ergreifen.«
»Angenommen, Brihannada hätte die Wahrheit gesagt, ich wüsste wirklich nicht, wie wir – außer wir würden ihn wieder zum Leben erwecken – an die Namen der Verschwörer kommen könnten.«
»Wir könnten« – hier hielt ich kurz inne, da ich mir nicht sicher war, wie Vater darauf reagieren würde – »Vikramaditya befragen.«
»Ihn aus Ranthambhor zurückrufen?«
»Wir könnten ihm auch unsere Verhörspezialisten schicken.«
»Und wie glaubst du, dass sie die erwünschten Informationen aus ihm herausholen sollten?«
»Isolation und ein paar Drohungen könnten schon ausreichen.«
»Falls nötig, würdest du aber auch nicht zögern, drastischere Methoden anzuwenden?«
Ich dachte einen Augenblick lang nach: Sollte ich die Wahrheit sagen oder besser nicht?
»Ja«, sagte er wie zu sich selbst, »ich glaube wirklich, du würdest nicht zögern, deinen Bruder im so genannten ›Interesse des Staates‹ zu eliminieren, selbst wenn er unschuldig sein sollte.«
»Das ist unwahr und ungerecht, Eure Majestät.«
»Ach ja? Meine zwei älteren Brüder haben seinerzeit ebenfalls versucht, mich ihren eigennützigen Interessen zu opfern.«
Vaters Verdrehung der Tatsachen – um nicht geradezu Verlogenheit zu sagen – verschlug mir die Sprache. Das war das erste Mal überhaupt, dass er seine Brüder und ihren blutigen Kampf um die Thronfolge erwähnte. Er hatte die Dreistigkeit, meinen Wunsch, die Beteiligten an der Verschwörung gegen ihn und Mewar zur Rechenschaft zu ziehen, mit dem mordwütigen Wettrennen um die Krone seiner Brüder Prithviraj und Jaimal zu vergleichen! Ganz offensichtlich identifizierte er sich mit Vikramaditya, der wie er damals als jüngerer Bruder auch nur an dritter Stelle in der Erbfolge stand. In seinen Augen würde mein Bruder, ungeachtet aller Fehler und Ver-

brechen, stets der arme Benachteiligte sein. Das mochte Vaters Verhalten mir gegenüber in all den Jahren etwas verständlicher machen, aber es war und blieb doch ein verstörender Beweis menschlicher Schwäche. Hier war ein besonnener, vernünftiger und kluger Mann, der sein Volk und Reich durch etliche schwierige, zum Teil wahrhaft explosive Situationen geführt hatte und der sich jetzt darauf vorbereitete, seinem gefährlichsten Feind gegenüberzutreten; und doch konnte dieses wahre Musterbild eines Königs nicht folgerichtig denken und gestattete es den abgeschmacktesten und sentimentalsten Empfindungen, das Schicksal seines Landes zu gefährden.

»Wir haben Vikramaditya verbannt, das dürfte für alle, die sich mit dem Gedanken an Hochverrat tragen, eine hinlängliche Warnung sein. Wir wollen keine schlafenden Hunde wecken, zumindest nicht, bevor wir diesen mogulischen Emporkömmling besiegt haben.«

Ich hatte meinem Vater nichts mehr zu sagen.

»Wie ich höre, wirst du bald Vater. Du wirst mich etwas weniger streng beurteilen, wenn du selbst Kinder hast und nicht alle von ihnen so vorbildlich geraten sind wie du selbst, und wenn manche von ihnen deine Geduld auf eine harte Probe stellen.«

Eklingji Shiva, was ist mein Dharma? Was ist meine Pflicht gegenüber dem Staat, dem Volk von Mewar, der Konföderation muslimischer und hinduistischer Verbündeter und mir selbst? Ich bin nicht nur ein Angehöriger der Kriegerkaste, ich strebe auch nach der Krone. Wenn es meine Pflicht ist, Mewar vor inneren und äußeren Gefahren zu schützen und zu verteidigen, wie sollte ich mich dann verhalten? Sollte ich nicht Seiner Majestät laue Reaktion auf die Verschwörung ignorieren und die Sache selbst in die Hand nehmen? Meinen Bruder in die Enge treiben und koste es, was es wolle, die Informationen aus ihm herauspressen? Was nützt es einem Mann, der sein Königreich verloren hat, zu sagen, er habe die Verantwortung, aber weder die Macht noch die Autorität gehabt, sich dem Befehl des Rana zu widersetzen und auf eigene Faust zu handeln?

Und noch eine weitere, grundlegende Frage bleibt unbeantwortet: Warum habe ich mich an Vater gewandt, wenn nicht um jede Möglichkeit auszuschließen, dass ich in die Verlegenheit kommen könnte, mich mit Vikram auseinander setzen und ihn, falls nötig, eliminieren zu müssen?

44

War ich wirklich so in meine Arbeit an den Vorschlägen für neue Steuern zur Finanzierung des Krieges versunken gewesen, dass ich das Herannahen der Nacht nicht bemerkt hatte? Wie konnte das sein – ich war doch bestimmt nicht länger als zweieinhalb Stunden in meinem Arbeitszimmer? Irgendetwas stimmte nicht. Wie konnten die Stimmen der Vögel so schlagartig verstummt sein? Und wohin waren die Menschen von Chittor verschwunden: die Kinder, die auf den Straßen Murmeln spielten und Kreisel trieben; die Wäscher, die am Fluss mit gleichmäßigem, hypnotischem Rhythmus auf die nassen Kleidungsstücke einknüppelten; die Obst-, Gemüse-, Perlen- und Edelsteinhändler und die gleichgültig um sich blickenden Passanten und natürlich die Steinmetzen, die unaufhörlich neues Baumaterial für Sahasmals Kanalisation schlugen?

Ich wurde unruhig und beschloss, der Sache auf den Grund zu gehen. Auf den Straßen war nichts und niemand zu sehen – keine Katze, kein Hund, kein Vogel, kein Kind oder Erwachsener. In meiner Magengrube zog sich ein Knoten der Angst immer enger zusammen. Selbst während der Cholera oder während meines Großvaters, Rana Raimuls, Bestattung hatte keine so unheimliche Stille geherrscht. War Babur heimlich in die Stadt eingedrungen und hatte, wie seinerzeit Ala-ud-Din Khalji, jedes Lebewesen in der Stadt niedermetzeln lassen? War Vater in Sicherheit? Ich rannte wie ein Idiot los und rief dabei ohne Sinn und Verstand nach Mangal.

Und dann sah ich zum Himmel auf.
Genau im Mittelpunkt der sternenlosen Nacht hing ein vollkommener schwarzer Vollmond mit einem gleißenden Hof. Was war das, dieser unheilvolle Tilak auf der Stirn des Himmels?
Mein guter Freund und Beschützer Mangal kam, irgendwelche Dokumente in der Hand, in die Finsternis herausgerannt, um mich vor den Dämonen zu retten, die mich verfolgen mochten.
»Hoheit, bitte«, schrie er, »seht nicht in die Sonnenfinsternis!« Er legte mir von hinten die Hände auf die Augen und drückte dann mein Gesicht an seine Brust. »Ist mit Euch alles in Ordnung?«
Eine totale Sonnenfinsternis. Hätte sich der Sonnengott keine andere Zeit und keinen anderen Ort für seine Selbstvernichtung aussuchen können? Was versuchte mein Urahn mir damit zu sagen? Teilte uns der Lichtgott mit, dass wir uns den denkbar ungünstigsten Zeitpunkt ausgesucht hatten, um der mogulischen Bedrohung entgegenzutreten? Aber die Sonnenfinsternis musste zur selben Zeit ja auch in Agra stattfinden und für den Padishah zu sehen sein. Auf wessen Seite stand der Sonnengott? Für wen bedeutete die Konjunktion von Sonne und Mond Untergang und Verderben – für Mewar oder für den Mogul-Padishah? Ich wusste es nicht und es war mir auch egal. Dieses eine Mal würde ich die irrationale Macht des Aberglaubens für meine Zwecke ausnutzen und versuchen, den bevorstehenden Zusammenstoß mit Babur hinauszuschieben.
»Was ist Euch nur eingefallen, die verfinsterte Sonne anzustarren, Hoheit? Wir müssen den Raj-Vaidya rufen, damit er sofort Eure Augen behandelt!«
»Später, später. Zuerst muss ich Seine Majestät sprechen.« Ich sah flammende Kreise vor meinen Augen und stolperte beim Laufen mehrmals, ließ mich aber durch nichts aufhalten.
»Eure Majestät«, stieß ich leicht atemlos hervor, »ich bitte Euch, missachtet nicht die Zeichen des Himmels! Ich flehe Euch an, lasst Weisheit walten! Unser Urahn, der Sonnengott höchstpersönlich, lässt uns wissen, dass dies kein günstiger Zeitpunkt ist, um gegen den Padishah anzutreten!«
»Ganz im Gegenteil, mein Sohn«, lachte Seine Majestät und klopfte mir auf den Rücken. »Unser Urahn hat uns einen Boten geschickt, der uns gerade mitgeteilt hat, dass Babur im Sterben liegt!«

Alles ist zum Stillstand gekommen. Die Kriegsvorbereitungen sind unterbrochen worden. Man könnte meinen, wir feiern mitten im Dezember Divali. Die Schreiber legen die Feder mitten im Satz aus der Hand, der Hufschmied, der einem Pferd drei Hufe beschlagen hat, lässt das vierte ohne Eisen, die Schwertfeger haben die Glut in ihren Essen ausgelöscht, ihr Werkzeug zusammengepackt und sind ins Theater gegangen. Mancherorts werden sogar Süßigkeiten ausgeteilt. Selbst die Minister und ihre Beamten, die seit drei Monaten regelmäßig bis tief in die Nacht gearbeitet haben, machen seit zwei Tagen blau. Die Glocken der Tempel läuten von früh bis spät, und alle – einschließlich all unserer muslimischen Brüder – danken der Vorsehung.

Sultan Ibrahim Lodis Mutter, die der mogulische Usurpator aus Freundlichkeit einer alten Frau gegenüber in seinem eigenen Haus in Agra aufgenommen hatte, hatte einen ihrer Diener dazu angestiftet, den Padishah zu vergiften. Seit über vierzundzwanzig Stunden hört Babur nicht mehr auf, sich zu übergeben.

»Der Padishah kann jeden Augenblick seinen letzten Atemzug tun«, meldete Shafis Vater. »Möge seine Seele zum Himmel auffahren!«

Hinter ihm erschien kein Geringerer als Seine Majestät. Wenn es etwas zu besprechen gibt, vergeudet er keine Zeit damit, mich im Bewusstsein seiner Königswürde zu sich zitieren zu lassen, sondern er kommt einfach selbst vorbei, und in fünfundneunzig Prozent der Fälle klären wir das anstehende Problem auf der Stelle.

»Ihr hättet mich rufen lassen sollen, Majestät!«

»Wozu das? Heute ist Feiertag, wenn auch ein inoffizieller. Du und Mangal, ihr seid die Einzigen in Chittor, die noch arbeiten.«

Lächelnd stand ich auf und überließ ihm meinen Stuhl.

»Du bis ein fürchterlicher Schwarzseher, Sohn! Warum willst du nicht glauben, dass Babur sterben wird oder schon gestorben ist?«

»Der Diener der alten Dame hat vermutlich die Sache vermasselt. Wenn man bei Vergiftungen nicht binnen zwölf Stunden tot ist, hat man ziemlich gute Chancen zu überleben.«

»Was macht dich da so sicher?«

»Ich weiß nicht, ob Gott auf seiner Seite ist, aber er hat in all diesen Jahren ausschließlich vom Glauben gelebt und sein Glaube scheint stark genug zu sein, um ihm immer wieder aus der Klemme zu helfen. Katzen haben neun Leben, Vater; Babur hat schon neunzehn, vielleicht sogar neunundzwanzig davon durchgebracht.«

»Könnte es sein, dass du diesem Feldzug mit etwas fatalistischen Augen entgegensiehst, Sohn?«

»Nein. Ich will nur nichts dem Zufall überlassen.«

»In dem Fall sollte ich mich vielleicht auch besser wieder an die Arbeit machen.«

»Vater, darf ich Euch noch etwas fragen, bevor Ihr geht?«

»Bitte.«

»Wen möchtet Ihr für die Dauer unserer Abwesenheit zum Gouverneur von Chittor und Regenten von Mewar ernennen?«

»Darüber zerbreche ich mir schon seit Wochen den Kopf und komme einfach zu keinem Ergebnis. Wenn die Katze aus dem Haus ist, tanzen nicht nur die Mäuse auf dem Tisch, sondern andere Katzen könnten auch begehrliche Blicke auf unser Haus werfen. Ich habe versucht, meinen alten Freund Lakshman Simhaji auf dieses Thema hin anzusprechen, aber diesmal ist er eisern. Er will an meiner blinden Seite reiten, so dass er für mich sehen und mich decken kann. An wen hattest du denn gedacht?«

»Mangal Simha.«

»Hast du etwas über den Verbleib seiner Mutter erfahren?«

»Nein, Eure Majestät.«

»Er ist ein guter Mann, ohne Scheuklappen, furchtlos und ehrlich. Und dem Thron rückhaltlos treu ergeben. Aber man wird ihn nicht akzeptieren. Er ist jung und er ist kein direkter Abkömmling der königlichen Linie. Wenn das alles wäre, könnte er noch eine gewisse Chance haben. Aber Puranmalji, unser Premier, wäre zutiefst beleidigt, wenn nicht er zum Regenten von Mewar ernannt werden würde. Ich habe allerdings eine Lösung. Ich werde Mangal zum Gouverneur von Chittor ernennen. So regt sich niemand auf und Mangal kann nebenbei die innen- und außenpolitische Entwicklung im Auge behalten.«

Es hat etwas Exzessives, wie ich zur Zeit auf der Vina übe, als wollte ich dadurch für etwas büßen und Sugandha verzweifelt um Vergebung, wenn nicht gar um Absolution bitten. Ich spiele, sooft ich kann. Da ich tagsüber keine Zeit habe, muss ich mir die Stunden vom Schlaf absparen. Die Tatsache, dass ich es auf der Flöte bereits zu einer gewissen Meisterschaft gebracht habe und über einige Kenntnisse in der klassischen Musiktheorie verfüge, hat offenbar seine Vorteile. An meinen Fingerkuppen bildet sich allmählich eine schützende Hornhaut, so dass sie nicht mehr bluten, und wenn man von den schwierigen Glissandi absieht, verbessert sich meine Fingertechnik fast täglich. Wenn ich weiterhin so fleißig übe, wie ich es während der letzten paar Monate getan habe, könnte sogar der Vina-Virtuose Rana Kumbha – wo immer sich seine Seele auch derzeit aufhalten mag – irgendwann froh darüber sein, dass sein Urenkel in seine Fußstapfen tritt.

Mir ist jetzt klar geworden, dass ich tief in meinem Herzen ein geltungsbedürftiger Exhibitionist bin. Wenn ich nur etwas besser auf dem Instrument wäre, würde ich eher heute als morgen an die Öffentlichkeit treten und an den Höfen aller bedeutenderen Rajas professionelle Konzerte geben und mich zu den Durbars des Sultans von Gujarat einladen lassen, ja vielleicht sogar für den neuen Padishah von Delhi musizieren. Leider steht mein unstillbarer Hunger nach Beifall in keinem Verhältnis zu meinem Können – wenigstens noch nicht. Jedes Mal, wenn mein Ehrgeiz die Oberhand über meinen gesunden Menschenverstand gewinnt und ich mit dem Gedanken spiele, vor einer ausgewählten Gruppe von Musikliebhabern aufzutreten, denke ich an meine Lehrmeisterin, und sie schüttelt auf ihre zurückhaltende, sanfte Art den Kopf und rät mir, mich in Geduld zu fassen.

Es ist seltsam, aber mir wird zum ersten Mal bewusst, dass das Wort Geduld sich von dulden herleitet, also etwas mit Leiden und Krankheit zu tun haben muss. Schließlich wird gerade und vor allem von Kranken erwartet, dass sie dulden und die Geduld und innere Stärke aufbringen, die sie zum Genesen brauchen. Oder zum Sterben. Ich habe keine Ahnung, warum Sugandha geduldig war, so geduldig, wie ich es wohl bei keinem anderen Menschen je erlebt habe. Warum schrie und heulte sie nicht, warum wütete sie nicht und zertrümmerte nicht alles, was in ihrer Reichweite war, schlug und stach sie nicht auf jeden ein, der das Glück hatte, gesund und munter zu sein? Warum nahm sie so unvorstellbare Schmerzen hin?

Ich weiß natürlich, dass einem gar keine andere Wahl bleibt, aber ist nicht gerade das der Grund, warum sie hätte schreien und gegen die Götter aufbegehren sollen? Wusste sie etwa nicht, dass der Mensch zwar machtlos sein mag, aber auch der Ohnmächtige lästern und verfluchen kann? Wer weiß, vielleicht müssen manchmal sogar die Götter vor dem Zorn von Geschöpfen zittern, die sich nicht wehren können. Sugandha war eine Närrin. Sie ertrug ihr Schicksal mustergültig. Aber was ist andererseits so bewunderungswürdig daran, Schmerzen zu ertragen? Jeder Schmerz entwürdigt und erniedrigt. Wenn schon nichts anderes, so hätte sie doch zumindest ganz Chittor zum Zeugen der Gemeinheit und Verächtlichkeit unseres Schöpfers machen können.

Wir alle – Seine Majestät, Königin Karmavati, Sugandhas Bruder Hem Karan und ihr Vater, die auf unsere Nachricht hin sofort nach Chittor gekommen waren – wichen nicht von ihrem Lager, aber es wurde langsam offensichtlich, dass keine Hoffnung mehr bestand. Ja, sogar die Kleine Heilige und ich beobachteten sie in stummer Komplizenschaft, dankbar darfür, dass es sie und nicht uns getroffen hatte. Dass man mich nicht missversteht: Selbstverständlich waren wir von Kummer und Mitleid zerfressen und wälzten uns nachts voller Reue und Unrast in unseren Betten. Grünauge setzte dem Flötenspieler so lange mit ihren flehentlichen Bittgebeten zu, bis er vermutlich aus dem Palast, aus Chittor und vielleicht sogar dem Universum floh – ohne allerdings Sugandha auch nur eines Blickes gewürdigt zu haben.

Und ich, was tat ich? Bestimmt blutete mein Herz, zerbrachen mein Rückgrat und mein Schädel unter der schieren Masse meiner maßlosen Schuld. Ich zweifelte kaum daran, dass ich für Sugandhas Zustand die Verantwortung trug. Der Verrat meines Penis war nur der Anfang gewesen. Jetzt war es mein – oder Vikramadityas? – Samen, der sich in ihrem Körper festgesetzt hatte und darauf hinarbeitete, ihren Eileiter zu sprengen. Was, wenn Sugandha überlebt und einen schönen, gesunden Rajputenprinzen oder eine ebensolche Prinzessin zur Welt gebracht hätte, deren Abstammung immer zweifelhaft geblieben wäre? Vielleicht war ich nur deswegen zu Güte, Mitleid und Trauer fähig, weil Sugandha sich entschlossen hatte zu sterben. In der Nacht, bevor sie starb, sah sie mich an und fragte: »Ich und

unser Kind werden sterben, weil ich Euch untreu gewesen bin, nicht wahr?« »Das ist nicht wahr«, schrie ich sie wie von Sinnen an, »das ist absolut nicht wahr! Es gibt keine Gerechtigkeit auf Erden, keine Vergeltung! Denn wenn es eine gäbe, dann müsste Vikramaditya schon lange tot sein, und ich müsste für all die Menschen, die ich auf dem Idar-Feldzug ermordet habe, wenigstens zehntausendmal sterben und noch einmal dafür, wie ich dich behandelt habe!«
Aber sie hörte schon nicht mehr zu. Der Fötus in ihr wurde langsam erdrosselt und sorgte gleichzeitig dafür, dass sie die Schmerzen, die sie ihm zufügte, mit ihrem Leben bezahlte.
Außerdem hätte sie mir ohnehin nicht geglaubt.

Es muss sechs Uhr früh gewesen sein. Die feurigen Kreise, die sich am Tag der Sonnenfinsternis zwischen mich und alles, was ich ansah, schoben, sind mittlerweile meine ständigen Begleiter, selbst wenn ich die Augen schließe und schlafe. Ich habe mich mehrmals an den Raj-Vaidya gewandt. Er hat mir Augentropfen mit Kampfer und verschiedenen angeblich lindernden Kräuteressenzen gegeben, aber sie löschen das Feuer nicht. Wenn ich ihn frage, wie lange die Nachwirkungen der Sonnenfinsternis noch andauern werden, gibt er mir ausweichende Antworten. Hat der Sonnengott mir das Augenlicht genommen und sich von mir abgewandt? Ich hatte knapp zwei Stunden geschlafen und badete gerade, als eine Dienerin an die Tür klopfte.
»Der Polizeipräsident lässt fragen, ob er Euch in anderthalb Stunden aufsuchen könnte. Der Bote sagt, der Polizeipräsident habe eine Verdächtige gefunden, bei der es sich um die gesuchte Person handeln könnte.«
»Sag dem Mann, ich bin in sieben Minuten im Präsidium.«
Den Teufel würde ich tun und eineinhalb Stunden warten, ehe ich seine Verdächtige zu sehen bekam! Mir war bislang nie in den Sinn gekommen, Kausalya als eine Verdächtige zu bezeichnen. Noch feucht und in Hetze zerriss ich mein Hemd beim Versuch, den rechten Arm in den Ärmel zu stecken. Die letzten Knöpfe schloss ich, als ich schon im Sattel saß, und erreichte das Polizeipräsidium in weniger als sieben Minuten. In der Wachstube war es zwar dunkel,

aber die Frau sah durchaus wie Kausalya aus – etwas schmächtiger, als ich sie in Erinnerung hatte, und mit angegrautem Haar, aber das konnten Leiden und Entbehrungen bewirkt haben. Ihre Kleider waren ungewaschen, ihr Haar ungekämmt. Sie sah mich nicht an, jedoch nicht, weil sie sich gefürchtet hätte, sondern weil ich ihr gleichgültig war – wie alles Übrige offensichtlich auch.

»Wo hat man sie gefunden?«, fragte ich den Diensthabenden.

»Einer von Mangal Simhajis Agenten fand sie in Rishikesh.«

»Lass uns allein.«

Die Frau stand auf und machte Anstalten, dem Polizisten zu folgen, aber sie taumelte und fiel.

»Warum hast du sie gefesselt?«

»Man hat sie so hergebracht. Sie wollte wahrscheinlich nicht nach Chittor.«

»Binde sie los.«

Es dauerte eine ganze Weile, bis er den Knoten geöffnet hatte. Die Frau wartete geduldig. Doch kaum war sie von den Fußfesseln befreit, spazierte sie hinaus. Der Polizist lief ihr nach und brachte sie zurück.

»Ich möchte mit dir reden.« Sie setzte sich. Sie wirkte teilnahmslos und schien überhaupt keine Emotionen mehr zu haben.

»Hast du Hunger? Möchtest du etwas zu essen?«

»Nein.«

»Wie ist dein Name?«

»Kein Name.«

»Wo kommst du her?«

»Von da, wo ich war.«

»Darf ich fragen, wo du hinwillst?«

»Das spielt keine Rolle.«

»Hast du Kinder?«

»Wann darf ich zu meinem Hund zurück? Er wartet in Rishikesh bestimmt auf mich.« Ihre Ausdrucksweise, Intonation und ihr Akzent waren schwer einzuordnen.

»Wie heißt er denn?«

»Anand.«

»›Glückseligkeit‹ ist ein ziemlich seltsamer Name für einen Hund!«

»Überhaupt nicht. Genau das ist er: die Freude meines Lebens.«

Sie näherte sich und packte mich plötzlich am Arm. Ich konnte ihre rechte Hand durch den Riss in meinem Ärmel spüren.
»Bitte lasst mich zu meinem Anand zurück! Bitte!«
Ich hatte mich schon gefragt, ob eine Leibesvisitation nötig sein würde. Was hätte ich dem Polizisten, dem Polizeichef, Seiner Majestät, Mangal oder der Frau selbst gesagt? Ich will dich nackt sehen? Würdest du bitte mit mir schlafen? Es war nicht Kausalya, das erkannte ich an ihren Händen. Nur um sicherzugehen, nahm ich ihre Hände in meine. Sie hatten weiche, glatte Innenflächen, aber es waren nicht Kausalyas Hände.
In dem Moment kam Mangal herein.
»Tut mir Leid wegen der Verspätung. Eine Besprechung hat sich in die Länge gezogen. Ist es meine Mutter?«
»Sag du es mir.«
Er zögerte. Wollte er mir sagen, dass ich sie weit besser kannte, als er sie je kennen würde? Falls ja, formulierte er es ein wenig anders.
»Ich wohne seit fast vierzehn Jahren nicht mehr mit Mutter zusammen. Sie sieht ihr ähnlich, aber ich könnte es nicht beschwören.«
»Sie ist es nicht.«
Ich gab der Frau ein wenig Geld – genug, um sie und ihren Hund Anand die nächsten paar Jahre anständig durchzubringen.
»Möchtest du wieder nach Rishikesh?«
»Wenn Anand dort ist.«
Ich rief den Polizisten und befahl ihm, sie mit der nächsten Pilgergruppe, die zu den Wallfahrtsorten des Nordens aufbrach, zurückzuschicken.
»Schläfst du denn überhaupt noch, Mangal?«
»Ungefähr so viel wie Ihr, Hoheit. Ich habe gerade erfahren, dass Babur in aller Eile Verstärkung nach Bayana schickt, weil er annimmt, dass die Festung durch uns bedroht sein könnte.«
»Wer führt die Truppen an?«
»Muhammad Sultan Mirza, Yumas-i-Ali, Shah Mansur Barlas, Kitta Beg, Qismati und Bujka.«
Unnötig zu sagen, dass Babur dem Gift nicht erlegen war; allerdings scheint er wirklich knapp dem Tod entronnen zu sein und er soll Gott überschwänglich für seine Rettung gedankt haben.

Da mein Sekretär mit Malaria im Bett lag, musste ich, als der Postsack kam, die Briefe selbst öffnen. Briefe von Getreidehändlern wegen Lieferungen für die Armee; der Pferdehändler schreibt, dass wir vierhundertsiebzig Tiere zu wenig haben; die Waffenschmiede in Raisen erbittet Vorauskasse für fünftausend Schwerter. Es gab noch dreißig, fünfunddreißig weitere Briefe. Aber derjenige, den ich als Nächstes öffnete, trug kein amtliches Siegel, dafür den Vermerk »persönlich«. Ich kannte die Handschrift, konnte sie aber mit keinem Namen in Verbindung bringen.

Seiner Hoheit, dem Maharaj-Kumar.
Möge Shri Eklingji Euer Harnisch und Eure Inspiration sein!
Möge er Euch immer behüten und beschützen!
Mein Beileid zum Tod Eurer zweiten Frau. Ich kannte sie nicht und werde weder schlecht noch überschwänglich von ihr reden. Sie ist allerdings nicht der Grund für diesen Brief.
Seit unserer letzten Begegnung habe ich mich an meiner Definition einer Ehefrau und/oder Freundin gemessen und mich, wie ich gestehen muss, für zu leicht befunden. Wenn wir aus Angst, unsere Freunde zu verletzen, die Wahrheit verschweigen, verraten wir unsere Freunde und uns selbst. Ich erinnere mich, wie Ihr mir früher, als ich noch ein Kind war, erklärtet, wir müssten uns unsere Freundschaften verdienen. Ich bin sowohl Eure Freundin als auch Eure Frau, und wenn ich beides bleiben möchte, muss ich jetzt offen reden. Wenn Ihr mein Freund und Mann seid, werdet auch Ihr einsehen, dass Ihr meine Worte – mögen sie auch noch so verletzend klingen – allein nach ihrem Inhalt beurteilen müsst und weder ärgerlich oder beleidigt sein noch denken dürft, ich sei eifersüchtig oder wolle unsere Beziehung beenden.
Kausalya hat mit Euch nicht darüber gesprochen. Die Prinzessin erwähnt es mit keinem Wort. Sunheria ist tot, aber ich habe den starken Verdacht, dass sie das Thema ebenso wenig angeschnitten hätte. Also werde ich es tun.
Zwischen Euch und der Prinzessin ist nichts. Es war nie und wird niemals etwas sein. Die räumliche Nähe mag zu einer gewissen Vertrautheit geführt haben; mit Sicherheit war das bei mir und meinem Mann so. Es hätte in Eurer Macht gelegen, ihr Gewalt anzutun

und sie zu zwingen, Euch im Bett und im Leben eine Ehefrau zu sein. Doch Ihr seid ein stolzer Mann und werdet Euch nie zu so etwas herablassen. Damit ist sie also – bestenfalls – Eure Freundin.
Nach all den Jahren wisst Ihr immer noch nicht so recht, ob Ihr Eure Frau liebt oder ob Ihr lediglich verrückt nach ihr seid, weil sie einen anderen liebt. Ihr sehnt Euch nur deshalb nach ihr, weil sie Euch zurückgewiesen hat. Eines allerdings könnt Ihr ihr nicht verzeihen: dass sie Euch wegen eines anderen abgewiesen hat. Das ist auch der Grund, warum Ihr sie hasst und Euch gleichzeitig nach ihr verzehrt.
Heilige sind die ichbezogensten Wesen, die es gibt. Sie sind vollkommen selbstgenügsam. Außerhalb von ihnen gibt es für sie kein Leben. Wenn sie jemanden brauchen, dann benutzen sie ihn. Sie kennen weder Arglist noch Erinnerung.
Genug der Selbsttäuschung; es ist Zeit, ihr ein Ende zu machen!
Ihr wisst ebenso gut wie ich, dass Ihr das Schicksal, ja vielleicht den sicheren Untergang herausfordert, wenn Ihr zwei Kriege gleichzeitig an zwei Fronten kämpft. Ihr steht in der direkten königlichen Linie. Der Liebhaber Eurer Frau ist nicht Euer Feind, Babur ist es! Der Mogul erfordert all Eure Schläue, Beharrlichkeit, Phantasie, Erfindungsgabe und vor allem Flexibilität. Kaum jemand – da bin ich mir sicher – dürfte Eure Ansicht darüber teilen, wie er zu bekämpfen sei. Ihr seid allein, wie Ihr es schon immer gewesen seid. Und deswegen braucht Ihr all Eure Ausdauer und Entschlossenheit, um trotz etlicher Widersacher in der Heimat – und trotz einiger Freunde, die es zwar gut meinen, aber nicht wissen, was wirklich gut für Mewar ist – standzuhalten und zu triumphieren.
Gebt die Prinzessin auf. Lasst sie ihrem Gott.
Früher habt Ihr mir oft gesagt, es gebe zwei Krishnas: den Krieger und den Liebhaber. Wir müssten uns den Krieger zum Vorbild nehmen. Stattdessen hat die gottselige Vernarrtheit der Prinzessin dazu geführt, dass der Schürzenjäger Krishna geradezu zum Wappen von Mewar geworden ist. Das ist traurig. Rajputen sind Krieger, keine Bande von Ehebrechern und Charmeuren, die in bukolischer Landschaft mit Mädchen herumschäkert!
Es wäre an der Zeit, dem Volk von Mewar in Erinnerung zu rufen, dass Krishnas größte Leistung die Bhagavadgita ist. Und der erklär-

te Zweck dieses Gedichtes war, einem Krieger namens Arjuna zu sagen, dass er genug gezögert habe und dass er endlich zu den Waffen greifen und den gerechten Kampf kämpfen solle.

Noch ein Letztes: Ihr seid mein Gemahl. Ich liebe Euch wie ich noch keinen anderen Menschen, Mann oder Frau, geliebt habe. Ihr liebt mich und braucht mich. Wenn ich danach strebe, Eurer würdig zu sein, werdet auch Ihr gewiss meiner würdig sein wollen. Ich bin eine gute, starke und kluge Frau. Ich werde Euch eine Partnerin im Leben sein und die Mühen und Freuden der Arbeit mit Euch teilen. Ich bin eine geduldige Frau, aber Ihr dürft meine Geduld nicht zu lange auf die Probe stellen; unendlich ist sie nicht.

Besiegt den Padishah und nehmt mich auf dem Rückweg mit zu Euch nach Hause.

Möge der Sonnengott stets auf Euch leuchten,
Lilavati

Man kann sich in eine Frau hineinversetzen
und vielleicht sogar eins mit ihr werden.
Aber schlüpf in die Haut eines Gottes, und der Teufel ist los.

45

»Krishna Kanhaiyya, Krishna Kanhaiyya!«, hatte sie ihn gerufen. In jener Nacht hatte er sich geschworen, dass er nie wieder, und ginge es um sein Leben, in ihr Bett steigen würde. Und doch war er schon wieder dabei, die blaue Maskerade zu veranstalten.
Aber irgendetwas stimmte nicht. Kurz nachdem er die Indigolösung aufgetragen hatte, begann sein Körper anzuschwellen. Ein krankhaftes Jucken trieb ihn schier in den Wahnsinn. Er hatte nie lange Nägel gehabt, doch jetzt zog er sich tiefe Furchen durch das Fleisch, aber das Jucken ließ nicht nach. Er stieß sich die Finger in den Leib, rammte sie in voller Länge hinein, riss sich lange Hautstreifen herunter, kratzte noch tiefer, und die Furchen schnitten und kreuzten sich wie die Wagenspuren auf den schlammigen Straßen von Chittor im Monsun.
Mittlerweile begannen die tiefen Wunden zu eitern, und ein gelblich grüner Glibber von der Farbe reifender Guaven tropfte ihm vom ganzen Körper. Offenbar vertrug er den Farbstoff nicht. Nacht für Nacht hatte er so getan, als sei er der Blaue Gott, er hatte wie er Flöte gespielt, den Stocktanz getanzt und sich sogar, genau wie er, in eine Frau verwandelt. Die Kleine Heilige, hatte er sich schon tausendmal gesagt, musste doch wissen, dass das alles nur Spiel und Verstellung war. Eines Tages würde er seine Maske ablegen, kein Indigo mehr, keine gelbe Seiden-Dhoti mehr, nur sein nacktes Fleisch, und dann würden sie sich als Mann und Frau vereinigen. Doch als

sie ihn in der Nacht seiner zweiten Hochzeit plötzlich mit dem Namen des Gottes gerufen hatte, war es nicht anders gewesen, als habe sie ihn entmannt und verstümmelt. Er hätte sich ebenso gut zu den Eunuchen gesellen können, hätte die Brüste der Königinnen mit Senf- oder Erdnussöl einreiben und den Odalisken den Finger in die Scheide stecken können, rein und raus, und dennoch hätte sich zwischen seinen Beinen nichts gerührt.
Sie liebte ihn nicht, in ihrem Nachtleben kam er einfach nicht vor. Die Person, die sie in den Armen hielt, mit der sie sprach, spielte und immer neue Formen der Liebe entdeckte, war nicht er, sondern ihr Liebhaber und Gott. Da sie ihn überhaupt nicht wahrnahm, war er nicht einmal ein Lügner. Sie hatte sein Spiel nie durchschaut – er war es, der sich dazu entschlossen hatte, sich selbst zu betrügen. Eine kompakte rote Wut stak wie ein Speer in seiner Hirnrinde. Sie machte ihn blind, aber das war egal. Auch so konnte er alles, was er sah und was er nicht sah, kurz und klein schlagen. Er würde seine treulose Frau töten – komme, was da wolle. Was wusste diese Hexe Bhutani Mata schon von Wut und Rachsucht? Shiva war sein Gott und seine Familiengottheit. Er würde von ihm den Tandava lernen, den freudigen lustvollen Tanz des Todes und der Zerstörung. Ja, er würde tanzen und mit jedem Schritt einen Kontinent zermalmen und einen Ozean aufwühlen. Er würde die Vögel und die Fische und die Bäume und sämtliche Menschen vom Antlitz der Erde tilgen. Und dann mit den Göttern weitermachen – nein, nicht mit allen, nur mit dem Blauhäutigen. Der Krieg gegen Babur war ein Kinderspiel gemessen an der Schlacht, die er dem Pfauenfederbekrönten liefern würde. Nur eines blieb zu tun, und er würde es selbst tun müssen, es nicht Bhutani Mata überlassen. Er würde es tun, komme was da wolle, das versprach er sich selbst und dem Gott. Erst musste er nur die Sache mit dem Padishah hinter sich bringen.
Seine Haut platzte auf. Sein Körper bedeckte sich mit brandigen offenen Geschwüren, roten Kratern, die aufeinander zuwuchsen und sich zu vereinigen versuchten. Der saure, benommen machende Geruch von Fäulnis und Verwesung gor wie ein teuflisches Gebräu. Manchmal hörte er aus purer Erschöpfung auf sich zu kratzen, dann aber regte sich eine neue unterirdische Welle von Juckreiz am Rand seiner rechten Zehe oder breitete sich ringförmig von

seinem Bauchnabel aus, und in dem verbleibenden Stummel seines Geschlechtsteils breitete sich schmerzende Fäulnis aus.
Er glühte und blutete und litt entsetzliche Qualen. Als er wieder zu sich kam, hatte sie seinen Kopf in den Schoß genommen und pflegte ihn. Sie wischte ihm die Stirn, öffnete ihm gewaltsam die Lippen und ließ ihren Speichel in seinen Mund rinnen. Lass mich in Ruhe, verschwinde! Geh zu deinem Flötenspieler!, schrie er, so laut er konnte, aber es war nichts zu hören. Ich will dein Gesicht nie wieder sehen, du treulose Gottesbraut! Schluss, ich bin mit dir fertig! Ein für alle Mal! Wie er sie verabscheute! Er würde sie vom Siegesturm oder von der Festungsmauer in die Tiefe stürzen.
Sie öffnete den Mund und sog sanft die Fäulnis aus seinen Wunden, und die kalte Flamme ihrer Zunge flackerte beruhigend über seinen Körper und schenkte ihm momentanes Vergessen.
Das Fieber ging zurück und das grauenvolle Jucken ließ etwas nach. Lauf, Maharaj-Kumar, lauf! Lauf weg, bevor das Weibsbild dich verhext und du wieder in der Falle sitzt! Er versuchte, von ihr abzurücken, aber er hatte weder die Kraft dazu noch den Willen.
»Gib mir dein Fieber«, sagte sie. »Ich werde dieses lodernde Feuer löschen und Teil haben an all deinem Schmerz und deinem Leiden und vor Seligkeit wahnsinnig werden, mein Blauer!«
Da wusste er, dass er mit seiner Frau fertig war. Er wandte sich von ihr ab und ging aus dem Zimmer.

Am Tag bevor er in den Krieg zog, fand der Maharaj-Kumar die Tür zum Zimmer der Kleinen Heiligen halb offen vor. Das erste Mal, als er bei ihr eingedrungen war, hatte sie sich in den Verzückungen der Liebe gewunden. Daraufhin wäre er um ein Haar nicht in den Idar-Krieg gezogen. Bleib draußen! Setz dir Scheuklappen auf und geh weiter. Ehe du dich versiehst, wird ihr schwarzer Zauber gewirkt haben, und du wirst dich weigern, deine Verabredung einzuhalten, die wichtigste Verabredung deines Lebens: mit Babur! Er drückte die Tür ein Stückchen weiter auf. Die Angeln knarrten, aber sie hörte das Geräusch nicht. Sie saß vor dem Flötenspieler und er konnte ihr Profil sehen. Sie trug eine grell senffarbene Rock-Choli-Kombination und darüber eine flaschengrüne Chunni. Sie

hob eine Kette aus Ringelblumen auf und legte sie sich um den Hals. Dann noch eine und noch eine. Sie stippte den Daumen in Kurkumapulver und betupfte sich damit die Stirn, dann malte sie darauf einen leuchtend roten Sindur. Sie schlug eine Kokosnuss auf den Boden. Die Nuss brach in zwei vollkommene Hälften auseinander. Die legte sie als Opfergaben vor sich.
Sie schloss die Augen.
»Bete mich an«, sagte sie zum Flötenspieler. »Es ist ebenso viel von Gott in mir wie in dir.«
Da. Sie hatte es getan: das Unaussprechliche ausgesprochen. Der Maharaj-Kumar war über ihre blasphemische Kühnheit entsetzt. Und doch musste er zugeben, dass es das Logischste und Natürlichste war, was sie sagen konnte. Hatte er nicht, seit er erwachsen war, jahre- und jahrelang das Mantra »So 'ham« rezitiert und für wahr gehalten? »Der bin ich«; derjenige, der das ganze Universum durchdringt, beseelt und in sich fasst. Und doch waren es nur leere Worthülsen gewesen. Der Glaube der Kleinen Heiligen hatte den letzten Schritt, den abschließenden Sprung gewagt. Sie konnte mit dem Flötenspieler die Plätze tauschen. Sie war die Substanz und die Macht und die Kraft, die Gott war.

46

Welch herrliches Schauspiel bot der prunkvolle Aufzug der Mewarer Streitkräfte, als sie an Vater vorbeidefilierten! Der heutige Tag ist ein einziges Klischee. Tief in meinem Herzen bin ich der eingefleischteste Romantiker von Mewar. Welch stolze, hoch gewachsene, gut aussehende Männer unsere Soldaten doch sind, in solch leuchtende Farben gekleidet, dass man meinen könnte, sie gingen zu einer Hochzeit. Zuerst die Reiterei, dann das Kamelkorps, die Elefanten und die Fußsoldaten. Die Bogen geschultert, die pfeilestarrenden Köcher auf dem Rücken, an den Hüften die Schwerter, die Speere in den Händen. Und zuletzt unsere hundert Musketiere. Den Mewarer Truppen folgen die Armeen der zahlreichen Verbündeten, die bereits zu uns gestoßen sind. Das Gepränge und Waffengeklirr scheint nicht enden zu wollen. Ist Größe in sich ein Vorzug oder ein Nachteil? Der Anblick einer so gewaltigen Armee, unabsehbarer dicht geschlossener Reihen grimmiger Krieger kann einen Feind überwältigen und vor Schreck lähmen. Andererseits geht Masse zu Lasten der Flexibilität und Beweglichkeit und macht das Heer zu einem perfekten Ziel für Gewehre und Geschütze. Der Feind braucht nur ungefähr in die Richtung zu feuern und kann sich einer reichen Ernte an Toten sicher sein. Mit einem Mal sahen unsere Soldaten gar nicht mehr so Furcht erregend aus.
Fange ich schon wieder an zu unken! Ich habe mich die letzten paar Monate oft beobachtet. Ich scheine zunehmend spröder und zer-

splitterter zu werden. Dies ist nicht die letzte Schlacht!, rufe ich mich scharf zur Vernunft. Wir werden verdammt noch mal unser Möglichstes tun, um zu siegen und den Padishah bis nach Kabul zurückzujagen. Und sollten wir es diesmal nicht schaffen, so wird es nur ein temporärer Rückschlag sein. Das nächste Mal werden wir unsere Lektion gelernt haben und weit klüger, listiger und besser ausgerüstet sein. Los, Maharaj-Kumar, los! Lass uns die Sache hinter uns bringen und den Feind ein für alle Mal erledigen!
Die Prinzessin winkte abwesend aus dem Fenster. Wusste sie überhaupt, dass ihr Mann, ihr rechtmäßig Angetrauter, in den Krieg zog? Spielte das für sie irgendeine Rolle? Ich vermutete, dass sie an Wichtigeres zu denken hatte: an nichts Geringeres als an Gott!
Der Krieg hatte zugegebenermaßen auch seine Vorteile. Die vergangenen zweieinhalb Wochen lang hatte ich mich gewissenhaft, wenn auch nicht immer erfolgreich, bemüht, einen großen Bogen um sie zu machen. Jetzt verließ ich die Stadt, und es bestand nicht die geringste Gefahr, dass ich ihr von nun an – selbst zufällig – über den Weg laufen oder ihr Gesicht sehen könnte. Es gab nichts, was ich mir inständiger gewünscht hätte, als endlich von ihr frei zu sein.

Achtzig Kilometer vor Bayana fielen mir Mangals Worte wieder ein: Der Padishah Babur hatte eine ansehnliche Streitmacht zur Verstärkung seiner dortigen Garnison entsandt, weil er befürchtete, wir könnten die Festung angreifen. Vielleicht sollten wir ihm eine Enttäuschung ersparen. Es könnte dazu beitragen, das richtige Vorkriegs-Klima zu schaffen.
Es war mehr als fraglich, ob Vater meinen verrückten Plan absegnen würde, aber ich wollte es auf einen Versuch ankommen lassen. Und tatsächlich: Nachdem er mir meine große Bitte abgeschlagen hatte, war er bereit, mir in Belanglosigkeiten nachzugeben. Jetzt bin ich unfair. Ich glaube, ihm gefiel die Idee, vor dem eigentlichen Feldzug für eine gewisse Verunsicherung zu sorgen.
»Sobald du die Festung in deinen Besitz gebracht hast, stoßen wir zu dir. Dann marschieren wir zusammen weiter nach Mandakur.«
Ich verkniff mir die Frage, warum er nicht in Betracht zog, dass Baburs Männer unsere kleine Schar niedermetzeln könnten.

Tej, Shafi und ich brachen mit fünfhundert Berittenen auf. Wir kannten das Terrain besser als die Männer des Padishah. Durch unsere langjährige Zusammenarbeit hatte sich zwischen uns eine Verbindung entwickelt, die wechselseitigem Gedankenlesen fast gleichkam. Wir wählten die kürzeste Route, kamen rasch voran und trafen elf Stunden vor Baburs Männern ein. Wir fielen über sie her, gerade als der Gouverneur der Festung Bayana das große Tor öffnete, um die von Babur entsandte Verstärkung einrücken zu lassen. Das Glück war auf unserer Seite und wir nutzten es weidlich. Bereits eine Stunde später hatte der Feind etliche Soldaten und Offiziere verloren und wir hatten die Festung gestürmt. Sangur Khan Janjuha erlebte den nächsten Sonnenaufgang nicht mehr und der Furcht erregende Kotta Khan hatte beinahe einen unserer Soldaten überwältigt, als dieser es schaffte, einem Feind das Schwert zu entreißen, und es dem Khan in die Schulter hackte.
Rückblickend muss man allerdings sagen, dass der Sturm auf Bayana vielleicht doch keine so kluge Idee war. Gerade der Erfolg dieser Aktion könnte uns etwas zu selbstsicher gemacht haben. Auf jeden Fall jagte er eine Welle der Panik durch die Streitkräfte Baburs und zwang den Padishah zu einer Entscheidung, die schwerwiegendste Auswirkungen auf den Ausgang des Krieges haben sollte.

Wir warteten auf Seine Majestät und das Hauptkontingent unseres Heeres, als mir bewusst wurde, dass ich Chittor verlassen hatte, ohne mich von der Gambhiri verabschiedet und vom Siegesturm aus meine gewohnte Rundschau über Festung und Umland unternommen zu haben. Verlor auch ich allmählich meine Gelassenheit? Vater hatte mir darin Recht gegeben, dass das Leben in der Heimat normal weitergehen und die Arbeiten an Kanalisation und Fluchttunneln fortgesetzt werden sollten. Das einzige Problem war, dass ich vergessen hatte, dem Stadtplaner Vaters versiegeltes Schreiben auszuhändigen, in dem Adinathji aufgefordert wurde, die dafür nötigen Mittel auszuzahlen. Das Dokument lag im Arbeitszimmer, in der zweiten Schublade meines Schreibtisches. Ich musste daran denken, dem nächsten Kurier den Schlüssel mitzugeben.
Als sie eintrafen, waren seine Majestät und unsere Verbündeten in Hochstimmung. Sie betrachteten die Einnahme Bayanas als gutes

Vorzeichen. Vater ernannte Rao Pranmal zum Gouverneur unserer jüngsten Eroberung, und wir brachen am nächsten Morgen in aller Frühe auf. Wir hatten bislang gute Fortschritte gemacht und es freute mich festzustellen, dass Seine Majestät unseren Vorsprung weiter ausbauen wollte. Je weniger Zeit wir Babur ließen, sich vorzubereiten, desto besser standen unsere Chancen, ihn vernichtend zu schlagen. Außerdem, so hieß es, befinde sich infolge unseres Blitzangriffs die Moral im Lager des Padishah auf einem Tiefpunkt.

Dann tat der Rana etwas, was ich mir bis heute nicht erklären kann. Babur hatte sein Lager ursprünglich in Mandakur aufgeschlagen, zwischen Agra und Sikri. Seine Soldaten hatten die Zelte aufgebaut und seine Geschütze waren schon in Stellung gebracht, als er erkannte, dass die Ebene nicht genügend Wasser bot, und beschloss, weiter nach Sikri zu ziehen, ans Ufer des Sees. Wir hätten von Bayana aus lediglich einen knappen Tag lang in nordöstlicher Richtung zu marschieren brauchen, und wir hätten Sikri erreicht und den Streitkräften des Padishah gegenübergestanden. Aber anstatt weiterzueilen und den Feind zu überrumpeln, während er noch mit Auspacken beschäftigt war, beschloss Vater nach Nordwesten zu ziehen und bei Bhusawar Halt zu machen. Vaters Begründung für diesen Entschluss war, dass er Babur den Nachschubweg abschneiden wollte! Konnte Seine Majestät nicht mehr klar denken und die simpelsten Berechnungen anstellen? Diese Verzögerung kostete uns fast einen ganzen Monat. Der Padishah hätte sich keinen entgegenkommenderen Gegner wünschen können.

Shiraz Ali, unser verantwortlicher Nachrichtenoffizier im Feld, berichtete, dass Babur als Schlachtfeld die Ebene nahe dem Dorf Khanua ausgewählt hatte, rund fünfzehn Kilometer von Sikri entfernt. Dann machte er sich mit der Präzision eines Bauingenieurs an die Aufstellung seiner Truppen. In die vorderste Linie kamen seine Feldgeschütze. Sie ruhten auf dreirädrigen hölzernen Lafetten, die gleichzeitig den Artilleristen Schutz boten. Dahinter platzierte er, jeweils in einem Abstand von sieben, acht Metern voneinander, seine Wagen. Diese ließ er mit schweren Eisenketten fixieren, die er wiederholt persönlich auf ihre Stabilität und Festigkeit hin überprüfte. Das war seine zweite Verteidigungslinie; hinter ihr ging die leichte Artillerie, die Musketiere, in Deckung. Überall da, wo die

Wagen keinen Schutz boten, ließ Babur seinen Leutnant Khurasani durch örtliche Bauern und Minenarbeiter Gräben ausheben.
Die Erstürmung Bayanas hatte Baburs Streitkräfte schwer erschüttert. Gerüchte über unsere Wildheit und Unerschrockenheit machten im Feldlager des Padishah rasch die Runde. Außerdem prophezeite der erst kürzlich aus Kabul eingetroffene Astrologe Muhammad Sharif: »Mars steht in diesen Tagen im Westen, wer von Osten her in die Schlacht zieht, wird unterliegen.« So sehr er sich auch bemühte, schaffte es Babur nicht, die Ängste und Befürchtungen seiner Männer zu zerstreuen. Seine Reaktion auf die Krise war typisch. Ohne sich von irgendwelchen Unkenrufen beeindrucken zu lassen, entschloss er sich zu den zwei dramatischsten Gesten seines Lebens. Ich zweifle nicht daran, dass er dabei in gutem Glauben handelte, aber wie alle großen Führer hatte er auch ein untrügliches Gespür für den richtigen Zeitpunkt und für Theatralik. Seine erste Maßnahme bestand darin, seiner größten Sucht zu entsagen: dem Wein. Babur ließ einen Erlass verbreiten, der in seinem ganzen Herrschaftsgebiet öffentlich verlesen wurde. In einem blumig-bombastischen Stil abgefasst, war das Dokument ganz offenkundig nicht das Werk des mir vertrauten Tagebuchschreibers, sondern eines seiner Sekretäre oder Priester. Hier einige Auszüge daraus:

> In jener glorreichen Stunde, da wir das Gewand des Gotteskriegers angelegt und mit den Heerscharen des Islam unser Lager im Angesicht des Feindes aufgeschlagen hatten, um ihn zu vernichten, empfing ich eine geheime Offenbarung und vernahm eine unfehlbare Stimme, die da sprach: »Ist denn die Zeit noch nicht gekommen für die Gläubigen, dass ihre Herzen sich in Demut der Ermahnung Gottes und Seiner geoffenbarten Wahrheit beugen sollten?« Daraufhin entschlossen wir uns, alles Frevelhafte auszurotten mit Stumpf und Stiel. Und ich tat öffentlich den Beschluss kund, welcher bis dahin in der Schatzkammer meiner Brust versteckt gewesen war, künftighin dem Wein zu entsagen. In Übereinstimmung mit diesem erlauchten Befehl schmetterten die siegreichen Diener alle Flaschen und Becher und all die anderen Geräte aus Gold und aus Silber, die in ihrer Zahl und

> ihrem Glanz mit den Sternen des Firmaments wetteiferten, auf die Erde der Verachtung und der Vernichtung. Sie schlugen sie in Stücke, gleichwie – so Gott will! – die Gottheiten der Götzenanbeter zerschlagen werden sollen. Und sie verteilten die Bruchstücke unter die Armen und Bedürftigen.

Das war nicht die einzige philanthropische Maßnahme Baburs. In der Hoffnung, dadurch die Unterstützung der muslimischen Bevölkerung seines Reiches zu gewinnen, erließ er ein Dekret, das Moslems künftig von allen Steuern und Abgaben befreite.
Doch selbst dieses große persönliche und finanzielle Opfer schien nicht das erwünschte Ergebnis zu zeitigen. Hier folgt eine Eintragung aus Baburs Tagebuch, die Shiraz Ali mir zukommen ließ:

> Endlich, nachdem ich mich nach der Mutlosigkeit der Männer erkundigt und mich ihrer Seelenmattheit vergewissert hatte, verfiel ich auf einen Plan; ich rief alle *Begs* und Helden zusammen und sagte zu ihnen: »Begs und Helden! Besser als mit einem schimpflichen Namen zu leben ist es, mit einem glorreichen zu sterben.
> Wohl ist mir, wenn ich mit gutem Namen sterbe!
> Ihn brauch ich, da der Leib dem Tod verfällt!
> Gott der sehr Hohe hat uns die große Freude gewährt und uns das besondere Glück bereitet, dass wir als Märtyrer sterben, als Seine Rächer töten werden. Daher muss jeder von euch bei Seinem Heiligen Wort geloben, dass er nicht daran denken wird, sein Antlitz von diesem Feind abzuwenden noch sich aus diesem tödlichen Treffen zurückzuziehen, ehe nicht das Leben von seinem Leib gerissen worden ist.«
> Alle Anwesenden, Beg und Dienstmann, groß und klein, nahmen daraufhin das Heilige Buch freudig in die Hand und schworen und gelobten das Gesagte.«

Als wir Khanua erreichten, war Babur bereit und erwartete uns.

47

Auf der abschließenden Versammlung des Kriegsrates, am Vorabend der Schlacht, herrschte eine gelöste, fast ausgelassene Stimmung. Die meisten Gespräche kreisten darum, wie klein die Streitmacht des Padishah sei und ob der Mogul die Gräben zu dem Zweck ausgehoben habe, seine Toten zu bestatten. Die Ratsmitglieder waren mittlerweile daran gewöhnt, dass ich als Einziger gegen übertriebenen Optimismus anzureden versuchte. Sie hörten mir nur aus Höflichkeit zu, aber ich musste es trotzdem tun:
»Der einzige Schlachtplan, den wir haben, sieht vor, den Feind durch unsere tausend Elefanten ein wenig in Grund und Boden trampeln zu lassen und dann mit den vier scheinbar monolithischen Blöcken unserer Armee nachzuziehen und anzugreifen. Wir haben weder eine Gesamtstrategie noch die Möglichkeit, den Fortgang der Kampfhandlungen zu verfolgen und so die nötigen laufenden Korrekturen vorzunehmen, um auftretende Schwächen des Feindes entschlossen auszunutzen, beziehungsweise überall dort, wo wir hohe Verluste erleiden, Verstärkung nachrücken zu lassen. Die erste Voraussetzung dafür ist ein erhöhter Aussichtspunkt, von dem aus das gesamte Schlachtfeld überblickt und alle auf ihm stattfindenden Einzelgefechte kontinuierlich beobachtet werden können. Damit gewinnt man Informationen, über die die Kämpfenden – sowohl die eigenen als auch die feindlichen – zwangsläufig nicht verfügen. Wir sind eine riesige Armee. Wenn wir einen Mann auf einem sol-

chen Aussichtspunkt postieren können, hat er die Möglichkeit, einzelne Truppenteile nach hinten oder zur Seite zu bewegen oder sogar den Feind in die Zange zu nehmen. Ich bin überzeugt, dass wir, auf diesen Informationsvorsprung gestützt, unsere zahlenmäßige Überlegenheit dazu nutzen könnten, die besser ausgerüsteten und befestigten Streitkräfte des Moguls zu vernichten.«

»Wo gibt es in der näheren Umgebung den Hügel oder die Anhöhe, von wo aus man den Überblick gewinnen könnte, von dem Ihr sprecht, Hoheit?«, fragte mich Hasan Khan von Mewat.

»Nirgends, Hoheit. Aus ebendiesem Grund haben meine Männer und ich einen fahrbaren Beobachtungsturm gebaut. Er ist stabil und beweglich, da er auf Rädern steht, und wird sich immer gerade außerhalb der Reichweite der Geschütze befinden.«

»Wie hoch ist er?« Rao Medini Rai war der einzige Anwesende, der mir genau zugehört hatte.

»Fünfzehn Meter.«

»Und Ihr stellt Euch das also so vor, dass Ihr da oben steht und uns alle, einschließlich Seiner Majestät, herumkommandiert?« Silhadi schoss sich mal wieder auf mich ein.

»Es gibt nur einen Mann, dessen Weitblick wir alle achten, weil ihm nicht nur die Interessen Mewars, sondern diejenigen der gesamten heute hier versammelten Konföderation muslimischer und rajputischer Herrscher am Herzen liegen. Er hat mehr Schlachten geschlagen und gewonnen als jeder andere von uns. Seine Erfahrung und sein Sachverstand sind unsere wichtigste Waffe. Ihm allein steht es zu, das Gesamtbild zu analysieren und zu interpretieren, um dann zu beschließen, welche Maßnahmen jeweils zu ergreifen sind. Eine Reihe von Kurieren wird an der Hauptleiter bereitstehen und seine Anordnungen rasch den verschiedenen Teilen unserer Streitmacht und deren Befehlshabern übermitteln.

Noch eines gilt es zu bedenken. Für uns Mewarer ist das Leben selbst des Geringsten unserer Soldaten unschätzbar. Ihr seid unsere liebsten Freunde und uns daher doppelt teuer. Wir hoffen inständig, am Ende des morgigen Tages jedes einzelne Mitglied dieses Rates in unsere Arme schließen und ihm und uns allen zum Sieg gratulieren zu können. Ebendeswegen ist es wichtig, dass Seine Majestät das Oberkommando innehat und nicht etwa einem verirrten Musketen-

geschoss oder Pfeil oder dem Schwert eines namenlosen Mogul-Reiters zum Opfer fällt.«
»Das steht ganz außer Frage!« Rao Viramdev hatte nicht nur verstanden, worauf ich mit meiner weitschweifigen Rede hinauswollte, ihm war auch klar geworden, dass er – und nicht ich – der Überzeugung Ausdruck verleihen musste, das für uns alle am wenigsten entbehrliche Leben sei dasjenige Seiner Majestät. »Wir können es uns – aus völlig eigennützigen Gründen – nicht leisten, das Leben Seiner Majestät aufs Spiel zu setzen. Wenn er die Schlacht in der vom Maharaj-Kumar vorgeschlagenen Weise leitet, können wir den Padishah schlagen.«
»Das ist eine glänzende Strategie! Wir werden Babur schon beibringen, dass auch wir einen Heiligen Krieg kämpfen!«
Ringsum ertönte mehr oder weniger lautstarker Beifall.
»Ein rajputischer König, dazu noch der Maharana von Mewar, der vom Schlachtfeld wegläuft, als sei er ein ängstliches Huhn oder eine Frau in Rock und Choli? Was für eine absurde Idee! Welche Botschaft würden wir damit Babur und seinen Streitkräften übermitteln? Dass Seine Majestät sich vor ihm fürchtet?«
»Ganz im Gegenteil, die Botschaft lautet vielmehr: Wenn einer der zwei Oberbefehlshaber die totale Kontrolle über die Ereignisse hat, dann wird er und nur er die Schlacht gewinnen!«
Aber ich wusste, dass mein Vorschlag bereits abgeschmettert war. Silhadi hatte mit sicherem Blick Vaters reizbarsten Nerv geortet und darauf gedrückt. Seit dem nun schon so viele Jahre zurückliegenden Tag, an dem er schwer verwundet und mit einem heraushängenden Augapfel vor dem unerwarteten, heimtückischen Anschlag seiner zwei Brüder geflohen war, gab es keinen Mann in Mewar, der so empfindlich auf den Vorwurf der Feigheit reagiert hätte wie Vater.
»Und wie, bitte schön, werdet Ihr unseren eigenen Streitkräften die Abwesenheit Seiner Majestät erklären? Was für ein Beispiel wird der Maharana durch sein Verhalten geben?«
»Wenn jeder von uns«, warf Rao Viramdev ein, »Seiner Majestät engste Verbündete und Berater, seine Männer aufklärt, zweifle ich nicht daran, dass sie unsere Strategie verstehen und sie voll und ganz unterstützen werden.«

Was der Rao vorschlug, hatte Hand und Fuß, aber Vater würde Silhadi kaum sagen, dass er nicht vorhatte, sich von seinen Sticheleien provozieren zu lassen, sondern die Entscheidung fällen würde, die seiner Ansicht nach das Beste für die Zukunft der Konföderation bedeutete. »Ich danke Euch allen für Eure Sorge um meine persönliche Sicherheit, aber mein Platz ist bei der kämpfenden Truppe. Kein Wort mehr über den Beobachtungsturm, es ist jetzt Zeit, sich zur Ruhe zu begeben.«

»Es ist nicht die Sorge um Euch, Eure Majestät!« So sehr war ich mit Vater noch nie in offenen Widerspruch geraten. »Wir brauchen einen Führer, der uns führt, und keinen, der inmitten von hundertzwanzigtausend Soldaten untergeht!«

»Maharaj-Kumar, habe ich nicht gesagt, dass das Thema abgeschlossen ist? Es gibt hier genügend fähige Feldherren, die unsere Streitkräfte ebenso gut führen können wie ich.«

Siebzehnter März fünfzehnhundertsiebenundzwanzig. Es war kalt, als ich aufstand. Die meisten Feuer, die die Soldaten am vorigen Abend angezündet hatten, waren längst heruntergebrannt. Als ich mich aufsetzte, schreckte ich einen roten Mennigvogel auf, der auf einem Zweig des Baumes nistete, unter dem ich geschlafen hatte. Er flog auf in diesem ersten Licht wie ein verschwommener scharlachroter Meteor, der in den Himmel schoss, anstatt von ihm herabzustürzen. Rot würde die Farbe des Tages sein.

Ich fühlte mich ausgeruht. Ich sah dem, was uns erwartete, gelassen entgegen. Einen Augenblick lang hatte ich das Gefühl, dass Babur und ich Spiegelbilder voneinander waren. Wer von beiden war der reale Mensch und wer das Abbild? Ich war mir sicher, dass auch er diesen Tag gefasst und entschlossen begann. Auch er war bestimmt schon auf und wusch sich mit kaltem Wasser. Vielleicht hätte es nichts geändert, wenn wir die Plätze getauscht hätten. Ich sah mich um. Ist es das, was die Leute meinen, wenn sie von einem »Meer von Menschen« sprechen? Unabsehbar dehnten sich Mewarer und alliierte Truppen nach allen Richtungen aus.

Bad, Yoga, Meditation, Frühstück; ich legte meine Rüstung an und ritt zum Schlachtfeld. Jetzt konnte ich in der Ferne die Kanonen ausmachen. Ich fragte mich, warum Tej, Shafi, Hem Karan und ich uns nicht letzte Nacht hinübergeschlichen und die Geschütze auf unsere Seite gezogen hatten. Jetzt waren beide Armeen in Position. Der Mennigvogel flog, ein paar Würmer im Schnabel, von Ost nach West vorüber. Er blieb von unseren hektischen Vorbereitungen unberührt. Der Krieg war etwas für diese großen idiotischen Zweibeiner. Er hatte Wichtigeres zu tun. Ich hatte gesehen, dass in seinem Nest zwei Junge saßen. Die ganze Zeit, während ihr Vater Nahrung suchte – er war immer gute fünfzehn Minuten unterwegs –, hockten die blöden Nestlinge mit aufgesperrten Schnäbeln da für den Fall, dass irgendeine Leckerei vom Himmel fiele.

Die Streitkräfte des Moguls waren hinter einer unansehnlichen Linie von Wagen und Gräben verschanzt. Wo war der Padishah? Würde ich ihn erkennen, den Mann, den ich besser kannte als die meisten meiner engsten Mitarbeiter? Ich ritt zum Beobachtungsturm zurück, den man, für den Fall, dass Vater es sich noch einmal überlegen sollte, doch aufgebaut hatte. Die Zimmerleute hatten ihn in drei Teilen konstruiert. Der unterste war knapp acht Meter hoch. Er stand auf Rädern und wurde oben von einer Plattform abgeschlossen. Der nächste war fünf Meter hoch, hatte gleichfalls ein flaches Dach, und seine Räder ließen sich leicht abmontieren. Der oberste Teil war gepanzert und wies lediglich in Augenhöhe umlaufende Sehschlitze auf. Das Ganze sah nicht elegant aus, erfüllte aber seinen Zweck. Ich kletterte zur obersten Plattform hinauf.

Jetzt konnte ich das Schlachtfeld besser überblicken. In der Mitte meines Gesichtsfeldes gähnte ein rundes Loch von der Größe der verfinsterten Sonne. Mein Sehvermögen schwankte, machmal stündlich und ohne jede erkennbare Logik. An guten Tagen konnte ich fast normal sehen, zu anderen Zeiten war der Randbereich meines Gesichtsfeldes zwar ganz passabel, aber direkt vor mir konnte ich nur verschwommene, ausgebleichte und verbrannte Silhouetten ausmachen. Wahrlich ein hervorragender Zustand, um Padishah Babur eine Schlacht zu liefern! Um ihn deutlich sehen zu können, würde ich ihn bitten müssen, einen Schritt zur Seite zu treten. Ich könnte schwören, dass irgendwelche künftigen Geschichtsschreiber die Theorie darlegen werden, die schwarze Sonne in meinem Gesichtsfeld sei keineswegs die Folge eines unglücklichen Zufalls gewesen. Irgendwo, tief in meinem Herzen, werden sie argumentieren, habe ich den Wunsch gehabt, mich innerlich vom Krieg zu distanzieren, und habe aus diesem Grund unbewusst absichtlich diesen Unfall inszeniert. Ich werde zwar wie immer versuchen, so viele Feinde wie möglich zu töten, da unsere Streitkräfte sich aber zu einem guten Teil aus den grimmigsten Kriegern zusammensetzen, die Hindustan je gesehen hat, wird meine Behinderung zum Glück kaum Einfluss auf den Ausgang der Schlacht haben.

Wir hatten die klassische Schlachtformation eingenommen. Diese Truppenanordnung hatte sich seit vielen Jahrhunderten nicht mehr verändert: ein Halbkreis von Elefanten, hinter dem drei dicht geschlossene Blöcke Aufstellung genommen hatten. Mewars Vasallen und Feudalherren standen im Zentrum, während die Verbündeten den rechten und den linken Flügel bildeten. Hinter dieser undurchdringlichen Phalanx befanden sich Seine Majestät und die Mewarer und alliierten Generäle. Dort würde auch ich mich befinden, sobald ich wieder hinuntergestiegen war. Hinter uns in der Mitte waren als ein weiterer kompakter Block unsere Hilfstruppen aufmarschiert. Irgendwo im Zentrum der feindlichen Armee war ein Grüppchen von Männern zu sehen. Ich wusste, einer von ihnen war Babur.

Plötzlich ging mir durch den Kopf, dass ich nicht mehr wusste, seit wie vielen Jahren ich mit Lilavati befreundet war. Was war ich doch für ein Hornochse gewesen! Ich hatte mir wegen des Todes meiner Schwester Sumitra schwere Vorwürfe gemacht. Wenn ich ihr Hinken doch nur ernst genommen hätte, wenn ich nur Vaters Entscheidung missachtet und dem Arzt befohlen hätte, ihr das Bein abzunehmen! Lilavati war meine Buße gewesen, der Preis, den ich zur Tilgung meiner Schuld zu zahlen beschlossen hatte. Jetzt reichte es. Besser spät als nie. Es kümmerte mich einen Dreck, was die ungeschriebenen Gesetze der guten Mewarer Gesellschaft über Heiratsverbindungen zwischen Rajputen und Jains zu sagen hatten! Im schlimmsten Fall würde es einen Skandal geben, aber meine Frau hatte mich in dieser Hinsicht ja hervorragend präpariert. Heute Abend würde ich einen Kurier zu Lilavati schicken, der ihr sagen sollte, dass sie keine Geduld mehr zu haben bräuchte. Ich würde sie in Mandu abholen, und falls ich selbst nicht wegkonnte, würde Mangal sie nach Chittor eskortieren.

Ich kletterte hinunter und begab mich auf meinen Posten, ein paar hundert Meter von Vater entfernt. Es war halb zehn. Plötzlich ertönte ein erderschütternder Knall und ein himmlisches Geschoss sauste wie der Zorn Gottes auf uns zu. Sein Donnergrollen wurde von einem dünnen, sirrenden Oberton begleitet, der das Trommelfell zerriss und sich wie eine vibrierende Nadel, die jeden Nerv im Körper in Erregung versetzte, ins Gehirn bohrte. Wo eben noch Rao Raj und Rawat Somnath gestanden hatten, klaffte jetzt ein anderthalb Meter tiefer und einen Meter breiter Krater. Die Schlacht hatte begonnen, aber die rajputischen Streitkräfte standen wie versteinert da. Ich glaube, sie waren gar nicht so sehr vor Angst gelähmt, als vielmehr heillos verwirrt und verblüfft. Wo kamen diese fliegenden Steinkugeln nur her? Sechs weitere schlugen an unterschiedlichen Stellen ein, und wir konnten nichts anderes tun, als geduldig darauf zu warten, dass die vom Schicksal uns Zugedachte in unserer Mitte landen und uns töten würde. Zum Glück führten Rao Medini Rai und Rao Maldev die linke Seite unserer Front an, und sobald der erste Moment der Orientierungslosigkeit verstrichen war, stürmten sie auf Baburs rechten Flügel los. Das schien unsere Männer aus ihrer Lähmung aufzurütteln. Die Musketiere des Padishah feuerten ohne Pause. Sie zielten nicht sonderlich gut, aber in unsere dicht gedrängten Haufen abgefeuert, streckten ihre Kugeln unsere Männer auch so zu Hunderten nieder. Medini Rai und Maldev hatten ihre Truppen zu einem Rammbock formiert und stürmten unablässig weiter vor. Auf der anderen Seite bedrängten Akhil Raj, Raimul Rathod und Hasan Khan Mewati den linken Flügel des Padishah. Baburs Reihen begannen bereits, unter dem unerbittlichen Ansturm nachzugeben, als eines seiner fliegenden Korps ihnen von der Flanke zu Hilfe eilte. Die zwei Seiten waren jetzt etwa gleich stark und wären bis zum Abend so ineinander verkeilt geblieben, hätte der Musketenbeschuss unsere Reihen nicht zunehmend gelichtet. Bald waren die Moguln in der Offensive, und zwischen unserem rechten Flügel und dem Zentrum unseres Heeres klaffte eine breite Lücke.

Man kann das Geräusch der Geschütze mit dem Mund nachmachen, dann klingt es gar nicht so Furcht erregend. Aber lass nur eine dieser Kanonen dir das Trommelfell zerdröhnen und du verlierst schlagartig alle Selbstsicherheit und Entschlussfähigkeit. Ich sollte nicht verschweigen, dass die Artillerie für sich genommen keine allzu schweren Verluste auf unserer Seite forderte; schließlich besaß der Padishah nur sieben Geschütze, und es dauert jedes Mal eine gewisse Zeit, ehe die Pulverkammer ausgekühlt, das Rohr geputzt, nachgeladen und erneut abgefeuert ist. Was uns aber völlig zermürbte, war das Geräusch dieser heißen Kugeln, die durch die Luft sausten und sich dann mit einem seltsam gedämpften, doch umso erschreckenderen Knall in das Erdreich bohrten. Hinzu kam noch das Entsetzen, nicht zu wissen, wann und wo der nächste steinerne Tod über uns hereinbrechen würde. Was geschah dann? Ich habe keine Ahnung. Ich war viel zu sehr mit der unmittelbar anstehenden Aufgabe beschäftigt, unsere Männer anzufeuern und die durch die Luft und auf dem Boden heranrollende Bedrohung zu bekämpfen, um mir auch nur einen ungefähren Begriff von der Gesamtsituation verschaffen zu können.

Die Musketen feuerten stetig weiter und streckten einen Soldaten nach dem anderen nieder. Wenn sie einen nicht gerade selbst erwischte, wusste man fast nie, woher die Kugel kam. Was hätte es im Übrigen auch genützt, wenn ein Soldat gewusst hätte, wer aus den feindlichen Reihen die Muskete abfeuerte? Seine einzige Chance bestand darin, seinen Speer gegen den nächsten Schützen zu schleudern, aber noch bevor er richtig zum Wurf ausgeholt hatte, würde ihm die Kugel das Hirn aus dem Schädel schmettern oder sich in sein Herz bohren, ihm die Gedärme zerfetzen oder, wenn er Glück hatte, lediglich den Oberschenkel durchschlagen.

Bei jeweils nur einer Kugel nach der anderen hätte es wohl ein bis zwei Monate erfordert, um knapp hundertzwanzigtausend Männer, Mewarer und Verbündete, zu töten oder zu Krüppeln zu schießen. Aber stellen wir doch ein paar kleine Berechnungen an. Meiner Schätzung nach waren rund fünftausend von Baburs Soldaten mit Musketen bewaffnet – vielleicht auch siebentausend, aber die geringere Zahl tut es durchaus. Ich vermute, dass der Mogul, als er unseren hundertzwanzigtausendköpfigen Moloch sah, der so kompakt vor ihm aufmarschiert stand, ein Dankgebet an seinen Gott sprach. Mit Ausnahme derer, die in vorderster Front standen, erhielten seine Musketiere die Anweisung, mit einem Winkel von 45

Grad in die Höhe zu halten. Auf diese Weise beschrieben die abgeschossenen Kugeln eine flache parabolische Flugbahn und kamen mit einer Geschwindigkeit von 80 bis 100 Metern in der Sekunde auf uns heruntergesaust. Selbst noch 60 Meter in der Sekunde reichen aus, damit die Kugel einen Schädel durchschlägt. Zielen ist angesichts einer solchen Menschenwand völlig überflüssig. Man kann einfach draufhalten und feuern.
Stunde um Stunde rückten unsere Männer kontinuierlich nach und fielen ebenso kontinuierlich. Noch einmal, es waren nicht primär die Geschosse, die uns so schreckliche Verluste beibrachten. Die Hauptwirkung der neuartigen Waffen war, dass sie spätestens anderthalb Stunden nach Beginn der Schlacht unsere Kampfmoral restlos gebrochen hatten. Für sich genommen konnte eine Kanonenkugel schlimmstenfalls zwei bis fünf Soldaten töten, und auch das nur, wenn sie besonders dicht beieinander standen. Aber die indirekte Wirkung ihres Aufpralls konnte ungleich vernichtender sein. Tausende winziger, mittelgroßer und großer Steinsplitter, Wurzeln, Äste und trockener Erdschollen spritzten jedes Mal nach allen Seiten und schossen mit großer Geschwindigkeit in unsere Reihen, blendeten uns, warfen uns zu Boden, betäubten uns.
Und dennoch hätte mich das umgebende Pandämonium längst nicht so sehr gestört, wenn ich allen Soldaten, vor allem unseren eigenen, den Mund hätte stopfen können. Noch nie hatte ich solches Schreien, Kreischen, Brüllen und Weinen gehört wie an diesem Tag. Die Ungläubigkeit, wenn ein Arm sich von der Schulter löste und zu Boden fiel; das Entsetzen, wenn ein Speer sich in den Bauch bohrte; der grauenhafte Schmerz, wenn eine Schwertklinge ein Schulterblatt spaltete und sich in das Rückgrat fraß; die überraschende Entdeckung, dass einem ein Pfeil wie eine Wetterfahne aus dem Hals ragte; die Erkenntnis, dass das Loch an der Stelle, wo sich Rippen und Leber hätten befinden müssen, ein bis zum Rücken durchgehender, offener Tunnel war. Und vor allem das erstaunte Nachluftschnappen und plötzliche Abbrechen des Atemzugs, wenn der Tod eintrat. Ich hatte schon einige Schlachten erlebt, und was die Männer in dieser hier durchmachten, unterschied sich nicht im Mindesten von ihren Leiden in allen anderen. Warum also meine Verwunderung und Gereiztheit? Lag es daran, dass ich schlecht sah

und daher um so schärfer hörte? Oder reagierte ich deswegen so empfindlich, weil jeder einzelne gequälte Todesschrei eine weitere Bestätigung unserer Niederlage zu sein schien?
Und jetzt kehrten sie zurück, diese zehntausend erstickenden Gujarater Soldaten, aus den nebligen Sümpfen und Mooren jenes fernen frühen Morgens, Phalanx um Phalanx, zehntausend zeitlos erstarrte Gesichter mit stumm aufgerissenen Mündern. Lächelt, flehte ich sie an, lächelt doch! Wir zahlen gerade den Preis für das, was wir euch angetan haben. Seht die Hände, Beine, Herzen, Bauchspeicheldrüsen, Nieren und sonstigen Innereien zerfetzt durch die Gegend fliegen. Atmet auf: Wir müssen für unsere Taten bezahlen – manchmal sogar schon in diesem Leben! Freut euch, so lange ihr könnt. Das ist Rache, meine Freunde, die süßeste Genugtuung, die das Leben zu bieten hat! Aber sie lächelten nicht und die verzerrten Gesichter und das Grauen wollten nicht weichen. Den ganzen Tag lang sahen diese vampirhaften Toten schweigend zu, wie die Verwundeten fielen und die Gefallenen sich, manche mit enblößten Brüsten, Bäuchen und Geschlechtsteilen, immer höher aufeinander türmten. Wenn ihr mir schon nicht vergeben wollt, schrie ich ihnen zu, dann schenkt mir wenigstens Vergessen! Sie hörten mich nicht, falls aber doch, überhörten sie meine Bitte.
Babur hatte seine Hausaufgaben gemacht. Er wusste, dass wir nicht eine, sondern wenigstens fünfzig verschiedene Armeen waren. Also konzentrierte er sich darauf, die oberflächlichen, schwachen Nähte, die unsere verschiedenen Truppenverbände zusammenhielten, aufzutrennen. Er übte so lange Druck auf diese Verwerfungslinien aus, bis wir auseinander brachen. Das war nicht besonders schwierig. Wir waren kein durchstrukturiertes, diszipliniertes Ganzes – Shafis, Tejs und Hem Karans rund zehntausend Mann hätten durchaus eine homogene und höchst effektive Streitmacht darstellen können, aber die Männer waren über das ganze Heer verstreut –, während Baburs zwanzigtausend Soldaten allein in Indien bereits mindestens fünf Kriege geführt hatten und kompakte Einheiten bildeten, mit denen der Padishah wie ein wahrer Meister jonglierte.
Man stelle sich eine Schachpartie vor. Am Anfang standen wir uns gleich gegenüber, auf beiden Seiten Soldaten, König, Elefanten, Wesir, Pferde. Nach der ersten Hälfte des Spiels hatte Babur seine Fi-

guren so geschickt platziert, dass wir auf ganzer Front bedrängt wurden und mit einem atemberaubenden Tempo Männer verloren. Von den Führern waren Sajja Chundawat, Rawat Jagga Sarangdev, mein Onkel Lakshman Simha, Rawat Bagh, Sajja Ajja und Karamchand, Chandra Bhan Chauhan, Bhopat Rai, Dalpat und Manik Chandra bereits tot. Die Moguln hatten sogar die Fahne des Rana erbeutet, aber Karan Simha Dodia holte sie um den Preis seines Lebens wieder zurück.

Wir befanden uns in einer verzweifelten Lage. Vielleicht wäre es keine schlechte Idee gewesen, Strategie Nummer drei aus Shafis »Buch des Rückzugs« anzuwenden: »Langsam und unauffällig zurückweichen, sich zerstreuen und sich an einem zuvor verabredeten Ort, wohin der Feind einen nicht verfolgen wird, wieder sammeln. Wenn noch nicht alles verloren ist, ein weit ausholendes Umgehungsmanöver durchführen, sich im Rücken des Feindes neu formieren und angreifen.« Keiner unserer Heerführer hatte jedoch die Möglichkeit einer Niederlage, noch viel weniger die eines Rückzugs in Betracht gezogen, und so war an ein überlegtes, geordnetes Zurückweichen nicht zu denken. Inzwischen hatte Seine Majestät den drohenden Untergang seiner Armee erkannt und entschloss sich zur größten Dummheit seines Lebens. Er übernahm die Aufgabe, die verstreuten Truppen zu sammeln und ihnen neuen Mut einzuflößen. Er zeigte sich gerade zwischen zwei Divisionen, als ein verirrter Pfeil ihn niederstreckte. Normalerweise wäre es ein tödlicher Treffer gewesen, aber man darf nicht vergessen, dass Seine Majestät nach den siebenundachtzig bis neunzig Wunden, die er im Laufe seines Lebens davongetragen hatte, unsterblich war. Wir hoben ihn behutsam auf – er war bewusstlos und blutete stark – und trugen ihn für den Fall, dass Babur nach ihm suchen oder jemanden beauftragen sollte, ihm den Todesstoß zu versetzen, auf einer Bahre zum einige Kilometer entfernten Palast von Baswa.

Zweierlei habe ich noch zu berichten. Wir hatten Vater so unauffällig wie möglich fortgeschafft, da keine der beiden Armeen, weder Baburs noch unsere eigene, erfahren sollte, dass Seine Majestät das Schlachtfeld verlassen hatte. Die Ältesten bestimmten, dass Raja Rana Ajja, der Fürst von Halwad, in Vaters Abwesenheit unsere

Streitkräfte anführen sollte. Sie hofften, dass – saß Raja Rana Ajja erst einmal auf Vaters Elefanten – niemand den Unterschied merken würde. Es dürfte jedem Schwierigkeiten bereiten, sich für Vater auszugeben, denn dazu wäre es nötig, ein Auge und die Funktion von ein paar Gliedmaßen zu verlieren. Ich hatte also meine Zweifel, dass es Rana Ajja gelingen würde, ein glaubwürdiges Double abzugeben, aber es war immer noch besser als gar nichts zu tun, und so unterstützte ich die Idee entschieden. Vaters Elefant war bereits mit dem Ehrenschirm sowie den übrigen königlichen Insignien ausgestattet, und der Kampf wurde wieder aufgenommen. Da wir rasch gehandelt hatten, hofften wir, dass sich die Neuigkeit von Vaters Verwundung nicht herumsprechen würde. Genau diesen Augenblick suchte sich Silhadi aus, um uns im Stich zu lassen und zu Babur überzulaufen. Er tat uns außerdem den Gefallen, dem Padishah zu verraten, dass auf dem Elefanten des Rana lediglich ein verkleideter Schwindler saß. Sein Verrat hätte mich in helle Wut versetzen müssen, aber ich nahm die Nachricht gelassen hin. Silhadi war immer gern auf der siegreichen Seite. Außerdem würde sein Fehlen jetzt auch nichts mehr ausmachen. Das Ende war nah.

Am Abend befahl der Padishah, die Köpfe der gefallenen Feinde einzusammeln und zu einer Pyramide aufzutürmen. Ich war nicht da, um diesen abscheulichen Siegesturm mit eigenen Augen zu sehen, aber man erzählte mir, er sei ein bisschen höher als der Beobachtungsturm gewesen, den ich für Seine Majestät gebaut hatte – und ebenso stabil.

48

Als ich den Palast auf dem Hügel bei Baswa erreichte, war es tiefe Nacht.

Ich fand bei Vater nicht mehr allzu viele Leute vor. Vielleicht war es keine dumme Idee, das sinkende Schiff zu verlassen – wenn es mir gestattet ist, diese maritime Metapher auf einen Landkrieg zu beziehen. Die wenigen Anwesenden sahen mich unfreundlich an und ließen mich bei jedem Versuch, ein Gespräch zu beginnen, eiskalt auflaufen.

Will mein Unterbewusstsein mir durch diese dauernden nautischen Bilder etwas ganz Bestimmtes sagen? Verspüre ich vielleicht den Wunsch, die Küsten dieses Landes endgültig hinter mir zu lassen? Da ich mich vehement dafür eingesetzt hatte, die Entscheidungsschlacht um ein, zwei Jahre zu verschieben, sie aber all meine Argumente abgeschmettert hatten, machten sie jetzt offensichtlich mich für die heutige Niederlage verantwortlich.

»Wir hatten uns Sorgen um Euch gemacht«, begrüßte mich dann aber Medini Rai. »Ich bin heilfroh, dass Ihr es unversehrt überstanden habt!«

»Wie geht es Vater?«

»Wenn man bedenkt, wie schwer verwundet er ist, erstaunlich gut. Kaum war er wieder bei Bewusstsein, hat er nach seiner Rüstung und seinem Pferd verlangt, um in die Schlacht zurückzukehren. Er ist sehr schwach, aber er fragt alle fünf Minuten nach Euch.«

»Ich habe Prinz Hem Karan, Tej und Shafi beauftragt, dafür zu sorgen, dass die Verwundeten, sobald die Männer des Padishah das Schlachtfeld geräumt haben, hierher geschafft werden. Sie müssten spätestens morgen Früh hier eintreffen.«
Vater sah klein und zerbrechlich aus. Seine Lippen und seine Haut waren aschgrau und sein Puls schlug unregelmäßig. Ich setzte mich wie betäubt an sein Bett. Meine Zunge schien abgestorben zu sein.
»Bist du von deinem Vater enttäuscht, Sohn?«
Es wäre mir lieber gewesen, wenn Seine Majestät mich mit kühler Distanz behandelt hätte.
»Enttäuscht werde ich sein, wenn Ihr nicht in spätestens einer Woche wieder auf den Beinen seid! Es gibt noch viel zu tun, bevor wir wieder gegen den Padishah antreten können.«
»Du hast mich auf Schritt und Tritt gewarnt, aber ich wollte ja nicht auf dich hören.«
»Wisst Ihr, was ich nicht ausstehen kann? Leute, die hinterher immer sagen: ›Hatte ich's nicht gesagt?‹«
»Was schlägst du also vor, jetzt zu tun?«
»Das war mein Ernst, Majestät. In acht bis höchstens zehn Tagen habe ich Euch wieder gesund gepflegt. In zwei Wochen sind wir wieder in Chittor und machen uns an die Arbeit.«
»Ich gehe nicht nach Chittor zurück.«
Ich konnte seine Stimme kaum hören.
»Nicht sofort, Eure Majestät. Später, wenn Ihr Euch wieder besser fühlt. Wir müssen Kassensturz machen. Wir werden uns mit dem Padishah auf irgendeine Weise arrangieren müssen. Ich würde vorschlagen, wir werden ihm jetzt ein, zwei Jahre lang um den Bart gehen. Spätestens im kommenden Juli oder August haben wir die Feldgeschütze. Sechs bis zwölf Monate Übung mit den neuen Waffen, die Musketen und ein paar ernsthafte Überlegungen, wie wir unsere Kräfte das nächste Mal besser einsetzen, und wir sind für Babur bereit.«
Wen versuchte ich da aufzumuntern? Vater oder mich selbst? Und dennoch meinte ich jedes Wort genau so, wie ich es sagte.
»Hast du nicht gehört, was ich gesagt habe?«
Seine Majestät klang verärgert.
»Ich gehe nicht nach Chittor ehe ich den Padishah besiegt habe!«

Ich konnte mir ein Lächeln nur mühsam verkneifen.
»Aber das ist ja genau der Grund, warum wir zurückmüssen. Wir müssen nach Hause. Der Rana muss auf dem Thron sitzen, mit der ganzen Macht und Würde seines Amtes hinter sich, damit wir unsere Ressourcen mobilisieren und unseren nächsten Angriff auf den mongolischen Eindringling vorbereiten können.«
»Als ich heute Nachmittag wieder zu Bewusstsein gekommen bin, habe ich vor unseren Verbündeten ein Gelübde abgelegt.«
»Wir werden es widerrufen. Niemand wird es Euch verübeln. Ihr standet schließlich unter Schock und hattet eine unglaubliche Menge Blut verloren.«
»Verstehst du denn nicht?« Er wandte das Gesicht ab. »Ich kann mich zu Hause nicht mehr blicken lassen.«
»Das war nicht das erste Mal, dass Mewar Prügel bezogen hat, und das wird auch nicht das letzte Mal sein. Seht Euch doch Babur an! Er hat eine Niederlage nach der anderen einstecken müssen, aber er hat nicht aufgegeben, bis sich das Schicksal endlich zu seinen Gunsten gewendet hat.«
»Ich gehe nicht nach Hause.«
»Ruht Euch jetzt aus. Wir reden morgen weiter.«

Die Stimmung in Baswa war anfangs gedrückt, zeitweise sogar regelrecht niedergeschlagen. Aber die bloße Anwesenheit einer gewissen Anzahl von Menschen hatte dem kleinen Palast einen Anschein emsiger Geschäftigkeit verliehen. Jetzt ist es in Baswa mit einem Schlag unheimlich still geworden. Mein Schwiegervater Medini Rai musste in aller Eile nach Chanderi aufbrechen, als ihn die Nachricht erreichte, seine Hauptstadt werde von Babur bedroht. Der Padishah von Delhi annektierte in rascher Folge immer neue Fürstentümer und kleinere Königreiche, und jeder fragte sich besorgt, wen er als Nächsten angreifen würde. Fast über Nacht machten sich all unsere Verbündeten in der Angst, Babur könnte seine Aufmerksamkeit ihnen zuwenden, überstürzt auf den Weg in ihre jeweiligen Reiche.
Unsere Zahl in Baswa ist auf dreißig zusammengeschrumpft, außer ein paar Bediensteten bleiben nur noch Vater, ich und Rawat Ram Simha, der Hauptmann der zwanzigköpfigen Leibgarde Seiner Ma-

jestät. Wenn sie nicht gerade Dienst haben, spielen die Soldaten Karten oder Schach oder sie schlafen. Doch es lässt sich nicht bestreiten, dass es mit der Moral nicht sonderlich gut bestellt ist.
Die Soldaten möchten nach Hause zurück, genau wie ich. Wir leiden alle an derselben Krankheit: Langeweile.
Vor ein paar Tagen schrieb meine Mutter, sie beabsichtige, nach Baswa zu kommen, um beim Rana zu sein und ihm den Haushalt zu führen. Vater antwortete ihr knapp, er würde es vorziehen, wenn sie sich um ihren Haushalt in Chittor kümmerte, anstatt in anderer Leute Palästen herumzuwirtschaften.

Ein Monat ist vergangen und noch immer ist es mir nicht gelungen, Vater zur Rückkehr nach Chittor zu bewegen.
»Wer soll sich um die Regierungsgeschäfte, Verwaltung, Militär und Finanzen kümmern? Ein souveräner Staat kann und darf nicht lange ohne Souverän bleiben.«
»Der Premierminister und Mangal sind durchaus imstande, die Staatsgeschäfte zu führen. Kein Mensch, ob Fürst oder Bettelmann, ist unentbehrlich.«
»Mangal schickt fast täglich einen Kurier mit der Bitte, Ihr möchtet endlich zurückkehren. Lest Ihr denn seine Berichte nicht, Eure Majestät? In der Hauptstadt braut sich etwas Ernstes zusammen. Vikramaditya und Ihre Hoheit, Königin Karmavati, reden mittlerweile offen davon, den Premier Puranmalji zu entlassen. Wenn Ihr Euch nicht schleunigst in Chittor sehen lasst und die Zügel des Reiches wieder in die Hand nehmt, ist es zu spät!«
»Zu spät wofür?«
»Der Krieg ist seit Wochen vorbei. Eure Untertanen begreifen nicht, warum Ihr nicht zurückkehrt und Euren Platz einnehmt. Puranmalji ist alt und schwach. Mewar braucht jetzt mehr denn je eine feste Hand, die ihm die Richtung weist. Stattdessen hören die Menschen lediglich einen Haufen Gerüchte und haben Angst vor der Zukunft. Ihr müsst zurückkehren, bevor der Staatsapparat völlig auseinander bricht!«
»Ist das wirklich der Grund, warum du unbedingt willst, dass wir zurückkehren? Weil du willst, dass ich mir die Krone aufsetze – oder weil du sie dir selbst sichern willst?«

»Ihr seid die Krone! Und genau deswegen müsst Ihr zurückkehren und wieder Euren Platz auf dem Thron einnehmen. Natürlich will ich die Krone! Ich bin der Erstgeborene und der Maharaj-Kumar. Irgendwann wird sie von Eurem auf meinen Kopf übergehen, aber erst, nachdem Ihr ein langes und erfülltes Leben gelebt habt – und lange nachdem Ihr den Padishah in den Hindukusch zurückgetrieben haben werdet!«

Was war mit Vater geschehen? Lag es an dieser letzten Wunde und der Kopfverletzung, die er sich beim Sturz vom Elefanten zugezogen hatte? Oder hatte er sein Selbstbewusstsein verloren? Glaubte er wirklich, die Menschen von Mewar würden über ihn spotten? Und selbst wenn sie es tatsächlich tun sollten – wusste er nicht, dass die Leute auf der Straße nichts als Papageien sind, die alles nachplappern, was man ihnen vorsagt?

Ich bin Vater gegenüber ungeduldig und gereizt, weil ich weiß, dass uns die Zeit davonläuft. Aber das ist noch lange keine Entschuldigung für meine mangelnde Sensibilität und meine Unhöflichkeit. Er hat eine schreckliche Niederlage erlitten und es ist kein Wunder, dass er sein Selbstvertrauen verloren hat.

Zwei Tage später setzte ich mich hin, um Lilavati zu schreiben. Ich hatte über einen Monat gebraucht, aber jetzt hatte ich mich endlich dazu durchgerungen. Vor der Schlacht mochte die Begeisterung ein wenig mit mir durchgegangen sein, aber in einem Punkt hatte ich meine Meinung nicht geändert: Wenn sie mich trotz der Niederlage, die uns der Padishah zugefügt hatte, noch haben wollte, konnten wir von nun an miteinander leben.

Einfach würde es allerdings nicht werden.

Was würde sie ihrem Mann sagen? Würde sie einfach durchbrennen? Ihr Urgroßvater würde sehr wahrscheinlich im selben Moment, in dem er von unserer Entscheidung erfuhr, sein Amt niederlegen. Mir konnte das nur recht sein. Wir schuldeten ihm horrende Summen und vielleicht würden diese damit getilgt sein. Außerdem könnte Lilavati seinen Posten übernehmen.

Nein, Spaß beiseite, es würde schwierig werden, fast übermenschlich schwierig. Durfte ein rajputischer Prinz, im konkreten Fall ein

Maharaj-Kumar, die Ehefrau eines anderen heiraten? Was noch wichtiger war: Durfte der Maharaj-Kumar eine Bürgerliche heiraten und dazu noch die Tochter eines jainistischen Geldverleihers?
Nein. Das war undenkbar. Na schön, dann würden wir eben einen Präzedenzfall schaffen.
Blieb natürlich noch das Problem, dass wir die Einwilligung Seiner Majestät brauchten. Und dann war da noch Königin Karmavati. Aber um die brauchte ich mir wohl keine Sorgen zu machen. Lilavati würde mit der Königin allemal fertig werden.
Wo kam plötzlich diese romantische Ader her? Wie kam ich auf einmal dazu, wie ein Halbwüchsiger zu träumen? War ich nicht ganz bei Trost? Aber das spielte jetzt keine Rolle mehr. Eines Tages würde ich König sein. Ich brauchte eine Frau, die mir nicht nur den Haushalt führen und die Mutter meiner Kinder sein würde, sondern die auch das Zeug hatte, die Staatsfinanzen zu verwalten und die Königin von Mewar abzugeben.
Ich hörte Vaters Schritte.
»Übermorgen um sieben Uhr früh brechen wir nach Chittor auf, Maharaj-Kumar. Genug gebummelt und gezögert! Ich bin wie der Kranke, dessen einziges Leiden darin besteht, dass er gerne im Bett liegt. Wir müssen uns wieder an die Arbeit machen, genau wie du gesagt hast!«
Maharaj-Kumar. Wie viele Jahre hatte ich darauf gewartet, diese Worte aus dem Mund Seiner Majestät zu hören!
»Ich werde Ram Simha befehlen, bis morgen Abend alles für unsere Abreise zu richten.«
Ich rief den Hauptmann der Leibgarde Rawat Ram Simha und teilte ihm die Entscheidung des Rana mit. Über sein altes, runzliges Gesicht breitete sich schlagartig ein Lächeln aus.
»Shri Eklingji sei Dank, Seine Majestät hat seinen Willen wiedergefunden! Wir werden diesem König von Kabul also doch noch eine Lektion erteilen!«
»König von Delhi«, erinnerte ich ihn.
»Aber nicht mehr lange. Seine Majestät wird ihn schon bald in sein Bergversteck zurückscheuchen!«
Mittlerweile hatten sich die Wachen um uns geschart und es war so, als hätten wir Babur bereits besiegt. »Lang lebe Seine Majestät, lang

lebe Mewar!«, riefen sie immer und immer wieder, bis der Rana sich oben auf dem Balkon zeigte und ihnen zuwinkte.

Warum hat sich Mangal seit vier Tagen weder schriftlich noch auf anderem Wege gemeldet? Er schickt sonst jeden Tag einen Brief und einen Bericht – und wenn es nur drei Zeilen sind. Ist mit ihm alles in Ordnung?

Im Laufe der letzten paar Wochen scheint sich die Lage zwischen Königin Karmavati und der Kleinen Heiligen drastisch zugespitzt zu haben. Das Leben lehrt mich täglich hundert Dinge und neunundneunzig davon vergesse ich wieder, manchmal auch alle hundert. Wieder einmal habe ich vergessen, dass man nichts als selbstverständlich betrachten darf, am allerwenigsten die Macht. Meine Frau ist die zweitmächtigste Person in Chittor, ja in ganz Mewar, und bislang hätte ich gewettet, dass sie in absolut jeder – weltlichen oder religiösen – Frage ihren Willen durchsetzen kann. Vor zwei Wochen ging sie zum Brindabani-Tempel, um die Abend-Arati durchzuführen, und fand die Tore verschlossen vor. Königin Karmavati und die Priester, die sie schon immer gehasst hatten, besonders aber seitdem sie zur Heiligen aufgestiegen war und die Liebe des ganzen Volkes genoss, hatten sich zusammengetan und erklärt, der Turm des Tempels sei baufällig und gefährde daher die Verehrer des Blauen Gottes – allen voran die Kleine Heilige. Da die Kleine Heilige aber unseren größten spirituellen Schatz darstelle, sei es ihre Pflicht, ihr Leben zu schützen, aus welchem Grund der Tempel bis auf weiteres für jedermann gesperrt sei.

Wie sehr wünschte ich mir, Königin Karmavati wäre meine Verbündete und nicht meine Feindin! Sie würde schon dafür sorgen, dass ich jedes Hindernis überwinde und früher oder später die Krone erringe! Es ist nicht einmal ein Jahr her, dass am Brindabani-Tempel umfangreiche Reparaturen vorgenommen und dessen Anbauten und Anlagen um das Siebenfache erweitert wurden. Und jetzt stellen sie auf einmal fest, dass der Turm nicht sicher steht. Bravo, zweite Mutter! Ein pikantes Detail am Rande war der Name des Bauingenieurs, der das Gutachten über die angeblichen statischen Probleme und die notwendige Schließung des Tempels erstellt hatte: Mein

Freund, der Stadtplaner Sahasmal, scheint ins andere Lager übergewechselt zu sein. Vielleicht wird Königin Karmavati ihn beauftragen, ihr zu Ehren einen Siegesturm zu bauen, der sogar denjenigen Rana Kumbhas in den Schatten stellen soll.

Derweil ist meine Frau nach Mathura abgereist, der Heimatstadt ihres Geliebten.

49

An diesem Nachmittag traf eine siebenköpfige Abordnung aus Mewar ein und bat um eine Audienz bei Seiner Majestät. Vater war entzückt. Baswa ist ein gottverlassener Ort, auch wenn Rao Himmat Simha ein vorbildlicher Gastgeber gewesen ist und sogar in einen anderen, rund fünfzehn Kilometer entfernten Palast umgezogen ist, damit Vater nicht das Gefühl zu haben brauchte, dem Rao im Weg zu sein. Der Rao reitet jeden Tag herüber, um sich zu vergewissern, dass es Vater an nichts fehlt. Das Einzige, was tatsächlich fehlt, können allerdings weder der Rao noch ich dem Rana bieten: Vater vermisst die Gesellschaft seiner Freunde und Gefährten, lebhafte Gespräche und Geschäftigkeit, Frauen – alles, was ihn von der furchtbaren Tragödie bei Khanua ablenken könnte. Ehrlich gesagt, habe ich noch immer keinen rechten Begriff vom Ausmaß des Gemetzels und der Schwere unserer Niederlage.

Ich muss gestehen, dass diese unerwartete Invasion aus Mewar mich ein wenig überrascht. Wo waren sie in all den Wochen? Woher diese plötzliche Anteilnahme und Dienstbeflissenheit? Aber ich tue unseren Gästen ein wenig Unrecht. Den Zweck ihres Besuches hatten sie fast unmittelbar nach ihrer Ankunft mitgeteilt: Sie wollen Seine Majestät nach Chittor zurückbegleiten.

Rao Bhupat Simha, Rawat Manik Bhan und die fünf anderen gehören nicht eben zu meinen Lieblingen am Hof. In gewissem Sinne sind sie allerdings absolut zuverlässig: Man braucht nur zu sehen,

mit wem sie gerade gut Freund sind oder wen sie meiden, um zu wissen, woher der politische Wind weht. Seine Majestät, sagte ich mir sarkastisch, steht in Chittor offenbar wieder hoch im Kurs.
»Wir werden kein Nein von Euch akzeptieren, Eure Majestät«, erklärte Bhupat Rao. »Wir nehmen Euch morgen mit.« Es tat Vater gut zu erfahren, dass man ihn in Chittor ungeduldig erwartete.
»Nicht morgen, ich muss mich bei meinem Gastgeber bedanken und von ihm verabschieden, und er kommt erst morgen Abend hierher. Übermorgen soll mir also recht sein. Es ist offenbar der Wille der Götter, dass ich nach Chittor zurückkehre. Es ist noch keine Stunde her, dass ich dem Maharaj-Kumar meinen Entschluss mitgeteilt habe, in ein paar Tagen aufzubrechen.«
»Dann lasst uns darauf trinken, Majestät! Rawat Manik Bhan hat auf dem Weg hierher eigens für Euch einen Hirsch geschossen, weil Ihr doch Wild so liebt.«
Jetzt strahlte Vater und legte Bhupat Simha die Hand auf die Schulter. »Hervorragend! Ich bin gerührt, dass Ihr es noch wisst.«
»Dann dürfen wir Euch vielleicht noch einmal berühren.« Bhupat Simha schien sein schwaches Wortspiel zu genießen. »Wir haben auch Euren Lieblingsbranntwein mitgebracht!« Die Diener schafften Gläser herbei und Rawat Manik Bhan goss allen ein.
»Eure Hoheit, Maharaj-Kumar, ich brauche wohl kaum zu betonen, dass Ihr beim heutigen Abendessen unser zweiter Ehrengast seid.«
Ich hätte mich ohnehin entschuldigt, da wir verschiedenen Altersgruppen angehören – nein, das ist nicht der Grund, ich schätze die Gesellschaft von Speichelleckern nicht sonderlich und diese sieben Figuren trugen für meinen Geschmack ein bisschen zu dick auf. Glücklicherweise hatte ich eine gute Ausrede. »Es wäre mir ein Vergnügen gewesen, aber ich habe den Bewohnern des Dorfes versprochen, mir ihre Theater-Vorstellung anzusehen und anschließend mit ihnen zu essen.«
Sie sahen aufrichtig enttäuscht aus. »Dann werden wir etwas Wild für Euch übrig lassen. Ihr könnt einen Happen essen, wenn ihr zurück seid, nur um zu kosten. Zum Glück ist das Wetter noch kalt und das Fleisch wird ein paar Tage halten.«
»Danke, das ist sehr freundlich von Euch.«
»Rawat Ram Simha, Ihr seid auch schon anderweitig verpflichtet?«

»Meine einzige Verpflichtung ist, an der Seite meines Herrn zu stehen«, entgegnete der Hauptmann der Garde ein wenig theatralisch, aber an der Aufrichtigkeit seiner Worte war nicht zu zweifeln.
»Edle Worte, Rawat. Wusstet Ihr, Eure Majestät, dass der Sicherheitschef und ich auf der Militärakademie zum selben Jahrgang gehörten?«
»Ja, ich erinnere mich. Deutlich. Ich war zwei Klassen unter Euch« – Vaters Gesicht runzelte sich verschmitzt – »und ich habe auch die Prügel nicht vergessen, die ich einmal bezogen habe, weil ihr zu meinem Vater, dem Rana, gegangen seid und ihm erzählt habt, ich würde mich gerade unter den Röcken einer Hure aus der Tamarindengasse wärmen, während ich in der Akademie hätte sein sollen.« Bhupat Simha errötete.
»Das hat er nur getan«, warf der Sicherheitschef ein, »weil er es sich selbst dort gemütlich machen wollte!«
»Schämt Euch, Rawat Ram Simha, meine intimsten Geheimnisse so auszuplaudern!« Bhupat Simha hatte seine Fassung im Handumdrehen wiedergewonnen. »Wir werden heute Abend ein solches Fest feiern, dass Ihr es zeit Eures Lebens nicht mehr vergessen sollt!« Er trat ans Fenster und rief den Wachen zu: »Ihr da, hebt eine Feuergrube aus! Ich werde den besten Wildbraten von Mewar zubereiten. Ihr seid alle zum Essen und Trinken eingeladen. Wir feiern die bevorstehende Rückkehr Seiner Majestät nach Chittor!«
Mir war klar, es würde ein ausgelassenes Fest werden.
»Ach übrigens, wie geht es dem Premierminister Puranmalji und Mangal Simha?«, fragte ich, bevor ich mich zurückziehen wollte.
»Sehr gut, wirklich sehr gut, und sie freuen sich beide darauf, Seine Majestät und Euch wiederzusehen!«

Die Theater-Aufführung war umwerfend. Ich hatte seit Jahren nicht mehr so gelacht. Die Götter wurden, wie immer in unserem Volkstheater, gehörig durch den Kakao gezogen, und die weltliche Obrigkeit – darunter, wie es sich traf, auch Seine Majestät und ich – bekam gleichfalls ihr Fett ab. Vater und ich waren beide arbeitslos und suchten verzweifelt nach einer Anstellung. Wir versuchten uns als Köche, Wäscher, Reitknechte, Bauarbeiter, Juweliere und Zimmerleute, flogen aber überall wieder raus, weil wir uns jedes Mal als völlig inkompetent erwiesen und dazu ständig mit der Hand in der Kasse erwischt wurden. Schließlich kam heraus, dass wir mehr Frauen und Konkubinen hatten, als wir brauchten oder auch nur bewältigen konnten, und so half uns das Volk von Mewar, uns als Zuhälter selbstständig zu machen.

Ich saß mit den Ältesten im Haus des Dorfvorstehers beim Abendessen, als ein Diener meldete, jemand wünsche mich zu sprechen.
»Bitte ihn zu warten. Ich komme in ein paar Minuten heraus.«
Der Mann war sofort wieder da. »Er sagt, es ist dringend.«
Meine Gastgeber begleiteten mich nach draußen. Es war dunkel und ich konnte das Gesicht meines Besuchers nicht erkennen. Er warf sich zu Boden und berührte meine Füße.
»Vergebung, Hoheit! Verzeiht, dass ich Euch beim Essen störe.«
Der Akzent verriet ihn als Beamten aus Chittor. Ein Bediensteter der sieben, die bei Seiner Majestät zu Besuch waren?
»Was gibt's?«
»Mein Name ist Ishvar Simha. Ich komme aus Chittor.«
»Warum hast du nicht im Palast von Baswa auf mich gewartet?«
»Ich habe im Dorf nach dem Weg gefragt und erfahren, dass Ihr hier seid. Hoheit, darf ich Euch unter vier Augen sprechen?«
Jetzt konnte ich ihn etwas besser sehen. Seine Kleidung war schmutzig. Schweiß und Staub bedeckten sein Gesicht mit einer dunklen, erdbraunen Maske. Sein Turban war um seinen Arm gewickelt. Er wankte und ich musste ihn stützen. Der Stoff seines Turbans fühlte sich feucht und klebrig an. Sein Verband und seine ganze Erscheinung wirkten etwas zu theatralisch für meinen Geschmack.
Was für eine Botschaft konnte dieser Mann für mich haben? War das eine Falle? Wo war sein Pferd? Wie kam es, dass es nach all den Wochen plötzlich einen solchen Ansturm aus Chittor gab? Ich bohrte die Finger in den Verband. Die Wunde war echt, Blut schoss hervor und er verlor die Besinnung. Die Dörfler trugen ihn ins Haus.
»Bringt mir bitte etwas heißes Wasser. Dann lasst uns allein.«
In seinem Arm klaffte ein tiefer Schnitt, eindeutig eine Schwertwunde. Ich wickelte den Turban ab, riss seinen Ärmel auf und wusch ihm Wunde und Gesicht.

»Wer hat dich geschickt?«, fragte ich ihn, als er die Augen öffnete. Wenn er ein Bote war, dann wollte ich seine Botschaft hören – je schneller, desto besser.
»Shiraz Ali, Hoheit. Ich sollte Seine Majestät und Euch warnen, dass Rao Bhupat Simha, Rao Manik Bhan und fünf andere auf dem Weg nach Baswa seien.«
»Sieht Shiraz Ali darin eine Gefahr für Seine Majestät?«
»Er sagte, Ihr solltet auf der Hut sein und dürftet Seine Majestät unter keinen Umständen aus den Augen lassen.«
»Dazu ist es ein bisschen zu spät.«
»Ich habe meine Aufgabe schlecht erledigt und verdiene den Tod.«
»Überlass es mir, das zu beurteilen. Beantworte einfach meine Fragen. Warum kommst du so spät?«
»Prinz Vikramadityas Männer haben mich verfolgt. In Chandor haben sie mein Pferd verwundet, ich musste es zurücklassen.«
»Kommt daher die Wunde an deinem Arm?«
»Nein, Hoheit. Die kam später, als ich versuchte, mich auf Schleichwegen nach Baswa durchzuschlagen.«
»Wo ist Mangal Simha?«
»Vor vier Tagen wurde seine Leiche aus der Gambhiri gezogen, zehn Kilometer stromabwärts von Chittor. Er war schwer verstümmelt. Seine Frau hat ihn nur anhand seines Ringes identifizieren können.«
»Danke, mein Freund. Warte hier auf mich, bis ich zurückkomme.«
»Da wäre noch etwas, Hoheit. Am Tag vor seinem Tod übergab Mangal Shiraz Ali einen an Euch adressierten Brief, falls ihm etwas zustoßen sollte.«
Ich steckte das Schreiben ein und bat meine Gastgeber, dem Boten zu essen zu geben.

Irgendwo tief in meinem Herzen hatte ich mir eingebildet, den Lauf der Welt zu kennen, so viel Gutes und Böses erlebt zu haben, dass mich nichts mehr überraschen konnte. Jetzt zeigte sich, dass ich von der menschlichen Natur so gut wie gar nichts wusste. Wie hätte ich sonst so blind sein können? Und dennoch, während ich mir diese sinnlose Frage stellte, erschien es mir kaum glaublich, ja schier unfassbar, dass Königin Karmavati und Vikramaditya es wagen würden, sich an der Person Seiner Majestät zu vergreifen.

War mein Vater noch am Leben? Es gab nur einen Weg, das herauszufinden. Die Besucher rechneten damit, dass ich beritten zurückkommen würde. Also ließ ich Befikir im Dorf, machte zu Fuß einen weiten Umweg und erreichte den Palast von der rückwärtigen Seite. Es war totenstill, aber das war es in dieser einsamen Gegend schließlich in jeder Nacht. Waren Shiraz Alis und meine Befürchtungen unbegründet? Ich musste mich allerdings nur noch ein Weilchen gedulden, bis ich einen von Vaters Besuchern ausmachte, der im Schatten des Dienstboteneingangs Wache hielt. Niemals habe ich meinen Bogen so sehr vermisst wie in dieser Nacht.

»Seid wachsam! Möge Gott uns behüten.« Meine Stimme klang fremd in dieser undurchdringlichen Stille. Der Wachposten trat mit gezogenem Schwert aus dem Eingang. Gab ich einen glaubwürdigen Nachtwächter ab? Ich war noch immer ziemlich weit von ihm entfernt. Außerdem dürfte ein Nachtwächter kein so überraschender Anblick gewesen sein. Jeder Palast, jedes Dorf und jede Stadt hatte wenigstens einen solchen Wachmann, der stündlich seine Runde machte. Ich ging mit gleichmäßigen Schritten auf ihn zu.

»Seid wachsam! Alles ist ruhig!«

Er entspannte sich, aber das Schwert blinkte noch immer in seiner Hand. Jetzt passierte ich ihn. »Möge Gott uns behüten!«

Meine Linke fuhr an seinen Mund und mein Dolch in sein Herz.

Ich hob ihn auf und schleppte ihn zu den Stallungen. Er war schwer und ich atmete auf, als ich ihn wieder absetzen konnte. Die Pferde rührten sich leise, als der schwache Lichtschein der Öllampe, die im Hof stand, meinen Schatten auf sie warf. Ich öffnete das Stalltor und führte die Pferde eines nach dem anderen nach draußen.

Es war an der Zeit, ein bisschen zu zündeln. Ich ging zurück, holte die Lampe und ließ sie ins Heu fallen. Es war schrecklich, unserem Gastgeber seine Freundlichkeit so zu vergelten, aber ich musste die Besucher aus dem Haus locken. In wenigen Minuten standen die Deckenbalken des Stalls und ein paar Sparren im linken Flügel des Palastes in Flammen. Die Pferde gerieten in Panik. Einige Diener rannten schreiend hin und her. Drei Leibwächter seiner Majestät tauchten auf und liefen zum Brunnen, um Löschwasser zu holen.

Ich stand in der Nische unter der Treppe, als die Besucher heruntergestürzt kamen. Sollte ich sie mir alle sieben – beziehungsweise

jetzt nur noch sechs – vornehmen? Das war kaum der richtige Augenblick, um den Helden zu spielen.
»Die Pferde, rettet die Pferde!«, riefen sie sich gegenseitig zu, während sie aus dem Palast hasteten.
Ich wartete auf Seine Majestät. Er kam und kam nicht. Ebenso wenig Rawat Ram Simha, der Sicherheitschef. Was war mit den übrigen Leibgardisten passiert?
Wo bist du, Vater?
Zögernd stieg ich die Treppe hinauf. Die Tür zu seinem Zimmer stand offen, die Lampen strahlten noch hell. Selbst auf die Entfernung sahen seine Lippen bereits grün aus. Das Gift hatte schnell gewirkt, aber nicht schmerzlos. Seine rechte Hand war eine Klaue, die seine Kehle aufzureißen versuchte, seine Augen schienen um Luft zu flehen, aber das von Schmerz und Entsetzen grässlich verzerrte Gesicht verriet, dass keine Luft der Welt ihm jetzt noch etwas genützt hätte. Ich kniete mich neben ihn und schloss ihm Augen und Mund. Lieber Gott, wie schnell ist ein Mensch doch tot und kalt! Verzeih Vater, ich werde später um dich trauern.
Das Wildgericht und ein Schälchen mit gemahlenem Pfeffer warteten auf mich in meinem Zimmer.
Ich ging, um nach dem Sicherheitschef und seinen Männern zu sehen und fand meine Befürchtungen bestätigt. Die Besucher aus Chittor hatten tatsächlich ein Festessen gegeben – ein Festessen des Todes. Es war nicht schwer zu erraten, warum sie selbst nicht dasselbe Schicksal erlitten hatten. Das Gift befand sich, wie einem jedes Handbuch der Staatskunst verraten wird, nicht im Fleisch, sondern im gemahlenen Pfeffer, mit dem wir Rajputen unser Essen, insbesondere Gebratenes und Gegrilltes, so großzügig zu bestreuen pflegen. Man brauchte nur den Pfeffer zu meiden und hatte nichts zu befürchten. Die drei Wachen, die unten versuchten, das Feuer zu löschen, mochten es offenbar lieber nicht so scharf.
Für Speichellecker zählt nichts mehr als die eigene Haut. Die Mörder würden erst dann nach mir suchen, wenn sie ihre Pferde eingefangen und ihre Flucht gesichert haben würden.

Ich war wieder im Dorf. Alles schlief. Ich rechnete nicht unbedingt damit, den Boten noch im Haus des Dorfvorstehers vorzufinden.

Aber ich hätte mir keine Sorgen zu machen brauchen. Mangal stellte keine Verräter oder Feiglinge ein. Ein Leben ohne Mangal – das war eine Möglichkeit, die ich mir niemals vorgestellt hatte.
»Hoheit! Und Seine Majestät?«
»Tot.«
Er wollte sein Beileid aussprechen, aber ich schnitt ihm das Wort ab. »Ich werde dir einige versiegelte Dokumente übergeben. Bringe sie Sajanibai, der Hofsängerin in Chittor. Hier ist meine Halskette. Sie soll dich für deine Mühe entlohnen. Jetzt warte draußen und halte die Augen offen!« Sobald er hinausgegangen war, brach ich das Siegel von Mangals Brief und sah ein fast unleserliches Gekritzel.

Heil Shri Eklingji!
Ein sehr kurzer Brief, Eure Hoheit. Ich fürchte, Mewar steht das Allerschlimmste bevor. Es ist ein Komplott im Gange, Seine Majestät und Euch zu ermorden. Tut bitte alles in Eurer Macht Stehende, um Euer beider Leben zu retten!
Nun muss ich Euch noch etwas anderes mitteilen, da Prinz Vikramadityas Männer wahrscheinlich auch mich ins Visier genommen haben. Mir ist klar, dass Ihr mir nie verzeihen werdet, wenn Ihr erst den Inhalt des beigefügten Briefes kennt. Aber ich habe meiner Mutter mein Wort gegeben, und so muss ich ertragen, was mir am unerträglichsten ist: Euer Missfallen.
Flieht, Eure Hoheit, flieht!
Euer Diener, Mangal

Ich öffnete den zweiten Brief.

Seiner Hoheit, dem Maharaj-Kumar.
Möge Eklingji Euch überreich segnen und vor allem Übel bewahren! Ich habe Mangal gebeten, diese Zeilen für mich zu schreiben. Er ist der einzige Mensch, dem ich diesen Brief anvertrauen kann.
Ihr wart Mewars und meine große Hoffnung. Euch gehörte die Zukunft Mewars. Ihr wart mein, doch alles, was ich mir für Euch erträumte, galt ausschließlich dem Wohl unseres Landes. Ich bin eine sehr besitzergreifende Frau. Aber ich wusste, ich würde Euch nur behalten können, wenn ich Euch losließ.

Vom allerersten Tag an, da ich Euch die Brust gab, habe ich mich innerlich auf Eure Hochzeit vorbereitet. Aber nichts hätte mich auf die Prinzessin vorbereiten können. Sie war eine treue, liebende Gemahlin, aber nicht die Eure. Ich brauchte lange, um das zu begreifen, aber dann erkannte ich, dass sie Mewar zerstören würde. Das Traurigste aber war der Einfluss, den sie auf Euch ausübte. In ihrer Gegenwart schient Ihr den Verstand zu verlieren. Sie schenkte Euch keinen Sohn und sie machte Euch zum Gespött des ganzen Landes. Es war nur eine Frage der Zeit, bis das Volk von Mewar und unsere Verbündeten jeden Respekt vor Euch verloren haben würden.
Ich warnte die Prinzessin, redete ihr ins Gewissen. Sie hörte nicht auf mich. Ich beschloss, etwas zu unternehmen. Eure Feinde hatten die gleiche Idee gehabt, aber sie verpatzten die Sache. Anstelle der Prinzessin töteten sie ihre Zofe, die unschuldige Kumkum Kanwar. Ich plante den Tod der Prinzessin weitaus sorgfältiger. Ich sorgte auch dafür, dass man mir nicht auf die Schliche kommen würde. Ich vergiftete nicht nur ihr, sondern auch mein Essen, nur dass die Dosis, die ich ihr gab, wenigstens zehnmal höher war als meine. Da ich auch ein Opfer war, verdächtigte mich niemand. Leider gelang es auch mir nicht, Mewar von der Prinzessin zu befreien.
Ist es eine böse Macht, die sie schützt, oder sind es die Götter? Manchmal frage ich mich, ob das nicht ein und dasselbe ist. Ich bedaure nichts. Die Prinzessin und Ihr mögt Euch im Laufe der Jahre näher gekommen sein; aber diese Beziehung kann zu nichts Gutem führen, weil sie auf einer Lüge gründet. Ich bin außerstande, Euch zu retten. Unnötig zu sagen, dass Ihr gar nicht gerettet werden wollt. Ja, Ihr erkennt nicht einmal, dass nicht sie, sondern Ihr im Begriffe steht, alles zu verlieren.
Die Legende der Kleinen Heiligen wird mit jedem Jahr mächtiger werden. Wer liebt, den liebt die ganze Welt. Ihre Liebe, ihre überhitzten Lieder werden sie unsterblich machen. Was Euch anbelangt, Hoheit – wenn Königin Karmavati und Vikramaditya Euch nicht erledigen, dann werden es die Prinzessin und ihr Geliebter tun. So oder so wird die Erinnerung an Euch ausgelöscht werden.
Ihr wart zu Größerem bestimmt, Hoheit. Ihr besitzt das Zeug zum größten Rajputenherrscher, den das Land je gesehen hat. Ihr habt die visionäre Kraft und den Verstand, alle Eure Feinde zu schlagen

und zum Maharana von ganz Indien zu werden. Könnt Ihr mit Eurer Frau brechen? Denn nur dann werdet Ihr imstande sein, mit Eurem Bruder und dessen Mutter fertig zu werden und Euch auf Babur und unsere übrigen Feinde konzentrieren können.
Werdet Ihr es tun? Tief in meinem Herzen weiß ich, dass die Antwort Nein lautet. Für Euch gibt es nur eine einzige Frau: die Prinzessin. Es wäre nicht so schlimm, wenn sie Euch auch geliebt hätte. Aber was rede ich, Ihr scheint es ja für Euch beide zu tun.
Ich verlasse das Land, Prinz. In Mewar gibt es keinen Platz für eine Mörderin, nicht einmal für eine gescheiterte. Aber ebenso wenig kann ich Eurem Untergang tatenlos zusehen.
Ich bete, dass sich meine Befürchtungen als falsch erweisen mögen.
Eure Dienerin,
Kausalya

Ich habe meine letzte Eintragung fast abgeschlossen. In wenigen Minuten werde ich diese fragmentarischen Memoiren versiegeln und sie dem Boten übergeben, damit er sie nach Chittor bringt. Es ist nur eine Frage der Zeit, bis sich die Mörder Seiner Majestät auf die Suche nach mir machen. Eines aber habe ich noch zu erledigen, etwas, das ich seit Jahren vor mir herschiebe, das aber nicht länger warten kann. Ich habe mit jemandem im Tempel eine Rechnung zu begleichen. Außerdem habe ich nicht vor, Königin Karmavati, Vikramaditya oder ihren Lakaien ein leichtes Ziel zu bieten. Ich habe ja noch Befikir, und die Berge und Raja Puraji Kika sind nicht weit von hier. Und ich sehne mich danach, in Lilavatis Armen zu liegen.

Warum höre ich nicht auf, mir etwas vorzumachen?
Es steht für mich außer Frage, dass Kausalya und Lilavati beide vollkommen Recht haben. Ihre Schlussfolgerung ist unwiderlegbar. Wenn ich etwas aus mir machen will, muss ich diese Frau verlassen. Sie aus meinem Leben verbannen.
Ja. Ich muss.
Aber es gibt nur eine einzige Frau für mich. Es ist nicht Lilavati und es ist nicht Kausalya. Es ist meine Frau. Ich werde ihr nach Brindaban folgen, nach Mathura, zu den Pforten der Hölle, ja sogar in den Himmel, wenn die Götter mich hereinlassen.

Ich bin die fehlende Seite, die niemand vermisst,
die Lücke, die man getrost überspringen kann.

Epilog

Niemand sah oder hörte je wieder etwas vom Maharaj-Kumar. Es kursierten viele Geschichten über die näheren Umstände seines Verschwindens. Eine besagte, die sechs Bluthunde – Königin Karmavatis und Prinz Vikramadityas Schergen – hätten ihn getötet. Eine andere behauptete, der Maharaj-Kumar habe sich nach Mandu durchgeschlagen und sei mit Lilavati in die Berge geflohen, in denen Raja Puraji Kika herrschte. Wieder eine andere berichtete, er sei in Mathura gesichtet worden. Er sei Bettelmönch geworden und gehöre zu jener Gruppe von Anhängern, die der Kleinen Heiligen überallhin folgten. Die vierte Version schien auf einen etwas komplizierteren Sachverhalt hinzudeuten:

Verfolgt von den sechs Männern, rannte der Maharaj-Kumar zum Krishna-Tempel von Baswa. Er trug den safranfarbenen Turban des Todgeweihten. »Sogar die Götter«, murmelte er, »müssen bekommen, was ihnen zusteht.«
Die Marmorstatue des Flötenspielers war nicht halb so groß wie das Kultbild des Brindabani-Tempels in Chittor, aber sie war von erlesener Schönheit, und der Gott strahlte – auch wenn es dem Maharaj-Kumar schwer fiel, das zuzugeben – einen Frieden aus, der ironischerweise ausgerechnet auf ihn beruhigend wirkte. Die Falten der Dhoti waren so zart geformt wie die Sandwellen, die der Maharaj-Kumar zerstört hatte, als er während des Idar-Feldzuges sieben Tage lang durch die Wüste geirrt war. Die keck aus dem Stirnband em-

porragende Pfauenfeder war so hauchfein gearbeitet, dass sie fast durchscheinend wirkte. Aber es waren der Gesichtsausdruck und die Haltung des Kopfes, die im Maharaj-Kumar eine Saite zum Klingen brachten. Er hätte den Gott beinahe mit sich selbst verwechseln können. Dieser spielte Flöte, und das Lied, nach dem er suchte, hatte ihm die Augen geschlossen. Es gibt keine tiefere Meditation als die Musik und keine größere Entdeckungsreise als den Blick nach innen.

Genau der richtige Zeitpunkt, ästhetische Betrachtungen über die Schönheit einer Statue anzustellen! Genug gezaudert. Genug. Es heißt doch, Gott wohne in allen Dingen, sagte sich der Prinz. Da muss er ja wohl in seinem eigenen Bildnis gegenwärtig sein!

Zieh das Schwert aus der Scheide. Hol mit der rechten Hand weit über die linke Schulter aus. Jetzt sieh ihm ins Gesicht – keine Sorge: Er wird die Augen nicht öffnen und er wird nicht aufhören, Flöte zu spielen! Jetzt schlag zu, schräg abwärts, von links nach rechts, ein sauberer Streich, und sein Kopf wird über den Fußboden rollen.

»Wie lange willst du noch diese Feindschaft hegen, wie lange noch diesen Privatkrieg führen? Und wozu? Weißt du denn nicht, dass du und ich eins sind? Meine Flöte ist an deinen Lippen und du spielst mein Lied. Wir lieben dieselbe Frau. Nichts, du Dummkopf, keine Macht auf Erden kann uns voneinander trennen!«

Versuchte der Blaue Gott, Zeit zu schinden? Schließlich war er ein unendlich betrügerischer Gott. Er log, verstellte sich, machte vor praktisch gar nichts Halt, um sich aus einer Klemme zu befreien oder einen Vorteil herauszuschlagen. War nicht genau das einer der Gründe, warum der Maharaj-Kumar ihn als einen der größten Staatsmänner aller Zeiten angesehen und gehofft hatte, das Volk von Mewar würde von ihm die Kunst der Diplomatie und des Krieges erlernen?

Der Prinz schwankte. Sollte er die Hand erheben und ihn erschlagen? Oder ... Das zweischneidige Schwert sauste herab, genauso schnell und kraftvoll, wie er es sich vorgestellt hatte. Wurde seine Hand auf halbem Weg abgebremst? Gelang es ihm, wenigstens eine leichte Kerbe in das selig lächelnde Antlitz oder den Rumpf des marmornen Flötenspielers zu schlagen? Darüber schweigt sich Sajanibai aus.

Die Schwerter erhoben, hatten ihn die sechs bereits umstellt. Da umarmte der Flötenspieler den Maharaj-Kumar. Grauen und Verblüffung bemächtigte sich der sechs Männer. Im einen Moment war der Maharaj-Kumar noch da, im nächsten war er unsichtbar geworden. Hatten sie geträumt? Nur das Ende des safranroten Turbans sah noch unter dem linken Rippenbogen des Flötenspielers hervor. Jedes Mal, wenn jemand den Tempel betritt, bewegt sich der im fugenlosen Marmor verfangene Stoff leicht im Luftzug.

Nachwort

Das Letzte, was mir vorgeschwebt hatte, war, ein historisches Werk zu schreiben. Es sollte ein Roman werden, keine wissenschaftliche Abhandlung, und ich war bereit, mich an Geographie und Klima zu vergreifen, Stammbäume und Ursprünge von Göttern und Göttinnen umzudichten, nach Belieben Revolten und Epidemien zu entfachen, Anekdoten und wirtschaftliche Verhältnisse zu erfinden und Jahreszahlen zu frisieren. Aber ich kam nicht allzu häufig dazu; einzig der Protagonist, der Maharaj-Kumar, ließ mir einigen Spielraum, da von ihm nicht viel mehr bekannt ist, als dass er geboren wurde, heiratete und starb. Sein einziger Anspruch auf Unsterblichkeit ist die Tatsache, dass er mit einer Prinzessin vermählt war, die bis zum heutigen Tag die bekannteste und am meisten zitierte Frau in der indischen Geschichte sein dürfte.

Wenn sich entgegen meinen Absichten doch ein erhebliches Quantum geschichtlicher Wahrheit in meinen Roman eingeschlichen hat, so liegt es daran, dass die Prinzessin und ihr Gemahl in einer historisch bedeutsamen Zeit lebten. Er war der Kronprinz von Mewar, des mächtigsten Rajputenstaates des frühen sechzehnten Jahrhunderts. Sein Vater Rana Sanga hatte es geschafft, die sich ständig befehdenden rajputischen Königreiche und Fürstentümer zum ersten Mal seit Generationen zu einen. Er war auf drei Seiten von feindlichen Mächten umgeben. Im Nordosten saß die aus Afghanistan stammende Lodi-Dynastie, deren Herrscher sich großspurig als »Sultane von Hindustan« titulierten. Im Südwesten gab es das Königreich Gujarat und dessen Sultan Muzaffar Shah II., während im Südosten Sultan Mahmud Khalji II. von Malwa regierte.

Der Stand der Mewar-Forschung lässt zwar noch einiges zu wünschen übrig, aber es scheint immerhin festzustehen, dass Muzaffar Shahs zweiter Sohn, Shahzada Bahadur, in Mewar Asyl suchte. Er wurde gastfreundlich aufgenommen, jedoch kam es bald zu einem Bruch, als der Shahzada während eines Festes einen mit der Königsfamilie verwandten Prinzen tötete. Die Königinmutter hatte

Prinz Bahadur in ihr Herz geschlossen. Sie war es denn auch, die nach dem Zwischenfall intervenierte und dem Shahzada das Leben rettete. Gegen Gujarat kämpfte Mewar hauptsächlich um ein Fürstentum namens Idar. In einer Schlacht gegen Malwa besiegte Mewar Sultan Mahmud Khalji und nahm ihn gefangen.

Baburs Präsenz in Indien begann sich um 1520 bemerkbar zu machen. Er fiel insgesamt fünf Mal in Hindustan ein, erstmals im Jahre 1519. Das »Buch Baburs« und die zeitgenössischen Mewarer Chroniken berichten übereinstimmend, Sanga und Babur hätten sich brieflich über die Möglichkeit ausgetauscht, Ibrahim Lodi gleichzeitig anzugreifen, der eine über Panipat, also von Norden, der andere über Agra von Süden her.
Nachdem Babur in der berühmten ersten Schlacht von Panipat Sultan Ibrahim Lodi besiegt hatte, annektierte er Delhi und Agra und unterwarf nach und nach den Rest des Lodi-Reiches. Man darf allerdings nicht vergessen, dass Ibrahim Lodi selbst bei seinen eigenen Verwandten, Vasallen und Amirs verhasst und das Sultanat von Lodi bereits im Zerfall begriffen gewesen war. Babur wusste, dass ihm die entscheidende Kraftprobe noch bevorstand. Die eigentliche Macht in der Region hatten Rana Sanga und die von ihm angeführte Konföderation hinduistischer und muslimischer Rajas und Fürsten inne. Baburs Soldaten wollten nach Kabul zurück. Wie er selbst schreibt, waren sie von der vereinten Streitmacht Rana Sangas und dessen Verbündeten eingeschüchtert und verspürten nicht die geringste Neigung, ihnen entgegenzutreten. Babur musste zu äußerst ungewöhnlichen Maßnahmen greifen, um seine Soldaten zuletzt doch zu bewegen, sich auf einen Kampf einzulassen.
Die Bedeutung der Schlacht von Khanua wird allgemein unterbewertet. Sie entschied jedoch nicht nur über das Schicksal Padishah Baburs, Rana Sangas und dessen Verbündeten, sondern über dasjenige ganz Indiens.
Nach seiner Niederlage bei Khanua gelobte Rana Sanga, erst dann nach Chittor zurückzukehren, wenn er Babur besiegt haben würde. Wie viele Historiker glauben, wurde er während dieses Interregnums vergiftet, wobei allerdings nicht klar ist, wer genau hinter dem Anschlag stand.

Historiker berichten, Königin Karmavati habe einen ungesunden Einfluss auf Rana Sanga gehabt. Die Mühe, die sich Königin Karmavati gemacht hatte, war nicht vergebens. Vikramaditya wurde Rana von Chittor. Er blieb es zwar nicht lange, aber das früher so mächtige Chittor war bald nur noch ein Schatten seiner selbst, und der einstige Gast des Maharaj-Kumar, Sultan Bahadur Shah, belagerte die Festung. Es erscheint wie eine Ironie des Schicksals, dass sich Königin Karmavati ausgerechnet an Baburs Sohn Humayun, den neuen Mogul-Padishah, wandte und ihn anflehte, zu Chittors Befreiung zu eilen. Er ließ sich nicht blicken. Schließlich retteten Königin Karmavati und dreizehntausend Frauen von Chittor ihre Ehre, indem sie ins Feuer sprangen und Jauhar begingen.

Der türkische Feldherr Babur, der anfangs, als er aus Transoxanien ausgezogen war, gar nicht die Absicht gehabt hatte, der Padishah von Hindustan zu werden, begründete eine der bemerkenswertesten Dynastien der ganzen Welt, das Haus der Großmoguln.

Sein bedeutendster Beitrag zur indischen Geschichte und zur Weltkultur war sein Enkel, Kaiser Akbar. Akbar war ein Zeitgenosse Königin Elizabeths I. Sein Großvater wäre auf ihn stolz gewesen. Er erweiterte das Reich, bis es praktisch zwei Drittel des indischen Subkontinents umfasste. Er war ein großer Bauherr und gründete nicht weit von Khanua, wo Babur den Rana Sanga besiegt hatte, seine neue Hauptstadt Fatehpur Sikri. Über seine schönste Leistung allerdings wäre sein Großvater weniger glücklich gewesen: Er besetzte die höchsten militärischen und politischen Ämter im Reich nicht nur mit Moslems, sondern auch mit Hindus, Jains und *Zoroastriern*. Er war davon überzeugt, dass verschiedene Religionen friedlich koexistieren könnten. Tatsächlich versuchte er, eine neue Religion zu stiften: Din-i-Ilahi, eine Synthese all dessen, was er als das jeweils Beste an den verschiedenen Glaubensrichtungen ansah. Er konnte weder lesen noch schreiben. Aufgeklärtheit und Toleranz haben offenbar wenig mit Schriftgelehrtheit zu tun.

Sein Sohn Jahangir herrschte von 1605 bis 1627. Während seiner Regierungszeit gründeten die Briten in Surat ihre erste Niederlassung in Indien. Akbars Enkel, Shah Jahan, war der große Bauherr der Mogul-Dynastie. Er baute das Fort von Agra, das Rote Fort in

Delhi und eines der schönsten Monumente der Welt: den als Mausoleum für seine Lieblingsgemahlin konzipierten Taj Mahal.

Sultan Bahadur Shah von Gujarat eroberte zuletzt sowohl Chittor als auch Malwa. Als Baburs Sohn Humayun beschloss, in Gujarat einzumarschieren, versuchte Bahadur sich die Hilfe der Portugiesen mit den damals zu Gujarat gehörenden sieben Inseln von Bombay zu erkaufen. Es wird berichtet, dass die Portugiesen ihn nach Surat auf eines ihrer Schiffe einluden und während seiner Besichtigung einen Unfall arrangierten, der ihn aus dem Weg räumte.

In Indien müssen Heilige nicht unbedingt wie im Abendland zölibatär leben. Ebenso wenig haben sie Wunder zu vollbringen, um kanonisiert zu werden. In der mystischen *bhakti*-Tradition, die einen scharfen Bruch mit der totalitären brahmanischen Kontrolle Gottes und des religiösen Rituals bedeutete, hatte jeder – von den Angehörigen der höchsten hinduistischen Kasten über Kaufleute bis hin zu Bettlern und Unberührbaren wie Abdeckern, Schustern und Töpfern – direkten Zugang zum Allmächtigen. Glühende Hingabe war alles, was man benötigte, und schon gehörte einem Gott. Ein spezifisches Merkmal dieser intimen Beziehung zu Gott – er wurde mit den verschiedensten Namen angerufen, wie Rama, Vitthal, Krishna, Shiva – war der Umstand, dass die Bhakti-Mystiker überall in Indien ein fast zwanghaftes Bedürfnis verspürten, sich mit dem Herrn in dichterischer Form auszutauschen. Viele von ihnen schrieben wirklich große Poesie: lyrisch, leidenschaftlich, umgangssprachlich, erhaben, tiefernst, humorvoll, romantisch, streng, komplex, verspielt. Das Thema war immer dasselbe: Er. Er war Vater, Kumpel, Geliebter, Gefährte, Seelenfreund. Er war kein hoher Herr. Man konnte ihn necken, herumkommandieren, zu jeder Tages- und Nachtzeit belästigen. Man konnte all diese Dinge mit ihm tun, weil man von der Einheit Gottes überzeugt war; davon, dass keinerlei Grenze zwischen Ihm und einem selber existierte.
Kabir, Jnaneshvar, Krishna Chaitanya, Tyagaraja, Tukaram, Lalla, Namdev, Narsi Bhagat. Und dann war da noch die Kleine Heilige, Mirabai. Anders als alle anderen Bhakti-Heiligen war sie von hoher Geburt, eine Prinzessin. Sie wurde um 1498 geboren und 1516 mit

Rana Sangas Sohn verheiratet, dem Maharaj-Kumar Bhoj Raj. Ihre Affäre – auch wenn mit einem Gott – war ein Skandal. Mira war im Palast deshalb ständigen Anfeindungen ausgesetzt. In einem der ihr zugeschriebenen Lieder ruft sie den göttlichen Flötenspieler Krishna an, dass Er sie vor ihrer Schwägerin, ihrer Schwiegermutter und dem Rana – Vikramaditya? – retten möge. Möglicherweise versuchten sie wirklich, wie die Tradition berichtet, sie zu vergiften.
Es ist unmöglich, aus dem Wust von Sagen und Legenden, die sich mit der Zeit um ihren Namen rankten, gesicherte biographische Daten herauszufiltern. Die indische Vorstellungskraft ließ sich von der romantischen Geschichte der Prinzessin, ihres göttlichen Geliebten und ihrer Leiden unter der angeheirateten Verwandtschaft nur zu gern beflügeln. Mirabai war eine recht produktive Dichterin. Ihre Liebesgedichte hatten bekenntnishaften Charakter und haben bis in die Gegenwart unzählige Nachahmer gefunden. Ihre Metaphern, Wendungen und ihr gesamtes Werk sind Bestandteil des Wortschatzes und der Gedankenwelt jedes modernen Inders. Ihr Bild begegnet uns nahezu auf Schritt und Tritt. Krishna ist der Yogi, sie ist die Yogin, die Verehrerin. Sie ist stets weiß gekleidet und zupft ein einsaitiges Instrument. Sie blickt nie auf die äußere Welt. Sie ist in ihrem Gott verloren und tanzt in Trance vor Ihm. Die Kleine Heilige wurde bekanntlich zu einer sehr großen Heiligen.
Das Maß aller Dinge ist in Indien das kommerzielle Kino. Die indische Filmindustrie besinnt sich in regelmäßigen Abständen immer wieder auf die Kleine Heilige. Die Krishna-Sekten einschließlich der Hare-Krishna-Bewegung verdanken Mirabai nicht wenig. In den 80er-Jahren des zwanzigsten Jahrhunderts wurde sie, wie Jeanne d'Arc, als frühe Feministin entdeckt. Mira ist Gegenstand von Ballett- und Theaterstücken, von Dichtung und Malerei. Ihre Bhajans, Liebeslieder und anderen poetischen Werke werden in ganz Indien gesungen. Die anderen großen indischen Bhakti-Heiligen mögen intellektuell mehr zu bieten haben, doch ihr Ruhm ist zumeist regional begrenzt. Miras Name hingegen ist praktisch jedem Inder geläufig.

Soweit die Tatsachen.
Im Übrigen sind Geschichtenerzähler Lügner. Wir alle wissen das.

Glossar

Hinweis zur Aussprache indischer Termini:
Vokale werden wie im Deutschen ausgesprochen; »ch«, »sh« und »j« wie im Englischen; »s« ist immer stimmlos (wie »ß«); »y« entspricht dem deutschen »j«; »z« ist ein stimmhafter s-Laut (wie in »Rose«). Nach »k«, »g«, »t«, »d«, »p« und »b« wird ein »h« immer als deutlich artikulierter Hauchlaut ausgesprochen.
Hinweis zur Schreibweise indischer (arab., türk., pers.) Substantive:
Die erste Nennung im Text wird kursiv und klein geschrieben (Eigennamen und Titel groß), danach werden die Substantive durchgängig groß und nicht kursiv geschrieben.

Abakus [lat.]: bereits im Altertum verwendetes Rechenbrett für die vier Grundrechenarten mit beweglichen Steinen, von deren Lage ihr Wert abhängt

Abhimanyu: Sohn des *Arjuna*, der sich während des großen *Mahabharata*-Krieges in vielen Einzelkämpfen auszeichnete

abhishek: rituelles Besprengen mit Wasser, u. a. als Teil der Verehrung einer Gottheit (vgl. *puja*)

alap: einleitender, nicht taktgebundener Teil eines *raga*, in dem der Solist die vorgegebene Tonleiter ohne Trommelbegleitung improvisierend »erkundet«

Amir [arab.]: »Häuptling«, »Herr«; islamischer Titel

angarkha: langes Obergewand für Männer

Annapurna: hinduistische Göttin der Nahrungsfülle

apsara: himmlische Tänzerin im Gefolge des hinduistischen Götterkönigs Indra

arati: vertikal kreisförmiges Schwenken von Öllichtern vor dem Götterbild als Zeichen der Verehrung; ein Teil der *puja*; auch als Ausdruck von Ehrerbietung vor Menschen (Gästen usw.) durchgeführt

Ardhanarishvar: »der Herr, der halb Frau ist«; eine zweigeschlechtliche Erscheinungsform *Shivas*; die rechte Körperhälfte ist männlich, die linke weiblich

Arjuna: einer der fünf Pandava-Brüder (der »Guten« im *Mahabharata*), ein berühmter Held; als er zu Beginn der großen Schlacht zögert, gegen seine Verwandten (die *Kauravas*) zu kämpfen, trägt ihm *Krishna*, der ihm als Wagenlenker dient, eine längere Lehrrede vor – die *Bhagavadgita*

Arthashastra: dem *Kautilya* zugeschriebenes Staatslehrbuch, das dem Herrscher praktische Anleitungen zur Konsolidierung und Erweiterung seiner Macht gibt

bai: »Dame«; wird v. a. in Rajasthan wie ein Suffix an Frauennamen angehängt

Bajadere [portugies.]: indische Tänzerin; Dienerin eines Gottes, die auch religiöse Prostitution ausübt

Bakasur: Name zweier Dämonen; hier: spezieller Ringkampfgriff

balabandi: eine Art Kopfschmuck

Bal-Krishna: »Krishnakind«, *Krishna* als Kind

balucheri: in Bengalen hergestellte Textilart, gewöhnlich mit Darstellungen aus den zwei großen Sanskritepen, dem *Mahabharata* und dem *Ramayana*, oder aus dem Leben am Königshof

Banyan-Baum *(Ficus indica)*: bis zu 30 m hoher, durch Luftwurzeln sich zu regelrechten »Wäldchen« ausbreitender Baum (vgl. auch *Vat-Savitri*-Fest)

barasingha *(Cervus duvauceli)*: eine große Hirschart

Beg [türk.]: »Herr«; Provinzstatthalter

Bhagavadgita: »Gesang des Erhabenen (d. h. *Krishna*)«; in den letzten vorchr. Jahrhunderten entstandenes religiös-philosophisches Lehrgedicht (Teil des *Mahabharata*), in dem Krishna dem *Arjuna* drei »yogas« oder Erlösungswege darlegt: den Weg der Erkenntnis (»jnanayoga«), den Weg des Handelns (d. h. der Erfüllung der Kastenpflicht, »karmayoga«) und den Weg der Hingabe an den höchsten Gott (hier Krishna/*Vishnu*, »*bhakti*yoga«); berühmtester und bedeutendster religiöser Text des Hinduismus

bhajan: religiöser Gesang zu Ehren einer Gottheit

bhakti: Verehrer, liebender Anhänger einer hinduistischen Gottheit

bhang-lassi: berauschender Absud von Cannabis-Blättern in (Butter-)Milch

Bhil: nicht zum hinduistischen Kastensystem gehörender Angehöriger eines nordindischen Volksstamms

Bhishma: bedeutender Held des *Mahabharata*, Sohn des Königs Shantanu; seinem Vater zuliebe entsagte er dem Thron und legte außerdem das Gelübde lebenslanger Keuschheit ab, um zu verhindern, dass etwaige Söhne von ihm Anspruch auf den Thron erheben würden

Blaue, der: ein Beiname *Krishnas* (vgl. *Shyam*)

Brahma: neben *Vishnu* und *Shiva* eine der drei hinduistischen Hauptgötter; innerhalb dieser Götterdreiheit verkörpert er das Prinzip der Weltschöpfung

Brahmane: Angehöriger der obersten hinduistischen Kaste

Brindaban *(Vrindavan)*: Wald in der Nähe des Dorfes Gokul (Distrikt Mathura), in dem *Krishna* der Sage nach seine Jugend unter Kuhhirten verbrachte

Chamundi: als eigenständige Göttin verehrte wilde, Furcht erregende Form Parvatis, der Gemahlin und »Energie« *Shivas*

Chandra Mahal: »Mond-Palast«

charan: »Barde«, »Sänger«; Angehöriger einer Unterkaste der rajasthanischen *Brahmanen*

Charani-Devi: in Rajasthan verehrter volkstümlicher Aspekt der »Großen Göttin« (Durga oder Kali)

chaupat: ein Brettspiel

choli: zum Sari oder zum Rock getragenes, eng anliegendes Kleidungsstück, das Unter- und einen Teil der Oberarme sowie die Magenpartie unbedeckt lässt und vorne geknöpft oder hinten mit Bändern geschnürt wird

chunni: Kopf und Schultern bedeckendes umhangartiges Obergewand für Frauen

dada: Großvater väterlicherseits

dai: Amme

dandiya-ras: »Stock-Reigen«; traditioneller Tanz aus Gujarat

darshan: »Schau«, »Wahrnehmung«; direkte Anschauung einer Gottheit (meist als Kultbild), eines heiligen Ortes oder einer hoch gestellten Persönlichkeit

deva: Gott

devi: Göttin

Dhaka: altindische Stadt (heute Hauptstadt von Bangladesh), die berühmt war für die Qualität ihrer Textilien (v. a. des Dhaka-Musselins); der Name der Stadt wird häufig als Synonym für die dort hergestellten Stoffe verwendet

dharma: spezifische Pflicht, die aus der Zugehörigkeit zu einer bestimmten Kaste abgeleitet ist; durch die Kaste vorgeschriebener »richtiger« Lebenswandel

dhobi: Wäscher, Angehöriger der Wäscherkaste

dhoti: männliches Bekleidungsstück; Stoffbahn, die um die Hüften und zwischen die Beine geschlungen wird, so dass sie eine knie- bis wadenlange »Hose« ergibt

Digambaras: »die Himmelgekleideten«, d. h. Nackten; eine der beiden Hauptsekten der *Jains*, die die (strengere) Auffassung vertritt, einzig ein vollkommen besitzloser (daher auch nackter) Mönch könne die Erlösung erlangen

Divali: fünf Tage dauerndes »Lichterfest«, das Ende Oktober zum Andenken an *Ramas* Rückkehr aus der Verbannung und zu Ehren Lakshmis, der Göttin des Reichtums und des Glücks, gefeiert wird; eines der wichtigsten Feste des Hinduismus, aber auch des Jainismus

diwan [arab./pers.]: oberster Minister, der im Auftrag des Herrschers die Regierungsgeschäfte leitet

Draupadi: gemeinsame Ehefrau der fünf Pandava-Brüder (siehe *Arjuna*); der älteste Bruder »verlor« sie beim Würfelspiel gegen den Schurken Duryodhana, den Ältesten der *Kauravas*; als dieser anfing, ihr die Kleider vom Leib zu reißen, geschah ein Wunder: Ihr »wuchsen« ständig neue Gewänder »nach«, so dass ihre Keuschheit und Ehre gewahrt blieben

durbar [pers.]: offizieller Empfang bei einem indischen Fürsten

Eklingji Shiva: etwa »*Shiva*, das verehrte (siehe *ji*) einzige *linga*«; Manifestation Shivas, die die Herrscher von Mewar seit der Regierungszeit Bappa Rawals (734–753) als ihre Familiengottheit verehren

ektara: Monochord; einsaitiges Musikinstrument fahrender Sänger

firangi: »Franke« bzw. »Europäer«; hier »europäische Waffe« (Muskete)

Gambhiri: der Name des Flusses bedeutet »die Ernste, Strenge, Tiefgründige«

Ganapati: (auch Ganesha) elefantenköpfiger Sohn *Shivas* und Parvatis; als Beseitiger von Hindernissen wird er am Anfang jeder neuen Unternehmung (z. B. zu Beginn jeden Buches) angerufen

Ganesha: (siehe: *Ganapati*)

Ganga: der in Indien als weiblich gedachte Fluss Ganges sowie dessen Göttin

garbha-griha: »Schoß-Haus«; die innerste Kammer des hinduistischen Tempels, der Wohnort der Gottheit

ghagra: zur traditionellen Tracht rajasthanischer Frauen gehörender knöchellanger plissierter Rock

ghat: befestigter Abschnitt eines (Fluss-)Ufers, der bestimmten Aktivitäten vorbehalten ist; es gibt z. B. »Leichenverbrennungs-Ghats«, »Bade-Ghats« usw.

ghee: zerlassene Butter

Giridhar: »Bergträger«; Beiname *Krishnas*

Gopal: »Rinder-Beschützer«, »Kuhhirte«; Beiname *Krishnas*

gopis: »Kuhhirtinnen«; die Töchter und Ehefrauen der Kuhhirten von *Brindaban*; *Krishnas* Geliebte

Guhilot Sisodia: Familienname der rajputischen Herrscher von Mewar

gurukul: »Lehrerfamilie«, das Haus eines Lehrers, in dem der Schüler für die Dauer seiner Ausbildung wohnt; hier etwa im Sinne von »Internat« gebraucht

Hada: indischer Fürstentitel

hakim [arab.]: muslimischer Arzt, der »westliche« (im Gegensatz zur ayurvedischen) Medizin praktiziert

Hanuman: Affengott; treuer Gefolgsmann *Ramas* und als solcher Inbegriff des unerschütterlichen gläubigen Verehrers; Schutzherr der Ringkämpfer

Hatyara: »Mörder«; Schmähname für Udai Singh I., den Großvater des Maharaj-Kumar Bhoj Raj

hijra: kastrierter Transvestit, der seinen Lebensunterhalt als Tänzerin, Musikantin und oft auch als Prostituierte verdient

Holi: hinduistisches Frühlingsfest, das ausgelassen am Vollmondtag des Monats Phalguna (Februar/März) begangen wird und besonders bei den *Krishna*-Verehrern große Beliebtheit besitzt; die Menschen bewerfen und besprühen sich gegenseitig mit farbigem Puder und Wasser, und alle durch Kaste, Geschlecht und gesellschaftlichen Status bedingten Grenzen sind aufgehoben

huri [pers.]: schönes, ewig jungfräuliches Mädchen im islamischen Paradies

Id-Mond: der Neumond, dessen Aufgang das Ende des islamischen Fastenmonats Ramadan bedeutet – er ist also »selten« und wird sehnlichst erwartet

ikkat: besondere Seide aus Patan; bei der Herstellung werden die Kettfäden (beim »doppelten Ikkat« auch die Schussfäden) vor dem Weben »knotengefärbt«

Jains: Angehörige einer von Mahavira (auch Jinas, der »Sieger«, genannt, woher die Bezeichnung Jinismus oder Jainismus abgeleitet ist) im 5. vorchr. Jahrhundert gegründeten Religion, deren wichtigstes Gebot der Erhalt jeden Lebens ist

Janmashtami: *Krishnas* Geburtstag, am achten Tag der dunklen Hälfte des Mondmonats Bhadra (August/September) gefeiert

jauhar: »Tapferkeit«; der frühere Brauch rajputischer Frauen, während ihre Männer die belagerte Festung zur letzten, aussichtslosen Schlacht verließen, gemeinsam ins Feuer zu springen

ji: Respekt und Zuneigung ausdrückendes Suffix, das an Eigennamen, Verwandtschaftsbezeichnungen u. Ä. angehängt wird

jihad [arab.]: der »Heilige Krieg« der Moslems zur Verteidigung und Ausbreitung des Islam

kafirn [arab.]: »die Ungläubigen«; im Islam Bezeichnung für Nicht-Muslime

Kailash: Götterberg, Wohnstätte *Shivas*; der »reale« Kailash liegt in West-Tibet

Kalika-Mata: die als Mutter verehrte Göttin Kali

Kali-Yuga: nach hinduistischem Glauben das jetzige, letzte und schlechteste der vier zyklisch immer wiederkehrenden Weltalter

Kamasutra: »Leitfaden der Liebe«; von Vatsyayana vermutlich in den ersten nachchr. Jahrhunderten verfasstes umfangreiches Werk über die Liebeskunst

kanchuki: Büstenhalter

Kanhaiyya: volkstümlicher Name *Krishnas*

karmayogi (*m*), ***karmayogini*** (*w*): jemand, der den zweiten der von der *Bhagavadgita* beschriebenen drei Erlösungswege beschreitet, den Weg des Handelns und der (Kasten-)Pflichterfüllung

Kauravas: die »Schurken« im *Mahabharata*: die hundert Söhne des blinden Königs Dhritarashtra, die ihren Cousins, den Pandavas, ihr rechtmäßiges Erbe streitig machten und zuletzt von diesen nach 18-tägiger Schlacht besiegt wurden (vgl. auch *Draupadi*)

Kautilya: indischer Staatsmann des 4. Jahrhunderts v. Chr., wohl Minister König Chandragupta *Mauryas*; gilt traditionell als der Verfasser des *Arthashastra*

kesariyabana: wörtlich »Anlegen der safranfarbenen (Opfer-)Kleidung«; bei den Rajputen die traditionelle Vorbereitung auf den letzten, aussichtslosen Kampf gegen eine feindliche Übermacht

Kevda (Pandanus): Schraubenbaum

Khas (*Vetiveria zizanioides*): eine Süßgrasart, deren Rhyzom und Wurzeln zu kühlenden Absuden und Duftöl verarbeitet werden

kirtan: »Wiederholung«, »Lobpreisung«; meist in der Gruppe gesungene, ständig wiederholte Lobpreisung einer Gottheit (oft nur deren verschiedene Namen)

Krishna: »der Schwarze«; als achte Inkarnation (avatara) *Vishnus* geltender volkstümlicher, sehr beliebter Gott; war der Legende nach königlicher Abstammung, wuchs aber unter Rinderhirten auf; Hauptgestalt der *Bhagavadgita*; im *Mahabharata* ist er Freund der Pandavas und Wagenlenker *Arjunas*; als Plastik wird er meist Flöte spielend dargestellt; es gibt viele weitere Beinamen für Krishna

laddu: beliebte kugelförmige Süßigkeit

Lakshman: jüngerer Bruder *Ramas*; begleitet ihn und dessen Gemahlin *Sita* in die Verbannung; Inbegriff des treuen, selbstlosen Bruders

linga: »Phallus«; abstrakte Erscheinungs- und Darstellungsform des Gottes *Shiva*, meist einem oben abgerundeten kurzen Säulenstumpf vergleichbar; das Linga »wächst« senkrecht aus der *yoni* hervor, die beiden sind also – ebenso wie der Gott und dessen Gemahlin – immer vereint

lota: rundes, fast kugelförmiges Wassergefäß aus Ton oder Metall

Mahabharata: in seinen älteren Teilen in der zweiten Hälfte des ersten vorchr. Jahrtausends entstandenes, über 100.000 Doppelverse umfassendes Sanskrit-Epos, das im Hauptteil den Kampf der miteinander verwandten, aber verfeindeten Geschlechter der Pandavas und der *Kauravas* beschreibt, aber auch viele, zum Teil sehr lange lehrhafte Abschnitte enthält (darunter die *Bhagavadgita*)

Maharaj-Kumar: Kronprinz

Maharana: »Großkönig«; Titel der rajputischen Herrscher von Mewar

Maharani: »Großkönigin«; erste Frau des *Maharana*

Mahavirji: Mahavira, der historische Stifter des Jainismus (vgl. *Jains*)

mai: »Mutter«; respektvolle Anrede für eine ältere Frau

Manasarovar: in West-Tibet, am Südhang des *Kailash* in 4570 m Höhe gelegener See; einer der heiligsten Wallfahrtsorte des Hinduismus überhaupt

mantra: »Spruch«; kurze magische bzw. heilige Formel, die nach strengen Regeln rezitiert wird

Maurya: indische Dynastie, die etwa von 322 bis 185 v. Chr. ganz Nord- und – unter dem berühmten König Ashoka – ganz Zentralindien beherrschte

Mogul: eigtl. »Mongole«; Angehöriger einer muslimischen Dynastie in Indien (1526–1858), die mongolisch-türkischer Abstammung war

Mohini: verführerische weibliche Erscheinungsform, die Gott *Vishnu* annahm, um die Dämonen abzulenken, so dass die Götter den (gemeinsam mit diesen gewonnenen) Unsterblichkeitstrank unbemerkt fortschaffen konnten

moksha: im Hinduismus die Befreiung aus dem Kreislauf der Wiedergeburten

Mullah [pers.]: »Herr«; Titel eines islamischen Religions- oder Rechtsgelehrten

Nadir: dem Zenit gegenüberliegender, nicht sichtbarer Punkt am Himmel

namaz [pers./türk.]: rituelles Pflichtgebet im Islam (täglich fünf Mal)

Narmada: bedeutender (heiliger) Fluß, der gewissermaßen die Grenze zwischen Nord- und Südindien bezeichnet

nazar: böser Blick bzw. Auswirkung des bösen Blicks auf dessen Opfer

nirvana: das Heilsziel indischer Religionen; im Buddhismus das Erlöschen der Begierde, des Hassens und des Nichtwissens und damit die Befreiung aus dem Kreislauf der Wiedergeburten (vgl. *moksha* im Hinduismus); im Hinduismus das Aufgehen der Einzelseele (atman) in die All-Seele (brahman)

Odaliske: Sklavin in einem Harem

orhni: bestickter Überwurf der Braut; auch allgemein Kopf und Oberkörper bedeckendes weibliches Kleidungsstück

Padisha [pers.]: »Großherr«; persischer Fürstentitel; wurde vor allem von osmanischen Sultanen und indischen Groß-Moguln (vgl. *Mogul*) geführt

paithani: Stoffe aus Maharashtra mit Blütenmustern auf Goldgrund

pakhavaj: längliche, waagerecht gehaltene, zweiseitig anzuschlagende Trommel, deren Felle unterschiedlich gestimmt sind

pan: »Betelbissen«; eine in ein mit Kalk bestrichenes Blatt des Betelpfeffers gewickelte Mischung aus Betelnussstückchen, verschiedenen Gewürzen und meist etwas Tabak; wird gerne nach dem Essen gekaut

Panchatantra: zwischen 300 und 500 von Vishnusharma zusammengestellte Fabelsammlung in fünf Rahmenerzählungen, die die Grundfragen der indischen Staatskunst behandeln

Parijat-Baum (*Erythrina indica*): Korallenbaum; nach traditioneller hinduistischer Auffassung einer der vier Bäume, die im Paradies blühen

Pataldesh: unterste der Unterwelten

Pathanen: in Indien gebräuchliche Bezeichnung der Paschtunen

paunk: Winterspezialität aus Surat; zubereitet aus geröstetem Getreide, Jowar (Sorghumhirse), Gewürzen, Knoblauch, Chutney und Zuckerbällchen

peri [pers.]: Fee im islamischen Volksglauben

pichwai: volkstümliche Malerei auf Baumwollstoff; die Bilder zeigen Szenen aus *Krishnas* Leben und dienen ursprünglich als Wandbehang hinter Krishna-Altären

Pipal-Baum (*Ficus religiosa*): der »Bo(dhi)baum«; im Hinduismus (und Buddhismus) als heilig verehrt

prasad: »Speisereste« der Gottheit (meist eine Süßigkeit), die der Tempelbesucher als »materialisierten Segen« erhält

puja: rituelle Verehrung eines Götterbildes durch Blumen, Räucherwerk, Wasser (vgl. *abhishek*), Speisen und anderes mehr

pujari: der in einem Tempel mit der Verrichtung der *puja* betraute Priester

Puranas: vor allem aus dem 4. bis 9. Jahrhundert stammende, in Versen gehaltene hinduistische Sanskrittexte religiös-mythologischen Inhalts

puri: etwa handtellergroßer dünner Vollkornfladen, der in Öl oder *ghee* ausgebacken wird und sich dabei linsen- bis ballonartig aufbläst

Pushkar: Wallfahrtsort in Rajasthan, dessen Haupttempel und See dem Gott *Brahma* geweiht sind

Putzer: (Indoenglisch *sweeper*) Angehörige einer der niedrigsten Kasten, deren traditionelle Tätigkeit das Auskehren und Putzen von Häusern ist

rabdi: Süßspeise aus gekochter Milch und Zucker

Radheshyam: Radha und *Krishna* (*Shyam*), als Einheit verehrt

raga: verschiedene Ton-/Melodiearten in der indischen Musik, die mit neun Kategorien emotionaler Zustände und den Jahres- und Tageszeitenzyklen verbunden werden; jeder Raga hat einen bestimmten Grundton und seine eigene charakteristische Tonpalette, die aus den sieben Noten der Tonleiter und den zwölf Teiltönen der Oktave erzeugt wird

Rai: Titel von Rajputenfürsten (abgeleitet von *Raja*)

Raja: wörtlich »König«; Titel von Rajputenfürsten

Raj-Kumar: »Prinz«; (im Gegensatz dazu »Maharaj-Kumar«: erstgeborener Sohn des Großkönigs, der i. d. R. auch der Thronfolger war)

Rajputen: aus altindisch »rajaputra«, »Königssohn«; große indoarische Stammeskaste in Nordindien

raj-vaidya: »königlicher ayurvedischer Arzt«

Rama: siebte Inkarnation *Vishnus*; Prinz und später König von Ayodhya; während er, aufgrund einer Intrige vom Hof verbannt, zusammen mit seinem Bruder *Lakshman* und seiner Gemahlin *Sita* im Wald wohnte, wurde diese vom Dämonenkönig Ravana entführt; nach vielen Abenteuern gelingt es Rama, die Dämonenstadt Lanka zu erobern und Sita zu befreien; über sein Leben und seine Taten berichtet das *Ramayana*

Ramayana: dem mythischen Weisen Valmiki zugeschriebenes Sanskritepos, dessen älteste Teile aus dem 4./3. Jahrhundert v. Chr. stammen (vgl. *Rama*)

Rana: »König«; indischer Fürstentitel (vgl. *Raja*)

Rani: »Königin«; weibliche Form von *Rana*

Rao: indischer Fürstentitel (abgeleitet von *Raja*)

ras: eine Art Reigen, den *Krishna* traditionell mit den *gopis* tanzt

Rawal: Titel von Rajputenfürsten (abgeleitet von *Raja*)

Rawat: Titel von Rajputenfürsten (abgeleitet von *Raja*)

sa, re, ga, ma, pha, da, ni: Kurznamen der sieben Töne der indischen Tonleiter

sajani: »Gefährtin, »Freundin«

Sangri-Bohnen: die jungen Schoten einer in der Wüste von Rajasthan wachsenden Pflanze

Sanjay: Name verschiedener mythischer Helden

sankat-vighna-Opfer: »Unheil-Beendigungs«-Opfer

sarangi: nordindisches Streichinstrument, bestehend aus einem mit Ziegenfell bespannten ausgehöhlten Holzblock mit drei bis vier Spiel- und elf bis (heute) 36 Resonanzsaiten

Sarasvati: hinduistische Göttin der Rede, der Gelehrsamkeit und der Musik, Gemahlin des *Brahma*

sarod: bundlose Laute mit lederbespanntem Schallkörper, sechs bis acht Spiel- und zehn bis zwölf oder mehr Resonanzsaiten; eines der Hauptinstrumente der klassischen nordindischen Musik

sawab-jawab-qawwali [arab.]: »Frage-Antwort-Gesang«

Sha'ban [arab.]: der achte Monat des islamischen (Mond-)Kalenders; er gilt deswegen als besonders heilig, weil er der »private« Fastenmonat Mohammeds gewesen sein soll (im Gegensatz zum allgemeinen Fastenmonat Ramadan)

Shabari: Asketin und *Rama*-Verehrerin, die alle Früchte, mit denen sie Rama bewirtete, erst selbst kostete (was eigentlich ungehörig ist, aber bei ihr Ausdruck ihrer besonderen Ergebenheit war)

shahnai: nordindische Oboe aus Holz

shahrukhis [pers.]: alte zentralasiatische Münzen

Shahzada [pers.]: Prinz; Sohn eines muslimischen Herrschers, der den Titel »Shah« führt

shatoosh: Wolle der Tibet-Antilope (Pantolops hodgsoni) bzw. Gewebe aus diesem Material

shavasana: »Leichenhaltung«; eine bestimmte Haltung des Hatha-Yoga

Shishupal: sagenhafter vierarmiger und dreiäugiger König, der nach zahlreichen Untaten von *Krishna* im Kampf getötet wurde

Shiva: »der Gütige«; eine der drei hinduistischen Hauptgötter neben *Brahma* und *Vishnu*; innerhalb dieser Dreiheit verkörpert er das Prinzip der Zerstörung

Shri: »Glanz«, »Würde«; wird zum Zeichen der Ehrbietung vor männliche Eigennamen gesetzt; heute im Sinne von »Herr (XY)« verwendet

Shrimati: weibliche Form von *Shri*; »Frau (XY)«

Shyam: »Schwarzer«, »Dunkelblauer«; Beiname *Krishnas*

sindur: »Zinnober«; der rote Fleck auf der Stirn, aus dem hervorgeht, dass eine Frau verheiratet (und nicht verwitwet) ist

Sita: als Inkarnation der Göttin Lakshmi, *Vishnus* Gemahlin, geltende Prinzessin und Ehefrau *Ramas*; nach deren Rückkehr nach Ayodhya hörte Rama zufällig, wie ein Wäscher sagte, nach ihrem Aufenthalt im Haus eines anderen Mannes (des Dämonenkönigs Ravana) könne sie nicht mehr als keusche Ehefrau gelten; Rama vertraute ihr zwar, musste sie aber wegen der Staatsräson verstoßen

Solankis: ein Klan von Mewar

Suryavanshis: Angehörige des »Sonnengeschlechts« (»suryavansha«); alle hinduistischen Herrscher leiten sich entweder vom Sonnengott Surya oder vom Mondgott Chandra (oder Soma) ab, gehören also zum »surya-« oder »chandravansha«. Der berühmteste (sagenhafte) Abkömmling des ersteren war *Rama*, der des zweiteren *Krishna*

taal: in der indischen Musik der rhythmisch-metrische Verlauf einer melodischen Periode – oder, stark vereinfacht ausgedrückt, der Takt, in dem ein *raga* gespielt wird

tankas: altindische Münzen

tanpura: einer Sitar ähnliche, aber bundlose viersaitige Langhalslaute, die keine melodische Funktion besitzt, sondern lediglich einen permanenten Grundakkord produziert

tika: Punkt aus Sandelpaste, Zinnober o. Ä. auf der Stirn

tilak: roter Punkt auf der Stirn als Zeichen der Weihe, der Würde usw.

tirthankara: »Furtbereiter«; im Jainismus (vgl. *Jains*) ein Vollendeter, der den von ihm beschrittenen Pfad zur Erlösung verkündet; vor dem historischen Stifter Mahavira soll es bereits 23 andere Tirthankaras gegeben haben

Tulsi: eine im Hinduismus als besonders heilig verehrte mehrjährige Basilikumart; der Sage nach eine Inkarnation der Göttin Lakshmi (Göttin des Reichtums und des Glücks)

vaidya: siehe *raj-vaidya*

Vasuki: männliche Riesenschlange, die von den Göttern und Dämonen dazu verwendet wurde, den Unsterblichkeitstrank, die Göttin Lakshmi und andere Kostbarkeiten aus dem sagenhaften Milchozean zu quirlen; als es Vasuki zu bunt wurde, spuckte er ein Gift aus, das die ganze Welt vernichtet hätte, aber Gott *Shiva* fing es in seinem Mund auf und behielt es, um nicht selbst daran zu sterben, in der Kehle, weswegen er seitdem einen blauen Hals hat

Vat-Savitri: »Banyan-Savitri«; Fest zu Ehren der Savitri, dem Inbegriff der treuen hinduistischen Ehefrau, und des *Banyan*-Baums, der in ihrer Sage eine besondere Rolle spielte

Vijayanagar: Stadt und gleichnamiges Reich, das von 1346 bis 1565 große Teile Südindiens umfasste; letztes hinduistisches Königreich auf indischem Boden

vilambit: schnellerer, taktgebundener Teil des *raga*

vina: (als nord- und südindische Variante vorkommende) siebensaitige Laute, die im Gegensatz zur Sitar grundsätzlich einen zweiten Resonanzkörper am oberen Halsende, keine Resonanzsaiten und feststehende Bünde aufweist

virvijay: aus *vir*, »Held«, und *vijay*, »Sieg«, »Triumph«

Vishnu: neben *Brahma* und *Shiva* eine der drei hinduistischen Hauptgötter; innerhalb dieser Dreiheit verkörpert er das Prinzip der Welterhaltung; die hinduistische Mythologie kennt zehn Inkarnationen (avataras) von Vishnu auf Erden, die die Rechtschaffenen beschützen, die wichtigsten sind *Krishna* und *Rama*

Wesir: die »Dame« im indischen Schach

Yama: der hinduistische Todesgott

Yami: Schwester und Gemahlin *Yamas*

yoni: »Scheide«, »Vagina«; im Hinduismus die abstrahierte Darstellung des weiblichen Geschlechtsteils (Manifestation der Gemahlin und »Energie« Shivas), die in shivaitischen Tempeln als »Basis« des *linga* dient.

zarb-zan [pers.]: etwa: »Erschütterer«; Feldgeschütz

zenana [pers.]: bei Muslimen und manchen hinduistischen Kasten der Wohnbereich der Frauen (zu dem Fremde keinen Zutritt haben); im übertragenen Sinne auch die Gesamtheit der Frauen eines Haushalts

Zoroastrier: Anhänger der von Zarathustra zwischen 1000 und 700 v. Chr. gegründeten Religion; die in (West-)Indien lebenden Zoroastrier werden i. d. R. als »Parsis« bezeichnet

Das Zitat aus der Bhagavadgita in Kapitel 43, Seite 624/625, ist – in leicht abgewandelter Form – der deutschen Übersetzung von Richard Garbes, Wissenschaftliche Buchgesellschaft, 1978, entnommen.

/9,80

1. Auflage 2002

Satz: Fotosatz Kretschmann GmbH, Bad Aibling
Typographie, Umschlagentwurf und Gestaltung: Konturwerk, Herbert Woyke
Titelabbildung: »Love in a Dark Wood«, Miniatur aus der »Gita Govinda-Serie« (ca. 1780), Kronos Collection, Metropolitan Museum of Art, New York
Druck und buchbinderische Verarbeitung: Ebner & Spiegel GmbH, Ulm
Papier Innenteil: 65 g/m² Schleipen Werkdruck bläulich weiß
Papier Schutzumschlag: 135 g/m² LuxoMagic von Schneidersöhne
Papier Überzug: 120 g/m² Efalin Cube Goldgelb von Schabert
Gesetzt aus der 11,75/13,2 Punkt Van Dijck regular
Printed in Germany
ISBN 3-927743-63-1

Die englische Originalausgabe erschien unter dem Titel »Cuckold«
1997 by HarperCollins Publisher India

Die gegenüber dieser Ausgabe geringfügigen Änderungen und Kürzungen sind mit dem Autor abgesprochen.

Die Übersetzung aus dem Englischen wurde mit Mitteln des Auswärtigen Amtes unterstützt durch die Gesellschaft zur Förderung der Literatur aus Afrika, Asien und Lateinamerika e.V.

Die Deutsche Bibliothek – CIP-Einheitsaufnahme
Ein Titeldatensatz für diese Publikation ist bei der Deutschen Bibliothek erhältlich.